마르셀 프루스트(1871~1922)

▲노르망디에서 프루스트와 마담 스트라우스, 그리고 친구들 1893. 프랑스 국립 도서관

◀〈찰스 하스〉 제임스 티소. 오르세 미술관
소설 속 스완으로 미술과 문학에 조예가 깊고 베르메르를 누구보다 높이 평가한다. 오데트와 결혼한 탓에 사교계의 지위가 흔들리지만, 오데트의 가치관에 서서히 물들어 간다.

▼《잃어버린 시간을 찾아서》 첫 번째 교정쇄 프루스트의 〈스완네 집 쪽으로〉 자필 수정 공책으로 2000년 7월 크리스티 경매에서 663,750파운드에 낙찰, 프랑스 문학 필사본 사상 세계 최고가를 기록했다.

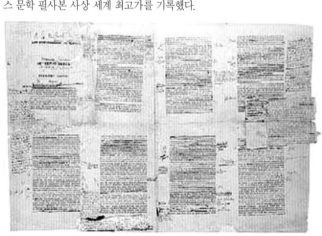

오스망 거리 102번지 2층 아파트 프루스트가 그의 어머니가 돌아가신 뒤 1907~19년까지 살던 집으로 그는 가정부 셀레스트 알바레의 시중을 받으면서 《잃어버린 시간을 찾아서》의 반 이상을 쓰며 충실한 생활을 했다.

〈조르주 비제 부인 초상〉 쥘 엘리 들로네. 1878. 오르세 미술관
프루스트의 친구 자크 비에의 어머니로 소설 속 오데트(스완 부인)로 나온다.

헬렌 스탠디시 바울 나다르. 1882. 파리, 건축문화유산 미디어 도서관
게르망트 공작부인(오리안)으로, '드미 몽드'였던 여배우 러셀과 친해지면서 사교계에서 위신을 잃는다.

비본느 강 프루스트의 삼촌이 만든 비둘기집과 정자가 있는 강을 따라 목초지가 펼쳐져 있는 곳. 소설 속 스완의 집 쪽으로 가기 위해 메제글리즈 마을을 통해 보스 지역 쪽으로 돌아가게 된다.

몽테스키외 백작 조반니 볼디니. 1897. 오르세 미술관
사교계의 신사로 프루스트와 친했던 몽테스키외는 작품에서 샤를뤼스 남작으로 등장하여 희화화된다. 소설이 세상
에 알려지자 프루스트는 몽테스키외의 반응에 신경을 썼다. 몽테스키외는 샤를뤼스의 주요 모델은 발자크의《인간희
극》에 등장하는 보트랭이라 믿는다고 했다.

베네치아 프루스트는 어머니와 함께 동생의 결혼식에 참석하기 위해 베네치아에 가게 된다. 《잃어버린 시간을 찾아서》는 콩브레와 베네치아의 기억과 추억들로 주로 이루어졌으며 특히 베네치아의 생 마르탱 성당은 더욱 각별한 기억으로 그려진다.

카부르 해변 프루스트는 1907~14년까지 매년 카부르로 바캉스를 갔다. 소설 속 피서지 발벡의 모델이 되는 이곳은 브르타뉴와 비슷하게 높이 20~30미터의 해안가 산책로가 길게 펼쳐진다.

프루스트에게 경의를 표하는 의미로 그려진 벽화 일리에(소설 속 콩브레의 모델)

〈추억의 길을 걷다〉에릭 페베르나지
우리는 추억의 길을 걸을 때 무의식적으로 잃어버린 시간과 과거의 기억들을 찾으며 지나간 나날로부터 배우고, 현재를 위해 본질적인 것들을 골라내어 미래를 위해 쓸 수 있다.

세계문학전집083
Marcel Proust
À LA RECHERCHE DU TEMPS PERDU

잃어버린 시간을 찾아서 Ⅴ

마르셀 프루스트/민희식 옮김

동서문화사

디자인 : 동서랑 미술팀

잃어버린 시간을 찾아서 I II III IV V
차례

제6편

사라진 알베르틴

Albertine Disparue

(소돔과 고모라Ⅲ)

제1부

"알베르틴 아가씨가 떠나셨습니다!" 고뇌는 심리학보다 훨씬 깊게 마음속을 파고든다! 조금 전까지 나는 자기 분석을 하면서, 이렇게 얼굴도 마주하지 않고 헤어지는 것이야말로 내가 진정 바라던 것이라고 믿었다. 그리고 알베르틴이 내게 주는 보잘것없는 쾌락과 그녀 때문에 이루지 못한 수많은 욕망을 비교하면서(이러한 욕망은 그녀가 확실하게 내 집에 있으면서 나를 정신적으로 압박했기 때문에 내 마음 전부를 차지할 수 있었던 것이며, 알베르틴이 떠났다는 소식을 듣는 순간 그녀와 겨룰 마음도, 힘도 사라져버렸지만) 나는 자신이 꽤 영악한 인간이라고 생각하며, 더 이상 그녀를 보고 싶지도 사랑하지도 않는다고 결론내렸다. 그러나 '알베르틴 아가씨가 떠나셨습니다'라는 한마디는 내 마음속에 오래 배겨낼 수 없을 정도로 고통을 불러일으켰다. 나는 당장 그 고통을 가라앉혀야만 했다. 죽어가는 할머니에게 나의 어머니가 그랬듯이, 사랑하는 사람의 고통을 그냥 두고 볼 수 없는 심정으로 나 자신에게 이렇게 타일렀다. "조금만 참아, 이제 곧 약을 찾아줄 테니. 안심해라, 네가 그토록 괴로워하게 내버려두진 않을게." 아까 초인종을 울리기 전에 알베르틴이 떠나든 말든 아무래도 상관없으며 차라리 떠나줬으면 좋겠다던 생각은, 그런 일이 일어날 리 없다고 내가 굳게 믿었기 때문이라는 사실을 어렴풋이 깨달으며, 나의 자기보존 본능은 다음과 같은 생각 속에서 쩍 벌어진 상처에 바를 최초의 진통제를 찾기 시작했다. '이건 아무 일도 아니야. 곧 그녀를 다시 돌아오게 할 테니까. 방법을 생각해보자. 어쨌든 알베르틴은 오늘 밤 안으로 분명히 다시 돌아올 테니 안달할 것 없어.'

'이런 일은 아무 일도 아니야' 하며 내가 스스로를 타이르는 것만으로 만족한 것은 아니다. 나는 프랑수아즈한테도 그런 인상을 주기 위해 그녀 앞에서 괴로워하는 꼴을 보이지 않으려고 애썼다. 왜냐하면 그토록 격렬하게 번뇌를 느끼는 순간에도 내 사랑은 잊지 않았기 때문이다. 이것이 행복한 사랑, 서로 그리워하여 잊지 못하는 사랑인 듯이 보이는 게 중요하며, 특히 알베르틴을 싫어하여 늘 그녀의 성실성을 의심해온 프랑수아즈의 눈에 그렇게 보이는 것이 얼마나 중요한가를 잊지 않았다. 그렇다, 방금 프랑수아즈가 내 방에 오기 전까지 나는 이제 알베르틴을 사랑하지 않는다고 생각했으며, 정확한 분석가로서 어느 것 하나도 놓치지 않고 내 마음속 밑바닥까지 잘 파악한 줄 알고 있었다. 그런데 우리 지성이 아무리 명석하다 해도 마음을 이루는 요소를 남김없이 인지하지는 못하며, 그러한 요소는 대부분의 경우 금세 기화 상태가 되므로, 어떤 까닭으로 그것이 따로 떨어져서 고정되기 전까지는 그것을 알아채지 못하고 지나친다. 내 마음속을 똑똑히 헤아려보았다고 여겼던 것은 착각이었다. 그러나 정신의 가장 섬세하고 예민한 지각으로도 주어지지 않았던 이 인식이 방금 돌연히 찾아온 고통을 통해, 마치 소금 결정처럼 단단하고 반짝거리는 기묘한 형태로 내게 주어졌다. 알베르틴이 늘 곁에 있는 데 푹 젖어 있었던 내게 느닷없이 '습관'의 새로운 얼굴이 보이기 시작했다. 지금까지 나는 습관이라는 것이 무엇보다도 지각의 독창성을 말살하고, 지각의 의식까지 없애버리는 파괴력이라고 여겨왔다. 그런데 이제는 그 습관이 무시무시한 신처럼 보이기 시작한 것이다. 더구나 그 무미건조한 얼굴은 우리에게 확실히 연관되어 우리 마음속 깊이 파고 들어와 있어서, 만일 습관이 우리를 떠나 등을 돌린다면, 이제껏 그 존재를 거의 알아채지 못했던 이 신은 어떤 고통보다도 무서운 고통을 맛보게 하며 죽음만큼이나 잔혹한 것이 된다.

알베르틴을 돌아오게 할 방법을 찾아내기 위해 가장 먼저 해야 할 일은 그녀가 써놓고 간 편지를 읽는 것이었다. 그 방법은 이미 내 손안에 있는 듯한 느낌이 들었다. 왜냐하면 미래는 아직 우리의 사고 속에만 존재하고 있었으며, '마지막 순간에' 의지를 끼어들게 하면 바꿀 수 있을 것 같아서였다. 하지만 동시에 나는 지금까지 미래에는 나 말고 다른 힘도 작용하는 것을 볼 수 있었고, 설사 시간이 좀더 있다 해도 도저히 그 힘에 저항할 수는 없었으리라는 점을 돌이켜보았다. 만일 앞으로 일어날 일에 대해 우리가 무력하다면 아직 시간이 남아 있다 한들 무슨 소용이 있겠는가? 알베르틴이 내 집에 있었을 때 나는 내가 먼저 헤어지자는 말을 꺼내기로 결심했지만, 그러기도 전에 그녀는 떠나버렸다. 나는 알베르틴의 편지를 펼쳤다. 거기에는 이렇게 쓰여 있었다.

"이제부터 쓰는 몇 마디를 직접 말하지 못하고 떠나는 것을 용서하세요. 너무 겁쟁이라 당신 앞에 서면 언제나 긴장하는 탓에, 나는 애기하려고 무던히 애써봤지만 도저히 용기가 나지 않았어요. 내가 말하고 싶었던 건 다름이 아니라, 우리가 더 이상 같이 살아서는 안 된다는 사실이에요. 당신도 요전 날 밤의 싸움으로 우리 사이에 뭔가 달라졌다는 것을 느끼셨겠지요. 그날 밤에는 그럭저럭 화해할 수 있었지만, 며칠 못 가서 다시는 돌이킬 수 없는 일이 될 거예요. 우리는 다행히 화해했으니까, 이대로 좋은 벗으로 헤어지는 편이 나아요. 그래서 사랑하는 당신에게 이 편지를 쓰기로 했어요. 당신을 조금 슬프게 하는 일이 될지도 모르지만, 나 또한 정말 슬프다는 것을 생각하시고 부디 용서하세요. 사랑하는 오라버니, 나는 당신의 적이 되고 싶지 않아요. 하지만 조금씩, 그것도 어쩔 줄 몰라 하는 사이에 당신한테 아무 의미도 없는 여자가 될 거라고 생각하니 너무나 가슴이 아파요. 내 마음은 이제 바뀌지 않을 터이니, 이 편지를 프랑수아즈를 통해 당신에게 전하기 전에 프랑수아즈한테 내 짐을 가져다달라고 부탁하겠어요. 그럼 안녕히. 나의 가장 좋은 마음을 당신에게 두고 갑니다. 알베르틴."

　이런 건 다 아무 의미도 없다고 나는 자신에게 말했다. 이건 내가 생각한 것만큼 그리 나쁜 일이 아니다. 왜냐하면 그녀는 진심으로 그렇게 생각하고 있지 않으며, 그저 내게 강한 충격을 가하여, 내가 겁을 먹고 다시는 자기를 들볶지 않도록 하기 위해 이 편지를 썼을 게 뻔하니까. 아무튼 알베르틴이 오늘 밤 안으로 돌아오도록 서둘러 손을 써야 한다. 봉탕 부부를 내게서 돈을 갈취하기 위해 조카딸을 이용하는 수상쩍은 사람들로 생각하는 건 좀 씁쓸하지만, 뭐 그렇다 한들 어떠랴. 알베르틴이 오늘 밤 이곳으로 돌아오게 하기 위해 내 재산의 절반을 봉탕 부인에게 준다 해도, 알베르틴과 내가 둘이서 즐겁게 살아가는 데 충분한 재산이야 남겠지. 그렇게 생각하면서 나는 그녀가 탐내던 요트와 롤스로이스 자동차를 오늘 아침에 주문하러 갈 틈이 있을지 계산해보았다. 이제 주저하는 마음은 씻은 듯이 사라졌으며, 어제만 해도 그녀에게 그런 걸 사주는 건 말도 안 되는 일이라고 생각했던 사실은 까맣게 잊어버렸을 정도였다.

　혹시 봉탕 부인의 동의만으로는 충분하지 않아서, 알베르틴이 숙모의 명령에 고분고분 따르지 않고, 내 곁에 돌아오는 조건으로서 앞으로는 무슨 일이든 자기 마음대로 하게 해달라고 요구한다 해도 좋지, 좋고말고. 어떠한 고통이 닥쳐온다 해도 그녀 맘대로 행동하게 내버려둬야지. 하고 싶다면 혼자 외출하라지. 내게 가장 소중한 것을 위해서라면 아무리 괴롭더라도 희생을 치를 각오가 해야 한다. 오늘 아침 내가 엄밀하고도 어리석은 억지 이론으로 믿어버린 바와는 달리, 알베르틴이 이 집에서 사는 게 중요하다. 게다가 그녀에게 그런 자유를 허락하는 것이 내게 그토록 고통스러운 일이라고 할 수 있을까? 그렇다고 말하면 거짓말이리라. 나는 이미 자주 느끼고 있었다. 내게서 멀리 떨어진 곳에서 그녀가 나쁜 짓을 하게 내버려두는 고통이, 내 집에서 나와 함께 있으면서 그녀가 지루해하는 걸 느꼈을 때 겪는 슬픔에 비하면 그나마 보잘것없다는 사실을. 물론 어디로 외출하고 싶다는 얘기를 들었을 때, 난잡한 모임에 나갈 계획임을 알면서도 그녀를 보내주는 것은 내게는 잔혹한 일이다. 그러나 그녀에게 '우리 배를 타고 다녀와. 아니면 기차도 괜찮겠지. 한 달쯤 어디 내가 모르는 곳에 다녀오구려. 거기서 당신이 뭘 하고 있는지 내가 하나도 모를 곳으로' 말하는 것은, 그녀가 먼 곳에서 나를 다른 사람과 비교해보면 역시 내가 낫다는 생각이 들 테고 따라서 기꺼이 돌아와줄 거라고 믿을 수 있어서, 대부분의 경우 내 마음에 들었던 대사였다. 게다가 그녀 자신도 돌아오고 싶어할 게 틀림없었다. 그녀는 그런 자유를 전혀 요구하지 않았으니 날마다 새로운 즐거움을 주기만 하면 그 자유를 천천히 제한하는 건 어려운 일이 아니었다. 그래, 알베르틴이 바라는 것은 함께 있을 때 내가 그녀의 비위를 지나치게 건드리지 않는 것이고, 특히—지난날 오데트가 스완에게 바랐듯이—내가 그녀와 결혼하기로 결심하는 것이다. 일단 결혼하고 나면 그녀도 독립이라는 것에 그리 집착하지 않을 터였다. 우리 둘은 계속 이 집에서 행복하게 사는 것이다! 물론 그렇게 되면 베네치아로 가는 건 분명 단념하게 될 테지. 그러나 베네치아처럼 무슨 수를 써서든 가고 싶었던 도시라도—더구나 더할 나위 없이 마음씨 좋은 살롱의 여주인들이나 갖가지 기분전환, 게르망트 공작부인이나 연극 구경 같은 것들은 말할 것도 없이 베네치아에 가는 것보다 더 좋지만—우리가 누군가의 마음과 괴로운 인연으로 맺어져 있어서 좀처럼 끊을 수 없다면, 얼마나 시시하고 빛바랜 죽어버린 도시가 되고 마는지! 게다가 이 결혼 문제에서는 알베르틴의 말이 절대적으로 옳다. 어머니도 이렇게 어영부영 미루는 것은 보기에 좋지 않다고 하셨으니까. 나는 벌써 오래전에 그녀와의 결혼을 행동으로 옮겼어야 했다. 그것이야말로 이제부터 내가 해야 할 일이며, 그녀가 편지를 쓴 이유이리라. 그 편지 속의 단 한 마디도 그녀의 본심이 아니다. 내가 원하는 것만큼이나 그녀도 이곳으로 돌아오고 싶은 게 틀림없다. 곧 그녀가 얼마 동안 이곳으로 돌아오기를 단념한 것도 오로지 이 결혼을 실현하기 위해서이다. 그렇다, 그녀의 바람은 돌아오는 것이고, 그것이 그녀의 행동이 의도하는 목적이라고 나의 광대한 이성이 내게 말했다. 그러나 그렇게 말하면서도, 내 이성이 최초에 세운 가설에서 한 발짝도 움직이려 하지 않는 것을 나는 느끼고 있었다. 게다가 끊임없이 정당성이 증명되고 있었던 것은 또 하나의 가설이라는 점도 똑똑히 느낄 수 있었다.

사실 이 제2의 가설은, 알베르틴이 뱅퇴유 아가씨나 다른 여자친구들과 깊은 관계가 있었을지도 모른다는 대담한 단언은 결코 아니었다. 하지만 우리가 앵카르빌 역에 들어선 순간, 그 무서운 소식이 마구 달려들어 나를 사로잡고 말았을 때, 제2의 가정은 옳았음이 판명된 것이다. 그렇다 해도 그 뒤에 알베르틴이 이런 식으로 예고도 없이 말릴 틈도 안 주고 내게서 떠나고 말리라는 것을, 이 가설은 한 번도 예상한 적이 없었다. 어쨌든 이런 뜻하지 않은 삶의 큰 비약을 당하고 보니, 눈앞에 보이는 현실, 물리학자의 발견, 범죄와 혁명의 등 뒤를 캐는 예심 판사의 조사, 역사가의 발견이 우리에게 드러내 보이는 현실과 마찬가지로 내게 매우 새로웠더라도, 그 현실은 제2의 가설 위에 세워진 빈약한 예상을 넘어선 것이면서 또한 그 예상을 실현한 것이기도 하다. 이 제2의 가설은 지성에서 온 것은 아니다. 또 알베르틴이 내게 키스하지 않았던 저녁이나 거칠게 창문 여는 소리가 들렸던 밤에 내가 품었던 까닭 모를 공포, 그 두려움은 이유 없는 것이었다. 그러나—수많은 삽화가 이미 밝혀주고 있듯이, 그 뒤의 이야기는 그것을 더욱더 잘 보여주겠지만—진실을 파악하는 데 지성이 가장 치밀하고, 가장 강력하며, 가장 적합한 도구가 아니라 해도 더욱 지성으로 시작해야지, 무의식의 직관이나 좋지 않은 예감 같은 것을 손쉽게 믿으면 안 된다. 물론 우리의 마음과 정신에 가장 소중한 무엇을 가르쳐주는 것은 논리적 사고가 아니라 다른 힘이며, 우리가 그 사실을 하나하나의 사례를 통해 천천히 깨닫도록 해주는 것이 바로 인생이다. 그리고 그런 때에는 지성 스스로 다른 힘이 뛰어나다는 점을 이해하고, 사고에 의해 그 앞에서 경의를 표하며, 그 다양한 힘의 협력자나 하인이 되는 것을 받아들인다. 이것은 경험에서 나온 믿음이다. 내가 지금 직면하고 있는 뜻밖의 불행 또한(알베르틴과 레즈비언 두 명의 우정 같은 것) 수많은 표징(表徵)을 통해 그것을 읽고 있었으므로 벌써 내게는 익히 아는 사실처럼 여겨진 데다, 그러한 표징에서(알베르틴 자신의 말을 믿은 나의 이성은 끊임없이 그것을 부인했지만) 그녀가 이렇게 노예같이 사는 것을 혐오하며 지긋지긋해하고 있음을 나는 알아챘다. 그 표징은 마치 눈에 보이지 않는 잉크로 그려진 것처럼, 알베르틴의 쓸쓸하게 내리깐 눈동자 속에, 원인을 알 수 없는 홍조가 순식간에 번져 갑자기 달아오르기 시작한 뺨 위에, 거칠게 열리는 창문 소리 속에 드러나 있었다!

　물론 나는 그런 표징을 끝까지 해석하여 그녀가 갑자기 떠나리라는 것을 뚜렷하게 머릿속으로 상상하지는 못했다. 알베르틴이 눈앞에 있었으므로 그만 완전히 안심해서, 그녀가 떠나는 것은 내가 결정하며, 즉 실제로는 존재하지 않는 시간 속에 자리잡은 아직 확정되지 않은 어느 날이라고만 생각했다. 따라서 나는 오직 출발을 생각하고 있는 줄로 착각하고 있었을 뿐이다. 마치 건강한 사람이 죽음을 생각해도 두렵지 않다고 느끼는 것과 마찬가지로, 사실 이런 사람들은 순수하게 부정적인 관념 하나를 건강 한가운데에 끌어들이고 있을 뿐인데, 막상 죽음이 다가오면 그 건강 자체가 완전히 변질되고 만다. 알베르틴이 그녀 자신의 의사로 떠날지도 모른다는 생각이 아무리 명백하고 똑똑하게 내 머릿속에 몇 번 떠오른다 해도, 그 출발이 내게 결국 현실적으로 어떤 일이 될지, 얼마나 독자적이고 가혹한 미지의 것인지, 얼마나 낯선 불행인지 하는 따위를 내가 더 잘 상상할 수 있을 리는 없었으리라. 설사 내가 그녀의 출발을 예상하고 여러 해 동안 끊임없이 상상해왔다 한들, 그런 생각을 전부 이어 붙인다 해도 프랑수아즈가 '알베르틴 아가씨가 떠나셨습니다'라는 말로 그 베일을 걷어올린 상상조차 할 수 없는 지옥과는, 그 강렬함이 비교도 안 되거니와 아예 비슷하지도 않았을 것이다. 알지 못하는 상황을 머릿속에 그려보아도 상상력은 이미 아는 요소를 빌려오므로 미지의 상황을 좀처럼 그려내지 못한다. 그러나 감수성은, 아무리 육체적인 것이라 하더라도 새로운 사건에서 마치 번개의 자국처럼 독특한 서명, 오래 지워지지 않는 표징을 받아들인다. 나는 그런 것을 생각할 여유조차 거의 없었지만, 설사 내가 그 출발을 예상했다 해도 그 비참함을 상상하는 건 불가능했을 것이고, 만약 알베르틴이 내게 출발을 알려 내가 그녀를 어르고 달랬다 해도 막지는 못했으리라. 그나저나 지금은 베네치아를 향한 욕망이 어쩌면 이토록 멀리 달아나버렸는지! 지난날 콩브레에서, 어머니가 내 방에 와주기만을 바라는 오로지 그 한 가지 생각만이 머리를 차지하는 시간이 되면, 게르망트 부인과 가까워지고 싶은 욕망이 아득하게 멀어졌던 것과 마찬가지이다. 사실 어릴 때부터 내가 경험한 온갖 불안은 새로운 고뇌가 부르는 소리에 응하여 욕망을 더욱 강화하려고 달려와서, 그것과 결합하여 동질의 덩어리가 되어 나를 질식시켰다.

이러한 이별이 마음에 주는 물리적 타격은, 육체가 지닌 무시무시한 기록 능력에 의해 현재의 고통을 지금까지 인생에서 맛본 모든 고통과 같은 시간에 함께하는 동시적(同時的)인 것으로 만든다. 물론 상대에게 더없이 강렬한 미련을 불러일으키고자 하는 여인은 아마도 얼마쯤, 그의 마음에 가해지는 타격을 노렸으리라—그 정도로 사람은 타인의 고통에는 무신경한 법이다. 어쩌면 그녀는 더 좋은 조건을 바라는 마음에서 떠나는 척하는 건지도 모른다. 어쩌면 복수하고 싶어서, 아니면 앞으로도 계속 사랑받고 싶어서, 더 나아가 자기 주변을 에워싸고 있다고 느끼는 권태와 무관심의 밧줄을 싹둑 잘라 좋은 추억을 남기고 싶어서, 영원히—영원히!—떠나버리는 것으로 상대의 마음에 충격을 주고 싶은 건지도 모른다. 두 사람은 이러한 마음의 타격을 피하자고 약속했으며, 헤어진다면 사이좋게 헤어지자고 서로 얘기해왔다. 그러나 결국 사이좋게 헤어지는 사람은 매우 드물다. 사이가 좋다면 헤어지지 않을 테니까. 게다가 남자가 아무리 차갑게 대해도 여자는 분명 막연하게 느낀다. 상대는 자신에게 싫증이 났다고 말하지만 같은 습관 덕분에 더욱더 자신에게 집착하고 있는 거라고, 그녀는 사이좋게 헤어지는 데 가장 중요한 것 중 하나가 상대에게 분명히 예고하고 나서 떠나는 거라고 생각한다. 그런데 미리 알리면 그 예고가 출발을 방해할까 봐 걱정한다. 여자는 누구나 한 남자에 대한 자기의 힘이 크면 클수록 떠나는 유일한 방법은 달아나는 거라고 생각한다. 여왕이므로 달아나는 여인이 된다는 것은 그래서이다. 물론 조금 전까지 그녀 때문에 느끼고 있었던 그 권태와, 그녀가 떠났기 때문에 다시 한 번 만나고픈 이 갈망 사이에는 엄청난 차이가 있다.

하지만 거기에는 이 작품 속에서 이미 드러난 이유나 나중에 가서 밝혀질 다른 이유 말고도 여러 가지 이유가 더 있다. 첫째, 떠나버리는 것은 보통 상대의 냉담함—진짜 냉담함이든 냉담한 것처럼 보이는 것이든—이 가장 심해져서 진자의 흔들림이 극에 달했을 때 일어난다. 그때 여인은 자신에게 말한다.

"도저히 안 되겠어, 이렇게는 계속 못해." 이것은 그야말로 남자가 떠나는 이야기밖에 하지 않기 때문이며, 이별을 생각하고 있기 때문이다. 그런데 정작 떠나는 건 여인이다. 그때 진자는 반대쪽 극점에 다다라서 그 간격이 최대가 된다. 순식간에 진자는 그곳으로 되돌아온다. 다시 말하면 아무리 갖가지 이유를 붙여보아도 그것은 더할 나위 없이 자연스런 현상이다! 심장 박동이 갑자기 빨라진다. 떠나버린 여인은 더 이상 전에 우리와 함께 있었던 그 여인과 똑같지 않다. 우리 곁에 있었던 그녀의 생활을 지나칠 만큼 많이 알고 있었는데, 여기에 갑자기 그녀가 어쩔 수 없이 끌려들게 될 온갖 생활상이 덧붙여진다. 어쩌면 그녀는 그런 생활에 끼어들고 싶어서 내 곁을 떠났을지도 모른다. 그래서 도망친 여인이 누리게 될 새롭고 풍요로운 생활이, 거꾸로 거슬러 올라가 아직 우리 곁에 있으면서 달아날 궁리만 하고 있었던 이 여인에게 작용한다. 우리와 그녀가 함께한 생활, 더 이상 견딜 수 없었던 여인에 대한 우리의 권태와 질투의 일부가, 우리가 끌어낼 수 있는 일련의 심리적 사실이다(그래서 여러 여자에게 버림받은 남자는 그 성격이나, 쉽게 예측할 수 있는 늘 똑같은 반응 때문에 번번이 거의 같은 식으로 버림을 받는다. 말하자면 사람마다 감기도 다 다르게 걸리듯이, 배신도 저마다 독특한 방식으로 당한다). 그다지 이상하지도 않은 그런 사실에 우리가 미처 몰랐던 일련의 사실들이 호응하고 있었는지도 모른다. 그녀는 오래전부터 편지나 말로, 또는 심부름꾼을 시켜 어떤 남자나 여자와 연락을 취하고 있었는지도 모른다. 이를테면 그녀가 X씨를 만나기로 약속한 전날에 나를 방문하도록 X씨와 미리 짰다면, 나는 'X씨가 어제 날 보러 왔어' 말함으로써 그런 속사정도 모르고 그녀에게 신호를 보내주는 셈이 되고, 그녀는 그 신호를 기다리고 있었을지도 모른다. 얼마나 많은 가정이 가능한가! 오직 가능성만 가지고 말한다면 말이다.

나는 그저 가능성만으로도 아주 그럴듯한 진실을 꾸며낼 수 있었으므로, 어느 날 내 애인의 한 사람에게 온 편지를 잘못 알고 뜯어보았을 때, 거기에 암호 같은 말로 "생루 후작 댁에 갈 신호를 기다리고 있습니다. 내일 전화로 미리 알려주십시오" 적힌 것을 보고, 나는 어떤 도망 계획이 아닐까 상상해보았다. 생루 후작이라는 이름이 여기서 다른 뜻으로 쓰인 게 아닐까. 왜냐하면 내 애인은 생루를 만난 적도 없고, 내가 그에 대해 이야기하는 것을 듣기만 했으며, 더구나 아무리 보아도 그 서명은 이름이 아닌 어떤 별명처럼 보였다. 그런데 그 편지는 내 애인에게 온 게 아니라, 저택 안의 다른 이름을 가진 누군가에게 보낸 것을 내가 잘못 읽었던 것이다. 또한 나중에 생루에게 물어본 바로는, 이 편지는 암호가 아니며 그의 친구인 한 미국 여성이 쓴 서투른 프랑스어였다. 그녀가 어떤 글자를 별나게 썼기 때문에, 그 괴상한 글씨체가 진짜 실명인 외국인의 이름을 별명처럼 보이게 했던 것이다. 따라서 그날 나의 의혹은 완전히 빗나간 것이었다. 그러나 내 머릿속에서 이러한 모든 허위 사실을 연관시킨 지적인 뼈대 자체는 참으로 정당하고 틀림없는 진실의 형태였으므로 석 달 뒤에 내 애인(그때는 나와 평생을 함께하기로 꿈꾸었는데)이 내게서 떠나버렸을 때, 그녀는 처음에 내가 상상했던 것과 똑같은 방식으로 떠났다. 그때도 편지 한 통이 왔는데, 그것은 내가 지난번에 오해했던 것과 같은 성질을 띤 편지였다. 다만 이번에는 그것이 정말로 암호의 의미를 지니고 있었던 것이다.

그것은 내 인생에서 가장 큰 불행이었다. 그럼에도 그것이 불러일으킨 고통보다도, 불행의 원인을 알고 싶은 호기심이 더 강했다. 대체 알베르틴은 누구에게 욕망을 느끼고, 누구와 재회한 걸까. 그러나 이런 큰 사건의 원천은 큰 강의 근원 같아서, 우리는 그저 대지의 표면을 헤매기만 할 뿐 그것을 찾아낼수는 없다. 알베르틴은 오래전부터 달아날 궁리를 하고 있었을까? 아직 얘기하지 않았지만(그때는 단순한 새침 떨기나 심통 부리기, 즉 프랑수아즈가 말하는 '뾰로통한 얼굴'로밖에 보이지 않았으므로) 그녀는 내게 입을 맞추지 않았던 날부터 어둡고 슬픈 표정으로 몸을 꼿꼿하게 세운 채 긴장으로 굳어져서는, 사소한 일에도 목소리가 우울해지고 동작은 느려져서 도무지 웃는 낯을 보이지 않았다. 그녀가 외부와 공모한 사실이 있었다는 확증이 있는 것은 아니다. 한참 뒤에 프랑수아즈는, 알베르틴이 떠나기 이틀 전 그녀의 방에 들어갔을 때, 방 안에는 아무도 없었고 커튼도 드리워져 있었지만, 방 안 공기 냄새나 소리로 보아 창문이 열려 있었던 것 같다고 내게 말했다. 사실 프랑수아즈는 발코니에 있는 알베르틴의 모습을 보았을지도 모르지만, 그녀가 거기서 누구와 연락을 하고 있었는지도 모른다. 게다가 창문을 연 채 커튼을 치고 있었던 것은 내가 바깥바람을 꺼린다는 점을 그녀가 알고 있다는 사실로 설명할 수 있다. 커튼을 치는 것만으로는 바깥바람을 완전히 막지는 못할지라도, 그렇게 이른 아침부터 열려 있던 덧문이 복도를 지나가는 프랑수아즈의 눈에 띄지 않게는 할 수 있었으리라. 나는 아무것도 짚이는 데가 없었다. 다만 그 전날 밤부터 그녀가 이곳을 떠날 궁리를 했다는 것을 증명할 만한 사소한 사실 한 가지를 알고 있을 뿐이었다. 확실히 그 전날 밤 그녀는 내 방에서 몰래 거기 두었던 포장지며 헝겊을 잔뜩 가져다가, 이튿날 아침에 바로 떠나기 위해 그것으로 밤새껏 숱한 실내복과 가운을 꾸렸다. 이것이 유일한 사실이자 내가 아는 전부다. 그리고 전에 그녀가 나한테서 빌려 간 천 프랑을 그날 밤 반강제로 돌려준 사실을 나는 그다지 중요하게 생각하지 않았다. 이것은 조금도 특별한 일이 아니었다. 그녀는 돈 문제에 대한 한 극단적으로 고지식했으니 말이다.

그렇다, 그녀가 포장지를 꺼내간 것은 그 전날이었으나, 떠날 결심을 한 것은 그때가 처음이 아니었다! 왜냐하면 그녀가 도망친 것은 슬픔 때문이 아니라 내 곁을 떠나서 이제까지 꿈꾸어온 생활을 단념하려고 결심했기 때문이며, 그것이 그녀를 슬퍼 보이게 했던 것이다. 그녀는 슬프다기보다 내게 사뭇 엄숙하리만큼 차가운 태도를 보였는데, 마지막 날 밤은 예외로, 이렇게 늦게까지 있으려던 것은 아니라고 말하면서 내 방에서 나갈 때 문가에서—언제나 조금이라도 오래 있고 싶어하던 그녀가 그런 말을 하는 바람에 나는 이상한 생각이 들었지만—'안녕, 내 사랑, 안녕, 내 사랑(Adieu, petit, adieu, petit)' 하며 내게 인사하듯 말했다. 그러나 그때 나는 그 말에 별로 신경 쓰지 않았다. 프랑수아즈의 말로는 다음 날 아침 알베르틴이 그녀에게 떠나겠다고 말했을 때(하기야 이제부터 얘기하는 것은 그녀가 지쳐 있었기 때문이라고 설명할 수도 있는데, 실제로 그녀는 옷도 벗지 않은 채, 자기 방이나 화장실에 없어서 나중에 프랑수아즈에게 가져다달라고 부탁해야 하는 물건만 빼놓고 모든 짐을 꾸리는 데 밤을 꼬박 샜다), 알베르틴이 어찌나 슬픈 얼굴을 하고 있던지, 또 전날보다 움직임이 어색하여 어찌나 뻣뻣하게 나무처럼 굳어 있던지, 그녀가 '안녕, 프랑수아즈' 말했을 때 자기는 알베르틴이 쓰러지는 줄 알았다고 했다. 그런 말을 들으면, 짧은 산책 중에 쉽사리 만날 수 있는 여자들보다 최근에는 훨씬 더 마음에 들지 않게 되어버린 여자, 그녀 때문에 그런 여인들을 희생시켜야 하는 것이 원망스럽게 느껴지는 여자, 그녀가 이제는 오히려 천배나 더 호감이 가는 여인이 된 것도 당연하다는 생각이 든다. 그도 그럴 것이, 문제는 이제 어떤 종류의 쾌락—습관 때문에, 또 상대가 평범한 여자이기 때문에 거의 없는 것이나 다름없는 쾌락—과, 그 밖의 쾌락, 마음을 자극하는 매혹적인 쾌락을 비교하는 게 문제가 아니라, 그러한 여러 가지 쾌락과 그런 것들보다 훨씬 강렬한 그 무엇, 즉 상대의 고뇌에 대해 연민을 느끼는 마음 가운데 어느 것을 선택하느냐에 있기 때문이다.

응급처치로서 나는 알베르틴이 오늘 밤 안에 돌아올 거라고 자신을 달래며, 이제껏 나를 지지해준 신념으로 찢겨나간 상처에 새로운 신념의 붕대를 감았다. 하지만 나의 생존 본능이 아무리 재빨리 움직였어도, 프랑수아즈의 말을 들었을 때 나는 한순간 의지할 데 없는 허허벌판에 멍하게 서 있는 것만 같았다. 이제는 설령 알베르틴이 그날 밤 안에 돌아오리라는 사실을 안다 해도 어쩔 도리가 없다. 아직 그녀가 돌아올 거라고 나 자신에게 말해주기 전에(다시 말해 '알베르틴 아가씨께서 짐 가방을 가져다달라는 분부를 하셨습니다. 알베르틴 아가씨가 떠나셨습니다'라는 말을 들은 직후에) 내가 느낀 고뇌는 언제까지나 그대로, 즉 알베르틴이 결국 돌아오리라는 사실을 내가 전혀 모르는 것처럼 저절로 마음에 되살아났다. 그런데 그녀가 돌아온다 해도 반드시 제 발로 돌아와야만 한다. 어떤 가설을 세운다 해도, 이쪽에서 몸이 달아서 돌아와달라고 애걸하는 태도를 보인다면 역효과를 가져오게 된다. 확실히 예전에 질베르트에게 그랬던 것과는 달리, 내게는 더 이상 알베르틴을 단념할 만한 힘이 없었다. 내가 원하는 것은 알베르틴과의 재회보다 육체적인 고통에 마침표를 찍는 데 있었다. 전보다 악화된 내 심장은 이제 그 고통을 견디기가 어려웠다. 게다가 일이든 이별이든 적극적으로 무언가를 할 의욕이 없는 데 익숙해져서, 나는 전보다 더욱 비겁해져 있었다. 그러나 특히 이번 고뇌는 다른 것과 비교할 수 없을 정도로 강렬했다. 여러 이유가 있지만, 물론 상대가 게르망트 부인이나 질베르트일 때는 내가 한 번도 관능적인 쾌락을 맛보지는 못했어도, 그것이 가장 중요한 이유는 아마 아닐 것이다. 오히려 그녀들과는 매일 만나지도 않았고 그럴 수도 없었으며, 따라서 그런 욕구도 없었으므로 그녀들에 대한 내 사랑 속에는 '습관'이라는 커다란 힘이 빠져 있었다.

내 마음이 적극적인 의욕도 잃고 나아가 고통을 견디는 것도 불가능해져, 유일한 해결책은 무슨 일이 있더라도 알베르틴이 돌아오는 것뿐인 지금, 정반대의 해결(의지의 힘으로 그녀를 포기하거나 조금씩 현재의 상황을 감수하는 것)은 만약 예전에 질베르트 문제로 내 자신이 그런 해결을 선택하지 않았더라면, 아마 현실의 삶에는 있을 수 없는 소설적인 해결로밖에 생각되지 않았으리라. 다시 말해 나는 이 또 하나의 해결책도 받아들일 수 있으며, 그것도 같은 인간에 의해 수용될 수 있다는 것을 알고 있었다. 왜냐하면 나는 거의 전과 다름없는 인간이었기 때문이다. 다만 전과는 달리 시간이 이미 그 소임을 다했을 뿐이다. 그것은 나를 늙게 한 시간이며, 또 우리가 동거하고 있었을 때 알베르틴을 늘 내 곁에 있게 한 시간이기도 하다. 따라서 알베르틴을 단념한 것은 아니지만, 적어도 예전에 질베르트에게 느꼈던 감정 가운데 아직도 내게 남아 있는 것이 있다면, 다른 사람을 통해 돌아와달라고 애원함으로써 상대에게 소름 끼치는 남자로 취급받고 싶지 않다는 자존심이었다. 나는 내가 안달하는 기색을 보이는 일 없이 그녀가 스스로 돌아와주기를 바랐다. 그런데 우물거리고 있을 수만은 없어서 일어선 나를 고뇌가 붙잡았다. 알베르틴이 떠난 뒤로 일어난 것은 처음이었다. 아무튼 서둘러 옷을 갈아입고 알베르틴의 집 문지기에게 동정을 알아보러 가야 했다.

고뇌, 즉 앞으로도 오래도록 계속될 정신이 받은 타격은 형태를 바꾸는 법이다. 우리는 여러 가지 방책을 세우거나 수소문을 하면서 그 고뇌를 퍼뜨리려고 한다. 고뇌가 헤아릴 수 없이 모양을 바꿔주기를 바라는 편이 고뇌를 고스란히 가지고 있는 것보다 편하기 때문이다. 고뇌와 함께 눕는 침대는 너무 좁고 딱딱하며 차갑다. 그래서 나는 다시 일어섰다. 조심에 조심을 거듭해서 방 안을 걷는다. 나는 알베르틴의 의자, 그녀가 금빛 슬리퍼로 페달을 밟던 자동 피아노 등, 그녀가 쓰던 물건은 단 하나도 눈에 들어오지 않는 위치에 섰다. 그런 물건들은 모두 내 기억이 가르친 특수한 언어로 그녀가 떠났다는 것을 내게 번역해주고, 그 과정을 새롭게 만들어서 그 사실을 다시 한 번 내게 알리려는 듯이 보였기 때문이다. 하지만 내 눈으로 보지 않아도 그 물건들은 내게 똑똑히 보였다. 나는 온몸에서 힘이 다 빠져나가 파란 새틴 의자에 쓰러지듯 주저앉았는데, 한 시간 전만 해도 아침 햇살 때문에 멍하니 마취된 듯한 이 방의 미명 속에서, 그 의자 겉면의 광택은 내게 여러 가지 꿈을 꾸게 했다. 그때 내가 정열적으로 애무한 꿈, 그러나 지금은 아스라이 멀어져간 꿈. 아! 지금까지 나는 알베르틴이 이곳에 살고 있었을 때 외에는 이 의자에 앉은 적이 없었다. 그렇게 생각하자 나는 더 이상 앉아 있을 수가 없어서 벌떡 일어났다.

이런 식으로 순간순간마다 우리를 구성하는 작은 내가 헤아릴 수 없을 만큼 그곳에 많이 서 있는데, 그는 알베르틴이 떠나버린 사실을 아직 모르고 있으므로 그에게 알려주어야만 한다. 아직 불행을 모르는 이 모든 존재, 이 모든

'나'에게 방금 그 몸에 일어난 불행을 알려야 한다—만약 그들이 생판 남이라서 나의 감수성을 빌려서 괴로워하지 않는 사람들이라면, 그 일이 이토록 잔인한 일이 되지는 않았을 텐데. 그 하나하나의 내가 차례차례 '알베르틴이 짐 가방을 가져다달라고 부탁했다(내가 발베크에서 어머니의 여행 가방 옆에 그 관처럼 생긴 짐 가방이 실리는 것을 본 적이 있다)', '알베르틴이 떠났다'는 말을 처음으로 들어야만 했다. 그들 하나하나에게 나는 내 슬픔을 말해주어야만 했다. 그 슬픔은 결코 불길한 상황 전체에서 임의로 끌어낸 비관적 결론이 아니라, 바깥에서 온 어떤 인상, 우리가 선택한 것이 아닌 특수한 인상이 간헐적이고도 무의식적으로 이따금 되살아나는 것이다. 그런 헤아릴 수 없이 많은 '나' 가운데 몇몇은 오랫동안 만나지 못했던 사람들이었다. 이를테면(오늘이 마침 이발하는 날이라는 것을 나는 잊고 있었다) 이발했을 때의 '나'가 그랬다. 나는 이 '나'를 완전히 잊고 있다가 그 출현에 눈시울을 적셨다. 마치 장례식에서 죽은 여자를 잘 알던 늙은 하인, 지금은 일을 그만둔 하인이 찾아왔을 때 눈물이 나듯이.

그러다가 나는 또 일주일 전부터 이따금 스스로 인정하려 하지 않았던 까닭 모를 두려움에 사로잡혔던 일이 퍼뜩 떠올랐다. 그런 때 나는 이렇게 자신을 타이르며 반론했다. "그녀가 느닷없이 떠나버릴지 모른다는 상상으로 골머리를 앓다니 소용없는 짓이야. 터무니없는 상상이야. 만일 내가 분별 있는 현명한 사람에게 이런 속내를 털어놓는다면(실제로 질투심이 그런 속내를 이야기하는 것을 방해하지 않았더라면, 나는 마음의 안정을 찾으려고 이야기했을 테지만), 그 사람은 틀림없이 반박하면서 '자네 머리가 어떻게 된 것 아닌가. 있을 수 없는 일이야' 말하겠지. 사실 우리 둘은 요즘 한 번도 싸운 적이 없었다. '사람이 떠나갈 때는 뭔가 동기가 있게 마련이다. 그 동기를 말하여 상대에게 대답할 권리를 준다. 사람은 그렇게 훌쩍 떠나지는 않는다. 그건 어른이 하는 방식이 아니지. 그런 가정은 터무니없이 유치하다고 할밖에.'" 그런데도 매일 아침 초인종을 울려서 그녀가 있는 것을 확인하면서 나는 땅이 꺼져라 안도의 한숨을 내쉬곤 했다. 프랑수아즈가 알베르틴의 편지를 내게 주었을 때, 안심할 수 있는 많은 논리적인 이유가 있었는데도 나는 바로 확신했다. 결국 있을 수 없는 일이 일어났다. 며칠 전부터 짐작했던 일이지만, 이것은 알베르틴이 떠난 것에 대한 편지다. 절망 속에서도 자신의 통찰력에 만족을 느끼면서 나는 자신을 타일렀다. 마치 들킬 리가 없다는 사실을 알면서도 불안한 살인범이, 그를 소환한 예심 판사가 가진 서류 첫머리에 희생자의 이름이 쓰여 있는 것을 문득 보았을 때처럼······.

그렇게 되자, 나의 모든 희망은 오직 알베르틴이 투렌 지방의 숙모 집에 가 있는 것이었다. 거기라면 감시가 심해서, 내가 데리고 돌아올 때까지 그녀도 별수 없이 얌전히 있을 테니까. 무엇보다 두려운 것은 그녀가 파리에 그대로 머물지나 않을까, 암스테르담이나 몽주뱅으로 떠나지 않았을까, 다시 말해 그녀가 나 몰래 준비한 어떤 정사(情事)에 탐닉하려고 도망가지 않았을까 하는 염려였다. 그러나 사실 내가 파리, 암스테르담, 몽주뱅, 이런 여러 곳을 떠올리며 되뇐 것은 그저 가능한 장소를 생각한 것에 지나지 않는다. 그래서 알베르틴네 문지기가 그녀는 투렌으로 떠났다고 대답했을 때, 가장 바람직하게 여겼던 그곳이 그 어디보다 무서운 장소처럼 느껴졌다. 왜냐하면 그것은 엄연한 현실이었고, 나는 처음으로 확실한 현재와 불확실한 미래에 들볶이면서, 하나의 새 생활을 시작한 알베르틴을 상상했기 때문이다. 그녀는 어쩌면 오랫동안, 어쩌면 영원히 나와 헤어져 지내려는 생활에서 그 미지의 것을 실현시킬지도 모른다. 그것은 전에 여러 번 나를 걱정시켰던 일인데, 그때는 다행히도 나는 그 미지의 것의 바깥쪽을 붙잡고는 있어도 안에는 들어갈 수 없는 그 부드러운 얼굴을 소유하고 어루만질 수 있었다. 그 미지의 것이야말로 내 사랑의 기반이었다.

알베르틴네 문 앞에서 남루한 한 소녀가 커다란 눈으로 나를 바라보고 있었다. 무척 착해 보여서 눈이 충직해 보이는 한 개에게 말하듯이 우리집에 같이 안 가겠느냐고 물었다. 소녀는 좋아했다. 나는 집에 도착해서 소녀를 무릎에 앉혀놓고 잠시 흔들어 재웠는데, 결국 소녀의 존재가 오히려 알베르틴의 부재를 뼈아프게 느끼게 하여 견딜 수가 없었다. 그래서 소녀에게 500프랑짜리 지폐를 쥐여주고 나서 돌아가라고 말했다. 그러나 다시 얼마 안 가서 나는 누군가 다른 소녀라도 곁에 두어야지, 순결해 보이는 소녀의 존재로나마 마음을 달래야지, 절대 나 혼자 있지 말아야지 하고 생각하기 시작했고, 그것이 어쩌면 알베르틴이 얼마 동안 돌아오지 않을지도 모른다는 생각을 견디게 한 유일한 몽상이 되었다.

내 마음속에서 알베르틴은 거의 이름의 형태로만 존재하게 되었다. 그 이름은 가끔 꿈에서 깬 것처럼 중단된 적도 있었지만, 그럴 때 말고는 언제나 나의 뇌리에 자신을 새겨넣었고, 이제는 멈추지도 않는다. 만약 내가 마음속에 있는 것을 소리내어 말한다면, 줄곧 그 이름만 되뇌었으리라. 그리고 내 이야기는 마치 작은 새로 변신하기라도 한 것처럼 똑같은 말만 단조롭게 지저귀었을 것이다. 인간이었을 때 사랑했던 여자의 이름을 끝없이 부르면서 지저귀었다는 우화 속의 새처럼. 우리는 그 이름을 마음속으로 되뇔 뿐 입 밖에 내지 않기 때문에, 마음속 깊이 새겨진 이름이 머릿속에 흔적을 남기는 것인지, 오래지 않아 곧 머릿속은 누군가가 낙서로 채운 벽처럼 몇 번이고 거듭 쓴 사랑하는 여인의 이름으로 온통 뒤덮이고 만다. 사람은 행복할 때면 자나 깨나 머릿속에 그 이름을 다시 쓰는데, 불행할 때는 더 말할 것도 없다. 그러나 되풀이해서 같은 이름을 말해도 이미 알고 있는 것 말고는 아무것도 불러오지 못한다. 그래도 쉴 새 없이 중얼대고 싶은 욕구가 되살아나지만 마침내 피로가 몰려온다. 육체적인 쾌락은 이 순간에는 생각도 하지 않았다. 내 존재를 이토록 뒤흔든 원흉이 알베르틴인데도, 나는 그녀의 영상을 떠올리는 것조차 하지 않았다. 그녀의 육체도 눈에 들어오지 않았다. 만약 내 괴로움과 결합된 관념을 꺼내려 한다면—괴로움은 언제나 어떤 관념과 이어져 있는 법이므로—한편으로는 떠나갔을 때 그녀 마음이 어땠는지에 대한 의문, 즉 돌아올 생각이 있는지 없는지에 대한 관념, 다른 한편으로는 그녀를 데려올 방법에 대한 관념, 이 두 가지가 번갈아 떠올랐을 것이다.

우리의 불안에서 그 원인인 한 여인이 차지하는 장소는 매우 좁더라도 분명 거기에는 상징과 진실이 있다. 사실 다양한 감동이나 고뇌의 모든 과정 가운데 그녀라는 인간이 해야 하는 일은 대수롭지 않다. 갖가지 우연이 겹쳐져서 우리는 예전부터 그녀에 대해 그런 감정을 느낀 것이며, 습관이 그것을 그녀에게 연관시킨 것이다. 그 증거로(행복할 때도 권태를 느끼는 것 이상으로) 그 여자를 만날 것인가 말 것인가, 그 여자에게 좋은 평가를 받고 있는가 아닌가, 그 여자를 내 뜻대로 할 수 있는가 없는가 하는 문제는(곧 생각조차 하지 않게 될 하찮은 문제지만), 그녀라는 인물 자체만 고려한다면 완전히 아무래도 상관없는 것처럼 보이기 시작한다는 사실에 있다. 이때 감동과 고뇌의 과정은 적어도 그 여자 자체에 대한 한 완전히 잊혀 있기 때문이고, 또 지금은 그 과정이 다른 새로운 여자에게 옮아가서 펼쳐지고 있을지도 모르기 때문이다. 그렇게 되기 전, 감동과 고민의 과정이 아직도 그녀와 연결되어 있었을 때는, 우리의 행복이 그녀에게 달려 있다고 생각했다. 그러나 행복은, 사실 불안의 사라짐에서 초래된 것에 지나지 않는다. 따라서 사랑하는 여인의 모습을 자기도 모르는 사이에 아주 작은 모습으로 만든 우리의 무의식은 우리 자신보다 앞을 내다볼 줄 아는 지혜가 있다. 우리는 기다리는 고통을 견디다 못해 어떻게든 그녀를 찾아내고 싶다거나 그 일에 목숨을 걸어도 좋다고 생각하면서도, 이 무서운 비극 속에서조차 어쩌면 그 여인의 모습을 잊고 있었을지도 모르고, 그 여자를 잘 알지 못했거나 하찮은 여자라고 생각했을지도 모른다. 여자의 모습이 차지하는 아주 조그만 그것은, 사랑이 커가는 모습의 논리적이고 필연적인 결과이며, 그 사랑이 주관적인 성질의 것임을 선명하게 비춰내는 우의(寓意)이다.

그녀가 떠났을 때의 내 심경은, 아마 군대의 시위 행위로 외교 성과를 올리려는 국민의 심경과 비슷했으리라. 그녀는 내게서 더 나은 조건, 더 많은 자유와 사치를 얻어내려고 떠난 게 뻔하다. 이 경우, 만약 내가 가만히 기다릴 수 있다면, 아무것도 얻을 게 없다고 판단한 그녀가 제 발로 돌아올 때까지 기다릴 힘만 있다면, 우리 둘 중의 승자는 나였을 것이다. 그러나 오직 승리에만 목적을 둔 카드놀이나 전쟁이라면 상대방의 위협에 저항할 수도 있지만, 고뇌는 처음부터 연애나 질투가 유발하는 행위와는 그 조건이 다르다. 만약 참을성 있게 '버티기' 위해 알베르틴을 며칠 동안, 어쩌면 몇 주일동안 내게서 떨어져 있도록 내버려둔다면, 1년 넘게 내 목표였던, 단 한 시간도 그녀 혼자 있게 하지 않겠다는 결심을 망쳐버리게 된다. 그녀에게 마음대로 나를 속일 기회와 틈을 준다면, 이제까지의 나의 온갖 조심은 물거품이 되고 마는 것이며, 설령 그녀가 결국 패배를 인정한다 해도, 그녀가 혼자서 지낸 시간을 나는 절대 잊지 못하리라. 그리고 비록 마지막에는 내가 이긴다 해도, 과거에 있어서, 즉 이제는 돌이킬 수 없는 형태로 패자는 내가 될 것이다.

알베르틴을 다시 데려올 수단에 대해서는, 그녀가 떠난 이유가 더 나은 조건으로 다시 돌아오는 것에 대한 기대에 지나지 않는다는 가정이 맞다면, 그만큼 성공할 가능성이 있을 성싶었다. 게다가 알베르틴의 성실성을 믿지 않는 사람들, 이를테면 프랑수아즈 같은 사람에게 이 가정은 참으로 딱 들어맞는 것이었다. 그러나 나의 이성으로서는, 알베르틴이 때때로 드러낸 불만이나 어떤 태도가 이쪽에서 아무것도 모르는 사이에 두 번 다시 돌아오지 않을 출발 계획을 세우고 있었다고밖에 설명이 되지 않으므로, 그 출발이 현실에서 일어난 지금은 그것이 오로지 위장일 뿐이었다고는 도저히 믿기 어려웠다. 나는 '이성으로서는'이라고 말했는데, 나 자신으로서는 그렇지 않다. 위장의 가출이라는 가정은 그럴 법하지 않은 만큼 내게는 더욱 필요한 것이 되었으며, 사실 같지 않은 만큼 내게는 한층 더 절실한 것이 되었다. 사람은 벼랑 끝에 몰려서 신에게도 버림받았다는 생각이 들 때, 아무런 망설임 없이 신의 기적을 바라고 기대하는 법이다.

무슨 짓을 해서라도 알베르틴을 오늘 저녁 안으로 집에 돌아오게 하겠다고 자신에게 말하면서, '알베르틴 아가씨가 떠나셨습니다'라는 프랑수아즈의 말이 내게 불러일으켰던 고통(그녀의 말을 듣고 허를 찔린 내 마음은 한순간 그 출발을 결정적인 것으로 믿었으므로)을 끊어버렸다. 그러나 최초의 고뇌는 잠깐 끊어진 뒤에도, 홀로 피어난 생명이 샘솟는 힘으로 저절로 내 마음에 되살아나서 변함없이 격렬하게 계속 괴롭혔다. 왜냐하면 그것은 알베르틴을 오늘 저녁 안으로 돌아오게 할 거라고 위로 삼아 한 약속보다 전부터 존재하고 있었기 때문이다. 고뇌를 진정시켜줄 그런 문구를 고뇌는 알지 못한다. 그녀를 데려올 방법을 실행에 옮기려면 다시 한 번, 그녀를 사랑하지 않는 척, 그녀가 떠났어도 괴로워하지 않는 척하면서, 그녀에게 계속 거짓말을 해야만 한다. 그런 태도가 지금껏 썩 잘 통했기 때문이 아니라, 알베르틴을 사랑하게 된 뒤로 쭉 그런 태도를 취해왔기 때문이다. 내가 그녀를 무 자르듯이 단념한 태도를 보이면 그만큼 그녀를 돌아오게 할 방법도 힘을 얻을 듯싶었다. 그래서 알베르틴에게 이별의 편지를 쓰기로 결심했다. 그 편지는 그녀의 떠남을 결정적인 일로 받아들이고 있는 것처럼 보이리라. 한편으로 생루를 보내, 나는 모르는 일로 하고 알베르틴이 될 수 있는 대로 빨리 돌아오도록 봉탕 부인에게 아주 거칠게 압박을 가할까도 생각했다. 물론 나는 질베르트에게서 무관심을 가장한 편지의 위험성을 이미 경험했다. 처음에는 위장이었던 것이 결국에는 진심이 되어버렸기 때문이다. 그런 경험이 있는 이상, 질베르트한테 써 보냈던 것과 같은 편지를 알베르틴에게 쓸 수는 없는 일이다. 그러나 경험이라는 것은 성격의 한 특징이 우리 자신의 눈에 드러나는 것과 다름아니다. 그 특징은 매우 자연스럽게 다시 고개를 내민다. 게다가 우리 자신에게 뚜렷하게 자각되면 될수록

한층 더 강력하게 나타난다. 그러므로 처음 우리를 이끌었던 자발적인 움직임
은 기억이 암시하는 모든 것에 의해 채워져 나타나는 것이다. 개인으로서(그것
은 개인뿐만 아니라, 언제까지나 제 잘못을 고칠 생각은 하지 않고 그것을 더욱
악화시키는 국민의 경우도 마찬가지지만) 쉽게 벗어날 수 없는 모방은 바로 자
기 자신을 본뜨는 것이다.

　나는 생루가 파리에 있다는 소식을 듣고서 당장 내게 와달라고 했더니, 전
에 동시에르에서 그랬듯이 믿음직한 그가 재빨리 달려와 당장 투렌으로 떠나
는 데 동의했다. 나는 그에게 다음과 같은 계획을 맡겼다. 샤텔로에서 내려 미
리 봉탕 부인의 집을 알아낸 뒤, 알베르틴이 그를 알아볼지도 모르니까 그녀
가 외출할 때까지 기다려야 한다고 당부했다. "그럼 그 아가씨가 나를 안다는
말인가?" 그가 내게 물었다. 나는 그렇지는 않을 거라고 대답했다. 이 계획을
진행시키는 동안 나는 한없는 기쁨으로 가득찼다. 그렇지만 이 방식은 내가
처음에 마음먹었던, 이쪽에서 알베르틴을 찾는 기색을 보이지 않겠다는 다짐
과 매우 모순된 계획이었다. 이런 행동을 하면 아무래도 알베르틴을 찾는 것
처럼 보이게 될 테니까. 하지만 이 방식은 '해야 했던 일'에 대해 헤아릴 수 없
는 이점을 갖고 있다. 내가 보낸 사람이 알베르틴을 만나, 아마 그녀를 데리고
돌아와줄 거라고 상상할 수 있기 때문이다. 또 만일 처음부터 내 마음속을 훤
히 들여다볼 수 있었다면, 틀림없이 나는 예측했으리라, 어둠 속에 숨어 있어
서 서투른 방법으로 여겨졌던 이 해결책이, 의지의 결여 때문에 내가 그렇게
하기로 결정한, 참고 기다리는 방법보다 낫다는 사실을. 생루는 내가 그런 말
을 한마디도 하지 않았는데도 젊은 아가씨가 내 집에서 겨울 내내 지냈다는
것에 좀 놀라는 눈치였고, 한편 그가 가끔 발베크의 젊은 아가씨에 대한 이야
기를 했는데도 내가 '사실 그 아가씨는 이곳에서 살고 있다네' 하고 한 번도
대답하지 않았으므로 나에 대한 신뢰를 잃고 기분이 상했을지도 모른다. 또
어쩌면 봉탕 부인이 그에게 발베크에 대해 얘기할지도 모른다. 그러나 나는,
그가 빨리 출발해서 빨리 도착했으면 하는 마음에만 급급하여, 이 여행이 가
져올 결과는 생각하고 싶지도 않았고 생각할 힘도 없었다.

　그가 알베르틴의 얼굴을 기억할지 못할지에 대해서는 확신할 수 없지만(하
기야 동시에르에서 그녀를 만났을 때 그는 완강하게 그녀를 피했지만), 다들 그
녀가 많이 변해 뚱뚱해졌다고 하니까 아마 기억하지 못할 것이다. "사진은 없

나? 있다면 무척 도움이 될 텐데." 나는 처음에 없다고 대답했다. 그는 열차 안에서 흘끗 그녀를 보았을 뿐이지만, 발베크 시절에 찍은 사진을 통해 그 사람이 알베르틴이라는 걸 익힐 여유를 주고 싶지 않았다. 하지만 생각해보니, 가장 최근에 찍은 사진은 발베크 시절과도 현재의 실제 모습과도 이미 다를 테니까, 사진이든 실물이든 그녀를 알아보지 못할 것이다. 내가 사진을 찾는 동안, 그는 위로하듯이 내 이마에 다정하게 손을 갖다 댔다. 그가 내 고통을 헤아리고 마음 아파하는 몸짓에 나는 감동했다. 첫째, 그는 라셀과 관계를 끊기는 했지만 그때 겪은 감정이 아직두 생생하여 이러한 고통에 대해 동병상련의 처지로 동정하며 특별한 연민을 느꼈을 것이다. 둘째, 그는 내게 깊은 애정을 갖고 있어서 내가 괴로워한다는 생각만으로도 견딜 수 없었을 것이다. 그래서 그는 나를 괴롭히는 여인에게 원망과 감탄이 섞인 감정을 품고 있었다. 그는 나를 매우 뛰어난 인간이라고 생각하고 있었기에, 내가 한 여자 때문에 꼼짝 못하는 걸 보고 그녀가 비범한 여인이 틀림없다고 여겼다. 나는 그가 알베르틴의 사진을 보고서 분명히 예쁘다고 할 거라고는 생각했지만, 그래도 설마 트로이 노인들이 헬레네(Helene)*¹한테서 받은 인상을 받으리라고는 생각지 못하여 사진을 찾으면서 겸손하게 말했다. "하지만 너무 공상에 빠지지는 말게. 사진도 잘 안 나온 데다 그리 놀랄 만한 미인도 아니고, 그저 마음씨가 고운 여자일 뿐이니까."— "아닐 걸! 틀림없이 굉장한 미인이겠지." 그는 나를 이런 절망과 동요 속에 던져버릴 수 있는 사람을 머릿속에 그려보려고 애쓰면서 천진하고 성실한 열정을 담아 말했다. "자네를 괴롭히는 그 여인은 미워할 만하지만, 그래도 충분히 상상이 된다네. 자네처럼 뼛속까지 예술가인 사람은 그만큼 모든 것에 애정을 느끼고 아름다움을 사랑하지만, 한 여인에게서 그 아름다움을 발견하면 누구보다 먼저 고통스러운 운명을 느끼는 법이지." 나는 드디어 사진을 찾아냈다. "틀림없이 멋진 여인일 거야." 로베르는 내가 사진을 내민 것도 알아채지 못하고 계속 말했다. 그러다가 문득 사진을 본 그는 잠깐 그것을 손에 들고 있었다. 그는 어리둥절한 표정으로 입을 짝 벌렸다. "이게, 자네가 사랑하는 아가씨?" 그는 내가 마음 상할까 봐 가까스로 놀라움을 억누른 목소리로 말했다. 그는 아무 말도 하지 않고 짐짓 점잔을 빼듯 조심스럽게, 그리고

---

*1 그리스 신화에서 제우스와 레다의 딸이며 그리스 제일의 미녀. 그녀를 둘러싸고 트로이 전쟁이 일어남.

당연한 일이지만 사람들이 병자를 대할 때처럼 조금 나를 내려다보는 듯한 태도를 보였다. 그때까지 걸출한 인간이자 자신의 친구였던 상대 병자는 지금은 그 모습이 하나도 남아 있지 않았다. 광기에 사로잡혀 천사가 나타났다고, 건강한 사람의 눈에는 새털 이불밖에 보이지 않는 곳에 계속 천사의 모습이 보인다고 우기는 꼴이니 말이다. 나는 이내 로베르의 놀라움을 이해했다. 그것은 바로 그의 애인을 보았을 때 내가 느꼈던 놀라움이었다. 유일한 차이는 내가 이미 로베르의 애인이 누구인지 알았던 반면, 로베르는 알베르틴을 한 번도 본 적이 없다는 점이었다. 그러나 아마도, 우리 각자가 같은 사람을 완전히 다른 사람처럼 보고 있었다는 점에서는 비슷할 것이다.

발베크에서 알베르틴을 바라보며 내 눈의 감각에 맛과 냄새와 감촉을 아주 조금씩 더하기 시작한 것은 상당히 오래전의 일이었다. 그 뒤 거기에 더욱 깊고 더욱 감미로우며 미묘한 감각이 더해졌다. 이어서 고통스러운 감각도. 요컨대 알베르틴은 돌 주변에 눈이 내려 쌓이는 것처럼, 내 마음의 설계도를 통해 거대한 건축물을 창조하는 중심점에 지나지 않았다. 이러한 여러 가지 감각의 층을 보지 못하는 로베르는 그저 찌꺼기밖에 보지 못한 반면, 나는 그 감각의 층에 정신이 팔려 찌꺼기가 눈에 들어오지도 않았다. 알베르틴의 사진을 보았을 때 로베르가 당황한 것은 지나가는 헬레네를 보고 감탄한 트로이 노인들이,

> Notre mal ne vaut pas un seul de ses regards
> 우리 고통은 그녀의 단 한 번의 눈길만도 못하도다[*1]

중얼거린 것과 정반대로 "뭐, 그토록 속을 태우며 괴로워하고 미친 짓을 하는 것이 다 이 따위 여인 때문이란 말인가!" 하는 놀라움이었다. 솔직히 말해, 우리가 좋아하는 어떤 남자를 마구 괴롭혀 그 인생을 뒤죽박죽으로 만들고, 때로는 죽음에까지 이르게 하는 여인을 보았을 때 우리가 느끼는 이런 반응은 트로이 노인들의 반응보다 훨씬 더 빈번하니, 한마디로 흔해 빠진 일이다. 그것은 단순히 사랑이 개인의 일이기 때문도 아니고, 또 사랑을 느끼지 않

---

*1 롱사르(1524~85)의 《엘렌의 소네트》에서 인용한 구절.

을 때는 그것을 피할 수 있다고 생각하거나, 타인의 광기에 대해 이러쿵저러쿵 이치를 따지게 마련이기 때문도 아니다. 아니, 그 놀라움은 사랑이 그만한 고통을 불러일으키는 단계에 다다르면, 온갖 감각이 만들어낸 것이 여인의 얼굴과 사랑하는 남자의 눈 사이에 들어와서 고통으로 가득 찬 커다란 알처럼 부풀어올라, 쌓인 눈이 샘을 가리듯이 여인의 얼굴을 감싸 숨겨버리기 때문이다. 그리고 사랑하는 남자의 눈길이 머무는 지점, 그가 쾌락과 고통을 만나는 지점은, 이 감각이 만들어낸 것이 밖으로 나와 있기 때문에, 다른 사람이 여인의 얼굴을 보고 있는 곳보다 훨씬 먼 곳에 있다. 마치 진짜 태양은 우리가 하늘에서 빛 덩어리를 보고 저것이 태양이라고 생각하는 장소와 매우 동떨어진 곳에 있는 것과 같다. 게다가 그 사이에 고뇌와 애정이 만든 고치에 싸여 남자의 눈에는 사랑하는 사람이 가장 나쁜 모습으로 변하는 것조차 눈에 들어오지 않은 채 여인의 얼굴은 천천히 늙고 변해간다. 따라서 사랑하는 남자가 처음에 마주한 여인의 얼굴이, 그가 사랑하고 괴로워하기 시작한 뒤에 보는 얼굴과 멀리 떨어져 있다 해도, 그것은 또한 반대의 의미에서 무관심한 방관자가 현재 볼 수 있는 얼굴과도 동떨어진 것이다(만일 로베르가 젊은 아가씨의 사진 대신 늙은 정부의 사진을 보았다면 과연 어땠을까?).

우리는 그토록 남자의 속을 썩이는 여인을 처음 만나는 것이 아니라도 그런 놀라움을 느낄 때가 있다. 나의 작은할아버지 아돌프가 오데트를 알고 있었던 것처럼, 우리가 그런 여인을 예전부터 알고 지낸 경우도 흔하다. 그런 때 관점의 차이가 사람의 겉모습뿐만 아니라 성격이나 상대의 분명한 개성에까지 확대된다. 자기를 사랑하는 남자를 괴롭히는 여인이 그녀를 거들떠보지도 않는 남자에게는 언제나 친절한 아가씨가 되는 것도, 마치 스완한테 그토록 잔인했던 오데트가 나의 작은할아버지 아돌프에게는 친절한 '장밋빛 드레스의 여인'이었듯이 자주 있는 일이다. 또는 사랑하는 남자가 마치 신의 뜻이라도 전하는 양 여인의 마음을 하나하나 조심스럽게 살피고 있는데도, 그녀를 사랑하지 않는 남자의 눈에는 이쪽이 원하는 대로 뭐든지 기꺼이 하는 하찮은 여자로 보이는 경우도 흔하다. 생루의 애인은 내게 뚜쟁이 할멈이 놀아보라고 여러 번 권했던 '라셀 캉 뒤 세뇌르'라는 별명으로 통하는 창녀로밖에 보이지 않던 것처럼. 내가 생루와 함께 처음 그녀를 만났을 때, 지지리도 못났지, 어쩌면 이런 여자의 과거를 몰라서 괴롭히고, 그녀가 다른 사내에게 속삭인 내용이

나 헤어지고 싶어한 까닭을 알려고 안달했을까 하는 생각에 어이가 없었던 일이 떠올랐다. 그래서 나는 내 마음과 생명을 이루는 섬유 한 가닥 한 가닥이 고통에 오들오들 떨면서 서투르게 향해 가는 그 과거—당연히 그것은 알베르틴의 과거이지만—가, 아마도 언젠가는 나 자신도 그렇게 되겠지만 생루에게는 전혀 흥미가 없어질 테고, 알베르틴의 과거가 무의미한가 중요한가 하는 점에 대해, 지금의 내 정신 상태에서 생루의 정신으로 옮겨갈지도 모른다는 생각이 들었다. 왜냐하면 나는 생루가 무슨 생각을 하는지, 사랑하고 있지 않은 사람들이 모두 무슨 생각을 하는지에 대해 환상을 품고 있지 않기 때문이다. 그리고 그것에 대해 별로 괴로워하지 않았다. 어여쁜 여인들은 상상력이 부족한 남자들에게 넘겨주자.

나는 많은 인생을 비극적으로 설명하면서, 엘스티르가 그린 오데트의 초상화처럼 천재적이지만 닮지 않은 초상화를 떠올렸다. 그것은 사랑하는 여인의 초상화라기보다 대상의 모습을 바꿔버리는 사랑의 초상화다. 대부분의 초상화는 갖췄으나 이 그림에 빠져 있는 것은 위대한 화가인 동시에 연인이라는 점뿐이었다(하기야 소문에 의하면 엘스티르는 오데트의 연인이었다고 한다). 이렇듯 대상과 닮지 않은 것은 사랑에 빠져 아무도 이해할 수 없는 광적인 행동을 반복하는 한 남자의 일생, 예를 들어 스완 같은 남자의 삶이 잘 증명한다. 그러나 사랑하는 남자가 엘스티르 같은 화가라면, 그때 수수께끼처럼 나타나서 세상 사람들이 그 여자의 얼굴에서 한 번도 알아챈 적이 없었던 입술, 아무도 몰랐던 코, 의식하지 못했던 행동이 눈앞에 드러난다. 초상화는 말한다. "내가 사랑하던 것, 나를 괴롭히던 것, 내가 늘 보던 것, 그것은 이것이다."

예전에 나는 생루가 라셀에게 덧붙였던 모든 것을 머릿속으로 그녀에게 덧붙이려고 애썼는데, 이제는 그것과 반대로 조작하여 알베르틴을 이루는 것 속에서 내 심장과 정신의 산물을 모두 없애, 마치 내게 라셀이 그렇듯이 생루에게 알베르틴이 어떻게 보일지 상상해보려고 애썼다. 그러나 그것이 무슨 의미가 있을까? 설사 우리 자신이 그 차이를 깨달았다 한들, 우리가 그것을 믿기나 할까? 지난날 발베크에서, 알베르틴이 앵카르빌의 아케이드 밑에서 나를 기다렸다가 마차에 뛰어올랐을 때, 그녀는 '뚱뚱하기'는커녕 오히려 심한 운동으로 지나치게 살이 빠져서 말랐고, 보기 흉한 모자 밑으로 살짝 내민 괴상하게 생긴 코끝 양쪽의 뺨은 땅속에 사는 애벌레처럼 창백하게 보여서 전혀 그녀 같지 않았지만, 그래도 마차에 폴짝 뛰어오르는 것을 보니 틀림없는 그녀였으며, 그녀가 다른 데 가지 않고 시간 맞춰 약속 장소에 나와 있었음을 나는 알았다. 그것만으로 충분했다. 남자가 사랑하는 것은 너무 많이 과거 속에 묻혀 있고, 너무 많이 잃어버린 시간 속에 남아 있어서, 남자는 더 이상 여자의 모든 것을 필요로 하지 않게 되었다. 다만 그것이 확실하게 그 여자이고, 틀림없이 본인이기를 바랄 뿐이다. 이 본인이라는 것은 사랑하는 자에게는 미모보다 훨씬 중요하다. 타인이 보기에 처음에는 미녀를 정복한 것을 무엇보다 자랑으로 여기던 남자들의 여자도 뺨이 움푹 꺼지고 몸이 여위는 일두 생긴 것이다. 그러나 그 작은 코끝, 한 여인의 변함없는 개성이 한데 모여 있는 그 작은 표징, 그 대수학(代數學)처럼 정밀한 에센스, 그 정수(定數), 이러한 것들이 있는 것만으로 최상류 사교계에서 모든 사람이 목을 빼고 기다리는 남자, 또 그런 사교계를 좋아하는 남자는 단 하룻밤도 마음 놓고 외출하지 못한다. 왜냐하면 그는 자신이 사랑하는 여인이 잠들 때까지 그녀의 머리를 빗겨주면서 시간을 보낼 테고, 오로지 그녀와 함께 있기 위해, 또는 그녀를 자기 옆에 붙들어두려고, 오직 그녀를 다른 남자 곁에 가지 못하게 하려고 그녀 곁에 남아서 시간을 보내기 때문이다.

"자네, 정말 그 여자 남편의 선거 비용으로 그녀에게 3만 프랑을 줘도 괜찮단 말인가? 그녀가 그렇게 염치없는 사람인가? 자네가 잘못한 게 아니라면, 3천 프랑으로 충분할 텐데 말이야." 생루의 말에 나는 대답했다. "잘못 생각한 게 아냐, 부탁이니 제발 돈을 아끼지 말게. 무척 마음에 걸렸던 일이라네. 그리고 이렇게 말해주게, 그 일부는 사실이기도 하니까. '내 친구는 약혼녀 숙부님의 선거위원회를 위해 한 친척에게 이 3만 프랑을 기부하겠다고 했습니다. 그가 이 돈을 내는 건 이 약혼 때문입니다. 그는 이 돈을 알베르틴이 절대 모르게 전해드리라고 내게 부탁했습니다. 그런데 그 뒤에 알베르틴이 그를 떠나고 말았습니다. 그래서 그는 어찌할 바를 몰라 하고 있습니다. 만약 알베르틴과 결혼하지 않는다면 이 3만 프랑은 돌려줘야 합니다. 만일 결혼할 생각이라면 적어도 체면상 그녀가 당장 돌아와줘야 합니다. 너무 오래 모습을 보여주지 않으면 난처한 일이 될 테니까요' 하고 말이야. 자네 이게 일부러 지어낸 말이라고 생각하나?"— "천만에." 생루는 호의와 조심성 때문에, 그리고 사실이란 흔히 생각하는 것보다 더 괴상하다는 걸 알기 때문에 그렇게 대답했다. 어쨌든 내가 생루에게 말했듯이, 이 3만 프랑의 이야기 속에 상당한 진실이 들어 있을 가능성이 아예 없는 것은 아니었다. 그것은 있을 법한 일이지만 진실은 아니었으며, 이 진실 운운하는 부분이야말로 거짓말이었다. 우리, 즉 로베르와 나는 서로 거짓말을 하고 있었다. 절망적인 사랑으로 괴로워하는 친구를 진정으로 돕고자 애쓸 때 친구들의 대화가 반드시 그렇듯이. 친구에게 도움말을 해주고 의지가 되어주며, 친구를 위로하려는 자는, 상대의 비극에 대해 동정은 하지만 그것을 실감할 수는 없다. 그러므로 좋은 친구일수록 더욱 거짓말을 하게 된다. 상대는 도움을 받기 위해 그에게 필요한 사실을 고백하지만, 또한 도움을 받기 위해 많은 것을 숨기기도 한다. 이때 행복한 사람은 수고를 마다하지 않고 여행을 하며 심부름을 하지만 마음고생은 하지 않는다. 지금의 나는 동시에르에서 라셀에게 버림받은 줄로 여겼을 때의 생루와 똑같다.

"어쨌든 자네 원대로 하게나. 내가 모욕을 당하는 일이 있더라도 자네를 위해 감수하겠네. 이런 노골적인 거래가 좀 묘하게 보이긴 하지만 어쩔 수 없지. 세상에는 공작부인이 수두룩하지만 가장 신앙심 깊은 공작부인들도 3만 프랑을 위해서라면, 조카딸한테 투렌에 오래 남아 있지 말라고 타이르는 것보다 더 어려운 일도 기꺼이 할지 모르니까. 아무튼 내가 자네에게 도움이 될 수 있어 두 배로 기뻐. 그 때문에 자네를 만날 수 있으니까." 또 그는 덧붙였다. "내가 결혼한다면 더 자주 만날 수 있겠지? 내 집을 자네 집처럼 생각하고 말일세……." 그는 갑자기 입을 다물었다. 그때 그는 이렇게 생각했을 거라고 나는 추측했다. 만약 내가 결혼하더라도 알베르틴은 그의 아내와 절친한 사이가 될 수 없을 거라고. 나는 생루가 게르망트 대공의 딸과 결혼하게 될 것 같다고 캉브르메르네 사람들이 말한 것을 떠올렸다.

기차 시간표를 알아본 생루는 밤이 되어야 출발할 수 있음을 알았다. 프랑수아즈가 와서 내게 물었다. "서재에 있는 알베르틴 아가씨의 침대를 정리할까요?"—"무슨 소리야, 그냥 둬야 해." 나는 알베르틴이 머잖아 돌아오기를 바랐고, 프랑수아즈에게도 거기에 의심을 품게 하고 싶지 않았다. 알베르틴이 떠난 것은 우리 둘이서 결정한 일이며, 조금이라도 그녀의 사랑이 식었다는 분위기를 풍겨서는 안 되었다. 그러나 프랑수아즈는 전혀 못 믿겠다는 태도는 아니지만 미심쩍어하는 기색으로 나를 물끄러미 쳐다보았다. 그녀 또한 나름대로 두 가지 가설을 세우고 있었다. 코를 킁킁거리며 불화의 냄새를 맡은 그녀는 오래전부터 알베르틴이 떠나리라 짐작하고 있었을 게 틀림없다. 그리고 그녀가 그것을 완전히 믿지 않은 것은 아마도 나와 같겠지만, 그것은 몹시 기쁜 일을 마음놓고 믿는 것을 경계했기 때문이다.

생루가 겨우 기차를 탔으려니 생각했을 즈음, 나는 응접실에서 블로크와 마주쳤다. 그가 울린 초인종 소리를 못 들었던 것이다. 그래서 잠깐 그를 상대해야만 했다. 그는 얼마 전 알베르틴(그는 발베크에서 그녀와 안면이 있었다)과 같이 있던 나를 만난 적이 있었는데, 그것은 그녀가 몹시 기분이 언짢았던 날이었다. "봉탕 씨와 저녁 식사를 함께했는데." 그가 내게 말했다. "난 그 사람과 어느 정도 통하는 사이여서, 그의 조카딸이 자네에게 좀더 잘하지 않는 게 섭섭하다고 잘 타일러달라고 말했네." 나는 화가 나 숨이 막힐 지경이었다. 그런 부탁이나 하소연은 생루의 교섭을 물거품으로 만들 뿐 아니라, 마치 내가 알베르틴에게 울며 매달리는 꼴이 되지 않는가 말이다. 엎친 데 덮친 격으로 응접실에 그대로 남아 있던 프랑수아즈도 이 이야기를 전부 듣고 말았다. 나는 블로크에게 가능한 한 온갖 비난을 퍼붓고, 누가 그 따위 부탁을 했으며 사실과도 다르다고 해명했다. 그때부터 블로크의 입가에 줄곧 엷은 웃음이 번졌는데, 그것은 나를 화나게 한 것이 유쾌해서가 아니라 겸연쩍어서였으리라. 그는 웃으면서 내가 이렇게 화를 낼 줄은 몰랐다고 말했다. 그가 그렇게 말한 이유는 아마도 자신의 경솔한 행위가 그리 중요한 문제가 아님을 보여주기 위해서였을 것이다. 또 그가 본디 허황한 위인이어서 물 위에 뜬 해파리처럼 거짓말 속에서 어정버정 실실거리며 살아가는 사내였기 때문일 것이다. 비록 그가 별 쫗난 인간이라 쳐도 타인은 절대로 우리 자신과 같은 관점에 설 수 없는 만큼, 우연히 입에서 튀어나온 말이 상대방에게 얼마나 큰 마음의 상처를 주는지 이해하지 못했기 때문일지도 모른다. 블로크가 저지른 실수를 돌이킬 방법이 없었으므로 그를 막 내쫓았을 때 다시 초인종이 울리더니, 프랑수아즈가 내게 경찰서장 앞으로 출두하라는 소환장을 내밀었다. 내가 한 시간 정도 집에 데리고 있던 소녀의 부모가 나를 상대로 미성년자 유괴 소송을 제기했다는 것이다. 인생에는 여러 가지 귀찮은 일들이 바그너풍의 유도동기(誘導動機)*¹처럼 뒤섞여서 달려드는데, 거기서 어떤 아름다움이 태어나는 순간이 있다. 그런

---

*1 라이트모티프(Leitmotiv). 악극·표제 음악 등에서, 중요 인물·사물·감정 따위를 상징하는 동기. 반복 사용으로 극의 진행을 암시하고 통일감을 줌.

때 나타나는 또 하나의 관점은 지성이 앞쪽에 갖춰져 있는 미래라고 불리는 작고 빈약한 거울 어디에도 비치지 않는 사건들이 연달아 일어난다는 관념으로, 거기서도 어떤 아름다움이 탄생한다. 사건은 거울 밖에 있어서 마치 현행범을 발견한 사람처럼 갑자기 나타난다. 하나의 사건은 그것만을 다른 것에서 분리하면 실패한 것은 부풀어오르고, 만족한 것은 줄어드므로 이미 변화하고 있다. 그러나 사건이 하나만 존재하는 일은 거의 드물다. 하나하나의 사건이 불러일으키는 감정은 서로 모순되어, 내가 겁을 먹은 채 경찰서로 향하면서 느낀 것처럼 공포감은 어느 정도 감상적인 슬픔을 불러일으키는 촉발제로서, 적어도 한동안은 상당히 효과가 있었다.

경찰서에서 만난 소녀의 부모는 나를 실컷 모욕하고 나서 "이런 더러운 돈은 필요 없소" 하며 내게 500프랑을 되돌려주었지만 나 또한 그것을 다시 집어넣을 마음은 없었다. 경찰서장은 임기응변으로 척척 대답하는 중죄 재판장들의 능력을 흉내낼 수도 없는 최고의 모범으로 꼽는 사람이어서, 내가 입 밖에 내는 말꼬리 하나하나를 붙잡아 재치 있고 솜씨 좋게 익숙한 태도로 찍소리도 못하게 대꾸하는 것이었다. 실제로 내가 죄가 없다는 사실은 문제조차 되지 않았으니, 그런 가정만은 어느 누구도 인정하려 들지 않기 때문이다. 그런데도 고소하기가 여의치 않자, 나는 소녀의 부모 앞에서 심한 질책을 듣는 걸로 대신하여 풀려났다. 그런데 그들이 가버리자 본디 어린 여자애들을 좋아하는 경찰서장은 말투를 바꿔 초록은 동색인 양 내게 주의를 주었다. "다음엔 좀더 솜씨 있게 하시게. 암, 그렇게 거리에서 불쑥 줍는 짓을 하면 실패할 게 뻔하지. 게다가 여보게, 그 따위보다 더 나은 계집애들이 수두룩해, 더 싸게 먹히고 말이야. 금액이 터무니없이 높았어." 나는 서장에게 진실을 말해봤자 이해해줄 것 같도 않아서, 가도 좋다는 허락이 떨어지자 아무 말도 하지 않고 물러나왔다. 집에 돌아오기까지 지나가는 모든 사람이 내 행동을 감시하라는 임무를 맡은 사복형사처럼 보였다. 그러나 이 유도동기도 블로크에 대한 노여움의 유도동기와 마찬가지로 금세 사라져버리고 알베르틴의 실종이라는 유도동기만이 남았다. 그런데 이 마지막 유도동기는 생루가 떠난 뒤부터 거의 매우 즐거운 가락으로 다시 시작되었다. 그가 봉탕 부인을 만나러 가는 임무를 맡아준 다음부터 이 사건의 무게는 지친 내 정신이 아닌 생루의 두 어깨에 걸머지게 되어, 그가 출발할 때는 무척 기뻐서 마음이 들뜰 지경이었다. 나는 이미 결단을 내리고 있었다. "이제 반격할 준비는 끝났어." 지금 내 고통은 옅어졌다. 그것은 행동했기 때문이라고 나는 생각했고, 진심으로 그렇게 믿었다. 왜냐하면 사람은 자기 마음속에 감추어진 것이 무엇인지 절대로 알 수 없기 때문이다. 사실은 나를 행복하게 만든 것은 내가 생각했듯이 지지부진한 나의 상황을 생루에게 떠넘겼기 때문이 아니다. 물론 내가 전적으로 잘못 생각한 것은 아니다. 불행한 사건(본디 사건이라는 것은 넷 중 셋은 불행한 법이다)을 해결할 특효약은 결단이다. 결단을 내리면 그 결과로서 갑자기 사고가 거꾸로 진행되어, 지난 사건에서 시작되어 끝없이 진동을 계속하는 사고의 흐름을 끊고, 외부와 미래에서 오는 반대 사고의 역류로 그것을 부수기 때문이다. 그러나 이런 새로운 사고가 특별히 효과가 있는 것은 미래의 깊은 내부에서 희망을 가져다줄 때다(지금 내게 밀려오는 사고가 바로 그러하다).

　요컨대 나를 이처럼 행복하게 만든 것은 생루의 사명이 실패할 리가 없으니 알베르틴이 꼭 돌아올 거라는 은밀한 확신이었다. 나는 그 점을 깨달았다. 첫날에 생루의 답장이 오지 않자 이내 다시 괴로워졌기 때문이다. 따라서 내가 결단을 내린 것과 생루에게 전권을 위임한 것이 기쁨의 원인은 아니었다. 그렇지 않았으면 기쁨은 계속되었으리라. 오히려 입으로는 '무슨 일이 일어나더라도' 말하면서도 사실은 '성공이 확실하다'고 생각한 게 원인이었다. 답장이 늦어져서 어쩌면 잘 안 될지도 모른다는 생각이 들기 시작했을 때, 그 생각이 어찌나 무시무시하던지 내 기쁨도 어느새 사라지고 말았다. 실제로 우리는 기쁨을 다른 원인으로 돌리지만, 우리가 기쁨으로 가득 차게 되는 것은 행복한 사건을 예상하고 기대할 때이다. 우리가 바라는 것이 이뤄지리라는 확신이 사라지면 기쁨은 끝나고 다시 비탄 속에 빠지고 만다. 우리의 감각 세계에 있는 건물을 늘 받치고 있는 것은 눈에 보이지 않는 확신이며, 그것이 사라지면 건물도 흔들린다. 이러한 확신이 있느냐 없느냐야말로 인간의 가치와 무가치를 정하고 그들과의 만남에서 끝없는 기쁨을 느끼는가 하면, 견딜 수 없는 고통을 받기도 한다는 것을 우리는 이미 보았다. 마찬가지로 그 확신은 슬픔을 견디는 것도 가능하게 한다. 이윽고 이 슬픔도 끝나리라 믿는 것만으로도 하찮은 슬픔으로 보이기 때문이다. 또는 슬픔이 갑자기 커져서 결국 누군가의 존재가 우리의 목숨만큼, 때로는 그 이상의 가치마저 지니는 일이 있어도 견뎌낸다. 그런데 처음 느끼는 가슴의 통증(그 최초의 통증은 이미 존재하지 않는다는 사실을 고백해야겠지만)만큼 격렬한 아픔이 있었다. 알베르틴의 편지에서 어떤 글을 다시 읽는 것이었다. 보통 우리는 아무리 사랑하는 사람들의 경우라도, 그들을 잃는다는 괴로움 때문에 고독 속에서 상대하며, 그것에 어느 정도까지 정신이 원하는 형태를 부여하면, 그 괴로움도 능히 견딜 수 있는 법이다. 그러나 확실히 그것과는 달리, 인간적이라고도 우리 자신의 괴로움이라고도 할 수 없는, 정신 세계나 마음 영역에서 일어난 사고처럼 뜻하지 않게 덮쳐오는 기묘한 괴로움도 있다―그것은 우리가 잃어버린 사람들이 직접적인 원인이 아니라, 그들과 더 이상 만날 수 없다는 사실을 알았을 때, 그 아는 방법이 원인이 되는 괴로움이다. 알베르틴뿐이라면, 나는 남몰래 눈물 흘리며 어제처럼 오늘 밤에도 만날 수 없음을 받아들이면서 그녀를 생각할 수 있었다. 하지만 '내 결심은 바꿀 수가 없어요'라는 글을 다시 읽는 건 그렇지 않아서, 치명적인 심장 발작을 일으켜 목숨을 앗아갈지도 모르는 위험한 약을 먹는 것과 다름없었다. 이별과 관련된 사물이나 사건, 편지 속에는 상대방이 갖는 고통 자체를 확대시키고 그 성질마저 변하게 하는 특수한 위험이 도사리고 있다. 그러나 그 괴로움은 오래 가지 않았다. 뭐니뭐니해도 나는 생루의 계략이 성공할 것을 확신했고 알베르틴이 돌아오리라는 것을 믿어 의심치 않았는데, 그것을 바라는 건 과연 옳은 일일까 하고 의심하기 시작했다. 그런데도 나는 그런 생각을 흥겨워하고 있었다.

나는 자동차와 함께, 그 무렵 가장 아름다운 요트도 사려고 했다. 팔려고 내놓은 요트가 있긴 했지만 너무 비싸서 임자가 나서지 않았다. 단, 요트를 사고 나면 겨우 넉 달 동안 타고 다니는 유지비만 해도 1년에 20만 프랑이 더 들 것이다. 내가 쓰는 생활비는 한 해 동안 50만 프랑 남짓이다. 대체 이것으로 7, 8년, 또는 그 이상 버틸 수 있을까? 하지만 상관없다. 50만 프랑의 연금 말고 아무것도 없게 된다면, 그것을 알베르틴에게 유산으로 남기고 자살해버리면 그만이다. 그것이 내 결심이었다. 그 결심은 내게 '나 자신'에 대해 생각하게 했다. 그런데 자아는 끊임없이 많은 것을 생각하며 살아가고 있고, 자아란 바로 그런 것들을 생각하는 것이므로 가끔씩 이렇게 눈앞에 있는 대상이 아닌 자기 자신을 문득 돌아보기 시작하면, 거기서 발견하는 것은 텅 비어 있는 장치에 지나지 않고 뭔가 자기가 알 수 없는 것이므로, 거기에 현실성을 부여하기 위해 자아는 거울로 본 자기 얼굴에 대한 기억을 덧붙여야 한다. 저 우스꽝스러운 미소, 이 너저분한 콧수염, 땅 위에서 사라져가는 것은 그것이다. 5년 뒤에 내가 자살한다면 머릿속에 끊임없이 잇달아 나타나는 저 모든 것에 대한 생각도 멈출 수 있다. 나는 더 이상 이 세상에 존재하지 않으며 두 번 다시 돌아오지 않을 것이다. 내 사고(思考)는 영원히 정지될 것이다. 그리고 내 자아는, 그것을 더 이상 존재하지 않는 것으로서 바라보자 한층 더 가치 없는 것처럼 보였다. 우리 사고가 언제나 향하고 있는 여성(우리가 사랑하는 여성)을 위한다면, 그것을 기꺼이 희생하는 것, 그녀를 위해 우리가 한 번도 생각한 적이 없는 이 또 하나의 존재인 우리 자신을 희생하는 것, 그것이 뭐 그리 어렵겠는가? 그러므로 나의 죽음이라는 이 생각은 내 자아라는 관념과 마찬가지로 기묘하게 생각되었지만, 그것은 조금도 불쾌하지 않았다. 그러나 나는 갑자기 두렵고 슬퍼졌다. 더 이상 돈에 자유롭지 못한 것은 부모가 살아 있기 때문이라고 생각한 순간, 문득 어머니가 떠올랐기 때문이다. 그리고 내가 죽은 뒤에 어머니가 슬퍼할 것을 생각하니 도저히 견딜 수가 없었다.

경찰서에서의 그 일은 다 끝난 걸로만 알았는데 공교롭게도 프랑수아즈의 보고에 의하면, 형사가 와서 내가 집에 어린 소녀를 끌어들이는 버릇이 있는지 묻자, 알베르틴을 두고 하는 말로 여긴 문지기가 그렇다고 대답해서 그때부터 집 주위를 감시하는 눈치라고 한다. 앞으로 슬픔을 달래기 위해 아무 소녀나 집으로 데리고 왔다간 그 소녀 앞에서 형사한테 짓밟히고, 치한이라는 소리를 들으면서 망신당할 각오를 해야 할 것이다. 그리고 나는 사람이 상상 이상으로 뭔가 마음속에 품은 꿈 때문에 산다는 사실을 이해했다. 왜냐하면 다시는 어린 소녀를 조용히 얼러줄 수 없다면, 내게서 인생의 모든 가치가 영원히 사라질 것처럼 느꼈기 때문이다. 또한 나는 이해관계와 죽음에 대한 공포가 세상을 움직인다고 생각하고 있었음에도, 쉽사리 재산을 포기하거나 죽음의 위험을 무릅쓰는 사람이 있는 것도 충분히 이해할 수 있다고 생각했다. 생판 모르는 소녀라 하더라도 경찰관에게 모욕을 당하고 그녀에게 굴욕적인 인상을 주게 된다면, 나는 차라리 자살하는 편이 훨씬 낫다고 생각했을 테니까! 이 두 가지 고통 가운데 어느 쪽이 더한지 비교하는 건 애당초 불가능하다. 그러나 실제의 인생에서 사람들은 자신이 돈을 주거나 죽인다고 협박하는 상대에게도 애인이나 친구가 있어서, 상대는 자기 자신보다도 그 애인이나 친구의 존경만은 잃고 싶지 않을 거라는 사실은 생각해보려고도 하지 않는다. 그때 나는 그만 혼란에 빠져 착각하고(알베르틴은 이미 성인이므로 내 집에서 살거나 애인이 될 수도 있다는 것을 깜박 잊고), 알베르틴에게도 미성년자 유괴죄가 적용되는 게 아닐까 생각하기 시작했다. 그러자 내 인생이 사면초가가 된 듯했다. 나는 알베르틴과 순결한 생활을 한 것이 아니라는 생각을 하면서, 처음 만난 소녀를 귀여워해주었다고 해서 내가 받은 처벌 속에, 즉 인간이 내리는 징벌 속에 늘 존재하는 하나의 관계를 발견했다. 그 관계 때문에 공정한 유죄 판결도 완전한 오심도 거의 없어지고, 그 대신 무고한 행위에 대해 품는 재판관의 그릇된 판단과 그가 미처 몰랐던 숨은 죄 사이에 어떤 조화가 생기는 것이다. 그러자 알베르틴이 돌아오면 그 일이 내게 명예롭지 못한 유죄 판결을 가져올지 모른다는 생각이 뇌리를 스쳤다. 그 판결로 인해 그녀의 눈에 내 가치는 떨어질 테고, 그녀 자신에게도 피해를 주어 더 이상 나를 용서하지 않을지도 모른다. 그렇게 생각하자 그녀가 돌아오기를 바라는 마음도 사라졌고 오히려 그것이 두려워졌다. 돌아오지 말라고 그녀에게 전보라도 치고 싶었다. 그러나 곧 그녀가 돌아오기를 바라는 뜨거운 욕망이 다른 모든 것을 사라지게 하면서 마음속으로 밀려왔다. 돌아오지 않아도 된다고 그녀에게 말해버리고 그녀 없이 살 수 있는 가능성을 똑바로 본 순간, 단번에 반대로 알베르틴을 돌아오게 하기 위해서라면 모든 여행, 모든 쾌락, 모든 일을 희생해도 좋다고 생각하고 있는 나 자신을 느낀 것이다!

아아! 알베르틴에 대한 내 사랑은, 질베르트에 대한 사랑의 경험으로 그 여정을 충분히 예측할 수 있다고 믿었는데, 그것과는 얼마나 대조적인 방향으로 펼쳐졌던가! 그녀를 보지 않고 견디는 건 불가능한 일이었다! 또 아무리 대수롭지 않은 것이라도 예전에는 알베르틴이 곁에 있다는 행복한 분위기에 젖어 있었는데, 지금은 매번 새삼스럽게 똑같은 아픔을 겪으면서 이별의 경험을 되풀이해야만 했다. 그러다가 여러 가지 다른 생활 형태가 머릿속에 떠올라, 그것들과 다퉈서 이 새로운 고통도 어둠 속에 내팽개쳐버리고 말았다. 봄을 맞이하던 요 며칠 동안 나는 생루가 봉탕 부인을 만나기를 학수고대하면서, 베네치아와 미지의 미녀들을 상상하며 잠깐 기분 좋은 평온을 되찾았다. 문득 그것을 깨달은 나는 극심한 공포에 휩싸였다. 지금 맛본 이 기분 좋은 평온은 단편적으로 다가오는 거대한 힘의 첫 출현으로, 내 마음속에서 고통이나 사랑과 맞서 싸워 언젠가는 그것을 이길 것이다. 방금 내가 예감하고, 그 전조를 포착한 그것은 한순간의 일에 지나지 않지만 머지않아 나의 변하지 않는 상태가 될 터였다. 즉 다시는 알베르틴 때문에 괴로워하지 않고 그녀를 더 이상 사랑하지 않는 생활이다. 내 사랑은 자신을 때려눕힐지도 모르는 유일한 적인 망각의 모습을 보고 오들오들 떨기 시작했다. 마치 우리에 갇힌 사자가 문득 자기를 삼켜버릴 수 있는 비단뱀을 보았을 때처럼.

나는 줄곧 알베르틴을 생각했다. 더구나 프랑수아즈는 내 방에 들어와도 곧바로 '편지는 없었어요' 하고 말해주지 않으므로, 내 고뇌는 쉽게 사그라지지 않았다. 그래도 이따금 나는 슬픔 속에 이런저런 관념을 불러들이고 마음속의 탁한 공기를 내보냄으로써 조금은 환기시킬 수 있었다. 하지만 밤이 되어 가까스로 눈을 붙여도, 알베르틴과의 추억은 마치 수면제처럼 일단 잠들게는 해주었지만 약효가 다하면 나를 깨우고 만다. 나는 자면서도 늘 알베르틴을 생각했다. 그것은 그녀의 선물, 그녀에게만 속한 특수한 잠으로, 잠들어 있을 때는 깨어 있을 때와 마찬가지로 다른 생각을 하려 해도 더 이상 불가능할 것이다. 잠과 그녀의 추억은 뒤섞여 있어서 잠들 때는 두 가지를 함께 삼켰다. 게다가 깨어나도 괴로움이 줄어들기는커녕 날이 갈수록 더 심해졌다. 망각이 자신의 일을 수행하지 않기 때문이 아니라 오히려 망각 자체가 그리운 사람의 이상화를 돕기 때문인데, 그래서 최초의 괴로움이 비슷한 다른 괴로움에 동화되어 더욱 강화된다. 그래도 아직 그런 영상이라면 견딜 만했다. 그러나 만약 갑자기 그녀의 방이 머릿속에 떠올라, 텅 빈 침대가 있는 그녀의 방, 그녀의 피아노, 그녀의 자동차를 차례차례 생각한다면, 나는 곧장 기운이 빠져 눈을 감고 당장에라도 실신할 사람처럼 머리를 왼쪽 어깨 위로 툭 떨어뜨릴 것이다. 문소리조차 내게는 거의 같은 고통을 준다. 문을 여는 사람이 그녀가 아니기 때문이다. 생루에게서 전보가 올 때가 되었어도 나는 '전보 왔지?' 그렇게 물어볼 용기가 나지 않았다. 마침내 전보가 왔다. 하지만 그것은 모든 걸 원점으로 되돌렸을 뿐이다. 거기에는 이렇게 씌어 있었다. "그녀들은 사흘 동안 내내 출타 중."

물론 그녀가 집을 나간 지도 벌써 나흘이나 지났는데, 그동안 내가 견딜 수 있었던 것은 마음속으로 이렇게 자신에게 들려주었기 때문이다. "이건 시간 문제에 지나지 않는다, 주말까지는 꼭 돌아올 거야." 그러나 내 마음과 몸이 직접 치러야 할 행위에는 변함이 없었다. 즉 그녀 없이 사는 것, 집에 돌아와도 그녀를 만날 수 없을 뿐 아니라 그녀가 없는 줄 알면서도 그 방문 앞을 지나가고—아직 그 문을 열 용기가 없었다—그녀에게 잘 자라는 말을 하지 못한 채 잠자리에 드는 것, 내 마음은 그러한 두려운 일들을 하나도 남김없이 해치워야 했으며 그것도 두 번 다시 알베르틴을 만날 수 없는 듯이 해내야만 했다. 그런데 벌써 내 마음은 네 번이나 그렇게 했고, 그것은 앞으로도 계속 그렇게 할 수 있음을 증명하고 있었다. 어쩌면 오래지 않아 계속 그렇게 살 수 있게 해준 이유—알베르틴이 곧 돌아온다는 것—도 필요치 않게 되리라('그녀는 영원히 돌아오지 않는다'고 자신을 타이르면서, 나흘 동안 해왔듯이 그렇게 살아갈 수 있을 것이다). 마치 부상자가 다시 걸을 수 있게 되어 목발이 필요하지 않게 되는 것처럼. 물론 밤에 집으로 돌아와서 내가 다시금 숨을 죽이고, 고독의 공허함에 숨 막혀 하면서 발견하는 것은, 알베르틴이 나를 기다려준 모든 밤의 끝없이 이어지는 추억이었다. 그러나 이미 나는 어제의, 그저께의, 그리고 그전의 이틀 밤 추억도 떠올렸다. 다시 말해 알베르틴이 떠나고 나서 보낸 나흘 밤의 추억으로, 그동안 나는 그녀가 없는 외톨이의 생활이었지만 그래도 살아가고 있었던 것이다. 이미 지나간 그 나흘 밤은 그전의 밤에 비해 더할 나위 없이 빈약한 추억일 뿐이지만, 아마 이제부터 흘러갈 하루하루에 따라 점차 풍성해질 것이다. 바로 그즈음, 파리에서 가장 아름다운 아가씨로 소문난 게르망트 부인의 조카한테서 사랑을 고백하는 편지를 받았으며, 그 부모도 딸의 행복을 위해 이렇게 신분이 차이나는 결혼도 어쩔 수 없다고 포기하고 게르망트 공작을 통해 교섭을 추진해왔지만, 그 일에 대해서는 말하지 않겠다. 자존심을 만족시켜주는 이런 사건도 누군가를 사랑하고 있을 때는 괴롭기만 할 뿐이다. 예전만큼 이쪽에 호의적이지 않은 여인에게 그 사실을 알려주고 싶은 마음도 있지만 그렇게 무신경한 짓을 할 수는 없고, 게다가 내가 다른 사람에게서 구애를 받는 일이 있다는 걸 안다 한들 알베르틴의 판단이 달라질 리도 없을 것이다. 공작의 조카딸이 내게 보낸 편지는 고작 알베르틴을 약오르게 했을 뿐인지도 모른다.

읽다 만 책을 잠깐 덮어도 저녁까지 머리에서 떠나지 않는 것처럼, 나는 눈을 뜨는 순간 잠들기 전과 같은 상태로 되돌아가 다시 괴로움을 느끼기 시작했는데, 그 감각이 바깥에서 왔든지 안에서 왔든지 내게 이어지는 생각은 모두 알베르틴에 대한 것뿐이었다. 초인종이 울렸다. 그녀의 편지다. 아니 어쩌면 그녀일지도 모른다! 만일 그때 내 기분이 좋고 그다지 불행하지 않으며, 더 이상 질투하지 않고 그녀에 대한 불만도 없었다면 당장 그녀를 맞이하러 달려나가, 그녀를 반갑게 끌어안고 그녀와 함께 한평생 즐겁게 지내고 싶었을 것이다. 그녀한테 '빨리 돌아오라'고 전보를 치는 것도 더할 나위 없이 간단한 일인 것처럼 보였다. 마치 새 기분이 내 의향뿐만 아니라 바깥 사정까지 바꿔버려 모든 걸 더욱 수월하게 만들기라도 한 듯싶었다. 그러다가 내 기분이 침울해지면 그녀에 대한 노여움이 모두 되살아나겠지. 이제는 그녀를 껴안고 싶지도 않고 그녀를 위해 행복해지는 건 불가능할 것 같아서, 그저 그녀를 괴롭히고 싶고 남의 것이 되지 않게 방해하고 싶을 뿐이다. 그러나 두 가지 기분이 정반대일지라도 그 결과는 똑같다. 즉 그녀가 되도록 빨리 돌아와야만 한다. 그렇기는 하지만 그녀가 돌아왔을 때 내게 어떤 큰 기쁨을 준다 한들 결국 예전처럼 성가신 일이 생길 테고, 정신적인 욕망의 만족에서 행복을 추구하는 것은 앞으로 앞으로 걸어가서 지평선에 이르려는 것과 마찬가지로 어리석게 느껴졌다. 욕망이 앞으로 나아가면 갈수록 참된 소유는 멀어진다. 그러므로 행복이, 또는 적어도 고통이 없는 상태를 발견할 수 있다면, 추구해야 할 것은 만족이 아니라 욕망을 차츰 줄이는 것, 마지막에는 그것을 소멸시키는 것이다. 사람들은 사랑하는 사람을 만나려고 애쓰는데, 오히려 만나지 않으려고 애써야 한다. 망각만이 마지막에 욕망의 소멸을 가져다주기 때문이다. 그러한 진실을 얘기한 작가가 있으며, 그 진실을 쓴 책을 한 여인에게 바치고 '이 책은 당신 것입니다'라면서 서둘러 접근하는 모습을 상상한다. 책에서는 진실을 말하면서 헌사에서는 거짓말을 한 셈이 되니, 그는 책이 여인의 것이라고 고집했다. 그러나 그것은 여인에게서 받은 보석이 그의 소유가 되는 것과 같은 일로, 그 보석이 소중한 것은 그가 여인을 사랑하고 있을 때 뿐이기 때문이다.

한 인간과 우리의 유대는 우리 생각 속에서만 존재한다. 기억은 천천히 흐려져서 그 유대를 느슨하게 만든다. 그래서 우리는 환상에 속고 싶어하면서도 또 사랑이나 우정, 예의나 체면, 의무감에서 남을 환상으로 속이고 있으면서도, 결국 홀로 존재하게 된다. 인간은 자신을 벗어날 수 없는 존재이며, 자신 안에서만 남들을 인식할 수 있는 존재다. 이 명제의 역은 거짓이 되고 만다. 그럴 리는 없다고 생각하면서도 나는 그녀를 필요로 하는 이 마음, 그녀에 대한 이 사랑을 빼앗길까 봐 두려워하고 있었다. 그 정도로 이것은 살아가는 데 있어서 중요한 문제라고 나는 믿었다. 투렌에 가는 기차가 지나가는 역 이름을 듣고도 어떤 매력도 고통도 느끼지 않을 수 있다면, 그야말로 나 자신이 작아진 듯한 기분이 들겠지(결국 그것은 알베르틴이 아무 상관없는 타인이 되었다는 증거일 테니까). 그녀는 무엇을 하고 있을까, 무슨 생각을 하고 무엇을 원하고 있는 걸까, 끊임없이 스스로에게 물어보면서, 그때마다 나는 그녀가 돌아오려 할까, 정말 돌아올까 생각하는데, 이렇게 사랑이 내 마음속에 터놓은 통로의 문을 열어두고, 다른 사람의 생명이 열린 수문을 통해 저수지에 흘러들어오는 걸 느끼는 것은 좋은 일이라고 자신을 타일렀다. 저수지도 고인 물로 돌아가고 싶지는 않겠지.

어영부영하는 사이에도 생루의 침묵이 길어져, 이윽고 생루의 전보나 전화를 기다리는 이차적인 불안이 첫 번째 불안, 즉 결과에 대한 우려나 알베르틴이 돌아올지 어떨지를 알게 되는 불안을 덮어버리고 말았다. 전보를 기다리느라 기척마다 귀를 기울이는 노릇이 어찌나 지긋지긋하던지, 그 내용이 무엇이건 지금 내 머릿속에 있는 유일한 것, 즉 전보만 온다면 모든 고민이 끝날 것 같았다. 드디어 로베르에게서 전보가 왔다. 그러나 봉탕 부인을 만나긴 했지만 세심하게 조심했음에도 알베르틴한테 들켜버려 모든 일이 물거품으로 돌아갔다고 적힌 것을 본 나는 노여움과 절망으로 폭발하고 말았다. 이것이야말로 내가 가장 피하고 싶었던 일이었기 때문이다. 알베르틴이 알게 되면, 생루의 여행은 내가 그녀에게 집착하는 꼴을 보여 그녀가 돌아오게 하는 데 방해만 될 뿐이다. 그렇게 보이는 것을 꺼리는 이유는 질베르트에게 빠져있을 때 내 사랑이 가지고 있었던, 지금은 잃어버린 자존심의 흔적이었다. 나는 로베르를 저주했다. 그러다가 만일 이 방법이 실패하면 다른 방법을 취하자고 다짐했다. 사람은 바깥세상에 영향을 끼칠 수 있으니까 책략이나 지혜, 이해관계나 애정을 활용하여 알베르틴의 부재라는 이 끔찍한 사실을 말살하는 것쯤 어찌 못하겠는가? 사람은 제 욕망대로 주위의 사물을 변화시킬 수 있다고 생각한다. 그 이상 더 편리한 해결책은 찾을 수 없기 때문이다. 하지만 생각지도 못하게 가장 빈번히 일어나는 편리한 해결책이 있다. 즉 욕망대로 사물을 바꾸지는 못하지만, 조금씩 우리 욕망을 바꾸는 방법을 쓰면 된다. 그러면 견디기 힘들어 바뀌기를 바랐던 환경이 어느새 아무래도 상관없게 된다. 무슨 수를 써서라도 뛰어넘으려 했던 장애물을 극복하지 못해도, 삶은 그 장애물을 멀리 돌아 지나간다. 그제야 우리는 과거를 멀리 돌아보고, 아득한 저편으로 사라진 장애물을 대수롭지 않게 여긴다.

위층 여인이 노래하는 '마농'의 아리아가 들려왔다. 잘 아는 그 노랫말에 알베르틴과 내 신세를 대신 넣으니 어찌나 감정이 복받치던지 결국 눈물을 흘리고 말았다. 그것은 다음과 같은 노랫말이었다.

Hélas, l'oiseau qui fuit ce qu'il croit l'esclavage,
Le plus souvent, la nuit
D'un vol désespéré revient battre au vitrage.
아아, 스스로 노예라고 생각한 작은 새,
다시 한 번 또 한 번 벗어나려고
죽음을 무릅쓰고 밤의 창문에 몸을 부딪치누나.

그리고 마농의 죽음이다.

Manon, réponds-moi donc, seul amour de mon âme,
Je n'ai su qu'aujourd'hui la bonté de ton cœur.
마농, 어서 대답해다오, 내 영혼의 유일한 사랑이여,
그대 마음의 감미로움에, 나는 오늘에야 눈을 떴다네.

마농은 데 그뢰에게 돌아왔으므로, 알베르틴도 내게 생애에 오직 하나뿐인 연인처럼 느껴졌다. 그러나 안타깝게도 지금 이 순간 같은 아리아가 그녀의 귀에 들렸다 해도, 데 그뢰의 이름 아래서 그녀가 그리워한 이는 아마 나는 아닐 것 같았다. 설사 그녀가 조금이나마 그런 마음을 품는다 해도 나의 추억은, 그녀가 이 음악을 들으면서 감동에 젖는 것을 방해하리라. 하기야 훌륭한 이 곡은 다른 곡에 비해 잘 만들어져 아주 섬세하기도 했지만, 특히 알베르틴이 좋아하는 종류의 음악이었으니까. 나로서는 알베르틴이 나를 '내 영혼의 유일한 사랑'이라고 불러주거나, '스스로 노예라고 생각한' 것은 오해였다고 인정하는 모습을 상상하면서 달콤한 기분에 잠길 만한 용기가 없었다. 소설을 읽을 때는 여주인공에게 자기가 사랑하는 여인의 모습을 비추기 마련이라는 사실을 나는 알고 있었다. 하지만 책의 결말이 아무리 행복한들 우리의 사랑이 한 걸음 더 나아가는 것은 아니다. 책을 덮고 나면, 소설에서는 마침내 우리에게 와준 사랑하는 여인이 실제의 인생에서도 우리를 사랑하게 되는 것은 아니다. 나는 분노에 휩싸여 생루에게 되도록 빨리 파리로 돌아오라고 전보를 쳤다. 몰래 진행하려고 했던 교섭을 들킨 뒤에도 끈질기게 시도한다는 인상을 보여 일을 더 악화시키고 싶지는 않았다. 그러나 내 지시에 따라 생루가 돌아오기 전에 나는 알베르틴한테서 다음과 같은 전보를 받았다.

"벗이여, 당신은 숙모님께 친구를 보냈더군요. 말도 안 되는 얘기예요. 사랑하는 이여, 내가 필요하다면 왜 직접 내게 편지하지 않으시나요? 기꺼이 돌아갔을 것을! 다시는 이런 바보 같은 짓은 하지 마세요."

'기꺼이 돌아갔을 것을!' 알베르틴이 이런 말을 했다는 건 떠난 것을 후회하며 돌아올 핑계를 찾고 있었다는 얘기다. 그러니 그녀의 말대로 그녀가 필요하다고 편지를 써 보내기만 하면 된다. 그러면 그녀는 돌아올 것이다. 즉 나는 그녀를 다시 만나게 된다, 그녀를. 발베크의 알베르틴을(왜냐하면 알베르틴이 떠난 뒤 그녀는 내게 다시금 발베크의 알베르틴이 되었으니까. 마치 조가비가 늘 옷장 위에 있을 때는 거들떠보지도 않다가 그것을 남에게 줬든가 어디로 사라졌든가 해서 잃어버리면 그것만 생각나듯이, 그녀는 바다의 푸른 너울이 반짝반짝 물결치는 아름다움을 떠올리게 했다). 알베르틴만이 상상 속의 존재, 곧 이상적인 존재가 된 것은 아니다. 그녀와 함께하는 생활도 상상 속의 생활이었지만, 곧 온갖 어려움에서 해방될 것이다. 그래서 나는 생각했다. '그러면 우리는 얼마나 행복할까!' 그러나 그녀가 돌아온다는 확신이 선 이상 서두르는 눈치를 보여서는 안 된다. 반대로 생루가 끼어들어서 생긴 나쁜 결과를 없애야만 한다. 나중에 언제라도 생루는 줄곧 우리를 결혼시키고 싶어했으므로 자기 멋대로 행동한 거라고 해명하면서 그 교섭을 부인할 수 있을 테니까. 나는 그녀의 편지를 다시 읽어보았다. 그러자 편지 속에 글쓴이의 인격이 조금도 나타나 있지 않은 것을 깨닫고 실망하고 말았다. 물론 종이에 쓴 글자에는 우리의 생각이 표현되는데, 그것은 표정도 마찬가지여서 우리는 언제나 생각과 마주하고 있다. 그렇지만 인간의 경우, 그 생각은 얼굴이라는 꽃잎 속에 퍼져 수련처럼 활짝 핀 뒤에 나타난다. 게다가 그것은 사고의 모양을 크게 바꿔버린다. 아마도 우리가 사랑에서 끊임없이 환멸을 되풀이하는 원인 가운데 하나는 이 끊임없는 일탈에 있다. 따라서 사랑하는 이상적인 존재를 기다리고 있을 때, 그때마다 찾아오는 것은 살아 있는 몸뚱이의 인간으로, 그것은 더 이상 우리의 꿈을 품지 않는다. 그리고 우리가 그 사람에게 뭔가를 바랄 때, 상대에게서 받는 편지에는 그 인격조차 거의 남아 있지 않는 것이다. 마치 대수학(代數學)의 문자 속에는 확정된 계산 수치가 남아 있지 않고, 그 수치조차 더해진 과일과 꽃의 품질을 포함하고 있지 않은 것처럼. 그러나 '사랑'이든, '사랑받는다'이든 상대가 쓴 편지의 문자는(한쪽에서 다른 한쪽으로의 이동이 아무리 불완전하더라도) 아마도 같은 현실의 번역일 것이다. 편지를 읽고 나서는 아쉬운 느낌이 들었지만, 그 편지를 받기 전에는 죽도록 애가 타는 심정이어서 비록 그 까만 기호가 우리 욕망을 충분히 채워주지도 못하고, 편지에 있는 단어와 미소와 입맞춤이 그 자체도 아니며, 겨우 그 값어치가 같은 물건에 지나지 않음이 느껴지더라도 편지가 오면 우리의 고뇌는 충분히 가라앉기 때문이다. 나는 알베르틴에게 편지를 썼다.

"벗이여, 마침 그대에게 편지를 쓰려던 참이었소. 만약 내게 그대가 필요하다고 기별만 했더라면 달려왔을 거라고 말해줘서 고맙소. 옛 친구에 대한 진심을 이토록 고상하게 이해해주는 게 참으로 그대다워 그대를 존경하는 마음이 더할 뿐이라오. 하지만 난 그대에게 그런 것을 바란 적이 없고 앞으로도 그럴 생각이오. 적어도 앞으로 한동안은 우리가 다시 만나지 못한다 해도, 아마 냉정한 아가씨인 그대에겐 그게 가슴 아픈 일이 아닐 테지요. 하지만 이따금 그대가 무심하다고 생각하는 내게는 분명 무척 가슴 아픈 일이 될 것이오. 인생은 우리를 갈라놓았소. 그대는 매우 슬기로운 결심을 했고, 훌륭한 예감으로 가장 적절한 때 결단을 내리고 행동에 옮겼소. 내가 어머니한테서 그대에게 청혼해도 좋다는 승낙을 받은 바로 다음 날 그대가 훌쩍 떠나버렸으니까. 아침에 깨어나 어머니의 편지를(그대의 편지와 함께!) 보았을 때 나는 그대가 깨어나면 이 말을 할 작정이었소. 아마 그대는 그런 말을 듣고 나서 떠나면 나를 가슴 아프게 할까 봐 걱정했나 보오. 짐작건대 우리가 맺어졌다면 우리 둘 다 불행해졌을지도 모르오. 만약 그리될 운명이었다면 그대의 슬기 덕분에 불행을 피할 수 있었으니 그대의 슬기에 축복이 있기를! 만약 우리가 다시 만난다면 그 좋은 성과도 모두 사라지고 말겠지요. 그렇다고 내가 재회에 관심이 없다는 건 아니라오. 다만 내가 그것에 저항해도 그리 칭찬받을 일은 아니지요.

잘 알다시피 나는 마음이 쉽게 변하는 인간이라 무엇이든 금방 잊어버리고 마니까. 그러므로 그리 동정받을 일도 못된다오. 그대가 가끔 내게 한 말이지만, 특히 나는 습관에 젖어 사는 인간이잖소. 이제 막 시작한 그대 없는 생활의 습관은 아직 그렇게 강하지는 않소. 물론 지금은 그대와 함께한 습관, 그대가 떠나는 바람에 완전히 흐트러지고만 습관이 가장 강하다오. 하지만 이 습관도 그리 오래가지는 못할 것이오. 그래서 나는 이런 생각까지 했소. 우리가 만나는 것은 2주일만 지나면, 아니 아마 더 빨리 성가시기나 한 일이 될 테니(지나치게 솔직함을 용서하시오), 아직 그리되지 않은 마지막 며칠을 이용하거나, 완전히 잊어버리기 전에 이 며칠을 이용해서 사소하고 구체적인 문제를 그대와 해결하자고 말이오. 그대는 상냥하고 매력적인 사람이니 5분 동안 그대의 약혼자라고 믿었던 내게 협조해주겠지요. 나는 어머니의 찬성을 의심치 않았지만, 한편으로는 우리 각자가 완전한 자유인이기를 바랐소. 지금까지 그대는 고운 마음으로 나를 위해 그 자유를 대부분 희생해왔지만, 그저 몇 주일의 동거라면 모를까 앞으로 평생을 같이 지내게 된다면 그런 희생은 그대에게도 내게도 무서운 결과를 낳고 말 것이오(이 글을 쓰면서도 하마터면 그리될 뻔했고, 다행히도 그 위험을 아슬아슬하게 피했다는 생각에 진땀이 날 정도요). 나는 서로의 생활을 가능한 한 독립된 형태로 만들고 싶다고 생각해왔소. 그 시작으로 그대에게 그때 그 요트를 선물하고, 그것으로 그대가 여행하면 몸이 좋지 않은 나는 항구에서 그대를 기다리고 싶었소. 그대는 엘스티르의 취향을 좋아하므로 그에게 편지를 써서 도움말도 구했다오. 또 바다가 아닌 땅 위에서는 그대가 마음대로 외출하며 여행할 수 있도록 전용 자동차를 마련해주고 싶었소. 요트는 벌써 거의 다 되어, 발베크에서 그대가 말했던 대로 '백조호'라고 이름을 붙였고, 또 그대가 다른 어느 차보다도 롤스로이스를 좋아하던 것이 기억나 그것도 한 대 주문했다오. 그런데 우리는 앞으로 영원히 만나지 않을 테고, 배도 자동차도 그대가 받아들이지 않을 성싶어, 이제 내게는 하나도 소용없는 물건들이 되어버렸다오. 따라서 그대 쪽에서 그 주문을 취소해 쓸모없는 물건이 된 요트와 자동차가 내게 오지 않도록 할 수 있지 않을까—그대의 이름으로 중개인에게 주문했으니까—하는 생각도 들었소. 그 때문에, 또 그 밖의 여러 가지 일 때문에 상의할 필요도 있을 테죠. 하지만 내가 그대를 다시 사랑할 가능성이 있는 한—그런 일은 그다지 오래 계속되지는 않겠지만

—겨우 돛단배나 롤스로이스 때문에 우리가 다시 만나, 그대 삶의 행복을 위협하는 것은 무모하기 짝이 없는 일이겠지요. 그대는 내게서 멀리 떨어져 사는 것이 행복하다고 생각하고 있으니 말이오. 그래서 차라리 롤스로이스와 요트도 내가 간직하는 편이 낫겠소. 다만 그것을 사용하는 일 없이 둘 다 한 번도 쓰지 않은 새것인 채, 요트는 의장(艤裝)*1을 풀어 항구에 닻을 내리고 있고 롤스로이스도 차고에서 잠들어 있을 가능성이 높으므로, 요트의 ……에(이런! 무심코 정확하지 않은 낱말을 써서 무식하다고 그대가 기분 나빠하지 않도록, 명칭은 생략하겠소) 그대가 좋아하는 말라르메의 시를 새기게 하겠소—기억하고 있겠지요, 이것은 '순결하고 싱그럽고 아름다운 오늘(Le vierge, le vivace et le bel aujourd'hui)'로 시작되는 시라오. 하지만 슬프게도 오늘만큼은 순결하지도 아름답지도 않구려. 다만 나처럼, 그런 오늘이 순식간에 어떻게든 견딜 수 있는 '내일'이 된다는 걸 알고 있는 사람은, 아무것도 견딜 수 없는 인간이라오. 롤스로이스 쪽은 오히려 같은 시인의 다른 시가 어울릴지도 모르겠소. 그대가 도저히 이해할 수 없다고 한 시지만.

> Dis si je ne suis pas joyeux
> Tonnerre et rubis aux moyeux
> De voir en l'air que ce feu troue
>
> Avec des royaumes épars
> Comme mourir pourpre la roue
> Du seul vespéral de mes chars.
>
> 천둥소리여, 바퀴통처럼 생긴 루비여,
> 말하라, 이 불로 구멍 난 공중에
> 산산이 불타 흩어진 수많은 왕국을 보고
>
> 나는 희희낙락하고 있지 않은가

---

*1 배를 처음으로 물에 띄운 다음, 항해할 수 있도록 모든 장비를 갖추는 일. 또는 그 장비.

나의 전차 속 단 하나뿐인 석양의 바퀴가
　자줏빛으로 죽어갈 즈음.

　영원히 안녕, 나의 귀여운 알베르틴, 이별하기 전날 함께했던 즐거운 산책에
대해 다시 한 번 감사의 말을 전하오. 정말 잊지 못할 추억이었소.
　추신—그대의 숙모님께 생루가(그가 투렌에 있다니 정말 뜻밖이오) 제안했다
는 이야기에 대해서 나는 아무 대답도 하지 않겠소. 마치 셜록 홈스를 흉내낸
것 같군요. 도대체 그대는 나를 어떤 인간으로 생각하고 있소?"

　물론, 전에 알베르틴이 나를 좋아하게 만들려고 '나는 당신을 사랑하지 않
는다'고 말했고, 그녀가 자주 나를 보러 오게 하려고 '만나지 않는 사람은 잊
어버린다'고 말했으며, 미리 이별을 막기 위해 '그대와 헤어질 결심을 했다'고
말한 것과 마찬가지로, 지금 내가 그녀에게 '영원히 안녕'이라고 말한 것은 무
슨 일이 있어도 일주일 안에 그녀가 돌아오기를 바랐기 때문이다. 그녀를 다
시 보고 싶어서 '당신을 만나는 건 위험하다고 생각한다'고 말했고, 그녀와 헤
어져 사느니 차라리 죽는 게 낫다고 생각했기 때문에 '당신 생각이 옳았어, 우
리가 함께 살면 불행해질 거야'라고 쓴 것이다. 아아, 이 거짓 편지는 그녀에게
집착하는 모습을 보여주지 않기 위해서였고(이 자존심은 옛날 질베르트에 대한
사랑 가운데 알베르틴에 대한 사랑 속에 유일하게 남은 것이다), 또한 어떤 것을
얘기하는 감미로움을 위해서였지만, 나를 감동시켰을 뿐 그녀의 마음은 울리
지 못하는 말이었다. 나는 이 편지가 역효과를 가져와, 곧 그녀가 내 말을 곧
이곧대로 믿고 부정적인 답장을 보낼지도 모른다는 것을 예상했어야 했다. 그
럴 가능성도 있음을 말이다. 왜냐하면 알베르틴이 실제보다 머리가 나쁘다 하
더라도 내 말이 거짓말이라는 것 정도는 처음부터 알아챘을 것이기 때문이다.
이 편지에서 내가 분명하게 드러낸 모든 의도는커녕, 내가 편지를 썼다는 사
실만으로, 설사 생루의 활약 뒤에 일어난 것은 아니라 해도 내가 그녀에게 돌
아와주기를 바라고 있음을 증명하고도 남거니와, 점점 더 나를 내 꾀에 넘어
가게 내버려두라고 그녀에게 권하는 꼴이 되었다. 더욱이 알베르틴의 부정적
인 답장의 가능성을 예상했다면 그 답장 때문에 그녀에 대한 내 사랑이 더없
이 활활 타오르리라는 것도 예상했어야 했다. 또 알베르틴이 여전히 똑같은 대

답을 하며 돌아오려 하지 않을 경우, 고통을 꾹 참고 침묵을 지키며 '돌아오라'고 전보를 치거나 다른 밀사를 보내지 않고 배길지 어떨지에 대해서도 편지를 보내기 전에 충분히 생각해봤어야 했다. 다시는 만나지 말자는 편지를 그녀에게 보내고 나서 전보를 치거나 밀사를 보내면, 내가 그녀 없이는 못 산다는 속마음을 뚜렷하게 드러내는 셈이니 그녀로 하여금 더욱더 단호히 거절하게 만드는 결과가 되는 것은 물론, 괴롭게 번민하다 못한 내가 끝내 그녀를 찾아가도 어쩌면 얼굴도 못 보고 쫓겨날지도 모른다. 틀림없이 이런 세 가지 큰 실책을 범한 다음에야, 이제 그녀의 집 앞에서 자살하는 도리밖에 없는 척악의 사태에 이를 게 뻔하다. 그런데 정신병리학적 세계는 참으로 참담한 구조로 되어 있어서, 무엇보다 피해야 할 서투른 행위가 가장 마음을 가라앉혀주는 것이다. 결과를 알게 될 때까지, 그 고약한 행위가 새로운 희망의 전망을 열어주고, 상대의 거절로 생긴 마음속 참을 수 없는 고통을 잠시나마 잊게 해준다. 그러므로 고통이 너무 심하면 우리는 애가 탄 나머지 서투른 행위에 뛰어들어 편지를 써 보내거나, 남을 통해 부탁하거나, 직접 만나러 가거나 하여 사랑하는 여인 없이는 살 수 없다는 사실을 증명해버린다.

하지만 나는 이런 모든 일을 전혀 예상하지 못했다. 오히려 편지의 효과로 알베르틴이 금방 돌아와줄 것 같은 느낌이 들었다. 그런 결과를 예상하면서 편지를 쓰고 나니 참으로 마음이 편안해졌다. 그러나 그와 동시에 편지를 쓰면서 하염없이 눈물을 흘렸다. 그것은 먼저, 내가 거짓 이별을 연기했던 날과 얼마쯤 같은 투로 자존심 때문에 사랑을 고백하지 못하고 거짓말을 밥먹듯 하면서 실은 반대의 목적을 노리고 있었으면서도, 낱말은 그것이 표현하는 관념을 또렷하게 비춰내어 그 자체에 슬픔을 띠고 있었기 때문이다. 하지만 그와 함께 그 관념이 진실이라는 걸 느꼈기 때문이기도 하다. 시간이 지나면 거짓말은 조금씩 진실이 되어가는 법이다. 나는 그것을 질베르트와의 관계에서 질리도록 경험했다. 나는 하염없이 흐느껴 울면서 무관심을 가장하고 있었지만 뒤돌아보면 거짓은 어느새 진실로 변해 있었고, 질베르트에게 말한 대로 인생은 천천히 우리 두 사람을 갈라놓았다. 그것을 떠올리며 나는 생각했다. '만약 알베르틴이 이대로 거기에서 몇 달을 보낸다면 내 거짓은 진실이 되겠지. 지금은 가장 괴로운 일이 지나갔으니까 그녀가 한 달 정도 그렇게 지내도록 내버려두는 편이 바람직하지 않을까? 만약 그녀가 돌아온다면 나는 또 참된 생활을 포기하게 되겠지. 물론 지금도 아직 그 생활을 누리고 있다고 할 수는 없지만, 그것은 조금씩 매력을 띠게 될 테고, 그 반면 알베르틴에 대한 추억은 점점 희미해지겠지.'

그 편지의 효과가 확실해 보이자, 나는 편지를 보낸 것을 후회했다. 결국 알베르틴이 참으로 쉽게 돌아올 것이 틀림없다고 착각한 순간, 막상 결혼을 하게 되면 그것이 내게는 바람직한 일이 될 수 없는 모든 이유가 단번에 무시무시한 힘으로 되살아났기 때문이다. 나는 그녀가 돌아오는 것을 거절해 주면 좋겠다고 생각했다. 내 자유, 내 인생의 모든 미래가 그녀의 거절에 달려 있구나. 그런 편지를 써 보내다니 정신 나간 짓을 했어, 편지를 되찾아야 하는데 벌써 부쳐버렸으니 이젠 늦었어. 그렇게 요리조리 따지고 있을 때, 프랑수아즈가 계단 아래서 신문과 함께 조금 전의 그 편지도 가져왔다. 얼마짜리 우표를 붙여야 할지 몰라서였다. 그러나 내 생각은 또 금세 바뀌고 말았다. 분명히 나는 알베르틴이 돌아오지 않기를 바랐으나, 내 불안에 마침표를 찍기 위한 결정은 그녀 쪽에서 내려주기를 원했다. 그래서 나는 그 편지를 프랑수아즈에게 돌려주었다.

신문을 펼쳤다. 베르마의 사망 기사가 있었다. 그때 나는 〈페드르〉를 두 가지의 다른 방식으로 관람했던 일이 기억났으며, 또 지금은 세 번째 형태로 고백 장면을 생각했다. 나 자신이 마음속으로 몇 번이나 암송하고 또 극장에서 들었던 대사는, 내가 인생에서 겪도록 되어 있는 필연적인 법칙을 표현하는 듯했다. 우리 영혼 속에는 우리가 자신도 모르게 몹시 집착하는 것들이 있다. 만약 우리가 그런 것들 없이 지낸다고 하면 실패와 고통이 두려워서 그것을 손에 넣는 것을 하루하루 미루기 때문이다. 나는 질베르트를 단념했다고 생각했을 때 그것을 경험했다. 우리가 집착하는 것에서 완전히 풀려난 순간—우리가 풀려났다고 생각하는 순간보다 훨씬 뒤의 일이지만—그 시간이 올 때까지, 이를테면 좋아하는 아가씨가 딴 남자와 약혼한다면 정신이 이상해져서, 삶이 참으로 슬프고 더디게 흘러가는 것처럼 느껴져 일상을 참을 수 없게 된다. 또는 아무리 집착하는 대상을 손에 넣는다 해도, 그것이 도리어 짐스러워 기꺼이 떨쳐버리고 싶어진다. 이것이 알베르틴의 경우에 일어났던 일이다. 그러나 아무래도 좋은 존재가 떠나버려 우리 손에서 벗어난다면 우리는 더 이상 살 수 없게 될 것이다. 그런데 〈페드르〉의 '줄거리'는 이 두 가지 경우를 모두 말하고 있는 것은 아닐까? 이폴리트는 지금 출발하려 하고 있었다. 페드르는 그때까지 반감을 사려고 애를 썼다. 그것은 그녀의 말(이라기보다 시인이 그녀에게 시킨 말)에 의하면 양심의 가책을 느껴서라고는 하지만 오히려 자신이 어떻게 될지 예측할 수도 없고, 또 자신이 사랑받고 있다는 느낌이 들지 않아서였으리라. 페드르는 더 이상 견딜 수가 없어서 이폴리트에게 사랑을 고백한다. 그것이 내가 수없이 암송한 장면이다.

> On dit qu'un prompt départ vous éloigne de nous.
> 그토록 급히 아득한 나라로, 우리를 두고 떠나신다니.

아마도 이폴리트가 떠나는 이유가 테세(Theseus)의 죽음이라는 이유에 비하면 부수적인 거라고 생각할 수도 있을 것이다. 마찬가지로 몇 행 더 나아가서 페드르가,

> Aurais—je perdu tout le soin de ma gloire
> 이 몸이 명예고 뭐고 죄다 버리기라도 했다는 말씀이신가요……

하면서 잠시 오해받은 척했을 때, 그것은 이폴리트가 다음과 같이 그 사랑의 고백을 물리쳤기 때문이라고 할 수 있다.

> Madame, oubliez—vous que
> Thésée est mon père, et qu'il est votre époux?
> 왕비님, 잊으셨나요
> 테세가 제 아버지이자 당신의 남편임을?

이폴리트가 이렇게 분개하지 않았더라도, 먼저 행복이 이루어졌다면 페드르는 그것 또한 대수롭지 않다는 감정을 품었을지도 모른다. 그런데 행복이 이루어질 수 없음을 깨닫자마자, 또 이폴리트가 오해했다고 여겨 사과하자마자 내가 이제 막 프랑수아즈에게 편지를 돌려준 것처럼, 페드르는 상대 쪽에서 거절해주기를 바라면서 끝까지 자신의 운명을 걸려고 한다.

Ah! cruel, tu m'as trop entendue.

아아, 매정한 분, 내 마음을 이처럼 다 아시면서도.

그리고 이야기로 전해 들은, 오데트에 대한 스완의 완고한 태도와, 알베르틴에 대한 나의 태도—이전의 사랑에 조금 변화를 주어, 연민과 감상과 솔직한 심정을 털어놓고 싶은 마음으로 이루어진 새로운 사랑으로 바꾸기만 한 완고한 태도—까지 모두 이 장면에서 볼 수 있다.

Tu me haïssais plus, je ne t'aimais pas moins.

Tes malheurs te prêtaient encor de nouveaux charmes.

그대가 미워할수록 깊어져만 가는 그대를 향한 마음.

불행은 그대에게 새로운 매력을 더해 주었네.

페드르가 가장 염려한 것은 '명예'가 아니었다. 그 증거로, 만약 그때 이폴리트가 아리시를 사랑하고 있다는 말을 듣지 않았더라면 페드르는 이폴리트를 용서했을 것이고, 유모 외논*1의 충고에 귀를 기울이지도 않았을 것이기 때문이다. 그토록 질투는 사랑에 있어서 모든 행복을 잃어버리는 일과 맞먹으며, 평판이 떨어지는 것 이상으로 마음을 울리는 법이다. 그래서 페드르는 이폴리트를 '두둔하던 배려'를 내던지고 외논이 그를 헐뜯도록 내버려두어 자신을 마다한 남자를 불행한 운명으로 몰아넣었지만, 그래도 그녀의 마음은 조금도 위로받지 못했다. 이폴리트가 죽자마자 그녀도 곧 자살했기 때문이다. 이렇듯 이 장면은 적어도 죄를 가볍게 보이기 위해 라신이 페드르에게 부여한 양심의 머뭇거림, 베르고트라면 '장세니스트적'이라고 표현했을 양심의 머뭇거림을 말살시킨 형태로 나타났는데, 그것은 나 자신에게 일어나는 사랑의 다양한 삽화에 대한 예언 같은 것이었다. 하기야 그런 걸 끙끙거리며 생각했다 해서 내 결심이 조금이라도 바뀐 것은 아니어서, 나는 프랑수아즈에게 편지를 돌려주고 결국 편지를 우체통에 넣게 함으로써, 아직 실행되지 않았음을 알고 무슨 일이 있어도 해야 한다고 생각한 알베르틴에 대한 계획을 실천한 것이다. 우리가 욕

---

*1 페드르의 가장 사악한 부분을 대변하는 여자.

망의 실현을 하찮은 일로 여기는 것은 확실히 잘못이다. 실현이 불가능하다고 생각되는 순간 우리는 다시 그것에 집착하기 시작하고, 실패하지 않으리라는 확신이 들면 그것을 추구할 가치가 없는 것으로 여기게 마련이다. 그러나 욕망의 달성을 하찮은 것으로 여기는 사고방식에도 일리는 있다. 왜냐하면 그 실현이나 행복이 확실할 때만 하찮게 여긴다면, 그런 것은 요컨대 불안정한 상태라서 거기서 샘솟는 것은 슬픔밖에 없을 것이기 때문이다. 그리고 욕망이 완전히 이루어지면 질수록 슬픔은 더 커질 것이고, 또 자연의 법칙에 반하여 행복이 얼마간 계속되어 습관을 통해 확립되면 될수록 슬픔은 훨씬 더 견디기 힘들어질 것이다.

그러나 다른 의미에서 이 두 가지 경향—편지를 꼭 부쳐야 한다는 마음과 막상 보내고 나면 그것을 후회하는 마음—은 둘 다 진실을 품고 있다. 전자에 대해서는 쉽게 이해할 수 있는데, 우리는 행복의—또는 불행의—뒤를 쫓으면서, 동시에 여러 가지 결과를 펼치기 시작하는 이 새로운 행동을 통해, 앞날에 대한 기대를 확인하고 어떻게든 완전한 절망에서 벗어나고 싶어하는 것으로, 한마디로 말하면 현재의 괴로움을 그나마 괴로움이 적을 것 같은 다른 형태로 바꾸려고 애쓰는 것이다. 그렇지만 후자의 경향도 이에 못지않게 중요하다. 왜냐하면 이것은 계략이 꼭 성공할 거라는 확신에서 비롯되어, 이윽고 욕망의 만족에 직면했을 때 느끼게 될 환멸의 전조이고, 그것이 미리 시작된 것에 지나지 않으며, 행복의 형태를 이런 식으로 결정하고 다른 형태를 모두 거부해버린 것에 대한 미련이기 때문이다. 편지를 보내고 나자 나는 또다시 알베르틴이 당장에라도 돌아올 것처럼 느껴졌다. 그녀가 금방이라도 돌아온다고 생각하니 내 머릿속에 우아한 영상이 떠올라, 그 즐거움으로 이 귀가에 예상되는 위험이 아주 조금 누그러졌다. 그녀를 내 곁에 둔다는, 오랫동안 맛보지 못했던 즐거움에 도취된 것이다. 그때 아직 망각이 작용하지 않았다고 하지는 않겠다. 하지만 망각이 가져온 효과의 하나는 알베르틴의 갖가지 불쾌한 표정과 그녀와 함께 보낸 권태로운 시간이 더 이상 내 기억에 떠오르지 않는다는 점인데, 그녀의 인상이 단순해지고 다른 여성들에 대해 느낀 모든 사랑으로 미화되기 때문에, 그녀가 아직 여기 있었을 때 내가 원했던 바와 같이 훌쩍 떠나기를 바라던 이유가 없어진 것이었다. 이런 특수한 형태 아래에서 확실히 망각은 일방적으로 나를 이별에 길들이기 시작했지만, 한편으로 알베르틴이 더욱 우아하고 아름다워 보여서 나는 그녀가 돌아오기만을 간절히 바라기도 했다.

알베르틴이 떠난 뒤로 나는 가끔 내가 울었다는 사실을 아무도 모를 거라는 생각이 들면, 초인종을 울려 프랑수아즈를 불렀다. "알베르틴 아가씨가 잊고 간 게 없는지 잘 살펴봐요. 그녀가 언제 돌아와도 좋게 방을 말끔히 정돈하도록." 또는 이렇게 말하곤 했다. "참 저번에 알베르틴한테서 들었는데, 그녀가 떠나기 바로 전날 말이야……." 프랑수아즈는 알베르틴이 떠난 것을 기뻐했지만, 나는 그것이 오래가지 않을 거라는 암시를 주면서 그녀의 밉살스러운 기쁨에 물이라도 끼얹고 싶은 마음이었다. 또한 알베르틴이 떠난 것을 아무렇지 않게 화제에 올리는 모습을 프랑수아즈에게 보여줌으로써, 그것은 예정된 일이었으며—마치 장군들이 어쩔 수 없이 퇴각하면서 기정방침에 따른 전략적 이동이라고 부르는 바와 같다—지금은 잠깐 그 참뜻을 숨긴 삽화를 이루고 있고, 이것으로 알베르틴과의 사이가 끝나지 않았다는 사실을 보여주고 싶었다. 또 끊임없이 그녀의 이름을 입에 올림으로써, 나는 약간의 공기를 불어넣듯이 그 방에 그녀의 흔적을 다시 불러들이고 싶었다. 그녀가 떠나 텅 빈 방 안에서는 숨이 막힐 것만 같았으니까. 본디 사람이란 옷 주문이나 저녁 식사에 대한 지시 같은 일상 대화 속에 괴로운 일을 뒤섞어서 그 고통을 덜어내려 하는 법이다.

알베르틴의 방을 치우며 프랑수아즈는 호기심에서 자단나무로 만든 작은 탁자의 서랍을 열어보았다. 그것은 나의 연인이 잠자리에 들 때 장신구를 끌러서 넣어두던 곳이었다. "어머나! 도련님, 알베르틴 아가씨가 반지끼는 걸 잊으셨네요. 전부 서랍에 남아 있어요." 나는 무심코 대답했다. "그럼 그녀에게 보내줘야지." 그러나 그렇게 말하면 그녀가 언제 돌아올지, 혹시 돌아오지 않을지 확실치 않은 것처럼 보이고 만다. "아니야, 그냥 둬." 나는 잠깐 침묵한 다음 대답했다. "보낼 것까지는 없지, 어차피 잠깐 가 있는 것뿐이니까. 이리 줘, 내가 좀 보게." 프랑수아즈는 조금 의심스럽다는 표정으로 내게 반지를 건넸다. 그녀는 알베르틴을 싫어했으나 자기 자신을 기준으로 나를 판단하여, 알베르틴이 누군가에게 쓴 편지를 내게 건네주기라도 하면 내가 그것을 망설이지 않고 뜯어볼 거라고 생각한 것이다. 나는 반지를 받아들었다. "도련님, 잃어버리지 않도록 주의하세요." 프랑수아즈가 말했다. "곱기도 해라! 누가 준 것인지, 도련님이 아니면 다른 사람이 준 것인지 모르겠지만, 아무튼 부자에다 고상한 취미를 가지신 분이네요!"— "난 아니야." 나는 프랑수아즈에게 대답했다. "게다가 이 두 개를 한 사람한테서 받은 것도 아닐걸, 하나는 그녀의 숙모가 준 거고, 또 하나는 그녀가 산 거야."— "한 분한테서 받은 게 아니라구요!" 프랑수아즈는 외쳤다. "농담이시죠? 두 반지가 똑같잖아요. 이건 뒤에 루비가 붙어 있는 게 다르지만, 둘 다 같은 독수리가 새겨져 있고, 안쪽에는 같은 머리글자가……." 프랑수아즈는 자신이 나를 괴롭히고 있음을 느꼈는지 알 수 없었으나, 그 입술에 떠오른 희미한 웃음은 한참을 떠나지 않았다. "뭐, 같은 독수리? 무슨 소릴 하는 거야. 루비가 없는 건 확실히 독수리가 있지만, 다른 하나에는 사람 얼굴 같은 게 새겨져 있잖아."— "사람 얼굴요? 어디에 그런 게 있어요? 전 안경을 끼고 있어서 금방 알아본걸요, 독수리의 한쪽 날개라는 걸. 돋보기로 보시면 도련님도 다른 한쪽에 날개가 있고, 한가운데 머리와 부리가 있는 게 보일 거예요. 깃털도 하나하나 새기고, 참 솜씨도 훌륭하지." 나는 알베르틴이 나를 속였는지 알고 싶은 불안한 욕구가 강하여, 프랑수아즈 앞에서 위엄을 잃지 말아야 한다는 것과, 프랑수아즈가 나를 괴롭히려는 마음은 아니겠지만 적어도 내 연인을 흉봄으로써 짓궂은 기쁨을 느끼게 하는 일은 없어야 한다는 것을 깜박 잊고 말았다. 프랑수아즈가 내 돋보기를 찾으러 간 동안 나는 시근거리다가, 그녀가 건넨 돋보기를 받아들고 루비가 붙은 반지에 독수리가 어디 있는지 가르쳐달라고 그녀한테 말했다. 그녀는 서슴없이 다른 반지와 똑같이 새겨진 날개, 하나하나 돋을새김을 한 것과 머리를 보여주었다. 또한 비슷하게 새겨진 글자를 가리켰는데, 정말 루비가 붙은 반지에는 추가로 다른 글자가 새겨져 있었다. 또 두 반지의 안쪽에 알베르틴의 시프르(chiffre)*¹가 있었다. "아무리 그래도 놀라워요, 이렇게 하지 않으면 도련님은 같은 반지라는 걸 모르신다니." 프랑수아즈가 말했다. "가까이 보지 않더라도 세공도 같고, 금을 주름잡은 양식도 같고, 모양도 같다는 걸 당장 알겠는데. 이것만 봐도 같은 곳에서 나온 게 틀림없다니까요. 솜씨 좋은 숙수의 음식처럼 금세 알 수 있어요."

프랑수아즈는 평소에 무서울 정도의 정확성을 발휘하여 사소한 부분에도 주의를 기울이고 있었지만, 사실 하녀로서의 호기심은 본디 미워하는 마음에

---

*1 이름의 머리글자를 연결한 도안 글자, 곧 모노그램(monogram).

의해 자극받은 것으로, 이 반지 감정(鑑定)에는 그녀의 타고난 취향도 한몫했다. 실제로 그것은 프랑수아즈의 요리 취향과도 같았는데, 마침 발베크에 갈 때 그녀의 차림새를 보고 내가 느꼈듯이 예전에는 예뻤던 여자, 다른 이의 보석이나 의상을 물끄러미 쳐다보던 여자만이 갖는 독특한 교태가 아마도 그 감각을 더욱 예민하게 단련시켰을 것이다. 내가 홍차를 너무 마셨다고 느낀 날, 약갑을 혼동하여 베로날 몇 알 대신 같은 양의 카페인 정제를 삼켰다 해도, 이토록 심장이 세차게 고동치지는 않았으리라. 나는 프랑수아즈에게 방에서 나가달라고 했다. 당장 알베르틴을 만나고 싶었다. 그녀의 거짓말에 대한 증오와 누군지 모르는 남자에 대한 질투에, 그녀가 선물을 주는 대로 다 받았다는 고통이 덧붙여졌다. 나도 그 이상으로 그녀한테 선물을 했지만, 그래도 사람은 자신이 돌보는 여자가 다른 남자에게도 신세를 지고 있는 줄 모르는 한, 그녀를 첩이라고 생각하지 않는 법이다. 그러나 나는 그녀를 위해 끊임없이 막대한 돈을 쏟아부었기 때문에, 도덕적으로 비열한 여자임에도 그녀를 내 것으로 차지하면서 그녀 안에서 그 비열함을 유지시켜왔고, 아마도 그것을 증대시켰을 것이다. 아니, 어쩌면 그 비열함은 내가 만들어낸 것인지도 모른다. 게다가 우리에게는 고통을 달래기 위해 온갖 이야기를 지어내는 재주가 있어서, 죽을 만큼 굶주리고 있을 때는 누군가 모르는 사람이 1억의 재산을 남겨줄지도 모른다고 상상하는 일도 있으니까, 나는 알베르틴이 내 품에 안겨 이렇게 한마디 변명하는 것을 상상했다. 반지를 하나 더 산 것은 모양이 비슷해서였고, 자기가 거기에 머리글자를 새겨넣게 했노라고. 하지만 이 변명은 너무나 옹색했고, 도저히 내 마음에 진통제가 뿌리를 내릴 만한 시간도 없어서 고통은 쉬 가라앉지 않았다. 그래서 나는, 자기 애인은 퍽 얌전하다고 남들에게 말하는 수많은 남자들도 이 같은 남모르는 고통에 시달리겠거니 생각했다. 이런 식으로 그들은 남들에게나 자기 자신에게나 거짓말을 한다. 그들의 말이 전부 거짓이라는 건 아니다. 그들도 그 여인과 정말로 행복한 몇 시간을 보내기도 할 것이다. 그 여인은 한 남자를 위해 남자의 친구들 앞에서 다정하게 굴고, 그것은 남자를 자랑스럽게 한다. 또한 단둘이 있을 때 여인이 남자에게 보여주는 다정한 태도는 남자가 여인을 찬미하게 한다. 그러나 그 다정함 뒤에 얼마나 많은 미지의 시간이 숨어 있으며, 거기서는 남자가 얼마나 괴로워하고 의심하며 진실을 알기 위해 곳곳에서 부질없는 탐색을 하고 있는지 생각해보라! 사랑을 나누는 감미로움, 여인의 아무리 하찮은 말에도 넋을 잃고 경청하는 감미로움에는 이와 같은 번민이 연관되어 있고, 남자는 여자의 말이 무의미한 줄 알면서도 그녀의 향기로 그것을 가득 채운다. 하지만 지금의 나는 추억을 통해 들이마시는 알베르틴의 향기를 마냥 즐기고 있을 수가 없었다. 풀이 죽은 나는 반지 두 개를 손에 든 채, 그 무정한 독수리를 바라보았다. 그 부리가 내 심장을 마구 쪼아 못살게 굴고, 돋을새김으로 새겨진 그 날개가 연인을 향한 나의 믿음을 멀리 가져가버렸다. 독수리의 발톱에 상처 입은 내 마음은, 그 독수리가 틀림없이 그 이름을 상징하지만 읽어낼 길이 없는 미지의 사내에 대해 거듭 제기한 의문에서 잠시도 벗어날 수가 없었다. 틀림없이 전에 한 남자를 사랑했던 알베르틴은 얼마 전에도 그를 만났겠지. 내가 두 번째 반지, 독수리가 루비의 선혈에 부리를 담그고 있는 이 반지를 처음 보았던 게 그녀와 함께 불로뉴 숲을 산책했던 그 즐겁고 화목한 날이었으니까.

하기야 알베르틴이 가버린 것 때문에 내가 아침부터 저녁까지 계속 괴로워했다고 해서, 그녀 생각만 했다는 뜻은 아니다. 한편 오래전부터 그녀의 매력은 차례차례 여러 대상에게 조금씩 번져서 그것은 결국 아득한 저편으로 멀어져갔지만, 그녀가 내게 안겨준 것과 똑같은 감동으로 채워져 있었으므로, 만일 어쩌다가 앵카르빌이나 베르뒤랭 부부, 또는 레아의 새로운 역할을 떠올리면 괴로움이 밀물처럼 밀려와서 나를 덮치곤 했다. 다른 한편 내가 알베르틴에 대해 생각한다고 말하는 것은 그녀를 돌아오게 할 수단, 다시 내 곁에 두어 그녀가 뭘 하고 있는지를 아는 수단을 생각한다는 뜻이다. 그러므로 만일, 이 끊임없는 고난의 시간에 나의 괴로움에 따르는 인상을 그림으로 나타낼 수 있다면 오르세 역,[*1] 봉탕 부인에게 건넨 지폐, 내게 전보를 치려고 우체국의 기울어진 책상 위에 몸을 구부린 생루의 모습이 먼저 떠오르게 될뿐, 결코 알베르틴은 아니었을 것이다.

우리의 이기심은 평생 자아에게 소중한 목표를 눈여겨보지만, 그 목표를 끊임없이 바라보는 '나' 자신은 결코 돌아보지 않는다. 그와 마찬가지로 우리의 행동을 이끄는 욕망은 행동 쪽으로 내려가도 자기 쪽으로 거슬러 올라가지는

---

*1 1900년 파리 오르세 강기슭에 생긴 역. 남서쪽으로 열차가 다녔는데, 알베르틴이 몸을 맡기고 있는 숙모의 집이 있는 투렌 지방은 파리에서 보면 남서 지방에 해당한다. 이 역은 뒤에 폐쇄되었고, 1986년 이 자리에 오르세 미술관이 세워짐.

않는다. 그것은 욕망이 너무나 타산적이어서, 행동에는 곧바로 뛰어들지만 인식을 깔보며, 현재의 실망을 누그러지게 하기 위해 오로지 미래만을 추구하고 있기 때문이거나 아니면 정신의 게으름이 욕망을, 또 자기 성찰의 험한 비탈길을 오르기보다는 차라리 쉬운 상상의 비탈길을 미끄러져 내려가게 하기 때문일 것이다. 사실을 말하면 온 생명이 걸려 있는 것과 같은 이 위기의 순간에는, 우리 목숨을 좌우하는 사람이 이 세상의 사물을 하나도 남김없이 뒤엎어서, 우리 안에 그가 차지하는 장소를 더 많이 보여줄수록 그의 모습은 더 작아져 마침내 눈에 보이지 않을 정도가 되고 만다. 우리는 감동을 통해 만물 속에서 대상의 존재를 인식하는데, 그 감동의 원인인 존재 자체의 모습은 어디서도 찾지 못한다. 이런 나날을 보내는 동안, 나는 도무지 알베르틴의 모습을 머릿속에 그려낼 수가 없어서 내가 그녀를 사랑하지 않는다고 여길 정도였다. 마치 나의 어머니가 몇 달 동안 할머니의 모습을 통 머릿속에 그려내지 못해 절망했을 때처럼(단 한 번 꿈속에서 다행히 할머니를 만난 어머니는 그 꿈을 어쩌나 소중하게 느꼈던지 자면서도 남은 힘을 다해 그 꿈을 지속시키려고 애썼을 정도였다) 할머니의 죽음에 큰 충격을 받았지만, 그 얼굴의 생김새가 어머니의 기억에서 사라져버렸으므로 어머니는 할머니의 죽음을 진심으로 애도하지 않은 거라고 자책했을지도 모른다. 아니 실제로 자책했음이 틀림없다.

어째서 나는 알베르틴이 여자들을 사랑하지 않는다고 생각했던가? 그녀가 특히 마지막 무렵에 여자 같은 건 사랑하지 않노라고 딱 잘라 말했기 때문이다. 그러나 우리의 삶이란 끊임없는 거짓 위에 서 있지 않은가? 그녀는 내게 단 한 번도 이렇게 말한 적이 없었다. '왜 나는 자유롭게 외출할 수 없죠? 내가 한 일을 왜 당신은 남들에게 꼬치꼬치 물어보죠?' 실제로 우리 생활은 참으로 유별나서 그 이유를 알 수 없으면 그녀는 분명히 나한테 물어봤을 것이다. 그런데 나는 그녀를 가둬두는 까닭을 말하지 않고, 그녀도 자신의 끊임없는 욕구, 수많은 추억, 헤아릴 수 없는 욕망과 희망에 대해 언제나 마찬가지로 굳게 입을 다물었으니, 그것도 이해할 만하지 않은가? 프랑수아즈는 내가 알베르틴이 머잖아 돌아온다고 넌지시 말했을 때 그것이 거짓말이라는 걸 알아차린 모양이었다. 그녀의 확신은 보통 집안의 하인을 이끄는 진리, 즉 주인이란 하인들 앞에서 망신당하는 것을 좋아하지 않으며, 혹시 사실이라 해도 하인에게 알리는 것은, 자신을 존경하도록 지어낸 얘기와 큰 차이가 없다는 진리보다 더 확실한 근거를 지니고 있는 것 같았다. 프랑수아즈가 이번에 내린 확신은 그런 진리와는 다른 것에 근거를 둔 것인 듯, 마치 그녀 자신이 알베르틴의 마음에 의심과 시기심을 일깨우고, 그것을 자극하여 분노를 부채질한 것이라는, 다시 말해 그녀 자신이 알베르틴이 떠나는 건 피할 수 없는 일이라고 예언할 수 있을 정도로 나의 연인을 내몬 것이라는 생각까지 들었다. 만일 그렇다면 알베르틴이 떠난 게 내 허락 아래 잠깐 숙모 댁에 다녀오는 것이라는 내 주장은 프랑수아즈에게 불신감만 키워준 셈이다. 그러나 그녀는 알베르틴을 타산적인 사람으로 생각하고 있었으며, 알베르틴이 내게서 뜯어간 것으로 여긴 '이득'을 증오에 사로잡혀 극단적으로 과장하여 생각했으므로, 그녀의 확신도 어느 정도는 흔들렸는지도 모른다. 그래서 내가 더할 나위 없이 당연한 일처럼 프랑수아즈 앞에서 알베르틴이 돌아올 날도 멀지 않았다고 암시했을 때, 프랑수아즈는(마치 그녀를 골탕먹이려고 집사가 신문 기사를 멋대로 바꿔, 성당이 폐쇄되고 사제들이 추방되었다며 그녀로서는 쉽게 믿을 수 없는 새로운 정책에 대한 기사를 일부러 읽어주었을 때, 프랑수아즈가 부엌 구석에서 읽을 수도 없는 신문을 꼼짝 않고 본능적으로 열심히 들여다보았던 것처럼) 정말 그렇게 결정된 것인지, 아니면 내가 지어낸 말은 아닌지 미심쩍어하는 표정으로 내 얼굴을 뚫어지게 쳐다보았다. 하지만 내가 긴 편지를 쓰고 나서 봉탕 부인의 정확한 주소를 찾는 것을 보자, 프랑수아즈의 마음에는 알베르틴이 돌아올지도 모른다는, 지금까지 어렴풋이 느껴왔던 두려움이 밀려들었다. 이튿날 아침, 내 앞으로 온 우편물과 함께 알베르틴의 필체로 보이는 편지 한 통을 내게 건넸을 때, 그 두려움은 절정에 달했다. 프랑수아즈는 알베르틴이 떠난 것은 한낱 연극이 아니었을까 의심하기 시작했는데, 그렇다면 알베르틴이 앞으로 이 집에서 오래 머무를 게 확실함은 물론, 프랑수아즈의 주인인 내게나, 결국은 그녀 자신에게도, 알베르틴에게 보기 좋게 한 대 얻어맞은 굴욕감을 느끼는 일이어서, 이 상상은 그녀를 두 번 슬프게 하는 셈이 되었다. 나는 알베르틴의 편지를 빨리 읽고 싶어서 애가 탔으나, 그래도 한순간 프랑수아즈의 눈을 흘끗 볼 수밖에 없었는데 그 눈에서 모든 희망이 사라져버린 것을 보고, 이건 알베르틴의 귀가가 멀지 않다는 길조라고 결론을 내렸다. 마치 겨울 운동 애호가들이 제비가 떠나는 것을 보고 기쁜 마음으로 겨울이 가까워졌다고 짐작하듯이. 이윽고 프랑수아즈가 방에서 나가고 문이 닫힌 것을 확인한 나는 불안에 사로잡힌 것처럼 보이지 않으려고 소리 없이 편지를 뜯었다. 다음은 편지의 내용이다.

"벗이여, 여러 가지로 친절한 말씀을 해주셔서 고마워요. 롤스로이스의 주문 취소 건은 내가 할 수 있는 일이 있다면—나는 할 생각이에요—무엇이든 말씀하세요. 중개인의 이름만 적어보내셔도 돼요. 그런 사람들의 목적은 오직 하나, 팔아치우는 것뿐이니까 당신은 그들에게 골탕만 먹을 거예요. 게다가 좀처럼 외출도 하지 않는 당신에게 자동차가 있다한들 어디에 쓰나요? 우리의 마지막 산책을 좋은 추억으로 간직하고 계시다니 가슴이 뭉클해요. 나 또한 그 두 가지 의미를 지닌 황혼 속의 산책(해가 지고 있었고 우리는 작별하려고 했으니까요)을 잊지 못할 거예요. 그 추억이 내 마음속에서 사라지는 것은 내 인생에 어둠이 찾아올 때라는 것을 부디 믿어주세요."

나는 이 마지막 문장은 예의상 한 말에 지나지 않으며, 알베르틴은 죽을 때까지 이 산책의 추억을 그렇게 감미로운 것으로 간직할 리가 없다고 느꼈다. 그때 그녀는 나와 헤어지고 싶어 좀이 쑤셨기 때문에 산책하는 동안 아무 기쁨도 느끼지 못했을 것이다. 그보다도 내가 감탄한 것은, 자전거와 골프를 좋아하던 발베크의 아가씨, 나와 사귀기 전에는 〈에스더〉 말고는 변변히 읽은 책도 없었던 그녀가 재능이 얼마나 뛰어났던가 하는 점인데, 내 집에 있는 동안 그런 그녀가 새로운 자질을 향상시켜 몰라볼 정도로 완전한 여성이 되었다고 해도 전혀 무리가 없었다. 나는 발베크에서 그녀에게 이렇게 말했다. "나의 우정은 당신에게 귀중한 것이 될 거야. 난 정말이지 당신에게 없는 것을 줄 수 있는 사람이라고 생각하거든(그녀에게 보낸 사진 한 장에는 '구원의 신이라는 확신을 품고서'라고 쓰기도 했다)." 스스로 믿지도 않는 이런 말을 입에 담은 이유는 오직 나를 만나면 득이 된다는 생각을 갖게 하려고, 그녀가 그때 느낄지도 모를 싫증을 얼버무리려는 것이었는데, 그 말도 또 이렇게 진실이 된 것이다. 요컨대 사랑에 빠질까 두려워서 만나고 싶지 않다고 그녀에게 말했을 때와 같은데, 내가 그렇게 말한 것은 반대로 너무 자주 만나면 사랑이 식고, 떨어져 있으면 사랑이 더욱 불타오른다는 사실을 알고 있었기 때문이다. 그러나 현실은 늘 자주 만나서 처음 발베크에서의 사랑과는 비교할 수도 없을 만큼 강렬하게 그녀를 원하는 마음이 샘솟았으니, 이 말 또한 진실이 되었다.

하지만 결국 알베르틴의 편지는 모든 것을 하나도 나아가게 하지 못했다. 그녀는 중개인에게 편지를 쓰겠다는 말밖에 하지 않았기 때문이다. 이런 상황에서 빠져나가 일을 급히 처리해야 할 필요가 있었다. 그래서 나는 다음과 같이 생각했다. 나는 곧장 앙드레에게 편지를 보내 알베르틴이 숙모네 집에 있다고, 나 혼자 지내기가 너무 쓸쓸하니 며칠 내 집에 묵으러 와주면 더할 수 없이 기쁘겠으며, 아무것도 숨기고 싶지 않으니 알베르틴에게도 이 사실을 전해주면 고맙겠다는 내용을 써 보냈다. 더불어 나는 아직 알베르틴의 편지를 못 받은 것처럼 꾸며 그녀에게도 편지를 썼다.

"벗이여, 충분히 이해해주리라 생각하지만 한 가지 용서를 구하려 하오. 나는 숨기는 것을 무척 싫어해서 앙드레와 나, 양쪽에서 당신에게 알리기로 했소. 당신이 내 집에 있는 동안 어찌나 즐거웠던지 나는 혼자 있지 못하는 나쁜 버릇이 들고 만 것 같소. 당신은 이제 돌아오지 않기로 우리 둘이 함께 결정한 이상, 당신을 대신할 가장 좋은 사람은 내 생활에 거의 변화를 주지 않으면서, 당신을 많이 떠올리게 하는 앙드레인 듯하여 그녀에게 와달라고 부탁했다오. 너무 갑작스러운 일로 보이지 않도록 그녀에게는 며칠 동안이라고 말했지만 이번에는 꽤 오래 있게 될 거라오. 이 일이 옳다고 여기지 않는지요? 알다시피 발베크의 젊은 아가씨들 가운데 당신의 작은 그룹은 우리 사회에서 언제나 최고의 매력을 갖춘 핵심 모임이어서, 언젠가 모임에 함께하는 것이 내게는 최고의 행복이었소. 아마도 그 매력은 지금도 사라지지 않고 있겠지요. 우리 성격의 숙명과 인생의 불행한 전개로 사랑스런 알베르틴이 내 아내가 되지 못했으니, 나는 아무래도 앙드레—당신만큼 매력적이지는 않지만, 성격이 잘 맞아 나와 같이 지내도 행복해할 사람—를 아내로 맞이하게 되리라 생각하오."

그런데 이 편지를 부친 다음, 갑자기 의혹이 짙어졌다. '만일 당신이 내게 직접 그런 말을 써 보냈더라면 기꺼이 돌아갔을 것을!' 알베르틴이 내게 이렇게 써 보냈을 때 내가 그런 말을 직접 써 보내지 않았으므로 그녀가 그렇게 썼을 뿐, 내가 만일 그렇게 써 보냈더라도 그녀는 돌아오지 않았을 것이고, 자신이 자유롭기만 하다면 내 집에 앙드레가 와 있든, 나아가 그녀가 내 아내가 되든 눈썹 하나 까딱하지 않으리라. 그도 그럴 것이, 그녀는 이미 일주일 전부터 악덕에 빠져 있을지도 모르며, 내가 파리에서 반년이 넘게 거듭 조심해오던 것을 짓밟고 내 노력을 헛수고로 만들었을지도 모르기 때문이다. 무엇보다 지난 일주일 동안 그녀는 내가 그토록 막아왔던 행동을 감행했음이 틀림없었다. 아마 저쪽에서 그녀는 그런 자유를 악용하고 있을 거라는 생각에 나는 처량해졌으나, 그것은 아직 막연한 일로 어느 것 하나 특정 사실로 드러나지도 않았고, 게다가 여자 애인으로 보이는 이가 많고 실제로 많을 테니 내가 그중 누구하나를 주목할 수도 없어서, 내 마음은 마치 영원히 자동으로 움직이는 기계 운동 속에 끌려 들어간 듯싶었다. 또 거기에는 고통이 있긴 했지만 구체적인 영상이 없었으므로 견딜 수 있는 고통이었다. 그러나 생루가 돌아오자 그것은 무서운 고통으로 변했다. 생루가 내게 한 말이 왜 내게 그런 불행을 가져다주었는지 설명하기 전에, 그가 찾아오기 직전에 일어난 어떤 사건에 대해 얘기해야겠다. 그 기억이 그 뒤에 어찌나 나를 혼란스럽게 했는지, 생루와의 대화가 내게 안겨준 괴로운 인상이 희미해졌다고는 할 수 없어도, 적어도 그 대화의 실제적인 영향력은 약해졌다.

그 사건은 대충 이렇다. 빨리 생루를 보고 싶어 애가 탄 나머지 내가 계단에서 그를 기다리고 있으려니(만약 어머니가 계셨다면 하지 못했을 일로, '창 너머로 수다 떠는' 것 다음으로 어머니가 싫어하는 일이다) 다음과 같은 말이 들려왔다. "뭐라고? 자네 마음에 들지 않는 놈을 내쫓는 방법을 모른단 말인가? 그건 그리 어렵지 않아. 예를 들어 녀석이 가져가야 할 것을 숨기면 돼. 그러면 주인이 급히 그를 불러도 필요한 물건을 찾느라고 쩔쩔매게 되지. 나의 외숙모는 역정이 나서 말씀하실 거야, '뭘 꾸물대는 거지?' 이렇게 말이야. 녀석이 뒤늦게 달려갔을 땐 이미 모두들 펄펄 뛰며 화를 내고, 녀석은 그때까지도 여전히 물건을 못 찾는 거야. 이런 일을 네댓 번만 해보게, 녀석이 쫓겨나는 건 시간문제야. 특히 놈이 깨끗이 가져가야 할 물건을 몰래 더럽혀보게나. 그런 방법은 얼마든지 있다네." 나는 너무 기가 막혀서 말이 나오지 않았다. 그런 잔인하고 교활한 말을 지껄이고 있는 사람이 바로 생루였기 때문이다. 나는 그를 언제나 선량한 사람, 불행한 이들을 동정하는 사람으로 여기고 있었기 때문에 그 목소리가 마치 악마를 연기하고 있는 것처럼 들렸다. 그러나 그가

'악마'의 이름으로 얘기하는 건 있을 수 없는 일이었다. "그래도 누구나 먹고는 살아야죠." 상대가 말했다. 언뜻 보니 게르망트 공작부인의 하인이었다. "자네가 잘되면 그런 건 아무 상관없지 않은가?" 생루는 심술궂게 대답했다. "게다가 자네에게는 상대를 곯려주는 재미도 있을 테고. 놈이 큰 잔치의 시중을 들 때 제복에 잉크병을 엎질러버릴 수도 있지 않은가. 요컨대 놈이 제 발로 나갈 때까지 한시도 가만히 두어선 안 되네. 나도 자네를 도와주지. 외숙모님께 전해주겠네, 자네가 그자처럼 지저분한 얼간이와 함께 일하느라 얼마나 참고 고생하고 있는지 말이야." 내가 모습을 나타내자, 생루는 내게 다가왔다. 하지만 내가 아는 생루와 전혀 다른 말투를 듣고 나자 그에 대한 내 믿음도 흔들리고 말았다. 불쌍한 사람한테 이토록 잔혹하게 굴 수 있는 인물이니, 봉탕 부인에게 가서 나를 배신하는 경솔한 짓을 한 건 아닌지 의심스러웠다. 그렇게 생각했으므로 그가 돌아간 뒤에는, 설사 그의 시도가 실패로 끝났다 해도 내 목적이 이뤄지지 못한 증거가 될 수 없다는 생각이 들었다. 그러나 그가 내 곁에 있는 동안은 분명 예전의 생루, 특히 봉탕 부인과 막 헤어져 돌아온 친구였다. 그는 이렇게 말을 꺼냈다. "자네는 내가 서운하겠지. 전보를 보고 알았네. 하지만 그건 당치 않아. 할 수 있는 일은 다 했으니까. 왜 더 자주 전화하지 않았냐고 생각하겠지만, 내가 전화를 걸 때마다 자네는 늘 다른 볼일 중이라더군."

그러나 더 이상 참을 수 없게 된 것은 다음과 같은 말을 듣고서였다. "아무튼 마지막 전보를 친 뒤의 일을 이야기함세. 어떤 헛간 같은 곳을 지나 집 안으로 들어갔지. 긴 복도 끝에 있는 손님방에 들여보내주더군." 이 헛간, 복도, 손님방이라는 낱말을 듣자, 그의 말이 채 끝나기도 전에 내 심장은 감전이라도 당한 것처럼 빠르게 요동치기 시작했다. 왜냐하면 1초 동안 지구를 가장 많이 도는 것은 전기가 아니라 고통이니까. 생루가 떠난 뒤에도 이 헛간, 복도, 손님방이라는 낱말을, 까닭도 없이 충격을 새롭게 음미하기 위해 얼마나 되뇌었는지! 헛간 안이라면 여자친구와 함께 몸을 숨길 수 있다. 또 숙모가 없을 때 손님방 안에서 알베르틴이 무슨 짓을 할지 누가 알겠는가? 뭐라고? 그럼 나는 알베르틴이 머무는 집에 헛간도 손님방도 없을 거라고 생각했단 말인가? 그렇지 않다, 나는 그 집을 막연한 장소로만 상상하고 머릿속에 전혀 그려보지 않았던 것이다. 내가 맨 처음 괴로움을 느낀 것은, 그녀가 지금 있는 곳이 지리적으로 한정되었을 때 가능성이 높은 편인 두세 곳이 아니라 투렌임을 알았을 때였다. 그녀가 사는 아파트 문지기의 이 말은 지도 위에 도장을 찍듯 드디어 괴로워해야 하는 장소를 내 마음속에 새겨넣었다. 그러나 그녀가 투렌의 집에 있다는 생각에 익숙해지자, 나는 더 이상 그 집을 떠올리지 않게 되었다. 헛간, 복도, 손님방이라는 불길한 관념은 한 번도 내 상상 위로 떠오른 적이 없었으나, 지금은 눈앞에서 그런 공간을 확인하고 돌아온 생루의 망막 위로 알베르틴이 드나드는 방, 그녀가 생활하고 있는 방이 있는 것만 같았다. 헤아릴 수 없는 가능성이 있는 방은 서로 부딪혀 사라지고 이 특정한 방만 남았다. 헛간, 복도, 손님방이라는 단어에 의해 그 저주받은 장소의 존재가(단순한 가능성이 아니라) 밝혀진 지금, 그곳에 일주일이나 알베르틴을 내버려둔 건 나의 경솔한 행동이었음이 분명했다. 아아! 생루가 또, 그 손님방에 있었을 때 옆방에서 목청껏 노래하는 소리를 들었는데 그것이 알베르틴이었다고 내게 말했을 때, 나는 절망을 느끼면서 알베르틴이 드디어 내게서 해방되어 행복하다는 걸 깨달았다. 그녀는 자유를 되찾았다. 그런데 나는 그녀가 앙드레의 자리를 빼앗으러 당연히 돌아올 줄로 착각하고 있었다니! 내 집에서는 며칠이고 그녀를 내 방에도 부르지 않고 새장에 가둬두고 있었는데, 이제 그 새장을 떠나 다시 자유의 몸이 된 그녀는 내 눈에 모든 가치를 되찾은 것처럼 보였다. 그녀는 모든 사람이 뒤를 쫓는 여자, 처음 만났을 무렵의 멋진 새로 다시 돌아간 것이다. 내 고통은 생루에 대한 분노로 변했다.

"자네가 간 걸 그녀가 모르게 주의하라고 그토록 신신당부했건만."― "그러기가 어디 쉬운 줄 아나! 그녀가 집에 없다고 누가 장담하더군. 어쨌든 요약해 보고하지. 돈 문제에 대해 뭐라고 말해야 할지 모르겠네만, 내가 상대한 부인이 여간 예민한 분 같지 않아서 기분을 상하게 할까 봐 겁이 나더군. 그런데 상대는 내가 돈 이야기를 꺼내도 싫은 표정은 아니었는데, 좀 뒤에는 서로 썩 잘 이해할 수 있게 되어 기쁘다는 말까지 했어. 그렇지만 그 다음에 한 말이 어찌나 미묘하고도 고상한지, 그녀가 '썩 잘 이해했다'는 말은 내가 준 돈에 대한 것이 아니었다는 느낌이 들기 시작했어. 왜냐하면 사실 내가 한 행동은 정말 비열했으니까."― "아냐, 어쩌면 그녀가 잘 이해하지 못한 건지도 몰라, 틀림없이 제대로 알아듣지 못했을 거야. 자네는 몇 번이고 설명했어야 옳았어, 그러면 다 잘되었을 텐데."― "어째서 그녀가 잘 알아듣지 못했을 거라고 생각하는 거지! 나는 여기서 지금 자네한테 말하는 것처럼 그녀에게 말했고, 상대는 귀머거리도 바보도 아니거든."— "그런데도 상대는 어떤 반응도 보이지 않던가?"— "하나도."— "그래도 다시 한 번 말해주었어야지."— "다시 한 번 말한다고? 어떻게 그럴 수 있다고 생각하나? 내가 방 안으로 들어가 그 부인을 보자마자, 자네가 잘못 생각해서 내게 엄청난 실수를 저지르게 하는 거라고 직감했지. 이런 돈을 그렇게 내놓는 건 여간 어려운 일이 아니야. 하지만 자네가 하라는 대로 했네, 내쫓길 걸 각오하고서."— "하지만 내쫓긴 않았잖아. 부인이 알아듣지 못했으니 다시 한 번 설명하든가, 아니면 그 얘기를 계속해야 했어."— "자넨 그 자리에 없었으니까 '부인이 알아듣지 못했다'고 생각하는 거라네. 되풀이하네만, 만일 자네가 우리의 대화를 옆에서 들었다면 그런 말은 못하지. 기적 하나 없이 주위가 고요했고, 나는 노골적으로 말했는데 부인이 알아듣지 못할 리가 없지 않은가."— "그래도 그분은 내가 그분 조카딸과 결혼하기를 여전히 원하고 있다는 걸 결국 이해하셨겠지?"— "아냐, 내 생각으론, 자네한테 결혼할 의사가 있다는 걸 믿지 않는 것 같더군. 자네 입으로 헤어지고 싶다고 조카딸한테 말했다고 하던데? 지금 그분이 자네에게 결혼할 의사가 있다고 생각하는지 어떤지, 난 전혀 모르겠네만." 이 말은 내가 그렇게 굴욕을 당한 것도 아니고, 따라서 아직 사랑을 되찾을 가능성도 있으며 결정적인 수단으로 나갈 수 있는 여지도 남아 있음을 보여주는 것이어서, 어느 정도 나를 안심시켰다. 그래도 나는 안절부절못했다. "아무래도 자네가 만족하지 못하는 것 같아 유감이야."— "아냐, 자네의 친절에 감사하고 있어. 다만 조금만 더 자네가……."— "난 최선을 다했다네. 다른 사람이라면 이 정도도 못했을걸. 다른 사람을 시켜보지 그러나."— "아냐, 이럴 줄 알았다면 자네를 보내지 않는 건데. 자네의 교섭이 실패로 끝나는 바람에 난 다른 방법도 쓸 수 없게 되었어."

나는 그에게 구시렁거리며 불평을 늘어놓았다. 그는 나를 돕고자 애쓰긴 했지만 헛수고가 되고 말았다. 생루는 그 집에서 나오다가 마침 들어오던 젊은 아가씨들과 엇갈렸다고 한다. 나는 알베르틴이 지방에서 젊은 아가씨들과 사귀고 있다는 추측을 이미 여러 번 했었는데, 그 일로 내가 고통을 느끼기는 이번이 처음이었다. 자연은 우리의 정신에, 우리가 끊임없이, 또 위험 없이 마음에 그리는 추측을 없애버릴 수 있는 천연 해독제를 분비하는 기능을 주었다는 걸 확신할 필요가 있다. 하지만 생루가 우연히 마주쳤다는 그 아가씨들에 대해 나를 면역시켜줄 만한 치료제는 전혀 없었다. 그런데 이처럼 자질구레한 일들이야말로, 내가 알베르틴에 대해 한 사람 한 사람에게서 얻어듣고 싶었던 것이 아니었나? 그런 세세한 일들을 더욱 정확하게 알기 위해, 연대장의 소환을 받은 생루에게 무슨 일이 있어도 내 집에 꼭 들러달라고 부탁한 사람은 바로 나 자신이 아니었던가? 그렇다면, 그것을 원했던 것은 바로 나, 아니면 오히려 그것을 자양분으로 삼아 성장하려고 호시탐탐 노리던 나의 허기진 고통이 아니었던가? 마지막으로, 생루는 또한 그 집 근처에서 그로 하여금 과거를 떠올리게 만드는 아는 얼굴, 그 근처 별장에서 지내고 있던 라셀의 옛 친구인 예쁜 여배우를 우연히 만나 크게 놀랐다고 말했다. 그 여배우의 이름을 듣자마자 나는 생각했다. '상대는 바로 그 여자로구나.' 오직 그것만으로도, 내가 모르는 한 여자의 팔에 안겨서 쾌락에 얼굴이 달아올라 생글거리고 있는 알베르틴을 그려보기에 충분했다. 요컨대 그런 일은 절대 있을 수 없다고 어떻게 말할 수 있을까? 나부터도 알베르틴과 사귄 뒤로 늘 여자 생각을 하지 않았던가? 처음으로 게르망트 대공부인 댁을 방문했던 날 밤, 거기서 돌아왔을 때 내가 생각했던 것은 대공부인보다도 생루가 말한 아가씨, 사창가에 드나든다는 퓌트뷔스 부인의 몸종이 아니었던가? 또 내가 발베크에 다시 갔던 것도 그녀 때문이 아닌가? 바로 얼마 전에는 베네치아에 가고 싶어했는데, 알베르틴이라고 해서 왜 투렌에 가고 싶지 않았겠는가? 다만 이제와서 깨달은 사실이지만, 그렇다고 해도 난 분명 그녀 곁을 떠나지 못하고 베네치아에 가는 일도 없었을 것이다. '이제 그녀와 헤어져야지.' 나는 스스로에게 이렇게 말하면서도, 마음속으로는 헤어지지 못하리라는 사실을 잘 알고 있었다. 마치 일을 해야지, 건강한 생활을 보내야지, 날마다 '내일부터는' 하고 벼르기만 하는 모든 일을 결코 시작하지 않으리라는 걸 잘 알고 있는 것처럼. 다만 마음속으로는 어떻게 생각하든, 나는 그녀에게 끊임없이 이별의 위협을 느끼는 생활을 하게 하는 것이 교묘한 수법이라는 생각이 들었다. 아마도 그따위 치사한 술수 덕분에 난 그녀를 너무나 잘 설득하고 만 것이리라.

　아무튼 이런 상태를 더 이상 계속할 수는 없었다. 나는 그녀를 젊은 아가씨들이나 그 여배우와 함께 언제까지나 투렌에 내버려둘 수는 없었다. 내 눈길이 닿지 않는 그런 생활을 계속하게 하는 건 생각하기도 싫었다. 먼저 내 편지에 대한 그녀의 답장을 기다려보자. 그녀가 거기서 이미 망측한 짓을 하고 다닌다 해도, 하루쯤 늦어지고 빨라지고는 문제가 되지 않는다(전에는 단 1분이라도 그녀를 혼자 놔두면 미칠 것 같았는데, 지금은 그녀의 생활에서 1분 1초를 따지던 습관을 잃어버려 질투의 시간 구분도 전과는 달랐기 때문일 것이다). 그러나 내 답장을 받고 그녀가 돌아오지 않으려는 뜻이라면 곧바로 데리러 가리라. 옳고 그름을 따지지 않고 여자친구에게서 그녀를 떼어놓는 것이다. 게다가 이제까지 상상도 하지 못했던 생루의 심술을 발견한 이상, 내가 직접 가는 편이 낫지 않을까? 어쩌면 생루는 알베르틴과 나를 갈라놓기 위해, 이 모든 일을 꾸몄는지도 모른다. 내가 변한 탓인지, 아니면 자연스러운 과정에서 언젠가 이런 예외적인 상황으로 흘러가게 되리라고는 상상도 할 수 없었기 때문인지, 어쨌든 파리에서 몇 번이나 말했듯이 그녀에게 어떠한 사고도 일어나지 않기를 기도한다고 지금 그녀에게 써 보낸다면 나는 그녀에게 거짓말을 하는 것이다! 아아! 만에 하나라도 그런 사고가 그녀에게 일어난다면, 내 삶은 이 끊임없는 질투에 영원히 시달리는 일 없이, 행복하지는 않더라도 적어도 고뇌가 사라지게 되어 이내 평정을 되찾을 것이다.

고뇌의 소멸? 지금까지 나는 한 번이라도 그것을 진심으로 믿은 적이 있었을까? 죽음이란 다만 존재하는 것을 없애고 나머지를 그대로 두는 것, 남의 존재를 고통거리로밖에 생각하지 않던 인간의 마음에서 그 고통을 없앨 뿐, 그 대신 그 자리에 아무것도 넣지 않는 것임을 나는 정말 믿었던 걸까? 고통의 사라짐? 신문의 촌평란을 훑어보면서 나는 스완과 똑같은 희망을 가질 용기가 없는 게 유감스러웠다. 만일 알베르틴이 뜻하지 않은 사고로 희생되는 일이 일어난다면, 만약 그녀가 죽지 않고 살아난다면 그녀 곁으로 달려갈 핑계가 될 테고, 또 죽는다면 스완의 말마따나 살아갈 자유를 되찾게 된다. 그러나 나는 그것을 정말로 믿고 있었던가? 스완은 믿었다, 그토록 섬세하고 자신을 잘 안다고 믿었던 사내는. 우리는 우리 마음속에 품은 것에 대해 얼마나 모르는 게 많은지! 만일 아직 스완이 살아 있다면, 그가 희망한 것은 죄가 될 뿐만 아니라 어리석은 생각이며, 사랑하는 여인이 죽는다 해도 그는 아무것에서도 결코 해방되지 못하리라는 사실을 똑똑히 가르쳐주었으련만!

나는 알베르틴에게 모든 자존심을 버리고 죽을힘을 다해 전보를 쳐서, 어떠한 조건이라도 좋으니 돌아오라, 그녀가 원하는 것은 뭐든지 다 해도 좋다, 다만 매주 세 번 그녀가 잠들기 전에 잠깐 입을 맞추게 해주기만 하면 된다고 애원했다. 만약 그녀가 '매주 한 번뿐이에요' 말한다면 나는 그 한 번으로도 감지덕지했을 것이다. 그러나 그녀는 영영 돌아오지 않았다. 내가 전보를 친 지 얼마 안 되어 전보 한 통을 받았다. 봉탕 부인이었다. 이 세계는 어느 누구에게 있어서도 한 번에 완전하게 창조되는 것은 아니다. 살아가는 동안 짐작도 못한 일들이 거기에 덧붙는다. 아아! 그 전보의 첫 두 줄이 내 마음속에 불러일으킨 건 결코 고뇌의 사라짐이 아니었다.

"참으로 유감스러우나, 우리의 사랑스런 알베르틴은 이미 이 세상에 없는 사람입니다. 이 무서운 소식을 그토록 그 아이를 아껴주신 당신에게 전하게 된 것을 용서하소서. 그 애는 말을 타고 산책하다가 말에서 떨어져 나무에 부딪쳤습니다. 우리의 온갖 노력에도 그 아이는 다시 살아나지 못했습니다. 그 애 대신 내가 죽었어야 했는데!"

고뇌가 사라지기는커녕 그때까지 몰랐던 고뇌, 그녀가 영원히 돌아오지 않으리라는 걸 깨닫게 되는 고뇌였다! 어쩌면 그녀는 돌아오지 않을지 모른다고 수없이 나 자신에게 들려주지 않았던가! 분명히 나 자신에게 그렇게 말했다. 그러나 이제야 난 그것을 한순간도 믿지 않았다는 걸 깨달았다. 의혹이 만들어내는 괴로움을 견디기 위해 나는 끊임없이 그녀가 내 눈앞에 있기를 바랐고, 그 입맞춤을 필요로 했기에 발베크 이래 늘 그녀와 함께 있는 습관이 들어 있었다. 그녀가 외출해 나 혼자 남았을 때도 나는 여전히 그녀를 머릿속으로 껴안곤 했다. 그녀가 투렌으로 떠나버린 뒤에도 여전히 그것을 계속했다. 나는 그녀가 정숙길 바랐던 이상으로 그녀가 돌아오길 원했었다. 그래서 내 이성은 간혹 그녀가 정말로 돌아와 줄지 의심했어도, 내 상상력은 그녀가 돌아오는 장면을 머릿속으로 그려내기를 잠시도 멈추지 않았다. 나는 본능적으로 목과 입술에 손을 가져간다. 그 목과 입술은 그녀가 떠나고 나서도 여전히 그녀가 내게 키스하는 모습을 떠올리고 있었건만, 이제 다시는 그녀의 키스를 받지 못할 것이다. 나는 손을 목과 입술 위로 가져간다. 마치 어머니가 할머니의 임종 때, '불쌍해라, 그토록 너를 애지중지하신 할머니께서 다시는 입맞춰주지 못하시는구나' 나한테 말하면서 어루만져주었던 것처럼. 앞으로 찾아올 나의 온 생애는 내 마음에서 뿌리째 뽑히고 말았다. 앞으로 올 나의 온 생애? 그렇다면 알베르틴 없이 살아갈 삶을 이따금 생각해보지도 않았단 말인가? 천만에! 그럼 오래전부터 내 인생의 모든 순간을 죽을 때까지 그녀에게 바쳐왔단 말인가? 물론이다! 그녀와의 끊으려야 끊을 수 없는 나의 미래, 게

다가 나는 지금까지 깨닫지 못했지만 그 미래의 봉인이 열린 지금, 나는 쩍 하고 입을 벌린 자신의 마음속에 그것이 차지했던 넓고 큰 자리를 똑똑히 느꼈다. 아직 아무것도 모르는 프랑수아즈가 내 방에 들어왔다. 나는 격분하여 큰 소리로 물었다. "무슨 일이야?" 그러자(이따금 우리 곁에 있는 현실과 같은 장소에 다른 현실을 두는 낱말이 있을 법한데, 그런 낱말은 현기증과 마찬가지로 우리를 비틀거리게 만든다), "도련님은 화난 얼굴을 하실 필요가 전혀 없어요. 오히려 틀림없이 기뻐하실 테니까요. 알베르틴 아가씨의 편지가 두 통이나 왔어요." 나중에, 그때의 내 눈은 정신의 균형을 잃은 인간의 눈이었을 게 틀림없다고 생각했다. 나는 기쁨을 느끼지도 않았지만 그렇다고 믿지 않았던 것도 아니었다. 마치 침실의 한곳을 긴 의자와 동굴이 함께 차지하고 있는데, 나는 그 장소를 뚫어지게 바라보는 사람 같았다. 그런 사람에게 현실은 더 이상 아무것도 없는 듯해서, 그는 그 자리에 털썩 쓰러지고 만다. 알베르틴이 보낸 편지 두 통은 산책하러 나갔다가 죽기 직전에 쓴 것이 틀림없었다. 첫 번째 편지에는 이렇게 씌어 있었다.

"벗이여, 앙드레를 당신 집에 불러들일 계획을 얘기해주심으로써 나에 대한 신뢰의 증거를 보여주신 것에 감사의 말씀드려요. 앙드레가 기쁘게 승낙하리라고 확신하는 건 물론이고, 그 애를 위해 매우 행복한 일이 될 거라고 믿어요. 재능이 풍부한 애니까 당신 같은 분과 함께 지내면 당신이 남에게 주는 훌륭한 감화력을 보람 있게 활용할 거예요. 당신의 이 훌륭한 생각은 그 애를 위해서나 당신을 위해서나 좋은 결과로 이어지리라 믿어요. 그러니 만일 그 애가 조금이라고 꺼려한다면(그럴 리는 없겠지만) 내게 전보를 치세요, 그 애를 설득하는 일을 기꺼이 맡을 테니까요."

두 번째 편지는 하루 뒤의 날짜였다. 사실 그녀는 이 편지 두 통을 거의 사이를 두지 않고, 어쩌면 동시에 쓰고 나서 첫 번째 편지를 하루 전 날짜로 한 것이 분명하다. 왜냐하면 어리석게도 나는 줄곧 그녀가 내 곁으로 돌아오고 싶어하는 줄로만 알았기 때문이다. 오히려 이 일과 관계없는 사람이나 상상력이 부족한 사람, 평화 조약의 협상자나 거래를 검토하는 상인이라면 나보다 훨씬 더 정확한 판단을 내렸으리라. 두 번째 편지에 씌어 있는 것은, 다음과 같은 말뿐이었다.

"내가 당신에게 돌아가기에는 이미 너무 늦은 걸까요? 혹시 아직 앙드레에게 편지를 보내지 않았다면, 내가 다시 그리로 돌아가면 안 될까요? 당신의 결정대로 따르겠으니 한시바삐 여부를 알려주기 바랍니다. 기다리는 초조한 마음이 어떠할지 알아주시기를. 혹시 내가 돌아가도 좋다면 곧 기차를 타고 달려가겠어요. 진실로 언제나 당신의 것인 알베르틴 올림."

알베르틴의 죽음에 의해 내 고뇌가 사라지기 위해서는, 사고의 충격이 그녀를 투렌에서만 죽일 것이 아니라 내 마음속에서도 죽여야만 한다. 그런데 내 마음속에서 그녀가 이토록 생생하게 살아 있었던 적은 한 번도 없었다. 한 인간이 우리 마음속에 들어오려면, 어쩔 수 없이 먼저 형태를 취하고 시간의 틀에 맞춰야 한다. 잇따라 나타나서 사라지는 짧은 시간을 통해서만 우리 앞에 모습을 보여주므로, 그 사람은 한 번에 자신의 한 부분밖에 보여주지 않으며, 조금씩 조금씩, 자신의 단 한 장의 사진밖에 줄 수 없다. 단순한 순간의 집합 속에만 존재할 수 있다는 것은 인간에게는 큰 약점임에 틀림없으나, 또한 커다란 힘이기도 하다. 인간은 기억에 의존하는데, 한 순간의 기억은 그 뒤에 일어난 모든 것을 모르기 때문이다. 기억이 담아둔 이 순간은 여전히 계속되고 살아 있어서, 그 순간과 함께 거기에 선명하게 떠오른 인간도 계속 살아 있다. 이 세분화는 다만 죽은 여자를 살아나게 할 뿐 아니라, 그녀의 수를 늘린다. 내가 마음을 달래기 위해 잊어야 하는 것은 한 사람의 알베르틴이 아니라 헤아릴 수 없는 알베르틴이다. 한 사람의 알베르틴을 잃은 슬픔을 견딜 수 있게 되면, 나는 다른 알베르틴과 또 백 명이나 되는 알베르틴과 같은 일을 되풀이해야만 했다.

그렇게 되자 내 생활은 완전히 변하고 말았다. 지금까지 알베르틴의 존재와 함께 나 혼자의 생활에서 즐거움을 만들어내고 있었던 것은, 다름 아닌 과거의 순간이 비슷한 순간에 의해 떠올라서 끊임없이 되살아나는 일이었다. 이를테면 빗소리가 콩브레의 라일락꽃 향기를 되찾아주고, 발코니 위 햇살의 움직임을 통해서는 상젤리제의 비둘기가 돌아온다. 아침부터 찌는 듯이 무더운 날에는 귀를 때리는 소음에 버찌의 상큼한 맛이 떠오르고, 브르타뉴와 베네치아에 대한 욕망은 바람이 부는 소리와 돌아오는 부활절에 의해서 되살아난다.

여름이 되어 낮은 길고 무더웠다. 이럴 때는 학교 선생들과 학생들도 아침 일찍 공원으로 가서 나무 그늘 아래 앉아 마지막 시험을 준비하고, 아직 한낮의 타오르는 듯한 하늘은 아니지만, 이미 마찬가지로 불모의 투명함을 띤 하늘에서 떨어지는 한 방울의 찬 기운을 받아들이기도 한다. 어두컴컴한 침실에서, 나는 옛날과 다름없는 환기력, 다만 이제는 내게 고통밖에 주지 않는 그 힘을 느꼈다. 집 밖의 무더운 대기 속에서 저물어가는 태양이 집들과 성당의 지평선 위에 엷은 황갈색 물감을 칠하고 있었다.

프랑수아즈가 돌아와 무심코 두꺼운 커튼의 주름을 흐트러뜨리기라두 하면, 옛날 브리크빌 로르괴이외즈 성당의 새로 꾸며진 정면을 아름답게 채색하고 있었던 지난날의 햇살이 되살아나—알베르틴이 "이건 복구한 지 얼마 안된 거예요" 말했을 때다—그 빛에 가슴이 찢어지는 듯한 아픔을 느낀 나는 하마터면 나오려던 비명을 꿀꺽 안으로 삼켰다. 나는 한숨을 내쉬고, 그 상황을 프랑수아즈에게 어떻게 설명해야 할지 몰라 이렇게 말했다. "아아! 목이 타는데." 그녀는 나갔다가 다시 들어왔으나, 어둠 속에서 쉴 새 없이 내 주위에 작렬하는, 눈에 보이지 않는 수천 가지 기억 중 하나의 고통스러운 일제사격에 나는 그만 얼굴을 홱 돌리고 말았다. 그녀가 가져온 능금주와 버찌가 눈에 들어온 것이다. 그 능금주와 버찌는 발베크에서 농원 식당의 젊은이가 마차 안에 있던 우리에게 가져다준 것과 똑같은 것이었다. 예전 같으면 그런 것을 보았을 때, 나는 타는 듯이 뜨거운 날 어두컴컴한 식당 속에 비쳐드는 무지개 같은 빛과 완전히 일체를 이루었으리라. 그러자 이때 처음으로 레제코르 농가의 일이 머리에 떠올랐다. 그리고 속으로 생각했다. 알베르틴이 가끔 발베크에서, 오늘은 볼일이 있어요, 숙모님과 같이 외출해야 해요, 하고 내게 말한 날, 어쩌면 그녀는 어느 한 여자친구와 내가 평소에 안 가는 줄 알고 있는 농원 식당에 갔을지도 모른다. 그리고 내가 우연히 마리 앙투아네트라는 농원 식당에서 어정거리다가 "오늘은 알베르틴 아가씨를 뵙지 못했는데요" 하는 말을 듣고 있을 때, 그녀는 우리 둘이서 외출할 때 내게 한 말을 그 여자친구한테도 써먹으면서 이렇게 속삭였을 게 틀림없다. "그 사람은 이곳에 우리를 찾으러 올 생각은 못할 거야. 그러니 방해받을 걱정은 없어." 나는 프랑수아즈에게 이 햇살이 더 보이지 않게 커튼을 치라고 일렀다. 하지만 햇살은 계속 내 마음을 괴롭히면서 기억 속으로 스며들었다. "이건 마음에 안 들어요, 복원한 거니까. 내

일은 생마르탱 르 베튀에 가요, 모레는······." 내일, 모레, 거기서 시작되는 것은 두 사람이 함께하는 미래, 어쩌면 영원히 이어질 우리 둘의 미래였다. 내 마음은 그 미래를 향해 뛰어든다. 그러나 그것은 이미 존재하지 않는 미래였다. 알베르틴은 죽었으니까.

프랑수아즈에게 시간을 물었다. 6시. 이제 고맙게도 전에 내가 알베르틴과 불평하면서도 그토록 좋아하던 무더위가 가실 것이다. 하루가 끝나고 있다. 하지만 그게 무슨 소용이란 말인가? 해가 지면서 시원함이 다가온다. 해가 가라앉는다. 생각해보니 둘이서 함께 돌아가기 위해 먼 길을 걸은 뒤에, 마지막 마을보다 더 멀리, 도저히 다다를 성싶지 않은 아득한 저편에 정거장처럼 보이는 일몰을 본 적이 있는데, 그날 밤 우리는 내내 함께 발베크에서 머물 예정이었다. 그때는 둘이 함께였다. 그러나 지금은 같은 심연 앞에서 급히 걸음을 멈추어야 한다. 그녀를 영원히 만나지 못하기에. 이제는 커튼을 닫는 것만으론 부족하다. 저녁놀의 그 오렌지색 띠가 보이지 않게, 지금은 죽어 없는 그 사람의 팔에 그때 다정하게 안겨 있었던 나의 양 옆구리에서, 나무에서 나무로 서로 부르며 응답하던 눈에 보이지 않는 새들의 지저귐을 듣지 않으려고, 나는 눈과 귀를 틀어막으려 애썼다. 저녁 나뭇잎의 습기, 당나귀 등에 앉아 길을 오르내릴 때 느껴지는 감각을 피하려고 애썼다. 하지만 그 감각은 벌써 나를 사로잡아 현재의 순간에서 멀리 떨어진 곳으로 다시 끌고 가버렸고, 그로 인해 알베르틴이 죽었다는 관념은 필요한 간격을 충분히 확보하자 탄력을 받아서 다시금 세차게 달려들었다. 아아! 이제 다시는 숲에 들어가지 않으리라, 숲 사이를 산책하지도 않으리라. 그러나 넓게 펼쳐진 벌판은 덜 가혹하다고 할 수 있을까? 알베르틴을 데리러 가기 위해 크리크빌의 넓은 벌판을 몇 번이나 가로질렀던가. 그녀와 함께 돌아올 때 다시 그 들판을 몇 번이나 지나갔던가. 때로는 자욱한 안개 때문에 커다란 호수에 둘러싸여 있는 듯했으며, 때로는 투명하도록 맑은 밤, 달빛이 대지를 가공의 것인 듯 바꿔버려 낮이라면 먼 곳만이 그렇게 되련만 바로 발아래 땅바닥까지 마치 천상의 것인 양 보여주었고, 들판과 숲을 하늘에 녹아들게 만들어 나뭇가지 무늬가 새겨진 코발트블루 색으로만 이루어진 마노 속에 그것들을 모두 가두고 있었다!

프랑수아즈는 물론 알베르틴의 죽음을 기뻐했겠지만, 그런대로 형식적인 예의와 요령을 발휘하여 슬픔을 가장하는 짓을 하지 않은 것은 인정해야 한다. 그러나 그녀가 가지고 있는 고대 법전의 불문율과 무훈시(武勳詩)에 나오는 것처럼 우는 중세 시골 여인의 전통은, 알베르틴에 대한 미움은커녕 욀라리에 대한 미움보다도 더 케케묵은 것이었다. 그래서 그런 어느 날 저녁, 내가 괴로움을 빨리 감추지 못하는 바람에 그녀에게 눈물을 들킨 적이 있었는데, 그때의 그녀에게는 고대 농민의 딸다운 본능이 작용하고 있었다. 그 본능의 작용으로 예전부터 그녀는 동물을 붙잡아 괴롭히거나, 병아리의 목을 조르고 바다가재를 산 채로 삶는 것을 재미있어했으며, 또 내가 병을 앓을 때는 마치 자기 손으로 올빼미에게 입힌 상처를 살피듯이 유쾌한 기색으로 내 나쁜 얼굴빛을 관찰한 뒤, 짐짓 침울한 말투로 마치 불행의 전조인 것처럼 그 사실을 알리기도 했다. 하지만 콩브레 이후로 그녀의 경험은 눈물이나 슬픔을 그냥 넘겨서는 안 된다고 경고했고, 그녀는 그런 것이 플란넬 속옷을 벗거나 내키지 않을 때 먹는 것과 마찬가지로 중대한 결과를 가져올 수 있다고 판단했다. "오오! 못써요, 도련님, 그렇게 울면 못써요, 병나겠어요!" 그녀는 내 눈물이 멈추기를 바라면서 피바다를 보기라도 한 듯 불안한 표정을 지었다. 그때 마침 나는 그녀가 원한, 하기야 아마 본심이었을 탄식을 딱 그치고 차가운 표정을 지었는데, 어쩌면 솔직하게 감정을 털어놓는 편이 성실했을지도 모른다. 아마 그녀에게 알베르틴은 욀라리와 마찬가지로 이제는 내게서 아무런 이익도 끌어낼 수 없게 되었기에, 알베르틴을 미워하는 그녀의 마음도 사라졌을 것이다. 그래도 프랑수아즈는 끊임없이, 내가 울고 있었던 것, 단순히 집안의 시시한 가풍에 따라 '남에게 눈물을 보이고' 싶어하지 않는다는 것을 잘 이해하고 있는 듯이 보이려고 했다. "울면 못써요, 도련님" 이번에는 더 조용한 목소리로 동정을 표하기보다는 자신의 통찰력을 드러내려고 했다. 그리고 덧붙였다. "어쩔 수 없죠, 이렇게 되게 마련이었으니까. 가엾게도 그 아가씬 지나치게 행복했어요. 그런데도 자신의 행복을 깨닫지 못한 거라구요."

여름날의, 그 이상하도록 긴 저녁에는 도무지 해가 저물지 않았다. 건넛집의 희끄무레한 그림자가 하늘 위에 끈질긴 흰 빛으로 언제까지나 수채화처럼 곱게 채색되고 있었다. 마침내 방 안이 어두워지면서 나는 옆방의 가구에 부딪치고 말았다. 계단으로 통하는 문은 완전히 어두워진 줄로 여겼던 그 어둠의 한복판에서 유리창이 반투명으로 푸르스름하게 비치고 있었다. 그것은 꽃 같은 푸른색, 곤충의 날개 같은 푸른색으로, 만약 내가 그것을 강철처럼 날카로운 마지막 반사, 하루가 그 지칠 줄 모르는 잔인성으로 내게 가하는 치명적인 마지막 일격으로 느끼지 않았다면 아마도 아름답게 보였을 푸른빛을 띠고 있었다.

마침내 완전한 어둠이 찾아왔다. 그러나 안뜰 나무 근처에 있는 별 하나가 보인 것만으로도 저녁 식사 뒤, 달빛이 깔린 샹트피 숲으로 마차를 타고 간 우리 둘의 산책을 돌이켜보기에 충분했다. 밖의 거리에서 파리의 인공적인 조명에 에워싸여 있어도, 벤치 등받이 위에 쏟아지던 자연스러운 달빛의 맑고 깨끗한 느낌만 따로 떼어서 그것만 두드러지게 하는 일이 있었는데, 달빛은 한순간 이 도시가 자연으로 돌아간 것처럼 느끼게 하여 들판에 퍼지는 무한한 침묵을 떠올리게 하면서, 알베르틴과 함께 그곳을 산책한 고통스러운 추억으로 파리를 감쌌다. 아! 밤은 언제 끝나려나? 하지만 새벽의 첫 차가운 기운에 나는 몸을 부르르 떨었다. 왜냐하면 그 차가운 기운이 발베크에서 앵카르빌로, 앵카르빌에서 발베크로 우리 둘이 동틀 무렵까지 서로 몇 번이고 바래다주었던 그해 여름의 즐거움을 내 몸 안에 일깨웠기 때문이다. 이제 나는 미래에 대해 한 가지 희망밖에 없었다. 걱정보다 더욱 가슴 찢어지는 희망은 알베르틴을 잊는 것이었다. 언젠가 그녀를 잊으리라는 건 알고 있었다. 질베르트와 게르망트 부인도 완전히 잊어버렸고 할머니마저 잊었으니까. 모든 것에 대한 망각, 마치 무덤 속에 묻힌 사람들을 잊듯이 우리가 이제는 사랑하지 않는 사람들로부터 자신을 떼어놓은 온화한 망각, 그 망각의 가장 정당하고 잔인한 형벌은 아직 사랑하고 있는 사람들에 대해서마저 이 같은 망각을 피할 수 없음을 예견하는 것이다. 사실 우리는 그것이 고통 없는 무관심 상태라는 것은 알고 있다. 하지만 현재의 나와 미래의 나를 한 번에 생각하는 건 불가능하므로, 나는 절망적인 기분에 빠져 바깥쪽을 가리는 이 애무, 입맞춤, 친밀한 잠 같은, 이윽고 내게서 영원히 박탈될 그 모든 것을 떠올렸다. 이토록 그리운 추억의 거센 물살이 알베르틴은 죽었다는 관념에 부딪쳐, 이 정반대로 밀려 드는 조류의 힘에 밀려 나는 그곳에 가만히 있을 수가 없었다. 나는 일어섰다. 그러나 갑자기 움직임을 멈췄다. 알베르틴의 입맞춤으로 얼굴이 발갛게 달아올라 그녀 곁을 떠났을 때 내가 본 새벽빛, 그것과 똑같은 빛이 지금은 커튼 위에서 불길한 광채를 띤 칼을 뽑아들고 그 차갑고 단호하며 치밀한 흰색이, 마치 단도로 일격을 가하듯이 내 가슴을 찔렀다.

머지않아 거리의 소음이 들려오기 시작하리라. 그 울림은 쑥쑥 올라가는 기온이 어느 정도까지 이르렀는지 짐작할 수 있게 할 것이다. 몇 시간 뒤에는 이 더위에 버찌 냄새가 배어들 테고, 그 속에서 내가 발견한 것은(마치 어떤 약 성분의 일부를 다른 것으로 바꾸기만 해도, 본디 사람을 기분 좋게 만들거나 흥분시키는 약이 기력을 감퇴시키는 약이 되는 것과 같이) 이제 여자들에 대한 욕망이 아니라 알베르틴이 떠난 데서 오는 고뇌였다. 처음부터 내 모든 욕망의 추억에는 쾌락의 추억과 마찬가지로 그녀와 고뇌가 함께 배어 있었다. 그녀가 있으면 성가실 거라고 여겼던 베네치아(아마 그곳에 가면 또 그녀가 그리워질 거라고 어렴풋이 느꼈기 때문이겠지만), 알베르틴이 이 세상에 없는 지금은 더 이상 그곳에 가고 싶지 않았다. 전에 알베르틴을 나와 모든 사물 사이에 놓인 장애물처럼 본 것은, 그녀가 내게 있어서 모든 사물을 담고 있는 그릇이고 마치 항아리 속에서 꺼내듯이 그녀한테서가 아니면 그것들을 받을 수 없었기 때문이었다. 그런데 그 항아리가 깨지고 만 지금, 나 자신에게 그러한 사물을 잡을 만한 기운이 있을 성싶지 않았다. 나는 이제 아무것도 음미할 기분이 나지 않아 기진맥진하여 모든 것에서 얼굴을 돌리고 말았다. 그래서 그녀와의 이별은, 그녀가 있음으로써 내 앞에 닫혀 있는 줄로만 알았던 가능한 쾌락의 영역을 조금도 열어주지 않았다. 게다가 그녀의 존재는 물론 내게 여행을 하고 삶을 누리는 데 장애가 되었을지도 모르지만, 그것은 다만 다른 장애를 가리고 있었을 뿐이며 그것이 사라진 지금은 다른 장애들이 고스란히 다시 나타나기 시작했다. 이런 식으로 전에도 누군가 절친한 사람의 방문으로 일에 방해를 받은 적이 있었지만, 이튿날 내내 혼자 있을 때도 일하지 않는 것은 마찬가지였다. 질병, 결투, 날뛰는 말 때문에 죽음이 바로 눈앞에 다가왔음을 느낄 때도 우리는 빼앗길 것처럼 보였던 생활과 관능, 미지의 나라를 마음껏 즐길 수 있었는데 말이다. 그런데 위험이 사라진 뒤 우리 눈앞에 다시 나타나는 것은 전과 똑같은 음울한 생활로, 거기에는 그런 즐거운 것들은 그림자조차 찾을 수 없다.

물론 이렇게 밤이 짧은 계절은 그리 오래 계속되지 않는다. 곧 겨울이 다시 올 것이다. 그러면 너무 일찍 먼동이 트는 새벽까지 그녀와 함께 밤새도록 산책했던 추억을 다시는 두려워하지 않아도 되겠지. 그러나 첫서리는 그 얼음 속에 간직된 내 첫 욕망의 싹을 두 번 다시 가져오지 않을까? 그 무렵 나는 오밤

중에 그녀를 부르러 사람을 보냈는데, 초인종 소리가 들릴 때까지 시간이 너무나 더디 가는 것처럼 느껴졌다. 이제는 그 초인종 소리를 아무리 기다려도 소용없으리라. 또 첫서리는 그녀가 다시는 오지 않는 게 아닐까 하고 생각했을 때, 내가 맨 처음 느꼈던 불안의 싹을 더 이상 가져오지 않을까? 그 무렵에는 나는 어쩌다가 그녀를 만나곤 했다. 그녀의 방문과 방문 사이에는 내가 내 것으로 할 생각도 하지 않았던 미지의 생활이 있었고, 그 속에서 몇 주일이 지나면 느닷없이 그녀가 나타나곤 했는데, 그 방문 사이의 간격이 질투를 끊임없이 멈추게 하여 자칫하면 질투가 응어리져서 마음속에 뿌리를 내리려 하는 것을 방해하며 내 마음을 가라앉혀주었다. 하지만 그 간격마저 그 즈음에는 내 마음을 진정시켜주는 것이었던 만큼 돌이켜보면 그 사이에 그녀가 했을지도 모르는 미지의 행위에 태연할 수 없게 되면서부터, 그리고 특히 이제 다시는 그녀가 찾아올 수 없게 된 지금은 더욱더 고통의 상처가 남는 시간이 되었다. 따라서 그녀가 몇 번인가 찾아와주었기에 그처럼 달콤했던 그 정월의 밤들이 그때는 몰랐던 불안을 이제는 살을 에는 듯한 찬바람에 실어올 테고, 다만 서리 속에 보존되어 독을 품게 된 내 사랑의 첫 싹을 내게 다시 가져다줄 것이다. 질베르트와 헤어진 뒤로, 그리고 샹젤리제에서 놀았을 때부터 언제나 몹시 쓸쓸하게 느껴졌던 그 추운 계절이 다시 시작되는 것을 나는 볼 수 있을까. 그렇게 생각하면서 하염없이 알베르틴을 헛되이 기다렸던 그 눈 내리는 밤과 매우 비슷한 밤이 다시 돌아올 거라고 생각했을 때, 환자가 육체적인 관점에서 자신의 폐를 걱정하듯이, 내가 그때 정신적으로 내 슬픔이나 마음을 위해 가장 두려워한 일은 혹독한 추위가 닥쳐오는 것이었다. 나는 가장 지내기 힘든 시간은 아마 겨울일 거라고 생각했다. 알베르틴의 추억은 모든 계절과 연관되어 있었으므로, 그 추억을 지우려면 먼저 모든 계절을 잊어야 할 것이다. 마치 반마비가 된 노인이 다시 읽고 쓰기를 배우듯이, 나중에 또다시 그 모든 계절을 알게 된다 하더라도. 나는 온 우주를 단념해야 했다. 단 하나, 나 자신의 진짜 죽음만이 그녀의 죽음으로부터 나를 위로해줄 거라고(하기야 그런 건 불가능한 일이다) 생각했다. 그즈음 나는 나 자신도 죽을 수 있으며 그러한 죽음은 별다른 일도 아니라고 여겼다. 그런데 죽음은 우리가 모르는 사이에, 필요하다면 우리 의지에 반해서라도 날마다 일어나고 있다. 나는 다양한 하루가 되풀이되며 다가오는 것에 괴로워하게 될 것이다―단순히 자연의 반복뿐만 아니라 인간이 만든 상황과 틀에 박힌 행사가 계절 속에 끌어들이는 모든 반복이다.

이윽고 작년여름에 발베크에 갔던 날이 돌아온다. 그때 내 사랑은 아직 질투와 무관한 것이었기에 알베르틴이 온종일 무엇을 하고 다니는지 전혀 신경도 쓰지 않았는데, 그것이 여러 우여곡절을 거쳐 이전과는 전혀 다른 최근의 그 유별난 사랑이 되었기 때문에, 그녀의 운명이 변하기 시작하여 마침내 파국을 맞은 지난 1년은 마치 1세기에 맞설 만큼 알차고 다채로우며 광대한 것으로 보였다. 뒤이어 더욱 늦은 시간의 추억, 다 그것에 앞서는 몇 년 동안 지나온 나날의 추억이 되살아날 것이다. 날씨가 궂은 데도 모두 외출해버린 일요일, 비바람 소리가 예전 같으면 '다락방의 철학자'라도 되는 듯 그대로 있으라고 권고했을 쓸쓸하고 호젓한 오후에 거의 기대도 하지 않았는데 알베르틴이 나를 만나러 와서, 처음으로 나를 어루만지다가 램프를 들고 온 프랑수아즈 때문에 방해를 받은 적이 있었건만, 그 시간이 다가오는 것을 어떠한 불안으로 기다리게 될 것인가. 그 무렵 알베르틴은 내게 호기심을 품고 있었고 그녀에 대한 내 사랑은 당연히 희망에 가득 차 있었으므로, 이것은 두 가지의 의미에서 죽어버린 시간이었다. 계절이 더 앞으로 나아가서 예배당처럼 금빛으로 물든 먼지를 뒤집어쓰고 있는 주방이나 기숙사의 문이 반쯤 열리고, 거기서 쏟아져나온 반쯤 여신 같은 여자들이 거리를 환하게 장식하던 그 찬란한 밤—그리 멀지 않은 곳에서 친구들과 담소를 나누던 그녀들은 우리에게 그 신화적인 생활 속으로 들어가고 싶다는 뜨거운 소망을 불러일으켰지만—이제 그런 밤도 알베르틴의 사랑을 떠올리게 할 뿐이었다. 그때 그녀는 내 옆에 있으면서 그 반(半)여신들에게 내가 가까이 가지 못하게 하려고 애썼다.

더구나 순수한 자연 현상인 시간의 추억이라 해도, 거기에는 반드시 그것을 독자적인 것으로 하는 심리적인 풍경이 곁들여질 것이다. 나중에 거의 이탈리아를 떠올리게 하듯 처음으로 활짝 갠 날, 산양지기가 부는 뿔피리 소리를 들었을 때와 같은 그날이 따사로운 빛 속에 차례차례 섞어넣은 것은, 먼저 트로카데로에 간 알베르틴이 레아와 다른 두 소녀와 함께 있을지도 모른다는 불안이었다. 이어서 그 무렵 성가시다는 생각이 들게 한 거의 아내 같은 알베르틴, 프랑수아즈가 데리러 갔던 그 알베르틴은 가정적이고 안온한 평화를 느끼게 했다. 그리고 프랑수아즈가 전화로, 함께 돌아가겠노라는 알베르틴의 고분고분한 대답을 전해와서 내 자존심은 매우 만족스러웠다. 그러나 나는 착각하고 있었다. 전화가 나를 우쭐하게 만든 것은 사랑하는 여자가 뭐니뭐니해도 내 것이고 오직 나를 위해서만 살아가며, 게다가 멀리 떨어져 있다가도 내가 걱정할 것도 없이 그쪽에서 나를 남편 또는 자기 주인으로 여겨, 나의 신호 한 번에 돌아온다고 느끼게 했기 때문이다. 그러므로 그 전화가 전하는 바는, 먼 트로카델로 부근에서 온 따사로움의 한 조각이며, 그곳에 내 행복의 원천이 있어서 그것이 내 쪽으로 마음을 가라앉히는 알갱이가 고운 진정제를 보내와 마침내 마음이 편안한 정신의 자유를 돌려주기 때문에, 나는—아무런 걱정 없이 바그너의 음악에 몸을 맡기면서—마음이 들뜨지도 않고 이제나저제나 애만 끓일 뿐 행복을 느낄 수 없었던 초조한 마음도 완전히 사라져서, 그저 알베르틴이 확실하게 도착하기만을 기다리면 그만이었다. 그녀가 돌아와서 내 말에 순종하며 내 여자가 되어준다는 이 행복감, 그것은 자존심이 아닌 사랑에 있었다. 그렇게 된 지금은 내 신호 한 번에 트로카델로가 아니라 인도에서 날아온 여자들이 오십 명이나 내 명령 아래 있게 된다 해도 아무런 흥미를 느끼지 못할 것이다.

다만 그날은 혼자 방 안에서 음악을 즐기는 동안 알베르틴이 고분고분 이쪽으로 오고 있음을 느끼면서, 나는 햇빛을 받아 반짝이는 공중의 먼지처럼 주위에 온통 떠다니고 있는 물질을 흠뻑 들이마셨는데, 다른 물질이 몸에 좋은 반면 그것은 마음에 좋았다. 그리고 30분 뒤에 알베르틴이 도착했다. 우리는 함께 산책하러 나갔다. 그녀의 도착과 산책은 절대적으로 확실한 것이었으므로 틀림없이 따분할 거라고 생각했지만, 프랑수아즈가 알베르틴을 데리고 돌아온다고 전화로 알려온 뒤부터는 그 확실함이 있기에, 그것이 뒤에 이어지는 시간 속에 황금 같은 고요함을 부여하여 그때까지의 앞부분과 전혀 다른 제2의 날로 만들었다. 왜냐하면 그 제2의 날은 그때까지와는 전혀 다른 정신적인 뒷받침, 그날을 독자적인 하루로 만드는 정신적인 뒷받침이 있었기 때문이다. 또한 전부터 알던 다양한 나날 위에 보태진 이 하루는, 그전에는 도저히 상상도 하지 못한 것이었다. 마치 어느 여름날의 휴식이라도 만약 우리가 살아온 나날 속에 그런 날이 없었다면 상상도 할 수 없는 것처럼. 이 제2의 날에 대해서는 그것을 떠올릴 수 있다고 장담할 수 없다. 왜냐하면 지금은 그 평온함에, 그 무렵에는 전혀 느끼지 못했던 고통이 덧붙여져 있기 때문이다. 그러나 먼 훗날 알베르틴을 이토록 사랑하게 되기 전에 내가 보낸 시간을 조금씩 거슬러 올라갔을 때, 상처가 아문 내 마음은 죽은 알베르틴과 고통 없이 헤어질 수 있었고, 알베르틴이 계속해서 트로카델로에 남아 있지 않고 프랑수아즈와 함께 쇼핑을 하러 간 날의 일도, 가까스로 고통을 느끼지 않고 떠올릴 수 있게 되었는데, 그때 나는 그때까지 몰랐던 정신의 계절에 속하는 그날을 즐거운 마음으로 떠올렸다. 더는 거기에 고통을 곁들이지 않고, 아니 오히려 그 반대로 실제 경험했을 때는 너무 덥다고 느꼈던 여름의 나날들, 나중에야 비로소 거기서 아무런 불순물도 없는 부동(不動)의 황금*1과 불멸의 하늘만 뽑아낼 수 있는 하루하루, 그런 여름의 나날들을 떠올리듯이, 마침내 나는 그날을 똑똑히 떠올렸던 것이다.

그리하여 알베르틴에 대한 추억 때문에 고뇌로 가득했던 지난 몇 년 동안, 그 추억에 6월의 저녁부터 겨울밤까지, 바다 위의 달빛에서 새벽의 귀가까지, 파리의 눈(雪)에서 생클루의 낙엽에 이르기까지, 다양한 계절과 시간에 따라 변하는 색채, 그 여러 가지 모습, 그 타다 남은 재를 강요한 것만은 아니었다. 그 밖에도 알베르틴에 대해 내가 잇따라 품었던 특별한 관념과, 그때그때 그려낸 그녀의 용모, 한 계절에 그녀를 만난 횟수와 그것이 잦아지거나 뜸해지기도 한 것, 그녀를 기다리면서 느꼈던 불안, 어느 때 그녀에 대해 느낀 매력, 마음속에 생겼다가 곧 사라진 희망, 그런 것의 색채와 모양, 타고 남은 찌꺼기까지 알베르틴의 추억에 붙여준 것이다. 그러한 것들은 과거를 돌이켜보면 떠오르는 내 슬픔의 성질과 그와 연관된 빛과 냄새의 인상을 바꾸고, 내가 살아온 365일 태양년(太陽年)의 그 봄, 가을, 겨울만으로도 그녀와 뗄 수 없는 추억 때문에 이미 끝없이 슬펐던 그 1년 1년을 어떤 감정년(感情年)이라고 할 수 있는지를 보강함으로써 그 슬픔을 완성시켰다. 그 감정년에 있어서 시간을 결정하는 것은 태양의 위치가 아니라 만남에 대한 기대이고, 계절을 특징짓는 것은 낮의 길이나 기온의 변화가 아니라 비약하는 나의 희망, 두 사람의 친밀한 정도, 조금씩 변해가는 그녀의 얼굴, 그녀가 한 여행, 그녀가 없는 동안 그녀한테서 온 편지의 개수와 문체, 돌아오자마자 그녀가 나를 만나러 달려오는지의 여부, 그런 것들이다. 즉 이러한 날씨 변화와 저마다 다른 나날들이 각각 다른

---

*1 부동의 황금은 태양을 가리킴.

한 사람의 알베르틴을 내게 돌려주더라도, 그것은 단순히 비슷한 순간을 돌이켜 생각하기 때문만은 아니었다. 물론 기억하고 있겠지만 사랑을 하기 전에도 나는 그때그때 다른 지각을 지니고 있었으므로 다른 욕망을 품은 다른 남자로 완성되어, 설사 전날에는 폭풍과 절벽밖에 꿈꾸지 않았다 해도, 무람없는 봄날이 잠을 에워싸는 엉성한 울타리의 아주 좁은 틈새로 장미 향기를 살짝 불어넣으면, 당장 이탈리아로 떠날 마음으로 깨어나곤 했다. 사랑을 하고 있을 때도 내 정신의 대기 상태는 불안정하고 확신의 기압이 변해버리기 때문에 어떤 날에는 내 사랑의 시야가 좁아지고, 다른 날에는 그것이 끝없이 넓어지며, 어떤 날에는 그것이 미소를 자아낼 만큼 아름다운가 하면 다른 날에는 금세 폭풍을 불러일으킬 것처럼 찌푸리지 않았던가? 사람은 오로지 자신이 가진 것에만 존재한다. 그리고 사람이 소유하는 것은 현실에서 눈앞에 있는 것뿐이다. 얼마나 많은 추억과 마음과 관념이 우리로부터 멀리 떨어진 곳으로 길을 떠나 우리 시야에서 사라져버리는지! 그렇게 되면 우리는 이미 그것들을 우리 존재를 구성하는 이 전체 속에서 생각할 수 없게 된다. 그러나 그것들은 비밀의 길을 더듬어 다시 우리 안으로 돌아온다. 그리하여 이제는 밤에 이따금 죽은 알베르틴을 그리워하는 마음도 거의 없이 잠자리에 든 나는—사람은 기억하고 있는 것밖에 그리워할 수 없기 때문이다—잠에서 깨어났을 때, 더할 수 없을 만큼 명석한 의식 속에 추억의 대선단(船團)이 찾아와서 돌아다니는 것을 발견하고 그것을 선명하게 식별한다. 그때 나는 이렇게 확실하게 보이는 것, 더욱이 전날에는 무(無)에 지나지 않았던 것을 그리워하며 눈물을 흘렸다. 이어서 알베르틴이라는 이름과 그녀의 죽음은 별안간 의미가 달라졌다. 그녀의 배신이 갑자기 그 모든 중요성을 되돌리고 있었던 것이다.

지금 그녀를 생각하면 나는 살아 있는 동안에 계속해서 보았던 여러 가지 모습과 똑같은 것 말고는 마음대로 생각할 수 없는데, 그런 때 어찌하여 그녀가 죽었다고 생각할 수 있으랴. 신화에 나올 만한 자전거 바퀴 위에 몸을 숙이고 쓱 지나가는 그녀가 있는가 하면, 다음에는 비오는 날 몸에 꼭 맞는 전사풍의 고무 외투를 입고 머리에 감은 터번이 마치 뱀을 쓴 것처럼 보이는 그녀도 있다. 또는 저녁 무렵, 우리가 샴페인을 들고 샹트피 숲에 갔을 때는(통통하고 까칠한 피부에 갈색 머리의 그녀는) 평소와 달리 목소리가 도발적으로 변해 있고 얼굴은 흥분으로 창백하며, 오직 광대뼈 주위만 발그스름하다. 그때 마차 안의 어둠 속에서 그녀의 모습이 잘 보이지 않자 나는 더 잘 보려고 달빛이 비치는 쪽으로 얼굴을 가까이했지만, 지금은 영원히 끝날 성싶지 않은 암흑 속에서 그 얼굴을 떠올려 다시 한 번 내 눈으로 확인하려고 헛되이 애쓰고 있었다. 그렇게 내 마음속에서 없애버려야 했던 것은 단 한 사람의 알베르틴이 아니라 헤아릴 수 없도록 많은 그녀였다. 한 사람 한 사람의 알베르틴이 이렇게 어느 순간과 연관되어 있고, 그것을 다시 목격한 나는 정신이 들고 보면 또다시 그 날짜로 돌아와 있다. 게다가 이러한 과거의 순간은 움직이지 않는 게 아니었다. 그것은 기억 속에서 계속 움직이고 있으며, 그 운동이 과거의 순간을 미래로—그것 자체가 과거가 된 미래로—우리 모두를 이끈다. 나는 지금까지 단 한 번도 비오는 날 고무 비옷을 입은 알베르틴을 어루만진 적이 없었기 때문에, 그녀에게 그 갑옷을 벗어달라고 말하고 싶었다. 그러면 그녀와 야영지에서의 사랑, 행군지에서의 우애를 경험할 수 있게 될 것이므로. 그런데 이젠 그것도 불가능하다, 그녀는 죽어버렸으니까. 그리고 또 나는 그녀를 타락시키는 것이 두려워, 그녀가 내게 쾌락을 내주려는 것처럼 보였던 밤도 언제나 모르는 척했다. 그렇게 하지 않았으면 아마 그녀도 다른 사람에게서 쾌락을 찾지 않았을 것이다. 그녀가 찾고 있던 쾌락은 지금 내 안에 미친 듯한 욕망을 불러일으키고 있다. 다른 여자 옆에서는 도저히 그와 비슷한 쾌락을 느끼지 못할 것이다. 그런 쾌락을 줄 여자는 온 세계를 뒤져도 만날 수 없으리라. 왜냐하면 나의 알베르틴은 죽어버렸으니까.

아무래도 나는 두 가지 사실 가운데 하나를 골라서 무엇이 진실인지 결정해야 할 것 같다. 그만큼 알베르틴이 죽었다는 사실은—투렌에서의 생활이라는, 내가 몰랐던 현실에서 일어난 사실은—그녀에 대한 나의 모든 생각, 욕망, 후회, 감동, 분노, 질투와 모순되고 있었다. 그녀의 생활 목록에서 빌려온 이토록 풍요로운 추억, 그리고 그녀의 생활을 일깨우고 속에 품고 있는 이토록 풍부한 감정은 알베르틴이 죽었다는 사실을 믿을 수 없게 만들었다. 나는 '이토록 풍부한 감정'이라고 말했다. 왜냐하면 기억은 내 사랑을 간직하면서 그 사랑에 모든 다양성을 남기고 있기 때문이다. 연달아 일어나는 순간에 지나지 않는 것은 알베르틴뿐만이 아니라 나 자신도 마찬가지였다. 그녀에 대한 나의 사랑은 단순하고 한결같은 게 아니라 미지의 것에 대한 호기심에 관능의 욕망을 덧붙이고, 거의 가정적이라고 할 수 있는 편안한 감정에는 때로는 무관심과 때로는 미칠 듯한 질투를 덧붙인 것이었다. 나는 단 한 사람의 남자가 아니라 시시각각 달라지는 혼성부대의 대열로, 거기에는 정열적인 자가 있는가 하면 무관심한 자와 질투하는 자들도 있었다—질투하는 자의 어느 누구도 같은 여자를 질투하는 것은 아니다. 아마도 언젠가 그러한 점에서 치유되는 날이 찾아오겠지만, 그것은 내가 원하는 바가 아닐 것이다. 복잡하게 뒤섞여서 다양한 요소가 하나씩 하나씩 아무도 눈치채지 못하는 사이에 다른 요소로 바뀌는데, 그것을 더욱 다른 요소가 배제하거나 보강한다. 그리하여 마지막에 그 변화는, 만약 사람이 단일한 존재라면 생각할 수 없는 걸로 완성될 것이다.

내 사랑과 나의 복잡한 인격은 고통의 수를 늘리고 다양화한다. 그러나 그 고통은 언제나 두 그룹으로 나눌 수 있으며 번갈아 나타나는 두 그룹이 알베르틴에 대한 나의 사랑, 신뢰와 질투심에 사로잡힌 의혹에 차례차례 바치는 내 사랑의 온 생명을 이루고 있었다. 알베르틴이 내 안에서(현재와 과거라는 두 겹의 옷을 입은 내 안에서) 그렇게 생생하게 살아 있는데도, 그런 그녀가 죽었다고 생각하는 건 어려운 일이었지만 아마 그것과 마찬가지로 현재의 알베르틴은 나쁜 쾌락을 탐닉하던 육체와 그것을 원하던 영혼을 잃어, 이제 그런 일은 할 수도 없고 그 책임이 없어졌는데도, 그녀가 그런 존재하지도 않는 잘못을 저지른 게 아닌가 하는 의심이 이토록 고통을 불러일으키는 것 또한 모순일 것이다. 그 고통을 찬미할 수 있다면, 그것은 예전에 그녀한테서 받은 인상의 반영이며 그 자체도 사라져갈 운명에 있는 것으로서가 아니라 육체적으로는 존재하지 않는 인간이 정신적으로는 실재함을 거기서 확인할 수 있는 경우에 한정되어 있었으리라. 이제 다른 사람들과 쾌락을 즐길 수 없게 된 여자는 이쪽의 사랑만 확실하다면 나의 질투를 자아낼 리가 없기 때문이다. 그런데 그것은 불가능했다. 왜냐하면 사랑은 그 대상인 나의 알베르틴을, 그녀가 살아 있었을 때의 추억 속에서만 찾아낼 수 있었기 때문이다. 그저 그녀를 생각하기만 해도 그녀가 되살아나는 한에는 그 배신도 절대로 죽은 사람의 배신일 리가 없었다. 알베르틴이 믿음을 저버린 순간은, 그녀에게만이 아니라 느닷없이 불려나와 그녀를 바라보고 있는 그때그때의 내 자아에게도 현재의 순간이 된다. 그리하여 새롭게 잘못을 저지른 한 여자가 나타날 때마다 반드시 같은 시간에 살고 있는 질투심에 사로잡힌 가련한 한 남자가 이내 그녀와 짝을 이루는데, 그것이 아무리 시대착오일지라도 나눌 수 없는 이 한 쌍은 절대 때어놓지 못한다. 지난 몇 달 동안 나는 그녀를 집 안에 가둬두고 있었다. 그러나 지금 상상 속에서 그녀는 자유롭다. 그녀는 과거에 그 자유를 악용하여 닥치는 대로 여자들에게 몸을 던졌다. 예전에 나는 두 사람 앞에 펼쳐질 불확실한 미래를 끊임없이 상상하며 그것을 읽으려 했다. 그리고 지금 내 앞쪽에 이상적인 미래의 모습으로서 가로누워 있는 것—미래와 마찬가지로 불확실하기 때문에 걱정되고 해독하기 곤란하며 신비하고 미래와 달리 그것에 작용하는 가능성이나 환상을 가질 수 없기 때문에, 또 그로 인해 일어나는 고통을 가라앉혀 줄 짝도 없이 내 인생이 계속될 수 있는 한 오래오래 펼쳐지므로 미래보다 더욱 가혹한 것이지만—그것은 이미 알베르틴의 '미래'가 아니라 그 '과거'였다. 그녀의 '과거'? 잘못된 표현이다. 질투에는 과거도 미래도 없고, 질투가 상상하는 것은 언제나 '현재'이기 때문이다.

대기의 변화는 인간 내면에 다른 변화를 불러일으키고 잊고 있었던 수많은 자아를 눈뜨게 하며, 습관적인 게으른 잠을 방해하고 이런저런 추억과 고뇌에 다시 힘을 준다. 그 이상으로 현재의 날씨가, 이를테면 지난날 발베크에서 금방이라도 한바탕 비가 쏟아질 듯한 날, 속옷처럼 딱 달라붙는 고무 비옷을 입은 알베르틴이 어떤 알 수 없는 이유로 먼 곳까지 산책하러 나갔을 때의 그 날씨를 떠올리게 할 때는 추억과 고뇌에 얼마나 많은 힘이 주어지게 될까! 만약 그녀가 살아 있다면 아마 오늘처럼 이런 날씨에는 투렌에 있을 때와 마찬가지로 소풍을 나갔을 테지. 이제 그녀는 그렇게 할 수 없게 되었으니, 나는 그런 생각에 괴로워하지 않아도 될 것이다. 그런데 손발이 잘린 사람처럼 아주 작은 날씨의 변화에도, 존재하지 않는 나의 손발이 다시 아프기 시작했다.

느닷없이 하나의 추억이 결정하는 일이 있다. 오래전부터 그 추억과 재회하지 않았던 이유는 그것이 내 기억 속의, 눈에 보이지 않는 광대한 흐름 속에 녹아 있었기 때문이다. 이를테면 몇 년 전 목욕 가운에 대해 얘기를 나누면서 알베르틴이 얼굴을 붉힌 적이 있었다. 그즈음 나는 아직 그녀에게 질투를 느끼지 않았었다. 하지만 그 뒤 나는 그녀에게 그때의 대화를 기억하고 있는지, 왜 얼굴을 붉혔는지 물어보고 싶은 마음이 들곤 했다. 레아의 친구인 두 아가씨가 호텔에 있는 목욕탕에 간 것, 그것도 그냥 샤워를 하기 위한 것이 아니었다는 소문을 들었으므로 더욱 마음에 걸렸다. 그러나 알베르틴을 화나게 할까 봐 두려웠고 더욱 적절한 때를 기다리고 싶은 마음도 있어서, 계속 그 이야기를 꺼내는 것을 미루다가 어느새 나는 그 일에 대해 까맣게 잊고 말았다. 그런데 알베르틴이 죽은 지 얼마 뒤에 불현듯 그 일이 생각났는데, 유일하게 그것을 해명할 수 있는 사람이 죽는 바람에 영원히 풀 수 없게 된 수수께끼처럼, 안타까운 동시에 어떤 엄숙함을 띠고 있었다. 알베르틴은 그 샤워실에서 나쁜 짓은 한 번도, 아무것도 하지 않았는지 다만 의심스럽게 보였을 뿐인지, 하다 못해 그것만이라도 조사할 수는 없을까? 누군가를 발베크에 보내면 알 수 있을지도 모른다. 그녀가 만약 살아 있다면, 나는 아무것도 알아내지 못하리라. 그러나 죄를 저지른 여자의 원한을 살 두려움이 없어지면 사람들의 입은 신기하게도 저절로 열려서 실수가 있었음을 쉽게 얘기한다. 상상력이라는 것은 초보적이고 최대한 단순하게 이루어져 있다(인간의 발명은 청우계든, 기구든, 전화든, 그 밖의 무엇이든 처음 형태를 개량해서 나중에는 원형을 알아볼 수 없을 정도로 완성되는데, 상상력은 그러한 수많은 변모를 거치지 않기 때문이다). 그래서 상상력은 한 번에 더할 수 없을 만큼 적은 것밖에 보여주지 않아서, 그 샤워실의 추억은 내 마음속 전망의 온 영역을 차지하게 되었다.

가끔 나는 잠 속 어두컴컴한 길모퉁이에서 우연히 악몽과 만날 때가 있었다. 그다지 대수롭지 않은 악몽인데, 첫 번째 이유는 그 때문에 생긴 슬픔이 인위적으로 잠든 뒤의 불쾌감처럼, 고작해야 잠에서 깬 뒤 한 시간 정도밖에 계속되지 않기 때문이다. 두 번째 이유는 그런 악몽을 꾸는 경우는 아주 드물어서 기껏해야 2, 3년에 한 번 정도에 지나지 않기 때문이다. 게다가 전에 그런 악몽을 꾼 적이 있는지 어떤지도 확실하지 않다—오히려 이번이 처음이 아닌 듯한 느낌이 드는 것은 착각이나 꿈의 세분화 때문인지도 모른다(2분화라고 해서는 충분하지 않으므로). 물론 알베르틴의 생활 모습이나 죽음에 대해 의혹을 느끼고 있으므로, 나는 벌써 조사를 시작했어야 한다. 그러나 알베르틴이 있었을 때 나를 그녀의 말대로 움직이게 했던 바와 같은 피로감과 무력감 때문에, 그녀가 영원히 사라진 뒤에도 나는 아무것도 시도할 수가 없었다. 그래도 몇 년 동안 질질 끌어온 이 나약함에서 가끔 에너지가 번쩍 하고 나타날 때가 있다. 나는 매우 부분적이긴 하지만, 최소한 이 조사만이라도 해야겠다고 결심했다.

마치 알베르틴의 생활 전체 속에 그것 말고는 아무것도 존재하지 않았던 것 같았다. 나는 현장에서 조사를 하기 위해 도대체 누구를 발베크에 보내면 좋을지 생각해보았는데, 거기에는 누구보다 에메가 적임자인 듯했다. 그는 그 일대의 지리를 잘 알고 있을 뿐 아니라 이해타산이 철저하고 거래 상대에게 충실하며, 어떠한 도덕에도 관심이 없는 서민층에 속한 사람—그들은 사례만 듬뿍 해주면 이쪽이 시키는 대로 하며, 어떤 형태로든 그것을 방해하는 모든 것을 없애주고, 쓸데없는 일에는 신경을 쓰지 않으며, 입이 무겁고, 우유부단하거나 불성실하게 행동하지 않는 사람들이다—이기 때문이다. 우리는 그런 사람들을 '선량한 사람'이라고 부른다. 그런 사람들이라면 절대적으로 신뢰할 수 있다. 에메가 출발했을 때, 이제부터 그가 저쪽에서 조사하려는 것을 지금 알베르틴에게 직접 물어볼 수 있다면 얼마나 좋을까 하는 생각이 들었다. 이런저런 것을 물어보고 싶다, 틀림없이 이런저런 질문을 하게 되겠지, 생각하자, 당장 알베르틴이 내 곁에 불려왔는데, 그것은 거의 죽어가다가 다시 살아난 노력에 의해 그렇게 된 게 아니라 우연히 만난 것처럼 보였고, 그런 만남은 바로 '자세'를 취하지 않는 순간 사진처럼 언제나 사람들에게 훨씬 더 생동감을 주었다. 나는 곧장 두 사람의 대화를 상상했으며 그 대화가 불가능하다는 것도 느꼈다. 그리하여 나는 새로운 국면에서 알베르틴이 죽었다는 그 관념에 다가가고 있었던 셈이다. 부재하는 여자의 미화된 영상은 현실적인 시각(視覺)으로 수정되지 않지만, 알베르틴은 그 부재하는 여자에 대한 사랑을 내게 불어넣는 동시에 그 부재가 영원히 계속될 것이고, 가엾게도 그녀는 살아가는 즐거움을 영원히 빼앗겼다는 슬픔을 주었다. 그러자 즉각 급격한 변화가 일어나, 나는 자신을 괴롭히는 질투심에서 이별의 절망에 빠져버렸다. 이제 내 마음을 채우는 것은 증오가 담긴 의혹이 아니라 죽음이 현실적으로 내게서 빼앗아간 그 누이와 함께 보낸 시간, 전적으로 신뢰했던 애정으로 가득했던 그런 시간의, 가슴을 파고드는 추억이었다. 왜냐하면 나의 슬픔은 나 자신에게 현실 속의 알베르틴이 어떤 여자였는가 하는 것과는 무관하며, 더할 수 없이 평범한 가슴 뛰는 연애를 경험하고 싶었던 마음이 나를 조금씩 설득하여 만들어낸 알베르틴의 모습에 대한 것이었기 때문이다. 그때 나는 자신을 그토록 지루하게 했던 생활—적어도 나 자신은 지루하다고 여겼다—이 반대로 유쾌한 것이었음을 이해했다. 그녀를 상대로 대부분 하찮은 얘기를 나누면서 보낸 짧은 시간에도 지금은 관능의 즐거움이 곁들여져 뒤섞여 있는 듯 느껴졌다. 분명히 그때 내게는 그 관능이 느껴지지 않았는데, 바로 그것이 내가 다른 데는 눈길조차 주지 않고, 끊임없이 그런 순간을 집요하게 추구한 원인이었다. 뇌리에 떠오르는 그때의 몹시 사소한 사항, 그녀가 마차에서 내 옆에 앉아 있었을 때나 자기 방에서 나와 테이블을 사이에 두고 앉으려 했을 때 그녀의 사소한 동작이 내 마음에 그리움과 슬픔의 소용돌이를 크게 만들어, 그것이 조금씩 마음 전체에 미쳤다. 둘이서 식사를 한 이 방은 조금도 아름답게 보이지 않았지만, 그래도 내가 알베르틴에게 아름다운 방이지? 하고 물은 것은 그녀가 그곳에 기꺼이 머물게 하고 싶어서였다. 그런데 지금은 커튼도, 의자도, 책도, 더 이상 나와 아무 상관없는 게 아니었다. 무릇 하찮은 것에 매력과 신비를 더해주는 것은 예술뿐만이 아니다. 고뇌에도 같은 힘이 있어서 그런 물건들을 우리에게 매우 친근한 것이 되게 한다. 그 무렵의 나는 불로뉴 숲에서 돌아와 베르뒤랭 댁에 가기 전에 둘이서 함께한 저녁 식사에 대해서는 전혀 주의를 기울이지 않았건만, 지금은 그 저녁 식사의 아름다움과 엄숙한 즐거움을 눈물이 가득한 눈으로 바라보고 있었다. 사랑의 인상은 생활 속에 있는 다른 다양한 인상과는 조금도 조화를 이루지 못하지만, 다른 인상들 사이에서 혼동되지 않으면 그것을 이해할 수는 있다. 대성당의 높이는 단순히 밑에서 올려다보거나 거리의 소음과 근처에 밀집된 집들 사이에서 바라볼 게 아니라, 멀리 떨어져서 도시 전체가 보이지 않게 되거나 땅바닥에 거의 닿아 보이는 잡다한 덩어리가 될 정도의 거리를 두고, 옆 언덕의 비탈에서 홀로 저녁의 사색에 잠겨 바라볼 때야말로, 비로소 독특하고 지속적이며 순수한 것으로 평가할 수 있게 된다. 나는 그날 밤, 그녀가 했던 진지하고 정당한 온갖 말들을 떠올리면서 내 눈물을 통해 알베르틴의 영상을 껴안으려고 애썼다.

어느 날 아침, 나는 안개 속에 길쭉한 언덕의 모습을 본 듯한 느낌과 함께 코코아 한 잔의 뜨거움을 느꼈다고 생각했는데, 그와 동시에 찾아온 알베르틴에게 처음으로 키스를 한 그날 오후가 생각나서 마음이 찢어지는 것처럼 아팠다. 사실은 방금 온수난방장치가 점화되어 그 딸꾹질하는 듯한 소리가 들렸을 뿐이었다. 나는 화난 김에 프랑수아즈가 가져온 베르뒤랭 부인의 초대장을 내던지고 말았다. 처음으로 라 라스플리에르에서의 만찬 모임에 가던 도중에 죽음은 모든 사람을 똑같은 나이에 덮치는 게 아니라는 강한 인상을 받은 적이 있는데, 알베르틴이 이렇게 젊은 나이에 죽어버렸는데도 브리쇼는 여전히 베르뒤랭 부인의 저택에서 열리는 만찬에 나가고, 그 베르뒤랭 부인은 변함없이 사람을 초대하고 있을 뿐 아니라, 어쩌면 앞으로도 오랜 세월 동안 계속 초대할 거라고 생각하자, 그 인상이 훨씬 큰 힘으로 다가왔다. 브리쇼라는 이름은 당장 내게, 모임이 끝난 뒤 그를 데려다주려고 마차에서 내렸을 때, 내가 아래쪽 거리에서 알베르틴 방의 불빛을 올려다본 것을 떠올리게 했다. 그날 밤의 일은 이미 헤아릴 수 없을 만큼 다시 생각했지만, 지금과 같은 방향에서 그 추억에 다가간 것은 이제껏 없었던 일이다. 왜냐하면 추억은 분명히 우리의 것이지만, 작은 문이 수없이 숨어 있는 대저택처럼 때때로 우리 자신도 그 문을 모르고 있다가, 이웃 사람이 문을 열어준 덕분에 그때까지 전혀 경험하지 못한 방향에서 귀가한 것을 깨닫는 일이기 때문이다. 지금은 집에 돌아와도 아무도 없었고 알베르틴의 방은 영원히 불빛이 꺼졌으며, 아래의 거리에서 그 방을 쳐다보는 일도 없을 것이다. 그렇게 생각하자, 그날 밤 내가 심한 착각에 빠졌던 게 이해가 되었다. 그날 밤은 브리쇼와 헤어진 뒤 다른 데서 사랑을 찾아 헤매고 다닐 수도 없음을 한심하고 유감스럽게 여긴 듯한 기분이 들었다. 그러나 그것은 어처구니없는 착각으로, 나는 다만 보물의 빛이 위에서 내가 있는 곳까지 반사되는 것을 보고 그것을 완전히 내 것으로 했다고 믿었기 때문에 그 진정한 가치의 평가를 게을리했을 뿐이다. 그래서 그 소중한 보물도 필연적으로, 내가 상상력을 발휘하여 평가하고 있었던 더할 나위 없이 하찮은 쾌락에 비해서도 뒤떨어지는 것처럼 보였다. 나는 이해했다, 마치 감옥에서 새어나오는 듯한 그 빛이 내 마음에 어떠한 충실감, 생명력, 행복감을 불어넣어 주었는가를. 또한 파리의 내 집은 그녀의 집이기도 했는데, 그곳에서 보낸 생활은 예전에 발베크의 그랑 호텔에서 그녀와 한 지붕 아래 잤던 날 밤에 꿈꾼 평화, 그리고 불가능하다고 생각한 그 깊은 평화를 그야말로 실현하는 것이었음을 이해했다.

이 마지막 베르뒤랭 댁의 야회에 앞서 불로뉴 숲에서 돌아오다가 알베르틴과 나눈 대화는, 그녀를 어느 정도 내 지적 생활에 끌어들여 우리 두 사람을 부분적으로 닮게 만들었는데, 그 일마저 없었다면 나는 아무런 위로도 받지 못했을 것이다. 왜냐하면 그녀의 지성과 나에 대한 다정한 마음에 대해 감동 없이는 떠올릴 수 없다 해도, 내가 알고 있는 다른 사람들의 지성이나 다정함보다 뛰어나서가 아니기 때문이다. 캉브르메르 부인은 발베크에서 내게 이렇게 말하지 않았던가? "어쩌면! 당신은 날마다 엘스티르 같은 천재와 함께 있을 수 있는데도 사촌누이하고만 지내다니!" 알베르틴의 지성이 내 마음에 들었던 것은 마치 우리의 입속에만 있는 어떤 감각을 과일의 달콤함이라고 부르듯이, 그런 연상을 통해 그 지성이 그녀의 감미로움을 내 마음속에 일깨우기 때문이었다. 실제로 알베르틴의 지성을 생각하면 입술은 본능적으로 앞으로 나와 하나의 추억을 음미하고, 그 추억을 만드는 현실이 바깥쪽에 있으면서 객관적으로 뛰어난 한 인간 속에 존재하면 된다고 생각했다. 물론 나는 분명히 훨씬 지성이 뛰어난 사람을 여럿 알고 있었다. 그러나 사랑은 무한한가 하면 이기적이기도 하여 그것 때문에 우리가 사랑하는 상대의 지적이고 정신적인 얼굴들은 객관적으로 파악하기 무척 어렵고, 우리는 욕망이나 불안을 그대로 품은 채 끊임없이 그것을 고쳐나간다. 그러한 얼굴은 우리한테서 분리된 게 아니라 이쪽의 사랑이 바깥에 표현되는 광대하고도 애매한 장소에 지나지 않는다. 자기 자신의 육체에는 수많은 쾌감과 불쾌감이 끊임없이 흘러들어오는데, 우리는 그 육체에 대해 나무와 집과 지나가는 사람처럼 선명한 실루엣을 갖고 있는 것은 아니다. 아마 알베르틴에 대해 더욱 잘 알려고 노력하지 않은 것은 나의 실수였으리라. 매력이라는 점에 있어서 나는 오랫동안 그녀가 몇 년 동안 추억 속에서 차지해온 다양한 위치만을 생각하면서, 이쪽의 견해 차이뿐만 아니라 그녀 자신이 실제로 자연에 풍부한 변화를 이룩해온 것을 보고 놀랐는데, 그것과 마찬가지로 그녀의 성격도 누군가 한 인간의 성격으로서 이해하려고 노력해야 했다. 그러면 아마도 그녀가 왜 그렇게 완강하게 비밀을 지키려고 했는지 알 수 있고, 그 이상할 정도의 집착과 늘 변함없이 비밀을 캐내려고 하는 나 사이의 갈등이 오래 꼬리를 끌어, 마침내 알베르틴의 죽음을 가져온 것도 피할 수 있었을지 모른다. 그렇게 생각하자, 나는 그녀가 몹시 불쌍하게 느껴졌으며 살아남은 나 자신이 부끄러웠다. 사실 고통이 사라졌을 때의 나는, 그녀의 죽음에서 은혜를 입고 있는 것처럼 느꼈다. 왜냐하면 여자는 행복의 요소가 아니라 고뇌를 낳는 수단이 되고 있을 때가 더욱 우리 생활에 도움이 되기 때문인데, 어떤 여자라도 그녀를 내 것으로 하는 것보다는 그녀에게 괴롭힘을 당함으로써 알게 되는 진실을 내 것으로 하는 것이 훨씬 소중하다. 할머니의 죽음과 알베르틴의 죽음을 연관시키면, 그 무렵의 내 생활은 이두 가지 살인에 의해 더럽혀진 듯이 보였다. 그것을 용서할 수 있는 것은 오직이 세상의 비열함뿐이리라. 이해받고 무시당하지 않는 것을 큰 행복으로 믿었던 나는 그런 일을 더욱 교묘하게 할 수 있는 여자들이 많았음에도, 오직 알베르틴에게서 이해받고 그녀한테 무시당하지 않는 것만을 꿈꾸고 있었다. 이해받고 싶은 것은 사랑받고 싶어서이고, 그것은 사랑하고 있기 때문이다. 그녀 말고 다른 사람들에게 이해받는 것에는 아무 관심도 없었으며, 그들에게 사랑받는 것은 오히려 성가신 일이었다.

알베르틴의 지성과 그녀의 마음을 어느 정도 내 것으로 만든다는 기쁨은, 그런 지성이나 마음의 고유한 가치에서 오는 게 아니라, 그것이 알베르틴을 전부 내 것으로 만드는 행위에 한 걸음 다가가게 한다는 사실에서 생겨난다. 이 모든 소유야말로 그녀를 맨 처음 만난 날부터의 내 목표이고 공상이었다. 어떤 여자의 '다정한 마음'에 대해 얘기하는 사람은, 아마도 그녀를 만날 때 느끼는 기쁨을 자기 밖에 비추어 보이고 있는 데 지나지 않을 것이다. 마치 어린아이가 "내 귀여운 침대, 내 귀여운 베개, 내 귀여운 산사나무" 말하듯이. 또한 왜 남자는 자신을 속이지 않는 여자에 대해서는 '그녀는 상냥한 여자'라고 말하지 않고, 반대로 자신을 속인 여자에 대해서는 왜 가끔 그렇게 말하는지를 설명해준다. 캉브르메르 부인이, 엘스티르의 정신적 매력이 더 크다고 생각한 것은 정당하다. 그러나 우리는 다른 모든 사람과 마찬가지로 자신의 바깥에 있으며 사고의 먼 지평선 위에 그려진 듯한 사람이 지닌 매력과 어떤 우연이 가져오는 잘못된 위치 결정, 단 바꿀 수 없는 위치 결정의 결과는 우리 자신의 몸속에 깊숙이 자리잡아, 지나간 어느 날 해변의 작은 경편철도 열차 안 통로에서 그 사람이 한 여자를 지긋이 보고 있었던 게 아닐까 생각하면, 마치 외과 의사가 심장에 박힌 총알을 찾고 있는 듯한 아픔을 느끼게 되는 사람의 매력, 그런 두 부류의 사람의 매력을 똑같이 판단할 수는 없다. 단순한 크루아상한 개도 우리가 먹는 것이라면, 루이 15세에게 제공된 모든 멧새와 어린 토끼, 붉은 자고새 같은 별미 이상의 쾌락을 우리에게 주고, 산 위에 누워 있을 때 우리 눈앞의 겨우 몇 센티미터 떨어진 곳에서 떨고 있는 한 포기의 풀잎이, 몇 리나 떨어진 곳에 눈이 어지러울 정도로 험준하게 솟아 있는 산꼭대기를 가릴 수도 있다. 게다가 우리가 사랑하는 여자의 보잘것없는 지성과 상냥한 마음을 높이 평가하는 것은 잘못이 아니다. 우리의 잘못은 다른 여자들의 지성과 상냥한 마음에 대한 무관심이다. 거짓은 언제나 분노를 불러일으키는 것이 당연하고 친절은 감사를 불러일으킴이 마땅하지만, 우리가 분노와 감사를 느끼는 경우는 상대가 사랑하는 여자일 때뿐이다. 육체적인 욕망은 지성을 올바르게 평가하고, 정신생활에 튼튼한 기반을 주는 놀라운 힘을 갖추고 있다. 내가 무슨 말이든 할 수 있는 상대, 뭐든지 털어놓을 수 있는 사람, 그런 더할 나위 없는 여인을 나는 이제 두 번 다시 찾아볼 수 없을 것이다. 뭐든지 털어놓는다? 그러나 다른 사람들은 알베르틴 이상의 신뢰를 내게 보여주지 않았던가? 나는 다른 사람들과 더 다양한 것에 대해 얘기를 나누지 않았던가? 결국 신뢰니 대화니 해도 몹시 평범한 것이며, 그것이 불완전하든 그렇지 않든 중요치 않다. 요컨대 거기에 사랑이 들어 있는가 아닌가가 중요하며, 그 사랑만이 신성한 것이다.

자동 피아노 앞에 앉으려던 검은 머리와 장밋빛 뺨을 한 알베르틴의 모습이 눈앞에 떠오른다. 내 입을 억지로 열려고 하는 그녀의 혀가 입술 위에 느껴진다. 어머니의 혀 같은, 먹을 수는 없지만 자양분이 가득하고 신성한 그 혀의 비밀스러운 불꽃과 이슬 덕분에, 알베르틴이 그저 내 목덜미와 배 위에 혀를 미끄러뜨릴 뿐일 때도 그 살갗에 닿는 애무는 안감이 비치는 천처럼, 말하자면 속살을 드러낸 그녀의 육체에 의해 이루어져, 바깥쪽을 살짝 만지기만 해도 마치 깊이 빨려들어가는 듯한 신비로운 쾌감을 주었다. 두 번 다시 돌아오지 않을 그토록 감미로운 순간, 그것의 사라짐이 내게 준 것을 절망이라 부르는 일조차 나로서는 불가능하다. 절망에 빠지려면 앞으로 불행할 수밖에 없는 이 인생에 여전히 집착하고 있어야 한다. 발베크에서 태양이 떠오르는 것을 보며, 앞으로 내게 행복한 날은 하루도 없으리라는 사실을 깨달았을 때 나는 절망했다. 그때부터 나는 언제나 변함없이 이기주의자였지만 지금 내가 매여 있는 자아, 살아 있는 저장물질을 이루고 있고 자기보존 본능을 기능하게 하는 이 자아는 이미 살아 있지 않았다. 나의 힘과 생명력과 내가 가지고 있는 최고의 것을 생각할 때, 나는 내가 지니던 어떤 보물을 떠올린다(그것이 불어넣는 감정은 내 마음속에 숨어 있어서 타인은 정확하게 알 수 없으므로, 그것은 나 혼자만 가지고 있었던 보물이다). 그리고 지금은 그 누구도 내게서 그것을 빼앗아갈 수 없다. 왜냐하면 나는 이제 그 보물을 가지고 있지 않기 때문이다. 사실을 말하면 내가 그것을 지녔다는 것도 다만 가지고 있다고 생각하고 싶었던 것에 지나지 않는다. 내가 저지른 경솔함은, 단순히 입술로 알베르틴을 응시하거나 그녀를 마음으로 받아들여 자아 속에 살게 한 것만도, 가정적인 애정을 관능의 쾌락에 뒤섞은 것만도 아니다. 그와 함께 나는, 그녀가 얌전하게 내게 입을 맞추고 나도 그녀에게 입을 맞추므로 우리의 관계는 연인 사이이며, 우리는 서로 연애라고 하는 관계를 실천하고 있는 거라고 내 자신이 인식하려고 했다. 또 그렇게 생각하는 습관이 이미 붙어버려서, 나는 사랑하는 여자를 잃었을 뿐 아니라 나를 사랑해주는 여자를, 누이를, 딸을, 그리고 다정한 애인을 한꺼번에 잃는 결과를 불러오고 말았다. 결국 나는 스완이 경험하지 않았던 행복과 불행을 같이 경험한 것이다. 왜냐하면 스완은 오데트를 사랑하면서도 오데트를 몹시 질투하고 있었던 바로 그때, 어떤 날은 마판에 가서 거절당하는 바람에 그녀의 집에 쉽게 가지 못했고 거의 만날 기회가 없었기 때문이다. 그러나 그 뒤 스완은 그녀를 아내로 맞아 자신의 것으로 만들었다. 그것도 죽을 때까지 그랬다. 나는 반대로, 알베르틴을 심하게 질투하고 있었을 때는 스완보다 행복해서 그녀를 내 집에서 살도록 했다. 분명히 나는, 스완이 그토록 열망하면서도 결국 아무 소용이 없게 되어서야 비로소 구체적으로 실현했던 바를 일찌감치 이루었던 것이다. 하지만 나중에는 스완이 오데트를 놓치지 않았던 것과 달리 나는 알베르틴을 붙잡아두지 못했다. 그녀는 달아났고 죽었다. 왜냐하면 무슨 일이든 결코 그대로 똑같이 되풀이되는 일은 없으며, 성격도 공통점이 많고 상황도 비슷해서, 대칭적인 것으로서 선택하는 더할 나위 없이 닮은 생활이라도 많은 점에서 상반되어 있기 때문이다. 게다가 중요한 차이(예술 문제)는 아직 밝혀지지도 않았다.

설령 목숨을 잃었다 한들 나는 그리 대단한 것을 잃은 건 아니리라. 잃은 것은 고작 내용이 공허한 하나의 형태이고, 예술작품이 들어 있지 않은 빈 액자일 것이다. 그 속에 이제부터 어떤 것이 들어가게 될지는 내 알 바 아니지만, 전부터 거기에 들어 있었던 것을 생각하면 나는 행복하고 자랑스러워서, 그리운 지난날의 추억에 잠기곤 한다. 그 정신적인 지주는 내게 죽음이 다가온다 해도 깨지지 않을 행복감을 안겨주었다. 아, 발베크에서 내가 알베르틴을 부르러 사람을 보내면 그녀는 나를 기쁘게 하려고 머리에 향수를 뿌리느라 조금 꾸물거렸을 뿐, 얼마나 빨리 달려왔던가! 이렇게 내가 즐겁게 떠올리는 발베크와 파리의 모습, 그것은 짧았던 그녀의 일생에서 겨우 얼마 전의 페이지였고 이내 넘겨버린 페이지였다. 내게는 돌이켜보는 데 지나지 않는 그 모든 것이 그녀에게는 행동이었다. 비극의 줄거리처럼 곧 닥쳐올 죽음을 향한 다급한

행동이었다. 왜냐하면 인간은 우리 마음속에서 성장하지만 또 우리 바깥에서
도 자라기 때문이며(내가 그것을 확실하게 느낄 수 있었던 것은 기억 때문만이
아니라 알베르틴의 자질이 정말 풍부하게 변화했음을 깨달은 그 몇몇 밤의 일이
었다), 그러한 성장은 서로 반드시 반응하게 마련이다. 상상력은 모든 사람과
사물을 다르게 보이도록 신비로운 것으로 만들어내는데, 나는 알베르틴을 알
게 된 뒤부터 그녀를 완전히 내 여자로 만들려는 생각에 오로지 경험에 의지
하여 그 신비를 우리 자아의 보잘것없는 요소들과 비슷한 것으로 되돌리고,
우리 두 사람의 깊은 기쁨을 하나하나 자기 파괴로 몰아넣으려고 했다. 그러
나 그런 욕구에 따랐기 때문에, 그것이 알베르틴의 생활 자체에 영향을 미칠
수밖에 없었던 것 같다. 아마 처음에 그녀의 마음을 끌어당긴 것은 내 재산과
화려한 결혼에 대한 기대였으리라. 그리고 나의 질투가 나 자신과 그녀를 붙
잡았다. 그녀의 호의, 또는 지성, 또는 죄의식, 또는 교묘한 책략이 포로의 몸
이 되는 것을 감수하게 했고, 나로 하여금 그녀를 더욱 엄격하게 속박토록 했
다. 이러한 상태는 단순히 내 머릿속에서 전개된 과정에 의해 만들어졌지만,
그 영향은 알베르틴의 생활에까지 미쳤고, 나아가서 그것이 반발하여 내 마
음속에 더욱 고통스러운 새로운 문제를 들이밀게 된 것이다. 왜냐하면 내 감
옥에서 탈출한 그녀는 말에서 떨어져 죽었지만, 내가 아니었으면 그 말을 가지
지도 않았을 것이고 또 죽은 뒤에도 여러 의혹을 남겨, 설사 그것이 언젠가 해
명된다 해도 발베크에서 드러난, 아마 알베르틴이 뱅퇴유 양을 알고 있었을 거
라는 사실보다 더욱 가혹한 것이 될 테니까. 그것은 내 마음을 달래줄 알베르
틴이 이제 이 세상에 없기 때문이기도 하다. 그런 이유에서, 이처럼 자기 안에
만 갇혀서 살고 있다고 생각한 영혼의 긴 탄식이 독백처럼 보이는 것은 다만
겉으로 드러난 문제에 지나지 않는다. 왜냐하면 현실의 반향에 의해 그 독자
적인 방향이 바뀌어버리기 때문이다. 또 이러한 생활은 스스로 행하는 주관적
인 심리학 검사 같은 것으로, 그것은 사이를 두고 있는 다른 사람의 생활 속의
순수하게 사실적인 소설에 '줄거리'를 제공하고, 게다가 다음에는 그 소설의
파란만장한 줄거리가 반발하여 심리학 검사의 곡선을 일그러뜨리거나 방향에
변화를 준다.

우리 사랑의 톱니바퀴는 얼마나 튼튼하게 맞물려 있었으며, 그 전개는 얼마
나 빨랐던가! 처음에는 발자크의 몇몇 중편소설과 슈만의 발라드처럼 느릿느

릿하고 끊어지거나 주춤거리기도 하지만 결말은 전광석화처럼 찾아온다. 내게
는 1세기나 계속된 것 같은 느낌이 드는 마지막 1년 동안, 발베크에서 시작되
어 파리에서 달아날 때까지, 알베르틴은 내 생각에 대해 크게 태도를 바꿨을
뿐만 아니라, 나와는 상관없이 가끔 내가 모르는 사이에 혼자서 변화한 일도
있었지만, 바로 그 1년 동안에 즐거웠던 모든 애정 생활의 위치를 부여해야만
한다. 참으로 짧은 기간이었지만 그래도 내게는 충실하고 거의 무한해 보이는
생활, 영원히 실현 불가능하게 보이나 그러기에 더욱더 없어서는 안 되는 생활
이었다. 없어서는 안 된디고 헤도, 이미 처음에는 그 자체가 필연적인 것은 이
니었으리라. 만약 고고학의 어느 논문에서 발베크의 성당에 대한 기록을 읽
지 않았더라면, 만약 스완이 이 성당은 거의 페르시아풍이라고 말하여 내 욕
망을 비잔틴식 노르망디 양식으로 돌리지 않았더라면, 만약 고급 호텔을 경영
하는 회사가 발베크에 위생적이고 쾌적한 호텔을 세워서, 내 부모에게 내가 원
하는 대로 발베크에 가게 해주려는 마음이 들게 하지 않았더라면 나는 알베
르틴을 만나지 못했을 테니까. 물론 그토록 오랫동안 가고 싶어했던 이 발베
크에서는 꿈꾸는 듯한 페르시아풍 성당도 영원히 걷히지 않는 안개도 찾지 못
했다. 1시 35분에 출발하는 멋진 기차도 내가 머리에 그리던 모습과는 달랐다.
그러나 상상력이 기대하게 만드는 것, 우리가 아무리 수고해도 발견할 수 없
는 것 대신에 인생은 상상도 하지 못한 것을 준다. 콩브레에서 깊은 슬픔에 잠
겨 잠들기 전 어머니의 키스를 기다리고 있었을 때, 이 불안이 지금은 가시더
라도 언젠가는 어머니 때문이 아니라 한 젊은 아가씨 때문에 되살아날 줄 누
가 알았으랴? 처음에는 내 눈이 날마다 결국 보러 가지 않고는 못 배기는 수
평선 위의 한 송이 꽃에 지나지 않았지만 그것은 생각하는 꽃이었고, 나는 마
치 어린아이처럼 그 꽃의 마음속에 커다란 장소를 차지하고 싶었으므로, 내
가 빌파리지 부인과 아는 사이임을 그녀가 몰라주는 것이 못내 안타까웠을
정도였다. 그렇다, 어린 시절에 어머니가 와주지 않았을 때 괴로워한 것과 마찬
가지로, 그로부터 몇 년 뒤 내가 괴로워하게 된 것은 이 낯선 여자의 잘 자라
는 인사와 입맞춤 때문이었다.

그런데 이렇게 없어서는 안 되는 알베르틴, 지금은 내 영혼이 거의 그녀에
대한 사랑으로 이루어져 있는 듯한 알베르틴도, 만약 스완한테서 발베크의 이
야기를 듣지 않았더라면 나는 절대로 알지 못했으리라. 그녀는 더 오래 살 수

있었을 테고, 내 인생도 지금의 큰 고뇌에서 벗어날 수 있었을 게 분명하다. 이렇게 오로지 자기에 대해서만 생각하고 있었던 내 사랑 때문에 할머니를 죽이고 만 것과 마찬가지로 알베르틴도 죽여버린 것 같았다. 발베크에서 그녀를 알게 된 다음에도, 내가 그 뒤에 한 것과 같은 방법으로 그녀를 사랑하지 않을 수도 있었으리라. 왜냐하면 질베르트를 포기했을 때, 그리고 언젠가 다른 여자를 사랑할 수도 있다고 생각했을 때는, 그래도 과거에 대해서는 질베르트밖에 사랑할 수 없었음을 거의 의심하지 않았지만, 알베르틴에 대해서는 더 이상 의심도 일어나지 않아서 사랑하는 상대가 그녀가 아니고 다른 사람이라도 상관없었다고 확신했기 때문이다. 그러기 위해서는 불로뉴 숲의 섬에서 스테르마리아 부인과 저녁 식사를 함께할 예정이었던 밤에, 부인이 약속을 취소하지 않았으면 그것으로 충분했다. 그때라면 아직 늦지 않았으리라. 한 여자를 무엇과도 바꿀 수 없는 존재로 보이게 하고 처음부터 우리를 위해 운명이 정해진, 없어서는 안 되는 사람이라고 생각하게 하는 그 상상력은, 바로 그 스테르마리아 부인을 위해서 작용되었을 것이다. 적어도 거의 생리적인 관점에 서서 말할 수 있는 사실은, 마찬가지로 배타적인 애정을 다른 여자에 대해서도 품을 수 있었으리라는 것 정도다. 그러나 어떤 여자에게나 그랬을 거라는 얘기는 아니다. 왜냐하면 분명히 살집이 통통하고 갈색 머리인 알베르틴은 늘씬한 빨강머리의 질베르트와 닮지 않았지만 그녀들은 둘 다 건강해 보였고, 둘 다 육감적인 뺨을 가지고 있었으며 속마음을 쉽게 알 수 없는 눈빛이었기 때문이다. 남자들로부터는 그다지 시선을 받지 못하는 부류의 여자였지만, 그런 남자들이 정신없이 쫓아다니는 여자들은 내 마음을 '전혀 끌지 않는다'. 내게는 질베르트의 육감적이고 의지가 강한 개성이 거의 알베르틴의 육체에 옮겨간 듯한 느낌이 들었고, 그 육체는 얼마쯤 다르기는 했지만 나중에 생각하니 깊은 유사성을 보여준 것 같았다. 사람은 늘 거의 같은 종류의 감기, 같은 질병에 걸린다. 즉 거기에는 어떠한 상황의 일치가 필요하다. 그가 사랑하는 상대는 당연히 일정한 여자들이지만, 단 그것은 매우 광범위하게 걸쳐 있다. 알베르틴이 보낸 최초의 눈길에 나는 꿈을 꾸는 듯한 기분이었는데, 그것은 질베르트의 최초 눈길과 완전히 다르지는 않았다. 나는 거의 질베르트의 이해할 수 없는 인품, 관능, 강한 의지와 빈틈없는 성격이 다시 나를 유혹하러 돌아온 게 아닐까 생각했을 정도였는데, 단 이번에는 그러한 것이 알베르틴이라는 완전히 다른 사람이지만 닮은 곳도 있는 육체로 변해 있었다. 그런 알베르틴과 함께한 생활은 짐작했던 것과 전혀 다른 것이어서 머릿속은 언제나 괴로운 불안으로 가득했으며, 기분전환과 망각의 작은 틈도 끼어들 여지가 없는 생활이었으므로 알베르틴의 살아 있는 육체는 질베르트의 육체와 달리 한 번도 쉬는 일이 없었고, 나중에도 내게 있어서(다른 남자들의 경우는 모르겠지만) 여자의 매력으로 인정할 수 있는 것을 계속 지니고 있었다.

그러나 그녀는 죽어버렸다. 나도 언젠가 그녀를 잊을 것이다. 그때가 되면 마찬가지로 다혈질이고 불안한 몽상이 다시 돌아와서, 어느 날 내 마음에 동요를 불러일으키지 않을 거라고 장담할 수는 없으리라. 하지만 이번에는 그것이 어떤 여성 속에 나타날지 나는 짐작조차 할 수 없다. 설사 질베르트에게서 단서를 찾았다 해도 알베르틴을 떠올릴 수는 없었을 테고, 그녀를 사랑하게 될 거라고는 상상도 하지 못했을 것이다. 마치 뱅퇴유의 소나타에 대한 추억만으로는 그의 7중주곡 연주회를 상상할 수 없듯이. 뿐만 아니라 처음으로 알베르틴을 만난 무렵에는 내가 좋아하게 될 사람은 그녀와는 다른 여자일 거라고 생각했을 정도다. 애초에, 만약 1년 빨리 그녀를 알았더라면 아직 동이 트지 않은 잿빛 하늘처럼 신통찮은 여자로 보였을지도 모른다. 내가 그녀에 대해 변했다면, 그녀 또한 변했다. 내가 스테르마리아 부인에게 편지를 쓴 날 침대 옆으로 찾아온 소녀는 단순히 사춘기에 급격하게 여자다워졌기 때문인지, 아니면 결코 내가 알 수 없는 어떤 사정 때문인지 더 이상 발베크에서 알았던 소녀와 같은 사람이 아니었다. 어쨌든 언젠가 내가 사랑하게 될 여자가 어느 정도 그녀를 닮았다 해도, 즉 여자를 선택하는 내 방법이 완전히 자유롭지는 않다 해도 그 선택은 거기에 아마 필연적인 것이 작용하면서도 분명 한 개인보다 광범한 어떤 유형의 여자에 다다름으로써, 알베르틴을 사랑해야만 하는 필연성은 전혀 없지만, 그녀에게 욕망을 품는 것은 충분히 가능해진다.

우리가 빛 이상으로 끊임없이 그 얼굴을 눈앞에서 보고 있는 여자—왜냐하면 우리는 눈을 감아도 그녀의 아름다운 눈과 코를 마음에 그리고, 또다시 만나기 위해 한시도 쉬지 않고 모든 수단을 강구하기 때문이지만—이 둘도 없는 여자도, 만일 우리가 그녀를 만난 도시가 아닌 다른 도시에 가서 다른 거리를 거닐고 다른 살롱에 드나들었다면, 물론 그녀가 아닌 다른 사람이 이 무엇과도 바꿀 수 없는 여자가 되었으리라. 하늘 아래 둘도 없는 여자? 그런 것을 우리가 믿고 있는 것인가? 사실 그녀는 헤아릴 수 없을 만큼 존재하고 있다. 그러나 사랑하는 사람의 눈에 비치는 그녀는 응축된 불멸의 존재, 오랫동안 다른 여자로 바꿀 수 없는 존재이다. 왜냐하면 이 여자는 어떤 마법의 힘으로 우리 마음속에 흩어져 있는 사랑의 조각들을 일깨우고 한데 모아 그 사이의 간격을 모두 없애버리며 그런 그녀의 얼굴을 만들고, 사랑하는 사람을 형성하는 견고한 모든 소재를 제공한 것은 우리 자신이기 때문이다. 그러므로 혹여 그녀에게 있어서 우리가 천 명 가운데 한 사람, 특히 마지막 한 사람에 지나지 않는다 해도 우리에게 그녀는 우리의 모든 생활이 그쪽으로 향해가는 유일한 여자가 된다. 물론 나는 이 사랑이 필연적인 게 아니라는 사실을 똑똑히 느끼고 있었다. 다만 스테르마리아 부인과 서로 사랑하고 있었을지도 모를 뿐 아니라 그런 것은 그만두더라도, 그 사랑 자체를 알고 보면 다른 여자들에 대한 사랑과 너무나 닮아 있었고, 또한 사랑은 알베르틴보다 훨씬 광대하여 마치 작은 바위를 에워싸는 물결처럼 그녀를 감싸면서도, 정작 그녀에 대해서는 조금도 알지 못하고 있음을 깨달았기 때문이다. 그러나 알베르틴과 함께 살고 있는 동안, 나는 조금씩 스스로 쇠사슬을 만들어 거기서 벗어날 수 없게 되었다. 그녀가 불어넣은 감정은 아니지만 거기에 그녀라는 사람을 연관시키는 것이 습관이 되어, 마침내 그것이 그녀에 대한 특별한 감정이라고 믿어버렸다. 어떤 철학파가 주장하는 바에 의하면, 단순한 두 현상 사이의 연상도 습관이 되면 인과율 같은 힘과 필연성의 환상을 부여한다. 나는 지금의 내가 누리고 있는 교제 관계와 재산이 있으면 고통을 덜 수 있을 거라고, 어쩌면 지나칠 정도로 효과가 있을 거라고 믿었다. 그 덕분에 느끼고, 사랑하고, 상상하지 않아도 될 거라는 생각이 들었기 때문이다. 나는 가련한 시골 처녀가 부러웠다. 물론 그녀에게는 교제도 없고 전보조차 오지 않아서, 그녀는 슬픔을 인위적으로 달래지 못하고 몇 달이나 긴 몽상에 잠길 것이다.

그런데 이제야 나는 이해했다. 분명히 게르망트 부인은 빛나는 모든 것에 에워싸여 있고, 그녀와 나 사이에는 무한한 거리가 있지만, 사회적인 특권 같은 것은 언제든지 변할 수 있는 단순한 사물에 지나지 않는다는 의견과 사상을 가지면 그런 거리 따위는 간단하게 날려보낼 수 있다. 방향은 반대지만, 그와 마찬가지로 나의 교제와 재산 같은, 지위와 현대 문명이 내게 허용하는 모든 물질적인 수단도, 어떤 압력으로 굴복시킬 수 없는 알베르틴의 완강한 의지 사이에서 치열한 싸움을 벌이는 때를 잠시 뒤로 미뤘을 뿐이다. 마치 현대의 전쟁에서는 대포를 준비하는 시간과 포탄이 미치는 사정거리 때문에, 사람과 사람이 서로 뒤엉키는 백병전에서 정신력이 강인한 쪽이 승리를 거두는 이 순간이 언제까지나 미뤄지는 것처럼. 물론 나는 생루와 전보를 주고받고, 전화를 걸며 투르의 전화국과 끊임없이 연락을 취했지만, 아무리 전보와 전화를 기다려도 소용없었고 아무런 결실도 얻지 못하지 않았는가? 그런데 사회적인 특권도 없고 사람들과 교제도 하지 않는 시골 아가씨와, 문명이 완성되기 이전의 인간은 그다지 괴롭지 않은 게 아닐까? 왜냐하면 사람들은 절대로 다가갈 수 없다고 생각한 만큼 언제나 비현실적으로 보였던 것에 대해서는 원하지도 아깝다고도 생각지 않기 때문이다. 몸을 맡기려는 사람에 대해서는 욕망도 커진다. 기대가 소유를 앞지른다. 아깝다고 생각하는 마음은 욕망을 증폭시킨다. 사실 스테르마리아 부인이 불로뉴 숲 섬의 만찬 초대를 거절했으므로 그녀를 사랑하게 되는 일은 일어나지 않았다. 그러나 만약 그 뒤로 적당한 때에 그녀를 만났더라면, 그것만으로도 틀림없이 나는 그녀를 사랑하게 되었으리라. 그녀가 오지 않는다는 것을 안 순간, 나는 어쩌면 누군가가 질투한 나머지 그녀를 다른 남자들로부터 떼어놓고, 그 때문에 두 번 다시 그녀를 만날 수 없을지도 모른다는 거짓말 같은 가정을—사실 그대로 되었지만—세웠다. 나는 몹시 마음이 아팠고, 그녀를 만나기 위해서라면 뭐든지 내던졌을 거라고 생각했다. 그것은 내가 경험한 가장 격렬한 고뇌의 하나였으며, 생루의 도착으로 겨우 진정되었다. 그런데 일정한 나이에 이르면, 그 뒤의 우리 사랑과 그 애인은 고뇌가 낳은 산물이 된다. 우리의 과거와 그 과거가 기록되어 있는 육체의 상처가 우리 미래를 결정한다.

특히 알베르틴의 경우, 그녀에 대한 사랑이 결코 필연적인 것은 아니었다는 사실은 설사 비슷한 몇 번의 연애가 없었다 해도, 그녀에 대한 내 사랑의 역사, 요컨대 그녀와 그녀의 친구들에 대한 사랑의 역사 속에 새겨져 있었다. 왜냐하면 그것은 질베르트에 대한 사랑 같은 것도 아니었고, 몇몇 소녀들 사이에 나누어져 나타난 것이었기 때문이다. 내가 알베르틴의 친구들과 즐거운 시간을 보낸 것은 알베르틴 때문이며, 그 친구들이 어딘가 그녀와 비슷해 보였기 때문인지도 모른다. 그래도 나는 상당히 오랜 기간에 걸쳐 모든 아가씨 사이에서 이쪽을 선택할까 저쪽을 선택할까 갈팡질팡하면서 돌아다니다가, 한 아가씨가 좋아졌다가도 다른 아가씨가 나를 기다리게 하거나 만남을 거절하면 당장 그녀에게 마음이 기울어버리곤 했다.

앙드레가 나를 만나러 발베크에 오게 되었을 때, 그녀를 초조하게 기다리는 것처럼 보이고 싶지 않아서 나는 거짓 대사를 준비했다. "어쩐다지? 며칠만 더 빨리 왔으면 좋았을걸! 사실 벌써 좋아하는 사람이 생겼어. 하지만 그런 건 아무래도 상관없어. 당신이 위로해준다면." 이렇게 말할 생각이었지만, 앙드레가 오기 직전에 알베르틴이 약속을 어기기라도 하면, 내 심장은 벌써 벌렁벌렁 뛰었고, 다시는 알베르틴을 만나지 못할 듯한 기분이 들어 정말로 그녀가 좋아지고 마는 일이 한두 번이 아니었다. 그리고 마침내 앙드레가 오면 나는 진심으로 말했다. "어쩐다지, 좀더 일찍 와주었으면 좋았을걸. 사실 난 이미 좋아하는 사람이 있어(우연히 알베르틴이 뱅퇴유 아가씨와 아는 사이라는 말을 들은 뒤에, 파리에서 앙드레에게 그렇게 말한 것처럼)." 앙드레는 내가 일부러 거짓말한 거라고 생각할지도 모르지만, 실제로 전날 알베르틴과 사이좋게 보냈다 해도 나는 또한 같은 말을 했으리라. 하지만 알베르틴이 뱅퇴유 아가씨와 아는 사이라는 말을 들었을 때 알베르틴은 앙드레로 대체되었기 때문에 이 경우에 사랑은 양자택일한 것이었고, 따라서 한 번에 하나의 사랑밖에 없었던 셈이다. 그러나 그 전에는 내가 동시에 두 아가씨와 사이가 반쯤 틀어진 일도 있었다. 그때 먼저 내게 다가온 아가씨는 마음에 평정을 되찾겠지만, 내가 사랑하게 되는 사람은 사이가 틀어진 채로 있는 다른 한 여인일 것이다. 그렇다고 첫 번째 아가씨와 맨 마지막에 맺어지는 일이 불가능한 것은 아니다. 왜냐하면 그녀는 충분하지는 않지만 두 번째 아가씨의 야멸찬 태도에 대한 위로가 되어주기 때문이며, 두 번째 아가씨가 돌아오지 않으면 나는 결국 그녀를 잊게 되기 때문이다.

그런데 적어도 어느 한쪽은 돌아올 거라고 믿었지만 한동안 그 어느 쪽도 돌아오지 않는 난감한 경우도 있다. 그럴 때 나는 이중의 고뇌, 이중의 사랑 속에서 언젠가 돌아올 아가씨는 사랑하지 않게 될 가능성을 미루면서, 그때까지 양쪽 모두 때문에 괴로워했다. 이것은 어떤 숙명이 일찌감치 찾아온 것이며, 그때 사람은 상대인 인간을 사랑하는 게 아니라 버림받았으므로 사랑하게 되는 것이다. 그렇게 되면 상대의 얼굴도 흐려지고 상대의 마음 따위는 없는 것과 다름없으며, 바로 얼마 전에 어떻게 이쪽을 좋아하게 되었는지 설명하지도 못한 채 결국 그 사람에 대해 오직 한 가지밖에 모른다. 더는 괴로워하지 않아도 되도록 그 사람한테서 "만나주시겠어요?"라는 말을 들어야만 한다는 사실이다. "알베르틴 아가씨는 떠나셨습니다." 프랑수아즈가 이 말을 전한 날의 그녀와의 이별은, 약해지기는 했지만 수많은 이별의 우의(寓意) 같은 것이었다. 왜냐하면 우리는 자신이 사랑하고 있음을 발견하기 위해, 어쩌면 누군가를 사랑하기 위해서도 가끔은 이별의 날이 찾아올 필요가 있기 때문이다.

바람맞거나 거절당했으므로 선택이 결정되는 경우, 고통에 매질당한 상상력은 재빨리 활동을 시작하여 이제 막 싹이 텄을 뿐 아직 모양도 갖춰지지 않은 사랑, 몇 달 전부터 전조가 보이는 상태에 머무는 운명에 있었던 사랑을 놀라운 속도로 발전시키기 때문에, 때로는 지성이 감성을 따라가지 못하고 놀람의 비명을 지르는 일도 있다. "자네 미쳤나, 무슨 생각으로 그토록 괴로워하는 건가? 그런 건 다 현실이 아니야." 실제로 그때, 만약 불성실한 여자가 성가시게 달라붙지 않는 한, 적당한 육체적 기분전환으로 마음이 가라앉으면 그것만으로도 이미 사랑은 좌절될 것이다. 어쨌든 알베르틴과의 생활이 비록 본질적으로 필연적이지는 않았다 해도 내게는 없어서는 안 되는 것이 되고 말았다. 게르망트 부인을 사랑하고 있었을 때 내가 두려워서 전전긍긍했던 것은, 그녀가 너무나 강력한 여러 유혹의 수단을 지녔다고 생각했기 때문이고, 그 아름다움뿐만 아니라 지위와 부도 갖추고 있어서, 어떤 남자에게 몸을 맡기든 자유로운 처지였던 그녀가 도저히 내 손이 미치지 않는 존재로 보였기 때문이다. 알베르틴은 가난하고 보잘것없는 출신이라 틀림없이 나와의 결혼을 원하고 있었을 것이다. 그런데도 나는 그녀를 독점할 수가 없었다. 사회적인 조건과 앞날을 내다보는 눈이 어떻든, 사람은 사실 타인의 생활을 지배할 수 없는 법이다.

"나, 그런 취향을 가지고 있어요." 어째서 그녀는 이렇게 털어놓지 않았을까? 그랬으면 나는 양보하고, 그것을 만족시키도록 허락했을 텐데. 내가 읽은 어떤 소설에 나오는 여자는, 사랑하는 남자가 무슨 말을 해도 진실을 얘기할 용기가 나지 않았는데 나는 그것이 어리석은 설정이라고 생각했다. 나 같으면 무슨 일이 있어도 여자가 고백하게 만든 다음 서로 대화를 나눴을 것이다. 도대체 이런 쓸데없는 갈등을 일으켜 뭘 어쩌겠다는 건가? 그러나 이제야 나는 깨달았다. 그런 갈등을 만들지 않겠다고 결심해도 좀처럼 생각대로 잘 되지 않으며, 자신의 의지가 잘 알고 있다 한들 남들이 거기에 기꺼이 따라와주지 않는 법이다. 그런데도 우리는, 우리를 지배하는 이 피할 수 없는 괴로운 진실, 우리 눈에 보이지 않는 진실, 즉 우리 감정의 진실과 운명의 진실을 자신도 모르는 사이에 무심코 말해버리는 일이 얼마나 많은가! 처음에는 거짓말을 한 것이지만, 나중에 일어난 사건이 그 말에 예언적인 의미를 부여하는 것이다. 많은 말들이 머릿속에 떠오른다. 그때는 두 사람 다 거기에 진실이 들어 있는 줄 모르고 입에 올리거나 연극을 하는 기분으로 말하기도 했지만, 모르는 사이에 그 속에 이미 내포되어 있었던 것에 비하면 그 말들의 기만성은 더할 나위 없이 작아서 거의 흥미를 끌지 못했으며, 그야말로 우리의 졸렬한 불성실함에 한정되어 있었다. 거짓말과 실수는 우리가 깨닫지 못한 깊은 현실 바로 앞에 있고 진실은 그 건너편에 있다. 이를테면 우리의 성격에 대한 진실이 그러한데, 우리는 그 본질적인 법칙을 파악하지 못했으며 그것이 밝혀지려면 시간이 필요하다. 또 우리 운명에 대한 진실도 마찬가지다.

전에 나는 발베크에서 그녀에게 이렇게 거짓말을 한 적이 있다. "당신을 만나면 만날수록 당신이 더욱더 좋아지는 것 같아(그런데 이런 식으로 늘 친근하게 지내고 있었으므로, 질투를 통해 나는 정말로 그녀에게 끌리게 되었다). 난 당신의 정신 형성에 도움을 줄 수 있을 것같은 느낌이 들어." 파리에서는 이랬다. "명심해요. 당신에게 무슨 사고라도 일어난다면 난 슬픔에서 헤어나지 못할 테니까(이에 그녀는 대꾸했다. "하지만 사고는 언제라도 일어날 수 있는 걸요")." 그리고 파리에서 그녀와 헤어지고 싶은 척했던 날 밤에도 그랬다. "당신의 얼굴을 좀더 바라보게 해줘. 이제 곧 당신을 만날 수 없게 될 테니까. 그것도 영원히." 그러자 그녀는 주위를 둘러보면서 이렇게 말했다. "이 방과 책, 피아노, 이 집 전체를 이젠 볼 수 없게 되는군요. 믿을 수 없지만 사실이에요." 마지막으로 보내온 편지 몇 통 속에서 그녀는 아마 이건 말도 안 된다고 혼잣말하면서 이렇게 썼으리라. "나의 가장 좋은 부분을 당신 곁에 두고 가겠어요(실제로 내 기억의 충실함과 힘은 유감스럽게도 허약하기는 하지만, 지금도 기억 속에 남아 있는 것은 그녀의 지성이고 선의이며 아름다움이 아닐까)." 또 이렇게도 썼다. "해는 저물어가고 우리는 작별하려 하고 있었으니 두 가지 의미에서 모두 황혼 녘이었는데, 그 순간이 내 마음에서 사라지는 건 마음이 완전한 어둠에 갇힐 때일 거예요." 이 문구는 그녀의 정신이 그야말로 완전한 어둠에 갇히기 바로 직전에 쓴 것이다. 그날은 한순간에 지나가는 마지막 희미한 빛, 그 순간의 불안에 의해 무한하게 나누어 쪼개지는 빛에 감싸인 그녀는 아마도 우리의 마지막 산책을 생생하게 떠올렸으리라. 우리가 모든 것에 버림받는 그 순간, 마치 무신론자가 싸움터에서 그리스도교에 귀의하듯이 누구나 신앙을 잉태하는 그 순간, 그녀는 아마 연인에게 구원을 청했던 것이리라. 그녀가 그토록 자주 저주했던 연인, 그러나 또한 그토록 존경했던 연인에게. 그런데 그 연인은 잔인하게도—무엇보다 모든 종교는 비슷하므로—그녀가 자신이 누구인지 깊이 바라보고, 마지막으로 그를 생각하며 가까스로 그에게 죄를 고백한 뒤 그의 마음속에서 죽어가기를 원했던 것이다. 하지만 그런다고 뭐가 달라지겠는가? 설사 그녀에게 그때 자신이 누구인지를 바라볼 시간적 여유가 있었다 해도, 행복이 있는 곳과 해야 할 일을 우리가 이해할 수 있는 것은 그 행복이 더 이상 가능하지 않을 때이고 또 가능하지 않기 때문이며, 이제는 우리가 행복을 이룰 수 없기 때문이다. 그렇게 된 까닭은 우리가 가능한 한 그것을 뒤로 미루고 관념적이고 공허한 상상력 속에 내던져져, 무겁고 추한 생활환경에 파묻히지 않기 때문이다. 또한 자신이 언젠가 죽는다는 생각은 죽음 자체보다 잔인하지만, 그보다 더 잔인한 일은 누군가 타인이 죽었다고 생각하는 것이며, 한 사람을 삼켜버린 현실이 그 자리에 잔물결 하나 남기지 않고 다시 고요하게 펼쳐져 있다고 생각하는 것이다. 이제 그 사람이 없어 더 이상 그의 의지도 의식도 남지 않은 이 현실에서, 그가 살아 있었다는 생각을 하는 것은 어려운 일이다. 마치 바로 얼마 전까지 살아 있었던 그의 추억을, 다 읽은 소설 속의 인물이 남기는 실체가 없는 인상이나 추억과 동일시할 수 있다고 생각하는 것이 더할 나위 없을 만큼 어려운 일인 것처럼.

　적어도 내가 기뻐했던 것은, 죽기 전에 그녀가 그 편지를 썼다는 사실, 특히 살아 있었으면 돌아왔을 것임을 증명하는 마지막 전보를 쳤다는 사실이었다. 덕분에 모든 것은 마음의 위로를 받게 되었을 뿐 아니라 더욱 아름다웠던 것 같았고, 그 전보가 없었으면 불완전한 사건이 되어 예술로나 운명으로나 부족했을 성싶었다. 그러나 사실을 말하면 사건이 다르게 펼쳐졌다 해도 그 나름대로 예술과 운명의 모습이었으리라. 왜냐하면 모든 사건은 특별한 형태의 거푸집 같은 것이어서, 어떤 사건이든 그것에 의해 중단되고 결론이 내려진 것처럼 보이는 일련의 사실에 하나의 구도(構圖)를 강요하기 때문이다. 우리는 그것을 대신할 수 있는 구도를 모르므로 이것만이 유일하게 가능한 것이라고 믿는다.

"나, 그런 취향을 가지고 있어요." 어째서 그녀는 이렇게 털어놓지 않았을까? 그랬으면 나는 그녀에게 양보하고, 그것을 만족시키도록 허락하여, 지금 이 순간에도 여전히 그녀를 품에 안고 있었을 텐데. 하지만 그녀는 나를 떠나기 사흘 전에도 뱅퇴유 양의 여자친구와 그런 관계였던 적은 한 번도 없었다고 거짓 맹세를 했는데, 그 일을 이제 와서 돌이켜봐야 한다는 건 얼마나 슬픈 노릇인가! 게다가 그렇게 맹세하는 순간에도 붉어진 그녀의 얼굴이 그 관계를 고백하고 있었다! 가엾게도, 적어도 그녀는 그날 베르뒤랭 댁에 가고 싶어한 마음속에 뱅퇴유 양과 그 여자친구를 다시 만나는 기쁨은 전혀 들어 있지 않았다고 거짓으로 맹세하지는 못하는 정직함은 지니고 있었던 것이다. 어째서 그녀는 깨끗하게 고백해버리지 않았던 걸까? 하기야 그녀가, 내가 아무리 부탁해도 거부하며 절대로 "나, 그런 취향이 있어요" 말할 수 없었던 것은, 어쩌면 조금은 내 탓이었는지도 모른다. 아마 어느 정도는 내게도 잘못이 있었으리라. 왜냐하면 발베크에서 캉브르메르 부인이 찾아온 날, 그 방문 뒤에 처음으로 알베르틴과 이 일로 말다툼을 벌였을 때, 설마 그녀가 앙드레에게 깊은 우정 이상의 감정을 가지고 있을 줄은 꿈에도 몰랐던 나는 그런 소행에 대한 혐오감을 심한 말로 비난했기 때문이다. 내가 그런 것은 너무도 싫어한다고 솔직하게 말했을 때 알베르틴이 얼굴을 붉혔는지 어쨌는지는 기억나지 않는다. 나는 그것을 기억하지 못했다. 어떤 순간에 누가 어떤 태도를 취했는지, 우리는 훨씬 뒤에 가서야 궁금해하는 일이 많은데, 그때는 전혀 주의를 기울이지 않다가도 나중에 그 대화를 돌이켜보면, 상대의 태도에 따라 특별히 어려운 문제도 밝혀질 듯한 생각이 든다. 그러나 우리 기억에는 빈 곳이 있게 마련이어서 그 일에 대해서는 어떤 흔적도 찾을 길이 없다. 게다가 우리는 흔히 중요한 순간에도, 이미 중요하다고 생각한 사항에 충분한 주의를 기울이지 않을 때가 있는데, 어떤 말을 귀담아듣지 않거나 어떤 동작에 유의하지 않고, 또는 그것을 잊어버리기도 한다. 나중에 가서야 진실을 밝히려고 분발하면서 증언집처럼 기억을 들여다보며 차례차례 추론을 거듭하지만, 막상 그 문구와 동작에 다다르면 도무지 생각이 나지 않는 것이다. 같은 길을 스무 번이나 다시 더 들어도 소용없고, 길은 거기서 조금도 더 나아가지 않는다. 그녀가 얼굴을 붉혔을까? 그녀가 얼굴을 붉혔는지 어땠는지는 알 수 없지만 그때 내가 한 말이 그녀의 귀에 들리지 않았을 리는 없다. 아마도 나중에 그녀가 내게 고백해야 겠다고 생각했을 때, 내 말에 대한 기억이 그녀를 말렸으리라. 그리고 이제 그 녀는 어디에도 존재하지 않는다. 지구 끝에서 끝까지 아무리 내달려도 알베르 틴을 만나는 것은 불가능하다. 그녀 위에 닫혀버린 현실은 다시 평탄해졌고, 바닥에 가라앉은 사람의 존재는 흔적도 없이 지워졌다. 그녀는 이제 하나의 이름에 지나지 않는다. 마치 옛날의 지인들이 별다른 관심도 없이 "멋진 분이 었지" 말하는 그 샤를뤼스 부인처럼.

  나는 한순간 알베르틴의 의식에는 없는 이러한 현실의 존재를 언뜻 떠올렸 지만 그 이상 계속하는 것은 불가능했다. 내 마음속에서는 연인의 존재가 너 무나 강렬하여, 모든 감정과 사고가 그녀의 삶과 이어져 있었기 때문이다. 만 약 그 사실을 그녀가 알았다면, 자신의 생명이 끝장나버린 지금도 연인이 잊 지 못하는 것을 보고 감동했을지도 모르고, 전 같으면 관심을 받지 못했던 것 에도 마음이 아팠을지도 모른다. 그러나 상대를 배신하는 일은 아무리 대놓고 그러지 않아도 삼가고 싶은 법이라, 그만큼 우리는 사랑하는 여자로부터 배신 당할까 봐 두려워하는데, 그래서 나는 만약 죽은 자들이 어딘가에 살고 있다 면, 내가 알베르틴을 기억하고 있다는 사실을 그녀가 알고 있는 것처럼, 할머 니도 내가 할머니를 잊어버렸다는 사실을 알고 있을 거라고 생각하자 오싹 소 름이 끼쳤다. 잘 생각해보면 똑같은, 한 죽은 여성에 대해 그녀가 몇 가지 사 실을 알아준다는 걸 아는 기쁨이 반드시 그녀가 '모든 것'을 알고 있을 거라고 생각하는 공포를 메워주지는 않는다. 아무리 큰 대가를 치르더라도 우리는 사 랑했던 친구들에게 심판받는 것이 두려워 가끔 그들이 죽은 뒤에도 친구로서 그들의 추억을 계속 간직하는 일을 포기하는 게 아닐까? 알베르틴이 한 일을 알고 싶어하는 나의 강한 질투 섞인 호기심은 끝이 없었다. 몇몇 여자들에게 돈까지 쥐여주고 알아내려 했지만 아무 소득도 없었다. 이렇게까지 왕성한 호 기심은 우리에게 있어서 죽은 사람이 이내 죽어버리는 것이 아니라 어떤 생명 의 신령스러운 기운에 싸여 있기 때문이며, 그것은 결코 진정한 불사(不死)는 아니지만 그로 인해 망자는 살아 있을 때와 마찬가지로 우리의 생각을 계속 지배하고 있다. 죽은 자는 말하자면 여행을 떠난 것과 같다. 죽은 뒤의 삶은 더할 나위 없이 이교적(異敎的)이다. 반대로 이쪽에서 사랑을 끝낸 경우는, 상 대가 죽기 전에 그를 부추겼던 호기심이 죽어버린다. 그래서 나는 어느 날 저녁, 질베르트가 함께 샹젤리제를 산책했던 상대가 누군지 알려고 조금도 애쓰지 않았던 것이리라. 그런데 내가 분명히 느꼈지만 그런 호기심은 어느 것이나 모두 비슷하여 그 자체에는 가치가 없고 지속되는 것도 아니다. 알베르틴과의 어쩔 수 없었던 이별도 그녀가 죽었으므로, 내 쪽에서 헤어진 질베르트의 경우와 마찬가지로 무관심에 이르리라는 사실은 알고 있었지만, 그래도 나는 한때의 호기심을 잔인한 형태로 만족시키기 위해 모든 것을 계속 희생해왔다. 특히 그 때문에 나는 에메를 발베크에 보냈는데, 그러면 그곳에서 여러 가지 사실을 알아낼 듯했기 때문이다.

만약 알베르틴이 미리 무슨 일이 일어날지 알았더라면 아마 내 곁을 떠나지 않았으리라. 하지만 그렇게 말하는 것은 그녀가 자신이 죽은 모습을 본 순간, 차라리 내 곁에 남아 있을 걸 그랬다고 생각할 거라고 말하는 것과 같다. 이런 가정은 그것이 품고 있는 모순 자체 때문에 어리석은 것이다. 그러나 그것은 완전히 무해하지는 않았다. 그도 그럴 것이 만약 알베르틴이 알고 있었다면, 과거를 뒤돌아보고 이해할 수 있었다면, 그녀도 내 곁으로 돌아오는 것을 행복하게 느꼈을 거라고 상상한 덕분에, 내 곁에 있는 그녀의 모습이 내 눈앞에 선명하게 떠올라 그녀에게 입맞춤하고 싶은 욕망이 솟아났다. 하지만 슬프도다, 그것은 불가능한 일이었으니! 그녀는 두 번 다시 돌아오지 않는다. 죽어버렸으니까. 내 상상력은 저녁이 되면 하늘에서 그녀의 모습을 찾았다. 예전에는 그런 시간에 그녀와 둘이서 하늘을 바라보곤 했다. 그녀가 사랑했던 이 달빛 너머 그녀가 있는 곳까지 나는 내 사랑을 높이려고 애쓴다. 그 사랑이 그녀에게 더 이상 살아 있지 않은 것에 대한 위안이 되어주길 바라기 때문이다. 이토록 먼 존재가 된 사람에 대한 이 사랑은 종교 같았고, 그녀를 생각하는 내 마음은 마치 기도처럼 그녀를 향해 높이 올라갔다. 욕망이 강렬하면 믿음을 낳는다. 나는 알베르틴이 떠나는 일은 없을 거라고 믿었는데, 그것은 내가 그렇게 원했기 때문이다. 또 내가 그렇게 원하므로 그녀는 죽지 않았다고 나는 믿었다. 나는 기도나 주문으로 신을 내리게 하는 강신술(降神術)에 대한 책을 읽고 영혼은 불멸일지 모른다고 생각하기 시작했다. 하지만 그것만으로는 충분치 않았다. 내가 죽은 뒤에 본디 육신을 가진 그녀를 찾아내야 했다. 마치 영원함이 생명과 닮기라도 한 것처럼. 생명이라고? 말도 안 돼! 난 좀더 욕심이 많다. 나는 죽음에 의해서도 결코 쾌락을 빼앗기고 싶지 않았다. 그러나 쾌락을 빼앗는 것은 죽음만이 아니다. 죽지 않아도 쾌락은 결국 약해질 테니까. 이미 오래된 습관과 새롭게 일어나는 호기심의 작용으로 쾌락은 약해지기 시작했다. 게다가 살아 있다 해도 알베르틴은 육체적으로 조금씩 변했을 테고, 나는 날마다 그런 변화에 순응했을 것이다. 그런데 회상은 토막난 순간순간의 그녀밖에 떠올릴 수 없으므로, 회상이 원하는 것은 이를테면 살아 있어도 더 이상 그런 모습이 아닌 알베르틴과의 재회였다. 회상이 원하는 바는 하나의 기적이며, 그것은 과거에서 벗어날 수 없는 기억이 멋대로 만들어내는 자연스러운 한계와 대응한다. 그러나 나는 그 살아 있는 인간을 고대 신학자 같은 순진무구함으로 상상했고, 그때 스스로에게 들려주는 설명은 살아 있을 때 그녀가 했을지도 모르는 설명이 아니며, 더없는 모순이지만 그녀가 언제나 거부했던 것이다. 그리하여 그녀의 죽음이 어떤 꿈이 된 이상, 내 사랑은 그녀에게 예상치 못한 행복으로 여겨지리라. 내가 죽음에서 얻은 것은 모든 것을 단순화하여 처리해버리는 결말의 편리함과 낙천주의뿐이었다.

이따금 나는 우리 두 사람이 그리 멀지도 않고 딴 세상도 아닌 곳에서 맺어지는 것을 상상했다. 옛날 질베르트가 아직 샹젤리제에서의 놀이친구에 지나지 않았던 무렵, 집에서 저녁마다 나는 생각했다, 머지않아 그녀한테서 편지가 올 것이다, 그 편지에서 그녀는 사랑을 고백하겠지, 이윽고 그녀는 이 방에 들어올 거라고. 그때와 같은 강한 욕망이 처음 얼마 동안처럼 나를 방해하려는 물리적 법칙 따위는 아랑곳하지 않고(질베르트와의 경우에는 결국 욕망은 잘못되지 않았으며 마지막에는 승리를 거두었지만), 나로 하여금 이렇게 생각하게 했다. 언젠가 알베르틴한테서 편지가 올 것이다, 편지에 의하면 그녀가 말에서 떨어지는 사고를 당한 건 사실이지만 소설 같은 이유에서(말하자면 오래 전부터 죽은 것으로 알았던 작중인물에게 흔히 일어나듯이) 씻은 듯이 나은 것을 내게 알리고 싶지 않았고, 지금은 후회하며 앞으로 오래도록 나와 함께 살기를 원하고 있음을 알게 될 거라고. 그리고 나는, 이성적으로 보이는 사람도 한편으로는 어떤 가벼운 광기라고 할 수 있는 정열에 앞뒤를 헤아리지 않고 움직이는 일이 있다고 나 자신에게 들려주면서, 그녀가 죽었다는 확신과 더불어 방에 들어오는 모습을 보고 싶다는 끊임없는 희망이 내 안에 함께 존재하고 있음을 느꼈다.

에메한테서는 아직 기별이 없었지만 그래도 그는 이미 발베크에 도착해 있을 터였다. 물론 나의 조사 대상은 제멋대로 선택한, 아무래도 상관없는 사항이다. 만약 알베르틴의 생활이 정말로 죄를 짓는 것이었다면 이보다 훨씬 더 중대한 사실을 많이 포함하고 있었을 테지만, 마치 목욕 가운 애기가 나오자 알베르틴이 얼굴을 붉힌 것이 완전한 우연이었듯이, 그러한 중대한 사실에 다다를 기회가 주어지지 않았던 것도 우연이었다. 그런 것은 본 적이 없는 이상, 내게는 전혀 존재하지 않았던 것이다. 그러나 내가 그날을 특별하게 다루어서, 몇 년이나 지난 뒤에 그 하루를 재구성하는 것은 순전히 내 멋대로 하는 일에 지나지 않았다. 만약 알베르틴이 여자를 사랑한 여자였다면, 그녀의 생애에는 나로서는 무엇을 한 건지 알 수 없는 수많은 다른 날들이 있었을 테고, 알았다면 그런 날들도 나의 흥미를 끌었을지 모른다. 나는 발베크의 수많은 다른 장소에, 발베크 외의 수많은 도시에 에메를 보낼 수도 있었을 것이다. 하지만 나는 그런 날들이 어떻게 사용되었는지 몰랐으므로 내 상상력에는 떠오르지 않았으며, 따라서 상상력 속에 존재하지 않았던 것이다. 사물과 사람이 내게 존재하는 것은 나의 상상력 속에서 개성적인 존재가 되었을 때부터다. 만약 비슷한 것이 그 밖에도 헤아릴 수 없을 만큼 많다면, 그러한 사물과 사람은 내게 수많은 것을 대표하는 것에 지나지 않는다. 알베르틴에 대한 의혹 때문에 나는 오래전부터 샤워실에서 무슨 일이 있었는지 알고 싶었다. 그것은 바로 여자에 대한 욕망을 느낄 때이며, 그 밖에도 많은 젊은 아가씨들과 하녀가 있다는 사실을 알면서도 매음굴에 드나드는 그런 아가씨와 퓌트뷔스 부인의 하녀만 사귀고 싶은 것과 같다. 다른 아가씨와 하녀도 이 두 사람에 못지않을지도 모르고 우연히 그녀들에 대한 소문을 들을 기회도 충분히 있었지만, 그래도 생루한테서 들은 것은 이 두 사람에 대한 애기였기에 그들은 내게 개성적인 존재가 된 것이다. 내 건강 상태, 우유부단함, 그리고 생루의 말마따나 나의 '다음 날로 미루는' 버릇 때문에 아무것도 이루지 못하고, 어떤 의혹의 해명도 욕망의 성취와 마찬가지로 지금까지 하루하루, 한 달 한 달, 1년 1년, 나는 미루기만 했다. 그러나 나는 그 의혹을 결코 잊지 못하고 언젠가는 반드시 진실을 밝히리라 마음먹고 있었다. 왜냐하면 그 의혹이 줄곧 머리에서 떠나지 않았으므로(다른 의혹은 형태를 이루고 있지 않아서 내게는 없는 것이나 같았다), 또 현실 속에서 가끔씩 하필 그런 의혹이 선택되었다는 사실 자체가, 그것을 통해 얼마쯤 현실에 대해 알고자 했던 진정한 진실을 접할 수 있는 보증으로 생각되었기 때문이다. 게다가 단 하나의 작은 사실이라도 선택 방법만 적절하다면, 실험자가 수없이 많은 비슷한 사실에 대한 진리를 알리는 일반적인 법칙을 결정하는 데 충분하지 않을까. 실제 생활의 과정에서 다른 알베르틴이 차례차례 내 앞에 나타났듯이 기억 속에서도 그녀는 세분화된 시간으로서 존재하고 있었는데, 나는 그녀를 하나(unité)로 회복시켜 하나의 인간으로 만들어내고, 그런 그녀에 대해 한데 모아 판단하고 싶었다. 그녀가 정말 내게 거짓말을 했는지, 정말로 여자들을 사랑하고 있었는지, 내 곁에서 떠난 이유가 여자들과 자유롭게 어울리기 위해서였는지 알고 싶었다. 샤워실을 담당한 여자가 하는 말은 어쩌면 알베르틴의 품행에 대한 의문에 영원히 마침표를 찍어줄지도 몰랐다.

나의 의혹! 아뿔싸, 알베르틴이 떠난 뒤, 내가 말도 안 되는 착각을 하고 있었던 것이 밝혀질 때까지 나는 이제 그녀를 만나지 못해도 상관없다. 아니 차라리 그편이 나을 거라고 믿었다. 이따금 내가 그녀의 죽음을 원하고 있다고 생각하거나, 그렇게 되면 해방될 거라고 상상한 것이 얼마나 잘못된 일이었는지 그녀의 죽음을 통해 비로소 뼈저리게 느꼈다. 마찬가지로 에메가 보낸 편지를 받았을 때, 그때까지 알베르틴의 품행에 의혹을 품으면서도 그다지 심하게 괴로워하지 않았던 것은, 솔직히 말해 그것을 조금도 의심하지 않았기 때문임을 나는 이해했다. 나의 행복과 생활을 위해서는 알베르틴이 정숙한 여자여야만 했다. 그래서 그녀는 그런 여자라고 내 멋대로 믿어 의심치 않은 것이다. 그러한 신념으로 미리 몸을 보호하고 있었기에 나는 아무런 위험도 느끼지 않았고, 정신이 여러 슬픈 상상을 하도록 내버려두었다. 정신은 그런 상상에 형태를 부여하긴 했으나 그것을 믿지는 않은 것이다. '그녀는 아마도 여자를 좋아할 것이다.' 내가 이렇게 생각했던 것은 마치 '나는 오늘 밤 죽을지도 모른다'고 생각하는 것과 같았다. 사람은 그렇게 생각해도 실제로 믿지 않으며, 그래서 다음 날의 계획을 세우기도 한다. 그러므로 알베르틴이 정말 여자를 좋아하는지 어떤지 확신할 수 없다고 잘못 생각해버린 나는 그 결과 설사 그녀가 죄를 저질렀다 해도, 내가 늘 생각해온 것 말고는 아무 일도 일어날 리 없을 거라고 믿는 바람에 에메의 편지가 불러일으킨 인상, 다른 사람들에게는 하잘 것없는 그 인상과 마주했을 때 생각지도 않았던 고뇌, 그때까지 느낀 것 중 가장 혹독한 고뇌를 느끼게 된 것이다. 그 고뇌는 그러한 인상에서—그것은 아!

알베르틴 자신의 인상이지만—화학에서 말하는 어떤 침전물을 만들어냈는데, 거기서는 모든 것이 떼어놓을 수 없는 관계에 있어서, 에메의 편지에 적혀 있었던 문구만을 상투적인 수법으로 떼어놓고 보아도 전혀 이해할 수 없었다. 왜냐하면 편지 속에 있는 하나하나의 낱말은, 그것이 불러일으킨 고뇌 때문에 당장 모양이 바뀌어 영원히 어떤 색깔을 뒤집어 쓰고 말았기 때문이다.

　"삼가 아룁니다.
　좀더 일찍 소식 전하지 못한 점, 용서하십시오. 저에게 만나라고 분부하신 분이 이틀 동안 집에 없었습니다. 저에게 베푸신 신뢰에 보답코자 빈손으로 돌아가고 싶지 않았습니다. 마침내 그분과 얘기할 수 있었는데, 그분은 (A양)에 대해 잘 기억하고 계시더군요(어느 정도 교양을 익히기 시작했던 에메는 'A양'을 이탤릭체로 쓰거나 인용부호(")로 묶을 작정이었나 보다. 하지만 그는 인용부호를 쓴다는 게 소괄호를 쓰고, 괄호로 묶으려고 할 때는 인용 부호에 넣어버렸다. 프랑수아즈도 이와 마찬가지로 누구누구가 나와 같은 동네에 살고 있다(demeurer)고 말하고 싶을 때는 그곳에 남아 있다(rester)고 말하고, 남아 있어도 된다고 말하고 싶을 때 잠깐 살아도 된다고 말한다. 서민들이 저지르는 어법상 오류는 대부분—하기야, 프랑스어 자체가 흔히 그렇지만—그저 낱말을 뒤바꿔서 말하는 것뿐이다. 그것이 몇 세기를 거치는 동안 이러한 낱말은 완전히 뒤바뀌고 만다).
　이분 얘기에 따르면 도련님의 추측이 분명 확실합니다. 첫째 알베르틴 아가씨가 오실 때마다 시중 든 사람은 그녀였습니다. A양은 나이가 위이고 늘 회색 옷을 입는 키 큰 여성과 함께 자주 샤워를 하러 왔고, 샤워실을 담당하는 여자는 그 여성의 이름은 모르지만 젊은 아가씨들을 뒤쫓는 걸 자주 봤기 때문에 잘 안다는군요. 그러나 그 여성은 (A양)과 알게 된 뒤부터는 다른 아가씨는 거들떠보지도 않았다고 합니다. 그녀와 A양은 번번이 탈의실에 들어가서 오래도록 나오지 않기 일쑤였으며, 또 회색 옷차림의 여성은 저와 얘기한 사람에게 적어도 10프랑의 봉사료를 주었다는군요. 그녀가 저한테 말했듯이, 그 사이에 그저 구슬을 실에 꿰는 짓이나 했다면 물론 그녀에게 10프랑이나 되는 돈을 주지는 않았겠지요. 또한 A양은 가끔 피부가 매우 검고 손잡이가 달린 안경을 든 여성과도 같이 왔답니다. 그러나 (A양)이 가장 자주 함께 온 것은 나이가 어린 아가씨들로, 그중에서도 특히 다갈색 머리칼의 아가씨하고 왔답니다. 회색 옷차림의 여성은 빼고, A양이 늘 데려오는 이는 발베크 사람이 아니라 꽤 먼 데서 온 사람인 듯했다는군요. 그녀들은 절대 함께 들어오는 일이 없었고, A양이 들어올 때, 친구를 기다리고 있으니 탈의실 문을 열어두라고 부탁했답니다. 저와 얘기한 사람은 그게 무슨 의미인지 잘 알고 있더군요. 이 사람은 다른 일은 기억이 가물가물하다면서 상세한 것은 얘기해주지 않았습니다, '워낙 오래된 일이니까요'. 게다가 그는 매우 조심성 있는 사람인 데다 또 A양이 두둑하게 돈을 벌 수 있게 해주었기 때문에 함부로 꼬치꼬치 알려고 하지 않았던 거지요. 그런데 돌아가셨다는 말을 듣고 진심으로 안타까워하더군요. 정말 그처럼 젊은데 돌아가셨으니 본인에게나 가족에게나 큰 불행이 아닐 수 없습니다. 발베크에서는 이제 더 알아낼 게 없을 것으로 생각되는데, 제가 이곳을 떠나도 좋을지 도련님의 분부를 기다리겠습니다. 다시 한 번 이 작은 여행을 시켜주신 데 대해 감사의 말씀을 드립니다. 날씨가 더할 나위 없이 좋아서 정말 쾌적한 여행이었습니다. 올해도 좋은 계절이 될 듯합니다. 도련님께서 이번 여름에 찾아와주시기를 다들 손꼽아 기다리고 있습니다.

관심이 있으실 것 같은 점은 다 말씀드렸기에, 이만."

이러한 말들이 내 마음에 얼마나 깊이 파고들었는지 이해하려면, 알베르틴에 대해 자문했던 것이 부차적이며 아무래도 상관없는 사소한 문제가 아니라는 점을 돌이켜봐야 한다. 실제로, 우리가 자기 이외의 모든 사람에 대해 묻는 것은 그러한 사소한 문제뿐이다. 그렇기에 우리는 타인의 침투를 허용하지 않는 생각의 비옷을 입고서 고뇌, 거짓말, 악덕, 죽음 등의 한복판을 걸어갈 수 있다. 그런데 알베르틴에 대한 한, 그 의문은 본질적인 것이었다. 즉 그녀의 정체는 무엇이었나? 그녀는 무엇을 생각하고 무엇을 사랑하고 있었는가? 왜 내게 거짓말을 했을까? 그녀와의 생활은 스완이 오데트와 함께했던 생활처럼 비참했었나? 따라서 에메의 편지는 일반적인 것이 아니라 특수한 사항에 대한 대답이었지만—바로 그것 때문에—알베르틴과 나의 깊숙한 곳까지 다다라 있었다. 마침내 나는 좁은 길을 걸어 회색 옷을 입은 여성과 함께 샤워실에 이르는 알베르틴에게서 지난날의 한 단편을 생생하게 보았다. 그 과거는, 지난날 알베르틴이 간직한 추억 속에 갇혀 그녀의 시선 속에 한정되어 있는 것으로 상상했을 때, 나를 무척이나 두려움에 떨게 했는데, 지금도 그때 못지않게 무서운 수수께끼로 여겨졌다. 아마 나 아닌 다른 사람이라면 누구든, 그런 사소한 일은 하잘것없다고 생각했을지도 모른다. 그러나 알베르틴이 죽은 지금, 그녀가 그것을 반박하는 것은 불가능하므로 거기에 어떤 개연성이 주어졌다. 그뿐 아니라 알베르틴의 경우, 혹시 그런 일이 사실이었다 해도 만약 그것을 자기 입으로 고백했더라면, 아마 그녀 자신의 잘못도—그녀의 양심이 그것을 죄가 아니라고 생각했든, 비난받아야 마땅한 것으로 보았든, 또 그녀의 관능이 그것을 감미롭게 느꼈든, 완전히 따분한 것으로 여겼든—내가 그것과 연관시킨 그 말할 수 없는 불쾌함도 느끼지 않았을지 모른다.

나도 여자들에 대한 나의 사랑으로 미루어 비록 알베르틴에게 있어서 여자들이 똑같지는 않다 해도, 그녀가 무엇을 느꼈을지는 어느 정도 상상할 수 있었다. 내가 그토록 자주 욕망을 느꼈듯이 그녀도 욕망에 불타 있었으리라. 내가 그녀에게 가끔 거짓말을 한 것처럼 그녀도 내게 거짓말하고, 내가 스테르마리아 양과 그 밖에 많은 여성들에게, 또는 시골에서 만난 농가 아가씨들에게 그랬던 것처럼 그녀도 이 아가씨 저 아가씨에게 빠져서 그로 말미암아 많은 돈을 썼을 것이다. 그런 그녀를 떠올리자, 벌써 그것만으로도 내 마음이 아프기 시작했다. 그렇다, 내가 느낀 모든 욕망은 어느 정도 그녀의 욕망을 이해하는 데 도움이 되었다. 그러나 그것은 이미 심한 고통이기도 하여, 옛날에 경험한 모든 욕망이 격렬하면 격렬할수록, 훨씬 더 잔인한 고통으로 바뀌는 것이었다. 마치 이 감수성의 대수학(代數學)에서 욕망은 같은 계수(係數)로 다시 나타나지만, 그 플러스 기호가 마이너스로 변한 것과 같다. 나 자신의 경우에서 판단하건대, 알베르틴이 아무리 자신의 잘못을 숨기려 했어도—숨기려고 한 이상 스스로 죄의식을 느꼈거나, 내가 고통스러워할까 봐 두려워했을 거라는 상상이 성립되었지만—그녀에게 그 잘못은 욕망이 작용하는 상상력의 밝은 빛 속에서 마음껏 준비한 것이므로, 분명 인생의 다른 부분과 같은 성질로 보였으리라. 그것은 그녀에게는 거부할 용기가 없었던 쾌락이고, 내게는 그녀가 오로지 숨김으로써 내게 주지 않으려 했던 고통이지만, 그 쾌락도 고통도 그녀에게는 인생의 여느 쾌락이나 고통과 다름없는 것이었다. 그런데 내 경우, 샤워실에 도착하여 봉사료를 준비하고 있는 알베르틴의 다양한 영상은 아무런 예고도 없이, 또 스스로 그 영상을 차분히 만들어낼 여유도 없이, 에메의 편지에 의해 바깥쪽에서 찾아왔다. 그래도 나는 지금 전보다 더욱 그녀를 사랑하고 있었다. 그녀는 멀리 있었다. 하지만 사람이 눈앞에 있다는 것은 머리로 생각하는 유일한 현실을 우리로부터 떼어놓아 고통을 덜어주는 데 비해, 눈앞에 없다는 것은 사랑과 더불어 고통을 다시 불러일으킨다.

알베르틴이 회색 옷을 입은 여성과 함께 말 한마디 하지 않고 굳게 결심한 듯한 표정으로 거기에 찾아왔다는 사실에서 내가 읽은 것은 두 사람이 미리 야속하고 만났다는 사실이고, 샤워실 안에서 애욕에 탐닉한다는 합의이며, 그것은 부패한 생활의 경험을 포함하는 동시에 완전한 이중생활의 구조가 교묘하게 은폐되어 있음을 보여주고 있었다. 또 머리에 떠오르는 이러한 것은 무서운 형태로 알베르틴의 죄악을 내게 알려주었다. 틀림없이 그것 때문일 것이다. 그러한 인상이 곧바로 육체적인 고통을 가져와 그 고통과 떼어놓을 수 없게 된 까닭은 고통도 이내 반사되어 그 인상에 영향을 주었다. 하나의 객관적인 사실, 하나의 인상은 그것에 다가갈 때의 마음 상태에 따라 다르다. 또한 고통은 도취와 마찬가지로 현실을 강력하게 바꿔버린다. 회색 옷의 여인, 봉사료, 샤워, 알베르틴이 회색 옷의 여인과 함께 굳게 결심한 듯한 표정으로 걸어온 길, 이러한 영상과 연관된 고뇌는 그것을 바로, 어느 누군가의 머리에 떠오르는 것과 전혀 다른 것으로 만들어버렸다. 거기서는 지금까지 한 번도 생각한 적 없는 거짓과 잘못으로 가득 찬 생활이 언뜻 떠오른다. 나의 고뇌는 당장 그 영상의 소재 자체를 바꿔버렸고, 나는 땅 위의 광경을 비추기 시작하는 빛 속에서 더는 그것을 바라보지 않았다. 그것은 딴 세상의 알 수 없는 단편이었다. 저주받은 행성의 한 조각이었으며 '지옥'의 광경이었다. 발베크 전체, 그 고장의 모든 토지가 '지옥'이었다. 에메의 편지에 의하면, 알베르틴은 그곳에서 자주 자신보다 어린 아가씨들을 불러 샤워실에 데려갔기 때문이다. 예전에 내가 발베크에서 상상했던 그 신비는 실제로 거기서 생활할 때는 흔적도 없이 사라지고 말았는데, 알베르틴을 알게 되면서 다시 그 신비를 파헤치고 싶다는 생각이 들었다. 왜냐하면 바닷가를 산책하는 그녀의 모습을 보고 그녀가 너무 진지하거나 딱딱한 여자가 아니기를 원할 정도로 그녀에게 빠져버렸을 때, 나는 그녀야말로 그 신비의 화신이 틀림없다고 생각했기 때문이다. 그런데 지금은 그 신비가 발베크에 대한 모든 것에 얼마나 무서운 형태로 스며들어 있단 말인가. 이를테면 그 아폴롱빌(Apollonville)*¹ 같은 역 이름도, 저녁에 베르뒤랭 댁에서 돌아오면서 들었을 때는 친밀감을 느끼게 하여 마음을 가라앉히는 이름이었다. 그러나 알베르틴이 그 하나의 도시에 머물며 또 하나의 도시로 산책을 나가고, 제3의 도시까지 자주 자전거를 타고 갔을지 모른다고 생각하게 된 지금은, 맨 처음 미지의 발베크에 도착하기 전에 할머니와 함께 작은 지방열차의 창문에 매달려 잔뜩 불안한 마음으로 그 역 이름을 되뇌었을 때보다 훨씬 더 잔인한 불안을 내 마음에서 불러일으켰다.

겉으로 나타난 사실의 진정한 모습과 마음으로부터 떠오르는 온갖 감정을 타인이 얼마나 이해할 수 없고, 또 얼마나 모든 추측이 가능한가를 깨닫게 하는 것이 질투가 가진 힘의 하나이다. 우리는 다양한 상황과 사람들의 생각을 정확하게 알고 있다고 생각하지만, 그것은 다만 그런 것을 마음에 두지 않기 때문일 뿐이다. 그러나 질투에 사로잡힌 사람처럼 알고 싶다는 욕망이 일어나자마자 당장 눈이 어지러운 만화경같이 아무것도 식별할 수 없게 되어버린다. 알베르틴은 나를 속인 걸까? 상대는 누구일까? 누구의 집에서? 언제의 일일까? 그녀가 내게 이러이러한 얘기를 했던 날인가? 아니면 낮에 내가 이런저런 얘기를 한 기억이 있는 날인가? 나는 아무것도 알 수 없다. 그녀가 나에 대해 품은 감정이 어떤 건지, 그 감정을 불어넣은 것은 타산인지 애정인지 그것도 알 수 없다. 불현듯 나는 어떤 하찮은 사건을 떠올린다. 이를테면 알베르틴이 생마르탱 르 베튀라는 이름에 흥미가 있다며, 그곳에 가고 싶어했던 일이다. 아마 그것은 단순히 그녀가 그곳의 어느 농가 아가씨를 알게 되었기 때문일 것이다. 하지만 에메가 샤워실 담당 여자한테서 듣고 그 사실을 알려줬어도 아무 소용이 없었다. 왜냐하면 그가 내게 그것을 가르쳐준 사실을 알베르틴은 영원히 알 리가 없기 때문이다. 그녀에 대한 내 사랑에서는, 알고 싶은 욕구보다 알고 있다는 사실을 보여주고 싶은 욕구가 늘 강했다. 그것은 서로 다른 환상을 품고 크게 벌어져 있었던 두 사람 사이의 거리가 그로 인해 사라지기 때문인데, 그렇다고 해서 그녀가 나를 전보다 더 사랑한 적은 한 번도 없었다. 오히려 그 반대였다. 그런데 그녀가 죽은 뒤로 내가 알고 있다는 것을 보여주고 싶은 제2의 욕구가, 알고 싶은 제1의 욕구가 가져오는 것과 합쳐졌다. 이런 사

---

*¹ 이 명사 다음에 프루스트가 손수 적은 '역이름(驛名)을 써넣을 것'이라는 말이 적혀 있음— 플레이아드판 주.

실도 알고 있어! 그녀에게 가르쳐주고 싶어지는 대화가 모르는 것을 묻고 싶어지는 대화만큼이나 생생하게 눈앞에 떠오른다. 즉 옆에 있는 그녀가 내게 다정하게 대답하는 목소리를 듣고 싶고, 얼굴이 뾰로통해지거나 눈에서 악의가 사라지고 슬픈 기분을 자아내는 것을 보고 싶은 것이다. 다시 말하면 아직도 그녀를 사랑하고 있었으며 고독한 절망 속에서 느껴지는 미칠 듯한 질투를 잊고 싶었다. 그러나 내가 무엇을 알았든 그것을 그녀에게 가르쳐주는 것은 영원히 불가능해졌다. 바로 조금 전에 알아낸 사실만 해도(그것을 알아낼 수 있었던 것도 아마 그녀가 죽었기 때문일 테지만) 그 진실을 바탕으로 두 사람의 관계를 내세울 수도 없게 된 지금, 그러한 불가능성 속에 숨어 있는 괴로운 사실은 그녀의 행동이 품고 있는 더욱더 괴로운 비밀로 바뀌어 슬픔을 가져왔다. 뭐라고? 샤워실에 대해 들은 이야기를 그토록 알베르틴에게 알리고 싶었다는 말인가? 이미 아무것도 아닌 알베르틴에게? 이것도 또한 죽음에 대해 생각할 필요가 생겼을 때 삶 말고는 아무것도 마음에 그릴 수 없다는, 우리가 놓인 그 불가능성이 낳은 결과의 하나였다. 알베르틴은 이제 아무것도 아니다. 하지만 내게는, 발베크에서 여자들을 몇 번이나 만난 것을 숨겼던 사람이고 감쪽같이 내가 속아넘어갔다고 생각했던 인물이다.

자신이 죽은 뒤 무슨 일이 일어날지 생각할 때, 우리가 실수로 그런 순간에 비춰보는 것은 여전히 살아 있는 자들의 모습이 아닐까? 그렇다 해도 이제 아무것도 아니게 된 여자가 자신의 6년 전 행동이 들통난 것을 모를 거라고 우리가 애석해하는 것은, 결국 1세기 뒤의 독자가 죽은 우리에 대해 여전히 호의적으로 화제에 올려주기를 바라는 것에 비해 훨씬 더 우스꽝스러운 일일까? 이를테면 후자가 전자보다 현실적인 근거를 더 많이 갖고 있다 해도 지나간 일을 질투하면서 내가 이러니저러니 슬퍼하는 것은, 분명 다른 사람들이 죽은 뒤에 영광을 원하는 것과 같은 착각에 뿌리내리고 있었다. 그래도 알베르틴과의 이별은 어쩔 수 없는 결정적인 일이라는 인상이 한순간 그녀의 잘못된 행동의 관념을 대신하더라도, 결국은 그것도 이 잘못을 더욱 돌이킬 수 없는 중대한 사실로 만들 뿐이다. 나는 마치 끝이 보이지 않는 모래사장에 홀로 남겨져서 어느 쪽으로 가도 절대로 그녀를 만날 수 없는 것처럼, 내 자신이 인생의 미아가 된 듯한 느낌이 들었다. 그러나 나는 정말 운 좋게 기억 속에서 찾아냈다—복잡하게 쌓여 있는 그 회상의 산 속에서 추억은 하나씩 흩어져서 비춰질 뿐이지만, 그래도 거기에는 위험한 것이 있는가 하면 유익한 것도 있고, 언제나 모든 종류의 것이 갖춰져 있는 법이어서—나는 거기서 장인(匠人)이 마치 자신이 만들고자 하는 것에 대해 유용한 물건을 발견하듯이, 할머니가 했던 어떤 말을 찾아낸 것이다. 할머니는 샤워실 담당 여자가 빌파리지 부인에게 들려준, 도저히 사실이라고 믿을 수 없는 어떤 이야기에 대해 내게 이렇게 말했다. "그 여자는 틀림없이 거짓말하는 병에 걸린 걸 거야." 이 기억은 내게는 참으로 고마운 구원이었다. 샤워실 담당 여자가 에메에게 한 말에 얼마만한 의미가 있을까? 게다가 그녀는 결국 아무것도 본 것이 없으니 더 말해 무엇하랴. 여자친구와 함께 샤워하러 온다고 해서 반드시 뭔가 나쁜 짓을 했다고는 생각할 수 없다. 아마 샤워실 담당 여자는 자랑삼아 봉사료 액수도 부풀렸으리라.

언젠가 한번 프랑수아즈가 이렇게 말하는 것을 들은 적이 있는데, 레오니 고모가 그녀 앞에서 "한 달에 100만 프랑 정도는 쓴다"고 딱 잘라 말했다는 것이다. 그것은 말도 안 되는 금액이었다. 어느 때는 레오니 고모가 욀라리에게 천 프랑짜리 지폐 네 장을 건네주는 것을 보았다고 했는데, 나로서는 50프랑 지폐 한 장을 넷으로 접어서 줬다는 말을 들었어도 설마하니 생각했으리라. 그런 식으로 나는 알고 싶은 마음과 괴로워하는 것에 대한 공포 사이를 끊임없이 오가면서, 그토록 고심하여 손에 넣은 괴로운 확신을 버리려고 애썼으며 조금씩 성공하고 있었다. 그러자 사랑하는 감정이 되살아났는데, 또한 그 사랑과 함께 알베르틴을 잃은 슬픔도 다시 살아나, 나는 아직 질투에 시달리고 있었을 때보다 더욱 비참한 기분에 빠졌다. 그러나 발베크의 일을 생각하는 동안 느닷없이 찾아온 그 영상 때문에 이번에는 질투가 되살아났다. 그것은(지금까지 단 한 번도 나를 괴롭힌 적이 없었고, 기억 가운데 가장 무해한 영상의 하나라고 생각했지만) 밤에 발베크에서 본 어느 식당의 광경이 우연히 눈앞에 떠올랐다. 유리창 반대쪽에는 마치 밝은 조명 아래 있는 수족관 유리 앞에 사람들이 모여들듯이, 어둠 속에서 빼곡하게 몰려들어 빛 아래를 어정거리는 기묘한 사람들을 바라보고 있었는데, 그 인파 속에서(그때까지 한 번도 생각이 미치지 않았던 일이지만) 어부와 서민의 딸들이 프티부르주아 아가씨들과 서로 몸을 비비대고 있었다. 프티부르주아 아가씨들은 아직 발베크에서는 드물었던 그런 호화로운 호텔을 몹시 동경했는데 그녀들 부모의 경우, 아무리 재산이 많아도 낭비하지 않는 습관과 전통적인 생활양식 때문에 그러한 사치를 금지했기 때문이다. 그러한 프티부르주아 아가씨들 속에 거의 매일 밤, 아직 나와 사귀기 전의 알베르틴도 섞여 있었던 것이리라. 그녀는 아마 거기서 아무 여자애나 구슬려 몇 분 뒤에 밤의 어둠 속 모래사장 위나 벼랑 아래에 버려진 빈 오두막에서 만나기로 약속한 게 틀림없다.

이어서 되살아난 것은 슬픔이었다. 나는 지금까지 엘리베이터 소리가 마치 추방 명령처럼 들렸는데, 그것은 내가 사는 층에 서지도 않고 더 위로 올라가버렸다. 그러나 찾아와줬으면 하고 바라는 유일한 인물은 이제 절대로 오지 않을 것이다. 그녀는 죽어버렸으니까. 그런데도 엘리베이터가 내가 사는 층에 서면 가슴이 두근거리기 시작했고, 나는 한순간 나 자신에게 이렇게 말한다. "혹시 이런 일들이 모두 꿈이라면 어떡하지? 어쩌면 그녀일지도 몰라. 그녀가 초인종을 울리려 하고 있어. 그녀가 돌아오고 있어. 프랑수아즈는 화를 내기보다 겁에 질려서 방에 들어오겠지. 아무튼 툭하면 원망하는 것 이상으로 미신을 믿는 편이고, 살아 있는 여자보다 유령일지도 모른다는 생각을 더 무서워할 테니까. 프랑수아즈는 이렇게 말할 것이다. '누가 왔는지 도련님은 짐작도 못할 걸요.'"

나는 아무것도 생각하지 않고 신문을 집어 들려고 했다. 하지만 진정한 고통을 겪은 적이 없는 사람들이 쓴 그런 기사들은 읽을 가치도 없었다. 어느 필자는 아무것도 아닌 샹송에 대해 '눈물이 나올 정도'라고 했는데, 만일 알베르틴이 살아 있었다면 나는 그 샹송도 무척 기뻐하면서 귀를 기울였으리라. 그래도 대작가였던 다른 필자는 기차에서 내리자마자 갈채를 받았다고 해서 '잊을 수 없는' 환영의 표시를 받았노라고 말했다. 그런데 나는, 지금 그런 환영을 받는다 해도 그것에 대해 눈곱만큼도 생각하지 않을 것이다. 세 번째 필자는 지겨운 정치만 없으면 파리의 생활은 '정말 즐거울' 거라고 장담했다. 그러나 나는 정치가 없어도 이 생활은 지긋지긋할 뿐이라는 사실을 알고 있었으며, 또 비록 정치가 있다 해도 알베르틴을 다시 만날 수만 있다면 매우 즐겁게 생각할 작정임을 알고 있었다. 사냥 담당기자는 이렇게 말했다(때는 5월이었다). "이 계절은 진짜 사냥꾼에게는 정말이지 실망스럽고, 더 심하게 말하면 고약하다. 왜냐하면 사냥거리가 아무것도 없으니까. 정말로 아무것도 없다." 그리고 '미술전시회' 평론가는 이렇게 말했다. "이런 '전람회'를 보는 사람은 엄청난 실망과 무한한 슬픔을 금하지 못할 것이다." 내가 느낀 강렬한 감정은 진정한 행복도 불행도 모르는 사람들의 표현을 거짓되고 진정성이 없는 것으로 보이게 하는 동시에, 그것과는 반대로 아무리 하찮은 말이라도, 조금이나마 노르망디나 니스와 관련이 있는 것, 또는 수욕(水浴) 요양 시설, 라 베르마, 게르망트 대공부인, 연애, 부재 또는 불성실과 연관되는 것은 시선을 돌릴 사이도 없이 불쑥 내 앞에 알베르틴의 모습을 들이밀어서 또다시 나를 눈물짓게 한다. 게다가 나는 평소에 그런 신문은 읽을 수도 없었다. 왜냐하면 그것을 펼치는 단순한 동작만으로도 알베르틴이 살아 있지 않음을 떠올려버리기 때문이다. 나는 신문을 다 펼칠 힘도 없어서 떨어뜨리고 만다. 하나하나의 인상이 비슷한 인상을 일깨우는데, 알베르틴의 존재가 거기서 떨어져나갔으므로 그것은 상처받은 인상이었다. 그래서 나는 도저히 그런 식으로 내 마음속에서 허덕이고 있는, 상처 입은 시간을 끝까지 살아갈 용기가 나지 않았다.

그녀가 조금씩 내 머리에서 사라져서 마음을 지배하는 전능한 존재가 아니게 된 뒤에도, 예전에 그녀가 있었을 때처럼 그 방에 들어가서 등불을 찾거나 자동 피아노 옆에 앉아야 할 때마다 나는 금세 아픔을 느끼기 시작했다. 여러 개의 작은 수호신으로 나뉜 그녀는 촛불이나 문고리, 의자 등받이나 다른 비물질적인 영역, 잠 못 드는 밤이나 마음에 드는 여자가 처음으로 찾아오기로 한 날의 흥분 같은 것 속에 오랫동안 머물러 있었다. 그런데도 내 눈이 그날 몇 줄의 문장을 읽거나 옛날에 읽은 문장이 뇌리에 떠오르기만 해도, 가끔 마음속에 잔인한 질투가 끓어오른다. 거기에는 그러한 문장이 특별히 여자들의 배덕을 증명하는 논거를 제출할 필요도 없이 알베르틴의 존재와 연관된 예전의 인상을 돌려주는 것만으로도 충분했다. 그러면 그녀가 저지른 잘못은 잊고 있었던 과거의 어느 순간 속에 다시 놓이는데, 그것이 줄곧 그때의 일을 생각하고 있어도 여전히 무뎌지지 않은 힘을 발휘하는 순간, 아직 알베르틴이 살아 있었던 순간으로 되돌아 가면 그녀의 잘못은 더욱 가깝게 느껴지고 더욱 괴롭고 잔혹한 빛을 띠게 된다. 그때 나는 새삼스럽게 샤워실 담당 여자가 폭로한 것은 거짓말이 아닐지 자신에게 묻는다. 진실을 알 수 있는 가장 좋은 방법은 에메를 니스로 보내 봉탕 부인의 별장 근처에서 며칠 지내게 하는 것이다. 만약 알베르틴이 여자가 여자한테서 얻는 쾌락을 즐기고 있었다면, 그리고 그녀가 나를 떠난 것은 그 쾌락 없이는 살고 싶지 않아서였다면, 자유의 몸이 되자마자 그녀는 자신이 알고 있는 지방에서 그 쾌락에 탐닉하려 했을 테고, 또 어렵지 않게 그 일에 성공했을 게 틀림없다. 게다가 내 곁에 있는 것보다 더 편리할 거라고 생각하지 않았다면 일부러 그런 지방에 틀어박히는 길을 선택하지는 않았으리라. 알베르틴이 죽었어도 나의 관심사는 거의 변하지 않았는데, 그것은 하나도 이상한 일이 아니었다. 연인이 살아 있을 때라도 우리가 사랑이라 부르는 것을 이루는 사고의 대부분은, 연인이 곁에 없는 시간에 떠오르는 법이기 때문이다. 이런 식으로 부재하는 사람을 몽상의 대상으로 만드는 습관이 몸에 배여, 비록 단 몇 시간의 부재이기는 하지만, 그동안은 그 사람에게 하나의 추억이 된다. 그래서 죽음도 그리 대단한 변화를 가져다주는 것은 아니다. 에메가 돌아오자 나는 그에게 니스로 가달라고 부탁했다. 그리하여 내 생각과 슬픔, 아무리 먼 곳에서라도 그 사람과 연관된 이름으로 느끼게 되는 흥분 같은 것뿐만 아니라 나의 모든 행동, 내가 시도한 조사, 모두 알베르틴의 행동을 알기 위해 써버린 돈에 의해서도, 그 1년 동안의 내 생활은 하나의 연애로 채워졌고, 문자 그대로 연인과의 관계로 가득했다고 할 수 있다. 그 관계의 상대는 한 죽은 여자였다. 예술가가 죽은 뒤에도 그 작품 속에 어느 정도 자기 자신을 바친 경우에는 그 사람의 뭔가가 남는다고들 말한다. 아마 그것과 마찬가지로, 한 사람한테서 다른 사람의 마음에 접붙인 어떤 꺾꽂이 순은 비록 그것을 가져온 본디 사람이 죽어도 그 생명을 계속 이어가는 것이리라.

에메는 봉탕 부인의 별장 바로 근처에 숙소를 정했다. 그는 한 하녀와 알베르틴이 하루 동안 자주 차를 빌렸던 자동차 대여업자를 알게 되었다. 그들은 아무것도 몰랐다고 했다. 두 번째 편지에서 에메는, 그 도시의 어느 세탁소 여자애한테서 빨랫감을 배달하러 갔을 때 알베르틴이 특별한 방법으로 자기 팔을 잡더라는 얘기를 들었다고 써 보냈다. "그러나 그분은 그 이상은 아무 짓도 하지 않았어요, 하고 계집애는 말했습니다." 나는 에메에게 돈을 보냈는데, 그것은 그의 노자이기도 하고 그의 편지를 통해 내가 받은 고통의 대가이기도 했다. 나는 그렇게 친근한 태도를 취했다고 해서 그것이 타락한 욕망의 증거는 아니라고 스스로에게 들려주며 고통을 달래려고 노력했다. 그때 에메한테서 전보 한 통이 날아왔다. "흥미로운 사실을 알아냈음. 정보가 많음. 자세한 건 편지로." 이튿날 편지가 한 통 도착했는데, 그 겉봉만 보고도 나는 몸이 떨렸다. 에메가 보낸 것임을 직감했기 때문이다. 왜냐하면 아무리 비천한 사람이라도 살아 있으면서 겨울잠을 자는 것처럼 종이 위에 누워 있는 작고 친숙한 존재는 반드시 스스로 움직일 수 있는 법인데, 그것이야말로 그 사람만이 가진 필적이다.

"처음에 세탁소 여자애는 아무것도 얘기하려 들지 않고 알베르틴 아가씨가 팔을 꼬집었을 뿐 다른 짓은 하지 않았다고만 말했습니다. 저는 입을 열게 하기 위해 그 여자애를 저녁 식사에 데려가서 술을 좀 먹였지요. 그제야 그녀는 해수욕을 하러 갔을 때 알베르틴 아가씨를 바닷가에서 자주 만났다고 하더군요. 해수욕을 하기 위해 아침 일찍 일어나는 습관이 있었던 알베르틴 아가씨는 바닷가의 어떤 장소에서 늘 그녀를 만났는데, 그곳은 커다란 나무가 우거져 있어서 누구에게도 보이지 않는 곳이었고, 게다가 아침 그 시간에는 아무도 보는 사람이 없었다고 합니다. 이 세탁소 여자애는 친구들을 데려와서 같이 해수욕을 했습니다. 그러고 나면 날씨가 너무 더워지는데 나무 그늘에서도 타는 듯이 더운지라 풀숲에서 몸을 말리고 서로 어루만지거나 간질이면서 놀았다고 합니다. 세탁소 여자애는 저에게 친구들과 희롱하는 것을 무척 좋아했다고 털어놓았습니다. 그리고 알베르틴 아가씨는 언제나 목욕 가운을 입은 채 그녀에게 몸을 비비대서 옷을 벗게 한 뒤 목과 팔을 혀로 핥아주고, 알베르틴 아가씨가 내미는 발바닥까지 애무했다고 하더군요. 세탁소 여자애도 입고 있던 옷을 벗고 물속에서 서로 밀어내기를 하면서 놀았다 합니다. 그녀는 그날 밤에는 더 이상 아무 말도 하지 않았습니다. 그러나 무슨 일이 있어도 도련님의 명령에 따라 원하시는 건 뭐든지 할 생각으로, 저는 그 세탁소 여자애를 데리고 자러 갔습니다. 여자애는 알베르틴 아가씨가 수영복을 벗었을 때 그녀한테 해준 것을 저한테도 해줄까 하고 묻더군요. 그리고 이렇게 말했습니다. '그 아가씨가 얼마나 몸을 떨면서 좋아하는지, 정말 볼 만하더군요. 그 사람, 나한테 이렇게 말했어요, (아! 너무 좋아!) 그러고는 완전히 흥분해서 저를 깨물기까지 했다니까요.' 세탁소 여자애의 팔에는 아직도 그 깨문 흔적이 남아 있었습니다. 저는 알베르틴 아가씨가 느낀 쾌감을 알 수 있었습니다. 그 여자아이는 얼마나 능숙하고 솜씨가 좋은지 여간내기가 아니었거든요."

발베크에서 알베르틴이 뱅퇴유 양과 사이가 좋다고 말했을 때 나는 몹시 괴로웠다. 하지만 그때만 해도 나를 위로해주는 알베르틴이 곁에 있었다. 그 뒤 알베르틴의 행실에 대해 너무 깊이 파고들어 알려고 했기 때문에 그녀는 떠나버렸고, 프랑수아즈가 그 사실을 알려줘서 혼자 남았을 때 나는 더욱 괴로웠다. 그러나 그때는 적어도 내가 사랑했던 알베르틴이 내 마음속에 남아 있었다. 지금 그녀 대신—내 예상과는 달리 죽음에 의해서도 사라지지 않은 호기심을 내가 너무 깊이 따라간 벌로—내가 찾아낸 것은 거짓말과 속임수를 거듭하는 다른 아가씨였다. 본디의 그녀는 그런 쾌락 따위 한 번도 즐긴 적이 없다고 내게 맹세하면서 내 마음을 부드럽게 달래주었건만, 그 아가씨는 자유를 다시 얻은 도취에 빠져, 그 쾌락을 찾아 새벽녘에 루아르 강가에서 재회한 그 세탁소 여자애에게 황홀하게 달려들어 깨물기까지 하고, 또 '아, 너무 좋아 (Ah! tu me mets aux anges)'*¹ 중얼거릴 정도로 쾌락에 미친 다른 알베르틴이었다. 이 다르다는 말은 타인에 대해 사용되는 경우의 의미에서 다르다는 것만은 아니다. 남들이 우리가 생각한 바와 다르더라도 그 다름은 우리에게 심각한 영향을 미치지는 않는다. 직감의 진자는 안쪽으로 흔들린 진폭만큼 바깥으로도 흔들리므로, 우리는 이러한 다름을 타인의 표면적인 부분에만 둘 뿐이다. 이전에 어떤 여자가 여자를 좋아한다는 말을 들었을 때, 그렇다고 해서 그녀가 특별한 본질을 가진 다른 여자처럼 보이지는 않았다. 그러나 자기가 사랑하는 여자의 경우에는 불길한 예상을 하면서 느끼는 두려움과 고통을 피하려고 그저 그녀가 무엇을 했는지 알려고 할 뿐만 아니라, 그것을 하면서 그녀가 무엇을 느꼈는지 자신의 행동에 대해 어떻게 생각했는지를 알려고 한다. 그때 점점 밑바닥으로 내려가면서 그 고통의 깊이를 통해 사람은 신비와 본질에 다다른다. 나의 지성과 무의식이 온 힘을 동원하여 협력하고 있는 그 호기심 때문에 나는 생명을 잃게 될 공포보다 훨씬 강렬한 고통을, 나 자신의 깊은 밑바닥, 몸과 마음의 가장 깊은 곳에 이르기까지 느끼고 있었다. 그리하여 이제 나는 알베르틴에 대해 알고 있는 모든 것을 그녀의 마음속 깊은 곳까지 비추었다. 알베르틴이 저지른 악덕의 현실이 이토록 내 마음속 깊은 곳까지 배어들게 한 고통은 훨씬 뒤부터 내게 도움이 되었다. 내가 할머니에게 안겨준 고통처

---

*1 직역하면 '너는 나를 천사로 만드는구나'.

럼 알베르틴이 내게 준 고통은, 그녀와 나 사이를 잇는 마지막 끈으로 추억보다 오래 살아남았다. 왜냐하면 모든 육체적인 것이 가지고 있는 에너지를 보존함으로써 고통은 기억이 주는 교훈조차 필요로 하지 않기 때문이다. 그리하여 달빛을 받으며 숲에서 보낸 수많은 아름다운 밤을 잊어버린 남자도 그때 걸린 류머티즘 때문에 여전히 괴로워한다.

그녀가 입으로는 부정하면서도 사실은 분명히 가지고 있었던 이 취향을 발견한 것은 냉정한 추론에 의한 게 아니라 "아아, 너무 좋아!"라는 말을 들었을 때 느꼈던 타는 듯한 고통, 이 취향에 특별한 성질을 부여하는 고통 속에서였다. 이 취향은 소라게가 새로운 껍질을 이고 그것을 끌고 가는 것처럼, 오로지 알베르틴의 모습에 덧붙여진 것이 아니라, 소금이 다른 소금과 닿아 그 색깔뿐만 아니라 어떤 침전물로 인해 성질까지 변해버리는 것과 같다. 세탁소 처녀는 친구들에게 틀림없이 이렇게 말했으리라. "내말 좀 들어봐. 도저히 믿을 수 없는 얘기야. 글쎄, 그 아가씨도 그거라지 뭐니?" 나는 이 처녀들이 한 것처럼 처음에는 짐작도 못했던 하나의 악덕을 알베르틴의 인품에 덧붙였을 뿐만 아니라, 그녀가 다른 인간이라는 것도 발견했다. 알베르틴은 이 소녀들과 같은 부류의 인간, 같은 언어를 사용하는 인간이기에 그녀들의 동족이 되는 동시에 내게는 더욱더 낯선 이방인으로 남았다. 이 발견은 그때까지 그녀에 대해 내가 품고 있었던 것, 마음속에 계속 지니고 있었던 것이 그녀의 아주 작은 일부분에 지나지 않는다는 사실을 증명하고 있었으며, 나머지 부분은 끝없이 확대되어 단순한 개인적인 욕망으로는 만족하지 못하고—개인적 욕망도 이미 매우 신비한 중요성을 가지고 있는 건 틀림없지만—그녀와 다른 여자들에게 공통되는 것으로 확대되었음을 보여주고 있었다. 그 나머지 부분을 그녀는 끊임없이 내 눈을 피해 숨기면서 나를 거기서 자꾸만 떼어놓았다. 마치 적국의 간첩이 자신의 정체를 숨기듯이, 아니 간첩보다 더 음험하게 행동했을지도 모른다. 왜냐하면 간첩은 국적을 위장할 뿐이지만 알베르틴은 가장 깊은 인간성을 위장하고 자신이 공통 인류에 속하지 않는 기묘한 인종의 한 사람이며, 그 인종은 인류 속에 섞여서 몸을 숨기지만 절대로 인류와 함께 융화할 수 없음도 숨기고 있었기 때문이다.

문득, 나는 숲이 울창한 풍경 속에 있는 알몸의 여인들을 그린 엘스티르의 그림 두 장을 본 일이 생각났다. 그 한 장에서 젊은 아가씨 하나가 발을 쳐들고 있는 모습은, 알베르틴이 세탁소 처녀에게 발을 내밀 때도 그랬을 거라고 상상하게 했다. 또 그녀는 한쪽 발로 상대를 물속에 밀어넣으려 하고, 상대는 넓적다리를 높이 쳐들며 명랑하게 저항하고 있지만, 그 발끝은 푸른 물에 스칠 듯이 닿아 있었다. 그때 나는 생각했다. 넓적다리를 올리는 동작은 무릎이 만드는 각도에 따라 백조의 목처럼 곡선을 그리고 있었고, 그것은 내 침대 옆에서 자고 있던 알베르틴이 넓적다리를 내밀고 있을 때와 똑같다. 나는 그녀에게, 당신은 그 엘스티르의 그림을 떠올리게 한다고 몇 번이나 말하고 싶었는지 모른다. 그래도 내가 그 말을 하지 않은 이유는 그녀의 마음에 여자의 알몸 모습을 불러일으키지 않기 위해서였다. 이제 내 눈앞에는 세탁소 처녀와 그 친구들과 함께 있는 알베르틴의 모습이 떠오른다. 그런 그녀는 발베크에서 내가 그녀의 친구들에게 에워싸여 앉아 있었을 때 그토록 사랑했던 동아리를 다시 구성하고 있었다. 만약 내가 오직 형태의 아름다움에만 예민한 미술 애호가였다면 알베르틴이 지금의 동아리를 이루는 데 사용하는 요소가, 베르사유 궁전에서 대조각가들이 숲 속 곳곳에 설치하거나 분수에서 샘솟는 물결이 애무하는 대로 몸을 맡기고 있는 조각상 같은 알몸의 여신들인 만큼, 전보다 훨씬 더 아름다운 동아리라고 생각했으리라. 이제 내 눈에는 세탁소 처녀 옆에 있던 알베르틴은 발베크 시절보다 훨씬 더 바닷가 젊은 아가씨다웠고, 대리석으로 빚은 나상(裸像) 같은 두 사람은 후끈한 열기와 초목 속에서 물 위를 떠다니는 돋을새김처럼 발을 물에 담그고 있었다. 침대에서의 알베르틴 자태를 떠올리면서 나는 곡선을 그리고 있는 그녀의 넓적다리가 눈앞에 보이는 듯했다. 실제로 나는 그 넓적다리를 떠올릴 수 있었는데, 그것은 백조의 목이 되어 상대 처녀의 입을 원하고 있었다. 그러자 이제 보이는 것은 넓적다리가 아니라 백조의 대담한 목뿐이었으며, 그것은 선이 가늘게 떨고 있는 듯한 어떤 습작 속에서 레다(Leda)[1]의 입을 찾고 있는 백조의 목 같았다. 그 레다가 여성의 쾌락만이 지닌 독특한 경련으로 온몸을 떨고 있음을 알 수 있었다. 왜냐하면 거기에는 한 마리의 백조밖에 없어서 그녀가 더욱 외로워 보였기 때문이다. 그것은 전화로 들으면 목소리의 억양이 확실하게 들리는 것과 같은데 상대 얼굴이 바로 눈앞에 있어서 그 표정을 객관적으로 파악할 수 있을 때에는, 목

---

[1] 그리스 신화에 나오는 스파르타의 왕비로, 백조로 변신한 제우스와 정교(情交)했다고 함.

소리가 얼굴과 연관되어 억양을 좀처럼 식별할 수 없는 것과 같다. 이 습작에서는 쾌락을 주는 상대 여자가 그 자리에 없고 움직이지 않는 백조가 그것을 대신하고 있으므로, 쾌락은 그녀를 향하는 대신 쾌락을 느끼는 여자 속에 깃들어 있다. 그러나 이따금 내 마음과 기억 사이의 의사소통은 끊어진다. 알베르틴이 세탁소 처녀와 저지른 짓은 이제 내게는 아무것도 나타내지 않는 거의 대수 같은 기호로만 보인다. 그러나 한 번 끊어진 전류는 한 시간에 백 번이나 부활하여 내 마음을 지옥불로 무참하게 태워버린다. 그때 나는 질투가 되살린 알베르틴, 정말로 살아 있는 알베르틴이 세탁소 처녀의 애무에 몸을 뻣뻣이 하면서 "아아, 정말 좋아!" 그러면서 상대에게 속삭이는 모습을 생생히 떠올린다.

그녀가 잘못을 저질렀을 때에는 곧 내가 나 자신을 찾고 있었을 무렵이기도 한데, 그녀는 아직 살아 있었으므로 나로서는 그 잘못을 아는 것만으로는 충분하지 않았다. 가능하면 내가 알고 있다는 사실을 그녀가 알기 바랐다. 따라서 그즈음의 내가 두 번 다시 그녀를 만날 수 없다는 생각에 미련이 남았다 해도, 그 원통함에는 질투의 각인이 선명히 찍혀 있어서 사랑하고 있었을 무렵의 마음을 찢어놓는 원통함과는 거리가 멀었으며, 다만 그녀에게 다음과 같이 말해줄 수 없는 게 아쉬울 뿐이었다. "나와 헤어진 뒤 당신이 무슨 짓을 했는지 내가 절대 모를 거라고 생각했겠지? 그런데 난 모든 걸 알고 있어. 루아르 강변에서 당신은 세탁소 처녀에게 '정말 좋아!' 그렇게 말했지. 그리고 깨문 자국도 보았어." 물론 나는 나 자신에게 이렇게 들려주기도 했다. "왜 그런 것에 가슴 아파하는 거지? 세탁소 처녀와 쾌락에 빠졌던 여자는 이미 이 세상에 없고, 따라서 그녀가 한 짓이 어떤 가치를 지니는 것도 아닌데 말이야. 물론 그녀는 내가 알고 있을 줄은 꿈에도 몰라. 하지만 모른다는 생각조차 하지 못하지. 이미 그녀는 아무것도 생각할 수 없으니까." 그러나 이런 논리도 나를 이해시키지 못하고 눈에 떠오르는 쾌락의 모습은 그녀가 그것을 느끼고 있었던 순간으로 나를 데리고 돌아간다. 우리에게는 자신이 느끼고 있는 것만이 존재하고, 우리는 죽음이라는 허구의 울타리에 막히는 일 없이 느끼고 있는 것을 과거와 미래에 비추는 것이다. 물론 알베르틴의 죽음을 슬퍼하는 마음은 이때 질투의 영향을 받아 이토록 특수한 형태를 취했는데, 그 영향은 물론 신비주의와 영혼불멸의 꿈이라 이르는 나의 욕망을 실현하려는 노력으로까지 넓게 퍼졌다. 그래서 이때 베르고트가 가능하다고 믿었듯이, 회전 탁자에서 그녀를 불러내거나 또 X신부가 생각한 것처럼 저세상에서 그녀를 만날 수 있다면 그녀에게 이렇게 말해주고 싶다. "세탁소 처녀에 대해서는 나도 다 알고 있어. 당신은 거듭 말했지, 아아, 정말정말 좋아, 이렇게 말이야. 깨문 자국도 봤어."

이 세탁소 처녀의 영상에서 나를 구원하러 온 것은 그 모습 자체였다. 물론 그것은 한동안 계속된 뒤 얘기지만. 우리가 정말로 아는 것은 새로운 것뿐이고, 갑자기 감수성의 모습을 바꿔 우리를 놀라게 하는 것은 아직 습관에 의해 색깔이 희미해진 복사로 바뀌지 않은 것뿐이다. 그러나 특히 나를 구원한 것은 알베르틴이 수많은 부분, 수많은 알베르틴으로 나뉜 것으로 그것이 내 마음속 그녀의 유일한 모습이 되었다. 그녀가 오로지 다정하고, 총명하며, 진지하던 순간, 또는 무엇보다 운동을 가장 사랑했던 순간으로 다시 돌아왔다. 생각해보면, 이런 분열이 내 마음을 진정시킨 것은 당연한 일이 아닐까? 왜냐하면 비록 그렇게 나뉜 그녀가 현실에 그대로 존재하는 건 아니라 해도, 만약 그것이 잇따라 그녀가 내 앞에 나타난 다른 장면에서 오는 것이고, 마치 환등기가 비춰주는 영상의 곡선이 색유리의 곡선에서 오는 것처럼 그러한 모양이 기억의 형태 자체라고 한다면, 이 분열은 나름대로 하나의 진리를, 그것도 매우 객관적인 진리를 나타내고 있기 때문이다. 즉 우리는 저마다 한 사람의 인간이 아니라 수많은 사람을 속에 품고 있으며, 그 사람들이 모두 똑같은 정신적 가치를 지니고 있지는 않다는 진리, 혹시 악덕에 물든 알베르틴이 존재했다 해도 그 사실이, 다른 그녀도 있었음을 방해하지는 않는다는 진리다. 다른 알베르틴이란 자기 방에서 나와 함께 생시몽에 대해 얘기하는 것을 좋아한 그녀다. 헤어지는 게 좋겠다고 내가 말한 밤에 몹시 슬픈 얼굴로 "이 자동 피아노와 이 방도 이제 다시는 볼 수 없겠군요" 말한 그녀다. 그리고 내 거짓말에 내가 그만 눈시울이 뜨거워진 것을 보고 진심으로 동정하면서 이렇게 소리친 그녀다. "오! 이러시면 안 돼요. 당신을 이렇게 괴롭힐 바에는, 차라리 제가 무슨 짓이라도 하겠어요. 알았어요, 두 번 다시 당신을 만나려 하지 않을게요." 그렇게 되자 나는 더 이상 외톨이가 아니었다. 우리 사이를 갈라놓고 있던 벽이 사라진 것 같았다. 그 마음씨 고운 알베르틴이 돌아왔으니 나는 그녀가 가져온 고통의 해독제를 구할 수 있는 유일한 인물을 다시 발견한 것이다.

물론 나는 여전히 그녀에게 세탁소 처녀 이야기를 하고 싶었다. 그러나 이제 그것은 잔인한 승리의 쾌감 때문도 아니고, 그 사실을 알고 있다는 것을 짓궂게 보여주고 싶어서도 아니다. 나는 알베르틴이 살아 있었을 때 그랬던 것처럼, 세탁소 처녀 이야기는 사실이냐고 그녀에게 부드럽게 물어보았다. 그녀는 그런 일은 절대로 없다고 내게 맹세했다. 에메의 말은 정확하지 않아요, 그 사람은 당신한테서 많은 돈을 받았기 때문에 아무 성과 없이 빈손으로 돌아갈 수가 없어서 세탁소 처녀에게 멋대로 얘기하도록 시킨 거예요! 물론 알베르틴은 거짓말하는 것을 결코 그만두지는 않았으리라. 하지만 이리저리 동요하는 그녀의 모순된 말 속에서, 나는 얼마쯤 진보가 있었음을 느낄 수 있었다. 처음 무렵의 그녀가 속내까지 이야기했는지 하지 않았는지(했다고 해도 아마 작정하고 한 게 아니라 말하다가 무심코 흘러나온 정도일 것이다) 나는 분명하게 말할 자신이 없다. 이제는 기억이 나지 않기 때문이다. 게다가 그녀는 어떤 사물을 매우 괴상한 방법으로 부르는 버릇이 있어서 그 말이 그것을 가리키는지 아닌지 아리송했다. 그러나 내 질투를 느끼고 난 뒤부터 그녀는 처음에 기꺼이 털어놓던 얘기도 소심한 얼굴로 취소하기 시작했다. 본디 알베르틴은 아무것도 말할 필요가 없었다. 그녀의 결백을 믿게 하는 데는 키스만으로도 충분했으니까. 우리 사이를 갈라놓고 있었던 그 벽—사이가 틀어진 뒤의 연인들 사이를 가로막고 서 있는, 손에 잡히지 않는 튼튼한 벽처럼 두 사람의 입맞춤을 방해하는 벽—이 무너진 지금, 나는 그녀에게 얼마든지 키스할 수 있으니까. 그렇다, 그녀는 이제 내게 아무것도 말할 필요가 없었다. 그녀가 아무리 하고 싶은 대로 해도, 오 가엾은 아가씨여, 우리 두 사람을 갈라놓는 것을 넘어서 우리를 하나로 이어줄 수 있는 어떤 감정이 있었지. 이를테면 그 이야기가 사실이고 알베르틴이 자신의 기호를 내게 숨기고 있었다 해도, 그것은 내게 고통을 주지 않기 위해서였으리라. 나는 그 알베르틴의 입을 통해 그 얘기를 듣는 기쁨을 맛보았다. 첫째로, 나는 그것 말고 다른 알베르틴을 지금까지 알고 있었던가? 타인과의 관계 속에서 사람이 상대를 오해하는 커다란 두 가지 원인 가운데 하나는 이쪽이 지나치게 선량한 것이고, 또 하나는 그 상대를 사랑하게 되는 것으로, 사람은 하나의 미소, 하나의 눈길, 하나의 어깨에 끌려 사랑을 하게 된다. 그것만으로 충분하다. 그때 희망과 슬픔의 긴 시간 속에서 사람은 상대의 인격과 상대의 성격을 만들어낸다. 그리고 나중에 사랑하는 사람과 사귀게 되었을 때, 아무리 가혹한 현실과 마주해도 그 눈길과 그 어깨를 가지고 있었던 상대한테서 그 다정한 성격과 여성스럽게 우리를 사랑해주는 인품을 없앨 수는 없다. 마치 어릴 때부터 알고 있던 사람이 아무리 나이를 먹어도 그 사람한테서 젊은 시절의 모습을 지울 수 없는 것처럼. 나는 알베르틴의 아름답고, 다정하며, 애처로운 눈길을 떠올렸다. 그녀의 통통한 뺨과 커다란 사마귀가 있는 목덜미를 돌이켜보았다. 그것은 죽은 여자의 영상이다. 그러나 이 죽은 여인은 살아 있었으므로, 살아 있는 동안에 그녀가 곁에 있었다면 틀림없이 내가 했을 일(만약 저세상에서 언젠가 그녀를 다시 만난다면 틀림없이 내가 할 일)을 지금 당장 해치우는 것은 문제도 아니었다. 즉 나는 그녀를 용서한 것이다.

알베르틴 곁에서 보낸 시간은 무척 귀중한 것이었으므로, 나는 그 어느 순간도 놓치고 싶지 않았다. 그런데 흩어진 재산도 때로는 그 일부를 되찾는 일이 있듯이, 나는 잃어버린 줄 알았던 몇몇 순간들을 다시 찾아냈다. 스카프를 목 앞이 아니라 뒤에서 묶었을 때, 나는 그때까지 한 번도 생각한 적이 없었던 그날의 산책이 머리에 떠올랐다. 그 산책 때 알베르틴은 차가운 공기가 내 목에 닿지 않도록 먼저 키스를 한 뒤 이런 식으로 스카프를 매주었다. 이렇게 사소한 동작에 의해 기억 속에 되살아난 이 평범하기 짝이 없는 산책이 내게 큰 기쁨을 주었다. 이미 세상을 떠난 사랑했던 여자의 물건들을 그녀의 늙은 하녀가 가져오면, 그것이 우리에게는 더없이 귀중한 것이 되어 커다란 기쁨을 주듯이. 나의 슬픔은 그로 인해 훨씬 풍요로워졌다. 하물며 스카프에 대해서는 그 뒤로 한 번도 생각한 적이 없었던 만큼 더 말할 나위도 없었다. 본디 사랑의 추억도 기억 자체의 일반 법칙에서 예외가 아니며, '습관'의 법칙에 지배받고 있다. '습관'은 모든 것을 약하게 만들어 우리에게 어떤 사람을 가장 잘 떠올리게 하는 것은 그야말로 하잘것없어서 그동안 잊고 있었던 것, 그래서 우리가 그 모든 힘을 남겨둔 것이다. 이렇게 우리 기억 속에서 가장 좋은 부분은 우리 바깥쪽에 있다. 그것은 비를 품은 듯한 바람이나 어떤 방의 곰팡이 냄새, 활활 타오를 때의 불꽃 냄새 속에 있고, 우리 자신 가운데 지성이 무시했던 부분과 과거 속에서 마지막까지 남겨둔 가장 좋은 것, 눈물샘이 완전히 말라버렸다고 생각할 때도 다시 우리에게 눈물을 흘리게 하는 것들 속에 있다.

우리의 외부에 있다고? 아니, 오히려 결국은 같은 일이므로 내부에 있다고 해도 괜찮다. 그러나 우리 자신의 시선에서 자취를 감추어 망각 속에 숨어 있다. 다만 오직 이 망각 덕분에 우리는 이따금 지난날의 자기 존재를 찾아내서, 그 존재가 직면한 것 앞에 자신의 위치를 두고 예전에 사랑했던 것, 지금은 아무래도 상관없게 된 것 때문에 괴로워할 수도 있다. 그도 그럴 것이 우리는 이미 지금의 자신이 아니라 과거의 존재가 되기 때문이다. 습관이 된 기억의 햇살에 언제까지나 밝게 비춰지면, 과거의 영상은 조금씩 빛을 잃고 사라져간다. 이제 그것은 흔적도 남지 않고, 우리는 두 번 다시 과거를 찾아낼 수 없다. 현재의 나는 더 이상 알베르틴을 사랑하지 않는다. 그녀를 사랑했던 나는 죽어버렸다. 하지만 내 마음에는 에크모빌*¹이라는 지명이 남아 있어서, 나의 그 부분은 평소 같으면 더 이상 나를 괴롭히지 못하게 된 것에도 눈물을 흘리기 시작했다. 마치 국립도서관에 소장된 책을 통해 이미 사라져버린 작품을 알 수 있는 것처럼, 또 마치 오페라 부(部) 지하실에 묻혀 있던 위대한 가수의 노래를 녹음한 레코드가, 그 가수가 죽자 영원히 침묵한 것으로 여겼던 그의 목소리로 노래를 시작하는 것처럼. 미래와 똑같이 과거도 모든 것을 한꺼번에 맛보는 게 아니라 한 알씩 한 알씩 맛보는 법이다.

　게다가 나의 슬픔은 참으로 다양한 형태를 취하니 때로는 그것이 슬픔인 줄도 모르게 된다. 나는 격렬한 사랑을 하고 싶었다. 내 곁에 있어줄 사람을 찾고 싶었다. 이는 더 이상 알베르틴을 사랑하지 않는 증거 같지만, 사실 여전히 그녀를 사랑하고 있다는 증거였다. 격렬한 애정을 느끼고 싶은 욕구는 알베르틴의 포동포동한 뺨에 키스를 하고 싶은 욕망과 마찬가지로 그녀를 그리는 마음의 일부, 바로 그것이었으니까. 그리고 나는 속으로 다른 여자와 새로운 사랑에 빠지지 않아서 다행이라고 생각했다. 나는 깨달았다, 영원히 계속될 알베르틴을 향한 이 격렬한 사랑은 지난날 그녀에게 품었던 감정의 그림자 같은 것이고, 그 감정의 여러 부분을 재현하면서 죽음 저편에까지 반영된 그 감정의 현실과 똑같은 법칙에 따르고 있다는 것을. 왜냐하면 나는 만약 알베르틴을 생각하는 마음과 마음 사이에 틈을 만들 수 있다면, 또 만약 거기에 너무 큰 간격을 만들어버렸다면 더 이상 그녀를 사랑하지 않는다는 사실을 확실히 느꼈을 테니까. 그 끊어짐으로 그녀는 아무래도 상관없는 여자가 되어버릴 것이다, 마치 지금 할머니가 내게 있어서 그렇게 되어버린 것처럼. 그녀를

---

*1 발베크 근처의 지명.

생각하지 않고 너무 긴 시간이 지나가버리면 생명의 원리 자체인 연속성이 내 추억 속에서 끊어져 버릴 것이다. 하기야 어느 정도 시간이 지난 뒤에 그 연속성이 돌아오는 경우도 있기는 하다. 알베르틴이 살아 있을 때 내가 품은 사랑도 그런 게 아니었을까? 그 사랑은 오랫동안 그녀를 떠올리지도 않다가 나중에 다시 시작되었으니까. 그런데 나의 추억도 같은 법칙에 따라 더 이상의 간격은 견딜 수 없을 터였다. 추억은 북극의 오로라처럼 알베르틴에 대해 내가 품고 있던 감정을 그녀가 죽은 뒤에 반영시키고 있을 뿐이기 때문이다. 그것은 내 사랑의 그림자 같은 것이다. 사랑 없이 살아가는 편이 현명하며 행복하다고 생각하는 건 그녀를 완전히 잊어버린 뒤에야 가능하리라. 그리하여 알베르틴을 그리는 마음은 내게 누이동생 같은 여자에 대한 욕망을 일으키는 것인 만큼, 그 욕망은 채워질 수 없는 게 되었다. 알베르틴을 그리는 마음이 조금씩 약해짐에 따라 누이동생 같은 여자에 대한 욕망도 약해질 것이다. 이것은 알베르틴을 그리는 마음의 무의식적인 한 형태에 지나지 않았기 때문이다.

그럼에도 내 사랑이 가져다준 이 두 가지 후유증은 같은 속도로 사라진 것은 아니다. 때로는 그녀와 결혼하려고 마음먹은 적도 있었다. 그런 만큼 알베르틴을 그리워하는 마음은 완전히 시들해졌지만 누이동생을 원하는 마음은 여전히 큰 힘을 가지고 있었다. 반대로 나중에 질투심이 섞인 추억이 사라져버리자 불현듯 알베르틴에 대한 사랑이 새삼 마음에 솟아나기도 했다. 그럴 때 나는 내가 다른 여자들을 사랑했던 일을 떠올리면서 알베르틴이었다면 그 사랑을 이해했을 테고, 그녀들에 대한 사랑도 공감해주었을 거라고 생각했다. 그러면 여자를 좋아하는 알베르틴의 악습도 마치 사랑의 원인처럼 되는 것이었다. 때로는 내 질투심이 되살아나기도 했는데, 알베르틴을 질투하면서도 그녀에 대해서는 생각하지 않았다. 나는 앙드레를 질투하고 있다고 생각했다. 그녀가 그 무렵 어떤 연애 사건에 빠져 있다는 얘기를 들었기 때문이다. 그런데 앙드레는 내게 있어서 단순히 겉으로 봤을 때의 주체인 명의인(名義人)이고 우회로이며 콘센트에 지나지 않아서, 그것을 통해 간접적으로 알베르틴과 연결되어 있었다. 이런 식으로 꿈속에서도 어떤 사람에게 다른 얼굴과 다른 이름을 부여하는 일이 있지만, 그럼에도 그것이 진정 누구인지는 틀리는 일이 없다. 요컨대 이런 특수한 경우에는 일반 법칙에 어긋나는 다양한 현상이 일어나는데, 알베르틴이 남긴 감정은 그 최초의 원인을 만든 본인의 추억보다 쉽게 없어지지 않는다. 감정뿐만이 아니라 감각도 마찬가지다. 스완은 오데트한테서 마음이 떠나기 시작했을 때 사랑의 감각조차 떠올릴 수 없게 되어버렸지만, 그 점에서 나는 스완과 달라서 이제 다른 남자에 대한 이야기에 지나지 않게 된 하나의 과거를 다시 한 번 경험하고 있는 것 같다는 생각이 들었다. 내 자아는 이를테면 둘로 나뉘어져 가장 윗부분은 이미 차갑게 굳어졌지만, 오래전부터 마음이 알베르틴을 생각하지 않게 되었을 때도 바닥 쪽에는 여전히 불꽃이 널름거리고 있어서, 옛날의 전류가 흐를 때마다 나의 밑바닥 부분은 불타올랐다. 그런데 가슴이 아무리 세차게 뛰더라도 그곳에 그녀의 영상이 나타나는 일은 없었고, 또 발베크에서처럼 이미 장밋빛으로 물든 사과나무를 스쳐가는 차가운 바람이 내 눈에서 눈물을 자아낼 때도 마찬가지여서, 마침내 나는 이렇게 생각하기 시작했다. 도대체 이 고뇌가 다시 찾아온 것은 완전히 병적인 원인에 의한 게 아닐까, 내가 추억의 재생, 사랑의 최종 단계라고 여기고 있었던 것은 다름 아닌 심장병의 시작이 아닐까.

어떤 종류의 질병에는 이차적인 증상이 있는데, 환자는 그것을 질병 자체와 혼동하기 쉽다. 그런데 그 증상이 끝나면 환자는 자신이 뜻밖에 회복에 가까워지고 있음을 알고 놀라는 것이다. 샤워실과 세탁소 처녀에 대한 에메의 편지가 가져온 고통—그것으로 일어난 '합병증'—도 그런 것이었다. 그러나 만약 마음의 의사가 진찰하러 온다면, 그 밖의 관점에서 나의 슬픔 자체는 쾌유를 향하고 있다고 판단했으리라. 물론 나는 인간이고 과거와 현재의 현실에 동시에 몸담고 있는 이중적인 존재의 한 사람이므로 내 안에는 언제나 알베르틴이 살아 있었던 추억과 그녀가 죽었다는 인식 사이의 모순이 존재하고 있었다. 하지만 그 모순은 이를테면 이전과는 반대되는 것이었다. 알베르틴이 죽었다는 관념, 그것은 처음에 내 마음속에 그녀가 살아 있다는 관념을 격렬하게 공격해왔기 때문에, 나는 밀려드는 파도 앞에서 어린아이처럼 당황하여 달아나야만 했는데, 이 죽음의 관념은 끊임없는 습격을 되풀이해 마침내 내 마음속에서 얼마 전까지 삶의 관념이 차지하고 있었던 장소를 정복해버렸다. 나 자신도 미처 깨닫지 못했지만, 지금은 알베르틴의 죽음이라는 이 관념이—살아 있는 그녀에 대한 현재의 추억이 아니라—무의식적으로 펼치는 내 몽상의 대부분을 차지하고 있었다. 그래서 문득 몽상을 멈추고 나 자신을 돌아볼 때 나를 놀라게 한 것은, 처음 무렵처럼 내 마음속에서 이토록 생생하게 살아 있는 알베르틴이 더 이상 이 세상에 존재하지 않고 죽어버린 것이 있을 수 있는 일인 가 하는 마음이 아니라, 이제 이 세상에 없는 죽어버린 알베르틴이 내 마음속에서 이렇게 생생하게 살아 있다는 사실이다. 끊이지 않고 떠오르는 추억은 어두운 터널을 만들고 그 속에서 나는 너무나 오랫동안 몽상에 빠져 있었으므로 자신이 있는 장소에도 주의를 기울이지 않게 되었는데, 그 어두운 터널이 갑자기 끊기고 잠깐 햇살이 비쳐들더니, 먼 곳에 밝고 푸른 세계가 어른거리며 떠올랐다. 그곳에서 알베르틴은 매력적이기는 하지만 아무래도 상관없는 하나의 추억에 지나지 않게 되었다. 도대체 이것이 정말 그녀란 말인가? 나는 생각했다. 아니면 내가 그토록 오랫동안 헤매고 있었던 그 어둠 속에서 그야말로 유일한 현실로 보이던 사람이 그것인가? 바로 조금 전까지의 나는 오로지 알베르틴이 밤인사를 하러 와서 키스하는 순간만 기다리면서 사는 인간이었지만, 나 자신이 어떤 증식을 이룬 결과, 이제 그 인물은 반쯤 탈피하려던 나의 작은 부분에 지나지 않는 것처럼 보이기 시작했다. 그리고 나는 피어나는 꽃처럼 스스로 껍데기를 벗어던짐으로써 젊어지는 신선함을 느꼈다. 더욱이 이런 순간의 계시는 아마도 알베르틴에 대한 나의 사랑을 더욱 잘 이해하게 한 것 같다. 마치 도무지 변하지 않는 모든 관념에 대해서는 자신을 명확하게 하기 위해 반대 의견이 필요한 것처럼. 이를테면 1870년의 전쟁을 체험한 사람들은 자신들에게 전쟁의 관념이 자연스럽게 보이는 것은, 전쟁을 충분히 생각하지 않았기 때문이 아니라 늘 생각하고 있었기 때문이라고 한다. 그러나 전쟁이 얼마나 기이하고 중대한 일인지 이해하기 위해서는, 어떤 계기에서 그들이 끊임없는 고정관념에서 벗어나, 전쟁이 지배하고 있다는 사실을 잠깐 잊고 평화로운 시대의 그들로 돌아가야만 한다. 그러다 보면 느닷없이 이 잠깐의 공백 위에 전쟁의 추악한 현실이 선명하게 떠오를 것이다. 그들은 오랫동안 전쟁밖에 보지 못했으므로 그것을 볼 수 없었다. 적어도 내 안에서 알베르틴의 수많은 추억이 조금씩 단계적으로 사라지는 게 아니라, 내 기억의 모든 전선(戰線)에서 한꺼번에 한결같이, 동시에 철수를 끝내고 그녀의 배신에 대한 기억이 다정했던 그녀에 대한 추억과 함께 멀어져간다면, 망각은 내 마음에 평온을 가져다주었으리라. 그러나 그렇게는 되지 않았다. 마치 조수가 불규칙적으로 빠지는 바닷가에 있는 것처럼 뭔가의 의혹이 나를 향해 달려들어도, 그때 곁에 있는 다정한 그녀의 영상은 이미 나한테서 멀리 사라져버려서 더는 그 물어뜯

긴 상처를 치료할 방법을 찾을 수 없게 되었다.

　나는 배신이라면 신물이 날 정도로 시달렸다. 왜냐하면 아무리 먼 옛날의 일이라고 해도 내게는 조금도 옛일이 아니었기 때문이다. 하지만 그것이 옛일이 되었을 때 즉 그다지 생생하게 떠오르지 않게 되었을 때, 나의 고통도 줄어들었다. 무언가가 멀어지는 것은 현실적인 시간이 얼마나 흘렀는가 하는 것보다 그것을 바라보는 기억의 시력에 비례하기 때문이다. 마치 전날 밤에 꾼 꿈에 대한 기억이 가물가물하여 몇 년 전에 일어난 사건보다 멀어 보일 때가 있듯이. 그러나 알베르틴이 죽었다는 관념은 내 마음속에서 계속 진행되고 있으면서도 그녀가 살아 있다는 감각도 그것에 거꾸로 나아가고 있어서, 죽었다는 관념을 멈추게 하지 않아도 그것을 거슬러 올라가 그 규칙적인 진행을 방해했다. 이제야 깨닫지만, 그 시간 동안(옛날에 내 집에 갇혀 있었을 때는 그녀가 잘못을 저지를 리 없다는 것을 믿고 있었으므로 잘못 같은 건 거의 상관없다고 생각했고, 그로 인한 고통도 마음에서 사라져 있었으므로 그것이 결백의 증거인 것처럼 여겼는데, 아마 그 시간을 잊었기 때문이리라) 나는 알베르틴이 죽었다는 생각과 똑같이 새롭고, 똑같이 견디기 힘든 어떤 관념에 끊임없이 시달리면서 살아가고 있었다(그때까지 나는 언제나, 그녀가 살아 있다는 관념에서 출발하고 있었다). 그 새로운 관념은 스스로 깨닫기 전부터 조금씩 내 의식의 밑바탕을 이뤄, 알베르틴이 결백하다는 생각을 대신하게 된 것은 그녀가 죄를 짓고 있다는 관념이었다. 그녀가 수상하다는 생각이 들었을 때, 나는 반대로 그녀를 믿었다. 그것과 마찬가지로 아직 반신반의하면서도 나는 그녀에게 죄가 있다는 확신을 다른 여러 사고방식의 출발점으로 삼았다. 반대의 사고방식과 마찬가지로 이것 또한 수없이 부정된 확신이다. 그 시간 동안 나는 몹시 괴로워했는데, 이제는 그것도 어쩔 수 없는 일이었음을 이해한다. 하나의 고통에서 치유되는 것은 오직 그것을 철저하게 경험했을 때이기 때문이다.

　알베르틴을 모든 접촉에서 가로막아 그녀가 결백하다는 환상을 만들어내거나, 나중에는 그녀가 살아 있다는 생각을 바탕으로 온갖 추리를 하면서 나는 오로지 회복의 시기를 늦추고 있었다. 그것은 회복에 앞서 필요한 긴 고통의 시간을 늦추고 있었기 때문이었다. 그런데 알베르틴이 죄를 지었다는 관념에 습관이 작용하면, 지금까지의 인생에서 내가 경험한 바와 같은 법칙에 따라 일이 진행될 것이다. 이를테면 게르망트라는 이름은 수련이 가장자리를 장식하고 있는 길이나 질베르 르 모베의 그림 유리창 등이 갖는 의미와 매력을 이미 잃어버렸고, 알베르틴의 존재는 바다 위에서 일렁이는 푸른 파도가 갖는 의미와 매력을 잃었으며, 스완과 엘리베이터 보이와 게르망트 대공부인의 이름, 또 그 밖의 수많은 이름들도 그것이 내게 의미했던 모든 것을 잃어버리고 있었다. 이러한 매력과 의미는 내 마음에 단 한 마디를 남긴 채, 이 말도 다 자랐으니 혼자 설 수 있을 것으로 생각하고 사라져갔다.—마치 하인을 훈련시키기 위해 일을 가르치던 사람이 몇 주일 뒤에는 가버리듯이—그것과 마찬가지로 알베르틴이 죄를 지었다는 관념의 강렬한 고통도 습관의 작용으로 내게서 쫓겨나게 될 것이다. 게다가 지금부터 그렇게 되기까지, 마치 협공하듯이 이 습관의 작용에 두 원군이 협력의 손길을 내밀 것이다. 한편으로 이렇게 알베르틴이 죄를 지었다고 생각하는 것은, 내게 있어서 가능성이 높은 습관적인 관념이 되어 이전처럼 심하게 괴롭지 않다는 점이다. 그러나 다른 한편으로 그것이 이전처럼 괴롭지는 않기 때문에, 그녀가 죄를 지었다는 이 확신에 대한 반론— 괴로워하고 싶지 않은 마음에서 내 이성에 부추긴 반론—도 하나씩 사라져갈 것이다. 그리하여 각각의 작용이 다른 작용을 가속시켜, 나는 금세 알베르틴이 결백하다는 확신에서 그녀가 유죄라는 확신으로 바뀔 것이다. 알베르틴이 죽었다는 관념과 그녀가 잘못을 저질렀다는 관념이 내게 습관적인 것이 되기 위해서는 즉 그러한 관념을 잊고 마지막으로 알베르틴 자신을 잊기 위해서는, 먼저 그러한 관념과 함께 살아가야만 했다.

나는 아직 거기까지 다다르지는 않았다. 때로는 책을 읽다가 지적 흥분에 기억이 더욱 선명하게 떠올라 새롭게 슬픔을 느끼는 일도 있었고, 때로는 반대로 폭풍을 품은 불길한 날씨가 슬픔을 부추겨서, 우리 사랑의 어떤 추억을 밝은 빛을 향해 드높이 날아오르게 하여 다가가는 일도 있었다. 하기야 죽은 알베르틴에 대한 이러한 사랑의 재연은, 한동안 그녀에게 무관심해지고 다른 여성들에게 한눈을 팔았던 시기 뒤에도 일어난 적이 있다. 바로 발베크에서 입맞춤을 거부당한 뒤 시작된 오랜 기간 동안, 나는 게르망트 부인과 앙드레와 스테르마리아 양에게 훨씬 관심을 두었음에도 그 뒤에 다시 알베르틴을 자주 만나게 되자 사랑이 부활한 것처럼. 그런데 지금도 다른 여자들에 대한 관심 때문에 그녀에게 아무래도 무관심해져서, 이별이 현실이 되는 일도 있었다. 이번에는 죽은 여자와의 이별이었지만 모두 같은 이유에 기인한 것이었다. 즉 그녀는 내게 살아 있는 여자였다. 더 뒷날 그녀를 더 이상 사랑하지 않게 되었을 때도, 그것은 분명 내게 하나의 욕망으로 계속 남아 있었다. 곧 싫증이 나지만 한동안 잊어버리고 있으면 다시 되살아나는 욕망이다. 나는 살아 있는 한 여자의 뒤를 쫓는다. 이어서 다른 살아 있는 여자의 뒤를 쫓다가 나의 죽은 여자에게 돌아오는 것이다. 가끔씩 나는 더 이상 알베르틴을 생생하게 떠올릴 수 없게 되었을 때, 나 자신의 가장 어두운 부분에서 우연히 나타난 하나의 이름이, 이제는 있을 리 없다고 생각했던 괴로운 반응을 불러일으키는 일도 있었다. 마치 빈사 상태에 빠진 사람들의 뇌가 이미 아무것도 생각할 수 없게 되었어도 바늘로 찌르면 손발이 꿈틀거리듯이, 그러한 자극이 오랫동안 좀처럼 찾아오지 않으면 나는 자신한테서 슬픔과 질투의 발작이 일어나기를 바라면서, 자신을 다시 과거와 연결하여 그녀를 더욱 생생하게 떠올리려고 한다. 왜냐하면 한 여자를 그리워하는 마음은 부활하는 애정이고 그것도 사랑과 똑같은 법칙에 지배받기 때문이며, 알베르틴을 그리는 마음은 살아 있을 때 그녀에 대한 사랑을 증대시킨 바와 같은 원인에 의해 강화되었는데, 가장 먼저 나타나는 것은 언제나 질투와 고뇌였다. 그러나—질병과 전쟁은 선견지명이 있는 사람의 예측을 넘어서서 계속되는 경우가 있으므로—그런 기회도 이따금 내가 모르는 사이에 찾아와서 내게 강한 충격을 주었기 때문에, 나는 추억을 찾는 것보다 고통에서 몸을 사리는 것에 더욱 급급했다.

게다가 쇼몽(Chaumont)*¹이라는 말은(기억에서는 두 개의 다른 이름에 공통 음절이 하나라도 있으면 조금의 양도체로 만족하는 전기기사처럼, 알베르틴과 내 마음 사이의 접촉을 회복하는 데 충분하다) 어떤 특정한 의혹과 연관될 필요도 없이 의혹을 일깨웠다(그 암호는 과거의 문을 여는 마법의 주문 '열려라 참깨'이며, 그 과거를 사람이 더 이상 고려하지 않게 된 것은 싫증날 정도로 바라본 끝에 글자 그대로 내던져버렸기 때문인데, 그리하여 사람은 과거를 빼앗기고 그 상실을 통해 마치 하나의 각과 함께 한 변을 잃은 도형처럼 자기 자신의 인격이 변형되었다고 생각했다). 이를테면 어떤 문장 속에 옛날 알베르틴이 갔을지도 모르는 거리나 길의 이름이 들어 있다는 것만으로, 이미 그 문장은 하나의 육체, 하나의 집을 찾는 질투, 어떤 물질을 거기에 자리잡게 하고 어떤 특수한 것의

_____

*1 '쇼브 몽(chauve mont)', 곧 '민둥산'.

실현을 추구하는, 아직 존재하지 않는 잠재적인 질투를 구체화한다.

가끔 잠자고 있는 것만으로 한꺼번에 기억의 몇 페이지와 달력의 몇 장을 무심히 넘겨버리는 그 '재연', 그 꿈의 '다카포(da capo)'*² 가 과거로 거슬러 올라가서 나를 지난날의 괴로운 인상으로 데리고 돌아갈 때가 있다. 이제까지 오랫동안 다른 인상에 자리를 양보하고 있었던 것이 다시 현재의 인상으로 돌아온 것이다. 보통 그러한 인상에는 서툴지만 감동적인 연출이 있고, 그것이 착각을 일으켜, 그때 내가 눈으로 보고 귀로 들었던 것이 그 뒤로는 이 밤의 사건이 된다. 그리고 사랑 이야기, 망가에 대한 사랑의 투쟁 이야기에서 꿈은 깨어 있을 때보다 큰 자리를 차지하는 게 아닐까? 꿈은 미세한 시간의 눈금 따위는 고려하지 않고 시간의 추이도 생략한 채 커다란 대조를 이루는 것만 대치시켜, 낮에 천천히 짜 올린 위안의 일감을 한순간에 풀어버리고 밤에 그녀와의 만남을 주선해준다. 만약 두 번 다시 만나지 않으면 우리는 그녀를 잊을 수 있을 텐데. 그것은 누가 뭐래도 꿈속에서 일어난 사건이 완전히 진짜처럼 보이기 때문이다. 다만 깨어 있을 때의 경험에서 이끌어낸 이유만이 그것을 진짜로 생각할 수 없게 만드는데, 그 경험은 꿈을 꾸고 있는 동안은 숨겨져 있다. 그래서 이 진짜 같지 않은 생활이 우리에게는 진짜로 보이는 것이다. 때로는 내적 조명의 결함으로 연극을 망치는 경우도 있다. 교묘한 연출로 추억이 마치 현실 생활 같은 착각을 일으켜, 나는 정말로 알베르틴과 만날 약속을 하고 이제부터 그녀를 만날 수 있을 거라고 믿었다. 그런데 그때 나는 아무리 해도 그녀 쪽으로 다가갈 수가 없고, 하고 싶은 말을 하거나 그녀의 얼굴을 보기 위해 꺼진 등불에 다시 불을 붙일 수도 없음을 느낀다. 이 속박은 단순히 잠을 자고 있는 사람의 움직이지도 못하고 말하지도 못하며 보이지도 않는 상태가 꿈에 나타난 것에 지나지 않는다. 마치 어딘가에 숨어 있던 커다란 그림자가 갑자기 나타나, 환등기로 비추고 있던 인물들을 삼켜버리는 것과 같은데, 그것은 사실 환등기 자체이거나 그것을 다루고 있는 사람의 그림자이다. 또 어떤 때는 꿈속에 알베르틴이 나타나 또다시 내게서 떠나려고 하지만, 그녀의 그 결심도 내 가슴을 조금도 울리지 못한다. 왜냐하면 내 기억에서 나오는 한 줄기 경고의 빛이 잠의 어둠 속을 비추고 있었기 때문이다. 알베르틴 속에 깃

*2 '처음부터 다시 되풀이'라는 뜻으로 쓰는 음악 용어.

들어 있으면서, 그녀의 미래 행동과 그녀가 예고하는 떠남에서 모든 중요성을 빼앗아가는 것은 그녀가 죽었다는 관념이었다. 그러나 알베르틴이 죽었다는 기억은 아무리 그것이 선명해도, 알베르틴은 살아 있다는 감각을 파괴하지 않고 이따금 그것과 한데 뭉친다. 나는 그녀와 애기를 나누고 있다. 내가 애기하는 동안 할머니가 방 안에서 내내 왔다갔다한다. 할머니의 턱은 삭은 대리석처럼 일부가 떨어져나갔지만, 나는 그것을 전혀 이상하다고 생각하지 않는다. 나는 알베르틴에게 발베크의 샤워실과 투렌의 어느 세탁소 처녀에 대해 물어보고 싶은 게 있다고 말하지만, 시간은 충분하며 이제 아무것도 서두를 필요가 없으므로 질문을 뒤로 미루고 만다. 그녀는 나쁜 짓은 아무것도 하지 않았다고, 어제 뱅퇴유 양의 입술에 키스했을 뿐이라고 말한다. "뭐라고? 그 사람이 여기 있다고?"— "맞아요, 그리고 나 이제 그만 가봐야 해요. 그 사람을 만나기로 했거든요."

알베르틴이 죽은 뒤로 나는 그녀를 살아 있었던 마지막 무렵처럼 내 집에 갇힌 여자로 생각하고 있는 건 아니어서, 그녀가 뱅퇴유 양을 방문하는 일은 나를 불안으로 내몬다. 나는 그것을 알고 싶지 않다. 알베르틴은 키스를 했을 뿐이라고 말하지만, 모든 것을 부정했을 때와 마찬가지로 또 거짓말하기 시작한 것이 틀림없다. 아마 오늘부터도 뱅퇴유 양에게 키스하는 것만으로는 만족하지 않을 것이다. 물론 어떻게 생각하면 내가 이런 걱정을 하는 것은 잘못이라고 할 수 있다. 왜냐하면 사람들의 이야기에 의하면, 죽은 사람은 아무것도 느끼지 않고 아무것도 할 수 없다니까. 분명히 그렇게 말들은 한다. 그런데도 죽은 할머니는 몇 년 전부터 계속 살아 있고, 지금 이 순간에도 방 안을 왔다갔다하고 있다. 물론 일단 눈을 뜨면 죽은 사람이 계속 살아 있다는 이런 생각은 이해도 설명도 할 수 없을 게 뻔하다. 그러나 꿈이라는 이 잠깐의 광기 상태에 놓인 동안, 나는 수없이 그런 관념을 품어왔으므로, 마침내 그 생각에 익숙해지고 말았다. 꿈의 기억도 자주 되풀이되면 오래 계속되는 수가 있다. 나는 상상한다, 혹시 오늘은 병이 나아 이성을 되찾는다 해도 그 남자라면, 자기 정신생활의 지나간 어느 시기에 말하려던 바를 다른 사람들보다 조금은 잘 이해하고 있을 거라고. 그는 어떤 정신병원을 방문한 사람들에게 의사가 뭐라고 하든 자신은 이성을 잃지 않았고 결코 미치지도 않았다는 것을 설명하기 위해, 자신의 건강한 정신과 환자들의 광기에 사로잡힌 망상을 비교하고 이렇게 결론을 내렸다. "보십시오, 저 남자는 완전히 다른 사람과 똑같아 보이지 않습니까? 아무도 그가 미친 사람이라고 생각하지 않아요. 그런데 말이오! 진짜 미치광이입니다. 저자는 자신을 예수 그리스도라고 생각하고 있으니까요. 하지만 그런 바보 같은 얘기가 어디 있습니까? 예수 그리스도는 바로 난데 말이오!" 꿈에서 깨어난 지 한참 지난 뒤에도 나는 여전히 알베르틴이 한 입맞춤 때문에 계속 고민했다. 그 이야기를 하던 그녀의 목소리가 아직도 귓전을 맴도는 듯한 기분이다. 사실 그 말은 내 귀 바로 옆을 지나간 게 틀림없다. 왜냐하면 그것을 입에 올린 사람은 바로 나 자신이니까. 나는 온종일 알베르틴과 얘기를 나눈다. 트집을 잡아 그녀에게 따져 묻고, 그녀를 용서하고, 그녀가 살아 있었을 때 그녀에게 늘 말하고 싶었지만 잊어버리고 말하지 못한 것을 보태어 말한다. 그리고 갑자기 나는 이렇게 생각하고 깜짝 놀랐다. 기억에 의해 되살아난 이 인물, 이 모든 말을 건넨 대상인 그녀에게는, 이제 어떠한 현실도 맞대고 있지 않다. 그 얼굴의 각 부분도 벌써 무너져버렸다. 게다가 하나의 통일된 인격을 부여하고 있었던 것은 살아갈 의욕이라는 끊임없는 압력뿐이었지만, 지금은 그것도 사라져버린 것이다.

다른 때는 꿈도 꾸지 않았는데 눈을 뜨자 내 안에서 바람의 방향이 바뀐 것이 느껴졌다. 다른 방향에서 끊임없이 불어오는 차가운 바람은 과거의 안쪽에서 찾아와, 평소에는 들리지 않는 시간을 알리는 먼 종소리와 출발의 기적을 몰고온다. 나는 책 한 권을 집어 들려고 한다. 특히 좋아했던 베르고트의 소설을 다시 펼친다. 그 속의 느낌이 좋은 등장인물들은 썩 마음에 들었다. 이내 책의 매력에 사로잡힌 나는 마치 나 자신의 기쁨인 것처럼 나쁜 여자가 벌을 받았으면 좋겠다고 생각하기 시작했고, 두 약혼자의 행복이 약속되자 눈시울이 붉어졌다. "그렇지만!" 나는 절망하여 소리친다. "알베르틴이 했을지도 모르는 일이 내게 아무리 중요하다 해도 그녀의 인격은 엄연히 현실에 존재하며 사라지지 않는다거나, 언젠가 조금도 변하지 않았을 그녀를 천국에서 만날 수 있을 거라고 결론을 내릴 수는 없다. 베르고트의 상상 속에서만 존재했던 인물, 나는 한 번도 만난 적 없고 얼굴도 마음대로 상상할 수 있는 인물의 성공을 진심으로 빌면서 이렇게 간절히 기다리거나 눈물을 흘리면서 맞이하고 있으니까." 게다가 이 소설에 나오는 매력적인 소녀들, 사랑의 편지, 밀회 장소인 호젓한 오솔길은 사람들이 남몰래 서로 사랑할 수 있다는 걸 생각하게 하여,

마치 알베르틴이 이 호젓한 오솔길을 산책이라도 한 것처럼 내 질투심을 자극했다. 또 여기에 나오는 어떤 남자는 젊었을 때 사랑한 여자와 50년 뒤에 다시 만나지만, 상대가 누군지 알아보지 못하고 그 옆에서 이내 지루함을 느끼고 만다. 그것은 사랑이 반드시 영원히 계속되지 않음을 떠오르게 하는 동시에, 내가 마치 알베르틴과 헤어진 뒤에 나이를 먹고 나서 별 관심 없이 그녀와 재회할 운명에 처한 듯한 혼란스러운 기분에 사로잡히게 한다. 또 프랑스 지도가 눈에 띄면 내 눈은 겁에 질려 질투심이 일어나지 않도록 투렌은 보지 않으려 했고, 비참한 생각에 젖지 않도록 노르망디와도 마주치지 않으려고 했다. 노르망디에는 적어도 발베크와 동시에르의 이름이 적혀 있으며, 그 두 곳 사이에는 그녀와 함께 수없이 걸었던 많은 길이 있기 때문이다. 그 밖에 프랑스의 도시와 시골의 지명은 그저 눈에 보이거나 귀에 들리는 이름일 뿐, 그중에서 이를테면 투르라는 지명은 다른 것과 달리 실체가 없는 영상이 아니라 독을 품은 물질로 되어 있어서 심장에 직접 작용하여 고동이 빨라지고 가슴이 아파오는 걸 느꼈다. 만약 이러한 힘이 몇몇 지명에 미치고 따라서 그런 것을 다른 지명과 완전히 다르게 만들어도, 갈수록 자기 안에 갇혀서 오로지 알베르틴에게만 마음을 향하고 있는 내가, 이 억누를 수 없는 힘이 아마 다른 누구와도 다를 바 없는 평범한 한 아가씨한테서 왔다는 사실에 어떻게 놀랄 수 있겠는가. 이것은 그녀 말고 어떤 여자라도 만들어낼 수 있는 것으로, 복잡한 꿈과 욕망, 습관과 애정이 번갈아 나타나는 고통과 쾌락의 없어서는 안 될 개입과 접촉한 결과이다.

기억은 현실의 생활, 즉 심적인 생활을 충분히 유지할 수 있어서, 그것이 더욱더 그녀의 죽음을 오래도록 미루게 되었다. 나는 객차에서 내려오는 알베르틴, 생마르탱 르 베튀에 가고 싶다고 말하는 알베르틴을 떠올린다. 또 그보다 더 전에, 뺨을 가릴 만큼 폴로 모자를 깊게 눌러 쓰고 있던 그녀가 눈앞에 떠오른다. 나는 또다시 행복의 가능성을 발견하고 그 방향을 향해 달려 나가면서, 이렇게 자신에게 말한다. "우리는 캥페를레까지, 퐁타방까지도 함께 갈 수 있었을지 모른다." 발베크 근처에 그녀가 생각나지 않는 역은 하나도 없다. 따라서 이곳은 신화의 나라처럼, 내 사랑의 가장 오래되고 매력적인 전설, 그 뒤에 일어난 일로 완전히 사라져 버린 전설을 간직하고 있었고, 그것을 생생하고 잔인하게 되살리고 있었다. 아! 만약 언젠가 다시 그 발베크의 침대에서 자야 한다면 얼마나 고통스러울까! 그 침대의 구리 틀은 움직이지 않는 축이나 고정된 철봉 같아서, 내 생활은 그 주위를 빙글빙글 돌며 거기에 할머니와의 즐거운 잡담과 그 죽음의 공포, 알베르틴의 다정한 애무와 그 악덕의 발견을 차례차례 맡겨왔다. 지금 그곳에 펼쳐지려는 새로운 생활 속에서 나는 그 유리문에 바다가 비치는 책장을 바라보면서 이 방에 알베르틴이 들어오는 일은 두 번 다시 없음을 알고 있었다. 발베크의 이 호텔은 시골 극장에 있는 단 하나의 무대장치 같은 게 아닐까? 몇 년 전부터 그곳에서는 참으로 다양한 연극들이 상연되었다. 무대장치는 어떤 희극에도 사용되었고 또 첫 번째 비극, 두 번째 비극, 그리고 어떤 순수시극을 위해서도 쓰였는데, 마찬가지로 이 호텔도 언제나 그 벽 사이에 내 생애의 새로운 시대를 간직하면서 이미 내 과거의 상당히 먼 곳까지 거슬러 올라가 있었다. 벽, 책장, 거울 등, 이 부분만이 언제까지나 변하지 않는다는 사실은, 전체적으로 변한 것이 그 밖의 부분이고 나 자신임을 확실히 느끼게 하는 동시에, 내게 비극적 낙관주의 같은 것을 믿고 있는 어린아이들은 가질 수 없는 인상을 안겨준다. 그러한 아이들은 인생, 사랑, 죽음 등의 신비는 남의 일이며 자신들과는 아무 관계도 없다고 생각하지만, 사람들은 세월이 흐를수록 그러한 신비가 자기 자신의 생활과 일체를 이루고 있었음을 괴로운 자긍심과 함께 깨닫게 된다. 나는 신문을 집으려고 했다.[1]

그런 이유로 신문을 읽는 것은 역겨웠다. 게다가 위험하기도 했다. 우리 마음속에서는 마치 숲 속 네거리처럼 하나하나의 관념에서 수많은 다른 길이 뻗어나와, 전혀 예기치 않았을 때 새로운 추억과 맞닥뜨릴 때가 있다. 포레(Fauré)의 가곡인 '비밀'은 브로이 공작의 〈왕의 비밀〉로 나를 이끌고, 브로이라는 이름은 쇼몽이라는 이름으로 이끌었다. 또는 '성금요일'이라는 말이 골고다(Golgotha)를 떠올리게 했고, 골고다는 다시 그 말의 어원을 연상시켰는데, 이는 Calvus mons[2]에 해당하는 쇼몽(Chaumont)같이 보였다.[3] 그러나 어떤 길을

---

[1] 프루스트는 이 뒤에 "그러나 나는 초조해졌다……"고 쓰기 시작하다가 그대로 멈추고 페이지를 비워놓은 채 다음으로 넘어갔다. 프라마리옹 판주(版注) 및 리브르 드포슈 판주는 조금 전의 기술(본권 2732페이지 이하)과 비슷한 내용이 될 성싶어 멈췄을 것으로 추정하고 있음.

[2] '민둥산'이라는 라틴어에 해당함.

[3] '그루터기를 뽑다(chaumer)'라는 동사가 있는데, 복수 2인칭 동사형이 이에 해당함.

지나 쇼몽에 이르렀을 때 나는 너무나 심한 충격을 받았으므로, 추억을 찾는 것보다 당장 고통에서 몸을 보호해야겠다는 생각밖에 들지 않았다. 충격의 순간이 지나가자, 천둥소리와 마찬가지로 뒤늦게 찾아온 지성이 그 이유를 내게 전해주었다. 쇼몽은 뷔트 쇼몽 공원을 떠올리게 했고 봉탕 부인의 말에 의하면 앙드레가 알베르틴과 함께 자주 그곳에 갔다고 했는데, 알베르틴의 얘기로는 뷔트 쇼몽 공원에 간 적이 한 번도 없다고 했다. 어떤 나이가 지나면 우리 추억은 서로 뒤엉켜서 생각하고 있는 것과 읽고 있는 책은 거의 중요하지 않게 된다. 우리는 가는 곳마다 어느 정도 자기 자신을 남겨두고 오기 때문에 모든 것이 결실이 풍부하고 또 모든 것이 위험해진다. 그리고 비누 광고에서도 파스칼의《팡세》만큼이나 귀중한 발견을 할 수 있다.

　물론 뷔트 쇼몽 공원 같은 사건은 사실 그것이 일어난 무렵에는 사소한 일 같았고, 샤워실 담당자와 세탁소 처녀 이야기에 비하면, 알베르틴을 비난할 재료로서 그 자체는 그다지 중요하지도 결정적이지도 않았다. 그러나 무엇보다 우연히 저쪽에서 찾아오는 추억은 우리 안에 흠결 없는 상상력, 즉 이 경우에는 우리를 괴롭히는 힘을 발견하지만, 그것과 반대로 우리가 어떤 추억을 재현하려고 정신을 의지적으로 작용시킨 경우에는 그 힘을 부분적으로 다 써버린다. 다음에, 후자(샤워실 담당자와 세탁소 처녀)와 같은 추억은 희미하기는 하지만 늘 기억 속에 남아 있어서, 마치 어두운 복도에 놓여 있는 가구가 확실하게 식별되지는 않아도 사람들은 그것과 부딪치지 않고 잘 피해 지나가듯이 나는 이 추억에 익숙해져 있었다. 그에 비해 뷔트 쇼몽 공원이나, 이를테면 발베크의 카지노 거울에 비친 알베르틴의 눈빛, 또는 게르망트네 집 야회가 끝난 뒤에 아무리 기다려도 알베르틴이 좀처럼 오지 않았던 밤의 그 이해할 수 없는 지연은 내가 오랫동안 생각도 하지 않았던 일로, 그녀의 생활 가운데 이러한 부분은 모두 내 마음 밖에 있었다. 가능하면 나는 그것을 알고 마음속에 받아들여 동화하고 진정한 내 것이 되어 있는 내면적인 알베르틴이 만드는 더욱 감미로운 추억에 그것을 더하고 싶었다. 생각지도 않았던 그러한 과거가, 습관의 무거운 베일 한 귀퉁이를 살짝 들추고 찾아왔다(사람을 어리석게 만드는 습관은 한평생 우리로부터 우주의 거의 모든 것을 가려버리며, 그 어둠을 틈타 인생의 가장 위험하고 강력한 마약인 독물을, 상표는 그대로 둔 채 아무런 도취도 가져다주지 않는 무해한 것으로 살짝 바꿔치기한다). 이 과거는 첫날과 마찬가지로 다시 돌아오는 계절과 단조로운 일상을 깨는 변화에, 생생하고 날카로운 신선함을 함께 데리고 돌아온 것이다. 그것은 쾌락을 가져다주는 것에 대해서도 처음으로 화창하게 갠 봄날, 차를 타거나 새벽에 집을 나서면 자신의 몹시 하찮은 행동에도 밝은 흥분을 느끼며 그 흥분이 이 충실한 한순간에 그것에 앞선 모든 나날보다 훨씬 더 큰 가치를 부여한다.

나는 게르망트 대공부인 댁의 야회에서 돌아와 알베르틴이 찾아오기를 기다리고 있었을 때로 돌아가 있었다. 지나간 나날은 그것에 앞서는 나날들을 조금씩 덮고, 그 지나간 나날 또한 뒤에 이어지는 나날 속에 파묻힌다. 그러나 지나간 하루하루는 우리 안에 간직되어 있다. 마치 커다란 도서관에는 아무리 낡은 책이라도 반드시 한 권은 소장되어 있는 것처럼. 아마 그 책을 빌리러 오는 사람은 아무도 없을 것이다. 그럼에도 그 지나간 나날은 그 뒤에 오는 여러 시기의 반투명한 층을 통해 겉쪽에 떠올라 우리 안으로 넓게 퍼져 완전히 덮어버린다. 그러면 한순간 이름은 옛날의 의미를, 사람들은 옛날의 얼굴을, 우리는 그때의 마음을 되찾는다. 그리고 우리는 그 무렵에 그토록 우리 자신을 괴롭혔던 문제, 오래전부터 해결하지 못한 채 두었던 문제를 인식하고 막연한 고통을 느끼지만, 그 고통도 지금은 어느 정도 견딜 만한 것이 되어 그리 오래 계속되지 않는다. 우리의 자아는 차례차례 찾아오는 우리 상태의 축적으로 이루어져 있다. 하지만 이 축적은 산의 지층처럼 조금도 움직이지 않는 것은 아니다. 끊임없이 높게 일어나 들떠 오래된 지층을 거의 겉쪽까지 밀어 올린다. 나는 지금 게르망트 대공부인 집에서 열린 야회 뒤에 알베르틴이 찾아오기를 기다리고 있는 중이었다. 도대체 그녀는 그날 밤 무엇을 한 걸까? 나를 배신했을까? 상대는 누구일까? 설사 에메가 알아낸 사실을 받아들인다 해도 이 생각지도 못한 의문에 대한 불안하고 슬픈 관심은 조금도 줄어들지 않았다. 마치 각각 다른 알베르틴과 하나하나의 새로운 추억들이 모두 특수한 질투의 문제를 제기하는데, 다른 문제에 대한 해답은 그것에 적용되지 않는 것처럼.

그러나 나는 그녀가 그날 밤 어떤 여자와 함께 보냈는지 알고 싶을 뿐만 아니라 그것이 그녀에게 어떤 특별한 쾌락을 느끼게 했는지, 또 그때 그녀의 마음에 무슨 일이 일어났는지도 궁금했다. 발베크에서 가끔 그녀를 부르러 갔던 프랑수아즈는, 알베르틴이 누군가를 기다리는 것처럼 안절부절못하는 얼굴로 창문에서 몸을 내밀고 있더라고 말했다. 이를테면 그 상대가 앙드레라는 걸 알았다고 하자. 그때 앙드레를 기다리던 알베르틴의 정신 상태, 그 안절부절못하고 누군가를 기다리는 듯한 눈빛의 등 뒤에 숨어 있는 정신 상태는 어떤 것이었을까? 여자에 대한 그러한 취향은 알베르틴에게 얼마나 중요한 일이었을까? 그것은 그녀의 관심사 중에서 어떤 위치를 차지하고 있었을까? 아! 돌이켜보면 나도 마음에 드는 젊은 아가씨를 볼 때마다, 때로는 만난 적도 없는 여자에 대한 소문을 듣기만 해도 마음이 설레어 내가 돋보이도록, 또 좋은 신분으로 보이도록 애쓰면서 식은땀을 흘리곤 하지 않았는가! 나는 고통에 시달린다. 지난날 레오니 고모를 왕진한 의사가 정말로 고통을 느끼는 건지 미심쩍었을 때, 고모는 의사가 더 잘 이해할 수 있도록 환자의 모든 고통을 의사에게 느끼게 하는 기계가 발명되었으면 좋겠다고 말했는데, 마치 그런 기계를 사용이라도 한 것처럼 분명 내가 느낀 바와 같은 관능의 설렘이 알베르틴 속에도 있었다고 상상하는 것만으로도, 나는 당장 고통에 사로잡혀 이렇게 자신을 타이른다. 이 관능의 설렘에 비하면 스탕달이나 빅토르 위고에 대해 나와 나눈 진지한 대화 따위는 그녀에게 하찮은 일이었을 게 틀림없다고. 그리고 나는 그녀의 마음이 다른 사람들에게 끌려, 내 마음을 떠나서 다른 곳에 가 있음을 느꼈다. 그러나 이 욕망은 그녀에게 중요한 것임이 분명하며, 타인이 다가갈 수 없도록 주위가 격리되어 있었기 때문에, 그것이 질적으로 어떠한 욕망이었는지는 알 수 없었고, 하물며 그녀가 어떤 식으로 그것을 자신에게 설명하고 있었는지도 짐작이 가지 않았다. 육체적인 고통은 적어도 우리가 스스로 선택할 수 있는 게 아니다. 질병이 고통을 결정하고 우리에게 강요한다. 그런데 질투의 경우, 이를테면 모든 종류, 모든 정도의 고통을 시험한 뒤에 자신에게 알맞은 듯한 고통을 선택해야만 한다. 더군다나 사랑하는 여자가 우리와 다른 사람들과 함께 쾌락을 추구하고 있다고 느낄 때, 그 고통의 크기를 헤아리기란 얼마나 어려운 일인가! 상대는 우리가 줄 수 없는 감각을 그녀에게 주고 있으며, 적어도 그 신체의 겉모양이나 인상, 방식에 따라 우리와는 전혀 다른 것을 그녀에게 보여주고 있다. 아! 어째서 알베르틴은 생루를 사랑하지 않았던가! 그랬다면 훨씬 덜 괴로웠을 텐데!

물론 우리는 사람이 저마다 갖추고 있는 특수한 감수성을 잘 알지 못하며 보통은 그것을 모른다는 사실조차 잘 모르고 있다. 왜냐하면 다른 사람의 감수성 따위는 내 알 바 아니라고 생각하기 때문이다. 그러나 특히 알베르틴에 대한 한, 나의 행복과 불행은 이 감수성에 달려 있었던 것이리라. 나는 그것이 내가 모르는 것임을 알고 있었고, 그것을 모른다는 사실이 이미 내게는 극심한 고통이었다. 알베르틴이 느끼고 있었으나 내가 모르는 욕망과 쾌락, 그것을 내가 한번은 보고, 한번은 들은 듯한 착각을 일으켰다. 보았다고 생각한 것은 알베르틴이 죽은 뒤 조금 지나서 앙드레가 집에 찾아왔을 때였다. 그때 처음으로 앙드레가 아름답게 보여서 나는 이렇게 생각했다. 이 조금 곱슬거리는 머리카락, 어둡게 그늘진 눈이야말로 아마 알베르틴이 열렬히 사랑한 것일 테고, 지금 내 앞에 구체적인 형태로 드러난 이러한 것들이야말로 느닷없이 서둘러 발베크를 떠나려 한 날, 알베르틴이 꿈을 꾸는 듯한 기분으로 애타게 그리워했던 것, 미리 욕망을 앞지르는 눈길로 바라보고 있었던 것이리라. 살아 있었을 때는 발견하지 못했던 미지의 어두운 꽃이 무덤 저편에서 어떤 사람의 손으로 옮겨진 듯이, 나는 눈앞에 뜻하지 않게 발굴한 귀중한 유품으로서 앙드레라는 알베르틴의 '욕망'의 화신을 본 듯싶었다. 마치 베누스가 유피테르의 욕망의 화신인 것처럼. 앙드레는 알베르틴이 죽어서 슬프다고 말했지만, 나는 곧 그녀가 사실은 여자친구가 없어도 외로워하지 않고 있음을 느꼈다. 죽음에 의해 억지로 여자친구와 떨어진 앙드레는 뜻밖에 쉽사리 결정적인 이별을 받아들일 각오를 한 듯하다. 알베르틴이 살아 있었다면, 나로서는 도저히 앙드레에게 그녀와 헤어질 마음의 준비를 해달라고 말할 용기가 나지 않았으리라. 그정도로 나는 앙드레의 동의를 얻지 못할까 봐 두려워하고 있었다. 그런데 그녀가 알베르틴을 포기해도 내게 아무런 이점도 없게 된 지금에 와서야 그녀는 어렵지 않게 알베르틴을 포기하는 데 동의한 것처럼 보인다. 앙드레는 알베르틴을 내게 맡겼다. 다만 그것은 죽은 알베르틴이고 내게는 단순히 생명을 잃은 여자일 뿐 아니라, 이제는 그녀가 앙드레에게 무엇과도 바꿀 수 없는 유일한 사람이 아니며 몇 사람이라도 대신할 여자가 있다는 걸 알았으니, 과거로 거슬러 올라가도 얼마쯤 현실성이 모자란 알베르틴이었다.

알베르틴이 살아 있었다면 앙드레에게 그녀들의 관계와 뱅퇴유 양과 여자친구의 우정에 대해 사실대로 얘기해달라고 부탁할 용기는 없었으리라. 앙드레에게 말한 것이 결국 알베르틴에게 모두 전해지지 않는다고 장담할 수 없었기 때문이다. 지금이라면 그런 식으로 캐물어도 비록 보람은 없을지 몰라도 적어도 위험하지는 않을 것이다. 그래서 나는 앙드레에게 심문하는 투가 아니라 오래전부터 알베르틴이나 누군가에게 들어서 알고 있는 척하며, 앙드레가 여자를 좋아하는 성향이나 그녀와 뱅퇴유 양과의 관계를 화제에 올렸다. 그녀는 미소를 지으면서 아무런 거리낌도 없이 모든 걸 털어놓았다. 이 고백에서 나는 잔인한 결론을 이끌어낼 수 있었다. 무엇보다 앙드레는 발베크에서 젊은 남성들의 마음을 끌기 위해 무척 열정적인 여자인 것처럼 행동했기 때문에, 그녀가 조금도 부정하지 않는 이런 습관이 있는 줄은 아무도 상상하지 못했으리라. 따라서 이러한 새로운 앙드레의 발견에서 미루어보건대, 알베르틴도 마찬가지로 누구에게나 쉽게 고백했을 테지만, 다만 질투하고 있다고 그녀가 느꼈던 나만은 예외였을 거라고 생각한 것이다. 한편으로 앙드레는 알베르틴의 둘도 없는 친구였으며 아마 알베르틴이 일부러 발베크에서 돌아온 것도 앙드레 때문이었을 테니, 앙드레가 그 취향을 고백한 지금, 나의 정신이 어쩔 수 없이 내리는 결론은 두 사람이 늘 관계가 있었을 거라는 점이었다. 물론 다른 사람이 있는 자리에서는 그 사람한테서 받은 선물을 풀어보지 못하고 선물한 사람이 돌아간 뒤에야 비로소 풀어보게 마련인데, 그것과 마찬가지로 앙드레가 있는 동안 나는 자신의 마음을 돌아보면서 그녀가 가져온 괴로움을 따져보지도 못했다. 그래도 나의 육체적 하인인 신경과 심장이 이 괴로움 때문에 큰 혼란에 빠진 것은 느끼고 있었으나, 다만 예의상 그것을 모르는 척하고 손님으로 맞이한 젊은 아가씨와 더없이 사이좋게 대화를 계속하면서, 마음속에서 일어나는 사건에 눈을 돌리지는 않았다. 특히 괴로웠던 것은 앙드레가 알베르틴 이야기를 하면서 이런 식으로 말하는 걸 들었을 때다. "맞아요! 그 앤 슈브뢰즈 골짜기에 산책하러 가는 것을 무척 좋아했어요." 알베르틴과 앙드레의 산책은 어디에도 존재하지 않는 어렴풋한 세계였지만, 앙드레는 나중에 악마적인 창조 행위를 통해 신이 만드신 작품에 저주받은 골짜기를 보탠 것처럼 보였다. 앙드레가 알베르틴과 함께한 일을 모두 얘기할 거라고 느낀 나는 예의 바르고 교묘하게 자존심을 담아, 그리고 어쩌면 상대에 대한 감사의 마음도 곁들여서 더욱 친근한 태도를 보여주려고 애썼다. 그러는 동안에도 알베르틴의 결백을 주장할 수 있는 입지는 자꾸만 좁아졌고, 나는 아무리 노력해도 마치 자신이 공포에 움츠러든 동물 같은 모습을 하고 있음을 알 듯한 기분이 들었다. 그 동물을 위협하는 맹수는 주위를 천천히 돌면서 조금씩 원을 좁히지만, 이제 달아날 길이 없는 먹잇감에 언제라도 달려들 수 있으므로 절대 일을 서두르지 않는다.

그래도 나는 가만히 앙드레를 바라보았다. 그리고 자신의 눈을 뚫어지게 바라보며 최면술을 걸어오는 것도 두렵지 않은 척하는 사람 특유의 쾌활함, 자연스러움, 자신감을 보여주면서 내 생각을 말했다. "화낼까 봐 지금까지 한 번도 입 밖에 내지 않았지만, 지금은 우리 두 사람 다 즐겁게 알베르틴에 대한 얘기를 나누는 중이니까 분명히 말할 수 있어. 실은 오래전부터 당신과 그녀 사이에 이런 관계가 있다는 걸 알고 있었어. 게다가 당신은 이미 다 알고 있는 일이라고 하니 내 말에 기분 나빠하지는 않겠지만, 알베르틴은 당신을 굉장히 좋아했지." 나는 앙드레에게 만약 내 앞에서 그때의 일을 실제로 해 보여준다면 무척 흥미로울 거라고 덧붙였다. 그다지 거북하지 않을 정도의 조금의 애무로 충분하니까, 그런 취향이 있는 알베르틴의 여자친구와 해보지 않겠느냐고. 그리고 좀더 확실히 하기 위해 로즈몽드, 베르트 등, 알베르틴의 친구들 이름을 모두 주워섬겼다. "무슨 일이 있어도 절대로 안 돼요. 당신 앞에서 그런 짓을 하다니." 앙드레가 대답했다. "게다가 당신이 말한 사람들 가운데, 그런 취향이 있는 사람은 한 사람도 없다고 생각해요." 나는 자신도 모르게 나를 끌어당기고 있는 괴물 쪽으로 몸을 기울이면서 이렇게 대답했다. "뭐라고? 설마 당신들 동아리 가운데서 당신이 그 짓을 한 상대가 알베르틴뿐이었다는 얘기는 아니겠지?"—"그만해요. 나, 알베르틴과 그런 짓을 한 적은 한 번도 없었으니까."—"허어, 앙드레, 적어도 3년 전부터 내가 알고 있는 사실을 왜 부정하는 거지? 난 그것이 잘못이라고는 전혀 생각하지 않아. 그래, 알베르틴이 당신과 함께 다음 날 꼭 베르뒤랭 부인의 집에 가고 싶다고 말했던 밤의 일이지만, 아마 당신도 기억하고 있을걸……." 좀더 말을 계속하려고 했을 때, 나는 앙드레의 눈에 걱정의 빛이 지나가는 것을 보았다. 그 때문에 그녀는 보석상도 쉽게 다룰 수 없을 듯한 뾰족한 돌처럼 날카로운 눈빛이 되었는데, 그것은 마치 특별히 허락받은 자가 연극이 시작되기 전에 막의 한 귀퉁이를 살짝 들쳐본 뒤, 들키지 않도록 이내 몸을 숨길 때의 그 표정과 똑같았다. 이 불안한 시선이 사라지자 모든 건 원래대로 돌아갔지만, 내게는 이제부터 보게 될 모든 것이 나 때문에 겉모양을 꾸민 것에 지나지 않음을 느낄 수 있었다. 그때 문득 거울에 비친 내 모습이 눈에 들어왔는데, 놀랍게도 나와 앙드레 사이에는 어딘가 닮은 데가 있었다. 나는 오랫동안 콧수염을 깎지 않고 있었는데 만약 그렇지 않았다면, 즉 어렴풋한 수염 자국밖에 없었다면 우리 두 사람은 거의 똑같았을 것이다. 아마 알베르틴이 발베크에서 느닷없이 파리로 돌아가고 싶어서 안절부절못하던 그 미친 듯한 욕망을 품은 것은, 내 콧수염이 아직 거의 자라지 않은 것을 보았기 때문이리라.

"하지만 당신이 그것을 나쁜 짓으로 생각하지 않는다 해도, 그렇다고 사실이 아닌 걸 사실이라고 말할 수는 없어요. 맹세하지만 알베르틴과는 아무 일도 없었어요. 게다가 그 애도 그런 건 아주 싫어했어요. 당연하잖아요? 당신에게 그런 말을 한 사람은 틀림없이 뭔가 목적이 있어서 거짓말을 했을 거예요." 그녀는 탐색하듯이 경계하는 표정으로 말했다. "그런가? 좋아, 굳이 말하고 싶지 않다면." 나는 증거를 보여주고 싶지 않은 척하려고 그렇게 대답한 것이지만, 그런 증거 따위는 어디에도 없었다. 그런데도 혹시나 해서 나는 막연하게 뷔트 쇼몽이라는 지명을 말했다. "뷔트 쇼몽에는 알베르틴과 함께 갔을지도 모르죠. 그런데 뭔가 특별히 나쁜 장소인가요?" 나는 이 이야기를 지젤에게 해보지 않겠는가, 한때 지젤은 알베르틴과 상당히 가까이 지냈던 것 같으니, 하고 부탁했다. 그러나 앙드레는 얼마 전에 지젤이 자기한테 심한 짓을 했기 때문에 그녀에게 뭔가 부탁하는 것만은 아무리 당신을 위한 일이라도 거절하겠다고 잘라 말했다. 그리고 이렇게 덧붙였다. "지젤을 만나더라도 내가 얘기했다는 건 비밀로 해주세요. 적을 만드는 건 어리석은 짓이니까요. 네, 지젤은 내가 자기를 어떻게 생각하는지 잘 알고 있어요. 하지만 난 언제나 큰 싸움만은 피해왔죠. 또 화해로 끝날 게 뻔하니까요. 게다가 그녀는 위험한 사람이에요. 그래요, 일주일 전에 받은 편지에선, 사람을 배신하는 뻔뻔스러운 거짓말을 하고 있지 않겠어요? 그것을 읽고 나면 아무리 좋은 행동을 한다 한들 어떻게 잊을 수가 있겠어요?" 요컨대 앙드레는 조금도 숨기려 들지 않을 만큼 확실하게 그런 취향을 갖고 있었고, 또 알베르틴은 그런 그녀에게 강한 애정을 느꼈으며 앙드레 쪽에서도 분명히 애정을 갖고 있었음에도 알베르틴과의 사이에서 육체관계는 한 번도 없었다. 만약 알베르틴에게 그런 취향이 있다는 사실을 줄곧 모르고 있었다면 그것은 알베르틴에게 그런 취향이 없고, 누구와도 그런 관계가 없었다는 얘기다. 그런 관계를 가진다면 누구보다도 앙드레가 그 상대였을 테니까. 그리하여 앙드레가 돌아간 뒤, 나는 그녀가 그토록 단호하게 선언한 덕분에 마음이 진정되었음을 깨달았다. 그러나 어쩌면 앙드레는 아직도 마음속에 죽은 알베르틴에 대한 추억이 남아 있어서, 그녀에 대한 의무감으로 아마 살아 있을 때 부정해달라고 부탁받은 것을 다른 사람이 알게 해서는 안 된다고 여기고 그렇게 딱 잘라 말한 건지도 몰랐다.

지금까지 가끔씩 알베르틴이 느꼈을 그 쾌락을 상상해보려고 애썼는데 앙드레를 바라보는 동안, 한순간 그것을 느낀 것 같은 느낌이었다. 그런데 어느 땐가 눈앞에 있는 그 쾌락을 눈이 아니라 다른 형태로 포착했다는 생각이 들었다. 즉 귀로 들은 듯한 느낌이 든 것이다. 나는 알베르틴이 자주 다녔던 세탁소의 두 처녀를 어느 매음굴로 부른 적이 있었다. 한 아가씨가 어루만지면 상대는 금방 소리를 지르기 시작했는데, 처음에 나는 그것이 뭔지 몰랐다. 왜냐하면 사람은 자신이 경험한 적이 없는 감각에서 나오는 기묘한 소리의 의미를 결코 완전히 이해할 수는 없기 때문이다. 마취도 하지 않고 수술을 받는 환자가 지르는 고통의 신음도, 옆방에서 아무것도 보지 못한 채 소리만 들으면 킬킬거리는 웃음소리로 들릴지도 모른다. 또 방금 아이가 죽었다는 소식을 들은 어머니의 입에서 나오는 비명은, 사정을 모르는 자의 귀에는 무슨 동물이 지르는 소리나 하프에서 나는 소리로 들려서, 그것을 인간에게 적용하여 해석하는 것은 좀처럼 쉬운 일이 아니다. 설사 우리 자신이 느끼는 바와는 거리가 있어도, 유추를 통해 그러한 소리들이 우리가 고통이라고 부르는 것을 표현하고 있다는 사실을 이해하기까지는 얼마간의 시간이 필요하다. 마찬가지로 내가 느낀 것은 매우 다르다 해도 유추를 통해, 세탁소 처녀가 지른 그 신음은 내가 쾌락이라고 부르는 바를 표현한 것임을 알기까지 한참의 시간이 걸렸다. 게다가 그 쾌락이 그것을 느끼고 있는 사람을 그토록 광란에 빠뜨려 한 번도 들은 적이 없는 소리를 토하게 할 정도라면 아마도 무척 강렬한 쾌락이었음이 분명하다. 그 소리는 이 어린 여자가 체험한 기분 좋은 드라마의 모든 단계를 가리키며 그것을 해설하고 있는 듯하지만, 내 눈에는 장막에 가려서 그 드라마는 보이지 않는다. 장막은 저마다의 신비로운 내면에서 일어나는 모든 것을 본인 말고 다른 눈에는 영원히 숨기고 있다. 더욱이 이 두 처녀는 내게 아무것도 말할 수 없었다. 그녀들은 알베르틴이 누구인지 몰랐기 때문이다.

소설가는 흔히 머리말에서, 어느 지방을 여행하다가 어떤 사람을 만났는데 그 사람한테서 한 인물의 생애에 대한 이야기를 들었다고 말한다. 소설가가 상대에게 들은 그 이야기가 바로 소설가의 작품이 되는 것이다. 파브리스 델 동고의 생애도 그런 식으로 스탕달이 파도바의 성당 참사회원으로부터 들었다고 한다. 사람은 사랑을 하고 있을 때, 즉 자기 말고 어떤 사람이 신비롭게 보일 때, 이와 같이 상대에 대해 잘 알고 있는 이야기꾼을 얼마나 찾고 싶은지 모른다! 그리고 반드시 그런 이야기꾼은 존재하는 법이다. 우리 자신도 자주 아무런 열정 없이 어떤 여자의 생애를 자기 친구나 모르는 사람에게 얘기하는 일도 있지 않은가. 그녀의 수많은 연애를 하나도 모르고 있던 상대는 재미있어하면서 그 얘기에 귀를 기울인다. 나는 블로크에게 게르망트 대공부인과 스완 부인에 대한 이야기를 해주었는데, 그때의 나 같은 사람이 존재한다면 내게 알베르틴에 대한 이야기를 해주었을 텐데! 그런 인간은 언제라도 존재하고 있다……. 그런데 우리는 절대로 그 인물을 만날 일이 없다. 만약 알베르틴을 알고 있던 여성들을 찾아내면, 내가 몰랐던 것을 여러 가지로 가르쳐줬을 거라는 생각이 든다. 그런데 남들이 보기에는 나만큼 그녀의 생활을 잘 알고 있는 자도 없을 것이다. 나는 그녀와 가장 절친한 앙드레도 알고 있지 않은가? 마찬가지로 사람들은 장관의 친구라면 어떤 사건의 진실을 잘 알고 있어서, 소송에 휘말리는 일도 없을 거라고 생각하기 쉽다. 그런데 그 친구만은 '평소의 교제를 통해' 알고 있을 뿐이다. 장관과 정치 이야기를 할 때마다 상대는 일반론의 영역을 벗어나지 않고, 기껏해야 신문에 발표되는 정도밖에 말하지 않거나, 뭔가 난처한 일이 있어서 가끔 장관에게 부탁을 해도 어김없이 "그건 내 권한 밖이라서……" 하는 바람에 아무리 친구라도 어쩔 수가 없음. 나는 '만약 증언해줄 사람을 몇 명만 알고 있다면' 하고 생각한다. 그런데 혹여 그 사람들을 안다 해도 앙드레한테서보다 더 많은 것을 이끌어낼 수는 없으리라. 앙드레는 비밀을 쥐고 철통같이 지켰다.

스완은 질투가 지나가고 나면 오데트가 포르슈빌과 무슨 짓을 했는지에 대한 호기심을 잃어버렸지만, 나는 그와 달리 질투가 지나간 뒤에도 알베르틴이 드나든 세탁소 처녀와 알베르틴이 살았던 동네의 사람들과 아는 사이가 되어, 그녀의 생활과 사정을 재구성하는 것에만 관심을 두고 있었다. 질베르트와 게르망트 공작부인의 경우처럼, 욕망은 반드시 미리 마음이 끌리는 매혹적인 힘이 있어야 일어난다. 그래서 전에 알베르틴이 살았던 이 동네에서 내가 찾았던 것은 알베르틴과 같은 환경에 있는 여자들이었다. 만나고 싶은 사람은 그녀들뿐이다. 설사 아무것도 가르쳐주지 않아도, 내가 매혹된 것은 알베르틴이 알고 지냈던 여자들이나 알 수 있었을지도 모르는 여자들, 알베르틴과 같은 환경에 있거나 그녀의 마음에 드는 환경에 있었던 여자들뿐이었다. 한마디로 말해, 알베르틴을 닮았거나 그녀가 마음에 들어했을지도 모르는 여자라는 매력을 갖춘 여자들이다. 그중에서도 특히 소시민층 아가씨들에게 끌린 이유는 내가 알고 있는 것과 크게 다른 삶의 모습 때문으로, 그것이 바로 그녀들의 생활이었다. 물론 사람이 사물을 소유하는 것은 생각을 통해서이다. 아무리 식당에 유화가 걸려 있어도 그것을 이해하지 못하면 진짜로 가지고 있다고 할 수 없으며, 또 어떤 지방에 살고 있다 해도 그곳의 경치를 쳐다보지도 않는다면 그 지방에 대해 잘 안다고 할 수 없다. 그러나 전에 파리에서 찾아온 알베르틴을 품에 안았을 때, 나는 발베크를 다시 손에 넣은 듯한 착각을 느꼈다. 마찬가지로 어느 여공(女工)을 안았을 때는 알베르틴의 생활, 직장의 분위기, 카운터의 대화, 초라한 집들에 깃드는 영혼에, 짧은 순간이기는 했지만 틀림없이 맞닿은 듯한 느낌이 들었다. 앙드레와 그러한 다른 여자들은 알베르틴과 비교하면—마치 알베르틴 자신이 발베크에 대해 그랬던 것처럼—쾌락의 대용품 같은 존재로, 차례차례 질을 떨어뜨리면서 다른 쾌락을 대신하게 되고, 그리하여 우리는 발베크 여행이나 알베르틴의 사랑 같은, 두 번 다시 다다를 수 없게 된 쾌락 없이도 살 수 있는 것이다. 이러한 쾌락은(옛날에는 베네치아에 있었던 티치아노의 그림을 루브르 미술관에 보러 가는 쾌락이, 베네치아에 가지 못하는 서운함을 달래듯이) 분간할 수 없을 정도의 미묘한 차이에 의해 서로 거리를 두고 떨어져 있으면서, 우리 생활을 최초의 욕망 주위에 퍼지는 일련의 동심원(同心圓)이 되게 한다. 중심을 같이하는 이 원들은 서로 이웃하여 조화를 이루고 있으며 퍼져갈수록 색이 옅어지지만, 최초의 욕망이 그 전체의 색조를 결정하여 서로 녹아서 다른 물질로 변화하지 않는 색은 빼고 주를 이루는 색만 주위로 넓게 퍼뜨린 것이다(이를테면 게르망트 공작부인과 질베르트에 대해 내게도 같은 일이 일어난 것처럼). 이러한 여자들과 앙드레나 알베르틴을 곁에 두고 싶다는, 이제는 이루어질 수 없음을 알고 있는 욕망의 관계는, 아직 알베르틴의 얼굴만 알고 지내던 어느 날 저녁, 그녀를 곁에 두고 싶은 소망 따위는 도저히 이루어질 수 없다고 생각한 바로 그때 보았던, 구불구불한 가지에 매달려 햇살을 받고 있던 신선한 포도송이에 비유할 수 있다. 이렇듯 그런 여자들은 알베르틴 자신이나 그녀가 좋아했을 듯싶은 유형을 떠올리게 해서,

질투와 회한이 섞인 잔인한 감정을 불러일으켰다. 나중에 슬픔이 차츰 가라앉자 그 감정은 호기심으로 변했는데, 그것도 전혀 매력이 없지는 않았다.

나는 알베르틴의 정신적·육체적·사회적 특징 때문에 그녀를 사랑한 것은 아니었지만 그래도 이러한 특징이 지금은 내 사랑의 추억과 연관되어, 오히려 전 같으면 절대 선택하지 않았을 방향으로 내 욕망을 돌리곤 했다. 즉 갈색 머리의 프티부르주아 여자들에게로. 물론 내 안의 어떤 부분에서 다시 싹트기 시작한 것은 알베르틴에 대한 사랑도 만족시킬 수 없었던 커다란 욕망이었다. 그것은 옛날 발베크로 가는 도중이나 파리 시내에서 느꼈던, 인생을 알고 싶다는 커다란 욕망이었는데 알베르틴의 마음속에도 그런 욕망이 있음을 느끼기 시작했을 때, 나는 결코 그녀에게 내가 아닌 다른 사람과 함께 그 욕망을 충족시키는 짓을 하게 그냥 놔두지는 않겠다고 생각하며 몹시 괴로워했다. 그러나 그녀의 욕망을 생각하는 것 자체가 내 욕망에서 직접 초래된 것이고, 이두 가지 욕구는 함께 진행되고 있기 때문에 지금은 그녀의 욕망을 생각해도 아무렇지 않을 뿐만 아니라, 가능하면 함께 그 욕망에 몸을 맡기고 싶어서 이렇게 혼자 중얼거렸다. "이 아가씨라면 그녀도 마음에 들어했을지 몰라." 이렇게 갑자기 샛길로 들어서면, 나는 알베르틴과 그녀의 죽음이 다시 생각나 몹시 슬퍼져서 더 이상 욕망을 추구할 수가 없게 되고 만다. 마치 전에 메제글리즈 쪽과 게르망트 쪽이 전원에 대한 내 취향의 바탕을 세운 뒤부터, 오래된 교회나 수레국화와 미나리아재비가 없는 지방에는 깊은 매력을 느낄 수 없게 된 것처럼, 알베르틴에 대한 사랑은 내 마음속에서 어떤 유형의 여자들을 매력 넘치는 과거와 연관시켰으므로, 나는 이제 그런 여자들이 아닌 다른 여자들은 찾지 않게 되고 만 것이다. 내게는 그녀를 사랑하기 전처럼, 그녀와 조화를 이루며 서로 영향을 줄 필요가 있었다. 그렇게 되면, 조금씩 그녀만의 배타적인 추억이 아니게 되어, 그 추억과 맞바꿀 수 있을 것이다. 지금은 금발의 기품 있는 공작부인 곁에 있어도 나는 도무지 즐겁지 않을 성싶다. 상대가 알베르틴과 그녀에 대한 욕망, 그녀의 정사에 대한 질투와 그녀의 죽음에 대한 고통이 주는 정서를 아무것도 일깨워주지 않기 때문이다. 왜냐하면 감각이 강렬해지기 위해서는 우리 안에 그것과 다른 뭔가를, 이를테면 어떤 감정을 불러일으켜야만 하기 때문이다. 그 감정은 쾌락으로는 만족하지 않겠지만, 그것이 욕망과 하나가 되면 욕망은 팽창하여 죽을힘을 다해 쾌락에 매달린다. 알베르틴이 어떤 여자들에게 느낀 사랑이 더는 나를 괴롭히지 않게 됨에 따라, 그 사랑은 그러한 여자들을 다시 나의 과거와 연관시켜, 그녀들을 훨씬 더 현실적인 존재로 만들었다. 마치 콩브레의 추억이 미나리아재비나 산사나무꽃에, 새로운 꽃들보다 훨씬 많은 현실성을 부여하듯이. 앙드레에 대해서도 나는 이제 '알베르틴은 앙드레를 사랑했다'고 분노를 담아 생각하기보다 반대로 자신의 욕망을 자신에게 설명하기 위해 차분하게 들려준다. '알베르틴도 그녀를 퍽 좋아했지' 이제야 나는 이해할 수 있다, 아내를 잃은 남자가 처제와 재혼하면 슬픔을 잊을 수 있을 거라고 생가하기 쉽지만, 실은 오히려 슬픔을 잊을 수 없다는 사실을 증명하고 있음을.

그리하여 끝나가던 나의 사랑은 새로운 사랑을 가능하게 하는 것처럼 생각되었다. 오랫동안 사랑받고 있던 여자가 나중에 연인의 사랑이 식어가는 걸 느끼면, 중개자 구실에 만족하며 자신의 영향력을 유지하려 하듯이, 알베르틴은 퐁파두르 부인이 루이 15세에게 그랬듯이, 나를 위해 새로운 어린 아가씨들을 준비하고 있었다. 전에, 내 시간은 욕망의 대상이 되는 여성이 누구인가에 따라 몇 번의 시기로 나뉘어 있었다. 어떤 여자가 주는 강렬한 쾌락이 가라앉으면 나는 순결한 애정을 쏟아주는 여자를 얻고 싶었는데, 그것은 더욱 능란한 애무를 원하는 기분이 다시 최초의 여자에 대한 욕망을 불러일으킬 때까지 계속되었다. 지금은 그러한 몇몇 시기의 교체도 끝나버렸다. 아니, 적어도 그러한 때의 하나가 언제까지나 계속되고 있다. 내가 원하는 것은 새로운 여자가 내 집에 함께 살면서, 밤에 내 곁을 떠나기 전에 누이동생처럼 가족적인 키스를 해주는 것이었다. 그래서 만약 견딜 수 없는 다른 여자의 존재를 경험하지 않았더라면 나는 이렇게 생각했을지도 모른다. 미련이 남는 것은 어떤 사람의 입술보다 키스에 대해서이고, 사랑보다 쾌락에 대해서이며, 사람보다 습관에 대해서라고. 또한 나는 새로운 여자가 알베르틴처럼 뱅퇴유의 곡을 연주하고, 그녀처럼 나를 상대로 엘스티르 이야기를 해주기 원했다. 그러나 그건 도저히 불가능한 일이다. 그래서 새로운 여자와의 사랑은 알베르틴과의 사랑에 미칠 수 없다고 나는 생각했다. 그것은 곳곳의 미술관을 찾아다니고 연주회에서 밤을 보내며 편지와의 대화, 육체관계에 앞선 희롱과 끝난 뒤의 진지한 우정을 포함한 모든 복잡한 생활, 그러한 다양한 삽화로 채색된 사랑이 오로지 몸을 맡기는 것밖에 할 수 없는 여자에 대한 사랑보다, 마치 오케스트라가 피아노를 능가하는 것처럼 훨씬 많은 가능성을 지녔기 때문일까. 아니면 알베르틴이 내게 쏟은 것과 같은 애정, 상당히 교양이 있으면서 누이동생 같은 아가씨의 애정을 내가 원하는 것은—알베르틴과 같은 환경의 여자를 구하는 것과 마찬가지로—더욱 깊은 곳에서 알베르틴의 추억, 그녀에 대한 사랑의 추억이 되살아났기 때문일까.

나는 또다시 느꼈다. 첫째로, 추억은 아무것도 만들어내지 않고 이미 우리가 가지고 있는 것 말고는 아무것도 원할 수 없을 뿐만 아니라 더 나은 것을 원할 수도 없다는 사실을. 둘째로, 추억은 정신적인 것이므로 현실은 추억이 추구하는 상태를 줄 수 없다는 사실을. 마지막으로, 추억이 가져다주는 소생(蘇生)은 죽은 사람한테서 오는 것이므로, 그것은 추억이 그렇게 믿게 만드는 것처럼 사랑하고 싶은 마음이 되살아나는 게 아니라 부재하는 여자를 찾는 마음의 부활이라는 사실을. 따라서 내가 선택한 여자가 아무리 알베르틴과 닮았어도, 또 내가 그녀의 사랑을 얻었다 해도, 또 아무리 그것이 알베르틴의 사랑과 닮았어도 그러한 유사는 내가 자신도 모르게 추구하고 있었던 것이 부재하며, 내 행복이 다시 태어나는 데 없어서는 안 되는 것이 부재한다는 사실을 더욱 절실히 느끼게 할 뿐이었다. 내가 바라던 것은 곧 알베르틴 자신이고, 우리가 함께 보낸 시간이며, 내가 모르는 사이에 추구했던 과거이다. 화창하게 갠 날 파리에서는 헤아릴 수 없이 많은 아가씨가 꽃밭의 꽃처럼 한꺼번에 활짝 피어난 듯이 보였다. 그녀들은 내 욕망의 대상이 될 수는 없지만, 알베르틴 욕망의 어둠 속에 그녀가 보냈던 내가 모르는 저녁의 어둠 속에 깊게 뿌리내리고 있었다. 아직 내게 경계심을 품기 전이었던 처음 무렵에, 알베르틴은 그 가운데 한 사람에 대해 이렇게 말했다. "그 아인 참 사랑스러워요. 머릿결이 어쩜 그리도 아름다운지!" 전에 알베르틴을 아직 겉모습밖에 몰랐던 무렵, 나는 그녀의 생활에 대해 온갖 호기심을 품으면서도 많은 욕망을 갖고 있었는데, 그것이 여기서는 한데 뒤섞여서 알베르틴이 다른 여자들과 함께 있을 때 어떤 식으로 쾌락을 즐기는지 보고 싶다는 단 하나의 호기심을 자극했다. 왜냐하면 다른 여자들이 돌아가고 나면, 나는 맨 마지막에 남은 자로서 그녀를 마음대로 할 수 있을 터이기 때문이다. 그때 알베르틴이 그날 밤을 어느 아이와 보내는 것이 좋을지 망설이는 모습이나, 상대가 돌아갔을 때의 만족감 또는 실망감 등 그런 것을 바라보면서 나는 알베르틴에 의해 자극받은 질투를 드러내며, 그것을 적당한 규모의 것으로 되돌릴 수 있었을지도 모른다. 왜냐하면 그녀가 이렇게 쾌락을 느끼는 모습을 바라보면서, 나는 그 쾌락이 어떤 것인지 가늠하고 그 한계를 찾아냈을 테니까.

자신의 취향을 완강하게 부정하는 그녀 때문에 나는 얼마나 많은 쾌락과 감미로운 생활을 빼앗겼던가. 그리고 새삼스럽게 왜 그녀가 그토록 완강했는지 생각하다가 불현듯 머리에 떠오른 것은, 발베크에서 그녀가 연필을 건네준 날, 내가 그녀에게 한 말이었다. 그녀가 키스하게 해주지 않는 걸 비난하면서 나는 이렇게 말했던 것이다, 여자와 여자가 관계를 갖는 것을 보면 속이 메슥거리지만 이것은 자연스러운 일이 아니냐고. 아! 아마 알베르틴은 이 말을 기억하고 있었던 것이리라.

전 같으면 전혀 마음에 들지 않았을 소녀들을 집에 데려온 나는, 처녀답게 양쪽으로 가른 소녀의 머리를 어루만지고 어린 여자아이의 작고 예쁜 코와 에스파냐 사람처럼 하얀 피부를 넋을 잃고 바라보았다. 물론 전에는 발베크로 가는 길이나 파리 시내에서 얼핏 보았을 뿐인 여자에 대해서도 개별적인 욕망을 느끼면서, 나는 그 욕망을 다른 대상으로 만족시키는 것은 욕망을 왜곡하는 일이라고 생각했다. 그러나 생활의 경험을 쌓음에 따라 조금씩 자신 속에 변하지 않는 욕망이 있음을 발견한 나는, 상대가 없으면 다른 사람으로 만족해야 함을 느꼈고 알베르틴에게서 구한 것을 다른 여자도, 이를테면 스테르마리아 양도 내게 가져다줄 수 있을 거라고 생각했다. 하지만 실제로 그것을 가져다준 사람은 알베르틴이었다. 애정을 구하는 내 마음의 만족과 그녀의 육체적 특징은 추억을 통해 풀 수 없을 정도로 뒤엉켜 있어서, 나는 이미 애정의 욕망과 알베르틴 육체의 추억이 수놓는 모든 자수를 나눌 수 없게 되었다. 그녀만이 내게 그 행복을 줄 수 있었다. 그녀밖에 없다는 생각은, 전에 지나가던 여자들을 대할 때처럼 알베르틴의 개성에서 꺼낸 형이상학적이고 선험적인 게 아니라, 나의 다양한 추억이 우연히 풀리지 않도록 서로 뒤엉켜서 형성된 경험적인 것이었다. 나는 이제 그녀를 찾지 않고서는, 또 그녀의 부재에 괴로워하지 않고서는 애정을 갈망할 수 없었다. 그래서 새롭게 선택한 여자와 갈망했던 애정이 전에 겪었던 행복과 닮았다는 것 자체가, 그 행복이 다시 살아나는 데 꼭 필요한 것이 빠져 있다는 사실을 더욱 절실히 느끼게 했다. 알베르틴이 떠나버린 뒤 나는 내 방 안에서 느낀 공허, 다른 여자들을 품으면 메워질 거라고 생각했던 이 같은 공허를 그 여자들 속에서 발견했다. 그녀들은 결코 내게 뱅퇴유의 음악이나 생시몽의 《회상록》 얘기를 하지 않았다. 나를 만나러 오기 전에 지나치게 강한 향수를 뿌리지도 않았고, 속눈썹을 내 속눈썹에 비비면서 장난치지도 않았다. 그런 일들이 중요한 것은 성행위 자체를 몽상하게 하거나 사랑의 환상을 가지게 하기 때문인 것 같지만, 사실은 그것이 알베르틴에 대한 추억의 일부를 이루고 있기 때문이고, 내가 찾고 싶은 것은 그녀이기 때문이다. 이 여자들이 가지고 있는 알베르틴적인 점은, 알베르틴의 무엇이 그녀들에게 부족한지를 내 마음에 사무치게 했다. 그것은 모든 것이고 다시는 존재하지 않는 것이었다. 왜냐하면 알베르틴은 죽어버렸으니까.

그리하여 그 여자들 쪽으로 나를 이끈 알베르틴에 대한 사랑은 오히려 그녀들에게 무관심해지게 만들었다. 알베르틴을 그리워하는 마음과 뿌리 깊은 나의 질투심은, 어떤 비극적인 예상도 뛰어넘고 이미 오래도록 이어지고 있었지만, 그런 마음의 존재가 만약 내 생활 밖의 부분에서 나뉘어, 오로지 추억의 작용이나 멈춘 상태에 적용되는 심리의 움직임과 반응에만 좌우된다면, 또 육체가 공간을 이동하듯 마음이 시간 속을 이동하는 더욱 광대한 체계를 향해 끌려가지 않았다면, 그런 기분은 아마 절대로 크게 변하는 일이 없었으리라. 입체기하학이 있듯이 시간 속의 심리학이 있다. 거기서는 평면심리학의 계산은 더 이상 정확하지 않을 것이다. 왜냐하면 '시간'도 고려할 수 없고, 또 시간이 지닌 형태의 하나인 망각도 무시되기 때문이다. 나는 그 망각의 힘을 느끼기 시작했는데, 그것은 현실에 적응하기 위한 참으로 강력한 도구였다. 망각은 우리 안에 살아남아서, 끊임없이 현실과 모순되는 과거를 천천히 파괴하니까. 실제로 언젠가는 알베르틴을 사랑하지 않게 될 날이 찾아오리라는 것을 나는 더욱 빨리 알 수 있었을 터였다. 그녀의 인품과 행위의 중요성은, 나와 다른 사람들 사이에서는 완전히 다른 것으로 보이지만, 그것을 통해 내 사랑이 그녀에 대한 사랑이라기보다 내 안의 사랑이라는 사실을 이해하고 있다면, 내 사랑이 가지는 이 주관적인 성격에서 다양한 결론을 이끌어낼 수 있을 것이다. 특히 사랑은 마음의 상태이므로 상대가 죽어도 오래 살아남는다는 점이다. 또 그 사람과 진정한 유대가 전혀 없고 자신 말고 아무런 지지도 얻지 못하는 사랑은, 모든 마음의 상태가—더할 수 없을 정도로 오래 계속되는 것조차—

그렇듯이, 언젠가는 쓸모없어져서 다른 것으로 '바꾸어'버린다는 점이다. 또한 그날이 오면 나를 그토록 다정하게, 그리고 밀접하게 알베르틴의 추억과 연관시키던 것처럼 보였던 모든 것이, 이미 내게 존재하지 않게 된다는 점이다. 우리에게 있어서, 인간은 유감스럽게도 생각 속에서 금방 닳아 없어지는 수집품 진열대에 지나지 않는다. 바로 그래서 우리가 그 사람들에 대해 세울 수 있는 다양한 계획은 생각의 열정을 띠고 있다. 그러나 생각은 피로하고 추억은 파괴된다. 마침내 어느 날이 찾아오면, 그날 나는 누구든 상관없이 맨 처음 찾아온 여자에게 알베르틴의 방을 기꺼이 내줄 것이다, 마치 전에 아무런 슬픔도 느끼지 않고, 질베르트가 준 마노 구슬과 그 밖의 선물을 알베르틴에게 주고 말았듯이.

또 알베르틴에 대한 사랑이 완전히 사라진 건 아니었지만 마지막 무렵과 같은 방식의 사랑은 사라지고 없었다. 더 이전에는 그녀와 연관된 모든 것, 장소와 사람이 모두 내 호기심을 자극했고 거기에는 고통보다 매력이 더 많았는데, 바로 그 무렵과 같은 방식의 사랑이었다. 실제로 이제는 확실하게 느낄 수 있는 일이지만, 그녀를 완전히 잊어버리기까지 마치 여행자가 떠날 때와 같은 길을 지나 출발점으로 돌아오듯이, 나의 대(大)연애에 다다르기 전에 지나간 모든 감정을 처음의 무관심에 이르기까지 역방향으로 다시 더듬어가야만 할 것이다. 하지만 그 과거의 다양한 단계와 시기는 가만히 움직이지 않는 것이 아니다. 그것들은 무서운 힘을, 기대라고 하는 행복한 무지(無知)를 계속 지니고 있으며 그 기대가 그때에 향하고 있었던 미래의 시간은 오늘은 과거가 되어 있지만, 한순간 환각이 옛날로 거슬러 올라가서 그것을 미래라고 생각하게 한다. 나는 그녀한테서 온 편지를 읽는다. 그 속에서 그녀는 그날 밤에 찾아올 거라고 예고했다. 그러자 나는 불현듯 기다리는 기쁨을 느낄 수 있었다. 두 번 다시 돌아가지 않을 나라에서 떠날 때와 같은 철도로 돌아올 때, 이미 지나간 모든 정거장의 이름과 모습을 다시 한 번 되새기면서 그런 역의 하나에 머무르면, 한순간 첫 번째 때 한 것처럼 방금 돌아온 방향으로 다시 출발하는 듯한 착각에 사로잡힐 때가 있다. 그 착각은 이내 사라지지만, 순간적으로 다시 본디 장소로 실려가는 듯한 느낌이 든다. 이것이 추억의 잔인함이다.

그러나 분명히 최초의 출발점이었던 무관심으로 돌아가기에 앞서, 사랑에 다다르기 위해 넘은 거리를 거슬러 달려가야만 한다 해도, 그때 더듬는 길과 노선이 반드시 똑같지는 않다. 다만 공통점은 그것이 직선이 아니라는 점이다. 왜냐하면 망각도 사랑과 마찬가지로 규칙적으로 진행되는 것이 아니기 때문이다. 또 망각과 사랑이 반드시 같은 길을 선택하는 것도 아니다. 돌아올 때 내가 걸어온 길에는 이미 도착점이 가까워진 무렵에 네 개의 단계가 있었는데, 그것을 특별히 잘 기억하고 있는 까닭은 아마 그곳에서 알베르틴에 대한 사랑과 무관한 것을 보았기 때문이리라. 아니, 적어도 그것이 알베르틴에 대한 사랑과 관계가 있는 것은 미리 영혼 속에 있던 것이 때로는 대연애를 키우고, 때로는 그것에 저항하며 또 지성으로 분석해보면, 때로는 그것과 대조적인 인상을 만들면서 그러한 형태로 대연애와 연관되는 것에 지나지 않았다.

첫 단계의 시작은 어느 해 초겨울, '모든 성인의 날 대축일'이었던 화창한 일요일이었는데, 그날은 내가 외출한 날이었다. 불로뉴 숲에 가까워졌을 즈음, 나는 알베르틴이 나를 만나기 위해 트로카데로에서 돌아왔을 때를 떠올리며 쓸쓸한 기분에 젖었다. 왜냐하면 같은 날인데도 지금은 알베르틴이 내 곁에 없기 때문이다. 서글프기는 했지만 그래도 즐거움이 없지는 않았다. 왜냐하면 옛날의 그날을 채우고 있었던 모티프와 똑같은 것이 구슬픈 단조의 가락으로 다시 시작되는 한편, 프랑수아즈가 거는 전화도 없었고 알베르틴이 찾아오는 일도 없었는데 그런 것들이 빠진 건 단순한 마이너스가 아니라, 내가 떠올린 것이 현실에서는 없어진 것이었으므로 그 하루를 안타까운 심정으로 돌이켜보는 동시에, 특별한 게 아무것도 없는 평범한 하루에 비해 어딘지 모르게 그것을 더욱 아름답게 해주었기 때문이다. 또 이제는 그곳에 없고, 거기서 없어진 것이 오목하게 파여 있었기 때문이기도 하다. 나는 뱅퇴유의 소나타 몇 마디를 흥얼거렸다. 알베르틴이 정말 자주 이것을 연주해주었다고 생각해도, 나는 이제 그리 괴롭지 않았다. 왜냐하면 그녀에 대한 거의 모든 추억은 화학 반응의 두 번째 단계로 들어가, 마음에 불안한 압박감을 가져다주기보다는 오히려 편안함을 주고 있었기 때문이다. 가끔 그녀가 가장 자주 연주하던 악절에 이른다. 거기에 접어들 때마다 그녀는 그 무렵 내가 참으로 귀엽게 느끼던 감상을 얘기하거나 문득 머리에 떠오른 것을 암시했는데, 바로 그런 악절에 이르면 나는 이렇게 중얼거렸다. "가엾은 사람." 하기야 거기에 슬픔은 없었고 다만 그 악절에 또 하나의 다른 가치, 이른바 역사적인 진귀한 가치를 더했을 뿐이었다. 그 자체로 정말 아름다운 그림인 반 다이크(Van Dyck)의 작품 찰스 1세의 초상화가, 왕의 환심을 사기 위한 뒤바리 부인의 뜻에 따라 국유 컬렉션에 들어갔으므로, 그 사실을 통해 새로운 가치를 얻은 것과 마찬가지다. 작은악절이 완전히 사라지기 전에 다양한 요소로 해체되어 한순간 흩어진 채 떠다니고 있을 때, 내게서 사라져가는 것은 스완의 경우와 달리 알베르틴의 사자(使者)가 아니었다. 작은악절이 나와 스완의 마음에 불러일으킨 것은 똑같은 연상이 아니었다. 나는 특히 내 생애에 알베르틴과의 사랑이 태어난 것처럼 소나타를 통해 형태를 이룬 하나의 악절이 퇴고를 거듭하고 다양한 형태로 시도된 뒤, 다시 도입되면서 그렇게 '생성'되어가는 모습에 감동했다. 그리고 지금은 자기 사랑의 여러 요소가 오늘은 질투 면에서, 내일은 이러이러한 면에서, 이런 식으로 날마다 하나씩 사라져가서 그렇게 조금씩 어렴풋한 추억 속에서 처음의 미약했던 발단으로 돌아가는 것을 알고 있었으므로, 하나씩 흩어져버린 작은악절을 통해 나는 마치 내 사랑이 흩어져가는 모습을 보는 듯한 느낌이었다.

내가 거니는 숲의 산책길은 다른 길과의 사이에 잡초가 자라나서 날마다 얇아지는 비단을 깐 것 같았다. 이제는 내 주위에 어느 날 산책의 추억이 떠다니고 있는 듯했다. 그때 알베르틴은 차 속에서 내게 기대어 나와 함께 집으로 돌아왔고, 내 생활은 그녀에게 폭 감싸여 있는 것 같다는 생각이 들었다. 지금은 아련한 안개가 낀 어두컴컴한 나뭇가지에 저녁 해가 비쳐들어, 마치 허공에 떠있는 것처럼 반짝반짝 수평으로 남아 있는 우거진 나뭇잎을 금빛으로 물들이고 있다(물론 고정관념에 사로잡힌 사람은 길모퉁이에 서 있는 모든 여자가 자신이 생각하는 사람과 닮은 듯한 느낌이 들어서, 어쩌면 그 여자가 아닐까 생각하는데, 나도 그들처럼 이따금 몸을 떨었다. "그녀일지도 몰라." 나는 뒤돌아보지만 차는 그대로 달려나갈 뿐 되돌아오지 않는다). 나는 금빛으로 빛나는 나뭇잎을 기억의 눈으로 바라보는 것만으로는 만족할 수 없었다. 그것들은 내 흥미를 끌었고 내 마음을 사로잡았다. 마치 어느 작가가 순수한 묘사문을 더욱 완벽하게 하기 위해 거기에 허구와 그럴듯한 소설 한 편을 끌어들이듯이. 그리하여 자연은 내 마음에까지 다다르는 그 우수에 찬 유일한 매력을 지니고 있었다. 나로서는 그러한 매력을 느끼는 이유가 언제나 변함없이 알베르틴을 사랑하고 있기 때문이라고 생각했다. 그런데 진짜 이유는 그 반대로 내 안에서 망각이 이뤄지고 있었기 때문이며 알베르틴의 추억이 더 이상 잔인한 게 아니라, 즉 변화했기 때문이었다. 내가 그때 우수에 찬 매력을 느끼는 이유를 꿰뚫어보았다고 생각한 게 잘못이었던 것처럼, 사람은 자신이 어떤 인상을 아무리 간파했다고 생각해도 멀고도 깊은 곳에 깃들어 있는 그 인상의 의미까지는 쉽사리 거슬러 올라갈 수 없다. 마치 불쾌감을 호소하는 환자의 말에 귀를 기울이는 의사가 그 증상만을 근거로 환자가 모르는 깊은 원인까지 거슬러 올라가듯이, 우리의 인상과 관념은 단순한 징후로서의 가치밖에 지니지 않는다. 내가 느낀 매력적인 인상과 온화한 슬픔의 인상에 의해 질투가 물러나자 내 관능이 새롭게 눈을 떴다. 질베르트를 그만 만나게 되었을 때처럼 또다시 여자에 대한 그리움이 용솟음쳐서, 이미 사랑하고 있었던 특정한 여자와의 배타적인 관계를 끊고 이전에 있었던 것이 붕괴되어 거기서 해방된 정수(精髓)가 일대에 떠다니듯이 오로지 새로운 여성과의 결합을 찾아서 봄의 공기 속에 맴돌고 있다. 설사 그것이 '물망초'라 불리는 풀이라 해도, 이 여자에 대한 사랑이 이토록 많은 꽃을 피우는 곳은 묘지밖에 없다. 나는 이 화창한 날에 꽃처럼 피어난 수많은 아가씨들을 바라보았다. 마치 지난날 빌파리지 부인의 마차에서 바라본 것처럼, 또는 같은 일요일에 알베르틴과 함께 타고 있던 자동차 안에서 바라본 것처럼, 그러자 이내 그 아가씨들 가운데 누군가에게 쏠린 나의 시선에 알베르틴의 시선이 겹쳐졌다. 호기심 어린 은밀한 시선, 헤아릴 수 없는 생각을 비추고 있는 대담한 시선, 알베르틴이 몰래 그녀들에게 던질 것 같은 시선이다. 그것이 내 시선에 푸른빛을 띤 신비롭고 날렵한 날개를 달아주어 그때까지 무척이나 자연스러운 장소였던 이 산책길에 어떤 미지의 전율이 흐르게 했다. 나 자신의 욕망은 스스로 잘 알고 있었으므로, 만약 그 욕망뿐이었다면 이렇게 알지 못하는 것으로 산책길을 새롭게 살려낼 수는 없었으리라.

어쩌다가 조금 슬픈 소설을 읽다보면 불현듯 과거로 끌려가는 일이 있었다. 왜냐하면 어떤 소설은 일시적으로 사람을 덮치는 중대한 상(喪)과 같아서, 습관을 깨고 우리를 인생의 현실과 다시 맞닿게 하기 때문이다. 물론 그것은 악몽처럼 겨우 몇 시간의 일에 지나지 않는다. 무기력한 두뇌는 습관에 저항하여 진실을 재창조할 수 없으므로, 습관의 힘과 그것이 낳는 망각, 그것이 다시 가져다주는 명랑함은 아름다운 책이 지닌 거의 최면술적이라고 할 수 있는 암시의 힘을 훨씬 넘어서기 때문이다. 모든 암시와 마찬가지로 이러한 책에 의한 암시의 효과도 아주 짧은 시간밖에 지속되지 못한다.

애초에 발베크에서 알베르틴과 사귀고 싶었던 것은, 그녀가 시내나 거리에 나타나서 가끔 내 발길을 멈추게 한 그 젊은 아가씨들을 대표한다고 생각했기 때문이고, 그녀들의 생활을 상징하는 것처럼 보였기 때문이 아닐까? 그 아가씨들을 하나로 응축한 그 사랑의 별이 다 타버린 지금, 다시 그것이 먼지처럼 퍼지는 성운(星雲)이 되어 여기저기로 흩어지는 것은 더할 나위 없이 자연스러운 일이 아니겠는가? 모든 성운과 소녀가, 내게는 알베르틴으로 보였다. 내가 마음에 품은 인상은 곳곳에서 그녀를 발견하게 했다. 때로는 길모퉁이에서 자동차에 올라타고 있는 한 여자가 생생하게 알베르틴을 떠올리게 했고, 몸매도 똑같아서 나는 한순간 방금 본 사람이 알베르틴이 아닐까, 그녀는 죽었다고 하지만 사실은 내가 속고 있었던 게 아닐까 하고 의심했을 정도였다. 이런 식으로 길모퉁이에서 분명히 발베크에서 있었던 일이지만, 똑같은 몸짓으로 차에 올라타던 그녀의 모습이 눈앞에 떠오른다. 그때의 그녀는 인생을 깊이 신뢰하고 있었다. 나는 자동차에 올라타는 이 젊은 아가씨의 동작을, 산책 도중에 자주 나타났다가 사라지는 눈에 띄는 겉모습으로만 본 것이 아니었다. 그것은 어떤 지속적인 행위가 되어 방금 그것에 덧붙여진 것, 그토록 관능적이면서 슬프게 내 마음에 기대오는 것에 의해 과거로까지 퍼져가는 성실었다.

그러나 젊은 아가씨의 모습은 이미 사라지고 없었다. 그 조금 앞쪽에서 나는 세 명의 아가씨들을 발견했다. 나이가 좀 들어서 어쩌면 젊은 부인들이라고 불러야 할지도 모르겠지만, 그 우아하고도 자신감 있는 거동은 알베르틴과 그 친구들을 처음 알게 된 날 내 마음을 사로잡은 것과 똑같았으므로, 나는 그 새로운 아가씨 셋을 바짝 따라가다가 그녀들이 차를 잡았을 때는 나도 사방팔방으로 뛰어다니며 다른 차를 찾았지만, 겨우 찾아냈을 때는 이미 늦은 뒤였다. 그녀들의 모습은 어디에도 없었다. 그런데 며칠 뒤 집에 돌아가자, 불로뉴 숲에서 뒤를 따라갔던 세 아가씨가 우리 집 건물의 아치문에서 나오는 것이 아닌가. 그녀들, 특히 갈색 머리의 두 사람은 아주 조금 나이가 많기는 했지만 평소에 내가 가끔 창문에서 보고 거리에서 스쳤던 사교계 아가씨들, 내게 온갖 계획을 세우게 하고 사는 보람을 느끼게 했지만, 아직 아는 사이는 아니었던 그 아가씨들과 똑 닮았다. 금발 아가씨는 좀더 가냘픈 몸매에 거의 아픈 사람처럼 보여서 그다지 내 취향은 아니었으나, 내가 잠깐 그녀들을 바라보는 것만으로는 만족할 수 없었던 것은 이 금발 아가씨 때문이었다. 나는 그 자리에 못 박힌 듯이 서서 무슨 문제에 열중하는 것처럼 피할 수 없게 된 시선으로, 마치 의식적으로 눈에 보이는 것의 더욱 저편까지 다다르려는 듯한 시선으로 가만히 눈여겨보고 있었다. 하기야 다른 많은 아가씨들과 마찬가지로 나는 이 세 사람 또한 그대로 보내버렸을지도 모른다. 그런데 바로 내 앞을 지나가려고 한 순간에—내가 너무 빤히 쳐다본 탓일까—금발 아가씨가 살짝 나를 쳐다봤고, 이어서 지나간 다음 나를 다시 돌아보았는데, 그 두 번째 눈길이 내 마음에 불을 지르고 말았다. 그러나 그녀는 나를 아랑곳하지 않고 두 친구들과 다시 얘기를 시작했으므로, 나의 불같은 정열도 만약 다음과 같은 사실에 의해 백배로 부풀어오르지 않았다면 아마 그대로 사그라졌으리라.

　나는 문지기에게 그 세 사람이 누구냐고 물었다. 그러자 그가 대답했다. "공작부인을 만나뵈러 오신 분들입니다. 아무래도 부인을 아시는 건 한 사람뿐이고, 다른 두 사람은 문까지 따라오신 듯합니다. 여기 이름이 있군요. 제 철자가 정확한지는 모르겠지만." 나는 데포르슈빌(Déporcheville) 양이라고 읽었다. 그것을 d'Éporcheville이라고 고치는 건 일도 아니었다. 즉 게르망트 집안의 먼 친척뻘 되는 훌륭한 가문의 아가씨로, 전에 로베르가 매음굴에서 만나 관계를 가졌다고 얘기했던 여자의 이름이다. 적어도 내 기억에는 거의 그런 이름이었다. 그제야 나는 그녀가 왜 나를 돌아보았고, 같이 가던 두 사람이 눈치채지 못하도록 몰래 내게 시선을 보냈는지 그 의미를 이해할 수 있었다. 로베르한테서 그 이름을 들었을 때, 나는 몇 번이나 그녀를 상상하고 또 생각했던가! 그런데 방금 만난 그녀는 동행한 친구와 아무것도 다를 게 없고, 다만 그 은밀한 시선만이 그녀의 생활 속 어떤 부분으로 통하는 비밀의 문을 이루고 있었다. 그것은 물론 친구들에게도 숨겨진 부분이지만, 그로 인해 내게는 그녀가 보통의 귀족 아가씨들보다 다가가기 쉽고—거의 반쯤 내 것이라고 할 수 있을 정도로—또 상냥한 아가씨로 보였다. 그녀의 마음속에도 나와의 사이에 미리 통하는 것이 있고 만약 나와 밀회를 할 자유가 있다면, 함께 시간을 보낼 수 있을 텐데 생각하고 있을 것이다. 그거야말로 그녀의 시선이 내게만은 노골적인 웅변으로 드러내려던 게 아닐까? 내 심장은 두방망이질하듯 뛰기 시작했다. 데포르슈빌 양 얼굴이 어떻게 생겼느냐고 묻는다면 나는 정확하게 대답할 수 없었을 것이다. 나는 그저 어렴풋하게 금발의 옆얼굴을 떠올릴 뿐이다. 그래도 나는 그녀에게 미칠 듯한 연정을 느끼고 있었다. 그때 불현듯 깨달았다. 나는 셋

중에서 뒤돌아보며 두 번 내게 시선을 던진 금발 아가씨가 바로 데포르슈빌 양일 거라고 믿고 있었다. 그런데 문지기는 내게 그런 말은 한 마디도 하지 않았다. 나는 문지기의 방으로 돌아가서 다시 물었고, 그는 그 점에 대해서는 대답할 수가 없다고 말했다. 그 이유는 그녀들이 오늘 처음, 그것도 자신이 없을 때 왔기 때문이라고 했다. 그러나 그는 전에 한 번 이 아가씨들을 만난 적이 있는 자기 아내에게 물으러 가주었다. 그녀는 마침 부엌문 계단을 청소하던 중이었다.

일생에 조금이나마 지금의 나처럼 기분 좋은 불안을 느껴보지 않은 사람이 정말로 있을까? 이를테면 배려심이 있는 친구에게 무도회에서 어떤 아가씨를 보았다고 말하면, 그건 바로 자기 여자친구 가운데 한 사람이 틀림없다면서 그녀와 함께 당신을 초대해준다. 그러나 많은 사람들이 있는 가운데 단순히 말로 용모를 설명하는 것만으로는 오류가 생기지 않을까? 이제부터 만날 예정인 아가씨는 내가 만나고 싶어하는 사람과 다르지 않을까? 아니면 그 반대로, 바로 그녀이기를 바라는 아가씨가 웃는 얼굴로 손을 내미는 모습을 보게 될까? 그런 행운도 드물지 않아서 반드시 데포르슈빌 양의 경우처럼 설득력 있는 논리로 증명할 수는 없어도, 어떤 직관과 이따금 행운을 가져다주는 우연의 입김에 의해 생기기도 한다. 그런 때에 상대를 보면서 우리는 자신에게 이렇게 들려준다. "과연 그 여자였군." 나는 바닷가를 산책하고 있던 젊은 아가씨들의 작은 무리 속에 알베르틴 시모네라는 소녀가 누구인지 정확하게 알아맞힌 일을 떠올렸다. 이 추억은 내게 날카로운 고통을 불러일으켰으나 그것도 잠깐일 뿐이었다. 문지기가 자기 아내를 찾으러 간 사이 나는 데포르슈빌 양을 생각하면서 처음에 어떤 얼굴과 연결해버린 이름과 순간적으로 그 얼굴을 떠나 수많은 얼굴들 사이를 떠다니다 만약 새로운 얼굴과 연결되면, 처음에 생각했던 얼굴이 나중에는 모르는 사람의 순진하고 정체를 알 수 없는 얼굴로 되돌아가는 일도 있을 테니, 그런 순간을 기다렸다는 듯이 어쩌면 문지기가 예상과 달리 데포르슈빌 양은 갈색 머리 아가씨 둘 중 하나라고 말하는 건 아닐까 하는 생각이 계속 들었다. 그렇게 되자 내가 그 존재를 믿고 있었던 아가씨, 벌써부터 내가 사랑하기 시작했고, 이제 내 것으로 하는 것밖에 생각하지 않았던 그 금발의 교활해 보이는 데포르슈빌 양은 사라져버리게 된다. 운명적인 대답은 그때 그녀를 두 개의 흩어진 요소로 나누고 말 것이다. 소설가가 현실에서 빌린 다양한 요소를 융합해서 상상 속 인물을 창조하듯이 나는 이 두 가지 요소를 멋대로 하나로 합치고 있었는데, 하나하나를 따로따로 보면—이름은 이제 시선이 의도하는 바를 뒷받침해주지 않으므로—모든 의미가 사라진다. 그렇게 되면 내가 그리던 줄거리는 와장창 무너지고 말 것이다. 그런데 반대로 문지기가 돌아와서 데포르슈빌 양은 과연 그 금발의 아가씨였다고 말했을 때, 그것은 오히려 얼마나 강해졌던가! 그때부터 나는 그녀가 동명이인이라는 건 생각할 수도 없었다. 그 세 아가씨 가운데 한 사람이 데포르슈빌 양이라는 이름이라면, 그것이 바로 거의 미소 짓는 모습으로 나를 그렇게 뚫어지게 바라보던 아가씨라면(이것이 내 상상을 뒷받침하는 핵심적인 첫 번째 증거다), 게다가 매음굴이나 다니는 아가씨가 아니라고 한다면, 이런 기막힌 우연이 어디 있겠는가!

그때부터 미칠 듯이 마음 설레는 하루가 시작되었다. 이틀 뒤에는 게르망트 부인을 만나러 가서, 그 집에서 손쉬운 아가씨를 찾아 밀회를 약속하게 될 것이므로(잠깐 살롱 한구석에서 그녀를 대화에 끌어들일 좋은 방법은 얼마든지 있다), 그때 상대에게 좋은 인상을 줄 수 있는 몸차림을 하는 데 필요한 소품을 이것저것 사러 외출하려고 생각한 나는, 그보다 먼저 확실하게 하기 위해 로베르에게 전보를 쳐서 그 아가씨의 정확한 이름과 용모를 물어보기로 했다. 문지기의 말에 의하면, 그녀는 이틀 뒤에 다시 게르망트 부인을 만나러 올 예정이었으므로 그 전에 대답을 듣고 싶었다. 그리고 나는(그동안 다른 생각은 조금도 하지 않았으며, 알베르틴조차 마음속에 없었지만) 그때까지 무슨 일이 있어도, 설사 병에 걸려 들것에 실려 아래층으로 옮겨지는 한이 있더라도, 반드시 같은 시간에 공작부인을 방문하리라 결심했다. 그렇더라도 내가 생루에게 전보를 친 것은, 그 여자가 같은 사람인지 어떤지에 대해 의심이 남아 있었기 때문도 아니고, 내가 본 아가씨와 얘기로 들은 아가씨가 아직 내게는 다른 사람이었기 때문도 아니다. 두 사람이 같은 인물이라는 사실을 나는 의심하지 않았다. 그러나 이틀 뒤가 너무나 멀게 느껴진 나로서는 그녀에 대한 세세한 내용을 담은 전보를 받는 것이 그것 자체로 즐거운 일이고, 또 그녀에 대한 은밀한 힘을 얻는 일이기도 했다. 전보국에서 희망에 불타는 남자의 흥분으로 전문을 쓰면서, 나는 어릴 때에 비해 지금이, 또 질베르트 때보다 데포르슈빌 양을 상대하는 쪽이 훨씬 많은 수단을 갖추고 있음을 깨달았다. 내가 그저 전문을 쓰는 수고만 하면 나머지는 전보국 직원이 그것을 접수하고 고속전신망이 그것을 송신하면 되는 것이다. 프랑스라는 나라와 지중해같이 넓은 공간도, 내가 만난 인물을 알아내려고 이리저리 뛰어다니는 로베르가 보낸 방탕에 절었던 과거도, 내가 대체적인 줄거리를 세운 소설에 도움이 되어주리라. 나는 이제 그 소설을 걱정할 필요조차 없다. 왜냐하면 방금 든 예들이 그것을 떠맡아서 24시간이 채 지나기 전에 어떤 방향으로든 결론을 내려줄 터이기 때문이다. 전에는 프랑수아즈에게 이끌려 샹젤리제에서 돌아오면, 집에서 혼자 무기력한 욕망을 키우면서, 문명의 이기도 사용하지 못한 채 야만인 같은 사랑을 했었다. 아니 차라리 마음대로 움직이고 다니지도 못했으니 꽃처럼 사랑했다고 할 수 있으리라. 전보를 친 순간부터, 나의 시간은 열에 들뜬 것 같은 상태에서 흘러갔다.

바로 그러한 때 아버지가 내게 이틀 동안 집을 비우고 함께 갈 것을 요구했고, 그러면 공작부인을 방문할 수 없게 되는 나는 버럭 화를 내면서 절망에 빠져버렸는데, 그것을 보다 못한 어머니가 중재에 나서서 아버지한테 부탁해 나를 파리에 두도록 허락을 받아주었다. 그래도 몇 시간 동안 나의 분노는 가라앉지 않았다. 한편으로 데포르슈빌 양에 대한 내 욕망은 우리 두 사람 사이에 방해가 끼어드는 바람에, 그리고 한순간 내가 품은 우려 때문에 오히려 백배나 커졌다. 게르망트 부인을 방문하는 일은 누구도 빼앗아갈 수 없는 확실한 행복이었고, 이제부터 나는 쉬지 않고 그 즐거운 시간에 미소를 보내려 했는데, 그 방문이 이뤄지지 않을지도 모른다는 우려였다. 몇몇 철학자들이 말한 바에 의하면, 바깥 세계는 존재하지 않으며 우리가 자신의 삶을 펼치는 것은 우리 마음속에서뿐이다. 아무튼 연애는 몹시 소박한 그 시작에 있어서도, 우리에게 현실은 더할 수 없이 작은 것에 지나지 않음을 보여주는 뚜렷한 예다. 만약 기억을 더듬어 데포르슈빌 양의 초상을 그리고 그 모습과 특징을 들어야 한다면, 나는 도저히 할 수 없을 것이다. 그러기는커녕 길에서 만나더라도 그녀를 알아보지 못할 게 틀림없었다. 나는 그저 움직이는 그녀를 옆에서 바라보면서 아름답고 상큼하며 체격이 큰 금발의 아가씨라고 생각했을 뿐, 그 이상은 말할 수 없다. 그러나 욕망과 불안, 아버지가 나를 여행에 데리고 가면 그녀를 만날 수 없게 된다는 두려움에서 오는 치명적인 타격, 그러한 모든 반응이 하나의 인상과 연결되어 있었다. 그것은 결국 내가 잘 모르는 인상이며 느낌이 좋다는 것은 알고 있었지만, 그것만으로도 이미 사랑이 이루어지기에 충분했다. 마침내 다음다음 날 아침, 행복한 불면의 하룻밤이 지난 뒤, 나는 생루의 전보를 받았다. "드 로르주빌(de l'Orgeville), 드(de)는 귀족 칭호. 오르주(orge)는 호밀과 같은 화본과(禾本科) 식물인 보리, 빌(ville)은 도시(都市)와 같음. 체격이 작고, 땅딸막한 갈색 머리. 현재 스위스에 있음." 요컨대 다른 사람이었던 것이다!

어머니가 우편물을 가지고 내 방에 들어오더니, 뭔가 다른 일이라도 생각하는 듯한 얼굴로 그것을 아무렇게나 침대 위에 내려놓았다. 그리고 나를 혼자 두기 위해 이내 바쁜듯이 나갔다. 나는 무척이나 사랑하는 어머니의 수법을 다 알고 있었고 상대를 기쁘게 해주려는 마음으로 해석하면, 언제나 어김없이 어머니 얼굴에 나타나 있는 것을 읽을 수 있기 때문에 빙그레 웃으면서 생각했다. '이 우편물 속에는 틀림없이 뭔가 나의 흥미를 끄는 것이 있나 보다. 어머니는 무관심한 척, 모르는 체 시치미 떼고 있지만 그건 정말로 나를 놀라게 하기 위해서이고, 미리 알려줘서 즐거움을 반으로 줄이는 일은 하고 싶지 않으신 거야. 게다가 금방 나가신 것은, 내가 체면 때문에 자신이 느낀 기쁨을 숨기고 맘껏 표현하지 못할까 봐 그런 게지.' 그런데 방을 나가려고 문 쪽으로 향하던 어머니는 마침 들어오던 프랑수아즈와 부딪치고 말았다. 그러자 어머니는 프랑수아즈를 떠밀어서 방 밖으로 끌고 나갔으며, 자기 역할에는 언제 어느 때라도 내 방에 들어갈 수 있는 특권이 포함되어 있다고 생각하던 프랑수아즈는 심하게 놀라서 기분이 상하고 말았다. 그러나 곧 그녀의 얼굴에서 놀람과 분노가 사라지고 사람을 깔보는 듯한 연민과 철학적인 야유가 담긴 어둡고 집요한 미소가 떠올랐는데, 그것은 상처받은 자존심이 상처를 치유하기 위해 분비하는 끈적끈적한 용액 같았다. 그녀는 자신이 경멸당했다고 느끼지 않기 위해 우리를 경멸하는 것이다. 그래서 우리가 주인인 것은 알고 있지만, 이 주인들은 변덕이 심하고 지성도 그리 대단하지 않으며, 다만 자신이 주인임을 과시하기 위해 유능한 하인들에게 으름장을 놓아 말도 안 되는 일을 강요하기 좋아하는 사람들로, 이를테면 전염병이 유행하면 끓인 물에 적신 뜨거운 걸레로 방을 닦게 하고, 마침 방에 들어가려고 할 때 나가게 하는 것이라고 생각했다. 어머니는 얼른 촛대를 들고 가버렸다. 나는 어머니가 우편물을 눈에 띄게 바로 내 옆에 두고 간 것을 알아챘다. 하지만 아무래도 신문뿐인 듯했다.

아마 누군가 내가 좋아하는 작가로, 좀처럼 글을 쓰지 않는 사람의 기사가 실려 있어서 나를 깜짝 놀라게 하려는 것이겠지. 나는 창 쪽으로 다가갔다. 파르스름한 안개가 낀 새벽빛 위 장밋빛으로 물든 하늘은 이맘때 불을 지피는 부엌 화덕을 떠올리게 했으며, 그것이 나를 희망으로 채웠다. 밤 여행을 하고 싶고, 전에 뺨이 장밋빛으로 물들어 있던 우유 파는 아가씨를 발견했듯이 작은 산골 정거장에 도착해서 눈을 뜨고 싶다는 욕망을 불러일으켰다.

나는 〈피가로〉지를 펼쳤다. 그런데 이게 웬일이람! 머리기사가, 내가 기고했지만 실리지 않았던 원고와 제목이 똑같지 않은가! 제목뿐만이 아니다. 몇몇 낱말도 완전히 똑같다. 이건 너무하다. 항의문을 보내야지. 그때 내 방 출입은 자유라고 생각하고 있던 프랑수아즈가 방에서 쫓겨나자 완전히 화가 나서 늘어놓는 불평이 들려왔다. "나한테 어떻게 이럴 수가 있담! 태어나는 것을 내 눈으로 지켜본 아이인데 말이야. 그야 어머니가 만드는 것까지 본 건 아니지만. 그래도 분명히 말해서 응애! 하고 태어난 지 5년도 지나지 않았을 때부터 쭉 알고 있으니까." 그건 그렇고 낱말 몇 개뿐만이 아니었다. 모든 게 똑같았다. 놀랍게도 서명까지 내 것이었다……. 그것은 마침내 채택된 내 원고였다! 그러나 요즘 내 머리가 벌써 노화하기 시작했는지 얼마간 지쳐 있었던 탓일까, 한순간 그것이 내가 쓴 글이라는 사실을 깨닫지 못한 것처럼 그 생각을 계속하고 있었다. 마치 노인들이 한번 어떤 움직임을 시작하면 그것이 필요 없게 되어도, 또 예상치 못한 장애가 나타나 곧장 몸을 피하지 않으면 위험한 경우에도 끝까지 그 동작을 계속할 수밖에 없는 것처럼. 나는 정신의 양식인 신문을 자세히 바라봤다. 방금 인쇄되자마자 아침 안개 속을 뚫고 꼭두새벽에 하녀들에게 배달되었으므로, 아직도 따뜻하고 촉촉한 이 빵을 하녀들은 카페오레와 함께 자기 주인에게 가져다준다. 그것은 한 개인 동시에 1만 개로도 늘어나는 기적의 빵으로, 각자에게 똑같은 것이면서 헤아릴 수 없는 것이 되어 모든 집에 들어간다.

지금 내가 손에 들고 있는 것은 단순히 어떤 신문이 아니라 1만 부 가운데 어느 하나다. 그것은 내가 쓴 글을 포함할 뿐만 아니라 내가 쓰고 모두가 읽는 신문이다. 지금 이 순간에 다른 집에서 일어나고 있는 현상을 정확하게 알기 위해서는, 이 글을 필자로서가 아니라 독자로서 읽어야만 한다. 그것은 단순히 내가 쓴 글일 뿐만 아니라 수많은 사람의 정신을 통해 형태가 생긴 것의 상징이었다. 그래서 이 글을 읽기 위해, 나는 잠깐 그 필자 역할을 그만두고 신문의 수많은 독자 가운데 한 사람이 되어야 한다. 그러나 그때 최초의 불안이 솟아났다. 미리 알지 못한 독자는 과연 이 글을 알아차릴까? 나는 그런 독자가 하듯이 무심하게 신문을 펼쳐본다. 피부와 얼굴에는 늘 아침의 신문 내용 따위는 전혀 모르고 서둘러 사교기사나 정치란을 보려는 듯한 기색을 띠면서. 그리하여 내게 유리해지지 않도록 어디까지나 진짜 일반 독자가 되기 위해, 마치 뭔가를 기다리는 사람이 일부러 천천히 수를 세듯이 눈은 그 글을 피하고 있지만, 내 글은 상당히 길어서 그만 도중에 그 일부가 눈에 들어오고 만다. 하지만 1면 기사를 슬쩍 보거나 그것을 읽은 사람도 대부분 서명 따위는 쳐다보지도 않는다. 나 또한 전날 신문 제1면의 기사를 누가 썼는지 도저히 말할 수 없다. 그래서 나는 이제 스스로에게 말해준다, 이제부터는 반드시 제1면의 글을 읽고 필자의 이름을 확인하겠다고. 그러나 질투심이 강한 남자가 애인의 정절을 믿고 싶어서 자기도 애인을 배신하는 짓을 삼가는 것처럼, 슬프게도 내가 이제부터 그런 주의를 기울인다고 해서 다른 사람들도 똑같이 주의를 기울이는 것도 아니고, 하물며 과거로 거슬러 올라가 남의 주의를 강요할 수도 없지 않은가. 더구나 사냥을 떠나버린 사람도 있을 테고, 꼭두새벽부터 집을 나간 사람도 있을지 모른다. 그래도 하다못해 몇 사람쯤은 이 글을 읽어주겠지. 그 사람들처럼 해보자. 그리하여 나는 읽기 시작한다. 분명히 이것을 읽는 많은 사람들은 형편없는 기사라고 생각할 것이다. 그건 알고 있지만 막상 읽어보니 하나하나의 낱말을 통해 내가 본 것이 그대로 종이 위에 표현되어 있는 듯한 느낌이 들어서, 나로서는 아무리 각자가 눈을 크게 떠도 내가 보고 있는 인상을 그대로 보는 것은 아니라는 사실을 믿을 수가 없다. 다른 사람 입에서 나온 말이 그대로 전화선을 통해 전해진다고 믿는 사람이 있는데, 그것과 같은 순진무구함으로 나는 필자가 생각하고 있는 바가 독자에게 직접 전달될 수 있다고 믿어버린다. 그런데 독자의 마음속에 생기는 것은 다른 생각이다. 그저 한 사람의 독자가 되려고 한 순간, 내 정신은 자신이 쓴 글을 읽으면서 그것의 모습을 바꾸고 있다.

만약 게르망트 씨라면 블로크가 좋아할 만한 문구는 이해할 수 없다 쳐도, 그 대신 블로크가 우습게 여기는 고찰은 재미있어할지도 모른다. 이런 식으로 이전의 독자들이 거들떠보지도 않았을 성싶은 하나하나의 부분에 그것을 애호하는 새로운 독자가 나타나서 글 전체가 대중의 호평을 받게 되고, 나 자신에 대한 나의 불신을 압도하여 나는 더 이상 자신의 문장을 보호할 필요도 없어지고 만다. 왜냐하면 실제로 아무리 훌륭하다 해도 문장의 가치는 국회 보고와 같아서, 장관의 입에서 나온 "언젠가 밝혀지겠지요"라는 말은 전체의 일부, 그것도 완전히 아무 상관도 없는 부분으로 다음과 같이 전체를 읽어야 하기 때문이다. "국무총리 겸 내무장관의 말, '언젠가 밝혀지겠지요.' 극좌 의석에서 외치는 격렬한 고함 소리. '좋아, 잘하고 있어!' 좌익 및 중앙의 몇몇 자리에서 이렇게 들려오는 소리(이 결말은 중간 부분보다 뛰어나며 오히려 첫머리에 어울린다)." 이러한 기사의 아름다움은—그것이 이런 글에 따라다니는 결함이며, 유명한 《월요한담》도 예외가 아니다—독자에게 주는 인상 속에 그 한 부분이 들어 있다. 이것은 집단이 만드는 비너스상(像)으로, 필자의 사상만 파고드는 사람은 비너스의 있지도 않은 한쪽 팔에만 매달린다. 왜냐하면 이 상은 독자들의 머릿속에서 비로소 완전해지기 때문이다. 이 상은 독자들의 안에서 완성된다. 그리고 대중은 설사 엘리트라 해도 예술가는 아니므로, 대중이 주는 마지막 각인에는 늘 어느 정도 진부한 것이 포함된다. 그리하여 생트뵈브가 월요일마다 뇌리에 떠올리는 것은, 부아뉴 부인이 높은 기둥이 있는 침대에서 〈입헌신문〉에 실린 자신의 글을 읽으며 거기에 씌어 있는 훌륭한 고찰을 음미하고 있는 모습이다. 그것은 그가 혼자서 오랫동안 득의양양하던 고찰로, 만약 더욱 폭넓은 효과를 노려 그것을 문예시평에 싣는 데 어울릴 거라고 판단하지 않았다면 아마 그의 머릿속에 저장된 채 그대로 있었으리라. 틀림없이 대법관 쪽에서도 그것을 읽고, 나중에 친한 여자친구를 찾아갔을 때 그 이야기를 하겠지. 그리고 그날 밤, 회색 바지를 입은 노아유 공작은 마차를 타고 생트뵈브를 데리고 나가서 사교계의 평판을 전할 것이다. 하기야 그가 아르부빌 부인한테서 이미 이야기를 들었다면 문제가 다르겠지만.

나는 이렇게 같은 시간에 많은 사람들에게 나의 사상이—또는 그것을 이해할 수 없는 사람에게는, 나의 사상이 아니라도 되풀이하여 입에 오르내리는 내 이름과 이른바 미화되고 상기되는 나의 인격과 비슷한 것이—그 머리 위에서 빛나며, 그들의 생각에 여명을 비춰주는 것을 보는 느낌이었다. 그것은 모든 사람의 집 창문으로 동시에 장밋빛 모습을 보여주는 헤아릴 수 없는 여명보다 훨씬 우쭐한 힘과 기쁨으로 나를 채워주는 여명이다. 나는 블로크가, 게르망트 부부가, 르그랑댕이, 앙드레가, 마리아가, 하나하나의 글에서 저마다 거기에 담긴 인상을 끌어내는 것을 보았다. 그때 나는 그저 한 사람의 독자이고자 하면서 실은 필자로서 읽는 것이다. 하기야 오직 필자로서 읽기만 하는 건 아니다. 나는 될 수 없는 존재가 되려고 애쓰면서 그 불가능한 존재가, 서로 모순된 견해라도 내게 매우 호의적인 것은 모두 그러모으기 위해, 나는 필자로서 읽으면서 독자로서 자신을 비평하고, 그리하여 자신이 지향하는 이상의 표현에 비추어 자신이 쓴 것에 조건을 붙이는 태도를 완전히 버린다. 이를테면 이 문장을 썼을 때, 그것은 나의 사상에 비해 전적으로 빈약하고, 나의 조화를 이룬 투명한 견해에 비해 어수선하고 불투명하며 결함투성이여서 도저히 그것을 만족시킬 수 없으므로, 나는 그것을 읽는 것이 고통스러워 자신의 무능함과 치유할 수 없는 재능의 부족함을 가슴에 사무치게 느낄 수밖에 없었다. 그런데 지금은 독자가 되려고 애씀으로써 나는 나를 비평한다는 괴로운 역할을 타인에게 맡기고 내가 만들어낸 글을 읽으면서, 적어도 자신이 만들고자 한 것은 깨끗하게 잊는 데 성공했다. 나는 내가 쓴 이 글을 다른 사람의 작품으로 믿으려고 노력하면서 읽었다. 그러나 모든 인상과 고찰, 모든 형용사가 그 자체로서 수용되었고, 내가 지향한 것에 이르지 못한 좌절의 추억도 사라져, 그 광채, 그 의표를 찌르는 표현, 그 깊이로 내 마음을 완전히 사로잡았다. 나는 기분이 지나치게 가라앉으면 매우 감탄한 한 사람의 독자 마음으로 달아나서 이렇게 자신에게 들려준다. "괜찮아! 독자들이 그런 걸 알 것 같아? 물론 여기에는 뭔가 부족한 점이 있을지도 몰라. 아무리 그래도 독자들의 마음에 안 들면 어쩐다지? 하지만 이 부분은 보통 이상으로 썩 잘되지 않았느냐 말이야!" 그리고 나를 지탱해주는 이러한 1만 명의 독자들이 칭찬하는 목소리에 자기 자신에 대한 불신감을 맡기면서 자신만을 향해 쓰고 있었을 때는 거기서 불신감만 이끌어냈는데, 지금은 자기 글을 읽고 넘치는 힘과 재능에 대한 희망을 느끼는 것이었다. 그러므로 지금까지는 내 초고를 두 번 다시 읽을 용기가 없었던 나지만 이렇게 하여 기운을 얻으면, '한 번 읽은 것도 다시 읽을 수 있다'고 말할 수 있는 옛날의 글에는 못 미친다고 해도, 읽고 나서 이내 다시 읽고 싶어졌다. 나는 프랑수아즈를 시켜 신문을 몇 부 더 사오기로 결심했다. 그녀에게는 친구들에게 보낼 거라고 설명하겠지만, 사실은 나의 사상이 늘어나는 기적을 내 손으로 만져보기 위해서이고, 마치 내가 다른 사람이 되어 다른 〈피가로〉를 펼친 심정으로, 같은 글을 새롭게 읽기 위해서였다. 그러고 보니 게르망트 부부도 상당히 오랫동안 만나지 않았으니, 그들을 방문하여 이 글에 대한 모든 사람의 의견을 들어보기로 했다.

나는 한 여성 독자를 떠올린다. 그녀의 방에 들어갈 수 있다면 얼마나 좋을까 하고 가끔 생각하는 여성이지만, 나의 사상을 이해하지 못하는 사람이므로 신문의 글로 그녀에게 내 사상을 전할 수는 없다. 다만 적어도 내 이름과, 사람들이 내게 보내는 찬사 정도는 알려줄 것이다. 그러나 사랑하지도 않는 것에 주어지는 찬사는 마음을 이어줄 리가 없다. 그것은 마치 자신이 비집고 들어갈 수 없는 정신이 생각하는 사상이 자기 마음을 끌어당기지 않는 것과 같다. 하지만 다른 친구들에 대해서는 이렇게 생각했다. 만약 내 건강이 더욱 악화되어 그들을 더 이상 만날 수 없다고 해도 글을 계속 쓸 수 있고, 그것을 통해 그들에게 다가가 행간으로 말을 걸며, 내가 생각하는 대로 그들을 생각하게 하고 그들의 마음에 받아들여질 수 있다면 얼마나 기쁠까. 나는 그렇게 생각했다. 왜냐하면 지금껏 내 생활에서는 사교상의 교제가 큰 자리를 차지하고 있었고 그것이 없는 미래는 생각만 해도 오싹하지만, 글을 쓴다는 이 임시 방편의 편법은 건강이 회복되어 다시 친구들을 만날 수 있게 될 때까지, 그들의 주의를 끌고 어쩌면 그들을 감탄시킬 수도 있으므로 마음에 위로가 되기 때문이다. 나는 그렇게 생각했지만, 그것은 진실이 아님을 똑똑히 느끼고 있었다. 친구들의 주목이야말로 즐거움의 대상이라고 아무리 생각하려 해도, 그 즐거움은 내적이고 정신적이며 고독해서 친구가 대신 줄 수 없는 것이고, 친구와 나누는 얘기를 통해서가 아니라 그들로부터 멀리 떨어져서 내 글을 씀으로써만 발견할 수 있는 즐거움이었기 때문이다. 또한 내가 글쓰기를 시작한 것은 간접적으로 친구를 만나고 그들에게 좋은 인상을 주며, 사교계에서 더 좋은 지위를 얻기 위한 일이었다 해도, 이윽고 글쓰기가 내게서 그들을 만나고 싶은 마음을 빼앗아버릴 테고, 문학 덕분에 얻을 수 있을지도 모르는 사교계에서의 지위도 더 이상 누리고 싶지 않게 될 것이다. 왜냐하면 그때의 내 즐거움은 사교계가 아니라 문학 속에 있을 테니까.

그런 이유로 점심 식사 뒤에 내가 게르망트 공작부인의 집에 간 것은, 생루한테 받은 전보로 말미암아 데포르슈빌 양의 가장 매력적인 개성이 사라졌기 때문에, 이제는 그녀를 만나기 위해서가 아니라 내가 쓴 글의 독자인 공작부인을 만나기 위해서였다. 그러면 〈피가로〉의 정기구독자이든 어쩌다 한 부 산 독자이든, 읽은 사람이 어떻게 생각했는지 상상할 수 있을 것이다. 게다가 게 르망트 부인의 집을 방문하는 것은 즐거운 일이었다. 그녀의 살롱이 다른 살롱 과 다른 것은 오랫동안 내 상상력 속에서 숙성되었기 때문일 뿐이라고 나 자 신에게 들려주지만, 아무리 그 원인을 안다 해도 차이가 있는 건 변함이 없다. 게다가 내게는 게르망트라는 이름이 몇 개나 존재하고 있었다. 마치 주소록에 라도 적어넣듯이 기억이 기록해두었을 뿐인 이름에는 시적(詩的)인 것은 아무 것도 없지만, 게르망트 부인과 교제하기 이전 시대까지 거슬러 올라가는 오래 된 이름은 마음속에서 얼마든지 다시 만들 수 있다. 특히 오랫동안 부인을 만 나지 않았으므로 얼굴을 가진 구체적인 인간의 매우 강렬한 빛이, 이름이 지 닌 신비로운 빛줄기를 지워버리는 일이 없을 때는 더욱 그러했다. 그런데 나는 다시 게르망트 부인이 살고 있는 집을 뭔가 현실 저편에 있는 것처럼 생각하기 시작한다. 그것은, 첫 몽상에 나타난 안개 낀 발베크를 그 뒤에도 갈 기회를 놓쳐버린 곳처럼 생각하고, 1시 50분에 떠나는 기차를 한 번도 탄 적이 없다고 생각하는 것과 같다. 그런 것은 전혀 존재하지 않는다는 걸 알고 있으면서도, 나는 한순간 그것을 잊어버린다. 마치 사랑하는 사람을 생각하다 보면 이따금 상대가 죽었다는 사실도 순간적으로 잊어버리는 것처럼. 그러나 그 뒤에 공작 부인 집의 응접실에 들어갔을 때 내게는 다시 현실 관념이 돌아와 있었다. 그 래도 나는 자신에게 있어서 분명 공작부인은 문자 그대로 현실과 꿈의 교차점 이라고 생각하면서 스스로 위로했다.

살롱에 들어가니 그 젊은 금발 아가씨가 눈에 들어왔다. 만 하루 동안 생 루가 말했던 여자인 줄 알았던 아가씨다. 그런데 그녀 쪽에서 나를 '정식으 로 소개'해달라고 공작부인에게 부탁하는 것이었다. 사실은 이곳에 들어올 때 부터 나는 그녀를 잘 알고 있는 듯한 느낌이 들었는데, 공작부인이 이렇게 말 하는 바람에 그 인상은 사라지고 말았다. "어머나! 포르슈빌 씨의 따님을 언 제 만난 적이 있나요?" 나는 그녀를 만나기는커녕 그런 이름의 아가씨를 소 개받은 적도 없다. 오데트의 정사와 스완의 질투에 대한 이야기를 나중에 들 은 뒤로 그 이름은 기억에 익숙하게 남아 있었으므로, 소개를 받았다면 반드 시 깜짝 놀랐을 것이다. 나는 '드 로르주빌(de l'Orgeville)'이라는 이름을 '데포 르슈빌(d'Éporcheville)'로 착각했고, 사실은 '포르슈빌(Forcheville)'을 '에포르슈빌

(Éporcheville)'로 바꿔버렸는데 이러한 이중착오 자체는 그리 드문 일이 아니다. 오히려 우리의 오류는 사물이 평소에도 진정한 모습 그대로 드러나 있다고 생각하는 것, 이름은 적혀 있는 그대로 사진과 심리학이 주는 움직이지 않는 관념 그대로 나타나 있다고 믿는 것에 있다. 그런데 사실 평소에 우리가 느끼는 것은 결코 그런 게 아니다. 우리가 보고 듣고 생각하는 세계는 완전히 왜곡되어 있다. 하나의 이름만 해도 경험이 오류를 바로잡아주기 전까지 우리는 귀에 들리는 대로 되풀이하여 입에 올리는데, 그러한 정정이 늘 이루어진다고는 할 수 없다. 콩브레에서는 25년 동안 모든 사람이 프랑수아즈에게 사즈라 부인 이야기를 했는데, 프랑수아즈는 그녀를 사즈랭 부인이라고 계속 말해왔다. 프랑수아즈는 언제나 실수를 하고도 고집스레 우겨대는 버릇이 있는 데다 우리가 반박하면 더욱 완강해져서, 그것이 생탕드레 데 샹의 전통적인 프랑스에 그녀가 덧붙인 1789년 프랑스 대혁명의 모든 평등 원칙이었지만(그녀가 요구하는 유일한 시민권은 우리와 다르게 발음하고 호텔, 여름, 공기는 모두 여성명사라고 주장할 권리였다), 그녀가 사즈랭 부인이라고 말하는 것은 그것 때문이 아니라 사실은 그녀의 귀에 언제나 사즈랭이라고 들렸기 때문이다. 이런 식으로 끊임없이 저지르는 오류가 바로 '인생'인데, 그것은 단순히 눈에 보이는 세계와 귀에 들리는 세계만을 가리키는 것은 아니며 사회, 애정, 역사 등과 관련된 세계에도 수많은 형태로 나타난다. 뤽상부르 대공비(大公妃)는 재판소장 부인에게는 고급 창녀 정도의 지위밖에 가지지 않은 것처럼 보이지만, 그렇다고 그것이 중대한 결과를 불러오는 건 아니다. 더 중요한 사실은 오데트가 스완에게는 쉽지 않은 여자로 보인 일로, 그래서 스완은 한 편의 소설 같은 사랑을 만들어냈지만 나중에 그가 자신의 실수를 깨달았음에도 더욱 참담해졌을 뿐이다. 그보다 더욱 중대한 일은, 독일인의 눈에는 프랑스인이 '복수'만 꿈꾸는 것처럼 보인다는 점이다. 세계에 대한 우리의 구상은 형태가 들쑥날쑥한 단편적인 것일 뿐이라 위험한 것을 차례차례 만들어내는 제멋대로인 연상(聯想)으로 그것을 보완한다. 그래서 포르슈빌이라는 이름을 들었어도 오직 그것뿐이라면 그렇게 놀랄 일도 아니었을 것이다(나는 이미 그녀가 그토록 자주 들었던 포르슈빌 씨의 친척이 아닌가하고 생각하고 있었다).

그런데 이 젊은 금발의 아가씨는 불쾌한 질문을 미리 요령 있게 앞질러야겠다고 생각했는지 얼른 이렇게 말했다. "기억을 못 하시나 봐요. 전에 절 자주 보셨을 텐데. 저희 집에도 오셨고, 당신 친구 질베르트의 집에서도 말이에요. 아까는 절 모르시는 것 같더군요. 하지만 전 금방 당신을 알아보았죠(마치 살롱에서 금방 나를 알아본 것처럼 그녀는 말했는데, 사실은 거리에서 이미 나를 보고 인사했고 나중에 게르망트 부인한테서 들은 얘기로는, 그녀를 깜박 매춘부로 잘못 생각한 내가 뒤를 쫓아가서 슬쩍 몸에 닿기까지 한 것을 두고, 정말 해괴한 짓을 하는 사람이라고 말했다 한다)." 그녀가 포르슈빌 양이라 불리는 사정을 내가 알게 된 것은 그녀가 돌아가고 난 뒤였다. 스완이 죽은 뒤에 오데트는 모두가 깜짝 놀랄 만큼 깊고 진지한 슬픔을 오래도록 보여주었는데, 어찌됐든 그녀는 돈 많은 과부가 되었다. 포르슈빌은 오랜 시간을 들여 곳곳에 있는 친척들의 저택을 돌면서 모두들 결국 그녀를 받아들이는 것을 확인한 뒤 오데트와 결혼했다(친척들은 조금 꺼려하는 듯했지만, 돈 없는 친척이 빈곤 상태에서 벗어나 부자가 되면 더는 그를 도와줄 필요가 없다고 생각하여 그러한 이익 앞에 양보한 것이다). 그 뒤에 많은 친척들이 잇따라 죽으면서 막대한 유산이 굴러들어온 스완의 한 숙부가 전 재산을 질베르트에게 남기고 죽었으며, 질베르트는 프랑스에서 가장 부유한 상속녀 중 한 사람이 되었다. 그러나 그때는 바로 드레퓌스 사건의 영향으로 점차 늘어난 이스라엘 사람들의 사교계 진출 움직임과 함께 반유대주의 운동이 탄생한 시기였다. 잘못 판단한 게 드러난 일이 반유대주의에 커다란 타격을 줄 거라고 생각한 정치가들의 예상은 틀리지 않았다. 하지만 적어도 한동안 사교계의 반유대주의는 오히려 확대되고 과격해졌다. 포르슈빌은 참으로 보잘것없는 귀족답게, 친척들의 대화에서 주워듣고 자기 이름이 라로슈푸코의 이름보다 더 오래되었다고 믿었으므로 유대인의 아내였던 미망인과의 결혼을, 거리에서 주운 매춘부를 빈곤과 오욕의 늪에서 건져주는 백만장자 같은 자선 행위로 여기고 있었다. 그는 그 선의를 질베르트에게도 베풀려고 했다. 수백만이나 되는 그녀의 재산은 결혼에 유리하겠지만 스완이라는 우스꽝스러운 이름은 그 방해가 될 터였다. 그래서 그는 질베르트를 수양딸로 삼겠다고 선언한 것이다.

알다시피 게르망트 공작부인은 그녀를 따르던 사교계 사람들이 놀랐을 정도로—하기야 부인은 사람들을 놀라게 하는 게 취미였고, 자주 그렇게 하는 버릇이 있었다—스완이 결혼했을 때 그 아내뿐만 아니라 딸까지도 집에 초대하기를 거부했다. 스완은 언젠가 오데트와 결혼하면 게르망트 부인에게 딸을 소개할 수 있을 거라고 오랫동안 기대했던 만큼, 그녀의 이 거부는 왠지 더욱 더 잔인해 보였다. 사실 스완은 이미 다양한 경험을 쌓아온 터라 그런 정경을 머릿속에 그려봐도 여러 가지 이유로 결코 이뤄지지 않을 거라는 사실쯤은 알고 있었으리라. 그런 이유 가운데 딱 한 가지, 소개되지 않은 일이 그리 안타깝지 않은 점이 있었다. 그것은 바로 어떤 인상을 떠올리든 이를테면, 석양을 보면서 옥새송어가 먹고 싶어서 외출을 싫어하는 남자가 기차를 타기로 마음먹게 된 것도 좋고, 새침 떠는 카운터 아가씨를 놀래주려고 으리으리한 마차를 마련하여 어느 날 밤 그녀 눈앞에 짠 하고 나타나고 싶다고 생각하는 것도 좋고, 또는 무모한 남자가(용기가 있나 없나, 게으름뱅인가 아닌가에 따라, 또 자기 생각을 끝까지 관철하는 사람인가, 아니면 언제까지나 최초의 착상에서 헤어나지 못하는 사람인가에 따라) 살인을 결심하거나 아니면 단순히 친척의 죽음으로 그 유산이 굴러들어오기를 바라는 것도 좋고, 어쨌든 그런 인상에 다다르게 하는 행위가 여행이든, 결혼이든, 범죄든, 그 밖에 어떤 것이든 우리를 깊숙한 안쪽에서 변화시킨다. 그래서 우리는 그런 행위에 이르게 된 맨 처음 인상을 까맣게 잊어버리고 아직 여행자도, 남편도, 범죄자도, 고립된 인간(즉 명성을 얻고 싶어 일에 파고들었으나, 그 몰입 때문에 명예욕에서 해방된 사람)도 되기 전에, 마음속에 그리던 모습을 다시는 머릿속에 떠올리지 않게 될 수도 있는 것이다. 우리가 끊임없이 헛된 행동을 하지 않겠다고 다짐해도 태양의 효과가 사라진 그 시간에는 추워서 집 밖의 옥새송어보다 난로 옆에서 먹는 포타주가 더 간절해질지도 모르고, 화려하게 꾸민 마차에도 카운터 아가씨는 도통 관심이 없으며, 어쩌면 전혀 다른 이유로 우리를 존경하고 있던 그녀에게 이 갑작스러운 과시 행위는 오히려 불신감만 안겨줄지도 모른다. 간단하게 말해 이미 본 대로 결혼한 뒤의 스완은 아내와 딸이 봉탕 부인 같은 사람들과 교제하는 게 훨씬 더 중요하다고 생각한 것이다. 게르망트식 사교 생활의 사고방식에 있어서 공작부인은 거기서 스완의 아내와 딸을 절대로 소개받지 않겠다고 결심한 온갖 이유를 끌어댔지만, 그런 이유와 아울러 연애를 하고 있지 않은 사람들 특유의 홀가분함도 들 수 있다. 그들은 연인들의 비난해야 할 점, 오직 사랑만이 설명할 수 있는 것으로부터 참으로 가볍게 몸을 빼낸다. "글쎄! 난 그런 일에는 관여하고 싶지 않아요. 안타깝지만 스완 씨가 그런 어리석은 짓을 해서 자기 인생을 엉망으로 만들고 싶다면, 그것도 그분의 자유지요. 하지만 난 그런 일에는 휘말리고 싶지 않은걸요. 끔찍한 결과를 불러올 수도 있으니까요. 어쨌든 두루두루 좋게 해결됐으면 좋겠군요." 스완 자신이 베르뒤랭 집안사람들에 대해 내게 권한 수아베, 마리 마그노(Suave, mari magno)가 바로 이것이다. 그때 스완은 이미 오래전부터 오데트에 대한 사랑도 식었고, 작은 당파에 대한 집착도 없었다. 제삼자가 자신들이 느끼고 있지 않은 정열과 그것이 불러일으키는 복잡한 행동에 대해 매우 현명한 판단을 내릴 수 있는 것은 그런 사정 때문이다.

게르망트 공작부인이 무슨 일이 있어도 스완의 아내와 딸을 거부하려고 애쓰던 그 집요함은 사람들을 놀라게 했다. 몰레 부인이 스완 부인과 교제하게 되어 그 집에 사교계 부인들을 많이 데리고 다녔을 때도 게르망트 공작부인은 완강하게 물러서지 않았을 뿐 아니라 온갖 방법으로 손을 써서 관계를 끊었고, 사촌동서인 게르망트 대공부인에게도 자신과 똑같이 하게 하려 했다. 루비에(Rouvier)[1] 재임 시절, 프랑스와 독일 사이에서 머지않아 전쟁이 일어날 것 같았던 중대한 위기 속의 어느 날, 나와 브레오테 씨만 게르망트 공작부인의 집에서 만찬을 하게 되었을 때, 나는 재빨리 공작부인의 심란해하는 듯한 기색을 눈치챘다. 정치에 참견하길 좋아하는 그녀였기에 전쟁에 대한 우려를 표시하려는 거라고 나는 생각했다. 마치 어느 날 몹시 우울한 얼굴로 테이블에 앉은 그녀가 상대의 이야기에도 짧은 말로 마지못해 대꾸하는 것을 보고, 어느 한 사람이 조심스럽게 무슨 걱정거리라도 있느냐고 묻자, 무거운 목소리로 "중국이 마음에 걸려서요" 대답한 것처럼. 그런데 한참 뒤 게르망트 공작부인은, 선전포고를 걱정하고 있는 거라고 내가 생각한 그 우울한 표정을 스스로 설명하면서, 브레오테 씨에게 이렇게 말했다. "듣자 하니, 마리 에나르[2]가 스완네 가족을 햇살 속으로 끌어내고 싶어한다는군요. 무슨 일이 있어도 내일 아침 마리 질베르[3]를 만나서, 그 일을 멈추기 위해 도움을 청해야겠어요. 그렇지 않으면 이제 사교계도 볼장 다 본 거죠. 드레퓌스 사건도 좋지만 그렇게 되면 길모퉁이 식료품 가게 여자마저도 자기가 민족주의자라고 말만 하면, 그 대가로 우리는 그 사람들을 초대하게 될 걸요?" 예상과 반대로 너무나도 천박한

[1] 프랑스의 정치가(1847~1911).
[2] 마리상트 백작부인.
[3] 게르망트 대공부인.

이 말에 나는 놀랐는데, 그것은 바로 〈피가로〉 지에서 러일전쟁의 최신 정보를 구하는 독자가 대신 모르트마르 양에게 결혼 선물을 보낸 사람들의 명단을 발견하고 느끼는 놀라움과 비슷했다. 귀족의 결혼이 훨씬 중요해서 육지와 바다의 전투는 신문 한구석으로 내몰린 것이다. 게르망트 공작부인은 자신의 유별나게 완고한 태도에서 자존심의 만족까지 느꼈으며, 기회가 있을 때마다 그것을 분명하게 드러냈다. "바빌*4이 말이에요, 우리 두 사람이 파리에서 가장 우아하다고 말하더군요. 스완의 부인과 그 딸한테서 인사를 받지 않는 건 나와 ㄱ 사람뿐이기 때문이라나요. ㄱ가 분명히 말하기를, 우아함이란 스완 부인과 아는 사이가 아니라는 걸 뜻한대요." 공작부인은 퍽이나 재미있다는 듯이 웃었다.

그러나 게르망트 공작부인은 스완의 딸을 자기 집에 초대하지 않겠다고 결심함으로써, 그때까지 거기서 이끌어낼 수 있는 자존심과 독립심의 만족, 자치(自治)와 박해의 욕망의 만족을 모두 얻어왔는데, 스완이 죽자 그 기분도 마침표를 찍고 말았다. 상대에게 저항하고 있다는 쾌감, 상대는 부인의 명령을 절대로 거둬들일 수 없다는 쾌감, 바로 이러한 것들을 주던 사람이 사라져버렸기 때문이다. 그래서 공작부인은 다른 명령의 공포를 단행했는데, 그것은 살아 있는 사람들에게 적용되어 모든 것을 그녀 마음대로 할 수 있음을 실감케 했다. 스완의 딸에 대해서 관심도 없었던 공작부인은 그 소문을 듣자 어딘가의 새로운 토지에 대해 느끼는 호기심을 느꼈다. 이제는 스완의 뜻에 저항하려는 욕망 때문에 그 호기심을 숨겨버리는 일이 없어졌기 때문이다. 게다가 수많은 다른 감정이 하나의 감정을 이루는 일도 있어서, 그러한 관심 속에 뭔가 스완에 대한 애정 같은 게 없었다고는 하지 못할 것이다. 물론—그것은 모든 사회 계층에서의 천박한 사교 생활이 감수성을 마비시키고 죽은 사람을 되살리는 힘을 잃게 하기 때문이지만—공작부인은 진심으로 누군가를 사랑하기 위해서는 상대가 눈앞에 있어야만 하는 여성이었다. 분명한 게르망트 집안사람으로서, 그녀는 그렇게 상대를 언제까지나 눈앞에 붙잡아두는 기술이 뛰어났다. 한편으로 이것은 좀더 드문 일이지만, 상대에게 어느 정도 미움을 느끼는 것도 상대가 눈앞에 있을 때뿐이었다. 그래서 사람들에 대한 그녀의 호의는 살

---

*4 브레오테 씨의 별명.

아 있을 때 그들의 행위가 불러일으키는 불쾌감 때문에 중단되었다가도, 흔히 그들이 죽은 뒤에 부활하기도 했다. 그런 때 그녀는 거의 속죄하고픈 기분마저 들었다. 왜냐하면 그들을 생각할 때—그것도 몹시 애매한 형태지만—머리에 떠오르는 것은 그들의 장점뿐이었고, 살아 있을 때 불쾌감을 주었던 그들의 인색한 자기만족과 자만심이 사라지고 없기 때문이었다. 덕분에 천박한 생활 속에서도 게르망트 공작부인의 행동에는 상당히 고귀한 데가—많은 천박함과 함께—있었다. 왜냐하면 사람들은 넷 가운데 셋은 살아 있는 사람에게 아부하고 죽은 사람에 대해서는 더 이상 돌아보지 않는 데 비해, 그녀는 가끔 자신이 박대했던 상대가 죽고 나면, 그들이 살아 있었을 때 그렇게 해주었더라면 싶은 행동을 했기 때문이다.

질베르트를 사랑하고 그녀를 얼마쯤 자랑스럽게 여겼던 사람들은 공작부인이 25년 동안 실컷 창피를 준 뒤에 굽히고 들어왔으니, 질베르트가 그것을 단칼에 거절하여 복수할 수 있다고 생각하지 않는 한, 그녀에 대한 공작부인의 심경 변화를 달가워할 수 없었으리라. 그러나 얄궂게도 정신의 반응은 상식이 생각하는 것과 반드시 언제나 일치하지는 않는다. 근거 없는 중상 때문에 소중하게 생각하는 사람의 환심을 사려는 야심을 영원히 잃어버렸다고 믿던 사람이, 반대로 그것으로 말미암아 야심을 이루는 경우도 있다. 질베르트는 자신에게 잘해주는 사람을 상당히 차갑게 대하면서도, 무례한 게르망트 공작부인에 대해서는 늘 찬양하는 마음으로 떠올리며 그 무례함의 이유를 궁금하게 생각했다. 한번은, 그녀에게 조금이라도 우정을 느끼는 사람이라면 누구나 죽을 만큼 부끄럽다고 생각했겠지만, 공작부인에게 편지를 써서 아무것도 잘못한 기억이 없는 한 젊은 처녀에게 왜 그토록 반감을 품고 계시느냐고 물어볼 생각까지 했다. 그녀의 눈에 게르망트 집안은 그 귀족 신분도 줄 수 없는 위대함을 띠고 있었다. 그녀는 게르망트 집안을 모든 귀족 위에 두었을 뿐만 아니라, 모든 왕족보다 뛰어나다고 본 것이다.

스완과 옛날에 알고 지내던 몇몇 여자친구들이 질베르트를 잘 보살펴주었다. 질베르트가 최근에 유산을 상속한 사실이 알려지자, 귀족들은 그녀가 정말 교양 있는 아가씨이며 틀림없이 무척 매력적인 여성이 될 거라고 속삭이기 시작했다. 게르망트 공작부인의 사촌인 니에브르 대공부인이 질베르트를 며느릿감으로 생각하고 있다는 얘기도 들려왔다. 게르망트 부인은 니에브르 부인에게 증오심을 불태웠다. 그녀는 이런 결혼은 수치라고 떠들고 다녔다. 니에브르 부인은 깜짝 놀라 그런 일은 한 번도 생각한 적이 없다고 잡아뗐다. 어느 날 점심 식사 뒤, 날씨가 좋아 게르망트 씨는 아내와 함께 외출하기로 했고, 그래서 게르망트 부인은 거울 앞에서 모자를 고쳐 쓰고 있었다. 그녀의 푸른 눈이 거울 속의 푸른 눈을 지그시 바라보면서 여전히 금발인 머리를 보고 있었다. 하녀는 부인이 고를 수 있도록 여러 가지 양산을 손에 들고 있었다. 창문을 통해 햇살이 눈부시게 비쳐들었고, 부부는 이 화창한 날씨가 아까워서 생클루로 가기로 했던 것이다. 얇은 회색 장갑을 끼고 실크해트를 머리에 쓰고 완벽하게 채비를 마친 게르망트 씨는 마음속으로 중얼거렸다. '오리안은 대단한 여자야, 아직도 제법 매력적이란 말이지.' 그는 아내의 기분이 좋은 것을 보고 운을 뗐다. "참, 그렇지! 비를레프 부인이 당신한테 전해달라고 하던데, 월요일 오페라 극장에 오라고 말이야. 다만 스완의 딸이 함께 갈 예정이어서 말을 꺼내기가 좀 그러니 내게 알아봐달라며 부탁해왔소. 난 아무 의견도 말하지 않았어. 그대로 당신한테 전할 뿐이지. 아무래도 우리도⋯⋯." 그는 말하다가 얼버무리고 말았다. 어떤 사람에 대해 그들이 느끼는 마음은 똑같아서 각자의 마음에 같은 감정이 생기므로, 그는 자기 자신에 비추어 스완의 딸에 대한 아내의 적의가 사라졌으며 이제는 교제하고 싶어한다는 사실을 알고 있었던 것이다. 게르망트 부인은 베일을 매만지고 나서 양산을 하나 골라들었다. "당신이 알아서 하세요. 내 생각이야 아무려면 어때요? 우리가 그 아가씨와 교제한다고 해서 곤란해질 일은 아무것도 없다고 생각해요. 잘 아시잖아요, 난 한 번도 그 아가씨에게 '반감'을 가진 적이 없어요. 다만 떳떳한 결혼을 하지 않은 친구를 아무렇지도 않게 초대하는 것처럼 보이고 싶지 않았던 거죠. 그뿐이에요."— "오, 정말 당신 말이 옳소." 공작이 대답했다. "당신은 그야말로 현명함 그 자체라니까. 게다가 그 모자가 정말이지 잘 어울리는구려."— "너무 치켜세우시는 것 아니에요?" 게르망트 부인은 남편에게 미소 지으면서 문 쪽으로 걸어갔다. 하지만 그녀는 마차를 타기 전에 몇 마디 설명을 덧붙이지 않고는 직성이 풀리지 않았다. "지금은 그 아가씨 어머니와 교제하는 사람들도 꽤 있고, 게다가 어머니는 분별심이 있는 데다 1년에 4분의 3은 앓아눕는다고 하더군요. 그녀는 무척 심지가 고운 아가씬가 봅니다. 또 우리가 스완을 꽤 좋아한 것은 모두 다 알고 있는 사실이고. 그러니 이것도 아주 자연스러운 일로 생각할 거예요." 부부는 함께 생클루로 갔다.

그로부터 한 달 뒤, 아직 포르슈빌이라는 이름을 얻기 전이었던 스완의 딸은 게르망트 씨 집에서 점심을 들고 있었다. 다양한 얘기가 화제에 올랐는데, 식사가 끝나갈 즈음 질베르트가 조심스럽게 입을 열었다. "제 아버지에 대해 잘 아신다고 들었는데요."—"잘 알다마다요." 게르망트 부인의 우울한 목소리는 아버지를 여읜 딸의 슬픔을 이해하고 있음을 증명하는 동시에, 일부러 과장스럽게 힘을 준 말투여서 마치 딸의 아버지를 확실하게 떠올릴 자신이 없음을 숨기고 있는 듯한 느낌을 주었다. "우리는 아버님을 아주 잘 알아요. 난 '똑똑히' 기억하고 있어요." 사실 그녀는 정말로 스완을 기억하고 있었다. 그는 25년 동안 거의 매일같이 부인을 만나러 왔으니까. "어떤 분인지, 잘 알고 있지요. 얘기해볼까요?" 그녀는 그렇게 덧붙였는데, 그것은 마치 딸에게 아버지가 누구인지 설명하는 듯한, 또 이 젊은 아가씨에게 그에 대한 정보를 주려는 듯한 기색이었다. "아버님은 우리 시어머니의 친구였어요. 그리고 시동생인 팔라메드와도 무척 친하게 지내셨죠."—"이곳에도 오신 적이 있소. 여기서 점심 식사까지 하셨지." 게르망트 씨는 짐짓 겸손한 척하면서 덧붙였다. "오리안, 당신도 기억하고 있지? 그가 얼마나 훌륭한 분이었는지! 좋은 집안에서 태어난 분 같은 인상을 받았다오. 아마 모두들 그렇게 느꼈을 거요! 게다가 나는 전에 그분의 부모님도 뵌 적이 있어. 얼마나 좋은 분들이었는지!" 만약 부모와 아들이 아직 살아 있다면, 게르망트 공작은 망설이지 않고 그들에게 정원사 자리라도 주선할 듯한 말투였다. 포부르 생제르맹 사람은 누구나 부르주아들에 대해 다른 부르주아들을 이런 식으로 얘기하는데, 그것은 이야기 상대가 남자이건 여자이건, 당신은 예외라고 치켜세우면서—얘기하는 동안만 그렇지만—상대의 비위를 맞추기 위해서이거나, 아니면 그 상대도 함께 모욕하기 위해서다. 이와 마찬가지로 반유대주의자는 눈앞에 있는 유대인을 친절한 말로 감싸주면서, 예의에 벗어나지 않으면서 상대한테 상처를 줄 수 있도록 일반론으로 유대인의 험담을 하는 것이다.

그때그때의 '순간'을 지배하는 여왕이라고 할 수 있는 게르망트 공작부인은 사람을 만나면 상대를 완전히 기분 좋게 만드는 기술이 뛰어났는데, 그와 함께 쉽사리 상대를 놓아주려고 하지 않아서 그 '순간'의 노예가 되기도 했다. 스완은 이따금 대화에서 공작부인을 도취시켜 그에게 우정을 느끼고 있다고 착각하게 했으나, 이제는 그것도 불가능해졌다. "매력적인 분이었어요." 슬픈 미소를 지으면서 중얼거린 공작부인은 질베르트에게 매우 다정한 시선을 보냈지만, 만약 이 젊은 아가씨가 예민한 감성의 소유자였다면, 공작부인의 눈길은 그녀에게 이렇게 말하는 것이 되었으리라. 당신의 마음은 잘 알겠어요, 만약 당신과 단둘이 있고 상황만 허락한다면 기꺼이 속마음을 다 보여드릴 텐데. 그러나 게르망트 공작은 그러한 진정을 토로하는 데는 아무래도 상황이 적합하지 않다고 생각했는지, 아니면 과장된 감정은 모두 여자들의 것이고 남자는 그런 일에서 여자의 다른 영역과 마찬가지로 무관하다고 생각했는지—하기야 요리와 포도주만은 예외여서 그런 것에 부인보다 조예가 깊은 공작은, 요리와 포도주에 대한 권한은 자신을 위해 남겨두었다—어쨌든 그는 이야기에 끼어들어 대화에 영양분을 공급하지 않는 편이 낫다고 여기고, 누가 봐도 지루해하는 표정으로 그저 귀를 기울이고 있었다. 게르망트 공작부인도 발작적으로 감상에 젖었던 마음이 가라앉자, 사교계만이 지닌 독특한 경박함을 보이며 질베르트에게 이렇게 말했다. "그래요, 또 우리 시동생 샤를뤼스와는 무척이나 절친한 친구였고, 부아즈농(게르망트 대공의 저택)과도 상당히 인연이 깊은 분이었어요." 그것은 마치 샤를뤼스 씨와 대공을 알고 지냈다는 것이 스완에게는 그저 우연한 일이었고, 또 그녀의 시동생과 사촌오빠는 스완이 어떤 기회에 우연히 친해진 사람들일 뿐이었다는 것 같은 말투였지만, 사실 스완은 이러한 사교계의 모든 사람과 가까이 지내고 있었다. 그뿐 아니라 게르망트 부인의 말투는 마치 질베르트에게 아버지가 어떤 사람이었는지 이해시키려고 하는 듯한, 또 어떤 특징적인 사실에 의해 질베르트의 아버지에게 '위치를 부여'하려는 듯한 것이었다. 본디 아는 사이가 될 리 없는 사람과 교제하는 이유를 설명할 때 사람들은 그런 사실들을 이것저것 끌어대거나, 이야기에 재미를 주기 위해 어떤 인물의 특별한 후원이 있었던 것처럼 말하는 법이다.

질베르트 쪽에서는 이제 그만 화제를 바꿨으면 하던 참이라, 그만큼 대화가 시들해진 것을 보고 오히려 마음을 놓았다. 그녀가 아버지한테서 지적인 매력과 함께 이러한 세련된 재치를 물려받은 걸 알고 호감을 느낀 공작 부부는, 질베르트에게 가까운 시일 안에 다시 방문해달라고 청했다. 본디 공작 부부는 목표 없이 생활하고 있는 사람들에게 흔한 면밀함으로 자신들이 교제하는 사람들의 더할 나위 없이 사소한 장점을 알아채고는, 도시 사람이 시골에서 하찮은 풀을 발견하고 야단스럽게 탄성을 터뜨리는 것처럼 그런 장점 앞에서 감탄의 소리를 지르는가 하면, 반대로 별것 아닌 결점도 현미경으로 들여다보듯이 확대하여 끝없는 주석을 달면서 그 결점을 증오하는데, 그것도 가끔 똑같은 인물 속에서 장점과 단점을 차례차례 찾아내는 것이었다. 질베르트의 경우, 팔자 좋은 사람 특유의 날카로운 관찰력으로 게르망트 부부가 가장 먼저 발견한 것은 호감 가는 그녀의 태도였다. "당신, 눈치챘어요? 그 아가씨의 말씨를?" 질베르트가 돌아간 뒤 공작부인은 남편에게 말했다. "스완을 쏙 빼닮았더군요. 스완이 얘기하고 있는 걸로 착각했을 정도라니까요."— "아, 오리안, 나도 그 말을 하려던 참이었소."— "상당히 똑똑한 아가씨예요. 말투도 영락없이 아버지를 닮았고."— "아버지보다 훨씬 나아 보이더군. 생각해봐요, 해수욕 이야기를 얼마나 잘했는지. 스완에게는 없는 생기발랄함도 있고."— "어머! 스완도 무척 재치가 있었어요."— "아니, 스완이 재치가 없었다는 얘기가 아니오. 생기발랄한 데가 없었다는 거지." 게르망트 공작은 신음하는 듯한 목소리로 말했다. 그것은 통풍으로 신경질적이 되었기 때문인데, 짜증을 부릴 상대가 없으면 그는 부인에게 화풀이를 하곤 했다. 그러나 원인을 잘 알 수가 없어서, 오히려 상대가 말귀를 못 알아듣는다는 식으로 행동하는 것이다. 공작 부부의 이러한 호의 덕분에 그때부터는 이따금 필요에 따라 질베르트에게 '돌아가신 아버님'에 대한 이야기를 해도 괜찮았지만, 다만 그 표현은 사용할 수 없었다. 바로 그 무렵, 포르슈빌이 이 아가씨를 양딸로 삼았기 때문이다. 그녀는 포르슈빌을 '아버지'라 부르며, 그 예의 바른 태도와 기품으로 나이 든 상류층 부인들을 매료시켰다. 물론 포르슈빌도 질베르트에게 훌륭하게 행동했지만, 딸 쪽도 세심한 배려로 아버지의 은혜에 보답하는 기술을 터득하고 있었음은 모두가 인정했다. 물론 그녀도 때로는 스스럼 없이 그렇게 하고 싶은 마음이 들어서, 내게 자신의 뿌리를 밝히고 내 앞에서 친아버지에 대해 말할 때도 있었다. 하지만 그것은 예외였고, 사람들은 이제 그녀 앞에서 감히 스완이라는 이름을 입에 올리려 하지 않았다.

마침 그때 나는 살롱에서 엘스티르가 그린 두 장의 소묘를 보고 있었는데, 그것은 전에 2층 진열실로 쫓겨났던 것을 우연히 본 적이 있는 바로 그 그림이었다. 엘스티르는 이제 유행화가였다. 게르망트 공작부인은 그의 많은 유화를 사촌언니에게 줘버린 것을 못내 아쉬워했다. 그 그림이 유행해서가 아니라 지금은 그녀 자신이 그런 작품들을 좋아했기 때문이다. 실제로 유행은 게르망트 부부로 대표되는 사람들 모두의 열광에 의해서 만들어진다. 그러나 공작부인은 엘스티르의 다른 그림을 살 마음은 없었다. 얼마 전부터 말도 안 되는 가격으로 뛰어올랐기 때문이다. 하다못해 엘스티르의 무슨 작품이든 살롱에 장식하고 싶었던 그녀는 이 두 장의 소묘를 2층에서 가지고 내려와, "그의 유화보다 이 그림을 좋아한다"고 말했다. 질베르트는 그 작품을 본 기억이 있다. "꼭 엘스티르의 작품 같군요." 그녀가 말했다. "맞아요." 공작부인은 무심결에 대답했다. "우리에게 이걸 사라고 권한 사람은, 다름 아닌 아가씨의…… 아니, 우리의 친구였어요. 훌륭하죠? 난 이쪽이 유화보다 낫다고 생각해요." 이 대화를 제대로 듣지 않은 나는 그림을 보려고 다가갔다. "오호, 이건 엘스티르 군요, 그러니까 그……." 그때 게르망트 부인이 죽을힘을 다해 신호를 보내는 모습이 눈에 들어왔다. "그래요! 2층에서 내가 무척 마음에 들어했던 엘스티르 군요. 거기 복도에 있는 것보다 여기가 훨씬 좋군요. 엘스티르라면, 어제 〈피가로〉에 실린 제 글에서도 그에 대한 얘기를 썼지요. 혹시 읽어보셨습니까?"—"〈피가로〉에 글을 썼다고?" 게르망트 공작이 크게 소리를 질렀는데, 그것은 "저 앤 내 사촌누이요" 말할 때처럼 무뚝뚝한 말투였다. "네, 어제요."—"〈피가로〉에? 정말이오? 거참 신기하군그래. 아니, 우리 부부는 따로따로 〈피가로〉를 사서 읽고 있어서, 한 사람이 놓쳤다 해도 다른 한 사람은 보았을 텐데 말이오. 그렇잖소, 오리안? 아무것도 보지 못했지?"

공작은 마치 내가 신문에 쓴 글이 잘못되기라도 했다는 듯이 〈피가로〉를 가져오게 하더니, 자기 눈으로 확인할 때까지 한 발짝도 물러서려 하지 않았다. "왜 그러는지 도통 모르겠네요. 그럼 〈피가로〉에 글을 쓰셨더랬어요?" 공작부인은 관심 없는 일이지만 억지로 한마디 하려고 애를 쓰면서 내게 말했다. "아이, 바쟁, 나중에 천천히 읽으시지 그래요."—"아니에요, 공작님이 저렇게 멋진 턱수염을 신문에 바짝 붙이고 읽으시는 모습은 진짜 멋지세요." 질베르트가 말했다. "나도 돌아가자마자 읽어야겠어요."—"맞아요, 다들 수염을 깎는 세상에 저렇게 턱수염을 기르다니." 공작부인이 맞장구쳤다. "절대로 남들과 똑같이는 하지 않거든요. 우리가 결혼할 즈음에는 턱수염뿐만 아니라 콧수염까지도 밀고 있었죠. 공작님을 모르는 시골 사람들은 저이가 프랑스인이 아닌 줄 알았을 정도예요. 그 시절엔 이름이 롬 대공이었죠." 질베르트가 물었다.

"지금도 롬 대공이란 분이 계신가요?" 그녀는 오랫동안 자기에게 인사 한마디 건네려 하지 않던 사람들에 대한 일이라면 뭐든지 흥미를 보였다. "없어요." 공작부인은 시름에 겹지만 다정한 눈길로 대답했다. "정말 멋진 칭호인데! 프랑스에선 가장 아름다운 칭호 가운데 하나거든요!" 질베르트가 말했다. 시계가 시각을 알리듯이 아무리 총명한 사람이라도 좋든 싫든 어떤 평범한 말을 하기 마련이다.

"맞아요. 말씀하신 대로죠. 저도 아까워 죽겠어요. 바쟁은 누나의 아들이 이 칭호를 되살렸으면 하고 바라지만, 이건 그거와는 다르죠. 하지만 생각해 보면 그래도 괜찮을 것 같아요. 왜냐하면 반드시 장남이 해야 한다고 정해져 있는 것도 아니고, 장남에서 차남에게 승계되는 경우도 있으니까요. 어쨌든 아까도 말씀드렸지만 요즘 바쟁은 수염을 싹 밀어버렸어요. 어느 날, 성지순례 길에 서 있었던 일인데요. 여보, 당신 기억해요?" 공작부인이 남편에게 말했다. "파레 르 모니알*¹을 순례할 때였잖아요. 시동생 샤를뤼스는 농부들하고 이야기하길 즐겼던 터라 아무한테나, '어디서 왔나, 자넨?' 이렇게 말을 시키길 않나, 어찌나 희떱던지 뭐든지 내어주고, 또 술을 마시자며 데려가는 거예요. 어쨌든 메메처럼 자신감 넘치면서도 소탈한 사람은 없을 거예요. 이제 곧 아시게 되겠지만 상대가 공작부인이라도 공작부인답지 않으면 인사도 않지만, 지저분한 하인은 끔찍이 여긴다니까요. 그래서 난 바쟁에게 말했죠. '이봐요, 바쟁, 당신도 저 사람들하고 얘기 좀 해봐요.' 하지만 공작님은 그리 눈치가 빠르질 못해서요……."—"고마운 말이로군, 오리안." 그렇게 한마디 거들면서도 공작의 눈은 여전히 문장 읽기에 몰두하고 있었다. "……그래서 이이도 시동생처럼 농부 하나를 붙잡고는 물어보았어요. '그래 자넨 어디서 왔지?'—'전 롬에서 사는뎁쇼.'—'뭐? 롬이라고? 흠, 그럼 난 자네의 영주로군.' 그러자 농부는 수염이 없는 바쟁의 반들반들한 얼굴을 빤히 쳐다보더니 이렇게 대답하는 거예요. '무슨 말씀이슈. 나리는 영국양반입니다요.'" 공작부인의 말을 듣고 있자니 롬 대공이라는 위대하고 걸출한 칭호에 주어진 본디 위치, 오랜 옛날 모습이 향토색에 감싸여 고스란히 되살아났다. 마치 어떤 기도서에는 군중 한가운데 부르주

---

*1 손에루아르(Saône-et-Loire)의 도시. 성모방문회라는 수도회 소속으로, 1920년에 성녀의 반열에 오른 마르그리트 마리 알라코크(1647~90)의 그리스도 환시의 장소로 유명하며, 19세기부터 순례의 중심지가 되었음.

아의 첨탑이 우뚝 서 있는 것처럼.

그때 하인이 명함을 하나 들고 왔다. "아유, 무슨 바람이 불었을까? 난 이런 사람 모르는데. 이건 당신 때문이에요, 바쟁. 아무튼 이런 교제는 별로 이롭지 않을 것 같군요." 공작부인은 이어 질베르트를 쳐다보면서 말했다. "어떤 사람인지 설명할 수도 없어요. 모르실 게 뻔해요. 뤼퓌스 이스라엘 양을요." 질베르트는 얼굴을 살짝 붉혔다. "전 모르는 사람이에요." 그녀가 말했다(그러나 이스라엘 양은 스완이 죽기 2년 전에 그와 화해했고, 질베르트를 성(姓) 없이 이름만 부를 정도로 그녀와 친했으므로 이 말은 거짓이었다). "하지만 방금 말씀하신 분이 누군지는 다른 사람들한테 들어서 알고 있어요."

내가 들은 바로는 어떤 아가씨가 악의였는지 아니면 무심코 그랬는지 질베르트가 양아버지가 아니라 친아버지의 이름을 물었을 때, 그녀는 당황하면서 실제 이름을 조금 비틀어 스완이 아닌 슈반이라 발음했다고 한다. 그러나 조금 뒤 질베르트는 이러한 바뀐 발음에 경멸의 의미가 담겼음을 알았다. 왜냐하면 영국식 이름을 독일계로 바꿔버렸기 때문이다. 뿐만 아니라 자기를 높일 생각에 한층 비굴해진 그녀는 이런 말까지 덧붙였다. "내 출생에 대해선 말들이 많은 모양이지만 전 전혀 모르는 일이에요." 질베르트는 부모님을 생각하면 (스완 부인도 그녀에겐 훌륭한 어머니의 본보기였고, 실제로도 괜찮은 어머니였으므로) 이런 처세술이 이따금 창피하기는 했지만, 공교롭게도 이런 요소는 부모에게서 물려받은 것임을 헤아려봐야 한다. 왜냐하면 인간은 자기 자신을 하나에서 열까지 혼자의 힘으로 만들어내지는 않기 때문이다. 반대로 어머니에게 있었던 어느 정도의 이기주의와 아버지 쪽 고유의 다른 이기주의가 더해지면 그것은 단순한 덧셈으로 끝나지 않고, 또 단순히 곱절이 되지도 않으며 훨씬 강력하고 가공할 새로운 이기주의를 만들어낸다. 하늘과 땅이 처음 열린 뒤 다른 형태로 똑같은 결점을 지닌 두 집안이 맺어져 매우 혐오스런 변종의 아이를 낳는 경우가 있고, 그 뒤로 차츰 이기주의는 쌓여서(지금은 오직 이기주의만 문제 삼기로 하고) 강대한 힘을 지닌 결과, 모든 인류가 그것 때문에 파멸할지도 모른다. 다만 악을 적당한 비율로 돌이킬 수 있는 자연의 제약이 악덕 자체에서 생겨난다면 얘기는 달라진다. 마치 그것은 섬모충의 무한증식에 의한 이 지구의 멸망, 또는 식물의 무성생식에 의한 식물계의 파멸을 자연이 가로막는 것과 같다. 때로 미덕이 등장하여 이기주의와 하나가 되고 욕심을 떠난 새로운 힘을 만들어내기도 한다. 몇 세대를 거치는 동안 도덕의 화학은 다양한 결합을 낳고, 무시무시한 요소를 고정하여 이것을 무해한 것으로 만드는데, 이런 결합은 끝이 없으며 그것이 다양한 집안을 만드는 역사에 흥미진진한 변종을 낳게 되는 것이다. 분명 질베르트에게는 그런 이기주의가 겹쳐 있으나 동시에 부모의 매력적인 미덕도 공존하므로, 때로는 그것이 막간에 최고의 성실성을 보여 잠깐 감동적인 역할을 해내기도 한다. 그럴 때는 이 미덕이 고스란히 영혼이 되는 것이다. 질베르트는 자기가 어떤 위대한 인물의 사생아일지도 모른다는 암시를 끊임없이 풍기고 있지는 않았지만, 그녀는 대부분 자기 출생을 감추었다. 어쩌면 오직 스스로 밝히기엔 너무나 고통스러워서였을 테고 남들이 소문으로 아는 편이 낫다고 생각해서였거나, 한편으론 정말로 출신을 감출 수 있다고 믿었는지도 모른다. 믿는다 해도 그건 아주 애매모호한 것이고 의심이라고 할 정도는 아니며 소망이 이루어질 가능성을 남겨둔 것이어서, 이를테면 뮈세가 '신에 대한 희망'을 말할 때와 같다.

"제가 직접 아는 사람은 아니에요." 질베르트가 다시 말했다. 그러나 자기를 포르슈빌 양이라 부르게 한 그녀는 스완의 딸이라는 사실이 남들에게 알려지지 않을 줄 알았을까? 아마도 몇몇 사람들에게 그런 기대를 걸고, 시간이 흐름에 따라 거의 모두에게 넓게 퍼지길 바랐을 것이다. 그런 사람들의 현재 숫자에 대해선 그녀도 그리 큰 환상을 품고 있지는 않았다. "저게 스완의 딸이야." 이렇게 다들 수군대리란 사실을 그녀는 알고 있었다. 하지만 안다 해도 그것은 우리가 무도회에 가려 할 때, 가난을 견디다 못해 자살하는 사람이 있음을 아는 것과 같은 방식에 불과하다. 즉 멀고 어슴푸레한 지식에 지나지 않으며, 그것을 인상에서 직접 받을 수 있는 보다 명확한 지식으로 바꾸려 하지는 않는 법이다. 질베르트가 속한 것은, 어쩌면 지난 몇 년 동안 속해 있던 것은 곳곳에 퍼진 인간타조라는 변종이다. 인간타조는 머리만 숨기는데, 그것은 남들에게 보이지 않기 위해서가 아니라(그것은 도저히 바랄 수 없음을 본인들도 알고 있다) 남이 보는 곳을 보지 않기 위해서다(그것만 해도 대단한 일이고, 그밖엔 하늘에 맡기는 것이다). 멀리 떨어져 있으면 사물은 작고 불확실하며 위험도 적어 보이듯이, 질베르트는 자신이 스완 집안 출신임을 남들에게 들키면 그들 곁에 있기가 싫었다. 또 사람은 누군가를 떠올릴 때 그 사람이 곁에 있는 듯한 착각이 들기 마련이고, 신문을 읽는 사람들의 모습은 쉽게 떠올릴 수 있으므로 질베르트는 신문에 자기가 포르슈빌 양이라고 나오기를 바랐다. 확실히 그녀의 책임 아래 쓴 글—예를 들면 편지—에는 이행기를 고려하여 한동안 G.S. 포르슈빌이라고 서명한 적도 있었다. 이 서명이 얼마나 위선적인지는 스완(Swann)의 S를 뺀 다른 글자를 생략한 것보다 질베르트(Gilberte)의 G를 뺀 다른 글자를 생략한 것에 한층 뚜렷하게 나타나 있었다. 실제로 그다지 해가 될 것 없는 자기 이름을 G 한 글자로 나타냄으로써 포르슈빌 양은 친구들에게 스완의 이름에 가해진 삭제 또한 간략화라는 동기에 바탕한 것이라는 냄새를 풍기려는 듯이 보였다. 뿐만 아니라 그녀는 S를 특히 중시하여 어떤 꼬리처럼 나타냈고 그것을 길게 끌어서 G자를 슬며시 가리고 있었는데, 마치 원숭이의 길었던 꼬리가 인간에겐 없어진 것처럼 S자의 꼬리도 잠깐 보였다가 이윽고 사라질 운명에 있음을 느끼게 했다. 그럼에도 그녀의 속물근성에는 스완과 같은 지적 호기심이 있었다. 이날 오후, 그녀가 게르망트 공작부인에게 로씨와 알고 지낼 수 없겠느냐고 물었던 기억이 난다. 공작부인이 그분은 아파서 외출하지 않는다고 대답하자, 질베르트는 그가 어떤 분이냐고 물었고 얼굴을 살며시 붉히면서 사실은 이야기를 많이 들어서 그렇다고 덧붙였다(로 후작은 실제로 스완이 결혼하기 전에 가장 친했던 친구의 하나로 어쩌면 질베르트도 만난 적이 있을지 모르는데, 그즈음 그녀는 사교계에 관심이 없었다).

"혹시 브리오테 씨나 아그리장트 대공 같은 분인가요?" 질베르트는 물었다. "무슨 말씀! 전혀 딴판이에요." 게르망트 공작부인이 목청을 돋우어 말했다. 그녀는 출신지가 다르다는 것에 매우 예민해서 우아하게 피어난 제비꽃 같은 눈에 금빛 쉰 목소리로, 조심스러우면서도 색채가 풍부한 초상화를 떠올리게 했다. "전혀 달라요. 로 씨는 페리고르 지방의 귀족이었어요. 그 지방의 독특하고 우아한 예법과 소탈함을 두루 지닌 매력적인 분이었죠. 한번은 게르망트 땅에 영국 국왕이 오신 적이 있었어요. 로 씨는 국왕과 아주 친했는데, 그 무렵에는 사냥이 끝나고 다과회가 열렸죠. 그 시각이면 로 씨는 반장화를 벗고 커다란 울 슬리퍼로 갈아 신는 버릇이 있었어요. 그런데 어땠을 것 같아요? 그는 에드워드 왕과 자리를 같이한 대공님들까지도 전혀 아랑곳 않고 울 슬리퍼를 신은 채로 게르망트 저택의 큰 살롱으로 내려오셨더라니까요. 본관은 로 달르망 (Lau d'Alleman) 후작으로서 하등 영국 국왕의 눈치를 볼 필요가 없다는 거였죠. 그분과 그 매력적인 카지모도 드 부르퇴유, 이 두 분을 난 무척 좋아했어요. 두 분하고도 몹시 친했던 분이 당신……(그녀는 '당신 아버님과'라고 하려다가 입을 다물었다). 아유, 그리그리*¹나 브레오테와는 아무 상관도 없어요. 그분은 페리고르 출신의 진짜 대귀족이죠. 맞아요, 메메는 생시몽이 조상인 달르망 후작에 대해서 쓴 구절을 자주 인용합니다만, 그게 사실이라니까요."

나는 그 초상의 첫머리 부분을 소개했다. "달르망 후작은 페리고르 지방 귀족 중에서도 가문 좋고, 인덕 있으며, 걸출한 인물로서 그 지방에 사는 모든 사람이 온갖 일의 재판자로 여겼고, 그의 성실성과 역량, 온건한 말씨와 행동 때문에 다들 의지했으며, 이 지방의 중요 인물로 존경받았답니다."— "맞아요. 그런 면이 있었죠." 게르망트 부인이 거들었다. "로는 늘 수탉처럼 새빨개지곤 했죠."— "아, 생각났어요. 나도 그 묘사의 인용을 들어본 적이 있어요." 질베르트가 말했지만 아버지에게서 들었다는 소린 하지 않았다. 실제로 스완은 생시몽의 대단한 애독자였던 것이다. 그녀는 또한 아그리장트 대공과 브레오테 씨에 대해서도 이야기하고 싶어했는데, 거기엔 다 이유가 있었다. 아그리장트 대공은 아라공 집안을 계승했기 때문에 대공이 되었는데, 본디 그의 영지는 푸아투였다. 또 그가 사는 저택은 집안 대대로 내려오는 유산이 아니라 어머니의 전남편 것으로서 마르탱빌과 게르망트의 중간쯤에 있었다. 그래서 질베르트는 그와 브레오테 씨에 대해 정겨운 고향을 떠올리게 하는 시골의 이웃인 양 화제로 삼았던 것이다. 사실 이 말에는 조금 허풍이 섞여 있었다. 왜냐하면 브레오테 씨는 아버지인 스완의 친한 친구였으나, 그녀가 그를 알게 된 것은 파리에서 모레 백작부인을 통해서이기 때문이다. 다만 탕송빌 주변 이야기를 하는 즐거움은 사실이었는지도 모른다. 어떤 사람들에게 속물근성은 좋아하는 음료와도 같아서, 그들은 거기에다 몸에 좋은 것을 섞을 수 있다. 이를테면 질베르트는 굉장한 장서와 나티에(Nattier)*²의 작품을 소장했다는 이유로 어떤 우아한 부인에게 관심을 가졌었다. 하지만 나의 오랜 여자친구들은 그것을 보려고 일부러 국립도서관이나 루브르 미술관에 가지는 않을 것이다. 그리고 내 생각에 거리로 따지면 탕송빌에선 사즈라 부인이나 구필 부인 집이 훨씬 가까운데도 질베르트를 탕송빌로 잡아끈 것은 아그리장트 대공에 대한 관심이 더 강하게 작용한 탓이리라.

──────────
*1 아그리장트의 별명.
*2 프랑스의 화가(1685~1766).

"정말이지 바발도, 그리그리도 너무나 가엾었어요!" 게르망트 공작부인이 말했다. "그 두 사람은 로 씨보다 심한 중병을 앓고 있거든요. 둘 다 오래 못 갈 것 같아요."

공작부인이 남편을 향해 "이스라엘 가문과 같은 교제에서 지독한 일을 당한 걸 알고 있으면서"라고 말했을 때, 그녀는 바로 얼마 전에 일어난 어떤 사건, 부부를 몹시 애태웠던 사건을 암시했다. 자키 클럽의 회장이 죽었을 때, 가장 고참이자 부회장이었던 게르망트 공작은 자기가 회장에 뽑히리라고 믿어 의심치 않았었다. 그는 프랑스에서 매우 오래전부터 이어져 내려온 공작이었고, 모든 점에서 누구보다 무게감 있는 공작이었기에 이 자리는 아무려나 상관이 없었다. 그런데 그 무렵, 귀족들의 클럽에서 막대한 재산에 대한 적대감이 생겼는지, 아니면 군대를 두둔하는 클럽 사람들이 공작 대신 사촌인 게르망트 대공의 드레퓌스 지지에 제재를 가하려 했는지, 또는 자키 클럽 회원의 대부분은 게르망트 집안이 뽑은 사교계에 아내를 초대하는 것도, 자기가 그곳에 들어가는 것도 싫어서 공작부인을 사람으로도 여기지 않은 몇몇 말과 행동에 극심한 질투와 원망이 생겼는지 모르겠지만, 마지막 순간에 음모가 있어서 결국 회장에 추대된 이는 변변한 재산도 없고 지적이지도 않으며 그리 알려지지도 않은 귀족들을 대표하는 쇼스피에르 씨였다. 나는 언젠가 게르망트 대공부인의 저택에서 공작부인이 그의 아내에게 처음엔 질렸다는 얼굴로, 다음엔 싹싹하게 행동하여 두 번에 걸쳐 몹시 불손한 인사를 하는 모습을 봤는데, 쇼스피에르 씨는 그런 사람이었다. 이런 경우에 흔히 일어나는 일이지만, 드레퓌스파와는 아무 연고도 없는 공작에 반해 새 회장은 사실상 드레퓌스파에 많이 기울어져 있었다. 그런데도 아무도 쇼스피에르 씨의 속마음을 물으려 하지 않았다. 그리고 속으론 어떤지 모르지만 새 회장은 군국주의에 열성적인 클럽을 대표하고 있었고, 행동은 바쿠 거리와 라셰즈 거리 사이에 한정되어 그다지 돈을 쓰는 일도 없었으며, 로트쉴드 집안의 아무하고도 명함을 교환하는 일이 없었다. 그것만으로도 충분했던 것이다.

내 글을 다 읽고 난 게르망트 공작의 칭찬은 미적지근했다. 그는 문체가 조금 진부한 게 아쉽다며, "시대에 뒤떨어진 샤토브리앙의 산문 같은 과장과 은유가 있다"고 지적했다. 그런데도 그는 내가 '일을 한다'는 사실엔 드러내놓고 축복해주었다. "나는 열 손가락으로 뭔가를 하는 사람이 좋아. 늘 잘난 체하거나 진득하지 못해 도움이 되지 않는 사람은 질색이야. 어리석은 자들이지!" 사교계에서 처신하는 법을 재빨리 익힌 질베르트는 작가의 친구가 되어 앞으로 얼마나 자랑스러울지 모르겠다고 말했다. "정말이지 당신을 뵙게 되어 얼마나 기쁜지 몰라요. 명예롭다는 생각이 들 정도예요."

"내일 우리와 오페라 코미크 극장에 가지 않겠어요?" 공작부인이 내게 물었다. 아마도 늘 가는 1층 박스석을 말하는 모양이었다. 거기서 처음 부인과 마주쳤을 때는 마치 바닷속 네레이스의 왕국만큼이나 다가가기 어려운 자리로 보였었다. 나는 아쉽다는 목소리로 대답했다. "아닙니다, 극장엔 가지 않겠어요. 몹시 사랑하던 친구를 잃은 참이어서요." 그렇게 말하면서 나는 금세 눈시울이 뜨거워졌지만, 그 이야기를 꺼내는 것에 처음으로 어떤 기쁨을 느꼈다. 이때부터 나는 누구에게든지 내가 엄청난 슬픔을 겪었다고 말할 수 있게 되었고, 또 그 슬픔이 그리 크지 않게 느껴지기 시작했다.

질베르트가 돌아가고 나자 게르망트 부인이 내게 말했다. "전혀 알아채지 못하더군요. 스완 이야기는 꺼내지 말라고 그토록 눈짓을 했건만." 나는 사과했다. 그러자 공작부인이 말했다. "물론 당신의 심정은 잘 알아요. 나도 그 이름이 자꾸만 튀어나오려 해서 참느라 애를 썼답니다. 잘 참기는 했지만 위험했어요. 그러니 서로가 얼마나 거북한 얘기예요. 안 그래요, 바쟁?" 그녀는 남편에게 말했는데, 그것은 누구나 빠지기 쉽고 저항하기 어려운 경향에 나도 걸려들었다는 듯한 몸짓이었고, 나의 실수를 얼마간 덮어주기 위해서였다. "괜찮아, 할 수 없지." 공작이 대답했다. "이 그림을 보면 당신은 스완이 생각날 테니까 이걸 2층에 갖다놓으라고 해야겠어요. 스완 생각이 나지 않으면 그의 이야기도 하지 않게 될 테니까요."

이튿날 나는 전혀 예상치 못했던 축하편지를 두 통이나 받았다. 하나는 구필 부인이 보냈는데 콩브레에 사는 그녀와는 오랫동안 만난 적도 없고, 콩브레에서도 손꼽을 정도의 말밖엔 나눈 적이 없었다. 그녀는 도서열람실에서 〈피가로〉를 읽었던 것이다. 이렇게 인생에서 조금이라도 평판이 좋아질 일이 일어나면 평소엔 말도 나누지 않던 사람에게서 편지가 오기도 하는데, 그 사람에 대한 기억은 너무나도 오래되어서 상대는 한참 멀리 떨어져 있는 듯싶고, 게다가 매우 깊이 묻혀 있는 것 같은 생각이 든다. 여러 번 추억할 기회가 있었을 텐데도 깡그리 잊고 있던 학창 시절의 친구가 오랜만에 편지를 보내는 일도 있지만, 상쇄되기도 한다. 이를테면 나는 내 글에 대한 블로크의 감상을 꼭 듣고 싶었는데, 그는 편지를 보내지 않았다. 하기야 나중에 그는 이 글을 읽고 내게 느낀 점을 밝히기는 했다. 하지만 그건 다른 일로 그렇게 되었던 것이다. 실제로 몇 년쯤 뒤에 그는 자기가 〈피가로〉에 글을 썼을 때, 곧장 내게 그 사실을 알리고 싶은 마음이 생겼다. 특권으로만 여겼던 일이 그에게도 닥쳤으므로 나의 글 따위를 외면하게 했던 부러움도, 압착기에 가해지던 힘이 사라지듯 누그러져 그는 내 글을 화제로 삼았는데, 그건 자기 글에 대해 내가 무슨 말을 해주기 바라는 그런 투가 아니었다. "자네도 기고문을 썼던 건 알고 있었어." 그는 말했다. "하지만 불쾌감을 주어선 안 될 것 같아서 그 얘긴 하지 말아야겠다고 생각했지. 왜냐하면 굴욕적인 일을 당한 친구에게 그걸 화제로 삼아선 안 되거든. 사브르(軍刀)와 성수기(聖水器)*¹의 기관지에 사교계에 대한 글을 쓴다든지 하는 건 확실히 굴욕적인 일이니까." 그의 성격은 전혀 달라지지 않았지만 문체는 전보다 잰 체하는 게 적어졌다. 마치 상징주의 시를 그만 쓰고 산문소설을 쓰기 시작한 작가들이 멋 부리는 표현을 그리 쓰지 않게 되듯이 말이다. 그에게서 소식이 없었으므로 나는 기분전환을 하려고 구필 부인의 편지를 다시 읽었다. 그러나 그것은 전혀 진정성이 담기지 않은 편지였다. 왜냐하면 귀족계급의 경우, 몇 가지 틀에 박힌 문구가 있어 그것이 서로 넘어서서는 안 될 울타리를 이루게 된다. 첫머리의 "안녕하세요"와 끝머리의 "그럼 이만 총총" 사이엔 환희의 외침이나 감탄의 목소리가 활짝 핀 꽃처럼 피어나고 꽃다발이 울타리 너머로 향기를 진동케 하는 데 반해, 인습적인 부르주아는 편지의 내용마저도 "물론 당연하신 성공"이나, 기껏해야 "훌륭한 성공" 같은 문구의 틀 속에 가두기 때문이다. 자기가 받은 교육에 어찌나 충실한지 흠잡을 데가 없을 정도로 매우 신중한 장식에 갇혀 있는 부르주아 여자들은 시아주버니나 시동생에게 기쁨이나 슬픔의 편지를 쓸 때도, "진심으로"라고 쓰기만 하면 벌써 진정을 쏟아낸 줄 안다. "어머니께도 안부 전해주시고"라는 말은 여간해선 듣지 못할 최상급 인사이다. 나는 구필 부인의 편지 말고 다른 한 통도 받았는데 소통(Sautton)이라는 발신인의 이름은 기억에 없었다. 글씨체는 서민풍이었지만 글은 재미있었다. 누가 썼는지 짐작이 가지 않는다는 게 안타까

---

*1 군인과 성직자를 뜻하는 말.

웠다.

다음다음 날 아침, 나는 몹시 기뻤다. 베르고트가 내 기고문에 크게 감탄하여 부러움 없이는 읽지 못하겠더라고 말하는 것이었다. 하지만 그 기쁨은 이내 사라졌다. 사실 베르고트가 나한테 그런 말을 할 리가 없었다. 다만 나는 그가 살아 있다면 내 글을 마음에 들어했을지 아닐지가 궁금했을 따름이다. 나 스스로에게 던졌던 이 의문에 대해 포르슈빌 양이 대답해주었다. 베르고트는 크게 감동하여 대작가의 문장이라 말하더라고 했다. 그러나 그녀는 그 말을 내가 잠든 사이에 했다. 즉 그것은 꿈이었다. 우리가 스스로에게 한 질문에 대해 거의 모든 꿈이 수많은 사람을 무대에 동원하여 복잡한 형태로 긍정의 대답을 보내오는데, 그것은 그 자리에 한해서만 있는 일이다. 포르슈빌 양의 이야기가 나왔으니 말이지만, 나는 슬픔을 금할 수가 없었다. 그녀는 스완의 딸이건만 이건 또 무슨 일이랴! 스완은 게르망트 집안이 그녀를 받아주기를 그토록 바랐건만 게르망트네 사람들은 완강하게 친구의 딸을 초대하려 하지 않았다. 그래놓고 나중에서야 자기들 편에서 그녀를 찾았던 것이다. 흘러간 시간은 우리에게 새로운 것을 가져다주지만, 우리가 오랫동안 만나지 않았던 사람들 또한 생뚱맞은 인격을 받아들이는 성싶다. 그 사이 우리도 전혀 다른 인물이 되고, 다른 취미를 갖게 된다.

지난날 스완은 이따금 자기 딸을 꼭 끌어안고 키스하면서 그녀에게 말했었다. "너 같은 딸을 두었다니 난 얼마나 운이 좋은지! 언젠가 내가 이 세상을 떠났을 때, 그때에도 죽은 네 아버지의 이야기를 하는 사람이 있다면 그건 오직 네가 있기에, 또 너 때문에 그러는 걸 테니 말이다." 스완은 죽은 뒤에 자기가 딸에게 살아남아 있었으면 하고 두려움과 불안이 섞인 희망을 걸었는데, 그건 착각이었다. 마치 매우 행실이 바르고 귀여운 댄서를 들어앉힌 늙은 은행가가 그녀에게 유언하기를, 자신은 그녀에게 그저 나이 든 친구에 불과하겠지만, 그녀가 언제까지나 자신을 추억해주리라고 기대하는 것과 같다. 그녀는 분명 품행이 단정했지만, 한편으론 늙은 은행가의 친구 가운데 마음에 드는 사람이 있으면 테이블 밑에서 몰래 다리를 얽으면서 겉으론 전혀 그렇지 않은 척했던 것이다. 친절한 노인의 초상을 치르기는 하겠지만, 마침내 성가신 존재를 떼어버렸다고 여길 것이다. 그러고는 남은 현금뿐만 아니라 집과 몇 대의 자동차마저 마음껏 누린다. 곳곳에 남아 있는 옛 소유자의 이니셜은 깡그리

지워버리고, 남은 것을 실컷 누리면서도 유산을 남겨준 사람은 손톱만큼도 그리워하지 않는다. 부성애를 품는 환상도 이런 사랑과 큰 차이가 없다. 딸은 보통 아버지를, 재산을 남겨주는 노인으로밖엔 여기지 않는 것이다. 사교계에서 질베르트의 존재는 이따금 그녀의 아버지를 추억하기 위한 기회를 만들기는커녕 오히려 방해가 되었고, 지금까지는 그나마 있었던 아버지의 이야기를 할 기회마저 차츰 줄어들게 했다. 그가 했던 말과 그가 선물한 물건이 화제에 오를 때에도 그의 이름을 말하지 않는 게 습관이 되었다. 그리하여 그의 기억을 불멸로 만들기는 어렵더라도 적어도 되새기게 할 수 있는 그런 딸이 도리어 죽음과 망각을 재촉하고, 그것을 완성시키기에 이르렀던 것이다.

더구나 질베르트가 망각 작업을 천천히 완성시킨 것은 오로지 스완에 대해서만이 아니었다. 그녀는 내 마음속의 알베르틴에 대한 망각 작업도 앞당겼던 것이다. 질베르트를 전혀 딴 사람으로만 여겼던 몇 시간 동안, 그녀는 내 마음에 어떤 욕망을, 결국은 행복을 바라는 마음을 부추겼는데, 덕분에 조금 전까지만 해도 내 머릿속에 들러붙어 있던 걱정 근심은 깨끗이 사라졌고, 더불어 꽤 오래전부터 산산조각으로 무너지려 했던 알베르틴에 대한 갖가지 추억도 깡그리 사라지고 말았다. 왜냐하면 그녀와 연관된 많은 추억은 처음엔 내가 그녀의 죽음을 슬퍼하는 마음을 갖게 하는 데 도움이 되었지만, 지금은 거꾸로 애도하는 마음 자체가 추억을 붙들고 있었기 때문이다. 따라서 내 마음은 망각에 의한 끊임없는 해체작용에 의해 하루하루 남몰래 변화의 준비를 진행하다가 언젠가 갑자기 전체가 바뀌어버렸는데, 이 변화를 제공한 공허한 인상은 잊히지도 않는다. 그날 처음 느꼈던 것이다. 그것은 낡아빠진 뇌동맥이 끊어져 기억의 일부가 몽땅 날아갔거나 마비된 사람이 느낄 수 있는, 연상작용의 한 부분이 내 안에서 모두 말살되어버린 듯한 느낌이었다.

나는 더 이상 알베르틴을 사랑하지 않았다. 기껏해야 그날의 날씨에 따라 감수성이 눈뜨거나, 변화했다가 다시 현실로 돌아와서 그녀를 생각하고는 끝없이 슬퍼질 때가 있을 정도였다. 나는 더 이상 존재하지도 않는 사랑 때문에 괴로웠다. 마치 한쪽 다리가 잘린 사람이 날씨 변화에 따라 잃어버린 다리에 통증을 느끼는 것처럼. 삶에서 커다란 부분을 차지하던 병이 나았을 때 흔히 일어나는 일이지만, 고통과 그에 따르는 다양한 것들이 없어진 결과, 나는 시든 식물처럼 남겨졌다. 사랑이 영원하지 않다는 것은 추억이 늘 진실이란 보장이 없기 때문이리라. 또 생명이 세포의 끊임없는 갱신에 의해 이루어지기 때문이리라. 그래도 추억에 대해선 주의력에 의해 이러한 새로 고침이 늦춰지기도 한다. 주의력은 변화를 잠시 멈추게 하고, 붙들기 때문이다. 고통도, 여자에 대한 욕망도 그것을 생각함으로써 커지므로 할 일이 잔뜩 있으면 그만큼 금욕하거나 잊기도 쉬워지리라.

하지만 다른 반응도 있다(내가 문득 망각을 현실로 느낀 것은 분명 방심한 탓에 데포르슈빌 양에게서 욕망을 느낀 순간이었지만). 이를테면 조금씩 망각을 가져오는 것이 시간의 작용이라 해도, 망각 또한 시간 관념을 한참 바꾸어놓는 것이다. 공간과 마찬가지로 시간에도 착시가 있다. 나는 전부터 일을 하고 싶고, 잃어버린 시간을 되찾고 싶고, 생활을 바꾸고 싶다기보단 차라리 진정한 생활을 시작하기를 바랐었는데, 그런 마음이 계속된 탓에 내가 전과 마찬가지로 젊다는 환상을 갖고 있었다. 하지만 알베르틴이 살아 있을 적 마지막 몇 달 동안 내 생활에는 속속 다양한 사건이 일어났으며,—또한 사람은 마음속에서 많은 사건을 겪은 탓에, 커다란 변화가 일어났을 때 보다 오래 살았다고 착각하기 마련이므로—그런 추억 때문에 내겐 지난 몇 달이 1년이 훨씬 넘는 긴 세월 같았다. 지금은 많은 것들을 잊었다. 그 망각은 아무것도 없는 공간에 나를 바로 얼마 전의 사건으로부터도 떼어놓아 그 사건들이 옛날 일처럼 느껴졌다. 왜냐하면 나는 그 사건을 잊을 만큼의 '시간'이라 불리는 것을 가졌었기 때문이다. 그런 망각은 단편적이고 불규칙적으로 내 기억 한가운데 끼워넣어져서—마치 바다 위의 짙은 안개가 목표물을 가리듯이—시간 속의 거리감을 혼란스럽게 하여 엉망으로 만들고, 여기선 거리가 줄어든 듯싶은데 저쪽에선 거리가 늘어나 보이며, 이리하여 나는 실제보다 내가 사물에 훨씬 가까이 있는 것 같기도 하고, 또 한참 동떨어져 있는 듯이 느껴지기도 하는 것이었다. 내가 지금 막 지나온 잃어버린 시간 속에는 할머니에 대한 사랑은 흔적도 없지만, 그와 마찬가지로 아직 발을 들여놓지 않은 눈앞의 새로운 공간에는 이미 알베르틴에 대한 사랑 따윈 흔적도 없을 터였다. 이런 식으로 내 인생에는 짧은 간격을 두고 다양한 시기가 속속 드러나는데, 거기엔 앞의 시기를 지탱하고 있던 것이 다음 시기까지 남는 경우가 하나도 없다. 그러므로 내 삶은 나라는 동일하고도 영속적인 개인에 의해 지탱되던 것은 없는 듯이 보였고, 또 긴 과거가 있기는 했지만 미래에는 전혀 쓸모없는 하찮은 것으로, 죽음이 어떤 결론도 내리지 않은 채 어디서든지 제멋대로 그것을 끝낼 것처럼 보였다. 마치 중·고등학교의 최고학년에서 가르치는 프랑스 역사 과목에서 시간표나 교사의 기분에 따라 1830년 7월 혁명이나 1848년 2월 혁명, 또는 제2제정 말기처럼 아무 데서나 끝낼 수 있듯이 말이다.

그 무렵에 내가 느낀 피로감과 슬픔은 한동안 거의 잊고 있던 것을 헛되이 사랑한 데서 오는 게 아니라 새로운 사람들, 순수한 사교계 사람들, 게르망트 부부의 친구들로서 나로선 전혀 재미도 없는 사람들과의 교제를 즐기기 시작하면서 찾아왔다. 사랑했던 여인도 시간이 흐르면 빛바랜 추억에 지나지 않는다. 그건 그나마 체념하기 쉬웠지만, 내 안에서 헛된 사교적 활동을 발견하게 되자 그건 불가능했다. 사교인으로서의 활동은 활기 넘치기는 하지만 기생적인 식물로 자기 생활을 장식하고, 그럼으로써 시간을 낭비하며, 그런 식물도 죽으면 또한 무(無)로 돌아갈 것이다. 우리가 얻은 어떠한 지식과도 무관한 사람들이, 그나마도 수다스럽고 외로움을 타며 사치를 좋아하는 노인 같은 우리가 그런 사람들의 비위를 맞추려고 애를 쓰고 있는 것이다. 내 안에는 알베르틴 없이도 삶을 즐겁게 견뎌낼 수 있을 듯한 새로운 존재가 이미 나타나 있었다. 슬픈 이야기였지만 게르망트 공작부인 집에서 깊은 고통 없이 그녀에 대해 말할 수 있었기 때문이다. 지금까지와는 다른 이름을 갖게 될 이 새로운 자아, 지난날 내가 사랑했던 사람에게 냉담해짐으로써 그 자아가 찾아올지도 모른다는 생각은 늘 나를 두렵게 했다. 이를테면 전에 질베르트 문제로 그녀의 아버지에게서 만약 오세아니아로 가서 살게 된다면 다시 돌아오고 싶어질 거라는 말을 들은 일이 있다. 또 바로 얼마 전에도 어떤 평범한 작가의 회상록에서, 젊은 시절에 뜨겁게 사랑했던 여인과 헤어진 그가 나이가 들어서 그녀를 만났지만 전혀 기쁘지도, 다시 만나고 싶은 마음도 들지 않더라는 글을 읽었을 때, 그런 심정이었다. 그런데 두려웠던 이 존재는 매우 친절하기도 해서 거꾸로 망각과 함께 고통을 완전히 없애주었고, 또 행복의 가능성까지도 가져다주었는데, 이것이야말로 운명이 우리를 위해 따로 떼어놓은 그 예비적 자아의 하나가 분명하다. 진단을 잘하는 의사일수록 고압적이 되듯이, 운명은 우리의 바람 따위엔 귀도 기울이지 않다가 적당한 때에 슬며시 끼어들어서 상처투성이인 자아를 덮어놓고 새로운 자아로 갈아치운다. 게다가 운명은 해진 천을 깁듯이 이따금 이런 교체를 시도하지만, 우리는 옛 자아가 엄청난 고뇌를 안고 있거나,

상처를 줄 만한 이물을 갖고 있을 때가 아니면 그 사실을 깨닫지 못한다. 우리는 그 고뇌나 이물이 보이지 않게 된 것에 놀라고, 자기가 다른 사람이 된 것에 경탄한다. 그런 다른 사람에게 앞서간 사람의 고뇌는 타인의 고뇌에 지나지 않으므로 연민을 담아 그것을 이야기할 수 있는 것이다. 왜냐하면 그는 이미 그런 고통을 느끼지 않기 때문이다. 우리로선 이토록 많은 고뇌를 거쳐온 것마저도 아무래도 상관이 없다. 그 고뇌도 이젠 어슴푸레하게만 떠오르니까. 마찬가지로 밤이 되면 악몽에 시달릴 때도 있지만, 잠에서 깨면 다른 사람인 우리는 조금 전 꿈속 살인자의 손아귀에서 가까스로 도망쳐 나왔다는 사실은 깡그리 잊고 만다.

이 새로운 자아는 옛 자아와 아직은 조금의 접촉을 유지한다. 마치 아내를 잃은 남자의 친구가 상처한 불행에는 냉담하면서도 분위기에 걸맞게 슬픈 표정으로 주위 사람들과 이야기를 나눈다든지, 조문객을 맞아야 하는 남자가 아직도 엎드려서 울고 있는 방으로 이따금 돌아가는 것처럼 말이다. 나도 한동안 예전 알베르틴의 연인으로 돌아갔을 때는 울부짖는 목소리도 내지 못했다. 그러나 이제 나는 남몰래 새로운 인물로 바뀌어 있었다. 다른 사람에 대한 우리의 애정이 식는 것은 그가 죽어서가 아니다. 우리 자신이 죽어가기 때문이다. 알베르틴은 하등 연인에게 따분해할 필요가 없었다. 연인의 이름을 가로채간 사람은 그저 그의 뒤를 이은 다른 인간에 지나지 않으니까. 인간은 기억하는 것에만 충실해진다. 그리고 남이 기억하고 있는 것은 실제로 체험한 일일 뿐이다. 나의 새로운 자아는 옛 자아 덕분에 성장하는 동안 이따금 옛 자아가 알베르틴에 대해 이야기하는 것을 들었다. 이 옛 자아를 통해 그에게서 들은 이야기를 통해 새로운 자아는 알베르틴을 아는 것 같았고, 그녀에게 호감을 가졌으며, 그녀를 좋아하게 되었다. 하지만 이것은 간접적인 애정에 불과하다.

그즈음 또 다른 내게서 알베르틴과 관련된 망각이 매우 빠른 속도로 진행된 덕분에, 얼마 뒤 나는 내 안에서도 망각 작업이 새로운 발전을 이루었음을 알아채게 된다(이것은 결정적인 망각에 이르기 전의 제2단계 기억이다). 그 인물은 바로 앙드레였다. 실제로 그녀와 나는 전에 이야기한 때로부터 6개월 뒤에도 대화할 기회가 있었다. 그 무렵 앙드레는 첫 번째와는 전혀 딴판이었지만, 그 유일한 원인까진 아니더라도, 또 주요한 원인은 아니라 해도 적어도 필요조건으로서 나는 알베르틴을 잊었다는 사실을 얘기할 수밖에 없었다. 지금도 기억하는데 그건 내 방에서의 일이었다. 왜냐하면 그즈음 나는 그녀와 육체관계를 갖는 것이 거의 즐거움이었는데, 그것은 작은 동아리의 소녀들에 대한 내 사랑이 다시 맨 처음에 지녔던 집단적 측면을 띠기 시작한 탓이었다. 오랫동안 그녀들의 공유물로서 나뉘는 일이 없었던 그 사랑이 알베르틴의 죽음을 앞뒤로 몇 달 동안에만 그녀라는 한 인물과 연관된 것에 불과하다. 내 방에 단 둘이 있었던 것은 다른 이유가 있기도 했고, 그것 때문에 이 대화의 날짜를 정확히 기억할 수 있다. 즉 그날은 어머니가 손님을 초대하는 날로, 나는 아파트의 다른 방엔 갈 수가 없었던 것이다. 어머니는 손님이 올 시간에, 그다지 미련 없이 집에 돌아와 있었다(그날 어머니는 사즈라 부인 집으로 점심을 먹으러 갔었다. 어머니는 손님을 초대하는 날이라 처음부터 가지 않으려 했고, 또 콩브레에서도 사즈라 부인의 초대는 언제나 따분한 사람들 천지였으므로 틀림없이 재미도 없을 테니까 일찍 나와도 별 미련이 없을 줄 알았다). 사즈라 부인 집에 있던 사람들은 모두 진저리나는 사람들뿐이었고, 게다가 부인은 손님을 초대하는 날이면 어머니가 수요일의 목소리라고 부르는 독특한 목소리를 내어 초대한 사람들을 짜증나게 했다. 다만 어머니는 사즈라 부인을 매우 좋아했으므로, 부인 아버지의 방탕함으로 X공작부인 때문에 전 재산을 잃은 데서 온 불행을 동정하고 있었다. 덕분에 사즈라 부인은 울며 겨자 먹기로 거의 1년 내내 콩브레에서 지내야 했으며, 파리의 사촌 집에서 고작 몇 주일을 보내는 것 말고는 10년에 한 번 꼴로 대대적인 '관광여행'만이 가능했다.

지금도 기억하는데 몇 달 전부터 내가 부탁을 했고, 그쪽에서도 줄곧 와달라고 했으므로 어머니는 그 전날 파름 대공비를 만나러 갔었다. 대공부인은 남을 찾아가는 일이 없거니와, 방문하는 사람도 보통은 명부에 이름만 올리고 끝났는데, 공식의례의 격식상 자기가 우리집을 찾아올 수는 없으므로 부디 어머니가 만나러 와주었으면 한다고 집요하게 요청했었다. 어머니는 잔뜩 화가 나서 돌아왔다. "너 때문에 봉변만 당했구나." 어머니가 내게 말했다. "파름 대공부인은 내게 변변한 인사도 하지 않더구나. 귀부인들하고만 이야기를 나누고 나 같은 건 거들떠보지도 않는 거야. 10분이 지나도록 말도 걸지 않기에 그냥 나왔다만 손도 내밀어주지 않더구나. 정말이지 짜증이 나서 원. 그에 반해 나올 때 문간에서 마주친 게르망트 공작부인은 어찌나 친절하시던지. 줄곧 네 이야기를 하시더구나. 그분한테 알베르틴 이야기를 하다니 너도 좀 그렇다. 알베르틴의 죽음으로 몹시 상심하고 있다는 이야길 너한테서 들었다고 하셨어 (내가 공작부인에게 그 이야기를 했다는데, 나는 사실 기억이 잘 나지 않으며, 또 그렇게 강조하지도 않았다. 그러나 아무리 아둔한 사람이라도 우리가 무심코 흘리는 말에 비정상적인 주의를 기울일 때가 있고, 또 더할 나위 없이 자연스럽게 여겨지는 말이라도 그들의 호기심을 깊이 자극하는 경우가 더러 있기는 하다). 어쨌든 파름 대공부인의 집엔 앞으로 다시는 안 갈 테다. 너 때문에 톡톡히 망신만 당했어."

그런데 이튿날, 다시 말해 어머니가 손님을 초대하는 날, 앙드레가 왔던 것이다. 그녀는 지젤을 맞아 저녁을 함께 먹어야 하므로 별로 시간이 없다고 했다. "그 아이의 단점은 잘 알아요. 하지만 가장 친한 친구이고, 또 내가 제일 좋아하는 사람이거든요." 그녀가 말했다. 뿐만 아니라 그녀는 내가 셋이서 저녁을 함께하면 어떻겠느냐고 말할까 봐 몹시 애를 태우는 듯싶었다. 그녀는 친구에 목말라했다. 그리고 나처럼 그녀에 대해 너무 잘 아는 제삼자가 곁에 있으면 상대에게 가슴속 모든 것을 털어놓지도 못하기 때문에 같이 있어도 완전한 즐거움을 누리지는 못했다. 사실은 그녀가 찾아왔을 때, 나는 그 자리에 없었다. 그녀가 기다려주었으므로 나는 작은 손님방을 지나 그녀를 만나러 갈까 했는데, 그때 누군가의 목소리가 들려와 나를 찾아온 다른 사람이 있음을 알았다. 내 방에 있는 앙드레를 빨리 만나고 싶어서 조바심이 났지만, 다른 사람이 누군지 몰랐다(앙드레는 다른 방으로 안내했으니까 물론 그녀를 모르는 사람일 것이다). 그래서 나는 작은 손님방의 문 옆에서 잠깐 엿들었다. 왜냐하면 나를 찾아온 사람이 무슨 이야기를 하고 있었기 때문이다. 그는 혼자가 아니다. 여자에게 말하고 있다. "오! 나의 사랑하는 여인이여, 내 마음속에 있으리!" 그는 아르망 실베스트르의 시를 읊조리고 있었다. "아무렴, 그대는 언제까지나 나의 사랑하는 여인이리니, 그대가 아무리 못할 짓을 했어도.

Les morts dorment en paix dans le sein de la terre.

Ainsi doivent dormir nos sentiments éteints.

Ces reliques du cœur ont aussi leur poussière,

Sur leurs restes sacrés ne portons pas les mains.

죽은 사람은 대지의 품속에서 고이 잠드나니.
그렇듯 우리의 식어버린 감정도 잠들어야 하리.
이러한 심정의 유물 또한 유해는 남기나니.
그 거룩한 유골에 손대지 말지어다.

조금 구식이기는 하지만 매우 아름답지 않은가! 그리고 나는 첫날부터 그대에게 하고 싶었던 말이 있었어.

그대는 그들을 울게 하리니, 아름답고 사랑스런 아이여…….

아니, 이 시를 모른다고?

……Tous ces banbiens, hommes furturs
Qui suspendent déjà leur jeune rêverie
Auxcils câlines de tes yeux purs.

……그곳에 있는 모든 아이, 미래의 사내들은
그대의 맑은 눈동자의 고운 속눈썹에
그 젊은 꿈을 모두 내맡기고 있나니.

그렇지! 나는 잠깐 이렇게 생각했었거든.

Le premier soir qu'il vint ici,
De fierté je n'eus plus souci.
Je lui disais ; Tu m'aimeras,
'Aussi longtemps que tu porras'
Je ne dormais bien qu'en ses bras.

그대 이곳으로 오던 첫날 밤,
나는 자존심 따윈 멀리 내다버렸다오.

나는 그에게 말했다네,
'그대는 나를 언제까지나 가능한 한 언제까지나 사랑하리라'
그대의 팔에 안기지 않으면 나는 잠들 수 없다네."

이런 시의 홍수를 대체 어떤 여자에게 퍼붓고 있는 걸까? 나는 앙드레에게
가는 발길을 잠시 늦춰가면서도 그게 궁금해서 문을 열었다. 샤를뤼스 씨가
어떤 군인에게 시를 암송하고 있었던 것이다. 나는 그 군인이 모렐임을 단박에
알아보았다. 그는 13일 동안의 근무차 떠나려던 참이었다. 샤를뤼스 씨와는 이
미 서먹한 사이였지만, 그런데도 그는 무슨 부탁을 하기 위해 이따금 샤를뤼
스 씨를 만나곤 했었다. 샤를뤼스 씨는 평소 같으면 그 사랑에 더욱 남성적인
형식을 부여했을 텐데 이런 식으로 고뇌하는 모습을 보이는 일도 있다니. 본디
어렸던 그는 시인들이 쓴 시구를 이해하고 피부로 느끼기 위해 아름답지만 부
정한 여자에게가 아니라 젊은 사내에게 시구를 주워섬긴다는 상상이 필요했
던 것이다. 나는 서둘러 그 자리를 떠났지만, 모렐과 함께 누군가를 방문하는
것은 샤를뤼스 씨로선 매우 흡족한 일이고, 순간 그가 재혼한 듯한 착각에 빠
진 것처럼 보였다. 게다가 그에겐 왕비들의 속물주의에 하인들의 속물주의가
뒤섞여 있었던 것이다.
　내게 알베르틴에 대한 추억은 아주 단편적인 게 되었으므로 더는 슬픔을
불러일으키는 일도 없었고, 마치 하모니의 변화를 준비하는 화음처럼 새로운
욕망으로 옮아가는 부분에 지나지 않게 되었다. 뿐만 아니라 내가 아직은 알
베르틴에 대한 추억을 소중히 여기는 이상, 관능에 탐닉하여 한때의 바람기로
내달리는 경우는 상상도 할 수 없었으므로 나는 앙드레가 곁에 있어주는 편
이 알베르틴이 기적적으로 돌아온 경우보다 훨씬 행복할 정도였다. 왜냐하면
앙드레는 알베르틴에 대해, 알베르틴보다도 많은 것을 내게 말했기 때문이다.
한편 알베르틴에 대한 애정은 육체적인 것도, 정신적인 것도 이미 식어버렸건
만 그녀에 대한 문제는 아직도 내 마음에 남아 있었다. 지금은 그녀의 실제 생
활에 대한 궁금증이 그녀가 곁에 있기를 바라는 욕망보다 컸다. 한편, 한 여인
이 알베르틴과 관계를 가졌을지도 모른다는 생각이 들자 그녀와 관계를 맺고
싶다는 욕구만이 용솟음쳤다. 나는 앙드레를 어루만지면서 그녀에게 그렇게
말했다. 그랬더니 앙드레는 몇 달 전에 했던 말과 앞뒤를 맞출 생각은 꿈에도

않고 살짝 미소를 지으면서 대답했다. "어머, 그래요? 하지만 당신은 남자잖아요. 그러니까 당신하고는 내가 알베르틴과 했던 것처럼 할 수는 없어요." 그러고는 이렇게 말하면 내 욕구를 더 커지게 하리란 생각이 들었는지(속을 털어놓지 않을까 기대하는 마음에 나는 전에 앙드레에게 알베르틴과 관계를 가졌던 여자와 관계하고 싶다고 말한 적이 있었다), 아니면 나의 슬픔을 더욱 크게 하리란 생각이 들었는지, 또는 나만 알베르틴과 관계를 가졌다고 생각하여 내가 우월감을 가질지도 모른다는 추측 아래 그것을 무너뜨리려는 생각에선지 이런 말을 했다.

"맞아요! 우린 둘이서 무척 즐거운 시간을 보냈어요. 알베르틴은 어찌나 다정하고 정열적이었던지. 하지만 그 애는 나하고만 즐긴 건 아니에요. 그 아인 베르뒤랭 부인 집에서 모렐이라는 잘생긴 남자를 만났거든요. 그러자 둘은 순식간에 배가 맞았지요. 그 모렐이란 남자는 숫처녀를 나쁜 길로 끌어들이고는 미련 없이 버리는 게 취미라서 자기에게도 즐거움을 준다는 조건 아래, 멀리 바닷가 어부의 딸이나 세탁소에서 일하는 여자애들을 꾀는 역할을 맡았었죠. 그런 아이들은 남자에겐 솔깃하지만 젊은 여자가 말을 붙여봤자 대꾸도 않거든요. 풋내기 여자아이가 완전히 손아귀에 들어오면 모렐은 그 아일 매우 안전한 곳으로 데려와서, 거기서 알베르틴에게 넘겼어요. 여자애는 모렐을 잃을까 하는 두려움에 언제나 말을 잘 들었답니다. 하지만 결국 모렐에게 버림을 받죠. 하긴 모렐도 그 일에 끼어들긴 했어요. 그런데 후환이 두려웠던 모렐은 또 한두 번 만에 어느새 싫증이 났으므로 가짜 주소를 남기곤 도망쳤어요. 언젠가 그는 대담하게도 한 아이를 알베르틴과 함께 쿨리뷔르의 사창가로 데려갔답니다. 거기서 네댓 명이 한꺼번에 달려들어서 강간을 했죠. 차례를 정해서 했는지도 몰라요. 그 사람은 그런 일에 열중했고, 알베르틴도 그랬어요. 하지만 그 뒤, 알베르틴은 몹시 후회했어요. 아마도 당신한테는 그런 욕정을 꾹 참고 그것에 빠지는 걸 하루라도 늦추려 했을 거예요. 그리고 당신을 무척 좋아했기 때문에 분명 양심에 찔렸을 거고요. 그렇지만 당신과 헤어지면 다시 시작할 게 틀림없었어요. 다만 당신과 헤어진 다음 그런 끔찍한 욕망에 몸을 맡겼다면, 일이 끝난 뒤의 후회는 훨씬 컸으리라 생각해요. 그녀는 당신이 구해주기를, 결혼해주기를 기대했어요. 그녀도 이런 일이 죄가 많은 행위임을 결국 알았겠죠. 우리 집안에 그런 일로 자살한 사람이 있어서, 나는 그녀가 자살하지 않을까 걱정도 했어요. 사실 알베르틴이 당신 집에서 살게 된 처음 얼마간은 나와의 장난을 완전히 포기한 건 아니었어요. 때로는 그게 너무나 하고 싶었나 봐요. 언젠가는 어찌나 흥분했던지 밖에서라면 쉬울 텐데 당신 집에 작별을 고하기도 전에 기어코 나를 곁에 붙잡아놓겠다며 말을 듣지 않더군요. 하지만 우린 재수가 없었어요. 하마터면 들킬 뻔했죠. 그녀는 프랑수아즈가 밖으로 물건을 사러 나가고, 당신은 아직 돌아오지 않은 틈을 이용했죠. 그때 불을 몽땅 꺼버리고 당신이 열쇠로 문을 여는데도 스위치를 찾는 잠깐의 시간은 있을 줄 알고 그녀의 방문을 잠그지 않았는데, 당신이 올라오는 발소리가 들려온 순간, 나는 허둥지둥 옷을 입고 내려갈 시간밖엔 없었죠. 하지만 그리 당황할 필요는 없었어요. 그날 이상하게도 당신은 열쇠를 잊고 나가서 초인종을 눌러야만 했거든요. 하지만 우리 몰골이 아주 엉망이었기 때문에 의논할 여유도 없었지만, 둘 다 민망함을 감추려고 똑같은 생각을 해냈죠. 그건 고광나무 냄새를 싫어하는 척하는 거였어요. 사실은 그 냄새를 무척이나 좋아했지만요. 당신은 기다란 고광나무 가지를 들고 왔고, 덕분에 나는 고갤 돌려 낭패를 피할 수 있었어요. 주제에 나는 실수를 저질렀지 뭐예요. 프랑수아즈가 돌아와서 문을 열어줄 줄 알았다고 했거든요. 그 바로 전엔 우리가 방금 산책에서 돌아왔다고 둘러대고, 둘이 집에 도착했을 때는 프랑수아즈가 아직 나가지 않았었다고 했으면서요(이것은 사실이긴 했다). 하지만 운 나쁘게도 당신이 열쇠를 갖고 있을 줄로만 알고 불을 껐던 거죠. 덕분에 당신이 계단을 올라올 때, 방 안의 등이 다시 켜지는 걸 들키지 않을까 조마조마했었죠. 우린 지나치게 꾸물거렸거든요. 그로부터 사흘 동안 알베르틴은 밤잠을 제대로 못 잤어요. 당신이 믿지 못하고 프랑수아즈에게 왜 나가기 전에 불을 켜두지 않았느냐고 묻지 않을까 하여, 계속 애태우며 마음을 졸였으니까요. 알베르틴은 당신을 몹시 두려워했거든요. 때로는 당신이 교활하고 심술 사나워서 사실은 자기를 싫어한다고 하더군요. 그러나 사흘 뒤, 당신이 아무렇지 않은 걸 보고선 프랑수아즈에게 아무것도 묻지 않았음을 그녀도 알았어요. 그래서 가까스로 잠을 이루게 되었죠. 하지만 그 뒤론 나와 관계를 가지려 하지 않았어요. 두려웠거나 후회했는지도 모르죠. 어쨌든 당신을 많이 사랑한다고 했어요. 아니면 달리 누군가 좋아하는 사람이라도 있었을까요? 아무튼 그날 이후로 알베르틴 앞에서 고광나무 이야길 하면 그녀는 얼굴이 새빨개져서는 손으로 얼굴을 가리곤 했지요."

너무 뒤늦게 찾아오는 행복이 있듯이 너무 늦게 오는 불행도 있으며, 그것은 조금 전이라면 중요한 것일지도 모르지만 이젠 아무래도 상관없게 된다. 앙드레가 털어놓은 이 터무니없는 진실도 내겐 그런 불행이었다. 아닌 게 아니라, 우릴 슬프게 하는 나쁜 소식도 유쾌한 이야기에 정신이 팔려 있을 때는 대수롭지 않게 지나가버리곤 한다. 반대로 우리는 그 소식을 받아들일 여유마저 없을 때도 있다. 그럴 때 우리는 이런저런 응대로 분주하거나, 그 자리에 있는 사람들의 환심을 사려고 다른 사람으로 변신하거나, 잠깐 새로운 환경에 들어가기 위해 지난날의 사랑이나 고통으로부터 벗어나 있는 것이다(이러한 새로운 환경이라는 짧은 마법이 풀리면 다시 옛 사랑이나 고통이 찾아오겠지만). 그런 지난날의 사랑이나 고통이 너무 강한 경우에는, 우리가 잠시 신세계의 영역으로 들어가도 마음은 따로 놀고, 고통스런 일만 생각하기에 완전히 다른 사람이 될 수는 없다. 그럴 때, 무슨 말을 들으면 요동치던 마음은 곧장 언어로써 반응한다. 다만 얼마 전부터 알베르틴과 관계된 말은 마치 효과가 사라진 독약처럼 이미 독성이 없었다. 이젠 너무나 멀리 떨어져 있었던 것이다. 산책하던 사람이 오후의 하늘에 구름처럼 떠 있는 초승달을 발견하고 저게 정말로 커다란 달일까 생각하듯이 나는 생각했다. '이게 뭐람! 내가 그토록 알려고 골몰하던, 그토록 두려워하던 진실이 지금 나눈 이야기 속에 나온 그 몇 마디에 불과한 것인가? 더구나 나는 지금 혼자가 아니라서 그걸 곰곰이 생각해볼 수도 없건만.' 게다가 나는 이 진실에 완전히 허를 찔리고 말았다. 지금까지 앙드레와 이야기를 좀 해보려고 꽤나 애를 썼기 때문이다. 하지만 진실은 여전히 내 바깥쪽에 머무른 채였다. 그것은 내가 이 진실을 위해 마음속에 둘 자리를 아직 찾지 못했기 때문이다. 할 수만 있다면 우리가 이미 몇 번이나 가슴으로 주고받은 말을 통해서가 아니라 새로운 기호로 뚜렷하게 진실이 드러나면 좋겠다. 생각하는 습관은 때로는 현실감을 방해하고, 현실에 대해 면역이 생기게 하며, 현실도 생각의 한 부분인 것처럼 믿게 만든다.

어떠한 관념에도 반론의 가능성은 있기 마련이고, 어떤 말에도 반대말이 감춰져 있는 법이다. 어쨌거나 만약 이것이 사실이라면 이미 이 세상에 없는 애인의 생활에 대한 쓸데없는 진실이, 도저히 어쩌지 못할 지금에 와서 깊은 곳에서부터 떠올라 모습을 드러낸 게 된다. 그렇게 되면 우리는(잊혀진 여자는 아무래도 상관없지만, 현재 사랑하는 다른 여자에 대해서도 똑같은 일이 일어나리라는 생각에) 참을 수 없는 심정이 된다. 우리는 생각한다. '만약 그녀가 살아있었더라면!' 또 생각한다. '만약 지금 살아 있는 애인이 이런 행동을 이해하고, 그녀가 죽고 나면 지금까지 감춰두었던 모든 것이 내게 들통 나리란 사실을 알아준다면!' 이것은 악순환이다. 설사 내가 알베르틴을 살릴 수 있다 해도 그렇게 되면 앙드레는 아무것도 털어놓지 않았을 테니까. 그건 흔히 말하듯이 "내가 그대를 사랑하지 않게 될 때가 오면 그때 알게 될 거예요"라는 대사와 다를 게 없다. 이것은 대단한 진실이지만, 또한 매우 허황되다. 이미 사랑하지 않는다면 실제로 많은 것을 얻기도 하겠지만, 또한 궁금해하지도 않을 테니 말이다. 아니, 이것은 완전히 같은 말이라 해도 괜찮다. 왜냐하면 이미 사랑하지 않게 된 여자를 다시 만났을 때, 그녀가 당신에게 모든 걸 털어놓는다면 그건 이미 예전의 그녀도 아니고, 예전의 당신도 아니기 때문이다. 지난날 사랑했던 사람은 이미 존재하지 않는다. 죽음이 이곳을 지나간 것이고, 죽음이 모든 것을 쉽게, 동시에 무효로 만들어버리는 것이다. 내가 이렇게 생각한 것은 앙드레가 진실을 말했다는 가정 아래서이며(그녀의 말은 분명 사실일지도 모른다), 또 지금은 나와 성립된 관계 때문에 처음에 알베르틴이 나와 그랬듯이 생탕드레 데 샹 성당의 측면에서 앙드레도 나에 대해 성실해졌다고 가정했을 때의 일이다. 이 경우, 앙드레는 알베르틴을 더는 두려워할 필요가 없다는 사실에 힘이 생기기도 했을 것이다. 우리가 죽은 뒤 우리 현실이 그리 오랫동안 살아 있는 일은 없으며, 몇 년만 지나면 사람들은 버림받은 종교의 신들처럼 아무렇지도 않게 죽은 이를 모욕하게 되니까. 그건 사람들이 벌써 그 존재를 믿지 않았기 때문이다. 하지만 앙드레가 이미 알베르틴의 실재를 믿지 않는다는 것은, 결과적으로 누설하지 않겠다던 약속을 깨는 일도 두렵지 않게 하며, 과거로 거슬러 올라가 공범을 중상하는 거짓말도 태연히 하게 만들지도 모른다. 두려워할 필요가 없어졌으므로 그녀는 내게 그런 이야기를 했거나, 아니면 어떤 이유에서 내가 행복감에 우쭐해져 있다는 생각에 나를 괴롭히려고 거짓말을 했을지도 모른다.

아마도 그녀는 초조했으리라(그 초조함은, 불행과 슬픔으로 가슴이 막혀 있는 나를 볼 때에는 가라앉았겠지만). 왜냐하면 나는 알베르틴과 깊은 관계였고, 앙드레는 아마도—내가 그것 때문에 그녀보다 내 쪽에서 더 좋아한다는 착각

아래—그녀가 얻지 못할 뿐만 아니라 꿈도 꾸지 않았던 나의 특별한 온정을 부러워했기 때문이다. 나는 그녀가 얼굴빛이 좋은 사람, 특히 그것을 의식하는 사람에게 짜증을 내거나, "기분이 나쁘신가 봐요" 한다든지, 상대방을 화나게 하려고 "나는 요즘 아주 기분이 좋아요" 말하는 것을 자주 목격했는데, 그녀는 상대의 기분을 상하게 하려는 의도에서 자기는 건강하다고 약 올리듯이 말했다. 자기가 병에 걸렸을 때도 그런 짓을 그만둘 줄 모르고, 행복한 타인의 건강도 자기 죽음도 개의치 않게 된 마지막 초탈의 순간까지 계속했던 것이다. 하긴 그날이 오려면 아직 멀기는 했지만. 그녀가 어떤 이유에서인지 초조해진 것은, 지난날 우리가 발베크에서 만났던 청년, 운동이라면 뭐든지 잘했지만 다른 것엔 무지했던 한 남자에 대해 그녀가 격렬하게 화냈던 것과 같다. 그는 뒷날 라셸과 동거를 했는데 앙드레는 그의 명예를 훼손하는 소문을 퍼뜨렸고, 무고죄로 고소를 당하자 도리어 반증이 불가능한 그의 아버지의 파렴치한 행동을 까발리겠다고 으름장을 놓았다. 그러나 나에 대한 노여움은 잠깐 그녀를 사로잡았을 뿐, 아마도 내가 몹시 울적해하는 모습을 보고 금세 가라앉았을 것이다. 실제로 그녀는 노여움에 불타는 눈빛으로 망신을 주겠다, 죽여버리겠다, 거짓으로 증명해서라도 감옥에 보내주겠다고 펄펄 뛰다가도, 상대의 슬픈 눈을 본다든지, 수치스러워하는 모습을 보면 어느새 반감은 눈 녹듯이 사라져, 도리어 따뜻이 위로하려 들었다. 왜냐하면 그녀는 결코 근본부터 나쁜 여자는 아니며, 비록 조금 깊은 곳에 겉으로 드러나지 않는 성격이 그녀의 세심한 배려를 만나 처음 생각한 것 같은 상냥함이 아니라 질투와 오만이었다 해도 더욱 깊은 곳에 있는 그녀의 제3의 성격, 본성이지만 완전히 실현된 적이 없는 성격이 주위 사람에 대한 호의와 사랑에 눈뜨게 했기 때문이다. 다만 현재보다 나은 상태를 바라는 사람은 욕망을 통해 더 나은 상태를 알 뿐, 첫째 조건이 현상태와의 결별임을 모른다. 마치 신경쇠약 환자나 마약중독자가 분명히 치료를 받고 싶어하면서도 자기들의 편집증이나 마약은 빼앗기길 원치 않는 것처럼. 종교심이나 예술가의 마음을 갖추고도 현세에 집착하는 사람들이 고독을 바라지만 지금까지의 생활을 전부 포기하지는 않는 그런 고독을 바라듯이. 앙드레도 그들처럼 모든 사람을 사랑할 마음의 준비는 되어 있지만, 그러려면 먼저 그 사람들이 너무 잘난 체를 해선 안 된다는 조건이 필요하고, 그러려면 그들을 겸손하게 만들어놓아야 했다. 그녀는 오만한 사람이라도 사랑해야 한다는 사실을 몰랐으며, 또 그런 사람들의 오만함을 한층 강력한 오만으로서가 아니라 사랑으로 극복해야 한다는 걸 몰랐다. 그것은 그녀가 어떤 부류의 환자와 비슷하기 때문인데, 그런 환자는 병이 낫기를 바라면서도 사실은 병을 질질 끌게 하는 치료 수단을 통해 그 병을 사랑하고 있으며, 나을 생각을 그만두는 순간, 비로소 병을 사랑하기를 포기하는 것이다. 무릇 사람은 수영을 배우고 싶어하면서도 한쪽 다리가 바닥에 닿기를 바라는 법이다.

　운동을 즐기는 그 청년은 베르뒤랭네의 조카로, 내가 발베크에 머물 때 두 번인가 만난 적이 있는데, 그에 대해선 미리 말해둘 것이 있다. 곧이어 다시 만나게 되는 앙드레의 방문 뒤 얼마 안 되어 몇 가지 사건이 일어났고, 그것이 사람들을 꽤나 놀라게 했었다. 먼저 이 청년에 대해서 나는 몰랐는데 그는 발베크에 머물 때 알베르틴을 사랑했었고, 그 추억 때문인지 앙드레와 약혼했으며, 내친 김에 라셀의 절망에도 개의치 않고 앙드레와 결혼했던 것이다. 그 무렵 앙드레는(즉 지금 이야기하는 방문이 있은 지 몇 달 뒤의 일이다) 이미 이 청년을 건달이라고 부르지 않았다. 나는 나중에서야 알게 되었는데, 그녀가 청년을 건달이라고 했던 건 사실 그에게 홀딱 반했던 데다 자기를 거들떠보지도 않으리라고 생각했기 때문이었다. 그러나 더욱 놀라운 사실이 있었다. 청년은 직접 제작한 무대장치와 의상으로 작은 촌극을 상연했는데 그게 현대예술에서 러시아 발레에 맞먹는 혁명을 가져다주었던 것이다. 요컨대 최고 권위의 평론가들도 그의 작품을 매우 중요하며, 천재적이라 할 만하다고 평가함으로써 라셀이 주장했던 의견을 인정하게 된 셈이었다. 사람들이 알고 있던 발베크에서의 그는 자기가 교제하는 사람들의 차림새에 맵시가 있는지에만 주의를 기울였고, 언제나 바카라·경마·골프·폴로에 빠져 지냈다. 학창 시절의 그는 늘 학급의 열등생이었고, 중·고등학교에서 퇴학을 당한 적도 있었다(더구나 그는 두 달 넘게 사창가에 들러붙어 있는 바람에 부모의 속을 꽤나 썩였는데, 그곳은 샤를뤼스 씨가 모렐을 찾아갔던 바로 그 장소였다). 그의 그런 면만을 아는 사람들은 이렇게 생각했다. 이 작품은 분명 앙드레가 만든 것이고, 그녀는 사랑 때문에 그에게 영광을 양보했거나, 아니면 그가 허튼 데다 아무리 돈을 써도 끄떡도 않을 만큼 막대한 재산이 있으므로 그 돈으로 어떤 재능 있는 전문가에게 시켰을 거라고 말이다(이런 부류의 부자들은 귀족과 교제를 할 때에도 전혀 세련되지 못하고, 예술가가 뭔지 아무것도 모르는 사람들로서, 그들이 생각하는 예술가란 딸의 약혼 피로연에 불러다놓고 연극 독백을 낭독시키거나, 나중에 몰래 별실에서 사례를 지불하는 배우이며, 또는 딸이 결혼하면 아이가 생기기 전, 아직 아름다울 때 그녀를 화실로 보내 초상화 모델로 서게 하는 화가 정도인 것이다. 이런 사람들은, 글을 쓰거나 작곡을 하거나, 또는 그림을 그리는 사교계 사람들은 모두, 마치 국회의원 자리를 차지하려는 사람들이 그러하듯이 작가로서의 평판을 얻기 위해 돈을 내고 대신 작품을 만들게 한다고 상상한다).

그러나 그런 것들은 모두 엉터리였고, 청년은 진짜로 멋진 작품의 작가였다. 그것을 알고 나는 여러 가지 상상 속에서 헤맬 수밖에 없었다. 그는 어쩌면 정말로 긴 세월 동안 막무가내의 건달이었는데 어떤 생리적인 대변혁이 일어나 '잠자는 숲 속의 미녀'처럼 그의 안에 숨어 있던 천재성이 눈을 뜬 걸까? 아니면 막 나가던 고등학교 시절, 대학입학 자격시험의 거듭된 낙방, 발베크에선 도박으로 엄청난 돈을 잃고, 숙모인 베르뒤랭 부인을 찾아오는 신자들의 볼품없는 차림새에 질색하여 함께 전차도 타지 않으려던 무렵, 그 시절의 그는 이미 천재였지만 아직은 그걸 깨닫지 못하고, 천재의 문을 여는 열쇠도 지니지 않은 채, 젊은 혈기 속에서 갈팡질팡하느라 재능을 내버려두고 있었을까? 아니, 어쩌면 이미 자각한 천재였는지도 모른다. 아니면 학급에서 열등생이었던 까닭은 교사가 키케로에 대해 뻔한 말을 하는 동안 그는 랭보나 괴테를 읽었기 때문이 아닐까? 아닌 게 아니라 발베크에서 내가 그를 만났을 때 그에겐 이런 상상을 하게 만드는 건 하나도 없었으며, 그의 관심은 오로지 마차의 장비나 칵테일 만들기에 쏠려 있는 듯했다. 하지만 이런 이야기는 결코 반박의 여지가 없는 건 아니다. 먼저 그는 매우 허영심이 강했을지도 모른다(이런 성격이 천재와 동거한다는 건 있을 수 있는 일이다). 그래서 자기 생활을 둘러싼 사람들을 현혹시키기에 알맞다고 판단한 방법으로 주목을 받으려 했을지도 모른다. 그것은 '친화력'에 대한 깊은 지식을 과시하지 않으면서 사두마차를 모는 일과도 같았다.

이처럼 아주 독창적이고 아름다운 작품의 작가가 된 뒤에도 그가 얼굴이 잘 알려진 극장과는 별개의 곳에서 초창기 신자들처럼 턱시도를 입지 않은 사람에게 흔쾌히 인사를 했을지는 의심스럽다. 그에게 그런 행동은 어리석은 행동이라기보단 차라리 허영심의 표출이며, 자기 허영심을 우매한 사람들의 정신 구조에 적합하게 만들려는 어떤 실제감각, 어떤 명민함을 드러내는 것으로 보였으리라. 그는 그런 어리석은 사람들의 존경을 중요하게 여겼는데, 그들에겐 사색가의 시선보다 턱시도가 훨씬 화려한 광채를 내고 있었던 것이다. 그렇지만 바깥에서 보았을 때, 이런 재능을 지닌 사람도, 또는 나처럼 재능은 없지만 정신의 소산물을 사랑하는 사람도 리베랄이나 발베크의 호텔, 발베크의 둑에서 마주친 사람에겐 그림에 나와 있는 것 같은 멍청이로 비쳤을지 모른다. 더구나 옥타브에게 예술과 관련된 것은 매우 친근하며, 그의 깊은 내면에서 숨 쉬는 것이었으므로 마치 생루가 하듯이 그것에 대해 이야기할 마음이 없었을 것이다. 생루에게 예술은, 말하자면 옥타브에게 마차 정도의 매력밖엔 없었다. 게다가 옥타브는 도박에 빠져 있었고, 꾸준히 그걸 했다고 한다. 그런데도 뱅퇴유의 알려지지 않은 작품을 되살아나게 한 경건한 마음이 몽주뱅의 그 음란한 환경에서 탄생했다는 생각과, 어쩌면 현대 최고의 걸작은 우등생이 모이는 전국 규모의 콩쿠르나 브로이*¹ 류의 모범적이고 학구적인 교육에서 나오지 않고 경마장이나 술집에 드나들다 보면 탄생한다는 생각에 나는 깊은 감명을 받았다. 어쨌거나 나는 그 무렵 발베크에서 옥타브와 알고 지내길 바랐고, 알베르틴과 그녀의 친구들은 내가 그와 알게 되는 게 별로 탐탁지 않은 눈치였는데, 그 이유는 모두 그의 가치와는 무관하게, 오직 한 사람의 사교인(골프를 치는 젊은 청년)에 대한 '지식인(이 경우는 내가 그 대표)'과 사교계 사람들(작은 동아리가 대표)과의 영원한 오해를 단적으로 드러냈을 뿐이다. 그즈음 나는 그의 재능을 전혀 알아채지 못했었다. 내 눈에 들어온 그의 매력은—전에 블라탱 부인에게서 느꼈던 매력과 비슷한데—소녀들이 뭐라고 하건 그는 그녀들의 친구였고, 나보다 훨씬 소녀들과 가까운 존재라는 점이었다. 반면에 알베르틴과 앙드레는 정신의 소산물을 제대로 판단할 능력이 없으며, 이런 사람의 겉모양만 보고 쉽게 빠져든다는 면에서 사교계 사람들을 상징하고 있었다. 그녀들은 내가 어리석은 사내에게 관심을 갖는다며 나를 거의 멍청이 취급했는데, 뿐만 아니라 하필 내가 골프를 치는 사람 중에서도 가장 시시한 사람을 골랐다며 놀라는 모습을 보였다. 그나마 내가 나이가 어린 질베르 드 벨뢰브르와 사귀려 했다면 또 모른다. 그러면 골프뿐만 아니라 말도 재미나게 하고, 전국 우등생 대회에서 2등을 하거나, 정감 어린 시도 지으련만(말이야 바

---

*1 프랑스의 과학자 루이 드 브로이(1892~1987).

른 말이지 그만한 멍청이는 없을 정도였는데도). 아니면 나의 목표가 '책을 쓰'거나 '연구하는' 것이었다면 기 소무아(Guy Saumoy)가 있지 않은가. 그는 도저히 이해할 수 없는 인간으로 젊은 아가씨를 둘이나 후려냈는데, 적어도 유별난 유형이어서 나의 '관심을 끌었을'지도 모른다. 이 두 사람이라면 '허락해'주었겠지만, 다른 한 사람은 확실히 '구제 불능의 건달'에 '아무 짝에도 쓸모없는' 사람이라는 것이었다.

여기서 이야기를 앙드레의 방문으로 되돌리면, 그녀는 알베르틴과의 관계를 털어놓은 뒤에 알베르틴이 나를 떠난 이유가, 결혼한 사이도 아닌 젊은 남자 집에 이런 식으로 살고 있으면 친구들이나 다른 사람들이 어떻게 생각할지 모른다는 게 원인이었다고 덧붙였다. "그야 당신 어머니 집이었다는 건 저도 알아요. 그래도 마찬가지죠. 당신은 몰라요. 젊은 여자들의 세계가 어떤지, 서로에게 뭔가를 감추고, 다른 사람이 어떻게 생각하는지가 얼마나 두려운지를요. 어떤 여자들은 사귀는 젊은 남자에게 꽤나 쌀쌀맞게 대하는데, 그건 그저 상대가 자기 친구들과 아는 사이여서 혹시 무슨 들통이 나지는 않을까 하는 걱정에서에요. 그런데도 감추려던 사실이 들통 나고는 하지만요." 뭉쳐 다니는 아가씨들의 태도를 좌우하는 동기에 대해 앙드레는 뭔가 아는 듯했는데, 몇 달 전에 이 말을 들었더라면 얼마나 귀중한 정보였으랴! 알베르틴이 나중에 파리에선 몸을 허락했으면서 발베크에선 왜 그토록 거부했는지도 앙드레의 말로 충분한 설명이 될 성싶었다. 그것은 발베크에서 내가 끊임없이 알베르틴의 친구들과 얼굴을 마주쳤기 때문이며, 어리석게도 나는 그것이 그녀와 친해지기 위한 유리한 방법인 줄로만 알았다. 알베르틴은 앙드레를 신뢰하는 듯 보이는 나의 행동과 내가 앙드레에게 알베르틴이 그랑 호텔로 묵으러 간다고 무심코 말한 것 때문에 아마도 한 시간 전에는 아무 일도 아니라는 듯이 내게 쾌락을 느끼게 해주려 했으면서 돌연 태도를 바꾸어 벨을 울리겠다고 위협했던 것이리라. 하지만 만약 그렇다면 그녀는 다른 많은 남자들에게 쉽게 몸을 허락한 게 틀림없다. 그렇게 생각하자 질투심이 일어난 나는 앙드레에게 한 가지 물어볼 게 있다고 말했다.

"당신들은 아무도 살지 않는 당신 할머니 아파트에서 그 짓을 했나?"— "설마하니! 거긴 사람이 온다고요."— "그래? 난 비어 있는 줄 알았는데……."—

"그리고 알베르틴은 시골에서 그걸 하는 걸 제일 좋아했어요."—"어디라고?"—"전엔 그렇게 멀리까지 갈 시간이 없었기 때문에 우린 뷔트 쇼몽으로 갔었죠. 그곳에 알베르틴이 아는 집이 있었거든요. 아니면 나무 그늘에서 했어요. 아무도 없으니까요. 그리고 프티 트리아농의 동굴 속에서도요."—"나 참, 내가 당신 말을 믿을 수 있겠어? 알베르틴이 뷔트 쇼몽에선 아무 일도 없었다고 맹세한 지 1년도 채 지나지 않았는데."—"당신을 울적하게 만들고 싶지 않았어요." 이미 말했듯이 나는 훨씬 나중에야 이 두 번째의 만남, 즉 앙드레가 고백하던 날, 그녀는 도리어 나를 슬프게 하려고 그렇게 말했음을 비로소 깨달았다. 그러나 만약 이때 알베르틴을 전처럼 사랑하고 있었더라면 앙드레가 말하는 도중에 이내 그것을 알아챘을 것이다. 왜냐하면 나로선 그렇게 생각할 필요가 있었으니까. 하지만 앙드레의 말은 내게 그다지 상처를 주지 않았으므로 당장 그것을 거짓말로 여길 필요도 없었다. 요컨대 나는 처음엔 앙드레의 말이 진실임을 의심하지 않았는데, 만약 그것이 진실이라면 진정한 알베르틴, 다채롭게 바뀌는 그녀를 안 뒤에 발견해낸 알베르틴은 처음 만나던 날 발베크의 둑 위에서 헤픈 여자라는 인상을 준 여자와 별반 다르지 않다. 그런 아가씨가 꼬리에 꼬리를 물고 내 앞에 나타났던 것은, 마치 멀리서는 주요한 건물 하나만 보이는 도시도 가까이 다가가면 다양한 건물의 배치 때문에 속속 모습을 바꾸어 최초의 건물을 압도하고 사라지게 하는 것과 같다. 그러나 그 도시에 대해 잘 알고, 정확히 판단하면 결국 진정한 모습은 맨 처음 멀리서 보았을 때의 것임을 알 수 있다. 그밖에 지나가는 곳은 모두 우리의 시각에 차례로 세워진 하나의 방위선이며, 수많은 고뇌를 겪으면서 그것을 하나씩 넘어가지 않으면 중심에 다다르지 못한다. 무엇보다 알베르틴의 결백을 믿을 필요를 느끼지 않은 까닭은 내 고통이 가벼워져서가 아니다. 오히려 이렇게 말할 수 있을 것이다. 이 고백을 듣고도 내가 그리 괴로워하지 않은 것은, 얼마 전부터 내가 만든 알베르틴의 결백을 믿는 마음이, 나 스스로도 알아채지 못하는 사이에 그녀에게 잘못이 있다는 생각으로 바뀌었고, 그것이 내 마음에 자리잡았기 때문이라고. 하지만 내가 더 이상 알베르틴의 결백을 믿지 않게 된 것은 그것을 믿을 필요성, 믿고 싶다는 정열적인 욕망을 이미 잃었기 때문이다. 믿는 마음을 낳는 것은 욕망이다. 우리가 평소 그것을 알아채지 못하는 까닭은 믿는 마음을 만들어내는 대부분의 욕망이—알베르틴이 결백하다는 사실을 나로 하여금 믿게 했던 욕망과는 달리—우리 자신의 생명과 함께 끝나기 때문이다. 나의 맨 처음 견해를 뒷받침하는 수많은 증거가 있었지만 나는 어리석게도 알베르틴의 말을 믿었었다. 왜 그녀를 믿었을까? 거짓말은 인류에게 본질적인 것이다. 그것은 어쩌면 인류에게 쾌락의 추구와 마찬가지로 큰 역할을 하며, 또 쾌락의 추구에 좌우된다. 인간은 쾌락을 지키기 위해 거짓말한다. 만약 쾌락을 겉으로 드러내는 것이 명예에 어긋난다면 명예를 지키기 위해 뭐라고 둘러댄다. 사람은 평생 거짓말한다. 자기를 사랑해주는 사람한테도 거짓말하며, 그런 사람에게는 특히 더하다. 어쩌면 그런 사람에게만 거짓말을 하는지도 모른다. 실제로 우리는 쾌락을 위해 그런 사람만을 두려워하고, 그런 사람의 존경만을 얻으려 하는 것이다. 나는 처음엔 알베르틴이 무슨 꿍꿍이가 있는 여자라고 생각했는데, 다만 내 욕망이 의심을 품는 것에 지성의 힘을 활용하여 일을 그르쳤던 것이다.

우리는 지진이나 벼락의 징후에 둘러싸여 살아가고 있다. 그리고 인간의 진실한 성격을 알기 위해선 이런 징후들을 성실하게 해석해야만 한다. 이 말은 꼭 해두어야겠는데, 나는 앙드레의 말을 듣고 분명 서글픈 생각이 들기는 했지만, 그래도 내가 나중에 맥없이 굴복한 비참한 낙천주의보다는 나의 처음 직관이 예감한 바와 현실이 일치했다는 사실을 기쁘게 여겼다. 인생이 나의 직관과 들어맞았다는 사실이 기뻤다. 첫날 바닷가에서 그녀들이 굉장한 쾌락과 악덕을 몸으로 구현하고 있다고 느꼈을 때도, 또 저녁 때 알베르틴의 여자 가정교사가 마치 맹수를 우리에 가두듯이 천방지축 아가씨를 작은 별장으로 보내는 것을 보았을 때에도 나는 그런 직관을 가졌다. 나중에는 겉으론 얌전해도 도저히 감당하지 못할 짐승이 되긴 하지만. 이런 직관은 전에 블로크가 내게 했던 말과 일치한다. 블로크는 내가 산책을 하다 여자와 마주칠 때마다 욕망이 보편적인 것임을 드러내고, 나를 떨게 만들어 그렇게 세상을 매우 아름답게 해주었던 것이다. 어쨌든 이런 최초의 직관은 드디어 증명된 셈인데, 그편이 차라리 나았으리라. 만약 알베르틴에 대한 나의 사랑이 지속되던 때였다면 그런 직관은 나를 몹시 고통스럽게 했을 테니까. 또 이러한 직관 가운데 단 하나 남은 흔적도 괜찮은 일이었다. 그것은 내겐 보이지 않았지만, 내 곁에서 끊임없이 일어나는 일에 대한 끊임없는 의혹이었다. 어쩌면 또 하나의 흔적, 앞의 것보다 훨씬 광대한 흔적이 남아 있었는지도 모른다. 그것은 나의 사랑

그 자체이다. 실제로 알베르틴을 선택하고, 그녀를 사랑한다는 것은 이성이 아무리 부인하려 해도 그녀의 모든 추한 면까지 다 알겠다는 뜻이 아닐까? 어쩌면 믿지 못하는 마음이 잔뜩 쌓인 순간에도 사랑이란 그 불신감의 연속이며, 그것의 변형이 아닐까? 사랑이란 선견지명의 증명이 아니겠는가(사랑에 빠진 남자 자신도 알지 못하는 증명이다). 왜냐하면 욕망은 언제나 우리와 정반대를 향하며, 고통의 근원이 되는 사람을 사랑하도록 우리를 밀어붙이기 때문이다. 어떤 사람의 매력, 그의 눈과 입, 그 팔과 다리에는 우리를 불행의 구렁텅이로 빠뜨릴 수 있는 미지의 요소가 반드시 들어 있다. 그래서 누군가에게 끌리는 것을 느끼고, 그 사람을 사랑하기 시작하면 아무리 상대가 결백하다고 믿으려 해도 연인이 저지르는 온갖 배신과 실수를 이미 잘못된 형태로 읽는다.

　나를 잡아끄는 이런 매력들은 한 인간의 독을 품은, 위험하고 치명적인 부분을 구체화하는데, 그 매력과 비밀스런 독은 어떤 종류의 독을 품은 꽃의 매혹적인 우거짐과 독액의 관계보다 원인과 결과라는 관점에서 볼 때 훨씬 직접적인 관계가 있지 않을까? 나는 생각했다. 어쩌면 훗날 내 고통의 원인이 된 알베르틴의 악덕이 자못 선량하고도 솔직한 그녀의 태도를 만들었으며, 남자와의 교제 때와 똑같은 성실함으로 툭 터놓는 우정의 착각을 제공했다고. 마치 이것과 나란히 가는 같은 종류의 악덕이, 샤를뤼스 씨에게 여자처럼 섬세한 마음과 풍부한 감수성을 만들어낸 것처럼 말이다. 매우 완전한 맹목 상태에선 통찰력이 편애나 애정 같은 형태로 존속하므로 연애에서 나쁜 선택이라고 이러쿵저러쿵하는 것은 잘못이다. 왜냐하면 선택이 있는 한, 그것은 나쁜 선택이 될 수밖에 없기 때문이다.

　"뷔트 쇼몽으로 산책을 나간 것은 당신이 그녀를 마중하러 집에 왔을 때의 일인가?" 나는 앙드레에게 물었다. "무슨 말씀을요! 알베르틴이 당신과 함께 발베크에서 돌아온 뒤로는, 아까 말한 거 빼고는 그녀는 나와 더 이상 아무것도 하지 않았어요. 알베르틴은 그 이야기를 하는 것조차도 허락하지 않은 걸요."—"하지만, 앙드레, 왜 계속 거짓말하지? 나는 전혀 알려 하지 않았는데 진짜 우연이었어. 알베르틴이 어떤 행동을 했는지, 나는 매우 자세한 점까지 정확히 알게 되었거든. 구체적으로 말하면 그녀가 죽기 며칠 전까지도 강가에서 어느 세탁소의 하녀와 무슨 짓을 했는지."—"아유! 그야 당신과 헤어진 뒤의 일이잖아요. 난 그런 건 몰라요. 그 애는 당신의 신뢰를 돌이킬 수 없으며,

절대로 불가능하리라고 생각한 거라고요." 앙드레의 이 마지막 말이 내 마음을 상하게 했다.

나는 고광나무 가지를 들고 집으로 돌아오던 날을 다시 떠올렸다. 곰곰이 생각해보니 나의 질투는 속속 대상을 바꾸었으므로 그로부터 2주쯤 지났을 때 나는 알베르틴에게 앙드레와 관계를 가진 적이 없느냐고 물었고, 그녀는 이렇게 대답했었다. "절대로 없어요! 단 한 번도요! 난 앙드레를 좋아해요. 정이 가요. 하지만 자매간의 애정이랄까 그런 거예요. 혹시 당신이 생각하는 그런 취향이 내게 있다 해도 그녀를 상대로는 생각할 수조차 없어요. 뭐든 당신이 원하는 것에 대고 맹세해도 좋아요. 숙모나 어머니의 무덤을 걸고서라도." 나는 그녀의 말을 믿었다. 그러나 그녀는 전에도 고백 같은 말을 했다가 내가 흔들리는 빛을 보이자 이내 취소한 적이 있었고, 비록 그런 앞뒤가 맞지 않는 말을 수상쩍게 생각하지는 않았다 해도 나는 스완을 떠올려도 좋았을 것이었다. 스완은 샤를뤼스 씨의 우정이 정신적인 거라고 단단히 믿었으며, 내가 뜰에서 재봉사와 남작의 거동을 보던 날 밤에도 그렇게 잘라 말했었다. 또 나는 앞뒤로 두 개의 세계가 있음을 생각해도 좋았으리라. 하나는 다시없이 훌륭하고 성실한 사람들이 하는 말로 이루어진 세계이고, 다른 하나는 똑같은 사람들이 하는 행동으로 이루어진 세계이다. 그러므로 결혼한 여자가 한 청년에게, "그렇고 말고요! 내가 그분께 호의를 가진 건 맞아요. 하지만 이건 아무 죄도 없는, 매우 깨끗한 마음이라고요. 이것은 부모님의 추억을 걸고 맹세할 수 있어요" 말했다면, 그 말을 들은 사람은 전혀 망설이지 않고 스스로에게 이렇게 말해야 한다. "이 부인은 아마 방금 화장실에서 나왔을 거야. 그녀는 그 청년과의 관계를 마친 뒤엔 임신을 막으려고 화장실로 달려갔겠지." 고광나무 가지 사건은 나를 몹시 울적하게 했다. 또 알베르틴이 나를 교활한 인간이라고 생각한 데다 그녀를 싫어하는 줄 알았다는 것, 또한 그렇게 말했다는 것도 나를 슬프게 했다. 그러나 쉽게 이해할 수 없는 그녀의 터무니없는 거짓말이 무엇보다 나를 슬프게 했다. 어느 날, 알베르틴은 군용비행장에 갔던 이야기를 하면서 아는 비행사가 있다고 했었다(아마도 이건 여자들에 대한 나의 의심을 부추기기 위해서였고, 남자에게라면 그리 질투하지 않을 줄 알았던 것이리라). 또 그 비행사가 자기에게 온갖 찬사를 퍼붓는 바람에 앙드레는 완전히 감격해서 그와 함께 비행기를 타고 주위를 날고 싶다는 말까지 한 것은 이상했다고 말했다. 하지만 이것은 하나에서 열까지 모두 엉터리였다. 앙드레는 단 한 번도 이 비행장에 간 적이 없었던 것이다.

앙드레가 돌아갔을 때는 이미 저녁 식사 시간이었다. "누가 다녀갔는지 아니? 적어도 세 시간은 꼬박 있었을 거야." 어머니가 내게 말했다. "내가 재어봤더니 세 시간이더구나. 어쩌면 더 될지도 몰라. 먼저 온 코타르 부인과 거의 똑같이 도착해서, 그 뒤로 많은 사람이 속속 드나드는 걸 꿈쩍도 않고 보고 계셨단다. 오늘은 서른 명 넘게 왔었거든. 겨우 15분쯤 전에 다들 돌아갔단다. 앙드레 양이 너를 찾아오지 않았더라면 불러냈을 텐데."—"대체 누구 얘기예요?"—"결코 남의 집을 방문하지 않는 분이지."—"파름 대공부인요?"—"맞아, 우리 아들, 생각보다 영리한걸. 맞혀보라고 하고 싶었는데 재미없구나. 이렇게 쉽게 알아맞히다니."—"대공부인은 어제의 쌀쌀한 태도를 사과하던가요?"—"아니, 그렇게 하는 건 멋쩍은 일이잖아. 그래도 찾아와준 것 자체가 사과한 거야. 돌아가신 너의 할머니가 아셨으면 그만하면 됐다고 했을 거다. 2시쯤에 사람을 보내서 내가 정기적으로 손님을 초대하는 날이 있는지 물어보셨나 봐. 마침 오늘이라고 하기에 곧장 찾아왔다고 하시더구나." 어머니에겐 말하지 않았지만 순간 내 머리를 스친 것은, 파름 대공부인은 어제 매우 친하고 으리으리한 사람들에게 둘러싸여 있었고, 그들과 이야기하고 싶었는데 그곳으로 들어온 어머니를 보자 기분이 상했으며, 그걸 감추려고 하지도 않았으리란 사실이었다. 이런 식으로 사람을 무시하고도 세심한 친절을 베풀면 만회할 수 있다는 생각은 그야말로 독일 일류 귀부인의 태도였고, 게르망트 집안 사람들도 이런 예법을 따르고 있었다. 그러나 어머니의 해석은 달랐다. 나중엔 나도 어머니처럼 생각하게 되었는데, 그에 따르면 파름 대공부인은 그저 어머니가 누군지 알아보지 못했을 뿐, 상대하지 말아야겠다는 생각은 하지 않았고, 어머니가 돌아간 뒤에 1층에서 어머니가 만났던 게르망트 공작부인에게 묻거나, 아니면 방문한 부인들이 살롱으로 들어오기 전에 집사가 이름을 물어 적어두는 방명록을 보고서 어머니가 누군지 알았으리라. 어머니에게 "누군지 몰라뵈었기 때문에"라고 한다든지, 또는 하인이 그렇게 말하는 것은 실례라고 판단한 대공부인은, 나의 맨 처음 해석과 마찬가지로 독일 궁정의 예법과 게르망트 집안의 예법을 저버릴 사람은 아니지만, 대공부인 전하를 이례적으로 방문하면, 특히 그것이 몇 시간에 걸친 방문이라면 간접적인 형태로는 충분히 설득력 있게 설명한 거라고 생각했다. 그리고 실제로도 그렇게 되었던 것이다.

그러나 나는 언제까지고 어머니의 대공부인 방문 이야기를 듣고 있을 수는 없었다. 앙드레에게 물어봐야겠다고 생각했던 알베르틴에 대한 몇 가지 사실 가운데 놓친 것이 떠올랐기 때문이다. 알베르틴에 대해 내가 아는 것이라곤 얼마나 보잘것없었던지! 앞으로도 많은 것을 아는 일은 절대 없으리라. 이것만이 특별히 나의 관심을 끄는 이야기이고, 지금도 이따금 새삼스레 관심을 불러일으키는 이야기이건만. 왜냐하면 인간은 나이가 일정치 않은 존재이며, 몇 초 사이에 몇 년이나 다시 젊어질 능력을 지닌 존재로, 내가 살아온 시간의 벽 주위를 둘러싸고 저수조가 들어 있는 것처럼 그 안에 떠올라 있는데, 수위가 끊임없이 변하므로 언젠가는 한 시대에, 다른 세대에는 다른 시대에 다다르게 되기 때문이다. 나는 앙드레에게 다시 와달라고 편지를 썼다.

그녀는 일주일 뒤에나 올 수 있었다. 그녀가 오자마자 나는 다짜고짜 이렇게 말했다. "결국 당신이 한 이야기인데, 알베르틴은 여기 있는 동안은 더 이상 그런 짓은 하지 않았다는 거로군. 그럼 당신 생각으론 그녀가 떠난 이유는 보다 자유롭게 그 짓을 하기 위해서라는 건데. 하지만 누가 상대했을까?"—"당치도 않아요. 그것 때문에 떠난 게 아니에요. 알베르틴은 숙모의 말을 듣고 하는 수 없이 당신과 헤어진 거라고요. 숙모님은 그 사람 때문에, 그 진절머리나는 사내를 점찍었던 거죠. 맞아요, 당신이 '엉망진창 씨'라 부르던 그 젊은 남자 말이에요. 그가 알베르틴에게 빠져서는 청혼을 했었어요. 당신이 정식으로 결혼하지 않는 걸 보고 숙모님은 걱정하셨죠. 그녀가 교활한 당신의 집에 언제까지고 있게 되면 그 남자와의 결혼에 방해가 될까 봐 불안했던 거예요. 상대가 하도 귀찮게 이야기하니까 봉탕 부인이 알베르틴을 다시 불러들였어요. 알베르틴도 속으로는 숙부님과 숙모님을 필요로 했기 때문에 결국 어느 한쪽으로 결정해야 한다는 걸 알고, 당신과 헤어진 거죠." 내가 질투의 화신이 되어 있었을 때, 내 생각은 단 한 번도 이런 사정에 이르지 못했다. 다만 여자에 대한 알베르틴의 욕망과, 그것을 감시하는 일만 생각했었다. 맨 처음부터 어머니의 기분을 상하게 했던 알베르틴의 체류를 봉탕 부인도 조금 지난 뒤에는 이상하다고 생각했지만, 나는 그런 일을 까마득히 잊고 있었다. 적어도 봉탕 부인이 걱정한 것은 내가 알베르틴과 결혼하지 않을 경우에 부인이 다음 카드로 정해놓은 약혼자 후보가 이 문제로 기분 나빠하지 않을까 하는 점이었다.

어쨌거나 알베르틴은 과거 앙드레의 어머니가 걱정했던 것과는 반대로 결국은 훌륭한 부르주아 결혼 상대를 찾아냈다. 그리고 앞에서 그녀가 베르뒤랭 부인을 만나고 싶어서 몰래 부인과 대화를 나눈 적이 있고, 또 내가 그녀에겐 말하지 않고 베르뒤랭네의 만찬 모임에 가는 바람에 몹시 화난 적이 있었는데, 그즈음 그녀와 베르뒤랭 부인의 계획은 그녀를 뱅퇴유 양이 아니라 알베르틴에게 홀딱 빠져 있던 조카와 만나게 하는 것이 목적이었다.

완전하게 이해하기는 힘든 정신 상태를 지닌 어떤 부류의 사람들은 남의 의표를 찌르는 결혼을 하는 경우가 있는데, 베르뒤랭 부인은 조카를 위해 그런 결혼에 흡족해했고, 부잣집 딸과의 결혼을 고집하지는 않았다. 나는 단 한 번도 그 조카를 떠올리지 않았는데, 생초보인 알베르틴을 가르친 사람은 아마도 그였고, 덕분에 나는 그녀와 키스하게 된 것이리라. 그렇다면 알베르틴에 대해 내가 만들어낸, 미심쩍은 장소의 모든 지도를 다른 지도로 바꿔야 한다. 아니, 그걸 겹칠 필요가 있다. 왜냐하면 동성애 취향이 있더라도 결혼에 방해가 되지 않는다면 한쪽 지도가 다른 지도를 물리칠 리는 없기 때문이다. 알베르틴이 떠난 진짜 이유는 이 결혼이었을까? 그녀는 숙모에게 빌붙어서 사는 것처럼 보인다든지, 내게 결혼을 강요하는 것처럼 보이는 게 싫어서 자존심 때문에 이 말을 하지 않으려 했던 걸까? 단 하나의 행동에도 수많은 원인이 있다는 사고방식이 있는데, 알베르틴은 여자친구와의 관계에선 이 사고방식을 따라 각 친구에게 자기는 너 하나 때문에 왔다는 생각이 들게 했다. 그런데 이 사고방식은 하나의 행동이 보는 시각에 따라 다양한 양상을 띤다는 사실을 부자연스럽게, 또 의도적으로 상징하는 것에 지나지 않는다. 나는 차츰 그것을 깨닫기 시작했다. 알베르틴이 우리집에서 숙모의 신경에 거슬릴 만한 뚜렷하지 않은 처지에 처해 있었음을 단 한 번도 생각지 못했던 나는, 놀람과 동시에 어떤 수치심을 느꼈다. 그러나 그렇게 놀란 것은 이번이 처음도 아니고, 또 마지막도 아니었다. 두 사람의 관계와 그것이 가져오는 위험을 이해하려 기를 쓰고 있는데 갑자기 제3의 인물이 등장했다. 그는 독자적인 관점에서 자기는 둘 중 한 사람과 보다 깊은 관계에 있다고 내게 수도 없이 말했었다. 이 독자적인 관점이야말로 어쩌면 둘 사이가 위기에 처한 원인일지도 모른다. 이와 같이 행위가 불확실하다면, 인간이 어떻게 확실할 수 있으랴! 사람들 말로는 알베르틴은 매우 영악한 여자였으며, 결혼하려고 남자에게 이런저런 작업을 걸었다던

데, 그러자 그녀가 우리집에서 생활한 것을 두고 그들이 어떻게 해석했을지 쉽게 짐작이 갔다. 그럼에도 내 생각에 그녀는 희생자였다. 아주 순수한 의미에서의 희생자라곤 할 수 없겠지만, 이 경우 그녀에게 잘못이 있다면 그건 다른 이유 탓이다. 즉 남들이 절대로 받아들이지 않는 그녀의 영악함 때문이었던 것이다.

하지만 이런 생각도 해야만 한다. 거짓말은 한편으론 성격의 한 특징인 경우가 많지만, 다른 한편으론 전형적인 거짓말쟁이가 아닌 여자는 생활 전체를 파괴할 수도 있는 갑작스런 위험, 즉 사랑에 대해 자연스레 생겨나는 방어책으로, 처음엔 소극적이지만 차츰 교묘한 작전을 쓴다. 그와는 별개로 지적이고 감수성이 풍부한 남자들은 늘 둔감하고 뒤떨어진 여자에게 빠져들며, 정신을 못 차리고 자기가 사랑받고 있지 않다는 증거가 있어도 전혀 알아채지 못하며, 모든 것을 희생해가면서도 여자를 놓치지 않으려 한다. 그러나 이것은 우연한 결과가 아니다. 이런 남자에게는 물론 고통이 필요하지만, 그냥 그런 말만으론 전제가 되는 진실이 생략되어 있고, 어떤 의미에선 의지와는 무관한 이 고통의 욕구는 그러한 진실로부터 생겨난, 완전하게 이해할 수 있는 결과인 것이다. 완벽한 성격은 드물기 때문에 매우 지적이고 감수성이 풍부한 사람도 보통 의지가 약하고, 습관에 흐르며, 당장에라도 끝없는 고뇌가 닥칠까 봐 벌벌 떠는 상태에선 자기를 사랑하지 않는 여자라도 버릴 마음은 썩 내키지 않는 법인데 그것에 대해선 지금은 말하지 않겠다. 그런 남자가 제대로 사랑을 받아보지도 못한 채 잘 참고 있으면 놀라는 사람도 있겠지만, 여기선 그가 느끼는 애정이 어떤 고통을 불러일으키는지를 상상해야 할 것이다. 다만 그 고통을 지나치게 동정할 필요는 없다. 왜냐하면 불행한 사랑, 애인의 난봉과 죽음 등이 주는 엄청난 충격도 마비를 일으키는 발작 같은 것으로서 처음엔 직격탄을 맞은 듯하지만, 이윽고 근육은 조금씩 탄력과 생명력을 회복해 나가기 때문이다. 게다가 이 고통에는 대가가 따른다. 본디 이렇게 지적이고 감수성 풍부한 사람들은 대부분 거짓말과는 무관하다. 아무리 머리가 좋아도 그들은 가능성이 있는 세계에서만 살고, 현실을 박차지 않으며, 여자 때문에 생겨난 고통 속에서 지내면서 그녀가 무엇을 바라고, 무엇을 하며, 누구를 사랑하는지도 명확히 파악하지 않는다─그런 지각을 지닌 사람은 유독 의지가 강한 사람이고, 그들은 지나간 일 때문에 눈물을 흘리기보단 미래를 준비하기 위해 그런 지각을 필요로 하는 것이다. 그런 만큼, 지적이고 감수성이 풍부한 사람들은 거짓말에 허를 찔린다. 그러므로 그들은 속았다는 건 알아도 왜 속았는지는 모른다. 그래서 왜 저런 여자를 사랑하는지 도통 모르겠는, 그런 하찮은 여자가 총명한 여자보다 그들의 세계를 훨씬 풍부하게 하는 것이다. 그녀가 내뱉는 한마디 한마디의 뒷면에서 그들은 거짓말을 감지한다. 그녀가 갔었다고 말하는 모든 집의 뒤쪽에서 다른 집을, 하나하나의 행동이나 사람들의 등 뒤에서 별개의 행동과 별개의 인간을 감지한다. 분명 진실이 뭔지는 모르며, 그들에겐 그것을 알 길도 없고, 그럴 에너지도 없으며, 보통은 그럴 가능성도 없다. 거짓말을 일삼는 여자는 더할 나위 없이 단순한 방법으로, 그것을 일일이 바꾸지도 않고 많은 사람을 속일 수 있다. 덕분에 그런 수법을 꿰뚫어볼 수 있는 사람마저 여러 번 속이기도 한다. 이런 일이 지적이고 감수성 풍부한 사람 앞에 깊은 세계를 만들어내며, 그의 질투가 가늠하려는 그 세계의 깊이는 그의 지성에 흥미를 불러일으키기도 하는 것이다.

내가 그런 사람들과 완전한 동급이란 얘기는 아니지만, 알베르틴이 죽은 지금 어쩌면 나는 그녀의 생활에 대한 비밀을 알게 될 것이다. 그러나 이 세상에서의 목숨이 끝난 뒤에야 비로소 한 인간의 비밀을 파헤칠 수 있다는 것은, 누구나 속으로는 내세를 믿지 않는다는 증거가 아닐까? 만약 이런 식으로 드러난 사실이 정말이라면, 그녀가 살아 있었을 때 가졌던 비밀을 지켜주어야 한다고 믿었던 때와 마찬가지로 천국에서 다시 만나는 날 그녀에게서 과거를 폭로했다는 원망을 살까 봐 두려워해도 괜찮으리라. 또한 이것이 거짓이고, 이 세상에 없는 그녀가 부정하지 못한다는 이유로 멋대로 지어낸 이야기라면 천국을 믿는 한, 죽은 그녀의 분노를 한층 두려워해도 좋으리라. 하지만 아무도 천국 따위 믿지 않는다. 이런 까닭에 알베르틴은 속으로 그냥 머무를까, 내 곁을 떠날까 망설이는 지루한 드라마를 썼을지도 모른다. 나를 떠난 것은 숙모나 그 젊은 남자 때문이지, 여자들 탓은 아니었을지도 모른다. 어쩌면 그녀는 그런 여자들 따위 한 번도 고려하지 않았으리라. 내게 가장 중요했던 사실은, 더는 알베르틴의 소행에 대해 감출 필요가 없음에도 앙드레가 알베르틴과 뱅퇴유 양 및 그 여자친구들 사이에서 그런 일은 전혀 없었다고 맹세한 것이다 (두 사람과 알게 되었을 무렵 알베르틴은 자신의 성적 취향을 아직 알아채지 못했고, 두 사람은 그녀의 욕망이 향한 쪽을 오해한 게 아닐까 하는 의심에서—

그 의심이 오해를 낳았지만—알베르틴은 그런 짓에 심한 적의를 갖고 있다고 여겼었다. 어쩌면 두 사람은 한참 뒤에 알베르틴의 취향도 자기들과 같았음을 알았겠지만, 그때 그녀들은 알베르틴을, 알베르틴은 그녀들을 너무나 잘 알고 있었기에 더 이상 그런 짓을 함께할 생각은 들지 않았을 것이다).

요컨대 알베르틴이 나를 떠나간 이유에 대해 나는 아직도 이해할 수 없었다. 여자의 표정은 파악하기 어렵고, 눈은 그 움직이는 바깥쪽 전체를 아우를 수 없으며, 입술도 또 기억도 쉽사리 이유를 파악하지 못한다. 여자의 사회적 지위나 처한 신분에 따라서도 그늘이 지고 표정이 바뀌는데, 그것 이상으로 눈에 들어오는 그녀의 행동과 동기 사이에는 얼마나 두꺼운 막이 쳐져 있으랴! 동기는 훨씬 깊은 곳에 있어서 눈에 띄지 않으며, 게다가 이미 알고 있는 행동과는 다른 행동을, 그것과 완전히 모순된 행동을 자주 한다. 친구들은 성자처럼 여겨도, 문서 위조나 공금 횡령, 국가 배신을 저질렀음이 발각된 정부 요인 등은 어느 시대에나 있기 마련이다. 어릴 적부터 키워 착한 줄로 믿었고, 실제로 그렇기도 했던 집사가 대귀족의 재산을 슬쩍 가로챈 예는 얼마든지 있다. 그러나 타인의 행동 동기를 가린 이 막은 그 사람에게 애정을 갖는 순간 전보다 훨씬 두꺼워진다. 왜냐하면 사랑은 판단력을 흐리게 함과 동시에 상대 여자의 행동도 보이지 않게 하기 때문에 사랑을 받고 있다고 느끼면, 그렇지 않은 경우에는 가치가 있다고 믿었던 것들, 즉 재산에 대해서도 갑자기 가치를 인정하지 않게 된다. 어쩌면 그녀는 재산 따윈 몹시 경멸하는 척하면서 사실은 상대를 괴롭혀 더욱 많은 재산을 얻어내려 하는지도 모른다. 거기엔 또한 거래가 섞여 있는 경우도 있다. 뿐만 아니라 그녀의 생활 속 몇몇 명확한 사실과, 어떤 책략이 얽혀 있을 수도 있다. 그녀는 들통이 날까 두려워서 아무에게도 말하지 못하는데, 그럼에도 그것을 알려고만 들면 대부분은 정신도 자유롭고 객관적이므로 그 책략을 더 쉽게 알 수 있다. 어쩌면 몇몇 사람들은 이런 사정에 능통하겠지만, 공교롭게도 그들은 우리가 모르는 사람들이며, 어디서 만날 수 있을지조차 모른다. 또한 이유를 알 수 없는 태도를 취하는 온갖 이유 속에 유별난 성격이란 것도 덧붙여야 한다. 그런 성격 탓에 어떤 사람은 자기 이익을 무시하거나, 자유를 증대하거나 사랑한 나머지, 또는 갑작스런 분노의 충동에 휩싸이거나, 타인의 의향을 두려워하기 때문에 우리가 생각했던 바와는 반대 행동으로 치닫는 경우도 있다. 게다가 환경과 교육이 다르고, 둘이서 대화할 때는 말로 풀 수 있으므로 그런 차이가 있음을 믿으려고도 않다가, 혼자가 되면 다시 이 문제가 떠올라 정반대의 관점에서 각자의 행동을 유도하기 때문에 진정한 만남 따윈 도저히 불가능하게 된다.

"이봐, 앙드레, 당신은 아직도 거짓말을 하고 있군. 생각해봐.—이건 당신이 내게 고백한 거야. 아, 전에 내가 당신한테 전화를 걸었었지?—알베르틴은 알려지면 난처한지 내겐 비밀로 하고 베르뒤랭네 차 시간에 몹시 가고 싶어했는데, 그곳엔 뱅퇴유 양이 오기로 되어 있었어."—"맞아요. 하지만 알베르틴은 뱅퇴유 양이 온다는 건 전혀 모르고 있었어요."—"무슨 소리지? 당신 입으로 며칠 전에 알베르틴이 뱅퇴유 양을 만났다고 내게 말하지 않았던가? 그리고 앙드레, 우린 이제 서로 속일 필요가 없어. 왜냐하면 나는 언젠가 아침에 알베르틴의 방에서 종이쪽지 하나를 발견했는데, 그건 베르뒤랭 부인이 보낸 것으로 모임에 꼭 와달라는 초대였지." 나는 그 편지를 앙드레에게 보여주었다.

사실 그것은 알베르틴이 떠나기 며칠 전에 프랑수아즈가 내 눈에 띄도록 일부러 알베르틴의 소지품 맨 위에 올려놓은 것이었다. 편지를 그런 곳에 놓은 것은 내가 알베르틴의 소지품을 뒤적였다는 인상을 주려는 게 아닐까 하여 신경이 쓰였지만, 어쨌든 프랑수아즈는 내가 이 편지를 본 사실을 알베르틴에게 알리려 했던 것이다. 프랑수아즈의 이런 조작이 알베르틴이 떠나는 데 커다란 영향을 끼쳤으며, 그녀는 이제 아무것도 감출 수 없음을 알고 실망하여 패배를 느꼈던 게 아닐까? 나는 그 편지를 앙드레에게 건넸다. "나는 손톱만큼도 후회하지 않아요. 진짜 가족 같은 이러한 감정 때문에 모든 것을 용서할 수 있으니까요……."—"이걸 봐, 앙드레. 알베르틴이 늘 말했었잖아? 뱅퇴유 양의 여자친구란 사람은 실제로 그녀에게 어머나 언니 같은 존재라고."—"하지만 당신은 이 편지를 오해하고 있어요. 베르뒤랭 부인 집에서 알베르틴을 만나려 했던 사람은 뱅퇴유 양의 친구가 아니라 결혼 상대인 그 청년이었어요. 가족 같은 감정은 베르뒤랭 부인이 그 덜떨어진 자식에게 가진 감정이고요. 왜냐하면 진짜 조카거든요. 알베르틴은 나중에 뱅퇴유 양이 오기로 되어 있음을 알았던 것 같아요. 베르뒤랭 부인이 다른 애기를 하다가 알려주었는지도 모르죠. 물론 친구들을 만나는 것은 기뻤을 테고, 그리운 추억을 떠올렸겠지요. 그렇지만 이제부터 갈 곳에 엘스티르가 있음을 알고 당신이 기뻐하는 것과 마찬가지지, 그 이상은 아니에요. 그 정도도 아닐 거예요. 아니, 알베르틴이 베르뒤랭 부인 댁에 간다는 말을 하기 싫었던 것은 예행연습이 있어서 베르뒤랭 부인이 몇몇 사람만 불렀기 때문이에요. 그중에 당신이 발베크에서 만났던 그 조카가 있었고, 봉탕 부인은 알베르틴을 그 조카와 결혼시키고 싶어했거든요. 알베르틴은 그 사람과 얘기해보고 싶었던 거죠. 그는 버젓한 불량배였는데도. 그리고 애초에 미주알고주알 설명할 필요도 없었고요." 앙드레가 덧붙였다. "난 알베르틴을 무척 좋아했어요. 그녀는 정말 괜찮은 사람이었지만, 장티푸스를 앓고 난 뒤론(당신이 우리와 알고 지내기 1년 전의 일이죠) 완전히 딴 사람이 된 거예요. 하던 일이 갑자기 싫어지기도 하는데, 그렇게 되면 잠깐도 참지 못하더군요. 더구나 자기가 왜 그러는지도 모르고요. 당신이 처음 발베크에 왔던 때를 기억하세요? 우리가 서로 알게 된 그해 말이에요. 어느 날, 그녀는 자기 앞으로 파리로 돌아오라는 전보를 쳤답니다. 짐을 꾸릴 새도 없이 서두르더군요. 하지만 발베크를 떠날 이유는 하나도 없었어요. 그녀가 말한 핑계는 모두 엉터리였죠. 그 무렵 파리는 그 애에겐 몹시 따분한 곳이었거든요. 우리 모두는 아직 발베크에 있었고, 골프장도 닫지 않았었죠. 그녀가 그토록 탐내던 대상 쟁탈전도 끝나지 않았고요. 대상은 확실히 그녀의 몫이었고, 일주일밖에 남지 않았는데 그녀는 부랴부랴 떠나버리더군요. 그 뒤로 나는 그녀에게 그 이야길 자주 했죠. 그랬더니 자기도 왜 떠났는지 모르겠다, 향수병 때문에 고향이 그리웠나 보다고 하더군요(고향이란 파리를 말하는데, 그런 게 있을 것 같아요?). 발베크가 싫어졌다며, 자기를 얕보는 사람들 천지라고 하더군요."

앙드레의 말에도 일리는 있었다. 즉 생각이 다르면 같은 작품이라도 사람에 따라 다른 인상을 받으며, 감정이 다르면 사랑해주지 않는 사람을 설득하기란 불가능해지는데, 그와 마찬가지로 성격의 차이, 하나의 성격이 갖는 특수성이란 것이 행동의 원인이 되는 법이다. 이런 설명은 깊게 들어가지 않기로 하고, 인생에 있어서 진실을 알기가 얼마나 힘든지를 생각했다. 나는 알베르틴이 베르뒤랭 부인 댁에 가고 싶어하면서 그걸 감춘다는 사실을 분명히 알아채고 있었다. 내 생각은 틀리지 않았다. 그러나 이 경우에 이렇게 하나의 사실은 포착했지만 바깥쪽밖엔 모르고 다른 사실은 훌쩍 지나가버린다—그건 마치 태피스트리의 뒷면, 행위나 책략의 진정한 뒷면, 이해한 줄로만 알았던 마음의 숨겨진 부분 같은 것이다. 우리는 오로지 흐릿한 그림자 그림이 지나가는 걸 보면서 이거다, 저거다, 그녀 탓이다, 아니 저 여자 때문이라고 생각하는 것에 지나지 않는다. 확실히 뱅퇴유 양이 오기로 되어 있었음을 알고 알베르틴이 선수를 쳐서 그 이야기를 한 만큼, 이것은 그럴듯한 설명으로 들렸다. 더구나 그녀는 뒷날 뱅퇴유 양이 있어도 전혀 기쁘지 않다고 맹세하기를 거절하지 않았던가! 그 무렵에 나는 그 젊은 사내에 대해 잊고 있었던 일이 생각났다. 얼마전, 아직 알베르틴이 우리집에 머무르던 때인데, 나는 그와 덜컥 마주쳤던 것이다. 그는 발베크에서와는 딴판으로 매우 붙임성 있는 태도로, 내게 호의를 보이기까지 하면서 부디 방문해달라고 간곡히 부탁했다. 그러나 나는 여러 가지 이유로 거절했다. 그런데 이제 와서 알았지만, 알베르틴이 우리집에서 지내고 있음을 안 그는 나와 친해져서 그녀를 쉽게 만날 수 있게 되면, 내게서 그녀를 빼앗을 속셈이었으리라. 나는 그가 정말 못된 놈이라는 결론을 내렸다.

하지만 그로부터 얼마 지나지 않아 이 젊은 사내의 최초 작품이 상연되었을 때, 나는 문득—그가 집에 오고 싶어했던 것은 분명 알베르틴 때문이라고 생각했으며, 아직도 그렇게 생각하고 괘씸하게 여겼는데—어떤 생각이 떠올랐다. 즉 내가 전에 생루를 만나러 동시에르로 간 것은 사실 게르망트 부인을 사랑했기 때문이었다. 사정은 전혀 똑같지 않으며, 생루가 게르망트 부인을 사랑했던 게 아니므로 내 애정에는 얼마간 이중성이 있었는지도 모르지만, 배신따윈 전혀 없었다. 그러나 그 뒤에 나는 생각했다. 이 애정은 내가 바라는 보석을 지닌 사람에 대한 것인데, 비록 그가 그 보석을 사랑한다 해도 분명 그에게 똑같은 애정을 가질 수도 있으리라고. 그 경우에는 확실히 우정이 사람을 곧장 배신으로 이끌기 때문에 우정을 억눌러야만 한다. 나로선 언제나 그렇게 해왔다고 자부한다. 하지만 그럴 능력이 없는 사람의 경우, 보석을 지닌 사람에 대한 그들의 우정이 완전한 책략이라고 잘라 말할 수는 없다. 그들은 진심으로 우정을 느끼고 있으며, 그래서 그 우정을 열심히 드러내는데, 일단 배신이 일어나면 그 열정 때문에 배신당한 남편이나 애인은 망연자실 분노하리라. "저 몹쓸 계집이 얼마나 다정하게 굴었는지 보여주고 싶을 지경이야. 남의 보물을 훔치려 한다면 그건 이해가 돼. 그렇지만 우정이 남아 있다고 주장하다니 악마만큼이나 고약하군. 도저히 상상도 안 가는 비열함으로 뱃속이 시커멓다니까."

그러나 이것은 뱃속 시커먼 쾌락도, 완전히 의식적인 거짓말도 아니다. 그날, 알베르틴의 가짜 약혼자가 내게 보였던 애정은 오직 알베르틴에 대한 사랑에서 나왔다기보단 복잡한 다른 이유가 있었던 것이다. 그가 자기를 지적인 사람이라 믿고, 그걸 인정하며, 남들에게서도 그런 소릴 듣고 싶어했던 것은 바로 얼마 전의 일이다. 그에게 태어나서 처음으로 운동이나 오락과는 다른 가치가 나타난 것이다. 내가 알베르틴이나 베르고트에게서 높은 평가를 받고 있다는 사실, 알베르틴이 아마도 그에게 얘기했겠지만 다양한 작가에 대한 나의 견해, 나라면 이렇게 썼을 거라고 그녀가 생각한 그런 것들 때문에 나는 갑자기 그에게(마침내 새로운 인간이 되었음을 깨달은 그에게) 흥미로운 인물이 되었으며, 그는 이런 사람과 친해지면 재미있겠다며 자기 계획도 털어놓고, 어쩌면 베르고트에게 소개를 부탁해야겠다는 생각을 했을지도 모른다. 따라서 그가 내 집에 오고 싶다면서 나에 대한 공감을 표현한 것은 본심이며, 거기에 알베르틴의 그림자가 끼어 있다 해도 그와 함께 지적인 이유가 이 공감을 성실하게 만들고 있었다. 그가 내 집에 그토록 절실하게 오고 싶어했던 것은 과연 그것 때문만은 아니었고, 만약 그것 때문이라면 다른 모든 것을 팽개쳤으리라. 그러나 이 마지막 이유는 다른 두 가지 이유를 어떤 정열적인 정점으로까지 높이는 데 불과하며, 그 자신은 아마도 그것을 알아채지 못했으리라. 그리고 다른 두 가지 이유는 현실에 있었을 것이다. 마치 알베르틴이 예행연습이 있던 날 오후에 베르뒤랭 부인 댁에 가고 싶었을 때, 실제로 그녀의 마음속에 있었던 것은 아무 거리낌 없는 즐거움이었던 것처럼. 그것은 서로에게 교활함과는 다른, 어릴 적 친구를 다시 만나 수다를 떠는 즐거움이고, 자기가 베르뒤랭네에 있다는 사실만으로도 지난날 그녀들이 알고 있던 가련한 소녀가 지금은 어엿한 살롱에 초대받는 처지가 되었음을 과시하는 즐거움이다. 그리고 뱅퇴유의 음악을 듣는다는 즐거움도 있었으리라. 그렇다면 내가 뱅퇴유 양의 이야기를 했을 때, 알베르틴이 얼굴을 붉혔던 까닭은 내게 알려서는 안 될 결혼 계획을 위해 감추고 싶었던 오후의 모임이 화제가 되었기 때문일 것이다. 그즈음 알베르틴은 모임에서 뱅퇴유 양을 다시 만나도 전혀 기쁘지 않다고 잘라 말하기를 완강하게 거부했다. 그래서 내 고통은 커졌고, 의혹은 차츰 강해졌는데, 나중에 돌아보니 그것은 그녀가 거짓말을 하지 않으려 했던 것, 비록 잘못은 없더라도 아니 어쩌면 정말로 잘못이 없기 때문에 거짓말을 하지 않았음을 증명하고 있었다. 그렇더라도 앙드레가 고백한 알베르틴과의 관계는 여전히 남아 있다. 하지만 나는 설마 앙드레가 나를 불행하게 하고 우월감을 갖기 위해 이런 이야기를 하나부터 열까지 죄다 말했다는 생각은 들지 않지만, 그녀가 알베르틴과 한 짓을 얼마간 과장한 건 아닐까 생각했다.

한편 알베르틴은 앙드레와 한 짓을, 조심하느라고 사실보다 좀 줄여서 말했으리란 생각이 들었다. 그녀는 내가 어리석게도 이 문제에 대해 내린 몇 가지 정의를 교묘하게 활용하여 앙드레와의 관계는 내게 고백한 것 속에 들어 있지 않으며, 그것을 부정해도 거짓말이 아니라고 생각했으리라. 그러나 앙드레보다 알베르틴이 더 거짓말을 일삼았다고 어떻게 믿을 것인가? 진실도, 인생도 쉽게 다가갈 수 없다. 결국 어느 쪽도 이해하지 못한 채로 내겐 한 가지 인상이 남았는데, 비애보다는 피로감이 강하게 지배하고 있는 듯싶었다.

*

알베르틴에 대해 완전한 무관심에 가까워졌음을 의식한 세 번째의 기억은 (이것이 마지막 기억이고, 이때는 정말로 무관심해졌음을 느끼기에 이르렀는데), 앙드레가 마지막으로 찾아온 때로부터 꽤 시간이 흐른 어느 날, 베네치아에서의 일이었다. 어머니는 나를 이곳으로 데려왔다. 아름다움이란 아무리 하찮은 것에도, 또 매우 고귀한 것에도 존재할 수 있으므로, 내가 베네치아에서 느꼈던 것은 전에 콩브레에서 가끔 느꼈던 바와 꽤나 비슷한 인상이었는데, 다만 다른 점은 아름다움이 아주 사치스런 양식으로 옮겨갔다는 사실이다. 오전 10시에 누군가가 내 방문을 열었을 때, 눈에 들어온 것은 빛나는 검정 대리석으로 변한 생틸레르 교회의 슬레이트 지붕이 아니라 산마르코 성당의 종탑에 붙어 있는 금빛 '천사'의 타오르는 모습이었다. 햇빛을 받아 거의 똑바로 쳐다볼 수 없을 정도로 눈부신 이 천사는 나를 향해 두 팔을 크게 벌리고 있었는데, 그것은 30분 뒤에 작은 광장으로 나왔을 때의 기쁨을 내게 약속하고 있었다. 옛날의 선남선녀에게도 기쁨을 알리는 역할을 했겠지만, 그보다 확실한 기쁨의 약속이다. 침대에 누워 있는 한, 내 눈에 들어오는 것은 이 천사뿐이었다. 그러나 세상은 햇빛이 닿는 작은 부분만으로도 시각을 알 수 있는 드넓은 해시계이므로 첫날 아침에 내가 떠올린 것은 콩브레의 교회 광장에 잇닿은 가게였다. 그 가게들은 일요일에 내가 미사에 갈 즈음이면 이미 닫혀 있었고, 그 사이 시장에선 어느새 쨍쨍 비추는 햇빛 때문에 밀짚모자가 강한 냄새를 풍겼다. 하지만 둘째 날부터는 잠에서 깨어나자마자 눈에 들어오는 것, 내가 침대에서 일어나는 주된 원인이 되는 것은 (이것이 내 기억과 욕망 속에서 콩브레의 추억으로 바뀌어 있었기 때문인데) 처음 외출하던 때의 베네치아의 인상이었다. 그런 베네치아에서의 하루하루도 콩브레 못지않게 현실이 되었다. 일요일 아침이면 사람들은 콩브레와 마찬가지로 들뜬 거리로 나가는데, 그 거리는 초록빛을 띤 물로 뒤덮여 있었고, 따스한 바람에 씻긴 수면은 언제나 선명한 색깔을 띠고 있었으므로, 나는 그것이 퇴색하는 것을 걱정할 필요도 없이, 피곤한 눈을 쉬게 하기 위해 시선을 마음껏 그곳에 맡길 수 있었다.

콩브레 루아조 거리의 선량한 사람들이 그랬듯이 이 새로운 도시에서도 큰길에 줄지어 있는 집들에서 주민들이 쏟아져 나온다. 그러나 발밑에 얼마쯤 그림자를 드리운 집들 대신, 베네치아에선 돌로 만들고 푸른 옥으로 장식한 호화로운 집들로, 아치형 문 위에는 수염 난 신의 머리가 달려 있는데(콩브레 집들의 문을 두드리기 위해 달린 쇠고리처럼 이것도 집들의 선에서 튀어나와 있다), 그 그림자는 갈색 땅바닥이 아니라 반짝이는 푸른 물결 위로 떨어져 그림자를 한층 짙게 만들었다. 광장에서 양복점의 차양과 이발소 간판의 그림자 대신, 햇빛이 쬐는 포석 위에 작고 파란 꽃을 흩뿌리고 있는 것은 르네상스 양식 건물의 정면에 달려 있는 돈을새김이었다. 하지만 베네치아에서도 햇빛이 강하게 내리쬘 때는 콩브레와 마찬가지로 비록 운하 옆이라도 차양을 쳐야만 했다. 그러나 그것은 고딕식 창문의 4쪽 창틀이나 덩굴무늬 사이에 쳐진 차양이었다. 우리가 묵었던 호텔의 창문도 마찬가지였다. 이 창문의 난간 앞에선 어머니가 운하를 바라보면서 분명 지난날 콩브레에선 보이지 않았던 참을성으로 내가 돌아오기만을 기다린다. 그즈음 어머니는 아직 내게 기대를 걸고 있었으므로 나를 얼마나 사랑하는지를 보이지 않으려 했지만, 그 기대도 얼마 뒤 끝내 이루어지지 않고 끝나버렸다. 이젠 어머니도, 쌀쌀맞은 표정을 지어도 전혀 달라지지 않는다는 사실을 분명히 알고는 애정을 실컷 퍼부었는데, 이는 이미 낫지 않을 게 확실해진 환자에게 지금까지 금지되었던 음식을 주는 것과 마찬가지였다.

확실히 루아조 거리에 있는 레오니 고모의 방 창문은 매우 사소한 특징으로 말미암아 개성적인 면을 갖추고 있었다. 이를테면 양 옆의 창문과의 거리가 불규칙하기 때문에 일정치 않았다. 매우 높은 곳에 달려 있는 나무 난간,

덧문을 열기 위한 L자로 구부러진 가로막대, 커튼줄에 의해 좌우로 나뉜 빛나는 푸른 공간 커튼 등, 그와 비슷한 개성적인 특징은 이곳 베네치아의 호텔에도 있었다. 아주 독특한 이곳의 말이 여기서도 들렸다. 그것은 점심을 먹고 돌아갈 곳을 멀리서도 알게 함과 동시에, 이곳이 한동안 우리집이었음을 나타내는 증거로써 기억에 남아 있는 말이기도 하다. 하지만 그런 말을 하는 것은 콩브레처럼, 또한 어디서나 그런 것처럼 매우 쉬우며, 추악한 역할이 아니라 베네치아에선 중세의 주택건축의 걸작으로서 복제건축을 전시하는 모든 미술관이나 삽화가 들어간 미술서적으로 재현되어 있는, 아직은 아라비아 양식이 남은 정면의 오지브*¹였다. 나는 아주 멀리서도, 산 조르조 마조레 섬을 지난 곳에서도 이 오지브를 알아보았다. 그러면 하늘로 날아오를 듯한 그 뾰족 아치는 환영의 미소다, 한층 높은 곳에서 인간이 거의 이해하지 못할 고귀한 시선을 퍼붓는 것이었다.

갖가지 색깔의 대리석 난간 뒤에는 내가 돌아오기를 기다리면서 어머니가 책을 읽고 있었는데, 얼굴을 감싼 하얀 베일은 하얀 머리칼만큼이나 애처로운 느낌을 주었다. 어머니가 눈물을 감추고 밀짚모자에 이 베일을 단 것은 호텔 사람들에게 '정장'을 입고 있는 척하려는 게 아니라, 할머니를 잃은 슬픔을 극복한 것처럼 보이기 위해서임을 알 수 있었다. 어머니가 나를 곧장 알아보지 못하기에 곤돌라에서 소리쳤더니 어머니는 어느새 내 쪽으로 진심 어린 애정을 쏟아부었고, 그것은 애정을 지탱하는 물질이 더 이상 존재하지 않는 곳, 즉 어머니가 내게 조금이라도 더 가까이 오려는 정열로 넘치는 그 시선의 바깥쪽까지 오지 않으면 멈추지 않았다. 어머니는 그 사랑을 튀어나온 입술로 미소에까지 높이려 했지만, 그것은 정오의 햇빛을 받은 오지브의 매우 조심스런 미소로 둘러싸여, 그 지붕 밑에서 내게 키스하는 것처럼 보였다. 그래서 내 기억 속에 있는 이 창은 우리 곁에서 우리와 함께 그 순간을 공유했던 사물이 지니는 정다움을 띠었고, 시각을 알리는 종은 우리와 사물에게 함께 울려퍼졌다. 그 창이 제아무리 많은 훌륭한 형태를 지녔다 해도 이 눈부신 창은 내게 어느 휴양지에서 한 달 동안 함께 지내며 친해진 천재적인 인물 같은 그리운 모습을 띠고 있었다. 그 뒤로 미술관에서 이 창의 복제품을 볼 때마다 나는 문

---

*1 돔(dome) 건축에서 끝이 뾰족한 아치에 십자로 교차하는 형태로 걸려 있는 보강 아치.

득 쏟아지려는 눈물을 참아야만 했다. 그러나 그것은 다른 게 아니다. 이 창이 내게 하는 말이 더없이 내 가슴을 울리기 때문이다. "나는 당신의 어머니를 또 렷이 기억하고 있어요."

창가를 떠난 어머니 쪽으로 가기 위해 집 밖의 더위를 뒤로한 나는 전에 콩 브레의 내 방으로 올라가던 때와 똑같이 서늘함을 느꼈는데, 콩브레의 낮은 나무 계단과는 달리 베네치아의 찬 기운은 값비싼 대리석 계단 위로 바다에 서 불어오는 바람에 의해 유지되고 있었고, 그 계단은 바다의 청록색을 반사 해 비추는 햇빛으로 끊임없이 반짝였으며, 전에 샤르댕에서 배웠던 유익한 가 르침에 베로네세의 교훈을 더한 것이었다. 그리고 베네치아에서 우리에게 생 활의 친근감을 주는 소임을 맡은 것은 호화로운 예술작품들이어서, 어떤 화 가들이 묘사한 베네치아가(막심 드토마의 훌륭한 습작은 별개로 하고) 이 도시 의 매우 유명한 부분들을 피가 통하지 않는 아름다움이게 한다는 핑계 아래 그것과 반대인 화려함이 사라진 볼품없는 곳만을 표현하거나, 보다 친숙한 진 정한 베네치아를 그리기 위해 오베르빌리에와 비슷하게 만드는 것은 분명 이 도시의 성격을 회피하는 것이 되리라. 서툰 화가들이 그린 인공적인 베네치아 에 대한 아주 자연스런 반동으로서, 보다 사실주의적인 베네치아로 여겼던 수 수한 광장과 외면당한 작은 운하에만 집착한 것은 위대한 화가들이 저지른 실 수였다. 그러나 내가 오후에 어머니와 함께가 아니라 홀로 외출할 때, 자주 탐 험하러 갔던 곳은 그런 장소였다. 실제로 나는 거기서 성냥팔이 소녀, 진주를 실에 꿰는 여인, 유리나 레이스 공장에서 일하는 여인, 술이 달린 커다란 검정 숄을 걸친 사랑스런 여공 등 서민계급 여인들을 쉽게 볼 수 있었다. 알베르틴 생각은 까마득히 잊었으므로 이젠 그녀들을 사랑하는 일의 걸림돌은 아무것 도 없었지만, 그래도 아직은 알베르틴을 조금 기억하고 있었기에 그녀들은 다 른 여자들보다 한층 욕망을 불러일으켰다. 다만 나의 이 정열적인 베네치아 여 성 탐색 속에 그녀들 자신, 알베르틴, 나아가 베네치아 여행을 꿈꾸던 나의 오 랜 욕망 등의 무엇이 들어 있었는지는 아무도 정확히 말할 수 없으리라. 아무 리 사소한 욕망도 그 안에는 하나의 화음처럼 독특하면서도 우리가 평생 쌓 아올리는 것의 기초가 되는 소리가 들어 있다. 그중 어느 한 음을 없애보면 그 것은 전에 들어본 적도 없는 소리이고, 우리는 그것을 의식도 못한 채, 또 우 리가 추구하는 대상과 연관되는 점이 아무것도 없는데도, 이 대상에 대한 모든 욕망이 사라짐을 알게 될 것이다.

베네치아 여인들을 이토록 탐색하며 돌아다니던 때의 두근거리는 내 가슴 속엔 감히 드러낼 수조차 없었던 수많은 것이 들어 있었다. 내가 탄 곤돌라는 작은 운하를 따라 나아갔다. 마치 동방 도시의 구불구불한 길을 앞장서서 이끄는 마신(魔神)의 신기한 손처럼, 앞으로 나아감에 따라 작은 운하는 한 지역의 한가운데를 꿰뚫어 내게 길을 열어주는 것 같았다. 운하 옆으로 무어식 창문이 달린 높다란 집들은 아무렇게나 생겨난 좁은 도랑 정도의 폭으로 가까스로 나뉘어 있을 따름이었다. 마치 마법을 쓰는 안내인이 손에 촛불을 들고 내가 지나갈 길을 비추어주듯이 운하는 앞쪽으로 햇빛이 빛나게 하고, 그 빛을 따라 길이 열린다. 집들은 작은 운하를 따라 좌우로 나뉘었는데, 긴밀한 한 덩이를 이루고 있어서 곤돌라가 지나간 뒤에는 집들 사이로 공간이 조금도 남아 있지 않은 것처럼 보인다. 이처럼 교회의 종루나 마당의 포도넝쿨을 받치는 시렁은 마치 홍수가 휩쓸고 지나간 마을처럼 운하 위에 수직으로 튀어나와 있었다. '대운하'와 마찬가지로 교회나 마당에겐 바다가 훌륭한 교통망과 크고 작은 도로 구실을 해주는 덕분에, 작은 운하 양옆의 교회는 사람들이 오밀조밀 넘치는 오래되고 가난한 거리로 변한 물 위에 수수하지만 신자가 많은 작은 교구의 교회처럼 서 있었고, 없어선 안 될 교회이면서 대부분의 서민이 빈번하게 찾아오는 교회라는 특성을 지니고 있었다. 또한 운하가 가로지르고 있는 마당은 마구 자란 나뭇잎과 열매를 물속에 띄우고 있었으며, 또 집의 물가에는 거칠게 튀어나온 사암이 톱으로 마구 자른 것처럼 울퉁불퉁했다. 곤돌라가 지나가자 물가에 앉은 개구쟁이들이 놀라 균형을 잡으면서 다리를 똑바로 펴고 휘청거리고 있는 모습은, 가동교의 양옆이 좌우로 나뉘어 순식간에 바닷물을 끌어들일 때의 다리 위에 서 있는 어부들을 떠오르게 했다.

상자를 열면 때로는 깜짝 놀라게 하는 물건이 튀어나오듯이 뜻밖의 아름다운 건조물이 나타나기도 했다. 이를테면 코린트 양식의 박공벽에는 우의적인 상이 달린 작은 상아색 성당이 엉뚱한 곳에 삐죽이 서 있었는데, 얼마간 뻘쭘한 듯이 일상적인 사물들 사이에 덩그러니 남겨져 있었다. 그도 그럴 것이 아무리 주위에 공간을 두어봤자 운하 사이에 서 있는 주랑은 채소 장수가 물건을 내리는 강가처럼 보이기 때문이다. 나는 내가 바깥에 있다는 걸 느끼지 못한 채, 차츰 안쪽 깊숙이 비밀스런 장소로 들어가는 것 같았고, 그것이 한층 욕망을 부추기는 듯싶었는데, 그것은 매번 나의 양옆으로 어떤 새로운 것들, 작은 건조물이나 예상 밖의 광장이 나타나기 때문이며, 그것들은 처음 보는 아름다운 것, 목적도 용도도 모르는 물건 특유의 놀란 듯한 모습을 하고 있었다.

나는 비좁은 골목을 지나 걸어서 돌아온다. 아마도 알베르틴이 그러했듯 서민 아가씨들을 불러본다. 지금 이 순간에 알베르틴이 곁에 있다면 얼마나 좋을까 하는 생각이 든다. 그러나 내가 부른 아가씨들이 똑같은 아가씨일 리는 없었다. 알베르틴이 베네치아에 왔을 때, 그녀들은 아직 어렸을 테니까. 하지만 지난날의 나는 똑같은 대상을 발견하리란 생각은 아예 접고, 그저 비슷한 것만 찾고 있었으므로 어떤 의미에선 가장 소중하다고 여겨지는 욕망을 비겁하게도 외면해왔다. 하지만 지금의 나는 예전에 내가 원했던 여성들을 더 이상 좇지 않는 것과 마찬가지로 알베르틴이 끝내 알 기회도 없었을, 판에 박힌 여성들을 찾아다니고 있었다. 나는 지금도 전에 없던 세찬 욕망과 함께 메제글리즈 또는 파리에서 본 아가씨나 처음 발베크 여행을 할 때 아침에 언덕에서 마주쳤던 우유 파는 아가씨를 떠올리기도 한다. 그러나 안타깝게도 나는 그때 모습 그대로의 그녀들을 떠올리기 때문에, 즉 그것은 지금의 그녀들과는 분명 다른 사람인 것이다. 따라서 지난날 내가 놓쳤던 수녀 대신 그녀와 닮은 수녀를 찾아 헤맴으로써 욕망이 심각한 것임을 왜곡한다면, 지금의 나는 꽃다운 청춘이던 나와 알베르틴을 고뇌하게 만들었던 아가씨들을 다시 만나기 위해, 욕망은 개개인을 향해 있다는 원칙의 위반에 또다시 동의해야만 했다. 왜냐하면 내가 찾아야 했던 이들은 그 무렵 16살이던 소녀들이 아니라 현재 16살인 아가씨들이기 때문이다. 한 인간의 가장 개성적인 측면이 사라져버린 지금, 내가 대신 사랑하는 것은 젊음이었으니까. 나는 예전에 내가 알았던 소녀들의 젊음은 이제 나의 열띤 추억 속에서만 존재한다는 사실을 알고 있다. 또한 기억이 다시 그려내는 그녀들에게 아무리 다가가려 해봤자 내가 정말로 젊음과 그 나이의 꽃을 꺾고자 한다면 그때 내가 꺾어야 할 것은 이미 그녀들이 아니란 사실도.

어머니를 만나기 위해 작은 광장으로 갔을 때, 해는 아직 하늘 한가운데에 떠 있었다. 우리는 곤돌라를 불렀다. "네 할머님이 이렇게 솔직하고 당당한 모습을 보셨더라면 얼마나 기뻐하셨을지 모르겠구나." 어머니는 총독 궁전을 가리키면서 내게 말했다. 궁전은 그것을 지은 건축가에게서 위임받은 사상을 충실히 지켜 세상을 떠난 총독들을 말없이 기리면서 바다를 눈여겨보고 있었다. "할머니는 이런 아늑한 장밋빛을 특히 좋아하셨지. 그래도 전혀 뻐기거나 하지 않으셨단다. 베네치아를 얼마나 사랑하셨는지 몰라. 이 도시의 다양한 아름다움 속에서 자연에 맞설 정도의 강한 친근감을 느끼셨던 모양이야. 그런 아름다운 것들은 모두가 무척 충실하기 때문에 있는 그대로의 모습으로 아무런 변화도 필요로 하지 않아. 이를테면 정육면체 형태의 총독 궁전이라든지, 네가 헤롯왕의 궁전이라고 했던 작은 광장 한가운데에 있는 원기둥이라든지. 그보다 손을 댈 필요가 없는 것은, 마치 달리 둘 데가 없어서 이곳에 놓인 듯한 아코*¹의 성 요한 기둥이야. 그리고 저기 산마르코 성당의 발코니에 있는 말들 말이다. 할머니는 저녁 해가 산으로 기우는 걸 볼 때처럼 총독 광장에 해가 지는 모습을 보고도 분명 좋아하셨을 거야." 어머니의 말에는 진실의 한 부분이 담겨 있었다. 왜냐하면 우리를 태우고 돌아온 곤돌라가 '대운하'를 거슬러 올라가는 사이에, 우리는 양쪽 기슭에 서 있는 웅장한 집들이 장밋빛으로 물든 옆면으로 빛과 시각(時刻)을 비추면서 조금씩 변화해가는 모습을 보았기 때문이다. 그것들은 개인의 집이나 유명한 건조물이라기보단 대리석 벼랑이 이어진 것처럼 보였고, 저녁나절이 되자 사람들은 해가 지는 걸 보기 위해 수로에 작은 배를 띄우고 절벽 밑에까지 산책하러 오는 것이었다. 그래서 수로 양쪽에 늘어선 저택들은 자연의 풍경을 떠올리게 했다. 다만 인간의 상상력을 이용하여 작품을 만들어낸 듯한 자연이다. 그러나 그와 동시에 (바다 한가운데에 있어도 베네치아가 주는 인상은 항상 도회적 성격이기 때문에 하루에 두 차례 조수 간만의 차가 심한 물결 위에 떠 있어도, 만조에 의해 가려지는가 하면 어느새 간조에 의해 나타나는 것은 호화로운 집들의 외부에 있는 당당한 계단이므로) 반짝이는 석양 속에서 스쳐 지나는 것은 파리의 큰길이나 샹젤리제, 불로뉴 숲 또는 유행하는 폭넓은 가로수길에서 마주칠 듯한 매우 우아한 부인들로, 그들

---

*1 아코는 현재 이스라엘령의 옛 도시로 구약성서의 〈사사기〉 제1장에 이름이 나온다. 프톨레마이오스(B.C. 305~B.C. 30) 시대에는 톨레마이(프톨레마이오스)라 불렸고, 신약성서 〈사도행전〉 제21장에 나온다. 십자군 때 1191년부터 100년에 걸쳐 요한 기사단이 이곳을 관리했으므로 아코의 성 요한이라 불리게 되었는데, 산마르코 성당의 작은 광장 옆에는 베네치아군이 1256년에 아코에서 전리품으로 들여온 두 개의 대리석 기둥이 놓여 있음.

대부분이 외국인이었다. 그녀들은 물에 떠 있는 배의 쿠션에 나른한 듯이 기대어 있다가, 배가 목적지인 친구의 집 앞에 멈추면 친구가 집에 있는지를 묻게 한 다음, 그 대답을 기다리면서 만일을 위해 게르망트 저택 출입구에 놓고 오듯이 명함을 준비하거나, 그 집이 어느 시대의 어떤 양식인지를 알려고 안내 책자를 뒤적이기도 했다. 그러는 사이에도 여인의 몸은 푸른 물결의 하늘가에 있는 것처럼, 물살이 이는 반짝이는 물에 떠밀려서 끊임없이 흔들거렸다. 왜냐하면 물은 춤추듯 흔들리는 곤돌라와 물결 소리가 나게 하는 대리석 사이에 끼어서 잔뜩 떨고 있었기 때문이다. 이렇게 오로지 남의 집을 찾아가거나, 명함의 귀퉁이를 접기만 하는 산책이라도 베네치아에선 그것이 달리 보이지 않는 삼중의 의미를 지녔다. 오직 사교적인 오감이 미술관 구경과 더불어 바다 위를 유람하는 매력을 지니는 것이었다.

대운하를 따라 늘어선 몇몇 집들은 호텔로 개조되어 있었다. 우리는 어느 밤, 기분전환을 위해 묵던 호텔이 아니라 요리가 좀더 맛있다는 다른 호텔에서 저녁을 먹기로 했다. 어머니가 곤돌라의 뱃머리에서 요금을 내는 동안 나는 대리석 기둥이 늘어선 홀로 들어갔다. 전엔 홀 전체를 장식하고 있던 벽화도 지금은 거의 남아 있지 않았다. 한 직원이, '빌파리지' 부부가 저녁 식사를 하러 내려오느냐고 묻는 말이 들렸다. 다른 직원이, 그 사람들은 절대로 미리 말해주는 법이 없어서 짜증이 난다고 중얼거렸다. 그때 직원은 부인을 보았다. 그건 분명 허리가 완전히 굽은 빌파리지 부인이었는데, 심한 피로와 세월의 더께 때문에 애처롭도록 흐트러진 모습이었다. 마침 우리가 앉은 테이블 바로 앞으로 아름다운 대리석 벽을 따라 그녀가 앉은 테이블이 보였고, 게다가 다행히도—어머니는 피로하다면서 번거로운 인사는 피하고 싶어했으므로—후작 부인에게 등을 돌린 위치여서 부인에겐 보이지 않는 자리였다. 금빛 기둥머리에 붙은 높다란 돋을새김의 그늘에 있었던 것이다. 빌파리지 씨라는 사람은 부인의 친척이겠거니 생각하고 있는데, 몇 분 뒤에 부인보다 훨씬 등이 굽은 오래된 애인 노르푸아 씨가 방에서 내려와 그녀의 테이블에 자리를 잡는 것이 보였다. 그들은 줄곧 서로 사랑했고, 노르푸아 씨가 외교부의 관직을 그만둔 지금은 신분이 그리 알려질 걱정이 없는 외국에 오면 공공연히 함께 있곤 했다. 그는 오랜 연인의 체면을 존중하여 호텔에 자기 이름을 밝히려 하지 않았으며, 직원들도 그들이 파리에선 유명할지 모르지만 이곳이 파리와 멀리 떨어진 탓에 둘의 관계를 모르는 데다 노신사가 혼자서 외출했다가도 노부인과 마주하는 저녁 식사엔 반드시 돌아오는 것을 보았으므로 그들을 빌파리지 부부라고 단단히 믿고 있었다. 그들은 여행지에서의 편안함을 위해 정식 부부처럼 행세했는데, 그걸 대번에 알 수 있었던 것은 테이블에 도착한 노르푸아 씨가 아내 말고 다른 여성에게 하는 인사를 모두 생략했고, 빌파리지 부인도 그에게 이렇다 할 배려를 하지 않았기 때문이다. 빌파리지 부인보다 건강해 보였던 노르푸아 씨는 깜짝 놀랄 만큼 익숙한 어조로 그날 자기가 만난 외국의 어느 대사에게서 들은 이야기를 하고 있었다. 그녀는 피곤한지, 관심이 없는지, 귀가 어두운 걸 감추려 해선지 대답도 별로 않고 대부분 흘려듣고 있었다. 그리곤 이따금 들릴까 말까 한 목소리로 두세 마디 하기는 했는데, 거기엔 그녀가 거의 그를 위해서만 살아가고 있고, 아주 오래전부터 이곳 현실세계와는 동떨어져 있음이 드러났다(그런 현실세계를 이해시키기 위해 노르푸아 씨는 꽤나 수다스럽게, 또 얼마간 위압적인 투로 새로운 소식을 전하는 것이었다). 왜냐하면 그녀는 비록 오랫동안 멀리 떨어져 있기는 했어도 전엔 가장 상류의 사교계에 속해 있었건만 그런 사람이 하는 것치고는 기묘한 질문을, 진절머리가 난다는 듯한 낮은 목소리로 그에게 하고 있었기 때문이다.

긴 침묵 끝에 그녀가 질문을 던졌다. "그래서 당신이 오늘 오후에 만난 그 비자치아는 소스텐의 외동아들이었나요?"—"그렇다니까. 아르노가 두도빌의 이름을 물려받았을 때, 비자치아 공작이 된 사람이야. 아주 매력적인 인물이더군. 카르노의 막내아들하고 얼마간 닮긴 했지만 그보다 나은 것 같았어." 다시 긴 침묵이 이어졌다. 이 노부인은 오랫동안 파리를 떠나 있어서 주위엔 두터운 안개가 끼어 있었으므로, 그 누구도 당장 무너져내릴 듯한 이 얼굴 속에서는 지난날의 매력적인 눈을 찾아볼 수 없었지만, 그녀의 최대 관심사는 아마도 모로코를 둘러싼 전쟁의 가능성인 모양이었다. 외국 대사가 노르푸아 씨에게 낙관적인 전망을 내놓았음에도 그녀는 마음을 놓지 못했다. "그것 봐! 그런데도 당신은 늘 나쁜 쪽으로만 본단 말이야." 노르푸아 씨가 말했는데 거기엔 조금 매몰찬 데가 있었다. "빌헬름 황제가 자주 불길한 행동에 앞장서고, 불길한 말을 한다는 건 나도 알아. 하지만 가볍게 다뤄선 안 될 일이 있다 해도 그게 비극적으로 받아들일 이유가 되진 않소. 그러려면 파멸시키려는 사람들의 머리를 주피터가 미치게 할 필요가 있거든. 또 전쟁을 하고 싶어 안달이 난 사람은 아무도 없고. 독일도 다른 나라 이상으로 그렇다오. 빌헬름 스트라세에선 모로코 따윈 포메라니아 척후병의 유골만큼도 가치가 없음을 잘 알고 있지. 당신은 별것도 아닌 일에 벌벌 떨고 있군." 다시 침묵이 흘렀고, 빌파리지 부인은 내내 말을 하려 하지 않았다. 예전의 그녀는 몹시 아름다웠을 텐데, 지금은 그 아름다움도 빨갛고 커다란 기둥이 늘어선 이 훌륭한 홀의 천장을 장식하던 그림처럼 사라지고 없었다. 그녀가 누구인지도, 파리 사람들이라면 알아보았겠지만, 후작부인이 마치 사육제 가면을 쓴 것처럼 적어도 베네치아의 호텔 종업원의 눈에는 완벽하게 감춰져 있었다. 노르푸아 씨는 주문한 음식을 가져오지 않는 직원을 이따금 쳐다보았다. 내가 본 바로는, 그는 전에 우리집 저녁 식사에 왔을 때처럼 여전한 식도락가였으며, 빌파리지 부인도 발베크 시절과 다름없이 취향이 까다로웠다.

"안 돼요, 안 돼. 이 사람들한테 스플레오믈렛 같은 건 주문하는 게 아니오." 노르푸아 씨가 말했다. "그들은 그게 어떤 건지 전혀 모르거든. 스플레오믈렛과는 아무 상관도 없는 걸 가져오지. 어쩔 수 없지 않소. 당신이 좀 참구려. 이 탈리아 요리엔 눈길도 주지 않으려 하니 말이오." 빌파리지 부인은 대답하지 않았지만, 조금 지나서 무슨 바람이 불었는지 허약하고 애처로운 중얼거림으로 신음하듯 불만을 토로했다. "이젠 아무것도 만들 수가 없게 되고 말았어요. 당신 기억해요? 전에 어머니 집에선 크렘 랑베르세를 무척 맛있게 만들었는데. 그걸 한번 부탁해볼까요"— "아마 크렘 랑베르세라는 이름은 없어졌을 거야. 아마도." 노르푸아 씨는 인용부호로 묶듯이 강조했다. "우 오 레라고 했었지. 여기 사람들이 가져오는 건 제대로 된 게 없어. 우 오 레는 걸쭉하고 색깔이 독특했지. 당신도 기억할 거요." 그러나 빌파리지 부인은 기억이 잘 나지 않는지, 또는 들리지 않았거나 너무 많은 말을 해선지 아무 대답도 하지 않았다. 그녀는 한동안 말이 없었는데 노르푸아 씨는 전혀 개의치 않았다. 그녀가 말하지 않고 가만히 있는 건 그리 드문 일도 아닌 모양이었고, 그것은 그녀와의 생활에서 하나의 특징이거나 어쩌면 그게 매력일지도 모른다. 그는 빌파리지 부인이 어렵사리 꼬투리 강낭콩을 자르는 동안, 앙트르메 주문을 받을 수 있는 지배인이 지나가기를 기다리면서 외국 대사가 얼마나 흥미로운 인물이며, 요컨대 얼마나 낙관적이었는지를 말하기 시작했다.

어머니와 나는 그 앙트르메가 나오기 전에 일어섰다. 나는 그들이 알아채지 못하도록 고개를 돌리면서도, 나이 든 연인이 서로에게 관심이 없는 듯한 태도이면서도 실제로는 가지가 휘어지듯 세월로 인해 허리가 휘어 이젠 그 어떤 것도 그들의 몸을 곧추세울 수 없지만, 그들을 떼어놓는 일도 불가능하다는 걸 알았다.

만약 알베르틴이 살아 있었더라면 마침내 우리도 이렇게 되었으리라. 야심가인 남녀가 그것 때문에 사교계와 야심을 희생할 정도였으니 이것은 남는 장사임이 분명하거니와, 그런 일이 일어날 수 있었음에도 나는 내가 그리 되지 못한 걸 안타깝게 여기지도 않았다. 그만큼 나는 이제 알베르틴 생각에 무감각해져 있었던 것이다. 그러나 저녁나절 우리가 호텔로 돌아올 때면(왜냐하면 빌파리지와 노르푸아, 이 나이 든 한 쌍을 본 뒤로 어머니는 호텔 말고 다른 장소에서 식사를 하는 위험을 감수하려 하지 않았기 때문이다) 석양의 흥분 속에서 나는 눈에 보이지 않는 알베르틴, 마음 깊은 곳의 베네치아 감옥이랄까, 그런 곳에 갇혀 있음을 느끼곤 했다. 때로는 마음속 사소한 계기가 감옥의 튼튼한 문 사이로 미끄러져 들어와 과거로 나가는 곳을 만들어주는 일도 있었다. 어느 날 밤엔 중개인에게서 날아온 편지 한 통이 단박에 감옥 문을 다시 열어주었다. 알베르틴은 그 감옥에서 내 마음속에 여전히 살아 있었는데, 너무나 멀고 깊은 곳에 있어서 나로선 다가갈 수 없었던 것이다. 예전에 나는 그녀를 위해 돈을 더 벌 생각에 투기를 하다가 재산을 날린 적이 있는데, 그녀가 세상을 떠난 뒤로는 그런 일에 손을 대지 않았다. 그러나 세월이 흘러 전엔 매우 현명한 판단처럼 보이던 것을 지금은 부정하게 되었다. 마치 전에 철도사업 따윈 성공할 리가 없다고 호언장담하던 티에르 씨의 말이 틀렸던 것처럼. "아마도 배당금은 그리 많지 않겠지만, 적어도 원금을 까먹는 일은 절대로 없을 거요." 노르푸아 씨가 말한 것은 마침 가장 값이 떨어진 주식이었다. '영국 공채'와 '세 제당(製糖)' 주식만 해도 이자에 지체보상금을 합쳐 막대한 차액을 중개인에게 내야 했으므로 나는 경솔하게도 몽땅 팔아치웠고, 그 결과 내 재산은 순식간에, 알베르틴이 살아 있을 때는 그나마 가지고 있던 할머니의 유산이 5분의 1로 줄어들고 말았다. 게다가 그 소식은 콩브레에 아직 남아 있던 친척과 지인에게도 알려졌다. 그리고 내가 생루 후작이나 게르망트 부부와 교제한다는 걸 알고 있는 사람들은 이렇게 생각했다. "그것 봐. 무리하게 용을 쓰다가 그렇게 된다니까." 내가 이런 투기에 손을 댄 것이 사실은 할머니의 피아노 교사였던 뱅퇴유의 보살핌을 받았다 해도 지나친 말이 아닌, 알베르틴 같은 하찮은 신분의 여자 때문임을 알면 콩브레 사람들은 뒤로 넘어갔을 것이다. 본디 콩브레에선 마치 인도의 카스트 제도처럼 수입을 기준으로 신분이 영원히 정해지므로 게르망트 가문의 세계를 지배하는 그 터무니없는 자유 따윈 도저히 생각지도 못할 일이리라. 그 게르망트 가문의 세계에선 재산 같은 것을 전혀 중요시하지 않으며, 가난은 위장병 정도의 불쾌한 것이기는 해도, 체면을 전혀 떨어뜨리지도 않거니와 사회적인 지위에 영향을 끼치는 것도 아니었다. 콩브레 사람들은 거꾸로 생루나 게르망트 공작은 파산 귀족이며, 그들의 성채는 저당잡혀 있으니, 나한테 돈을 빌리고 있는 게 틀림없다고 생각했을 것이다. 그러나 내가 만약 파산하면 그들은 곧장, 혹여 소용이 없더라도 도움의 손길을 내밀어줄 사람들이다.

앞에서 말했던 나의 상대적인 파산에 대해서 이야기하자면, 얼마 전부터 내 관심이 그 유리 공장의 젊은 판매원 아가씨에게 집중되어 있었던 만큼 이것은 한층 곤란한 일이었다. 그녀의 꽃 같은 피부는 다양한 오렌지 빛깔로 눈이 혹할 만큼 아름다워서 날마다 그녀를 보고 싶은 마음이 일어났고, 어머니와 내가 베네치아를 떠날 날이 다가올수록 나는 그녀와 헤어지기 싫어서 그녀에게 파리에 직장을 잡아주기로 결심했다. 17살인 그녀의 아름다움은 매우 기품 있고 빛이 났기 때문에, 마치 이곳을 떠나기에 즈음하여 진짜 티치아노의 그림 한 장을 손에 넣은 듯한 심정이었다. 하지만 내게 남은 얼마 안 되는 재산으로 과연 그녀의 마음을 살 수 있을까? 그녀가 고향을 떠나 나 한 사람 때문에 파리로 와서 살 마음이 내키게 하려면 그 정도로 충분할까? 그러나 중개인의 편지를 끝까지 읽었을 때, "지체보상금에 대해선 제가 돌보겠습니다"라는 문구가 내게 어떤 표현을 떠올리게 했다. 위선으로 가득 찬, 직업적인 이 표현과 비슷한 말을, 발베크의 샤워 담당이 엔에게 알베르틴 이야기를 할 때 썼었다. "그 사람을 돌본 건 바로 저예요!" 그녀는 말했었다. 그 뒤로 단 한 번도 떠올린 적이 없었던 이 말은 "열려라, 참깨!"처럼 감옥 문의 빗장을 열었는데, 잠시 뒤에 그것은 다시 닫힘으로써 여자를 가두어버렸다. 나는 그녀가 있는 곳으로 갈 생각도 없고, 그것을 떳떳하지 못하다고 생각지도 않는다. 왜냐하면 나는 이미 그녀를 볼 수도, 떠올릴 수도 없게 되었기 때문이며, 또 인간이 우리에게 존재하는 것은 그 사람에 대해 우리가 만든 관념에 의해서만 가능하기 때문이다. 그러나 이런 식으로 내버려둔 탓에—다만 그녀는 방치되어 있음을 몰랐지만—순간 나는 알베르틴이 가여워졌다. 그것은 이미 오랜 옛날이긴 하지만, 순간 밤이나 낮이나 그녀 생각에 매달려 괴로워하던 때가 생각났기 때문이다. 지금은 산 조르조 데이 스키아보니(San Giorgio dei Schiavoni) 성당에서 어떤 사제 곁에 있는 독수리가 전에 본 것과 똑같은 양식으로 그려져 있고, 프랑수아즈가 내게 잘 어울린다고 알려준 그 두 개의 반지, 누가 알베르틴에게 주었는지 끝내 모르는 그 반지를 떠올리게 함과 동시에 그로 말미암은 고뇌마저도 나를 일깨웠던 것이다.

하지만 어느 밤 생각지도 않던 사태가 벌어져 알베르틴에 대한 사랑이 되살아난 듯싶다. 우리가 타고 있던 곤돌라가 호텔로 오르는 계단 아래 멈췄을 때, 안내인이 전보 한 통을 건넸던 것이다. 그것은 우체국 직원이 이미 세 번이나 내게 배달한 것으로, 받는 사람이 정확하게 씌어 있지 않았는데(이탈리아 우체국 직원의 흘려 쓴 글자로도 나야 내 이름임을 알아보았지만), 전보의 수신인이 분명히 나임을 증명하는 수령증을 달라 했다고 한다. 나는 방으로 들어와서 곧 전보를 뜯었다. 오자투성이의 전문을 읽었다. 그것은 이런 내용이었다. "친애하는 벗이여, 내가 죽은 줄 알고 계시죠? 용서하세요. 저는 매우 건강하게 지내고 있답니다. 만나 뵙고 결혼 얘기를 하고 싶군요. 언제 오시나요? 마음을 담아서. 알베르틴."

언젠가 할머니에 대해서 일어났던 것과 똑같은 일이 완전히 반대로 일어났다. 할머니가 돌아가셨다는 사실을 알았을 때, 나는 처음엔 전혀 슬프지 않았다. 정말로 할머니의 죽음이 고통스러웠던 것은 의지적인 추억 덕분에 그녀가 내게 살아 있는 사람이 되었을 때로 한정되었다. 한편 알베르틴이 이미 내 마음속에서 살고 있지 않은 지금, 그녀가 살아 있다는 소식은 뜻밖에도 그다지 기쁘지가 않았다. 내게 알베르틴은 그녀를 향했던 추억의 다발에 지나지 않았으므로, 그 추억이 내 가슴속에 살아 있는 한, 그녀는 물리적인 죽음을 뛰어넘어 여전히 살아 있었다. 반대로 그것이 죽어버린 지금 알베르틴은, 육신은 있지만 전혀 되살아나지 않는다. 그녀가 살아 있다 해도 전혀 기쁘지가 않았고, 나는 이미 그녀를 사랑하지 않는 것이다. 그것을 깨달은 나는 몇 달 동안의 여행이나 병치레 뒤에 거울을 들여다보고, 백발에 생김새가 달라진 중년 남자나 노인이 되어버린 자신을 보았을 때 이상으로 놀라 기겁을 해도 괜찮았으리라. 그런 일이 사람을 경악케 하는 것은 이런 의미를 갖기 때문이다. "예전의 나, 그 금발의 젊은이는 이제 없어. 나는 딴 사람이야." 나의 변화도, 예전과 달리 하얀 가발을 쓰고 주름투성이가 되어버린 얼굴을 보았을 때와 마찬가지로 심각한 게 아닐까? 그처럼 지난날의 나는 죽고, 옛 자아가 완전히 새로운 자아로 바뀐 건 아닐까? 그러나 세월의 흐름과 함께 다른 사람이 된 이는 그것을 그리 슬퍼하지도 않는다. 마치 같은 시기에 계속해서 모순된 존재, 즉 심술궂은 사내, 자상한 남자, 섬세한 인간, 말단 관리, 욕심 없는 사람, 야심가 등으로 바뀌는 사람이 그것을 슬퍼하지도 않는 것처럼. 더구나 슬퍼하지 않는 이유는 똑같다. 즉 소멸한 자아—나중의 것은 한때의 소멸이고, 앞서 정열에 대한 경우는 영원히 소멸한 자아—가 그곳에 남아 있지 않기에 그걸 대신하여 현재 또는 앞으로 계속해서 그 사람이 될 다른 자아를 안타까워하는 일도 없기 때문이다. 말단 관리가 자기 열등함에 그저 싱글벙글 웃어넘기는 것은 그가 말단 관리이기 때문이며, 건망증인 사내가 자기 기억의 부족함을 애석해 하지 않는 것은 곧 그가 잘 잊기 때문이다.

나로선 나 자신, 즉 그 무렵의 나로 되살릴 수가 없으므로 알베르틴을 다시 살려내는 일 따윈 엄두도 못 내었을 것이다. 생활 습관은 더할 나위 없이 작은 일의 끊임없는 작용으로 세계의 겉면을 바꾸기 마련이며, 그래서 알베르틴이 죽은 바로 다음 날, 내게 "딴 사람이 되어라" 명령하지는 않았다. 대신 알아채지 못할 정도의 희미한 변화를 쌓아올려 어느 사이엔가 내 안의 거의 모든 것을 아주 새롭게 한 결과, 내 생각은 복종해야 할 주인이 바뀐 것을 알아채고, 그 새로운 주인—나의 새로운 자아—에게 완전히 익숙해져 있었다. 내 생각은 이 새로운 주인에게서 온다. 알베르틴에 대한 나의 사랑과 질투는 이미 보았듯 연상을 통해, 달콤한 기억과 괴로운 인상을 뒤따르게 하여 빛나는 몇 개의 핵에, 몽주뱅의 뱅퇴유 양에 대한 추억이나 밤에 알베르틴이 내 목덜미에 해주었던 달콤한 키스에 생겨나고 있었다.

하지만 이 인상이 아스라해짐에 따라 괴로움과 달콤함으로 물들어 있던 광대한 인상의 영역도 애매한 색조를 띠게 되었다. 고민과 쾌락이 솟아 있는 몇몇 봉우리, 그것에 망각이 일어난 순간, 내 사랑의 끈질긴 저항은 산산이 부서졌다. 나는 더 이상 알베르틴을 사랑하지 않았다. 나는 그녀를 생각해내려 했다. 다만 알베르틴이 떠난 지 이틀 뒤에도 내가 그녀 없이 48시간이나 살아 있었음에 전율했을 때, 나는 이것을 예감했던 것이다. 전에 질베르트에게 편지를 쓰면서, 만약 이것이 2년만 지속되면 나는 더 이상 질베르트를 사랑하지 않게 되리라고 자조적으로 말했을 때에도 마찬가지였다. 그리고 스완이 다시 질베르트를 만나러 와달라고 했을 때, 나는 그것이 마치 죽은 여자를 마중 나가는 것만큼이나 내키지 않았는데, 이에 반해 알베르틴의 경우는 죽은 사람 또는 죽은 줄 알았던 사람이, 질베르트의 경우처럼 오랫동안 서먹서먹한 상태와 똑같이 작용했다. 죽음은 오직 부재로만 영향을 미친다. 내 사랑은 괴물의 출현에 전율했지만, 그 괴물, 즉 망각은 생각했던 대로 사랑을 좀먹어버렸다. 그녀가 살아 있다는 소식이 내 사랑을 일깨우지 않았던 것은 아니다. 또 내가 얼마나 예전의 무관심으로 돌아갔는지를 확인케 했던 것도 아니다. 그 소식은 순식간에 급격한 속도를 내어 한층 더 무관심하게 되었으므로 나는 지난날을 돌아보고 생각했다. 전엔 이것과 반대로 알베르틴이 죽었다는 소식이 그녀가 저질렀던 난봉의 효과를 완성시켜 내 사랑을 반대 방향으로 자극하고, 사랑이 식게 했던 것은 아닐까.

그렇다, 지금은 그녀가 살아 있고, 결혼할 수도 있음을 알지만, 그래서 갑자기 그녀는 매우 하찮은 존재가 되고 말았다. 이렇게 되면 전에 프랑수아즈가 말했던 혐오감도, 서먹서먹함도, 나아가서는 죽음(상상 속의 산물이기는 하지만 정말이라고 굳게 믿었던 죽음)까지도 오히려 그녀에 대한 사랑을 길게 늘인 것은 아닐까 하는 생각이 들었다. 그 정도로 나를 한 여자에게서 떼어놓으려던 제삼자의 노력과 운명의 힘마저도 나를 그녀에게 묶어놓기만 했던 것이다. 지금 일어난 일은 그 반대였다. 그녀를 생각해내려 애써도, 살짝만 신호를 보내면 금세 내 것이 되리라는 생각에서였는지 돌아오는 거라고 해봤자, 어느새 엄청나게 살이 쪄서 남자 같아진 겉모습에 색과 향이 바랜 얼굴에선 어느새 봉탕 부인의 옆얼굴이 자라고 있는 여자, 그런 여자만 떠올랐다. 앙드레나 다른 여자들과 무슨 짓을 했는가 하는 것도 더는 내 흥미를 끌지 못했다. 결코 낫지 않으리라 오랫동안 고민하던 아픔도 이제 내 것이 아니었다. 생각해보니 이것은 예측이 불가능했다. 애인에 대한 미련이나 살아남은 질투는 결핵이나 백혈병과 마찬가지로 확실히 육체적인 질병이다. 그러나 육체의 질병 중에서도 순수하게 육체적인 요인으로 일어나는 것과 지성의 매개로만 신체에 작용하는 것을 구별해야만 한다. 특히 질병의 전염 경로 구실을 하는 지성 부분이 기억력일 때—다시 말하면 병의 원인이 이미 없어졌거나, 또는 매우 멀리 있을 때—는 고통이 아무리 잔인한 것이라 해도, 인체에 불러오는 충격이 아무리 심각해 보여도 사고가 사태를 아주 새롭게 하는 능력을 지녔기 때문에, 또는 조직체와 달리 사고는 보존력을 지니지 않기 때문에 미래가 비관적이 되는 경우는 몹시 드물다. 암에 걸렸던 환자라면 벌써 죽어야 했을 시간이 흘렀을 때, 아내나 자식을 잃어 위로받을 길 없는 사람이 슬픔에서 치유되지 않는 경우는 매우 드물다. 나도 그랬다. 지금 이 순간에 내가 떠올리고 있는 두루뭉술하게 살이 찐 여자, 그녀가 사랑했던 처녀들과 마찬가지로 나이가 들었을 게 분명한 여자들, 그래서 어제의 추억이기도 하지만 내일의 희망이기도 한 그 휘황한 소녀를 포기해야 할 것인가(만약 알베르틴과 결혼한다면 그 소녀에게도, 다른 사람에게도 이젠 아무것도 줄 수 없게 된다), 아니면 '새로운 알베르틴'을, '지옥에 나타난 듯한 그녀'가 아니라 '충실하고 자신감 넘치며 얼마간 야성적이기도 한' 소녀를 포기해야 할 것인가?

현재의 이 소녀야말로 예전의 알베르틴인 것이다. 알베르틴에 대한 내 사랑은 청춘에 헌신한 하나의 형태에 지나지 않았다. 우리는 한 젊은 아가씨를 사랑했다고 굳게 믿지만, 안타깝게도 그녀 가운데 오직 새벽 부분만 사랑한 것이다, 그녀 얼굴이 잠시 홍조를 띠고 있는 그 새벽만.

날이 샜다. 이튿날 아침, 나는 호텔 안내인에게 전보를 주면서 이것은 잘못 배달되었고, 내 앞으로 온 것이 아니라고 했다. 그는 이미 열어버려서 일이 복잡해질 터이니 그냥 갖고 계신 편이 낫겠다고 했다. 나는 그걸 다시 호주머니에 넣었는데, 그런 전보를 받은 적이 없던 걸로 하기로 마음먹었다. 나는 이제 알베르틴 따윈 조금도 사랑하지 않았다. 그러므로 이 사랑도, 질베르트에 대한 사랑을 통해 예상했던 때로부터 멀리 떨어져, 내게도 길고 고통스럽게 에두른 길을 가게 하고, 그리하여 예외를 만든 뒤, 결국 질베르트에 대한 사랑과 완전히 똑같이 망각의 일반적 법칙 속으로 돌아왔던 것이다. 그러나 나는 그때 생각했다. 나는 나 자신에게 집착하는 것보다 더 알베르틴에게 집착하고 있었다. 지금 그녀에게 집착하지 않는 것은 한동안 그녀를 만나지 않았기 때문이다. 하지만 죽음으로 말미암아 내게서 떠나고 싶지 않은, 죽은 뒤에도 다시 태어나고 싶다는 욕망, 이 욕망은 결코 알베르틴에게서 떠나고 싶지 않은 욕망과 달리 여전히 계속되고 있었다. 그것은 내가 그녀보다 나 자신을 소중히 여기기 때문일까? 그녀를 사랑하던 때에도 나를 더욱 사랑했기 때문일까? 아니, 그건 그녀를 만나지 않게 되면서 사랑하기를 그만두었기 때문이다. 나를 사랑하기를 그치지 않는 것은 나 자신과의 세월의 끈이 알베르틴과의 끈처럼 끊어지지 않았기 때문이다. 그렇지만 만약 육체와의 끈, 나 자신과의 끈도 끊어졌다면……? 분명 결과는 같으리라. 삶에 대한 애정은 오랜 연관에 지나지 않으며, 그것을 우리가 내동댕이치지 않을 때의 이야기다. 그것이 힘을 지니는 것은 늘 계속되기 때문이지만, 죽음은 그 힘을 단절하고, 우리를 불사의 바람으로부터 치유할 것이다.

점심 식사 뒤, 혼자서 베네치아 시내를 돌아다니지 않을 때는 어머니와 외출 준비를 했다. 그리고 러스킨에 대해 추진하고 있는 일과 관련된 메모를 하기 위한 노트를 가지러 내 방으로 올라갔다. 복도 모퉁이 벽에 갑자기 부딪치자 바다 때문에 땅이 좁아지고 절약을 강요당한 것이 피부에 와 닿는다. 나를 기다리고 있는 어머니에게 가기 위해 계단을 내려가는데 콩브레였다면 이 시각에 덧문을 닫고 어두운 실내에서 바로 코앞에까지 와 있는 바깥의 태양을 느끼는 것이 무척 유쾌했으리라. 그런데 여기서는 차양 덕분에 마치 르네상스 시대의 그림처럼 궁전 안에 있는지, 갈레선(船) 위에 있는지도 분명치 않은 대리석 계단 위에서 아래까지 똑같이 시원하고, 똑같이 바깥쪽의 화사한 느낌이 만들어지고 있다. 언제나 열려 있는 창문 앞에서 차양은 펄럭펄럭 움직였고, 그 창에선 끊임없이 불어오는 바람에 실려 출렁이는 수면을 흘러가는 듯한 따스한 그림자와 초록으로 물들인 햇빛이 들어왔으며, 움직이는 물결은 바로 가까이서 밝게 빛나다가 반짝반짝 움직이는 것을 떠오르게 했다.

내가 가장 자주 갔던 곳은 산마르코 성당이었다. 그곳에 가려면 먼저 곤돌라를 타야 했는데, 성당은 그저 역사적 건축물이라기보다 봄바다를 건너는 여행길의 종착점처럼 나타났다. 그 바다와 산마르코 성당은 내게서 떼어놓을 수 없는, 살아 있는 전체를 만드는 것처럼 보였으므로 이리로 오는 것은 한층 즐거운 일이었다. 어머니와 내가 각자 대리석과 유리 조각무늬 그림을 밟으며 세례당으로 들어가자, 앞에 있는 넓은 아케이드는 장밋빛 나팔 모양을 하고 있었고, 시간이 그 겉면을 가볍게 휘어져 지나가고 있다. 그래서 시간이 아직 선명한 색조를 잃지 않은 곳에선 성당이 마치 커다란 벌집 속의 꿀처럼 말랑말랑하고 마음먹은 대로 만들 수 있는 소재로 지어진 듯 보이는 것이었다. 반대로 시간이 소재를 딱딱하게 만들어 장인들이 그것에 투명한 세공을 하거나 금박을 입힌 부분은, 코르도바 가죽이나 다른 뭔가로 만들어진 베네치아의 커다란 복음서의 으리으리한 장정을 떠올리게 했다. 내가 한동안 그리스도의 세례를 그린 조각무늬 그림 앞에 있는 것을 본 어머니는 세례당에 얼음 같은 찬 기운이 내려오는 걸 느끼고 내 어깨에 숄을 걸쳐주었다. 발베크에서 함께했던 시절의 알베르틴은, "당신과 함께 이러이러한 그림을 보았더라면 틀림없이 즐거웠을 텐데" 말했었는데—내 생각에 이는 아무 근거도 없는 말이다—그 무렵에 나는 그녀도 아직은 뚜렷하게 사고하지 않는 많은 사람의 정신을 채우고 있는, 그런 모호한 환상의 하나를 드러내고 있다고 생각했다. 이젠 그 사람들과 함께 아름다운 것을 보는 즐거움은 아니더라도, 적어도 예전에 그것을 함께 보았다는 즐거움이 존재하는 것은 확실한 듯싶다.

곤돌라를 작은 광장 앞에서 기다리게 하고, 우리는 성 요한이 그리스도에게 세례를 주고 있는 요단강의 물을 바라보고 있었다. 내가 그 세례당과 조각무늬 그림을 떠올리자, 서늘한 어둠에 휩싸인 한 부인이 내 곁에 있음을 무시할 수도 없어서, 그것을 소중히 여기는 순간이 바야흐로 내게 찾아왔던 것이다. 베네치아에 있는 카르파초의 그림 〈성녀 우르술라 이야기〉 속의 나이 든 부인처럼 다소곳하고 열광적인 마음으로 상복을 입은 그녀는 볼을 붉히며 슬픈 눈길로 검정 베일을 드리우고 있었다. 어떤 것도 그녀를, 부드러운 빛을 받고 있는 산마르코 성당에서 밖으로 데리고 나올 수 있을 성싶지 않았고, 마치 조각무늬 그림으로 변한 듯한, 그곳에 그녀의 전용석이 마련되어 있어서 앞으로도 산마르코 성당에 가기만 하면 반드시 그녀를 만날 수 있으리라. 이 부인은 바로 나의 어머니이다. 방금 이름을 말했던 카르파초는 내가 산마르코 성당에서 일하지 않을 때, 어머니와 둘이서 즐겨 만나러 갔던 화가로, 그가 어느날 하마터면 알베르틴에 대한 사랑을 되살릴 뻔했다. 나는 〈악마에 씌인 남자를 치유하는 글라도 총주교〉를 처음 보았다. 나는 살구색과 보라색의 멋진 하늘을 바라보고 있었는데, 하늘을 배경으로 그곳에 박혀 있는 높다란 굴뚝이 몇 개나 떠 있었고, 나팔처럼 열린 그 모습은 빨강 튤립이 활짝 핀 것 같아 휘슬러가 그린 많은 베네치아 풍경을 떠올리게 했다.

이어 내 눈은 오래된 목조 리알토 다리, 지난 15세기의 '베키오 다리'에서 금색 기둥머리 조각으로 장식된 대리석 건물로 옮겨갔고, 다시 운하로 돌아갔다.

그 운하에선 장밋빛 윗옷을 입고 챙 달린 모자를 쓴 젊은이들이 작은 배를 젓고 있었으며, 그들은 세르, 스트라우스, 케슬러가 지은 혁혁한 〈요셉 이야기〉 속에서 글자 그대로 카르파초를 떠올리게 했던 그 인물로 착각할 만큼 닮아 있었다. 마지막으로 마침내 이 그림 앞을 떠나기에 앞서 내 눈은 다시 운하 기슭으로 돌아갔는데, 그곳엔 그때의 베네치아 생활의 다양한 광경이 북적대고 있었다. 나는 이발사가 면도하는 모습을 보았다. 흑인은 술통을 짊어지고 있고, 이슬람교도들은 이야기를 나누고 있었다. 헐렁한 브로케이드나 다마스쿠스 조직의 옷을 입고, 버찌 색깔의 벨벳으로 만든 챙 없는 모자를 쓴 베네치아의 유력 귀족들이 있었다.

그때 나는 문득 심장에 찌르르 하는 통증을 느꼈다. '문화 신도회 회원'들은 소매나 옷자락에 금과 진주 자수로 자기들이 속한 명랑한 신도회의 문장을 달고 있었으므로 금세 알아볼 수 있었는데, 그중 한 명의 등에서, 알베르틴과 함께 오픈카로 베르사유에 갈 때 그녀가 입었던 외투를 보았던 것이다. 그날 밤, 나는 겨우 열다섯 시간 뒤에 그녀가 내 집에서 나가리라고는 꿈에도 생각지 않았다. 그 비참한 날, 그녀는 마지막으로 남긴 편지에서, "밤이 되려 하고 있고, 우리는 헤어지므로 두 가지 의미 모두에서 석양이었습니다"라고 그것을 표현했는데, 늘 모든 일에 준비가 철저한 그녀는 내가 나가자고 하자 포르투니 외투를 어깨에 걸쳤던 것이다. 그 외투는 이튿날 그녀가 가져갔고, 그 뒤로 나는 단 한 번도 그걸 떠올린 적이 없었다. 그런데 베네치아가 낳은 천재 포르투니는 카르파초의 이 그림 속에서 그 외투를 꺼내왔으며, 아까의 문화 신도회 회원의 어깨에서 그것을 떼어내 수많은 파리 여인이 어깨에 걸쳤다는 것인데, 그녀들은 내가 지금까지 몰랐듯이 그 모델이 베네치아의 아카데미아 미술관의 어느 방에 있는 〈글라도 총주교〉의 전경에 그려진 귀족들 속에 있으리라고는 꿈에도 생각지 않았던 것이다. 나는 거기서 모든 것을 알았다. 그리고 잊고 있었던 외투는 그것을 보기 위해 어느 밤 알베르틴과 함께 베르사유로 가려던 한 남자의 눈과 마음을 내게 돌려주었으므로 나는 한동안 욕망과 우수가 뒤섞인 복잡한 감정에 빠졌는데, 그것도 이내 사라졌다.

그러던 어느 날, 어머니나 나나 이제 베네치아 미술관과 교회만으론 성에 차지 않았고, 그래서 언젠가 유난히 날씨가 좋던 날, 그 '악덕'과 '미덕'을 보기 위해 파도바까지 발걸음을 한 적이 있었다. 이것은 스완이 내게 준 복제품으로 아마 지금도 콩브레 집의 공부방에 걸려 있을 것이다. 햇볕이 쨍쨍 내리쬐는 아레나 공원을 가로질러 나는 예배당으로 들어갔다. 성당 안의 둥근 천장도, 벽화의 배경도 어찌나 푸른지 강한 햇살이 방문자와 함께 문간을 넘어서 그늘과 냉기로 밝은 하늘과 빛의 금박을 몰아내 잠깐 짙은 하늘을 던지러 온 것 같았다. 푸른빛이 도는 돌 위로 옮겨간 이 하늘 속을 천사들이 날아다니고 있었다. 그것은 난생처음 보는 광경이었다. 왜냐하면 스완 씨가 준 것은 '미덕'과 '악덕'의 복제였지, 성모와 그리스도에게 일어난 일을 그린 벽화의 복제품은 주지 않았기 때문이다. 그런데 나는 천사들이 날아가는 모습을 보고 과거 '자애'나 '질투'의 행위가 준 것과 완전히 똑같은 실제 행동, 글자 그대로 현실의 행동이라는 인상을 받았다. 아레나의 천사들은 맑은 열의를 가득 담아서, 또는 적어도 어린애 같은 슬기로움과 열정을 담아서 작은 손을 모은 모습으로 그려져 있었으며, 그것은 우화라기보다 무슨 특별한 새가 실제로 존재하여 성경과 복음서 시대의 박물지에 등장한 것 같았다. 이것은 성인들이 돌아다닐 때, 꼭 그 앞에서 팔랑팔랑 날아다니는 어린아이들이다. 반드시 성인들의 머리 위를 날아다니는 몇몇은 실제로 날 수 있는 현실의 존재이므로 높이 날아오르거나, 방향을 틀거나, 유쾌하게 자반뒤집기를 하거나, 중력 법칙을 거스른 자세도 가능하게 하는 그 날개를 충분히 활용하여 완전히 거꾸로 땅 위에 내려오기도 한다. 그걸 보면서 떠오른 것은 르네상스나 그 이후 시대의 예술에 나타난 천사들이 아니다. 그 천사들의 날개는 이미 상징에 불과하며, 보통은 날개 없는 하늘 위의 사람들과 몸가짐이 다르지 않은 데 반해, 이는 지금은 사라진 새의 변종이거나, 활공 훈련을 하는 가로(Garros)[*1]의 제자들을 떠오르게 했다.

호텔로 돌아와서 몇몇 젊은 부인을 만났다. 주로 오스트리아에서 온 사람들로서 아직 꽃이 피지 않은 초봄의 쾌청한 날들을 베네치아에서 보내고 있었다. 그중 하나는 생김새가 알베르틴과 비슷한 건 아니었지만, 상쾌한 피부색과 바람기 있어 뵈는 웃음을 머금은 눈매 때문에 내 마음에 쏙 들었다. 이윽고 나는 처음 사귈 때 알베르틴에게 했던 말과 똑같은 말을 그녀에게 하고 있는 나를 발견했다. "내일은 못 만나요. 베로나에 가기 때문이에요." 나는 이 말을 듣자 그 시절과 똑같은 고통을 느꼈으며, 나도 곧장 베로나로 가고 싶었지

[*1] 프랑스의 비행사(1888~1918).

만 그것을 상대가 알아채지 못하게 감추고 있었다.

　이런 상태는 지속되지 않았다. 그녀는 오스트리아에 돌아가기로 되어 있었고, 다시는 만날 일이 없으리라. 하지만 누군가를 좋아하게 되면 이내 그렇게 되는 것처럼 어느새 어렴풋한 질투를 느끼기 시작한 나는 우수를 머금으면서도 수수께끼 같은 그녀의 얼굴을 보면서 생각했다. 이 사람도 여자를 좋아하는 걸까? 그녀와 알베르틴의 공통점, 밝은 피부톤과 눈길, 모두를 매혹하는 매우 사랑스럽고도 개방적인 모습, 전혀 관심 없는 다른 사람의 행동 따윈 알려고도 않는 대신 자기가 한 행동은 활발하게 고백하는 그런 인상을 주었는데, 사실은 반대로 더할 나위 없이 어린애 같은 거짓말로 언제나 자기 행동을 감추려는 태도, 그런 것은 여자를 사랑하는 여자만이 지닌 독특한 성격적인 형태를 구성하는 게 아닐까 하는 생각이 들었다. 여자가 지닌 그런 점이야말로 이치로 따져 설명할 수는 없지만, 나를 매혹하고 불안하게 하는 게 아닐까(인간은 자기를 괴롭히는 것에게 마음이 끌리므로, 어쩌면 이런 불안이야말로 한층 깊은 매력의 원인일지도 모른다). 그것은 바로 눈에는 보이지 않지만, 다른 지방의 허공에 떠 있어 심한 불쾌감을 주거나, 자성을 띤 요소처럼 내가 그녀를 만날 때면 커다란 쾌락과 안타까움을 주었던 것이 아닐까? 아, 나는 슬프게도 그것을 결코 알지 못하리라. 얼굴 표정으로 속마음을 읽으려 할 때, 나는 이런 말을 하고 싶었다. "그 부분을 말해주어야 하오. 무척 재미있을 것 같군. 인간 박물지 법칙의 하나를 알게 될 테니까." 하지만 그녀는 절대로 중요한 이야긴 하지 않으리라. 그녀는 그 악습 비슷한 것을 소름 끼치는 일이라며 딱 자르고, 여자친구들에게는 몹시 쌀쌀맞은 태도를 보였다. 어쩌면 오히려 그것이야말로 그녀가 뭔가 감추고 있다는 증거일지도 모른다. 그녀가 당하는 조롱과 모욕은 그것 때문인지도 모르며, 또 남이 눈치채지 않게 하려는 태도는 자기를 때린 인간에게 동물들이 보이는 경계심처럼 도리어 비밀을 드러내는 일일 수도 있다. 그녀의 생활에 대해 안다는 것은 도저히 불가능했다.

　알베르틴만 해도 뭔가를 알아내려면 얼마나 많은 공을 들여야 했던가! 사람들의 말문을 열기 위해 그녀의 죽음이 필요했던 것이다. 그 정도로 알베르틴은 이 젊은 부인과 마찬가지로 매우 신중하게 행동했다. 그런 알베르틴조차 나는 무엇을 확실하게 안다고 말할 수 있으랴! 게다가 우리가 감당할 수 없다고 여겼던 생활 조건이 어떤 사람을 사랑하지 않게 된 순간 아무래도 상관없는 것이 되는 경우가 있고, 그것은 문제의 생활 조건이 실현되면 그 사람 가까이에서 살아갈 수 있게 되며, 어쩌면 그의 마음에 들게 될지도 모르기 때문에 자신도 모르는 사이에 그런 생활 조건에 대한 욕망을 키우고 있었으므로 어떤 지적 호기심도 이와 마찬가지다. 여린 장밋빛 뺨의 얇은 꽃잎 속에, 동틀 무렵의 해 없이도 환한 아침의 밝음 속에, 아무에게도 밝힌 적이 없는 숱한 인생의 날들 속에 어떠한 욕망이 잠재되어 있을까? 그것을 아는 건 과학적으로 중요한 일이라고 생각했지만, 알베르틴에 대한 사랑이 완전히 끝나자, 또는 이 젊은 부인에 대한 사랑이 완전히 끝나자 그 중요성도 어딘가로 사라져버린 것이리라.

해질 무렵이면 나는 마법에 걸린 것처럼 홀로 시내로 나갔다. 낯선 지역에 발을 들여놓으면 내가 마치 《아라비안나이트》의 등장인물이 된 듯한 기분이 들었다. 발길 닿는 대로 돌아다니다가 어떤 안내책자에서도 본 적 없고 어떤 여행자도 가본 적이 없는 미지의 드넓은 광장을 발견하는 일은 그리 드물지 않았다. 나는 그물코 같은 골목으로, 좁다란 길로 들어섰다. 해질 무렵, 태양이 선명한 장밋빛과 또렷한 빨강으로 물든 나팔처럼 끝이 열린 높은 굴뚝을 비추면 그것은 집들 위에 정원 가득 꽃이 피어 있는 듯했고, 그 색채가 어찌나 다채로운지 마치 델프트(Delft)나 하를럼(Haarlem)의 튤립 애호가의 정원을 도시로 옮겨놓은 성싶었다. 집들이 다닥다닥 붙어 있었기 때문에 창문들은 줄지어 걸어놓은 그림 액자가 되었는데, 그 속엔 밖을 내다보면서 멍하니 생각에 잠겨 있는 요리사가 있는가 하면, 앉아 있는 젊은 아가씨의 머리칼을 빗기는 할멈이 있었다. 내부의 음침한 곳에서 가까스로 찾아낸 노파의 얼굴은 마녀 같았고, 골목이 매우 좁기 때문에 초라한 집들이 빼곡하게 처마를 마주대고 있는 모습은 네덜란드파의 그림을 100장쯤 늘어놓은 전람회 같았다. 집들이 옹기종기 늘어선 골목은 운하와 간석지를 구분하는 베네치아의 한 부분을 물길로 가로세로 나누고 있으며, 그 한 조각이 다시 얇고 작은 수많은 결정체로 나뉜 것 같았다. 이런 조붓한 길의 막다른 곳에서 결정화된 물질이 팽창을 일으킨 모양인지, 골목길이 만드는 그물코 속에 이런 훌륭한 것은커녕, 그런 곳엔 절대로 있을 성싶지 않은 드넓고 당당한 광장이 훌륭한 집들에 둘러싸여, 달빛에 창백하게 빛나면서 내 앞에 나타났다. 여러 건물을 한군데에 모아놓은 듯한 이곳은 다른 도시였다면 몇 가닥의 길이 사방으로 뻗어 있어 사람들을 그곳으로 인도할 것이다. 그러나 여기선 일부러 깊숙한 골목에 감춰놓은 것 같다. 마치 동방의 동화에 나오는 궁전 같아서 밤에 그곳으로 안내받았다가 동이 트기 전에 돌아온 사람은 마법의 궁전을 다시는 발견할 수 없으므로, 결국엔 꿈속에서 갔다 온 줄 알게 되리라.

이튿날 나는 어젯밤의 그 멋진 광장을 다시 찾아 나섰지만, 가는 골목마다 어찌나 비슷하게 생겼던지 결국 찾지도 못하고 길만 잃고 말았다. 더할 수 없이 막연하지만 어떤 단서가 나타나 고독과 침묵 속에 갇힌, 추방된 신세의 그 아름다운 광장을 단숨에 알려줄 것 같은 느낌이 들었다. 그러나 그때마다 심술궂은 악마가 새로운 골목길로 변신하여 색다른 모습으로 나타나는 바람에 내키지 않지만 되돌아 나와야 했고, 그러다 보면 나는 어느새 대운하로 돌아와 있었다. 꿈과 현실 사이엔 그리 커다란 차이가 없으므로, 어두운 베네치아 한구석의 결정체 속에서 낭만적인 궁전으로 둘러싸인 드넓은 광장이 언제까지나 달빛 명상에 잠겨 있던지 간에, 그 뭉게뭉게 떠다니는 듯한 기묘한 상태는 꿈속에서 일어난 일이 아닐까, 결국 나는 그렇게 생각하게 되었다. 하지만 몇 개의 광장 이상으로 내가 절대로 잃고 싶지 않았던 것은 몇몇 여성들로서, 이 욕망은 베네치아에 머무는 동안 내 가슴을 끊임없이 설레게 했었다. 그러나 어머니가 우리의 출발을 결정한 날, 해질 무렵 우리 짐 가방이 이미 곤돌라에 실려 역으로 향한 뒤에, 호텔의 외국인 예약 손님 명단에서 '퓌트뷔스 남작부인과 그 일행'이라는 글자를 읽었을 때, 나는 열에 들뜬 상태가 되었다. 지금 출발하면 육체의 쾌락이 맛볼 수 있는 모든 시간은 헛일이 되고 만다는 기분이, 만성적인 상태로 존재하던 그 욕망을 하나의 감정으로 고조시켰고, 이윽고 멍한 우울에 빠지게 했다.

나는 어머니에게 출발을 며칠만 미루자고 했다. 어머니는 내 부탁을 귓등으로도 듣지 않았다. 베네치아의 봄에 흥분된 나의 신경이 옛 욕망을 다시 일깨웠다. 그것은 내가 순순히 말을 들으리라고 단단히 믿고 있는 부모님이 나에 대해 어떤 음모를 꾸미는 게 틀림없다는 얼토당토않은 상상을 하거나, 그것에 저항하려는 욕망이며, 내가 가장 사랑하는 사람들에 대해 비록 그들을 항복시킨 뒤에는 그들의 의지에 따르지만, 어쨌든 강제로 내 의지를 꺾으려는 데 대한 반항심이다. 나는 어머니에게 떠나지 않겠다고 말했는데, 어머니는 진심이 아닐 테니 모른 체하는 게 상책이라고 여겨 대꾸도 하지 않았다. 나는 진심인지 아닌지는 곧 알게 될 거라고 덧붙였다.

이때 안내인이 편지 세 통을 가져왔다. 두 통은 어머니 앞으로, 한 통은 내 앞으로 왔는데 나는 그 편지를 겉봉도 읽지 않은 채 서류함의 다른 편지 사이에 끼워버렸다. 이윽고 어머니가 내 모든 짐을 역으로 보냈을 시간이 되었을 때, 나는 운하를 앞에 둔 테라스에 앉아 음료를 마시면서 해넘이를 보고 있었다. 그 사이 호텔 맞은편에 서 있던 작은 배 위에선 가수가 〈오솔레미오〉를 불렀다. 해가 지고 있었다. 어머니는 지금쯤 역 가까이 갔을 것이다. 곧 출발하겠지. 그러면 나는 혼자가 된다. 어머니의 마음을 아프게 했다는 슬픔을 안고, 위로해줄 어머니가 계시지 않은 이곳 베네치아에서 나는 혼자다. 기차 시각이 다가오고 있다. 돌이킬 수 없는 고독은 어느새 코앞에까지 와 있었고, 곧 그것은 모든 면에 걸쳐 시작될 것이었다. 나는 이제 외톨이다. 주위의 모든 것이 서먹서먹해졌다. 평정심을 완전히 잃은 나는 두근거리는 가슴을 가라앉힐 수도, 주위 사물을 안정시킬 수도 없다. 내 앞에 있는 도시는 더 이상 베네치아이기를 그만두었다. 베네치아의 인격, 그 이름은 거짓으로 보였으며, 이 도시를 이루는 많은 돌에게 그것을 갖다 맞출 용기는 이미 내게 없었다. 호화롭고 웅장한 건물도 그저 다른 모든 대리석과 비슷비슷한 몇몇 부분과 수량으로 되돌아간 듯했고, 영원하고 맹목적인 물도 베네치아이기 전부터 베네치아의 바깥에 존재했으며, 총독도 터너도 모르는 단순한 수소와 질소의 화합물처럼 보였다. 그럼에도 어떠한 변화도 없는 이 장소는 지금 그곳에 갓 도착하여 아직 이곳 물정을 모르거나, 그곳을 떠난 우리를 이미 잊어버린 장소처럼 낯선 곳이었다. 나는 이 도시에게 아무것도 말할 수 없었고, 나의 어떤 것도 맡길 수가 없었다. 이 도시 때문에 위축된 나는 이제 두근거리는 하나의 심장, 〈오솔레미오〉의 전개를 불안하게 좇고 있는 깊은 주의력 말고 다른 아무것도 아니었다. 나는 죽을힘을 다해 내 생각을 리알토 다리의 아름답고 독특한 곡선으로 가져가려 했지만 헛수고였다. 다리는 그저 평범하기만 했고, 내가 그것에 대해 가졌던 관념보다 못할 뿐만 아니라 그것과는 전혀 무관하게 보였다. 마치 금발 가발과 검정 옷을 걸치고 있지만, 그 배우가 본질적으론 햄릿이 아님을 아는 것처럼.

마찬가지로 건물도, 운하도, 리알토 다리도 저마다의 개성을 이루던 관념을 벗어던지고 비속하기 짝이 없는 물질적인 요소로 분해되어버렸다. 동시에 이 하찮은 장소가 내겐 그리 멀지 않은 것처럼 여겨졌다. 조선소의 독(dock)은 위도가 다르다는 과학적인 요인 때문에 묘한 것들이 많았고, 언뜻 프랑스의 그것과 비슷했지만, 이국으로 추방된 무관한 것임이 분명했다. 가까이 보이는 수평선까지 배를 타고 나가 한 시간이면 충분히 닿을 텐데도 그것은 프랑스의 바다에서 보는 수평선과는 전혀 다른 땅이 만드는 만곡이며, 여행의 눈속임으로 내 가까이 매어놓을 수도 있지만, 저 멀리 있는 만곡이어서 내가 멀리 와 있음을 절실히 느끼게 할 뿐이었다. 그래서 하찮은 것이면서 멀리 있기도 한 이 조선소의 독은 어릴 적 어머니를 따라 들리니(Deligny)의 풀장에 갔을 때 처음 느꼈던, 혐오와 공포가 섞인 그런 감정으로 나를 채웠다. 실제로 하늘도 해도 없이 물을 가두어놓아 캄캄하기만 했고, 탈의실로 둘러싸인 풀장이 만드는 환상적인 광경은, 많은 인간으로 뒤덮여 있어 눈에 보이지 않는 깊은 곳과 틀림없이 통할 것 같았다. 그래서 나는 그 무렵에 분명 도로에선 집들로 가려져 이런 곳이 있는 줄 모르는 데다, 이곳의 깊은 물은 인간들의 눈엔 가려져 있지만 이것은 거기서 시작되는 얼음바다의 들목이 아닐까, 북극이나 남극도 여기에 포함되는 게 아닐까, 이 좁은 곳이야말로 극지방의 바다얼음이 녹은 부분이 아닐까 생각했었다. 나는 지금 내게 어떤 동정도 보이지 않는 이 쓸쓸하고 비현실적인 얼음처럼 냉랭한 풍경 속에 혼자 남으려 한다. 오로지 〈오솔레미오〉의 노랫소리만이 전에 내가 알던 베네치아의 비탄에 젖은 목소리처럼 높아져 내 불행의 산증인 같기만 했다.

만약 이제부터라도 어머니에게로 달려가서 함께 기차를 탈 생각이라면 이 노랫소리에는 그만 귀를 기울여야 할 것이다. 단 1초도 헛되이 하지 말고 출발할 결심을 해야 한다. 그렇지만 나는 그렇게 할 수 없었다. 나는 꼼짝 않고 있었다. 일어서지도 못했고, 일어날 마음조차 먹을 수가 없었다. 진심으로 결심할 마음이 없었던 것이리라. 사고는, 속속 펼쳐지는 〈오솔레미오〉의 계절을 좇는 일에 몰두했고, 가수와 함께 속으로 노래하며 다음 계절이 높이 날아오를 거라 예상했으며, 그 비약에 악절과 함께 나도 몸을 맡겼다가 이내 다시 내려오는 것이었다. 어쩌면 백 번도 더 들었을 이 따분한 노래에 나는 전혀 흥미가 없었다. 마치 의무를 수행하듯이 이 곡을 끝까지 감사한 것처럼 들었지만, 아무도 기쁘게 하지 못했고, 나 또한 기쁘지 않았다. 요컨대 이 노래의 어떤 악절도 내게 필요한 결심이 서게 하지 못했다. 그렇기는커녕 차례로 나오는 악절 하나하나가 내 결심을 방해했으며, 도리어 출발하지 말라는 반대의 결심을 강요하고 있었다. 왜냐하면 그것은 시간이 흘러가게 했기 때문이다. 그래서 〈오솔레미오〉를 듣는다는 애당초 아무 재미도 없는 일이 거의 절망적이라 할 정도의 깊은 비애를 띠는 것이었다. 실제로는 그곳에 가만히 있음으로써 출발하지 않겠다는 결심이 차츰 굳어짐을 느꼈다. 하지만 "나는 떠나지 않겠다"고 스스로에게 되뇌는 직접적인 형태로는 불가능했던 일이 "이제 〈오솔레미오〉의 딱 한 구절만 듣자"는 다른 형태로는 가능해진다. 가능하긴 하지만 매우 쓰라린 결심이다. 왜냐하면 이 비유적인 표현이 실제로 무엇을 의미하는지 모를 리 없고, "결국 앞으로 한 구절만 듣겠어" 다짐하면서도 그것이 "나는 혼자서 베네치아에 남는다"라는 의미인지 나로선 확실하게 알지 못했기 때문이다. 어쩌면 이 노래의 절망적이면서도 마음을 끌어당기는 매력은 서늘하게 시드는 듯한 어떤 비애였다. 가수의 노래가 근육의 힘을 과시하듯 높이 내던지는 소리 하나하나가 심장을 깊숙이 찌른다. 악절을 낮은 음으로 마쳐 곡이 끝난 것 같은데도 가수는 만족하지 않으며, 마치 내 현재의 고독과 절망을 선언할 필요가 있다는 듯이 다시 소리 높여 노래하기 시작한다. 그래서 나는 음악에 세심하게 귀를 기울이며 생각했다. '내게 아직 결심이 서지 않았기 때문에 이 노래를 저 높은 소리로 다시 부르는 걸 거야.' 그러자 내 고독감이 한층 더해졌다. 노랫소리는 시시각각 고독을 완전하게 만들면서 이윽고 돌이킬 수 없는 고독 속으로 떨어뜨리는 것이었다.

어머니는 이미 역에 도착했을 테고, 곧 출발할 것이다. 내 눈앞에 펼쳐진 것은 홀로 남게 된 베네치아였다. 그것은 이제 어머니만 포함하고 있지 않은 게 아니다. 내 마음은 어느새 평정을 잃어 앞에 있는 것을 주의 깊게 살필 수 없었고, 내 앞의 것은 이미 나를 포함하고 있지 않았다. 뿐만 아니라 그것은 이제 베네치아도 아니었다. 마치 웅장한 집들의 수많은 돌과 운하의 물에 내 혼을 불어넣고 있었던 것처럼. 이렇게 의지는 무너졌으며, 확고한 결심도 서지 않은 채로 나는 그곳에 꼼짝 않고 있었다. 사실은 이때 이미 결심이 서 있었던 것이다. 친구조차도 흔히 그 결심을 예상하곤 하지만, 정작 당사자인 나는 예상치 못했다. 그렇지 않으면 많은 고뇌로부터 벗어날 수 있었으련만.

마침내 예측 가능한 혜성이 튀어나오는 그 동굴, 더욱 어두워진 동굴로부터 뿌리 깊은 습관의 생각지도 않던 강인한 방위력 덕분에, 또 그 습관이 아슬아슬한 순간에 돌연 충동적인 혼재 속으로 들어가 숨어 있던 예비군 덕분에 행동이 겉으로 나타났다. 나는 전속력으로 뛰기 시작했다. 도착했을 때는 이미 기차의 출입문은 닫혀 있었지만, 가까스로 어머니를 찾을 수 있었다. 어머니는 기쁜 나머지 얼굴을 붉히면서 터져나오려는 울음을 참고 있었다. 내가 이젠 돌아오지 않는 줄로만 알았기 때문이다. "있잖니, 돌아가신 네 할머니가 말씀하셨단다." 어머니가 말했다. "참 이상도 하지? 그 아이만큼 참을성 없는 아이도 없지만, 그토록 붙임성 있는 아이도 없다고 하시더구나."

나는 도중에 파도바가, 다음엔 베로나가 배웅을 나와서 우리에게 작별을 고하는 모습을 보았다. 그 도시들은 우리와 멀어지는 사이, 다시 제자리로 돌아가 먼저의 생활로 돌아갔다. 하나는 들판으로, 다른 하나는 언덕으로. 시간은 흘러간다. 어머니는 아까 받은 편지 두 통을 뜯기만 했지 서둘러 읽을 생각은 않고 있었고, 나는 호텔 안내인에게서 받은 편지를 꺼낼 생각도 하지 않았다. 어머니는 진작부터 여행이 너무 길어서 내가 피곤해하지 않을까 걱정했으므로, 삶은 달걀을 꺼내거나 신문을 건네거나 나 모르게 사두었던 책을 펼치는 순간을 되도록 뒤로 미루면서, 내 마지막 몇 시간의 그 기분에서 돌아오도록 배려했다.

내가 어머니를 처음 보았을 때, 어머니는 깜짝 놀란 표정으로 편지를 읽고 있었다. 이윽고 고개를 든 어머니는 함께일 수 없는 각기 다른 추억 위로 쏟아지는 눈길을 주체하지 못했다. 그 사이 나는 내가 들고 있던 봉투에서 질베르트의 글씨체를 보았다. 편지를 뜯었다. 질베르트는 로베르 드 생루와의 결혼 소식을 전해왔다. 그녀는 소식을 전하려고 베네치아로 전보를 쳤지만, 내 답장이 없었다고 했다. 나는 듣던 대로 베네치아의 전보 서비스가 엉망임을 떠올렸다. 그녀의 전보를 받은 적이 없기 때문이다. 그렇게 말해도 그녀는 믿지 않으리라. 그때 나는 어떤 추억의 형태로 내 머릿속에 자리잡고 있던 어떠한 사실이 그곳을 떠나 갑자기 다른 사실로 장소를 옮기는 것을 느꼈다. 그동안 받은 전보는 알베르틴에게서 온 줄로만 알았는데 사실은 질베르트가 보낸 것이었다. 그녀의 독특한 필체는 ^SU3_120^자의 가로줄이 위로 튀어나오게 하여 밑줄처럼 긋거나, 또는 ^SU3_109^의 점이 윗줄의 문장을 끊어버리는 구두점처럼 보였고, 또 윗줄 글자의 끝이나 아라베스크풍 장식 부분이 아랫줄까지 내려왔다. 그래서 전보국 직원이 뒷줄의 ^SU3_119^와 ^SU3_125^의 구부러진 부분을 아랫줄의 질베르트(Gilberte)라는 글자 뒤에 'ine'라는 글자가 붙어 있는 줄 안

것도 무리는 아니었다. Gilberte에서 ^SU3_109^의 점은 윗줄의 생략부호가 되었다. 또 G는 A의 고딕체처럼 보였던 것이다. 그 밖에도 두세 개의 글자를 제대로 읽지 못해 다른 낱말로 혼동하는 바람에(몇 개의 낱말은 읽는 게 불가능해 보였다), 그것만으로도 내 착각을 설명하는 데 충분하리라. 아니, 그럴 필요조차 없었다. 아둔한 사람 같으니! 특히 미리 판단하기를 좋아하고, 누가 보낸 편지인지 알면 하나의 낱말에서도 많은 뜻을 읽어내며, 하나의 문장에선 더욱 많은 뜻을 읽어낼 테니까. 읽으면서 짐작하고, 제멋대로 창작한다. 모든 것은 최초의 착각에서 출발하는 법이다. ㄱ에 이어지는 착각은(ㄱ리ㄱ 이것은 오로지 편지나 전보의 판독에만 그치지 않고, 모든 읽기 행위에만 한정되는 것도 아니다), 출발점이 다른 사람에겐 아무리 비정상적으로 보여도 더할 나위 없이 자연스런 현상이다. 우리가 완고함과 그에 못지않은 성실성으로 믿고 있는 것의 대부분은 마지막 결론에 이를 때까지 그러하지만, 전제에 대한 최초의 착각에서 시작된다.

"아유, 어쩜 좋으냐!" 어머니가 말했다. "내 나이쯤 되면 어지간한 일엔 놀라지 않는다만, 이거야 원, 이 편지의 소식보다 뜻밖의 일이 또 있겠니?" "제 말 좀 들어보세요." 나는 대답했다. "그게 어떤 일인지 모르지만 아무리 놀라운 일이라 해도 제가 받은 이 편지의 내용만은 못할 걸요. 결혼한대요, 로베르 드 생루가 질베르트 스완하고요."— "뭐어? 그럼 아직 뜯지 않은 이 편지가 그것인가 보구나. 이게 네 친구의 글씨체 아니냐?" 어머니는 희미하지만 감동의 기색을 보이며 내게 미소 지었다. 어머니는 외할머니가 돌아가신 뒤로 아무리 사소한 사건이라도 고뇌와 추억이 있는 사람과, 당신도 아는 누군가를 잃은 사람에 대한 것이면 그런 감동의 표정을 짓곤 했다. 이렇게 어머니는 내게 미소를 보냈고, 다정한 목소리로 말했는데, 그건 마치 가볍게 화제로 삼으려 했다간 일의 중대함이 손상될까 봐서 그러는 듯싶었다. 이 결혼은 스완의 딸과 미망인을, 또 지금 아들과 헤어지려 하는 로베르의 어머니를 슬프게 할 게 뻔했다. 마음이 여린 어머니는 그들이 내게 친절하니까 호감을 가졌고, 당신이 딸로서, 아내로서, 또 어머니로서 느꼈던 가슴 벅참으로 그녀들을 대하는 것이었다. "제 말이 맞지요? 더 이상 뒤로 넘어갈 일은 없을 거라고요." 어머니에게 말했다. "그런데 그런 일이 있으니 어떡하니." 어머니는 상냥한 목소리로 대답했다. "가장 뜻밖의 뉴스를 쥐고 있는 건 나야. 아니, 가장 위대하다거나 하찮다는 표현은 쓰지 않겠다. 다들 기억하는 세비녜 부인의 말을 인용하자면, '벤 풀을 말리는 일은 아름다운 작업' 같은 말을 네 할머닌 몹시도 싫어하셨단다. 난 그렇게 누구나 인용하는 세비녜의 말을 주워섬기고 싶진 않아. 이 편지는 말이다, 캉브르메르 씨의 아들이 결혼한다는 소식이란다."—"아, 예." 나는 건 성으로 대답했다. "누구하고요? 어쨌든 신랑이 그라면 그 결혼은 그다지 흥미로운 일도 아닌 것 같은데요."—"하지만 신붓감에 따라 생각이 바뀔 수도 있지."—"그게 누군데요? 신부가 누구죠?"—"그걸 곧장 가르쳐주면 값어치가 떨어지지. 어디 한번 맞혀봐라." 어머니가 말했다. 기차가 아직 토리노에 닿지 않은 걸 보고 좀더 즐기시려는 것 같았다. "그걸 어떻게 맞혀요. 굉장한 사람인가요? 르그랑댕 씨와 그의 누님이 만족해한다면 분명 대단한 결혼이겠군요."—"르그랑댕은 어떤지 모르겠다만 이 결혼 소식을 알려준 사람은 캉브르메르 부인이 무척 신이 났다고 하는구나. 네가 이걸 굉장한 결혼이라고 할지 어떨지는 모르겠다만, 난 말이다, 마치 왕이 양치기 아가씨를 왕비로 맞이하는 시대의 결혼 같다는 생각이 드는구나. 게다가 그녀는 양치기 아가씨만도 못한 것 같다만. 매력적인 사람이긴 하지. 이 소식을 들으면 네 외할머닌 아마 기절하셨을 거다. 하지만 못마땅해하시진 않았을 거야."—"대체 누군데 그러세요. 신붓감이 누굽니까?"—"올로롱 양이란다."—"이름에 뭔가 있는 것 같고 양치기 아가씨일 성싶지는 않은데, 그래도 누군지 전혀 짐작이 안 가네요. 그건 게르망트 가문의 칭호 중 하나였잖아요?"—"맞아. 샤를뤼스 씨가 쥐피앙의 조카딸을 양녀로 삼고 이 칭호를 주었지. 캉브르메르의 아들과 결혼하는 건 그녀란다."—"쥐피앙의 조카딸이요? 설마하니!"—"이게 다 행실이 얌전한 데 대한 보상이야. 마치 상드 부인이 쓴 소설의 결말 같은 결혼이로구나." 어머니가 말했다. '이건 나쁜 행실에 대한 대가야. 발자크 소설의 결말에나 있음직한 결혼이지.' 나는 속으로 그렇게 중얼거렸다.

"잘 생각해보면 이건 매우 자연스러운 일이야." 어머니는 다시 내게 말했다. "이로써 캉브르메르 집안은 그 게르망트 가문에 닻을 내리는 셈이지. 도저히 그런 곳에 발을 들여놓을 수 있을 성싶지 않았다만. 게다가 샤를뤼스 씨가 양녀로 삼은 그 아가씨는 분명 엄청난 부자가 될 테고, 캉브르메르 집안은 재산을 잃은 탓에 그 돈이 반드시 필요했을 테니까. 결국 그녀는 양녀지만, 캉브르메르 가문 사람들에겐 자기들이 진짜 왕자로 여기는 사람의 친딸—사생아—

일지도 모른다는 거잖아. 왕족이나 다름없는 사람의 사생아란 프랑스나 외국에서도 귀족들에겐 늘 자랑스러운 결혼 상대였거든. 특별히 뤼상주 가문처럼 먼 옛날로 거슬러 올라가지 않아도 돼. 기억하지? 반년쯤 전에도 로베르의 친구가 그 젊은 아가씨와 결혼하지 않았더냐? 거짓인지 아닌지는 모르겠다만 그녀가 유일하게 내세울 거라곤 왕족의 서출이라는 것뿐이었거든." 콩브레 특유의 계급적 관점에서 보면 이 결혼은 할머니의 눈살을 찌푸리게 했겠지만, 어머닌 그런 측면을 지녔으면서도 할머니가 내린 판단을 수긍하려고 이렇게 덧붙였다. "게다가 그 아가씬 흠잡을 데가 없는 사람이야. 네 할머니는 매우 상냥하고 관대한 분이셨다만, 그렇지 않다 해도 캉브르메르 가문의 아들이 그 아가씨를 선택한 것을 나쁘게 말씀하시진 않았을 거야. 기억하니? 오래전에 할머니가 치마를 고치러 그 가게에 들렀을 때, 그 아가씨에 대해 얼마나 탐탁하게 생각하셨는지 말이야. 그 시절엔 어린애였지 뭐냐. 지금은 노처녀이기는 해도 이젠 완전히 딴 사람이 되어선 그 시절과는 비교도 안 될 정도로 나무랄 데 없는 여인이야. 하지만 네 할머닌 그런 걸 단박에 알아보셨지. 그래서 재봉사의 어린 조카딸이 게르망트 공작보다 '품위가 있다'고 생각하셨던 거고."

그러나 어머니가 필요로 했던 것은 할머니에 대한 찬사보다 할머니가 계시지 않아 차라리 '낫다'는 사실이었다. 그것은 딸로서의 애정의 극치였으며, 마치 할머니의 심기를 더 이상 언짢게 하지 않아도 된다는 효심이기도 했다. "그나저나 이게 믿어지기는 하니?" 어머니는 내게 말했다. "넌 모른다만 스완 영감님이 언젠가 당신의 증손자에게서 '아뇽하십니까? 요러분'이라고 발음하던 모델 아주머니의 피와 기스 공작의 피가 섞일 줄 생각이나 했겠니?"—"하지만 어머니, 이건 어머니의 말씀보다 더 놀랄 일이에요. 왜냐하면 스완 씨의 부모님은 아주 훌륭한 분이고, 아들인 스완 씨의 지위로 보아 떳떳한 결혼을 했더라면 따님도 매우 훌륭한 결혼을 했을 거예요. 스완 씨가 고급 창부 따위와 결혼했으니까 모든 게 애초부터 글렀던 거죠."—"망측하게도! 고급 창부라니. 그건 음해일지도 몰라. 난 절대 곧이듣지 않는다."—"사실이에요. 고급 창부였는데, 언젠가 진실을 말씀드리죠. 앞뒤 사정을요."

어머니는 멍하니 생각에 잠겨 말했다. "네 아버지였으면 내가 인사하는 걸 절대로 허락하지 않으셨을 그런 부인의 딸이 빌파리지 부인의 조카와 결혼을 하다니. 그 빌파리지 부인은, 아버지가 처음엔 우리와는 지체가 너무 다른 사교계 귀부인이라면서 만나러 가지도 못하게 했었단다. 르그랑댕은 우리를 캉브르메르 부인에게 소개해야만 하는 걸 두려워했다만, 그런 캉브르메르 부인의 아들 결혼 상대가 언제나 부엌 계단을 통해서만 우리집에 드나들던 사람의 조카딸이라니, 세상에……. 어쨌든 돌아가신 외할머니 말씀이 맞아. 너도 기억하지? 상류 귀족은 프티부르주아의 빈축을 살 만한 행동을 한다고 말이야. 그리고 마리 아멜리 왕비는 콩데 대공의 애인이 되어 오마르 공작에게 유리한 유언을 대공에게 쓰게 했다 해서 평가가 떨어졌다는 말도 있나 봐. 너도 기억하는지 모르겠지만, 그라몽 가문의 딸들은 몇 세기도 더 전부터 진짜 성녀였고, 조상인 그 여성이 앙리 4세와 관계가 있었음을 기념하여 코리상드라는 이름을 썼었는데, 그게 할머니의 눈살을 찌푸리게 했던 걸 말이야. 이런 일은 분명 부르주아들 사이에서도 이루어지긴 하겠지만, 그렇게 드러내놓는 것 같진 않아. 그런 일이 할머닐 즐겁게 했을 성싶니!" 어머니는 슬픈 듯이 말했다. 왜냐하면 괴로운 일이지만 할머니로선 더 이상 맛볼 수 없게 된 기쁨이란 인생의 가장 단순한 기쁨이고, 그녀가 재미있어할 짧은 이야기 한 편이나 연극, 뿐만 아니라 사소한 '흉내' 같은 것이었기 때문이다. "할머니가 아셨으면 깜짝 놀라셨을까? 하지만 이 결혼으로 분명 마음 상하셨을 것 같아. 그러니까 차라리 모르시는 게 낫지." 어머니는 계속했다. 어머니는 다양한 사건에 맞닥뜨릴 때마다 으레 할머니라면 타고난 감수성 때문에 여기서 특별한 인상을 받았을 거라고 생각했으므로 그것을 몹시 중요시했다. 전엔 상상도 못했을 듯한 비통한 사건, 이를테면 우리 가문의 옛 친구의 실각 또는 파산, 세상의 재해, 전염병, 전쟁, 혁명 등이 일어날 때마다 어머니는 할머니가 이런 걸 보시지 않아 다행이라고, 보셨으면 얼마나 괴로워하셨겠느냐고 생각했다.

이렇게 놀라운 일이 벌어지면, 심성이 사나운 사람이라면 자기가 싫어하는 사람들이 예상한 것보다 더 괴로워할 거라고 상상하여 좋아했겠지만, 할머니를 사랑하는 어머니는 그와는 반대로, 슬픈 일이나 언짢은 일도 할머니에게 일어나지 않기를 바랐다. 어머니는 언제나 할머니가 모든 불행으로부터 벗어나 있다고 상상했으며, 할머니에게 어떠한 불행도 일어나선 안 된다고 생각했으므로, 할머니의 죽음도 결국은 현대의 추악한 광경을 보지 않아도 되니 차라리 잘됐다고 여겼고, 그처럼 고상한 할머니의 성격은 이런 광경을 견디지 못하리라고 생각했다. 왜냐하면 낙천주의는 지나간 일에 대한 철학이니까. 실제로 일어난 사건은 모든 가능한 일 가운데서 우리가 아는 유일한 사건이므로 그것으로 일으켜진 불행은 피할 수 없는 일로 보이고, 또한 그것으로 불러올 수밖에 없는 조금의 좋은 일도 그 사건 덕분이며, 그것이 없으면 일어나지 않았을 거라고 우리는 상상한다.

어머니는 또한 할머니가 이런 결혼 소식을 들었을 때, 어떻게 생각하실지 속내를 알아차리려 애쓰면서, 동시에 할머니만큼 기품을 갖추지 못한 우리로선 도저히 불가능하다고도 생각했다. "그렇고말고!" 어머니는 운을 떼었다. "할머니가 아셨더라면 얼마나 놀라셨을까!" 어머니는 이 소식을 할머니에게 전할 수 없어서 안타까웠고, 할머니가 이 일을 모르시는 게 유감스러웠다. 인생이 이렇게 할머니로선 도저히 믿기지 않는 사실을 노골적으로 드러냈다 가는, 할머니가 인간과 사회에 대해 이 세상에서 가졌던 지식을 뒷날 불완전한 것으로 만드는 걸 부당하게 여겼던 것이다. 왜냐하면 쥐피앙의 조카딸과 르그랑댕의 조카의 결혼은, 할머니로선 도저히 일어날 리 없으리라 생각한 공중비행이나 무선전신에 성공을 거두었다는 소식을 어머니가 할머니에게 전하는 일만큼이나, 할머니가 가졌던 일반적 개념을 뒤집는 성질의 것이었기 때문이다. 그러나 뒷날 보다시피 할머니도 인류 과학의 은혜를 입었으면 하는 그 마음은 어머니에겐 지나친 욕망 같았다. 나중에 들은 바에 따르면—왜냐하면 베네치아에 있을 때는 그걸 몰랐으니까—포르슈빌 양은 처음 샤텔르로 공작과 실리스트리 대공에게 청혼을 받았으며, 한편 생루는 뤽상부르 공작의 딸 앙투라그 양과 결혼할 속셈이었다는 사실이다.

자세한 이야기는 다음과 같다. 포르슈빌 양에겐 1억의 재산이 있었다. 애초 마르상트 부인은 포르슈빌 양이 자기 아들에게 꼭 알맞은 신붓감이라고 생각했으나, 이 아가씨가 매우 매력적이라는 사실과 그녀가 부자인지 가난한지는 모르며 알고 싶지도 않지만, 지참금이 없더라도 몹시 까다로운 청년이 이런 신부를 맞이한다면 행복하겠다는 말을 사람들에게 무심코 하고 말았다. 1억이라는 재산에만 관심이 있고, 다른 것은 거들떠보지도 않는 부인으로선 무척 대담한 말이었다. 그러자 사람들은 단박에 부인의 속셈을 알아챘다. 실리스트리 대공부인은 가는 곳마다 생루의 훌륭한 가문에 대해 떠벌리고 다녔으며, 만약 생루가 오데트와 유대인 사이에서 태어난 아가씨와 결혼한다면 포부르 생제르맹도 끝장이라고 큰소리쳤다. 마르상트 부인도 대단히 자신만만한 사람이었지만 더 이상 일을 진전시키지 못한 채 실리스트리 대공부인의 비난 앞에서 주춤거렸다. 그러자 대공부인은 곧장 자기 아들을 위해 질베르트에게 구혼하게 했다. 그녀는 질베르트를 잡아두려고 발악했던 것이다. 그러나 마르상트 부인도 가만히 있지 않았다. 곧바로 뤽상부르 공작의 딸 앙투라그 양에게로 방향을 바꿨다. 그녀는 지참금이 2천만밖에 되지 않아 생루에겐 어울리지 않았는데, 그런데도 그녀는 아무나 붙잡고는 생루씩이나 되는 집안의 일원이 스완 양과 결혼할 순 없는 노릇이라며 외치고 다녔다(포르슈빌이라는 이름은 더 이상 문제 삼지 않았다). 하지만 이런 일이 없었더라면 앙투라그 양과의 결혼에 경계심을 일깨우는 일도 없었으리라. 그로부터 며칠 지나서 무심코 샤테를로 공작이 앙투라그 양과의 결혼을 고려하고 있다고 하자, 유독 칭호에 대해선 누구보다도 말이 많은 마르상트 부인은 작전을 바꾸어 질베르트에게로 돌아가 생루를 위해 구혼을 했다. 그리하여 그 자리에서 바로 약혼이 이루어졌던 것이다.

이 두 약혼은 여러 곳에서 숱한 물의를 빚었다. 집에서 생루를 만난 적이 있는 어머니의 몇몇 친구들은 '방문일'에 찾아와서는 약혼자가 아드님의 친구인 생루가 확실하냐고 물었다. 어떤 이는 한쪽의 결혼을 캉브르메르 르그랑댕 집안의 이야기가 아니라는 말까지 했다. 이것은 확실한 정보다. 왜냐하면 약혼 발표가 있기 전날, 르그랑댕 가문 출신인 후작부인이 소문을 부인했기 때문이라는 것이었다. 나도 그렇고 샤를뤼스 씨도 그렇고, 생루도 나한테 왜 한마디도 없었는지 의아했다. 더구나 그들은 얼마 전 편지를 보내 진한 우정이 담긴 여행 계획 등을 말했고, 만약 그것이 이뤄진다면 결혼식 따윈 도저히 불가능했다. 결국 이런 사안에 대해선 마지막까지 비밀을 지키는 게 상책이라고 여긴 나는, 그들은 생각했던 것보다 친한 친구가 아니었다는 결론을 내렸다. 특히 생루에 대해선 몹시 괴로웠다. 귀족이 보여주는 너그러운 마음, 격의 없음, '대등한 교제'가 연극에 지나지 않음을 깨달은 이상, 나에게 한마디도 없었던 것은 놀랍지도 않았다. 전에 샤를뤼스 씨가 생각지도 않게 모렐을 데리고 갔던 창녀집에선—이 집은 차츰 남자들도 두게 되었다—〈골루아〉지의 애독자인 여주인이 사교계 소식이라면 훤했는데, 그 집에 자주 오는 젊은 손님 가운데 터무니없이 샴페인을 마셔대는 뚱뚱한 신사 하나가 있었다. 그는 이미 엄청나게 비만이었지만 만일에 전쟁이 벌어지더라도 절대로 끌려가는 일이 없을 정도로 살이 쪄야겠다는 것이었다. 그 신사에게 여주인이 말했다. "생루 도령은 '그거'인가 봐요. 캉브르메르 도령도 그런 것 같고요. 부인 될 사람이 안됐지 뭐예요. 어쨌든 그 도령들을 아신다면 이리로 보내주세요. 원하는 건 뭐든지 있으니까요. 덕분에 저도 돈벌이가 쏠쏠하답니다." 이 말을 듣고 뚱뚱한 신사는 자기도 '그거'이면서 버럭 소리쳤다. 또 얼마간 속물이기도 했으므로 사촌인 아르동빌네 집에서 캉브르메르와 생루를 자주 만났는데, 그들은 여자를 매우 좋아하며 '그것'과는 정반대라고 반박했다. 창녀집의 여주인은 콧방귀를 뀌었다. "흥! 그래요?" 그녀는 뚜렷한 증거도 없거니와 현대는 풍속의 퇴폐가 남을 헐뜯는 터무니없는 험담도 성행하는 세상이라며 이해했다.

내가 만난 몇몇 사람들은 편지를 보내서는, 마치 극장 안에서 여성의 모자 높이와 심리소설에 대한 설문 조사를 하듯이 이 두 결혼에 대해 내가 "어떻게 생각하는지" 물었다. 이런 편지엔 대꾸할 마음도 없었다. 두 결혼에 대해 나는 아무런 느낌도 없었으며, 오직 심한 비애감을 느낄 따름이었다. 마치 지나간 인생의 두 부분이 바로 내 옆에 머무르고 있고, 말은 안 해도 하루하루 크나큰 희망을 걸고 있건만 그것이 두 척의 배처럼 깃발을 펄럭이면서 낯선 곳을 향해 영원히 멀어져가는 것 같았다. 당사자들은 이 결혼이 남의 일이 아니라 자기 일인 이상, 더할 나위 없이 당연한 의견을 갖고 있었다. 다만 그들은 지금까지 이런 비밀스런 오점 위에 세워진 '화려한 결혼'에 대해 마구 비웃었던 것이다. 오랜 가문에다 그리 큰 야망도 없는 캉브르메르 집안 사람들마저도 어떤 예외 하나만 생기지 않았더라면 누구보다도 먼저 쥐피앙 따위는 잊고, 올로롱이라는 당당한 가문만 생각했을지도 모르지만, 그 예외란 이 결혼을 가장 자랑스레 여겨도 되는 사람, 즉 캉브르메르 르그랑댕 후작부인이었다. 천성적으로 심술궂은 그녀는 자기 자존심보다도 집안사람들에게 모욕을 주는 기쁨이 더 컸다. 그 결과, 아들을 사랑하지 않으며, 미래의 며느리에게 일찌감치 반감을 품은 그녀는 캉브르메르 가문의 한 사람으로서 결국은 근본도 모르고 치열도 고르지 못한 여자를 아내로 맞는 것은 불행한 일이라고 떠벌렸다. 이에 대해 아들인 캉브르메르가 베르고트 같은 작가나 블로크 같은 작가와도 교제하기 시작한 것을 두고 대체적인 의견은, 그런 화려한 결혼을 약속한 그가 지금까지보다 더 속물이 될 리는 없으며, 오히려 올로롱 공작 가문은 신문에 따르면 '왕족'이라 불릴 정도이므로, 그는 자기가 누구하고든 충분히 교제할 자격이 있을 만큼 높은 지위에 다다랐다고 믿었으리라.

이로써 그는 왕족으로 올라서려는 야심을 버렸고, 군소 귀족은 거들떠보지도 않고 오로지 지적인 부르주아와 어울렸다. 특히 생루에 대한 신문기사는 왕족 조상을 죽 늘어놓음으로써 내 친구들에게 새로운 고귀함을 부여했지만, 그것은 그저 나를 슬프게 할 따름이었다. 얼마 전까지만 해도 마차에 함께 타면 좋은 자리를 내어주고, 자기는 보조의자에 앉는 친구였는데 그런 그가 마치 딴 사람 같았으며, 로베르 르 포르의 후예가 된 것만 같았기 때문이다. 나는 그가 질베르트와 결혼하리란 생각은 꿈에도 하지 않았으므로, 어제까지만 해도 내가 알던 두 사람과는 전혀 다르게, 화학변화처럼 다른 누군가로 변해버린 것이 너무나 괴로웠다. 그러나 생루는 틀림없이 무척 바빴을 테고, 또 사교계 사람들의 결혼은 본디 이렇게 갑자기 이루어지는 경우가 많으며, 그것도 제대로 성사되지 않은 혼담 대신 이루어지는 경우가 많음을 고려했어야 하리라. 이 두 결혼이라는 뜻밖의 충격으로 말미암은 내 슬픔, 이사하는 일만큼이나 울적하고, 질투만큼이나 큰 슬픔은 매우 깊은 것이었다. 그래서 나중에 내 슬픔을 화제로 삼는 사람은 어리석게도 그때의 슬픔과는 정반대의 것, 말하자면 이중 삼중으로 예감했다며 꽤나 칭찬했었다.

질베르트에게 전혀 주의를 기울이지 않던 사교계 사람들도 무척 중대한 일이라는 듯 관심을 보이며 말했다. "아, 저분입니까? 생루 후작과 결혼하는 분 말입니다." 그러면서 물끄러미 그녀를 바라보았는데, 그것은 파리에서 일어나는 모든 일에 흥미를 보일 뿐만 아니라, 더 많은 일을 궁금해하는 듯이 자기가 보는 눈의 깊이를 믿는 사람의 조심스러운 눈길이었다. 반대로 질베르트만 아는 사람은 생루를 눈여겨보고는 내게(대부분 거의 친분도 없는데도) 소개해달라 청했고, 약혼자를 소개받으면 한껏 들떠서 얼굴을 빛내며 돌아와 이렇게 말했다. "풍채가 매우 훌륭한 분이로군요." 질베르트는 생루 후작의 이름이 오를레앙 공작보다 천 배나 높다는 건 인정했지만, 무엇보다 재치 있는 신세대에 속했으므로, 남보다 못하다는 인상을 주고 싶지 않아선지 기꺼이 '마테르 세미타(mater semita ; 어머니의 길)'라고 말했으며, 또 재치 있는 태도를 꾸며 보였다. "이게 저의 '주기도문(pater)'이랍니다."

"캉브르메르 씨 아들의 결혼은 아무래도 파름 대공부인이 중매를 선 것 같구나." 어머니가 말했다. 그건 사실이었다. 대공부인은 오래전부터 자선사업을 통해 르그랑댕과 알고 지냈고, 그를 훌륭한 인물이라고 여기는 한편, 캉브르메르 부인과도 아는 사이였는데, 파름 대공부인이 그녀에게 르그랑댕 씨의 누나냐고 묻자 이내 화제를 돌려버렸다. 대공부인은 캉브르메르 부인이 아무도 받아주지 않아 상류 귀족사회에 들어오지 못하고 어귀에서 서성이며 분통을 터뜨린다는 걸 알고 있었다. 그런 파름 대공부인이 올로롱 양의 신랑감을 찾는 역을 맡고, 샤를뤼스 씨에게 르그랑댕 드 메제글리즈(르그랑댕은 현재 자신을 이런 식으로 부르고 있었다)라는 그 붙임성 있고 교양 있는 사람이 누군지 아느냐고 물었다. 남작은 처음엔 모른다고 했다가 어느 밤 기차 안에서 알게 되어 명함을 건넨 여행자가 갑작스레 생각났다. 그는 애매한 미소를 지으며 속으로 중얼거렸다. '그 남자일지도 몰라.' 사실은 그 르그랑댕의 누나 아들 이야기임을 알고 그는 이렇게 말했다. "허, 거참 뜻밖이로군요. 그가 외삼촌 피를 물려받았다면 그거야말로 제가 바라던 바입니다. 저는 늘 그 사람들을 최고의 남편감이라고 말했거든요."—"그 사람들이라니 누군데요?" 대공부인이 물었다. "오, 부인! 앞으로 자주 뵙게 되면 천천히 말씀드리지요. 부인하고라면 무슨 얘기든지 다 할 수 있습니다. 참으로 총명한 분이시니까요." 샤를뤼스 씨는 솔직히 말하고 싶어서 그렇게 대답했지만 더는 말하지 않았다.

캉브르메르라는 이름이 그의 마음에 들었다. 부모는 탐탁지 않았지만, 그 이름이 브르타뉴의 남작령 네 곳 가운데 하나임은 알고 있었던 것이다. 지방에 확고한 인척관계를 갖고 있으면서 두루 존경을 받는 오랜 이름이었다. 왕족이란 도무지 무리였고, 바람직한 상대도 아니다. 그러므로 이 이름이야말로 딱 알맞았다. 그래서 대공부인은 르그랑댕을 가까이 불렀다. 그는 얼마 전부터 아주 날씬해졌다. 르그랑댕은 얼굴빛은 나빠졌지만 날씬해지려는 마음에 마리앙바드[1]를 떠나지 못하는 여자들처럼, 기병대 장교처럼 몸놀림이 가벼웠다. 샤를뤼스 씨의 몸이 굼뜨고 무거워진 반면에 르그랑댕은 점점 홀쭉하고 민첩해졌는데, 이는 똑같은 원인에서 생겨난 반대의 결과였다. 다만 이 신속한 몸놀림에는 심리적인 이유가 있었다. 그에겐 남의 눈에 띄지 않게 몰래, 그리고 잽싸게 나쁜 장소를 드나드는 버릇이 있었다. 그는 파름 대공비에게서 게르망트 부부와 생루의 이야기를 듣고, 그분들이라면 전부터 아는 사이라고 말했다.

---

*1 Marienbad, 체코공화국 카를로비바리 주에 있는 온천 요양지.

그때 그는 예로부터 게르망트 성주 부부 이름을 알고 있었으며, 앞으로 생루 부인이 될 여성의 아버지인 스완을 자신의 작은어머니 집에서 만났다는 사실을 말했다. 그러면서 정작 르그랑댕은 콩브레에서 스완의 아내나 딸과 교제하려 하지는 않았다.

"저는 얼마 전 여행에서 게르망트 공작의 동생분과 일행이 된 적도 있었답니다. 샤를뤼스 씨죠. 그쪽에서 먼저 자연스럽게 말을 걸어오더군요. 이런 점으로 보아도 그분이 거드름이나 피우는 아니꼬운 사람이 아님을 알 수 있어요. 물론 그분에 대해 여러 소문이 나돈다는 건 압니다. 하지만 저는 그런 말을 절대로 믿지 않아요. 게다가 저는 남의 사생활을 개의치 않습니다. 그분이 심성이 곱고 매우 교양 있는 분이라는 인상을 받았거든요." 이에 대공부인은 올로롱 양의 이야기를 꺼냈다. 게르망트 가문 주위에선 인정 많은 샤를뤼스 씨가 가난하고 매력적인 아가씨를 보살펴주는 일에 깊이 감동하고 있었다. 동생의 평판을 걱정하던 게르망트 공작은 어떤 미담을 들어도 그건 더할 나위 없이 자연스러운 일임을 느끼게 했다. "내가 하려는 말을 이해할지 모르지만 그건 아주 자연스러운 일이오." 그는 교묘함이 지나쳐 어색한 표현을 썼다. 사실은 그 아가씨가 자기 동생이 낳은 딸이며, 동생도 그걸 인정한다는 걸 드러내는 데 목적이 있었다. 그렇게 되면 쥐피앙 문제도 함께 설명이 된다. 파름 대공부인은 이런 생각을 넌지시 비쳤고, 그것은 결국 캉브르메르 집안 아들과 결혼할 상대는 루이 14세의 서녀(庶女)로서 오를레앙 공작도, 콩티 대공도 함부로 하지 못했던 낭트 양 같은 사람임을 르그랑댕에게 이해시키기 위해서였다.

파리로 돌아오는 기차 안에서 어머니와 함께 이야기를 나누었던 이 두 결혼은 지금까지 이야기에 등장했던 몇몇 인물에게 상당히 중요한 영향을 끼쳤다. 먼저 르그랑댕이다. 말할 것도 없이 그는 마치 남의 눈에 띄면 곤란한 집에라도 들어가듯 맹렬한 기세로 샤를뤼스 씨 저택으로 뛰어들었는데, 그것은 자기 용맹성을 과시하기 위해서이기도 하지만, 나이를 감추기 위해서이기도 했다. 왜냐하면 우리 습관은 이미 쓸모가 없어진 곳에까지 끈질기게 따라다니기 때문이다. 샤를뤼스 씨는 르그랑댕에게 인사하면서 알쏭달쏭한 미소를 지었는데, 거의 아무도 눈치채지 못했다. 이 미소는 평소 화려한 사교계에서 가끔 얼굴을 보는 두 남자가 공교롭게도 나쁜 장소에서 덜컥 마주쳤을 때 나누는 미소와—사실은 정반대인데도—매우 비슷했다(이를테면 지난날 엘리제궁에서 프로베르빌 장군이 스완을 만났을 때, 장군은 스완을 알아보자마자 롬 대공부인 댁을 늘 드나들던 두 사람이 그레비 대통령을 만나기 위해 이런 자리에서 마주쳤다는 사실에 냉소적이고 알쏭달쏭한 공범의 시선을 나누었던 것처럼).

특히 눈에 띄는 것은 그의 성격이 완전히 나아졌다는 점이었다. 르그랑댕은 훨씬 전부터—내가 아주 어렸을 때 콩브레로 휴가를 보내러 가던 시절부터—귀족 사회와의 교제를 은근히 바랐는데, 그 결과로 시골 별장의 그다지 변변치 않은 모임 따위에 어쩌다 한 번 초대되는 게 고작이었다. 그러나 조카의 결혼 덕분에 소원하던 관계를 하나로 이음으로써 르그랑댕은 사교계에서 확고한 지위를 얻게 되었고, 게다가 전부터의 교제에서 개인적인 관계에 지나지 않았지만 친하게 오가던 사람들이 과거로 거슬러 올라가 이 지위를 굳건히 해주었다. 누가 그를 소개하면 부인들은, 이분은 20년도 전부터 우리 시골로 2주일 동안이나 보내러 오셨다느니, 살롱에 있는 그 낡은 청우계도 이분이 주신 거라 말하는 것이었다. 그는 자기가 우연히 들어간 동아리에 이제는 그와 인척이 된 공작들이 있다고 말한 적도 있었지만, 이런 사교계 지위를 손에 넣음과 함께 그는 그것을 이용하지 않게 되었다. 지금은 누구나 그를 환영한다는 사실이 사람들에게 알려졌으므로 이젠 초대를 받아도 기뻐하지 않게 된 건 아니지만, 오랫동안 경쟁하던 두 가지 악습 사이에 자연스럽지 않은 것, 즉 속물근성이 다른 한쪽의 보다 자연스러운 악습에게 자리를 내어주었기 때문이다. 후자는 비록 빗나가 있기는 하지만 자연으로의 어떤 회귀를 나타냈으니까. 이 두 가지 악습은 도저히 양립하지 못하는 것은 아니며, 어느 공작부인이 연 잔치에서 돌아오는 길에 도시 변두리를 탐색할 수도 있다. 그렇지만 르그랑댕은 나이가 들자 정열이 식어 쾌락을 추구할 마음도 없었고, 뚜렷한 목적 없이는 외출도 하지 않게 되었다. 또한 본능적인 쾌락도 이젠 정신적인 게 되어서는 조용한 친구와의 교제나 느린 대화가 중심이 되었으며, 그래서 시간 대부분을 서민들과 보낸 결과, 사교에 쓸 시간이 거의 없었다.

캉브르메르 부인도 게르망트 공작부인의 호의 따윈 개의치 않게 되었다. 그러나 사람은 타인과 함께 있을수록 결국엔 반드시 상대의 장점을 발견하고, 결점에는 익숙해지므로 게르망트 공작부인은 캉브르메르 후작부인과 교류할 수밖에 없게 되었을 때, 그녀가 지성이 넘치고 교양을 갖춘 부인임을 알게 되었다. 내겐 하찮게 보이는 지성이나 교양이 공작부인에겐 대단하게 비쳤던 것이다. 그래서 그녀는 해질녘이면 자주 캉브르메르 부인을 만나러 가서는 여간 해선 돌아가려 하지 않았다. 캉브르메르 부인은 게르망트 공작부인을 아주 매력 있는 사람으로 여겼는데, 공작부인이 자신에게 다정하게 대하는 순간, 그 매력은 사라져버렸다. 그녀는 공작부인을 의례적으로 대했을 뿐, 좋아서가 아니었다. 이보다 더 두드러진 변화는 질베르트에게 찾아왔다. 그것은 스완이 결혼했을 때 일어난 변화와 대칭적이기도 하고, 다르기도 했다. 처음 며칠 동안 질베르트는 특별히 뽑은 사람들을 집에 초대하는 일이 즐거웠다. 그녀는 어머니와 친한 친구들도 초대했는데, 그것은 유산 때문이었으며, 그런 사람들만 오는 날이 정해져 있었다. 그들은 우아한 사람들과 동떨어져 자기들끼리만 있었는데, 그것은 마치 봉탕 부인이나 코타르 부인이 게르망트 대공부인이나 파름 대공부인과 만나면 불안정한 두 화약이 만나듯이 돌이킬 수 없는 파국을 불러올 것만 같았다. 그런데도 봉탕 부인과 코타르 부인, 그 밖의 사람들은 자기들만 있는 만찬에 실망하면서도 이런 말을 할 수 있다는 사실이 자랑스러웠다. "우리는 생루 후작부인 댁의 만찬에 초대를 받았답니다."

때로는 염치없게도 마르상트 부인이 그들과 함께 초대되는 일도 있었는데, 그녀는 두꺼운 깃털이 달린 부채를 들고 귀부인인 척했지만, 이 또한 유산을 노리고 하는 행동이었다. 그녀는 때때로 수수한 손님들에 대한 찬사를 잊지 않았다. 그들은 신호를 보내지 않으면 움츠리고 있어 모습도 드러내지 않았는데, 마르상트 부인은 코타르 부인이나 봉탕 부인 등의 눈치 빠른 사람들에게 말을 걸어 몹시 우아하고도 거만한 인사를 보내곤 했다. 나도 전 같으면 '발베크의 사랑스런 여자친구들'을 위해 이런 장소에 있는 모습을 보이고 싶어서 그들의 무리에 끼려고 했을 것이다. 하지만 질베르트에게 나는 이제 남편과 게르망트 부부의 친구였다(어쩌면 내 부모가 그녀 어머니와의 교제를 피했던 그 콩브레 시절부터 질베르트는 이미 온갖 사물에 다양한 이용가치를 부여하려 하지 않았을 뿐만 아니라, 사물을 오직 종류에 따라 나누는 나이였기 때문에 내게 습관적인 권위를 주었는지도 모른다). 그녀는 이런 모임이 내게 어울리지 않는다고 보고, 내가 돌아가려 할 때면 이렇게 말했다. "와주셔서 정말 고마워요. 하지만 모레도 꼭 오세요. 게르망트 외숙모와 푸아 부인이 오시거든요. 오늘은 어머닐 기쁘게 해드리려고 어머니의 친구분들만 초대했어요."

그나저나 이런 일도 몇 달밖엔 계속되지 않았고 모든 것이 순식간에 달라졌다. 질베르트의 사교 생활이 스완의 그것과 비슷한 대조를 보일 운명이었기 때문일까? 여하튼 질베르트는 생루 후작부인이 된 지 며칠 지나지도 않았건만(나중에 밝혀지다시피 곧 게르망트 공작부인이 되지만), 가장 화려하고 손에 넣기 힘든 것에 다다랐으며, 이젠 게르망트라는 이름이 금빛 칠보처럼 자기와 하나가 되었으므로 어떤 사람과 교제하건 자기는 생루 후작부인임에 틀림없다고 생각했던 것이다. 그러나 이것은 착각이었다. 왜냐하면 귀족 칭호의 가치는 주가와 같아서 수요에 따라 올라가고, 공급이 많으면 떨어지기 때문이다. 결코 사라질 성싶지 않던 것도 천천히 파멸로 향하며, 사교계의 지위도 일단 생겨나면 영원한 것이 아니다. 그것은 강대한 제국과 마찬가지로 끊임없이 계속되는 어떤 창조에 의해 시시각각 재선되어야 한다. 이것은 지난 반세기 동안 사교계와 정치 역사에 생겨난 비정상적 사태들을 설명해준다. 세계는 최초의 창조로만 끝나지 않고 날마다 창조되고 있는 것이다.

생루 후작부인은 스스로에게 되뇌었다. "나는 생루 후작부인이야." 그녀는 어제 여러 공작부인에게서 받은 3건의 만찬 초대를 거절했음을 떠올렸다. 후작부인의 이름이 그녀가 초대한 대체로 귀족적이지 않은 사람들의 신분을 어느 정도 올리기는 했지만, 반작용이 일어나 후작부인이 맞이하는 사람들은 그녀의 이름값을 떨어뜨렸다. 이런 작용에 저항할 수 있는 건 아무것도 없다. 가장 위대한 이름도 결국엔 사라지는 법이다. 스완은 프랑스 왕가의 어느 공주를 알고 있었는데 그녀의 살롱은 아무나 들여놓은 탓에 가장 낮은 지위로 추락하지 않았던가! 어느 날 롬 대공부인은 예의상 이 공주의 집에 잠깐 들렀다가 시시한 손님들만 있는 걸 보고, 뒷날 르루아 부인의 살롱에 가서 스완과 모델 후작에게 이렇게 말했다. "아유, 이제야 마음이 편안해지네요. ……대공부인 댁에서 오는 길인데 그곳엔 아는 얼굴이라곤 셋밖에 없더라니까요." 한마디로 "내 이름만 있으면 더는 긴말할 필요가 없다"고 호언장담했던 오페라의 등장인물과 의견이 같았던 질베르트는 그녀가 지금까지 그토록 열망했던 것을 대대적으로 경멸했으며, 포부르 생제르맹에 사는 사람들은 하나같이 바보라서 상종 못할 부류라고 공공연히 말하더니 결국은 행동으로 옮겨 그들과의 교제를 끊었다. 그 뒤로 질베르트와 알게 된 사람들은, 그녀의 허락이 떨어진 다음 드나들기 시작하던 무렵에 이 게르망트 공작부인이 사교계 사람들을 너무나 쉽게 업신여기는 걸 보았다. 그녀는 사교계 사람들을 하나도 들이지 않았고, 어쩌다가 그것도 말쑥한 인물이 감히 그녀의 집에 발을 들여놓으면 눈앞에서 대놓고 하품을 하는 것이었다. 그걸 본 사람들은 사교계가 엄청 멋진 곳인 줄 알고 동경했던 사실을 부끄러워했으며, 날 때부터 고귀한 심성을 지녀 그런 약점 따윈 절대 이해하지 못할 이 여성에게 자기들의 비밀이기도 한 지난날의 이 창피한 약점은 절대로 털어놓을 수 없다고 생각했다.

그녀가 심한 말로 공작들을 험담하는 소리가 들려왔고, 사람들은 한층 의미 깊은 일로서 그녀가 이런 비웃음과 완전히 들어맞는 행동을 하는 것을 보았다. 그들은 스완 양을 포르슈빌 양으로, 포르슈빌 양을 생루 후작부인으로, 나아가서는 게르망트 공작부인으로 만든 우연의 원인이 무엇인지 캐낼 생각은 꿈에도 하지 않으리라. 또한 질베르트가 뒷날 보인 태도를 설명하는 데 있어서 이 우연의 원인과 마찬가지로 결과도 도움이 되리라곤 전혀 생각지 않았을 것이다. 서민과의 교제를 어떻게 생각하는지는 그녀가 아직 스완 양이었을 때와, 남들이 '공작부인'이라 부르고, 따분한 다른 공작부인들을 '나의 사촌'이라고 부르는 귀부인이 되었을 때는 전혀 같지 않기 때문이다. 인간은 이루지 못한 목표를 경멸하기 일쑤인데, 또한 결정적으로 이룩해낸 목표도 깔보기 마련이다. 이러한 경멸은 우리가 모르던 시절부터 그 사람의 일부를 이루고 있었던 것 같다. 그러나 세월의 흐름을 거슬러 올라갈 수 있다면, 그 사람들이 우리와 똑같은 결점에 의해 다른 누구보다 훨씬 갈기갈기 찢겨 있는 모습을 발견하게 되리라. 하지만 그들은 그런 결점을 완전하게 덮어 감추거나 아니면 결점의 극복에 성공했으므로, 그들에게 지금까지 단 한 번이라도 그런 결점이 있었을 리 없다고 생각할 뿐만 아니라, 그런 걸 상상조차 하지 못할 사람이므로 타인의 결점도 절대로 용서할 리 없다고 믿는 것이다. 이윽고 새로운 생루 후작부인의 살롱은, 적어도 사교계 관점에선 결정적인 형태를 보이기에 이른다. 다른 측면에서도 그곳에 어떤 불화의 폭풍이 몰아치는지는 머잖아 알게 되리라.

한편 이러한 결정적인 형태가 사람들을 놀라게 한 것은 다음과 같은 이유였다. 그즈음 파리에서 열린 초대연 가운데 가장 화려하고 세련되며, 게르망트 대공부인의 초대연과 어깨를 나란히 할 정도로 휘황했던 연회는 생루의 어머니인 마르상트 부인이 연 모임이었다. 또한 오데트의 살롱은, 격이 훨씬 떨어지기는 해도 눈부실 정도의 화려함과 우아함에선 결코 뒤지지 않았다. 그러나 생루는 아내의 막대한 재산 덕분에 최고의 쾌적함을 얻은 데 만족했고, 음악가들을 불러 멋진 연주를 시키면서 훌륭한 만찬을 즐겼지만, 그런 다음엔 얌전히 지냈다. 한때는 그토록 자존심 강한 야심가였던 이 사내가, 그의 어머니라면 집에 부르는 일이 결코 없을 그런 친구들을 불러다 사치스런 생활을 나누는 것이었다. 질베르트는 스완이 늘 하던 말을 실천하고 있었다. "질은 아무래도 상관없지만 양이 문제다." 생루는 아내를 사랑하기 때문에, 또 그런 호화로운 생활은 그녀 덕이기 때문에 아내가 하자는 대로 했으며, 자신의 본디 생각과도 들어맞는 그런 취미에 반대할 생각은 전혀 없었다. 그래서 생루 부부의 초대연은 최근 몇 년 동안 마르상트 부인이나 포르슈빌 부인이 주로 자식들의 화려한 결혼을 위하여 베풀던 거창한 연회가 아니었다. 생루 부부는 함께 승마를 할 수 있는 훌륭한 말도 여럿 있었고, 가까운 바다 여행을 위한 멋진 요트도 갖고 있었는데, 거기에 함께 갈 손님은 단 두 명밖에 없었다. 파리에선 날마다 서너 명의 친구를 만찬에 초대했는데, 그 이상인 경우는 단 한 번도 없었다. 따라서 예상 밖이긴 했지만, 자연적 퇴화현상에 의해 양쪽 어머니가 쌓아올린 커다란 새장은 한적하고 볼품없는 둥지로 변하고 말았다.

이 두 혼사에서 가장 불운한 제비를 뽑은 건 올로롱 양이었다. 성당에서 결혼식이 있던 날 이미 티푸스에 걸렸던 그녀는 가까스로 결혼식장에 도착했지만, 몇 주 뒤에 세상을 떠났다. 그녀가 죽은 뒤 여러 곳으로 보낸 부고장에는 쥐피앙의 이름과 함께 몽모랑시 자작 부부, 부르봉 수아송 백작부인, 모데나 에스테 대공, 에뒤메아 자작부인, 에섹스 양 등 유럽의 거의 모든 대귀족의 이름이 들어 있었다. 죽은 사람이 쥐피앙의 딸에 지나지 않는다는 걸 알았던 사람도 그녀에게 이렇게 수많은 쟁쟁한 친척이 있음을 보고 그리 놀라지 않았으리라. 정말로 중요한 일은 명가와 친척이 된다는 것이었다. 그렇게 되면 조약 해당 사유(casus foederis)가 발동하여 유럽 전체의 모든 왕족이 한낱 서민의 딸의 죽음에 애도를 표하게 된다. 그러나 실제 사정을 모르는 대부분의 신세대 젊은이들은 이 부고장을 보고 캉브르메르 후작부인 마리 앙투아네트 올로롱을 명문 귀족 출신으로 여길 뿐만 아니라, 그 밖에도 많은 착각을 일으킬 수 있다. 그들이 프랑스 각지를 여행하여 조금이라도 콩브레 지방을 안다면, 이를테면 L. 드 메제글리즈 백작의 이름이 버젓이 게르망트 공작의 이름과 나란히 적혀 있는 걸 보아도 전혀 이상하게 여기지 않을 것이다. 메제글리즈와 게르망트는 서로 이웃해 있거니와 '같은 지방의 오랜 귀족이므로 어쩌면 몇 세대 전부터 인척관계일 것'으로 생각할지도 모른다. "혹시 게르망트 가문에서 분가한 지파가 메제글리즈 백작이라는 이름을 쓰고 있는지도 몰라." 하지만 메제글리즈 백작은 게르망트 가문과 아무 관련이 없으며, 다만 캉브르메르 집안의 인척관계로 부고장에 이름을 올렸을 뿐이다. 왜냐하면 메제글리즈 백작은 2년 동안 르그랑댕 드 메제글리즈로 행세하다가 갑자기 승진한 우리의 옛 친구, 르그랑댕이기 때문이다. 똑같은 가짜 작위 칭호라 해도 게르망트 가문으로선 이보다 거슬리는 일은 없을 것이다. 왜냐하면 그들은 예전에 진짜 메제글리즈 백작과 인척관계에 있었기 때문이다. 그런 메제글리즈 가문의 후예로선 단 한 명의 여성이 남아 있을 따름이었다. 그녀는 부모의 이름도 성도 모르는 데다, 내 고모의 소작인과 결혼했는데, 메나제라는 이름의 이 남자는 벼락부자가 되어 미루그랭의 땅을 사들여서 지금은 메나제 드 미루그랭이라는 이름을 쓰고 있었다. 그래서 그의 아내가 메제글리즈 출신이라고 하면 사람들은 이렇게 생각했다. "그 사람은 메제글리즈 땅에서 태어났나 보군. 그녀를 메제글리즈 출신이라고 하는 건 남편을 미루그랭 출신이라고 하는 것과 마찬가지일 거야."

어떠한 가짜 칭호도 게르망트네 사람들을 이토록 불쾌하게 하지는 않았으리라. 그러나 귀족계급에 속하는 사람들은 어떤 관점에서든 도움이 된다고 여기는 결혼이 문제로 떠오르면, 그런 기분 나쁜 일이나 그 밖의 많은 일도 대번에 받아들일 수 있었다. 그래서 게르망트 공작의 비호를 받던 르그랑댕은 같은 시대의 일부 사람들에게 진정한 메제글리즈 백작이었으며, 다음 세대의 모든 사람에게도 그러할 것이었다. 사정에 어두운 젊은 독자가 저지르기 쉬운 하나의 착각은, 포르슈빌 남작 부부가 생루 후작의 친척이자 장인 장모로서, 즉 게르망트 가문 쪽에 이름을 낸 줄로 생각하기 쉬운 것이다. 그러나 게르망트 가문의 친척은 로베르이지 질베르트는 아니므로 포르슈빌 남작 부부는 이쪽으로 얼굴을 내밀어선 안 된다. 더구나 그들은 언뜻 그렇게 보임에도 캉브르메르 쪽이 아니라 사실은 신부 옆에 이름을 냈고, 그것은 게르망트 가문 때문이 아니라 쥐피앙 때문이었다. 사정에 밝은 독자는 오데트가 쥐피앙의 외사촌누이임을 알 것이다.

샤를뤼스 씨는 수양딸이 결혼한 뒤로는 오직 젊은 캉브르메르 후작에게 정을 쏟았다. 이 젊은 후작은 샤를뤼스 남작과 취향이 같았는데, 그래도 올로롱 양의 남편으로 뽑힌 이상, 그가 홀아비가 된 지금에는 남작이 그를 더욱 아낀 것도 무리는 아니었다. 이 밖에도 젊은 후작이 샤를뤼스 씨의 매력적인 친구로서 장점이 없었던 것은 아니다. 하지만 그가 비록 재능이 뛰어난 사람이라 해도 그와 친밀한 관계를 맺으려는 사람에게 이것은 무시할 수 없는 장점이며, 게다가 그가 휘스트를 할 줄 안다면 더는 바랄 게 없었다. 젊은 후작은 대단히 총명했다. 그는 어릴 적부터 페테른에선 소문이 자자했고, '할머니를 빼닮아서' 정열적인 데다 음악 애호가였다. 그 밖에도 몇 가지 특징이 있었는데 이 것은 가족 모두가 그렇듯이 격세유전(隔世遺傳)이라기보단 모방에서 온 것이었다. 그의 아내가 죽고 얼마 뒤, 레오노르라고 서명된 편지를 받았을 때, 나는 처음엔 그의 이름임을 떠올리지 못하다가, 맨 끝의 "나의 진정한 공감을 믿어주기 바라네"라는 문구를 읽었을 때, 누가 쓴 편지인지를 알았다. 꼭 알맞은 자리에 놓인 '진정한'이라는 형용사가 레오노르라는 이름에 캉브르메르라는 성을 덧씌워주었던 것이다.

기차가 파리역에 닿을 때까지 나와 어머니는 이 두 가지 소식에 대해 여전히 이야기하고 있었다. 어머니는 내 여행길이 지루하지 않도록 그 소식을 여행의 뒷부분에 알려주려 했는지 밀라노를 지나기 전엔 말하지 않았다. 어머니는 어느새 당신의 유일한 관점인 외할머니의 관점으로 돌아가 있었다. 어머니는 처음엔 할머니가 들었으면 틀림없이 놀랐을 거라고 생각했고, 다음엔 분명 슬퍼하셨을 거라고 했는데, 그것은 요컨대 이런 놀라운 소식을 듣고 할머니가 분명 즐거워하셨으리란 사실을 다르게 표현한 것에 지나지 않았다. 할머니가 즐거움을 빼앗긴 것을 인정할 수 없었던 어머니는 오히려 이런 소식을 들으면 할머니는 슬퍼하시기만 했을 테니 모든 것은 이대로가 좋다고 생각했다. 그러나 집으로 돌아오자마자 어머니는 인생이 가져오는 모든 뜻밖의 사실에 할머니와 함께하지 못한다는 걸 아쉬워하는 일은 지나친 이기심이라고 생각했다. 그보다 이런 일은 할머니에게 뜻밖의 일이 전혀 아니며, 어머니에겐 오로지 할머니의 예상을 뒤집을 뿐이라고 상상하는 편이 훨씬 더 나았다. 어머니는 이런 사건이 할머니의 예지력을 증명하며, 할머니의 정신이 우리가 생각했던 것 이상으로 깊고, 또 할머니의 선견지명이 올바르단 사실을 증명한다고 생각하려 했다. 그래서 어머니는 오로지 할머니에 대한 존경심 때문에 서둘러 이렇게 덧붙였다. "하지만 돌아가신 네 할머니가 이것에 동의하지 않으리란 걸

어떻게 알지? 그토록 너그러운 분이셨는데. 할머니에게 사회적 신분 따윈 아무것도 아니었단다. 문제는 타고난 기품이었어. 너도 생각날 거야. 신기하게도 그 아가씨들 둘 다 할머니의 마음에 들었던가 봐. 기억하니? 처음 빌파리지 부인을 방문하고 돌아오는 길에 할머니가 게르망트 씨에 대해 몹시도 품위 없는 사람이라고 하셨던 걸 말이야. 반대로 쥐피앙 집안에 대해선 온갖 말로 칭찬하셨지. 돌아가신 네 할머닌 쥐피앙에 대해 말씀하시기를, 내게 딸이 하나 더 있다면 그에게 시집보내겠다고, 또 쥐피앙의 딸에 대해선 아버지 이상으로 칭찬하셨더랬지. 또 스완 씨의 딸에 대해선 어떻고. '그 애는 매우 매력적인 아이더구나. 틀림없이 번듯한 집안으로 시집갈 거야' 하셨지. 불쌍한 어머니, 이걸 보셨더라면 좋았을 것. 정말 무척 정확하게 간파하고 계시지 않니? 마지막까지, 돌아가신 뒤에도 우리에게 선견지명과 상냥함, 사물의 올바른 평가에 대해 가르쳐주시는구나."

어머니는 할머니가 빼앗긴 기쁨, 우리가 안타깝게 여기는 것이라곤 생활 속의 더할 수 없이 사소한 기쁨들이고, 할머니를 즐겁게 해드릴 만한 다른 사람의 흉내, 즐기시던 요리, 마음에 드는 작가의 새로운 소설 등이므로 이렇게 말했다. "얼마나 깜짝 놀라셨을까! 얼마나 재미있어하셨을지. 또 얼마나 근사한 편지로 답장을 써보내셨을지." 어머니는 계속했다. "맞아, 돌아가신 스완 씨는 게르망트 댁에서 질베르트를 초대해주길 그토록 바라셨잖니? 당신의 딸이 게르망트 집안사람이 된 걸 보면 얼마나 기뻐하셨을지!"—"하지만 이름이 달라요. 포르슈빌 양으로 결혼하는데도 스완 씨가 좋아했을까요?"—"아! 참, 그랬었지. 그걸 깜박했구나."—"그래서 저는 그 '심술쟁이 아가씨' 일이 그다지 기쁘지가 않아요. 그녀를 그토록 끔찍이 아껴준 아버지의 이름을 어떻게 버릴 생각을 하죠?"—"그건 네 말이 맞구나. 스완 씨는 이걸 모르는 게 차라리 나을지도 몰라." 이렇게 같은 일이라도 죽은 사람에게나 살아 있는 사람에게 그 일이 기쁨일지 고통일지는 쉽게 알 수 없다. "생루 부부는 아마도 탕송빌에서 지낼 모양이더구나. 스완 씨의 아버지는 돌아가신 네 할아버지에게 그곳의 연못을 그토록 보여주고 싶어했었는데, 언젠가 게르망트 공작이 그 연못을 자주 바라보게 되리란 걸 상상이나 했겠니? 특히 자기 아들의 불명예스런 결혼을 알았더라면 도저히 그런 일은 상상할 수 없었을 거야. 어쨌든 넌 생루 씨에게 탕송빌의 장밋빛 산사나무 열매며, 백합이며, 아이리스에 대해 자주 이야기를 했으니까 생루가 너를 더 잘 알겠구나. 앞으로 그 꽃들의 소유자가 되는 건 그 사람일 테니까."

이렇게 우리집 식당에선 언제나처럼 등불 아래서 한가로운 이야기들이 펼쳐졌는데, 그곳에선 국민의 예지라 불리는 격언이 아니라 가족의 예지가 죽음, 결혼, 유산상속, 파산 같은 어떤 사건을 포착하고, 그것을 기억 확대 렌즈 밑으로 미끄러뜨리며, 돋을새김해서 사건을 실제로 겪지 않은 사람에겐 똑같은 평면 위에 뒤섞여 있는 것처럼 보인다. 이를테면 죽은 사람들의 이름이나 속속 바뀌는 주소, 재산의 기원과 그 변화, 소유지의 이전 같은 것들을 서로 분리하거나 후퇴시켜 공간과 시간의 다양한 지점에 원근을 맞추어 자리매기는 것이다. 이런 가족의 예지는 뮤즈라는 여신이 불어넣어준 게 아닐까? 신선한 인상과 어떤 창조력을 유지하고 싶다면 되도록 오랫동안 이것을 모르는 편이 낫다. 그러나 그런 존재를 전혀 몰랐던 사람들도 인생의 황혼 녘에 시골의 오래된 성당에 섰을 때, 문득 이 뮤즈와 마주칠 때가 있다. 그럴 때, 그들은 제단의 조각이 나타내는 영원한 아름다움보다, 유명한 개인 컬렉션으로, 어느 예배당으로 옮겨가 마침내 미술관으로 들어갔다가 결국 성당으로 다시 돌아온 그 조각이 지나온 기구한 운명에 감동하게 된다. 또는 아르노나 파스칼의 유해로 생겨난 포석 위를 걷고 있다고 느끼거나, 목제 기도대에 달린 놋쇠판에서 시골 귀족이나 지방 명사의 딸 이름을 헤아려 읽고서는, 건강한 시골 아가씨의 얼굴을 상상하면서 감동한다. 철학이나 예술의 고상한 뮤즈, 아홉 여신들이 팽개치고 돌보지 않는 것, 진실로 세워지지 않은 것, 우연적이기는 하지만 다른 법칙을 밝혀주는 것, 그런 모든 것을 주워 모으는 뮤즈야말로 역사이다!

어머니의 옛 친구들이 질베르트의 결혼 이야기를 하려고 찾아왔다. 대부분은 콩브레 사람들인데, 그녀들은 이 결혼에 전혀 현혹되지 않았다. "포르슈빌 양이 누군지 아시죠? 별일 아니에요. 그냥 스완의 딸이잖아요. 그리고 결혼의 증인은 자기를 샤를뤼스 남작이라고 부르게 한 사람인데, 그 사람은 옛날 그애 어머니와 공공연하게 그렇고 그랬던 늙은이예요. 스완은 모든 걸 알면서도 그게 득이 된다고 눈을 감고 있었던 거죠."— "아유, 무슨 말씀을 하시는 거예요?" 어머니가 항변했다. "첫째, 스완 씨는 대단한 부자였어요. 하긴 남의 돈이 필요했던 걸 보면 그리 큰 부자는 아니었던 모양이에요. 그래도 그 부인은 어떻게 그런 식으로 옛날 애인을 다시 끌어안을 수 있을까요. 첫 번째 애인과 용케 결혼한 다음엔 세 번째 애인과도 결혼했고, 두 번째 애인은 무덤에서 반쯤 끌어내선 딸의 증인을 서게 하다니요. 그 딸은 첫 번째 애인의 딸인지 다른 사람 아이인지 알 수도 없어요. 왜냐하면 그렇게 숫자가 많으니 누구 자식인지 알 게 뭐예요. 본인도 분명 뭐가 뭔지 모를 거라고요. 내가 세 번째라고 했지만 사실은 백 명 중 세 번째라고 하는 게 나아요. 참, 그 딸도 우리와 마찬가지로 포르슈빌 가문 사람이 아니니까 물론 귀족이 아닌 사람이 남편감으로 어울려요. 그런 아가씨와의 결혼에는 사기꾼이 딱이죠. 그 흔한 뒤퐁인지 뒤랑인지 하는 이름이라나 봐요. 콩브레의 시장이, 신부님한테도 인사를 안 하는 급진파가 아니라면 내가 진실을 밝혀낼 텐데. 그런데 결혼을 알릴 때는 본명을 밝혀야만 하거든요. 신문이나 청첩장을 보낼 업자한테는 생루 후작이라고 해도 괜찮죠. 아무한테도 폐가 되지 않거니와 그게 그 사람들 마음에 든다면 특별히 불평할 것도 없어요. 제가 곤란할 것도 없고요. 소문이 무성했던 부인의 따님과 교제가 있는 건 아니니까 하인들한텐 어엿한 후작부인으로 행세해도 되겠죠. 하지만 신분증명서는 달라요. 아유, 내 사촌 사즈라가 아직도 관청에 있었다면 편지를 보내 어떤 이름으로 알렸는지 가르쳐달라고 하련만."

나는 이즈음에 다시 교제를 시작한 질베르트와 꽤 자주 만나고 있었다. 왜냐하면 우리의 인생은 우정의 생명의 지속으로 길이를 잴 수는 없기 때문이다. 얼마간 시간이 흐르면(마치 정치 세계에서 옛 각료들이 부활하거나, 연극계에서 잊혔던 옛 희곡이 재연되는 것처럼) 전과 똑같은 사람들과 오랫동안 멈춰 있던 우정이 다시, 그것도 기쁘게 맺어지는 수가 있다. 10년의 세월이면 한쪽이 지나치게 사랑할 이유도 없어지고, 다른 한쪽의 지나친 요구에 못 견디는 경우도 없다. 그런 이유는 이미 존재하지 않는 것이다. 나머지는 다만 서로에게 좋은 점만 남는다. 질베르트는 예전 같으면 거부했을 일을 뭐든지 내게 해주었다. 아마도 내가 그것을 그리 열망하지 않았기 때문이리라. 우리가 이런 변화의 이유를 서로 이야기한 것은 아니지만, 지난날의 그녀라면 견디지 못했을 일로 보였을 텐데, 지금의 그녀는 언제나 내 곁에 다가와서는 결코 서둘러 떠나려고 하지 않는다. 그것은 장애가 사라졌기 때문이다. 나의 사랑이라는 장애가.

그로부터 얼마 뒤, 나는 며칠 동안 탕송빌에서 지내게 되었다(그곳에 가는 건 괴로웠다. 왜냐하면 그 무렵 내겐 파리에 빌려놓은 집에서 머무는 아가씨가 있었기 때문이다. 숲에서 나는 향기와 호수가 내는 속삭임이 필요한 사람이 있듯이 내겐 내 곁에서 잠든 아가씨가 필요했고, 낮엔 그 아가씨를 차 안이나 줄곧 내 곁에 두어야만 했다. 비록 하나의 사랑이 흘러갔다 해도 그것은 다음에 오는 사랑의 형태를 결정하는 수가 있으니까. 지난날 사랑을 하던 때에도 매일의 습관이 있었지만, 그것의 시작이 무엇이었는지 그때는 떠오르지 않았었다. 그러나 원인은 첫날의 고뇌였다. 사랑하는 여인의 집까지 차로 데려다준다든지, 내 집에서 그녀를 살게 한다든지, 그녀가 외출할 때마다 나나 내가 신뢰하는 사람이 따라다니도록 강하게 요구하고, 나중엔 의미마저 잊어버린 풍습처럼 그것을 당연히 받아들이도록 했던 것이다. 이런 갖가지 습관은 우리 사랑이 매일처럼 지나다니는 일정한 넓은 길 같은 것이었는데, 전엔 세찬 감정의 화산에서 뿜어져 나온 불꽃 속에 습관이 녹아 있었다. 하지만 이런 습관은 여자보다 훨씬 나중까지 계속된다. 뿐만 아니라 여자의 추억보다도 나중까지 이어지는 것이다. 그것은 우리의 모든 사랑의 형태까진 아니더라도 적어도 연달아 찾아오는 몇 가지 사랑의 형태가 된다. 이렇게 내 집은, 이제는 잊은 알베르틴의 추억으로서 현재 애인의 존재를 원하며, 방문자에겐 숨기고 있던 그 애인이 지난날의 알베르틴처럼 내 생활을 채우고 있었다. 그래서 탕송빌에 가려면 그녀의 허락을 받고, 며칠 동안 여자를 좋아하지 않는 친구를 시켜 그녀를 감시하게 해야 했다). 탕송빌에 간 것은 로베르가 바람을 피워 질베르트가 불행해졌다는 소식을 들었기 때문이다. 모두가 그렇게 생각하고, 그녀도 그렇게 생각한다고 직접 말한 것은 아니다. 하지만 인간에겐 자존심이 있으며, 남을 속이고 싶다거나, 아니 자신마저도 속이고 싶은 본능이 있다. 게다가 속은 사람은 누구나 배신에 대해 불완전하게만 알기 마련인데다, 로베르는 샤를뤼스 씨의 틀림없는 조카이고, 놀아난 여자들과 함께 공공연한 장소에 나타났으므로 모두가, 결국은 질베르트도 그 여자들이 그의 애인이라고 믿게 되었다.

사교계에서도 그는 서슴없이 행동했고, 연회에서 바짝 따라다녔던 어느 부인을 데려다주느라 정작 자기 부인을 혼자서 돌아가게 하는 상황이었다. 그가 이런 식으로 연루된 다른 한 부인을 사실은 애인이 아니라고 주장했더라면 뚜렷한 사실도 제대로 보지 못하는 순진한 사람으로 보였으리라. 그러나 나는 불행히도 쥐피앙의 입에서 나온 몇 마디 말에 의해 진실 쪽으로 향하게 됐으며, 그 진실로 말미암아 극심한 고통을 맛보아야 했다. 탕송빌로 출발하기 며칠 전, 샤를뤼스 씨의 심장에 이상이 생겨 걱정이 되었으므로 나는 그를 문병하러 쥐피앙을 찾아갔었다. 거기서 혼자 있는 쥐피앙에게 보베트라고 서명되어 로베르 앞으로 보낸 연애편지를 생루 부인이 보았다는 이야기를 했는데, 나는 남작의 전(前) 집사에게서 보베트라고 서명한 인물은 이 이야기에서 이미 사라진 바이올리니스트 겸 시사평론가로 샤를뤼스 씨의 생애에서 상당히 큰 역할을 한 사람이란 말을 듣고 소스라치게 놀랐다. 쥐피앙은 분노의 빛을 억누르지 못했다. "그자가 무슨 짓을 하든 그거야 그 사람 마음이지만, 눈독을 들여선 안 되는 게 있는 법이에요. 하필 남작의 조카일 게 뭡니까? 하물며 남작님은 그 조카를 마치 아들처럼 사랑하시는데 말이에요. 그런데 그자는 부부 사이를 갈라놓으려고 하는군요. 염치도 없이. 더구나 악마 같은 책략을 쓴 게 틀림없어요. 왜냐하면 생루 후작만큼 그쪽 방면을 근본부터 반대하는 사람은 없으니까요. 여자 애인들하고 별짓을 다 했거든요! 아, 그 불쌍한 바이올리니스트처럼 지저분한 방법으로 남작을 버리고 싶었다면 그냥 버리면 되잖아요. 그건 그의 문젭니다. 그런데 조카한테 그 짓을 하다니! 하지 말아야 할 일이란 게 있지 않습니까?" 쥐피앙은 펄펄 뛰며 화를 냈다. 부도덕한 사람이라도 도덕적인 분노는 다른 보통 사람들과 똑같이 강렬하다. 다만 대상이 다를 뿐. 게다가 직접 관련이 없는 사람이 사랑의 대상을 언제나 자유롭게 선택할 수 있듯이, 피해야 할 관계나 나쁜 결혼을 비난하기 마련이고, 사랑을 비추는 쾌적한 신기루를 고려하려 들지 않는다. 그 신기루는 모든 면에 걸쳐 오직 사랑하는 사람만을 품고 있기 때문에 요리사나 친구의 애인 등을 아내로 삼는 남자의 '어리석은 행동'은 보통의 경우, 그가 평생 해낼 수 있는 유일한 시적 행위가 된다.

나는 로베르와 그의 아내가 여차하면 헤어질 수 있음을 알았다(질베르트는 사태의 성격을 잘 이해하지 못했지만). 그것을 조정하고 화해시킨 사람은 다정한 어머니이며 사리 판단이 분명한 야심가이기도 한 마르상트 부인이었다. 그녀가 속한 계층에선 끊임없는 교배를 반복하여 피가 섞이고 세습재산이 줄어든 탓에, 정열의 영역이나 이해(利害)의 분야에서도 유전적인 악덕과 타협이 연신 되살아나고 있었다. 그녀는 전에 스완 부인을 감싸주던 그런 열정으로 쥐피앙 딸의 결혼을 돕고, 또 자기 아들과 질베르트의 결혼을 성사시키기도 했다. 쓰라린 체험으로 가득 찬 깨달음을 통해 포부르로 하여금 유전적 예지를 이용하게 하면서 더불어 자신을 위해서도 활용했던 것이다. 틀림없이 그녀는 몹시 서둘러 로베르와 질베르트의 결혼이 이루어지게 했으리라. 이는 라셀과 인연을 끊게 하는 것보다 분명 고통도 눈물도 적은 일이지만, 그렇게 한 것은 오로지, 로베르가 다른 창녀와—또는 라셀을 쉽게 잊지 못했으므로 라셀과—다시 동거를 시작할까 봐 두려워한 것에 지나지 않았다. 어쩌면 그것이 로베르를 살려냈을지도 모르건만. 이제야 나는 로베르가 게르망트 대공부인 저택에서 내게 했던 말의 참뜻을 이해했다. "유감이지만 발베크에 사는 자네 여자친구는 내 어머니가 바라는 만큼의 재산을 지니지 않았더군. 그녀와 나는 얘기가 잘 통했던 것 같은데." 이 말은 자기가 소돔의 남자이듯 그녀는 고모라의 여자라는 뜻이다. 또는 그가 아직 소돔의 남자가 아니었다 해도 그는 이미 다른 여자들을 사랑할 수 있는 여자에게만 흥미가 있었던 건 아닐까? 그래서 아주 어쩌다가 과거로 돌아갈 때만 빼고, 만약 내가 여자친구들에게 계속 어떤 호기심을 가졌더라면 알베르틴에 대해, 질베르트뿐만 아니라 그녀의 남편에게도 물어볼 수 있었으리라. 결국 로베르와 내게 알베르틴과의 결혼에 대한 욕망을 품게 만든 것은 같은 사실(그녀가 여자를 사랑한다는 것) 때문이었다. 그러나 우리 욕망의 원인은 목적과 마찬가지로 정반대였다. 나는 그것을 알고 절망했기 때문이고, 로베르는 반대로 만족했기 때문이다. 또 나는 끊임없이 그녀를 감시하여 그런 취미에 빠지는 것을 방해하기 위해서였고, 로베르는 그 취미를 길러 그녀 마음대로 여자친구들을 데려오게 하기 위해서였다.

쥐피앙에 따르면 로베르가 초기와는 전혀 다른 새로운 방향으로 향했던 것은 이와 같이 바로 얼마 전의 일이었지만, 내가 에메와 나눈 몹시 슬픈 이야기에 의하면, 발베크 호텔의 예전 매니저는 이 일탈과 도착(倒錯)이 훨씬 전으로 거슬러 올라간다고 보고 있었다. 에메와의 대화는 내가 발베크에서 며칠 머물 때 이루어졌고, 생루도 장기휴가를 받아 아내와 함께 발베크에 와 있었다. 신혼이던 생루는 아내 곁을 잠시도 떠나려 하지 않았다. 나는 라셀이 로베르에게 끼친 영향이 아직도 확연히 남아 있음을 보고 깜짝 놀랐다. 오랫동안 애인이 있었던 젊은 남편만이 식당에 들어서기 전에 아내의 외투를 능숙하게 벗기고, 예의를 갖출 줄 아는 법이다. 관계가 지속되는 동안 그는 좋은 남편으로서의 교육을 받았던 것이다. 그에게서 그리 멀지 않은 곳, 내 옆 테이블에선 잘난 체하는 젊은 대학강사들에 둘러싸인 블로크가 잔뜩 거드름을 피우면서 친구 하나를 큰 소리로 불러서는 여봐란 듯이 메뉴판을 건네려다가 실수로 물병 두 개를 쓰러뜨리고 말았다. "괜찮아. 자네가 뭘 좀 시켜주게나! 난 도무지 메뉴를 정할 수가 없구만. 주문은 너무 어려워!" 그는 잔뜩 교만한 태도로 되풀이하면서 문학과 식도락을 적당히 버무려서, 매우 상징적이지만 샴페인이 대화를 장식하는 걸 반드시 보고 싶다면서 샴페인 주문에 즉각 찬성했다. 생루는 주문엔 도가 텄다. 그는 마치 호텔의 더블침대에 함께 누운 것처럼, 임신하여 배가 불룩한 질베르트 곁에 앉아 있었다(그 뒤에도 그는 연달아서 질베르트를 임신시킨다). 그는 호텔의 다른 부분은 그에게 전혀 존재하지 않는다는 듯 아내에게만 말을 걸었다. 그러나 종업원이 주문을 받으려고 바로 옆으로 다가오자 그는 그 밝은 눈을 재빨리 올려서 종업원을 쓱 훑어보았다. 그 순간은 겨우 2초밖에 되지 않았는데, 다른 손님이 종업원을 빤히 쳐다보고 옆의 친구에게 익살스러운 관찰 소감 따위 전하는 경우와는 전혀 다른 호기심과 탐구심이, 모든 것을 알아낸 듯한 차분한 눈길이었다. 별일 아니란 듯 자연스럽게 한번 훑어본 시선은 종업원에게 관심이 있음을 보여주었고, 그것을 본 사람은 지난날 라셸의 정열적인 애인이었던 이 모범적인 남편의 생활에 또 다른 측면이 있으며, 그것이 그에겐 의무감으로 작용한다기보다 훨씬 흥미 깊은 일임을 알 수 있었다. 하지만 그것은 이 시선 속에만 들어 있었다. 어느새 그의 눈길은 아무것도 눈치채지 못한 질베르트에게로 돌아와 있었고, 마침 다가온 친구에게 아내를 소개하고는 그녀를 데리고 산책에 나섰다. 그러나 그 무렵 에메는 훨씬 전의 일에 대해 내게 이야기했다. 그것은 발베크에서 빌파리지 부인을 통해 내가 생루와 알게 된 즈음의 일이었다.

"그렇고말고요, 도련님." 에메가 말했다. "그건 유명한 얘기예요. 훨씬 전부터 저는 알고 있었지요. 도련님이 발베크에 처음 오시던 해에, 할머님의 사진을 현상한다는 핑계로 후작님은 이 호텔의 엘리베이터 보이와 함께 방에 틀어박혔답니다. 보이 녀석이 나중에 고소하겠다고 난리를 치는 바람에 우리는 그걸 수습하느라 진땀을 뺐답니다. 거 왜 기억하시죠? 도련님이 식당에서 점심을 드시던 날 말이에요. 애인과 함께 오셨던 생루 후작님은 이 부인에게 마구 화를 냈었죠. 아마 기억하시리라 생각합니다만, 후작님은 그때 펄펄 뛰며 성을 내고는 나가버렸어요. 물론 부인의 말씀이 옳다는 건 아니에요. 부인도 잘못을 했더라고요. 다만 저는 그날 후작님의 역정은 꾸민 것이고, 당신과 부인을 따돌릴 필요가 있었다는 생각이 들어요." 이날 일에 대해선 나도 잘 안다. 에메가 일부러 거짓말을 한 건 아니지만 그것은 완전한 착각이었다. 나는 어느 날 로베르가 신문기자의 따귀를 때리던 일을 똑똑히 기억한다. 발베크에서 있었던 일도 엘리베이터 보이가 거짓말을 한 게 아니라면 에메가 거짓말을 한 것이다. 적어도 나는 그렇게 믿었다. 다만 확신은 없었다. 사람은 사물의 어느 한 면만 보기 때문이다. 그래서 엘리베이터 보이를 생루에게 심부름 보낸 일이, 내겐 그에게 편지를 보내고 답장을 받기 위한 편리한 수단이었던 데 반해, 생루에겐 마음에 드는 사람과 관계를 틀 절호의 기회였다니 얄궂다는 생각이 들었다. 이 사건에서 고통을 느끼지 않았다면 나는 그 엇갈림에서 어떤 매력마저 발견했으리라.

실제로 모든 일은 이중적이다. 우리의 더할 나위 없이 사소한 행위에, 다른 사람은 몹시 다르게 쭉 이어지는 행위를 연관시킨다. 생루와 엘리베이터 보이 사건이 실제로 일어났다 해도, 나는 그것이 편지를 전달하는 평범한 행위 속에 포함되어 있으리란 생각은 도무지 들지 않았다. 그건 마치 바그너라면 〈로엔그린〉의 이중창밖에 모르는 사람이 〈트리스탄〉의 전주곡을 예상치 못하는 것처럼. 과연 인간 감각의 빈곤함 때문에 사물은 그 헤아릴 수 없는 속성 가운데 매우 한정된 것만을 제공한다. 사물에 색깔이 있다는 건 우리에게 눈이 있기 때문인데, 만약 우리에게 수백 가지 감각이 있다면 사물에 대해 색깔 말고도 얼마나 많은 형용사가 생겨나겠는가! 그러나 이렇게 다른 양상을 띠는 사물을 쉽게 이해할 수 있다. 왜냐하면 우리는 대부분 인생에서 아무리 사소한 사건이라도 그 일부밖엔 모른 채 그것을 전체라고 믿는 데 반해, 어떤 사람은 그 사건을 집의 반대편에 있는 조망 좋은 창문에서 보는 것처럼 바라보기 때문이다. 만약 에메가 옳다면 블로크에게서 리프트(lift)의 엘리베이터 보이에 대한 이야기를 듣고 생루가 얼굴을 붉힌 것은, 어쩌면 오직 블로크가 '라이프트(laïft)'라고 발음해서만은 아닐지도 모른다. 나는 그때 아직 생루의 생리적인 변화가 시작되지 않았고, 그 무렵 그가 오로지 여자만을 사랑한다고 믿고 있었다. 내가 그걸 돌이켜볼 수 있는 것은 다른 어떠한 징후보다 생루가 발베크에서 내게 보였던 우정 때문이다. 여자를 사랑하던 때가 아니라면 그는 진정한 우정을 맺을 수 없었다. 그 뒤에 그는 적어도 한동안은 직접적인 관심이 없었던 남자들에게 데면데면 행동한 적이 있다. 그것은 반은 진심이었으리라.

왜냐하면 그는 몹시 냉담했기 때문이다. 하지만 그는 또한 자기가 여자에게만 관심이 있다는 인상을 주기 위해 그런 데면데면함을 과장했던 것이다. 어느 날 동시에르에서 내가 베르뒤랭네 만찬에 가려 했을 때, 그가 잠깐이지만 물끄러미 샤를리를 쳐다본 적이 있었다. 그는 내게 말했었다. "이상한 일이야. 저 친구는 어딘가 라셀과 닮은 데가 있어. 자넨 혹시 그런 인상을 받지 않았나? 아무래도 둘이 비슷한 구석이 있는 것 같단 말이야. 하긴 뭐 특별히 관심이 있는 건 아니지만." 그렇게 말하는 동안에도 그의 눈은 마치 트럼프 놀이를 다시 시작하거나, 만찬에 가기 전에 먼 나라로의 여행을 꿈꾸듯 오랫동안 수평선을 헤매고 있었다. 그 여행은 절대로 이뤄지지 않으리란 걸 알면서도 사람은 잠깐 그것에 향수를 느끼는 법이다. 그러나 로베르가 샤를리에게서 어딘가 라셀과 비슷한 점을 발견한 데 반해, 질베르트는 남편의 마음에 들까 하여 라셀과 비슷해지려고 빨강이나 장밋빛, 또는 노랑 실크 리본을 새로 머리에 매거나, 머리 모양을 똑같게 하기도 했다. 왜냐하면 그녀는 남편이 아직도 라셀을 사랑하는 줄 알고 질투했기 때문이다.

로베르의 사랑이 때로는 여자에 대한 남자의 사랑과, 남자에 대한 남자의 사랑의 접점에 있었음은 있을 수 있는 일이다. 어쨌든 이런 점에서 라셀의 추억은 미적인 역할밖엔 하지 않았다. 그것이 다른 역할을 했다고 보기는 어렵다. 어느 날 로베르는 라셀에게 남장을 하고 앞머리를 길게 늘어뜨리라고 요구했는데, 그러고선 결국 만족하지 못하고 그냥 쳐다보기만 했었다. 그럼에도 그녀와의 관계는 여전히 계속되었고, 그는 성실하게, 그러나 내키지 않는다는 듯 약속한 거액의 생활비를 보내주었다. 그런데도 뒷날 그녀는 그에게 심한 복수를 했다. 라셀에게 이렇게 후하게 대한 로베르는, 내키지는 않지만 그저 약속 때문에 어쩔 수 없이 한 행동이었는데, 거기엔 손톱만큼의 애정도 남아 있지 않음을 만약 질베르트가 알았더라면 그녀는 그렇게 괴로워하지 않았을 것이다. 하지만 생루는 반대로 라셀에게 애정이 있는 것처럼 행동했다. 동성애자는 여자를 사랑하는 척 연극만 하지 않으면 일등 신랑이다. 다만 질베르트는 불평 따위는 하지 않았다. 그녀는 라셀이 로베르를 오랫동안 사랑했다고 믿었으므로 그녀는 로베르에게 욕망을 품고, 더 나은 혼담도 거들떠보지 않았다. 그녀는 자신과 결혼함으로써 로베르가 어떤 양보를 한 줄 알았다. 실제로 그는 처음엔 두 여자를 이리저리 비교했는데(매력도 미모도 전혀 달랐으므로) 그것은 사랑스런 질베르트에게는 그리 유리하지 않았다. 그러나 뒷날 질베르트에 대한 남편의 평가가 차츰 높아진 데 반해 라셀에 대한 평가는 두드러지게 낮아졌다.

또 한 사람, 먼저의 의견을 번복한 사람은 스완 부인이었다. 질베르트가 볼 때 로베르는 결혼 전부터 두 겹의 후광으로 둘러싸여 있었고, 그것은 한편으론 마르상트 부인을 끊임없이 탄식하게 했던 라셀과의 생활에서 비롯되었으며, 다른 한편으론 아버지에게서 물려받은, 질베르트도 게르망트 집안에는 늘 있다고 믿었던 위광에 의해 만들어진 것이었다. 반대로 포르슈빌 부인은 보다 화려한 결혼, 가능하면 왕족과의 결혼을 바랐으리라(가난한 왕족도 있기 마련이고, 그 돈은 약속한 8천만을 훨씬 밑돌지만 포르슈빌이라는 이름으로 세탁이 되었으므로). 또한 사위로서도 사교계와 동떨어진 생활을 하여 평판이 떨어지지 않은 사람을 바랐다. 그녀는 질베르트의 의지를 꺾을 수가 없었기 때문에 아무에게나 푸념을 늘어놓고, 사위를 형편없이 깎아내렸다. 그러나 어느 날 갑자기 확 바뀌어서 사위가 천사로 둔갑하는 바람에 사위의 험담도 뒤에서 몰래 하게 되었다. 스완 부인(현재의 포르슈빌 부인)은 나이가 들어서도 언제나 주위에 누군가가 있어야 직성이 풀렸는데, 예찬자가 모두 떠나버려 이젠 그 수단을 빼앗겼기 때문이다. 그녀는 날마다 새로운 목걸이, 다이아몬드가 박힌 새 드레스, 한층 화려한 자동차 등을 원했지만, 포르슈빌이 다 써버리는 바람에 그녀의 재산은 얼마 없었다. 더구나 그녀의 딸 질베르트는—어떤 유대인 조상이 그녀에게 유전인자를 물려주었는지 모르지만—사랑스럽기는 했으나 말할 수 없이 인색해서 남편에게 내어주는 돈도 아까워할 정도였으므로 어머니에겐 더 말할 나위도 없었다. 그러다 스완 부인은 문득 자기를 보호해줄 사람의 냄새를 맡았는데, 그가 바로 로베르였다. 여자를 좋아하지 않는 사위에겐 그녀가 더 이상 젊음으로 빛나지 않는다는 건 크게 문제되지 않았다. 그가 장모에게 바라는 것은, 그와 질베르트 사이의 옥신각신하는 걸림돌을 없애서 모렐과의 여행 허락을 받아주는 일이었다. 오데트는 그 소임을 능란하게 해냈고, 그러자 대번에 값비싼 루비라는 답례가 돌아왔다. 질베르트가 예전에 비해 남편에게 후해졌기 때문에 가능했다. 그러한 너그러움의 은혜를 입은 오데트는 딸에게 돈 좀 쓰라고 더욱 열심히 권했다. 이리하여 나이 쉰이 가까웠건만(예순이라는 사람도 있었다), 로베르 덕분에 그녀는 어느 만찬 자리에서나, 또

밤의 어느 연회에서도 전에 없던 사치로 사람들을 놀라게 했는데, 그렇게 하기 위해 예전처럼 '정부'를 두지 않아도 되었다. 이젠 그런 사내가 그녀에게 걸려들어 돈을 내줄 리도 없었으며, 화제로 삼지도 않았으리라. 그래서 그녀는 어쩌면 영원히 마지막이 될 정결한 시기에 접어들었는데, 이때만큼 그녀가 우아하고 세련되었던 적은 없었다.

전엔 가난했던 사람이 남편을 잘 둔 덕에 부자가 되었을 뿐만 아니라, (샤를뤼스 씨의 성격과 그의 말씨에 잘 나타나 있다시피) 신분의 차이를 아주 분명하게 느끼게 되면 남편에게서 악의와 원한을 느낄 수 있는데, 샤를뤼스 남작을 괴롭히기 위해 샤를리를 생루에게 다가가게 한 것은 오직 그 때문만은 아니었다. 거기엔 다분히 이해관계도 얽혀 있었다. 내가 보기에 로베르는 그에게 많은 돈을 준 게 틀림없다. 나는 콩브레로 떠나기 전의 어느 연회에서 로베르를 만난 적이 있는데, 그때 그는 여봐란듯이 애인과 어느 세련된 부인 사이에 끼어서, 마치 그녀와 한 몸이 된 것처럼 공공연히 치마폭에 싸여 있었다. 그 모습은 지난날 내가 보았던 샤를뤼스 씨가 모렐 부인(또는 다른 어떤 사람)의 치마폭에 싸여서 조상에게 물려받은 행동을 무의식적으로 반복하는 듯한 모습을 떠올리게 했는데, 다만 이번 일은 신경질적인 데가 있었다(본디 여자를 좋아하는 처지는 샤를뤼스 씨의 것이 아닌데도, 그는 그럴 권리도 없으면서 이것이 자기를 지켜준다고 믿었는지, 아니면 이렇게 하는 것이 미적이라고 여겼는지 이런 식의 기치를 내걸기를 즐겼던 것이다). 그날 밤 연회에서 돌아오는 길에 나는 생루가 지금보다 훨씬 돈이 없었던 예전엔 그토록 후했건만, 이제는 완전히 지독한 노랑이가 된 것에 깜짝 놀랐다. 사람은 자기 것에만 집착하는 법이고, 또한 아주 어쩌다 만져보는 돈을 헤프게 뿌려대던 사람은 흔히 부자가 되고 나면 도리어 몹시 아끼기 마련이다. 그러나 나는 이 경우가 보다 특수한 형태를 띤다고 생각한다. 나는 생루가 합승마차를 부르려고도 않고, 승합열차의 환승권마저 챙기는 것을 보았다. 어쩌면 생루는 라셸과의 관계가 오래 계속되는 동안에 얻은 재능을 다른 목적을 위해 발휘한 것이리라. 오랫동안 여자와 동거해온 청년은, 여자라곤 아내밖에 모르는 숫총각처럼 철부지가 아니다. 로베르는 이따금 아내를 데리고 식당에 가면, 그녀가 입고 있는 옷을 세련된 몸짓으로 벗겨주었고, 종업원에게 능숙하게 식사 주문을 하면서 침착하게 행동했다. 질베르트가 다시 윗옷을 입을 때면 팔이 소매에 수월하게 들어가도록 세심하게 보살피곤 했는데, 그 거동만 보아도 그가 질베르트의 남편이 되기 전에 오랫동안 다른 여자를 애인으로 두었음을 충분히 짐작할 수 있었다.

한편 라셀은 집안일에 몹시 서툴렀고, 질투 때문에 하인들을 자기 명령대로 움직이려고 하는 바람에 로베르가 자질구레한 집안일까지 챙겨야만 했으므로, 이젠 아내의 재산관리와 가정생활의 유지에 있어서도 그는 매우 정통하고 능숙한 역할을 해낼 수가 있었다. 이것은 평소 질베르트로선 불가능한 일이었으므로 그녀는 기꺼이 재산관리를 남편에게 맡겼다. 그러나 그가 이 임무를 맡은 것은, 몽당양초를 아껴가며 모은 돈을 샤를리에게 주기 위해서였고, 이로써 결국은 질베르트 모르게, 그녀를 괴롭히지도 않으면서 샤를리에게 사치를 허용하기 위해서였으리라. 어쩌면 그는 바이올리니스트를 '모든 예술가와 마찬가지로' 낭비벽이 심하다고 여겼는지도 모른다(샤를리 자신은 자존심도 없이 자칭 예술가라고 했는데, 그것은 편지에 답장을 쓰지 않는 것과 마찬가지로 다양한 결점에 대한 핑계였고, 그는 그러한 수많은 결점이 분명 예술가 심리의 일부를 이룬다고 믿었던 것이다). 도덕적 관점에서 보면 나는 인간이 남자를 상대로 쾌락을 느끼건, 여자를 상대로 느끼건 전혀 개의치 않으며, 쾌락을 주는 곳에서 그걸 추구하는 것이 더할 나위 없이 자연스럽고 또 인간적이라고 생각한다. 따라서 만약 로베르가 결혼하지 않았더라면 그와 샤를리의 관계는 내게 어떠한 고통도 주지 않았을 것이다. 그럼에도 나는 확실하게 느꼈다. 비록 로베르가 독신이라 해도 내 고통은 여전히 극심할 거라고. 다른 사람이었다면 상대가 무슨 짓을 하건 나와는 아무 상관도 없었으리라. 하지만 나는 예전에 지금과는 전혀 다른 사람이었던 생루를 몹시도 좋아했건만, 현재의 그가 나를 피하는 듯한 냉담한 태도를 보이기 시작한 걸 보면 내 애정이 그의 보답을 받지 못하리라는 건 뻔한 일이며, 그렇게 생각하면 눈물이 앞을 가렸다.

로베르가 남자에게 욕정을 품게 된 이상, 남자는 그에게 더 이상 우정의 대상이 아니었다. 아무리 그렇더라도 그토록 여자를 좋아했고, 라셀이 떠났을 때는 절망한 나머지 자살할까 봐 그토록 애를 태우게 했던 남자에게 어떻게 이런 일이 일어날 수 있단 말인가! 샤를리와 라셀이 닮았다는 점—내겐 그렇게 보이지 않지만—그것이 로베르를 아버지의 이성애에서 외삼촌의 동성애로 옮겨가게 한 걸까? 외삼촌의 경우 상당히 뒤늦게 일어난 생리적인 변화였건만. 그런데도 이따금 에메의 말이 되살아나 나를 불안에 빠뜨렸다. 나는 그해 발베크에서의 로베르를 떠올렸다. 그는 엘리베이터 보이에게 말을 걸면서 그에게 관심이 없는 척했지만, 그 태도는 어떤 부류의 남자들에게 말을 걸 때의 샤를뤼스 씨의 말투를 빼다박은 것이었다. 그러나 로베르에게 나타난 이러한 샤를뤼스 씨의 특징이 사실은 게르망트 집안 특유의 어떤 거만한 태도와 행동거지에서 왔으므로, 남작의 특수한 기호와는 전혀 무관할 수도 있었다. 그러므로 이런 취향을 전혀 지니지 않은 게르망트 공작이 샤를뤼스 씨와 마찬가지로 마치 소매의 레이스 장식을 털 듯이 신경질적으로 손목을 빙빙 돌린다든지, 짐짓 꾸며낸 목소리에 억양을 넣어서 말을 하곤 했다. 샤를뤼스 씨의 경우, 우리는 이런 행동에 다른 의미를 부여하고 싶어지는데, 샤를뤼스 씨 자신은 그것과는 다른 의미를 부여하고 있으며, 즉 사람은 저마다 자기 특수성을 비개성적이고 유전적인 특징을 빌려서 표현하지만, 그런 특징 자체를 몸짓이나 목소리에 자리잡은 조상들의 오랜 특성일 뿐이라고 여기는 것이다.

박물학에 가까운 이러한 가설에 입각하면, 결함이 있는 게르망트 집안의 한 사람으로서 그 결함을 게르망트 일족의 특징을 통해 부분적으로 표현하는 인물은 샤를뤼스 씨가 아니라 게르망트 공작이다. 그는 도착성향을 지닌 일족 가운데 예외적 존재로, 조상으로부터 물려받은 질환에서도 완전히 벗어나 있었으므로 병이 몸에 남긴 외적 증상도 모두 의미를 잃고 있었던 것이다. 나는 발베크에서 생루를 처음 보던 날을 떠올렸다. 화사한 금발에 우아하고 섬세한 생김새에다 가슴께에 외알안경을 늘어뜨린 모습은 어딘가 여성적으로 보였지만, 그것은 물론 현재 그에 대해 알고 있는 정보가 불러온 결과가 아니라, 게르망트 집안 특유의 우아함이 드러난 것이고, 도자기로 만든 작센 인형의 섬세함이며, 공작부인도 그런 도자기로 되어 있었던 것이다. 그가 내게 쏟았던 애정, 그 애정을 표현하는 부드럽고도 감상적인 그의 태도를 떠올렸다. 나는 다른 사람이라면 속았을지 모르지만, 그 무렵엔 현재 내가 알고 있는 바와 전혀 다른 것을 의미했었고, 정반대의 뜻마저 있었다고 생각했다. 그렇다면 그것은 대체 언제부터 시작되었을까? 만약 내가 두 번째로 발베크에 갔던 해의 일이라면, 그는 어째서 한 번밖에 엘리베이터 보이를 만나지 않았던 걸까? 그는 왜 그 남자 이야기를 내게 하지 않았을까? 또 첫해엔 그토록 라셀에게 빠져 헤어나지 못하던 그가 어떻게 엘리베이터 보이 따위에게 정신이 팔렸을까? 이 첫해에 나는 생루를 특별한 사람으로 생각했다. 진짜 게르망트 집안사람들이 모두 그러하듯. 하지만 그는 내가 생각했던 것 이상으로 특별한 사람이었던 것이다. 우리가 직관으로는 파악할 수 없고, 다만 다른 사람에게서 들어서 안 것은, 그것을 알릴 수단도 없거니와 그럴 시간도 지나가버렸다. 영혼과 현실의 교류는 닫히고 말았다. 그러므로 우리는 그것의 발견을 기뻐할 수 없다. 그러기엔 너무 늦은 것이다. 어쨌든 이러한 발견은 내게 결코 기뻐할 수 없는 고통을 안겨주었다. 분명 파리의 베르뒤랭 부인 집에서 샤를뤼스 씨에게 이야기를 들은 뒤로, 로베르의 경우가 수많은 훌륭한 사람들, 그것도 더없이 총명하고 뛰어난 사람들로 꼽히는 그런 사람들의 경우와 마찬가지임을 나는 이제 의심하지 않았다. 그러나 그런 이야길 들어도 다른 사람의 일이라면 아무래도 상관없었지만, 로베르에 대해선 예외이다. 에메의 말이 남긴 의혹은 발베크와 동시에르에서 쌓은 우리의 모든 우정을 손상시켰다. 그리고 나는 우정 따윈 믿지 않았고, 로베르에 대해서도 진정한 의미에서의 우정은 단 한 번도 느낀 적이 없었기에, 엘리베이터 보이 문제라든지, 생루나 라셀과 함께 식사하러 갔던 식당 이야기 따윌 떠올리면 솟구치는 눈물을 억누르려 애를 써야만 했다.

이렇게 내가 콩브레 근처에서 머물렀던 때는 아마도 내 일생에서 콩브레를 그리워하는 마음이 가장 적은 시기였는데, 그래도 내가 이 시간을 장황하게 적는 이유는, 바로 그것으로 말미암아 먼저 게르망트 쪽에서 품었던 어떤 관념을 적어도 잠깐 확인했으며, 또한 지난날 메제글리즈 쪽에서 품었던 다른 몇몇 관념도 증명되었기 때문이다. 전에 콩브레에서 오후에 메제글리즈를 찾아갔을 때의 산책을 나는 지금 저녁마다 반대 방향에서 되풀이하고 있다. 콩브레에서였다면 벌써 예전에 잠들었을 시각에 탕송빌에선 만찬을 한다. 더운 계절이었다. 질베르트는 오후에 성의 예배실에서 그림을 그렸으므로 산책에 나서는 것은 잘해야 만찬이 있기 두 시간쯤 전에나 가능했다. 돌아오는 길이면 저녁노을이 카르바리오 산을 붉게 물들였고, 비본 시내에서 목욕을 하는 모습도 가끔 볼 수 있었는데, 그런 즐거움 대신 지금은 어두워질 무렵에 집을 나서는 즐거움이 있으며, 사실 그 시절에 마을에서 마주치는 것은 돌아오는 양들이 만드는, 불규칙하게 움직이는 푸른 삼각형의 무리뿐이었다. 석양이 들판을 반쯤 지워 없애려 하고 있다. 나머지 반의 하늘엔 어느새 달이 빛나고 있는데, 이윽고 달빛이 들판 전체를 감싸리라.

때로는 질베르트가 나 혼자서만 산책을 나가게 할 때도 있다. 그러면 나는 마법의 나라를 항해하는 쪽배처럼 뒤로 내 그림자를 끌면서 앞으로 나아간다. 그러나 보통은 질베르트와 함께했다. 우리의 이러한 산책길은 가끔 어릴 적 내가 걸었던 길과 똑같았다. 그러면 나는 도저히 글쓰기가 불가능하리라는, 지난날 게르망트에서 품었던 감정을 전보다 더 강하게 느낄 수밖에 없었다. 더구나 이제는 내가 콩브레에 전혀 관심도 없고, 상상력도 감수성도 사라졌다는 감정이 더해져 있었다. 나는 지나간 나날을 돌이켜 생각하는 일이 매우 적다는 걸 알고 슬펐다. 예인선의 길을 따라 흐르는 비본 시내는 바짝 말라 볼썽사납게 보였다. 그렇다고 내 추억 속에 깃든 많은 구체적인 것들이 상당히 왜곡되어 있음을 지적하려는 것은 아니다. 지금 다시 가로지르게 된 이 장소에서 전혀 다른 생활로 말미암아 오랫동안 동떨어져 있었으므로 장소와 나 사이엔 비밀이 사라지고 없었다. 그 친밀함에서 나오는 모든 추억은 내가 알아채기도 전에 직접적으로, 유쾌하게, 터지듯이 되살아났다. 어쩌면 그런 추억의 성질을 제대로 이해하지 못하기 때문이리라. 산책이 전혀 즐겁지 않은 것은 느끼거나 상상하는 내 능력이 쇠퇴해서임이 틀림없다고 생각하니 더욱 슬펐다.

질베르트는 나보다 더 내 기분을 이해하기 어려워했으며, 여전히 알 수 없다는 표정을 지어 한층 더 나를 슬프게 했다. "왜 그래요?" 그녀가 묻는다. "예전에 당신이 오르던 이 언덕길을 걸어도 아무 감흥이 없어요?" 질베르트도 완전히 변해버렸으므로 나는 이제 그녀를 아름답다고 여기지 않았고, 또 실제로 그녀는 이제 전혀 예쁘지 않았다. 우리는 이렇게 걸었지만, 그 사이에 눈에 들어오는 대지는 조금씩 변하고 있었다. 산길을 올라야만 하는가 싶다가도 어느새 길은 내리막이 된다. 우리는 대화를 계속한다. 질베르트와 단둘이 이야기를 나누는 것은 매우 즐거웠지만, 그래도 어려움이 있었다. 사람은 보통 아버지의 성격, 어머니의 성격이라는 식으로 서로 다른 면을 갖고 있으며, 그것들은 비슷하기도 하고, 또 전혀 다르기도 하다. 하나의 측면을 지나면 다른 측면이 나타나는데, 이튿날이 되면 그 겹침의 방식이 반대가 된다. 그러다 결국은 누가 어느 쪽에 승리의 판정을 내리는지, 누구의 판단에 따라야 하는지도 모르게 된다. 정부가 빈번하게 바뀌는 나라와는 섣불리 동맹을 맺어선 안 되는데, 질베르트는 그런 나라 같았다. 하지만 그것은 실제로는 착각이다. 자주 변하는 사람이라도 본인의 기억에 어떤 자기동일성이 확립되어 있으면 기억하고 있는 약속은, 비록 직접 서명하지 않았더라도 지키려고 노력하기 마련이다. 지성에 대해선 질베르트의 경우, 어머니에게서 물려받은 둔감한 구석이 조금 있기는 했지만, 매우 활발한 성격이었다. 그러나 이것은 그녀의 가치와는 무관한데, 산책 중에 나눈 대화에서 그녀는 나를 깜짝 놀라게 하는 말을 얼마나 자주 했는지 모른다. 처음엔 이런 말이었다. "당신이 그리 배고프지 않다면, 또 이렇게 시간이 늦지 않았더라면 여기서 왼쪽으로 가다가 다시 오른쪽으로 꺾어 15분쯤 걸으면 게르망트에 도착할 텐데." 그건 마치 내게 이렇게 말하는 듯했다. "왼쪽으로 꺾어 다시 오른쪽 길로 가면 다가갈 수 없는 곳으로 가게 되고, 이르지 못할 먼 곳에 다다르게 돼요. 그건 이 땅 위에서 방향만 알 수 있는 곳, 오직 '방향'밖엔 모르는 곳이죠." 이 방향이야말로 지난날 내가 게르망트에 도착하여 오직 이것밖엔 알 수 없으리라고 믿었던 것이고, 어쩌면 어떤 의미에서 나는 잘못 짚지 않았던 것이다.

내가 놀랐던 또 한 가지는 '비본 시내의 발원지'를 본 일이다. 나는 이것을 '지옥의 문'과 마찬가지로 지구 바깥에 있는 것처럼 상상했었는데 실제로 보니 별것 아니었다. 그것은 퐁퐁 솟아오르는 어떤 네모진 빨래터에 지나지 않았다. 세 번째는 질베르트가 이렇게 말했을 때였다. "괜찮다면 한번쯤은 오후에 일찍 둘이서 나가보면 어떨까요? 그러면 메제글리즈를 지나 게르망트로 갈 수 있어요. 이게 가장 좋은 길인데." 이 말은 어린 시절에 내가 품었던 모든 관념을 뒤집어서, 두 방향이 내가 생각했던 것처럼 서로 만나지 못하는 게 결코 아님을 가르쳐주었다. 그러나 내게 가장 충격적이었던 것은, 콩브레에 머무는 동안에 내가 거의 지난간 나날을 진심으로 되살리는 일이 없었고, 콩브레를 다시 보고 싶다는 생각도 들지 않았으며, 비본 시내를 바짝 마르고 볼품없는 곳이라고 생각했다는 점이다. 하지만 전에 내가 메제글리즈에서 했던 상상을 질베르트가 입증해준 것은 저녁 식사 전이라고는 하지만 완전히 어두워진 이런 산책길에서였다.

달빛에 뒤덮인 깊고 아름다운 신비한 골짜기로 내려가려 할 때, 우리는 순간 발길을 멈추었다. 마치 갓 봉오리를 틔우기 시작한 꽃받침 속으로 들어가려는 두 마리의 곤충처럼. 그때 질베르트는 손님이 곧 떠나는 게 아쉽고, 또 손님이 마음에 들어할지 모르는 이 지방을 더 잘 안내하려는 여주인의 호의에서 나온 듯한 말을 했다. 그러나 그것은 마치 사교계 부인처럼 침묵과 솔직함, 간결함을 교묘히 이용하여 마음을 표현한 말로서, 상대에게 그녀의 생활 속에서 아무도 차지할 수 없는 지위를 누리고 있다는 생각이 들게 하는 말이었다. 나는 상쾌한 공기를 들이마시고 잔잔한 바람을 맞으면서 그녀에 대한 애정으로 가득 차서는 그 기분을 이렇게 토로했다. "요전에 언덕길 이야기를 했었지? 그때 난 당신이 얼마나 좋았는지 몰라!" 그녀는 대답했다. "그걸 왜 말하지 않았어요? 나는 전혀 몰랐어요. 나도 당신을 사랑하고 있었어요. 내가 당신의 마음을 끌려고 했을 정도로요."— "그게 언제 적 이야기지?"— "처음엔 탕송빌에서지요. 당신은 가족분들과 산책을 하고 있었고, 저는 마침 집으로 돌아온 참이었죠. 지금껏 그토록 사랑스런 소년을 본 적이 없었어요. 나는 말이죠." 그녀는 수줍은 듯한, 모호한 태도로 덧붙였다. "친구들과 루생빌 성탑 폐허에 자주 놀러갔었어요. 아마 행실이 나쁜 여자애라고 하시겠죠? 하지만 그곳엔 많은 여자아이와 남자아이가 있었고, 어둠을 틈타 소곤소곤 이야기를 나누었죠. 콩브레 성당의 성가대원이었던 테오도르, 그 사람은 매우 친절히 대해주었지만(얼마나 잘생겼는지 몰라요!), 지금은 너무나 볼품이 없어졌어요(메제글리즈에서 약사 노릇을 하고 있죠). 그는 근처 아무나 농사꾼의 딸과 그곳에서 실컷 놀았죠. 나는 혼자서 놀러가도 좋다는 허락을 받아서는, 집을 나오자마자 곧장 그리로 달려갔어요. 당신이 오길 얼마나 목을 빼고 기다렸는지 도저히 말로는 다 할 수 없을 정도예요. 지금도 똑똑히 기억해요. 양쪽 가족들의 눈에 띌 만한 곳에서 작은 빌미라도 있으면 그걸 당신이 알아채길 어찌나 바랐던지, 지금 생각하면 부끄러울 정도로 노골적인 행동이었어요. 하지만 당신이 몹시 아니꼽다는 눈으로 쳐다보는 걸 보고 당신이 눈치채지 못했음을 깨달았죠."

이때 나는 갑자기 이런 생각이 들었다. 진정한 질베르트, 진정한 알베르틴이란 어쩌면 처음 보던 순간에 한 사람은 장밋빛 산사나무 산울타리 앞에서, 다른 한 사람은 모래사장을 배경으로 그 눈길에 마음속을 훤히 드러내고 있던 소녀들이라고. 나는 그것을 알아채지 못하다가 나중에서야 마침내 깨달은 것에 지나지 않으며, 그녀들도 그 사이, 나와 많은 이야기를 하는 사이에 감정이 어중간해져서는 처음만큼 솔직해질 수 없었던 것이다. 이렇게 나의 둔감하고 서툰 행동이 모든 것을 망쳐버렸다. 나는 생루가 라셀을 '놓친' 것보다 훨씬 완벽하게, 똑같은 이유로 그녀들을 '놓쳤'는데, 그나마 그녀들과의 관계가 좌절되었다고 표현할 수 있는 것은, 사실상 그리 아둔한 행동도 아니었기 때문이다.

"두 번째는 말이에요." 질베르트는 다시 말을 이었다. "그로부터 몇 년이나 지난 뒤에 당신 집 문 앞에서 만났을 때예요. 그건 오리안 숙모 댁에서 다시 만나기 전날이었어요. 당신인 줄 금세 알아보지 못했죠. 아니, 당신인 줄 알았다는 말이 맞을 거예요. 왜냐하면 탕송빌에서 만났을 때와 똑같은 기분이었거든요.”—“하지만 그 사이 샹젤리제에서 놀았던 시절이 있긴 한데.”—“맞아요, 그렇지만 그 무렵 당신은 나를 무척이나 사랑했었죠. 내 모든 행동을 눈여겨보고 있다는 느낌이 들었거든요.” 나는 그녀를 만나러 가던 날, 샹젤리제 거리를 함께 내려가던 그 젊은 남자가 누구냐고 물어볼 마음은 내키지 않았다. 아직은 그녀와 화해할 수 있을 성싶기도 했고, 만일 그날 노을 속으로 함께 붙어서 걸어가던 두 그림자와 마주치지 않았더라면 나의 모든 인생은 확 달라졌을지도 모르기 때문이다. 만약 내가 물었다면 그녀는 아마도 진실을 말해주었으리라. 마치 알베르틴이 다시 살아나면 그렇게 해주었을 것처럼. 실제로 더는 사랑하지 않는 여자와 몇 년 뒤에 다시 만났을 때, 이젠 그녀가 더 이상 이 세상 사람이 아닌 것처럼 죽음이 가로놓여 있는 건 아닐까? 왜냐하면 사랑은 이미 존재하지 않으므로 그때의 그녀와 나는 죽은 사람이 되어 있기 때문이다. 그러나 만약 내가 다시 물어도 그녀는 기억을 못할지도 모르며, 또 거짓말을 할지도 모른다. 어쨌든 그건 이제 나와는 상관없는 일이다. 내 마음은 질베르트의 얼굴보다도 훨씬 더 많이 변했으니까. 질베르트의 외모는 이젠 내 취향에 맞지 않았고, 특히 지금은 내가 불행하다고 여기지도 않았다. 비록 그 무렵의 일을 떠올린다 해도 젊은 남자 곁에서 종종걸음으로 걸어가던 질베르트를 보았을 때, “이젠 끝이다. 다시는 그녀를 만나지 않으리라” 다짐하며 그토록 괴로워하던 일이 정말 거짓말 같기만 했다. 내게 그 먼 옛날의 마음은 오랜 고문임엔 분명했지만, 지금은 그런 상태는 하나도 남아 있지 않았다. 왜냐하면 모든 것이 쇠퇴하고 멸망해가는 이 세상에서 산산이 무너지는 것, ‘아름다움’보다도 더욱 완전하게 어떤 흔적도 남기지 않고 파괴되는 것은, 바로 ‘슬픔’이기 때문이다.

정말로 그녀는 누구와 함께 샹젤리제를 걸어 내려갔을까? 이때 그걸 묻지 않은 건 신기할 것도, 이상할 것도 없다. ‘시간’이 이토록 순식간에 호기심을 사라지게 하는 경우를 나는 지겹도록 보아왔기 때문이다. 반면에 그날 질베르트를 발견하기 전에 그녀에게 줄 꽃을 사기 위해서 오래된 중국 도자기 꽃병을 팔았다는 이야기를 끝내 하지 않은 것은 내가 생각해도 이상했다(나는 그녀에게 물었다. 그건 남장한 레아였다. 그녀는 레아가 알베르틴과 아는 사이임을 알고 있었지만 더 이상은 말하지 못했다. 우리 인생에는 이런 식으로 반드시 되풀이해서 나타나는 우리의 쾌락과 고뇌를 준비하는 사람들이 있기 마련이다).

언젠가 아무런 위험도 없이, 내가 이런 다정한 마음으로 그녀에게 실제로 말할 수 있음을 상상하는 건 그날 이후의 비참한 시간 동안 내 유일한 위안이었다. 1년이 더 지난 뒤에도 다른 자동차와 내 자동차가 당장 부딪힐 듯한 상황이 닥쳤을 때, 죽고 싶지 않다는 생각을 한 것은 오직 그때 일을 질베르트에게 말하고 싶어서였다. 나는 이런 말로 스스로를 위로했다. "서두를 것 없어. 그럴 시간은 앞으로 얼마든지 있을 테니까." 그래서 나는 목숨을 잃고 싶지 않았던 것이다. 그러나 이젠 그런 말을 해봤자 썩 후련할 것도 없고, 그냥 우스울 뿐이며, '억지로 하는 것처럼' 보이리라. "게다가 말이에요." 질베르트가 말을 이었다. "당신 집 앞에서 만났을 때에도 당신은 콩브레에 있을 때와 똑같았어요. 전혀 달라진 데가 없더군요." 나는 기억 속의 질베르트를 떠올렸다. 햇빛이 산사나무 아래 만들어놓은 사각형, 소녀가 손에 쥔 삽, 언제까지나 내게로 쏟아지던 그 눈길, 그런 것들은 그림으로 그려낼 수도 있으리라. 다만 나는 그녀의 시선이 무례하다는 느낌이 들어서 그것을 깔보는 눈길이라고 단정했던 것이다. 왜냐하면 내가 속으로 바랐던 것은 소녀들이 전혀 알 턱이 없는 것이고, 내가 고독한 욕망의 시간에, 상상 속에서 그녀들에게 했던 행동에 지나지 않았기 때문이다. 더구나 대담하게도 한 소녀가 내 할아버지가 보는 앞에서 태연히, 그리고 재빠르게 욕망을 드러내 보이리라곤 도저히 믿어지지 않던 것이다.

내가 꽃병을 내다 판 그 저녁나절에 그녀는 누구와 함께 샹젤리제 거리를 산책하고 있었을까? 나는 그걸 그녀에게 묻지는 않았다. 그때의 겉모습 속에 어떤 사실이 감춰져 있는지 따윈 더 이상 궁금하지도 않았다. 그럼에도 그게 누구였는지 곰곰 생각하느라 나는 며칠 밤낮을 괴로워해야 했는데, 옛날 콩브레에서 어머니에게 안녕히 주무시라는 인사를 하고 방으로 자러 가야 했던 순간 이상으로 가슴의 고동을 억눌러야만 했다. 우리 신경계는 노화한다. 그래서 어떤 종류의 신경질환도 우리가 천천히 약해지도록 만드는 것이다. 그것은 평생토록 계속되는 우리의 변치 않는 자아에 대한 진실일 뿐만 아니라, 결국은 그 자아를 이루는, 속속 닥치는 대로 계속하여 일어나는 모든 자아에도 해당되는 진실이다.

이로써 오랜 세월이 흐른 뒤 나는 또렷이 기억하고 있던 인상에 수정을 가해야만 했다. 이 작업은 금발의 소녀들과 나 사이에 존재한다고 믿었던, 뛰어넘을 수 없는 심연이 파스칼의 심연과 마찬가지로 상상 속의 인상임을 드러내어 나를 몹시 기쁘게 했는데, 또한 이 작업은 오래 계속되는 세월 속에서 이루어져야 하는 만큼 시적으로 느껴졌다.

나는 루생빌의 나무 아래 길을 생각하면 욕망과 안타까움에 몸서리가 쳐졌다. 그 무렵 내가 온 힘을 기울여 이루려던 행복, 지금은 내게 어떤 것도 가져다주지 않는 그 행복은 머릿속에서뿐만 아니라 현실에서 바로 코앞에 존재하고 있었던 것이다. 내가 헤아릴 수 없을 만큼 말했던 아이리스 향기 가득한 작은 방에서 바라보던, 그 루생빌 성탑 안에 있었던 것이다. 그렇게 생각하니 마음이 훨씬 편해졌다. 더구나 나는 아무것도 몰랐었다! 전에 나는 산책할 때 욕망이 솟구쳐서 집으로 돌아갈 생각도 하지 않은 채, 숲의 나무들이 일어나서 움직이기 시작하는 것을 본 듯싶었는데, 결국 질베르트는 그런 나의 모든 욕망을 요약하고 있었던 것이다. 그 무렵 내가 뜨겁게 바라던 것, 만약 내가 그 신호를 이해하고 그걸 다시 발견해낼 만큼의 재주만 있었더라면 그녀가 소년인 내게 그걸 맛보게 해주었을지도 모른다. 그때의 질베르트는 내가 생각했던 것보다 훨씬 완전하게 메제글리즈의 여자였던 것이다. 다시 문 앞에서 만났던 그날만 해도 그녀는 로베르가 매춘부의 집에서 알게 되었다는 오르주빌 양은 아니었지만(그렇더라도 그녀의 남편이 될 사람에게 신원 조사를 부탁했었다니 얼마나 기묘한 일인가!), 그녀의 눈길이 의미하는 것에 대해서도, 그녀가 어떤 여자인가 하는 점이나 지금은 그녀 스스로 그렇게 고백하고 있는 점에 대해서도 나는 완전하게 오해했던 건 아니다. "그건 모두 지나간 이야기예요." 그녀는 말했다. "로베르와 약혼하던 날부터 저는 이미 그 사람만 사랑했어요. 그리고 가장 신경이 쓰였던, 어릴 때의 그런 변덕 같은 것과는 다르다고요."

제7편
다시 찾은 시간
Le Temps retrouvé

제7편 다시 찾은 시간

내가 지내는 그 촌스러운 집은 산책하는 길에 잠시 눈을 붙이거나 소나기가 그치기를 기다리는 곳으로밖에는 보이지 않지만, 손님방은 모두 우거진 녹음에 묻힌 정자 같으며, 어떤 방 벽지에는 들에 핀 장미가 찾아오고, 또 어떤 방 벽지에는 나무들 사이를 날아다니던 새들이 들어와서 우리의 벗이 되어준다. 그러나 그것은 무리에서 떨어진 장미와 새였다. 아주 낡은 벽지는 서로 멀찍멀찍 떨어져 있어서, 정말 살아 있는 것이라면, 장미꽃은 한 송이만 꺾을 수 있고, 새는 새장에 넣어 길들일 수 있을 성싶기 때문이다. 거기에는 은빛 배경 속에 일본화 기법으로 그린 노르망디의 사과나무들이 모두 달려와 침대에서 지내는 시간을 환상으로 채워주는 그런 현대풍 실내 장식 같은 것은 전혀 없었다. 나는 그런 집의 내 방에서 온종일 시간을 보냈는데, 그 방은 정원의 아름다운 수풀과 문간의 라일락꽃, 물가에서 햇살에 반짝이는 큰 나무들의 초록빛 잎들, 메제글리즈의 숲을 향하고 있었다. 처음에는 그저 '내 방 창문에 이처럼 많은 초록빛이 들어오다니 아름답구나' 하는 생각만으로 즐겁게 바라보다가, 문득 광대한 초록빛 화면 속에서, 그저 그것이 멀리 있다는 이유만으로 홀로 짙은 파란색으로 그려져 있는 콩브레 성당 종탑을 알아보았다. 그것은 그림 속 종탑이 아니라 진짜 종탑이었다. 그것은 내 눈앞에 갖가지 장소와 많은 세월과의 틈을 두면서, 빛나는 초록빛 가운데 사뭇 그것만 특별한 꽃과 새로 그려진 것처럼 우중충한 빛깔을 두르고 내 창문 안으로 들어왔다. 그리고 어쩌다가 방을 나서면, 복도 끝(거기서부터 복도가 다른 방향으로 꺾이기 때문에)에 있는 작은 손님방의 벽지가 새빨간 비단 띠처럼 보였다. 그것은 값싼 모슬린에 지나지 않았지만 빛깔이 빨개서 햇빛이 비치면 금세 타오를 듯이 보였다.

산책을 하다가 질베르트는 나에게, 로베르가 자신을 거들떠보지도 않고 다른 여인들 곁으로만 가려 한다고 말했다. 과연 그의 생활에는 수많은 여인이 얽혀 있었다. 그러나 그것은 여인을 좋아하는 사내의 어떤 남성끼리의 우의와 비슷한 것으로, 대부분의 집에서 아무짝에도 소용없는 물건들이 아무리 치워도 괜히 자리만 차지하고 쓸데없이 방해하는, 그런 성질의 문제였다.

로베르는 내가 탕송빌에 있는 동안 여러 번 왔다. 그는 몰라보게 변해 있었다. 그의 생활은 그를 샤를뤼스 씨처럼 살찌워서 둔하게 만들지 않고, 반대로 기병장교와 같은—결혼하면서 퇴역했지만—경쾌한 풍모를 주었다. 샤를뤼스 씨의 몸이 점점 더 무거워지는 동안 로베르(물론 로베르 쪽이 훨씬 젊었지만, 나이 들어감에 따라 더욱더 그 이상형에 가까워지려고 애쓰는 게 분명했다)는 마치 어떤 여인들이 더 이상 여러 부분의 젊음을 다 함께 유지할 수 없게 되자 젊음을 가장 잘 대표하는 것은 몸매라고 판단해서, 얼굴 화장을 그만두고 몸매에만 정성을 들이며 어느 순간부터 마리앙바드 온천장[*1]을 떠나지 않는 것처럼 점점 더 늘씬해지고 날렵해졌는데, 이는 곧 같은 악습에서 비롯된 반대 효과였다. 하기야 이 재빠름에는 갖가지 심리적인 까닭이 있었다. 남에게 들키지 않을까 하는 두려움, 이런 두려움을 품고 있는 것처럼 보이지 않으려는 욕망, 자기 불만과 권태에서 생기는 초조함이다. 그에게는 어떤 못된 곳에 가는 습관이 있었지만 거기에 드나드는 걸 남에게 보이고 싶지 않아서, 습격할 때처럼, 있을지도 모르는 통행인들의 악의에 찬 눈길을 되도록 피하기 위해 마치 날아가듯이 없어져버렸다. 그리고 이 돌풍과 같은 행동거지가 몸에 배고 말았다. 그것은 또한, 자기는 두려워하지 않는다는 걸 나타내려는 사람, 이것저것 고민하지 않겠다고 다짐한 사람의 외면적인 대담성을 나타내고 있는지도 모른다. 보다 완전한 이유로는, 나이가 들면 들수록 더 젊게 보이고 싶은 욕망과, 총명한 사람이 제 능력을 충분히 발휘하지 못하는 현재의 비교적 한가한 생활에 늘 싫증을 느끼는 초조함을 셈속에 넣어야 한다. 물론 이런 한가한 생활이 인간을 무기력하게 만드는 수도 있다. 하지만 육체 단련을 즐기게 되고 나서는, 운동 시간 말고도 틈만 나면 운동을 하게 되므로 한가로움은 더 이상 무기력으로 나타나지 않으며, 권태가 널리 퍼질 시간도 여지도 남기지 않으려는 왕성한 활동욕으로 나타난다.

내 기억은, 무의식적인 기억마저 이미 알베르틴을 향한 사랑을 잊고 말았다.

[*1] 체코공화국 카를로비바리 주에 있는 온천장.

그러나 몸뚱이의 기억이라는 게 있다. 그것은 다른 기억의 어렴풋한 모방이지만, 마치 하등동물이나 식물이 인간보다 더 오래 살듯이 그쪽이 더 오래 살아남는다. 팔과 다리가 이런 저릿한 추억으로 가득 차 있다.

한번은 질베르트와 일찌감치 헤어진 뒤, 탕송빌의 방에서 한밤중에 깨어나 비몽사몽간에 "알베르틴" 하고 부른 일이 있다. 알베르틴을 생각한 것도 아니요, 그녀의 꿈을 꾼 것도 아니요, 질베르트와 혼동한 것도 아니었다. 내 팔 안에서 깨어난 무의식적 추억이, 파리의 내 방에서처럼, 나로 하여금 등 뒤의 초인종을 찾게 했던 것이다. 그리고 그것을 못 찾아서 "알베르틴" 하고 불렀던 것이다. 저승에 간 여자친구가 밤이면 곧잘 그랬듯이 내 곁에 함께 잠들었다고 생각했고, 깨어나서, 프랑수아즈가 오기까지 조금 시간이 걸리므로 내 손이 찾지 못하는 초인종 끈을 알베르틴이 끌어당겨도 큰일은 없으리라고 여겼던 것이다.

몹시 퉁명스러워진—적어도 이 유감스러운 형세가 계속되는 동안—로베르는 벗들에게, 이를테면 내 앞에서도 거의 아무런 감정도 나타내지 않았다. 이에 반해 질베르트는 우스꽝스럽도록 과장된 감상적인 겉멋을 부려서 꼴사나워 보였다. 실제로 질베르트가 그의 관심 밖에 있었던 것은 아니다. 오히려 로베르는 그녀를 진심으로 사랑하고 있었다. 하지만 줄곧 그녀에게 거짓말했다. 그리고 그 거짓말의 내용까지는 아니더라도, 거짓말을 하고 있다는 사실만은 끊임없이 들키고 말았다. 그래서 그는 그 고비를 넘기려면, 질베르트의 마음을 괴롭힘으로써 자기가 실제로 느끼는 슬픔을 꼴사나울 만큼 과장하는 수밖에 없다고 생각했다. 그는 탕송빌에 와서, 내일 아침 이 근처 출신인 아무개가 파리에서 자기를 기다리고 있으니 돌아가봐야겠다고 말했다. 그런데 그날 저녁 콩브레 근처의 야회에서 바로 그 아무개를 만나, 로베르가 미리 입을 맞춰놓지 않은 탓에, 한 달 정도 휴양하러 왔으니까 얼마 동안 파리에 돌아가지 않겠다고 그 사람이 말함으로써 그만 들통이 나고 말았다. 로베르는 질베르트의 우울하고도 의연한 미소를 보고 얼굴을 붉히고, 바보 같은 놈이라고 상대를 욕하면서 자리를 빠져나와 아내보다 먼저 집에 돌아가서는, 말할 수 없는 이유로 자기가 파리로 돌아가는 걸 보고서 그녀가 사랑받지 못한다고 생각하지 않도록, 그녀를 괴롭히지 않으려고 거짓말했다는 절절한 내용의 쪽지를 그녀의 방으로 보냈다(이런 내용은 전부 거짓말로 썼지만, 결국 그것이야말로 진실이었다).

그리고 그녀의 방에 들어가도 괜찮은지 물어보고 오게 하고, 그 방에서 반쯤은 진정한 슬픔 때문에 반쯤은 그런 생활에 대한 짜증 때문에, 또 날로 대담해지는 연기를 곁들여서 흐느껴 울며 식은땀을 흘리고, 죽을 날이 머지않았다는 소리를 하는가 하면, 때로는 병이라도 난 듯이 마룻바닥에 쓰러졌다. 질베르트는 그럴 때마다 그가 거짓말을 하고 있으며 또 그 말을 어느 정도까지 믿어야 할진 모르지만, 전반적으로 자기는 사랑받고 있는 것 같고, 남편이 죽음을 예감하는 것으로 보아 무슨 병이 있을지 모른다는 생각에 겁이 덜컥 나서, 남편에게 감히 맞서지 못할 뿐더러 여행을 가지말라는 말도 하지 못했다.

나는 모렐이, 파리건 탕송빌이건, 생루네 사람들이 있는 곳이라면 어디서나 베르고트와 더불어 아들 같은 대접을 받는 까닭을 더더욱 알 수 없었다. 모렐은 베르고트의 흉내를 훌륭하게 냈다. 얼마 지나자 그의 흉내를 내달라고 부탁할 필요도 없었다. 어떤 히스테리 환자는 최면을 걸지 않아도 온갖 인물로 탈바꿈할 수 있는데, 그와 마찬가지로 모렐도 자진해서 단숨에 그 인격이 되어버리는 것이었다.

프랑수아즈는, 샤를뤼스 씨가 쥐피앙에게 해주었던 일, 로베르 드 생루가 모렐에게 해준 일을 낱낱이 보아왔는데, 그것을 게르망트 가문의 몇 대에 걸쳐 나타난 하나의 특징이라고 결론짓지는 않았다. 도덕심이 철석같은 그녀는 오히려—르그랑댕이 테오도르를 많이 도와주고 있듯이—그것이 하나의 관습으로 널리 행해지는 훌륭한 일이라고 믿었다. 그녀는 모렐이건 테오도르이건 가리지 않고 젊은이에 대해서 늘 말했다. "그 젊은이도 고마운 어른을 얻었답니다. 그 어른이 돌봐주고 많은 도움을 준답니다." 또 이와 같은 경우 보호해주는 쪽이 사랑하고 괴로워하며 용서하는 사람이니까, 프랑수아즈는 이런 어른들과 이들에게 유혹받는 미성년자들을 비교할 때, 주저없이 어른들 쪽을 낮게 보고, '마음씨 착한' 사람들로 생각했다. 프랑수아즈는 르그랑댕을 심하게 곯려주었던 테오도르를 가차없이 욕했지만, 그래도 그들 관계에 대해서는 거의 의심을 품지 않았던 모양이다. 그 증거로 다음과 같이 덧붙였다. "그 어린 녀석이 좀 양보해야 한다는 걸 겨우 깨닫고서 말하기를, '나도 데리고 가요, 무척 귀여워해드릴 테니, 많이많이 사랑할 테니' 말하지 뭐예요. 그러면 그 어른은 착하니까 테오도르 녀석이 그 옆에 붙어서 분에 넘치는 복을 누리겠지요. 그 녀석은 금방 발끈하지만 그 어른은 워낙 친절하니까요. 나는 자주 자네트(테오도르의 약혼녀)에게 일렀답니다, '아가야, 만일 무슨 일이 있으면 그 어른한테 가 보렴. 그 어른은 자기가 방바닥에서 잘망정 네게 침대를 내주실 거야. 테오도 르를 무척 아끼니까 너를 내쫓을 리 없단다. 절대 버리지 않을 거야' 하고요."

예의 삼아 나는 지금 미디(남부)에 살고 있는 테오도르의 성을 그 누이에게 물었다. "그럼 〈피가로〉 지에 실린 내 논문에 대해서 내게 편지를 써 보냈던 이 가 바로 그였구나!" 나는 테오도르의 성이 사닐롱이라는 걸 알고는 무심코 외 쳤다.

마찬가지로 프랑수아즈는 모렐보다 생루 쪽을 존중하고 있어서, 모렐이 이 제껏 수많은 타격을 입혔는데도 후작은 결코 모렐 녀석을 내치지 않는다, 그 어른은 너무나 착한 분이니까, 그 어른 몸에 큰 재앙이 닥쳐오지 않는 한 그런 가혹한 짓은 하지 않을 거라고 판단했다.

언젠가 생루는 내게 탕송빌에 머무르기를 간청하면서, 나를 기쁘게 하려는 낌새라곤 분명히 없었지만, 아내가 말하기를 자네가 온 게 어쩌나 기쁘던지 밤 새도록 들떠서 어쩔 줄 몰랐다고 전해주었다. 마침 그날 저녁 아내가 몹시 침 울했던 차에 내가 왔으므로 기적적으로 아내가 절망에서 구원되었다는 것이 다. "어쩌면 더 나빠질 수도 있었다"고 그는 덧붙였다. 생루는 나에게, 좋아하 는 여인이 있지만 아내에 비한다면 아무것도 아니며, 머지않아 연을 끊을 테 니 자기가 그토록 아내를 사랑하고 있는 사실을 그녀에게 이해시켜달라고 부 탁했다. "그런데 말이야." 그는, 이따금 샤를리라는 모렐의 애칭이 복권 번호를 뽑듯이 로베르의 입에서 불쑥 튀어나오지 않을까 하는 생각이 들 만큼, 거드 름 부리며 속내 이야기를 하고 싶어 죽겠다는 말투로 덧붙였다. "자랑할 만하 다네. 내게 그렇게 많은 애정을 보여주는 질베르트를 위해 깨끗이 포기할 생 각이니 말이야. 그녀는 기특하게도 딴 사내는 거들떠보지도 않았어. 남의 사 랑을 받을 만한 재색이 없다고 믿고 있네그려. 내가 첫 남자야. 그녀가 지금까 지 뭇 사내를 피해왔다는 건 알고 있었어. 그래서 나와 함께 있고서야 처음으 로 행복을 느낄 수 있었다는 사랑스러운 편지를 받았을 때는 나도 놀라서 어 리둥절했다네. 물론 나를 얼근히 도취시킬 뻔했네만, 질베르트가 불쌍하게 눈 물짓는 모습을 떠올리니 가엾다고 생각할 수밖에 없더군. 그런데 질베르트에 게 어딘가 라셀과 닮은 점이 있다고 생각하지 않나?" 사실 나는 전부터 두 여 인이 살짝 닮았다고 생각해왔는데, 지금도 잘 보면 여전히 닮아 있었다. 아마도 얼굴 어딘가에(이를테면 질베르트에게서는 거의 표나지 않는 정도지만, 히브리 혈통으로 말미암은 얼굴 생김의 특징 같은) 정말로 닮은 데가 있는 탓인지도 모른다. 그래서 로베르도 가족들이 결혼하기를 권했을 때, 자산 조건이 비슷한 경우에는 질베르트 쪽에 더욱 마음이 끌렸던 것이다. 또한 이름조차 모르던 라셸의 사진을 몇 장 발견한 질베르트가, 로베르의 마음에 들고자 이 여배우의 몸에 익은 버릇, 늘 머리칼에 다는 붉은 매듭과 팔에 두른 검은 벨벳 리본을 흉내내려 애쓰고, 또 짙은 갈색으로 보이도록 머리칼을 물들이고 있는 탓이기도 했다. 그리고 슬픔이 낯빛을 어둡게 한다는 걸 깨닫고서 그것을 고치려고 애썼다. 때로는 얼굴 치장을 지나치게 했다. 로베르가 하룻밤 머무르고자 탕송빌에 오기로 한 어느 날, 그녀가 옛 모습뿐만 아니라 평소 모습과도 딴판인 어쩌나 괴상한 자태로 식탁 앞에 나왔는지, 나는 그 모양을 보고 어리둥절해 내 앞에 여배우나 테오도라(Theodora)[1] 황비가 앉아 있는 듯하여 벌어진 입을 다물지 못했다. 정신이 들자, 어디가 어떻게 변했는지 알고 싶은 마음에서 그녀를 뚫어지게 바라보았다. 내 호기심은 그녀가 코를 풀었을 때 풀렸다. 그녀의 세심한 주의에도 현란한 갤판을 만들면서 손수건에 흠뻑 묻은 색채를 보고, 그녀가 치덕치덕 발랐다는 사실을 알았던 것이다. 쥐잡아 먹은 듯한 시뻘건 입술은 그 때문이었다. 그녀는 그것이 자기에게 잘 어울리는 줄 알고 애써 그 입가를 방실거리고 있었다. 한편 기차 시간이 가까워짐에 따라, 질베르트는 남편이 정말 올지, 아니면 게르망트 씨가 재치 있게 글본을 만들어낸, '가지 못함, 거짓말은 나중'이라는 따위의 전문을 보낼지 몰라, 보랏빛 땀방울을 흘리며 볼이 새파래지고, 눈 밑에는 시커먼 기미가 생기는 것이었다.

"그렇고말고." 로베르는—지난날의 자연스러운 애정과는 심한 대조를 이루는 짐짓 꾸민 다정스러운 투, 알코올중독자나 배우가 대사를 주워섬기는 듯한 목소리로—나에게 말했다. "질베르트의 행복을 위해서라면 나는 마다할 게 하나도 없네. 나를 위해 그녀가 이만저만 애쓴 게 아니거든. 자네는 모를 테지만." 여기서 가장 불쾌한 점은 뭐니뭐니해도 자만심이었다. 왜냐하면 생루는 질베르트의 사랑을 받고 있다고 자부하는 한편, 자기가 사랑하는 사람이 샤를리라고는 감히 입 밖에 내지도 못하는 주제에, 오로지 이 바이올리니스트가 그

---

[1] 동로마의 유스티니아누스 1세의 비(妃), (500?~48).

에게 품고 있다고 여기는 애정을 상세하게 나발 불어댔기 때문이다. 그것이 전혀 밑도 끝도 없이 지어낸 말은 아니더라도 매우 과장된 것임은 생루 자신도 잘 아는 바였다. 샤를리는 그에게 날마다 더 많은 돈을 졸라대고 있었으니까. 그리고 생루는 파리에 나갈 때마다 질베르트를 나에게 맡겼다.

한번은(내가 아직 탕송빌에 있으므로 이야기가 좀 앞서지만) 파리 사교계에서 멀찍이 떨어져 그를 본 적이 있었는데, 그의 말소리가 무척 생기 있고 매력적이어서 나로 하여금 지난날을 되돌아보게 했다. 나는 그가 얼마나 변해버렸는가에 깜짝 놀랐다. 그는 점점 더 어머니를 닮아갔다. 그러나 어머니에게서 이어받은 날렵하고도 기품 높은 행동거지는 그녀의 완벽한 훈육 덕분에 더욱 과장되고 딱딱해져 있었다. 게르망트네 사람들만이 지니는 찌르는 듯한 눈초리는 그가 들어서는 온갖 장소를 두루 시찰하는 듯한 인상을 주었는데, 어떤 버릇이 된 동물적인 특성으로 말미암아 거의 무의식적으로 그렇게 하는 듯했다. 게르망트네 사람들 누구보다도 유다른, 가만히 있을 때조차 금빛으로 빛나는 햇살이 거기에 머물러 있는 듯한 그의 머리칼은 아주 독특한 깃털을 떠올리게 하여, 매우 희귀한 그 새를 조류학 수집품의 하나로 간직하고픈 욕심이 일어날 정도였다. 더더구나 새로 변한 그 빛이 움직이기 시작할 때, 이를테면 로베르 드 생루가 야회에 들어오는 모습이 보이면, 조금 빠지기 시작한 금빛 머리털을 비단 같은 광택이 도는 왕관처럼 자랑스럽게 드리운 채 고개를 꼿꼿이 들고, 그 목을 인간의 동작으로는 믿기 어려울 만큼 당당하고 요염하게 움직이는 모습에 사람들은 반은 사교적이고 반은 동물학적인 호기심과 감탄을 일으키며, 도대체 자기들이 생제르맹에 있는지, 동물원에 있는지, 또는 눈앞에 보이는 것이 살롱을 가로지르는 대귀족인지, 새장 속을 거니는 진귀한 새인지 도통 알 수 없었다. 하기야 게르망트 사람 특유의 뾰족한 부리와 찌르는 듯한 눈을 가진 우아한 새의 모습은 이제 새로운 악덕을 위해 쓰이고 있으며, 악덕은 그것을 이용하여 완전히 천연덕스러워졌다. 그것을 이용할수록, 악덕은 점점 더 발자크가 '남색'이라고 부른 것과 닮아간다. 좀더 상상력을 떨치면, 새의 지저귐도 깃털 못지않게 이런 견해를 거들었다. 그는 루이 14세 시대의 말투라고 믿고 수많은 미사여구를 써가며 말함으로써 게르망트네 사람들의 버릇을 흉내내고 있었다. 그러나 설명하기 어려운 그 무언가 때문에 그것 또한 샤를뤼스 씨의 버릇이 되어 있었다. "잠깐 실례하네." 그는, 그 야회에서 나한테 말했다. 좀 떨어진 곳에 마르상트 부인이 있었던 것이다. "잠깐 어머니의 환심을 사고 오겠네."

그가 끊임없이 화제로 올리는 이 사랑으로 말하자면 샤를리에 대한 사랑이 중요하긴 했지만 그것만 있던 건 아니었다. 어떤 사랑이건 간에, 사람들은 한 사내가 관계하는 상대의 수에 대해서는 늘 틀린다. 그도 그럴 것이 우정을 나누는 사이를 육체적인 관계를 하는 사이처럼 잘못 해석하기 때문인데, 이는 틀린 덧셈이고, 더불어 하나의 관계가 밝혀지면 그것을 뺀 관계는 없다고 믿는 데서 생기는데, 이 또한 하나의 오산이다. 그러므로 두 사람이 함께 "X의 애인이라면 나도 알고 있네" 말하면서 서로 다른 이름을 대는 적이 있는데, 둘 다 옳은 경우가 생긴다. 사랑하는 여인이 사내의 요구를 모두 채워주기란 매우 드문 일이어서 사내는 좋아하지도 않는 여인과 관계하여 사랑하는 여인을 배신한다. 생루가 샤를뤼스 씨에게서 이어받은 사랑으로 말하면, 그런 경향이 있는 남편이 보통 아내의 행복을 도모한다. 그것이 일반 원칙이지만, 게르망트네 남자들은 모두 거기에 예외를 두는 방법을 찾아냈다. 곧 그들은 동성애를 좋아하면서도, 반대로 여색을 즐기는 듯이 보이고 싶어했다. 그들은 이 여자 저 여자하고 염문을 퍼뜨려 아내를 절망시키곤 했다. 쿠르부아지에네 사람들은 더욱 슬기롭게 행동했다. 젊은 쿠르부아지에 자작은 천지창조 이래 동성에게 끌리는 사람은 이 땅에 자기 혼자만이라고 믿어 마지않았다. 이 경향이 악마로부터 왔다고 여긴 그는 이와 싸워 아름다운 여인과 결혼해 자식을 여럿 두었다. 나중에 사촌형 하나가 그런 경향이 꽤 흔한 것임을 가르치는 한편, 친절하게도 그를 깨닫게 할 수 있는 곳으로 데리고 가기까지 했다. 하지만 그래서 쿠르부아지에 씨는 아내를 더욱더 사랑하게 되었으며, 자손을 늘리는 데 더욱 힘써 그들은 파리에서 가장 사이좋은 부부로 꼽히게 되었다. 생루 부부 사이는 결코 그렇지 못했다. 로베르는 성도착에 만족하지 않고, 쾌락도 없이 여러 정부를 돌보면서 아내를 질투로 못 살게 했기 때문이다.

모렐은 피부가 매우 검었으므로, 빛에는 그림자가 필요하듯 생루에게 반드시 필요한 존재인지도 모른다. 그처럼 오래된 집안에서, 눈부신 금발 머리에 총명하며 온갖 위광을 갖추고 태어난 지체 높은 귀족이, 마음속에 흑인들에 대한 비밀스런 기호를 남모르게 숨기고 있음은 상상하기 쉽다.

로베르는 대화 중 그와 같은 걱정에 대해 말한 적이 전혀 없었다. 내가 몇 마디 비치기라도 하면, 초연한 투로 "나는 통 모르겠는데" 대꾸했고, 그 바람에 외알안경이 툭하고 떨어졌다. "그 따위는 생각해보지도 않아서 말이야. 그에 대해 자세한 것을 알고 싶다면, 여보게, 다른 사람에게 물어보게. 난 군인이야, 하나의 목표가 있을 따름이지. 그런 건 내 관심 밖이고, 그 대신 발칸 전쟁에 열중하고 있네. 자네도 전에 흥미 있어 하지 않았나, 온갖 전투의 어원을 말이야. 그때 자네에게 말하지 않았나, 아무리 정세가 변하더라도 전형적인 전투, 이를테면 울름(Ulm) 전투에서의 학익진 같은 대담한 시도가 다시 나타날 거라고 말이야. 그런데 보게나! 발칸 전쟁이 아무리 특수하더라도 룰레 부르가스(Loullé–Bourgas)*1의 전투는 분명 울름 전투의 재현일세, 학익진이야. 나에겐 이런 문제를 말하게나. 자네가 암시하는 따위에 대한 지식이라면, 산스크리트어에 대한 지식과 마찬가지로 난 아무것도 몰라."

이와 같이 로베르가 개의치 않는 화제지만 질베르트는 반대로, 남편이 파리에 가고 없을 때 나와 담화를 나누면서 이 화제를 즐겨 논의했다. 물론 그녀는 아무것도 몰랐거나, 어쩌면 전혀 모르는 척 시치미를 뚝 떼고 있었으므로, 결코 남편에 대해서는 아니었다. 남에 대해서만 즐겨 말했는데, 거기에서 로베르에 대한 어떤 간접적 변명을 찾아내고 있었거나, 또는 로베르가 작은아버지인 샤를뤼스 씨처럼 그 문제에 대해 철저한 침묵을 지키면서도 속내를 드러내고 남을 비방하고 싶은 욕구에 못이겨 다른 사람들에 대한 것을 그녀에게 가르쳐주었기 때문인지도 모른다. 그중에서 샤를뤼스 씨도 가차없이 비난받았다. 로베르는 질베르트에게 샤를리의 이름은 대지 않았으나, 그 바이올리니스트한테서 들었던 바를 여러모로 그녀에게 되풀이하지 않고는 못 배겼던 것이다. 그리고 샤를리는 자기 옛 은인인 샤를뤼스 씨를 증오의 대상으로 몰아세웠던 것이다. 질베르트가 이런 대화를 즐기다 보니, 그에 따라 나도 자연히 알베르틴 이야기를 꺼냈고, 알베르틴의 이름을 옛날에 질베르트를 통해서 처음 들었었기 때문에, 그녀가 전에 질베르트와 같은 학교에 다닐 때도 그런 경향이 있었는지를 물어보았다. 질베르트는 그에 대해 나에게 참고가 될 만한 말을 해줄 수 없었다. 하기야 어떤 사실을 알게 되든 관심 밖인 지 오래였다. 하지만 기억력을 잃은 한 노인이 이따금 죽어버린 자식의 안부를 남에게 물어보듯, 나도

---

*1 불가리아의 도시. 1912년 제1차 발칸 전쟁에서 터키군이 대패한 곳.

기계적으로 알아보는 습관이 들었던 것이다.

자세히 말할 수는 없으나 신기한 사실은, 알베르틴이 아끼던 모든 사람, 그녀에게 자기들이 바라는 바를 전부 시킬 수 있던 모든 사람이 이제와서는, 내 우정이야 감히 바라지 못하면서도 나와의 교류를 끊임없이 청하고, 간원하며, 이를테면 울며 매달린다는 점이다. 지금이라면 돈을 보내지 않아도 봉탕 부인은 알베르틴을 나에게 돌려줄 것이다. 아무짝에도 소용없게 된 뒤에야 지난날의 인생이 이와 같이 되돌아옴으로써 나를 몹시 슬프게 했다. 딱히 알베르틴 때문은 아니다. 이제는 그녀를 투렌 지방에서가 아니라 저승에서 도로 데려다준들 나는 아무 기쁨 없이 맞이했을 것이다. 이 슬픔은 내가 사랑했던 젊은 여인, 두 번 다시 만날 수 없는 그 여인의 탓이었다. 나는 혼잣말했다. 만약 그 여인이 죽거나 또는 내가 더 이상 그녀를 사랑하지 않게 되면, 나를 그녀에게 다가가게 했을 모든 이가 그 가치를 잃겠지. 하지만 그때까지는, 사랑이란 옛이야기에 흔히 있듯이 마법이 풀리기 전에는 어찌할 수 없는 저주받은 운명이라는 점을 가르쳐줄―만약 뭔가를 가르친다면―경험을 통해 미혹에서 깨어나지 못한 채, 내 쪽에서 이들에게 헛되이 작용을 시도할 뿐이었다.

"지금 내가 가지고 있는 책에서 그런 문제를 말하고 있어요." 질베르트가 나에게 말했다(나는 로베르에게, 그가 말한 "우리 두 사람이라면 잘되었을 텐데"라는 이상한 표현에 대해 이야기했다. 로베르는 전혀 기억나지 않는다고 말하면서, 아무튼 별다른 의미는 없다고 딱 잘라 말했다).

《금빛 눈의 아가씨》라는 발자크의 소설인데, 삼촌들에게 지지 않으려고 열심히 파고 있답니다. 하지만 내용이 이치에 안 맞고 있음직하지 않아서 아름다운 악몽 같아요. 하기야 여인이 그런 식으로 다른 여인에게 감시받을 수는 있겠지만, 사내에게 감시받다니 있을 수 없어요."―"그건 당신이 잘못 생각한 거야. 내가 알던 어떤 여인은 그녀를 사랑하는 사내 손에 말 그대로 감금되어 있었는걸. 어느 누구와도 절대로 못 만나고, 충실한 하인과 함께가 아니면 외출도 못 하던데."―"어머, 마음씨 고운 당신이 오죽이나 소름이 끼치셨을까. 로베르와 나는 마침 이런 얘기를 했답니다. 당신도 이제 결혼하셔야 한다고요. 그럼 아내가 당신의 병환을 낫게 할 테고 당신은 당신대로 부인을 행복하게 해주실 테니까요."―"웬걸, 내 성격이 고약해놔서."―"별말을 다 하세요!"―"아니 정말이야! 게다가 전에 약혼한 적이 있긴 하지만 잘 안 됐어(그녀도 받아들였어. 내가 애매하고 성가신 성격이었으니까)." 알베르틴과의 연애를 곁에서밖에 볼 수 없게 된 지금, 나는 그것을 이처럼 단순하기 그지없는 형태로 판단하고 있었다.

내 방으로 올라가면서, 보랏빛 도는 창문 안, 녹음에 파묻혀 나를 기다리고 있는 듯한 콩브레 성당을 단 한 번도 보러 가지 못했구나 생각하니, 나는 섭섭함을 금치 못했다. '하는 수 없지, 다른 해에 가보자꾸나, 이 몸이 그때까지 죽지 않는 한.' 나는 죽음 말고 다른 걸림돌은 생각해보지도 않았다. 성당의 죽음은 상상도 못했다. 내가 태어나기 전부터 계속 그래왔듯이 성당은 내가 죽은 뒤에도 오래오래 언제나 그 자리에 있을 것 같았다.

또 하루는*¹ 질베르트한테 알베르틴에 대한 얘기를 꺼내, 알베르틴이 여성을 사랑했는지 아닌지를 물어보았다. "어머나, 전혀요."—"하지만 저번에 그녀에게 좋지 못한 경향이 있다고 했잖아."—"그런 말을 했다구요, 내가? 잘못 들으셨나 봐요, 설사 내가 그런 말을 했다손 치더라도 분명 당신의 오해예요. 나는 젊은 남자들과의 사랑놀음에 대해 말한 거예요. 게다가 그 나이 무렵이니 틀림없이 그렇게 심각하진 않을 거예요." 질베르트가 이와 같이 말하는 것은, 지난날 내가 알베르틴의 입을 통해 들었던 대로, 질베르트 자신이 여성을 좋아하고, 또 알베르틴에게 구애한 적도 있어서 그 사실을 나에게 숨기려는 속셈에서였을까? 아니면(남들은 우리 삶에 대해 뜻밖에 잘 아는 수가 많으니까) 질베르트도 내가 알베르틴을 사랑했으며 질투했던 일을 알고 있어서(남들이 뜻밖에 우리에 대한 진실을 잘 알고 있을 경우도 있지만, 되도록이면 상상력 부족으로 눈치채지 못하기를 바랄 때, 지나치게 넘겨짚어 극단적으로 추측을 전개했다가 도리어 엉뚱한 착각에 빠지는 일도 있으므로), 내가 아직도 질투하고 있다고 상상하고, 착한 마음씨에서 내 눈에 가리개를—질투심 강한 이들에 대하여 사람들이 언제나 준비해두는 그 눈가리개를—둘러준 것인가? 아무튼 전에는 '좋지 못한 경향'이라고 말했으면서 지금은 행실이 발랐다고 보증하는 질베르트의 말은, 그녀와의 야릇한 관계를 거의 실토하고 말았던 알베르틴이 딱 잘라 말한 것과는 정반대였다. 질베르트와의 관계에 대한 알베르틴의 단언은 앙드레가 말했던 바와 마찬가지로 나를 깜짝 놀라게 했었다. 그도 그럴 것

---

*¹ 원고지 위에 붙인 쪽지에 적은 이 자세한 설명은, 분명히 앞의 글과는 연결이 되지 않고 있음—플레이아드판 주.

이 그녀들과 사귀기 전에는 그 아가씨들의 작은 동아리를 퇴폐한 동아리로 생각했다 할지라도, 문란한 사람들이라고 오해하고 있던 이들 가운데 실제 연애 경험이 거의 없는 얌전한 아가씨를 발견하고 흔히 깨닫듯이 그것이 나의 틀린 추측이었음을 알아차린 참이었으니까. 그러나 나는 그 길을 거꾸로 되짚어가서 다시 처음의 생각이 옳았다고 여기게 되었다. 하지만 어쩌면 알베르틴은 더 경험 있는 척하려고 일부러 나에게 그런 말을 해서, 처음 발베크에서 그 미덕으로 나를 현혹했듯이, 파리에서는 그 퇴폐성으로 나를 현혹하려고 했는지도 모른다. 그리고 내가 여성을 사랑하는 여인들에 대해 말했을 때는 아주 단순히, 그게 뭔지 알지 못하는 얼굴을 보이지 않으려고 그랬는지 모른다. 마치 이야기 중에 푸리에(Fourier)*¹나 토볼스크(Tobol'sk)*²에 대한 말이 나왔을 때 모르면서도 알아듣는 체하듯이. 아마도 알베르틴은 뱅퇴유 아가씨의 여자친구와 앙드레 곁에서 살면서도 벽으로 완전히 가로막혀 있고, 그녀들한테서 '같은 패가 아니'라고 여겨져 왔을 것이다. 그러다가 나중에 그 좋지 못한 경향에 대해 여러 지식을 갖게 된 것은—문학자와 결혼한 아내가 스스로 교양 쌓기에 노력하듯—오로지 내 질문에 척척 대답할 수 있게 되어 내 마음에 들려고 했기 때문이며, 마침내 내 질문이 질투에서 나온 줄 알아채고는 오히려 간교한 술책을 부리게 되었던 것이다. 질베르트가 나에게 거짓말을 하지 않았다면 말이다. 퍼뜩 다음과 같은 생각까지 떠올랐다. 곧 로베르가 질베르트와 결혼한 것은, 그녀가 흥미를 보이는 방향으로 실없는 이야기를 끌고 가다가 그녀의 말투에서 여성을 싫어하지 않는 기미를 알았기 때문이며, 그런 아내라면 그가 집 안에서 구할 수 없는 쾌락을 지금껏 해왔듯이 바깥에서 누릴 수 있을 거라고 생각했기 때문이다. 이 가정은 당연히 이치에 맞는다. 오데트의 딸이나 그 작은 동아리의 아가씨 같은 여인에게는, 설사 동시는 아닐지라도 교대로 나타나는 아주 다양한 내적 경향이 있게 마련이라, 한 여인과의 관계에서 쉽사리 한 남성에 대한 뜨거운 사랑으로 옮아갈 수 있는 법이다. 따라서 그녀들을 지배하는 진정한 내적 경향을 어느 하나로 단정하기는 어렵다.

질베르트가 《금빛 눈의 아가씨》를 읽고 있는 중이라서 나는 그것을 빌리지 않았다. 대신 그 집에서 지낸 마지막 저녁에, 그녀가 잠들기 전에 읽어보라고

---

*1 프랑스의 사회학자(1772~1837).
*2 시베리아의 도시.

빌려준 책은 꽤 강하고 복잡한 인상(하기야 오래 계속되진 않았지만)을 주었다. 그것은 공쿠르 형제의 간행되지 않은 일기 한 권이었다.

촛불을 끄기에 앞서, 내가 아래 베껴놓은 문장을 읽었을 때, 지난날 게르망트의 산책길에서 예감했고, 이번 체류 중에 다시 한 번 확인한 문학에 대한 소질의 모자람이 오늘 밤, 이 체류의 마지막 밤에—습관이 끝머리에 이르러 그 타성이 끝나려는 때, 누구나 자기반성을 하면서 밤새우는 출발 전날 밤에—마치 문학이 깊은 진실을 가르치지 않기라도 하듯 그다지 유감스럽지 않게 느껴졌다. 또한 문학이 내가 믿어 마지않던 그대로가 아니어서 슬펐다. 한편 책에서 이야기하는 아름다운 것들이 내 눈으로 본 바와 별반 다르지 않다면 오래지 않아 나를 요양소에 가둘 병약한 몸도 덜 한심스러웠다. 그러나 지금, 이 책이 그런 아름다운 것에 대해 이야기하는 걸 읽으니까, 기이한 모순이지만 그것들이 무척 보고 싶어졌다. 피곤해서 눈이 저절로 감길 때까지 내가 읽었던 문장은 다음과 같다.

〔그저께, 자택의 만찬에 나를 데려가려고 뜻밖에 베르뒤랭이 찾아왔다. 그는 〈평론〉 지의 고참 평론가로 휘슬러에 대한 저술의 저자이다. 그 독창적인 미국 화가의 작품과 예술적인 색채는 참되게 그려진 것이 지닌 모든 정묘함과 예쁨을 아끼는 이 베르뒤랭 특유의 명문을 통해 그 묘한 이치가 세세히 밝혀졌다. 한편, 내가 함께 가고자 옷을 갈아입는 순간에도 그의 이야기는 그칠 줄 몰랐고, 때때로 떨리는 목소리로 더듬거리며 그가 프로망탱(Fromentin)[3]의 '마들렌' 여사[4]와 결혼한 뒤 붓을 꺾은 속내를 털어놓았다. 그러한 단념은 모르핀의 사용 때문이거니와, 베르뒤랭 자신의 말에 따르면, 그래서 그녀의 남편이 일찍이 글쓰는 일에 종사했다는 사실을 모르는 마누라의 살롱 단골들 대부분은 샤를 블랑(Charles Blanc),[5] 생빅토르(Saint-Victor),[6] 생트뵈브, 뷔르티(Burty)[7] 등에 대해서 그에게 얘기할 때, 속으로 그를 몹시 얕잡으며 이런 작

*3 프랑스의 화가·소설가·미술평론가(1820~76).
*4 소설 《도미니크(Dominique)》의 여주인공. 여기서는 베르뒤랭 부인을 가리킴.
*5 프랑스의 예술평론가(1813~82).
*6 프랑스의 수필가(1827~91).
*7 프랑스의 예술평론가(1830~90).

자하고는 도무지 상대가 안 된다는 듯이 이야기했다고 한다. "여보시오, 공쿠르, 당신도 알거니와 고티에도 알고 있지, 내 미술평론이 집사람의 동아리에서 걸작이라 믿고 있는 그 가련한 《옛 거장들》*¹과는 영 달랐다는 점을 말이오."

다음에 땅거미가 지기 시작한 바깥에 나와 보니, 트로카데로의 탑 근처에 볕이 어렴풋이 감돌아, 탑이 마치 옛 과자점의 까치밥나무 열매 젤리를 바른 것처럼 보였다. 이 동안에도 한담은 계속되었고, 우리 둘을 태운 마차는 콩티 강둑에 있는 베르뒤랭 부부의 저택으로 향했다. 주인의 말에 의하면, 그 저택은 베네치아 대사들의 첫 관저였다고 한다. 또 거기에 있다고 하는 흡연실로 말하면, 어느 유명한 팔라초(palazzo),*² 내가 그 이름을 잊었지만, 성처녀(Vierge)의 옥관을 나타내는 우물 둘레돌로 유명한 팔라초에서 《아라비안나이트》에 나오는 것처럼 그대로 옮긴 방이라고 한다. 베르뒤랭은 그 우물 둘레돌이 산소비노(Sansovino)*³ 최대 걸작임에 틀림없다고 주장하는데, 지금은 손님들이 여송연의 재를 떠는 데 쓰인다. 게다가 이 얼마나 놀라운가. 청록색으로 흩어진 달빛이 마치 고전 그림에서 베네치아를 감싸안은 색깔과 같고, 그 위에 뚜렷이 윤곽을 드러낸 학사원의 둥근 지붕이 과르디(Guardi)*⁴ 그림에 그려진 살루테 대성당을 떠오르게 하는 중에 마차를 내리니, 참으로 이 몸이 베네치아의 대운하 가장자리에 있다는 환상이 드는구나. 그 환상은 2층에서 강둑이 보이지 않는 저택의 구조와 또 이 댁 주인의 능란한 이야기 투로 유지되었다. 주인이 딱 잘라 말하기를, 바크(Bac) 거리라는 이름은—나로서는 상상도 못했다—옛날 미라미온(Miramiones)이라 불리던 교단의 수녀들이 노트르담 성당의 미사에 참례하러 갈 적에 타고 건너던 바크(bac)*⁵에서 생겼다고 한다. 쿠르몽 아주머님이 살고 계시던 이 일대는 내 어린 시절 거닐던 곳인데, 베르뒤랭의 저택에 거의 잇달린 그리운 '프티 됭케르크' 상점의 간판을 보자 '새삼 정이' 솟는구나. 이 상점은 가브리엘 드 생토뱅(Gabriel de Saint-Aubin)*⁶의 연필화와 담채화 안에 표현된 것 말고는 달리 남아 있지 않는 희귀한 상점 가운데

---

*1 프로망탱의 미술평론집.
*2 '궁전'이라는 이탈리아어.
*3 이탈리아의 조각가·건축가(1486~1570).
*4 이탈리아의 화가(1712~93). 18세기 베네치아 풍경화의 대가.
*5 나룻배.
*6 프랑스의 판화가(1721~76).

하나로, 18세기 호사가들이 한가로이 와 앉아, 프랑스와 외국의 아주 뛰어난 예쁘장한 물건, 이 프티 됭케르크의 계산서에 적힌 이른바 '최신 미술작품의 모든 것'을 흥정한 곳이다. 이 계산서를 소장하고 있는 이는, 생각건대 베르뒤랭과 나뿐이지만, 이것은 루이 15세 치하에 사용하던 장식용지의 걸작으로, 선박들로 가득한 파도치는 바다가 그려져 있다. 이 바다는 《굴과 소송인》의 페르미에 제네로(Fermiers Généraux)*⁷판의 삽화 같은 느낌이다. 본댁 마님께서 나를 그녀의 옆자리로 데리고 가서 상냥하게 말하기를, 식탁에는 진귀한 걸작품인 꽃병에 일본의 국화만을 꽂아 장식했으며, 그 꽃병 중 하나는 청동으로 된 것으로 새겨져 있는 불그스름한 구리 꽃잎이 마치 살아 있는 꽃이 떨어지는 것 같다고 했다.

이곳에 참석한 분들은 의사인 코타르와 그 아내, 폴란드 조각가인 비라도베트스키, 미술 수집가 스완, 러시아의 한 귀부인, 이름이 기억나지 않는 명문의 대공부인. 이 부인은 코타르가 내 귀에 대고 속삭인 바로는, 오스트리아의 로돌프 대공에게 총을 쏘았다는 분이다. 대공부인의 말에 의하면, 나는 에스파냐의 갈리시아와 폴란드의 북부 땅 전체에서 매우 이례적인 지위를 얻었으며, 젊은 아가씨는 구혼자가 《라 포스탱(La Faustin)》*⁸ 예찬자가 아니면 결코 약혼을 승낙하지 않는다고 한다. "당신네 서구인들은 이해 못하실 거예요." 이렇게 결론짓듯 내뱉은 대공부인은 참으로 두뇌가 뛰어난 인상을 주었다. "한 작가가 여성의 속마음에 그토록 깊이 스며들어 있는 것을." 턱과 입술 언저리의 수염을 깎고 지배인처럼 구레나룻을 기른 남자가 고등학교 선생이 성(聖) 샤를마뉴 축일을 위해 뽑은 우등생들에게나 할 법한 농담을 거만한 말투로 뇌까리고 있다. 그가 대학교수 브리쇼라는 자이다. 베르뒤랭이 내 이름을 입에 올려도, 내 저술에 대해서 말 한마디 하지 않는다. 내가 환대받는 이 쾌적한 집 안에까지 고의적인 침묵의 반항과 반감을 가져오는, 이와 같은 우리에 대한 소르본 대학의 음모에 슬픔과 분함을 금치 못하겠다.

모든 이가 식탁 앞으로 가니 때맞추어 훌륭한 접시들이 줄지어 나타난다. 모두 참으로 이름난 옹기장이의 훌륭한 작품들로 진수성찬을 먹는 동안에도 애호가다운 까다로운 주의를 기울여 작품에 대한 이야기를 무척 즐겁게 들었

---

*7 라 퐁텐의 《콩트집》을 낸 출판사 이름.
*8 공쿠르 형제의 소설.

다.—먼저 옹정(雍正)*¹ 시대 접시의 쪽빛 바탕에 가장자리를 한련꽃 색으로 두르고, 붓꽃을 듬성듬성 뿌린 돋을새김 무늬, 몽모랑시 거리에서 매일 아침잠을 깰 때마다 보는 그 동틀 녘의 빛처럼 보이는 새벽하늘을 가르며 물총새와 학이 더할 나위 없이 상징적으로 떼지어 날아가고 있다—작센 자기의 그 우아한 만듦새는 한층 아리땁고, 깊숙이 고개 숙인 보랏빛에 가까운 장미꽃, 꽃잎 끝이 깊이 갈라지고 포도주 지게미 빛을 띤 튤립, 로코코 무늬의 카네이션에 물망초—세브르 접시의, 촘촘한 그물코 무늬를 음각한 가장자리 장식, 그리고 금테두리, 또는 도톰한 버터빛 바탕에 양각된 금빛 리본의 매듭—마지막으로 뒤바리 부인과 인연이 깊은 뤼시엔(Luciennes)*²의 도금양 꽃을 두른 호화로운 은그릇 세트. 그러나 그뿐이랴, 그에 못지않게 진귀한 것은 이러한 그릇들에 담겨 나오는 음식들로, 뭉근한 불에 얹어 흐무러질 만큼 솜씨 좋게 익힌 요리, 파리 사람들이 어떠한 대향연에서도 일찍이 본 적이 없다고 소리 높여 딱 잘라 말할 수 있을 이 스튜 요리는, 나로 하여금 장 되르(Jean d'Heurs)*³의 노련한 요리사를 생각하게 했다. 푸아그라도 보통 그 이름으로 내오는 거품이 다 빠진 무스하고는 전혀 다르다. 단순한 감자 샐러드가 일본의 상아 단추처럼 결이 곱고, 낚아올린 고기에 물을 붓는 중국 부인의 그 조그만 상아 국자의 광택을 띤 감자로 만들어진 예를 나는 그리 많이 보지 못했노라. 앞에 놓인 베네치아 유리잔에는 진홍색 보석을 채웠는가 싶을 정도로, 몽탈리베 씨의 경매장에서 사온 희귀한 '레오빌산(産)' 포도주가 철철 넘게 부어져 있다. 거기에다가, 간혹 다시없이 호화로운 잔칫상에 오르는 광어는 옮기는 도중에 등뼈가 드러난 광어하고는 아주 다르며 일류 요릿집의 주방장이 화이트소스라는 이름 아래 만드는 그 끈적끈적한 풀 반죽 같은 게 아니라 한 파운드에 5프랑짜리 버터로 만든 진짜 화이트소스를 쳐서 낸 것이다. 성화(成化)*⁴ 때의 근사한 접시에는 살아 있는 갑각으로 모양을 냈는가 싶을 만큼 군데군데 오톨도톨한 돌기를 정교하게 만든 기묘한 점묘법으로 그려진 대하 떼가 익살스럽게 헤

*1 중국 청(淸)나라 세종 황제 때의 연호(1723~35).
*2 루이 15세의 애첩 뒤 바리 부인의 저택이 있었던 파리 교외의 마을. 지금의 루브시엔 (Louveciennes).
*3 공쿠르 형제 사촌의 소유지 이름.
*4 중국 명(明)나라 헌종 황제 때의 연호(1465~87).

엄쳐 가는 바다의 다홍빛 낙조의 모습이 전체에 깔려 있다. 중국 동자가 낚시질을 하는 그림으로 꾸민 가장자리 장식은 낚아올린 쪽빛 고깃배의 은빛 비늘에 어린 자개빛이 보는 눈을 호리고, 그 현란한 접시에 담아 내오는 것을 볼 때, 마음눈을 뛰게 하는 기쁨이랄까, 옛 사람이 수연(垂涎)이라는 말로 표현한 목젖이 떨어지는 즐거움이라 할까. 오늘날에는 어떠한 왕후의 진열장에도 소장되어 있지 않을 법한 이러한 이름난 보물에 이와 같은 산해진미를 담으니, 참으로 뿌듯하겠다고 베르뒤랭에게 말하자 옆에서 안주인이 우울하게 내뱉듯이 말한다. "우리 바깥양반을 잘 모르시는 모양이에요." 또 안주인은 그 남편을 마치 그처럼 훌륭한 예술품에 무관심한 별스런 괴짜라는 듯이 말한다. "괴짜랍니다." 그리고 거듭한다. "네, 그렇다니까요. 노르망디 농토에서 일하는 천한 사람들과 어울리며 서늘한 그늘에서 쭉 들이키는 사과 술이 더 좋다는 괴짜라니까요."

애교 있는 부인은 다른 지방색을 좋아하는 말투로, 남편과 함께 지낸 노르망디에 대해서 흘러넘치는 감동과 더불어 우리에게 말했다. 영국풍의 광대한 정원으로 불리는 노르망디는, 로렌스(Lawrence)[5]풍의 높다란 나무숲 향기가 그윽하고, 숲 기슭을 도자기 같은 광택을 띤 담홍빛 수국으로 둘러친 가운데 저절로 자란 잔디는 삼나무 숲의 벨벳 같으며, 서로 얽힌 배나무 두 그루가 장식한 간판처럼 서 있는 농가 어귀에 유황빛 장미가 휘늘어진 모양은 뛰어난 장인 구티에르(Gouthière)[6]가 만든 청동제 벽걸이 촛대에 달린 청동꽃을 떠올리게 한다. 이런 노르망디는 휴가 차 온 파리 사람들은 생각지도 못한 모습으로 정원 하나하나가 쇠살문에 의해서 은밀히 숨겨져 있는데, 그 쇠살문을 모두 철거해버렸다고 베르뒤랭 부부는 귀띔해주었다. 해가 떨어져 만물의 빛은 잠들듯이 사라지고, 반짝이는 것은 바다뿐인데, 그 바다도 굳어버려 푸른빛을 띤 유제품처럼 보인다고 한다.

"아니에요, 당신이 아시는 그런 바다가 아니에요." 옆자리의 안주인은 플로베르가 아우하고 나를 투르빌로 데리고 갔다는 내 말에 기를 쓰고 항변했다. "아니에요, 전혀 달라요, 나와 같이 가시지 않으면 도저히 모르세요." 그들 부부는 숲을 지나 집으로 돌아오곤 했다는데, 담홍빛 명주 망사를 펼친 듯 뚝

---

*5 영국의 화가(1769~1830).
*6 프랑스의 금속공예가(1745?~1813).

갈나무 꽃이 한창 핀 울창한 숲을 지나, 정어리 통조림 공장들의 냄새에 아주 취해 버렸고, 남편은 그로 말미암아 밉살스러운 천식 발작을 일으켰다고 한다. "정말이에요." 부인은 강조하며 말했다. "거짓말이 아니에요, 진짜 천식 발작을 일으켰답니다." 다음 해 여름, 다시 노르망디를 찾은 부부는 예술가 한 무리를 훌륭한 중세풍 집에 머물게 했는데, 그곳은 물론 빌린 옛 수도원이었다고 한다. 사실 이 부인의 얘기를 듣고 있으려니, 그토록 많은 뛰어난 사람들의 사회에 드나들면서도, 말끝에는 서민 여성의 노골적인 말씨가 조금 남아 있어, 사물을 묘사하면 그 색채까지 눈앞에 환히 보이는 듯하다. 그 고장에서 저마다 독방에 들어앉아 공부하며 보낸 생활을 그녀의 입으로 듣노라면 어쩐지 입가에 침이 흐르는 느낌이다. 점심 전에는 모든 이가 난로를 둘씩이나 피운 널찍한 살롱에 모여서 가끔 오락적인 유희도 섞어가며 매우 고상한 한담을 즐기는 광경은 나로 하여금 디드로의 걸작 《볼랑 아가씨에게 보내는 편지》에 나오는 생활을 떠올리게 하는구나.

이윽고 점심을 마치면 사람들은 소나기가 쏟아지는 날이라도, 여우볕이 들기를 기다렸다가 소나기 뒤의 반짝이는 햇빛 속으로 외출한다. 18세기에 사랑받던 나무의 '아름다움'을 울타리 바로 앞에서부터 뽐내는 100살인 너도밤나무들의 울퉁불퉁 우람한 마디부터 작은 떨기나무 덤불에 걸쳐 빛의 줄무늬를 긋고, 작은 떨기나무는 그 늘어진 가지들 속에 꽃피는 움같이 빗방울을 방울방울 짓더란다. 님펜부르크 자기[*1]의 초소형 욕조 같은 백장미 꽃부리에서 미역감는 피리새의 물장난치는 미묘한 소리를 들으려고 모두 걸음을 멈추기도 했다. 내가 베르뒤랭 부인에게, 그 고장의 풍경과 꽃들이 엘스티르의 손끝에 의해 경묘하게 파스텔로 그려졌음을 말하니, 그녀는 부아가 나서 머리를 쳐들고 쏘아붙였다. "하지만 그분이 거기에 정통하게 만든 사람은 바로 나예요. 아시겠어요? 전부랍니다. 신기한 구석구석, 온갖 모티프, 나는 그분이 돌아갈 때 이 점을 눈앞에서 말해주었답니다. 안 그래요, 오귀스트? 그분이 그린 모티프는 전부 그래요. 물론 오브제(objet)로 말하면 그분도 늘 정통했어요. 이 점은 정당하게 인정해야죠. 그렇지만 꽃의 경우, 그분은 한 번도 제대로 본 적이 없었어요. 당아욱과 접시꽃도 분간을 못 했으니까요. 곧이들리지 않겠지만, 그분

---

*1 독일 뮌헨의 교외 님펜부르크 궁 앞쪽에 있는 님펜부르크 공장에서 만들어진 자기.

에게 말리꽃이 어떻게 생겼는지 가르쳐준 게 바로 나랍니다." 미술 애호가들이 오늘날 팡탱 라투르보다도 뛰어난 꽃의 화가로 첫손 꼽히는 그가, 만일 여기 있는 여성이 없었다면 영영 말리꽃을 그릴 줄 몰랐을 거라고 생각하니 어찌 흥미진진하지 않겠는가.

"아무럼, 그렇고말고요, 말리꽃을 알아보지 못했다니까요. 장미꽃도, 그분이 그린 건 모두가 우리집에서 그린 꽃이거나 아니면 내가 보내준 꽃들이랍니다. 우리집에선 그분을 티슈(Tiche)*2라고밖에 부르지 않았어요. 우리집에서 그분을 데가로 데우 했었는지, 코타르에게, 브리쇼에게, 아니, 아무나 붙들고 물어보세요. 그분 자신조차 배를 잡고 웃으실 거예요. 꽃꽂이도 내가 가르쳐주었답니다. 처음엔 도통 엉망이었거든요. 꽃다발 하나 제대로 만들지 못했답니다. 꽃을 고르는 자연스러운 취미가 없었나 봐요. 그래서 늘 내가 그분에게 '틀려요, 그런 모양으로 그리면 못써요, 헛수고예요. 이렇게 그리세요' 일러줘야 했답니다. 참말이지, 꽃의 배합처럼 생활의 배합도 우리 말을 들어서, 그런 형편없는 결혼을 하지 않았더라면!" 부인은 이렇게 말하다가, 갑자기 지난날의 몽상에 몰두하느라 열기 띤 눈, 손가락을 뻗어 하늘하늘한 블라우스 소매를 신경질적으로 만지작거리며 몸을 뒤트는 그 상심한 자세야말로 아직 한 번도 그려진 적 없는 한 폭의 명화로, 수치심과 섬세한 배려가 짓밟힌 여성의 친구로서 억눌린 분노, 치미는 노기를 또렷이 읽을 수 있었다. 그리고 부인은 엘스티르에게 부탁하여 그리게 한 코타르 가족의 초상화에 대해 말했다. 그것은 화가와의 사이가 틀어진 무렵 뤽상부르 미술관에 기증해버렸는데, 그녀의 말에 의하면 남편에게 일부러 야회복을 입혀서 화가가 흰 리넨의 그 거품과 같은 아름다움을 끌어내게 하고, 부인에겐 벨벳 드레스를 택하여, 융단이며 꽃이며 과일이며, 발레리나의 짧은 치마 같은 소녀들의 엷은 드레스 등 흘러넘치는 밝은 색조 속에서, 그 벨벳 드레스에 묵직한 전체의 중심을 두게 한 사람은 바로 자기였다고 한다. 또한 그 머리 빗는 여인의 화상(畫想)을 준 것도 그녀인 모양이다. 그 뒤 착상의 명예는 화가에게만 돌아갔지만, 요컨대 점잔 빼며 자세를 잡고 있는 여인이 아니라 일상에서의 긴장 풀린 모습을 잡아 그린다는 발상이다. "그분에게 자주 말했지만, 머리를 빗거나, 얼굴을 닦거나, 다리를 덥히는 여

---

*2 엘스티르의 별명, 실은 비슈(biche, 암사슴)가 옳음.

인이 아무도 안 본다고 여기고 있을 때 흥미진진한 동작, 레오나르도풍의 아담한 정취가 있는 동작을 무척 많이 한답니다!"

그러나 본디 몹시 신경질적인 아내에게 이러한 묵은 분개를 일으키게 하면 건강에 해롭다는 뜻을 담은 신호를 베르뒤랭이 보냈으므로 스완이 안주인이 걸고 있는 검은 진주목걸이가 참으로 훌륭하다며 내 주의를 재촉했다. 그것은 영국의 헨리에타*¹가 라파예트 부인에게 주었던 것으로, 라파예트 부인의 후손이 이를 경매에 부치자 베르뒤랭 부인이 샀다고 한다. 그때는 새하얬으나 불에 타서 검게 됐다는데, 내용인즉 이름은 잊었지만 어느 거리에 베르뒤랭네가 살던 무렵 가옥의 일부가 화재로 무너졌고, 불탄 자리에서 이 진주가 들어 있는 작은 상자를 찾아내 열어보니 진주가 새까맣게 되어 있더라고 한다. "아직도 나는, 다름 아닌 라파예트 부인의 목에 이 진주가 걸려 있는 초상화가 생생히 생각나요." 스완은 좀 어리둥절해 있는 다른 손님들 앞에서 감탄하며 말했다. "이 진주가 달린 진짜 초상화입니다. 게르망트 공작의 소장품 중에 있어요." 세계에 둘도 없는 거라고 스완이 딱 잘라 말하면서, 나도 꼭 봐야 한다고 말한다. 그 소장품은 이 이름난 공작이 큰어머니뻘 되는 보세르장 부인이 아끼던 조카여서 그녀로부터 물려받은 것이다. 보세르장 부인, 뒷날의 아즈펠드 부인은 빌파리지 후작부인과 아노브르 대공부인의 언니 되는 사람으로, 일찍이 그녀의 저택에서 나와 내 동생은 바쟁(이는 공작의 세례명임)이라는 이름으로 불리던 사랑스러운 소년을 무척 귀여워했다. 그런데 코타르 의사는 참으로 탁월한 인품을 나타내는 교묘한 솜씨로 화제를 다시 진주 이야기로 되돌려, 그와 같은 큰 재난은 무생물에서 볼 수 있는 변화와 똑같은 현상을 인간의 뇌세포에도 일으키는 법이라고 설명하고 나서, 숱한 의사들이 흉내낼 수 없는 진정 철학적인 방법으로 이를 증명했다. 베르뒤랭 부인의 하인이 하마터면 그 화재에서 죽을 뻔했는데, 너무 놀란 나머지 전혀 딴사람이 되어 필적까지 아주 달라지는 바람에, 그 무렵 노르망디에 머물던 주인들은, 사건을 알리는 그의 첫 편지를 받았을 때 틀림없이 어떤 사기꾼이 속이는 줄로만 알았다고 한다. 더구나 필적만 달라진 게 아니라, 코타르의 말에 의하면, 본디 술을 못 하던 그 하인이 형편없는 술고래가 되었기 때문에 베르뒤랭 부인도 하는 수 없이 그를

─────────

*1 오를레앙 공의 부인(1644~70).

해고했다고 한다.

이처럼 암시 풍부한 담론은 안주인의 우아한 눈짓에 따라 식당에서 베네치아풍 흡연실로 옮아간다. 방에 들어서자 코타르는 진짜 이중인격자를 만났던 일을 나에게 이야기하고, 그의 환자의 증상을 들면서 친절하게도 그 환자를 내 집에 데려오겠다고 제의한다. 코타르가 환자의 관자놀이에 손을 대기만 하면 금세 두 번째 생활이 깨어난다는데, 그때에는 첫 번째 생활에서 일어난 일을 전혀 기억하지 못한다고 한다. 그래서 한쪽 생활에서는 매우 착실하건만 다른 한쪽 생활에서는 금세 고약한 무뢰한이 되어버려 절도죄를 저질러 여러 번 잡혀갔다고 한다. 이 얘기를 들은 베르뒤랭 부인이, 부질없이 기발한 각색 효과를 노려 그릇된 병리학에 만족하고 있는 연극에, 의학은 더욱더 진실된 소재를 제공할 거라고 지적한다. 이 말이 실마리가 되어 코타르 부인의 입심이 술술 터지기 시작하더니, 그와 비슷한 착상이 자기 아이들이 매일 밤 즐겨 읽는 인기 작가, 스코틀랜드 사람인 스티븐슨에 의해 소설화되었다고 말했다. 그 이름을 들은 스완은 단호한 어조로 말했다. "참으로 위대한 작가지요, 스티븐슨은. 정말입니다. 공쿠르 씨, 아주 뛰어난, 최상급 작가와 어깨를 나란히 할 예술가입니다." 그리고 내가, 사람들이 담배를 피우고 있는 손님방 천장에 붙은, 옛 팔라초 바르베리니(Pallazzo Barberini)*² 에서 가져왔다는 방패형 문장에 감탄하면서, 우리가 피우는 '아바나 엽궐련' 담뱃재에 그을려 수반(水盤)이 거무스름해지는 걸 안타까워하자, 스완은 그와 비슷한 얼룩이 나폴레옹 1세의 것이었던 책으로서, 지금은 반보나파르트주의자임에도 게르망트 공작이 소유한 책에 남아 있는데, 이는 황제가 씹는 담배를 애용한 증거라고 얘기하니까, 코타르가 온갖 일에 참으로 조예 깊은 호사가답게 그 얼룩은 결코 씹는 담배 때문에 생긴 게 아니라고 잘라 말한다.―"절대로 그렇지 않습니다." 이렇게 권위 있게 역설하고―"나폴레옹은 간장의 통증을 가라앉히기 위해 늘 정제한 감초를 가까이 두어 싸움터까지도 몸에 지니고 다니는 습관이 있었습니다. 왜냐하면 그분은 간장병을 앓았고 그 때문에 세상을 떠났으니까요." 의사는 이렇게 결론을 내렸다.]

---

*2 바르베리니 궁전. 바르베리니는 로마의 명문으로서, 부호·교황·추기경·대주교 등을 배출함.

나는 이 구절에서 읽기를 멈추었다. 내일 떠나야 했고, 더욱이 우리가 날마다 24시간의 절반을 봉사해야 하는 또 다른 주인이 나를 부르는 시간이기도 했다. 그가 강요하는 힘든 일을 우리는 눈을 감고 해낸다. 그리고 아침마다 또 하나의 주인에게 우리를 돌려보낸다. 그러지 않으면 우리가 그의 강제 노무를 제대로 수행하지 못하기 때문이다. 부랴사랴 힘든 일에 몰아넣기에 앞서 먼저 자기 노예를 잠자리에 누이는 주인집에서 우리는 뭘 했을까? 꾀바른 작자들은 그게 알고 싶어서 정신이 다시 눈을 뜨자마자, 아직 그 힘든 일이 끝날락 말락 할 때 넌지시 형편을 살펴보려 한다. 그러나 잠은 그들과 다투며, 보고 싶어하는 것의 흔적을 지워버린다. 그래서 여러 세기가 지나도 우리는 잠에 대해 중요한 걸 모른다.

나는 공쿠르의 일기를 덮었다. 문학의 불가사의한 마력! 나는 코타르 부부를 다시 만나서 엘스티르에 대해 자세하게 물어보고 싶었다. 아직 그대로 있다면 프티 됭케르크 상점을 가보고 싶었고, 지난날 만찬을 들었던 베르뒤랭네 저택에 다시 초대받고 싶었다. 하지만 막연한 불안감도 들었다. 나는 지금껏, 다른 사람과 함께 있으면 듣지도 보지도 못하게 된다고 깨닫지 않은 적이 없었다. 한 노부인이 진주목걸이를 하고 있어도 내 눈에는 보이지 않았으며, 그것에 대해 떠들어대는 수다도 내 귀에 들어오지 않았던 것이다. 아무튼 일기에 나오는 이들은 내가 일상에서 잘 알던 이들로, 자주 함께 식사를 하곤 했던 베르뒤랭 부부, 게르망트 공작, 코타르 부부였다. 게르망트 공작인 바쟁이 보세르장 부인의 애지중지하는 조카이자 훌륭한 젊은 영웅임을 꿈에도 생각지 못한 내 할머니의 경우와 마찬가지로, 내 눈에 그들은 모두 평범하게 보였다. 김빠진 거품으로 보였다. 그들이 갖고 있던 수많은 너절함이 생각났다⋯⋯.

Et que tout cela fit un astre dans la nuit!
그 모든 게 다 밤하늘의 별이 될지니!*1

탕송빌을 떠나는 전날 밤 읽은 공쿠르의 문장 때문에 마음에 생긴 다른 의견을 나는 얼마간 그냥 내버려두기로 했다. 이 회상록 작가의 현저한 특징인

---

*1 위고의 《정관시집(靜觀詩集)》 중의 한 구절.

지나친 소박함 또한 그대로 내버려두더라도, 여러 관점에서 보아 나는 안심할 수 있었던 것이다. 먼저 나 개인에 대해서 말하면, 인용한 일기는, 나에게 보고 듣는 능력이 없음을 뼈저리게 드러냈지만, 그렇다고 그런 능력이 전혀 없는 것은 아니다. 내 몸속에는 조금이나마 잘 보는 눈을 가진 인물이 있기는 하지만 간헐적으로 나타나는지라, 그는 자기 양식이나 기쁨이 되는 어떤 보편적인 본질, 여러 사물에 공통한 본질이 나타나는 때밖에 되살아나지 않는다. 되살아나면 그 인물은 눈을 부릅뜨고 귀를 기울이지만 그것도 어느 깊이에 이르고 나서였다. 그래서 관찰만으론 아무짝에도 수용없었다. 기하학자가 사물에서 감각적 성질을 없애며, 그것의 근원인 선밖에 보지 않듯이, 남들이 이야기하는 내용은 한쪽 귀로 들어와서는 그대로 다른 한쪽 귀로 흘러나간다. 내 흥미를 끄는 것은 남들이 말하는 내용이 아니라, 그들의 성격이나 우스꽝스러움이 드러나는 말투였다. 다시 말해 그것은, 특수한 기쁨을 나에게 주므로 지금까지 늘 특별히 내 탐구의 목적이 되어온 대상, 곧 이 존재와 저 존재 사이의 공통점이었다. 그것을 알아차렸을 때 처음으로 내 정신은 갑자기 기쁨에 넘쳐 먹이를 쫓기 시작한다. 그때까지는 활발하게 떠들고 있는 것처럼 보여도 속으로는 꾸벅꾸벅 졸고 있으며, 겉으로는 활기를 꾸며 완전한 무기력 상태를 남들이 알아채지 못하게 감춘다. 그러나 그때 정신이 추구하는 것은—이를테면 온갖 시간과 장소에 공통되는 베르뒤랭네 살롱의 동일성은—상당히 깊은 곳, 즉 겉면 뒤쪽에서 조금 물러선 부분에 있다. 그러므로 표면적이고 복사할 수 있는 아름다움은 내 눈에 띄지 않고 사라진다. 그도 그럴 것이, 여자의 매끈매끈한 배 속에 그 몸을 파먹는 질환이 있다는 것을 꿰뚫어보는 외과 의사처럼, 나에게는 그런 아름다움에 머무를 능력이 없었기 때문이다. 아무리 남의 집 만찬에 가보았자 소용없다. 나는 자리를 같이한 손님을 보고 있지 않았다. 왜냐하면 그들을 보고 있다고 생각해도 사실은 그때 X선을 비추고 있었으니까.

그 결과, 어느 만찬에서 함께 자리한 손님에 대하여 기울였던 관찰을 죄다 합쳐서 내가 그린 소묘는, 어떤 심리학 법칙의 전체를 나타내고 있으며, 거기에는 자리를 같이한 손님이 자기 화제 속에 드러낸 개인적인 흥미 따위는 거의 들어 있지 않았다. 하지만 그와 같이 개별적으로 그리지 않았다고 해서 내가 그린 초상화는 전혀 가치가 없는 걸까? 회화 영역에서 하나의 초상화가 양감·빛·운동에 대한 어떤 진리를 밝혀준다면, 그것은 똑같은 인물을 그렸지만 필

법이 전혀 다르므로 앞의 그림에서 생략된 헤아릴 수 없는 세부를 꼼꼼하게 묘사한 다른 초상화에 비해, 반드시 그만 못하다고 할 수 있을까? 첫 번째 그림을 보고 모델이 밉상이라 생각하던 이가 두 번째 그림을 보고는 모델을 예쁜 얼굴이라 결론지으리라. 고증적이고도 역사적인 중요성을 가질 수도 있으리라. 하지만 그렇다고 반드시 그게 예술의 진리는 아니다.

더욱이 나는 경솔한 성격이라, 누군가와 함께 있으면 금세 그들의 마음에 들고 싶어서, 뭔가 예술에 대한 것이나 또는 이전부터 마음속에서 떠나지 않는 시샘을 불러일으키는 어떤 의심 같은 것을 조사하고자 사교계에 나온 경우가 아니고는, 남들의 이야기에 귀를 기울여 뭔가를 배우려고 하기보다는 스스로 떠들어대며 남들을 흥겹게 만들려고 한다. 그런데 나는 책을 읽음으로써 꼭 보고 싶다는 욕망이 앞서 깨어 있지 않고서는, 또한 보는 대상의 스케치를 미리 그려 그것을 현실과 대조해보고픈 소망이 들지 않고서는, 본다는 게 불가능했다. 공쿠르의 구절이 가르쳐주지 않더라도 몸소 알고 있는 바지만, 몇 번이나 온갖 사물과 인간에게 주의를 기울이려 해도 불가능했다. 그런데 그 형상들이, 먼저 어느 예술가의 손에 의해 표현되어 나중에 내가 홀로 있을 적에 나타나면, 그걸 되찾기 위해 천 리를 달려 죽음도 무릅쓴다! 그제야 내 상상력이 일어나 목표하는 것의 모습을 그리기 시작한다. 지난해 그 앞에서 하품이나 하던 것을 새삼 뚫어지게 바라보고 욕망하면서 불안에 싸여 혼잣말하는 것이었다. 정말 못 보는 걸까? 볼 수만 있다면 뭘 마다하랴!

한낱 사교계 인사에 지나지 않은 누군가에 대해 '이제 살아남은 이가 별로 없는 사회의 마지막 대표자'라고 치켜세우는 기사를 읽을 때, 사람들은 틀림없이 이렇게 소리칠 거다. '뭐가 어쩌고 저째! 그런 하찮은 인간을 이처럼 과장해서 칭찬하다니! 이러니 신문이나 잡지에서만 읽고 실제 인물을 보지 못했다면, 나도 아는 사이가 아님을 유감으로 생각했을 거야!' 그런데 나는 이런 기사를 읽으면, 도리어 다음과 같은 생각을 하기가 일쑤였다. '아차,—질베르트나 알베르틴을 다시 만나는 데만 정신 팔려—그에게 주의하지 않았다니! 사교계에 널리고 널린 한낱 단역으로밖에 보지 않았는데, 그분이 큰 인물이었구나!'

내가 읽은 공쿠르 문장은 나로 하여금 이런 식으로 생각하는 내 성미를 후회케 했다. 왜냐하면 그것을 읽고, 삶은 독서의 가치를 낮추도록 가르치고 작가가 찬양하는 게 대수로운 값어치가 없음을 보여준다고 결론지을 수도 있지만, 또한 독서는 반대로 삶의 가치를 높이도록 가르치고, 이제껏 제대로 평가하지 못했던 삶의 가치가 얼마나 대단한지를, 우리는 오직 책을 통해 이해했다고 결론지을 수도 있기 때문이다. 우리는 뱅퇴유나 베르고트와 같은 인물과 교제하면서도 큰 재미는 보지 못했으나, 엄밀히 말하면 그런 것도 신경쓸 필요가 없다. 뱅퇴유의 수줍어하는 부르주아 근성도, 베르고트의 견딜 수 없는 결점도, 엘스티르의 처음 무렵의 건방진 야비함도(공쿠르의 일기를 통해 베르뒤랭네 집에서 스완에게 그처럼 약 올리는 말을 건넸던 '티슈님'이 바로 엘스티르임이 분명해졌다) 그들의 가치에 흠을 내지 않는다. 그들의 천재성은 그들 작품을 통해 나타나 있기 때문이다. 우리 마음에 들지 않았던 사람들을 매력 있게 그린 회상록이 있을 때, 회상록이 틀렸는가 아니면 우리가 틀렸는가는 그들 천재들에게 조금도 중요하지 않은 문제다. 왜냐하면 설사 회상록 작가가 틀렸다 해도 그건 그와 같은 천재를 낳은 삶의 가치를 비난할 아무런 증거도 되지 않을 테니까(그건 그렇고, 쉽게 닿을 수 없는 빼어난 취미에 다다른 엘스티르도 그전에는 동아리 예술가들과 같은 건방진 말투를 썼는데, 그렇지 않은 천재가 과연 있었을까? 이를테면 발자크의 편지에는, 스완이 차마 입에 담지 못할 천한 표현이 수두룩하다. 그렇지만 그처럼 고상하고, 온갖 짜증나는 우스꽝스러움을 피해온 스완은 아마도 《사촌누이 베트》나 《투르의 사제》를 쓰지 못했을 것이다).

공쿠르 일기에 쓰인 수많은 신기한 일화—하루가 멀다 하고 그것을 펼쳐드는 외로운 독자에게는 질리지 않는 심심풀이가 되는—는 만찬 참석자들이 공쿠르에게 이야기한 내용이며, 그 참석자들은 그의 문장을 읽어보면 누구나 사귀고 싶어할 인물들이겠지만, 나에겐 흥미 있는 추억을 단 한 토막조차 남기지 않았다. 경험의 처지를 아주 달리해본다면, 이 또한 그리 해명할 수 없는 게 아니었다. 공쿠르의 고지식함이 그런 일화의 재미에서 그 이야기를 한 사람들까지 훌륭한 인물이라고 결론짓고 있지만, 평범한 인간이라도 그 생활에서 신기한 일들을 보거나 남의 입에서 듣고, 다시 그의 표현법으로 이야기할 수도 있다고 충분히 생각할 법하다. 중요한 점은 공쿠르는 볼 줄 아는 눈과 더불어 들을 줄 아는 귀를 가졌는데, 나는 그럴 줄을 몰랐다는 것이다.

게다가 그런 사실은 전부 낱낱이 잘 판단해볼 필요가 있었으리라. 게르망트 씨만 해도 보세르장 부인의 비망록에 의하면, 내 할머니가 무척이나 사귀고 싶어할 법한 귀여운 미소년의 전형으로, 할머니는 흉내낼 수 없는 좋은 본보기로서 그를 자주 예로 드셨지만, 나에게는 좀처럼 그런 인상을 준 적이 없었다. 하지만 바쟁이 그때 7살이며, 회상록 작가가 그의 큰어머니였다는 것, 또 몇 달 뒤에는 이혼할 생각인 남편도 남들 앞에서는 그 아내를 크게 칭찬한다는 예를 생각해봐야 한다. 생트뵈브가 쓴 가장 아름다운 시 가운데 하나는, 비할 바 없는 온갖 재능과 미모를 갖춘 한 소녀, 그 무렵 10살도 안 된 어린 샹플라트뢰(Champlatreux)*1 아가씨가 샘가에 나타난 모습을 그리고 있다. 하지만 천재 시인 노아유 백작부인이 그 시어머니 되는 샹플라트뢰 가문 태생인 노아유 공작부인에게 바치는 존경의 정이 아무리 두텁다 해도, 만일 그 시어머니의 초상을 글로 써야 했다면 생트뵈브가 50년 전에 묘사한 바와는 꽤 생생한 대조를 이루었을 거다.

아마도 가장 머리를 어지럽게 했던 것은 그들 중간에 있는 사람들이었으리라. 그 사람들은 신기한 일화를 기억하고 있는 기억력보다도 더 많은 것을 가지고 있지만, 그렇다고 뱅퇴유나 베르고트의 경우처럼 그 작품으로 판단할 수 있는 사람도 아니다. 그들은 작품을 창작하지 않고, 그저 남의 작품에—그러한 사람들을 더할 나위 없이 평범한 인간이라고 생각한 우리로서는 매우 놀랍지만—영감을 주었을 뿐이다. 오래지 않아 미술관에 걸린, 르네상스의 위대한 화가들 이래 가장 우아한 인상을 주는 살롱의 정경이, 실은 우스꽝스러운 프티부르주아 여인의 살롱이라 해도 괜찮다. 나라도 그녀가 누군지 몰랐다면 그림 앞에 섰을 때, 벨벳과 레이스의 화려한 치맛자락이 티치아노의 가장 아름다운 작품에 견줄 만한 그 여성의 비밀, 화가의 기술도 캔버스로도 알 수 없는 보다 귀중한 비밀을 그녀한테서 알아내고 싶은 오직 한 가지 생각으로 현실에서 그 여인에게 다가갈 수 있기를 꿈꾸었을 것이다. 재주가 가장 뛰어나고, 학식이 높으며, 훌륭한 교제를 하고 있는 사람이 아니라, 오직 자신을 거울삼고, 비록 평범한 생활일지라도 그 생활을 투영할 줄 아는 이가 베르고트 같은 사람이 된다는 것을(같은 시대 사람들은 그를 가리켜 재주는 스완만 못하고, 학식은 브레오테만 못하다고 생각했을지라도) 이미 나까지도 알고 있다. 하물며 화가의 모델이 될 정도의 사람이라면, 충분히 같은 말을 할 수 있지 않겠는가. 어떠한 것이라도 그릴 수 있는 뛰어난 화가가

*1 생트뵈브의 서간시(書簡詩) 〈부알로의 샘〉에 나옴.

아름다움에 대한 사랑에 눈떴을 때, 그가 더할 수 없이 아름다운 모티프를 찾아낼 수 있는 고상하고 세련된 분위기에 걸맞은 모델은, 그 화가보다 조금 부유한 사람들에 의해서 제공되는 법이다. 자기 그림 한 폭을 50프랑에 파는 불우한 천재 화가는 평소 자기의 아틀리에에서는 볼 수 없는 것—비단을 씌운 옛 살림살이들이며 숱한 램프며 아름다운 꽃이며 좋은 과일이며 고운 드레스 등으로 장식된 살롱—을 그들 집에서 보게 되는데, 그들은 비교적 겸손한 사람들이다. 아니, 정말로 빛나는 계급의 사람들(그 존재조차도 모르는 사람들), 눈에 검소하게 보이는 사람들이다. 도리어 그 때문에, 교황이나 국가원수들처럼 아카데미 회원인 화가에게 자신의 초상을 그리게 하는 귀족들과는 달리, 숨은 화가를 훨씬 잘 알고, 인정하며, 초청하여 그 그림을 살 수 있는 것이다. 현대의 고상한 가정과 아름다운 옷치장 따위를 읊은 시는, 다음 세대에 가서는 코트(Cotte)*² 나 샤플랭(Chaplin)*³ 이 그린 사강 대공부인이나라 로슈푸코 백작부인의 초상화에서보다도, 르누아르가 그린 샤르팡티에 서점 주인의 살롱에서 찾아볼 수 있지 않을까? 고상함의 가장 대표적인 시각상을 우리에게 준 화가들은 그 시대의 멋스러운 사람으로 꼽히지 않았던 사람들한테서 그 미적 요소를 얻었다. 당대의 가장 고상한 사람들이 새로운 미를 낳는 무명 화가에게 자기를 그리게 하는 일은 거의 없다. 그들은 그림 속에서 그런 새로운 아름다움을 분간조차 하지 못한다. 하기야 새로운 미는, 병자가 자신의 주관적인 환상을 실제로 눈앞에 일어난 일이라고 믿는 것처럼, 대중의 눈에 어려 있는 낡아빠진 전사지의 우아한 아름다움에 가려서 좀처럼 나타나지 않는 법이다. 그러나 내가 잘 알던 그 평범한 모델들이, 나를 매료한 작품의 구도에 영감도 주고 충고도 주었다는 사실, 그 그림 속 인물의 존재가 단순한 모델이 아니라, 모델 이상의 존재, 곧 화가가 화폭에 그리고자 한 친구 같은 존재로 보이는 사실은, 나로 하여금 다음과 같은 의문을 품게 했다. 발자크가 소설에 그리거나, 또는 예찬하는 뜻으로 그 소설을 바친 사람이라는 이유로, 또 생트뵈브와 보들레르가 가장 아름다운 시로 그린 사람이라는 이유로, 우리는 그들과 친분이 없음을 유감스러워 한다. 더구나 레카미에(Récamier)나 퐁파두르(Pompadour) 같은 부인은 말할 것도 없지만, 그들

*2 프랑스의 화가(1863~1924).
*3 프랑스의 화가(1825~91).

이 모두 나에게 무의미한 사람으로 보이지 않았던 것은 혹시 나의 타고난 허약 탓이 아니었을까. 병약한 몸 때문에 내가 잘못 봤던 모든 사람을 다시 만나러 갈 수 없다는 점에 못 견디게 화가 났다. 아니면 그런 인물들은 문학의 환상적인 마력에 의해서만 빛이 나기 때문일까. 그렇다면 읽을 때 사전을 바꿀 필요가 있으며, 또 병의 악화 때문에 머지않아 사교계에 고별하고, 여행도 미술관도 단념한 채 요양원으로 떠나야 하는 일도 위로가 되었다. 그러나 회상록에서 보는 이 거짓된 면, 독자를 착각하게 하는 조명은 바로 얼마 전의 것에만 존재하며, 지적 명성이든 사교적 명성이든 그것이 금방이라도 사라져 갈 때밖에 존재하지 않을지도 모른다(왜냐하면 비록 박식한 학자가 이러한 매몰에 저항한들 차곡차곡 높이 쌓여가는 망각을 부술 수 있다고는 꿈에도 생각할 수 없기 때문이다).

여러 가지 생각 가운데 내게 문학의 재능이 없다는 유감스러운 마음은 경멸하기도 하고 더해주기도 하는데, 이러한 생각은 내가 쓰기를 모두 단념하고 파리를 떠나 어느 요양원에서 오랜 세월을 지내는 동안 한 번도 머릿속에 떠오르지 않았었다. 그러다가 1916년 초엽이 되자 요양원에 의사가 한 명도 남지 않게 되었다.

그래서 나는 파리에 돌아왔다. 곧 독자도 보게 되려니와, 파리는 1914년 8월에 진찰을 받으러 돌아왔다가 다시 요양원으로 되돌아갔을 때의 파리와는 매우 달랐다. 1916년 다시 파리에 돌아온 지 얼마 안 되는 어느 날 저녁, 그 무렵의 유일한 관심사였던 전쟁 양상을 듣고 싶어서 저녁 식사 뒤 베르뒤랭 부인을 만나려고 집을 나섰다. 베르뒤랭 부인으로 말하면, 봉탕 부인과 아울러, 총재정부 시절을 생각하게 하는 이 전시 아래 파리의 여왕이었기 때문이다. 적은 양의 효모균에서 자연 발생한 것처럼, 젊은 여성들이 높다란 원통형 터번을 두르고 온종일 거리를 쏘다니고 있었는데, 탈리앙(Tallien) 부인 시대의 여성 모자도 그런 게 아니었을까 싶었다. 애국심의 발로라고 할까, 그녀들은 짧은 치마 위에 매우 ‘전시’다운 우중충한 이집트풍의 길게 뻗은 튜닉을 걸치고, 탈마(Talma)*¹식의 고대 그리스의 코튀른(cothurne)*²을 떠올리게 하는 가죽끈 샌

---

*1 프랑스의 배우(1763~1826).
*2 고대 그리스, 로마의 비극 배우가 신던 반장화.

들이나, 우리의 친애하는 용사들의 행전을 생각나게 하는 긴 게트르(guêtre)*³를 신고 있었다.

옷차림이 '가뜬'한 데다가 장신구도, 비록 그 재료가 군대에서 나온 것도 군대에서 만들어진 것도 아니지만, 그 디자인의 주제가 어딘지 군대 냄새를 풍겼다. 용사들의 눈을 즐겁게 해주어야 한다는 의무를 그녀들이 잊지 않고 있었기 때문이다. 이집트풍 장식이 이집트 정복을 떠올리게 한다는 게 아니라, 이를테면 포탄 파편이나 75밀리 야포탄의 탄띠로 만든 반지며 팔찌, 참호에서 흘러나온 영국 동전 두 닢을 가지고 만든 담배 라이터 같은 전시적인 것도 있었는데, 그 동전은 어떤 군인이 참호에서 지내는 동안 매우 고운 동록이 슬었으므로, 그 빅토리아 여왕의 옆얼굴이 피사넬로*⁴에 의해서 그려진 것처럼 보였다. 그녀들의 말에 의하면 용사들의 눈을 즐겁게 해줘야 한다는 의무가 늘 머리에서 떠나지 않았기 때문에, 친척 중 누군가가 전사해도, 그것은 오히려 '커다란 명예'이므로 좀처럼 상복을 입지 않았다. 그녀들은 영국 크레이프로 지은 보닛(아주 우아하게 돋보였을 뿐만 아니라, 모든 희망을 거기에 담을 수 있었다)을 쓰고, 이전의 캐시미어 대신 공단이나 명주 모슬린을 두르고, 진주까지도 늘 몸에 지닐 수 있었으니, 프랑스 여성에 대해 굳이 주의를 환기할 필요도 없지만, 재치와 단정한 자세를 잃지 않은 셈이었다.

루브르와 그 밖의 미술관도 다 폐쇄되었다. 신문기사에 '굉장한 평판을 일으킬 전람회'라는 대서특필이 실려도, 보통 그림 전람회가 아니라 의상 전시회, 게다가 '파리 여성이 너무나 오랫동안 빼앗겨온 섬세한 예술적 기쁨'을 주려고 마련한 의상 전시회였다. 이와 같이 맵시와 즐거움이 다시 시작되고 있었다. 1793년의 미술처럼 지금은 다른 미술이 없으므로, 맵시의 예술이 변명에 나선 것이다. 1793년 혁명미술전에 출품한 예술가들은 '유럽연합군이 자유의 국토를 포위하고 있는 마당에, 예술에 몰두하는 우리네 모습이 근엄한 공화단원에게 괴이쩍게 보인다면' 이는 틀린 생각이라고 선언했다. 1916년에 그와 같은 일을 하고 있는 게 디자이너들이다. 게다가 그들은 예술가로서의 보람을 담아 다음 같이 털어놓았다. "새로움을 찾아 평범함을 떨쳐버리고, 개성을 나타내어 승리를 마련하며, 전후 세대를 위하여 아름다움의 새로운 양식을 만들어내는 것

---

*3 발등 또는 장딴지까지 가리는 서양식 행전.
*4 이탈리아의 화가·메달 조각가(1395~1455).

이야말로, 거리에 아담하게 차린 그들의 전시회장을 찾아오는 이들이 쉽사리 알아차릴 수 있듯이, 그들이 고심하는 야심이자 그들이 추구하는 공상이었다. 그 전시장에서는 밝고 화려한 색조로 현재의 침울한 슬픔을 날려버리는 일이 시국이 요청하는 자숙을 고려한 그들의 표어인 것 같다."

"확실하게 많은 숭고한 예에서 보듯이, 우리가 용기와 인내를 가지고 열심히 궁리하지 않으면 현재의 음울한 분위기가 여성의 기력을 꺾고 말리라. 그러므로 우리는 참호 속에서 가정에 두고 온 그리운 이를 꿈꾸며, 오직 생활의 기쁨과 매혹적인 자태를 밤낮으로 바라는 우리 용사들을 생각하면서, 시국의 간절한 바람에 맞는 부인복 창조에 언제나 끊임없는 연구에 매진하리라. 유행은 특히 영국인의—따라서 우리 동맹국의—의상실에 있다. 올해의 인기 초점은 긴 드레스인데, 그 대범한 산뜻함이 온 여성에게 더없는 기품과 함께 재미난 개성미를 주었다. 이 슬픈 전쟁이 가져온 '가장 행복한 결과의 하나라고 할 수 있는 것'이라고 능숙한 기자가 덧붙이고 있다(잃은 국토의 탈환과 국민 감정의 각성을 기대했더니), '몸치장에 대하여, 경박한 악취미에 빠진 사치를 없애고, 더할 나위 없이 사소한 것으로 큰 성과를 거두었다는 사실, 변변찮은 재료를 가지고 매혹적인 맵시를 만들어냈다는 사실이다. 지금은 몇 점씩 발표하여 주문받는 고급 여성 의상실의 드레스보다 자택에서 만드는 드레스를 더 좋아한다. 그로 말미암아 저마다의 재치, 취미, 성향이 두드러지게 나타나기 때문이다."

자선사업에 대해서 말하자면, 적의 침입으로 생긴 여러 비참함, 수많은 상이군인을 생각해보건대, '보다 솜씨 있게' 해야 하는 것이 필요하다. 그러기 위해서 높다란 터번을 쓴 여인들도 브리지(bridge) 탁자에 둘러앉아 차를 마시면서, '전선'의 소식을 검토하며 오후의 끝머리를 보내야만 하는데, 그동안 문밖에는 그녀들의 자동차가 대기하고, 그 좌석에는 잘생긴 군인 하나가 주인 대신 앉아 심부름꾼과 수다 떨고 있는 게 흔히 있는 일이었다. 하기야 새로운 건 머리 위로 불쑥 솟은 신기한 원통 모자만이 아니었다. 그 얼굴들 또한 새로웠다. 신기한 모자의 여자들은 어디서 왔는지도 모르는 젊은 여인들로, 어떤 이는 6개월 전부터, 다른 이는 이태째, 또 어느 여자는 4년째 멋스러움의 꽃이었다. 게다가 이러한 햇수의 차이가 그녀들에게는 매우 중요했다. 마치 내가 사교계에 첫발을 디뎠을 무렵, 3~4세기 전까지 거슬러 올라가는 연조의 차이가 게르망트네와 로슈푸코네 같은 두 오랜 가문 사이에서 중대한 뜻을 가진 것이나 다름없었다. 1914년부터 게르망트네 사람들을 아는 부인은, 1916년에 게르망트네에서 소개받은 부인을 어정뱅이로 보고, 유산으로 생활하는 미망인을 대하듯 인사를 보냈으며, 손잡이 안경으로 상대 얼굴을 빤히 들여다보면서 소태 먹은 표정으로, 그 부인이 정식 결혼을 했는지 어떤지 아무도 모른다고 내뱉듯이 말한다. "저런 것들을 보면 하나같이 속이 뒤집힌다니까요." 1914년의 부인은 딱 잘라 말한다. 그녀는 게르망트네에 자꾸만 맞아들여지는 사람들의 고리가 자기 다음부터는 끊어지기를 바랐으리라. 이런 새로운 여인들도 더 젊은 사람들 눈에는 한참 고참자로 보였고, 상류 사회 안에만 있던 게 아니었던 몇몇 노인들에게도 그다지 새로운 얼굴이 아닌 것 같다고 느껴졌다. 이러한 새로운 여인들은 사교계에 적당히 끼어들면서 정치담과 음악 같은 심심풀이를 제공할 뿐만 아니라, 그것을 제공하는 게 반드시 그녀들이어야 했다. 그도 그럴 것이, 예술이나 의학이나 사회생활에서 사물이 새로운 것으로 보이려면, 그것이 낡은 것이건 새것이건, 새 이름이 필요했기 때문이다(그녀들의 화제는 어떤 부분에서는 이미 새로웠다. 베르뒤랭 부인이 전시 중에 베네치아에 갔을 때는 감상이나 애수 띤 이야기를 피하려는 사람들처럼 그녀가 정말 멋지더라고 하면서 감탄한 것은, 베네치아도, 산마르코 성당도, 여러 궁전도 아니었다. 그토록 나를 기쁘게 해주던 것에는 눈길도 주지 않고, 그녀는 하늘을 가르는 탐조등의 효과를 매우 칭찬하면서, 그 탐조등에 대해 수학을 바탕으로 한 지식을 늘어놓았다. 이와 같이 차례차례 어느 시대에나 그때까지 찬양받던 예술에 대한 반동으로서 어떤 사실주의가 되살아난다).

생퇴베르트 부인의 살롱 따위는 퇴색한 딱지에 불과해서, 거기에 아무리 위대한 예술가와 큰 권세를 떨치는 장관이 참석한대도 아무도 끌어들이지 못했을 거다. 반대로 사람들은 그런 대가의 비서라든가 장관실 차석의 입에서 튀어나오는 한마디를 듣고자 지금 파리에 떠들썩하게 날아 들어와 득실득실한 터번 쓴 새 부인들한테 달려갔다. 제1차 집정정부시대의 부인들은 탈리앙 부인이라는 젊고도 예쁜 여왕을 모셨었다. 제2차 집정정부시대라고 부를 수 있는 이 시기의 부인들은 늙고 추한 두 여왕을 모셨는데, 그 이름은 베르뒤랭 부인, 봉탕 부인이었다. 지난날 봉탕 부인의 남편이 드레퓌스 사건에서 맡은 소임 때문에 〈에코 드 파리〉를 통해 모질게 비난받았다고 해서 누가 감히 그녀에게 엄한 태도를 취할 수 있겠는가? 상하 양원이 어느 때부터 모두 드레퓌스 재심파가 되었으므로, 사회질서를 지키고, 종교에 관대하며, 군비를 모으는 당파도, 필연적으로 전의 재심파나 전의 사회파 속에서 찬동하는 이들을 모집해야 했다. 지난날 사람들은 봉탕 씨를 싫어했지만, 그건 그 무렵 드레퓌스파라면 비애국자의 대명사였기 때문이다. 그런데 오래지 않아 드레퓌스파라는 이름도 잊히고, 대신 3년제 병역법 반대자라는 이름이 그 자리를 차지했다. 봉탕 씨가 그 법안의 창안자들 가운데 하나였으므로, 따라서 그는 애국자였다.

사교계에서(애초에 이 사회 현상은 가장 보편적인 심리학 법칙의 한 적용에 지나지 않지만) 새로운 일이란 책망받아 마땅하건 아니건 어쨌든 그것이 우리를 안심시키는 요소에 동화되고 감싸이기 전에는 배척을 받게 마련이다. 드레퓌스주의나, 생루와 오데트의 딸의 결혼도 마찬가지로 이 결혼에 대해서 처음에는 비난하는 소리가 높았었다. 그러나 지금은 생루 부부의 집에서 '유명한' 온갖 사람들을 만날 수 있으므로, 설사 질베르트가 오데트와 같은 생활 도덕을 가지고 있다 해도 분명 사람들은 그 집을 '찾아갔을' 테고, 질베르트가 명문가 노부인 같은 얼굴로 익숙지 않은 새로운 풍습을 비난하는 데에 찬성했을 거다. 드레퓌스주의도 이제는 당당하게 여느 사물 가운데 통합되어 있다. 그 주의 자체의 가치에 대해서는 일찍이 그것을 규탄했을 때는 물론, 수용하는 지금도 아무도 생각해보려 하지 않았다. 그건 더 이상 '충격적'이지 않다. 그저 그걸로 충분하다. 예전에 '충격적'이던 것도 거의 생각나지 않았다. 마치 어느 소녀의 아버지가 도둑이었는지 아니었는지도 세월이 좀 지나면 알쏭달쏭하듯. 경우에 따라서는 다음같이 말할 수도 있다. "아니죠, 말씀하시는 사람은 처남입니다. 아니면 동명이인이겠죠. 이 사람은 나무랄 데 없는 사람입니다." 마찬가지로 지금까지 비슷한 드레퓌스주의가 있었을 테고, 또 몽모랑시 공작부인 댁에 드나들며 3년제 병역법을 통과시킨 사람이 악당일 리 없다. 하여간 모든 죄는 용서된다. 드레퓌스주의도 말끔히 잊혔으니, 하물며 드레퓌스파 사람들은 말할 것도 없다. 게다가 정계에는 드레퓌스파밖에 없었다. 그도 그럴 것이 정부 편에 들고자 하는 이는 누구나 다 한때 그러했기 때문이고, 드레퓌스주의가 사람들 사이에 이목을 놀라게 하면서(생루가 나쁜 경향에 빠지기 시작한 무렵인데) 비애국심, 무종교·무정부 따위의 화신으로 여겨지던 시기에 그와 반대되는 것을 대표하는 사람들조차 한때는 드레퓌스주의자가 되었었기 때문이다. 그러므로 봉탕 씨의 드레퓌스주의도 모든 정치가와 마찬가지로 겉으로 드러나지 않는 기회주의적인 것이어서, 가죽 밑의 뼈처럼 밖에서는 보이지 않았다. 그가 드레퓌스파였다는 사실은 아무도 기억하고 있지 않으리라. 사교계 사람들은 멍청하고 건망증이 심한 데다가 그로부터 오랜 세월이 흘렀기 때문이다. 게다가 그들은 특히 긴 세월이 흘렀다고 여기는 척하는데, 전쟁 전과 전시의 사이가 지질학상의 한 세기만큼이나 오랜 기간을 갖는 뭔가 심원한 것으로 단절되어 있다고 여기는 게 유행이었기 때문이다. 민족주의자인 브리쇼가 드레퓌스 사건을 말할 때, "그 선사시대에는" 하고 말을 꺼냈다(사실 전쟁이 미친 이 심각한 변화는 그 영향을 받은 정신의 가치와는 반비례했다. 적어도 어떤 수준 이상에 다다른 정신에 대해서 말이다. 수준 이하의 순 바보들, 순 방탕자들은 전쟁이 있거나 말거나 아랑곳없었다. 그런데 최상층에서도 내적 생활을 구축하고 있던 이들은, 바깥쪽에서 일어나는 사건의 중대성을 거의 고려하지 않았다. 이런 이들의 사념의 순서에 커다란 변화를 가져다주는 것은 오히려 그 자체로선 하등 대수롭지 않은 듯한 그 무엇, 그러면서도 시간의 순서를 뒤집어서 그들을 과거 생활의 어느 때와 같은 시대 인간으로 만드는 그 무엇이다. 구체적으로는 거기에서 갈려 나온 아름다운 문장을 통해 이해할 수 있다. 몽부아시에 정원에서 들리는 새들의 노랫소리, 또는 물푸레나무 향기를 실은 산들바람 같은 아름다움을 불러일으키는 것들은 물론 대혁명이나 제정시대의 가장 중대한 사건보다 대단치 않다. 그렇지만 그것은 샤토브리앙에게 《무덤 저쪽의 회상록》*¹에서 훨씬 큰 가치를 지니는 글을 쓸 수 있는 영감을 주었다). 드레퓌스파나 드레퓌스 반대파라는 말은 이제 아무 뜻도 없게 되어, 전에는 크게 놀라 얼굴빛이 하얘지도록 격분해 마지않던 이들조차 아닌 게 아니라 몇 세기 전에 들었던 일인 듯이 말했다.

봉탕 씨는 독일이 중세기 때처럼 토막토막 나뉘고, 호엔촐레른 가문의 몰락이 선언되고, 빌헬름 2세가 열두 발의 총알 세례를 받기 전에는 평화니 어쩌니 하는 말에 귀를 기울이려고 하지 않았다. 한마디로 그는 브리쇼가 말한 '끝장까지 해보자구(jusqu' aboutiste)'*² 주의자였고, 이 이름표는 그에게 줄 수 있는 애국심 발양의 최고 증명서였다. 봉탕 부인은, 베르뒤랭 부인에게 그녀와 안면

---

*1 샤토브리앙의 자서전.
*2 프루스트의 조어(造語), 곧 jusque(까지) au(장) bout(끝) iste(주의자).

을 틀 수 있도록 부탁해오던 인사들에게 둘러싸이자, 처음 3일은 좀 어리둥절했던 게 틀림없었다. 그래서 봉탕 부인이 오송빌 백작을 소개받고, 무지로 인하여 오송빌이라는 이름과 이어진 작위에 대한 지식이 전혀 없든지, 아니면 거꾸로 지식이 너무 많아서 이전에 오송빌 씨가 아카데미의 '공작당(公爵黨)' 회원이라고 들은 적이 있어선지, "지금 저한테 소개해주신 분이 오송빌 공작이지요" 말하자, 베르뒤랭 부인은 "아니요, 백작이세요" 하고 조금 가시 돋친 말투로 대꾸했다.

　나흘째부터 봉탕 부인은 포부르 생제르맹에 단단히 자리잡기 시작했다. 때로는 그녀의 둘레에 아직도 알지 못하는 사교계 사람들이 붙어 있는 게 보였으나, 그것은 병아리 둘레에 붙어 있는 껍질 조각과 마찬가지여서 봉탕 부인이 깨고 나온 달걀을 알고 있는 이들은 전혀 놀랍지 않았다. 그러나 열나흘째부터, 그녀는 그 껍질 조각들을 흔들어 떨어뜨렸고, 한 달도 되기 전에 그녀가 "레비네 댁에 가요" 말하면, 더 자세히 설명하지 않아도 모두가 그게 레비 미르푸아 가문을 두고 하는 말인 줄 알았다. 또한 공작부인쯤 되면 누구나 잠들기 전에 반드시, 봉탕 부인 또는 베르뒤랭 부인으로부터 그날 저녁의 공보에 뭐가 발표되었는지, 그 발표에 어떤 게 지워졌는지, 그리스와의 관계가 어떻게 되었는지, 어떤 공세가 준비되고 있는지, 한마디로 말해 일반인이 다음 날 또는 더 늦게야 알게 되는 것을, 적어도 전화를 통해 들었다. 그것은 이를테면 패션 쇼의 예행연습이나 다름없었다. 이야기 도중 베르뒤랭 부인은 소식을 전할 때, 프랑스를 '우리'라고 말했다. "이렇습니다! 우리는 그리스 왕에게 펠로폰네소스에서 철퇴하기를 요구했습니다, 우리가 그쪽에 보낸 것은 등등." 그리고 그녀의 얘기 중에 자주 G.Q.G.라는 말이 튀어나왔는데("나, G.Q.G.에 전화 걸었어요"), 이 총사령부의 약호를 발음할 때의 그녀는, 한때 아그리장트 대공과 안면 없는 여인네들이 대공의 얘기가 나왔을 때 그를 잘 알고 있는 것처럼 보이려고 미소하면서, "그리그리(Grigri) 말이죠?" 되물어볼 때와 같은 기쁨을 느꼈다. 평상시라면 상류 사교인들밖에 느끼지 못하지만, 이런 비상시에는 서민들도 느끼는 기쁨이다. 이를테면 우리집 집사만 하더라도 누가 그리스 왕에 대한 얘기를 꺼내면 신문을 읽은 덕분에 빌헬름 2세의 말버릇을 따라 "티노(Tino) 말입니까!" 말한다. 이제껏 그는 여러 왕들에 대한 허물없는 애칭을 제멋대로 꾸며대어, 에스파냐 왕을 '퐁퐁스(Fonfonse)'라 불러댈 정도로 극성스러웠던 것이다.

그리고 베르뒤랭 부인의 환심을 사려는 으리으리한 인사들의 수가 늘어감에 따라, 그녀가 '진저리나는 이들'이라고 부르던 사람들의 수가 줄어든 점도 지적할 수 있다. 전에 그녀를 찾아와서 초대해주기를 애원하던 진저리나는 이들이 어떤 마법에라도 걸린 듯이 하룻저녁에 유쾌하고 영리한 인간으로 탈바꿈했다. 한마디로 말하면, 1년 뒤에는 진저리나는 이들의 수가 두드러지게 줄어들어서, 그때까지 베르뒤랭 부인의 이야기에서 그토록 큰 몫을 차지했고, 그녀의 생활에서 큰 역할을 했던 '참을 수 없이 두려운 지겨움'이 거의 그림자를 감추었다. 이 지루함에 대한 지겨움도 만년에는(하기야 아주 젊은 시절에는 그런 지겨움을 느낀 적도 없었노라며 언젠가 허리를 꼿꼿이 세우고 말하긴 했지만) 나이 들어서 그 힘을 잃은 어떤 편두통이나 신경성 천식처럼 그녀를 그다지 괴롭히지 않았다. 또 만일 그녀가 이제 진저리나지 않게 된 이들을 옛 신도들 중에서 모은 진저리나는 다른 몇몇 이들로 얼마간 대치하지 않았더라면, 틀림없이 진저리나는 이들이 아예 없어서, 진저리남의 두려움이 베르뒤랭 부인 곁에서 아주 떠나고 말았으리라.

끝으로 요즘 베르뒤랭 부인 댁을 자주 드나드는 공작부인들로 말하면, 그녀들이 거기에 구하러 오는 것은, 본인들은 눈치채지 못했지만, 전에 드레퓌스파 사람들이 구하러 온 것과 같은 것이다. 곧 정치적인 호기심을 채우고, 신문에서 읽은 사건들을 쑥덕거리며 맛보는 사교상의 기쁨이었다. 베르뒤랭 부인은 다음같이 말하곤 했다. "전쟁 얘기하러 5시에 오세요." 그것은 전에 "드레퓌스 사건 얘기하러 오세요" 하던 것이나, 그 중간 시기에 "모렐의 연주 들으러 오세요" 하던 것과 같은 투였다.

그런데 모렐은 결코 제대한 것이 아니므로, 베르뒤랭 부인 살롱에 절대 나올 수 없었다. 다만 그는 부대로 돌아가지 않아 탈영병이 되었는데, 아무도 그 일을 모르고 있었다.

모든 일은 늘 같게 마련이라, '전통파', '진보파'라는 옛 낱말이 더할 수 없이 자연스럽게 되살아나고 있었다. 보기엔 다르지만, 옛 코뮌파가 드레퓌스의 반재심파가 되었듯이, 드레퓌스파의 중심인물들이 지금은 적들을 남김없이 총살하려 들며 장군들의 지지를 받고 있었다. 마치 이 장군들이 드레퓌스 사건 때 갈리페 국방장관에 대항했던 것과 같다. 이러한 모임에 베르뒤랭 부인은 자선 사업으로 알려진 좀 새로운 얼굴의 부인을 몇 명 초대하곤 했는데, 이들은 처음에 눈부신 몸차림에다 굵은 진주 목걸이까지 하고 왔다. 오데트도 그와 똑같은 훌륭한 목걸이를 갖고 있어 전에는 곧잘 그것을 과시했지만, 지금은 포부르 생제르맹의 귀부인들을 본떠서 '전시복' 차림을 하고 있기 때문에, 다른 이의 그런 화려한 차림새를 엄한 눈초리로 바라보았다. 그러나 여성은 순응할 줄 안다. 서너 번 오는 동안 눈부신 몸차림을 한 여인들도, 자기들이 세련됐다고 여긴 옷차림이 정말로 세련된 이들의 배척 대상임을 알아채고는 눈부신 드레스를 버리고 검소한 몸차림을 하게 되었다.

살롱의 또 하나의 별은 '엉망'*1인데, 그는 운동에 취미가 있는데도 병역을 면제받은 몸이었다. 나에게 그는 줄곧 내 관심을 끄는 어떤 굉장한 작품의 작가라는 선입관이 있었으므로, 알베르틴을 내 집에서 떠나게 한 앞잡이가 그 녀석인 걸 알아챈 것은 두 줄기의 회상 사이에 우연히 가로지르는 길을 냈을 때뿐이었다. 더구나 이 가로놓인 길은 이젠 유물일 뿐인 알베르틴에 대한 회상과 관련된, 여러 해 동안 내버려둔 황무지 한가운데서 끝나는 길로 이어져 있다. 왜냐하면 이제는 그녀를 통 생각하지 않기 때문이다. 그것은 내가 다시는 접어들지 않을 회상으로의 길이었다. 반면 '엉망' 씨의 작품은 최근 것이었고, 내 정신은 이 회상의 노선을 끊임없이 찾아가서 이용하곤 했다.

앙드레의 남편과 벗이 되는 일은 그다지 쉽지도, 그다지 유쾌하지도 않았고, 싹싹하게 사귀려 해도 온갖 환멸을 안고 마는 게 고작이었음을 말해두어야겠다. 실은 요즘 그는 이미 병이 중하여 그에게 기쁨을 안겨줄 성싶은 피로 말고는 모든 피로를 멀리하고 있었다. 그런데 그 기쁨을 안겨주는 피로라는 명목에 드는 게 아직 안면 없는 이들과의 모임뿐으로, 그의 극성스러운 공상력은 그들이 남들과는 다를지도 모른다고 상상해온 모양이다. 반면 이미 아는 사이의 사람들로 말하면, 그들의 사람됨이 어떠하며 어떻게 될 건지 아주 잘 알기 때문에 그로서는 그들에게 위험한, 어쩌면 치명적일 수 있는 피로를 무릅쓸 가치가 있다고 생각하지 않았다. 요컨대 그는 매우 고약한 친구였다. 또 새로운 사람들에 대한 그의 기호 속에서, 어쩌면 지난날 발베크에서 운동이나 도박이나 온갖 주색잡기에 미쳤던 불 같은 성미의 일면을 엿볼 수 있을지 모

---

*1 앙드레의 남편 옥타브의 별명. 제4권 《꽃피는 아가씨들 그늘에》 참조.

른다.

베르뒤랭 부인은 어떤가 하면, 내가 앙드레와 아는 사이라고 말해도 곧이듣지 않고 만날 적마다 나를 앙드레에게 소개하려고 했다. 하기야 앙드레가 그 남편과 함께 오는 일은 드물었다. 그녀는 내게 성실하고도 바람직한 여자친구였다. 그녀는 러시아 발레에 반발하는 남편의 미학에 충실해서 폴리냐크 후작에 대해 이렇게 말했다. "그분, 저택의 장식을 박스트한테 시켰다는군요. 어떻게 그 안에서 잠잘 수 있을까요! 나 같으면 뒤뷔페(Dubufe)*² 에게 부탁했을 텐데." 베르뒤랭 부부도 자기 꼬리를 먹는 일로 끝나는 지나친 탐미주의 때문에, 현대 양식(더더구나 뮌헨에서 온 것)도, 새하얀 방도 견딜 수 없다고 말하고, 거무한 프랑스의 낡은 가구밖에 좋아하지 않게 되었다.

나는 이 시절에 앙드레와 자주 만났다. 우리는 서로 뭘 얘기해야 할지 모르다가, 한번은 질베르트라는 이름이 생각났다. 이 이름은 알베르틴에 대한 회상의 밑바닥에서 신비로운 꽃처럼 떠올랐다. 그 무렵엔 신비로웠으나 오늘에 와선 아무 자극도 주지 않았다. 나는 아무래도 좋은 일을 이것저것 말했으나, 이 이름만 입 밖에 내지 않았는데, 유달리 무관심해서가 아니라 지나치게 생각한 나머지 어떤 과포화 상태가 되고 말았기 때문이다. 그 속에서 수많은 신비를 보던 시절도 어쩌면 정말로 있었을 것이다. 하지만 그런 시절은 언제까지나 계속되지는 않는다. 그러므로 우리는 신비를 밝혀내기 위해 건강과 재산을 희생시켜서는 못쓰니, 그런 신비는 어느 날 관심 밖으로 사라질 것이기 때문이다.

이즈음, 바라는 인사들은 누구나 자택으로 끌어들일 수 있었던 베르뒤랭 부인이, 오랫동안 기별도 없던 오데트에게 사람을 통해 간접으로 교제를 청하고 있음을 알고 모두가 적잖이 놀랐다. 처음의 작은 동아리가 으리으리한 단체가 된 이상, 이제 와서 오데트를 덧붙일 필요는 없다고 생각했던 것이다. 그러나 오랫동안 소식이 없다 보면, 원한이 가라앉으면서 때로는 우정이 눈을 뜬다. 그리고 죽어가는 사람이 옛날에 친했던 이의 이름밖에 불러대지 않거나, 노인이 어린 시절을 회상하며 즐거워하는 모습과 엇비슷한 현상은 사회에서도 일어난다. 오데트를 돌아오게 하는 계획을 성사시키고자 베르뒤랭 부인은 '과격파'를 이용하지 않고, 다른 살롱에도 다리를 걸치고 있는 덜 충실한 단골손님

---

*2 프랑스의 화가(1901~85). 앵포르멜(비정형) 미술의 선구자.

을 이용했다. 그녀는 단골손님에게 말했다. "그분이 이곳에 얼굴을 보이지 않는 까닭을 모르겠어요. 어쩌면 그분이 나에게 벽을 쌓고 있는지 모르지만, 난 그렇지 않아요. 도대체 내가 그분에게 뭘 했죠? 그분이 그 두 남편을 알게 된 것도 다 내 집에서인데. 다시 오고 싶다면 문은 언제라도 열려 있다고 그분에게 알려주세요." 그녀는 '마님'의 공상이 부추기지 않았더라면 분명 자존심 상했을 이러한 말을 여러 번 되풀이했지만 통 효과가 없었다. 하지만 베르뒤랭 부인은 오데트가 모습을 안 보이는데도 끝까지 기다렸다. 그러다가 나중에 독자가 알게 되는 사건이 일어나, 믿음성 없는 자들이 아무리 열심히 사자 구실을 해도 이루지 못했던 것을, 전혀 다른 이유에서 수행하게 되었다. 이처럼 쉬운 성공이나 결정적인 실패도 그리 흔하지 않은 법이다.

베르뒤랭 부인은 말했다. "통탄할 노릇이에요, 봉탕에게 전화를 걸어서 내 일까지 필요한 절차를 마치도록 해야겠어요. 노르푸아가 쓴 기사의 끝머리가 또 전부 '깎였'다는군요, 그것도 고작 페르생(Percin)[1]이 '목이 잘린' 사실을 암시했기 때문이라니." 이런 말씨를 쓰는 것이 우스꽝스러운 유행으로, 저마다 유행하는 말을 쓰는 걸 뻐기며 시대에 뒤지지 않음을 나타내려 했다. 마치 부르주아 계급의 여인이 브레오테 씨, 아그리장트 씨, 또는 샤를뤼스 씨의 이름이 화제에 오를 때 "누구라고요? 바발 드 브레오테, 그리그리, 메메 드 샤를뤼스 말인가요?" 말하는 것과 같은 심사였다. 공작부인들 또한 그들과 다를 바 없이, '목 잘리다'라는 말을 쓰는 데 기쁨을 느꼈다. 공작부인이라 한들—좀 시인인 체하는 평민의 경우와—다른 것은 이름뿐, 그녀들이 속하는 정신의 범주에 따라 사물을 표현하고, 거기에는 부르주아 근성도 적잖이 포함되어 있기 때문이다. 정신의 계급은 신분에 관계없다.

하기야 베르뒤랭 부인의 그러한 전화에 언제나 지장이 없었던 것은 아니었다. 깜박 잊고 말하지 않았지만, 베르뒤랭네 '살롱'은 정신적으로나 현실적으로나 쭉 존재하고 있었지만, 장소만은 잠깐 파리의 가장 큰 호텔 중 하나로 옮겨 있었다. 연료와 전력의 부족으로, 습기 많은 베네치아 대사관이던 옛 저택에 손님을 초대하기가 갈수록 난처했기 때문이다. 게다가 새로운 살롱은 쾌적한 설비도 부족하지 않았다. 베네치아에서 물을 피해 만들어진 광장이 궁전의

---

*1 프랑스의 장군.

겉모양을 지배하듯이, 또 파리의 손바닥만 한 정원도 시골의 넓은 정원 이상으로 황홀케 하듯, 베르뒤랭 부인이 호텔 안에 갖고 있는 비좁은 식당은, 눈부시도록 흰 벽면으로 둘러싸인 어떤 마름모꼴 방을 마치 영사막처럼 보이게 하며, 수요일마다, 아니 거의 날마다 베르뒤랭네 사치를 즐기느라 넋을 잃은, 파리에서 가장 재미있는 가지각색의 사내들, 파리에서 가장 멋있는 여인들의 모습을 비춘다. 가장 부유한 이들도 수익이 없어서 비용을 절약하는 시기인데도, 베르뒤랭네 사치는 그 재산 덕분에 더해가기만 했다. 손님을 응접하는 형식이 변했어도 브리쇼는 여전히 기뻐서 어쩔 줄 몰라하며, 베르뒤랭네의 교제 범위가 넓어짐에 따라, 크리스마스 양말 속에 든 뜻밖의 선물처럼 작은 공간에 꽉 찬 새로운 즐거움을 발견했다. 날에 따라 참석자들이 아주 많아서 세들고 있는 식당이 너무 좁을 때는 아래층 넓은 식당에서 만찬을 들었다. 그러면 신도들은, 옛날에 캉브르메르 부부를 초대해야 했을 때 베르뒤랭 부인이 "여긴 너무 좁아요" 말했던 것처럼, 겉으로는 위층에서 식사할 때의 친밀감을 그리워하는 척하면서도—지난날 경편철도의 차 안에서 그랬듯이 그들끼리 뭉쳐서—주위 식탁의 주시와 선망의 대상이 되고 있음을 마음속으로 기뻐하고 있었다. 틀림없이 평화스러운 평상시라면, 〈피가로〉나 〈골루아〉지의 사교란에 슬그머니 투고된 기사가 실려, 마제스티크 호텔의 식당이 수용할 수 없을 정도로 많았던 그날의 이들에게, 브리쇼가 뒤라스 공작부인과 만찬을 같이한 일을 알렸으리라. 그러나 전쟁이 시작되면서 사교란의 기자는 그런 종류의 소식을 묵살했기 때문에(장례식, 군의 표창식, 프랑스와 미국의 친목 향연 따위에는 매달렸다) 널리 알리려면 구텐베르크의 발명이 있기 전인 태고 시대처럼 유치하고도 국한된 방법을 통해서밖에 할 수 없었다. 즉 베르뒤랭 부인의 식탁에 있는 모습을 직접 남들 눈에 보이는 것이다. 만찬이 끝나면 모두 마님의 살롱으로 올라간다. 그러면 전화질이 시작되는 것이다. 그런데 이 무렵 큰 호텔은 대부분 간첩의 소굴인지라, 봉탕이 경솔하게 전화로 알리는 소식을 간첩이 일일이 기록했다. 그렇지만 봉탕의 정보는 확실하지 않아서 나중에 일어나는 사건과 번번이 모순되어 다행히 그런 경솔함도 별탈 없었다.

오후 다과회가 끝나기 전 땅거미 질 무렵, 아직 밝은 하늘에 멀찌감치 작은 갈색 반점 같은 게 보이는데, 마치 푸른 저녁 하늘에 나는 작은 벌레 같기도 하고 참새 같기도 했다. 아주 멀리 산을 바라볼 때 그것이 한 점의 구름같이 여겨지듯이. 하지만 그 구름이 꼼짝 않는 커다란 것인 줄 알고는 감동한다. 그와 마찬가지로, 여름 하늘의 갈색 반점이 벌레도 새도 아니라, 파리를 지키는 이들이 탄 비행기임을 알고 나는 감동했다(알베르틴과 함께했던 마지막 산책 중 베르사유 근처에서 목격한 비행기의 추억은 이 감동과 아무런 관련이 없다. 그 산책의 추억은 내 관심 밖에 있었으니까).

저녁 식사 시각이 되자 식당은 어디나 만원이었다. 그런데 끊임없는 죽음의 위험에서 엿새 동안 벗어났다가 다시 참호로 떠날 채비를 하고 있는 불쌍한 휴가병 하나가 불 밝힌 유리창 앞에 잠깐 눈을 멈추고 있는 걸 지나는 결에 볼 때면, 나는 발베크의 호텔에서 어부들이 우리의 저녁 식사를 멀거니 구경하던 때처럼 가슴 아팠다. 병사의 비참함이 가난한 이의 비참함보다 더 크며, 이를테면 양쪽의 비참함을 한 몸에 지니고 있으며, 묵묵히 참고 따르는 마음이 더 크고 훨씬 고귀하기 때문에 더욱 눈물겨운 것을, 또 그가 전선으로 되돌아가는 참에, 식당에서 후방 근무병들이 식탁을 차지하려고 서로 떠밀며 법석거리는 모양을 보고도 증오 한 자락 없이 "여긴 전쟁 중이 아닌 것 같군" 중얼거리면서 철학가처럼 머리를 끄덕거리므로 더욱 안쓰러운 것을 알고 있는지라, 나는 지금이 더욱더 가슴 아팠다. 그러다가 9시 30분이 되면 식사가 미처 끝나기도 전에, 경찰의 명령에 따라 급작스럽게 모든 등불이 꺼진다. 내가 하룻밤 휴가를 받은 생루와 함께 저녁을 먹은 어느 식당에서는, 심부름꾼들에게서 외투를 낚아채듯이 받는 후방 근무병들의 법석거림이 9시 35분부터 다시 시작되었다. 실내가 어두컴컴하여 마치 환등이 비치는 방 또는 영화 필름을 상연하는 관람석 같기도 했다. 식사를 끝낸 남녀는 그런 영화관 쪽으로 바삐 걸음을 옮긴다. 그런데 이 시각이 지나면, 이런 저녁에 나같이 자기 집에서 식사하고 친구를 만나러 외출하는 인간에게, 파리의 어느 구역만큼은 적어도 어린 시절의 콩브레보다 더 캄캄했다. 그럴 때 방문하면 시골에서 이웃을 찾아가는 정취가 있었다.

아아! 알베르틴이 살아 있어서 이런 저녁에 밖에 나가 저녁 식사를 하고, 바깥의 어느 아치문 아래에서 만나기로 약속하면 얼마나 좋았으랴! 처음에는 아무것도 보이지 않아, 나는 그녀가 약속을 잘못 안 줄 알고 가슴이 철렁했다가 느닷없이 검은 벽에 그녀의 그리운 회색 드레스가 뚜렷이 드러나고, 나를 알아보고 미소 짓는 그녀의 눈을 보겠지. 그리고 우리 둘은 누구의 눈에 띄지도 않으며, 누구의 방해도 없이 얼싸안고서 산책하다가 집에 돌아올 것이다. 하지만 나는 혼자였고, 또 시골의 이웃을 찾아가는 느낌이었다. 콩브레에서 스완이 저녁 식사 뒤, 그 좁은 예선 길을 지나 생테스프리 거리에 오기까지, 탕송빌의 어둠 속에 지나가는 사람 하나 만나지 않고서 우리집에 오곤 했듯이, 나는 지금 클로틸드 거리부터 보나파르트 거리에 이르는 구불구불한 시골길로 변한 거리에서 아무도 만나지 못했다. 게다가 날씨에 따라 다르게 보이는 이러한 풍경의 조각이 지금은 주위가 새까매서 아무것도 보이지 않으므로 조금도 마음에 거슬리지 않듯이, 싸라기눈을 불어대는 찬바람 이는 저녁이면, 발베크에서 몸소 느꼈던 것 이상으로, 오히려 지난날 그토록 꿈꾸던 파도치는 바닷가에 있다는 느낌이 더 강했다. 그뿐 아니라 이제껏 파리에 존재하지 않던 자연의 다른 요소—이를테면 달 밝은 밤에 땅바닥을 비추는 빛과 그림자의 대조—는, 긴 휴가를 보내기 위해 이제 막 기차에서 내려 시골 한가운데 도착한 직후를 떠오르게 했다. 달빛은 도시에선 한겨울에도 좀처럼 못 보는 효과를 자아내었다. 그 빛은 오스망 큰 거리의 아무도 치우지 않는 눈 위에 깔려 마치 알프스 빙하를 떠오르게 한다. 푸르스름한 금빛의 눈 위에 나무 그림자들이 어느 일본화 또는 라파엘의 그림 배경처럼 섬세하고 야릇한 정취를 만들고 있었다. 그 그림자들은 나무뿌리에서 곧장 땅바닥으로 뻗어 나와 있다. 마치 석양 무렵의 자연 속에서 흔히 보듯, 고른 간격을 두고 나무들이 솟아 있는 초원에 저녁놀이 가득 넘치면서 나무들의 그림자를 선명하게 드리우는 때와도 같았다. 그러나 마치 영혼처럼 가볍게 나무들 그림자가 길게 누워 있는 이 파리의 초원은 미묘하고도 섬세하며 황홀한 정취가 가득 차서 눈부시게 하얀 천국의 초원처럼 느껴졌다. 달빛은 경옥(硬玉) 같은 눈 위에 빛나고, 이 초원 전체가, 마치 활짝 핀 배꽃의 꽃잎만으로 짜여 있는 것만 같았다. 또한 광장마다, 분수를 지키는 신들이 그 손에 고드름을 잡고 있어서, 예술가가 청동과 수정이라는 두 가지 재료를 한데 섞어 만든 조각품처럼 보였다. 이와 같은 특별한 날에는 어느 집이나 어두웠다. 하지만 봄이 오면 이따금 경찰의 명령을 어기고, 어딘가의 저택 전체, 저택의 한 층이, 아니 한 층의 어떤 방이 덧창을 열어놓아서, 아무것도 분간할 수 없는 어둠 속에 홀로 떠 있는 듯이 보여, 마치 순전히 빛의 반사 같기도 하고, 흔들거리는 유령 같기도 했다. 눈을 쳐들면 그 희미한 금빛 속에 여인의 그림자가 보이는데, 우리가 길을 잃고 잘못 들어선 이 어둠 속, 그 여인 자신도 깊숙이 갇혀 있는 듯싶은 이 밤의 어둠 속에서, 그녀의 그림자는 동방의 환상처럼 은밀한 신비로운 매력을 띠었다. 우리가 그 앞을 지나가고 나면, 시골의 어둠 속에 울리는 건강하고 단조로운 발걸음을 멈추게 하는 것은 아무것도 없었다.

　생각해보니 나는 이 작품 중에서 거론한 인물들의 누구와도 오랫동안 만나지 못했다. 다만 1914년에 파리에서 두 달 동안 지내며 샤를뤼스 씨의 모습을 언뜻 보고, 블로크와 생루를 만났지만, 생루와 만난 건 두 번뿐이었다. 그 두 번째는 확실히 생루가 자기 사람됨을 가장 잘 보여준 때였다. 앞에서 말한 탕송빌 체류 중 그가 내 마음에 찍었던 불성실하고 좋지 못한 인상은 씻은 듯 싹 없어지고, 지난날의 그의 온갖 장점을 모두 인정했다. 처음 그를 다시 만난 건 선전포고 직후, 그러니까 그다음 주 초였는데, 블로크가 광신적인 국수주의 감정을 떠벌리고 우리 곁을 떠나자마자, 생루는 다시 군대에 복무할 생각이 없는 자기 자신에 대하여 어찌나 비꼬는 말을 퍼부었는지 그 말투의 격함에 내가 다 불쾌할 정도였다.

　이때 생루는 발베크에서 돌아오는 길이었다. 내가 나중에 따로 들어서 알게 된 바로는, 식당 지배인에 대한 그의 시도가 모두 헛수고로 끝났다고 한다. 그 지배인은 니생 베르나르 씨의 덕분으로 그 자리를 얻었다. 블로크의 외삼촌이 '밀어주던' 옛날의 바로 그 젊은 직원이었다. 그런데 재산이 모이자 그는 덕스러워졌다. 그래서 생루의 유혹이 물거품이 된 것이다. 이렇듯 훌륭한 젊은이가 나이 들면서 마침내 뒤늦게 눈뜬 정욕에 빠져드는가 하면, 이리저리 휘둘리던 젊은이는 옛이야기를 믿는 샤를뤼스 씨 같은 사람들과 맞서는 줏대 있는 어른으로 성장하여 서로 불쾌하게 부딪친다. 모두 시간 문제일 뿐이다.

　"아무렴." 생루는 힘을 주어 명쾌하게 외쳤다. "싸움터에 나가지 않는 놈은 모두, 어떤 이유를 붙이든 간에, 죽고 싶지 않기 때문이야, 곧 겁쟁이야." 그리고 남들의 공포를 강조할 때보다 더 힘차게 단정하는 몸짓을 연거푸 하면서 덧붙였다. "그런데 이렇게 말하는 내가 군무에 복귀하지 않는다면 이 또한 참말로 겁 때문이지, 암!" 칭찬할 만한 감정을 가장하는 것이 못된 감정을 감추는 유일한 수단은 아니다. 더 새로운 수단은 오히려 그런 못된 감정을 과시하여 적어도 그것을 숨기는 모습을 보이지 않는 것임을, 나는 이미 여러 인간에게서 주위 깊게 살펴왔다. 게다가 생루의 이런 경향은 경망한 행동을 범하거나 실수를 저질러 남의 책망에서 벗어나지 못할 때 일부러 그랬노라고 외려 큰소리치는 버릇 때문에 튼튼하기가 너럭바위 같았다. 그런 습관은 짐작건대, 그가 에콜 드 게르(École de Guerre)*¹에서 아주 친하게 지냈으며, 언제나 입에 침이 마르도록 칭찬하던 모 교관한테서 비롯한 게 틀림없다. 따라서 나는 생루의 그런 재담을 아무런 망설임 없이 그가 어떤 감정을 말로 표현한 것으로 생각하고, 그것을 이제 막 시작된 전쟁에 대한 대처 방안과 종군 회피를 명령한 감정으로, 이제는 그것을 거리낌 없이 공언하고 있다고 해석했다.

"자네 못 들었나?" 그는 헤어지면서 내게 물었다. "오리안 외숙모가 이혼할지도 모른다는 소문 말일세. 나는 아무것도 모르네만, 가끔 소문으로 들리고 여기저기서 떠들어대니 있음직하게 들리네그려. 하기야 매우 이해할 만하지. 외삼촌은 사교계에서뿐만 아니라 친구나 친척들 사이에서도 아주 매력적인 분이야. 어느 점에선 외숙모보다 더 인간다운 마음씨를 갖고 있지. 외숙모는 성녀 같지만, 그 티를 외삼촌에게 너무 드러내거든. 다만 외삼촌은 남편으로선 지독한 분이셔. 쉴 새 없이 아내를 속이질 않나, 욕하질 않나, 학대하질 않나, 돈도 안 준다네. 외숙모가 이혼한다는 것도 무리는 아니지, 그러니 이혼 얘기는 정말일지도 몰라. 하지만 그런 일이 있으면 누구나 금방 이혼을 생각하고 그것을 입에 올리게 마련이니 그렇지 않을지도 몰라. 그리고 외숙모는 그토록 오랫동안 참아왔으니까! 이제는 나도 잘 안다네, 남들이 잘못 떠들어대다가 뒤늦게 그렇지 않다고 부인하는 일 가운데, 나중에 가서 사실로 밝혀지는 예가 많다는걸." 이 말에 문득 생각나서, 나는 그가 질베르트와 결혼하기 전에 게르망트 아가씨와의 혼담이 있었는지를 물어보았다. 그는 아니라고 펄쩍 뛰며, 그건 때때로 까닭 모르게 생겨났다가 모르는 사이에 없어지는 뜬소문에 지나지 않지만, 그런 소문을 곧이들은 이들은 거짓인 줄 알면서도 신중을 기하기는커녕, 혼약이니 이혼 또는 정치상의 소문이 돌 때마다 오히려 그것에 믿음을 덧붙이고 퍼뜨리는 법이라고 잘라 말했다.

생루와 헤어진 지 48시간도 못 돼서 알게 된 어떤 사실로 말미암아, "전선에

---

*¹ 참모부 근무 장교를 지망하는 임관 군인이 들어가는 육군대학.

나가지 않는 녀석은 모두 공포 때문에 그러는 거야" 하던 생루의 말에 대한 내 해석이 완전히 잘못이었음이 증명되었다. 생루가 그런 말을 한 것은 대화에서 주목을 끌고 기발한 심리적 효과를 거두고 싶어서였고, 자신의 지원이 받아들여질 어떨지 확신할 수 없었기 때문이었다. 그러나 그동안에도 받아들여지도록 여러 방면으로 손을 썼으니 그런 점에서 그의 행동은 '기발'이라는 말의 의미로 볼 때 그다지 기발하지 않았으며, 오히려 보다 깊게 생탕드레 데 샹의 프랑스인 정신에 투철했던 것이다. 즉 영주·부르주아·농노로 이루어진 생탕드레 데 샹의 프랑스인에게서 발견된 가장 무수한 부분과 한층 긴밀하게 일치했다. 농노 중에는, 같은 프랑스적인 계통에 속하는 두 부류인 영주를 공경하는 자와 영주를 거역하는 자, 곧 프랑수아즈 아문(亞門)과 모렐 아문이 있었는데, 거기에서 나온 두 개의 화살이 새로이 싸움터라는 한 방향으로 향하고 있었다. 블로크는 어느 민족주의자의 비겁한 고백을 듣기라도 하면 기뻐 어쩔 줄 몰라 했다(생루에게는 민족주의자의 티가 거의 없었지만). 그리고 생루가 그에게 전선에 나가느냐 물어보자 대주교 같은 표정을 짓고 웃으면서 대답했다. "근시라서."

그런데 며칠 뒤 블로크가 당황해하는 꼴로 나를 찾아왔을 때, 그는 전쟁에 대한 의견을 달리하고 있었다. '근시'임에도 병역에 적격이라는 인정을 받은 것이다. 블로크를 그의 집까지 배웅하는 길에, 우리는 생루와 딱 마주쳤다. 생루는 육군본부에서 어느 소령에게 소개받으려고, 옛날 장교였던 사람과 만날 약속을 하고 있었다. "그 사람은 캉브르메르 씨"라고 그가 말했다. "아아, 그렇지, 오래전부터 알던 사이지만, 자네도 나 못지않게 캉캉을 잘 알고 있었구먼." 나는 생루에게 대답하고, 분명 캉브르메르 씨도 그 아내도 잘 알지만 높이 평가하지는 않는다고 했다. 그러나 처음 그들을 만난 뒤로, 나는 그 아내를 어쨌든 놀라운 여인, 쇼펜하우어에 정통하고, 그 변변치 않은 남편에게는 닫혀 있는 지적인 환경에도 드나드는 여인이라고 여기는 버릇이 있었으므로, 생루가 "그의 아내는 어리석은 여자야, 생각해볼 가치도 없어. 하지만 그 남편은 뛰어난 인간이야. 재능도 있고, 언제 만나도 호감이 가거든" 하는 말을 듣고, 처음에 깜짝 놀랐다. 생루가 캉브르메르 부인을 '어리석은 여자'라 말한 것은, 그녀가 상류 사교계에 드나들고 싶어서 눈에 불을 켜고 있다는 뜻이리라. 상류 사교계는 이런 점을 가장 신랄하게 비판한다. 캉브르메르 씨의 장점이란 과연 뭔가, 아마도 그를 집안사람 중에서 가장 뛰어난 사람이라고 여기는 그의 늙은 어머니가 인정하는 그런 장점일 것이다. 그는 적어도 공작부인들을 개의치 않았기 때문이다. 하지만 사실을 말하면, 그러한 '지혜'는 '한 재산 장만할 줄 아는' 재산가에게서 대중이 알아보는 '지혜'와 마찬가지로, 사상가를 특징짓는 지혜와는 전혀 다르다. 그러나 생루의 말은 잘난 체하는 태도가 어리석음과 이웃하여 있다는 것, 솔직함은 눈에 잘 안 띄지만 상쾌한 맛을 갖고 있다는 것을 떠올리게 했으므로, 내게는 불쾌하지 않았다. 나는 사실 캉브르메르 씨의 솔직함을 맛볼 기회가 없었다. 하지만 그렇기 때문에 한 인간에 대하여 갖가지 관점이 있을 수 있고, 그를 판단하는 사람에 따라서 그만큼 다양한 존재가 된다. 캉브르메르 씨에 대해 나는 그 겉밖에 알지 못했다. 또 그의 사람됨의 풍미도 남의 말만 들어왔지, 내가 직접 맛본 적은 없었다.

블로크는 그의 집 문 앞에서 우리와 작별하면서 느닷없이 생루한테 울분을 터뜨리며 말했다. "자네들처럼 금테 두른 '귀공자들'은 참모부 안에서 뻐기고 돌아다닐 뿐 아무런 위험도 안 겪지 않나. 그렇지만 나같이 작대기 두 개단 졸병도 '빌헬름 때문에 가죽에 구멍 뚫리기'는 싫다네." 그러자 생루가 대꾸했다. "듣자하니 빌헬름 황제도 위독한 모양이야." 블로크는 증권 거래소 현장에 둥지를 틀고 있는 이들이 다 그렇듯이, 충격적인 보도를 더할 나위 없이 태연하게 받아들이는 버릇이 있는지라 이렇게 덧붙였다. "이미 죽었다는 말도 있어." 증권 거래소에서는 에드워드 7세건 빌헬름 2세건 무릇 병든 국왕은 모두 죽은 것이 되고, 포위 직전의 도시는 모두 함락한 것이 된다. 블로크가 덧붙였다. "그걸 숨기는 건, 오로지 독일놈의 사기를 떨어뜨리지 않기 위해서지. 하지만 놈은 어젯밤에 죽었어. 아버지께서 확실한 소식통에게서 들으셨네." '확실한 소식통'이란, 아버지 블로크 씨가 관심을 갖고 있는 유일한 대상으로, 그는 '고위층과의 교제' 덕분에 용케 그런 소식통과 줄을 대어, 외국 공채가 오르고 드베르 주(株)가 하락할 것이라느니 하는, 아직 아무도 모르는 비밀 정보를 손에 넣었던 것이다. 바로 그때 드 베르 주가 껑충 오르거나, 외국 공채에 '원매인(願賣人)'이 나타나거나, 전자의 시세가 '튼튼'하고 '활발'하며, 후자의 시세는 '시원치 않'고 '약해'도, 또 모두가 '신중한 태도'를 취하고 있더라도, 가장 확실한 소식통은 여전히 가장 확실한 소식통임에 변함이 없었다. 따라서 블로크는 우리에게 카이저(Kaiser)*¹의 죽음을 비밀스럽게 자못 중대한 일처럼 알렸는데, 마음속으로는 화가 이글이글 타고 있었다. 로베르가 '빌헬름 황제'라고 말했기 때문이다. 그러나 목이 단두대의 넓적한 칼 밑에 있을망정, 생루나 게르망트 씨는 그밖에 달리 말하지 못했을 거라고 나는 생각한다. 바른 예절의 표시를 보일 상대가 아무도 없는 무인도에서 그들만이 살아남았다고 해도, 베르길리우스 시구를 정확히 인용하는 두 라틴 문학자처럼, 그들은 바른 교양의 흔적으로 서로 알아보리라. 생루는 독일인의 손에 고문당하더라도, '빌헬름 황제'라고밖에 달리 말하지 못했으리라. 이런 예의범절은 하여간 정신에 대한 크나큰 구속의 표시다. 그것을 내버리지 못하는 인간은 그대로 사교인으로 남을 수밖에 없다. 하기야 이 품위 있는 범용함은—특히 숨은 관용과 입 밖에 내지 않는 영웅주의가 거기에 섞여 있을 때—블로크의 속됨에 비하면 훨씬 그윽하다. 블로크가 허세를 부리며 생루에게 외쳤다. "자넨 경칭 없이 빌헬름이라 부르지도 못하지? 그렇군, 벌써부터 벌벌 떨면서 그놈 앞에 납죽 엎드리는군그래! 흥! 이러니 싸움터에서도 오죽이나 훌륭한 병사가 되어서 독일놈의 장화나 핥겠지. 자네들 같은 장교는 말에 올라타서 축하 행진밖에 할 줄 모르는 인간이야."

"저런, 블로크는 무슨 일이 있어도 내게 행진을 못하게 할 셈이구먼." 생루는 그 친구와 헤어지자 미소 지으면서 나에게 말했다. 행진, 로베르가 바라는 바가 전혀 이것이 아님을 나는 잘 알았지만, 그래도 그때는 그의 의도가 뭔지 정확하게 알아채지 못했다. 나는 나중에, 기병대가 움직이지 못하자, 그가 먼저 보병장교와 보병정예부대 장교로 근무하는 허가를 얻었을 때, 그리고 마지막으로 뒤에 가서 읽게 될 사건이 일어났을 때에야 그것을 이해했다. 그런데 로베르의 애국심을 블로크가 알아채지 못한 것은 로베르가 그것을 조금도 입밖에 내지 않았기 때문이다. 블로크는 한 번 '합격' 판정을 받자마자 비뚤어진 비군국주의자의 신념을 털어놓았지만, 이전에 근시로 병역 면제되는 줄 알았을 때는 가장 맹목적 애국주의자다운 뛰어난 의견을 떠들어댔었다. 그러한 말을 생루는 떠들어댈 수 없었다. 첫째로 그에게는, 너무 심각하거나 더할 수 없이 당연한 것으로 여겨지는 감정을 입 밖에 내지 못하게 하는 어떤 심적인 섬세함이 있기 때문이다. 이전에 내 어머니도 할머니를 위해서라면 죽기를 1초

---

*1 빌헬름 2세.

도 망설이지 않았을 뿐만 아니라, 못하게 말리면 몹시 슬퍼했을 것이다. 그럼에도 나는 아무리 돌이켜보아도 어머니의 입에서, "어머니를 위해선 목숨도 버리겠어요" 따위의 말이 튀어나오는 걸 상상할 수 없다. 마찬가지로 로베르도—그 순간 나는 그가 게르망트 가문의 인간이라기보다(그의 아버지를 머릿속에 그려낼 수 있는 만큼) 훨씬 더 생루 가문의 인간이라고 생각했다—프랑스에 대한 사랑에서 과묵했다. 또한 그의 도덕적인 훌륭한 지성이 그런 감정을 입 밖에 내지 못하게 했으리라. 지적이고도 정말 진지한 일에 종사하는 이들의 마음속에는, 그들이 하는 일을 문학화하거나 떠들어대고 다니는 사람들에 대한 어떤 혐오가 있다.

생루와 나는 중고등학교나 소르본 대학에서도 함께한 적은 없었지만, 각각 같은 교수들의 강의를 들었다(나는 그 때문에 생루가 쓴웃음을 지은 것을 기억한다). 그 교수들은 몇몇 다른 교수와 마찬가지로 훌륭한 강의를 했지만, 천재로 여겨지고 싶어서 자기 학설에 매우 야심찬 이름을 붙였다. 이야기가 조금이라도 그쪽으로 빠지면 생루는 자못 재미있다는 듯이 웃었다. 물론 우리는 코타르나 브리쇼 같은 교수들을 본능적으로 싫어했다. 하지만 그리스 어학 또는 의학에 조예가 깊고, 그걸로 허풍 떠는 걸 용서치 못할 짓이라고 스스로 믿는 선생들에 대하여 우리는 어떠한 존경을 품어왔다. 나는 아까, 일찍이 어머니의 모든 행동이, 자신의 어머니를 위해선 목숨도 아깝지 않다는 정 위에 서 있다고 말했는데, 어머니는 그 정을 결코 스스로에게 분명히 드러낸 적이 없었으며, 어쨌든 그것을 남에게 말하는 걸 쓸데없고도 우스꽝스러운 짓일 뿐만 아니라 불쾌하고 수치스러운 일로 생각했을 것이다. 그와 마찬가지로 생루가 나에게 그의 부대 장비와 앞으로 할 원정, 우리 승리의 기회, 러시아군의 약함, 영국이 취할 방침에 대해 말할 때, 그의 입에서, 일어서서 열광하는 의원들 앞에서 그들에게 가장 큰 지지를 받는 장관이 장황하게 쏟아내는 억수 같은 웅변이 그의 입에서 흘러나오리라곤 나는 상상할 수 없다. 그렇지만 이제껏 스완에게서 가끔 보아왔듯, 마음속에 느끼는 아름다운 감정을 드러내지 못하게 하는 생루의 이 소극적인 면에, '게르망트 가문의 정신'이 작용하지 않았다고는 나는 말하지 못한다. 왜 그런고 하니, 나는 그를 뭐니뭐니해도 생루 가문의 인간이라고 보았지만, 그는 동시에 게르망트 가문의 인간이기 때문이고, 따라서 그의 용기를 부추기는 수많은 동기 가운데에는, 동시에르의 그의 친구들 (내가 전에 매일 밤 함께 식사하던, 직무에 충실한 이 젊은 사관들 대부분은 마른 전투와 그 밖의 전투에 부하들을 이끌고 나가 전사했다)을 부추긴 동기와는 다른 것이 있었다.

내가 동시에르에 머물렀을 때 젊은 사회주의자들도 거기에 있었을 테지만, 그들이 생루와 교제하지 않아 나도 그들과 사귀지는 못했지만, 그들도 생루와 친하게 지내던 사관들이 결코 '전하'가 아님을 알았을 것이다. 병졸 출신인 사관과 프리메이슨 단원 같은 이른바 '평민'이 자부심은 높으면서 저속한 쾌락을 즐긴다는 의미로 귀족 출신의 젊은 사관들을 그렇게 불렀다. 하기야 귀족 출신인 사관들 또한, 지난날 내가 동시에르에 있는 동안 드레퓌스사건이 한창일 때는 사회주의자들을 '무국적자'라고 불렀는데, 지금은 그들의 마음속에도 자기들과 똑같은 애국심이 넘치고 있음을 난리 통에 목격했다. 뭐니뭐니해도 군인들의 애국심은 진지하고 뿌리가 깊어서, 단단히 틀이 잡힌 일정한 형태로 굳어져 있는 만큼 그들은 거기에 함부로 손을 댈 수 없다는 신념을 가지고 있을 뿐만 아니라, 그것이 '더럽혀'지면 펄펄 뛰었다. 한편 급진사회주의자들은, 일정한 애국적 신앙이 없는 독립적인, 말하자면 무의식적인 애국주의자들은 자기들이 공허하고 가증스러운 공식이라고 생각하는 것 속에 얼마나 깊은 현실이 숨쉬고 있는지를 이해할 수 없었다.

아마도 생루 또한 그들 젊은 사관들처럼, 전술과 전략상의 대성공을 목적으로 하는 가장 적절한 방법의 고찰을 저 자신의 가장 참된 부분으로서 늘 마음속에 키워왔으리라. 따라서 그들과 마찬가지로 그에게도, 육체의 삶은 인생의 참된 핵심이라 여기는 그 내적 부분에 쉽사리 희생시킬 수 있는 대수롭지 않은 것이며, 개인의 생존은 그 핵심 주위를 둘러싸고 그것을 보호하는 거죽의 값어치밖에 없는 것이다. 생루의 용기에는 보다 독특한 요소가 몇 가지 있는데, 거기에서 첫 무렵 우리 우정의 매력이던 너그러움과 또한 뒤늦게 그의 몸속에 눈떴으며 그가 끝내 뛰어넘을 수 없었던 어떤 지적 수준과 연관하여 그로 하여금 용기에 탄복케 했을 뿐만 아니라, 또한 여자 같은 나약함을 혐오하는 사나이다움과의 접촉에서 어떤 도취를 느끼는 유전성 악습을 간파하기는 쉬웠을 것이다. 그는, 어느 때라도 목숨을 바칠 준비가 되어 있는 세네갈 병사들과 노숙하는 데서 순수한 지적인 쾌락을 느꼈다. 이 쾌락은 '향수 냄새 풍기는 신사들'에 대한 강한 멸시를 담고 있고, 겉보기에 정반대인 듯싶지만, 그가 탕송빌에서 코카인 남용으로 얻은 쾌락과 그다지 다르지 않았다. 그 영웅주의가—이열치열 격으로—그를 코카인에서 구제했다. 그의 용기 속에는, 먼저 그 예절의 이중 습관, 한편으로 남들을 칭찬하지만 저 자신은 묵묵히 선행을 하는 데 만족하는 습관(조금 전 만났던 블로크가 입으로만 떠벌리고 아무 선행도 하지 않는 것과는 정반대로)이 있다. 또 한편으로 그의 재산, 소유지, 지위, 목숨마저 지푸라기처럼 개같이 여겨 남에게 내주는 이중 습관이 있었다. 한마디로 그의 성질의 참다운 고귀성이다. 그러나 영웅주의에는 참으로 다양한 원인이 뒤섞여 있으며, 그의 내부에서 분명해진 새로운 성적 취향과 끝내 넘지 못한 지적 범용함도 그 일부를 이루고 있다. 로베르는 샤를뤼스 씨와 같은 습관을 익히면서, 형태는 전혀 다르지만 샤를뤼스 씨와 같은 사내다움의 이상을 지니게 되었다.

"이번 전쟁이 오래 갈까?" 나는 생루에게 물었다. "아냐, 단기전일걸." 그는 대답했다. 그러나 늘 그렇듯이, 여기서도 그의 논거는 책 냄새를 풍겼다. "몰트케(Moltke)[1] 예언을 참작하건대" 하고, 마치 내가 그것을 이미 읽은 것처럼 그는 말했다. "대부대의 지휘에 대한 1913년 10월 28일자 포고문을 다시 읽어보게. 평화시 예비군의 교체는 이루어지지 않았고 그럴 예정조차 없어. 전쟁을 오래 끌 것 같으면 꼭 그렇게 해야 하거든." 내가 볼 때 그 포고문은 전쟁이 단기전이 되리라는 증거라기보다는 문안을 작성한 사람들이 앞으로 전쟁의 양상이 어떻게 되리라는 걸 예견하지 못한 증거로 해석할 수 있었다. 그들은 교착된 전투에서 온갖 군수품의 엄청난 소비가 있으리라는 것도, 여러 작전 구역의 긴밀한 협력이 필요하다는 것도 짐작조차 하지 못했기 때문이다.

동성애 말고도, 태어날 때부터 동성애와 정반대인 사람들의 마음속에도 어떤 사나이다움에 대한 인습적인 이상이 있는데, 동성애자들은 보통 뛰어난 자가 아니면 이것을 제멋대로 생각하고 자꾸 곡해하게 마련이다. 이 이상—어느 군인이나 외교관의—은 유별나게 까다롭다. 가장 상스러운 형태로, 오직 감동을 드러내지 않으려고 황금 심장 같은 무뚝뚝함을 가장한다. 어쩌면 죽으러 가는지도 모르는 친구와 작별하는 마당에 마음속으론 울고 싶지만, 남에게

---

[1] 프로이센의 군인(1800~91). 근대적 참모 제도의 창시자.

들키기 싫어서, "허어, 날벼락이군! 이 바보 같은 자식, 어서 내게 입을 맞추게. 그리고 이 거추장스러운 돈지갑을 받아, 이 천치 같은 놈아"라는 감정의 격발로 끝나고 마는 커지는 노기 밑에 감추는 것이다. 오로지 국가에 이익이 되는 큰일만 중시하면서도, 공사관 또는 대대에서 열병에 걸리거나 총알에 죽는 '꼬마'를 위해 정을 품는 외교관이나 장교는 보다 교묘하게 사내다움을 뽐내지만, 그것도 결국 한결같이 밉살스럽다는 점은 다르지 않다. 그는 '꼬마'의 죽음에 눈물을 흘리려 하지 않는다. 그는 마음씨 착한 외과 의사도 이윽고 환자의 죽음을 잊듯이 그의 죽음도 머지않아 잊힐 것임을 알고 있다. 물론 그 외과 의사도 말은 안 하지만 감염병으로 한 소녀가 죽은 밤에는 가슴 아파한다. 외교관이 작가여서 꼬마의 죽음을 묘사하더라도 그는 슬펐다는 말을 입 밖에 내지 않으리라. 처음엔 '사나이다운 수치심에서', 다음에는 감정을 감춤으로써 오히려 감정을 살릴 수 있다는 예술적 기교 때문에. 그 동료 하나와 그는 밤을 새며 죽어가는 꼬마를 지켜본다. 그들은 한순간도 마음속의 비애를 입 밖에 내지 않는다. 그들은 공사관 또는 대대의 일에 대해 얘기한다. 어느 때보다 더 정확하게.

"B가 말하더군. '내일 있을 장군의 점검을 잊지 말고, 부하들을 잘 다잡아두게.' 여느 때는 그토록 부드러운 그가 평소보다 무뚝뚝한 말투였어. 나는 그가 나를 보기를 피하고 있고, 나 자신도 신경이 곤두서 있음을 알았지."

이 글을 읽는 독자는 이 무뚝뚝한 말투를 이해한다. 이것은 슬픔을 드러내고 싶지 않은 이들의 마음속 슬픔인데, 다만 우스꽝스러울 뿐이지만, 이 또한 어지간히 불쾌하고 보기 흉하다. 그도 그럴 것이 이 무뚝뚝함은 슬픔 따위야 안중에도 없고, 삶이 이별보다 더 진지한 거라고 믿는 사람들의 슬픔의 표현이니까. 그래서 그들은 여러 죽음 앞에서 거짓되고 허무한 인상을 준다. 정월 초하룻날 설탕에 절인 밤을 가져다주면서 히죽히죽 웃으며 "새해 복 많이 받게" 말하는 인상을 준다. 장교 또는 외교관의 이야기에 끝을 보자. 그들이 머리에 모자를 쓰고 죽어가는 사람 곁에 서 있는 것은 그 부상자가 밖으로 들려 나왔기 때문이다. 그러다가 갑자기 모든 일이 끝나는 순간이 온다.

"돌아가서 장비를 손질해야겠다고 생각했네. 그런데 참말이지 왜 그런지 모르네만, 의사가 맥을 짚고 있던 손을 놓아버린 순간 B와 나는, 아마도 태양이 정수리 위에서 내리쬐고 있어 너무 더웠던 게지. 약속이나 한 듯이 쓰고 있던 군모를 벗었다네."

　독자도 짐작하시다시피, 그것은 태양의 열 때문이 아니라, 입에 슬픔이나 기쁨의 정을 결코 담지 않은 사나이다운 두 남자가 엄숙한 죽음 앞에서 감동한 탓이다.

　생루와 같은 동성애자들의 사나이다움은 이와는 다르지만, 똑같이 인습적이자 거짓이다. 그 거짓은 감정의 바탕에 육욕이 있음을 인정하지 않고, 그 감정에 다른 원인을 부여한다. 샤를뤼스 씨는 여자 같은 나약함을 매우 싫어했다. 생루는 젊은이의 용기, 기병 임무에 대한 도취, 남을 위해 서로 제 목숨을 희생하는 오롯하게 순결한 사나이들의 윤리적이고도 지적인 우정의 고상함을 찬미한다. 전쟁은 도시들을 여자들만 있는 곳으로 만들어 동성애자들을 실망시키지만, 동성애자들이 여러 망상을 그려낼 만큼 영리하다면, 그 망상의 근원을 꿰뚫어보고 그것으로 자신들을 심판할 만큼 영리하진 못하더라도, 전쟁은 반대로 동성애자들의 정열적인 로맨스가 있는 도시를 지어낸다. 그래서 어떤 젊은이들은 어느 해 '디아블로' 놀이가 크게 유행했듯이 단순히 운동을 모방하는 정신으로 군에 지원했지만, 생루에게 전쟁은, 이데올로기라는 구름에 덮여 있으나, 훨씬 구체적인 욕망 속에서 추구한다고 여기는 이상이 되었다. 이 이상은 여성들에게서 멀리 떨어져 순수하게 남성만으로 이루어진 기병대 안에서 그가 좋아하는 사람들과 공유하는 것으로, 거기서 생루는 부관을 구하고자 목숨을 내걸 수도, 제 부하들에 대한 환상적인 사랑을 품으면서 죽을 수도 있다. 이렇듯 그 용기 속에 다른 것들이 많기는 하지만 그가 대귀족이었다는 사실이 그 하나였고, 또 하나는, 알아보기 힘들 만큼 미화된 형태 밑에 남자에겐 여자 같은 나약함이 하나도 없어야 한다는 샤를뤼스 씨의 개념이 있었다. 물론 철학과 예술에서까지 비슷한 이 개념은 그 전개 방식으로밖에 가치가 매겨지지 않고, 크세노폰에 의해 또는 플라톤에 의해 서술되었느냐에 따라 크게 달라진다. 이와 같이 생루와 샤를뤼스 씨의 행동의 유사성을 인정하면, 나는 화려한 넥타이 달기를 피하는 샤를뤼스 씨보다 가장 위험한 전선을 향해 떠나기로 지망한 생루가 훨씬 더 훌륭하다고 생각한다.

　나는 생루에게 나와 친한 발베크의 그랑 호텔 지배인에 대해 몇 마디 했다. 이 지배인은 전쟁 초기에 그가 '결점'이라고 일컫는 '배신'이 프랑스의 몇몇 연대에서 일어났노라고 주장했다. 그런 배신을 선동했다며, 그는 이른바 '프로이센 군국주의자'들을 비난했다. 한때는 일본군과 독일군, 코자크군이 동시에 리브벨에 상륙하여 발베크를 호시탐탐 노린다고 믿고, 이제는 '떨어질' 수밖에 없다며 속수무책이라고 여겼다. 그는 정부가 보르도로 떠난 것을 좀 조급한 처사라고 보고 그토록 서둘러 '떨어지는' 것은 잘못이었다고 떠벌렸다. 독일을 싫어하는 이 지배인은, 제 동생 얘기라면 미소 지으면서 "동생으로 말하면 독일놈들로부터 25미터밖에 떨어지지 않은 참호에 있어요!" 지껄였는데, 머지않아 그 자신이 독일놈임이 드러나 수용소에 처넣어졌다.

"발베크 얘기가 나왔으니 말인데, 그 호텔의 엘리베이터 보이였던 녀석을 기억하나?" 생루는 헤어지는 찰나, 엘리베이터 보이의 모습이 가물가물하여 내가 그이가 누군지 똑똑하게 밝혀주기를 기대하는 말투로 나에게 말했다. "녀석이 군대에 복무하고 싶다고, 공군에 들어갈 수 있도록 주선해달라고 나한테 편지를 보내왔네그려." 아마도 그는 승강기의 우리 속에 갇혀 오르내리기에 지친 나머지, 그랑 호텔의 계단 높이로는 마음에 차지 않았나보다. 문지기로서 '금줄을 붙이는' 것과는 다른 계급표의 금줄을 달고 싶어했다. 우리의 운명이란 반드시 우리가 생각한 대로 되는 게 아니니까. "난 그의 부탁을 받은 이상 힘써볼 생각이네." 생루가 말했다. "오늘 아침에도 질베르트에게 말했지만, 우리에겐 비행기가 많으면 많을수록 좋거든. 적의 전비태세를 정찰해오는 것도 비행기지, 공격과 기습에서 효과를 최대로 내는 것도 비행기야. 가장 우수한 군대란 아마도 가장 우수한 눈을 갖는 군대겠지."

나는 이 비행사를 지망하는 엘리베이터 보이와 겨우 며칠 전에 만났었다. 그가 발베크 이야기를 꺼냈으므로, 생루에 대해 어떻게 말할지 알고 싶어진 나는, 먼저 샤를뤼스 씨를 화제로 올려 소문에 떠도는 젊은 남자들에 대한 그의 이야기가 사실이냐고 물었다. 엘리베이터 보이는 깜짝 놀라며 전혀 모른다고 대답했다. 대신 그는 부자 청년을 비난했다. 그 애인과 세 명의 친구와 함께 머물렀던 남자이다. 엘리베이터 보이는 모든 것이 뒤죽박죽인 듯했고, 독자도 기억하듯이 나는 브리쇼 앞에서 샤를뤼스 씨로부터 그 이야기를 이미 들었으므로 그런 낌새가 전혀 없음을 알고 있었다. 그래서 나는 엘리베이터 보이에게 잘못 알고 있다고 일러주었다. 그런데 그는 내 의심을 부정하고 확신에 차서 단정하는 것이었다. 그 부자 청년의 애인이 젊은이들을 유혹하는 역할을 하고, 다 같이 쾌락을 즐겼다고 한다. 그렇다면 이 문제에 대해 누구보다도 잘 알고 있을 터인 샤를뤼스 씨가 완전히 잘못 알고 있었다는 얘기다. 이처럼 진실은 불완전하고, 숨어 있으며, 예상할 수 없다. 속물스러운 변명을 늘어놓으며 있지도 않은 곳에서 동성애를 찾아내기를 두려워한 나머지, 샤를뤼스 씨는 여성에 의한 유혹이라는 이 사실을 미처 포착하지 못한 것이다. "그 부인은 이따금 나를 만나러 왔습니다. 그러나 상대가 어떤 사람인지 금방 알아챈 모양입니다. 내가 단호하게 거절했으니까요. 그런 일에는 끼지 않습니다. 정말 싫어하는 일이라고 말해주었어요. 하지만 뻔뻔한 사람은 꼭 끈질기게 달라붙지요. 끝내는 더 이상 달아날 곳이 없다니까요." 마지막에 말한 평계는 처음의 기특한 말을 소용없게 만들었다. 왜냐하면 뒷부분은, 비밀만 지켜진다면 엘리베이터 보이는 상대의 말에 따랐을 거라는 뜻을 품고 있는 듯했기 때문이다. 분명 생루의 경우에도 그랬을 것이다. 부자 청년이나, 그의 애인이나 친구들에게도 제법 예쁨을 받았으리라. 왜냐하면 엘리베이터 보이는 여러 시기에 그들이 이야기해 준 말을 이것저것 예로 들었는데, 단호하게 거절했다면 쉽게 그러지 못했을 테니까. 이를테면 부자 청년의 애인은 엘리베이터 보이를 찾아와서, 그와 절친한 안내인을 소개해달라 부탁했다고 한다. "그 녀석에 대해서는 모르시지요. 그 무렵 당신은 안 계셨으니까요. 빅토르라는 사내입니다. 그렇고말고요." 그리고 엘리베이터 보이는 침범해서는 안 되는 규정, 공공연히 내놓을 수 없는 규정을 참조하는 듯한 얼굴로 덧붙였다. "돈이 없는 친구들은 거절할 수 없으니까요." 나는 발베크를 떠나기 며칠 전에 부자 청년의 친구인 귀족에게서 초대받은 일을 떠올렸다. 그러나 그것은 아마도 전혀 관계가 없는, 단순한 친절에서 나온 행동이었을 것이다.

"그건 그렇고 불쌍한 프랑수아즈 말인데, 그 조카의 병역을 면제시키는 일에 성공했나?" 조카의 병역이 면제되도록 오랫동안 온갖 노력을 기울여온 프랑수아즈도 게르망트 부부에게서, 생조제프 장군에게 부탁해보라고 권고받았을 때 절망 섞인 말투로 대답했다. "맙소사! 아무짝에도 소용없어요. 그런 송장 같은 늙은이가 무슨 도움이 되겠어요. 더구나 고약하게도 그이는 애국자거든요." 하지만 프랑수아즈는 화제가 전쟁 문제일 때는 아무리 고통을 겪더라도 '불쌍한 러시아인'을 버려서는 안 된다, '동맹 맺고' 있는 사이니까 하고 말하곤 했다. 집사는 전쟁이 열흘도 못 가서 프랑스의 굉장한 승리로 끝나리라 확신하고 있었으므로, 앞으로 터져나올 여러 사건으로 말미암아 자신이 한 말이 틀릴까 봐 감히 엎치락뒤치락하는 장기전을 예언하고 싶은 마음도 또 상상력도 없었다. 그러나 그 즉각적이고 완전한 승리를 믿으면서도, 적어도 거기에서 프랑수아즈를 괴롭힐 수 있는 전부를 미리 뽑아내려고 애썼다. "그래도 위험할는지 모르지. 걷기조차 싫어하는 놈이 많다니까. 16살밖에 안 된 녀석 중에는 엉엉 우는 아이도 있다는군요." 그는 이처럼 불쾌한 일들을 말해서 프랑수아즈를 '약올리려'고 했다. 그의 말에 따르면 '먹다 골라 뱉는 과일 씨를 얼굴에 탁 뱉고, 쏘아붙이며, 허튼소리 하려고' 했던 것이다. "16살이라니. 동정녀 마리아시여!" 프랑수아즈는 이렇게 말하다가 퍼뜩 의심스러워, "하지만 20살이 지나야만 병사로 뽑는다고 하던데, 16살이라니 아직 애잖아요."— "물론 신문은 그런 보도를 하지 말라는 엄명을 받았죠. 게다가 어차피 젊은이는 다 전선에 나가게 될 테고, 좀처럼 살아 돌아오기 힘들 거요. 하지만 한편으로 생각하면 썩 좋은 일이에요, 시기적절한 출혈이죠, 때로는 이런 방법도 유익하죠. 장사도 잘될 테고요. 암! 그렇고말고요, 잠시라도 주춤하는 젖내 나는 애송이는 당장에 총살감이죠. 살가죽 속에 열두 발의 총알이, 쾅! 한편으론 그런 것도 필요해요. 또, 사관들은 어떤 줄 아십니까? 그들은 돈을 손에 넣는 것밖에 생각하지 않는다니까요." 이런 대화를 나누는 동안 프랑수아즈 얼굴이 어찌나 창백하게 되어가는지, 집사가 프랑수아즈를 심장마비로 죽이고 마는 게 아닐까 걱정될 정도였다.

그래도 그녀의 결점은 낫지 않았다. 어느 젊은 아가씨가 나를 찾아왔을 때, 이 늙은 하녀는 아무리 다리가 아파도, 내가 도중에 잠깐 방에서 나와보면 옷장의 사다리 위에 올라가 있었다. 외투에 좀이 슬지 않았나 살피는 중이라고 말하지만, 실은 우리 얘기를 엿듣기 위해서였다. 그녀는 내 온갖 꾸지람에도 여전히 완곡한 투로 질문하는 버릇을 고치지 못하고, 그 때문에 얼마 전부터는 '왜냐하면 틀림없이'라는 첫마디를 사용하기 시작했다. "그 부인 저택이 있습니까?" 이렇게 똑바로 물어볼 용기가 없는 프랑수아즈는 온순한 개처럼 조심스럽게 두 눈을 쳐들고, 예의 바르게 보이기 위해서보다는 오히려 캐기 좋아하는 이로 보이지 않으려고 노골적인 질문을 피하면서 "왜냐하면 틀림없이 그 부인께선 자기 저택을 갖고 계실 테니까요……" 말하는 것이었다.

요컨대 우리가 가장 아끼는 하인들도—특히 그들의 직무인 시중과 존경을 거의 우리에게 보이지 않을 때조차—유감스럽지만 여전히 하인 신분이며, 주인의 생활 환경 속에 깊이 뚫고 들어왔다는 의식이 강하면 강할수록 자기들 계급의 한계(우리 쪽에서 없애버리려고 하는)를 더욱더 분명히 표시하게 마련이라, 프랑수아즈도 자주 나에 대하여(집사의 말마따나 내 신경을 거스르려고) 품위 있는 사람이라면 쓰지 않을 괴상한 말씨를 사용했다. 예를 들어 내가 더위를 타서—스스로는 깨닫지 못하고—이마에 구슬 같은 땀을 흘리기라도 하면 프랑수아즈는 그것이 중병이기라도 한 듯 내색하지 않으나 속으로 매우 기뻐하면서, "땀이 비오듯 하네요" 말하면서 신기한 현상이라도 본 듯 깜짝 놀라며, 남의 어떤 단정치 못한 것을 보고 업신여기며 비웃는 것이었다("외출하십니까, 그런데 타이를 매지 않으셨군요" 하고 말할 때의 표정이다). 그래도 목소리는 남에게 그 건강 상태를 근심케 하는 걱정스러운 가락을 띠었다. 마치 이 세상에서 나 혼자만 구슬땀을 흘리고 있는 듯했다. 그러다가 프랑수아즈는 옛날처럼 좋은 말씨를 쓰지 않게 되었다. 왜냐하면 프랑수아즈는 자기보다 훨씬 낮은 인간에 대하여 겸손과 존경을 표시하는 마음에서, 그 인간의 상스러운 말씨를 쓰는 게 예사였기 때문이다. 프랑수아즈의 딸이 나에게 자기 어머니에 대해 불평을(누구한테 얻어들었는지 모르나) 늘어놓은 적이 있다. "어머니는 늘 잔소리 하시죠, 내가 문을 잘못 닫는다는 둥, 이러쿵저러쿵, 어쩌고저쩌고 한답니다." 틀림없이 프랑수아즈는 자기가 받은 교육이 완전치 못한 탓으로 그런 고운 말씨를 이제껏 못 써왔다고 생각했나 보다. 전에는 가장 순수한 프랑스어가 꽃피던 그녀의 입술에서 나는 하루에 여러 번 '이러쿵저러쿵 어쩌고저쩌고'가 오르내리는 걸 들어야 했다. 그런데 똑같은 인물에게서 그 말투뿐만 아니라 그 사고 또한 좀처럼 변하지 않는 게 신기하다.

집사에겐 "푸앵카레 씨도 심보가 고약해, 돈 때문은 아니지만 무슨 일이 있어도 전쟁을 하고 말겠다는 생각을 품으셨거든" 말하는 버릇이 들고 말았다. 그는 그 말을 변함없이 재미나게 들어주는 이들 앞에서 하루에 일고여덟 번이나 되풀이했다. 단어 하나, 몸짓 하나, 억양 하나 바꾸지 않고서. 2분도 걸리지 않지만 연극의 상연처럼 언제나 똑같았다. 그가 틀리게 쓰는 프랑스어도 프랑수아즈의 딸이 잘못 사용하는 낱말과 마찬가지로 프랑수아즈의 말씨를 망쳤다. 집사는 어느 날 게르망트 공작이 '랑뷔토(Rambuteau)*¹ 화장실'이라고 말하

---

*1 프랑스의 행정관(1781~1869). 센 강변의 토목 공사와 위생 사업에 공이 큼.

는 걸 듣고 랑뷔토 씨가 짜증내는 것을, 피스티에르(pistières)라고 말하는 줄 여기고 있었다. 틀림없이 그는 어린 시절에 O발음을 들은 적이 없었나 보다. 그래서 그는 이 낱말을 부정확하게 그러나 번번이 그렇게 발음했다. 처음에 프랑수아즈는 당황했다가, 남성용처럼 여성을 위한 그 같은 설비가 없음을 불평하면서 그 낱말을 발음하게 되었다. 하지만 집사에 대한 겸손과 존경 때문에 프랑수아즈는 한 번도 피스티에르(pissotières)라 말하지 않고—그래도 세상의 풍습에는 조금 양보하며—피세티에르(pissetières)라고 했다.

프랑수아즈는 이제 잠도 오지 않고 먹지도 않고, 뭐가 뭔지 이해가지 않는 성명서를 집사에게 읽게 했는데, 집사 또한 그녀 이상으로 이해하는 것은 아니었다. 또 프랑수아즈를 골려주려는 소망은 가끔 애국적 열광에 압도되었다. 그는 독일군에 대해 환한 너털웃음을 보이며 다음같이 말했다. "치열하겠는데, 우리 조프르 장군께서 놈들을 건곤일척의 묘책으로 무찌르는 중이니까요." 프랑수아즈는 건곤일척이 무슨 뜻인지 통 몰랐으나, 그런 만큼 그 문구가 교양 있는 사람이라면 반드시 좋은 기분으로 정중히 대구해야만 하는 싹싹하고도 독창적인 엉뚱한 말로 생각되었으므로, "여전하군요, 그분은"이라고 말하는 것처럼 명랑하게 두 어깨를 으쓱 올리면서 미소로 눈가에 어린 눈물을 진정시켰다. 그녀로서 퍽 다행스러운 일은, 푸줏간의 새 심부름꾼 아이가—그 생업에도 어지간히 소심한(그렇기는 해도 도살장에서 일했었다)—아직 싸움터에 나갈 나이가 아니라는 점이었다. 그렇지 않았다면 프랑수아즈는 그를 싸움터에 보내지 않기 위해 국방장관을 만나러 갔을는지도 몰랐다.

집사로서는 성명서가 믿을 만한 게 못되며, 아군이 베를린에 접근하지 못했다고는 상상할 수 없었을 것이다. 그도 그럴 것이 "아군이 막대한 손해를 입혀 적을 격퇴했다" 운운하는 글을 읽으면 그런 전투를 새 승리로 예찬하고 있었기 때문이다. 그렇지만 나는 그런 승리의 무대가 시시각각 파리로 다가오고 있음에 위협을 느꼈고, 집사가 성명서 중에서 전투가 랭스 부근에서 일어나고 있음을 읽고 나서, 다음 날 신문에서 그 계속된 전투가 주이 르 비콩트에서 아군에 유리하게 전개되어 아군이 일대를 확보하고 있다는 기사를 보고서도 불안감을 느끼지 않았음에, 나는 오히려 어이없기까지 했다. 물론 집사도 콩브레에서 그다지 멀지 않은 주이 르 비콩트라는 지명을 잘 알고 있었다. 그러나 인간은 사랑할 때와 마찬가지로 이성에 눈가리개를 하고서 신문을 읽게 마런이므로 사실을 이해하고자 애쓰지 않는다. 애인의 말에 귀 기울이듯 독자는 편집장의 달콤한 말에 귀 기울인다. 그러면서 아군이 패배하고 있어도 만족스러워한다. 패배로 여기지 않고 자기들을 승자로 믿기 때문이다.

　나는 파리에 오래 머물지 않고 재빨리 요양소로 돌아갔다. 원칙적으로 의사는 환자를 세상과 떨어뜨리는 요법을 취했지만, 그래도 나는 각각 다른 시기에 두 번, 질베르트와 로베르의 편지를 받았다. 질베르트의 편지 내용은 다음과 같았다(1914년 9월쯤의 일이었다). 그녀는 로베르의 소식을 좀더 쉽게 얻으려고 파리에 남고 싶은 마음이 간절했지만, 파리 상공을 끊임없이 위협하는 토브(taubes)*¹의 공습이 무섭고, 특히 어린 딸애가 걱정이 되어, 아직 콩브레로 가는 마지막 기차를 타고 파리에서 피란했지만, 그 기차는 콩브레까지 가지도 못했고, 한 농부의 짐수레에 태워달라고 부탁하며 열 시간의 험난한 여정 끝에 겨우 탕송빌에 이르렀다는 거다! "그런데 거기서 당신의 옛 친구를 기다리고 있던 게 뭔지 상상해보세요." 질베르트는 편지 끝부분에 쓰고 있었다. "독일 비행기를 피하고자 파리를 떠난 나는 탕송빌이라면 모든 일이 안전하려니 생각했습니다. 그런데 도착한 지 이틀도 못 되어 무슨 일이 일어났는지 상상도 못하실 거예요. 라 페르 근처에서 아군을 무찌른 독일군이 그 기세로 이곳까지 침입한 겁니다. 일개 연대를 인솔한 독일 연대본부가 탕송빌 어귀에 나타났고, 나는 그들에게 잠자리를 제공해야 했죠. 도망칠 방법이 없어요. 이젠 기차도, 아무것도 없습니다." 독일 연대본부가 과연 행실 바르게 굴었는지, 아니면 질베르트의 편지에서, 독일 최고의 귀족과 줄이 닿는 바바리아 출신인 게르망트 가문의 정신적 전염성을 알았어야 했던 것인지, 아무튼 질베르트는 연대본부의, 아니 병사들마저 "연못가의 물망초 한 포기를 뜯는데도 허락을" 구하는 그 완벽한 교양에 칭찬을 아끼지 않았다. 반면에 프랑스의 퇴각병은 독일 장교들이 도착하기 전에 모든 걸 약탈하면서 소유지를 짓밟는 등, 난잡한 폭행을 저질렀다고 폭로했다. 아무튼 질베르트의 편지에 게르망트 가문의 정신이 배어 있다면—이를 유대인의 세계주의라고 말하는 이도 있겠지만, 나중에 알 수 있듯이 아마도 옳지 못한 말이리라—그로부터 몇 달 뒤에 로베르에게서 받은 편지는 게르망트답다고 하기보다 훨씬 생루답고, 게다가 그가 깨친 자유주

───────────

*1 독일의 단엽 비행기.

의의 교양을 모두 반영하고 있어서 하나부터 열까지 친화감으로 가득 찬 것이었다. 다만 공교롭게도 그는 동시에르에서 얘기할 때와는 달리 전략에 대해서 말하지 않고, 또 그때 그가 설명한 원칙이 이번 전쟁에서 어느 정도까지 확인되거나 또는 부인되었는지 평가하지 않았다.

그는 고작 말하기를 1914년 이래 실제로 수많은 전투가 연달아 일어났는데, 그 하나하나의 교훈이 다음 전투 지휘에 영향을 미쳤다고 했을 뿐이었다. 이를테면 '적진 돌파' 이론은, 전에는 돌파하기에 앞서 적의 점거 진지를 포병으로 철저히 뒤엎어버려야 한다는 전제를 완전한 것으로 삼아왔다. 그러나 그 뒤, 이러한 무지막지한 방법은 도리어 포탄에 뚫린 헤아릴 수 없는 구멍이 그만큼 수많은 장애를 만들어내, 오히려 보병과 포병의 전진을 불가능케 한다는 것이다. "전쟁도 우리가 배운 헤겔의 법칙에서 벗어나지 않네. 전쟁 또한 끊임없는 발전 상태에 있지." 그는 이렇게 쓰고 있었다.

이런 따위는 내가 알고자 하는 바에 비하여 사소한 것이었다. 하지만 더욱 더 나를 유감스럽게 한 것은 그가 나에게 장군 이름을 늘어놓지 못하는 점이었다. 그리고 내가 신문을 통해 아는 보잘것없는 지식으로 미루어보아도 이번 전쟁을 지휘하는 이들은, 전쟁이 나면 누가 가장 진가를 발휘하겠는가 하고, 내가 동시에르에서 이러쿵저러쿵하던 장군들이 아니었다. 제스랭 드 부르고뉴, 갈리페, 네그리에는 이미 이 세상 사람이 아니었다. 포 장군은 개전과 거의 동시에 퇴역했다. 조프르, 포슈, 카스텔노, 페탱에 대해 우리는 한 번도 얘기한 적이 없었다. 로베르는 다음같이 쓰고 있었다. "친애하는 벗이여 '놈들의 침입을 허락할까 보냐'라든가 '때려눕히겠다' 같은 말이 꼴사나운 점은 나도 인정하네. 내게는 이것이 '푸알뤼(poilu)'*¹ 등과 마찬가지로 오랫동안 역겨운 것으로 보였지. 문법 오류나 악취미보다도 더 끔찍한 표현 위에 서사시를 입히다니 우울한 얘기야. 그러한 표현은 모순되고 추악하며, 우리가 혐오하는 부자연스럽고 교만하며 저속한 말일세. 이를테면 '코카인' 대신에 '코코'라고 말하는 것이 더 멋스럽다고 생각하는 사람들이나 마찬가지라네. 그러나 모든 사람, 평상시라면 마음속에 어떠한 영웅심이 숨어 있는지 꿈에도 생각하는 일이 없으며, 그것을 의심해본 적도 없이 침대 위에서 죽어갔을 노동자, 소상인 같은 서민들이 비오

———————
*1 프랑스 병사를 가리키는 낮춤말.

듯 쏟아지는 탄알 속을 달려 전우를 구하고, 상처 입은 지휘관을 나르며, 결국 그 자신이 총알을 맞아 막 숨이 끊어지는 순간에 독일군에게서 참호를 탈환했다는 군의장의 말에 미소 짓는 모습을 본다면, 친애하는 벗이여, 반드시 자네도 프랑스인을 자랑스럽게 생각하고, 학교에서 배울 때는 좀 동떨어진 것으로 생각했던 역사적인 시대라는 것을 이해하겠지.

참으로 아름다운 이 서사시를 보면, 언어 따위는 아무것도 아니란 사실을 자네도 나처럼 깨닫겠지. 로댕이나 마욜*²이라면 형편없는 재료로도 걸작을 조각해내고, 그 재료가 무엇인지 더 이상 구별할 수도 없을 거야. 이와 같은 위대함을 대하고 보니, 푸알뤼라는 속어도 내게는 예컨대 우리가 '올빼미 당'이라는 낱말을 읽었을 때 그것이 처음에는 풍자나 농담을 포함하고 있었을지도 모르지만 더 이상 그런 것조차 느낄 수 없는, 그와 비슷한 어떤 것이 되고 말았다네. 아니, 나는 '푸알뤼'라는 낱말이, 이미 위대한 시인들에 의해 사용될 단계에 있음을 느끼는 바야. 마치 대홍수, 그리스도 또는 야만인 등과 같은 낱말이, 위고나 비니 또는 그 밖의 시인들에게 쓰이기 전부터 이미 위대하기 그지없었듯이 말이야.

나는 지금 민중이야말로, 노동자야말로 가장 선량하다고 말했지만 사실 인간은 다 선량하다네. 대사의 아들, 그 불쌍한 보구베르는 전사하기 전에 일곱 번이나 부상을 입었는데, 중상을 입지 않고 전선에서 돌아올 적마다 얼굴을 들지 못하면서 자기 탓이 아니라고 말하는 듯한 모양을 하더군. 유쾌한 대장부였어. 나와는 친교가 두터웠다네. 불쌍한 부모는 매장에 참관하는 허가를 받았네만, 상복을 입지 않고, 폭격이 있을지 모르니 5분만 참관한다는 조건부였지. 어머니는, 자네도 알다시피 몸집이 크고 못생긴 부인이라, 분명 매우 슬퍼했겠지만 겉으로 보기엔 잘 모르겠더군. 하지만 아버지 쪽은 불쌍하게도 어찌나 기진해 있는지, 나한테 말 건네던 전우 얼굴이 폭탄에 짓이겨지거나 몸통에서 떨어져나가거나 하는 꼴을 흔히 본 탓에 아주 무감각하게 되고 만 나도, 불쌍한 보구베르가 슬픔에 몸을 가누지 못하고 마치 넝마조각처럼 주저앉는 것을 보자 스스로를 억누를 수 없었네. 장군이, 이 죽음은 프랑스를 위해서다, 아드님은 영웅답게 행동했다고 위로했으나 헛일이었어. 불쌍한 그분의

---

*2 프랑스의 조각가(1861~1944).

오열을 더욱더 심하게 할 뿐, 아들의 몸에서 떼어놓을 수 없었다네. 그래서 우리는 서로 '놈들의 침입을 허락할까 보냐'는 각오를 가져야 하네. 내 불쌍한 시중꾼과 보구베르 같은 이들이 다 독일군의 침입을 막은 걸세. 어쩌면 자네는 아군이 별로 전진하지 못한다고 생각하겠지만 이치만 따져서는 못쓰네. 죽어가는 인간이 이제 글렀다고 직감하듯 군대도 어떤 육감으로 승리를 직감한다네. 그런데 우리는 우리가 승리할 줄 알고 있어. 또한 우리가 승리를 원하는 것은 올바른 평화를 세우기 위함이야. 내가 올바른 평화라고 한 뜻은 우리에게만 올바른 게 아니라, 프랑스인에게도 올바르고 독일인에게도 올바른 참된 올바름을 두고 하는 말이야."

물론 '재앙의 도리깨'는 생루의 지성을 본디보다 높이 올리지는 못했다. 재능이 평범하고 신통치 못한 용사들은 부상에서 회복하는 동안 전쟁을 묘사하는 시를 쓴답시고, 그 자체로는 살풍경한 사건 수준이 아니라, 지금껏 그들이 그 법칙에 따르던 평범한 미학의 수준에서 벗어나지 못해서 10년 전에도 사용했던 '피로 물든 새벽' '떨리는 듯한 승리의 비상' 따위의 표현을 쓴다. 같은 경우에 훨씬 총명하고도 예술적인 생루는 끝까지 총명하고도 예술적인 처지를 지켜, 늪지의 숲 기슭에 발이 묶여 있던 때의 풍경을 나를 위해 멋들어지게 적어 보내, 마치 그가 오리 사냥이라도 하고 온 듯싶었다. 그의 '아침나절의 환희'였던 그늘과 빛의 어떤 대조를 나에게 이해시키고자, 우리 둘 다 좋아하는 그림 몇 점을 인용했고, 로맹 롤랑이나 니체의 한 구절을 서슴지 않고 말했는데, 거기에는 후방 사람들과 달리 독일인의 이름을 입 밖에 내기를 겁내지 않는 전선 용사의 호방함이 있었으며, 또한 뒤 파티 드 클랑 대령이 졸라 사건의 증인실에서 가장 격렬한 드레퓌스파 시인이자 한 번도 만난 적 없는 피에르 키야르(Pierre Quillard) 앞을 지나며 그의 상징극 〈두 손 잘린 아가씨〉*¹의 시구를 흥얼거릴 적에 보인, 적을 인용하는 신랄한 멋이 있었다. 생루는 편지에 슈만의 한 곡조에 대해 썼는데, 그 곡목을 독일어로밖에 말하지 않았고, 아까 그 새벽녘, 숲 기슭에서 첫 지저귐을 들었을 때, 〈숭고한 지크프리트〉를 새가 노래하고 있는 듯이 도취했노라고 말하며, 전쟁이 끝나면 꼭 그 '지그프리트'를 다시 듣고 싶다고 말하는 데 조금도 완곡한 표현을 쓰지 않았다.

---

*1 키야르의 신비시극(1866년 작).

내가 두 번째로 파리에 돌아왔을 때, 도착한 다음 날 질베르트에게서 새로 받은 편지를 읽어보건대, 내가 앞에서 서술한 바 있는 편지를, 아니면 적어도 그 편지의 내용을 그녀가 잊어버리고 만 것 같았다. 왜냐하면 새로운 편지에서는 1914년 끝 무렵에 파리를 떠난 일을 돌이켜보며, 그녀가 꽤 다른 모양으로 설명하고 있기 때문이다. 그녀는 이렇게 쓰고 있다. "아마 모르실 테지만, 친애하는 벗이여, 탕송빌에 온 지 이윽고 두 해가 되는군요. 나는 독일군과 같은 때에 이곳에 도착했죠. 다들 내가 못 떠나도록 말렸었죠. 미친 짓이라고요. '뭐라고요, 파리에 있으면 안전한데, 어쩌자고 침략당한 그런 지방에 간다는 거죠, 다들 거기서 피난하려는 이 판국에'라고들 말렸습니다. 이런 생각이 얼마나 옳은지를 인정하지 않는 건 아닙니다. 하지만 어찌합니까, 내 장점이라곤 하나뿐인걸요. 바로 비겁하지 않다는 거예요. 아니면 본분에 충실해서라고 할까. 내 소중한 탕송빌이 위험한 걸 알자 늙은 관리인 혼자 지키게 내버려둘 생각이 나지 않더군요. 그 곁에 있어주는 게 내 본분 같았어요. 그렇지만 나는 이 결심 덕에 탕송빌 저택을 구할 수 있었어요. 근처 저택은 주인이 겁에 질려 도망쳤기 때문에, 대부분 그야말로 송두리째 파괴되었지요. 우리집은 무사할 뿐만 아니라, 그리운 아버지가 그토록 아끼시던 귀중한 수집품도 아무 탈 없이 지킬 수 있었습니다." 한마디로 말해 질베르트는 지금, 1914년에 내게 보낸 편지 내용과는 달리, 독일군을 피해 피란하고자 탕송빌에 갔던 게 아니라, 도리어 독일군과 우연히 만나는 바람에 그들로부터 저택을 지키기 위해서라고 굳게 믿고 있는 것이다. 하기야 그들은 탕송빌에 오래 머무르지 않았지만, 그 뒤로 질베르트의 저택에는 지난날 콩브레 거리에서 프랑수아즈의 눈물을 자아내던 군인의 수를 훨씬 넘어서는 병사들이 빈번하게 드나들게 되어, 그녀의 말마따나, 문자 그대로 일선 생활을 보내게 되었다. 그래서 신문에는 그녀의 탄복할 행동이 최대 찬사와 함께 보도되고 훈장을 수여하는 문제로까지 불거졌다. 그녀의 편지 끝머리 말은 아주 옳았다. "친애하는 벗이여, 이 전쟁이 어떠한 것인지, 길 하나, 다리 하나, 고지 하나가 어떠한 중요성을 갖는지 그대는 생각조차 못 하실 겁니다. 몇 번이나 그대를, 그대와 함께 한 덕분에 참으로 즐거웠던 산책을 생각했는지 모릅니다. 오늘날 이 고장은 파괴되어, 이런 감회에 잠기고 있는 동안에도, 우리 둘이서 그토록 자주 가던 그대가 좋아한 그 길, 그 언덕을 점령하기 위한 전투가 벌어지고 있습니다! 틀림없이 그대도 나처럼 상상 못하셨을 거예요. 그 어둑한 루생빌과 지루한 메제글리즈처럼, 거기서부터 우리의 편지가 배달되고, 또 그대가 아플 때 의사를 모시러 가던 곳이 언젠가 유명해질 줄이야. 정다운 벗이여, 이곳은 아우스터리츠(Austerlitz) 또는 발미(Valmy)*¹와 마찬가지로 영원히 영광 속에 끼어들었어요. 메제글리즈의 전투는 8개월이나 계속되어, 독일군은 거기서 6만 이상의 병력을 잃었습니다. 그들은 메제글리즈를 파괴하긴 했지만 점령하지는 못했어요. 그대가 그토록 좋아했고, 또 우리 둘이 산사의 가풀막이라 부르던 작은 길,—그대가 어렸을 때 거기에서 저에 대한 연정에 빠지셨다고 하지만, 사실은 맹세컨대 내가 그대에 대한 연정에 사로잡혀 있었어요—그 작은 길이 이번에 차지한 중요성은 이루 말할 수 없습니다. 그 작은 길을 다 올라가면 보이는 드넓은 밀밭이 이름난 307고지인데, 그 명칭은 성명서에서 수없이 보셨겠지요. 프랑스군이 비본 시내의 그 작은 다리를 폭파했답니다. 당신이 도무지 어린 시절을 떠올리게 하지 않는다고 말했던 그 다리입니다. 그 대신에 독일군이 다른 다리를 놓았는데, 그렇게 1년 반 동안 독일군이 콩브레의 절반을 차지하고, 프랑스군이 남은 절반을 차지해왔습니다."

이 편지를 받은 이튿날, 곧 내가 어둠 속을 걸으며 이런 추억을 되씹으면서 내 발소리가 울리는 걸 들은 날의 전전날, 생루가 전선에서 돌아왔다가 복귀하는 길에 오직 몇 분에 지나지 않은 짧은 시간이지만 나를 찾아왔는데, 그가 왔다는 말만 듣고도 나는 크게 감동했다. 프랑수아즈는 무심코 그에게 달려들려고 했다. 그 푸줏간의 소심한 심부름꾼 아이가 1년 뒤에 징병되게 된지라 생루에게 부탁하면 병역 면제를 시켜주리라고 기대했던 것이다. 그러나 그러한 노력이 불필요함을 깨닫고 그만두었다. 왜냐하면 도살장 출신인 소심한 심부름꾼 아이는 오래전에 다른 푸줏간으로 갔기 때문이다. 우리집에 드나드는 푸줏간 주인은 단골을 잃을까 봐선지, 아니면 진심인지는 모르나 프랑수아즈에게, 그 녀석이 어디로 갔는지 모른다, 아무튼 신통치 못한 푸줏간에 고용되었을 거라고 잘라 말했다. 프랑수아즈는 두루 찾아보았다. 하지만 파리는 넓고, 푸줏간은 많다. 그녀는 수많은 푸줏간에 들어가보았지만, 결국 소심하지만 피비린내 풍기는 젊은이를 찾아낼 수 없었던 것이다.

---

*1 아우스터리츠와 함께 싸움터가 됨. 전자는 체코의 도시, 후자는 프랑스의 마을.

생루가 내 방에 들어왔을 때, 나는 좀 겁나는 느낌과 괴이한 인상을 갖고서 그에게 가까이 갔으나, 그것은 휴가로 전선에서 돌아온 군인이 자아내는 느낌, 또 죽을병에 걸렸으면서도 평소처럼 일어나 옷을 갈아입고 산책까지 하는 이 앞에 나섰을 때 받는 인상이었다. 싸움터에 나가 있는 용사에게 주어지는 이런 휴가에는 어떤 섬뜩한 점이 있다는 생각조차 들었다(특히 처음에 그렇게 생각했다. 왜냐하면 나같이 파리를 떠난 적이 없는 이로서는, 우리가 자주 보아온 사물에 현실감을 주는 깊은 인상과 사념의 뿌리를 그 사물에서 떼어버리는 습관 외 힘이 크게 작용했기 때문이다). 전선에서 돌아온 휴가병을 보면 사람들은 이렇게 생각했다. '저 사람들은 싸움터에 두 번 다시 돌아가고 싶지 않겠지, 아마 달아날 거야.' 전황에 대하여 후방 사람은 신문에서 보도하는 것밖에 듣지 못하기 때문에, 그런 엄청난 전투에 참가한 전사들이 한낱 어깨 타박상 정도로 돌아오리라곤 생각할 수 없었으므로 전장은 비현실적인 장소로 여겨졌지만, 그들은 그저 그러한 비현실에서 돌아온 게 아니었다. 그들은 죽음의 강가에서 잠깐 우리 곁으로 왔다가 다시 그쪽으로 돌아가려고 했으며, 뭐가 뭔지 몰라 어리둥절하는 후방 사람을 애정과 공포와 신비감으로 가득 채웠다. 마치 우리가 불러낸 죽은 자의 영혼 하나가 잠시 우리 눈앞에 나타나듯, 그리고 우리는 감히 물어볼 엄두도 나지 않지만, 물어본댔자 상대도 고작 "자네는 상상도 못하지"라고 대꾸할 것이다. 그도 그럴 것이, 포화를 뚫고 살아남은 휴가병이건, 영매에 의해 불려나온 죽은 자이건, 그들은 신비와 접촉했고, 그 결과 대화—그들과 우리 사이의 대화가 가능하다 치고—의 공허를 얼마나 더해주는지 참으로 놀라울 정도이다. 이러한 생각을 가지고 나는 로베르에게 다가갔는데, 아직 그의 이마에 남아 있는 상처는 내가 보기에 거인이 땅 위에서 남긴 발자국보다 더 장엄하고 신비로웠다. 나는 감히 그에게 질문하지 못했으며, 그도 단순한 말밖에 하지 않았다. 이 간단한 말 또한 그가 전쟁 전에 하던 것과 별 차이가 없었다. 마치 전쟁이 일어나도 인간은 이전 그대로라는 듯. 말투도 같았고, 다만 내용은 달랐지만 큰 차이는 없었다!

로베르는 그 외삼촌과 마찬가지로 모렐의 악랄한 손에 농락되어왔는데, 전장에서 그런 모렐의 일을 차츰차츰 잊어버리는 수단을 발견한 것 같았다. 그렇건만 로베르는 아직도 모렐에게 진한 애정을 간직하고 있어서, 때때로 만나고 싶은 욕망에 급작스럽게 시달리는 적이 있기에, 끊임없이 그런 마음을 뒤로 미루었다. 그러므로 나는, 모렐을 만나려면 베르뒤랭 부인 댁에 가면 된다는 사실을 로베르에게 가르쳐주지 않는 것이 질베르트에 대하여 내가 지킬 사려 깊은 마음씨라 믿었다.

나는 로베르에게 조심스럽게, 파리에서는 전쟁을 거의 실감할 수 없다고 대답했다. 그러자 그는 파리에서도 때로는 '꽤 굉장'했다고 말했다. 그 전날에 있던 체펠린 비행선의 공습을 가리키는 말이었다. 그 구경거리를 잘 보았느냐 물었는데, 지난날 퍽 뛰어나게 아름다운 어떤 구경거리라도 말하던 투였다. 전선에서 어느 순간에 죽을지 모르는 때 "으리으리하네그려, 고운 장밋빛이네그려! 그리고 저 엷은 초록색을 보게나!" 말하면, 거기에 어떤 운치가 있다고 하겠지만, 파리에서 싱거운 공습에 대한 생루의 말에는 그런 맛이 없었다. 나는 밤하늘에 떠올라가는 비행기 무리의 아름다움을 그에게 말했다. "하강하는 비행기는 더 아름답지." 그는 말했다. "상승할 때 그 기막힌 아름다움은 나도 인정해, 자꾸만 올라가서 나중에는 별자리를 만드는 그 아름다움 말이야. 그런 점에서 우주의 별자리를 지배하는 것과 똑같은 정확한 법칙을 지키고 있는 거야. 자네 눈에 마치 웅장한 쇼처럼 보이는 것은, 대형(隊形)을 짜고, 명령이 떨어지기가 무섭게 전투나 그 밖의 임무를 띠고 출동할 때일 테니까. 하지만 다음과 같은 때를 자네는 더 좋아하지 않을까? 완전히 별과 하나가 된 비행기가 다시 빠져나와 전투에 나가고, 또는 경보가 해제되고 나서 돌아올 때, 곧 별자리의 위치마저 바꿀 정도로 '공중회전'을 할 때 말일세. 그건 그렇고 어젯밤 사이렌은 어지간히 바그너풍이더군. 하긴 독일 공군의 내습에 경의를 표하려면 당연하지. 마치 황실석에 독일 황태자와 황녀들을 맞아 독일 국가인 '라인의 파수'를 연주하는 격이었어. 날고 있는 게 비행사가 아니라, 발키리가 아닌가 의심했네그려." 그는 이와 같이 비행사와 발키리를 동일시하는 게 즐거운 듯, 더구나 순 음악적인 이유에서 그 동일시를 설명했다. "참말로 사이렌 음악은 발키리의 행진곡이었거든! 파리에서 바그너를 들으려면 단연코 독일군의 공습이 필요해."

어떤 점에서 이 비교는 틀리지 않았다. 우리집 발코니에서 보면, 시커먼 덩어리 같은 도시가 돌연 밤의 심연으로부터 하늘의 빛 속으로 옮아가고, 거기에 하나씩 하나씩 비행사가 사이렌의 찢어지는 듯한 부름에 따라 날아오르는 것이다. 한편 탐조등은 더욱 천천히 움직이며 아직 똑똑히 보이지는 않지만 찾는 대상이 이미 가까운 듯 음험하고 불안하게 그 눈을 쉴 새 없이 움직이면서 적을 탐지해내, 그 광선 안에 적을 둘러싸서 냅다 달려드는 전투기로 하여금 추락케 한다. 이렇듯 한 편대 한 편대씩, 각 비행사가 이제는 하늘로 옮겨간 도시에서 발키리처럼 습격해온다. 그렇지만 집들이 늘어선 땅 위의 한구석에도 불빛이 환한 곳이 곳곳에 있다. 나는 생루에게 말했다. 만약 자네가 어젯밤 집에 있었다면, 하늘에서 공중회전을 구경하면서 지상에서도(서로 다른 장면을 함께 그린 엘 그레코의 〈오르가츠 백작의 매장〉에서처럼) 높은 분들이 잠옷 바람으로 벌이는 진짜 통속 희극을 볼 수 있었을 거라고. 그들은 아주 유명한 인물들이므로, 그 페라리(Ferrari)*¹에게 후계자가 있다면 알릴 만한 가치가 있을 성싶었다. 이 기자의 사교계 기사는 생루와 나에게 큰 즐거움을 주었으므로 우리는 재미 삼아 그런 기사를 멋대로 날조하기도 했다. 그리고 이날도 전쟁 따위는 없기라도 한듯, 그러나 몹시 '전시적'인 주제로 다음과 같은 기사문을 만들어보았다. "체펠린의 공포—이 눈으로 목격했도다. 잠옷 차림인 위풍당당한 게르망트 공작부인, 장밋빛 파자마에 가운을 걸친 괴상망측한 게르망트 공작 등등."

"틀림없어." 생루는 나에게 말했다. "어느 큰 호텔엘 가도 잠옷만 걸친 미국 태생 유대인 여자들이 그 앙상한 가슴에, 몰락한 귀족과 결혼할 수 있었던 유일한 희망인 진주 목걸이를 꼭 움켜쥐고 있는 모습을 볼 수 있을 걸세. 리츠 호텔도 그런 밤에는 〈자유무역 회관〉*²과 다름없을 걸세."

전쟁이 생루의 지성을 성장시키지는 못했을망정, 대부분 유전에 기인한 어떤 진화 현상에 이끌린 그의 지성은 내가 이제껏 본 적이 없을 만큼 광채를 띠고 있었다. 지난날 세련된 여인들과 그렇게 되기를 갈망하는 여인들의 환심을 샀던 금발 젊은이와, 그칠 새 없이 말로 농간 부리는 수다스러운 이론가 사이에는 얼마나 큰 차이가 있는가! 다른 세대에 속하고, 같은 가계의 다른 줄기에서 태어난 생루는, 이전에 브레상이나 들로네가 맡은 배역의 모범을 다시 상연하는 배우처럼, 이를테면 샤를뤼스 씨—한쪽은 뺨이 장밋빛에다 피부와 머리털은 황금빛이며, 다른 한쪽은 흑백이 반반씩으로, 수염은 아직 검고, 머리는 이미 새하얬다—의 후계자였다. 그는 외삼촌과 전쟁에 대해 의견이 맞

*1 〈피가로〉지의 사교란 기자.
*2 프랑스의 극작가 조르주 페이도(1862~1921)의 통속극.

지 않았는데, 그도 그럴 것이 생루는 프랑스를 첫째로 삼는 귀족주의 부분에 속해 있는 반면 샤를뤼스 씨는 패전주의자였다. 하지만 생루는 '배역의 모범을 만든 자'를 무대에서 구경하지 못했던 이들에게, 그가 후계자로서 얼마나 이론가 역할에 뛰어난가를 보여주었다. "힌덴부르크란 바로 하나의 계시라더군." 내가 말했다.—"낡아빠진 계시지." 그는 즉각 대꾸했다. "아니면 앞날이 창창한 계시지. 적에게 사정을 두지 않고, 망쟁(Mangin) 장군에게 지휘를 맡겨서 오스트리아와 독일을 무찔러, 프랑스를 몬테네그로(Montenegro)화 하는 대신에 차라리 터키를 유럽화해야 옳았던 거야."—"하지만 우리에겐 합중국의 후원이 있을 거야." 나는 말했다.—"그때까지, 이 형세로 보건대, 내 눈에는 비합중국밖에 안 보이네. 그보다 왜 프랑스는 이번 기회에 그리스도교의 정의감에서 벗어나서 이탈리아에 더 많이 양보를 안 하는 거지?"—"샤를뤼스 아저씨가 자네 말을 들었다면!" 나는 이렇게 말했다. "결국 자네 속마음은 좀더 교황의 비위를 거슬러도 괜찮다는 거겠지. 그런데 자네 아저씨 쪽은 프란츠 요제프(Franz Joseph)*¹ 옥좌에 누가 미칠 걸 생각하면 질겁하시지. 하기야 그 점에 자네 외삼촌은, 탈레랑과 빈 회의의 전통에 따른다고 생각할 테지만."—"빈 회의의 시대는 지난 지 오래야." 그가 대꾸했다. "비밀 외교에 대항하여 구체적 외교로 나서야 하네. 내 외삼촌은 완고한 왕정주의자인 만큼, 등신(carpe)*²이건 살인귀(escarpe)*³이건 샹보르(Chambord)파*⁴기만 하면 그만인지라, 등신이라도 몰레 부인처럼 이를 곧이듣고(avaler),*⁵ 살인귀라도 아르튀르 메예르(Arthur Meyer)*⁶처럼 이를 곧이들을 정도라네.*⁷ 삼색기를 증오한 나머지 도리어 붉은 모자(Bonnet rouge)*⁸ 넝마조각을 들고서도, 그것을 진심으로 백기*⁹로 여길 거라고 나는 생각하네." 물론 이런 수다는 말농간에 지나지 않고, 생루는 그의

---

*1 오스트리아 헝가리의 황제(1830~1916).
*2 원뜻은 '잉어'임.
*3 '살인 강도범'이라는 뜻도 있음.
*4 정통 왕정파.
*5 원뜻은 '꿀꺽 삼키다' '통째로 삼키다'임.
*6 보수파 신문 〈골루아〉 지의 사장.
*7 이와 같은 낱말들에 주를 단 역자의 의도는, '잉어를 꿀꺽 삼킨다' 또는 carpe 앞에 es를 붙이면 escarpe, 곧 '살인귀'가 되는, 어떤 말의 재미를 살리자는 데에 있음.
*8 대혁명 시대에 열성적인 혁명당원이 쓰던 모자.
*9 프랑스 왕조의 깃발.

외삼촌이 이따금 보이는 깊은 독창성과도 거리가 멀었다. 그러나 외삼촌이 의심 깊고 샘 많은 것과 같은 정도로, 생루는 상냥하고 애교가 있었다. 그리고 발베크 시절과 마찬가지로, 금발 밑에 애교 있는 장밋빛 얼굴색을 그대로 지니고 있었다. 그의 외삼촌이 아무래도 그를 넘어설 수 없을 성싶은 유일한 점은 포부르 생제르맹의 기질이었다. 곧 스스로는 거기서 가장 벗어났다고 여기나 도리어 그것에 속속들이 물들어 있는 기질, 그로 말미암아 지적으로 뛰어난 평민 출신 인간에 대한 존경의 정(이는 귀족 안에서밖에 참말로 꽃피지 않아, 이 점에서 그들로 하여금 혁명을 부당하다고 생각하게 하는 것이지만)과 동시에, 미련하기 짝이 없는 자기만족의 정이 생겨나는 기질이었다. 겸허와 거만, 후천적인 지적 호기심과 타고난 권력감의 혼합에 의하여 샤를뤼스 씨와 생루는 경로가 다르고 의견은 정반대이며 한 세대의 나이 차가 있으면서도, 다같이 새로운 사상에 흥미를 갖는 지식인이 되고, 누구도 그들을 침묵시킬 수 없는 요설가(饒舌家)가 되었다. 그러므로 평범한 사람이 볼 때면, 그의 기분에 따라서 이들 두 사람이 멋져 보이기도, 또는 성가셔 보이기도 하는 것이다.

"자네 생각나나?" 나는 그에게 말했다. "동시에르에서 나눈 우리 이야기 말일세."— "그래! 좋은 시절이었지. 우리를 그 시절로부터 갈라놓는 이 심연은 대체 무엇이냔 말일세. 그 좋은 날들이 언제고 다시 오긴 할까?

> d'un gouffre interdit à nos sondes,
> Comme montent au ciel les soleils rajeunis
> Après s'être lavés au fond des mers profondes.

> 깊이를 헤아릴 수 없는 심연에서,
> 깊은 바다 밑에서 몸 닦고
> 새로워진 태양이 하늘에 솟아오르듯."[10]

"그 시절의 대화에서 오직 즐거웠던 것만을 떠올리자구." 나는 생루에게 말했다. "나는 그 대화에서 어떤 진실에 다다르려고 애쓰고 있었지. 현재의 전쟁

---

[10] 보들레르 《악의 꽃》 37, 〈발코니〉 중에서.

은 모든 것을 뒤엎었다고, 특히 전쟁의 관념을 뒤집었다고 자네는 말하는데, 그렇다면 그때 여러 전투에 대해서, 이를테면 미래의 전투에서 나폴레옹의 전투를 모방할 것인가에 대해 자네가 말하던 것은 무효가 됐나?"― "천만에." 그는 말했다. "나폴레옹식 전투는 늘 되풀이되지. 더욱이 이번 전쟁에선 나폴레옹풍 정신에 젖은 힌덴부르크가 있으므로 더욱 그렇다네. 그의 신속한 부대 이동, 적을 속이는 견제 운동, 적군들 앞에 일부 탄막부대만 남기고 나머지를 총동원하여 다른 부대를 공격할 때도 있고(나폴레옹이 1814년에 쓴 전술), 적군을 중요 지점이 아닌 전선으로 끌어들이기도 하지(마주리 호수지대를 공격하려고 바르샤바를 치는 척해서 러시아군을 속여 저항선을 그쪽으로 돌리게 한 힌덴부르크의 양동작전). 아우스터리츠, 아르콜, 에크뮐에서 시도한 것과 비슷한 작전상 퇴각들, 이러한 힌덴부르크의 모든 것이 전부 나폴레옹식인데, 그걸로 끝이 아니라네. 덧붙여 말하네만, 내가 없는 곳에서 자네가 이번 전쟁이 계속됨에 따라 일어난 여러 사건을 해석하려 한다면 힌덴부르크의 이런 특수한 방식에 너무 의존하지 말아야만, 그가 행한 일의 뜻, 앞으로 하려는 일의 핵심을 발견할 수 있을 거야. 한 장군이란 한 작품을, 하나의 책을 짓고자 하는 작가 같아. 그 책 자체가 여기서는 뜻밖의 지략을 드러내 보이더라도, 저기서는 진퇴양난에 빠져 애초의 계획에서 작가를 밀어내버린다네. 예를 들어 견제공격은, 공격 자체가 상당히 중요한 지점에서만 이루어지므로, 견제공격이 생각지 못한 성공을 거두거나, 주력 작전이 실패로 끝나는 경우도 가정해봐야 하네. 견제공격이 주력 작전이 될 수도 있으니까. 나는 이렇게 예상하네, 힌덴부르크가 나폴레옹식 전투의 전형 가운데 하나, 곧 두 적, 영국군과 우리 프랑스군을 갈라놓는 작전을 벌일 거라고 말이야."

　이와 같이 생루의 방문을 돌이켜보면서 걸어가던 나는 상당히 먼 길을 돌아서 앵발리드 다리에 거의 와 있었다. 고타(gotha)*¹ 때문에 몇몇 가로등만이 켜져 있었지만, 불을 켜기엔 아직 조금 이른 시간이었다. 그도 그럴 것이 어둠이 깔리기에는 아직 이르나 여름철의 '서머 타임'이 좀 일찍 실시되어, 아름다운 계절 동안 쭉 그대로 시행되었기 때문이다(마치 난로가 어느 일정한 날부터 지펴지거나 꺼지듯). 그리고 밤의 등불이 켜진 도시의 위쪽, 하늘은―여름

---

*1 독일의 폭격기.

철 시간과 겨울철 시간의 구별도 모르고, 8시 30분이 9시 30분으로 된 것도 알려고 하지 않는 하늘—상당 부분이 여전히 푸르스름하게 빛을 남기고 있었다. 트로카데로 탑이 솟아 있는 시가지 일대의 높은 하늘은 터키옥 빛을 띤 넓은 바다와 같고, 그 바닷물이 빠지자 벌써 한 줄로 잇닿은 검은 바위들이 떠오르며, 줄지어 쳐놓은 어부들의 그물이 보이기 시작하는 듯했는데, 그것은 조그만 구름들이었다. 지금 터키옥 빛을 띠고 있는 바다는 지구의 광대한 회전(révolution) 속에 말려든 인간을 그들이 모르는 사이에 휩쓸어가고, 그 지구 위에서 인간이 그들 나름의 혁명(révolution)과 현재 프랑스를 피로 물들이는 헛된 전쟁을 되풀이한다. 게다가 자기 시간표를 바로바로 바꾸지 않는 게으르고도 아름다운 하늘, 등불이 켜진 도시 위로 언제까지나 푸르스름한 빛을 뿌리고 있는 하늘을 물끄러미 보자니 현기증이 났다. 그것은 이제 넓은 바다가 아니라, 푸른 빙하에 반듯하게 드리워진 그라데이션이었다. 조금씩 변하는 터키옥 빛 계단에 매우 가까워 보이는 트로카데로의 두 탑도 사실은 끝없이 떨어져 있음이 틀림없다. 마치 스위스 어느 시가의 두 탑이 멀리서 보면 산봉우리 바로 옆에 닿아 있는 것처럼 보이듯이.

나는 왔던 방향으로 다시 발길을 돌렸는데, 앵발리드 다리를 떠나자마자 이미 하늘에 노을이 가시고, 거리에 등불다운 게 거의 없어, 여기저기서 쓰레기통에 발부리를 부딪치고 길을 잘못 들면서 컴컴한 거리의 미로를 기계적으로 따라가다가, 어느새 뜻하지 않게 큰 거리의 어귀에 나온 나 자신을 발견했다. 언뜻 거기서 아까 품은 동방의 인상이 머릿속에 다시 떠오르는 한편, 집정정부시대에 이어 1815년의 파리가 떠올랐다. 1815년 그때처럼, 연합군 병사들이 저마다 다른 군복을 입고 행진하고 있었다. 그중에 붉은 치마풍의 짧은 바지 차림인 아프리카병, 흰 터번을 두른 인도병만으로도, 내가 산책하고 있는 이 파리를 동양풍의 공상적인 이국 도시로 지어내기에 충분했다. 그 동양은, 옷차림과 얼굴빛만은 세밀한 점까지 현지의 것과 똑같았지만, 그 배경은 멋대로 만들어낸 가공의 것이었다. 이처럼 카르파초도 그가 살던 베네치아에서 예루살렘이나 콘스탄티노플을 이루어냈던 것이니, 그가 그러모은 군중의 기묘한 얼룩 무늬도, 지금 내가 눈앞에 보는 것보다 더 색채가 화려하진 않았다. 이때 두 알제리 보병의 뒤를 걸어가는 한 남자를 보았다. 두 병사는 신경도 쓰지 않는 모양새였지만, 부드러운 중절모자에 긴 우플랑드(houppelande)*¹ 차림인 몸집 큰 남자로, 나는 그 접시꽃 빛깔의 얼굴에, 수많은 남색 추문으로 유명한 배우와 화가 중 어느 쪽의 이름을 붙여야 좋을지 망설였다. 아무튼 이 산책자는 내가 모르는 사람이 틀림없다. 그렇게 확신하고 있던 만큼, 그의 눈길이 내 눈길과 부딪쳤을 때 그가 난처해하는 모양을 짓더니, 비밀로 해두고 싶은 일에 골똘하는 도중에 들킨 게 아님을 나타내고 싶은 사람처럼 일부러 멈췄다가 이쪽으로 오는 걸 보고 나는 깜짝 놀랐다. 한순간 나는 당황했다. 나한테 인사하는 이 사람은 누구지? 샤를뤼스 씨였다. 샤를뤼스 씨로 말하면, 그의 몹쓸 병의 진행 또는 그 나쁜 버릇의 변천이 더할 수 없는 정도에 이르렀다고 할 수 있으므로, 그가 본디 지니고 있던 보잘것없는 인격이나, 조상에게서 물려받은 온갖 특질 등은, 몹쓸 병이나 나쁜 버릇에 반드시 따르게 마련인 폐해나 과실에 의하여 앞길이 꽉 막혀 완전히 차단당한 것이나 진배없었다. 샤를뤼스 씨는 본디 자신으로부터 멀리 떨어진 곳에 이르러버렸다기보다는, 자기 혼자만이 아니라 다른 숱한 성도착자들에 속하는 것에 의해 그 자신이 완전히 뒤덮여 있기 때문에, 나는 처음에 한길 한가운데서 알제리 병사들 뒤를 따라가는 그가 샤를뤼스 씨가 아닌, 대귀족이 아닌, 공상과 재치를 타고난 사람이 아닌, 그저 어떤 도착자일 뿐이라는 생각이 들었던 것이다. 남작하고 닮은 점이라고는 그들 도착자 모두에게 공통되는 그 풍채밖에 없었으며, 그 풍채는 적어도 그를 자세히 관찰하지 않는 한 모든 것을 가리고 있었다.

이렇게 해서, 베르뒤랭 부인 댁에 가려던 나는 샤를뤼스 씨를 만나게 되었다. 물론 베르뒤랭 부인 댁에선 옛날처럼 그를 보지 못했을 거다. 두 사람 사이의 불화는 날로 더해갔다. 베르뒤랭 부인은 그의 악평을 더 나쁘게 하려고 현재의 사태마저 이용할 정도였다. 오래전부터 그를 방약무인하게 잘난 체하고, 가장 못난 얼간이보다도 시대에 뒤지며, 낡아빠진 닳고 닳은 놈이라고 그녀는 말해왔는데, 지금은 이러한 비난을 한마디로 줄여 '아방게르(avant−guerre)'*² 라고 말하면서, 사람들의 상상력을 부추겨 그에 대한 혐오를 불어넣었다. 작은 동아리의 의견에 따르면, 전쟁이 그와 현재 사이를 단절하여 그는 이미 죽은

*1 소매 없는 넓은 외투.
*2 '전전(戰前)'이라는 뜻. 제1차 세계대전 전의 사상과 생활 태도를 지닌 사람. 이에 반대되는 말은 아프레게르(après−guerre)임.

과거 속에 물러나 있었다.

　게다가―이것은 오히려 사교계 속사정을 모르는 정치계 사람들에게도 하는 말이지만―그의 지적 가치는 물론 사회적 지위도 '가짜'이자 '괴상'하다고 부인은 떠들어댔다. "그는 아무도 만나지 않고, 아무도 그를 초대하지 않는다"고, 그녀는 봉탕 씨에게 말하며 쉽사리 이해시켰다. 사실 이 말엔 사실도 있었다. 샤를뤼스 씨의 처지는 바뀌어 있었다. 그는 점점 더 사교계를 개의치 않았으며, 변덕스러운 성격 탓으로 사교계 꽃인 이들 대부분과 사이가 벌어진 뒤, 사교계에서의 자기 가치를 너무 의식한 나머지 이들과의 화해를 대수롭지 않게 여겨 비교적 고독한 생활을 하고 있었다. 그런 고독은 만년의 빌파리지 부인이 그랬던 것처럼 귀족들로부터의 도편추방(陶片追放)에서 비롯한 외로움이 아니라, 일반인의 눈에는 두 가지 이유에서 더 고약하게 보였다. 먼저, 지금 잘 알려진 샤를뤼스 씨의 악평은 사정을 그다지 모르는 이들로 하여금 그런 악평 때문에 남들이 그와 사귀지 않는다고 믿게 했다. 그러나 실은 샤를뤼스 씨 본인이 그들과의 교제를 거절하고 있었다. 그러므로 그의 괴팍한 성미의 결과가, 그 괴팍한 성미에 질린 이들의 경멸의 결과인 듯이 보였다. 한편 빌파리지 부인에게는 가문이라는 든든한 보루가 있었다. 그런데 샤를뤼스 씨는 친척들과도 불화를 거듭해왔다. 게다가 그는 가문에―특히 옛 포부르 생제르맹과 쿠르부아지에 가문 쪽―아무런 흥미가 없었다. 그리고 쿠르부아지에네 사람들과는 달리 예술 방면에 그토록 대담하게 독설을 퍼부어온 그로서는 꿈에도 생각지 못했을 일이지만, 예컨대 베르고트 같은 이가 그에게서 가장 흥미롭게 여긴 점은, 그가 옛 포부르 생제르맹의 귀족들과 거의 인척관계라는 것, 라 셰즈 거리에 사는 그의 사촌누이들이 팔레 부르봉 광장이나 가랑시에르(Garancière) 거리에서 영위한 반쯤 시골풍의 생활을 여실히 묘사할 수 있는 그 능력이었다.

　또한 그다지 초월적이 아닌 훨씬 실제적인 관점에 몸 둔 베르뒤랭 부인은 그를 프랑스 사람이 아니라고 여기는 척했다. "그의 정확한 국적이 어디지, 오스트리아 사람이 아닐까?" 베르뒤랭 씨가 천연덕스럽게 묻는다.― "천만에요, 안 그래요." 몰레 백작부인이 대답한다. 그녀의 첫 반응은 원한보다는 오히려 양식에 따른 것이었다.― "천만에, 그는 프로이센 사람이죠." 베르뒤랭 부인이 말했다. "틀림없어요, 난 잘 알아요, 그가 입버릇처럼 말했거든요, 자기가 프로

이센 귀족원의 세습의원이자 두르히라우흐트(Durchlaucht)*¹라고."—"그렇지만 나폴리 왕비께서 하신 말씀으로는……."—"잘 아시면서 그러시네, 그분은 무서운 여자 간첩이에요." 베르뒤랭 부인은 그녀의 집에서, 지난 어느 날 밤 권력을 잃은 이 왕비가 보였던 태도를 잊지 못해 빽 소리친다. "내가 잘 안다니까요, 그것도 정확하게요, 그분은 그 일로 살아가고 있었어요. 정부가 좀더 단호했다면 그런 사람은 모두 포로수용소에 들어가 있을 거예요. 그렇고말고요. 하여간 그런 사람들을 초대하지 않는 게 상책이죠. 내무 장관이 그들에게 눈독 들이고 있으니 댁까지 감시받게 될 거예요. 샤를뤼스 씨가 두 해 동안이나 우리집을 줄곧 염탐했다는 생각이 머리에서 떠나지 않는군요." 그녀의 작은 동아리 조직에 대한 상세한 보고가 독일 정부에게 얼마나 이익이 되는지 의심하는 이도 있을 거라고 생각한 베르뒤랭 부인은, 큰 소리로 지르면 도리어 자기 입으로 말하는 것의 가치가 떨어지는 줄 아는 사람답게 조용조용하고 날카로운 말투로, "실은 첫날부터 나는 남편에게 말했답니다, 아무래도 꺼림칙하다고요. 우리집에 척 들어선 그의 품이 뭔가 수상하다고요. 우리는 물굽이 안쪽, 지대 높은 곳에 별장을 가지고 있었죠. 아무래도 독일군이 그에게 거기에다 잠수함 기지를 설치하는 일을 맡겼나 봐요. 수상한 일이 한두 가지가 아니었는데 이제야 알겠어요. 이를테면 처음에, 그는 다른 손님들과 함께 기차로 오기를 싫어했어요. 나는 별장 안의 방을 그에게 매우 친절히 내드렸답니다. 그런데 글쎄, 그는 그걸 마다하고 군대가 득실거리는 동시에르에 숙박했죠. 모든 게 스파이 냄새가 물씬 나네요."

샤를뤼스 남작에게 쏠린 첫째 비난, 곧 시대 유행에 뒤진다는 비난에 대해 사교계 사람들은 매우 쉽게 베르뒤랭 부인의 말에 찬성했다. 정말로 그들은 배은망덕한 무리이다. 샤를뤼스 씨는 이를테면 그들의 시인으로, 속된 사교계 분위기 안에 역사를 비롯해 아름다움과 그림과 해학과 가벼운 우아함이 담뿍 섞인 시정(詩情)을 퍼뜨릴 줄 아는 인물이었기 때문이다. 하지만 이 시정을 이해 못하는 사교인들은 그들의 생활 속에서 시정이라는 티끌조차 보지 못하고, 그것을 다른 데서 찾았다. 샤를뤼스 씨보다 훨씬 낮은 사내들로서, 사교계를 깔보는 말을 하고 그 대신 사회학이나 정치·경제학 이론을 강의하는 작자들

---

*1 전하(殿下)라는 뜻의 독일어.

을 샤를뤼스 씨보다 월등하게 높이 치는 것이었다. 샤를뤼스 씨는 몽모랑시 공작부인이 무심코 흘리는 전형적인 말을 소개하거나 그 교묘하게 차린 맵시난 옷차림을 자세히 묘사하면서 부인을 아주 고상한 여인으로서 대접하기를 좋아했다. 그러나 이 몽모랑시 공작부인을 흥미 없는 얼간이로 생각하고, 옷이란 입기 위해 만들어진 것인 만큼 그것에 어떤 주의도 기울이지 않는 척하는 사교계의 가장 지적인 여자들, 데샤넬(Deschanel)이 강연한다는 소리를 들으면 의회이건 소르본이건 가리지 않고 달려가는 그들에게 그런 샤를뤼스 씨는 헐렁이나 머저리로 보였던 것이다.

요컨대 사교계 사람들이 샤를뤼스 씨를 싫어했던 까닭은, 그의 흔하지 않은 지적 가치를 너무 통찰했기 때문이 아니라 결코 깊이 파고들지 않아서였다. 그를 '아방게르'라느니, 시대에 뒤졌다느니 하는 것도, 가치를 판단하는 능력이 없는 사람일수록 유행을 척도 삼아 가치를 정하기 때문이다. 그들은 한 세대에 존재하는 뛰어난 사람들의 가치를 퍼내기는커녕, 그것을 만지려고도 하지 않는다. 그리고 이제는 그 뛰어난 이들을 모두 한 덩어리로 비난해 땅속에 묻으려 한다. 그것이 새 세대의 예의범절이기 때문인데, 이 새 예의범절 또한 뒷날에는 이해되지 않으리라.

친독파(親獨派)라는 두 번째 비난에 대해서 말하면, 사교계 인사들은 중도주의 정신으로 그런 비난을 물리쳤는데, 그 비난의 유별나게 맹렬하고 지칠 줄 모르는 대변자가 되었던 이는 모렐이었다. 그는 신문사와 사교계에도 한자리를 차지하고 있었는데, 그것은 샤를뤼스 씨가 그를 위해 수고를 아끼지 않고 얻어주는 데 성공하고 나서, 나중에 똑같은 노력을 쏟고도 거기서 끌어내리는 데는 성공하지 못했던 자리이다. 그것을 확보한 모렐은 집요한 증오를 불태우며 남작을 괴롭혔다. 이는 잔혹한 짓일 뿐만 아니라 죄악이기도 했으니, 남작과의 관계가 정확히 어떠한 것이든 간에, 남작이 다른 사람들에게는 보이지 않았던 깊은 선량함을 모렐은 몸소 경험했었으니 말이다. 샤를뤼스 씨가 이 바이올리니스트에게 어찌나 관대하고, 어찌나 다정다감하며, 약속을 꼭 지키고자 어찌나 알뜰한 조심성을 보였던지, 남작과 헤어질 때 남작에 대해 샤를리가 가졌던 감상은 악한이라는 느낌은 하나도 없었고(남작의 나쁜 버릇도 고작해야 하나의 병으로밖에 생각하지 않았다), 도리어 지금껏 본적 없을 만큼 고상한 생각을 지닌 이, 감수성이 매우 풍부한 이, 어떤 성자라는 감상이었다.

샤를리는 그 점을 부정하지 않았으므로 남작과의 사이가 틀어진 뒤에도 친척들에게 진심으로 이렇게 말했다. "그분에게라면 댁의 아드님을 맡겨도 괜찮습니다. 그분이라면 아드님에게 더없이 좋은 감화를 줄 테니까요." 그래서 그가 기사를 써서 남작을 괴롭히려고 했을 때, 머릿속으로 비난한 것은 남작의 악덕이 아니라 미덕이었다.

전쟁이 터지기 조금 전부터 이른바 정보통이라 불리는 이들의 눈에 속이 빤히 들여다보이는 짧은 기사가 샤를뤼스 씨에게 악랄한 중상을 퍼붓기 시작했다. 그런 글 가운데 한 가지인 '어느 현학(衒學) 미망인의 불운, 남작부인의 만년'이라는 표제가 붙은 기사가 실린 신문을, 베르뒤랭 부인은 50부쯤 사서 벗들에게 돌렸는데, 베르뒤랭 씨는 볼테르도 이보다 더 잘 쓰진 못한다고 말하면서, 소리 높여 기사를 낭독했다. 전쟁이 터지자 기사의 어조가 변했다. 이제는 남작의 성도착뿐만 아니라, 또한 그의 입으로 말했다는 독일 국적까지 폭로해, '프라우 보슈(Frau Bosch)*1니 '프라우 폰 덴 보슈(Frau von den Bosch)*2니 하는 별명이 샤를뤼스 씨에게 붙게 되었다. 운문으로 쓴 짧은 글 하나는 베토벤의 춤곡에서 '독일 여인(Une Allemande)'이라는 표제를 빌려왔다. 마지막으로 두 기사, '아메리카의 아저씨와 프랑크푸르트의 아주머니', '후방의 색골'은 교정쇄 채로 작은 동아리에서 읽혀, 몹시 기뻐한 브리쇼가 이렇게 소리쳤다. "검열관의 고압적인 강권발동에 의해 가위질을 당하지 않으면 좋으련만!"

기사 내용 그 자체는 우스꽝스러운 제목에 비해 꽤 묘미가 있었다. 문체는 베르고트에게서 유래했는데, 그 내막은 아마 나 말고는 아무도 느끼지 못했을 것이다. 그 까닭인즉 다음과 같다. 베르고트의 글은 모렐에게 아무런 영향을 미치지 않았다. 전파는 아주 특수하고도 참으로 드문 방법으로 이루어졌으므로 그것을 여기에 보고하는 것도 오로지 그 때문이다. 나는 전에 베르고트가 말할 때 낱말을 택하는 투와 그 발음법이 더할 수 없을 정도로 유별났음을 설명한 바 있다. 그런 베르고트를 생루네 집에서 오랫동안 만나왔던 모렐은, 그 무렵 베르고트의 '흉내'를 내어 그 목소리를 빈틈없이 모방하고 베르고트가 택했을 낱말을 그대로 사용했다. 그런데 지금 모렐은 글을 쓰게 되고 나서 그 베르고트풍 대화 투를 종이 위에 곧잘 옮겨 쓰긴 하지만 베르고트와 같은 어

---

*1 독일 아주머니.
*2 독일네 부인.

순 전환은 보이지 않았다. 이제 베르고트와 담소했던 이가 드물어, 사람들은 문체와는 다른 그의 어조를 몰랐던 것이다. 이렇듯 입에서 입으로의 전파는 참 드물어서 여기에 인용해두고 싶었다. 하기야 이런 전파는 열매 맺지 않는 꽃밖에 피우지 못하지만.

신문사 편집국에 있는 모렐의 혈관 속에는 프랑스인의 피가 콩브레의 포도 즙처럼 끓고 있는데, 전시 중 이런 편집실에 있다니 한심하다고 생각하여, 베르뒤랭 부인이 그를 설득해 파리에 남아 있도록 온갖 수를 다 썼는데도 군에 지원해버렸다. 물론 그녀는 캉브르메르 씨가 그 젊은 나이에 참모부에 들어가 있는 데에 화를 냈고, 그녀의 집에 오지 않는 남자들은 모두 비겁자를 욕하듯 "그는 또 어디에 파고들어가 숨어 있다지?" 말하곤 했다. 그 남자라면 개전 첫날부터 최전선에 나가 있다고 옆에서 말해도, 자기가 터무니없는 말, 엉뚱한 말을 하고 있다는 생각은 도무지 하지 않고 아무런 가책 없이 이렇게 대답했다. "어머, 그럴 리가 없어요, 파리에 꼼짝 않고 있어요, 어차피 위험이래 봤자 장관을 이리저리 끌고 다니는 것 정도겠죠. 내 말은 틀림없어요, 그를 직접 본 사람에게서 들은 말이니까요." 그러나 자기 집 신도들 문제라면 사정은 달라져서, 그들을 출정시키고 싶지 않은 만큼, 그들이 자기를 버려두고 가는 전쟁을 무슨 큰 '골칫거리'처럼 생각했다. 그래서 그들이 파리에 남을 수 있도록 갖은 수단을 다 썼다. 그들이 있어만 준다면 그들을 만찬에 초대할 수도 있고, 도착하기 전이나 돌아간 뒤에 그들의 비겁함[3]을 헐뜯으며 이중의 즐거움을 맛볼 수 있을 테니까. 하지만 그러기 위해서는 신도들이 이런 출정 도피에 응해주어야 한다. 그래서 모렐이 고집을 부려 거기에 응할 눈치를 안 보이자, 그녀는 어찌할 바를 몰라서 그에게 다음과 같은 수다를 길게 보람 없이 늘어놓았다. "아무렴요, 당신이 편집국에 근무하는 게 나라를 위한 길이죠, 일선에 있는 이상으로요. 필요한 건 나라에 도움이 되는 거예요. 진정한 의미로 전쟁에 참가하여, 일부가 되는 거죠. 그야 그런 사람도 있는 반면, 그저 후방에 숨어 하는 일 없이 지내는 사람도 있어요. 그런데 당신 경우는 전쟁에 함께하고 있어요, 안심하세요. 다들 그 점을 알고 있으니, 당신에게 돌 던질 이는 한 사람도 없어요." 다른 사정에서도 이와 같아, 이를테면 아직 사내의 수가 그토록 적지 않

---

[3] 전쟁에 나가지 않는 사실을 가리키는 말.

았던 무렵, 지금처럼 주로 여인만을 초대하지 않아도 괜찮았던 무렵에도, 신도인 한 사내가 그 어머니를 여의거나 하면, 그녀는 망설임 없이 부디 사양 말고 계속해서 자기 집 연회에 오라고 설득했다. "슬픔은 가슴속에 묻어두세요. 그야 무도회에 가시려고 한다면야(그녀는 무도회를 열지 않았다) 내가 첫 번째로 말리겠어요. 하지만 여기에, 나의 소소한 수요일 모임에 오시거나 극장의 내 특별석에 오신들 누가 놀라겠어요. 다른 분들도 당신이 슬퍼하고 계시는 줄 잘 아니까……." 이제는 남자의 수도 더 줄어들고 초상도 더 빈번해진 만큼, 그런 핑계를 내세울 필요도 없이 전쟁이라는 말만으로 충분했다. 베르뒤랭 부인은 파리에 남은 자들에게 매달렸다. 그녀는 그들에게 파리에 남아 있는 편이 더욱더 프랑스에 유익하다는 점을 이해시키고 싶었다. 전부터 그들한테, 죽은 자들도 당신이 심심풀이를 하는 걸 보면 더 기뻐할 거라고 딱 잘라 말했듯이. 하여간 찾아오는 남자의 수가 적었다. 그러니 이제는 샤를뤼스 씨와 돌이킬 수 없는 불화를 이루고 만 것에 대해 그녀가 이따금 후회하고 있는지도 몰랐다.

그러나 샤를뤼스 씨와 베르뒤랭 부인이 서로 교제를 끊고 있지만, 그들은 아무런 변화도 일어나지 않았다는 듯이 전과 같은 생활을 계속하여, 베르뒤랭 부인은 손님을 초대하고, 샤를뤼스 씨는 쾌락을 찾아다니고 있었다. 물론 그 속에 크게 중요치 않은 자잘한 변화가 없는 건 아니다. 이를테면 베르뒤랭 부인의 집에, 코타르가 지금은 아이티 섬 제독의 군복과 흡사한 '꿈의 섬' 대령 군복 차림으로 초대에 참석했는데, 그 위에 걸친 푸른 하늘빛 폭넓은 리본은 '마리아의 어린이들' 리본을 떠올리게 했다. 한편 샤를뤼스 씨는, 이제껏 그의 흥미 대상이던 성숙한 사내들이 자취를 감추고 만 거리를 어슬렁거리면서, 본국(프랑스)에서는 여성을 좋아하던 사내들이 식민지에 살게 되면 하는 어떤 행동을 취하게 되었다. 곧 처음에는 어쩔 수 없이 소년을 상대하다가 그것이 어느새 습관이 되고 만 것이었다.

하지만 베르뒤랭 부인 살롱의 특징은 재빨리 자취를 감추었다. 오래지 않아 신문에 따르면 코타르가 '적과 직면하여' 죽었기 때문인데, 그는 파리를 떠나지 않았지만, 나이에 비해 지나치게 몸을 혹사시켰다. 이윽고 베르뒤랭 씨가 그 뒤를 따랐는데, 그의 죽음을 슬퍼한 사람은 놀랍게도 엘스티르였다. 나는 오래전부터 그의 작품을 단호한 관점에서 연구해왔다. 그런데 엘스티르는 늙어감에 따라서 일찍이 자기에게 모델을 제공했던 사회—인상(印象)의 연금

술에 의하여 그의 내부에서 예술작품이 되어 그에게 관객을 제공해주었던 사회—에 대하여 그 작품을 미신적으로 연관시키게 되었다. 그는 처음에 중후한 미의 전형을 엘스티르 부인에게서 발견하고 그것을 자기 그림이나 장식 융단에 추구하고 어루만졌는데, 그와 같이 미의 주요한 부분은 물건 속에 있다는 유물론적 생각 쪽으로 기울기 시작한 그는 의복의 유행 따위와 같이 사회의 일부를 이루면서도 허망하게 바뀌고 소멸되기 쉬운 외곽—하나의 예술을 육성하고, 그 예술의 정통성을 증명한 사회의 외곽—의 마지막 흔적이 베르뒤랭 씨의 죽음과 함께 사라지는 광경을 보았던 것이다. 마치 대혁명이 18세기의 우아함을 파괴하여 〈풍류 있는 향연〉의 화가를 비탄케 하고, 몽마르트르와 물랭 드 라 갈레트의 소멸이 르누아르를 슬프게 했을지도 모르듯. 하지만 엘스티르가 특히 베르뒤랭 씨의 죽음으로 말미암아 사라졌다고 생각한 것은 그림에 대하여 가장 옳은 시각을 지녔던 그의 눈과 두뇌였다. 그의 그림은 베르뒤랭 씨의 시각 속에 그리운 추억의 상태로 안치되고 있다고나 할까. 확실히 그림을 애호하는 젊은이들이 나타나고 있었지만, 그것은 지금까지와 다른 그림이었다. 그들은 스완이나 베르뒤랭 씨처럼, 엘스티르를 옳게 판단토록 하는 휘슬러에게서 취미를 덕으로 기르고 선으로 나아가게 하는 가르침을 받지 못했고, 모네에게서 진리를 배우지도 못했다. 그러므로 엘스티르는 베르뒤랭 씨와 몇 년 전부터 사이가 틀어져 있었음에도 그의 죽음에 한결 외로움을 느꼈다. 그로서는 마치 자기 작품의 아름다움 일부가 이 우주에 존재하는 그 아름다움에 대한 얼마간의 의식과 함께 소멸한 듯싶었다.

샤를뤼스 씨의 쾌락에 일어난 변화는 간헐적이었다. '전선'과 수많은 서신을 주고받고 있었으므로 그에게는 휴가에서 돌아온 성숙한 나이의 병사들이 충분히 있었다.

내가 남의 말을 곧이들을 때였다면, 먼저 독일이, 다음에 불가리아가, 다음에 그리스가 주장하는 그 평화 의사를 듣고, 그걸 믿고 싶었을 거다. 그러나 알베르틴이나 프랑수아즈와 함께 생활하면서, 그녀들이 입 밖에 내지 않는 사념이나 계획을 마음속에 품고 있지 않나 하고 의심하는 데 익숙해진 뒤로, 나는 표면상으로만 옳은 빌헬름 2세나 불가리아의 페르디난드 왕, 그리스의 콘스탄틴 왕의 말에 속지 않고, 본능에 따라 그들이 저마다 뭘 꾸미고 있는지 알아챘다. 물론 프랑수아즈나 알베르틴과의 내 말다툼은 개인적인 다툼에 지나지 않으며, 한낱 인간이라는 이 작은 정신적 세포의 생활에만 관계되는 것이었다. 하지만 동물의 몸, 인간의 몸이 있듯이, 하나하나의 세포 처지에서 볼 때 몽블랑처럼 커다란 세포의 집합체가 있듯이, 국가라 불리는 개인으로 조직된 커다란 무더기도 있다. 무더기로서의 국민 생활도 그것을 구성하는 세포의 생활을 확대하여 되풀이한 것에 지나지 않는다. 그리고 세포의 신비·반응·법칙을 이해하지 못하는 인간은 민족간의 투쟁을 말하더라도 한낱 공허한 말밖에 못 하리라. 그러나 개인의 심리에 능통하다면 그의 눈에는, 서로 정면으로 대립하는 국가라는 이 두 덩어리는 오로지 두 성격의 갈등에서 생긴 싸움보다 더 강렬한 아름다움을 띠리라. 그때, 이 두 커다란 집합체는 1밀리미터 정육면체를 채우는 데에 1만 마리 이상이 필요한 섬모충이 키 큰 인간의 몸을 볼 때만한 크기로 확대되어 보이리라. 이와 같이 얼마 전부터 다양한 형태의 수많은 작은 다각형으로 주변까지 꽉 찬 프랑스라는 커다란 존재와 더 많은 다각형으로 꽉 찬 독일이라는 존재가 서로 싸움을 하고 있는 것이었다. 하지만 이 두 거구의 충돌에서 생기는 헤아릴 수 없는 권투 시합도, 그 법칙은 분명 생루가 나한테 설명한 원리에 따르고 있었다. 그리고 개인이라는 관점에서 이 두 거구를 보더라도, 그것은 또한 커다란 집합체이기 때문에 그 싸움은 웅장한 양상을 띤다. 마치 험한 해안선의 아주 오래된 절벽을 무너뜨리려고 수백만 파도를 휘몰아치는 늠실거리는 대양처럼, 또는 느릿하고 파괴적인 진동으로 둘러싸고 있는 산의 외곽을 무너뜨리려 하는 거대한 빙하처럼.

그럼에도 이 이야기에 나온 수많은 인물은 거의 변함없는 생활을 계속하고 있었다. 특히 샤를뤼스 씨와 베르뒤랭 부부는 마치 독일군이 그토록 자기들 가까이에 와 있지 않은 듯했다. 당장은 괜찮다고 하더라도 위험은 끊임없이 닥쳐오고 있다. 그런데도 우리는 그 위험을 생생하게 생각해보지 않는 한, 전혀 아랑곳하지 않기 마련이다. 알맞게 조절하며 위축시키는 힘을 가하지 않으면 섬모충의 번식은 더할 수 없는 정도에 다다를 것이니, 다시 말해 섬모충이 며칠 사이에 수백만 마리를 껑충 뛰어 1밀리미터 정육면체에서 태양의 백만 배만한 덩어리가 되고, 동시에 우리가 살아가는 데에 필요한 산소와 기타 물질을 모두 파괴할 터이니, 그렇게 되면 인류도 동물도 지구도 멸망할 것이다. 그러나 사람들은 보통 그런 것은 전혀 생각지 않고 쾌락만을 좇는다. 또는 태양의 영원히 변하지 않는 겉모습 속에 숨은 광폭하고 끊임없는 활동에 의하여 대기 속에 어떤 돌이킬 수 없는 참사가 일어날 수도 있지만 이런 사실 따위에는 도무지 유념하지 않는다. 그것이 우리 주위에 떠도는 우주적 위협을 알아차리게 하기에는, 하나는 너무나 작고 또 하나는 너무나 커서, 사람들은 저마다의 일에 몰두하느라 그것을 알아채지 못한다.

그와 같이 베르뒤랭 부부는(오래지 않아 베르뒤랭 씨가 죽자 베르뒤랭 부인 혼자서) 만찬회를 계속해 베풀고 샤를뤼스 씨는 그 쾌락을 찾아다녔다. 독일군이—끊임없이 새로 치는 피로 물든 방어선 때문에 교착상태에 빠져 있지만—파리에서 자동차로 한 시간 걸리는 곳에 있음은 거의 마음속에 두지 않았다. 베르뒤랭 부부가 그 점을 생각하고 있었다고 반론하는 이도 있으리라. 그들이 정치적인 살롱을 갖고, 거기서 매일 밤 육군의 상황뿐만 아니라 함대의 상황마저 논의하고 있었으니까. 사실 그들은 전멸한 연대와 바다에 삼켜진 엄청난 희생자들을 생각했다. 하지만 어떤 역작용이라는 게 있어서, 우리는 우리의 안락한 생활에 관계되는 것을 몹시 확대하고, 그것에 관계되지 않는 것을 어마어마하게 축소하게 마련이라, 모르는 사람이 몇백만 명이 죽더라도 거의 우리 귀를 간질이지 못하며, 창 구멍 사이로 부는 바람만큼의 감촉도 느끼지 못한다.

베르뒤랭 부인은 편두통 때문에 밀크커피에 담가 먹는 크루아상을 손에 넣지 못해 괴로워하던 차, 마침내 전에 말한 적 있는 어느 식당에서 그것을 특별 주문하여 만들게 하는 처방을 코타르에게서 얻게 되었다. 그와 같이 당국의 허가를 얻기란 장군으로 임명되는 일만큼이나 어려웠다. 신문이 루시타니아(Lusitania) 호의 조난[1]을 보도한 날 아침, 베르뒤랭 부인은 그 크루아상을 다시 손에 넣었다. 빵을 밀크커피에 찍으면서, 손에서 빵을 놓지 않아도 되도록 다른 손으로 신문을 넓게 펼칠 수 있게 살짝 퉁기면서 그녀는 말했다. "어머 무서워라! 이 무서움에 비하면 아무리 지독한 비극도 비극이 아니야." 그러나 이 모든 조난자의 죽음도 그녀에겐 그 10억 분의 1로 줄어들어 보였을 게 틀림없다. 왜냐하면 빵을 입안 가득 베어물고 비통한 사념을 하고 있는 그녀의 얼굴에 나타난 표정은, 편두통에 썩 잘 드는 크루아상 맛 때문인지, 오히려 감미로운 만족의 표정이었으니까.

---

[1] 영국의 호화여객선인 루시타니아호가. 1915년 5월 7일에 대서양 항해 중 독일 잠수함에 의하여 격침되면서 1,195명이 익사한 사건.

샤를뤼스 씨의 경우는 좀 사정이 다른데, 그쪽은 더욱 고약했다. 그는 프랑스의 승리를 열렬히 바라지 않을 뿐 아니라, 털어놓고 말하지는 않으나 독일이 승리를 못할망정 적어도 모두가 바라듯이 잘게 부서지지는 않기를 바라고 있었다. 까닭인즉, 이런 싸움에서는 국가라 불리는 개인의 대집단이 어느 정도 개개인과 마찬가지로 행동하기 때문이다. 국가를 인도하는 논리는 아주 내적인 것이고, 또 아들과 아버지, 식모와 마님, 아내와 남편의 싸움처럼, 사랑싸움 또는 집안싸움으로 대립하는 사람들의 논리와 마찬가지로 언제나 열정에 좌우된다. 틀린 논리도 옳다고 여기고—독일의 경우가 그렇듯이—옳은 논리도, 때때로 제 열정에 서로 일치하므로 반론의 여지가 없다고 생각하는 의견을 정당한 논리로 쳐드는 것에 지나지 않는다. 이와 같은 개인간의 싸움에서 어느 한쪽을 옳다고 생각하려면, 그쪽에 가담하는 것이 가장 확실한 방법이니, 그저 구경만 하다가는 그처럼 단호하게 한쪽의 정당성을 인정할 수는 없는 법이다. 그런데 개인이 정말 국가의 일부라면, 개인은 국가라는 개체의 한 세포에 지나지 않는다. 국민을 기만한다, 이는 전혀 무의미한 말이다. 프랑스인에게 너희는 패배할 거라고 말해도, 너희는 독일의 베르타(bertha) 대포에 죽고 말 거라는 말을 들을 때와 마찬가지로 아무도 절망하지 않으리라. 참된 기만은, 자기가 진정으로 국가의 살아 있는 팔다리일 경우, 그 국가의 생존 본능의 한 형태인 희망이라는 것으로, 자기 자신에게 하는 것이다. 독일이라는 개체의 주장 중 옳지 않은 점에 대해 눈을 감으려면, 또 프랑스라는 개체의 주장 중 옳은 점을 늘 인정하기 위해서는 어떻게 해야 하는가. 독일인은 옳고 그름의 판단을 갖지 않고, 프랑스인은 그것을 갖는 일만이 가장 확실한 방법은 아니다. 양쪽 모두에게 확실한 방법은 서로가 애국심을 갖는 일이다.

샤를뤼스 씨는 드문 덕성을 소유하고, 연민의 정에 좌우되기 쉬우며, 관대하고, 애정과 헌신의 능력을 갖추고 있는 반면에, 여러 가지 이유로—어머니가 바바리아의 공작부인이라는 이유도 한몫하고 있는지 모르지만—애국심이 없었다. 따라서 그는 프랑스라는 개체에도 독일이라는 개체에도 속해 있었다. 나도 애국심이 없었다면 자신을 프랑스라는 개체의 세포 중 하나라고 느끼지 못하고, 두 나라 사이의 싸움을 판단하는 방법도 이전과 달랐을 거라고 생각한다. 어렸을 적에 나는 남의 말을 그대로 곧이 믿었는데, 그때였다면 독일 정부가 성실하게 주장하는 내용을 듣고 아마도 일말의 의심도 품지 않았을 거다.

그러나 오래전부터 나는 우리의 여러 생각이 우리의 말과 늘 일치하지 않음을 알고 있다. 나는 어느 날 계단의 창가에서 꿈에도 생각지 않던 샤를뤼스 씨의 일면을 발견했을 뿐만 아니라, 특히 프랑수아즈에게서, 또한 슬프게도 알베르틴에게서 말과는 정반대인 판단과 꿍꿍이속을 보아왔다. 그러므로 한낱 방관자로서도, 표면상으로는 옳은 독일 황제와 불가리아 왕의 말에 속지 않고, 알베르틴의 경우와 마찬가지로 그들이 뭘 꾸미고 있는지 내 본능이 알아챘을 것이다. 그렇지만 결국 내가 당사자가 아니었다면, 내가 프랑스라는 당사자의 일부분이 아니었다면 어떻게 했을지는 다만 가정할 수밖에 없다. 이를테면 알베르틴과 싸웠을 때, 내 침울한 눈길과 막힌 목구멍은 기를 쓰고 자신의 상황을 지키고자 하는 나라는 개체의 일부가 되었으며, 그런 때 나는 그냥 보고만 있을 수는 없었다. 샤를뤼스 씨의 방관은 아무런 결점이 없었다. 그런데 그가 순수 프랑스 사람이 아닌 몸으로 프랑스에 살고 있으니까, 방관자에 지나지 않는 이상 친독파(親獨派)가 될 수밖에 없다. 그는 매우 영리한 인간이었지만, 어느 나라든지 바보들이 가장 많은 법이다. 만약 그가 독일에 살았다면, 옳지 못한 처지를 바보스런 열정으로 옹호하는 독일의 바보들에게 화냈을 게 틀림없다. 그러나 프랑스에 살고 있는 그는, 옳은 처지를 바보스런 열정으로 옹호하는 프랑스의 바보들에게 화가 났다. 열정의 논리는 가장 정당한 것에 적용되는 경우라도 냉정한 인간의 비난을 면치 못한다. 샤를뤼스 씨는 애국자들의 틀린 이론을 하나하나 교묘하게 지적해 나갔다. 옳은 처지에 만족하거나 성공을 확신하고 있는 얼간이는 특히 참을 수 없다. 샤를뤼스 씨는, 독일과 독일의 힘을 알지도 못하는 그들의 의기양양한 낙관주의가 역겨웠다. 그 사람들은 달마다 다음달에야말로 독일이 잘게 나뉘리라 믿고, 1년이 지나도 새로운 예상에 대한 확신을 여전히 버리지 않았으며, 지금까지 몇 번이나 빗나간 예상에 그처럼 확신을 품고 있었다는 사실 따위는 까맣게 잊은 듯이 천연덕스럽게 새로운 예상을 내놓는다. 그리고 남이 그 점을 지적하면, 그것과 이것은 다르다고 말한다. 그런데 샤를뤼스 씨는 생각이 깊은 사람이었으므로, 이를테면 예술 분야에서 마네를 헐뜯는 사람들이 "그와 똑같은 말을 들라크루아도 들었지요" 하고 지적당하면 "그것과 이것은 다릅니다" 반발하는 것을 이해할 수 없으리라.

또한 샤를뤼스 씨는 연민의 정이 깊어, 상대를 패배자라고 생각만 해도 가

승이 아팠다. 늘 약자 편이고, 신문에서 재판 기사를 읽지 않는 까닭도 유죄선
고를 받은 자의 고뇌를 절실히 느끼지 않기 위함이며, 재판관이나 형집행인이
나 '심판 종결'을 보고 좋아라 하는 군중을 모두 때려죽이지 못하는 게 한스러
웠기 때문이다. 아무튼 이제는 프랑스가 패배하지 않을 게 확실했고, 그 대신
에 굶주림에 허덕이는 독일이 언젠가는 무조건 항복하고 말리라는 사실도, 그
는 알고 있었다. 이 생각 또한 그가 프랑스에 살고 있다는 사실에 의하여 더
한층 그의 마음을 언짢게 만들었다. 독일에 대한 그의 추억은 뭐니뭐니해도
아득한 지난날의 일인데, 한편 이제 역겨운 기쁨을 가지고 독일의 멸망을 지
껄이는 프랑스인으로 말하면 그가 그 결점을 잘 알고 있는, 꼴도 보기 싫은 낯
짝을 한 녀석들이었다. 그런 경우 우리는 바로 옆에서 비속한 일상생활을 보내
는 이들보다, 모르는 인간, 공상 속의 인간 쪽을 더욱 동경하게 마련이다. 다만
우리가 우리 주위의 인간과 동화되어 완전히 하나가 되는 경우는 그렇지 않다.
애국심이 이런 기적을 행하여, 우리는 사랑싸움에서 자기 자신을 옹호하듯이
자기나라를 옹호한다.

그러므로 샤를뤼스 씨로서는 전쟁은 증오를 엄청나게 증식하는 배양지였
다. 그 증오는 한순간에 그의 마음속에 생겨나 매우 짧게 지속될 뿐이었지만,
그동안 그는 온 광포를 다 부렸다. 신문을 펼치면 매일같이, '궁지에 몰린 야수,
이미 무력화'라고 거꾸러진 독일의 모습을 우쭐대며 표현하고 있지만, 실제 상
태는 그와 정반대였으므로, 이런 기사의 그 기세등등한 잔인스러운 어리석음
이 샤를뤼스 씨를 분노케 했다. 그 무렵 신문은 지면 일부에 저명인사들의 집
필 원고를 싣고 있었는데, 저명인사들이란 브리쇼·노르푸아·모렐·르그랑댕 같
은 이들로, 그들은 거기에서 '언론 보국' 하는 방편을 얻고 있었다. 샤를뤼스 씨
는 그들과 만나서 신랄하기 짝이 없는 비꼬기를 퍼붓는 걸 꿈꾸고 있었다. 평
소 이상성욕에 대해 남달리 능통한 그인지라, '약탈 제국들'의 여러 제왕이나
바그너 등이 그런 결함을 갖고 있음을 좋아라 폭로하는 놈들이야말로, 자기
딴에는 남들이 모르거니 생각하지만 실제로는 스스로가 그런 결함의 소지자
라는 걸 거울 보듯 알고 있었다. 그는 그런 놈들과 맞서 여러 사람 앞에서 놈
들의 악습을 까발려, 패배자를 모욕하는 그들을 숨통이 끊어질 정도로 욕보
이고 싶어 몸이 달 지경이었다.

또한 샤를뤼스 씨에겐 이런 친독자가 되기에 더 특수한 이유가 있었다. 그

중 하나는 오랫동안 상류 사회의 인간으로서, 수많은 상류 사교인, 고귀한 이들, 명예심이 강한 이들, 무뢰한과는 손잡지 않을 이들의 틈에 끼여 살아와서, 그들의 까다로운 성미와 냉혹함을 너무도 잘 알기 때문이다. 그들이 클럽에서 마음에 들지 않는 남자를 내쫓거나 도전해오는 결투를 거절하거나 해도 그 남자가 흘리는 눈물에 무감각했고, 그러한 '도덕적인 결벽'에서 나온 행위가 사회에서 고립된 상대방의 어머니를 죽게 해도 그 사실에 무감각하다는 사실을 잘 알고 있었다. 샤를뤼스 씨는 영국에 대하여, 또한 그 영국이 참전했을 때의 훌륭한 태도에 대하여 감탄의 정을 품고 있음에도, 결점 없고 거짓말 못하며, 독일에 밀과 우유가 못 들어가게 봉쇄한 영국이라는 나라가 좀 명예심이 강한 국민, 결투 참관인, 면허장이 있는 중개인 같은 국민이라는 생각이 들었다. 반대로 도스토예프스키의 작중인물같이 결점투성이 무뢰한 쪽이 더 훌륭한 경우가 있음을 그는 알고 있었다. 그러나 나는, 도스토예프스키의 작중인물은 거짓말을 하거나 남을 속여도 그 착한 마음씨가 예측되나, 독일인이 그런 마음씨를 나타냈다고는 생각되지 않았으므로, 그가 이 둘을 동일시하는 까닭을 이해할 수 없었다.

더욱이 샤를뤼스 씨의 이와 같은 친독 감정은 참으로 기괴한 반작용 때문이었으니, 그 '샤를리의 영향'에 기인한 것이었다. 그는 독일인을 몹시 추하다고 생각했는데, 아마도 그의 혈통에 너무 가까웠기 때문이리라. 그는 모로코인을 꽤 좋아했고, 특히 앵글로색슨인이라면 그리스의 거장인 피디아스가 조각한 살아 있는 석상을 보는 것처럼 사족을 못 썼다. 그런데 그에게서 쾌락은 반드시 어떤 잔혹한 관념을 뒤따르게 했으니, 그즈음 나는 그 관념이 어떠한 힘을 갖고 있는지 알지 못했다. 그는 자기가 사랑하는 사나이가 이루 말할 수 없이 정다운 사형집행인처럼 보였던 것이다. 그는 독일인의 반대편에 가담하면, 자신이 육욕에 탐닉할 때만 보이는 행동을 하는 것 같았다. 곧 자기의 타고난 동정심과는 반대 방향으로 내달리듯이, 악덕에 홀려 유혹에 육욕을 불태우고 추악한 미덕을 짓밟는 듯이 생각했으리라. 라스푸틴(Rasputin)[1]이 암살당했을 때도 마찬가지였다. 물론 이 암살이 사람들을 놀라게 한 까닭은 러시아적인 색채가 매우 강한 특징을 도스토예프스키식 만찬에서 발견했기 때문이다

---

[1] 러시아의 성직자(1872~1916). 니콜라이 2세와 황후 알렉산드리아의 총애를 믿고 방종하게 굴다가 암살됨.

(이 경우에, 샤를뤼스 씨가 완전히 이해하는 사실을 만약 일반 사람들도 똑같이 이해했다면 그 인상은 한층 강했을 것이다). 아무튼 우리는 인생에 환멸을 느끼는 수가 많으므로, 문학이 인생과 아무런 관계도 없는 허구라는 생각을 하고 있는 만큼, 소설에 제시된 귀중한 사상이 조금도 왜곡될 염려 없이 버젓이 자연스럽게 일상 한복판에 드러나는 걸 보면, 이를테면 러시아에서 일어난 사건 같은 만찬·암살 등에 나타난 자못 러시아적인 걸 보면 사람들은 소스라치게 놀라는 것이다.

전쟁은 끝없이 이어지고 있었다. 이미 몇 년 전에 확실한 소식통에게 들었다면서 평화 담판이 시작되었노라고 알리며 조약의 조항까지 늘어놓은 적이 있던 사람들은 그 틀린 정보의 변명을 하는 수고조차 하지 않았다. 그들은 그 일을 까맣게 잊고 진지하게 다른 정보를 퍼뜨리고 있었는데, 이 또한 금세 잊어버리리라. 고타의 공습이 줄기차게 있던 때였다. 경계하는 프랑스 비행기의 요란한 소리가 끊임없이 공기를 진동시켜 갈가리 찢고 있었다. 그러나 이따금 사이렌이 발키리의 비통한 외침처럼—전쟁이 일어난 뒤에 듣는 유일한 독일 음악—울렸다가, 이윽고 소방수가 경보가 끝났음을 알린다. 그와 동시에 경보 해제 신호가 마치 보이지 않는 신문팔이 소년처럼 일정한 간격을 두고 좋은 소식을 전하면서 기쁨의 고함을 공중에 던진다.

전쟁 전에 군국주의자였으며, 특히 프랑스에 군국주의 기풍이 충분치 못함을 비난했던 브리쇼 같은 이들이 지금은 독일의 지나친 군국주의를 비난하는 것만으로 부족해서 그 군대에 대한 찬미까지 비난하는 걸 보고, 샤를뤼스 씨는 깜짝 놀랐다. 그들은 독일에 대한 전쟁을 늦추는 사태에 이른다면 순식간에 의견을 바꿔 마땅히 평화주의자를 헐뜯을 게 틀림없다. 그러나 지금 브리쇼는, 나빠진 시력을 무릅쓰고 여러 중립국에서 발간한 저술에 대한 논평을 강연에서 맡았을 때, 용기병을 보고서 그것에 상징적인 찬미의 정을 품는 두 어린이를 군국주의의 씨앗으로 야유한 스위스 소설을 격찬했다. 용기병을 매우 아름답다고 생각하는 샤를뤼스 씨는 이 야유 말고도 다른 이유 때문에 못마땅했다. 애당초 남작이 읽지도 않은 책에 대해 브리쇼가 감탄하는 까닭을 남작이 알 리 없지만, 어쨌든 전쟁 전에 브리쇼가 내세우던 정신과는 아주 다른 그 책의 정신을 무엇 때문에 찬양하는지 샤를뤼스 씨는 알 수가 없었다. 전쟁 전의 브리쇼는 군인이 하는 일이라면 모두 옳다고 생각했으므로, 부아데프르 장군의 불법이나, 파티 드 클랑 대령의 왜곡과 교활한 술책이나 앙리 대령의 문서 조작도 문제가 아니었다. 그러던 것이 도대체 어떤 엄청난 방향 전환이 있었는지(라고 하나 사실인즉, 반군국주의 경향이던 드레퓌스파에 맞서 군국주의자가 싸운 때의 더할 나위 없이 고상한 애국적인 열정의 다른 면에 지나지 않고, 지금은 그로 말미암아 초군국주의인 게르만 제국과 싸우고 있는 이상 반군국주의가 될 수밖에 없었다) 브리쇼는 이렇게 외쳤다. "오오, 폭력의 본보기인 용기병 숭배밖에 아무것도 모르는, 난폭함이 가득한 세기의 젊은이들 관심을 끌기에 알맞은, 이 아니 현묘한 광경이냐! 이와 같은 야만스런 폭력 숭배 속에 자라난 세대의 젊은이들이 앞으로 얼마나 비열한 오합지졸이 될지 뻔하고도 환하다! 그래서 슈피텔러(Spitteler)*¹는 이 추악한 군국주의 개념에 대항하고자, 그가 작품 속에서 '미친 학생'이라고 부른 놀림받고 욕먹는 고독한 몽상가—작가가 슬프게도 시대에 뒤지고, 고대 신들의 잔인한 통치가 파괴되지 않는다면 이윽고 잊힐지 모르는 평화 시대의 숭배할 만한 부드러움을 매혹적으로 구상화한 몽상가—를 깊은 숲 속으로 쫓아냈다."

"여보게." 샤를뤼스 씨가 나에게 말했다. "자네도 잘 아는 코타르와 캉브르메르는 만날 때마다 독일에는 심리 통찰이 너무나 모자라다고 나에게 이러쿵저러쿵 한단 말씀이야. 우리끼리 얘기지만, 그 두 사람이 지금껏 심리라는 것에 관심이나 두었냐 말이야. 아니, 지금도 그런 증거를 보일 수 있다고 생각하나? 절대 과장한 말이 아닐세. 니체나 괴테 같은 위대한 독일인에 대해서도 코타르가 '튜턴(Teuton)*²족 특유의 심리 통찰의 결여에 의해'라고 말하는 걸 들을 수 있지. 그야 전쟁 중이니까 그것보다 고통스러운 게 많지만, 터놓고 말해 그런 말이 내 신경을 긁는다 이 말씀이야. 노르푸아 쪽은 더 현명하지. 그 점을 나도 인정하네. 다만 처음부터 죽 뚱딴지 같은 소리나 해대지만 말이야. 그런데 세상을 떠들썩하게 한 그 논설은 도대체 뭐지? 자네도 나처럼 브리쇼의 값어치를 잘 알 테지. 그가 속한 작은 성당에서 내가 떨어져나와 분파를 이룬 뒤로 그리 자주 만나지는 않으나, 나는 그를 썩 아끼네. 아무튼 나는 능변가이자 학식 높은 담임 교사를 어느 정도 존경해. 솔직히 말해 그 나이에, 그토록

---

*1 스위스의 시인이자 소설가(1845~1924). 《올림피아의 봄》으로 1919년 노벨 문학상을 받음. 특히 로맹 롤랑과는 친교가 돈독했음.
*2 게르만 민족의 한 갈래로서 엘베 강 북쪽에 살았고, 기원전 110년쯤 로마를 공격한 민족.

쇠약한 몸으로—몇 년 전부터 쇠약한 게 눈에 띄었으니까—나라를 위해 그의 말마따나 '봉사'를 다시 시작했다니 눈물겨운 일일세. 하지만 선의와 재능은 별개의 것으로, 브리쇼에게는 재능이라는 게 없어. 그야 나도 이번 전쟁의 어떤 위대성에 대해서는 그와 마찬가지로 찬탄하는 바일세. 그런데 역사적인 궁전보다도 노동자의 부엌이나 광산에서 더 많은 시를 찾아낸 졸라와, 또 디드로를 호메로스 위에 놓고 바토를 라파엘로보다 높이 치는 공쿠르에 대하여 갖은 야유를 다 퍼부은 브리쇼 같은 맹목적 고대파가, 테르모필레(Thermopylae)*¹나 아우스터리츠의 싸움마저도, 보쿠아(Vauquois)*² 전투에 비하면 아무것도 아니라고 자꾸만 우기는데, 그런 점이 사실 기묘하다면 기묘하단 말씀이야. 게다가 지금까지는 문학이나 예술의 현대파 작자들에게 저항하던 대중이, 이번에는 전쟁의 현대파에 대해서는 고분고분하지. 그것이 지금 유행하는 사고방식이기 때문이고, 또 옹졸한 정신은 아름다움이 아니라 거창한 규모에 압도당하고 말기 때문일세. 요즘은 아주 크다는 말을 콜로살(kolossal)*³이라고 k자를 쓰는 모양인데, 결국 우리가 그 앞에 무릎을 꿇는 존재는 바로 커다란(colossal) 거지. 브리쇼 얘기가 나왔으니 말이지만, 모렐을 만나봤나? 들리는 말로는 나를 만나고 싶어한다던데. 그렇다면 그 녀석이 첫걸음을 디뎌야지, 녀석보다 나이 많은 내가 시작해야 쓰나."

공교롭게 다음 날—미리 말해두자면—샤를뤼스 씨는 거리에서 모렐과 마주쳤다. 모렐은 샤를뤼스 씨의 시샘을 자극하기 위해 그의 팔을 잡고서 있는 일 없는 일을 멋대로 지껄였는데, 얼빠진 샤를뤼스 씨가 오늘 밤은 옆에 있어달라고, 다른 데 가지 말라고 말하자, 상대는 친구를 하나 발견하고는 샤를뤼스 씨에게 얼른 작별을 고했다. 약이 오른 샤를뤼스 씨가 물론 실행에 옮길 리 없으나, 공갈로라도 모렐을 붙잡고 싶은 마음에서, "두고 봐, 복수할 테니" 말하니까, 모렐은 웃어대면서 깜짝 놀란 친구의 목을 토닥토닥 두드리며 허리를 안듯이 하고 떠났다.

물론 샤를뤼스 씨가 모렐에 대해서 내게 한 말은 애정이—남작의 애정은

---

*1 그리스 중동부에 있는 고개로서, 기원전 480년 페르시아군과 그리스 연합군 사이의 전쟁에서 스파르타의 레오니다스 왕과 병사들이 전멸한 곳.
*2 프랑스 북동부 뫼즈 지방에 있는, 제2차 세계대전 당시의 접전 지역.
*3 독일어로 '커다란'이라는 뜻을 지닌 형용사. 프랑스어로는 colossal임.

아주 끈질긴 게 틀림없지만―얼마나(상상력을 부추기며 감정을 날카롭게 하는 동시에) 남을 쉽게 믿고 자부심을 잃게 하는가를 증명했다. 그러나 샤를뤼스 씨가 "그 녀석은 여자에게 미쳐서 그것밖에 마음속에 없다 이 말씀이야" 하고 덧붙였을 때, 그는 자기가 생각하고 있는 것 이상으로 진실을 말했다. 그가 그런 말을 한 까닭은 자존심과 애정 때문이자, 모렐이 자신과 만난 뒤로 다른 남자와 관계를 갖지 않았다는 점을 남들에게 믿게 하려는 의도에서였다. 물론 나는 그것을 조금도 믿지 않았다. 모렐이 게르망트 대공에게 단돈 50프랑에 하룻밤을 내주는 장면(샤를뤼스 씨는 전혀 모르는 일이지만)을 본 적이 있기 때문이다. 그러므로 샤를뤼스 씨가 지나가는 걸 보고, 모렐이(죄를 고백하고 싶어서 샤를뤼스 씨에게 일부러 부딪치고는 "어쩌나! 미안합니다, 당신에게 비열한 짓을 했다고 뼈아프게 느낍니다" 하고 구슬프게 말하는 날을 빼놓고) 친구들과 함께 카페 테라스에 앉아 작은 외침을 냅다 지르며, 남작을 손가락질하면서 늙은 성도착자를 조롱하고 낄낄거리는 모습을 보면, 나는 그것이 제 농간을 감추려고 그러는 것이라고 확신했다. 또 여봐란듯이 고발인의 낯짝을 하고 있는 자리를 같이한 녀석들도 남작과 단둘이 있을 때는 다들 남작이 요구하는 것을 뭐든지 할 거라고 나는 잘못 생각하고 있었다. 이를테면 어느 특수한 충동이 성도착에서 가장 거리가 먼 생루 같은 이들을 성도착으로―그것은 모든 계급에 나타난다―이끌었다고 하면, 어떤 역충동이 성도착 상습자들을 그 행위에서 떼어놓는 경우도 있었다. 그런 변화가 생겨난 것은 때늦은 종교적인 가책이라든가, 어떤 추문이 불거졌을 때 느낀 충격이라든가, 또는 있지도 않은 질병에 대한 두려움에서였다. 그러한 질병에 대해서, 문지기나 시중꾼이나 부모들은 성심성의껏 그들에게 그것을 곧이 믿게 했다. 질투심이 강한 남자 애인들은, 젊은 남자를 독차지할 수 있다는 생각에 그런 질병을 과장했지만, 그 결과 거꾸로, 남들에게서는 물론 자기한테서도 그 젊은이를 떼어놓는 처지에 이르고 말았다. 그로 말미암아 발베크의 엘리베이터 보이는 아무리 큰돈을 찔러넣어도 제의를 받아들이지 않았을 테고, 엘리베이터 보이가 보기에 지금 그런 제안은 적의 그것처럼 중대한 일로 보였다. 모렐의 경우, 그가 예외 없이 모든 남성을 거부한다는 점에 대해서 샤를뤼스 씨는 자기도 모르는 사이에 그의 환심을 정당화하는 동시에 그의 희망을 와르르 무너뜨리는 진실을 말했다. 그 거부는 샤를뤼스 씨와 헤어진 2년 뒤, 모렐이 한 여인에게 빠져들어 함께 살기 시작하면서부터였다. 그 여인은 모렐보다 의지가 강하여 그로 하여금 자기에 대한 절대적인 성실을 요구했다. 그래서 모렐은 샤를뤼스 씨로부터 많은 돈을 받을 때 게르망트 대공에게 단돈 50프랑으로 하룻밤을 제공했었는데, 이제는 모렐에게 5만 프랑을 내놓더라도 게르망트 대공은 물론이고 어느 누구도 받아들이지 않았을 것이다. 명예심도 없고 돈만 밝히는 모렐에게 그의 '여인'은 체면을 존중하는 사리를 명심하도록 차근차근 설명해주었으므로, 잠자리 조건으로 제공되는 세상의 모든 돈 따위에 관심없다는 허세를 부리는 일도 그는 마다하지 않았다. 이와 같이 심리학의 갖가지 작용은 인류의 개화(開化) 과정에서 초과 또는 감소라는 어느 방향에서 인류의 멸망을 가져오는 모든 것을 잘 조정하게 마련이다. 꽃의 세계도 그와 같아, 거기에서도 다윈에 의해 뚜렷이 드러난 똑같은 슬기가 연달아 서로 온갖 수정법을 맞세워서 이것을 조절하고 있다.

"그런데 이상하단 말씀이야." 샤를뤼스 씨는 이따금 내는 날카로운 작은 목소리로 덧붙였다. "고급 칵테일을 마시며 온종일 아주 행복한 듯 보이는 이들이, 자기는 전쟁이 끝날 때까지 목숨을 부지하지 못할 거라느니, 심장이 견디지 못할 거라느니, 다른 생각을 통 할 수 없다느니, 급사할 거라느니 따위의 말을 공공연하게 지껄이는 걸 듣거든. 그리고 더 기괴하게도, 실제로 그런 일이 일어난단 말이야. 참으로 신기하지! 영양 탓일까? 사실 입에 넣는 거라곤 조잡한 음식뿐이니까. 아니면 열성을 증명해 보이려고, 겨우겨우 유지해온 몸을 망치는 헛된 일에 매달리기 때문일까? 아무튼 이런 원인 모를 요절은 놀라운 숫자에 이르고 있네. 적어도 죽은 자의 처지에서 보면 요절이지. 가만 있자, 무슨 얘기를 하고 있었더라, 노르푸아가 이번 전쟁을 찬미하고 있다는 거였지. 하지만 왜 그렇게 괴상망측한 방식으로 전쟁을 말하는지 모르겠어! 노르푸아가 툭하면 쓰는 그 새 어구를 먼저 주목했겠지? 날마다 사용해 닳아서 해지면─참으로 노르푸아의 정력은 지칠 줄 모른단 말씀이야, 아무래도 내 큰어머니인 빌파리지가 돌아가셔서 두 번째 청춘을 맞이한 것 같단 말이야─곧장 다른 상투어로 갈아 치웠지. 지난날 자네가 재미삼아 적어두곤 했지, 나타나서 잠깐 계속하다가 사라지곤 하는 그의 어구 양식을. '바람을 뿌리는 자 폭풍을 거둔다', '개가 짖어도 대상(隊商)은 지나간다', '루이 남작 왈, 내게 좋은 정책을 달라, 그러면 좋은 재정으로 보답하겠노라', '비극적인 뜻으로 해석하면 과장스럽지만, 진지하게 해석하면 알맞은 전조가 있다', 또 '프로이센 왕을 위해 일한다' 따위 말일세(하기야 이 마지막 어구는 이번에 부활했는데 이는 피할 수 없는 일이라네). 그 뒤 참으로 많은 수의 어구가 죽었지! 우리가 얻은 것은 '휴지조약',[*1] '약탈 제국들', '저항력 없는 부녀자를 살육하는 문화(kultur)', '일본인의 말처럼, 승리는 상대방보다 15분 더 견디는 쪽에 돌아간다', '게르만 투렌계 인종', '과학적 야만', '로이드 조지 씨의 힘찬 표현처럼, 우리가 전쟁에 이기고자 한다면'이라든가, 이루 셀 수도 없네. 그리고 '부대의 사기는 하늘을 찌르다', '부대의 용맹성' 등 ㄱㄴ련한 ㄴㄹ푸아의 어법도 전쟁 때문에, 빵 제조나 수송의 속도처럼 심각한 변화를 받았지. 알아챘나, 그 노련한 사나이가 자신이 희망하는 바를, 바야흐로 실현된 하나의 진리처럼 말하려 할 때, 사건 발생 뒤에 반박당할 염려가 있는 단순미래형은 감히 못 쓰고, 그 미래 시제의 표시로 동사 사부아르(savoir)[*2]를 쓰게 된 사실을?" 나는 무슨 뜻인지 잘 모르겠노라고, 샤를뤼스 씨에게 솔직하게 말했다.

　여기서 적어둬야 할 것은, 게르망트 공작에겐 동생 샤를뤼스 씨의 염세주의가 조금도 없었다는 점이다. 그리고 공작은 샤를뤼스 씨가 영국을 싫어하는 만큼 영국을 좋아했다. 요컨대 공작은 카요(Cailaux) 씨를 천 번 총살해도 마땅한 매국노로 보았다. 샤를뤼스 남작이 그 배신의 증거를 요구하자 게르망트 씨는 대답하기를, '나는 배신했다'라고 종이에 쓰고 거기에 서명하는 놈밖에 형벌하지 못한다면, 배신죄로 처벌받을 놈은 하나도 없을 거라고 했다. 나중에 이 이야기를 할 기회가 없을 경우를 생각해서, 몇 자 더 적어두는데, 그런 지 이태 뒤, 철저한 카요 반대주의에 몰두한 게르망트 공작은 영국의 주재 무관과 그 아내를 만났다. 그들은 매우 교양 있는 부부로, 공작은 지난날 드레퓌스 사건 무렵 매력 있는 세 여성과 교제했듯이 이 부부와 친교를 맺었다. 그 첫날, 공작이 뚜렷한 죄상에다 형의 선고가 확실하다고 여기고 있는 카요에 대해 말하자, 매력 있고 학식 있는 부부가 입을 모아 "아뇨, 그는 분명 무죄예요. 비난받을 점이 전혀 없거든요" 말하는 걸 듣고, 공작은 벌린 입을 다물지 못했다. 게르망트 씨는 노르푸아 씨가 진술자리에서 전전긍긍하는 카요를 노려보면서

[*1] '국제조약'이라는 뜻. 1914년 8월 4일 영독 회담 때, 독일 수상이 벨기에의 중립조약을 가리켜 영국 대사에게 한 말에서 유래함.

[*2] 동사로 쓰면 '알다' '기억하다'이지만, 조동사로 쓰면 '……일 수도 있다' '……할 수 있다'가 됨.

"당신은 프랑스의 졸리티(Giolitti)*¹요. 그렇소, 카요 씨, 당신은 프랑스의 졸리티요" 한 말을 들먹였다. 그러나 학식 있고 매력적인 부부는 미소 지으며 노르푸아 씨를 비웃고, 그가 노망이 들었다는 증거를 몇 가지 늘어놓고 나서, '전전긍긍하는 카요 앞에서' 노르푸아 씨가 그렇게 말했다고 〈피가로〉 지에 보도되었으나, 실제로는 아마도 카요 씨가 찬웃음을 지었을 거라고 결론지었다. 게르망트 공작의 의견은 지체 없이 변했다. 이 변화가 한 영국 여성의 영향이라는 것이 지금은 그다지 괴상하지 않으나, 그때에, 아니 1919년에도 그런 예언을 했다면, 아직 영국인이 독일인을 훈(Hun)족으로밖에 부르지 않았으며, 비국민적 범죄자들에게 극형의 선고를 요구했던 무렵이니까 매우 이상하게 보였을 거다. 그런데 영국인의 의견 또한 변하고 말아, 프랑스를 슬프게 하고 독일에 원조의 손길을 뻗는 여러 결정이 승인되고 말았다.

샤를뤼스 씨 이야기로 돌아가자. 내가 모르겠다고 고백하니까 샤를뤼스 씨는 "아니 알고 있네" 하고 말했다. "'알다(savoir)'라는 동사는 노르푸아의 논설 중에서는 미래형의 표시이지. 다시 말하면 노르푸아의 희망의 표시이자 또 우리 전부의 희망의 표시이기도 하네." 그리고 이렇게 덧붙였지만, 아마도 본마음은 그렇지 않았을 것이다.

"알겠나, 이 'savoir'가 단순미래의 표시가 아니라고 해도, 엄밀히 말해서 이 동사의 주어가 나라인 경우에는 가능한단 걸 알 테지. 이를테면 노르푸아가 다음같이 말할 적마다 그렇지. 곧 '이와 같이 되풀이해서 정의가 침해되는 마당에 아메리카인들이 무관심할 수 있으랴.' 또 '쌍두의 군주국*²은 틀림없이 뉘우치고 말리라(ne saurait).' 따위의 어구가, 노르푸아의 희망을(또한 나와 당신의 희망을) 나타내고 있음은 분명하네. 그러면서도 결국 이 동사는 그 본디 뜻 '알다'를 그대로 간직하고 있지. 왜냐하면 나라도 '알' 수 있고, 아메리카도 '알' 수 있으며, '쌍두의 군주군' 또한(예의 '심리 통찰의 결여'에도) '알' 수 있으니까. 그러나 노르푸아가 다음같이 논했을 때는 이제 미래의 뜻임이 의심할 여지가 없네. '그와 같은 조직적 파괴는 중립국들을 이해시키지 못하리라(ne sauraient).' '늪지대는 얼마 안 가서 연합군의 손에 영락없이 함락되고 말리라(ne saurait).' '중립파의 그와 같은 선출 결과는 그 나라 대부분의 의견을 반영하지 못하리

＊1 이탈리아의 정치가(1842~1928). 1908년에서 14년까지 총리를 지냈음.
＊2 오스트리아 제국을 가리킴.

라(ne sauraient).' 그런데 그러한 파괴, 그러한 지방, 그와 같은 투표의 결과는 무생물이므로 '알' 수가 없네. 오직 노르푸아는 이러한 상투어로 여러 중립국에게 그 중립에서 벗어나라는 명령을 하고(안타깝게도 중립국들은 그의 명령에 따르지 않겠지만), 또는 늪지대에게 '보슈스'에 다시는 종속되지 말라는 명령을 하는 데 지나지 않아(샤를뤼스 씨는 '보슈'라는 낱말을 발음하는 데 지난날 발베크의 열차 안에서 여성에게 흥미 없는 사내들에 대해 얘기했을 때와 같은 대담함을 나타냈다).

뿐만 아니라, 눈치챘는가, 1914년 개전 이래 늘 어떤 교활한 수를 부려 노르푸아가 중립국들을 향해 논설을 쓰기 시작했는지를? '물론 프랑스는 이탈리아(또는 루마니아, 불가리아 등등) 정책에 간섭할 권리가 없다'는 언명으로 그는 시작하지. 여러 국가가 중립을 벗어날지 아닐지는 저마다 자주적 관점에서 제 나라 국민의 이익을 고려하여 스스로 결정하는 게 옳다고 말이야. 그러나 논설의 이런 첫 언명(옛날 같으면 머리말이라고 불렀을 것)은 참으로 공정하지만, 그 다음 문장은 보통 그것과 어긋나네. '그러나' 하고 노르푸아는 계속해 대체로 다음같이 말하지. '권리와 정의의 대열에 가담하는 국민만이 싸움에서 물질적 혜택을 이끌어내리라는 건 더할 나위 없이 분명하다. 가장 적은 노력이 드는 정책에 따를 뿐 연합국을 위해 총칼을 들고 일어날 생각조차 없는 국민에게, 몇 세기 이래 압박받는 겨레의 신음 소리가 끓어오르는 그들의 영토를 되돌려줌으로써 연합국이 보상한다는 건 기대하지 못한다.' 전쟁 참가에의 권고 쪽으로 이와 같이 첫발을 내디딘 노르푸아를 멈추게 하는 건 이제 아무것도 없네. 전쟁 참가에의 근본적인 뜻뿐만 아니라, 그 시기에 대해서도 그는 점점 가면을 벗고 노골적인 충고를 하지. '물론' 하고, 그 자신이 '선량한 척'하려고 말투를 지어내면서 말하더군. '이탈리아와 루마니아가 참가할 적당한 때와 형식은 오로지 이탈리아, 루마니아 자체가 결정할 일이다. 그렇지만 괜히 머뭇거리면 시기를 놓칠 위험이 있음을 두 나라는 명심해야 한다. 이미 러시아 기병의 말굽 소리는 궁지에 몰린 게르마니아를 형용키 어려운 공포로 떨게 하고 있다. 승리의 찬란한 서광이 이미 환한 것을 보고 나서야 겨우 거들러 달려오는 국민은 서두르면 아직 얻을 수 있는 보수에의 모든 권리를 차지하지 못할 것은 분명하다, 등등.' 이것은 마치 극장에서 '늦게 오신 분들, 몇 개 안 남은 자리도 곧 팔립니다!' 떠들어대는 것과 같네. 또한 노르푸아는 그런 논설을 반년

마다 되풀이하고, 또 루마니아에 주기적으로 다음과 같이 말하니 더욱 어처구
니없지. '곧 때는 왔도다. 루마니아가 국민의 열망을 실현하기를 바라는가 아닌
가를 알 때가. 더 이상 기다리면 때를 놓치고 후회할 우려가 있다.' 그런데 그
가 그런 말을 한 지 3년이 지나도 '때를 놓쳐서 안타까워하기'는커녕, 루마니
아에게 제공하는 것이 늘어날 뿐이야. 마찬가지로 그는, 그리스가 세르비아와
의 동맹조약을 지키지 않았다고 해서 보호한다는 핑계로 그리스에 간섭하도
록 프랑스 등등에 권유하고 있네. 솔직히 말해, 만일 프랑스가 전쟁 중에 있지
않고 또 그리스의 협력이나 호의적인 중립을 원하지 않는다면, 프랑스를 보호
한다는 핑계로 그리스에 간섭하겠다는 생각을 품었을까? 그리스가 세르비아
와의 약속을 지키지 않았다며 프랑스가 격분하고 있지만, 똑같이 분명한 루마
니아와 이탈리아의 조약 위반에 대해서는 단 한 마디도 없지 않는가 이 말이
야. 내 생각으론, 루마니아와 이탈리아가 독일의 동맹국으로서 그다지 강압적
이지도 광범하지도 않은 그 의무를 조약대로 이행하지 않은 건, 그리스의 경우
도 그렇지만 나름의 이유가 있었을 걸세. 사실 사람들은 자기가 읽는 신문을
통해 모든 일을 판단하게 마련이지! 그들이 문제의 인물이나 사건을 직접 알지
못하니 달리 수가 있겠나? 지난 일이네만 한때 그토록 기묘한 감정의 소용돌
이를 일으켰던 드레퓌스 사건—이미 몇 세기가 흘러갔다고 말하는 편이 적절
할지도 모르네. 전쟁 철학자들은 과거와의 연결은 모두 끊어져버렸다고 떠들
어대고 있으니까—때의 일인데, 나는 친척들이 애독하는 신문에 드레퓌스 반
대파로 소개된 옛 코뮌파인 교권 반대론자에게 온갖 존경을 바치고, 반면 가
문 좋은 가톨릭 신자이면서 재심파가 된 어떤 장군을 욕되게 하는 걸 보니 화
가 벌컥 나더군. 마찬가지로, 모든 프랑스인이 존경해 마지않던 프란츠 요제프
황제를 이제 와서 미워하는 걸 보면 또한 화가 나네. 프랑스 국민이 황제를 존
경해 마지않았음은, 그분의 사람됨을 잘 알거니와 또 그분이 사촌형제로 대우
해주는 내 눈으로 보면 당연한 일이지. 허어! 전쟁이 시작된 뒤로 편지조차 못
했군."

그는 책망받지 않을 걸 잘 알면서 잘못을 대담하게 고백하는 투로 덧붙였
다. "그렇지, 전쟁이 일어난 해에 딱 한 번 보냈군. 하는 수 없지. 그렇다고 그분
에 대한 내 존경심이 조금이라도 변한 건 아니야. 하지만 내게도 전선에서 싸
우는 젊은 친척들이 많아서, 우리나라와 교전 중인 적국 우두머리와 서신을

계속하는 걸 그들이 매우 고약하게 생각할 테니, 나도 그 점을 알고 있네그려. 하는 수 없지. 비난하려거든 하게." 내 비난에 대담히 맞대듯이 덧붙이고 나서, "나는 이런 판국에 샤를뤼스라고 서명한 편지가 빈에 닿기를 바라지 않았던 걸세. 늙으신 황제께 올릴 큰 간언이 있다면, 유럽에서 가장 오래되고 가장 이름 높은 가문의 우두머리이신 고귀한 군주께서 빌헬름 폰 호엔촐레른*¹ 같은 쩨쩨한 시골 귀족, 매우 약삭빠르나 한낱 어정뱅이에 지나지 않는 사내가 이끄는 대로 끌려왔다는 점이지. 이것이 이번 전쟁에서 가장 불쾌한 사태 가운데 하나라고 하겠네."

샤를뤼스 씨는 그의 온 생각을 지배하는 귀족적인 관점으로 되돌아가자, 금세 이상하리만큼 유치하게 반응하며 마른이나 베르됭 전투에 대한 얘기라도 하듯 나에게 말하기를, 앞으로 이번 전쟁의 역사를 저술할 사람이 결코 빠뜨려서는 안 되는 아주 기묘하고 중요한 일이 몇 가지 있다고 했다. "그러니까 세상 사람들이란 아무것도 몰라. 뻔한 일을 아직 아무도 주목하지 않는다 이 말씀이야. 예를 들어 몰타 기사단의 단장은 틀림없는 '독일놈'인데도 버젓이 계속 로마에서 살고, 우리 기사단 단장이라는 명목으로 치외법권의 특권을 누리고 있다네. 재미있지 않은가." 그는 마치 '어떤가, 나를 만나 오늘 저녁은 헛되게 안 보내지 않았나' 하는 투로 덧붙였다. 내가 고맙다고 하니, 그는 보수를 요구하지 않는 이답게 겸손한 태도를 보였다.

"허어, 자네에게 무슨 얘기를 했더라? 아아, 그렇지, 요즘 사람들이 애독하는 신문에 의해 프란츠 요제프 황제를 증오하고 있다는 얘기였지. 대중은 그리스의 콘스탄틴 왕과 불가리아 왕에 대해서 혐오와 친애 사이를 여러 번 오락가락했는데, 그도 그럴 것이, 이 두 왕께서 어떤 때는 협상국 측에 가담할 거라고 했다가, 또 어떤 때는 브리쇼가 이른바 중앙제국이라고 일컫는 측에 가담하리라는 식으로 번갈아 가며 보도되었으니까. 그것은 마치 브리쇼가 '머지않아 베니제로스(Venizeros)*²의 종이 울릴 것이다'라고 끊임없이 우리에게 되풀이하는 것과 같네. 베니제로스가 유능한 정치가라는 걸 나도 의심치 않아. 하지만 그리스인이 그토록 베니제로스를 열망하고 있다고 할 수 있을까?

---

*1 독일 황제(1859~1941).

*2 그리스의 정치가(1864~1936). 콘스탄틴 왕의 친독정책을 반대하다가 1917년 6월 국왕의 양위와 동시에 수상이 되어 협상국 측과 동맹을 맺음.

그는 그리스가 세르비아에 대한 약속을 지키기를 바랐다고 하네. 하지만 그 약속이 도대체 뭔지, 또 이탈리아와 루마니아가 위반해도 괜찮다고 생각한 그 약속보다 더 범위가 넓은 것인지 아닌지를 알 필요가 있지. 우리는 그리스가 어떻게 그 조약을 실행하고 그 규정을 존중하는지 걱정하는데, 만일 그것이 우리와 아무런 이해관계가 없다면 결코 그런 걱정 따위는 하지 않을 걸세. 전쟁이 일어나지 않았다면 '자타가 공인하는' 강국들이 이런 작은 나라의 의회가 해산하건 말건 관심이나 두었겠나? 그런데 내 눈에 보이는 건 다름이 아니라, 그리스 왕으로부터 왕권을 뒷받침하는 세력을 하나하나 모두 뽑아버림으로써, 호위 군대를 잃게 되는 날 왕을 국외로 추방하거나 유폐시키려는 의도뿐이네. 일반 대중은 그리스 왕과 불가리아 왕을 신문을 통해서밖에 판단하지 못한다고 말했지. 직접 왕을 알지 못하니, 신문이 아니면 어떻게 알 수 있겠나? 하지만 나는 두 왕을 자주 만나뵙고, 그리스의 콘스탄틴 황제와는 그분이 황태자였을 적에 매우 친했는데 정말 감탄할 만한 젊은이였지. 니콜라스 황제께서 그분에게 대단한 애정을 품었던 걸로 나는 늘 생각했네그려. 물론 정정당당히 말일세. 크리스티앙 대공부인이 이 일을 공공연하게 떠들어댔지만, 그녀는 워낙 험담 잘하는 여인인지라. 불가리아 황제는 어떤가 하면, 순 불량배, 진짜 떠버리지만, 두뇌가 잘 도는 놀라운 인물이라네. 그분은 나를 썩 좋아하지."

참으로 유쾌한 인물로 남을 수 있는 샤를뤼스 씨는 이런 화제를 꺼내기 시작하면 금세 추악하게 변했다. 병자가 언제나 건강을 자랑하고자 하는 들뜬 자기만족이 한몫 끼는 것이다. 그런 때 나는 여러 번 생각했다. 발베크의 시골 열차 안에서, 언제나 교묘히 몸을 사리는 그에게 비밀을 고백시키려고 하던 베르뒤랭네 단골들도, 아마도 이 같은 괴벽의 자랑을 견디지 못해 기분이 나빠지고, 병자의 방에 있거나 남들 앞에서 주사기를 꺼내는 모르핀 중독자 앞에 있거나 하듯 숨이 탁탁 막혀, 듣고 싶어하던 고백도 그들 쪽에서 멈추게 하고 말았을 거라고. 게다가 틀림없이 이렇다 할 증거도 하나 없이 남을 닥치는 대로 비난하고, 그들을 자기 멋대로 특수한 범주 속에 집어넣으면서, 그 자신도 그 부류에 속한다는 사실을 듣는 이가 다 알고 있는데도 자신만은 거기서 제외하는 걸 보고 있자면 누구나 화가 나기 마련이다. 요컨대 그토록 총명하면서, 이 점에 대하여 비좁은 하나의 작은 철학을 스스로 만들어낸 샤를뤼스 씨는(그 철학의 밑바닥에는 스완이 '인생'에서 발견한 어떤 시시한 호기심이 있었는지도 모른다) 그런 특수한 처지에서 모든 일을 설명하려 들었는데, 자기 약점에 사로잡혀 있는 사람이 다 그렇듯, 그는 본디의 자기보다 보잘것없는 인물로 보일 뿐만 아니라, 그런 자신에게 엄청나게 만족스러워했다. 그러므로 매우 점잖고 고상한 인품을 갖춘 샤를뤼스 씨도 다음 같은 말로 이야기를 마칠 때는 미련하기 짝이 없는 미소를 지었다.

"빌헬름 황제에 대하여, 페르디난드 드 코부르크(Ferdinand de Cobourg)[1]에 대한 것과 똑같은 추측이 나도니까, 어쩌면 그 때문에 페르디난드 황제가 '침략 제국' 측에 붙었는지도 모르지. 누구나 쇠르(soeur)[2]에겐 너그러우니까 무엇 하나 거절하지 못하거든. 불가리아가 독일과 동맹을 맺은 사실에 대한 설명으로 썩 재미난 견해라고 생각하는데." 샤를뤼스 씨는 이런 어리석은 설명이 참으로 교묘하다고 생각하는 듯 한참 웃어댔다. 설사 이 설명이 사실에 입각했더라도, 샤를뤼스 씨가 봉건영주 또는 예루살렘의 성 요한 기사단[3]의 일원으로서 전쟁에 대해 고찰했을 때와 마찬가지로 유치한 것이었다. 하지만 그는 끝으로 매우 옳은 지적을 했다. "놀랍게도, 그처럼 신문을 통해서만 전쟁에 대한 사실과 인물을 판단하는 일반 대중이 스스로 그것을 판단하는 줄로 믿는다 이 말씀이야."

이 점은 샤를뤼스 씨의 말이 옳았다. 그런데 사람은 개인적인 의견을 말할 때뿐만 아니라 그것을 머릿속에 정리할 때도 말없이 생각하는 순간이 필요한데, 내가 들은 바로는 포르슈빌 부인[4]이 진심 어린 어조로 다음같이 말하기 앞서 잠깐 침묵하고 주저하는 모양은 볼 만하다고 했다. "아니에요, 나는 그들이 바르샤바를 점령하리라고는 믿지 않아요", "두 번째 겨울을 못 넘길 것 같은 느낌이 들어요", "난 절름발이 평화를 원치 않아요", "내가 두려워하는 건 말씀드려도 될지 모르겠지만 의회(議會)랍니다", "아니요, 돌파할 수 있으리라 생각해요." 이런 말을 할 때 오데트는 부자연스러워 보였는데, 다음 이야기에서 그것이 극에 달했다. "독일 군대가 잘 싸우지 못한다는 말은 아니지만, 그

---

[1] 불가리아 황제(1861~1948).
[2] '자매'나 '누이'이지만, 여기서는 남색(sodomie)의 상대자를 말함.
[3] 몰타 기사단.
[4] 오데트를 가리키는 말.

래도 그들에겐 이른바 크랑(cran)*¹이 부족해요." 이 '크랑'이라는 낱말을 발음할 때(단순히 모르당(mordant)*²이라는 낱말을 발음할 때도 그렇지만), 그녀는 손으로 무언가를 반죽하는 시늉을 하면서, 화실 용어를 쓰는 화가의 제자들 같은 눈빛을 했다. 그러나 그녀의 말씨에는 옛날보다도 뚜렷하게 영국을 찬양하는 흔적이 남아 있었으니, 그녀는 이제 전처럼 영국인을 가리켜 '해협 건너의 이웃나라 사람'이나, 아니면 고작 '우리의 친구인 영국 사람'이라는 호칭으로 만족해야 할 필요가 없어졌고, 떳떳이 '우리의 성실한 동맹군!'이라고 불렀다. 말할 것도 없이, 영국인이 독일인을 운동 정신에 있어 교활한 인간임을 설명하기 위해 걸핏하면 '페어플레이(fair play)'라는 말을 들먹이지 않고는 못 배겼다. 또한 "우리 동맹국 사람들 말마따나, 천하없어도 전쟁에 이겨야 합니다"라고 말했다. 게다가 영국 병사에 대한 것이라면 무슨 일에나 자기 사위인 생루의 이름을 억지로 관련시켰을 뿐만 아니라 그 사위가 오스트레일리아 병사, 스코틀랜드 병사, 뉴질랜드 병사, 캐나다 병사와도 가까이 지내는 일에 기쁨을 느낀다느니 하는 이야기로 끌고 갔다. "우리 사위 생루는 그 용감한 토미들(tommies)*³이 쓰는 속어도 알고 있고, 먼 도미니언(dominion)*⁴에서 온 군인들과도 의사소통이 되고, 기지 사령관뿐 아니라 시시한 프라이빗(private)*⁵하고도 벗으로 지내지요."

샤를뤼스 씨와 큰 거리를 나란히 걸어 내려가면서 포르슈빌 부인에 대해 이런 여담을 한 끝이니, 베르뒤랭 부인과 브리쇼와의 관계에 대해, 더욱 긴 여담, 그러나 이 시대를 묘사하는 데 도움이 되는 여담을 풀어놓는 걸 용서하시라. 사실 불쌍하게도 브리쇼는 노르푸아 못지않게 샤를뤼스 씨에 의해 가차 없이 비평되었는데(샤를뤼스 씨는 매우 신랄한 동시에 아무래도 무의식적으로 친독파이므로), 베르뒤랭네 사람들에게서는 그보다 더 지독한 대우를 받고 있었다. 물론 베르뒤랭네 사람들은 맹목적 애국주의자이니, 브리쇼의 논설은 베르뒤랭 부인을 매우 즐겁게 하는 다른 수많은 글에 비해도 손색이 없을 터였다.

---

*1 대담성, 배짱.
*2 사기왕성.
*3 영국 병사를 가리키는 말.
*4 영국령(英國領).
*5 이등병(二等兵).

하지만 독자들도 기억하겠지만, 지난날 브리쇼는 베르뒤랭네 사람들에게 위대한 인물로 여겨졌으나, 이미 라 라스플리에르 무렵부터, 사니에트처럼 놀림감은 아니더라도, 거의 숨기지 않는 야유의 대상이 되어왔다. 그러나 적어도 그때의 그는 신도의 일원인 덕분에, 이 작은 단체의 설립 회원과 협력 회원들에게 규약에 의하여 인정된 특권의 일부를 아직 암암리에 확보하고 있었다. 그렇지만 아마도 전쟁 때문인지 아니면 그토록 오래 지연된 우아한 사교계에 급격한 결정화(結晶化)가 이루어졌기 때문인지—그런 결정화에 필요한 모든 요소는 모습을 숨긴 채 오래전부터 베르뒤랭 부인의 살롱에 가득 차 있었는데—이 살롱이 새로운 사교계에 개방되고, 또 처음에 이 새로운 사교계를 끌어당기는 미끼였던 충실한 단골들이 점점 초대되지 않음에 따라 그것과 평행한 현상이 브리쇼에게도 일어났던 것이다.

소르본 대학교수, 학사원 회원이라는 배경에도, 브리쇼의 명성은 전쟁이 일어나기까지 베르뒤랭네 살롱의 경계를 넘지 못했다. 그러나 거의 날마다 신문에 논설을 쓰기 시작했을 때, 그 논설이 한때 신도들을 위하여 아낌없이 남발한 가짜 다이아몬드로 꾸며져 있고, 한편 어떤 익살스러운 형식을 취해도 숨기지 못하는 소르본 교수다운 진짜 박식으로 가득하여 '상류 사교계'는 글자 그대로 현혹되고 말았다. 두 번 다시 그런 일은 없었지만, 상류 사교계 인사들은 무능과는 거리가 멀고 지식이 풍부하며 줄이어 고사(故事)를 늘어놓아 남의 주목을 끌 수 있는 이런 인간에게 호의를 보였다. 그래서 세 명의 공작부인이 베르뒤랭 부인네 야회에 가 있는 동안, 다른 세 명의 공작부인은 이 위대한 인물을 자기네 만찬에 초대하려고 경쟁했다. 그는 그중 한 공작부인의 초대를 승낙했다. 그의 논설이 포부르 생제르맹에서까지 성공을 거두자 몹시 골난 베르뒤랭 부인은, 브리쇼가 아직 만난 적 없는 이로, 그를 금세 빼내갈 성싶은 귀부인이 참석하기로 되어 있는 야회에는 그를 초대하지 않도록 주의를 기울였으므로, 그런 만큼 브리쇼도 자기가 구속받지 않는다고 느꼈던 것이다. 요컨대 언론 세계에 브리쇼는 이제껏 베르뒤랭네 살롱에서 공짜로 낭비해온 재능을 뒤늦게나마 상당액의 보수와 맞바꾸는 훌륭한 형식으로 제공했을 뿐으로, 이것은 그가 좌담을 하듯 조금도 힘들이지 않고 논설을 쓸 만큼 능숙하게 말을 잘하고 박식했기 때문이다. 이와 같이 언론은 한때 브리쇼를 의논할 여지없는 영광으로 안내하는 듯 보였으며, 또 사실 그랬을 것이다…… 베르뒤랭 부인만 없었다면.

　사실 브리쇼의 논설은 사교계 사람들이 생각하고 있는 만큼 전혀 대단한 게 아니었다. 거기에는 인간의 야비함이 학자의 현학 취미 밑에 끊임없이 어른 거리고 있었다. 그리고 아무런 뜻도 없는 인상('독일인은 이제 베토벤의 조각상 도 바로 볼 수 없으리라', '실러도 관 속에서 치를 떨었음에 틀림없다', '벨기에의 중립에 서명한 잉크가 아직 마르지도 않았는데', '레닌의 목소리는 초원의 바람과 함께 사라졌다') 옆에 다음과 같은 낡은 글귀가 이어졌다. '2만의 포로, 이는 적 잖은 수다', '우리 군사령부는 눈을 부릅뜨고 최선을 다하리', '우리는 승리를 바란다, 오직 그뿐이다.' 그러나 이런 글귀에 섞여 참으로 해박한 지식과 분별 과 옳은 수많은 이론이 있었다! 그런데 베르뒤랭 부인은 브리쇼의 논설을 읽 기에 앞서, 거기에서 비웃음거리를 발견하리라는 생각에 지레 만족을 품고, 그 것을 놓칠세라 정신 바짝 차리고 읽었다. 그리고 공교롭게도 반드시 그런 비웃 음거리가 듬뿍 있었다. 아니, 진득하게 찾을 필요도 없었다. 아무리 적절하더라 도, 그리 알려지지 않은 작가, 적어도 브리쇼가 참조한 작품의 저자로서 알려 져 있지 않은 작가를 인용하면, 그게 견딜 수 없는 현학 취미의 증거로 베르뒤 랭 부인의 규탄거리가 되었다.

　부인은 만찬 참석자의 폭소를 터뜨리고자 모임 시간을 초조하게 기다렸다. "그런데 오늘 밤 브리쇼의 글을 읽어보셨습니까? 그 퀴비에(Cuvier)[1]의 인용을 읽으면서 댁이 뭐라고 하셨을까 생각해봤어요. 참말로 그분 머리가 돌았나 봐 요."—"실은 아직 안 읽었습니다." 상대가 말했다.—"뭐라구요, 아직 안 읽으셨 다구요? 그런 재미를 놓치셨다니 안타까워라, 허리가 아플 정도로 웃음거리인 데." 아직 브리쇼를 안 읽은 이가 있어서 그 웃음거리를 널리 알릴 수 있는 기 회를 얻어 속으로 기쁘기 그지없는 베르뒤랭 부인은, 집사에게 〈르 탕〉 지를 가져오게 하여 매우 간단한 글귀까지 쩌렁쩌렁 울리는 목소리로 직접 낭독했 다. 만찬이 끝난 뒤에도 밤새껏 반브리쇼전(戰)은 계속되었다. 겉으로는 자제하 는 체하면서, 그녀는 몰래 백작부인을 가리키며 말했다. "너무 큰 소리로는 말 할 수 없어요, 저기 저분은 그런 우스꽝스러운 것에 꽤나 감탄하고 계시거든 요. 사교계 분들은 뜻밖에 순진한 데가 있으세요." 몰레 부인은, 그녀에 대해

---

[1] 프랑스의 동물학자(1769~1832).

홍보는 말을 알아들으라는 듯이 어지간히 큰 소리로 떠들어대면서도 한편으론 그녀가 알아들을까 봐 목소리를 낮추는 시늉을 하는 사람들에게 망신당하는 처지가 되자, 실제로는 브리쇼를 미슐레와 동등하게 평가하면서도 그 자리에선 비겁하게도 인정하지 않았다. 그녀는 베르뒤랭 부인의 주장에 동조하고, 반론할 여지가 없다고 생각하게끔 매듭을 짓고자 이렇게 말했다. "하지만 부정할 수 없는 건 그분이 쓰긴 잘 쓴다는 거죠."—"그걸 잘 쓴다고 생각하세요, 정말로?" 베르뒤랭 부인이 말했다. "나는 돼지가 쓴 글 같다고 생각하는데." 이 대담한 말에 다들 웃음을 터뜨렸는데, 베르뒤랭 부인이 돼지라는 낱말에 본인도 깜짝 놀란 듯이, 손으로 입을 가리며 속삭이듯 발음하여 더욱 그랬다.

  브리쇼는 대학교수 티를 내지 않고자 신어(新語)를 쓰는 버릇이 있어서, 검열에 걸려 논설의 일부가 '가위질' 당할 때마다 잠깐 불끈 하다가도 보통은 자기 성공에 만족하며 그 우쭐한 마음을 유치하게 자랑했기 때문에 베르뒤랭 부인의 분노는 점점 더 하늘을 찔렀다. 베르뒤랭 부인도 그의 앞에선 그가 쓴 것에 대한 경멸을 보란 듯이 드러내지 않고 무뚝뚝한 얼굴을 할 뿐이지만, 눈치 빠른 사내라면 그것만으로 충분히 알아챘으리라. 딱 한번, '나(je)'라는 인칭을 너무 자주 쓰는 것을 그녀가 대놓고 비난한 적이 있다. 사실 그에겐 '나'라는 인칭대명사를 줄곧 쓰는 버릇이 있었는데, 그것은 첫째로 대학교수로서의 습관상, '나는 동의한다(J'accorde que)'라는 표현을 끊임없이 사용하거나 '내가 인정하는 바는(Je veux bien que)' 대신에 'Je veux que'라고 쓰기 때문이다. 예를 들면 '전선의 터무니없는 확장을 위해 그것이 필요하다고 생각한다(Je veux que l'énorme développement des fronts nécessite)' 따위의 표현을 끊임없이 쓰기 때문이고, 특히 이번 전쟁이 터지기 오래전부터 독일의 군사 준비를 눈치챈 반드레퓌스파의 옛 투사인 그는, '나는 1897년부터 이미 공언해왔다', '나는 1901년에 이를 지적해 말했는데', '나는 오늘날에는 쉽게 구하지 못하는 내 소책자의 글에서 책은 자기 운명을 가진다(habent sua fata libelli)고 경고했는데' 하는 따위의 글귀를 너무나 자주 쓰다 보니 그 습관이 몸에 배고 만 것이다. 그는 베르뒤랭 부인이 날카로운 말투로 쏘아붙인 충고에 몹시 얼굴을 붉혔다. "옳은 말씀입니다, 부인. 콩브(Combe)*² 씨 못지않게 예수회파를 싫어한 어떤 인물이—

_____
*2 프랑스의 수상(1902~05), 급진당수, 종교단체 단속법을 통과시킴.

그가 쓴 글에는 감미로운 회의주의의 대가이자 대홍수*¹ 전에는 분명 나의 적수였던 아나톨 프랑스의 서문 따위는 안 붙어 있지만—이런 말을 했어요. '자아는 언제나 가증스러운 것이다.'*² 이때부터 브리쇼는 일인칭 나(je)를 부정칭 대명사 on*³으로 바꾸었다. 그러나 인칭을 바꿔도 독자는 작가가 자기 이야기를 쓰고 있다고 생각했으며, 또 작가는 언제나 '사람' 또는 '우리'라는 인칭 뒤에 숨어서 여전히 자기 이야기를 하고, 자신의 사소한 문구에 대해서까지 주석을 달며, 단 하나의 부정(否定)을 위해서 한 편의 논설을 쓸 수도 있었다. 이를테면 다른 논설에서 독일군이 그 용기를 조금 잃었다는 이야기를 한다면, 브리쇼는 다음과 같은 서두로 시작하는 것이었다.—"우리는 여기서 진실을 위장하려는 게 아니다. 우리는 앞서 독일군이 그 용기를 조금 잃었다고 했지, 그들의 용기가 대수롭지 않다고는 말하지 않았다. 하물며 그들에게 아무런 용기도 없다고 쓰겠는가. 이와 마찬가지로 다음과 같은 말도 하지 않겠다. 점령 지역이니, 비점령 지역이니 등등." 결국 그가 하지 않았다는 말을 모두 한다면, 또 그가 몇 년 전에 한 말이나, 클라우제비츠(Clausewitz),*⁴ 조미니(Jomini),*⁵ 오비디우스, 티아나의 아폴로니우스*⁶ 등이 저마다 옛날에 한 말 등을 떠올리는 것만으로도 브리쇼는 능히 책 한 권을 쓸 수 있었을 것이다. 그가 그런 책을 발간하지 않았음은 참으로 유감이다. 그토록 지식이 풍부한 그의 논설은 이제 읽으려 해도 얻어 읽기 어려우니까.

베르뒤랭 부인에게 선동된 포부르 생제르맹 사람들은, 부인 집에서는 브리쇼를 비웃기 시작했으나, 동아리 밖으로 나오면 여전히 브리쇼를 칭찬했다. 그러다가 이전에는 그를 칭찬하는 것이 유행이었듯이 지금은 그를 비웃는 게 유행이 되었다. 또 그의 논설을 읽던 때는 남몰래 그에게 관심을 품어오던 여인들마저 더 이상 글을 읽지 않고, 남들보다 우직하게 보이지 않기 위해 태도를 바꿔 그를 쌀쌀한 태도로 비웃곤 했다. 작은 동아리에서 이때만큼 브리쇼가 입에 오르내린 적이 없었다. 그것도 조롱거리로. 브리쇼의 논설을 어떻게 생각

---

*1 그 전란을 말함.
*2 파스칼이 한 말.
*3 '사람' 또는 '우리'.
*4 프로이센의 군인·군사 이론가(1780~1831).
*5 스위스 태생으로 처음에는 프랑스, 나중에는 러시아에서 활동한 군사 연구가(1779~1869).
*6 그리스의 철학자(1세기 무렵).

하느냐가, 신참자의 두뇌 정도를 측정하는 기준이 되었다. 처음에 얼빠진 대답을 하면, 반드시 사람들은 무엇을 근거로 머리의 좋고 나쁨을 판단하는지부터 가르쳐주었다.

"요컨대, 자네, 그런 것도 심하지만, 그런 진저리나는 논설만이 한심한 게 아닐세. 툭하면 문화 파괴주의가 어쩌니, 파괴된 조각상이 저쩌니 하지만, 비할 데 없이 다채로운 조각상인 그 숱한 청년들을 파괴하는 것은 문화 파괴주의가 아닌가? 이목구비 수려한 사내가 사라진 도시는 모든 조각이 부서지고 만 뒤외 도시와 같은 게 아닌가? 뒤발이 경영하는 수프 전문집에 들어온 듯한 착각을 일으키게 하는 코르네트(cornette)*7를 쓴 여자가 아니면, 디동 신부*8를 닮은 곰팡내 나는 늙은 어릿광대의 시중을 받는 식당에 식사하러 간들 무엇이 기쁘겠나? 바로 그렇네, 암, 당당히 말하지. 뭐니뭐니해도 '아름다움'은 과연 생기 넘치는 육체 속에 있어야 '아름다움'이니까. 병역이 면제된 이유가 얼굴에 역력히 써 있는 코걸이안경을 낀 곱사등이의 식사 시중을 받으면 퍽이나 즐겁겠군! 식당에 들어가서 잘생긴 사내를 바라보고자 하면, 종전과는 달리 시중하는 종업원들이 아니라, 식사하는 손님들 중에서 찾아내야 하지. 그러나 종업원이라면 자주 식당을 옮겨 다녀도 다시 만날 수 있지만, 처음으로 그 식당에 온 영국 중위, 내일 전사할지도 모르는 상대이고 보면, 그 사람이 누구이고 언제 또 올지 어떻게 알겠나! 그 훌륭한 〈클라리스(Clarisse)〉*9의 작자인 멋있는 모랑이 이야기하듯, 폴란드의 아우구스투스 왕은 자기 연대 가운데 하나를 중국 도자기 꽃병과 바꾸었지만, 내 생각으론 밑지는 거래를 했던 걸세. 생각해보게나, 우리 친구인 고귀한 미녀들의 저택에 있는 유서 깊은 계단을 줄지어 장식하던, 키가 2미터나 됨직한 대장부인 사내종들이, 그들의 귀에 두 달쯤이면 전쟁이 끝날 거라고 떠들어대는 바람에 대부분이 출정해 모두 전사하고 말았으니! 허어 참! 그들은 나처럼 독일의 뚝심, 프로이센 민족의 힘을 미처 몰랐단 말씀이야." 샤를뤼스 씨는 정신없이 말했다.

이어서 그는 자기 관점을 지나치게 드러냈음을 깨닫고 다시 말했다. "내가

---

*7 여성용 실내 모자.
*8 프랑스의 설교가. 가톨릭 작가(1840~1900).
*9 폴 모랑(1888~1976)의 소설집 《탕드르 스토크》 가운데 한 편. 이 단편집에 프루스트가 서문을 써주었음.

프랑스를 위해 두려워하는 것은 독일보다 오히려 전쟁 자체네. 후방 사람들은 신문 덕분에, 전쟁을 멀찌감치 서서 구경하는 한낱 권투 경기에 지나지 않는다고 상상하지. 하지만 권투 경기와는 전혀 딴판일세. 전쟁이란 한곳에서 낫는 듯하다가 다른 곳에서 도지는 병이지. 오늘 누아용(Noyon)을 도로 빼앗아도 내일은 빵도 초콜릿도 떨어질 거야. 모레는, 여차하면 총알도 마다하지 않겠노라며 태연하던 자신만만한 자가 그 총알받이가 될 줄은 상상도 하지 않고 있다가, 신문에서 자기 연대의 소집 기사를 읽고는 미친 듯이 허둥거릴지도 모르네. 유서 깊은 건조물로 말하면, 랭스의 대성당같이 질적으로 오직 하나뿐인 걸작이 파괴되는 것이 두려운 게 아니라, 프랑스의 수수한 마을을 교훈적이고 매혹 있게 만드는 그 조화로운 전체 모양새가 무너지는 걸 보는 게 특히 두렵구려."

곧바로 콩브레가 내 머리에 떠올랐다. 지난날의 나는, 내 집안이 콩브레에서 차지하고 있는 변변치 못한 지위를 털어놓는다면 게르망트 부인의 눈에 너절하게 보일 거라고 생각했다. 이 보잘것없는 지위가, 르그랑댕을 통해, 스완, 생루, 또는 모렐의 입을 통해 이미 게르망트 부부나 샤를뤼스 씨에게 폭로되지 않았을까 하는 의문이 일었다. 그러나 이 점에 대해서는 과거를 따지기보다 이대로 묻지 않는 쪽이 나로선 마음 편했다. 그러므로 나는 오로지 샤를뤼스 씨가 콩브레에 대해 말하지 않기만을 바랐다. 그는 계속 말했다.

"여보게, 아메리카인을 나쁘게 말하고 싶진 않네만, 아무래도, 술에 술 탄 듯 물에 물 탄 듯한 그들의 아량은 끝이 없는 것 같네. 하긴 이번 전쟁에는 오케스트라 지휘자가 없어놔서, 다른 나라들보다 훨씬 뒤에야 춤에 끼어든 나라도 있고, 아메리카인은 우리가 거의 끝났을 무렵에 시작했지. 그러니 4년에 걸친 전쟁으로 우리 마음속에서는 식어버렸는지도 모르는 열기가 그들의 마음속에는 활활 타고 있는지도 모르네. 전쟁 전부터 그들은 우리나라를, 우리 예술을 좋아했고, 우리나라 걸작에 막대한 값을 치르고 사 갔지. 지금 수많은 걸작이 그들의 손안에 있소이다. 그러나 그처럼, 바레스 씨가 말하듯 뿌리째 뽑힌 예술은 프랑스 국토에 뿌리내려 아름답게 꽃피는 것과는 아주 반대되는 예술이지. 프랑스에서 성관은 성당의 내력을 말해주고 있거니와, 성당 또한 순례 오는 곳이었으므로 무훈시의 유래를 설명한다네. 나는 내 빛나는 가문과 혈통을 자랑할 마음도 없거니와, 또 그것은 지금 하는 얘기하고는 관계가 없어.

그러나 얼마 전 재산 문제를 처리해야만 해서 그 부부와 서먹서먹해진 사이임에도 콩브레에 사는 조카며느리인 생루 부인을 방문해야 했지. 콩브레라는 곳은 어딜 가나 수두룩한 아주 조그만 시가에 지나지 않네. 하지만 우리 선조들이 성당에 베푸는 사람으로서, 그 성당의 몇몇 그림 유리창에 그려져 있고, 다른 그림 유리창에는 우리 가문의 문장이 새겨져 있지. 우리 가문은 거기에 우리 예배당과 묘소를 갖고 있다네. 그런데 이 성당이 독일군의 감시소로 사용되었다고 해서 프랑스군과 영국군에 의해 파괴되고 말았지. 프랑스의 국토를 이루고 있던 살아남은 역사와 예술의 혼합물이 파괴되었네. 또 아직 끝나지도 않았지. 물론 내가 가족이라서 콩브레 성당의 파괴를 유명한 대성당의 파괴, 이를테면 고대 조각의 순수성을 재발견한 고딕식 대성당의 기적이라고 할 수 있는 랭스 대성당이나 아미앵 대성당의 파괴와 비교하려는 어리석은 생각은 없네. 피르맹(Firmin) 성자*¹의 쳐든 팔이 오늘날 파괴됐는지 아닌지도 몰라. 파괴됐다면 그 팔이 나타내는 신앙과 정력의 지고한 긍정이 이승에서 사라진 셈이지."

"그 상징이 사라졌다는 말씀이로군요." 내가 대답했다. "나도 당신 못지않게 어떤 상징을 경탄합니다. 그러나 상징 때문에 상징되는 현실을 희생시키는 것은 당치 않은 일입니다. 대성당이 경탄의 대상이 되어야 합니다. 하지만 그 대성당의 보존을 위해, 대성당이 가르치는 진실을 부정해야 할 날이 온다면 끝장입니다. 마치 군대라도 지휘하듯이 쳐든 피르맹 성자의 팔은 이런 말을 하고 있는 거죠. '우리는 파괴돼도 상관없다. 명예를 위해서 어쩔 수 없다면.' 돌 때문에 인간을 희생할 수야 없지요. 돌의 아름다움은 바로 인간의 진실을 한때 고정했다는 점에 있으니까요."—"말하려는 뜻은 잘 알겠네." 샤를뤼스 씨가 대답했다. "바레스 씨는 스트라스부르에 있는 조각상*²이나 데룰레드(Déroulede) 씨*³ 묘지 순례를 지나치게 권한 흠은 있지만, 그래도 그가 랭스 대성당이 우리 보병들의 생명보다 귀하지 않다고 썼을 때는 분명 가슴을 치는 숙연한 뭔가가 있더군. 이렇게 잘라 말한 그와 비교하면, 거기서 지휘하던 독일 장군이 랭스 대성당이라도 그에게는 독일 병사 한 명의 목숨보다도 귀중

*1 아미앵 대성당의 초대 주교.
*2 스트라스부르 출신의 프랑스 군인인 클레베르(1753~1800)의 조각상.
*3 프랑스의 시인·정치가(1846~1914). '애국자 동맹' 창시자이며 시집 《병사의 노래》를 발표함.

하지 않다고 한 말에 우리 보도진이 노기등등한 건 우스운 이야기지. 또 나라마다 똑같은 말을 하고 있으니 오장육부가 뒤집히도록 화가 나기도 하고 한탄스럽기도 하네. 벨포르(Belfort)*¹를 소유함은 프랑스의 복수심으로부터 독일 국민을 지키는 데 반드시 필요한 거라고 독일 상공업조합이 선언했는데, 그이유는 바레스가 보슈의 침략 의도로부터 프랑스를 방어하기 위하여 마인츠(Mainz)*²를 요구하는 이유와 같지. 알자스 로렌 반환은 프랑스에게 전쟁을 하는 충분한 동기가 되지 못했는데, 그것이 어째서 전쟁을 계속하고, 해마다 새로이 전쟁을 선언하는 데에 충분한 동기로 보였는가? 자네는 승리가 이미 프랑스에 약속되어 있다고 믿는 모양인데, 나 또한 마음속 깊이 그러기를 바라마지않네. 이 점은 조금도 의심치 말게나. 하지만 말이야, 도리에 맞는지는 별문제로 치고, 연합국 측의 승리를 확신하게 되면서부터(나로서는 물론, 그렇게 해결된다면 기쁘기 그지없지만, 자칫 허황한 이론으로 끝나는 승리, 우리에게는 알려지지 않는 값비싼 대가가 따르는, 말하자면 피로스(Pyrrhus) 왕의 승리*³가 얼마나 많은가를 나는 보아왔으니까), 그리고 보슈가 이미 승리의 확신을 잃으면서부터 독일은 평화 촉진에 애쓰고, 프랑스는 전쟁 연장을 위해 힘쓰는 듯이 보인단 말씀이야. 정당한 프랑스, 정의의 말을 드높이 울려야 할 프랑스가 말일세. 뿐더러 그 프랑스는 예로부터 온화한 프랑스여서, 비록 자기 나라 어린이들을 위해서라 할지라도, 또한 봄마다 피는 꽃들이 무덤보다 그 밖의 것에게 밝은 미소를 띠게 하기 위해서도, 마땅히 연민 어린 말을 건네야 하는 프랑스가 말씀이야. 자네, 정말 솔직하게 생각해보게. 언젠가 나에게 사물이란 영원히 되풀이하는 창조에 의해서만 존재한다는 이론을 말했었지. 세계의 창조란 단번에 일어난 게 아니다, 그것은 당연히 날마다 일어난다고 말했었네. 음, 자네의 그 말이 옳다면, 전쟁도 그 이론에서 제외할 수는 없을 테지. 우리의 뛰어난 노르푸아가('승리의 새벽'이니 '동장군'이니 하는 말처럼, 그가 아끼는 이름난 글귀를 써 가면서) '독일이 전쟁을 바란 이상 주사위는 이미 던져졌다'고 아무리 쓴댔자 소용없는 게, 아침마다 새로운 선전이 포고되는 실정이니까. 그러

---

*1 프랑스 동부의 지명.
*2 독일 남서부의 지명.
*3 고대 그리스 에피로스의 왕 피로스는 전쟁을 자주 일으켜 많은 승리를 거두었으나 결국 장수들을 거의 잃고 패망함. 얻는 것보다 잃는 게 더 많은, 의미 없는 승리를 가리키는 말.

므로 전쟁을 계속하고 싶어하는 쪽에도, 전쟁을 시작한 쪽과 똑같이 죄가 있네. 어쩌면 그 이상일지도 모르지, 왜냐하면 먼저 시작한 쪽은 틀림없이 전쟁의 참화를 죄다 예상했던 건 아닐 테니까.

그런데 이와 같이 전쟁이 길어지면, 비록 승리로 끝난다 해도 반드시 위험이 따르게 마련일세. 전례 없는 일이나, 처음으로 시도하는 수술이 인체에 어떠한 영향을 끼칠 것인가에 대해서 이야기하기는 어려운 법이지. 보통은 그처럼 염려되는 새로운 사태도 별 탈 없이 넘어가기는 한다네. 가장 현명한 공화당원도 정교 분리는 미친 짓이라고 생각했지. 하지만 그것이 우체통에 편지를 넣듯이 통과했어. 드레퓌스는 명예를 회복했고, 피카르는 국방 장관이 됐는데 아무도 뭐라 하지 않았네. 그렇지만 몇 년 동안 끊임없이 계속된 전쟁이 가져다주는 황폐가 어찌 안 두렵겠나! 돌아온 사람들은 무엇을 한다지? 피로에 기진맥진하거나, 머리가 미쳐버리지는 않을까? 그런 모든 것이, 프랑스는 제쳐두고서라도, 적어도 정부나 정치 자체를 뒤틀리게 할지도 모르지. 자네는 전에 내게, 모라스의 에메 드 쿠아니(Aimée de Coigny)[*4]를 읽게 했지. 그 에메 드 쿠아니가 1812년에 나폴레옹 제국이 벌이고 있던 전쟁에서 기대했던 바를, 오늘날 어딘가의 에메 드 쿠아니가 프랑스 공화국이 하고 있는 전쟁에서 기대하지 않는다면, 그건 내게 놀라 자빠질 일이네. 또 현재의 에메가 어딘가에 있은들 과연 그녀의 희망이 이루어질까? 나는 그렇지 않기를 바라.

전쟁 자체로 얘기를 돌려, 이걸 시작한 자가 정말 빌헬름 황제일까? 이 점이 나는 무척 의심스럽네. 하지만 시작한 게 그분인들, 예컨대 나폴레옹이 한 것과 다를 바 있나? 물론 못할 짓이지. 그러나 나폴레옹 숭배자들이나, 선전 포고일의 포 장군처럼 '나는 40년 이래 이날을 기다려왔다, 내 생애의 가장 좋은 날이다'고 외친 이들에게 그토록 혐오감을 불어넣었음을 보면 놀랍기 그지없네. 예술 애호자 모두가 조국에 해로운 일에 종사하고 있다고 비난받으며, 호전적이 아닌 문명은 모두 유해한 것으로 여겨지는 한편, 국가주의자나 군인이 어울리지도 않는 자리를 차지했을 때 나보다 더 강력히 항의한 이가 또 있었는지에 대해선 하늘이 알고 있어! 버젓한 상류 사교계 인사도 일개 장군에 비하면 거의 문제가 안 되었네. 머리가 돈 어떤 부인은 하마터면 나를 시브통

[*4] 나폴레옹 시대에 남모르게 맹렬히 활약한 여성으로 샤를 모라스의 《몽크 양(Mademoiselle Monk)》에 등장함.

(Syveton)*¹ 따위에게 소개할 뻔했지. 내가 지키려고 애쓴 것이 단순한 사교계의 법도에 지나지 않는다고 말하겠지. 하지만 경박해 보이는 사교계의 법도는 아마도 숱한 일탈을 막았을 것이네. 나는 문법이나 논리학을 옹호하는 사람들을 늘 공경해왔어. 그러한 사람들이 커다란 위험을 수없이 물리쳤다는 사실은 50년 뒤에나 알려지지. 그런데 우리나라의 국가주의자들은 누구보다도 독일을 싫어하고 누구보다도 철저한 항전론자요. 그러나 최근 15년 동안에 그들의 철학은 완전히 달라지고 말았네. 사실 그들은 계속 전쟁만을 고집하지. 그러면서도 그것이 싸움하길 좋아하는 민족을 없애고, 평화를 사랑하기 위해서 그런다는 거야. 그게 다 15년 전에는 대단히 훌륭하다고 생각했던 전쟁 문명이 이제는 그들을 두렵게 하기 때문일세. 그들은 프로이센이 국내에 군사적 요소를 우세하게 했다는 점을 비난할 뿐만 아니라 모든 시대에서 군사 문명이 예술뿐 아니라 정사(情事)까지 아울러, 그들이 몹시 아끼는 모든 것을 깡그리 파괴하고 말았다는 생각에 사로잡혀 있는 거야. 그러한 비평가는 국가주의자로 개종만 하면 순식간에 평화의 빛이 된다네. 그들은 모든 전쟁 문명 아래에서 여성이 굴욕적인 낮은 소임을 맡고 있다는 확신을 갖고 있어. 그런 상대에게는, 중세 기사들이 우러러 모시는 '귀부인'이나 단테의 베아트리체도, 앙리 베크 씨의 극 중 여주인공들만큼이나 높은 왕좌에 모셔졌다고 딱 잘라 말할 만한 사람도 없네그려. 머지않아 나는 만찬 자리에서 러시아 혁명가나 또는 단순히 우리나라의 아무개 장군보다 아랫자리에 앉게 되겠지. 그 장군들은 전쟁에 대한 공포와, 그들이 15년 전에 국민의 활력을 기를 수 있는 유일한 거라고 스스로 믿었던 이상을 위해 이제 국민이 힘쓰자, 도리어 그것을 처벌하기 위해 전쟁을 하고 있어. 불행한 러시아 황제는 헤이그 회의를 소집했다고 해서 몇 달 전만 해도 존경을 받았네. 하지만 자유 러시아를 환영하는 지금은 러시아의 영광이었던 차르(Tsar)라는 칭호를 사람들이 잊고 있어. 이와 같이 세계의 수레바퀴가 도는 거지.

　그건 그렇고 독일은 어쩌나 프랑스와 똑같은 표현을 사용하는지 프랑스가 말한다는 생각이 들 정도로, 지칠 줄 모르게 '생존을 위해 싸운다'고 되풀이하네그려. '우리는 끝까지 같은 하늘 아래 살 수 없는 잔혹한 적과 싸운다. 모

---

*1 프랑스의 정치가·국가주의자(1864~1904).

든 침략에서 우리의 장래 안전을 보증하는 평화를 얻어내기까지, 우리의 용감한 병사들이 흘린 피가 헛되지 않게', 또는 '우리 편이 아닌 자는 우리의 적이다' 하는 글을 보면 나는 그것이 빌헬름 황제의 말인지, 푸앵카레 씨의 말인지구별을 못 하겠네. 양쪽이 다 이런 말을, 얼마쯤 차이는 있지만 서로 스무 번이나 해댔으니까. 물론 이 경우 솔직히 황제 쪽이 공화국 대통령*²을 본떴다고실토해야겠지만. 프랑스가 여전히 약했다면 아마도 전쟁을 이토록 질질 끌지않았을 테고, 특히 독일은 그 강함을 잃지 않았더라면 전쟁을 끝내는 데 이토록 서두르지 않았을 걸세. 그렇다고 강하지 않다는 말은 아니야. 강하고말고. 아직 강하다는 걸 앞으로 보게 될 테니 두고 보게."

샤를뤼스 씨에게는, 신경질 때문에, 또 솟아넘치는 인상의 돌파구를 찾기위해서, 말하면서 날카롭게 소리를 높이는 버릇이 있었다. 이제껏 어떤 예술도 연마한 적이 없는 그는 그 인상을 마치 비행사가 폭탄을 투하하듯 퍼뜨려야 했다. 그의 수다가 아무의 귀에도 닿지 않는 들판 한가운데이건 또는 사교계이건 가리지 않았으며, 특히 사교계에서는 무턱대고 떨어뜨렸는데, 사교계인사들은 그것을 속물근성과 신뢰감에서—그는 이를테면 우격다짐으로 듣는 이에게 겁을 먹게 하여 괴롭히곤 했다—열심히 귀담아들었다. 뿐더러 큰거리에서 토해내는 그런 불꽃처럼 대단한 기세는 통행인에 대한 경멸의 표시여서, 그는 통행인에게 길을 비켜주기는커녕 목소리를 낮추려고도 하지 않았다. 오히려 그 목소리는 폭발하여 사람들을 놀라게 했고, 특히 돌아보는 사람들은 그 내용을 똑똑히 알아들었으므로 우리를 패배주의자로 여겼을지도 몰랐다. 나는 이 점을 샤를뤼스 씨에게 지적했지만 그는 웃음을 터뜨렸을 뿐이었다. "거참 우습군." 그는 덧붙였다. "결국 모르고 있을 뿐이지, 우리는 저마다 매일 저녁 내일의 3면 기삿거리가 되는 위험을 무릅쓰고 있는지도 모르네. 내가 뱅센의 참호 속에서 총살될 리 없다고 어떻게 장담하겠나? 내 종조할아버지 앙기앵 공작에게 그런 일이 일어났지. 귀족의 피에 갈증을 느끼면 어떤 서민은 사자들보다 더 예민하게 날뛰지. 이런 맹수들은 베르뒤랭 부인의 코 위에가벼운 생채기만 나도 당장 그녀한테 덤벼들 거야. 내가 젊었을 때, 남들이 들창코라고 하던 코 위에!" 이렇게 말한 그는 우리가 어느 살롱에 단둘이 있기라

*2 프랑스의 정치가 푸앵카레(1860~1934)를 가리킴.

도 한 듯이 목구멍을 크게 벌리고 웃어댔다.

이따금 샤를뤼스 씨가 지나갈 때마다 어둠 속에서 수상스러운 놈이 몇몇 불쑥 나와 몇 걸음 떨어진 곳에 뭉치는 걸 보고, 나는 그를 혼자 내버려두고 가는 편이 좋은지 아니면 옆에 붙어 있는 게 좋은지 생각해보았다. 마치 간질병 같은 발작을 일으키는 늙은이를 길에서 만나 그 흔들거리는 걸음걸이로 틀림없이 발작이 닥쳐오리란 기미를 알아본 이가, 함께 따라가서 간호하는 게 상대가 바라는 바인지, 아니면 그런 병의 발작을 남에게 숨기고 싶은데 공교롭게 남이 보게 되는 걸 꺼려서, 혼자 내버려두면 미리 피할 수 있는 걸 도리어 발작을 빠르게 하는 게 아닐까 겁내는 경우와 같았다. 그러나 자리를 떠야 할지 말아야 할지를 모르는 때도, 병자의 경우라면 이제부터 일이 터질 가능성은 술취한 사람처럼 비틀거리는 걸음걸이로 드러난다. 반면에 샤를뤼스 씨의 경우는, 내가 그 자리에 있음으로 해서 사건이 일어나지 않는 것이 그를 곤란하게 만드는지, 아니면 도리어 그 편이 나은지 나는 잘 모르는 데다가, 사건이 일어날지도 모른다는 표시는 똑바로 걸어가는 남작이 아니라, 교묘한 연출에 의하여 멀리서 둘러싸고 있는 단역들이 차지한 저마다의 위치에 의해 나타나 있었다. 아무튼 샤를뤼스 씨는 남들과 만나게 될까 봐 꺼리는 성싶었다. 한길보다도 으슥한 옆골목으로 나를 끌고 갔기 때문이다. 그러나 그 골목에는 각기 다른 국적을 가진 다양한 병사들, 곧 샤를뤼스 씨를 위로해줄 젊은 사나이들의 밀물이, 동원 초기에 모든 사나이를 국경으로 쓸어감으로써 파리에 미칠 듯한 공허를 만들었던 그 썰물의 반동으로, 한길에서 끊임없이 흘러들어오고 —어쩌면 여기에서 한길로 흘러나가고—있었다. 샤를뤼스 씨는 우리 앞을 지나치는 화려한 군복을 지칠 줄 모르고 바라보았는데, 그런 군복은 파리를 마치 항구 같은 국제 거리로 만들고, 또 더욱 변화무쌍한 온갖 아롱거리는 의상을 한데 모은답시고 여러 건물을 세웠을 뿐인 어느 그림의 배경처럼 파리를 비현실적인 거리로 만들었다.

그는 이전에 드레퓌스파라고 비난받던 귀부인들에게 그랬듯이, 지금은 패배주의자라고 비난받는 귀부인들에게 존경과 애정을 품고 있었다. 다만 유감스러운 건, 그녀들이 정치에 치맛바람을 넣는 따위의 너절한 짓을 함으로써 '언론인들의 논쟁'에 시빗거리를 준 점이었다. 하지만 귀부인에 대한 그의 마음은 변함이 없었다. 그도 그럴 것이 세상을 보는 그의 경박한 관점은 틀에 박힌 것이라, 미모와 그 밖에 남을 현혹하는 위력과 맺어진 고귀한 가문이 영원하리라 생각하는 그에게는 전쟁 또한 드레퓌스 사건과 마찬가지로 너절한 한때의 유행이었다. 이를테면 오스트리아와 단독 강화를 시도했다는 죄로 게르망트 공작부인이 총살되더라도, 그는 여전히 그녀가 고귀하며 귀족의 체면을 잃지 않았다고 생각할 것이다. 그것은 마치 오늘날 우리 눈에 마리 앙투아네트가 단두대에서 처형당했을망정 여전히 고귀하고 품위 있어 보이는 것과 같다. 이런 이야기를 할 때 샤를뤼스 씨는 마치 생발리에*¹나 생메그랭*²처럼 기품있고 근엄하게, 등을 곧게 펴고 장중하게 이야기했으며, 이 순간만은 그와 같은 병적인 나쁜 버릇이 있는 인간이 노골적으로 보이는 추잡한 태도를 조금도 보이지 않았다. 그런데 그와 같은 부류들 중에는 어떠한 때에도 그 목소리가 절대로 정확성을 잃지 않는 사람이 한 사람도 없는 까닭은 무엇일까? 가장 엄숙한 것에 가까이 가는 이 순간에도, 그의 목소리는 아직 정확하지 못하여 조율이 필요한 듯싶었다.

무엇보다 샤를뤼스 씨는 글자 그대로 머리를 어디로 돌려야 할지 몰라 쌍안경을 안 가지고 나왔음을 한탄하면서 여러 번 하늘을 쳐다보았는데, 하기야 쌍안경도 대수로운 도움이 되지 않았을 것이, 어젯밤 체펠린 비행선의 공습이 있어서 군의 경계가 더 빈틈없어졌고, 여느 때보다 수많은 군대가 하늘에도 나아가 있었기 때문이다. 몇 시간 전 푸른 저녁 하늘에 마치 곤충 같은 갈색 반점을 만들고 있던 비행기도 이제는 여기저기 가로등이 꺼져 한층 더 깊어진 어둠 속을, 적의 배에 횃불을 던지러 가는 고대의 불배처럼 지나가고 있었다. 이들 인간의 유성이 우리에게 준 가장 큰 아름다움의 인상은 뭐니뭐니해도 평소에는 거의 쳐다보지도 않는 저 밤하늘을 주의 깊게 바라보도록 한 것이다. 지난 1914년 파리에서 내가 바라본 하늘은 다가오는 적의 위협을 기다리고 있는 거의 무방비한 아름다움이었다. 지금도 그때처럼 아직 파괴되지 않은 유서 깊은 건축물에 덧없는 아름다움을 쏟아붓고 있는 달은, 잔인하리만큼 신비하고 맑고 밝으며 영원히 변하지 않을 태고의 장엄을 담고 있었다. 그러나 1914년과 마찬가지, 아니 그 이상으로, 거기에는 뭔가 다른 게 끼여 있었다. 곧 여러 광선과 깜박이는 불빛이 비행기로부터, 또는 에펠탑의 탐조등으로부터 나

---

*1 위고의 작품에 나오는 인물.
*2 뒤마의 작품 《앙리 3세와 그 궁정》에 나오는 인물로서, 앙리 3세의 총애를 받는 신하.

오고 있고, 그러한 빛살이 총명한 의지와 우호적인 경계심에 이끌려 발하고 있음을 모두가 알고 있으며, 그것이 주는 감동, 어떤 감사와 안정감은, 지난날 생루의 방을 찾아갔을 때, 한창 젊은 나이에 망설임 없이 자기 한 몸을 내던질 날을 가까이 두고, 그토록 수많은 마음이 오로지 맹렬한 훈련 아래 단련되는 그 군대 수도원 독방에서 내가 느꼈던 바와 같은 것이었다.

어젯밤의 공습으로 땅 위보다 더 어지러웠던 하늘도 이제는 태풍이 지나간 바다처럼 잔잔했다. 하지만 태풍 뒤 바다처럼 아직 빈틈없는 고요를 되찾지는 못했다. 비행기 몇 대가 아직도 불화살인 양 치솟아 별들에 끼여 있고, 탐조등의 몇 줄기 빛살이 희미한 별의 먼지처럼, 떠돌아다니는 은하처럼 하늘을 가르며 천천히 오락가락하고 있었다. 그러다가 비행기는 별자리 한가운데에 박혔는데 '그런 새 별'을 보고 있으려니 어쩐지 자기가 다른 반구(半球)에 있는 듯한 느낌이 들었다.

샤를뤼스 씨는 나에게 그런 비행사들에 대한 감탄의 말을 했다. 그리고 자신의 그 다른 경향에 대해 말할 때처럼, 입으로는 그것을 부인하면서도 알지 못하는 사이에 그 친독사상을 흘릴 수밖에 없었다. "덧붙여 말하자면, 나는 고타에 탑승한 독일인들도 마찬가지로 존경하고 있네. 또 체펠린의 승무원들도 말이야. 생각해보게, 얼마나 용기가 필요한 일인가! 아무렴 영웅들이지. 그들이 민가에 폭탄을 떨어뜨렸다 한들 뭐가 대수인가, 저 대포들이 그들을 노리고 일제히 쏘아대는데? 자네는 고타나 대포가 무섭나?" 나는 아니라고 말했지만, 어쩌면 잘못된 생각인지도 몰랐다. 그렇게 말한 건, 내가 게을러서 해야 하는 일을 내일, 모레로 미루는 버릇이 들어버려, 죽음도 그런 것이려니 상상하고 있는 탓인지도 몰랐다. 오늘 당장 맞을 리가 없다고 확신하는 대포알을 왜 두려워하겠는가? 더구나 폭탄이 떨어진다는 생각과 죽을지도 모른다는 생각이 그때까지 아무런 연결도 없이 따로따로 머릿속에 있었으므로, 독일 비행기가 지나감에 따라 그려지는 심상에는, 어느 날 밤 소란스러운 하늘의 안개 물결에 뒤흔들려 단속적으로 보이는 독일 비행기, 살인 병기인 줄 알면서도 하늘 위 별로만 상상했던 그 비행기 가운데 한 대가 우리 쪽으로 폭탄을 떨어뜨리는 몸짓을 목격하기에 이르기까지 어떠한 비극적인 느낌도 더해지지 않았다. 왜냐하면 어떤 위험에 대한 생생한 현실감은 이미 아는 경험으로 돌아갈 수 없는 새로운 것, 곧 인상에 의해서만 느낄 수 있기 때문이다. 그 인상은 흔히 이 폭탄이 투하될 경우처럼 한 선으로 요약된다. 그것은, 마침내 그 선을 깨뜨리고 나타나는 행위 수행의 잠재력을 품으면서 하나의 의도를 드러내 보이는 선이다. 한편 콩코르드의 다리 위에서 쳐다보면, 우리를 위협하러 왔다가 궁지에 빠진 그 비행기 주위로, 마치 샹젤리제 공원이나 콩코르드 광장이나 튈르리 공원의 분수가 구름 속에 비친 듯이, 탐조등 빛줄기의 분수가 하늘 가득히 엇갈리고 있었다. 어지럽게 엇갈리는 그 선 또한 숱한 의도로 가득 차 있으며, 억세고 현명한 사람들이 앞날을 내다보며 우리를 지키려는 의도로 가득한 선이다. 그리고 나는 동시에르의 병영에서 지낸 하룻밤처럼 참으로 놀라운 정확성으로 우리를 위해 경비에 애써주는 그들에게 깊이 감사했다.

　밤의 아름다움이나, 파리가 위협받고 있는 상황이나 1914년 무렵과 같았다. 달빛은 방돔 광장이나 콩코르드 광장의 아름다운 전체 야경을 마지막으로 촬영할 수 있도록 마그네슘이 조용히 계속해서 타오르고 있는 듯했다. 이 아름다운 광장도 언젠가 파괴해버릴 폭탄에 대한 내 공포심, 아직 다치지 않은 광장의 아름다움 속에서 오히려 어떤 풍만한 육체를 느끼고, 광장이 앞쪽으로 불쑥 가슴을 내밀어 적의 폭격에 그 무방비한 건축물을 내맡기고 있는 것 같았다. "무섭지 않나?" 샤를뤼스 씨가 다시 물었다. "파리 시민은 사정을 통 모르지. 들리는 말로는 베르뒤랭 부인이 날마다 모임을 연다는군. 소문으로만 들을 뿐이지, 나는 그들에 관해선 통 몰라. 깨끗이 절교했거든." 이렇게 덧붙인 샤를뤼스 씨는 전보 배달부가 지나가기라도 한 듯 눈을 내리깔 뿐만 아니라, 머리도 어깨도 아래로 떨어뜨리면서 한쪽 팔을 올려 '나는 손을 뗐다'는 정도는 아니더라도, 적어도 '모르니 할 말이 하나도 없네(그에게 아무것도 물어보지 않았건만)'라는 시늉을 했다. "모렐이 여전히 거기에 드나드는 걸 알지." 그가 말했다(그가 이 점에 대해 말한 것은 이번이 처음이었다). "들리는 말로는 녀석이 옛일을 무척 후회하여 나와 화해하고 싶어한다는군." 이렇게 덧붙인 그는, "풍문으로는 프랑스가 얼마 전에 독일과 여러 번 모임을 갖고 정식으로 협상을 시작했다지" 말하는 포부르 생제르맹 주민만이 지닌 독특한 그의 장점과 함께 아무리 심한 퇴짜를 맞아도 단념 못하는 연정에 애가 탄 남자의 모습을 폭로하고 있었다. "아무튼 화해를 바란다면 솔직히 그렇다고 말하면 될 것을. 녀석보다 나이가 많은 내가 먼저 제의할 일은 아니니까." 그토록 분명하다면 구태여 어쩌고저쩌고 할 필요가 없지 않은가. 게다가 그의 본심은 말과는 달랐다.

그래서 사람들은 샤를뤼스 씨를 똑바로 보기가 민망했던 것이다. 자기가 먼저 첫걸음을 디딜 수는 없다고 말하면서 반대로 그가 먼저 그렇게 하고 있으며, 내가 화해 조정의 소임을 맡겠노라고 말 꺼내기를 기다리고 있음이 뻔히 보였기 때문이다.

그야 물론 나도, 누군가를 사랑하는 사람, 또는 그저 상대의 집에 초대받지 못한 사람이 어리석게도 남을 쉽게 믿거나 믿는 척하는 것을 잘 알고 있었다. 그런 인간은 갖가지 수단으로 호소해도 상대가 통 보여주지 않는 호의를 그들이 갖고 있다고 믿게 마련이다. 그러나 그런 말을 시 낭송하듯 읊조리던 샤를뤼스 씨의 억양이 느닷없이 떨리는 것과 그의 눈 속에 번뜩이는 야릇한 눈빛을 보고, 언뜻 나는 그 낡은 주장 밑에 뭔가 다른 것이 있구나 하는 인상을 받았다. 내 생각은 틀리지 않았다. 나중에 두 가지 사실로 그것이 증명되었는데, 지금 이 자리에서 말해두겠다(이중 두 번째 사실은 샤를뤼스 씨가 죽은 뒤의 일이니까, 내 설명은 몇 년을 앞서는 셈이다. 또한 그의 죽음 또한 훨씬 나중의 일이므로 앞으로도 그를 만나는 기회가 있을 테지만, 그 무렵의 그는 지금껏 우리가 알던 그와 매우 달라져서, 특히 마지막으로 만났을 때는 모렐에 대해서까지 까마득하게 잊고 있었다).

첫 번째 사실은, 내가 지금 샤를뤼스 씨와 함께 이렇듯 큰 거리를 내려간 저녁으로부터 겨우 2, 3년 지나 일어났다. 이 저녁을 보낸 지 2년쯤 지나 우연히 모렐을 만난 것이다. 나는 금세 샤를뤼스 씨가 머리에 떠올라, 그분이 이 바이올리니스트와 재회하면 얼마나 기뻐할까 하는 생각에, 한 번만이라도 좋으니 그분을 만나러 가보라고 권했다. "그분은 당신에게 참 친절하셨잖소." 나는 모렐에게 말했다. "이미 늙어서 언제 죽을지도 모르고. 케케묵은 시비를 깨끗이 씻어내고, 불화의 흔적을 없애버려야죠." 화해하는 게 바람직하다는 점에서는 모렐도 나와 전적으로 같은 의견인 듯했지만, 샤를뤼스 씨를 방문하는 건 단 한 번이라도 질색이라고 거절했다. "그건 잘못이오." 내가 말했다. "고집 때문에 그러오, 귀찮아 그러오, 심술궂은 마음에서 그러오, 못된 자존심에서 그러오, 도덕심에서 그러오(그렇다면 안심하시게, 결코 공격하지 않을 테니), 거드름 피우느라 그러오?" 그러자 바이올리니스트는 털어놓고 말하기가 매우 고통스러운 듯 얼굴을 찡그리고 몸을 부르르 떨면서 대꾸했다. "천만에, 그렇기 때문이 아니죠. 도덕심 따위야 내 알 바 아니죠. 심술궂은 마음? 반대죠, 오히려 그를 불쌍히 생각하고 있으니까. 거드름도 아니에요. 필요치 않으니까. 귀찮아서도 아니죠, 온종일 할 일이 없어 멍하니 있는 적이 많으니까. 그래서가 아닙니다. 실은, 아무에게도 말하지 말아요, 당신한테 말하는 것도 미친 짓이니. 사실…… 저어…… 무서워요!" 그는 온몸을 부르르 떨기 시작했다. 나는 무슨 말인지 이해가 가지 않는다고 솔직히 말했다. "아니, 묻지 마십쇼, 이 얘긴 그만합시다. 당신은 그를 나만큼 잘 몰라요. 아니 전혀 모른다고도 할 수 있죠."— "하지만 그가 당신한테 어떤 해코지를 할 수 있소? 이제 당신들 둘 사이에는 원한도 남이 있지 않으니 더더욱 그가 헤를 입힐 리 없지 않습니까. 그리고 또 그분은 본성이 착하세요."— "물론 잘 알고말고요, 그이가 착한 줄! 섬세한 마음씨와 곧은 성미도. 하지만 나를 내버려두십쇼, 더 이상 그 얘기는 하고 싶지 않습니다. 부탁이에요, 말하기 부끄럽지만 나는 무서워요!"

두 번째 사실은 샤를뤼스 씨가 죽은 뒤의 일이다. 그가 내게 남겨준 몇 가지 유품과 함께 세 겹 봉투로 봉한 편지 한 통을 나에게 보내왔다. 그 편지는 적어도 그가 죽기 10년 전에 쓴 것이었다. 그때 그는 중태여서 여러 가지 조치를 취했었는데, 그 뒤에 회복했다가 다시 상태가 악화되어, 얼마 뒤에 우리가 게르망트 대공부인의 오후 연회에 가는 도중에 보게 되는 사태에 이르고 만다. 그 편지는, 몇몇 친구에게 물려주는 물건과 함께 금고 속에 넣어져 7년 동안 그대로 보관되었고, 그 7년 사이에 그는 완전히 모렐을 잊은 것이다. 편지에는 깨끗하고 확고한 글씨체로 다음과 같은 내용이 적혀 있었다.

"친애하는 벗이여, 신의 섭리는 헤아리기 어려운 바가 있네. 가끔 신께서는 평범한 사람의 결점으로 의로운 인간이 우월성을 잃지 않도록 막아주시지. 자네는 모렐이라는 인간을 알고 있네. 어디에서 태어났는지, 또 내가 어느 꼭대기까지 녀석을 끌어올리려고 했는지, 거의 내 수준에까지 올려주려고 했음을 자네는 알고 있지. 그런데 알다시피 그는 인간다운 인간, 다시 말해 진정한 불사조로서 되살아날 뼛가루가 되기를 마다하고, 독사가 우글거리는 진흙탕으로 돌아가는 길을 택했네. 그는 스스로 명예를 떨어뜨렸고, 그것이 내 명예가 떨어지는 일을 막았지. 알다시피 우리 가문의 문장에는 우리 주님의 금언이 그대로 담겨 있네. 곧 'Inculcabis super leonem et aspidem(너는 사자와 살무사를 짓밟으리라)', 또 문장의 받침으로 사자와 뱀을 발밑에 밟고 있는 한 인간이 그려져 있지. 그런데 내가 나 자신인 그 사자를 그런 모양으로 짓밟을 수 있다는 건 뱀 덕분이고, 또 아까 너무나 경솔하게 결점이라고 말했던 그 뱀의 조심성 덕분일세. 그도 그럴 것이, 복음서의 심오한 예지는 남에 대해서는 결점까지도 미덕으로 보기 때문이지. 일찍이 아름다운 소리를 내면서 꼬리를 울리는 우리 뱀은 한 사람의 뱀놀림꾼이 붙어 있었을 적에—하기야 그 뱀놀림꾼도 완전히 홀려 있었지만—단순히 음악적인 파충류(reptile)*¹였을 뿐더러, 내가 신의 은총으로 생각하는 그 조심성의 미덕을 비열하리만큼 몸에 지니고 있었네. 그 성스러운 조심성이야말로, 녀석에게 나를 만나러 오라고 전달한 부름에 저항케 했던 걸세. 이 일을 그대에게 고백하지 않고서는 내가 이승에서 평화를 누리지 못하거니와 저승에 가서도 신의 용서를 받을 희망이 없네그려. 이 점에서 녀석은 신의 예지의 매개자였지. 실은 나는 오래전부터 결심했었지, 내 집에 오기만 하면 살려서 돌려보내지 않으리라고. 우리 둘 가운데 하나가 사라지지 않고서는 해결이 안 났던 걸세. 나는 녀석을 죽일 결심이었어. 신께서는 녀석한테 조심하라고 충고해, 나를 죄로부터 구하셨네. 내 수호천사인 우두머리 천사 미카엘의 중재가 거기에 크게 작용했음은 조금도 의심할 여지가 없어. 나는 몇 년 동안 이 수호천사에게 그토록 소홀했음을, 또 죄악에 맞서 싸울 때 특별히 내게 보여주신 수많은 호의에 보답하지 않았음을 이제 수호천사께 용서를 빌 뿐일세. 하늘에 계신 우리 아버지께서 불어넣으신 영감으로 말미암아 모렐이 나를 만나러 오지 않았음은 천주의 종인 이 우두머리 천사 덕이라고, 나는 믿음과 이성에 가득 차 딱 잘라 말하네. 그래서 지금 죽어가는 이는 나일세. 그대에게 충실한 헌신의 정을 담아, Semper idem(언제나 변함없는)

P. G. 샤를뤼스."

편지를 읽고 나는 모렐의 공포를 이해했다. 물론 여기에는 거만과 수두룩한 문구들이 있었다. 그러나 고백은 진실이었다. 모렐은 나보다 더 잘 알고 있었던 것이다. 게르망트 부인이 그 시아주버니에게서 발견한 '광적인 일면'이, 내가

---

*1 본디의 뜻은 '파충류 동물'이지만 여기서는 '비굴(卑屈)한 사람'을 비유적으로 나타낸 표현.

생각해왔던 것처럼 잠깐 미친 듯이 겉으로 나타났다가 그것으로 끝나버리고 마는 것만이 아님을.

이야기를 원점으로 돌려야겠다. 나는 샤를뤼스 씨와 나란히 큰길을 내려가는 참이고, 샤를뤼스 씨는 나를 자기와 모렐 사이에 화해의 돌파구를 열어주는 막연한 중개자로 생각한 참이었다. 내가 대꾸하지 않는 걸 보자 그는 이렇게 말했다. "그리고 녀석이 어째서 연주하지 않는지 모르겠네. 전쟁을 핑계로 이제는 아무도 음악을 하지 않아. 하지만 여전히 춤을 추고, 만찬회에도 가고, 여자들 피부에 좋다는 화장품까지 발명했지. 독일군이 좀더 가까이 들이닥친다면 연회를 즐기는 남녀로 가득한 이런 광경이 아마도 우리의 폼페이 최후의 날이 될 걸세. 그러나 그들 덕분에 겨우 그 경박한 생활에서 구원받을 테지. 독일의 베수비오 화산 같은 용암(그들의 함포는 화산 못지않게 무시무시하니까)이, 몸단장하는 여자들을 덮쳐 그 동작을 영원히 붙들어둔다면, 후세의 어린이들은 그림이 든 교과서에서 몰레 부인이 시누이 집의 만찬에 가기 전 얼굴에 분을 바르고 있는 모습이나 소스텐 드 게르망트가 눈썹을 거의 다 그려가고 있는 모습을 구경하면서 공부할 것이네. 이는 미래의 브리쇼들에게 좋은 강의 재료가 되겠지. 한 시대의 경박함도 천년 뒤에는 더할 나위 없이 진지한 박학(博學)의 소재가 되네. 특히 화산 분출이나 폭격으로 떨어진 용암과 비슷한 물질로 인하여 그때 있던 모습 그대로 보존된 경우에. 미래의 역사학을 위해 이 얼마나 귀중한 재료인가. 소장하는 그림과 조각을 아직도 바욘(Bayonne)*² 에 나눠두지 않고 그대로 가지고 있는 조심성 없는 여인네들을 모두, 베수비오 화산이 뿜어내는 가스와 비슷한 독가스나 폼페이를 뒤덮은 용암 사태 같은 것이 그 모양 그대로 다음에 남기면! 하기야 이미 1년 전부터 단편적으로 폼페이가 되어가고 있다고 할 수 있지 않을까? 사람들이 매일 밤처럼 무통 로스차일드나 생테밀리옹의 옛 술병을 가지러 가는 게 아니라, 가장 소중한 것을 가지고 지하실로 숨어드니 말씀이야. 마치 제기(祭器)를 나르는 순간에 죽음을 당한 헤르쿨라네움(Herculaneum)*³의 사제들처럼. 물건에 대한 집착이야말로 늘 그 주인을 죽음에 이르게 하지. 파리는 헤르쿨라네움과 달리 헤라클레스가 세운 도시는 아니지만 닮은 점이 참으로 많네! 또한 우리에게 주어진 이 선견

---

*2 프랑스 남서부의 도시.
*3 나폴리와 폼페이 사이에 있던 시가. 서기 전 70년에 베수비오 화산의 폭발로 매몰.

지명은 현대에만 있는 게 아니라, 어느 시대에나 있었지. 우리는 내일이라도 베수비오 화산에 파묻힌 도시들과 같은 운명을 당할지 모르네. 나는 그리 생각하네만, 옛날 그곳의 주민들도 자기들이 성서에 나오는 저주받은 도시들의 운명에 위협을 당하고 있음을 알아챘던 걸세. 폼페이의 어떤 집 벽에 '소도마, 고모라(Sodoma, Gomora)'라는 의미심장한 글귀가 새겨져 있는 걸 발견했다네."

샤를뤼스 씨가 잠깐 눈을 하늘로 쳐든 것이 이 소돔이라는 이름과 그 이름이 떠올리게 한 사념 때문이었는지, 아니면 폭격을 생각해서였는지 나는 모른다. 그는 금세 눈을 땅으로 돌렸다. "나는 이번 전쟁의 모든 용사에게 감탄하네." 그가 말했다. "예를 들어 영국 병사 말일세, 전쟁 시초에는 그들을 좀 깔보며, 한낱 비전문가 축구 선수가 직업 선수와—더더구나 유명한 직업 선수와—겨루려 하다니 어지간히 주제넘다고 생각했네만, 어떤가, 미학적인 관점으로만 봐도 그들은 아주 훌륭한 그리스의 경기자란 말이야. 알아듣겠나? 그리스의 그렇지, 플라톤 시대의 젊은이들, 아니 오히려 스파르타의 용사들이야. 내 친구 하나가 그들이 주둔하는 루앙에 갔다 왔는데, 그 친구 참으로 으리으리한 광경, 아무도 생각지 못할 진짜 으리으리한 광경을 보았다고 하더군. 그건 이미 루앙이 아니라 다른 도시였네. 그야 대성당의 말라빠진 성자들의 조각상이 있는 옛 루앙도 거기에 있기야 있지. 물론 그 또한 아름답지만 그건 별개 문제야. 또 우리의 푸알뤼! 내가 그런 푸알뤼와 젊은 파리지엔에게서 어떤 풍미를 발견하는지는 이루 말할 수 없네. 이를테면 저기 지나가는 남자는 자못 약삭빠른 모습에 쾌활하고도 야릇한 겉모양을 하고 있지. 나는 곧잘 그들을 멈추게 하여 조금 잡담하곤 하지만, 얼마나 섬세하고 분별 있는지 모른다네! 또 시골의 젊은이들은 r음을 굴리며 알아들을 수 없는 사투리를 쓰는 게 얼마나 재미나고 애교 있는지! 나는 시골에 오래 살았고 농원에서 잔 적도 있어서 그들의 말을 알아듣네. 그러나 프랑스 사람에 대해 감탄한다고 해서 적을 얕잡아보면 못쓰는 법이지. 그러면 우리 자신의 값어치를 스스로 떨어뜨리는 셈이거든. 그런데 독일군이 어떠한 병사인지 모를 테지, 나같이 베를린의 '운터덴린덴로(路)(Unter den Linden)'를 뻗정다리로 분열행진하는 독일 병사를 구경한 적이 없으니까."

그는 발베크에서 나한테 이야기한 적이 있는 그 사내다움의 이상을 다시 꺼냈는데, 그것은 그의 마음속에서 하나의 철학적 형태를 갖추게 되었고, 게다가 그의 이론은 너무 얼토당토않아서 그의 탁월함을 발휘하는 경우에도 이따금, 머리는 좋지만 어디까지나 한낱 사교인에 지나지 않는 자가 토론할 때 보이는 내용의 빈약함을 드러내고 만다. "그렇고말고. 독일 병사, 곧 보슈는 억세고 튼튼하고도 굉장한 용사, 조국의 위대함밖에 마음속에 없는 용사라네. '도이칠란트 위버 알레스(Deutschland über alles)'[*1]라는 독일 국가의 가사만 해도 그리 어리석은 표현이 아닌 것이, 보게, 우리는—그들이 씩씩하게 전쟁 준비를 하고 있는 동안에—도락(道樂)에 빠져 있었단 말일세." 이 낱말은 샤를뤼스 씨에게 문학과 비슷한 뭔가를 뜻하고 있는 성싶었다. 왜냐하면 내가 문학을 좋아하여 한때 그것에 헌신하려는 뜻을 품었던 적이 있음을 떠올려선지, 샤를뤼스 씨가 내 어깨를 탁 치고(탁 치는 몸짓을 이용하여, 지난날 내가 군대에 복무했을 적에 '76식' 총의 반동이 어깨뼈에 울렸던 것과 같은 아픔을 줄 만큼 내 어깨에 기대며), 나무라는 말을 누그러뜨리려는 듯 말했다. "그렇지, 우리는 모두 도락에 빠져 있었네, 그대도 나와 마찬가지로 '메아 쿨파(mea culpa)'[*2]하게. 우리는 너무나 문예 애호가였단 말씀이야." 나는 뜻하지 않은 비난에 놀라 적절한 대꾸도 못하고, 또 상대에 대한 예의와 그의 싹싹한 우정에 감동하여, 그가 권유하는 대로 내 가슴을 스스로 퍽퍽 치기라도 하듯 머리를 끄덕끄덕하고 말았는데, 이는 눈 뜨고 못 볼 쑥스런 짓이었다. 왜냐하면 내게는 스스로 책할 문예 애호의 그림자조차 없었기 때문이다. 그가 말했다. "그럼 이만 실례하겠네(멀찌막이 그를 따라온 무리도 드디어 떠나버렸다). 집으로 돌아가 꼬부랑 영감처럼 푹 자야지. 노르푸아가 즐겨 쓰는 싱거운 격언을 빌린다면, 전쟁은 우리 습관을 모두 바꿔버렸다네."

하지만 샤를뤼스 씨가 집에 돌아가도 계속해서 병사들에게 둘러싸여 있을 것임을 나는 알고 있었다. 왜냐하면 그는 자기 저택을 군 병원으로 바꾸고 말았기 때문이다. 그러나 그것은, 내 생각으론 그가 자기 공상의 요구에 따랐다기보다는 착한 마음씨에 따른 듯하다.

맑게 갠 하늘에 바람기 하나 없는 밤이었다. 다리와 물에 비친 그 그림자가 만드는 둥근 고리 사이로 흐르는 센 강을 바라보면서, 나는 보스포러스

[*1] '세계에 가장 뛰어난 독일'이라는 뜻. 옛 독일 국가의 한 부분.
[*2] '나의 죄', '내 탓이로소이다'는 뜻.

(Bosporus)*¹ 해협도 분명히 저러려니 상상했다. 그리고 샤를뤼스 씨의 패배주의가 예언한 적군 침입의 상징이냐, 아니면 프랑스군에 대한 우리 이슬람교국 동지들의 협력의 상징이냐, 스캥(sequin)*²마냥 가늘고 흰 달이 떠 파리 상공에 근동의 초승달 깃발*³을 올린 것 같았다.

나에게 작별인사를 하면서 그는 잠깐 내 손을 으스러지도록 쥐었는데, 그 악수는 남작과 같은 감성을 가진 사람들 특유의 독일식 특징이었다. 그는 내 손을 그렇게 쥐면서, 잃지도 않은 부드러움을 내 손가락 관절에 되찾아주려고나 하듯, 계속해서 내 손을, 코타르풍으로 말해서, 주물럭거렸다. 맹인들은 어느 정도 촉각으로 시각을 보충한다. 하지만 이 악수의 경우 촉각이 어느 감각을 대신했는지 모르겠다. 아마도 그는 그저 내 손을 쥐었을 뿐이라고 여겼으리라. 마치 어둠 속에 지나가는 세네갈 병사를 그로서는 다만 흘끗거렸을 뿐 넋을 잃고 바라보았다고는 꿈에도 생각지 못한 것처럼. 그러나 이 두 경우에서 남작은 잘못 생각했으니, 촉각의 경우나 응시의 경우나 그 도가 지나침으로 그는 죄를 짓고 있었다. "드캉의, 프로망탱의, 앵그르의, 들라크루아의 근동이 모두 저 안에 있지 않은가?" 그는 여전히 세네갈 병사의 뒷모습을 뚫어지게 바라보며 말했다. "나는 말이야, 사물과 인간에 대해 화가나 철학가의 입장으로서밖에 흥미를 가져본 적이 없네. 게다가 이제 꽤 늙었지. 하지만 지금 이 그림을 완벽하게 하기 위해, 우리 둘 중 하나가 오달리스크(odalisque)*⁴가 아닌 것이 참으로 섭섭하기 짝이 없군!"

남작이 내 곁을 떠나자마자 내 공상에 들러붙기 시작한 것은 드캉이나 들라크루아의 근동이 아니라, 지난날 그토록 즐겨 읽었던 《아라비안나이트》의 옛 근동이었다. 그래서 이 어두운 거리의 그물 속에 조금씩 헤매 들어가면서 나는, 바그다드의 후미지고 으슥한 거리로 모험을 찾아 나서는 이슬람교국 왕하룬 알 라시드를 생각했다. 한편 후덥지근한 밤거리를 걸어 목이 말랐지만, 근처의 바는 전부 문 닫은 지 오래고, 휘발유가 부족해서 드물게 보이는 택시

---

*1 터키 북서부에 있는 해협. 마르마라 해(海)와 흑해를 이음.
*2 지중해 연안, 근동 여러 나라에서 쓰이던 베네치아의 옛 금화(金貨).
*3 터키 국기를 말함.
*4 이슬람교국, 특히 터키 황실의 후궁.

는 근동인 아니면 흑인이 운전하고 있으며, 내 신호에 응할 생각조차 하지 않았다. 마실 것을 사서 집에 돌아갈 만한 기운을 되찾을 수 있는 장소는 호텔밖에 없을 듯했다.

그러나 나는 파리 중심가에서 꽤 멀리 떨어진 거리까지 왔고, 고타가 파리에 폭탄을 떨어뜨리기 시작한 뒤로, 호텔이란 호텔은 다 문을 닫고 말았다. 거의 온 상점이 마찬가지로, 고용인이 부족하거나 또는 주인 자신이 겁을 내 시골로 도망치고 말아 문짝마다 손글씨로, 머잖아(말은 그렇지만 막연한) 다시문을 열겠노라는 말만 남기고 있었다. 아직은 겨우 버티고 영업할 수 있는 서너 가게도 문짝에 알림판을 붙여, 일주일에 두 번밖에 영업하지 않는다고 알리고 있었다. 비참·포기·공포가 이 거리 일대에 살고 있는 게 피부로 느껴졌다. 그래서 이처럼 버림받은 집들 사이에 한 곳만이 아직 활기 띠고 번창하며, 거꾸로 공포와 파산을 이겨낸 듯한 호텔을 본 내 놀라움은 컸다. 창마다 덧창을 달아 경찰의 명령대로 불빛을 가렸지만, 그럼에도 덧창 사이로 채로 친 듯새어나오는 불빛은 근심 없는 모습을 드러내고 있었다. 그리고 줄곧 문이 열리며 새로운 손님이 드나들었다. 그것은 근처 온 상인의 부러움을(이 집의 경영자가 벌어들이는 돈 때문에) 살 만한 호텔이었다. 그리고 이때 내게서 15미터 남짓 떨어진 곳, 어둠이 깊어 누군지 분간도 안 되는 저쪽으로 한 사관이 재빨리 나가는 걸 보았을 때, 내 호기심은 더욱 자극되었다.

그렇지만 나에게 강한 인상을 준 것은 잘 보이지 않던 그 얼굴도, 넉넉한 외투 속에 감춘 그 군복도 아니라, 사실은 그 몸이 매우 많은 지점을 지나가는데도, 마치 포위당한 자가 탈출을 시도하듯이 그것이 불과 몇 초 사이에 이루어졌다는 그 묘한 불균형이었다. 그래서 그 군인을 명확히 알아보지는 못했지만, 그 순간에 퍼뜩 나는—생루의 풍채, 날씬한 모습, 걸음걸이, 민첩성까지는 생각 못했을지언정—적어도 그만이 지닌 어떤 신출귀몰을 생각했다. 그 군인은 그 짧은 시간에 그토록 많은 여러 지점을 차지하면서, 나를 알아보지도 못하고 골목길로 사라졌다. 나는 그 자리에 선 채, 이 호텔의 수수한 겉모습으로보아, 지금 나왔던 이가 생루는 아닐 거라고 의심스러워하면서 그 안에 들어갈까 말까 망설였다.

독일의 한 장교에게서 빼앗은 편지 속에 생루의 이름이 발견되어, 생루가 부당하게도 간첩 사건에 관련됐던 일이 퍼뜩 생각났다. 그것이 사실무근임은 군

당국에 의하여 명백히 증명됐다. 그러나 무심코 나는 이 기억을 지금 목격하고 있는 것에 연관시켰다. 이 호텔은 간첩의 접선소로 쓰이고 있는 게 아닐까? 사관이 사라지고 나서 이번에는 여러 병과의 병졸들이 들어가는 걸 보았는데, 그것이 내 추측에 한층 더 힘을 보탰다. 한편 나는 몹시 목이 말랐다. 어쩌면 이곳에서 마실 것을 얻을 수 있겠거니 생각하여, 불안했지만, 목을 축이는 김에 내 호기심도 채워보려고 했다.

따라서 몇 단의 작은 층계를 올라가도록 결심하게 만든 것이 아까의 만남에서 생긴 호기심만이라고는 생각지 않는다. 층계를 다 올라가자 어떤 현관 같은 게 있고, 더위 탓인지 덧문이 열려 있었다. 처음에 나는 그런 호기심을 만족시킬 수 없을 거라고 생각했다. 왜냐하면 계단의 어둠 속에 서서, 방을 빌리러 온 몇몇 사람이 빈 방이 없다는 대답을 듣는 걸 보았기 때문이다. 그런데 그들은 간첩 소굴의 한편이 아니라서 거절당한 게 분명했다. 그 증거로, 잠시 뒤 해병 하나가 나타났는데, 그에게는 곧바로 28호실을 빌려주었기 때문이다. 어둠 속에서 남의 눈에 띄지 않은 채 나는, 몇몇 군인과 두 노동자가, 잡지나 사진 화보에서 오려낸 인쇄된 초상 사진으로 울긋불긋 장식한 숨막힐 듯한 작은 방 안에서 조용히 잡담하고 있는 걸 보았다.

그들은 차분한 말투로 애국적인 사상을 털어놓고 있었다. "별수 있나, 전우들처럼 행동할 따름이지." 한 사내가 말했다. 그러자 "암! 자신있고말고, 난 안 죽어"라고, 내 귀에는 들리지 않았던 무슨 격려의 말을 듣고 다른 한 사내가 대꾸했는데, 짐작하기론 내일 위험한 임지로 떠나는 것 같았다. "하지만 22살에, 더구나 6개월밖에 근무하지 않았는데 이건 너무 심해." 그 사내는 오래 살고 싶다는 소망보다 옳은 이치를 따지는 의식이 더 드러나는 말투로 외쳤다. 마치 22살밖에 안 된다는 사실이 그에게 살아 돌아올 기회를 그만큼 많이 두는 게 당연하며, 죽을 리 없다는 투였다. "파리는 정말 대단해." 또 다른 사내가 말했다. "전쟁 중이라는 게 거짓말 같아. 여보게 쥘로, 자네 여전히 입대할 생각인가?"—"물론이지, 싸움터에 나가서 그 더러운 보슈놈들을 닥치는 대로 두들겨줄 거야."—"그런데 조프르란 녀석, 장관의 아내들과 동침한다는군. 제 버릇 못 고치는 놈이야."—"그런 얘기를 들으니 한심하군." 좀 나이 든 비행사가 그 얘기를 꺼낸 노동자 쪽을 돌아다보며 말했다. "충고해두네만, 그런 얘기를 일선에서 꺼냈다간 당장 푸알뤼들 손에 골로 가네." 이런 싱거운 대화를 더 듣고 싶지 않아 들어갈까 내려갈까 고민하는 순간, 나는 다음과 같은 소름끼치는 말을 듣고서 무관심에서 벗어났다. "놀랐는걸, 지배인이 아직 돌아오지 않다니, 제기랄, 이 늦은 시각에 어디로 사슬을 찾으러 간 걸까."— "하지만 상대는 벌써 매여 있는걸."— "물론 매여 있지. 하지만 매여 있는 것 같아도 매여 있는 게 아냐, 내가 그 모양으로 매여 있다면 푸는 것쯤은 누워서 떡 먹기지." — "그렇지만 맹꽁이자물쇠를 채웠는걸."— "그야 채웠지. 하지만 어떻게든 풀 수 있어. 문제는 사슬이 그다지 길지 않다는 거야. 자네, 설마 나한테 하는 방법을 설명할 생각은 아니겠지? 나는 어제 사슬에 맨 채 밤새도록 두들겨 피가 내 두 손에 흐를 정도였거든."— "오늘 밤도 자네가 두드리는가?"— "아냐, 내가 아니고, 모리스야. 하지만 일요일에는 나야, 지배인이 그렇게 약속했거든."—나는 비로소 왜 해병의 튼튼한 팔이 필요했는지 이해했다. 평화스러운 부르주아를 멀리했던 거로 보아, 이 호텔은 단순한 간첩 소굴만이 아니었다. 때맞게 누가 와서 그것을 발견해 범인을 체포하지 않으면 잔인한 범죄가 벌어지려는 거다. 그렇지만 그런 모든 게, 이 평온하면서도 공습의 불안에 떠는 이 밤중에 마치 꿈이나 옛날이야기 같은 느낌을 자아내고 있었다. 그래서 나는 법관의 자존심과 시인의 즐거움을 품고서 단호히 호텔 안으로 들어섰다.

내가 가볍게 모자에 손을 대니까, 거기에 있는 이들은 그다지 난처해하는 기색도 없이 먼저 공손하게 내 인사에 응했다. "필요한 게 있는데, 누구에게 물어봐야 좋은지요? 방 하나를 빌리고 마실 것을 가져다달라고 부탁하고 싶은데."— "잠깐 기다려보시구려, 지배인이 밖에 나갔으니."— "그러나 우두머리는 위에 있다네." 잡담하던 한 사내가 넌지시 말했다. "그래도 그이를 방해할 수야 없지 않나."— "방을 빌릴 수 있을 것 같습니까?"— "있을걸요."— "43호실이 비었을 테니." 22살이라서 죽을 리 없다고 확신하는 젊은이가 말했다. 그리고 소파 한구석으로 몸을 살짝 옮겨 나에게 앉을 자리를 만들어주었다. "창문을 좀 열게나, 연기가 가득하니!" 비행사가 말했다. 그러고 보니 다들 파이프 담배 또는 궐련을 피우고 있었다. "좋지, 그러나 열려면 먼저 덧창을 닫게나, 체펠린이 날아올 테니 불빛이 새어나가면 못쓰니까."— "체펠린은 이제 안 와. 신문에도 체펠린이 다 격추됐다는 기사가 났거든."— "이제 안 온다, 안 온다 하네만, 자네가 그걸 어떻게 알지? 나같이 15개월을 전선에서 지내면서 보슈의 비행기를 다섯 대나 쏘아 떨어뜨렸다면 그렇게 지껄일 수 있지만 말이야. 신문을 곧이곧대로 믿어서는 못써. 어제도 체펠린이 콩피에뉴를 공습해서 두 아이와 그 어미를 죽였다네."— "두 아이와 그 어미를!" 죽지 않기를 소망하는 젊은이가 이글이글한 눈에 깊은 연민을 띠며 말했는데, 정력 있고도 서글서글한 호감을 주는 얼굴을 하고 있었다. "덩치 큰 쥘로에게서 통 소식이 없다네. 그 대모도 일주일이나 편지 한 장 못 받았다는데 이토록 오랫동안 소식 없는 게 처음이라나 봐."— "그 대모가 누군데?"— "올랭피아 극장에서 좀 아래쪽에 유료 화장실을 경영하는 부인이야."— "둘이서 동침하나?"— "당치 않은 소리를. 유부녀인 데다가 아주 정숙한 여인이라네. 매주 그에게 빠짐없이 돈을 보내지. 마음씨가 착해서 그러는 거야. 암! 세련된 여자라네."— "그럼, 자네 아는 사이인가, 덩치 큰 쥘로하고 말이야?"— "알다 뿐인가!" 22살 난 젊은이가 열을 올리며 말을 이었다. "나와 절친한 벗 가운데 하나지. 내가 그 친구같이 아끼는 인간은 그리 많지 않네. 좋은 친구야, 늘 내 도움이 되려고 하는 벗이지. 참말 그 친구에게 무슨 일이 일어났기라도 하면 그야말로 큰 타격이지."

누군가 주사위 놀이를 하자고 제안했다. 22살 난 젊은이가 눈알이 튀어나올 정도로 눈을 부라리면서 주사위를 굴렸다가 나온 결과에 기이한 소리를 냅다 지르는 열에 들뜬 꼴을 보아, 도박 기질이 있는 게 훤히 보였다. 그 뒤에 다른 사내가 이 젊은이에게 속삭인 말을 나는 듣지 못했지만, 젊은이는 깊은 동정 어린 말투로 소리쳤다. "쥘로가 기둥서방이라고? 그러니까 그 친구가 스스로 기둥서방이라 으스댔다는 거로군. 틀려먹은 소리, 나는 그 친구가 자기 여자에게 돈을 주는 걸 똑똑히 보았단 말일세. 알아듣겠나, 여자에게 돈을 주었단 말이야. 그렇다고 알제리 여자인 잔이 그 친구에게 아무것도 안 주었다는 뜻은 아니네만, 그러나 5프랑 이상은 주지 않았네. 어엿한 유곽 주인으로 날마다 50프랑 넘게 버는 여자가 말일세. 5프랑밖에 못 받다니 바보가 아니고서야. 지금은 그 여자도 일선에 나가 있으니 고생이 많겠지. 하지만 마음대로 돈을 벌고 있을 걸세. 그런데도 그 친구한테 동전 한 푼 안 보내지. 그런데 쥘로가 기둥서방이라구? 만약 그렇다면 스스로 기둥서방이라고 으스대는 놈이 수두룩할 걸세. 그 친구는 기둥서방은커녕, 내가 보기엔 얼간망둥이야." 이 무리 중에서 가장 나이 많은 남자는, 아마도 그 나이 덕분에 이 호텔 지배인에게서 어느 정도의 감독 임무를 맡았을 것이다. 그는 잠깐 화장실에 갔다 와서 이 대화의 끝머리밖에 듣지 못했다. 그러나 흘끗 내 얼굴을 바라보더니 방금 한 이야기가 내 마음에 일으켰을 영향을 짐작하고, 역력히 당황하는 빛을 나타냈다. 돈에 좌우되는 정사의 논리를 한바탕 늘어놓은 이는 22살 난 젊은이인데도 나이 든 사내는 딱히 그쪽한테가 아니라 모두에게 하는 투로 말했다. "자네들 너무 심하게 수다 떠는군. 목소리도 큰 데다 창문은 열려 있고, 이 시각엔 잠자는 이도 많아. 지배인이 돌아와 이처럼 떠드는 걸 보면 기분 나빠할 거야."

바로 그 순간에 문 열리는 소리가 들리자 다들 지배인이 들어오는 줄 알고 조용했다가, 운전사 일을 하는 이방인에 지나지 않자 다들 그를 환영했다. 그러나 운전사의 저고리에 늘어뜨린 으리으리한 시계 사슬을 보자, 22살 난 젊은이는 의심쩍은 시선을 운전사에게 던지고는, 다음에 눈살을 찌푸리고서 내 쪽으로 험악한 눈길을 던졌다. 나는 그 첫 눈길이 '그게 뭐지, 훔친 건가? 축하하네'라는 뜻임을 이해했다. 그리고 두 번째 눈길은 '이 녀석은 우리가 모르는 놈이니 조심해, 아무 말 말게'라는 것이었다. 돌연 지배인이 충분히 도형수(徒刑囚)를 몇이나 비끄러맬 수 있을 성싶은 몇 미터나 되는 굵은 쇠사슬을 짊어지고 들어와 땀을 닦으며 말했다. "내가 무거운 짐을 지다니, 자네들이 게으르지 않다면 내가 몸소 가지 않아도 되는데." 나는 그이에게 방 하나를 빌려달라고 말했다. "몇 시간만이라도 빌리고 싶은데, 차도 안 잡히고, 몸도 안 좋아서요. 특히 마실 것을 갖다주면 고맙겠소."—"피에로, 지하실에서 카시스(cassis)*¹를 가지고 오게, 그리고 43호실을 정돈하라 이르고. 7호실에서 또 벨을 누르는군. 그 손님들은 병자라고 입버릇처럼 말하지. 병자라니 가당치도 않아, 코카인을 맞는 놈들이야. 거의 중독된 모양이야. 놈들을 밖으로 내쫓아야 해. 22호실에 깨끗한 덮개를 깔았나? 좋아! 또 7호실에서 부르는군, 달려가보게. 이봐 모리스, 거기서 뭘 하나? 손님이 기다리는 걸 알잖아. 14호 두 번째 방에 올라가게. 어서 빨리." 지배인은 말하면서, 내 눈에 쇠사슬이 띈 데 좀 난처해하며 그것을 지고서 사라졌고, 그 뒤를 쫓아 모리스가 달려나갔다. "어째서 이렇게 늦게 왔나?" 22살 난 젊은이가 운전사에게 물었다. "뭐라고, 늦게 왔다고? 난 한 시간이나 빨리 왔는걸. 걸어오니 몹시 덥군. 나는 자정에 만나기로 했거든."—"누굴 만나러 왔나?"—"파멜라 라 샤르뫼즈(Pamela la charmeuse)."*² 근동의 운전사가 말하고, 아름다운 새하얀 이를 드러내며 웃었다. "허어!" 22살 난

---

*1 까막까치밥나무의 열매로 만든 리큐어.
*2 '매혹적인 여자 파멜라'라는 뜻인데, 여기서는 팔라메드 드 샤를뤼스를 가리키는 말인 듯함.

젊은이가 말했다.

이윽고 나는 43호실에 안내되어 올라갔는데, 어찌나 분위기가 불쾌하고 어찌나 호기심이 컸는지, 카시스를 다 마시고 나자 계단을 내려왔다. 그러다 퍼뜩 생각을 바꿔 계단을 다시 올라가, 43호실을 지나쳐 맨 꼭대기 층까지 갔다. 갑자기 복도 끝에 외따로 떨어져 있는 방으로부터 낮은 신음이 들려오는 듯했다. 나는 그쪽으로 재빨리 걸어가서 문에 귀를 댔다. "부탁이니, 용서를, 용서를, 동정을 비오, 날 좀 풀어주시오, 이토록 세게 때리지 마오." 한 목소리가 들렸다. "당신의 발에 입맞추오, 엎드려 빌겠소, 다시는 안 그럴 테니, 부디 용서해주시오."—"안 돼, 고약한 놈." 다른 목소리가 대꾸했다. "아우성치며 무릎으로 기어다니니 너를 침대에 잡아매야겠다. 절대 용서 못해." 그리고 채찍을 갈기는 소리가 들렸는데, 아마도 못을 뾰족하게 박은 채찍인지, 곧이어 비명이 울렸다. 이때 나는 이 방의 옆면에 작은 둥근창이 나 있고, 커튼이 열려 있는 걸 언뜻 보았다. 어둠 속을 살금살금 걸어나가 그 둥근 창까지 다가갔다. 그 너머로 나는, 바위에 묶인 프로메테우스처럼 침대에 사슬로 묶여, 정말로 못 박은 채찍으로 모리스에게 마구 맞아 이미 피투성이가 된, 게다가 이런 고문이 처음 겪는 일이 아님을 증명하듯 멍투성이가 된 샤를뤼스 씨를 보았다.

느닷없이 문이 열리고 누가 들어왔는데 다행히 나를 알아채지 못했다. 보니 쥐피앙이었다. 그는 공손한 태도로 공모자의 엷은 미소를 띠고 남작에게 가까이 갔다. "그런데 무슨 분부는 없으신지요?" 남작은 쥐피앙에게 모리스를 잠깐 내보내라고 부탁했다. 쥐피앙은 모리스를 거리낌 없이 내쫓아버렸다. "아무도 엿듣지 못하겠지?" 남작이 말하자 쥐피앙은 걱정 마시라고 장담했다. 남작은 쥐피앙이 문학가처럼 영리하나, 실제적인 분별력이 조금도 없어 금세 누구라도 눈치채는 암시와 다들 알고 있는 별명을 꺼내 툭하면 당사자들 앞에서 지껄이는 걸 알고 있었다.

"잠깐 기다려주십시오." 쥐피앙이 3호실에서 벨이 울리는 소리를 듣고 가로막았다. 거기서 나온 이는 악숑 리베랄 당(Action Libérale)의 의원이었다. 쥐피앙은 표시판을 보지 않고서도 벨 소리로 어느 방인지 알았다. 사실 그 의원은 날마다 점심 뒤에 오곤 했다. 그런데 이날은 시간을 바꿔야만 했으니, 생피에르 드 사요 성당에서 정오에 딸을 결혼시켰기 때문이다. 따라서 그는 저녁 무렵에 왔다가, 특히 요즘처럼 공습이 잦을 때 늦게 돌아가면 금세 마누라가 걱정하므로 일찍 돌아가려는 중이었다. 쥐피앙은 계속 그를 대문까지 배웅하고 싶었는데, 사사로운 이해관계가 있어서가 아니라 국회의원 나리께 존경을 나타내기 위해서였다. 왜냐하면 이 의원은 악숑 프랑세즈 당(Action Française)의 지나친 태도를 거부하는 한편(하지만 그는 악숑 프랑세즈 당원인 샤를 모라스나 레옹 도데의 글이라고는 한 줄도 이해할 수 없었다), 여러 장관과 친해 그들을 사냥에 초대하여 비위를 맞추는 인물이었는데, 쥐피앙은 경찰과의 갈등이 생겨도 그에게 조그만 도움도 청하지 않을 것이기 때문이다. 그런 부탁을 재산 많고 겁도 많은 국회의원에게 해보았자, 당장에 돈 잘 쓰는 손님을 잃었을 테고, 이름뿐인 '단속'에도 걸렸을 거라는 사실을 쥐피앙은 알고 있었다. 국회의원 뒤를 대문까지 따라 나와, 그가 모자를 깊게 눌러 쓰고 깃을 세워 얼굴을 가렸답시고, 마치 선거 운동을 하는 중인 듯이 재빨리 빠져나가는 것을 배웅하고 나서 쥐피앙은 다시 샤를뤼스 씨 곁으로 돌아와 그에게 말했다. "외젠 씨였죠."

쥐피앙네 호텔에서는 요양원에서처럼 손님을 부를 때 세례명으로밖에 부르지 않았지만, 나중에 그 확실한 성명을 귀에 대고 일러줌으로써, 단골손님의 호기심을 만족시키고 호텔의 이름을 드높이고자 했다. 그러나 쥐피앙은 가끔 손님의 진짜 신분을 모르면 어림짐작으로 주식 상인 아무개 씨, 귀족 아무개 씨, 미술가 아무개 씨라고 불렀는데, 잘못 불린 사람들이 다행스럽게 받아들였으므로, 그러다 보니 빅토르 씨가 대체 무슨 일을 하는 사람인지 영원히 몰라도 상관없다고 생각했다. 쥐피앙은 샤를뤼스 남작을 기쁘게 하고자, 사교적인 모임 같은 데서 두루 쓰이는 것과 거꾸로 하는 버릇이 있었다. "르브랭 씨를 소개합니다(그리고는 귀에 대고 "르브랭 씨라고 불리지만 실은 러시아의 대공작이죠" 말했다)." 이와 반대로, 쥐피앙은 샤를뤼스 씨에게 한낱 우유 장수를 소개하는 것만으론 부족하다고 생각했다. 그래서 그는 눈을 깜박거리면서 이렇게 속삭인다. "우유 장수지만 사실 벨빌에서 가장 위험한 아파치(apache) 가운데 한 녀석이죠(쥐피앙이 '아파치'라고 할 때의 외설한 억양은 참으로 가관이었다)." 그리고 이런 설명만으론 부족한 듯 그는 몇 가지 '인용'을 덧붙이려고 했다. "녀석은 도둑질에다 별장도 여러 번 털어서 유죄 판결을 받았지요. 길 가던 사람과 격투를 벌여(이 말도 외설한 투였다) 상대를 거의 반(半)병신으로 만드는 바람에 프렌 교도소에 들어갔었구요, 아프리카의 형벌 부대에도 있었어요.

거기서도 자기 부대의 중사를 죽였죠."

　남작은 쥐피앙에게 가벼운 원한마저 품고 있었는데, 그 까닭은 이 집에서 남작의 신분이나 이름이 거의 드러나고 말았다는 사실을 남작이 알게 되었기 때문이다. 본디 남작은 그 집사*¹에게 전부 맡겨, 쥐피앙을 위해 이 집을 사게 하고, 부하*² 한 사람에게 관리를 시켰는데, 올로롱 아가씨의 작은아버지 *³가 서투르게 군 탓으로, 남작의 신분이며 이름이 알려지고 말았던 것이다 (다만 대부분의 사람은 그의 이름을 별명인 줄로 알았으며, 또 그것을 잘못 발음하여 이상하게 바꿔버렸던 까닭으로, 결국 남작의 안전은 쥐피앙의 신중한 배려에 의해서가 아니라 사람들의 우스꽝스러운 착각에 의해서 지켜졌던 것이다). 그러나 남작은 쥐피앙의 호언장담을 통해 안심하는 편이 보다 간단하다고 생각하고, 또 아무도 엿듣지 못한다는 말에 마음을 놓고서 쥐피앙에게 말했다. "그 녀석 앞에서 말하기 싫었단 말이야. 녀석은 무척 상냥하고 있는 힘을 다하기는 해. 하지만 좀 잔인한 점이 부족하단 말이야. 얼굴 생김은 마음에 들어. 그런데 녀석, 배운 걸 연습하듯이 나한테 고약한 놈이라고 부른단 말이야."—"별 말씀을 다 하십니다. 아무도 녀석한테 뭘 가르친 적이 없는걸요." 쥐피앙은 그 변명이 곧이들리지 않는다는 걸 모르는 채 대답했다. "게다가 녀석은 라 빌레트에서 일어난 여자 문지기 살인 사건의 공범자였답니다."—"허어, 그거 참 재미있군." 남작은 미소 짓고 말했다.—"그런데 마침 소백장이 와 있는데요, 도살장 녀석이죠. 아까 녀석하고 생김새가 비슷해요. 우연히 굴러들어왔는데, 시험해보시겠습니까?"—"허어, 그러지, 기꺼이."

　나는 도살장 녀석이 들어오는 걸 봤는데, 정말로 '모리스'와 조금 닮았다. 그러나 보다 기묘한 것은 이 두 사람의 생김새에 어떤 공통점이 있다는 것이다. 나는 그것을 도저히 끌어낼 수 없었지만 모렐의 얼굴에 있던 무엇임을 알 수 있었다. 두 사람은 내가 보는 모렐과는 닮지 않았지만, 적어도 나와는 다르게 모렐을 본 눈이라면, 모렐의 이목구비로 조립할 수 있는 얼굴과 어떤 유사한 모양이 있었다. 모렐에 대한 내 추억에서 그 얼굴을 바탕으로, 남의 눈에 비치는 그 얼굴을 마음속으로 만들어내자마자, 실제로 하나는 보석상 점원이고 또

───────────

*1 쥐피앙을 가리킴.
*2 지배인을 가리킴.
*3 쥐피앙을 가리킴.

하나는 호텔 종업원인 이 두 젊은이가 모렐의 어설픈 대용품임을 나는 알아차렸다. 그럼 다음같이 결론지어야 했는가. 곧 샤를뤼스 씨는 적어도 그 애욕의 어떤 형태에서 한결같은 모양에 늘 충실해서 이 두 젊은이를 차례차례 선택한 욕망은, 그가 동시에르 역의 승강장에서 모렐의 걸음을 멈추게 했었던 것과 같은 욕망이었다고? 또 이 세 사람 다, 샤를뤼스 씨의 눈이라는 사파이어에 새겨진 고대 그리스의 장정과 좀 비슷하며, 그러한 그리스 장정의 상이 그의 눈길을 그토록 유별나게 만들어, 내가 발베크에 도착한 첫날 그토록 나를 소름 끼치게 했었다고? 또는 모렐에 대한 그의 애욕이 그가 구하는 모양을 바꿔 모렐의 부재를 스스로 위로하고자, 그가 모렐과 비슷한 사내들을 구하고 있다고 결론지어야 하는가? 나는 또 이런 추측도 해보았다. 겉으로야 어떻게 보이든 모렐과 남작 사이에는 오직 우정밖에 없었으며, 샤를뤼스 씨가 쥐피앙네 호텔에 모렐과 많이 닮은 젊은이들을 불러들이는 건, 모렐을 상대로 쾌락을 누리고 있다는 착각을 느낄 수 있기 때문인지 모른다. 샤를뤼스 씨가 모렐에게 해준 온갖 것을 생각하면 이런 추측이 당치 않은 것으로 여겨질지 모르나, 애욕이라는 것이 사랑하는 이를 위해 엄청난 희생을 치르게 할 뿐더러, 또한 때로는 우리의 욕망마저(게다가 그 욕망은 이쪽의 불같이 타오르는 욕정을 사랑하는 상대가 느끼면 느낄수록 더욱 이뤄지기 어려운 법이다) 희생시킬 수 있음을 잊어서는 안 된다.

첫 보기에 있음직하지 않은(사실과 일치하지 않겠지만) 이러한 추측에 조금이나마 근거를 부여하는 것은, 샤를뤼스 씨의 신경질적인 기질과 매우 열정적인 성격이다. 이 점에서 샤를뤼스 씨의 성격은 생루와 비슷하며, 그런 성격이 그와 모렐과의 관계 맨 처음에서, 그의 조카와 라셀과의 관계의 시작에서와 똑같은 역할을 더 예의 바르고 소극적으로 맡게 했었는지도 모른다. 사랑하는 여인과의 관계가(또한 이것은 청년에 대한 사랑도 확대시켜서 할 수 있는 말이다) 여자의 순결, 또는 그녀가 불러일으키는 사랑에 육감성이 부족하다든가 하는 따위와는 또 다른 이유에서 정신적인 것으로 그치는 경우가 있다. 그런 이유로, 자기 사랑이 하도 열렬해서 몸이 단 사내가 겉으로는 무관심한 척하며 목적을 이룰 때를 지그시 기다리지 못하는 경우가 있을 것이다. 사내는 줄곧 여인의 마음에 들려고 있는 정성을 다해 사랑하는 여인에게 쉴 새 없이 편지를 쓰고 끊임없이 만나려 한다. 여인이 그것을 거절하면 사내는 절망한다.

그러면 여인은, 만일 자기가 사내에게 친구로서는 만날 수 있다고 말하면, 그런 행복이 있을 리 없다고 여기던 사내에게는 그만해도 크나큰 은혜로 보일 테니 더 이상의 것을 주지 않아도 괜찮으며, 또 남자가 여자를 만나지 않고서는 더는 못 참게 되어 무슨 수를 쓰든 싸움을 끝내고 싶어하는 때를 잘 잡아서, 남자에게 정신적인 관계를 첫째 조건으로 삼는 강화를 수락시키는 요령을 터득하고 마는 것이다. 뿐만 아니라 그런 조약이 체결되기 전까지 편지와 눈길을 끊임없이 기다리면서 내내 불안 속에서 지내온 사내도 마침내 여인의 육체를 차지하는 일은 생각지 않게 된다. 처음에는 그 육체를 차지하고픈 욕망에 그토록 번민했건만, 그 욕망이 초조하게 기대하는 중에 감퇴되어서 또 다른 욕구(게다가 채워지지 않으면 더욱 고통스러운)에 자리를 내주게 된다. 그렇게 되면 처음에 애무에서 기대했던 쾌락을 나중에는 부드러운 말이나 자리를 같이하자는 약속 같은 전혀 엉뚱한 쾌락으로써 받게 되지만, 그래도 워낙 속을 태우던 끝이라 그것만으로도 감지덕지하다. 때로는 냉담한 안개에 싸인 여자의 눈길, 다시는 못 만나리란 생각이 들 만큼 여자를 멀리 떼어 보내는 안개 속의 눈길 뒤에는, 여자가 보여주는 대수롭지 않은 착한 마음이 감미로운 안식을 준다. 여자는 이 모든 것을 죄다 꿰뚫어보고 있다. 그리고 남자가 너무도 성마르고 신경질적이어서 도저히 자기 욕망을 여자에게 숨기지도 억누르지도 못하는 것을 눈치채면, 여자는 그 사나이에게 자기 몸을 절대로 내맡기지 않는다는 사치스러운 기쁨을 누릴 수 있다는 사실을 알게 된다. 그러한 때에 여자는 아무것도 주지 않으면서도, 몸을 맡길 때 얻는 것보다도 훨씬 많은 것을 얻고 몹시 기뻐한다. 성마르고 신경질적인 사내들은 이와 같이 그들의 우상이 순결하다고 믿는다. 그런 사내들이 여인의 몸 둘레에 치는 후광은 두말 할 것 없이 매우 간접적인 산물이며, 그들의 지나친 연정이 만들어낸 것이다. 그런 때 여자의 마음속에는 수면제나 모르핀처럼, 그 성분 속에 자기가 수행할 음모를 자기도 모른 채, 말하자면 무의식적인 상태로 품고 있다. 그런 약을 꼭 필요로 하는 이는 그 약으로 잠의 쾌감이나 진정한 안정을 얻는 인간이 아니다. 천금을 내고서라도, 가진 것을 다 주고라도 그 약을 사려고 하는 병자는 그런 인간이 아니라, 다른 병자(물론 처음에는 같을지 모르나 몇 년 지나면 다른 병자가 된다)이다. 아무리 약을 먹어도 잠이 오지 않고 아무런 쾌감도 얻지 못하지만 약을 먹지 않으면 불안에 사로잡혀, 어떤 대가를 치르고라도 설사 죽더라도 그 불안을 없애려고 하는 그런 병자다.

샤를뤼스 씨로 말하면 동성을 상대한다는 점에서 조금 차이는 있지만, 그의 경우도 애욕의 일반법칙에 들어맞는다. 분명 그가 카페 왕가보다 더 오랜 가문에 속하고, 막대한 재산이 있으며, 상류 사교계에서 총아로 떠받들어주건만 거들떠보지도 않는 인물인 반면, 모렐은 보잘것없는 신분이지만, 그런 것도 다 소용없었다. 샤를뤼스 씨가 전에 나에게 그랬듯이 모렐에게 "나는 왕가의 후손이고, 그대의 행복을 바라고 있소" 말했던들, 모렐 쪽에서 굴복하려 하지 않는 한, 승자는 여전히 모렐이었다. 그리고 굴복하지 않으려면, 모렐은 자기가 사랑받는다는 사실을 느끼는 것만으로 충분했다. 명성 있는 이가 기어코 교제를 맺으려고 덤벼드는 속물근성에 대한 혐오감을, 사내다운 사내는 성도착자에게 품고, 여인은 자기를 너무나 사랑해 안달복달하는 사내에게 품는다. 샤를뤼스 씨는 온갖 유리한 조건을 갖추었을 뿐만 아니라, 경우에 따라서는 모렐에게 막대한 이익을 주었을 것이다. 그러나 그런 것도 상대방의 의지에 부딪쳐 산산조각 났을지도 모른다. 샤를뤼스 씨는 독일군의 처지와 비슷했는지도 모른다. 그의 조상은 독일계였다―독일군은 그 무렵의 전투에서, 남작이 좀 지나치게 우쭐대며 지껄인 것처럼 온 전선을 제압하고 있었다. 하지만 제압했다고 해서 그들의 승리가 무슨 소용이 있으랴. 그 승리 뒤마다 연합군은 결심을 더욱더 굳혀, 그들 독일군이 얻고자 한 유일한 것, 곧 강화와 화해를 거절하는 바에야. 그와 같이 나폴레옹도 러시아에 침입하여 너그러운 태도로 러시아 당국의 고관들에게 자기 쪽에 오라고 간청했다. 그러나 누구 하나 나타나지 않았다.

나는 계단을 내려가 작은 응접실에 들어갔다. 거기에 모리스가 있었는데, 쥐피앙에게서 만일의 경우를 대비해 기다리고 있으라는 분부를 받고 친구 하나와 트럼프 놀이를 하고 있는 중이었다. 바닥에 떨어졌던 전공십자훈장 때문에 한바탕 떠들썩했다. 잃어버린 사람이 누구인지 모르니, 그 주인이 벌을 안 받도록 보내주려고 해도 누구에게 보내야 할지 알 수 없다는 것이었다. 이어서 얘기는, 병졸을 구하려다가 제 목숨을 잃은 한 장교의 착한 마음씨로 옮아갔다. "부자들 중에도 좋은 인간이 있나 봐. 난 그런 녀석을 위해서라면 기꺼이 전사하겠네." 모리스가 말했다. 그는 분명히 기계적인 습관, 제대로 된 교육도 받지 못했고, 돈은 필요한데 정직하게 일하기보다 덜 고생스럽다고 여기는

(어쩌면 더 고생스러운) 방법으로 돈 벌려고 하는 경향에서 남작의 몸 위에 그 무시무시한 채찍질을 한 것에 지나지 않았다. 아까 샤를뤼스 씨가 걱정했듯이 어쩌면 이 젊은이는 마음씨가 선량한지도 모르고, 또 보아하니 용기가 훌륭한 젊은이인 듯했다. 그 장교의 죽음을 얘기하면서 눈물까지 글썽거렸다. 22살 난 젊은이도 그에 못지않게 감동하고 있었다. "아무렴, 멋있는 녀석들이지! 우리 같은 가난뱅이는 잃을 게 아무것도 없으나 하인이 수두룩하고 매일 6시에 아페로(apéro)*¹를 드시러 갈 수 있는 신분은 얘기가 다르지! 마음대로 씨부렁대도 좋지만, 한번 녀석들이 죽는 꼴을 목격해보게, 참말 예삿일이 아니라네. 착하신 하느님께서 그런 모양으로 부자들을 죽게 하시다니 못쓰지. 첫째 녀석들은 노동자들에게 매우 유익한 인간이거든. 그런 인간을 죽이는 이유만으로도 보슈놈들을 하나도 남김없이 죽여야 해. 또 보슈놈들이 루뱅(Louvain)*²에서 한 짓을 보게나, 어린애들의 손목을 자르다니! 나는 남보다 잘난 건 없지만, 그런 야만인들에게 복종하느니 차라리 이 낯바닥이 총알로 벌집이 되는 편이 낫겠네. 놈들은 인간이 아니라 진짜 야만인이거든. 자네도 그리 생각지 않나." 요컨대 이 자리에 있는 젊은이들은 다 애국자였다. 팔에 가벼운 상처를 입은 한 젊은이만이 남들과 똑같은 흥분에 이르지 않았다. 오래지 않아 전선으로 다시 떠나야 했으므로, 지난날 스완 부인이 "꼼짝없이 진저리나는 인플루엔자에 걸리는 방법을 찾았어요" 말했듯이, 그 젊은이가 "제기랄, 이건 운 좋은 부상(병역 면제가 되는 부상)이 아니야" 말했기 때문이다.

대문이 열리고 잠깐 바람을 쐬러 나갔던 운전사가 들어왔다. "어럽쇼, 벌써 끝났나? 오래 걸리지 않았네그려." 운전사는 모리스를 보며 말했다. 그 무렵 발간된 신문*³에 빗대어, '사슬에 묶인 인간'이라는 별명을 붙인 사람을 그가 한창 두드리고 있는 중이거니 생각했기 때문이다. "오래 걸리지 않았지, 바람 쐬고 온 자네로선." 모리스는 위층에서 딱지맞은 걸 눈치챈 데 부루퉁해져 대꾸했다. "하지만 이 더위에 있는 힘껏 두들겨대야 하는 내 신세가 돼보라구! 그 값으로 50프랑을 주지 않는다면 누가 이 지랄을……."—"그리고 그분은 얘기를 잘해, 교양 있는 분이라는 걸 느끼지. 전쟁이 오래지 않아 끝날 거라고

---

*1 아페리티프(apéritif)의 속어로서, 식욕을 돋우기 위해 식사 전에 마시는 술.
*2 벨기에 중부의 도시.
*3 클레망소가 주필로 있었던 〈자유인〉이라는 신문을 가리킴.

말하던가?"— "적의 숨통을 끊긴 어려우니 무승부로 끝날 거라고 하더군."—
"빌어먹을 놈, 보아하니 보슈놈이군그래……."— "여보게들 목소리가 크다고 말
하지 않았나." 가장 나이 든 사내가 내가 있는 것을 알아차리고서 말했다. "방
은 다 쓰셨습니까?"— "이봐, 큰소리치지 말게, 주인도 아닌 주제에."— "네, 다
썼습니다. 돈을 내러 왔는데요."— "지배인에게 직접 내시는 게 좋겠습니다. 모
리스, 어서 지배인을 불러오게."— "하지만 폐를 끼쳐서야 미안해서."— "상관없
습니다." 모리스는 올라갔다가 내려와서 나에게 말했다. "지배인이 내려옵니다."
나는 그 수고 값으로 모리스에게 2프랑을 주었다. 그는 좋아서 얼굴을 붉혔다.
"아니 이거, 고맙습니다. 포로가 된 형에게 보내야지. 아니 뭐 크게 고생하지는
않나 봅니다. 수용소에 따라 매우 다르거든요."

　이러는 동안 외투 밑에 야회복과 흰 넥타이를 맨 차림으로 한껏 멋낸 두 손
님이—가벼운 사투리로 보아 러시아인 같았다—문 앞에서 머뭇거리며 들어올
까 말까 망설이고 있었다. 분명히 이곳에 처음 왔고, 누군가 이 장소를 일러주
었을 것이다. 그들은 욕망과 유혹과 극단적인 공포 사이를 오락가락하고 있는
성싶었다. 그중 한 사람—미남 청년—은 반은 묻는 듯한, 반은 타이르는 듯한
미소를 띠면서 끊임없이 동행에게 이렇게 되풀이하고 있었다—"아따! 괜찮아."
결과가 어찌되건 괜찮다는 뜻으로 하는 말인 듯싶었지만, 사실은 썩 그렇지도
않은지, 그다지 괜찮아 보이지 않았다. 그 말을 하고 나서도 들어오려는 눈치
는 전혀 없이, 계속 같이 온 사람의 눈치를 살피며 똑같은 미소를 띠고, 똑같
이 "아따, 괜찮아"를 되풀이하고 있었다. 그 '아따, 괜찮아'는, 우리가 흔히 쓰는
말과는 전혀 다른, 가식적인 말의 숱한 보기 중 하나로, 그러한 말은 감정의 동
요로 우리가 말하고자 하는 의미를 왜곡하고, 또 그 동요는 우리가 생각하는
바와는 관계없는 표현이 사는 미지의 호수에서 떠오른 뚱딴지 같은 말을 꽃피
운다. 우리 본마음과는 관계없는 그런 표현은, 관계없다는 사실 때문에 도리어
우리 본심을 드러내게 된다. 언젠가 알베르틴이 벌거벗은 채 나에게 붙어 있
을 때, 아무런 기척 없이 프랑수아즈가 들어오는 바람에 내 여자친구는 그 사
실을 나에게 알리려고 무심결에 "어머나 아름다운 프랑수아즈!" 말했던 일이
생각난다. 프랑수아즈는 시력이 별로 좋지 않은 데다 우리와는 상당히 떨어져
서 방 안을 지나가고 있었으므로 아마도 우리를 알아채지 못했을 것이다. 그
러나 일찍이 알베르틴이 입 밖에 낸 적 없었던 이 엉뚱한 말 '아름다운 프랑수

아즈'는 스스로 그 위치를 드러냈다. 프랑수아즈는 그 말을, 감정의 동요를 못 이긴 알베르틴이 되는 대로 움켜잡은 지푸라기 같은 것으로 알고, 전혀 현장을 보지 않고서도 죄다 알아채고는 그녀의 고향 사투리로 "논다니 같으니라고" 중얼거리면서 나가버렸다. 또 한번은 오랜 뒤의 일이지만, 한 가정의 아버지가 된 블로크가 딸 하나를 가톨릭 신도에게 시집보냈을 때 교양 없는 한 신사가 그녀에게, 들리는 말로 유대인의 딸이라던데 친정의 성이 뭐냐고 물었다. 태어나서부터 블로크 아가씨로 불리던 젊은 새댁은, 게르망트 공작이 그렇게 했을 법하게 'Bloch'라는 성을 독일풍으로 발음하며 대답했다(ch를 '크'로 발음하지 않고 독일어의 '흐'처럼 발음한 것이다).

이야기를 호텔 문간으로 되돌리면(두 러시아인은 이미 들어올 결심을 했다, "아따, 괜찮아"), 지배인은 아직 오지 않았고, 쥐피앙이 들어오더니 너무 큰 목소리로 지껄여서 이웃이 불평해올 거라고 투덜거렸다. 그러다가 나를 보고 깜짝 놀라 그쳤다. "모두 층계참으로 나가 있게." 이미 모두가 부스스 일어서자 내가 그에게 말했다. "젊은이들은 그대로 여기 있게 하고, 내가 당신과 함께 잠깐 바깥에 나가는 편이 간단하겠는데요." 그는 어쩔 줄 몰라 내 뒤를 따랐다. 나는 여기 오게 된 이유를 그에게 설명했다. 손님들이 지배인에게, 시중꾼을 들여보내라, 합창대의 소년을 불러오너라, 흑인 운전사를 보내라고 청하는 소리가 들려왔다. 이런 늙은 미치광이들은 젊은이라면 온갖 직업의 젊은이에게, 병사라면 온갖 군대의 병사에게, 온 연합국의 병사에게 흥미를 갖고 있었다. 몇몇 손님은, 옛 프랑스 사투리인지 영국 사투리인지 분간 못할 사투리의 매력에 무심결에 끌려선지, 특히 캐나다 병사를 요구하고 있었다. 스코틀랜드 병사는 그 치마풍의 짧은 바지 때문에, 또 호수 지방에 대한 어떤 몽상이 흔히 이와 같은 욕망에 연관되기 때문에 으뜸으로 꼽혔다. 또 모든 광기는 그때의 상황에 지배되어, 비록 악화하진 않더라도 특수화하게 마련이라, 온갖 호기심을 마음껏 채운 한 노인은 손발을 잃은 병사를 불러줄 수 없겠냐고 간곡히 부탁하는 실정이었다. 계단을 어슬렁어슬렁 내려오는 발소리가 들려왔다. 타고나길 입이 가벼운 쥐피앙은 지금 내려오는 게 남작임을 나에게 말하지 않고는 못 배겼지만 어떠한 일이 있어도 남작에게 들켜서는 안 된다, 아까 젊은이들이 있던 현관에 잇달린 방에 들어가고 싶으면 거기 엿보는 창을 열어주마, 그건 자기가 생각해낸 비결로, 남작이 상대에 들키지 않고서 그들을 보고 들을 수 있게 만들어진 것인데, 남작 몰래 나를 위해 그 창을 열어주마, 하고 말하는 것이었다. "다만 절대로 꼼짝 마십쇼." 그리고 나를 컴컴한 방 안에 밀어넣고는 가버렸다. 하기야 내게 줄 다른 방은 없었다. 전시임에도 그의 호텔은 만원이라, 아까 내가 나온 방은 이미 쿠르부아지에 자작이 차지했다. 자작은 X에 있는 적십자 병원을 이틀간 빠져나올 수 있었는지라, 쿠르부아지에 별장에 돌아가기에 앞서 파리에 몇 시간 동안 피로를 풀고자 들렀던 것이다. 자작부인에게는, 둘러대기 안성맞춤인 기차를 놓쳤노라 말하리라. 자작은 자기로부터 몇 미터밖에 안 떨어진 데에 샤를뤼스 씨가 있는 줄 꿈에도 모르려니와 샤를뤼스 씨 또한 자작이 와 있다고는 상상도 하지 못했다. 샤를뤼스 씨는 이 사촌형제를 쥐피앙네에서 맞닥친 적이 한 번도 없었으며, 쥐피앙은 신중하게 숨긴 자작의 신분을 아직 몰랐다.

아니나 다를까, 이윽고 남작이 들어왔다. 상처 때문에 어지간히 힘들어 보였으나, 상처에 익숙해진 게 틀림없었다. 그의 쾌락은 끝났고, 또 이곳에 들어온 건 오로지 모리스에게 치러야 할 돈을 주기 위해서였지만 모여 있는 젊은이들 쪽으로 다정하고도 호기심에 찬 눈길을 한 바퀴 빙그르르 돌려, 그 하나하나와 전적으로 정신적이지만 애정을 기울여 인사를 느릿느릿 나누는 기쁨을 즐기고 있는 것 같았다. 그와 같은 젊은 사내들의 하렘 앞에서, 속으로는 조금 켕기면서도 즐겁게 들뜬 듯이 꾸며 보인 그의 표정에서, 그가 라 라스플리에르에 처음 왔던 날 밤에 나를 놀라게 한, 몸과 머리를 앞으로 조금 숙이고 흔드는 그 동작이나 뚫어져라 들여다보던 다정한 눈길을 나는 똑똑히 떠올렸다. 그 우아한 품위는 내가 만나본 적 없는 그의 할머니에게서 이어받은 것으로 평소에는 보다 사내다운 표정 밑에 숨어 있지만, 어떤 상황 속에서 자기보다 신분이 낮은 서민들의 마음에 들고 싶을 때는, 자기를 신분 높은 귀부인으로 보이고 싶은 소망이 얼굴 겉쪽에 교태 부리며 꽃을 피우는 것이었다.

쥐피앙은 이 젊은이들을 남작에게 추천할 때, 그들이 전부 벨빌의 '기둥서방'들이며, 금화 한 닢이면 제 누이도 파는 놈들이라고 잘라 말했었다. 하기야 쥐피앙의 말은 거짓인 동시에 참이기도 했다. 그들은 쥐피앙이 남작에게 말한 것보다는 훨씬 선량하고 인간미가 있으며, 결코 야만스런 악당이 아니었다. 그러나 그들을 그런 끔찍한 인간인 줄로만 여기는 사람은, 정말로 그런 사람을 대하듯이 그들에게 성심을 다해 말을 건네는 것이었다. 변태성욕자는 상대가 살인자라도 일단 그렇게 믿고 나면 변태성욕자 특유의 순진한 마음은 좀처럼 변하지 않는다. 그래서 상대가 살인범은커녕 쉽게 용돈을 벌려는 녀석, 손님의 비위를 맞추려고 주워대는 얘기 속에서나 아버지나 어머니나 누이를 차례차례 죽이기도 하고 되살리기도 하는 녀석임을 알면, 그 거짓말 앞에 빌린 입을 다물지 못한다. 순진한 손님은 너무 놀라 하얗게 질리고 만다. 제멋대로 지골로(gigolo)라는 관념을 지어내서 상대가 헤아릴 수 없는 살인을 범했거니 여기고 기뻐하던 그는 상대의 말 중에 모순과 거짓말을 알아채고는 어리둥절해진다.

모두 샤를뤼스 씨를 알고 있는 듯했으며, 샤를뤼스 씨도 그들 하나하나 앞에 걸음을 멈추고, 그들의 말씨를 흉내내서 오래오래 말을 건네곤 했다. 그것은 토속적인 색을 내려는 겉멋이며 또한 건달 생활에 어울려보려는 변태성욕의 기쁨이기도 했다. "자네는 구역질나는 놈이야, 자네가 올랭피아 극장 앞에서 카르통(carton)*¹ 둘과 같이 있는 걸 봤단 말이야. '쇠푼'이나 우려내려고 그랬겠지. 자네, 나를 기막히게 속이네그려."—이 꾸중을 들은 젊은이로서는 다행히 여자에게서 '쇠푼'을 받은 적이 없었노라고 단언할 틈이 없었다. 그랬다면 샤를뤼스 씨의 흥분을 줄였을 것이다. 그래서 젊은이는 마지막 말에만 항의하며 말했다. "별말씀을, 저는 나리를 속이지 않습니다." 이 대꾸는 샤를뤼스 씨에게 강렬한 쾌락을 안겨주었다. 게다가 본디부터 남작이 지닌 독특한 지성은 그가 아무리 숨겨도 가면을 꿰뚫고 나타내므로, 그는 쥐피앙 쪽을 돌아다보고 말하는 것이다. "귀여운 말을 하는데. 참 말 잘했어! 진짜처럼 들리는군. 하지만 정말이건 아니건 아무래도 좋아, 내 귀에 정말로 들리니까. 이 얼마나 작고 귀여운 눈이냐! 자, 상으로 크게 입맞춤을 둘 주련다, 귀여운 것아. 자네 참호 속에서도 나를 생각해야 하네. 고생스럽지 않나?"— "고생이고말고요, 참말로요! 유탄(榴彈)이 몸 바로 옆으로 휙휙 날아가거든요……" 젊은이는 유탄이며 비행기 따위의 소리를 흉내내기 시작했다. "하지만 남들같이 잘해야지요. 틀림없이 끝까지 밀고 나갈 테니까요."— "끝까지라! 그 끝이 어디까지인지 안다면야!" '비관주의자'인 남작은 침울하게 말했다.— "사라 베르나르가 신문에서 한 말을 안 읽으셨습니까. '프랑스는 끝까지 밀고 나가리. 프랑스인은 마지

---

*1 매춘부를 가리키는 은어.

막 한 사람까지 죽음도 마다하지 않으리.'"—"그야 나도 한순간도 의심치 않네, 프랑스인이 마지막 한 사람까지 용감히 죽으리라는 걸." 샤를뤼스 씨는 더할 나위 없이 간단한 일인 듯 말했지만, 그렇다고 그 자신이 뭘 해보겠다는 의사도 없었고, 다만 알지 못하는 동안 남에게 평화론자라는 인상을 주곤 하므로 그것을 그런 말로 씻어볼까 하는 생각뿐이었다. "그것은 의심치 않네만, 사라 베르나르 부인이 어디까지 프랑스의 이름으로 말할 자격이 있는지가 나는 의심스럽다 이 말씀이야……." 그리고 그는 누군지 기억이 안 나는, 아마도 아직 본 적이 없는 또 다른 젊은이를 주의 깊게 보면서 덧붙였다. "그런데 저 미끈한 호감 가는 젊은이는 처음 보는 것 같군." 그는 마치 베르사유 궁전에서 왕자에게 인사하기라도 하듯 그 젊은이에게 인사하고—마치 내 어린 시절, 어머니가 부아시에나 구아슈 상점에 과자를 주문하러 들렀을 때 유리그릇 사이에 군림하고 있던 여점원 가운데 하나가 그릇에서 덤으로 꺼내준 봉봉 한 알에 내가 달려들었을 때처럼—덤의 기쁨을 거저 맛보는 기회를 놓칠세라 그 젊은이의 미끈한 손을 프로이센식으로 오래오래 쥐고, 옛날에 채광이 좋지 않을 때 우리에게 자세를 취하게 하면서 사진사가 했듯이 끝없이 오래오래 미소 지으면서 그 젊은이를 뚫어지게 쳐다보았다. "나리, 기쁩니다, 나리를 뵙게 되어 여간 기쁘지 않습니다."—"고운 머리카락이군그래." 그는 쥐피앙 쪽을 돌아보고 말했다.

다음에 남작은 50프랑을 주려고 모리스에게 다가가서는 먼저 그 허리를 껴안으며, "자네, 벨빌의 문지기 여인을 찔러 죽인 얘기를 나한테 한 번도 한 적이 없었지" 말하고 황홀감에 헐떡거리며 그 얼굴을 모리스 얼굴 가까이 가져갔다. "오오! 남작나리." 쥐피앙에게서 미리 이야기를 듣지 못한 지골로는 과연 사실무근이었는지, 아니면 사실이긴 하지만 본인이 못된 짓으로 느껴 부정하는 편이 낫다고 생각해선지 이렇게 말했다. "내가 동포에게 손을 댔다니! 보슈에게 그랬다면 또 모르지만, 지금은 전쟁 중이니까요. 하지만 여자에게, 더구나 노파에게 손을 대다니!" 이 도덕 강령의 선언은 남작에게 찬물을 끼얹는 효과를 내어 그는 퉁명스럽게 모리스를 뿌리쳤지만, 그래도 약속한 돈을 건네는 것은 잊지 않았다. 다만 사기당한 사람이 말썽을 일으키기가 싫어 돈은 지불하지만 속으로는 기가 차서 골이 난 모양으로 내주었다. 엎친 데 덮친 격으로 남작이 받은 불쾌한 인상은 돈을 받은 자의 사례하는 투에 의하여 더욱 커졌다. 사례한답시고 모리스는 이렇게 말했다. "이 돈은 우리집 노인에게 보내렵니다. 전선에 나가 있는 형을 위해 조금 남겨두고요." 이 틀에 박힌 촌티 나는 말씨도 샤를뤼스 씨를 화나게 했지만, 그것 못지않게 이 건전한 감정이 그를 실망시켰다. 쥐피앙은 이따금 그들에게 좀더 간악하게 굴라고 미리 일러두곤 했다. 그래서 한 젊은이가 뭔가 악마 같은 짓을 고백하는 모양으로 모험을 해보았다. "저어 남작, 곧이곧대로 믿지 않겠지만, 이래도 나는 꼬마였을 때 자물쇠 구멍을 통해 부모님이 감탕질치는 걸 구경했거든요. 나쁜 짓인가요? 보아하니 얼토당토않은 말이라고 생각하시는 모양인데, 천만에, 절대로 거짓말이 아닙니다." 일부러 사악하게 보이려는 이런 노력, 오히려 엄청난 어리석음과 순진함을 드러낼 뿐인 이런 노력에 샤를뤼스 씨는 실망하는 동시에 격노했다. 그러나 아무리 지독한 강도나 살인범일지라도 그를 만족시키지는 못했을 것이다. 강도나 살인범은 그 범죄를 입 밖에 내지 않기 때문이다. 게다가 변태성욕자의 마음속에는—그 마음이 아무리 착해도, 아니 착하면 착할수록—악에 대한 갈망이 있다. 그런데 다른 목적에서 행동하는 악인은 변태성욕자의 갈망을 채워주지 못한다.

젊은이는 뒤늦게 자기 실수를 깨닫고, '플리크(flic)'*1 같은 건 발가락 사이의 때만치도 두렵지 않다고 말하면서 뻔뻔스럽게 "fous—moi un rancart(밀회를 결정하시오)"*2라는 말까지 했지만 헛일이라서 마법은 흔적도 없이 사라지고 말았다. 일부러 은어를 쓰려고 애쓰는 작가의 책을 읽는 때처럼 가짜 냄새가 났다. 젊은이는 아내와의 '추잡한 짓'을 낱낱이 이야기했으나 그래도 소용없었다. 샤를뤼스 씨는 그런 추잡한 짓이 얼마나 좁은 범위에 한정되어 있는가를 알고 놀랐을 뿐이었다. 그런데 그 얘기는 엉터리만이 아니었다. 쾌락과 악덕만큼 범위가 한정된 것은 따로 없다. 이런 의미에서 '악순환'이라는 말의 뜻을 조금 바꿔, 인간은 늘 같은 악덕의 범위 안에서 돌고 돈다고 하겠다.

사람들이 샤를뤼스 씨를 진짜 왕족이라고 생각했다면, 반대로 이 호텔에서는 아무개의 죽음을 매우 섭섭해하며 지골로들이 이렇게 말했다. "이름은 모르네만, 남작인가 봐." 하지만 바로 푸아 대공(생루의 친구인 푸아 대공의 아버지)을 두고 하는 말이었다. 아내에게는 클럽에 가서 시간을 보낸다고 핑계를

---

*1 속어로 경관, 탐정.
*2 fait—moi un rendezvous의 은어.

댔지만, 실은 쥐피앙네에 와서 몇 시간씩 수다를 떨거나, 사교계 속사정을 들려주곤 했다. 그는 아들 못지않게 잘생긴 사내였다. 이상하게도 샤를뤼스 씨는 사교계에서 이 대공과 자주 만났을 게 틀림없는데도 같은 성적 취미를 갖고 있는 줄은 몰랐다. 대공이 이전에 아직 중학생이던 제 아들(생루의 친구)에게까지 손을 댔다고 말하는 사람도 있었지만 틀림없이 근거 없는 얘기일 거다. 사실은 그렇지 않고, 많은 사람이 모르는 동성애 풍습에 매우 능통한 대공은 아들의 교제를 주의 깊게 감시했던 것이다. 어느 날 한 사내가, 게다가 신분이 낮은 사내가 아들 푸아 대공의 뒤를 따라 그 아버지 댁까지 와서 창문 너머로 쪽지를 던져넣었는데, 그걸 아버지가 주운 일이 있었다. 그러나 뒤따른 사내는, 아버지 푸아 대공과 같은 귀족 사회의 인간이 아니지만, 다른 관점에서 보면 같은 사회의 인간이었다. 그래서 공통된 악습을 가진 자들 중에서 어렵지 않게 찾은 한 중개자의 힘으로, 연상인 사내의 그런 대담함을 도발한 사람은 바로 젊은 아들 쪽이었다는 점을 푸아 씨에게 증명해서 그를 침묵시켰다. 있을 법한 일이었다. 왜냐하면 푸아 대공은 아들이 바깥에서 고약한 무리와 교제하는 걸 막는 데 성공했을지는 모르나, 아들을 유전에서 벗어나게 할 수는 없었으니까. 게다가 아들 푸아 대공으로 말하면 아버지와 마찬가지로 다른 사회의 인간과 누구보다도 관계가 깊었지만, 상류 사교계 사람들은 이 점에 대하여 아는 바가 없었다.

"기막히게 세상 눈이 밝은 분이야! 도저히 남작이라고는 믿기지 않아." 샤를뤼스 씨가 나간 뒤 몇몇 단골이 말했다. 쥐피앙은 아래까지 배웅했는데, 그에게 남작은 그 젊은이가 너무 훌륭하다며 불평을 그치지 않았다. 젊은이를 미리 훈련시켜놓을 걸 그랬다 하고 화가 난 쥐피앙의 표정으로 보아, 그 가짜 살인범은 나중에 쥐피앙의 혹독한 꾸지람을 받을 게 뻔했다. "자네 말과는 정반대가 아닌가." 쥐피앙이 다음부터는 주의하도록 남작은 덧붙였다. "그 녀석은 쓸데없이 고지식해 보였어, 제 가족에 대한 존중의 정까지 표하는 걸 보니."— "그렇지만 아버지와는 사이가 나쁜걸요." 쥐피앙이 대꾸했다. "부자가 함께 살지만, 서로 다른 술집에서 일하니까요." 그 정도라면 살인에 비하면 분명히 가벼운 범죄였건만, 쥐피앙은 얼떨결에 그렇게 말했다. 남작은 더 이상 말하지 않았다. 자기 쾌락을 남이 꾸며주길 바라지만, 그 쾌락이 꾸며진 것이 아니라는 환상에 잠기고 싶었기 때문이다. "그 녀석 진짜 악당이에요, 나리께 그런 말을 한 건 나리를 속이려고 해서죠, 나리가 사람이 좋으시니까." 쥐피앙은 변명하려 했으나 샤를뤼스 씨의 자존심을 더욱 상하게 했을 뿐이었다.

"그분은 하루에 백만금을 쓴다네." 22살 난 젊은이가 잘라 말했다. 자기 말이 얼토당토않다고는 여겨지지 않았던 것이다. 오래지 않아 샤를뤼스 씨를 데리러 온 차가 움직이는 소리가 들려왔다. 그 순간 분명 옆방에서 나온 군인과 나란히 느릿한 걸음걸이로 들어오는 검은 치마 차림에 나이 지긋한 부인의 모습이 내 눈에 띄었다. 그러나 금세 나는 잘못 본 것을 깨달았다. 그것은 신부였다. 고약한 신부란 아주 드물어서 프랑스에서는 확실히 예외에 속한다. 분명히 군인은 동반자의 행실이 옷차림과 조금도 들어맞지 않는 점에 대하여 조롱하고 있었다. 왜냐하면 동반자가 엄숙한 태도로 신학박사의 손가락 하나를 흉악망측한 얼굴 쪽으로 올리면서, 격언 투로, "별 수 있소, 나는 ('성인'이라는 말이 나올 줄 알았는데) 천사가 아닌걸" 말했기 때문이다. 이 신부는 볼일이 다 끝나서 떠나버리면 그만이었으므로, 남작을 배웅하고 돌아온 쥐피앙에게 작별인사를 했다. 그런데 신부는 얼떨결에 방세를 치르는 걸 잊었다. 정신이 늘 또렷한 쥐피앙은 손님이 내는 돈을 넣어두는 상자를 흔들어 쩔렁쩔렁거리며 말했다. "새전*1을, 신부님!" 방탕한 신부는 사과하고 돈을 내고는 사라졌다.

쥐피앙이 내가 옴짝달싹 못하는 칠흑 같은 굴 속으로 나를 데리러 왔다. "우리집 녀석들이 앉아 있는 응접실에 잠깐 들어가 계십쇼. 그동안 내가 위에 올라가 방문을 잠그고 오겠습니다. 거기 들어가 계셔도, 방을 빌린 손님이시니까 아주 당연한 일이죠." 그 응접실에 지배인이 있어서 나는 그에게 돈을 치렀다. 이때, 턱시도 차림의 젊은이가 들어와 거만한 태도로 지배인에게 물었다. "내일 아침 11시가 아니라 11시 15분 전에 레옹을 차지할 수 있겠소? 점심 식사 초대를 받았거든."—"글쎄요, 신부가 레옹을 돌려보내는 시간이 어떠한가에 달려 있죠." 지배인이 대답했다. 이 대답에 턱시도 차림의 젊은이는 불만스러운 듯 신부에게 욕설을 한바탕 퍼부으려는 기색이었으나, 나를 언뜻 보고는 그 노기의 방향을 돌려 곧장 지배인에게로 걸어가, 낮은 목소리로 으르렁댔다. "저이는 누구요? 도대체 어떻게 된 일이야?" 지배인은 난처해하며, 저이는 신경 쓰지 않아도 된다, 방을 빌린 손님이다라는 식으로 설명했다. 턱시도 차림의

---

*1 신령 앞에 바치는 돈.

젊은이는 그 정도 설명으론 조금도 안심이 안 되는지 그치지 않고 되풀이했다. "불쾌하기 짝이 없군. 이런 일이 일어나서는 못쓰지, 아주 질색이란 말이야. 앞으로 또 그러면 이곳에 다시는 발을 들여놓지 않겠소." 하지만 이 협박을 바로 행동에 옮길 생각은 없어 보였다. 그는 분개하면서도 레옹이 11시 15분 전에, 가능하면 10시 30분에 틈을 내도록 하라고 부탁하고서 떠났기 때문이다. 쥐피앙은 나를 데리러 와서 같이 거리까지 내려왔다.

"오해하실까 싶어서 하는 말이지만," 그가 말했다. "이 호텔은 생각보다 벌이가 신통치 않습니다. 일반 손님도 받아야 하니까요. 그런 손님만 받은 날은 적자만 볼 뿐이죠. 이 집은 카르멜 수도원과는 반대로, 악덕 덕분에 미덕이 살아갑니다. 아니 뭐, 내가 이 호텔의 경영을 맡게 된 것도, 다시 말해 아까 보신 그 지배인에게 경영을 일임한 것도, 오로지 남작의 시중을 들어 그 노년을 위로해드리고 싶어서죠." 쥐피앙은 아까 내가 본 바와 같은 변태성욕의 장면과, 남작의 악습에 대해서만은 말하고 싶지 않은 듯했다. 남작은 담소를 나누고, 함께 놀며 트럼프 놀이를 하는 데도, 서민을 상대로 돈을 뜯기지 않고서는 더 이상 재미를 느끼지 못했던 것이다. 서민의 속물주의도 귀족의 속물주의와 같다고 생각하면 틀림없으리라. 상류 사회의 교제에서 더할 수 없이 멋있는 인간을 하나도 발견하지 못했거니와 서민과의 교제에서 더할 수 없이 사악한 인간도 찾아내지 못한 샤를뤼스 씨의 마음속에는 두 속물주의가 오랫동안 연관되어왔으며 번갈아가며 나타났다. "나는 어중간한 종류를 싫어한단 말씀이야." 남작은 말한다. "부르주아 희극은 부자연스럽게 태를 부려 싱거워. 고전 비극의 공주들 아니면 걸쭉한 소극이라야 하지. 얼치기가 아니라, 〈페드르〉 아니면 〈어릿광대〉여야 한다 이 말씀이야."

그러나 마침내 그 두 속물주의 사이의 균형이 깨지고 말았다. 아마도 노쇠 탓인지 또는 가장 야비한 관계에까지 육욕을 넓혀선지, 남작은 이제 '아랫것들'하고만 살았는데, 이로써 뜻하지 않게 그 위대한 선조인 라 로슈푸코 공작, 아르쿠르 대공, 베리 공작 같은 이들의 뒤를 잇게 되었다. 생시몽이 적은 바에 의하면, 그들은 사내종과 함께 살며, 그들에게 막대한 금액을 빼앗기면서도 그들의 도박판에 끼어들었는데, 그들 대귀족을 만나뵈러 간 사람들은 대감이 하인들과 허물없이 트럼프 놀이를 하거나 술을 마시거나 하는 꼴을 보며 겸연쩍은 기분이 되었다. "무엇보다도" 쥐피앙은 말을 이었다. "난처한 일을 피하도록 해드리기 위해서죠. 남작은 보시다시피 큰 어린애거든요. 요즘은 이곳에서 바라는 대로 다 하는데도, 아직도 위험을 무릅쓰고 애먼 짓을 하러 다닌답니다. 게다가 아시다시피 돈씀씀이가 후한 분이시니, 요즘 세상에 언제 불상사가 일어날지 누가 안답니까. 요전날만 해도 남작의 자택에 오면 주겠다는 막대한 돈 액수 때문에 겁이나 죽을 뻔한 호텔 심부름꾼이 있었답니다(자택이라니, 얼마나 경솔합니까!). 그 녀석, 여자밖에 좋아하지 않는 놈인데, 상대가 자기에게 뭘 바라는지 알아채자 안도의 긴 한숨을 내쉬었습니다. 그런 큰돈을 주겠다는 말에 그 녀석은 남작을 간첩이 아닌가 의심했거든요. 그런데 조국을 팔라는 것이 아니라 제 몸 팔기를 청하는 걸 알고는 안심한 거죠. 똑같이 부도덕한 짓이지만 덜 위험하고, 뭐니뭐니해도 쉽거든요."

쥐피앙의 이런 말에 귀를 기울이면서 나는 혼잣말을 했다. "샤를뤼스 씨가 소설가나 시인이 아니라니 이 얼마나 아까운 노릇이냐! 그의 눈에 비치는 것을 쓰길 바라서가 아니라, 그 욕망 때문에 샤를뤼스 씨 같은 사람이 빠지는 처지는, 자기 주변에 추문의 씨를 뿌리고, 인생을 심각하게 생각하는 나머지, 쾌락에 열정을 쏟지 않고는 못 배기게 된다. 사물을 냉소적이고 객관적으로 보는 관점에 버티고 앉아 있을 수가 없고, 마음속에는 언제나 고통의 격류가 터져 흐르고 있다. 어떤 의사 표시를 할 적마다 거의 매번 감옥에 들어갈 뻔하지 않으면 망신을 당하게 되니 말이다." 호되게 따귀를 맞아가면서 교육받는 것은 아이들만이 아니라, 시인도 마찬가지이다. 확실히 쥐피앙이 남작을 위해서 마련한 이 집 덕분에 위험이 크게 줄었다. 적어도(왜냐하면 이곳은 늘 경찰의 현장 검증을 당할 염려가 있었으니까) 거리에서 꿍꿍이를 알 수 없는 남자에게 걸려들 위험은 없었다. 하지만 샤를뤼스 씨가 소설가였다면 이는 도리어 그에게 불행을 가져왔을 것이다. 샤를뤼스 씨는 다만 예술 애호가일 뿐, 무엇을 쓰려고 생각한 적도 없거니와, 또 그럴 만한 재주도 타고나지 못했다.

"그리고 솔직히 말하면." 쥐피앙은 말을 이었다. "이런 벌이를 해도 조금도 양심에 거리끼지 않습니다. 이제 와서 숨길 수도 없지만, 여기서 하는 일 자체가 내 취미에 맞습니다. 그런데 자기 판단으로 죄악이라고 생각지 않는 일을 하고 보수를 받는다, 이게 나쁠까요? 당신은 저 같은 것보다 배운 게 많으시니, 틀림없이 소크라테스는 그 수업으로 돈을 받으려는 생각이 없었노라고 말씀하시겠지요. 그러나 요즘의 철학 교수들은 그렇게 생각하지 않습니다. 의사도, 화가도, 극작가도, 연출가도 그렇게 생각하지 않습니다. 이 생업을 고작 천민밖에 상대 못하는 것으로 생각지 마시기를. 사실 이런 집을 경영하면 고등 창부처럼, 남자 손님밖에 받지 않습니다만, 찾아오는 사내로 말하면 각 방면의 명사들로 보통 그 직업에서 가장 예민하고 감정이 풍부하며, 붙임성 좋은 남자들이죠. 그 점에서 이 집은 당장에라도 일급 살롱이나 통신사로 둔갑할 수 있습니다." 그러나 내게는, 샤를뤼스 씨가 채찍질당하는 광경을 보았던 그 인상이 아직 강렬하게 남아 있었다.

사실 샤를뤼스 씨의 됨됨이, 그 거만한, 사교적 쾌락에 대한 싫증, 한때의 변덕으로 가장 저급하고 하찮은 사내들에게 열정을 쏟는 것과 같은 기이한 성벽을 잘 알면 쉽게 이해할 수 있다. 만약 그가 가지고 있는 막대한 재산이 어정뱅이의 손에 들어간다면, 딸을 공작에게 시집보내기도 하고, 전하(殿下)들을 사냥에 초대할 수도 있으므로 세상을 다 가진 느낌이겠지만, 샤를뤼스 씨가 그 재산에 만족을 느끼는 까닭은, 자기를 즐겁게 해줄 젊은이들이 늘 대기 중인 건물을 한 채 또는 서너 채 가질 수 있기 때문이라는 것. 아마도 그것은 그의 악습 탓만은 아니었으리라. 그는 생시몽이 이야기한 바 대로, '이름 있는 사람'과는 그 누구와도 사귀지 않으며, 막대한 돈을 뜯겨가면서 사내종들과 트럼프 놀이로 세월을 보내는 그런 왕족과 공작들의 후계자였다.

내가 쥐피앙에게 말했다. "잠깐만, 이 집은 당신 얘기와는 아주 다르군요. 정신병원보다 더 지독하네요. 정신병원에 사는 미치광이의 광기가 여기서 똑같이 벌어지고 있으니, 참말 악마의 소굴이오. 난 말이오, 채찍질 당하고 있는 사내를 때마침 구하러 온 《아라비안나이트》의 술탄이 된 느낌이었소. 그런데 내 눈앞에 펼쳐진 건 《아라비안나이트》의 다른 이야기처럼, 개로 변신한 여인이 본래 모습으로 돌아가려고 일부러 채찍을 맞는 광경이었다오." 쥐피앙은 내 말에 몹시 당황하는 것 같았다. 남작이 채찍 맞는 장면을 들킨 걸 알아챘기 때문이다. 내가 지나가는 합승마차를 세우는 동안 그는 잠시 묵묵히 있다가 돌연 능숙한 기지를 뽐냈다. 그것은 우리집 안마당에서 프랑수아즈나 나를 만나 정중한 인사말로 응대했을 때, 아무것도 배운 것 없는 자가 어떻게 이런 말을 할까 하고 여러 번 나를 놀라게 한 그 기지였다. 그가 입을 열었다. "《아라비안나이트》의 이야기를 자꾸 말씀하시는데, 나도 말입니다, 남작님 댁에서 본 듯한 책의 제목(내가 샤를뤼스 씨에게 보냈던 러스킨의 《참깨와 백합》 번역본을 암시하는 말이다)과 아주 관계가 없지는 않은 어떤 이야기를 알죠. 마흔 명의 도적이야 안 되지만 여남은 도적이라도 구경하고 싶은 호기심이 일어나면, 언제든 이곳으로 오십쇼. 내가 저 집에 있는지 없는지를 알려면 위층 창문을 쳐다보십쇼, 작은 창문을 열어놓고 불을 켜둘 테니까요. 그게 내가 와 있으니 들어와도 좋다는 표시입니다. 그것이 나의 '참깨'죠. 나는 오직 참깨에 대해서만 말씀드립니다. 백합에 대해선, 원하시는 게 그것이라면 다른 데로 가보십쇼." 그러고는 꽤 퉁명스럽게 내게 작별인사를 했다. 해적 두목처럼 생긴 젊은 무뢰한을 데리고 온 한 귀족이 쥐피앙에게 어떤 허물없는 태도를 보였기 때문이다. 그 순간 사이렌이 울리기도 전에 폭탄이 작렬하는 소리가 들려왔다. 쥐피앙은 나에게 조금 더 자기와 함께 있으라고 권했다. 이윽고 맹렬한 탄막 사격이 시작되었는데, 그 소리가 매우 생생하여 아주 가깝게, 바로 머리 위에 독일 비행기가 와 있는 것만 같았다.

순식간에 온 거리는 칠흑같이 깜깜해졌다. 이따금 적기 한 대가 어지간히 낮게 날며 폭탄 떨어뜨릴 지점을 밝혔다. 나는 갈피를 잡지 못했다. 지난날 라 라스플리에르에 가는 도중, 어쩐지 유령이라도 만난 것처럼 비행기 한 대를 맞닥뜨리고, 내가 타고 있던 말이 놀라 뒷발로 일어선 일을 생각했다. 그러나 지금 만나는 건 그것과는 다르리라. 이번은 악령이 나를 죽일지도 모른다는 생각이 들었다. 나는 해일에 쫓기는 나그네처럼 도망치려고 걸음을 빨리했으나, 깜깜한 광장을 빙빙 돌 뿐 도저히 거기서 빠져나올 수 없었다. 그러던 중 화재의 불길이 나를 비춰주어 겨우 길을 찾아냈는데, 그동안에도 비행기를 공격하는 화기 소리가 그치지 않고 울렸다. 하지만 내 사념은 어느새 다른 대상을 향하고 있었다. 나는 쥐피앙의 집을 생각했다. 아까 내가 나오자마자 바로 가까이에 폭탄이 떨어졌으니까, 지금은 잿더미가 되었을 것이다. 샤를뤼스 씨가 예언자처럼 '소도마'라는 글자를—운명을 예감하고 그랬는지, 아니면 화산이 분화하여 이미 대재난이 시작되었을 무렵에 그랬는지, 폼페이의 이름 없는 시민이 그렇게 적어놓았듯이—적어놓았을지도 모를 그 집을 나는 생각했다. 그러나 자신의 쾌락을 추구하러 와 있는 자들에게 사이렌이나 고타가 대수겠는가? 우리는 자신의 애욕을 둘러싼 사회나 자연의 범위를 거의 마음속에 두지 않는다. 폭풍이 바다 위에서 미쳐 날뛰고, 배가 나뭇잎처럼 흔들리며, 하늘에서 바람에 휘말린 눈사태가 쏟아질지라도, 그 피해에서 벗어나기 위하여 우리는 고작해야 우리가 맞닿으려는 물체와 우리에게는 너무나 커다란 그 광경을 흘끗 곁눈질해 볼 뿐이다. 공습경보 사이렌은 먼 바다에 떠가는 빙산처럼 쥐피앙의 단골들의 마음을 조금도 위협하지 못했다. 오히려 절박한 육체의 위험은 오랫동안 병적으로 시달려온 공포심에서 그들을 해방시켰다. 공포의 크기가 공포를 일으키는 위험의 크기와 정비례한다는 생각은 잘못이다. 잠이 안 와서 공포를 느낄 수는 있어도 목숨을 건 결투에서는 결코 공포를 느끼지 않으며, 쥐는 무섭지만 사자는 무섭지 않을 수 있다. 이 몇 시간 동안 경찰은 시민의 생명을 지키는 데 정신이 팔려(대단치도 않은 일인데), 쥐피앙네 단골들의 명예를 훼손하는 짓은 절대 하지 않으리라. 그러므로 몇몇 단골은 병적인 공포심에서 해방된 안도감만으로는 만족하지 못하고, 오히려 거리가 갑자기 캄캄해진 데서 대담한 행동이 하고 싶어졌다. 이미 하늘의 불같은 노여움을 뒤집어쓰고 있는 이들 폼페이 주민 몇몇은 지하묘지처럼 깜깜한 지하철도의 통로로 내려갔다. 물론 그들은 거기에 같은 무리가 있다는 사실을 알고 있었다. 그런데 어떤 새로운 요소처럼 세상의 온갖 것을 삼켜버리는 어둠은, 어떤 부류의 인간에게는 참을 수 없는 유혹을 북돋우어 쾌락의 제1단계를 생략하고, 보통의 경우라면 얼마의 시간적 조작을 거쳐야만 들어갈 수 있는 애무의 영역으로 단숨에 들어가게 하는 힘이 있다.

그러나 욕망의 대상이 여자이든 남자이든, 상대에 대한 접근이 아무리 간단할지라도, 또 살롱에서의(적어도 낮이라면) 그 장황한 술수 따위가 전혀 불필요한 경우일지라도, 또 해가 진 거리의 등불이 아무리 침침할지라도 적어도 일을 치르려면 순서라는 게 있다. 먼저 눈독을 들인 먹이를 눈으로 즐기면서 계교를 짜는 시간이 필요하다. 평소라면 길 가는 사람의 눈길을 꺼리게 되고, 점찍은 상대의 의도도 알 수 없는지라 그저 바라보거나 이야기를 건넬 뿐, 그 이상은 도무지 하지 못한다. 그렇지만 어둠 속이라면 그런 낡아빠진 연기는 죄다 집어치우고, 손이며 입술이며 몸이 먼저 행동을 시작할 수 있다. 상대가 뿌리치면 어두워서 못 보았다든가 캄캄해서 착각했다든가 하는 핑계를 댈 수도 있다. 상대에게 그럴 뜻이 있을 때에는, 피하지 않고 바싹 달라붙는 상대 몸의 즉각적인 반응으로 보아, 이쪽에서 말없이 부딪쳐간 여자나 남자는 몸이 헤픈 악덕의 화신이라는 인상을 받는다. 그런 인상은 감질나게 바라보거나 조를 필요 없이 직접 나무 열매를 따 먹을 수 있다는 기쁨을 몇 배로 늘려준다. 그

동안에도 어둠은 계속 된다. 이 새로운 요소 속에 잠긴 쥐피앙의 단골들은 여행 중에 해일이나 월식 같은 자연현상을 만난 듯한 기분이 들어서, 모든 것이 다 갖추어져 있는 집 안에서만의 쾌락 대신 미지의 세계에서 우연히 만난 쾌락을 맛보며, 폼페이의 불길한 땅속 지하묘지에서, 폭탄 화산이 터지는 굉음을 들으며 은밀한 제사를 올리는 것이었다.

쥐피앙네 손님방에는 유혹을 피할 의사가 없는 사내 여러 명이 모여 있었다. 서로 아는 사이는 아니었으나, 그래도 보아하니 거의 비슷한 부류의 부유한 귀족계급이었다. 하나같이 그 풍모에 뭔가 타락한 쾌락에 저항하지 못하는 자의 표시임이 틀림없는 어떤 메스꺼움이 깃들어 있었다. 하나는 몸집이 커다란 사내로, 술망나니인 듯 얼굴이 붉은 반점으로 덮여 있었다. 듣건대 이 사내는 처음엔 술망나니가 아니었고, 그저 젊은이들에게 술마시게 하는 걸 기쁨으로 삼아왔을 뿐이었다. 그러다가 전쟁에 동원된다는 생각에 겁나(보기에 쉰을 넘은 듯싶은데), 본디 매우 뚱뚱했는데, 100킬로그램 이상은 병역 면제가 된다는 말에 그 체중을 넘기려고 줄곧 마시기 시작했다고 한다. 지금은 그 의도가 열정으로 변하여, 감시의 눈을 잠시라도 떼면 벌써 술집에 뛰어들어가 있을 정도였다. 그러나 그가 입을 열기만 하면, 지성은 평범하나 아는 게 많고 교육도 받았으며 교양도 풍부한 사내임을 알 수 있었다.

이 손님방에 들어와 있는 상류 사교계의 또 다른 사내는 아직 젊고 용모가 매우 단정했다. 사실을 말하자면, 그에게는 아직 겉으로 드러난 악습의 흔적은 하나도 없었으나, 대신 그보다 더 불온한 흔적이 엿보였다. 큰 키에 매력 있는 얼굴이었으며, 과장하지 않으면서도 참으로 뛰어난 말솜씨는 그가 옆에 있는 알코올중독자와는 전혀 다른 지성의 소유자임을 드러내고 있었다. 그러나 말끝마다 그 말과 어울리지 않았던 그의 표정이 떠오른다. 마치 그는 수없이 많은 인간의 표정을 완전히 지녔으면서, 마치 딴 세계에서 살아온 듯이, 그 표정을 전혀 엉뚱한 순서로 늘어놓고, 귀로 듣는 이야기와 관계없이 무턱대고 미소와 눈길을 보내는 성실었다. 이 사내가 아직 살아 있는 게 확실하다면, 나는 그를 위해 그 악습이 만성이 되지 않고 한때의 중독으로 끝나기를 바란다. 이러한 이들에게 명함을 청하면, 모두가 사회적으로 높은 계급에 속하는 인간임을 알고는 깜짝 놀랄 것이다. 하지만 어떤 악습, 또 무엇보다도 가장 고약한 악습에 저항하려는 의지의 결핍이 그들을 이 장소에 모이게 하는 것이었다. 물론 방이야 따로따로지만, 매일 저녁 모인다. 따라서 사교계 부인들에게 이름이 알려져도, 그 부인들은 차차 그들의 얼굴을 보지 못하게 되고, 그들의 방문을 받는 기회도 없다시피 되고 만다. 그들은 아직 초대장을 받지만, 습관에 젖어 저절로 발길을 이 악의 합류소(合流所)로 돌려버린다. 그들은 이런 사실을 숨기지 않았지만, 자기들의 쾌락에 충실한 보잘것없는 호텔의 시중꾼이나 직공 등은 그렇지 않았다. 그 이유는 여러 가지겠지만, 다음같은 이유로도 이해가 간다. 곧 직공이나 하인으로서는, 이런 데 가는 것은 정숙하다고 여겼던 여인이 매음굴에 가는 격이다. 그래서 한 번 가보았다고 고백하는 자는 있어도, 두 번 갔다고 말하는 자는 결코 없다. 쥐피앙 자신도 그들의 평판을 지키고 경쟁을 피하기 위하여 거짓말로 이렇게 딱 잘라 말한다. "천만에요! 그 사람은 우리집에 안 오는데요, 이런 곳엔 오고 싶지 않은 게죠." 그러나 사교계 사내들에게는 대수롭지 않은 일이다. 이런 데 발을 들여놓지 않는 사교계 사람들은 이런 곳을 모르려니와 또 남의 생활에는 참견하지 않기 때문이다. 반면에 공군의 숙소에서는 정비공 한둘이 이런 곳에 갔다면, 그들을 은밀히 지켜본 동료들은 알려질까 봐 겁나 자기들은 절대 가지 않겠다고 다짐하는 것이었다.

집으로 향하면서 나는 양심이라는 게 얼마나 빨리 우리 습관에 영향력을 발휘하기를 거부하는지를 생각했다. 양심은 습관을 돌보지 않고 그 발전을 내버려둔다. 인간 행동을—단순히 바깥에서, 그리고 습관은 인간의 온 인격을 좌우하는 것이라는 가정에 입각하여—살펴보면, 도덕적인 또는 지적인 가치가 행동과는 전혀 다른 방향으로 독자적으로 발전하는 경우가 있다는 사실에 우리는 매우 놀랄 것이다. 멀쩡한 '젊은 녀석들'이 자신은 아무런 쾌락도 못 느낄 뿐만 아니라 처음에는 틀림없이 심한 혐오를 느꼈을 그런 짓을 부끄러운 줄도 모르고 오직 몇 푼의 보수를 위해서 하게 된 것도, 따지고 보면 분명히 교육의 결함 또는 결여 때문인 데다가, 힘들이지 않고 손쉽게 돈을 벌려는 생각(보다 쉬운 일이 얼마든지 있을 테지만, 그러나 이를테면 병자는, 흔히 자기가 생각하는 것보다도 가벼운 병과 싸운답시고, 무언가를 고집하고 제안하면서, 또 약품의 사용에 의하여 훨씬 괴로운 생활을 자신이 일부러 만들어내고 있는 것은 아닐까)이 있었기 때문이다. 이런 점으로 보아 어쩌면 그들을 처음부터 못된 인간으로 생각할 수도 있겠지만, 그들은 싸움터에서는 훌륭한 병사이자 비길 데 없는 '용사'였을 뿐만 아니라, 시민 생활에서도 아주 성실하지는 못할망정,

대부분 마음씨 착한 인간이었다. 그들은 그들이 영위하는 생활이 어디가 도덕적이고 어디가 부도덕한지 깨닫지 못한 지 오래였다. 바로 그것이 그들을 둘러싸고 있는 생활이기 때문이다.

우리는 고대사의 어느 시대를 연구하면서 개인으로는 선량한 자들이 아무런 양심의 가책도 없이 대량 살육과 인간의 희생에 가담하는 모습을 보고 놀라는데, 그런 무지막지한 짓도 그들에겐 틀림없이 당연한 일로 여겨졌을 것이다. 쥐피앙네 집에 있는 폼페이풍 그림들도, 그것이 프랑스 대혁명 말기를 떠올리게 한다는 점에서, 바야흐로 시작되려는 집정정부와 유사한 이 시대에 딱 들어맞았다. 그들은 이미 평화를 예상하고, 경찰의 명령을 너무 노골적으로 어기지 않도록 어둠 속에 숨어서, 곳곳에서 새로운 무도회를 열며 난장판을 벌이고 있었다. 이에 보조를 맞추어, 전쟁 초기만큼 반독일적이 아닌 몇 가지 예술 이론이 나타나 질식할 듯한 정신에 다시 숨길을 터주고 있었다. 그러나 그런 이론을 발표하려면 일종의 애국심 증명서를 제시해야만 했다. 어떤 교수가 쓴 실러에 관한 뛰어난 저술이 신문의 신간란에 소개되었다. 하지만 책의 저자를 말하기에 앞서 교수가 마른이나 베르됭 전투에 참가했다는 사실, 다섯 번이나 표창을 받았으며 두 아들은 전사했다는 사실을 마치 인쇄 허가증처럼 적어놓고 있었다. 다음으로 실러에 대한 교수의 저작이 명쾌하며 투철하다고 칭찬했는데, 실러에 대해서도 '이 위대한 독일인'이 아니라 '이 위대한 보슈'라고 한다면 위대하다는 형용사를 써도 괜찮다는 식이었다. 그것은 어느 신문의 기사에서나 볼 수 있는 경향이었다. 그렇게 하면 즉시 검열에 통과되는 것이었다.

2천 년 뒤에 이 시대의 역사를 읽는 사람들에게는, 틀림없이 우리 시대도 순하고 깨끗한 양심의 소유자들을 무지막지한 환경에 내버려둔 시대로 보이겠지만, 그들은 이 환경에 순응하고 있었다. 한편 나는 지성과 감수성이라는 점에서 쥐피앙만큼 그것을 타고난 사람을 좀처럼 보지 못했다. 아니, 한 사람도 알지 못했다고 해도 지나친 말이 아니다. 왜냐하면 그의 담화의 재치 있는 뼈대를 이루고 있는 미묘한 그 '소양'은 고등학교 교육이나 대학에서 익힌 교양 같은 것에서 온 게 전혀 아니었기 때문이다. 그런 교육까지 받았더라면, 사교계의 수많은 젊은이가 그것에서 아무런 이득을 꺼내지 못하는 바와 달리, 그는 실로 주목받는 명사가 되었으리라. 한가한 때에 누구의 지도도 없이 아무렇게나 읽은 책들이 그로 하여금 언어의 온갖 조화미가 스스로 나타나 있는 그 아름다운 말씨를 구성케 했던 것은, 오로지 그의 타고난 지각과 넓은 하늘 아래의 취미 덕분이었다. 그런데 그의 직업은 확실히 가장 돈벌이가 잘 되는 일 가운데 하나임에 틀림없지만 가장 천한 일이라고 생각해도 당연했다. 샤를 뤼스 씨는 어떤가 하면, 귀족적인 오만에서 '남이 뭐라고 하는 것을' 아무리 경멸했더라도, 어찌하여 그는 개인의 존엄성과 자존심에서, 그 고약스런 육욕의 만족, 아무리 변명해도 미친 짓으로밖에 보이지 않는 육욕의 만족을 마다하지 않았던가? 샤를뤼스 씨도 쥐피앙과 마찬가지로 하나로 이어지는 행동 영역으로부터 도덕성을 떼어내려는 습관이 있다(하기야 이런 일은 수많은 직분에서 일어난다. 때로는 재판관이나 정치가, 그 밖에 여러 직분에서). 따라서 습관은(다시는 도덕적인 감정에 의견을 묻는 일도 없이) 나날이 심해져서, 마침내 스스로 프로메테우스가 된 이 남자가 강제적인 '힘'에 의하여 순전히 물질뿐인 '바위'에 그 몸을 묶게 하는 사태에까지 이르렀던 것이다.

물론 나는 그것이 샤를뤼스 씨의 병, 내가 오래전부터 그런 줄 눈치챘었고, 지금껏 보아온 갖가지 과정으로 판단하건대 급속도로 진전한 병의 새로운 단계임을 분명히 느꼈다. 설사 베르뒤랭 부인의 예언과 소원대로 그 나이에는 죽음을 촉진할 뿐인 투옥 같은 것이 일어나지 않더라도 불쌍한 남작의 죽음은 이제 그다지 머지않음이 틀림없었다. 그렇지만 '순전히 물질적인 바위'라고 한 내 말은 어쩌면 정확하지 않은지도 모른다. 순수하게 물질뿐인 바위 속에 아직 조금의 정신이 남아 있을 수도 있으니까. 이 미치광이는 그러한 순간에 자기가 광기에 사로잡혀 미친 짓을 하는 것을 어쨌든 잘 알고 있었다. 그러므로 자기를 후려치는 젊은이가, 전쟁 놀이에서 가위바위보로 '프로이센인'이 된 소년—다른 아이들이 진짜 애국심과 가짜 증오심을 품고 덤벼드는—처럼 나쁜 사람이 아님을 잘 알고 있었다. 광기에 사로잡혀도 분명 거기에는 샤를뤼스 씨의 인격이 조금 들어가 있었다. 그러한 착란에 빠졌을 때조차도 인간의 본성은(연애나 여행을 할 때와 마찬가지로) 진실에 대한 추구욕 때문에 여전히 자기 믿음에 매달리고 싶어하는 경향을 나타내는 법이다. 프랑수아즈는, 내가 밀라노—틀림없이 그녀가 영원히 가지 못할 도시—의 어느 성당, 또는 랭스의 대성당에 대한 얘기를(아니 아라스의 대성당 얘기마저!)—이번 전쟁으로 얼마간 파괴되었으므로 그녀가 구경하지 못할 것 같은 대성당에 대한 얘기를—하면 그와 같은 보물을 구경할 수 있는 부자들을 부러워하며, 향수와 비슷한 그리움에 잠겨 외치는 것이었다. "어머나! 얼마나 훌륭했을까!"

　하지만 그녀는 몇 년 동안 파리에 살고 있으면서도 단 한 번도 노트르담 대성당을 구경하러 가려는 호기심을 가져본 적이 없었다. 그 까닭은 노트르담이, 프랑수아즈의 일상생활이 벌어지는 마을, 곧 파리의 한 부분을 이루고 있기 때문으로, 우리집의 늙은 하녀는 자기 몽상의 대상을 파리에 두기는 곤란했던 것이다(마치 내가 건축에 대한 연구로 콩브레에서 얻은 본능적 관념을 어떤 점에서 수정하지 않았다면, 나 또한 콩브레를 몽상의 대상으로 보기는 곤란했을 것처럼). 우리가 사랑하는 사람들 마음속에는 확인할 순 없지만 우리가 추구하는 어떤 꿈이 들어 있다. 나로 하여금 질베르트를 사랑하게 한 것은 베르고트나 스완에 대한 내 믿음이었고, 질베르 르 모베에 대한 나의 믿음이 게르망트 부인을 사랑하게 했다. 알베르틴에 대한 내 사랑은 더없이 괴롭고, 더없이 질투가 강하며, 더없이 개성적인 것으로 보였다 할지라도 얼마나 넓은 바다를 품고 있었던가! 그뿐 아니라 우리가 열중하는 상대 또한 개성적이므로, 바로 그것 때문에 타인에 대한 사랑도 이미 어느 정도는 착란인 것이다(육체의 병, 특히 신경계통과 적잖은 관계가 있는 병은 우리의 기관이나 관절이 어떤 기후에 대해서 느낀 두려움—그것은 어떤 사나이가 안경을 쓴 여자라든가 여자 곡예사에 대해서 품는 집착처럼 설명하기 어렵고 뿌리 깊은 것이다—이 원인이 되어 몸에 밴 특수한 버릇이나 공포가 아닐까? 여자 곡예사를 볼 적마다 고개를 드는 그런 욕망이, 이를테면 천식 때문에 평생을 고생해온 어떤 사람에게는 다른 도시와 다를 바 없어 보이는데도 거기에 가면 비로소 편하게 숨을 쉴 수 있었던 어떤 도시의 영향이 신기하듯이, 이상야릇하고 느낄 수 없는 어떤 영속적이고 무의식적인 꿈과 관련이 있는 것처럼).

　그런데 착란은 병적인 결점으로 뒤덮인 애정이라 하겠다. 아무리 광기의 끝에 달해도 애정은 여전히 정신을 차리고 있다. 샤를뤼스 씨는 배에서 죄를 지은 뱃사람에게 사용하던 튼튼한 쇠고랑을 자기 손발에 채워달라고 졸라대며, 또한 그런 뱃사람을 곤장치는 치도곤이나, 그 밖에 쥐피앙이 나에게 이야기한 바에 따르면, 선원에게 부탁해도 도저히 구할 수 없는 끔찍한 형구—요즘은 아무리 징벌이 가혹한 배에서도 그런 형구를 쓰는 고문은 없어졌기 때문이다—를 가져오라고 집요하게 요구했다. 그런 샤를뤼스 씨의 마음속에는 필요하다면 난폭한 행동을 통해서라도 보여주고 싶은 자신의 사내다움에 대한 꿈이 있었던 것이며, 또 그의 중세적인 공상으로 장식된 형벌용 십자가나 봉건 시대의 고문 도구에 숨겨진 색채화, 우리 눈에는 보이지 않으나 그의 행위 속에 흘끗흘끗 반사되는 빛에 의하여 짐작할 수 있는 내적인 색채화가 있었다. 쥐피앙네 집을 찾을 때마다 그에게 다음과 같은 말을 하는 것도 똑같은 심정에서였다. "오늘 밤에는 설마 경보가 없을 테지, 소돔의 백성같이 저 하늘의 불에 타 죽는 내 모습이 눈에 어른거려서 언짢은걸." 그러면서 고타를 겁내는 체하지만, 그것은 고타에 대해 공포감을 품고 있어서가 아니라, 다만 사이렌이 울리기가 무섭게 지하철 대피소로 뛰어들 핑계를 만들기 위해서였다. 그는 그 어둠 속에서 중세의 지하실이나 '지하감옥'을 몽롱하게 꿈꾸며 남과 몸이 맞닿는 쾌락을 기대하고 있었다. 요컨대 사슬에 묶여 채찍으로 맞고픈 그의 욕망에는 그 추악함 속에 베네치아에 가고 싶다든가 또는 무희를 들여앉히고 싶다든가 하는 남들의 욕망과 똑같은 시적인 꿈이 깃들어 있었던 것이다. 그리고 그런 꿈이 현실로 이루어졌다는 착각을 얻고자 집착하는 샤를뤼스 씨를 위하여, 쥐피앙은 43호실의 나무 침대를 팔아버리고 쇠사슬과 더 잘 어울리는 철제 침대로 바꿔야 했다.

내가 집에 이르자 마침내 해제경보가 울렸다. 소방대가 움직이는 잡음에 섞여 신문팔이 소년의 외침이 들렸다. 나는 집사와 함께 지하실에서 올라오는 프랑수아즈와 딱 마주쳤다. 프랑수아즈는 내가 죽은 줄 여기고 있었다. 프랑수아즈가 나에게, 생루가 아침에 나를 찾아왔을 때 혹시 그의 전공십자훈장을 떨어뜨리진 않았는지 확인하러 아까 들렀다고 말했다. 훈장을 잃어버린 걸 깨닫고는, 내일 아침 군대에 돌아가야 하므로 그것이 내 집에 없을까 요행을 바라고 찾으러 온 것이다. 그는 프랑수아즈와 함께 두루 찾아보았지만 발견하지 못했다. 프랑수아즈는 생루가 나를 만나러 오기 전에 잃어버린 게 틀림없다고 생각했다. 그도 그럴 것이, 처음 보았을 때부터 그건 달고 계시지 않은 것 같다, 아니 확실히 안 달고 계셨던 게 틀림없다고 그녀가 말했기 때문이다. 그것은 그녀의 잘못된 생각이었다. 증언이나 기억의 가치란 그런 것이다. 물론 그것은 대수로운 일이 아니었다. 생루는 부하들에게서 사랑받고 있듯이 상관한테서도 높이 평가받고 있었으므로 일은 쉽사리 해결될 테니까.

그리고 생루 이야기를 할 때의 프랑수아즈와 집사의 열없는 말투로 내가 당장에 느낀 것은, 생루가 이 두 사람에게 희미한 인상밖에 주지 못했다는 점이었다. 그러고 보니, 이 집사의 아들과 프랑수아즈의 조카는 후방에 배정받고자 온갖 노력을 다했는데, 반대로 생루는 제일선의 가장 위험한 한가운데로 나가려고 갖은 애를 써서 이를 성공시켰던 것이다. 그러나 프랑수아즈와 집사는 그들의 경험에 따라 판단하여 그 사실을 믿을 수 없었다. 부자들이란 언제나 안전한 곳에 숨어 있다고 확신하고 있었다. 게다가 그들은 설사 로베르의 영웅적인 용기에 대한 진실을 알았더라도 별로 감동하지 않았을 것이다. 로베르는 '보슈'라는 낱말을 입 밖에 내지 않았고, 그들에게 독일군의 무용을 칭찬했으며, 프랑스가 첫날부터 승리를 거두지 못한 원인을 비겁한 배신 탓으로 돌리지 않았기 때문이다. 그러나 이들 둘은 '보슈'라는 낱말을 듣고 싶었고, 그런 욕을 용기의 표시로 생각했다. 따라서 전공십자훈장을 계속 찾아다니긴 했지만, 나는 그들이 로베르에 대하여 냉담한 것을 알아챘다. 나는 그 십자훈장을 잃어버린 장소를 짐작하고 있었으므로(그렇지만 생루가 이날 저녁 거기서 그런 모양으로 놀았다손 치더라도, 그건 한때 심심풀이에 지나지 않았으니, 그도 그럴 것이, 모렐을 다시 만나고 싶은 욕망에 사로잡힌 그는, 모렐이 어느 부대에 있는지 알아내 만나러 가고자 자신의 친분 관계를 다 이용해서 찾아보았지만, 이때까지 온 백 통이 넘는 답장은 전부 모순된 것뿐이었기 때문이다) 프랑수아즈와 집사에게 그만 쉬러 가라고 권했다. 그러나 집사는 전쟁 덕분에 수녀들의 추방 문제와 드레퓌스 사건 이상으로 프랑수아즈를 괴롭히는 수를 발견한 뒤로, 언제나 좀처럼 프랑수아즈 곁을 떠나려고 하지 않았다. 이날 밤도, 또 내가 다른 요양원으로 떠나기에 앞서 파리에서 며칠 머물렀을 동안도, 그들 곁으로 갈 적마다 집사가 프랑수아즈를 움츠러들게 하려고 하는 말이 내 귀에 들리곤 했다. "놈들은 서두르지 않아요, 물론 그렇고말고. 때가 무르익기를 기다리니까요. 하지만 그날이 오기만 하면 파리를 점령할 테고, 그러면 자비심이고 뭐고 없어요!"—"아아, 주님, 동정녀 마리아님!" 프랑수아즈는 외쳤다. "놈들은 불쌍한 벨기에를 전복*¹하고도 아직 모자라나 보죠. 어지간히 괴롭혔건만, 그것을 '친략*²'했을 때 말이에요."—"벨기에 말이요? 프랑수아즈, 놈들이 벨기에에서 한 짓은 아무것도 아니죠, 이곳에서 할 짓에 비하면!" 전쟁은 대중의

---

*1 정복이라는 뜻으로 한 말.
*2 침략이라는 뜻으로 한 말.

대화 시장에 많은 용어를 팔아넘기기는 했지만, 대중은 그런 낱말을 신문에서 읽고 눈으로 익힌 데 지나지 않은 탓에 그 올바른 발음을 몰랐으므로, 집사는 다음같이 덧붙였다. "세상이 왜 이처럼 미쳐 돌아가는지 난 통 이해가 안 가요……. 두고 보시우, 프랑수아즈, 놈들은 지금까지보다 더 큰 '기모'*3로 새로운 공격을 준비하고 있어요." 프랑수아즈에 대한 동정과 전술상의 상식에서가 아니더라도, 적어도 문법적으로 문제가 있다고 생각한 나는 '규모'라고 발음해야 된다고 그에게 가르쳐주었으나, 결국 부질없는 참견이 되고 말았다. 내가 부엌에 들어갈 때마다, 그로 하여금 프랑수아즈에게 그 무시무시한 문구를 되풀이 말하게 하는 결과밖에 얻지 못했다. 집사는 동료인 프랑수아즈를 겁주는 데에 기쁨을 느끼는 것과 마찬가지로, 주인에게도 다음과 같은 태도를 보이는 데에 의기양양해 있었기 때문이다. 곧 자기는 전에 콩브레의 정원사였고, 지금은 한낱 집사에 지나지 않지만, 그래도 생탕드레 데 샹 성당의 법에 따른 어엿한 프랑스 사람이므로, 인권선언에 의해 아무에게도 굴할 필요 없이 '기모'라 발음할 권리가 있으며, 하인의 신분과는 아무런 관련이 없는 점, 곧 대혁명 이래 그나 나나 평등하니까 아무도 이러쿵저러쿵할 수 없는 이 점에 대하여 남의 지시에 따르지 않을 권리를 갖고 있다는 것이다.

따라서 나는 그가 고집 세게 큰 '기모'의 작전이라고 프랑수아즈에게 말하는 걸 듣고 안타까웠으나, 그 고집은, 이 발음이 무지의 결과가 아니라 곰곰이 숙고한 의지의 결과임을 일부러 나에게 증명하려는 마음에서 나온 것이었다. 그는 정부와 신문을 'on'*4이라는 한 낱말 안에 뒤섞어 의혹을 품고 말하기를, "그들은(on) 보슈의 손해에 대해서만 말하고, 우리 쪽의 손해에 대해선 입을 닫죠. 그런데 우리 쪽의 손해가 열 배나 더 심한 듯하거든요. 그들은, 보슈놈들이 허덕이고 있다, 이제는 먹을 게 하나도 없다 말하지만, 내 생각으론 놈들이 우리 쪽보다 백 배나 되는 식량을 갖고 있습니다. 어떻든 우리를 속이면 안 되죠. 보슈놈들에게 먹을 게 아무것도 없었다면, 요전날처럼 20살도 안 된 우리 젊은이들을 10만이나 죽인 그런 싸움을 했을라구요." 이렇듯 그는 이전에 급진당의 승리를 떠들어댔던 식으로 툭하면 독일군의 승리를 과장해서 말했다. 동시에 그는 그러한 승리가 프랑수아즈에게 더욱더 고통스럽도록 독일군의 잔인

---

*3 규모라는 뜻으로 한 말.
*4 '사람들' '그들' '우리'라는 뜻의 프랑스어 부정대명사.

한 행위를 이야기했으므로, 듣는 쪽은 "아아! 천사님들의 성모님이시여! 아아! 하느님의 어머님이신 마리아시여!" 쉬지 않고 외었다. 때로는 다른 수로 놀려주려고 말했다. "하기야 우리도 놈들보다 낫다고는 못 하죠, 우리가 그리스에서 하고 있는 짓이나 놈들이 벨기에에서 한 짓이나 거기서 거기니까. 두고 보오, 얼마 안 가서 우리는 모든 사람을 적으로 돌리고 온 세계 나라들과 싸워야 할 거요." 그런데 이 무렵, 전쟁의 형편은 그 말과 정반대였다. 좋은 보도가 있는 날이면 그는 프랑수아즈에게 전쟁이 서른다섯 해 동안 계속될 거라고 단언하면서 앙갚음했고, 또 평화의 가능성이 보이면, 그런 평화는 몇 달도 못 가고, 머잖아 지금의 싸움은 어린애들 놀이에 지나지 않을 정도의 큰 싸움이 벌어져서 프랑스가 흔적조차 남지 않을 거라고 딱 잘라 말했다.

연합군의 승리는 손에 잡힐 정도는 아니더라도, 적어도 거의 확실하여, 공교롭게도 집사에겐 이를 시인하기가 섭섭하기 짝이 없었다. 왜냐하면 '세계' 전쟁도 그 밖의 모든 일과 마찬가지로 그가 슬그머니 프랑수아즈에 맞서온 싸움으로 축소되고 말아(물론 그는 그래도 프랑수아즈를 좋아했다. 마치 날마다 도미노 놀이에서 상대방을 쳐서 약올리는 데에 재미를 보면서도 그 상대를 좋아하지 않고는 못 배기는 사람같이), 승리를 떠올리면 제일 먼저 프랑수아즈로부터 '마침내 끝났군, 놈들은 1870년 전쟁에서 우리가 놈들에게 내주었던 것보다 더 많은 것을 내줘야만 할걸'이라는 말을, 싫어도 들어야 한다고 생각하니 울화통이 터졌기 때문이다. 또한 피할 수 없는 기일이 오리라고 그는 여전히 믿고 있었다. 의식하지 못하는 애국심 탓에 온 프랑스 사람들과 같은—병이 들고 난 뒤의 나처럼—망상에 사로잡힌 그는 승리가(내 경우는 치유가) 바로 앞까지 와 있다고 믿었기 때문이다. 그는 프랑수아즈한테, 승리야 아마도 올 테지만, 그로 말미암아 피나는 아픔을 느낀다, 왜냐하면 곧이어 혁명이 일어나고, 다음에 적의 침입이 있을 테니까, 하고 선수를 치며 말했다.

"흥, 빌어먹을 전쟁, 여기서 재빨리 다시 흥하는 건 보슈놈들뿐이죠. 프랑수아즈, 놈들은 벌써 이번 전쟁에서 몇천 억의 이득을 보았거든요. 그런데 우리 쪽에 뱉는 거라곤 달랑 한 푼이니, 이렇게 어처구니없을 데가! 분명 '그들'은 이런 사실도 신문에 낼 거요." 만일을 대비하여 그는 덧붙였다. "민심을 가라앉히려고 말입니다. 3년 내내 전쟁은 내일 끝장날 거라고 말해왔으니까." 프랑수아즈는 사실 이제까지 집사보다도 낙관론자들의 의견을 믿으며, '불쌍한 벨기에에 대한 침략'에도 전쟁이 반 달도 못 가서 끝날 줄 알았으나, 끝없이 오래 걸리는 것을 보고, 전선의 교착 상태라는, 그녀로서는 뜻을 알 수 없는 현상 때문에 아군이 도무지 전진하지 못하고, 또 그녀의 수많은 대자(代子) 가운데 한 사람인, 그녀가 우리집에서 버는 돈을 고스란히 털어주는 젊은이한테서 알려지지 않은 이런저런 일이 있었다는 것을 들었던 만큼, 집사가 하는 그런 말에 더더욱 마음이 산란해지는 것이었다. "결국 모든 손해가 노동자에게 되돌아오겠죠." 집사는 결론지었다. "댁의 농토도 빼앗길 거요, 프랑수아즈."— "어쩌나, 하느님 맙소사!" 그러나 집사는 그런 먼 불행보다 아주 가까운 불행 쪽을 더 좋아해, 프랑수아즈에게 하나라도 패배의 소식을 더 알리고 싶은 마음에서 여러 신문을 열심히 읽었다. 그는 마치 부활절 달걀을 기다리듯 나쁜 보도를 기다리며, 그것이 프랑수아즈를 무섭게 할 만큼 나쁘면서도 자기에게 물질적인 고통을 주지 않는 수준이기를 바랐다. 그러므로 체펠린 공습 정도라면, 지하실로 피신하는 프랑수아즈의 꼴을 볼 수 있고, 파리같이 큰 도시에서 폭탄이 바로 자기 집 위에 떨어질 리 없다고 안심하고 있었으므로 그는 크게 기뻐했으리라.

프랑수아즈는 이따금 콩브레에서의 평화주의를 도로 찾기 시작했다. '독일인의 잔인성'에 대해 거의 의심을 품기까지 했다. "전쟁 첫 무렵 독일인이라면 모두 살인자, 강도, 진짜 산적, 보보보슈라고들 했지……(보슈에 보를 여러 개 붙여 발음한 까닭인즉, 독일인이 살인자라는 비난이야 지당하지만, 그들이 보슈라는 비난은 너무나 거창해서 사실 같지 않았기 때문이다. 다만 이는 전쟁 초기 이야기이며, 또한 이 낱말을 발음하는 프랑수아즈의 의심 깊은 모양으로 보아, '보슈'라는 말에 그녀가 어떤 무서운 뜻을 붙이고 있는지 이해하기가 어려웠다. 왜냐하면 독일인이 범죄자라는 의심은 사실상의 근거는 부족하더라도, 논리적인 관점으로 보아 모순을 품고 있지 않았기 때문이다. 한편 보슈라는 낱말이 속어로 명확히 독일인을 지칭하는 이상, 그들이 보슈임을 어찌 의심하겠는가? 아마도 그녀는 전쟁 첫 무렵 남들이 보슈라는 낱말에 유달리 힘을 주어 거센 투로 발음하는 걸 듣고, 그것을 완곡한 형태로 되풀이하고 있는 것에 지나지 않았으리라). 나도 그걸 모두 곧이들었지요." 프랑수아즈는 말했다. "하지만 요즘 우리도 놈들과 똑같이 사기꾼이 아닌가 하고 생각해요." 이 모독적인 생각은 집사의 말을 통해 프랑수아즈의 마음속에 생겨났다. 그는 동료인 프랑수아즈가 그리스 콘스탄틴 왕의 편을 드는 기색을 보고, 프랑스가 그 왕을 퇴위시키기 위해 식량조차 대주지 않는다는 식의 얘기를 끊임없이 들려주었던 것이다. 그래서 왕이 물러났을 때 프랑수아즈는 심한 충격을 받아 이런 말까지 했다. "우리도 놈들과 다를 바 없어. 우리가 독일에 있다면 분명 놈들과 같은 짓을 했을 거야."

요 며칠 동안 나는 프랑수아즈를 거의 보지 못했다. 어느 날 어머니가 나에게 "그들은 너보다 더 부자란다" 말한 적이 있는 그 사촌네 집에 줄곧 가 있었기 때문이다. 그런데 이 무렵 전국에 걸쳐 수많은 미담이 보였으니, 그것을 오래오래 기록에 남기려는 역사가가 한 명이라도 있었다면 프랑스의 위대성, 프랑스 정신의 위대성, 생탕드레 데 샹의 정신에 입각한 그 위대함을 증명하고도 남을 만한 것으로, 후방에 살아남은 민간인들은 마른 싸움터에 쓰러진 병사들에 못지않게 이러한 위대함을 보였던 것이다. 프랑수아즈의 조카 한 사람이 베리 오 바크에서 전사했는데, 그는 위에서 말한 프랑수아즈의 돈 많은 사촌 부부—전에 커피 가게를 하다가 재산을 모아 오래전에 은퇴한 사람들이었다—의 조카이기도 했다. 그 전사한 조카도 조그마한 커피 가게를 내고 있었는데, 아직 풋내기여서 재산도 없었다. 25살에 영장이 나오자 어쩔 수 없이 그 작은 가게를 아내에게 맡기고, 몇 달 뒤면 돌아오려니 생각하면서 출정했다. 그러나 그는 전사하고 말았다. 그때 이런 일이 있었다. 프랑수아즈의 부자 사촌 부부는 과부가 된 그 조카의 젊은 아내와는 아무런 관계도 없었건만, 10년 이상 은퇴해 있던 시골을 떠나 다시 커피 가게에서 일을 시작했고, 보수는 한 푼도 받지 않았다. 아침 6시부터 그 부자 아내(실은 어엿한 마님이지만)는 같이 데리고 온 '따님'과 함께 가벼운 몸차림으로 그 조카의 아내인 과부의 가게 일을 도왔다. 그렇게 3년 남짓을 모녀는 하루도 쉬지 않고 아침부터 밤 9시 30분까지 컵을 헹구고 음료를 차려 냈다. 이 책 속에는 허구가 아닌 사실은 하나도 없고, '가명'을 쓴 실재 인물이 한 사람도 없으며, 전부 증명의 필요에 따라 내가 지어낸 것뿐이지만, 오로지 한 가지, 의지할 곳 없는 조카며느리를 도와주려고 은퇴한 시골에서 나온 프랑수아즈의 돈 많은 친척, 오직 그들만은 현재 살아 있는 실재인물이라는 점을, 나는 우리나라의 명예를 위해 말해둬야만 한다. 그들이 이 책을 읽을 리 없으니까 겸허한 그들을 불쾌하게 만들지는 않으리라 확신하므로, 이와 같은 행동으로 프랑스를 구한 다른 수많은 이의 이름을 일일이 늘어놓을 수 없는 대신에, 어린애 같은 기쁨과 깊은 감동을 담아,

나는 여기에 이 집안의 실명을 적어두겠다. 매우 프랑스다운 이름으로, 라리비에르(Larivière)라고 한다. 쥐피앙네 집에서 보았던 야회복 차림의 젊은이, '점심 초대를 받아서' 레옹을 10시 30분에 차지할 수 있는지 없는지를 아는 것만이 유일한 걱정이던 그 오만한 젊은이처럼 비열한 징병 기피자도 있지만, 그들은 생탕드레 데 샹 정신을 구현하는 수많은 프랑스인, 이들 모든 숭고한 병사에 의해 속죄받았다. 그리고 나는 라리비에르 집안사람들은 그 숭고한 병사들과 엇비슷하다고 생각한다.

집사는 프랑수아즈의 불안을 돋우려고, 케케묵은 대중잡지를 찾아내어, 그 겉장에(전부 전쟁 이전에 발간한 것이었지만) 실린 '독일 황실 일가'의 사진을 프랑수아즈에게 보여주었다. "이게 앞으로 우리의 주인이죠." 집사는 기욤(Guillaume)*¹을 가리키며 프랑수아즈에게 말했다. 프랑수아즈는 눈을 크게 뜨고, 황제와 나란히 있는 여성 쪽으로 눈을 돌리며 말했다. "그럼 이게 기요메스(Guillaumesse)*²네!" 프랑수아즈의 독일인에 대한 증오는 극단적이어서, 그것은 오직 프랑스 장관들이 불태우는 증오로만 누그러질 수 있었다. 그리고 나로서는 그녀가 힌덴부르크의 죽음과 클레망소의 죽음 가운데 어느 쪽을 더 강하게 원하는지 알 수 없을 정도였다.

파리에서 떠나려는 내 의도는 어떤 소식이 불러일으킨 슬픔 때문에 잠깐 늦추어졌다. 로베르 드 생루가 전선으로 돌아간 다음 날 부하를 보호하다가 전사했다는 소식을 들은 것이다. 다른 국민에 대한 미움을 생루만큼 품지 않았던 인간도 드물다(독일 황제에 대해서도, 뭔가 특별한 이유로, 아마도 잘못된 이유겠지만, 그는 빌헬름 2세가 전쟁을 일으키긴커녕 도리어 그것을 저지하려 애썼다고 생각했다). 독일식 표현도 미워하지 않았다. 엿새 전 그의 입에서 나오는 걸 들은 마지막 낱말은 슈만의 한 가곡 첫 구절이었다. 그것을 그가 우리 집 계단에서 독일어로 흥얼거리며 불러주었는데, 나는 이웃을 꺼려 그를 침묵시켰었다. 몸에 밴 고상한 교양에서, 온갖 변명과 욕설, 모든 거짓말을 제 행실에서 소용없는 가지를 쳐내듯 잘라내는 습관이 붙은 그는, 적 앞에서도 동원되었을 때와 마찬가지로 스스로를 버리고 자기 한 몸의 안전을 돌아보지 않았다. 이와 같은 자기희생은 그의 모든 행동에 상징적으로 나타났다. 이를테면

---

*1 빌헬름(Wilhelm)의 프랑스식 표기.
*2 기욤이라는 인명을 존칭이나 작위처럼 여성형으로 바꾼 프랑수아즈 특유의 언어상 오류.

내가 그의 집에서 나올 적마다 모자도 잊은 채 늘 배웅을 나와서, 내가 탄 삯마차의 문을 닫아주는 그 태도에까지 나타나 있었다.

　며칠 동안 나는 방 안에 틀어박혀서 그를 생각했다. 나는 그가 처음 발베크에 도착했을 때, 희끄무레한 모직 옷에, 바다 같은 초록빛이 감도는 잘 움직이는 눈을 하고, 유리창이 바다 쪽으로 나 있는 큰 식당 옆 홀을 지나가던 모습을 떠올렸다. 정말 특별한 인간으로 보였다. 그의 벗이 되기를 얼마나 간절히 바랐는지 모른다. 이 소망은 생각지도 못한 형태로 이루어졌으나, 그때엔 내게 거의 아무런 기쁨을 주지 않았고, 뒤에 가서야 그 우아한 겉모양 밑에 숨어 있는 뛰어난 재질과 그 밖의 것을 알아차리게 되었다. 좋은 것이나 나쁜 것이나 그는 날마다 아낌없이 주었다. 그리고 마지막에는 너그럽게도, 자기가 가진 모든 것을 남을 위해 바치며 적의 참호로 돌격해 들어갔던 것이다. 마치 그가 어느 날 저녁 나를 방해하지 않으려고 식당에서 긴 의자 위를 뛰어넘어 달려갔듯이. 발베크의 휴게실에서, 리브벨의 카페, 동시에르의 기병대 병영과 군인들의 만찬 자리, 그가 신문기자의 따귀를 갈긴 극장, 게르망트 대공부인 댁 같은 여러 장소에서 드문드문 간격을 둔 갖가지 상황에서 어쩌다가 그를 만났을 뿐이었다. 이처럼 몇 번 안 되는 만남이 그의 생활에 대해 도리어 선명하고 명확한 화면을 내 앞에 그려주고, 그의 죽음에 대해 뚜렷한 슬픔을 안겨주었다. 우리는 더 사랑하더라도 더욱더 자주 만나는 이들에 대해서는 이런 느낌을 품지 않는 경우가 많은 법이다. 우리 마음에 깃든 그러한 사람들의 심상은 차이를 거의 느낄 수 없는 무수한 심상들의 어떤 어렴풋한 평균치에 불과하다. 또한 우리는 애정이 늘 충족되어 있으면, 특수한 상황의 방해를 받고서야 비로소 커질지도 모를 애정의 가능성 따위를 상상하는 경우는 없는 법인데, 그런 점은, 한정된 짧은 시간밖에 만날 수 없거나, 쌍방이 본의 아니게 엇갈리는 바람에 충분히 해후를 이루지 못하는 특수한 경우와는 상황이 다르다.

　발베크의 휴게실에서 늘어뜨린 외알안경의 뒤를 쫓듯이 빠른 걸음으로 걷는 그의 모습을 언뜻 보고, 건방진 사람이라고 상상한 며칠 뒤, 또한 내가 발베크의 바닷가에서 처음으로 보았던 또 하나의 생생한 모습이 있었으니, 이젠 그것도 추억의 상태로밖에 존재하지 않는다. 바로 알베르틴이었다. 그 첫날 저녁, 그녀는 남들은 아랑곳없이 바다에 사는 한 마리 갈매기처럼 모래를 밟으며 걷고 있었다. 알베르틴, 나는 그녀를 어찌나 금세 사랑하고 말았던지 날마다 그녀와 함께 외출할 수 있도록 한사코 발베크에서 생루를 만나러 떠나지도 않았었다. 그렇지만 생루와의 관계는 한때 내가 알베르틴을 사랑하지 않게 되었다는 증거도 가지고 있다. 얼마간 로베르의 곁에서 지내려고 동시에르에 갔던 일은 게르망트 부인을 향한 내 애정이 보답받지 못함을 본 슬픔에서였으니까. 생루와 알베르틴은 둘 다, 발베크에서 내가 훨씬 나중에야 알게 된 사람들이었을 뿐 아니라, 순식간에 끝나버린 그들의 삶이 교차되는 일은 거의 없었다. 하지만 나는, 처음에는 서로 완전히 별개의 것인 줄로 생각했던 회상의 날실 사이에, 세월의 베틀 북이 씨실을 짜넣는 걸 보면서, 그건 그였지, 하고 자신에게 되뇌었다. 그건 생루였어, 알베르틴이 내게서 떠난 뒤, 내가 봉탕 부인 댁에 가서 찾아보라고 부탁한 사람은. 그리고 그 두 생활에는 내가 꿈에도 의심치 않았던 비밀이 각각 나란히 존재한다는 사실을 발견했다. 알베르틴의 비밀은 이젠 생루의 비밀만큼 내 마음에 슬픔을 일으키지 않는데, 이는 그녀의 삶이 나와 인연 없는 것이 되고만 탓이리라. 그러나 그녀의 삶이 생루의 그것처럼 그토록 짧았던 사실은 지금도 한스러운 일이다. 알베르틴도 생루도 내 건강을 걱정하면서 여러 번 말하기를 "당신은 병자니까" 했다. 그런데 죽고 만 것은 그들이다. 이들 두 사람의 마지막 심상—하나는 참호 앞에, 하나는 강 속에 빠진 심상—을 내가 제일 처음 받은 두 심상에 비교해볼 수 있음은, 요컨대 그 사이가 몹시 짧았기 때문이다. 그 첫 무렵의 심상만 해도 알베르틴의 그것은, 이미 바다에 지는 해의 심상과 연관되어 있다는 점에서만 내게 값어치 있을 뿐이다.

프랑수아즈는 알베르틴의 죽음보다 더한 연민의 정으로 생루의 죽음을 맞이했다. 프랑수아즈는 당장 곡하는 여인의 소임을 맡아, 비탄 소리와 절망의 노래로 죽은 자에게 추도의 뜻을 표했다. 그녀는 제 슬픔을 과시하며, 나도 모르게 내가 슬픔을 흘릴 때만 얼굴을 휙 돌리면서 쌀쌀한 표정을 짓고, 내 얼굴을 보지 못한 척했다. 이유인즉 많은 신경질적인 사람들이 그렇듯이, 남의 신경질이 어쩐지 자기 것과 너무나 비슷하면, 그녀는 참지 못하고 울화가 치밀었기 때문이다. 그래서 그녀는 자기의 조금 삐딱한 목, 어지럼증, 물건 모서리에 부딪쳤던 이야기를 꺼내서 그쪽으로 주의를 돌리려고 했다. 그러나 내가 내 병고를 한 가지라도 입 밖에 내면, 프랑수아즈는 다시 태연하고 엄숙한 태도로 돌아가 아무 말도 못 들은 체했다.

"후작님이 불쌍도 하셔라." 그녀는 이렇게 말했으나, 속으론 생루가 싸움터에 끌려가지 않고자 갖은 수를 다 쓰고, 일단 동원되고 나서는 위험을 피하고자 있는 꾀를 다 썼을 거라고 생각할 수밖에 없었다. "마님도 참 딱하시지." 프랑수아즈가 생루의 어머니 마르상트 부인을 생각하면서 하는 말이었다. "아드님의 사망 소식을 듣고 오죽 우셨을까! 하다못해 마지막으로 한 번이라도 더 만날 수 있다면 좋으련만. 하지만 못 보신 게 다행인지도 모르지, 얼굴이 두 동강 나 아주 엉망이었다니까." 이렇게 말한 프랑수아즈의 두 눈은 눈물로 글썽했는데, 그 눈물 너머에는 시골 여인의 잔혹한 호기심이 나타나 있었다. 프랑수아즈가 마르상트 부인의 비통을 진정으로 동정하는 거야 틀림없지만, 부인의 비통이 어떤 모습인지 듣고 보지 못함과 그 울부짖는 광경을 구경할 수 없음이 그녀로서는 섭섭하기 짝이 없었다. 그녀는 정말 울고 싶은 동시에 우는 걸 내게 보이고 싶었으므로, 울음이 터지는 심경에 잠기려고 이렇게 말했다. "어쩐지 가슴이 꽉 메어서!" 내 표정에서도 슬픔의 흔적을 찾아내려고 안달하는 눈치였기에 로베르 이야기를 할 적에 나는 일부러 냉담한 태도를 지었다. 또한 문학회는 문학회대로, 하인 방에는 하인 방대로 상투적 문구라는 게 있으므로 다음 같은 말은 오히려 얻어들은 짧은 지식을 모방하는 정신에서겠지만, 프랑수아즈가 "그 모든 재산도 남들처럼 그가 죽는 걸 막지 못했네, 그러니 이제 와서 재산이 그분에게 무슨 소용이 있담" 하고 되풀이하는 말 속에는 가난한 자의 만족감이 드러나 있었다.

집사는 옳다구나 이 기회를 놓칠세라 프랑수아즈에게, 물론 그건 슬픈 일이지만, 정부가 어떻게 해서든지 감추려고 온 노력을 다하는데도 날마다 전사하는 수백만 인간에 비하면 아무것도 아니라고 말했다. 그러나 이번만큼은 집사도 프랑수아즈의 비탄을 더하게 하지 못했다. 프랑수아즈가 이렇게 대꾸했기 때문이다. "그야 그들 또한 프랑스를 위해 죽은 건 사실이나 다 얼굴도 모르는 사람인걸. 하지만 아는 사람들[*1]일 경우에는 아무래도 무관심할 수 없거든." 우는 일에 기쁨을 느낀 프랑수아즈는, "신문에 후작님의 전사 기사가 나거든 잊지 말고 알려줘요" 하고 덧붙였다.

로베르는 전쟁이 나기 훨씬 전에 나에게 슬픈 얼굴로 말했었다. "오오! 내

---

*1 genss, gens(사람들) 자체가 복수를 가리키므로 복수의 철자 s(들)는 잘못임.

목숨에 대해선 이러니저러니 말하지 말게. 난 날 때부터 이미 죄를 지고 나온 인간이야." 그는 지금까지 남의 눈을 감쪽같이 속여왔지만 그 자신은 잘 아는 악습을 암시했던 걸까? 처음으로 사랑의 짓거리를 하는 어린애처럼, 아니면 그보다 어린 나이에, 제 몸이 마치 꽃가루를 뿌리고 나면 그 즉시 시들어버리는 식물과 닮았다고 상상하면서 혼자 쾌락을 찾는 어린애처럼, 그는 어쩌면 그 중대성을 너무 심각하게 생각했는지도 모른다. 아마도 이같이 지나친 생각은, 위에서 말한 어린애의 경우처럼 생루의 경우도 아직 익숙지 못한 죄의식에서 비롯한 동시에, 처음엔 거의 가공할 힘을 갖지만 차차 약해지는 아주 참신한 감각에서 비롯한 것이리라. 굳이 말하자면 꽤 젊어서 세상을 떠난 아버지의 죽음을 이유로 자기는 요절하리라고 예감했던 걸까? 물론 그런 예감이야 있을 성싶지 않다. 그렇지만 죽음도 어떤 법칙에 따르는 듯하다. 이를테면 아버지가 꽤 많은 나이에 또는 아주 젊어 죽은 경우, 그 자녀도 아버지와 똑같은 나이에 거의 어쩔 수 없이 죽고 만다는 생각이 드는 경우가 흔히 있다. 전자는 불치의 병과 슬픔을 100살까지 끌고 가고, 후자는 건강한 몸에 행복한 생활을 누렸음에도, 오직 죽음의 실현을 위해 필요한 방식인가 싶은 만큼 안성맞춤이고도 우연한(아무리 깊은 뿌리를 그 체질 속에 지니고 있더라도) 병액(病厄)에 의하여 피치 못할 이른 때에 생명을 뽑히고 만다. 또 우연한 죽음도—생루의 죽음같이, 어쩌면 내가 설명해야만 한다고 생각한 이상으로 그의 성격에 연관되어 있을지 모르는 죽음도—미리 정해져 있으며, 인간의 눈에 보이지 않고 오직 신령들만 알지만, 반무의식적, 반의식적인 어떤 독특한 비애를 통해 당사자의 얼굴에 드러나는 게 아닐까? 그러한 비애는(반의식 상태일 때 속으론 모면하리라 여기지만 결국 피치 못할 불행을 입 밖에 낼 때의 그 자못 진지한 얼굴로 그런 비애를 남에게 알린다) 자기 안에 어떤 명문(明文)처럼 숙명의 날짜를 새겨넣고 끊임없이 바라보고 있는 사람만이 지닌 독특한 것이다.

마지막 몇 시간 동안 생루의 모습은 참으로 아름다웠으리라. 그는 늘 앉거나 살롱 안을 걷거나 할 때마저 삼각형의 머릿속에 있는 제어 못할 의지를 미소로 감추면서, 돌격하고픈 충동을 억누르고 있는 듯 보였다. 그가 마침내 용감하게 돌격했다. 봉건시대의 탑은 빼곡히 쌓여 있던 책을 싹 쓸어버리고 다시 군사용 포탑으로 돌아왔다. 그리고 이 게르망트 귀공자는 단번에 그 자신의 모습으로 돌아가 오로지 게르망트 가문의 한 사람으로서 죽은 것이었다. 이 사실은 콩브레의 생틸레르 성당에서 치러진 그의 장례식에서 상징적으로 나타났다. 성당에 둘러쳐진 검은 장막의 바탕에는, 개인의 세례명 머리글자도 호칭도 없이 오직 그가 죽어서 그 일원으로 다시 돌아간 게르망트 가문의 머리글자 G만이 왕관 밑에 붉은 색깔로 뚜렷이 드러나 있었다.

곧장 치러지지 않았던 이 장례식에 가기에 앞서, 나는 질베르트에게 편지를 썼다. 게르망트 공작부인에게도 편지를 보내야 옳았을 테지만, 부인은 아주 가까운 친척인 다른 많은 이의 죽음에 아무 관심도 보이지 않았던 것처럼, 로베르의 죽음도 그와 똑같은 냉랭한 태도로 대할 것 같았으며, 어쩌면 그 게르망트의 재치를 발휘하여, 핏줄 같은 것에 대해 미신을 가지고 있지 않음을 나타내려고 할지도 모른다는 생각이 들었다. 여러 사람에게 편지를 쓰기엔 내 몸과 마음이 너무나 편찮았다. 예전의 나는 공작부인과 로베르의 사이가 사교계에서 말하는 뜻으로 서로 아끼는 사이라고 여겨왔었다. 둘이 한자리에 있으면 그 순간만큼은 애정을 느껴 서로 다정한 말을 나누는 정도의 사이라고. 그러나 그녀가 곁에 있지 않으면 그는 서슴지 않고 그녀를 바보라고 했으며, 그녀도 그를 만나 이따금 이기적인 기쁨을 느낀 적이 있긴 하나, 내가 볼 때 그의 도움이 되려고, 아니 그의 불행을 모면해주려고 조그만 수고조차 하지 않았거니와 그 힘을 털끝만치도 쓰지 않았다. 로베르가 다시 모로코로 출발하려는 때, 그녀는 생조제프 장군에게 그를 부탁하는 걸 거절하여 그를 도울 의사가 없음을 밝혔는데, 그런 심술궂은 말과 행동을 미루어보아도, 그녀가 생루의 결혼 때에 보였던 헌신이, 아무 의미 없는 어떤 보상에 지나지 않았음을 증명했다. 따라서 로베르가 전사했을 때에 마침 그녀가 병중이라, 그 죽음의 기사가 실린 신문을 읽고 그녀가 충격을 받지 않도록, 주위 사람들이 며칠 동안 그럴싸한 핑계를 붙여 신문을 감추어야겠다고 생각했다는 얘기를 듣고 나는 몹시 놀랐다. 그런데 결국 진실을 알릴 수밖에 없었고, 공작부인은 온종일 울다가 병이 나서, 마음을 추스르기까지 오랜 시간—일주일 이상이었다니까 부인으로서는 오래라고 할 수 있다—이 걸렸다는 말을 들었을 때는, 나는 더욱더 놀랐다. 부인의 이러한 슬픔을 듣고서 나는 감동해 마지않았다. 이것을 보면 부인과 로베르 사이에 크나큰 우정이 있었다고 누구나 말할 수 있으며, 나도 그렇게 잘라 말할 수 있다. 그러나 그 우정 밑에, 서로 도와주기를 싫어하는 얼마나 숱한 자질구레한 중상과 악의가 숨어 있는지 떠올리면, 사교계에서 말하는 크나큰 우정이라는 게 얼마나 하찮은 것인지 새삼 생각하게 된다.

좀 뒤의 일이고, 내 마음을 감동시킨 점으론 덜하나 역사적으로 보다 중요한 상황에서, 게르망트 부인은 내게 훨씬 더 호의적인 모습으로 나타났다. 돌이켜보건대 젊은 아가씨 시절에 러시아 황족에 대하여 그토록 여러 번 불손한 대담성을 보였으며, 결혼하고 나서도 때론 요령 없다고 핀잔을 받을 정도로 무람없이 러시아 황후에게 말하기 일쑤였지만, 러시아 혁명 뒤, 러시아의 대공부인들이나 대공들에 대하여 끝없는 헌신을 표시한 유일한 인간이었던 것이다. 대전이 터지기 1년 전만 해도, 공작부인은 폴 대공과 신분이 어울리지 않는 아내, 호엔펠젠 백작부인을 언제나 '폴 대공부인'이라 불러 블라디미르 대공부인을 머리끝까지 약올렸었다. 그런데 러시아 혁명이 터지자마자, 페테르부르크에 머무는 프랑스 대사 팔레올로그 씨는(외교계의 '팔레오(Paléo)'[1]로서, 사교계와 마찬가지로 여기서도 이른바 재치 있는 약칭으로 통했다), 마리 파블로브나 대공부인의 안부를 알고 싶어하는 게르망트 공작부인의 연이은 전보에 시달렸다. 그리고 오랫동안 이 대공부인은 끊임없는 동정과 존경의 표시를 오로지 게르망트 부인에게서만 받아왔다고 한다.

생루는, 전사가 아니더라도 적어도 전사하기 전 몇 주일 동안의 행동으로, 게르망트 공작부인의 슬픔보다 더 큰 슬픔을 느꼈다. 사실 내가 그를 만난 저녁의 바로 다음 날, 그리고 샤를뤼스 남작이 모렐에게 '복수할 테다' 말한 지 이틀 뒤, 전부터 모렐의 소재를 찾아내고자 애쓰던 생루의 수고가 유종의 미를 거두었다. 모렐이 배속되어 있어야 할 부대의 지휘관인 장군은 모렐이 탈주했음을 알아채고 수사하여 체포한 것이다. 그리고 장군은 생루가 관심을 갖고 있는 이에게 벌을 주어야 한다는 점을 설명해두고자 그에게 편지를 보내왔다. 모렐은 그 체포가 샤를뤼스 씨의 앙심으로 야기된 것임을 의심치 않았다. '복수할 테다'라는 공갈을 떠올리고, 바로 이게 그 복수라고 생각해 의외의 사실을 폭로하겠다고 자청했다. "틀림없이 나는 탈주했습니다. 그러나 내가 남의 유혹으로 고약한 길에 끌려 들어갔다면, 그게 나 혼자만의 죄입니까?" 그러면서 그는 샤를뤼스 씨에 대해서, 마찬가지로 사이가 틀어진 아르장쿠르 씨에 대해서 여러 얘기를 했다. 그런 이야기는 사실 그와는 직접적인 관계가 없는 것으

---

[1] '옛'이라는 뜻의 접두어.

로, 다만 샤를뤼스 씨와 아르장쿠르 씨가 연인과 성도착자의 이중 감정을 쏟아내면서 모렐에게 들려주었던 것인데, 그 때문에 샤를뤼스 씨도 아르장쿠르 씨도 같이 구류되었다. 이렇게 구금된 상황보다도, 아마도 두 사람으로서는 상대가 자기 연적이라는 새로운 사실을 안 고통이 더 컸을 것이다. 게다가 조사 결과, 그 밖에도 아리송한 그때그때의 적수가 거리에 수두룩함이 드러났다. 오래지 않아 두 사람은 석방됐다. 모렐도 풀려났는데, 생루에게 보낸 장군의 편지가 '사망, 명예로운 전사'라는 글과 함께 장군에게 반송되었기 때문이다. 장군은 고인을 존경하여, 모렐을 일선에 보내는 걸로 일을 일단락지었다. 모렐은 일선에서 용맹을 떨치며 온갖 위험을 용케 피하고 전쟁이 끝나자 십자훈장을 달고 돌아왔다. 이전에 샤를뤼스 씨가 모렐이 그 훈장을 받도록 애써도 헛일이었으나, 생루의 죽음은 간접적으로 그에게 그것을 안겨주었다.

나는 그 뒤 쥐피앙네 호텔에서 잃어버린 생루의 십자훈장을 떠올릴 적마다 만일 그가 살아 있다면, 전쟁이 뒤에 남긴 어리석음의 거품과 영예의 광휘 덕분으로, 종전 뒤의 선거에서 쉽게 의원으로 뽑혔을 거라고 생각했다. 이 어리석음과 영예의 소용돌이에서는 싸움터에서 손가락 하나만 잘려도 몇 세기 동안의 전례가 없어져 빛나는 결혼을 통해 귀족 사회에 들어갈 수 있고, 설사 사무직으로 받은 십자훈장이라 할지라도 당선되어 국회에, 아니 아카데미 프랑세즈에도 충분히 들어갈 수 있었다. 생루의 당선은 그의 신성한 가문 때문에, 아르튀르 메예르(Arthur Meyer)[1]로 하여금 폭포 같은 눈물과 잉크를 흘리게 했을 것이다. 그러나 생루는 지나치게 민중을 사랑하고 있었으므로 오히려 민중의 표를 못 얻었는지도 모른다. 그래도 민중은 그의 고귀한 가문 때문에 어쩌면 그의 민주주의 사상을 받아들였을 것이다. 비행사들로 이루어진 국회에서라면 생루의 사상도 틀림없이 성공리에 진술되었으리라. 그런 용사들이라면 더할 나위 없이 드문 훌륭한 정신의 소유자들과 마찬가지로 그를 이해했을 것이다. 그러나 블록 내셔널(Bloc National)[2]에 의해 풍랑이 잔잔해진 덕분에, 번번이 재선되는 옛 정상배가 또다시 그물에 건져졌다. 비행사의 국회에 들어갈 수 없었던 그들은, 아카데미 프랑세즈에 들어가고자 원수(元帥)들이나 대통령

_____

[1] 1875년 보수파 신문 〈골루아〉 지의 주필. 1924년 사망.
[2] 국민연맹. 1919년 2월 16일, 전후 첫 의원 개선(改選)에서 의석의 대부분을 차지한 온건파 연맹.

이나 국회의장 등의 찬성표를 끈질기게 구걸했다. 그들은 생루에겐 호의를 보이지 않았을 테지만 쥐피앙의 또 다른 단골인 악송 리베랄(Action Libéral)당의 대의사에게는 매우 호의적이었다. 이 사내는 경쟁 없이 재선되었다. 전쟁이 끝난 지 오래였건만, 그는 국민군 장교의 제복을 벗지 않았다. 그의 당선은 그의 입후보를 지지하며 '단결'한 모든 신문과, 예의를 지키는 동시에 세금을 두려워하는 마음에서 이제는 헌옷밖에 입지 않는 귀족이나 부유한 부인들의 환호를 받았다. 한편 주식 거래소의 인간들은 무조건 다이아몬드를 사들였는데, 그들의 아내를 위해서가 아니라, 어느 나라의 금융기관도 전혀 믿을 수 없게 되어 손으로 만질 수 있는 재산 쪽으로 도피했기 때문이다. 그로 말미암아 그들은 드 베르(De Beers)의 주권(株券)을 1천 프랑이나 뛰게 했다. 이처럼 수많은 어리석은 현실에 넌더리를 내면서도, 사람들이 블록 내셔널을 크게 원망하지 않은 이유는, 바로 이 무렵, 볼셰비즘의 희생자들, 누더기를 걸친 러시아의 대공 부인들의 모습을 목격했기 때문이다. 그 남편들은 손수레 안에서 무참히 살해되고, 그 아들들은 굶주린 채 돌팔매와 욕설에 시달리다가 흑사병에 걸린 끝에, 병을 옮길지도 모른다는 이유로 우물에 던져져서 죽었다. 겨우 도망쳐 나온 이들이 느닷없이 파리에 나타나, 차마 눈 뜨고 못 볼 새로운 국면을 펼쳤다.

내가 두 번째로 틀어박힌 새 요양소도 결국 첫 번째 요양소와 마찬가지로 내 병을 고치지 못했다. 오랜 세월이 흐른 뒤 나는 그곳을 떠났다. 드디어 파리로 돌아가는 기차 안에서, 나는 또다시 내게 문학적 재능이 없다는 생각에 휩싸였다. 그것은 지난날 게르망트 쪽에서 발견했으며, 탕송빌에서 만찬에 가기에 앞서 날마다 질베르트와 함께 밤늦도록 산책하면서 더욱 구슬프게 깨달았던 생각이다. 또 탕송빌을 떠나는 전날 밤 공쿠르의 일기 몇 장을 읽으면서는 내게 재능이 없다는 생각이 어쩌면 문학 자체가 텅 빈 허구에 가까운 것이 아닐까라는 생각으로 이어졌다. 만약 나 자신에게 결함이 있는 게 아니라 믿어 온 이상이 존재하지 않는다고 본다면 덜 고통스러울는지 모르나, 마음은 더욱 더 어두워지리라 생각했다. 오래전부터 머릿속에 들어오지 않던 이런 생각이 비할 바 없이 애처롭도록 새삼 강하게 내 가슴을 때렸다. 그것은 지금도 생각나지만 들판 한가운데 열차가 정거한 때였다. 태양이 선로를 따라 한 줄로 서 있는 나무들의 줄기를 반쯤 비추고 있었다. 나는 생각했다. '나무여, 너는 이제 나에게 무슨 말을 해도 소용없다. 내 마음은 식어버려서 더 이상 네 목소리가 귀에 들리지 않는구나. 아닌 게 아니라 나는 지금 자연 한가운데 있다. 그런데도 내 눈은 너의 빛나는 꼭대기와 그늘진 줄기를 가르는 선을, 차갑고 권태롭게 멀거니 바라볼 뿐이로구나. 지난날에는 나 자신을 시인이라고 믿기도 했으나, 지금은 내가 시인이 아님을 안다. 앞으로 펼쳐질 무미건조한 내 삶에서는, 어쩌면 자연 대신 인간이 내게 영감을 불어넣어 줄지도 모르지. 하지만 내가 자연을 노래할 수 있었을지도 모를 세월은 영영 돌아오지 않으리.'

그러나 자연의 영감이 불가능한 대신에 인간 관찰이 가능해졌다고 자신을 위로하는 건, 오로지 자기에게 일시적인 위안을 주려고 애쓰는 것에 지나지 않으니, 나 자신의 무가치함을 깨닫는 데는 변함이 없었다. 만일 내가 참말로 예술가의 영혼을 가졌다면, 저무는 햇살 속에 밝게 늘어선 나무 앞에서, 객차의 발판에까지 뻗은 비탈의 가련한 꽃 앞에서 어찌 기쁨을 느끼지 않았으랴? 하지만 나는 그 꽃잎을 셀 수는 있어도, 수많은 문학가들이 하듯이 그 색채를 묘사할 마음은 나지 않았다. 자기가 느끼지 못하는 기쁨을 어찌 독자에게 전하기를 바랄 수 있단 말인가?

좀 뒤에, 저무는 햇살이 어느 집 유리창에 금빛과 오렌지빛 주근깨를 체 구멍처럼 내고 있는 광경도 같은 무심한 마음으로 보았다. 또다시 시간이 지나 다른 한 채의 매우 색다른 장밋빛 물질로 지은 듯한 집을 보았다. 하지만 나는 그런 갖가지 것들을 깨달으면서도 한결같이 흥미를 느끼지 못했다. 마치 어느 부인과 정원을 산책하다가, 유리조각이나 좀 멀찌막이 있는 무언가 하얀 알맹이 석고 비슷한 별난 빛깔을 보고도 음울한 권태에서 벗어나지 못하고, 다만 부인에 대한 예의에서 한마디 하면서 그 별난 색깔에 주목했음을 나타내려고 지나가는 길에 그 염색된 유리나 석고 조각을 가리키는 것과 같이. 그와 같은 투로 위안을 찾기 위하여, 유리창에 비치는 석양과 가옥의 투명한 장밋빛을, 마치 나보다 훨씬 기쁘게 구경할 수 있는 아무개에게 보여주듯 나 자신에게 가리키는 것이었다. 그러나 내가 이런 신기한 광경을 확인시켜준 동행자는, 이런 구경에 금방 황홀해하는 수많은 사람에 비하여 틀림없이 감격이 덜했으니, 이런 갖가지 저녁놀의 색깔을 보아도 아무런 기쁨을 품지 않았다.

오랫동안 파리를 떠나있었음에도 내 이름이 옛 벗들의 명부에 그대로 남아 있어서, 나에게 꼬박꼬박 초대장을 보내왔다. 집에 돌아와서 그런 초대장을 발견했을 때—특히 라 베르마가 그 딸과 사위를 위해 베푸는 다과회와 내일 게르망트 대공부인 댁에서 여는 마티네의 초대장—차 안에서의 구슬픈 사색도 내게 불참을 권하는 동기가 되지 못했다. 굳이 사교 생활을 그만둘 필요야 없지 하고 나는 생각했다. 오래전부터 날마다 내일은 시작해야겠다고 벼르던 굉장한 '창작'을 할 몸이 아닌 이상, 아니 그럴 자격이 없는 바에야, 어쩌면 창작은 현실과 아무 관계가 없을 테니까. 사실 이런 이유는 아주 소극적인 것으로, 그저 이 사교계의 음악회로 향하는 발걸음을 붙잡으려는 이유를 부정했을 뿐이었다.

한편 나를 거기에 가게 한 적극적인 이유는 그 게르망트라는 이름이었다. 이 이름이 내 머리에서 떠난 지 오래라 초대장에서 이를 읽었을 때, 지난날 콩브레에서 집으로 돌아가기에 앞서 루아조 거리를 지나는 길에 게르망트의 영주 질베르 르 모베의 어둡게 칠한 그림 유리창을 바깥에서 보았을 때 느꼈던 그 이름에 대한 매혹과 뜻이 다시 일깨워졌다. 한순간 게르망트네 사람들이 다른 사교인들과는 전혀 다른, 설사 왕후라도 비교가 안 되는 그런 사람들처럼 새삼 느껴졌다. 게르망트네 사람들은 내가 어린 시절을 보냈던 그 우중충한 콩브레 시가의 까다롭고도 덕성스러운 공기의 풍요, 좁은 길에서 우러러본 그림 유리에 그려진 지난날의 모습으로부터 태어난 존재였다. 나는 내 어린 시절과 그 무렵의 일이 보이는 내 기억의 밑바닥에 가까이 갈 수 있기나 한듯 게르망트네 댁에 가고 싶었다. 그래서 콩브레라는 이름처럼 친숙하고도 신비로운 이 게르망트라는 이름의 철자가 반향을 일으키고, 다시 독립해, 피곤한 내 눈앞에 처음 보는 이름을 그려낸 듯한 착각이 들 때까지 나는 초대장을 계속해서 읽었다. 마침 어머니가 매우 진저리날지 뻔히 아는 사즈라 부인 댁의 작은 다과회에 가 있어서, 나는 아무 거리낌 없이 게르망트 대공부인 댁에 가기로 했다.

게르망트 대공 댁에 가려고 마차를 탔다. 대공은 예전 저택이 아니라 불로뉴 숲 큰 거리에 지은 으리으리한 저택에 살고 있었다. 사교계 사람들의 결점 중 한 가지는, 상대방이 그들을 믿어주기를 바란다면 먼저 그들 자신부터 자기를 믿어야 하고, 적어도 우리 믿음의 근본적인 요소를 존중해야 한다는 사실을 깨닫지 못하는 점이라 하겠다. 게르망트네 사람들이 어떤 상속권에 의하여 이러이러한 궁전에 산다고 내가 믿던 시절, 거짓말인 줄 알면서도 그렇게 믿어 마지않던 시절에는, 마법사 또는 선녀의 궁정에 들어가 주문을 외지 않고는 열 수 없는 문을 내 앞에 열리게 하기란, 마법사나 선녀 자신과 만나 이야기를 나누는 거나 매한가지로 어려운 일로 생각했다. 그 전날 고용되었거나 포텔 에 샤보 요릿집에서 파견한 늙은 급사를, 대혁명 이전부터 가족의 시중을 들어온 하인들의 후손이며, 그 아들이나 손자라고 나 자신에게 믿게 하기란 무엇보다 쉬운 일이었고, 또 지난날 베르넴—죈 화랑에서 사들인 초상화를 진심으로 선조의 초상화라고 일컫기도 했다. 그러나 매력은 옮겨 부을 수 없으며, 회상은 나눌 수 없다. 게르망트 대공이 불로뉴 숲 큰 거리로 이사함으로써 내 믿음이 환상일 뿐이라고 밝혀진 이제, 대공에게는 대수로운 것도 남지 않게 되었다. 내 이름을 알리는 목소리의 울림으로 와르르 무너질까 봐 겁나던 천장, 나로서는 아직도 이전의 매력과 두려움이 어려 있는 듯한 그 천장은 내게 전혀 흥미 없는 한 아메리카 여성의 야회를 덮고 있었다. 물론 사물 그 자체로서는 능력이 없고, 우리가 그것에 힘을 주므로, 현재 어떤 부르주아의 어린 중학생은 불로뉴 숲 큰 거리 저택 앞에서 지난날 내가 게르망트 대공의 저택 앞에서 가졌던 바와 똑같은 감정을 품을지도 모른다. 그것은 그 중학생이 아직 믿음의 시절에 있기 때문이다. 그런데 나는 이미 그 시절을 지났으며, 그 특권을 잃은 지 오래였다. 마치 유년기가 지나면 우유를 소화하는 유아의 능력을 잃듯이, 어린아이는 숨도 돌리지 않고 끝없이 젖을 빨아대는 반면에 어른은 우유를 조금씩 마셔야 한다. 적어도 게르망트 대공의 거처가 바뀐 결과는, 나를 데리러 온 마차가 그 안에서 이러한 생각에 잠긴 나를 태우고 샹젤리제 쪽으로 가는 길을 지나가는 요행을 가져왔다. 그즈음 이 일대의 도로 포장은 엉망이었는데, 마차를 타고 들어서자마자 이제까지의 사색에서 벗어나서 형용키 어려운 아늑한 느낌이 솟아났다. 마치 어떤 공원의 울타리가 좌우로 열리고 고운 모래나 낙엽으로 덮인 그 차도를 미끄러져 갈 때처럼 갑자기 마차가 수월하고 부드럽게, 소리 없이 굴러가는 듯했다. 실제로 그런 일이 일어난 것은 아니지만, 우리가 새로운 물건을 대했을 때, 자신도 모르는 가운데 적응하고 주의를 기울이는데, 그런 노력이 내게는 이미 사라져버렸기 때문에 갑자기 바깥쪽의 장해가 없어지는 걸 느꼈다. 지금 내가 가고 있는 길은 지난날 프랑수아즈와 같이 샹젤리제에 갈 적에 지났던, 오랫동안 잊고 있던 길이었다. 땅도 가는 곳을 알고 저절로 움직여, 그 저항이 없어지고 말았다. 마치 이제껏 가까스로 땅 위를 활주하던 비행사가 갑자기 '이륙'한 것처럼, 나는 잔잔한 추억의 높다란 하늘로 천천히 올라갔다. 파리에서 이 거리들은 앞으로 늘 나를 위해 여느 거리와는 다른 물질이 되어 떠오를 것이다. 전에 프랑수아즈가 좋아하는 사진이 길 가게에 걸려 있던 루아얄 거리의 모퉁이에 이르렀을 때 마차는 몇백 번도 더 돌았던 옛날 버릇에 이끌려 저절로 돌 수밖에 없을 성싶었다.

나는 그날 외출한 이들이 걸어가는 곳과는 다른 길을, 서글프게 살그머니 미끄러져 가는 과거의 길을 가로지르고 있었다. 더욱이 그것은 수많은 과거로 이루어져 있으므로, 내 슬픈 시름의 원인을 알고 있어 곤란했다. 안 오는 건 아닐까 걱정하면서 질베르트를 마중 나갔기 때문일까. 알베르틴이 앙드레와 같이 가 있다는 소리를 듣고 내가 찾아갔던 집이 가까이 있기 때문일까. 점심 뒤, 아직 풀냄새를 풍기는 갓 붙인 〈페드르〉 나 〈검은 도미노〉 의 광고지를 보려고, 내가 그토록 서둘러 정신없이 달음박질하던 때처럼, 열정에 휩싸여 수없이 다닌 길도 결실을 못 맺고 사그라진 탓에 철학적인 공허함을 띠고 있다고 생각하기 때문일까. 샹젤리제에 닿자, 게르망트네 집에서 연주하는 합주를 처음부터 끝까지 듣고 싶은 마음이 없으므로, 마차를 세우고, 몇 걸음 걸어보고자 내려가려는 순간, 똑같이 멈춰 서있는 마차 한 대를 보고 섬뜩했다. 한 사내가 멍청한 눈, 구부러진 허리를 하고, 앉아 있다기보다 오히려 마차 한구석에 놓여 있는 듯 타고 있었는데, 얌전히 굴라는 타이름을 받은 어린애처럼 있는 힘을 다해 허리를 똑바로 세우려 애쓰고 있었다. 그러나 그 밀짚모자 밑으로 더부룩한 흰머리가 보이고, 턱에는 공원에 있는 강신(江神) 석상에 내린 눈처럼 흰수염이 드리워져 있었다. 그것은 여러모로 쥐피앙의 보살핌을 받고 있는 중풍 걸린 샤를뤼스 씨의 회복기 모습이었다. 나는 그가 중풍에 걸린 줄도 몰랐는데(오직 그가 시력을 잃었다는 말만 들었는데, 실은 한때 시력이 흐렸을 뿐이어서 지금은 다시 똑똑히 볼 수 있게 회복되었다), 무엇보다도 달라진 것은 그의 머리털이었다. 이제까지는 머리를 염색하고 있었지만 더 이상 그런 수고는 않기로 한 것이 아니라면, 그의 병은 그 머리에 참으로 급격한 변화를 일으켜, 몰락한 늙은 공자에게 셰익스피어의 리어 왕 같은 위엄을 주었다. 이제는 완전히 은빛이 된 숱 많은 머리와 수염에는, 간헐천처럼 순은을 한꺼번에 솟구치게 해, 그 금속이 어떤 화학적 침전물처럼 반짝반짝 선명한 빛을 내고 있었다. 눈도 머리의 그런 전체적 격변, 야금학적 변질에서 빠지지 않았는데, 다만 반대되는 현상으로, 눈은 그 빛을 모두 잃고 있었다. 하지만 가장 측은하게도, 이 광채와 더불어 정신적인 거만이 없어졌다는 것, 따라서 샤를뤼스 씨의 육신 생활과 정신 생활에서마저, 한때는 이 두 가지 생활과 완전히 하나로 일치하던 오만불손한 귀족적인 긍지가 가뭇없이 되고 말았다는 느낌이 들었다.

이때 마찬가지로 게르망트 대공 댁에 가는 길인지, (세련된 부인이 아니라서 남작이 자기와 어울리지 않는다고 여겼던) 생퇴베르트 부인이 지붕 없는 사륜마차를 타고 지나갔다. 어린애를 돌보듯 남작을 돌보고 있던 쥐피앙이 남작에게 속삭였다. '벗 되시는 생퇴베르트 부인입니다.' 그러자 샤를뤼스 씨는 온갖 고생을 다하면서, 아직 무리인 줄 알면서도 모든 동작을 할 수 있는 걸 보이고 싶은 병자의 열성에서, 모자를 벗고 허리를 굽혀 마치 상대가 프랑스 여왕이나 되는 듯 생퇴베르트 부인에게 공손히 절했다. 샤를뤼스 씨가 억지로 그와 같은 절을 한 데에는 어쩌면 그럴 만한 이유가 있었는지도 모른다. 병자로서는 고통스럽지만, 그와 같은 칭찬받을 만한 행위가 상대의 마음을 기쁘게 하여 더욱더 감동시키리라 알고 있었던 것이다. 병자란 왕처럼 인사를 과장하는 법이니까. 어쩌면 남작의 동작 속에 신경과 뇌수의 혼란에서 비롯한 무질서가 있어서, 그 몸짓이 그가 뜻한 바를 앞지르고 있었는지도 모른다. 그러나 나는 오히려 거기에서, 이미 저승 문턱까지 끌려 들어간 죽은 자의 뚜렷한 특징인 거의 육체적인 어떤 유약함, 현실생활에서의 이탈을 보았다. 머리털의 은광맥 노출도, 이 같은 무의식적인 사교적 겸양에 비하면 그다지 심각한 변화를 나타내는 게 아니다. 그의 겸손은 온갖 사회적 관계를 뒤집어, 생퇴베르트 부인 앞에서 가장 오만하고 체통을 아끼던 자신의 콧대를 꺾어버렸던 것이다. 아마도 최하층 미국 여자 앞에서도 약점을 드러내어 맥없이 굴복하고 말았으리라(이리하여 그 여자도 이제까지 자기를 거들떠보지도 않던 남작에게서 정중한 대접을 받게 될 것이다). 왜냐하면 남작은 아직 살아 있으며, 사고력을 잃지 않았기 때문이다. 그의 지능은 병들지 않았던 것이다. 그리고 오이디푸스 왕의 상처 입은 자존심을 노래하는 소포클레스의 합창보다도, 죽음 자체보다도, 어떠한 추도사보다도, 남작이 채신없이 생퇴베르트 부인에게 한 겸손한 절은 지상의 화려한 권세욕과 온갖 인간적 교만의 처량한 말로를 보여준다. 전 같으면 절대 만찬을 같이하지 않았을 생퇴베르트 부인에게, 이제 샤를뤼스 씨가 이마가 땅에 닿도록 고개를 숙였다. 그는 상대의 지체를 모르고 절을 했을 수도 있고

(병 때문에 기억의 한 부분이 몽땅 사라지듯이, 사교법전의 조항이 없어질 가능성도 있으니까), 어쩌면 지나가는 부인의 신분을 잘 알 수 없었으므로—잘 알았다면 도도하게 굴었을 테지만—그것을 얼버무리기 위해서 겉으로 겸손하게 꾸미며 어색한 임시변통으로 절을 했을지도 모른다. 그는 어머니의 부름을 받은 아이들이 높은 사람들 앞으로 머뭇거리면서 인사를 하러 오는 그런 정중한 태도로 부인에게 절을 했다. 이제는 그와 같은 아이들이 지니는 자존심마저도 없는, 그런 한 아이가 되어버린 것이다.

예전에는 부인에게 경의를 보이지 않는 일이 샤를뤼스 씨의 거만한 거드름이었지만, 이제는 남작에게서 경의를 받는 일이 부인의 거만한 거드름이 되었다. 뿐만 아니라, 지난날 생퇴베르트 부인으로 하여금 그의 본질이라고 믿게 만드는 데에 성공했던 그 다가가기 어려운 고귀한 기질을, 이제 샤를뤼스 씨는 남을 어려워하는 수줍음, 흥분해서 주뼛거리며 모자를 벗는 손짓을 통해 단번에 없애버렸다. 그리고 그 순간 모자에서 흘러나온 은빛 머리털의 급류는, 상대에게 경의를 표하느라 모자를 벗는 동안, 보쉬에(Bossuet)의 웅변 같은 기세로 흘러내렸다. 쥐피앙이 남작을 부축해 내리고, 내가 남작에게 인사를 하자, 그는 매우 빠르게 뭐라 지껄였으나 알아듣기가 너무 힘들었으므로 나는 그가 무슨 말을 하는지 도무지 이해할 수 없었다. 내가 세 번이나 되묻자, 그는 결국 안타까움의 몸짓을 지었으나, 아마도 후유증이 있었는지, 놀랍게도 얼굴 쪽은 처음부터 감각이 없어서 아무런 표정도 보이지 않았다. 그러나 겨우 중얼거리는 말의 너무나 가냘픈 소리에 익숙해지자, 나는 이 병자가 지능을 오롯하게 간직하고 있음을 알았다.

거기에는—다른 여러 샤를뤼스 씨는 제쳐놓고—두 부류의 샤를뤼스 씨가 있었다. 둘 중, 지적인 쪽은 자기가 실어증에 걸리기 시작하여 어떤 낱말이나 어떤 철자의 발음이 번번이 다른 소리로 나오는 데에 언제나 속을 태웠다. 하지만 그렇게 실수를 하자마자, 잠재의식 쪽의 샤를뤼스 씨가 고개를 든다. 지적인 샤를뤼스 씨가 남의 동정을 사려 하는 반면 잠재의식 쪽은 남의 부러움을 사려고, 본디 샤를뤼스 씨라면 경멸했을 겉멋을 부려, 마치 연주자들을 당황케 하는 오케스트라 지휘자처럼 첫마디만 꺼낸 뒤 말을 멈추고, 사실 틀리게 말한 낱말을 짐짓 골라서 한 것처럼 보이려고 그것에 딱 들어맞는 다음 말을 솜씨 있게 이어갔다. 기억력도 그대로였다. 게다가 지난날의 명석한 두뇌를 그대로 간직하고 있음을 또는 전부 되찾았음을 내게 보이려고, 조금도 대단치 않은 오래된, 나에 대한 어떤 추억을 끌어냈지만, 그것은 매우 고된 노력 없이는 되지 않았다. 머리도 눈도 움직이지 않고, 그 어조에 단 하나의 억양도 붙이지 않으며, 이를테면 다음같이 말했다. "여기에 있는 광고판, 그렇지, 이것과 비슷한 광고지 앞에서 당신을 처음 봤었지. 아브랑슈였던가, 아냐 틀려, 발베크였어." 그것은 사실 같은 상품의 광고였다.

처음엔 그가 무슨 말을 하는지, 마치 커튼을 모조리 둘러 친 방 안에 들어선 순간에는 아무것도 보이지 않듯 거의 분간할 수 없었다. 그러다가 희미한 빛 속의 눈처럼, 내 귀는 오래지 않아 그 가냘픈 소리에 익숙해졌다. 그리고 또 남작이 지껄이는 동안에 그 소리가 점점 더 커지는 듯했다. 그것은 그의 약한 음성이 부분적으로 신경질적인 불안에서 비롯된 것이므로, 다른 일에 정신이 팔려서 다른 생각을 하는 동안에는 그 걱정이 사라져버림으로써, 목소리가 저절로 높아졌는지도 모른다. 반대로 그의 음성이 약한 것은 전적으로 실제 증상과 관련이 있었지만, 이야기를 하다가 고의적이고 일시적인, 굳이 말하면 불쾌한 흥분에 의하여, 아무것도 모르는 사람이라면 "이 사람은 다 나았어, 걱정할 필요 없어" 말할지도 모르지만, 실은 당장에라도 재발될 병을 도리어 더 도지게 하는 어떤 흥분에 의하여, 알지 못하는 사이에 목소리에 힘이 가해졌을지도 모른다. 어쨌든 이때 남작은(내 귀가 익숙해진 것을 고려하더라도) 그 말을 한층 강하게 발음했다. 마치 거친 날씨에 만조가 용솟음치는 파도의 폭을 좁히며 한층 세게 물가를 때리듯이. 그리고 얼마 전에 그가 발작했던 흔적은 그 말의 밑바닥에서 물결에 밀리는 조약돌 같은 소리를 울리게 했다. 하지만 아마 자기가 기억력을 잃지 않았음을 보이려고 해선지, 지나간 일을 계속 말하면서 음울한 투로 들추어냈으나 슬픔은 없었다. 이미 고인이 된 그의 가족과 사교계 인사들의 이름을 모두 주워섬겼는데, 그들이 이제 이승에 없다는 슬픔보다도, 자기가 살아남았다는 만족감을 품고 있는 투였다. 그들의 죽음을 떠올림으로써 제 건강의 회복을 더욱 잘 의식하고 있는 성싶었다. 거의 상대를 이겨낸 냉혹성과 더불어 한결같은 조금 더듬거리는 말투, 무덤에서 울리는 듯한 우울한 말투로 되뇌었다. "안니발 드 브레오테, 죽었지! 앙투안 드 무시, 죽었지! 샤를 스완, 죽었지! 아달베르 드 몽모랑시, 죽었지! 보종 드 탈레랑, 죽었지! 소스텐 드 두도빌, 죽었지!" 말할 적마다, 이 '죽었지'라는 낱말은, 무덤 파는 사람이 그들을 무덤 속에 더욱더 깊게 처넣으려고 던진 무거운 한 삽의 흙처럼 죽은 자 위에 떨어지는 듯했다.

이 순간 레투르빌 공작부인이 걸어서 우리 곁을 지나갔다. 오랜 병고를 치른 뒤라서, 게르망트 대공부인 댁의 마티네에 가는 길은 아니었다. 그녀는 지나가다 남작의 모습을 보고, 그의 최근 발작을 모르고서, 다만 인사하려고 걸음을 멈추었다. 갓 병고를 치렀음에도 그녀는 남의 병고에 무심하여, 보아하니 상대를 몹시 측은히 여기는 모양이나, 전보다도 더욱 지긋지긋하다는 듯 신경질적이고 불쾌힌 얼굴을 참고 있었디. 남작이 어떤 낱말을 잘 발음하지 못해서 틀리는 걸 듣고, 팔이 마음대로 움직이지 않는 걸 보면서, 그녀는 그와 같은 어이없는 현상의 설명을 구하려는 듯 쥐피앙과 나를 번갈아 바라보았다. 우리 둘다 아무 말도 하지 않으니까, 이번엔 샤를뤼스 씨 자신에게 슬픔에 가득 찬, 또한 책망하는 눈길을 물끄러미 던졌다. 마치 그가 넥타이도 신발도 없이 외출한 것이나 다름없는 별난 꼴로 바깥에서 그녀와 대면했음을 나무라는 태도였다. 남작이 또다시 발음을 틀리자 공작부인은 답답함과 분개에 못 이겨 남작한테 "팔라메드!" 큰소리로 냅다 쏘아댔다. 그것은 1분도 참고 기다리지 못하는 이를 화내며 비난하는 투였다. 그런 사람은 우리가 곧 들어오라고 청하고, 몸 단장을 마치는 동안만 기다려주십사고 말하면, 미안해하기는커녕 도리어 이쪽을 비난하며, 마치 폐를 당하는 쪽에 죄가 있기나 하듯 쓰디쓰게 말한다. "허어 참, 폐가 많군요!" 결국 그녀는 남작에게, "집에 돌아가시는 편이 좋겠네요" 말하면서 더욱더 마음이 상한 모양으로 우리 곁을 떠났다.

쥐피앙과 내가 잠깐 근처를 거니는 동안 샤를뤼스 씨는 의자에 앉아 있겠다고 말하고, 호주머니에서 기도서인 듯한 책 하나를 가까스로 꺼냈다. 나는 어렵지 않게 쥐피앙에게 남작의 건강 상태에 대해 자세히 들을 수 있었다. "오래간만에 같이 얘기하니 퍽 기쁘군요." 쥐피앙은 말했다. "하지만 롱 푸앙보다 멀리는 가지 맙시다. 다행히 남작께서 지금은 별 탈 없지만, 그래도 오랫동안 혼자 내버려두지는 못합니다. 여전하시거든요, 무척이나 인심이 좋으셔서 가진 걸 몽땅 남에게 주기 일쑤예요. 그뿐입니까, 아직도 젊은이처럼 난봉기가 남아 있어 내가 늘 눈을 크게 뜨고 감시해야만 한답니다."—"시력이 돌아왔으니 더욱 그렇겠군요." 내가 대답했다. "시력을 잃었다는 소문을 듣고 몹시 상심했었소."—"사실 중풍이 눈에 나타나서 한때는 전혀 안 보였답니다. 치료가 용케 효험을 냈지만, 그 몇 달 동안 장님처럼 통 보지 못했죠."—"그럼 적어도 그동안만은 그쪽의 감시를 하지 않아도 괜찮았겠군요?"—"천만의 말씀, 어느 호텔에 닿자마자 곧장 나에게 심부름꾼 풍모가 어떠냐고 물어보곤 한걸요. 소름끼치는 녀석들뿐이라고 내가 확실히 말하곤 했습니다만. 그래도 어디나 한결같을 수는 없으니, 때로는 내가 거짓말을 하고 있다고 썩 잘 알아차렸죠. 저 엉큼한 주책바가지! 게다가 뭔가 특별난 후각을 가졌거든요, 잘 모르지만 때로는 목소리를 듣고 구분하나 봐요. 그러면 나를 서둘러 심부름 보내려고 온갖 핑계를 꾸며내죠. 어느 날—이런 일을 말씀드리는 걸 용서하시기를, 하지만 언젠가 우연히 그 '악마의 집'에 들어오신 당신에게 뭘 숨기겠습니까(그는 자기가 쥐고 있는 비밀을 남 앞에 늘어놓는 데 어지간히 몰인정한 만족을 느꼈다)—나는 이른바 매우 급하다는 심부름을 마치고 돌아왔습니다. 일부러 보낸 심부름인 줄 잘 아는지라 부랴부랴 돌아와서 남작의 방에 가까이 가니, 그 순간 어떤 목소리가 '뭘 하죠?' 말하는 게 들렸어요. 그러자 남작이 '뭐, 그럼 처음인가?' 대꾸했죠. 나는 노크도 없이 들어갔어요. 그때 내가 얼마나 놀랐는지! 남작은 목소리에 속았는지, 보통 그 나이 또래의 것 치고는 굵은 목소리였어요(또 그즈음 남작은 눈이 전혀 보이지 않았으니까요), 전에는 주로 성인 남자만 선호하던 사람이 10살쯤 되어 보이는 아이와 같이 있지 뭡니까."

그 무렵 남작은 거의 날마다 조울증 같은 발작에 빠졌다고 한다. 그 병의 징후로 말할 것 같으면, 터무니없는 헛소리를 하는 게 아니라, 그가 평소 숨겨 왔던 의견, 이를테면 친독주의를 제삼자 앞에서 매서운 눈이 노려보고 있다는 사실도 잊고 큰 목소리로 털어놓는 것이었다. 그래서 전쟁이 끝나고 한참 뒤에도, 그는 자기 자신을 독일인으로 치고, 독일의 패배를 한탄하며 오만하게 외쳤다. "두고 보라지, 우리는 복수를 하지 않고서는 못 배긴다 이 말씀이야. 왜냐하면 우리가 훨씬 완강히 저항하는 힘과 훨씬 뛰어난 조직을 가지고 있다는 걸 증명했으니까." 또는 말투를 완전히 바꾸고, 골이 나서 외쳤다. "아무개 각하나 아무개 공작도 어제 지껄이던 걸 두 번 다시 되풀이하지 않는 게 좋아, 나는 '자네들도 나와 한통속이 아닌가' 대꾸해주고 싶은 걸 이를 악물고 참고 있으니까." 샤를뤼스 씨가 그처럼 이른바 '제정신'이 아닌 순간에 친독파다운 말을 입 밖에 냈을 때, 쥐피앙이나 게르망트 부인 같은 그 자리에 있던 가까운 사람이 그런 경솔한 말을 가로막으며, 그다지 친숙하지 않고 입이 싼

제삼자에게 억지로 지어냈지만 그런 대로 체면이 서는 변명을 하는 게 흔한 일이었음은 두말할 나위도 없다.

"저런!" 쥐피앙이 소리쳤다. "너무 멀리 떨어지지 않아서 다행입니다. 저 꼴 좀 보십쇼, 벌써 젊은 정원사와 얘기하고 있군요. 그럼 안녕히 계십쇼, 이만 실례해야겠습니다. 잠시도 저 병자를 혼자 내버려둘 수 없다니까요, 다 큰 어린 애가 되어놔서."

게르망트 대공부인 댁에 닿기 좀 앞서 나는 또다시 마차에서 내려, 언젠가 프랑스에서 가장 아름답다는 한 들판에서 늘어선 나무 위에 저무는 햇살과 어둠이 가르는 선을 묘사해 적어두고 보려 했던 때의 그 피로와 권태를 돌이켜보았다. 과연 그때 꺼낸 이성적인 결론은 오늘만큼 잔인하게 내 감수성을 슬프게 하지 않았다. 결론은 여전히 달라지지 않았다. 그러나 습관에서 벗어나, 평소와 다른 시간에 새 장소에 갈 때마다 나는 어떤 생생한 기쁨을 느꼈다. 오늘의 기쁨은 게르망트 부인 댁의 마티네에 간다는 순전히 경박한 기쁨인 성싶었다. 하지만 지금은 경박한 기쁨 이상의 그 무엇에는 다다르지 못하리라는 걸 알고 있으니, 그 기쁨을 나 스스로 금한들 무슨 소용이 있겠는가? 그 풍경의 묘사를 시도하면서, 재능의 유일한 표준은 아니더라도 재능의 첫 표준인 예술적 감각 같은 것을 하나도 느끼지 못했음을 나는 떠올려보았다. 이어서 나는 기억 속에서 다른 '순간 사진', 특히 기억이 베네치아에서 찍었던 몇 가지 순간 사진을 꺼내보려고 했지만, 베네치아라는 낱말을 떠올리기만 해도 내 기억은 사진 전람회처럼 권태로운 게 되고 만다. 전에 구경했던 것을 지금 묘사하려고 해도, 면밀하고 서글픈 눈으로 사물을 관찰한 어제의 그 순간과 마찬가지로, 내게는 아무런 흥미도 재능도 없음을 느꼈다. 조금 있으면, 매우 오랫동안 만나지 않던 여러 친구가 내 손을 잡고, 다시는 그렇게 고독하게 지내지 말고 그들을 위해 시간을 내어달라고 청하겠지. 그들의 부탁을 거절할 만한 이유는 하나도 없었다. 나는 이제, 내가 아무짝에도 소용없는 인간이며, 문학도(천부적인 재능이 너무나 없는 내 탓일지도 모르고, 만일 문학이 내가 믿어 마지않던 만큼의 참다움을 지니지 않았다면 문학의 탓이기도 하지만) 내게 아무런 기쁨도 일으키지 못한다는 점을 파악했기 때문이다.

예전에 베르고트가 나에게 말했다. "병약하시다고요, 그러나 안됐다고만 할 수 없는 게, 당신에겐 이지의 기쁨이 있으니까요." 생각해보면, 베르고트는 나를 얼마나 잘못 보았었는지! 열매를 못 맺는 이 명석함에 무슨 기쁨이 있으랴! 이따금 이런저런 기쁨(이지의 기쁨이 아니고)을 느낀 적이 있었더라도, 나는 그것을 매번 다른 여인 때문에 낭비해왔다고 덧붙여 말해두겠다. 그래서 운명이 설령 내게 100살의 건강한 수명을 더 준다 하더라도, 그것은 이미 날 짱날짱하게 오래 이어온 한 삶에 길이만 연거푸 덧붙일 뿐, 수명이 더 길어진들 아무 소용이 없을 것이다. 그리고 '이지의 기쁨'이라니, 내 명석한 눈에 이론상으로는 옳을지언정 아무 기쁨도 없이 이끌어낸 확인, 아무것도 낳지 못하는 그 차디찬 확인을 내가 정말로 그렇게 부를 수 있을까?

하지만 우리를 구할 수 있는 계시가, 모든 것을 잃은 듯싶은 순간에 이따금 온다. 온갖 문을 두드려보아도 열리지 않다가—들어갈 수 있는 단 하나의 문은 100년을 찾아본댔자 허탕칠 것 같았는데—그것인지 모르고 우연히 부딪쳐서 스르르 열린다.

금방 말한 바와 같은 구슬픈 사념을 머릿속에 굴리면서, 나는 게르망트네 저택 안마당으로 들어갔다. 그런데 방심하여 차 한 대가 다가오는 걸 보지 못하다가, 운전사의 고함에 겨우 몸을 재빨리 비켜 뒤로 물러나는 겨를에, 차고 앞에 깔린 반듯하지 못한 포석에 발부리를 부딪쳤다. 몸의 균형을 잡으려고, 부딪친 것보다 좀 낮게 깔린 다른 포석에 다른 쪽 발을 딛는 순간, 지금까지의 실망은 커다란 행복감에 사라졌다. 내 인생의 각 시기에, 예컨대 발베크 부근을 마차로 산책하면서 이전에 보았다고 느낀 나무의 조망이라든가, 마르탱빌 종탑의 조망, 허브차에 적신 마들렌의 맛, 그 밖에 내가 얘기한 수많은 감각, 뱅퇴유의 마지막 작품에 종합되어 있는 듯싶던 감각이 나에게 주었던 바와 똑같은 행복감이었다. 마들렌을 맛보던 순간에 그랬듯이, 앞날에 대한 온갖 불안, 모든 지적인 의혹이 깡그리 지워졌다. 조금 전까지 내 문학적 재능의 실재와 문학 자체의 현실에 대해 나를 괴롭히던 의심은 마법에 걸린 듯 없어지고 말았다.

아까 좀처럼 안 풀리던 어려운 문제가 아무런 새로운 이론도 없이, 아무런 결정적인 논증도 없이 중요성을 모두 잃고 말았다. 허브차에 적신 마들렌을 맛보던 날 그랬듯, 그 까닭도 모르고 단념하는 짓을, 이번에는 절대로 하지 않겠다고 결심했다. 내가 이제 막 맛본 행복감은 과연 그 마들렌을 먹으면서 맛보았던 그것, 그때는 그 깊은 이유를 밝히기를 뒷날로 미루던 행복감과 같은

것이었다. 다만 순전히 물질상의 다름이 환기된 심상 속에 있었다. 깊은 하늘
빛이 내 눈을 취하게 하고, 서늘함의 인상과 눈부신 햇빛의 인상이 내 주위를
맴돌고 있었다. 나는 그것을 파악하고 싶어, 마치 그 마들렌의 맛을 음미할 때
그것이 불러일으키는 바를 자아에까지 다다르게 하려고 노력하면서 꼼짝도
하지 않은 채 수많은 운전사의 무리를 웃겨도 좋다는 각오로 아까 자세, 한쪽
발은 높은 포석 위에, 다른 한쪽 발은 낮은 포석 위에 놓고 비틀대는 자세 그
대로 있었다. 나는 제자리걸음으로 몇 번 다시 디뎌보았으나 소용없었다. 그러
나 게르망트네의 마티네도 잊고, 발을 이런 모양으로 디딘 채 아까 느낀 감각
을 용케 되찾자, 다시금 눈부시고도 몽롱한 환상이 나를 스치며, 마치 나한테
'자네에게 그만한 힘이 있다면 지나가는 결에 나를 붙잡게나. 그리고 내가 자
네에게 내미는 행복의 수수께끼를 푸는 데 애써보게' 속삭이는 듯했다. 그와
거의 동시에 나는 그 광경을 인식했다. 그것은 베네치아였다. 묘사해보려던 내
노력도, 나의 기억이 찍은 이른바 순간 사진도, 이때까지 베네치아에 대해 한
마디도 들려주지 않았는데, 지난날 산마르코 성당 세례실의 반듯하지 못한 두
포석 위에서 느꼈던 감각이, 그와 연관된 다른 갖가지 감각과 더불어 지금 베
네치아를 나에게 다시 살아나게 했다. 잊힌 세월 속에 들어가 기다리고 있던
그런 감각을 한 급작스런 우연이 억지로 끌어낸 것이다. 일찍이 프티트 마들렌
의 맛이 콩브레를 떠올리게 했던 것도 이와 같았다. 그런데 어째서 콩브레와
베네치아의 심상은, 저마다의 순간에 별다른 표적이 없는데도 죽음마저 아랑
곳하지 않게 만드는 어떤 확신과 같은 기쁨을 나에게 가져다주었는가?

　이를 이상하게 생각하고, 오늘에야말로 그 대답을 찾겠다고 결심하면서 나
는 게르망트네 저택 안으로 들어섰다. 우리는 내적인 일보다도 지금 맡은 외적
인 소임을 먼저 마쳐야 하므로, 이날 내게는 초대받은 손님으로서 해야 할 일
이 있었기 때문이다. 그러나 2층에 이르자 집사가 나에게 부탁하기를, 대공부
인께서 연주 중에 문을 열지 말라고 하셨으니까, 지금 연주하는 곡이 끝날 때
까지 잠깐 살롱을 겸한 작은 서재에 들어가 있으라고 했다. 그런데 바로 이 순
간 두 번째 계시가 와서 반듯하지 못한 두 포석이 준 첫 번째 계시를 더 강하
게 하고, 더 끈기 있게 노력해보라고 격려했다. 그것은 하인 하나가 소리를 내
지 않으려고 애쓴 보람도 없이 숟가락을 접시에 쟁그랑 부딪친 바로 그 다음
이었다. 그러자 반듯하지 못한 포석이 주었던 바와 같은 행복감이 갑자기 나

를 덮쳤다. 이번에도 또한 심한 더위의 감각이었으나 빙 둘러싼 숲의 서늘한 냄새로 눅눅해진 담배 연기 냄새를 누그러뜨리고 있는 점에서 전혀 다른 감각이었다. 그리고 지금 이렇게 매우 쾌적하게 생각되는 것은, 관찰도 묘사도 지긋지긋했었던 그 늘어선 나무와 똑같은 것임을 나는 알아챘다. 나는 어지럼증을 느끼며, 순간 내가 열차 안에서 맥주병 마개를 뽑으며 그 나무를 상대하고 있다고 생각했다. 접시에 부딪친 숟가락의 쟁그랑 소리와 그토록 비슷한 소리는 내가 제정신으로 돌아오기도 전에, 작은 숲 앞에 기차가 멈춰 서는 동안 차바퀴의 뭔가를 수리하고 있던 철도원의 쇠망치 소리인 듯한 착각을 주었던 것이다. 그리고 나서 이날 나를 실망으로부터 끌어내, 문학에의 신뢰를 회복시켜줄 표징이 자꾸만 불어났다고나 할까.

오래전부터 게르망트 대공을 섬겨온 집사가 나를 알아보고, 서재에 들어가 있는 나에게 일부러 뷔페에 갈 필요 없도록 비스킷을 담은 그릇과 오렌지 주스를 가져다줘, 나는 받아 든 냅킨으로 입을 닦았다. 그러자 마치 《아라비안나이트》에 나오는 인물이 자기 눈에만 보이고 자기를 멀리 옮겨줄 온순한 정령을 나타나게 하는 주문을 그런지 모르고 다 외웠을 때처럼, 내 눈앞에 새로운 하늘 풍경이 지나갔다. 그것은 맑고 소금기 있는 하늘로서 푸르스름한 유방 형태로 부풀었다. 그 인상이 어쩌나 강한지, 내가 살아온 과거의 순간이 현재의 순간인 듯했다. 지금의 나는 정말 내가 게르망트 대공부인의 환대를 받을까 아니면 모든 게 거품처럼 꺼지진 않을까 의심스러웠던 지난날보다 더 얼떨떨해 있었다. 하인이 이제 막 바닷가로 향한 창문을 열자, 만조가 된 방파제를 따라 산책하러 내려오라고 모두가 나에게 권하고 있는 것만 같았다. 입을 닦으려고 집은 냅킨은, 발베크에 도착한 첫날, 창가에서 얼굴에 묻은 물기를 닦기가 그토록 힘들던, 풀을 빳빳이 먹인 수건같이 딱딱했다. 그리고 지금 게르망트 저택의 책장 앞에서, 주름과 줄이 빳빳이 선 냅킨은, 공작의 꽁지 같은 청록색 바다의 날개를 펼치고 있었다. 하지만 나는 단순히 그런 색채만을 즐기고 있던 게 아니라, 그 색채를 떠오르게 하는 내 지나간 생활의 온전한 한 순간을 즐기고 있었다. 그 한순간이야말로, 일찍이 색채에 대하여 목마르게 바라고 구하던 바이자 발베크에서는 어쩐지 지치고 서글픈 감정 때문에 마음껏 즐길 수 없었던 것인데, 그것이 지금 외적 지각 속에 있는 불완전한 것에서 해방되어, 순수하고도 비구상적으로 내 가슴을 환희로 부풀게 했다.

연주되고 있는 곡은 머지않아 끝날 테고, 나는 살롱으로 들어가야 하리라. 그래서 나는 지금 이 짧은 시간에 세 번이나 느낀 똑같은 기쁨의 본질을 되도록 빨리 파악한 다음, 다시 거기에서 끌어내야 할 교훈을 밝혀내고자 애썼다. 나는 이제 어떤 사물에서 얻은 참된 인상과 의지를 가지고 그것을 떠올리고자 애쓸 때 피어나는 인위적인 인상과의 사이에 있는 극심한 차이에 머뭇거리지 않았다. 왜냐하면 자신이 사랑받았던 지난날들을 스완이 비교적 무관심하게 얘기할 수 있던 까닭은, 그가 그 말 밑에 지난날과는 다른 것을 보고 있었기 때문이고, 또 뱅퇴유의 작은악절이 스완에게 급격한 고통을 일으켰던 까닭은, 그것이 그 나날을 그가 느꼈던 그대로 다시 살아나게 했기 때문임을 똑똑히 떠올리면서 나는, 반듯하지 못한 포석의 감각, 냅킨의 빳빳함, 마들렌의 맛 따위가 내게 불러일으킨 것도, 내가 여러 번 틀에 박힌 한결같은 기억의 도움으로 베네치아·발베크·콩브레를 떠올리고자 애쓰던 바와 아무런 관계가 없다는 사실을 매우 분명하게 깨달았기 때문이다. 또 삶이 때로 아름답게 보이더라도 결국 하찮게 보이는 까닭은, 우리 삶과는 전혀 다른 것에 의하여, 곧 삶의 그림자조차 간직하지 않은 심상에 의하여 삶을 판단하고 과소평가하기 때문임을 깨달았다. 이 깨달음과 더불어 내가 겨우 유의한 것은, 하나하나의 실제 인상들 사이에도 동떨어짐이 있고—삶의 천편일률적인 묘사가 도저히 실제와 비슷할 수 없는 이유는 이 때문이다—그것은 아마도 다음과 같은 사실에서 비롯된다는 점이다. 곧 우리가 생애의 한때에 입 밖에 낸 더할 나위 없이 사소한 말이나 보잘것없이 작은 몸짓도, 실은 그것과 아무런 관계없는 온갖 것으로 둘러싸여 그것과 관계없는 것들을 반영하고 있다.

지난날의 말이나 몸짓을 그렇게 떼어놓고 마는 건 지성인데, 뒤에 가서 추리하려고 애써봐야 바깥에서는 아무것도 얻지 못한다. 그러나 말과 몸짓을 둘러싼 이러한 것—그것은 여기서는 시골 식당의 꽃이 활짝 핀 벽면을 물들이는 장밋빛 저녁놀, 배고픔, 여자에 대한 욕망, 사치를 누리는 기쁨, 또는 옹딘 (ondine)*1의 어깨처럼 물 위에 어른어른 떠오르는 음악의 악절을 감싼 아침 바다의 푸른 소용돌이이다—의 안쪽에는 아주 간단한 몸짓이나 말이, 입구를 단단히 봉한 헤아릴 수 없이 많은 항아리 속에 들어간 듯이 갇혀 있고, 그

---

*1 북유럽 신화에 나오는 물의 요정.

항아리마다 다른 것과는 전혀 다른 빛이나 냄새나 온도의 것이 가득 차 있다. 뿐만 아니라 끊임없이 변해온 우리 세월 전체에 배치되어 있는 그 항아리들은, 비록 단순한 꿈이나 신념만의 변화일지라도 그것을 정확히 나타내면서 저마다 다른 높이에서 우리에게 매우 다양한 느낌을 준다. 물론 우리는 이 변화를 모르는 사이에 조금씩 완성해왔다. 하지만 갑자기 되돌아온 추억과 우리의 현재 상태와는, 시간과 장소를 달리하는 두 추억과 마찬가지로 크게 동떨어져 있으므로, 저마다 특수한 개성을 제외해도 분명 비교되지 않을 정도이다. 그렇다. 추억은 망각 때문에 현재 순간과의 사이에 어떤 유대를 맺지도, 연쇄를 잇지도 못한 채 그 자리, 그 날짜에 머물러 있으며, 골짜기 구덩이 속이나 산꼭대기에서 다른 것과 멀리 떨어진 채 고립을 지켜왔다. 그럼에도 그러한 추억이 갑자기 우리에게 새로운 공기를 들이마실 수 있게 하는 건, 바로 그 공기가 지난날 우리가 숨 쉬던 공기이기 때문이다. 시인들은 더욱 순수한 공기로 낙원을 채우고자 헛되이 노력했으나, 지난날에 이미 들이마신 공기가 아니면 모든 것을 새롭게 하는 그 깊은 되살아남의 감각을 불러일으킬 수 없다. 참된 낙원이란 바로 잃어버린 낙원이기 때문이다.

이러한 생각을 더듬다가, 나는 자신이 확고한 결심도 않고 그저 손대는 일만 남았다고 생각하던 예술작품이 커다란 곤란에 부닥치리라는 것을 깨달았다. 왜냐하면 잇따라 나타나는 작품의 부분을, 말하자면 질이 다른 재료로 이어가야만 할 테니까. 예를 들어 리브벨의 저녁을 묘사하려면 바닷가 아침 또는 베네치아 오후의 추억에 알맞은 재료와는 완전히 다른 걸 써야 할 것이다. 정원 쪽으로 열린 식당 안의 더위가 차차 녹고, 흐무러지며, 가라앉은 모양과, 하늘에는 아직도 한낮의 색채가 여운을 남기고 있는데, 식당 담장 위에 저물어가는 마지막 빛줄기가 장미꽃을 비추고 있는 풍경은, 명확하고 새로운 재료, 특히 투명하고 울림이 좋으며 밀도가 높은, 서늘한 장밋빛 재료로 그려야 하리라.

나는 빠른 속도로 위에 말한 것들을 대략 훑어보았다. 그 행복감과 거기에 반드시 따르는 확실성의 원인 탐구는 옛날부터 미루고 또 미루어왔지만, 오늘은 그 필요를 더한층 절실히 느꼈기 때문이다. 그런데 그 원인을, 나는 저 갖가지 즐거운 인상을 서로 비교함으로써 판별했는데, 거기에는 다음과 같은 공통점이 있다. 접시에 부딪치는 숟가락 소리, 들쭉날쭉한 포석, 마들렌의 맛을, 현재 순간에 느끼는 동시에 아득한 과거의 순간에도 느낌으로써, 과거를 현재로 파고들게 하여 내가 현재와 과거 중 어느 쪽에 있는지 아리송하게 한다는 점이다. 사실 그때 내 속에서 즐거운 인상을 음미하고 있는 인간은, 그 인상 속에 있는 지난날과 오늘날과의 공통점, 다시 말해 그 인상 속에 있는 초시간적인 영역에서 그 인상을 맛보고 있는 것이며, 이런 인간이 나타나는 것은 현재와 과거 사이의 온갖 동일성 가운데 하나에 의하여, 사물의 정수를 먹고 살면서 그 정수를 즐길 수 있는 유일한 환경, 곧 시간 밖으로 나갈 수 있는 경우뿐이다. 프티트 마들렌의 맛을 무의식적으로 새로 느낀 순간, 죽음에 대한 내 불안이 그친 까닭은 이로써 설명할 수 있다. 그때의 나는 초시간적인 존재였으므로, 따라서 미래의 덧없음도 걱정되지 않았던 것이다. 이런 인간이 나에게 오거나 나타나는 것은 반드시 행동을 떠나 있을 때, 직접 쾌락을 누리지 않을 경우뿐인데, 그때마다 유추의 기적이 나를 현재로부터 탈출시켰다. 오직 이 기적만이 나로 하여금 지나간 나날을, 잃어버린 시간을 찾게 하는 힘을 가지고 있었다. 내 기억과 이지의 노력은 그러한 잃어버린 시간의 탐구에 언제나 실패했던 것이다.

아까 나는 정신적 생활의 기쁨에 대한 베르고트의 이야기를 잘못이라고 생각했는데, 아마도 그때는, 진정한 정신생활, 지금 내 속에 존재하는 바와는 아무런 관계도 없는 논리적인 추리를 정신적 생활이라고 불렀기 때문이리라—그것은 마치 내가 진실성 없는 추억에 따라 사회나 인생을 따분하다고 판단했던 것과 같으며, 세 번이나 과거의 참된 순간이 내 속에 되살아난 지금은 살고 싶은 욕망이 강하게 샘솟았다.

한낱 지나가버린 한순간에 불과한 걸까? 아마도 그것을 훨씬 뛰어넘은 그 무엇일 것이다. 과거와 현재에 함께 공통되고, 또 그 두 가지보다 훨씬 본질적인 것. 이제까지의 생활에서 그처럼 몇 번씩이나 현실이 나를 실망시킨 까닭은, 그 현실을 알아채는 순간에, 아름다움을 즐기는 내 유일한 기관인 상상력이 그 자리에 없는 것밖에는 상상할 수 없다는 불가피한 법칙에 따라 현실에 대해서는 작용할 수 없었기 때문이다. 그런데 지금 갑자기 그 엄격한 법칙의 힘이 자연의 영묘한 계책에 의하여 효험을 잃고 정지당해서, 그 대신 어떤 감각—포크와 망치 소리, 또한 책의 제목 같은—이 과거와 현재 속에 동시에 불을 밝혔다. 그로 말미암아 내 상상력은 과거 속으로 파고들어 자유롭게 그 감각을 맛볼 수 있었으며, 또 현재에서 음향이나 냅킨의 스침 따위로 작동한 내 감각기관의 유효한 활동은 상상력이 만든 꿈에 평소에는 흔히 없어지는 요소 인 실재의 관념을 보탰다. 그러한 교묘한 술책 덕분으로 내 속에 나타난 인간 에게 보통 상태에서는 절대 포착할 수 없는 것을—번쩍하는 한순간에 지나지 않지만—순수한 상태로 있는 짧은 시간을 붙잡아 떼어내고 고정시킬 수 있게 해주었다.

팔다리가 부르르 떨리는 행복감과 함께, 접시에 닿는 숟가락과 수레바퀴를 두드리는 망치에 공통된 소리를 듣고, 또 게르망트네 안마당과 산마르코 성당 의 세례실에 있는 들쑥날쑥한 포석의 공통점을 찾아냈을 때 내 몸 안에 되살 아난 인간, 그 인간은 사물의 정수만을 양식삼고, 그 정수 안에서만 삶의 실재, 삶의 환희를 발견한다. 현재를 관찰하고자 할 때 감각이 그러한 정수를 가져 다주지 못한다면, 어느 과거를 고찰하고자 할 때 이지가 그 과거를 메마르게 한다면, 어떤 미래를 기대하고자 할 때 있기에 의지가 끼어들어 그 의지가 골 라둔 타산적이고 인위적인 좁은 목적에 꼭 알맞은 것만을 남김으로써 현실성 을 잃게 된 그런 현재와 과거의 토막으로 미래를 구성하고자 한다면, 그 인간 은 시들고 만다. 그러나 언젠가 들은 소리나 맡은 냄새가, 현재가 아니면서도 현실적인, 추상적이 아니면서도 관념적인 현재와 과거 속에서 동시에 다시 들 리고 맡아지면, 그 즉시 평소에 숨겨져 있던 사물의 변치 않는 정수가 저절로 풍겨나오고, 때로는 오래전에 죽은 줄 알았지만 완전히 죽지는 않았던 우리의 참다운 자아가 눈을 떠 하늘 위 먹이를 받아먹고 생기를 띤다. 시간의 질서를 뛰어넘은 한순간이 그 한순간을 느끼게 하려고 우리들 속에 시간의 질서를 초월한 인간을 다시 창조한 것이다. 그래서 그 인간은, 설사 논리상으로는 마 들렌의 단순한 맛 속에 기쁨의 이유가 담겨 있다고 생각지 않더라도, 그 기쁨 에 확신을 갖는 것을 이해하고, 죽음이라는 낱말이 그에게 아무 뜻도 없다는 것도 이해할 수 있다. 시간 밖에서 사는 몸인데 미래에 대해서 뭘 두려워하겠 는가?

하지만 현재와 함께 성립할 수 없는 과거의 한순간을 이처럼 내 몸 가까이 에 놓아준 이 눈속임도 오래 가지는 못했다. 물론 의지적인 기억에 의한 광경 이라면 지속시킬 수 있다. 그것은 그림책을 넘기는 정도의 노력밖에 들지 않 는다. 그래서 예전에 처음으로 게르망트 대공부인 댁에 가게 되었던 날, 파리에 있는 우리집 양지바른 안마당에서 내 뜻대로 한가로이 콩브레 성당의 광장과 발베크의 바닷가를 멍하니 바라보았었다. 마치 내가 수집가의 이기적인 즐거움에 잠겨서 기억의 삽화를 이것저것 분류하다가, "그래도 나는 이제까지 아름다운 것들을 꽤 많이 보았군" 혼잣말을 하면서, 지난날 유람했던 여러 곳에서 그린 수채화첩을 뒤적여 그날그날의 날씨를 똑똑히 밝혀냈을 때처럼. 그때 내 기억은 물론 여러 감각의 차이를 인정하긴 했으나, 오직 그 감각들 사이에 동질적인 요소를 섞어 한데 합하는 일밖에 하지 않았다. 그런데 조금 전 경험한 세 가지 회상에서는 더 이상 그것과 같지 않았고, 거기에서 나는 자아를 실물보다 낫게 생각하는 의식을 품기는커녕, 오히려 이 자아가 현재 거기에 있는지 없는지조차 의심스러웠다. 뜨거운 차에 마들렌을 적시던 날과 마찬가지로, 내가 지금 있는 장소의 한복판에서—그 장소가 그날처럼 파리의 내 방이건, 오늘의 지금같이 게르망트 대공의 서재이건, 또 조금 전의 저택 안마당이건—자아 속에 어떤 감각(차에 적신 마들렌의 맛, 금속음, 내딛은 발의 감촉)이 생겨나, 그것이 자아 주위에 작은 지역을 펼치고, 또한 그것은 다른 장소(레오니 고모의 방, 철도의 객차, 산마르코 성당의 세례실)에도 똑같이 있었다. 이런 이치를 따지고 있는 순간 갑자기 수도관에서 새된 소리가 났으며, 여름날 저녁 발베크의 저 너른 바다에서 이따금 들리던 유람선의 기다란 기적과 똑같은 그 소리는(언젠가 파리의 큰 식당에서도, 무더운 여름날의 자리가 반쯤 빈 호화로운 식당 풍경이 이런 느낌을 일으켰듯이), 발베크의 늦은 오후 식당에서의 감각과 이루 말할 수 없이 비슷한 감각을 느끼게 했다. 발베크에서 그 시각이 되면 모든 식탁에 식탁보와 은그릇이 갖추어지고, 유리를 끼운 커다란 창문은 모두 방파제 쪽으로 활짝 열렸으므로, 유리나 돌의 차폐물이나 '면(面)'이라곤 하나도 없었다.

때마침 태양이 천천히 가라앉는 바다 위에는 원양 선박들이 울부짖기 시작했다. 방파제 위를 산책하고 있는 알베르틴과 그 친구들을 쫓아가려면 내 발목보다 조금 높은 판자문틀을 넘어서면 그만이었다. 유리문은 호텔에 바람이 잘 통하도록 모두 한구석에 놓여 있었다. 그러나 알베르틴을 사랑했다는 괴로운 추억은 이 감각에 섞여 있지 않았다. 괴로운 추억은 죽은 이들에 대한 것뿐이다. 그런데 죽은 이들에 대한 추억도 금세 와르르 무너진다. 그들의 무덤 주위에조차 이제는 자연의 아름다움, 고요, 맑은 공기밖에 남아 있지 않다. 그런데 수도관에서 나는 소리가 나에게 느끼게 한 것은, 단순히 지난날 감각의 메아리나 겹침이 아니라, 과거의 감각 그 자체였다. 이번에도 앞의 세 경우와 마찬가지로, 먼저 공통적 감각이 그 주위에 옛 장소를 재현하려고 애쓰는 동안에, 그것을 대신하는 현재의 장소는 모든 저항력을 총동원하여, 노르망디의 바닷가나 철롯둑을 파리의 이 저택으로 옮겨오는 데에 반대했다. 석양을 맞이하기 위해 제단의 깔개처럼 무늬를 넣어 짠 리넨으로 꾸민 발베크의 바닷가 식당은, 이 게르망트 저택의 튼튼한 건물을 흔들어대고 억지로 문을 밀어 열기 위해, 한순간 내 주위의 소파를, 어느 날 파리의 식당 테이블을 그렇게 했듯이 잠깐 덜거덕거리게 했다. 이와 같은 부활에서는, 공통된 감각 주위에 다시 살아난 옛날의 아득한 장소가, 번번이 씨름꾼처럼 한순간 현재의 장소에 덤벼들었다. 언제나 현재의 장소가 이기고, 내가 가장 아름답다고 생각하는 것은 매번 지고 말았다. 그것은 정말 아름다웠으므로 나는 차 한 잔 앞에서나, 반듯하지 못한 포석 위에서나 황홀한 상태로 가만히 있으면서, 저 콩브레·베네치아·발베크가 나타난 순간을 지속시키고, 달아나버리면 금세 다시 나타나게 하려 애썼다. 그것들은 침입해왔다가는 물러나고, 일단 일어섰다가도 과거를 꿰뚫고 지나가는 그런 새로운 장소 한복판에 나를 버려둔 채 가버린다. 만약 현재의 장소가 즉시 승리하지 않았더라면 내 쪽에서 의식을 잃었을 거라고 생각한다. 왜냐하면 그러한 과거의 재생은 그것이 계속되는 짧은 동안 너무나 완전하여, 가로수를 따라서 뻗은 선로라든가 밀물을 바라보기 위해서, 우리 눈에게 우리가 있는 가까운 방을 보지 못하게 할뿐더러, 콧구멍에게는 아득히 먼 옛날 장소의 공기를 마시게 하고, 의지에게는 그러한 장소가 내놓는 계획을 뽑게 하며, 우리 온몸에게는 그런 장소로 둘러싸여 있다는 생각을 갖게 한다. 또는 적어도 그러한 과거 장소와 현재 장소 사이에서 비틀거리게 하여, 마치 막 잠이 드는 순간에 형용하기 어려운 환영 앞에서 흔히 느끼는 불안정한 감각과 비슷한 어떤 불안정 속에 까무러치게 하기 때문이다.

그러므로 서너 번 내 속에 되살아난 인간이 조금 전에 맛보려 한 것은 아마도 시간이라는 것으로부터 벗어난 실재의 단편이었을 테지만, 그것을 바라보기란 영원한 염원임에도 오래 계속되지 않았고, 달아나기 쉬웠다. 그렇지만 이제까지의 생활에서 간격을 두고 어쩌다가 주어진 이러한 기쁨이야말로 진실하고도 자신을 살찌우는 유일한 것임을 느꼈다. 다른 기쁨이 실재와는 거리가 먼 것이라는 표징은 다음과 같은 경우에 비추어보아도 뚜렷하지 않을까? 먼저 우리를 만족시킬 수 없는 다른 기쁨 가운데, 이를테면 사교적인 기쁨만 해도 고작해야 변변치 못한 음식을 삼켜 신물이 올라오게 하고, 우정의 기쁨만 해도 한낱 거짓 꾸밈에 지나지 않는다. 그 증거로, 친구와 한 시간 동안 수다 떨려고 일을 한 시간 내버려둔 예술가는, 아무리 도덕적인 이유에서 그런다고 해도, 결국 실재하지 않는 그 무엇 때문에 하나의 실재를 희생했다는 어리석음을 잘 알고 있다(친구란 우리가 평생 빠져 있는 그 감미로운 광기에 사로잡혔을 때의 벗에 지나지 않으며, 우리는 그런 광기에 빠져 있으면서도 깊은 이지로는, 그것이 가구를 살아 있는 사람처럼 여기고 말을 주고받는 미치광이의 착오임을 안다). 또는 그 소망이 채워진 뒤에 따르는 슬픔, 이를테면 알베르틴에게 소개되던 날에 느꼈던 것처럼 어떤 일—사귀고 싶던 아가씨와 벗이 된 일—이 이루어지고 보니 과연 대수롭지 않다는 느낌이 드는 슬픔이 있기 때문이다. 알베르틴을 사랑했을 때 겪었을지도 모르는 더욱 깊은 기쁨마저도, 실제로는 반대로 그녀가 없을 때 괴로움으로만 지각했을 뿐이었다. 그녀가 트로카데로에서 돌아왔던 날처럼, 곧 돌아오리라는 게 확실해지면, 그때는 더 이상 어렴풋한 싫증밖에 느끼지 못하는 듯싶었기 때문이다. 이와는 달리 나이프 소리라든가 차 맛은 곰곰이 생각할수록 더욱더 즐거운 흥분에 사로잡히고, 나는 점차 더해가는 환희를 느끼며 그것을 내 방에, 레오니 고모의 방에, 다음에는 온 콩브레와 그 두 쪽*1에 들어오게 했던 것이다. 그러므로 나는 이제, 그런 사물의 정수를 열심히 관찰하여, 그것을 움직이지 않는 것에 단단히 매어둘 결심을 했다.

　그러나 그 일을 어떻게, 어떤 방법으로 할 것인가? 냅킨의 빳빳한 느낌은 내게 발베크를 되돌려주었으며, 그 아침 바다의 광경뿐 아니라 방의 냄새, 바람의 속도, 점심의 식욕, 산책길을 결정하지 못하던 일 등 그 모든 것이 천사들의 헤아릴 수 없는 날개 같은 리넨의 감촉과 연관되어 잠깐 내 상상력을 어루만졌다. 그리고 반듯하지 않은 두 포석은, 베네치아와 산마르코에 대한 나의 메마르고도 얄팍한 심상을 온갖 방향과 온갖 차원으로 길게 늘려, 거기서 경험한 모든 감각을 가지고, 나는 광장을 성당과, 부두를 광장과, 운하를 부두와,

---

*1 스완네 집 쪽과 게르망트 쪽을 가리킴.

그리고 실제로는 정신으로 볼 수밖에 없는 욕망의 세계를 눈에 비치는 모든 것과 연결했다. 내가 특히 좋아하는 봄의 베네치아 뱃놀이에는 계절 탓에 갈 수 없을지라도, 적어도 발베크에는 다시 가보고 싶었다.

　하지만 그런 생각에는 한순간도 오래 머무르지 않았다. 고장이란 그 이름이 내게 그려내는 바와 같은 게 아니며, 또 이름도 그 고장을 머릿속으로 그려냈을 때의 그대로가 아니라는 걸 내가 알고 있을 뿐더러, 일반 사람들이 보거나 만지거나 하는 공통적인 것과는 확연히 구별되는 순수물질로 만들어진 어떤 고장이 내 앞에 펼쳐지기란, 이제는 잠든 뒤 꿈속에서나 가능했기 때문이다. 그와는 다른 심상, 추억의 심상에 대해서도 나는 알고 있었다. 잔뜩 기대했던 발베크의 아름다움만 해도 몸소 가보니 눈에 띄지 않았고, 또 발베크가 내 추억 속에 남겨준 아름다움조차 두 번째 체류 때에는 다시 찾을 수 없었음을. 나는 현실에서 나 자신의 깊숙한 곳에 있는 것에 다다르기가 불가능함을 이제까지 너무도 많이 겪어왔다. 내가 잃어버린 '시간'을 되찾게 될 곳은, 두 번째로 찾은 발베크에서도, 질베르트를 만나기 위해 돌아간 탕송빌도 산마르코 성당의 광장도 아니었다. 그처럼 낡은 옛날 인상이나 자신의 바깥이자 어떤 광장 한모퉁이에 존재한다는 착각을 다시 한 번 줄 뿐인 여행은 내가 찾는 방편이 아니다. 이제와서 또다시 보기 좋게 속고 싶지는 않았다. 이제껏 고장이나 인간을 앞에 놓고 번번이 실망하면서 이룰 수 없다고 여겨오던 것(단 한 번 뱅퇴유의 연주회용 작품은 이와 반대되는 것을 나에게 일러주는 듯싶었지만)에 진정 다다를 수 있을지 없을지를 기어이 알아내는 일이 지금의 내 문제였기 때문이다. 그러므로 아무런 이득도 없다는 걸 오래전부터 알고 있는 방편에 의지해 이 이상 부질없는 경험을 하고 싶지 않았다. 내가 정착시키고자 애쓰는 그런 인상은 직접 닿고자 하면 다만 사라질 뿐, 제대로 이끌어낼 수 없다. 그런 인상을 더욱 잘 맛보기 위한 유일한 방법은 그것이 발견된 자리, 곧 나 자신 속에서 더욱 완전하게 그것과 친숙해져서 그것을 속속들이 밝혀내도록 노력하는 일이다. 나는 발베크에서 즐거움을 느낄 수도 없었거니와 알베르틴과 같이 사는 기쁨도 알 수 없었으며, 그런 기쁨은 나중에 가서야 인식할 수 있었다. 지금껏 실제로 경험한 범위 안에서 인생에 대한 환멸, 나로 하여금 인생의 실재가 행동 안에 있는 게 아니라 다른 데 있는 게 틀림없다고 믿게 한 환멸을 요약해보아도, 내가 한 일은 순전히 우연하게 내 실생활에 나타난 상황을 추적했을 뿐, 서로 다른 갖가지 실망을 연관시키지는 못했다. 여행의 환멸과 사랑의 환멸은 각각 다른 것이 아니라, 육체적인 쾌락이나 실제적인 행동 속에서 자기 힘을 충분히 발휘할 수 없는 우리의 무능력이 사태에 따라서 취하는 변화무쌍한 양상일 뿐임을 나는 똑똑히 느꼈다. 그리고 숟가락 소리나 마들렌 맛에서 생긴 그 초시간적인 기쁨을 다시 떠올리면서 나는 혼잣말했다.

"소나타의 작은악절이 스완에게 준 그 행복감, 그것은 바로 기쁨이 아니었나? 그러나 스완은 그것을 사랑의 쾌락과 똑같이 여겨 예술 창조 속에서 그 행복을 찾아내지 못했다. 그리고 또 7중주곡의 신비로운 주홍빛 부류우, 내게 소나타의 작은악절보다도 현세에서는 누릴 수 없는 행복을 예감하게끔 했다. 스완은 그 7중주곡을 인식하지 못하고, 다른 여러 사람과 마찬가지로, 자기를 위해 마련된 진실이 계시되기도 전에 죽고 말았다. 물론 이 진실이 밝혀졌더라도 그에게는 도움이 되지 않았을 것이다. 왜냐하면 그 악절은, 분명히 어떤 부름을 상징하고 있었을 테지만, 이상한 힘을 만들어내거나, 스완을 팔자에 없는 작가로 만들 수는 없었을 테니까."

하지만 이윽고 그런 기억의 재현에 대한 숙고 끝에 나는 깨달았다.—지금까지도 가끔 형태가 다른 몇 가지 희미한 인상이, 콩브레에서 게르망트 쪽으로 산책했을 적에 이런 무의식적인 기억의 방식으로 내 사념을 부추겼었다. 그러나 그 인상은 과거의 감각이 아니라, 내가 찾아내려고 애쓰는 하나의 새로운 진실, 소중한 심상을 숨기고 있었다. 나는 죽을힘을 다해 무엇인가를 떠올려보려고 할 때와 같은 노력으로 그것을 찾아내고자 했다. 마치 우리의 가장 뛰어난 사상이 전에 들은 적이 없어도 저절로 되살아나는, 그리고 귀 기울여 자세히 들어보려고, 악보에 옮겨보려고 애쓰는 그런 악절과 비슷한 것이기라도 한양. 나는 이미 콩브레에서도, 나의 정신 앞에 어떤 심상을 열심히 붙들어두려 했던 일이 있었다. 그러한 회상은, 내가 이미 그때와 같은 인물로 돌아가 있고, 내 성질의 근본적인 특징을 집어내어 보여준다는 점에서는 기뻤지만, 또한 내가 그때 이후 조금도 진보하지 못했다는 생각에 슬프기도 했다. 어쨌든 구름, 삼각형, 종탑, 꽃, 조약돌 같은 심상을 한참 뚫어지게 바라보면서, 그 형상 뒤에는 내가 애써 발견해야 할 전혀 다른 그 무엇이 있을 게 틀림없다, 언뜻 보기에 구체적인 대상만을 나타내는 듯한 저 상형문자처럼, 아마도 그 형상 뒤에는 거기에서 번역될 어떤 사념이 있는 게 틀림없다고 느꼈다. 물론 그걸 읽어내는 것은 어렵지만 그것만이 어떤 진리를 읽게 할 수 있었다. 왜냐하면 이지를 통해 세상 사람이 다 알도록 직접 명료하게 포착된 진리란, 인생이 어떤 물질적 인상에 의해서 모르는 결에 우리에게 전해준 진리에 비해 훨씬 깊지도, 필연적이지도 않기 때문이다. 물리적 인상이라고 한 까닭은 우리 감각을 통해서 육체적으로 들어왔기 때문이지만, 우리는 그것에서 정신을 이끌어낼 수도 있다. 요컨대 그것이 마르탱빌 종탑의 전망이 준 바와 같은 인상이건, 고르지 않은 두 포석이나 마들렌의 맛 같은 무의식적 기억이건, 어느 경우에도 사색하려고 애쓰며, 감각을 그것과 같은 법칙이나 사상을 가진 형상으로 번역하도록, 곧 자기 속에서 솟는 감각을 어둑한 곳으로부터 나오게 하여, 그것을 어떤 정신적 등가물로 전환하도록 노력해야만 했다.

그런데 나에게 유일한 것으로 여겨지는 그 방법은 예술작품을 창작하는 일이 아니고 무엇이겠는가? 당장 그 모든 결과가 벌써 내 정신 속으로 밀어닥치고 있었다. 포크 소리나 마들렌의 맛 같은 무의식적 기억이건, 또는 온갖 형상의 도움을 빌려 쓰인 그 진실이건—내 머릿속에는 종탑이나 잡초 같은 형상이 꽃피는 복잡한 마법서를 만들고 있으며, 나는 그 의미를 탐구했다—그러한 것의 첫째 특징은, 내가 그것을 마음대로 선택하여 부를 수 없으므로, 나는 어디까지나 수동적으로 그것들 쪽에서 오면 그대로 맞아들이는 수밖에 없다는 점이었다. 또한 그것이 진짜임을 증명하는 낙인일 거라고 생각했다. 나는 구태여 내가 발부리를 채인 안마당의 고르지 않은 그 두 포석을 찾아갔던 것이 아니다. 하지만 그런 감각에 부딪치고만 피치 못할 우연이야말로, 바로 그 감각이 다시 살려낸 과거의, 그 감각이 벗긴 여러 심상의 진실성에 검인을 찍는다. 그때 우리는 빛 쪽으로 다시 떠오르려는 감각의 노력과 함께, 되찾은 현실이라는 기쁨을 느끼기 때문이다. 이 감각이야말로 그때의 갖가지 인상에 의하여 만들어진 화면 전체에 대한 진실성의 검인이며, 이윽고 그 감각에 이어 그때의 온갖 인상들이 의식적인 기억이나 관찰은 영원히 모를 빛과 그림자의, 요철과 생략의, 추억과 망각의 저 적확한 균형과 더불어 생생하게 재생된다.

그러한 미지의 표징(내 주의력이 무의식을 탐험하면서 물의 깊이를 재는 잠수부처럼 찾고 부딪치며 더듬어가는 돋을새김같이 생긴 표징)으로 이루어진 내적인 책으로 말하면, 이것을 읽고 해독하고자 할 때 누구도, 어떤 본보기를 가지고서도 나를 도울 수 없었다. 그것을 읽어서 내 것으로 만드는 일은 어디까지나 어떤 창조적 행위인 만큼 다른 누구도 대신할 수 없고, 협력조차도 허용되지 않는다. 그러므로 얼마나 숱한 사람들이 그러한 집필을 단념했던가! 또 그것을 회피하기 위해 얼마나 많은 수고를 마다하지 않았던가! 드레퓌스 사건이건, 이번 세계대전이건, 아무튼 사변이 일어날 적마다 작가들은 여러 핑계를 붙여 그 책의 수수께끼를 풀려고 하지 않았다. 정의의 승리를 확보하고 국민의 도덕적 일치를 촉구하느라고 문학 자체를 생각할 여유가 없었다. 하지만 그것은 핑계에 지나지 않는다. 사실은 특수한 재능, 곧 뛰어난 본능이 없던가 이미 잃어버렸기 때문이다. 왜냐하면 본능은 의무 실행을 강요하지만, 이지는 그런 의무를 회피할 핑계를 마련해주니까. 다만 핑계는 절대로 예술 속에 나타나지 않으며, 고의로 꾸민 의도도 예술로 꼽히지 않는다. 예술가는 끊임없이 자기 본능에 귀를 기울여야 하고, 그로 말미암아 예술은 가장 현실적인 것, 인생의 가장 엄숙한 학교, 진정한 '최후의 심판'이 된다.

그 책은 가장 판독하기 곤란한 책이며, 실재가 우리에게 받아쓰게 하고 우리 마음속에 '인상'을 낳게 한 유일한 책이다. 삶에서 얻는 마음 속 사념은 그것이 어떤 것이든 간에, 물질적인 형상이 마음에 남긴 그 인상의 자국에 따라 그 사념의 필연적 진실성을 보장받는다. 순수한 이지에 의해 형성된 사념에는 논리적인 진리, 가능한 진리밖에 없고 그와 같은 사념의 선택은 임의대로 할 수 있다. 이지에 의한 글자가 아니라 사물의 형체로 된 글자로 쓰인 책, 그것이야말로 우리의 유일한 책이다. 그렇다고 해서 우리의 이지가 형성하는 사념이 논리적으로 옳지 않다는 말은 아니며, 다만 우리는 그것이 진실한지 아닌지조차 모른다는 말이다. 오로지 인상만이, 비록 그 내용이 아무리 빈약하고 그 자국이 아무리 희미할지라도 유일한 진리의 기준이며, 따라서 정신에 의해서 파악할 가치가 있는 단 하나의 것이다. 왜냐하면 인상이야말로, 만약 정신이 그 속에 있는 진리를 이끌어내기만 하면 그 진리를 한층 더 큰 완성으로 이끌어 그것에 순수한 기쁨을 줄 수 있는 힘이 있는 유일한 것이기 때문이다. 인상과 작가의 관계는 실험과 과학자의 관계와 같다. 다만 과학자에게는 지성의 활동이 먼저 오고 작가에게는 나중에 온다는 차이가 있을 뿐이다. 우리가 개개인의 노력으로 판독하고 해명할 필요가 없는 것, 우리가 오기 전부터 뚜렷했던 건 우리 것이 아니다. 우리 자신에게서 나오는 거라고는 우리 속에 있는 남이 모르는 암흑에서 끌어내는 것뿐이다.

기울어가는 저녁 햇살이 일찍이 생각해본 적도 없었던 한때를 퍼뜩 떠올리게 했다. 그것은 어릴 적, 열이 있는 나를 진찰한 페르스피에 의사가 티푸스인지도 모르겠다고 하는 바람에, 레오니 고모가 나를 일주일 남짓 성당 앞 광장 쪽에 있는 윌라리의 조그만 방에서 지내게 하던 무렵의 일이다. 그 방은 바닥에 에스파르토(esparto)*1 섬유로 짠 깔개밖에 없었고, 창에서는 옥양목 커튼이 늘 햇살에게 불평하고 있었는데, 나도 그 햇살에는 익숙지 않아서 애를 먹었었다. 이 좁은 옛 하녀의 방에 대한 회상이 느닷없이 내 과거의 생활을 넓혀, 여느 부분과는 다른 아늑한 긴 연장선을 갖게 하는 걸 보면서 나는 오히려, 더할 나위 없이 고귀한 사람의 저택에서 벌어지는 온갖 호사스런 연회가, 내 생활에 아무 인상도 끼치지 않았음을 생각했다. 윌라리의 방에서 조금 무섭고 꺼림칙했던 단 한 가지는 고가철도가 가까운 탓에 밤이면 올빼미 울음 같은 기적 소리가 들려오는 일이었다. 하지만 그 황소 같은 울부짖음도 규칙적인 증기기관에서 나온다는 걸 알고 있었으므로, 선사시대에 근처를 배회하며 울부짖었을 매머드 소리처럼 무섭지는 않았다.

이렇듯 나는 이미 결론에 다다라 있었다. 곧 우리는 예술작품 앞에서 전혀 자유롭지 못하며, 의도한 대로 그것을 만드는 게 아니라, 마치 자연의 법칙을 찾아내듯이 필연적이고 숨겨져 있는 그것을 발견해야만 한다는 결론에. 그러나 예술이 우리에게 시키는 이 발견은 요컨대 가장 귀중한 발견일 텐데도, 일반적으로는 언제까지나 알려지지 않는 채로 끝나는 게 아닐까? 그야말로 우리의 참된 삶, 감각한 대로의 실재이건만, 우리가 믿고 있는 바와는 매우 달라서 우연이 참다운 추억을 가져다주는 때, 그때만이 비로소 커다란 행복감으로 우리를 채우는 게 아닐까? 나는 그런 사실을 이른바 사실주의라는 예술의 허위를 통해 확인했다. 만약 우리가 자신이 느낀 점에 대하여 현실하고 동떨어진 표현, 시간이 좀 지나면 현실 그 자체와 헷갈릴 표현을 주지 않도록 일상생활에서 노력했다면 사실주의 예술도 그처럼 거짓으로 가득찬 것이 되지는 않았으리라. 한때 나를 혼란스럽게 했던 갖가지 문학 이론은 더는 개의치 않아도 괜찮다고 느꼈다―특히 드레퓌스 사건을 계기로 비평계에서 논의되다가 세계대전을 치르면서 재연된 문학 이론들은 경박하거나 감

---

*1 아프리카산(産) 포아풀과에 속하는 식물로, 노끈, 바구니, 종이를 만드는 데 쓰임.

상적인 주제가 아닌 '예술가를 상아탑에서 나오게 하는' 주제를 다루었으며, 위대한 노동을 그리거나 대중을 그리는 작품, 그렇지 않더라도 최소한 한가한 부류들("그런 무용지물들에 대한 묘사 따위엔 난 흥미 없네." 블로크는 이렇게 말했다)이 아닌 고귀한 지성인이나 영웅을 그리는 작품을 그 논의의 대상으로 삼았다.

더욱이 그런 이론은 굳이 그 논리적 내용을 검토해보지 않아도, 이미 그런 이론을 떠받드는 사람들의 변변치 못한 자질을 뚜렷이 표시하는 성싶었다. 마치 아주 예의 바른 어린이가 다른 집 오찬에 갔다가, 그 집 사람들이 "죄다 까놓고 말하지요, 우리는 솔직하니까요" 하는 말을 듣고, 그것이 도리어 말없이 거짓 없는 행위를 하는 것보다 열등한 덕성을 나타낸다고 깨닫듯이 말이다. 참된 예술은 그처럼 많은 선언과는 상관없이 침묵 속에 완성된다. 게다가 그런 이론을 따지는 사람들이 도리어 자기가 심하게 비방하거나 숙맥 취급하는 사람의 표현과 이상하리만큼 흡사한 기성품 같은 표현을 구사하는 경우가 많았다. 사실 지적·정신적 노작의 수준을 판단할 수 있는 건 미학적 양식이 아니라 언어의 질일 것이다.

하지만 거꾸로 이 언어의 질을 (성격의 법칙을 연구할 때에도, 진지한 사람이든, 경박한 사람이든 똑같이 소재로 택할 수 있다. 마치 해부학 실습 조교가 똑똑한 인간의 신체를 대상으로나 멍텅구리의 육체를 대상으로 똑같이 해부학 법칙을 연구할 수 있듯이, 다시 말해 정신을 지배하는 커다란 법칙도 혈액 순환이라든가 신장 배설이라든가 하는 법칙과 마찬가지로 개인의 지적 가치에 따라 달라지는 일은 거의 없다) 이론가들은 소홀하게 보아 넘길 수 있다고 여긴다. 그런 이론가들을 칭송하는 사람들도 언어의 질이 커다란 지적 가치를 나타낸다고는 좀처럼 믿지 않는다. 그러한 가치를 인식하기 위해서는 그것이 직접 표현된 것을 보지 않고서는 이해할 수 없으므로, 심상의 아름다움에서 그러한 가치를 추리할 수는 없다. 이런 사실에서 지적인 작품을 쓰려는 망측한 유혹이 작가에게 생긴다. 크나큰 상스러움. 이론이나 학설을 나열한 작품은 정가표를 떼지 않은 상품과도 같다. 지적인 작품은 이치를 따진다. 다시 말해 어떤 인상을 고정시켜 그것을 실제대로 표현하려면, 그 고정에 이르기까지의 모든 과정 하나하나에 골고루 인상을 통과시켜야 하는데, 그러한 귀찮음을 견딜 수 없으면 이리저리 헤매게 된다는 뜻이다.

나는 이제야 깨달았는데, 표현할 실재는 주제의 겉모양에 있지 않고 그 인상의 깊이에 있었다. 그 깊이에서는, 내 정신적 갱생에 있어 인도주의와 애국주의, 국제주의, 형이상학적인 담화보다도 귀중했던 그 접시에 닿는 숟가락 소리나 풀먹인 냅킨의 빳빳함이 상징하듯이, 어떠한 겉모양도 거의 대수롭지 않았다. 그 무렵에 '문체나 문학보다도 이젠 생활이 중요하다'는 소리를 들었었다. '피리쟁이'를 반대하는 노르푸아 씨의 간단한 이론조차 전후에 얼마나 화려하게 다시 꽃 피었는지는 짐작하고도 남음이 있다. 그도 그럴 것이 예술적 감각이 없는 이들, 곧 내적 실재에 복종하지 않고 종잡을 수 없는 예술론을 따지는 능력밖에 타고나지 못한 사람들 가운데, 조금이라도 현대의 '현실' 문제에 관여하고 있는 외교관이나 재정가들은, 문학이 정신적 유희이며 앞으로는 더욱 쇠퇴할 운명에 있다고 생각하기를 좋아한다. 어떤 사람들은 소설이란 사실의 어떤 영화적 나열일 뿐이라고 단정했다. 그러한 관념은 한번쯤 생각해볼 가치도 없다. 영화의 화면만큼, 우리가 실재에서 느낀 바와 거리가 먼 것도 없으리라.

이 서재에 들어왔을 때 나는 공쿠르가 말한, 이 서재에 있는 훌륭한 초판본 생각이 나서, 여기에 틀어박혀 있는 동안에 잘 보아두어야겠다고 결심했다. 그래서 한편으로는 생각을 계속하면서도, 별다른 주의를 기울이지 않고 그 귀중한 책들을 한 권 한 권 뽑아보다가 무심코 그중 한 권, 조르주 상드의 《프랑수아 르 샹피》를 펼친 순간, 지금의 명상과는 너무나 멀리 떨어진 어떤 인상을 받은 듯하여 불쾌했다. 그러다가 눈물이 주르르 쏟아질 만큼 고조된 감동과 함께, 그 인상이 지금의 명상과 얼마나 일치하는지 깨달았다. 이를테면 초상을 치르는 방에서 상여꾼들이 관을 밖으로 내갈 준비를 하고 있고, 조국에 이바지한 고인의 아들이 연이어 찾아오는 마지막 조문객들과 악수를 하고 있을 때, 갑자기 창 밑에서 악대 소리가 울리면, 아들은 그것이 자기 슬픔에 대한 무슨 모욕처럼 느껴져 화가 불끈 치민다. 그러나 그의 상을 애도하며 아버지 유해에 경의를 표하러 온 군악대인 줄 알자, 그때까지 꾹 참아온 눈물이 주르르 흐르는 경우와도 같았다. 그와 같이 나는 지금 게르망트 대공의 서재에 있는 한 권의 책 표제를 읽으면서 느낀 비통한 인상과 내 지금의 명상이 얼마나 들어맞는지 깨달았다. 그 표제는, 내가 문학에서 찾지 못하던 신비의 세계가 과연 문학 속에 존재하며 틀림없이 나에게 열린다는 관념을 갖게 해주었다. 그렇다고 해서 그것이 무슨 대단한 책도 아니고,《프랑수아 르 샹피》였다. 하지만 그 이름은 게르망트의 이름과 마찬가지로, 내가 그 뒤에 친숙해진 많은 이름과 같지는 않았다. 어머니가 조르주 상드의 책을 읽어주었을 때《프랑수아 르 샹피》의 주제 속에는 알쏭달쏭했던 것이 있었는데, 그 기억이 이 표제를 만나자 되살아났다(게르망트네 사람들과 오래 못 만났을 적에는 이 게르망트라는 이름이—《프랑수아 르 샹피》라는 이름이 소설의 정수를 담고 있듯이—참으로 풍부한 봉건시대의 꿈을 담고 있었다). 그리고 그 기억이 베리 지방을 배경으로 삼은 조르주 상드의 전원소설 속에 있는 바와 매우 공통되는 관념과 잠깐 번갈아들었다. 연회 자리에 있을 때처럼, 사념이 늘 곁쪽에 머물러 있을 때라면 아마도《프랑수아 르 샹피》에 대해서건 게르망트네에 대해서건, 나는 콩브레와 상관없이 지껄일 수 있었을 것이다. 하지만 지금처럼 혼자 있을 때면 나는 훨씬 더 깊은 곳으로 가라앉았다. 그런 순간, 지난날 사교계에서 만난 아무개가 게르망트 부인, 곧 그 환등처럼 떠오르는 인물과 사촌자매였다는 관념 따위야 알다가도 모르는 일인 듯싶었다. 마찬가지로 전에 읽은 가장 훌륭한 책조차도 그 비범한《프랑수아 르 샹피》와 엇비슷—나는 훨씬 낫다고는 말하지 않겠다, 사실은 그럴지라도—하다고는 생각지 않았다. 그것은 무척이나 오래된 어릴 적 인상이었다. 유년 시절과 가족과의 온갖 회상이 사이좋게 뒤섞여 있어서 얼른 분간할 수 없었던 것이다. 처음 순간에 나는 화가 나서, 누구야, 이렇게 불쑥 내 기분을 잡치러 온 낯선 사람은, 하고 의아해했었다. 그 이방인은 나 자신이었다. 그 무렵의 나였던 어린아이였다. 그런 나를 이제 막 이 책이 내 속에 자아낸 것이다. 이 책은 나에 대해서는 그런 소년 시절의 모습밖에 모르므로 책이 지금 불러낸 것도 어린 시절 모습이었고, 그 어린이의 눈에만 보이고 싶으며, 그 어린이의 마음속에서만 사랑받고 싶고, 그 어린이에게만 말을 건네고 싶었던 것이다. 그러므로 어머니가 콩브레에서 거의 새벽녘까지 목청을 돋우며 읽어준 이 책은 나를 위해 그날 밤의 매력을 고스란히 간직하고 있었다. '경쾌한 필치로' 단숨에 쓴 책이라는 말을 즐겨 쓰는 브리쇼의 말을 빌리자면, 조르주 상드의 '필치'는, 어머니가 그 문학적 취미를 천천히 바꾸어 내 문학적 취미를 따르기 전에는 오랫동안 그것을 마술 같은 필치라고 여겼으나, 나는 조금도 그렇게 생각하지 않았다. 오히려 그것은, 중학생들이 흔히 재미로 그러듯이, 생각지도 알지도 못하는 사이에 내 쪽에서 정전기를 일으킨 그러자 문득, 이제까지 오랫동안 의식한 적도 없었던 콩브레에서의 꾸밈없고 사소한 일들이 저절로 팔랑팔랑 뛰어오르며 줄줄이 잇따라서, 자력이 생긴 붓끝에 걸리며 차례로 파르르 떠는 회상의 긴 사슬 모양이 되었다.

사물은 그것을 바라본 사람의 눈에 뭔가를 간직하며, 역사적 건물이나 그림은 여러 세기에 걸쳐서 숱한 찬미자의 애정과 관조(觀照)가 짜낸 다감한 베일을 쓰고서 우리 앞에 나타난다고, 신비를 좋아하는 사람들은 믿고 싶어한다. 그런 망상도 각자에게 유일한 실재인 영역, 그 사람의 고유한 감수성의 영역으로 옮긴다면 진실이 될 것이다. 그렇다. 이 뜻에서, 오로지 이 뜻에서(하지만 이 뜻도 예상외로 넓지만) 우리가 전에 바라본 사물을 다시 바라볼 수 있다면, 지난날 거기에 쏠린 눈길과, 그때 그 눈길을 채웠던 모든 심상을 되찾을 수 있을 것이다. 곧 사물은—이를테면 그것이 어디에나 흔히 있는 빨간 표지를 씌운 책 한 권일지라도—먼저 우리 눈에 띄면, 곧장 우리 속에서 그때의 모든 염려나 감동과 성질이 똑같은 어떤 비물질적인 것이 되어, 그러한 감정과 완전히 하나가 된다. 전에 어떤 책에서 읽은 어떤 이름은, 음절 사이에, 그 책을 읽던 무렵 불던 강한 바람이라든가 화창한 햇살 따위를 품고 있다. 그러므로 '사물을 묘사'하는 걸로 만족하고 사물의 선과 면의 빈약한 목록을 만드는 걸로 만족하는 문학은, 사실주의라고 불리지만 현실과는 가장 거리가 먼 것이고, 우리를 메마르게 하며 비관론에 빠지게 하는 문학이다. 왜냐하면 그런 문학은 사물의 정수를 간직하고 있는 과거와, 또 사물의 정수를 새삼 음미케 하는 미래와 현재의 자아와의 모든 통로를 난폭하게 끊어버리기 때문이다. 예술이라는 이름으로 불릴 만한 예술이 표현해야 할 것은 다름 아닌 이러한 정수이다. 그리고 비록 그 일에 실패할지라도 또한 그 무력감에서 하나의 교훈을 끌어낼 수 있다(반대로 사실주의에서는 어떤 교훈도 끌어낼 수 없다). 곧 그 정수라는 것이 조금 주관적이라서 남에게는 통하지 않는다는 가르침을.

게다가 어떤 시기에 본 사물이나 읽은 책은 그때 우리 주위에 있었던 것하고만 영원히 연관되어 남는 것이 아니라, 그즈음 우리의 상태와도 충실하게 맺어져 있다. 그것은 그때의 우리 감수성이나 사고, 인격을 통해서만 돌이켜볼 수 있다. 내가 서재에서 《프랑수아 르 샹피》를 손에 들면, 금세 내 속에서 한

＊1 원문은 électriser이니, '충전시키다' '감격시키다'라는 동사. 따라서 '내' 쪽에서 '감격한'이라고 번역할 수도 있음.

3040 잃어버린 시간을 찾아서

어린이가 일어나 내 자리를 차지한다. 그 소년만이 《프랑수아 르 샹피》라는 표제를 읽을 권리를 가지고 있다. 그는 그때 뜰 안의 날씨와 똑같은 인상, 온갖 고장과 생활에 대해 그 무렵 품었던 꿈, 내일에 대한 불안을 느끼면서 이 책을 읽는다. 만약 내가 다른 시대에 속하는 사물을 다시 본다면 이번에는 한 젊은 이가 일어설 것이다. 오늘의 나 자신은 버려진 채석장에 불과하며, 모두가 거기에는 비슷비슷한 단조로운 석재밖에 없는 줄 안다. 그러나 하나하나의 추억은 그곳에서 그리스의 조각가처럼 헤아릴 수 없는 상을 새겨넣는다. 우리가 다시 보는 사물 하나하나가 모두 그렇다고 나는 말하련다. 왜냐하면 책은 물건으로서 그런 작용을 하며, 그 책을 펼칠 때의 느낌, 종이의 결까지도 그 속에 하나의 추억을 간직하는 힘이 있어서, 지난날 베네치아에 대한 내 상상, 거기에 가고픈 욕망 같은 것에 대한 추억을 눈으로 보는 것 못지않게 생생히 간직하고 있기 때문이다. 아니, 오히려 그 이상으로 생생하게 간직하고 있을 수도 있다. 아무개를 돌이켜볼 때, 그 사람을 마음속으로 생각할 때보다 오히려 사진을 앞에 두었을 때가 더 거북하듯 책 자체의 글이 방해가 될 수도 있기 때문이다. 사실, 내가 어린 시절에 읽었던 숱한 책들—슬프게도 베르고트의 경우에도 어떤 것은 그러한데—피곤한 밤에 그것을 다시 손에 드는 일이 있기는 하지만, 그것은 갖가지 사물의 환상을 안고 옛날 분위기를 마시면서 쉬고 싶은 소망에서 열차에 오르는 것과 비슷한 욕구에 지나지 않는다. 하지만 이렇게 추구하는 환기(喚起)작용은 책을 오래 읽으면 오히려 방해받는 법이다. 베르고트의 작품 중에도 그런 책이 하나 있었다(게르망트 대공의 서재에도 간직되어 있는 그 책에는 지극히 아첨하는 저속한 헌사가 씌어 있었다). 지난날 질베르트를 만날 수 없는 겨울날이면 구석구석까지 읽어버리곤 했건만, 그때 그처럼 좋아하던 대목을 이제는 다시 찾으려 해도 도저히 찾을 수 없다. 어떤 낱말이 그런 대목을 생각나게 할 법도 하건만 그것도 불가능하다. 한때 내가 발견했던 아름다움은 어디로 갔는가? 하지만 책 자체에는 그것을 읽던 날 샹젤리제를 뒤덮었던 눈(雪)이 사라지지 않아, 나는 언제까지나 그 눈을 볼 수 있었다.

그래서 만약 내가 게르망트 대공처럼 애서가가 되고 싶었다면, 어떤 유별난 방법, 곧 책 본디의 가치와는 별개의 아름다움을 가볍게 보지 않는 방법, 이를테면 애서가가 그 책에 대하여 어떤 서고들을 거쳐왔는가를 알거나, 어느 사건의 계기로 어느 군주가 어느 유명 인사에게 선사했다는 유래를 알거나, 경매에서 경매로 건너간 그 책의 내력을 더듬어 찾아내는 그런 아름다움을 찾는 방법을 택했을 것이다. 나에게 책은 그런 역사적인 아름다움을 지니고 있다. 그러나 나는 그런 아름다움을 내 생활 역사에서 찾아낸다. 나는 시시한 호사가가 아니다. 게다가 그런 아름다움을 연관시키는 것은 흔히 물질적인 인쇄본에 대해서가 아니라 작품 그 자체에 대해서이며, 콩브레의 내 작은 방에서 밤중에 첫 명상에 잠겼던 그《프랑수아 르 샹피》에 대해서이다.―그것은 아마도 내 평생에 가장 감미롭고도 슬픈 밤이었으리라. 또 그 방이야말로, 아아!(신비에 둘러싸인 게르망트네 사람들이 도저히 다가갈 수 없는 존재로 여겨지던 시절이었다) 부모님에게서 처음으로 양보를 얻어낸 것이며, 그날부터 내 건강과 의지가 약해지고, 하기 힘든 일에 대한 단념이 날로 심해졌다고 할 수 있다―그《프랑수아 르 샹피》가 바로 게르망트네 서재에서 다시 발견되었다. 오늘이라는 이 가장 근사한 날, 내 사고의 오랜 모색뿐 아니라, 생애의 목적과 어쩌면 예술의 목적까지도 갑자기 내 앞에 환히 비쳐진 이 찬란한 날에.

사실 낱낱의 책 형태에도 생생한 의미가 있다면 나도 흥미를 느꼈을 것이다. 내게 있어 어떤 저작물의 초판이 다른 판보다도 귀중하게 되려면, 그 초판이 내가 처음으로 그 저작을 읽은 판이라는 뜻이 있어야만 한다. 내가 초판본을 찾는다면, 그것은 그 초판본에서 고유한 인상을 받았다는 뜻이다. 왜냐하면 그 이후의 인상은 이미 고유하지 못하기 때문이다. 소설을 수집한다면 나는 오래된 장정본을 모을 것이다. 내가 처음으로 소설을 읽던 시대의 장정, 아버지가 나에게 그처럼 귀 아프게 '몸을 꼿꼿이 펴라'고 했을 때의 장정을 수집하리라. 처음 만났을 때 여자가 입었던 옷처럼, 그런 장정은 그 무렵 내가 품었던 사랑이나, 내가 본디대로 되찾으려고 그 위에 수많은 심상을 겹쳐놓아서 나날이 정이 식어간 아름다움을 되찾는 데 도움이 되리라. 지금의 나는 이미 그때의 아름다움을 보던 내가 아니다. 그때의 나는 알고, 지금의 나는 조금도 모르는 그런 것을 불러내려면 지금의 나도 그때의 나에게 자리를 내주어야만 한다. 그러나 내가 유일하게 이해할 수 있는 이런 의미에서 보아도, 나는 역시 애서가가 되고 싶지는 않다. 그러기에는, 사물에는 정신이 파고 들어갈 수많은 구멍이 뚫려 있어서 정신을 흡수해버린다는 사실을 나는 너무나 잘 알고 있다.

그러므로 만약 내가 서재를 마련한다면 그것은 더욱 큰 가치를 지니리라. 왜냐하면 지난날 콩브레나 베네치아에서 읽은 책은 이제 내 기억을 통해 생틸레르 성당, 눈부신 사파이어를 박은 대운하 옆에 있는 산조르조 마조레 대성당 밑에 정박시킨 곤돌라를 나타내는 폭넓은 색채화로 장식되어, 저 '그림 든 호화본'답게 될 테니까. 그것은 말하자면 삽화로 아름답게 꾸며진 성서와도 같아서, 애호가가 본문을 읽기 위해 펼치는 책이 아니라 푸케(Fouquet)*¹와 맞먹을 어떤 거장이 손질한, 이 책이 지닌 가치의 전부인 채색에 다시 한 번 심취하기 위해 펴보는 책이다. 그렇기는 하나 전에 읽은 그런 책을, 그즈음에는 그 책에 장식되어 있지 않던 심상을 바라보기 위해서만 지금 펼치는 일도 나에게는 아직 위험스러워 보여서, 내가 이해할 수 있는 이런 유일한 의미에서도, 더더욱 애서가가 되고픈 마음은 안 들었을 것이다. 정신이 남긴 그런 심상이 다시 정신에 의해서 얼마나 쉽사리 지워지는가를 나는 잘 알고 있다. 오래된 심상을, 정신은 새로운 것으로 바꿔놓지만 새로운 심상은 이미 똑같은 재생력이 없다. 그러므로 할머니가 내 생일선물로 준 책 꾸러미에서 어느 날 밤 어머니가 꺼낸 그 《프랑수아 르 샹피》를 아직 내가 가지고 있다 해도, 나는 결코 그것을 보지 않을 것이다. 거기에 오늘날의 내 인상이 조금씩 천천히 넣어지는 걸 보기가 너무나 겁나고, 또 콩브레의 작은 방에서 그 표제를 헤아려 읽는 어린이를 다시 한 번 불러내달라고 그 책에 청해도, 그 어린이는 이미 그 책의 목소리를 못 알아듣고, 불러도 대답 없이 영원히 망각 속에 묻혀버리고 말 정도로, 그처럼 그 책이 현재의 것이 되고 마는 꼴을 보기가 너무나 겁날 테니까.

대중예술이라는 관념은 해롭지 않더라도 애국적 예술이라는 관념만큼이나 내 눈에는 우스꽝스러워 보였다. 예술을 대중과 친근한 것이 되게 하는 일이 문제일 경우, '한가한 사람에게 알맞은' 그 형식적 세련이 늘 희생당하게 마련이다. 그런데 나는 사교계 사람과는 상당히 사귀어와서, 참말로 교양 없는 자는 사교계 사람들이지, 전기공들이 아니라는 점을 잘 알고 있었다. 이런 점에서 보아 형식 면에서 통속적인 예술은 노동 총동맹 회원들이 아니라 오히려 자키 클럽 회원들에게 어울리는 것이라 하겠다. 또 주제를 놓고 말하면, 아동도서가 어린아이들을 싫증나게 하는 것처럼 대중소설은 대중을 야비하게 만

---

*1 프랑스 르네상스의 대표적인 화가(1420~79).

든다. 우리는 책을 읽음으로써 기분을 바꿔보고자 하며, 귀공자가 노동자에 호기심을 갖듯이, 노동자도 귀공자에게 관심을 보인다. 세계대전 초기에 모리스 바레스 씨는, 예술가(여기서는 티치아노를 가리키지만)라면 무엇보다도 먼저 조국의 영광에 이바지해야 한다고 말했다. 그러나 예술가는 오로지 예술가로서밖에, 곧 '예술'의 여러 법칙을 규명하거나, 실험을 시도하거나, 또 '과학'상의 발견 못지않게 미묘한 발견을 하거나 하는 순간, 그 눈앞에 있는 진리 말고 다른 어떠한 것도—설사 조국일망정—결코 생각하지 말아야 한다는 조건에서밖에 조국의 영광에 이바지할 수 없다. 대혁명 시대의 모든 화가 이상으로 프랑스의 이름을 높인 바토와 라 투르(La Tour)의 작품을 파괴하지는 않았지만, '애국심'에서 그것을 업신여기던 혁명가들의 찡그린 얼굴을 흉내내진 말자. 만약 사람들의 자유 선택에 맡긴다면, 다정다감한 심정을 지닌 이는 아마도 해부학을 선택하지는 않을 것이다. 코델로스 드 라클로로 하여금 《위험한 관계》를 쓰게 한 것은, 그의 후덕한 착한 마음씨(이것은 매우 컸지만)가 아니고, 또 플로베르로 하여금 《보바리 부인》이나 《감정 교육》 같은 주제를 택하게 만든 것도 대부르주아나 소부르주아에 대한 그의 흥미가 아니다. 어떤 사람들은 대전 직전에 이 전쟁이 곧 끝날 거라고 예언한 사람들처럼 바쁜 시대의 예술이란 간결할 거라고 말했다. 그렇다면 철도가 유유히 두루 구경하는 재미를 빼앗아버렸다고 할 수 있지만, 그렇다고 합승마차가 다니던 시대를 그리워한들 소용없는 노릇이다. 그런데 지금은 자동차가 합승마차 구실을 다하고 있어서, 한동안 거들떠보지도 않던 성당으로 유람객들의 발길을 멈추게 한다.

삶에서 마주치는 이미지들은 알고 보면 그 순간에 가지각색의 감각을 우리에게 가져다준다. 이를테면 전에 읽은 책의 표지를 보자. 그 제목의 글자 속에 지금은 멀리 가버린 여름밤의 달빛이 스며있다. 이른 아침에 마시는, 마치 엉긴 우유처럼 주름 잡힌 새하얀 크림빛 사기 찻잔에 담긴 밀크커피의 맛은, 희미하게 밝기 시작하는 어스름 속에서 우리에게 자주 미소를 보내던 그 화창한 날씨에 대한 어렴풋한 희망을 준다. 그때의 한 시간은 그냥 한 시간이 아니다. 그것은 향기, 소리, 계획, 기후 등으로 가득 차 있는 항아리이다. 우리가 실재라고 부르는 것은, 우리를 동시에 둘러싸는 이러한 감각과 추억 사이에 있는 어떤 관계,—영화의 영사에서는 금세 없어지는 관계, 왜냐하면 영화는 진실에 다가가려고 하면 할수록 도리어 진실로부터 멀어지니까—작가가 자기 문장 속에서 서로 다른 이 두 요소를 영원히 사슬로 이어매고자 찾아내야 하는 유일한 관계이다. 그려지는 장소에 나타나는 사물을 하나의 묘사 속에서 연달아 끝없이 나오게 할 수 있다. 그러나 진실이 나타나기 시작하는 것은, 작가가 각기 다른 두 대상을 골라잡아 그 관계—과학계에서 유일한 관계인 인과율과 닮은 예술 세계에서의—를 설정하여, 그 두 대상을 아름다운 문체라는 없어서는 안 될 고리 속에 가두는 경우라든가, 또는 인생과 마찬가지로 두 감각에 공통된 특질을 비교하면서 작가가, 이들 감각을 시간의 우발성에서 벗어나게 하기 위해, 두 감각을 서로 은유법 속에 결합시켜 공통된 정수를 끌어내는 경우뿐이다. 이 관점에서 보면, 자연 자체도 나를 예술의 길로 들어서게 한 게 아닐까? 자연이야말로 예술의 시초가 아닐까? 왜냐하면 자연은 나중에 가서야 비로소 다른 어떤 사물을 통해서만 한 사물의 아름다움을, 이를테면 나로 하여금 종소리를 통해 콩브레의 정오를, 온수난방장치의 딸꾹질 소리를 통해 동시에르의 아침을 알아차리게 했기 때문이다. 이런 관계는 그다지 흥미를 끌리도 없으며, 대상은 평범하고 문체는 서툴지도 모르지만, 이 관계를 빼면 아무것도 일어나지 않는다.[*1]

어디 그뿐인가. 만약 실재가 각자에게 거의 똑같은 이 같은 경험의 찌꺼기라고 한다면(왜냐하면 우리가 날씨가 나쁘다든가, 전쟁이라든가, 주차장이라든가, 밝은 조명의 식당이라든가, 꽃이 활짝 핀 정원이라는 말을 할 때에, 그 뜻은 누구나 다 알고 있기 때문이다), 또 만약에 실재가 그 정도의 것이라고 한다면 아마 이러한 사물을 촬영한 영화 필름만으로도 충분할 테고, 이미 알고 있는 단순한 사물과는 먼 '문체'나 '문학'은 인공적인 오르되브르[*2]가 될 것이다. 그런데 과연 실재란 그런 것인가? 무언가가 우리에게 어떤 강한 인상을 주는 순간이 있다. 이를테면 비본 내의 다리를 건널 때 수면에 비치는 구름 그림자를 보고 기쁜 나머지 깡충 뛰면서 "제기랄, 제기랄!" 외쳤던 그날같이, 또는 베르고트의 문장을 들으면서 나 자신이 받은 인상이 모두, 물론 이 인상이 그다지 어울리는 것은 아니었지만, "야아, 기막힌걸" 하던 때같이, 또는 심술궂은 짓에 화를 낸 블로크가 그 야비한 사건과는 도무지 어울리지 않는 "그런 짓을 하다니, 아, 아, 아주 엄청난걸" 하고 말했을 때같이, 또는 게르망트네에서 융숭한 대접

*1 중복되므로, 이하 약 8행 정도 생략—플레이아드판 주.
*2 식사 전에 나오는 간단한 요리. 전채(前菜). 애피타이저.

을 받고 마음이 느긋해진 내가 대접받은 술에 거나하게 취해서 그들과 작별한 뒤에 작은 소리로 "과연 훌륭한 사람들이야. 같이 지내면 얼마나 즐거울까" 혼잣말했을 때에도, 실제로 마음속에 일어난 것을 확인하고자 했다면 나는 분명 깨달았으리라. 이러한 인상을 표현하려면, 이 본질적인 책, 유일한 참된 책은 이미 우리 속에 있으므로, 위대한 작가는 예사로운 의미로 그것을 지어낼 필요가 없으며, 다만 그것을 옮겨놓기만 하면 된다고. 생각하건대, 작가의 의무나 노력은 바로 번역자의 그것이다.

그런데 자존심 때문에 부정확해진 말의 경우, 마음속으로 하는 간접화법(처음의 중심이 되는 인상에서 더욱더 멀어지는 발언(發言))을 첫인상에서의 그 바른 말과 일치되는 점까지 교정하는 일은 우리의 게으른 마음이 낯을 찡그릴 만큼 곤란한 일이며, 다른 한편 사랑으로 인한 부정확한 발언의 경우에도 이와 똑같은 교정은 고통이 된다. 우리는 겉으로는 냉담한 척하고, 우리 스스로도 하고 있는 거짓말과 똑같은 아주 자연스러운 상대방의 거짓말에 분개한다. 한마디로, 우리가 불행해지거나 배신당할 적마다, 오직 사랑하는 상대에게 말할 뿐만 아니라 그 상대를 만나기 전까지 우리 자신을 향해서도, 때로는 소리 높여 "암, 이 따위 짓은 용서할 수 없어"라느니 "나도 마지막으로 딱 한 번만 당신을 만나고 싶었어. 그야, 나도 괴롭지 않은 건 아냐" 같은 말들을 방 안의 정적을 깨면서 끝도 없이 지껄인다. 이러한 모든 것은 진실에서 멀리 떨어져 있지만, 그것을 실제로 느낀 그 진실로 다시 끌어오는 일은 우리가 가장 집착했던 모든 것을 버리는 일이다. 곧 어떤 편지를 쓸까, 어떤 방법으로 쓸까 고심하면서, 자기 자신과 마주 앉아 나눈 그 정열 넘치는 모든 대화를 버리는 일이다.

예술의 기쁨, 내면의 인상에서 비롯된 이 예술적인 기쁨 속에서조차도 우리는, 바로 그 인상 자체는 표현할 수 없는 것으로 보고 되도록 빨리 옆으로 내던지려고 들거나, 또는 표면적인 즐거움을 주는 것에만 매달린다. 그 즐거움은, 쉽게 이야기 상대가 될 성실은 다른 예술 애호가들에게 전달되는 것처럼 보인다. 왜냐하면 이 경우에 우리는 고유한 인상이라는 개인적인 기반을 없애버리고, 그들에게나 우리 자신에게나 똑같은 것만을 말하기 때문이다. 우리가 자연이나 사회나 연애나 예술 등에 대해서 가장 무관심한 방관자일 경우에도, 모든 인상은 두 겹이라서, 절반은 대상의 꼬투리 속에 싸여 있고, 나머지 절반은 우리만이 알아볼 수 있는 우리 자신의 마음속에까지 이어져 있다. 그러므로 우리는 자연히 이 후자를 대수롭지 않게 여기지만, 그것이야말로 우리가 집착해야 할 유일한 것이다. 그런데도 우리는 바깥에 있으므로 깊이 파고들 필요가 없으며, 따라서 우리가 조금도 수고할 필요가 없는 다른 절반만을 고려한다. 짧은 악절이나 성당을 바라볼 때 우리 마음속에 팬 조그만 도랑을 알아차리려고 애써도 쉽게 발견되지 않는다. 어쩔 수 없이 우리는—똑바로 볼 용기 없는 우리 자신의 생활로부터의 이와 같은 도피 속에, 곧 이른바 박식 속에 숨어서—음악이나 고고학에 조예가 깊은 비전문가 못지않게 이해할 수 있을 때까지 그 교향곡을 다시 연주하거나, 성당을 다시 보러 가거나 한다.

그러므로 얼마나 수많은 이들이 자기가 받은 인상에서 아무것도 끌어내지 못하는 상태에 머물러, 예술의 독신자로서 만족을 모르는 채 덧없이 늙어 가는가! 그들은 처녀나 게으름뱅이에게서 볼 수 있는 슬픔을 품고 있으며, 이 슬픔을 치유하는 것은 창작력이 풍부한 정진이다. 그들은 진짜 예술가보다 예술작품에 열중한다. 그러나 그들이 열광하는 목표는 규명을 위한 피나는 정진이 아니므로, 그 열광은 밖으로 흘러나와서 그들의 대화에 열기를 더하고, 그들의 뺨을 끓게 한다. 그들은 자기들이 좋아하는 작품의 연주가 끝나면, "브라보, 브라보" 목청껏 외침으로써, 무슨 큰일이나 한 줄 착각한다. 하지만 이러한 감정 표현도, 그들로 하여금 자기 기호의 본질을 알기 쉽게 하지는 못한다. 그들은 자기 기호의 본질을 모른다. 그렇지만 소비되지 않은 이런 기호가 그들의 가장 조용한 대화에까지도 거슬러 올라가서, 예술 이야기만 나오면 그들은 야단스러운 손짓 몸짓이며 심각한 얼굴을 꾸미고, 쉼없이 부산스레 도리질을 한다. "한 연주회에 갔더니 ……를 연주하더군. 터놓고 말해 정말 엉망이더군. 그리고 사중주가 시작되었지. 그런데, 아 글쎄! 괴상망측하기 짝이 없더라니까(이 순간 그 비전문가의 얼굴에는 마치 '아니, 불티 아냐, 타는 냄새군, 불이야' 생각이라도 하는지 초조한 불안이 나타나 있다). 나 원 참, 들으면 울화통이 치미는데, 작곡도 어쩌나 서투른지 말이 안 나와. 하지만 재미있어. 누구나 좋아할 음악은 아니지." 그러나 이러한 눈초리를 보내기 전에는 목소리에 불안이 묻어나며, 머리를 긁거나 새로운 손짓 몸짓을 하기도 한다. 게다가 날개도 다 자라지 않은 새끼 거위가 하늘을 날고픈 마음만 가득하여 볼품없는 날개를 퍼덕거리는 우스꽝스러운 동작도 나타난다. 이러한 비전문가는 이런저런 연주회를 다니며 평생을 보내고 머리가 희끗희끗해질 때가 되어도 깐깐하고 만족할 줄 모르며, 풍족한 노년과는 거리가 먼 예술의 독신자에 지나지 않는다. 하지만 역겨운 자신의 가치를 떠들어대며 좀처럼 만족하지 못하는 이러한 보기 흉한 패거리도 심금을 울리는 무언가를 기다리고 있다. 왜냐하면 이것이야말로 다양하게 변화하는 지적 쾌락의 대상에서 결코 변하지 않는 기관으로 옮아가고자 하는 욕구의, 형태 없는 첫 번째 시도이기 때문이다.

이 비전문가들은 몹시 웃기기는 하지만, 그렇다고 해서 덮어놓고 깔보아서는 안 된다. 그들은 예술가를 창조하려는 대자연의 첫 시도와 같은 존재로서, 말하자면 현재 살고 있는 종보다 먼저 서식했으나, 오늘날까지 계속 존재할 수 있도록 만들어지지는 않았던 저 원시동물처럼 두루뭉술하고 생활력이 약하다. 이처럼 의지박약하며 결단성 없는 비전문가는, 앞으로 찾아내야 할 숨은 수단이 남아 있다 하더라도 이미 날고픈 분명한 욕망이 가득하므로, 대지에서 이륙할 수 없었던 초기의 비행기처럼 안쓰러움을 자아낸다. "여보게, 나는 말일세, 그걸 여덟 번째 들었네. 그리고 절대 이번이 마지막도 아니야." 이렇게 비전문가는 당신의 손을 잡으면서 덧붙인다. 사실 그들은 예술 속에 있는 진정한 자양분을 빨아들이지 못하기 때문에 늘 배고픔을 느끼는 허기증에 걸려 예술의 기쁨을 추구하지만 결코 만족하지 못한다. 따라서 계속해서 오랫동안 그들은 똑같은 작품에 갈채를 보내러 가는데, 이렇게 함으로써, 이사회에 출석하거나 장례식에 참석하는 사람처럼 자기 의무를 다하고, 무슨 큰일이나 하는 줄로 생각한다.

이어서 문학에서나 회화에서나 또는 음악에서도, 이와는 정반대의 작품들이 생겨난다. 사상이나 이론을 발표하고, 이를 작품화하려는 경향은 예술을 창조하는 이들에게조차도 참된 취미보다 훨씬 발달해 있으며, 이러한 경향은 문예 잡지나 신문이 늘면서부터(이와 함께 사이비 작가, 사이비 예술가도 늘었다) 더욱 널리 퍼지고 있기 때문이다. 그 결과 가장 총명하고 사리사욕에 무관심한 젊은이들도, 윤리적·사회적·종교적 영향력이 강한 작품만을 좋아하게 되었다. 그들은 다비드(David)*¹나 슈나바르(Chenavard),*² 브륀티에르 같은 사람들의 오류를 되풀이하면서, 이러한 영향력이야말로 작품 평가의 기준이라고 생각한다. 베르고트의 글 가운데 가장 아름다운 문장은 실제로 베르고트 자신에 대한 깊은 성찰의 결과물이건만, 사람들은 오직 문장이 능숙하지 않다는 이유만으로 그것을 거들떠보지도 않고 무언가 그럴듯한 의미가 있어 보이는 작가들만을 좋아했다. 베르고트의 복잡하고 미묘한 글은 오로지 사교계 인사들을 위해서 씌어진 거라고, 민족주의자들은 사교계 사람들이 듣기에는 과분한 말들을 했다. 그러나 이론에만 치우친 지식을 가지고 예술작품을 평가하려 들면 그 순간부터 모든 게 흔들리고, 제 입맛대로가 된다. 재능의 실체는 모두의 재산이요 보편적인 취득물이라, 무엇보다도 관념과 문체의 겉모양 이면에 있는 그 존재를 확인해야 하는데, 평론은 겉모양에만 현혹되어 그것으로만 작가의 등급을 매긴다. 평론은, 아무런 새로운 사명도 내세우지 않은 작가라도, 그저 그가 자기보다 앞선 유파를 단호한 어조로 공공연히 경멸하면 예언자로 떠받든다. 이처럼 평론은 끊임없이 착오를 되풀이하므로, 작가는 대중에게서 평가받아야 한다고 생각하게 된다(다만 대중이 모르는 분야에서 예술가가 어떠한 탐구를 시도했는지를 대중이 이해할 수 있는 경우라야 한다). 왜냐하면 직업적 평론가의 천박한 객설이나 변덕스러운 기준보다는 오히려 대중의 진솔한 본능이 다른 모든 것이 지워진 침묵 속에서 본능적으로 또렷이 들려오는 저 위대한 작가의 재능과 더 유사성을 보이기 때문이다.

그들의 부질없는 입씨름은 10년 주기로 바뀐다(왜냐하면 만화경을 이루는 요소는 단순히 사교계뿐만 아니라 사회적·정치적·종교적 사상까지를 포함하며, 이러한 사상은 한동안 수많은 대중에 의해 굴절되어 확산되지만, 그럼에도 기껏해야 그 사상의 새로움을 입증하는 데 그다지 관심이 없는 사람들이나 솔직해할 만큼 피상적인 수준을 벗어나지 못하기 때문이다). 그리하여 당파나 유파가, 그 주위에 언제나 비슷비슷한 사람, 곧 가치를 판별할 때 세심하고 까다로운 정신이라면 경계하기 마련인 열광에 휘둘려 어쩌할 바를 모르는 고만고만한 지성을 가진 사람들을 그러모으면서 잇따라 생겨났던 것이다. 불행하게도 이들 반거들충이들은 자신의 부족을 채워야 할 필요를 느낀 끝에, 부산스럽게 활동

---

*1 프랑스의 화가(1748~1825). 나폴레옹 궁정(宮廷) 화가.
*2 프랑스의 화가(1807~95).

하면서 탁월한 정신이라도 되는 양 자신을 포장함으로써 대중을 끌어당기고, 자기 주위에 헛된 명성이나 부당한 모멸뿐만 아니라 내란이나 전쟁까지도 일으킨다. 그들에게 왕당파의 관점에서 본 자기비판이 조금만이라도 있었더라면 이러한 일은 벌어지지 않았을 것이다.

그런데 한 거장의 아름다운 사상이 완전히 올바른 정신이나 진정으로 살아 있는 마음에 주는 기쁨을 고찰하건대, 그것은 의심할 여지없이 아주 건전한 것이다. 그러나 그것을 진실로 맛보는 사람이 아무리 귀중할지라도(20년 동안에 이런 사람이 과연 몇이나 있을까) 이와 같은 기쁨은 결국 그들로 하여금 남을 완전히 의식하게 할 따름이다. 이를테면 어떤 사나이가 오로지 자기를 불행하게 만드는 능력밖에 없는 여자의 사랑을 얻기 위하여 수년간 온갖 노력을 기울였으나, 아무 보람도 없이 그 여자에게서 단 한 번의 밀회 약속조차 받아내지 못했다고 하자. 그가 자기 고뇌와 가까스로 헤쳐온 위험을 표현할 생각은 하지 않고, 라 브뤼에르의 "남성은 흔히 사랑하고 싶어하지만 그 소원을 이루지 못하리니, 그들은 자기 패배를 찾아다니지만 좀처럼 그것과 만나지 못한다. 굳이 말하면 남성은 자유에 구속되어 있다"라는 감상을 '헤아릴 수 없는 낱말'이라든지 자기 생애에서 가장 비통한 추억 등으로 주석을 달면서 거듭 읽는다고 치자. 이 감상을 쓴 사람에게, 그것이 바로 이런 의미이든 아니든(이런 의미이기 위해서는 '사랑하고' 대신 '사랑받고'로 해야 할 테고, 그쪽이 훨씬 아름다울 것이다), 이 다감한 문학 애호가는 자기 마음속에서 이 감상에 생동감을 주고, 이 감상이 눈부실 만큼 빛을 내도록 거기에 의미를 채워, 다시 읽을 때마다 진실되고 아름다운 감상이라고 생각하며 기쁨에 넘치지만 그렇다고 해서 이 감상에 무엇을 덧붙이는 것은 아니고, 그것은 여전히 라 브뤼에르의 감상으로 남아 있을 따름이다.

정말로 기록문학에는 어떤 가치가 있을까? 내가 이런 말을 하는 까닭은, 기록문학에 적히는 사소한 사물의 밑바닥에야말로(이를테면 아득히 들려오는 비행기 폭음의 웅장함, 생틸레르 성당의 종탑이 그리는 장대하고 화려한 선의 느낌, 마들렌의 맛 속에 깃든 지난날 등) 실재가 포함되어 있으며, 이러한 사물은 거기에서 실재를 해방하지 않는 한 그 자체로서는 아무런 뜻도 갖지 못하기 때문이다.

우리 사고와 생활, 곧 실재를 이루는 것은 천천히 기억에 의하여 보존된 하나로 이어지는 부정확한 인상의 사슬이지만, 거기엔 우리가 실제로 겪은 일이 하나도 남아 있지 않다. 이른바 '체험'의 예술이란 이와 같은 허위를 재생산할 뿐이다. 이런 예술은 생활처럼 단순하고 아름답지 않으며, 우리가 눈으로 보고 이지로 확인한 것의 역겹고 허망하기 이를 데 없는 복사에 불과하므로, 그것에 골몰하는 예술가가 자기 작업을 추진하는 원동력이 될 기쁨의 불꽃을 과연 어디서 발견하는 것인지 누구나 의아해할 정도이다. 이와는 반대로 참된 예술, 노르푸아 씨 같으면 '호사가의 장난'이라고 불렀을 예술의 위대성은, 우리가 평소 멀리 떨어져 사는 ㄱ 실재, ㄱ 대신 끄집어낸 판에 박은 지식이 농도와 불침투성을 더해감에 따라서 더욱더 멀어지는 그 실재를 재발견하고 재파악하여 우리에게 인식시키는 데 있다. 그리고 그것을 한 번도 알아차리지 못한 채 죽을 가능성이 많은, 그런 실재야말로 우리 삶 자체이다.

참된 삶, 끝내는 발견되고 밝혀지는 삶, 따라서 실제로 살아온 유일한 삶, 이것이 문학이다. 어떤 의미로는 예술가와 마찬가지로 온갖 사람들 의식 속에 순간마다 깃들어 있다. 그러나 그들은 이 삶을 보지 못하는데, 예술가가 아닌 그들에게는 그것을 밝혀내려는 의지가 없기 때문이다. 그래서 그들의 과거는 지성이 그 건판(乾板)들을 '현상'하지 않기 때문에 쓸모없는 무수한 건판으로 뒤죽박죽이 되어버렸다. 그것은 우리 삶이며 남의 삶이기도 하다. 왜냐하면 화가에게 색채가 그렇듯이 작가에게 문체란 기술의 문제가 아니라 통찰력의 문제이기 때문이다. 문체는, 이 세계가 우리 앞에 나타나는 형태에서 볼 수 있는 질적인 차이, 만약 예술이 없었다면 저마다의 영원한 비밀로 남게 될 그 차이를 드러내며, 직접적인 의식적 방법으로 드러낼 수는 없다. 우리는 오직 예술에 의해서만 우리 자신으로부터 벗어날 수 있고, 우리 눈에 비치는 바와는 다른 우주, 달세계 풍경처럼 우리가 끝내 모르고 말았을 남이 본 우주를 알 수 있다. 예술 덕분에 우리는, 오직 하나인 우리 자신의 세계만을 보는 게 아니라, 수많은 세계를 보고, 또 독창적인 예술가가 많으면 그만큼 우리 뜻대로 되는 더 많은 세계, 무한 속에 빙빙 도는 숱한 세계 이상으로 서로 다른 세계를 갖게 된다. 이런 세계에서는, 그 발광체의 중심(설사 그것이 렘브란트라고 불리건, 페르메르라고 불리건)이 꺼지고 난 몇 세기 뒤까지도 우리에게 특수한 광선을 보내온다.

물질·경험·언어 밑에 뭔가 다른 것을 보여주기 위한 예술가의 이와 같은 작업은, 우리가 우리 자신에게 등을 돌리고 살아가는 때에, 자존심이나 정열이나 이지나 습관 등이 우리 마음속에서 정반대의 일을 수행하도록 해준다. 우리에게서 참된 인상을 덮어 감추기 위해 그 인상들 위에 판에 박은 말이나 실제적인 목적 등을 쌓아올리는데, 우리는 그것을 잘못 알고 삶이라 부르는 것이다. 요컨대 매우 복잡한 이 예술이야말로 살아 있는 유일한 예술이다. 이 예술만이 우리 고유의 삶을, 이 '관찰'할 수 없는 삶을 남을 위해서 표현하고, 우리 자신에게도 보여준다. 관찰되는 겉모습은 번역해야 하고, 간혹 거꾸로 읽어야 하며, 애씀 끝에 헤아려봐야 한다. 참된 예술이 우리의 자존심, 정열, 모방심, 추상적인 예지나 습관이 완성한 작업을 깨뜨려버릴 것이다. 참된 예술은 우리를 반대 방향으로 걷게 하고, 실제로 존재했던 것이 우리 모르게 누워 있는 깊은 속으로 돌려보내리라.

물론 참된 삶을 재창조하고 인상을 새롭게 한다는 것은 커다란 유혹이다. 그러나 이와 같은 작업엔 온갖 용기가, 때로는 감정에 좌우되지 않는 용기마저 필요하다. 왜냐하면 무엇보다도 소중히 여기던 환상을 지워버리고, 스스로 공들여 만들어낸 것의 객관성에 대한 믿음을 버려야 하기 때문이다. 또한 '그녀는 매우 사랑스러웠다'는 말을 백 번이나 되풀이하며 자신을 달래는 대신, 반대로 '나는 그녀를 안고 쾌락을 느꼈다'고 꿰뚫어 읽어내야 하기 때문이다. 아닌 게 아니라, 내가 연애 시절에 느꼈던 점은 남자라면 다 똑같이 느끼고 있다. 사실 누구나 다 느끼기는 하지만, 그들이 느낀 바는, 램프 앞으로 가져가지 않으면 그저 검기만 한 건판, 그 자체도 뒤집어서 보아야 하는 건판과 닮았다. 이지에 가까이 가져가지 않으면 그것이 무엇인지 모른다. 그러므로 이지로 비추고 지적으로 다루었을 때, 비로소 사람은 지난날에 느꼈던 것의 모습을 가까스로 분간한다.

그렇지만 나 또한 내가 처음으로 질베르트에 대해서 경험했던 그 고통, 사랑을 일으키게 한 상대와는 관계없다는 그 고통은, 수단으로서 부차적으로 유익하다고 이해했다(왜냐하면 아무리 우리 삶이 짧다 할지라도, 쉴 새 없이 반복되며 변하기 쉬운 충동에 희롱당하는 우리 사념이 여러 법칙에 지배받는 무한한 공간—조용한 행복이 이 세계를 단조롭게 만들어 너무 낮은 수준에 버려두므로, 위치 나쁜 창가에 있는 우리는 바라볼 수도 없는 그 무한한 공간—을 우리로 하여금 그나마 물결이라도 바라볼 수 있도록 폭풍이 불 때처럼 높여줄 때까지, 우리는 오로지 참고 견뎌야 하기 때문이다. 어쩌면 이 충동은 오직 몇몇 천재에게만은 별다른 고뇌의 격동을 주지 않고도 존재하는지도 모른다. 우리가 즐거운 작품의 활달하고도 균형 잡힌 전개를 보면서 얻는 기쁨으로 미루어 지나치게 삶의 기쁨을 상상하는 경향이 없다고 확실히 말하지는 못하지만, 반대로 삶은 끊임없는 고뇌로 가득 차 있었을 수도 있다). 그러나 우리 사랑이 오직 질베르트 한 사람에게만 향해 있지 않은 까닭은(그것이 우리를 그토록 괴롭혔지만), 우리 사랑이 또한 알베르틴에 대한 것이기 때문이 아니라, 우리 속에서 잇따라 죽어가는 숱한 자아—이기적으로 우리 사랑을 잃지 않으려 애쓰는 숱한 자아들—보다도 한층 지속적인 우리 영혼의 일부분이기 때문이다. 이와 같은 우리 영혼의 일부분은, 그것이 아무리 우리에게 아픔을 줄지라도(도움이 되기는 하지만), 연인 한 사람 한 사람에게서 몸을 빼내어 사랑의 보편성을 회복하고, 잇따라 생기는 우리 자아 가운데 하나에 스며들려고 하는 어떤 여성이 아니라 모든 사람에게, 보편적인 정신에게 이 사랑과 사랑의 이해를 주게 된다.

나는 나를 둘러싸고 있는 보잘것없이 작은 표징(게르망트네 사람들, 알베르틴, 질베르트, 생루 등등)에도, 습관 때문에 잃어버리고 만 뜻을 되찾아주어야 했다. 우리가 실재에 한번 다다르면, 그 실재를 표현하고 유지하기 위해 그것과는 다른 것, 습관이 부랴부랴 마구잡이로 가져다주는 것을 멀리해야 한다. 그러므로 나는 무엇보다도 다음과 같은 말을 멀리한다. 정신보다도 오히려 입술이 고른 말씨, 대화할 때 쓰는 유머 넘치는 말씨, 또 남과 오랫동안 이야기하고 나서 이번에는 자기 자신에 대하여 짐짓 점잔을 빼며 이야기할 때의 말씨, 정신을 거짓말로 꽉 채우는 말씨이다. 이런 말씨를 베낄 정도로 전락한 작가의 얼굴에는 미소나 찌푸린 표정이 어리고, 그것이 이를테면 생트뵈브 같은 작가가 지껄인 문구를 끊임없이 변질시킨다. 이와는 달리, 진정한 책은 대낮의 빛이나 쓸데없이 많은 말의 산물이 아니라 어둠과 침묵의 산물이어야 한다. 그리고 예술은 인생을 정확하게 재구성하니까, 인간이 자기 자신 가운데서 다다른 진실 주위에는 언제나 시적 분위기가 감돌고, 우리가 거쳐야만 했던 어스름이 남긴 신비로운 향기가 그윽하여, 심도계(深度計)로 잰 듯이 정확하게 표시된 작품의 깊이가 뚜렷이 나타날 것이다(왜냐하면 이러한 깊이는 공리주의적 유심론을 따르는 소설가들이 믿고 있듯이 어떤 주제에는 고유한 것이 아니기 때문이다. 그들이 그렇게 생각하는 이유는 가상세계의 피안에 내려설 수 없기 때문이니, 그들의 고상한 의도와는 달리 마치 최소한의 친절마저도 보이려 하지 않는 사람이 흔히 늘어놓는 그 나무랄 데 없는 장광설과 똑같으며, 그들에게는 모방에 의하여 갖게 된 저속한 모든 형식을 물리칠 만한 정신력조차 없다는 사실을 우리에게 드러낼 수밖에 없는 것이다).

이지가─가장 뛰어난 정신의 지성─눈앞의 빛 한가운데에서 따오는 진실로 말하면, 그 가치는 매우 크다. 그러나 그러한 진실에는 메마른 윤곽이 달라붙어 있으므로 단조롭고 깊이가 없다. 왜냐하면 거기에는 진실에 다다르기 위해서 넘어야 할 깊이가 없을 뿐만 아니라, 그러한 진실은 재창조된 것도 아니기 때문이다. 흔한 일이지만, 이처럼 신비로운 진실이 이미 작가의 내부 깊숙이 나타나지 않게 되어버리면, 어느 나이가 지난 뒤로 그는 더욱 힘을 얻기 시작한 자기 지성에만 의지하여 글을 쓰게 된다. 그런 까닭에, 그들이 장년기에 쓴 책에는 청춘기를 넘어서는 힘은 있으나, 이미 그때의 벨벳 같은 감촉은 없다.

하지만 나는 지성이 현실에서 직접 끌어내는 진실도 덮어놓고 무시하면 안 된다는 느낌이 들었다. 왜냐하면 그러한 진실은, 과거와 현재의 감각 모두에 공통되는 정수가 시간 밖에서 가져다주는 인상을 순수하게 보존할 수는 없을지라도, 정신적으로 포착할 수는 있을 테니까 말이다. 감각의 정수를 가져다주는 인상은 지성이 현실에서 곧바로 끌어내는 진실보다 훨씬 귀중한 것이지만, 아무래도 그런 인상이 나타나는 일이 워낙 드물기 때문에 그것만 가지고는 예술작품을 구성할 수 없다. 나는 내 몸 안에 그러한 작품을 구성하기 위해 이용할 수 있는 정열이나 성격, 품성에 대한 수많은 진실이 들이닥치는 걸 느꼈다. 이와 같은 지각은 나를 기쁘게 한다. 그런데 나는 그러한 지각 가운데 한두 가지를 괴로움 속에서 발견했으며, 다른 것은 더할 나위 없이 너절한 쾌락에서 찾아냈다는 사실을 떠올렸다.

우리를 괴롭히는 인간은 저마다 어떤 신성과 결합시킬 수 있다. 그 인간은 그와 같은 신성의 단편적인 반영이자 그 신성의 가장 낮은 품계에 지나지 않으나, 그 신성을 관념으로서 바라본다면 우리는 이제까지의 괴로움 대신 당장 기쁨을 얻는다. 살아 나가는 온갖 기술은 우리를 괴롭힌 사람들을 그 성스러운 형태에 이르게 하는 하나의 발판으로 이용하고, 그들 신성에 의하여 우리 생활을 하루하루 풍요롭게 만드는 데에 있다.

그때, 예술작품이야말로 '잃어버린 시간'을 되찾는 유일한 방법이라고 나에게 가르쳐준 그 조명만큼 찬연한 것은 물론 아니었지만, 한 줄기 새로운 빛이 내 마음속에 비쳤다. 그리고 나는 이와 같은 문학작품의 재료 모두가 나의 지나간 삶이라는 걸 깨달았다. 그 재료는 하찮은 쾌락·게으름·애정·괴로움을 통해 내게로 왔으며, 나는 그것을 쌓아두면서도, 언젠가 식물을 키우는 데 필요한 온갖 양분을 보존해두는 씨앗처럼, 그런 재료의 장래나 생존마저도 짐작하지 못했다는 걸 깨달았다. 나는 씨앗처럼 식물이 자란 뒤에는 죽어버릴지도 모른다. 그런데도 나는 문학작품을 완성해야겠다는 생각을 하면서도 막상 책상을 대하면 주제조차도 찾을 수 없었다. 그러므로 그날까지의 내 모든 생활은, '천직'이라는 제목으로 요약될지도 모르고, 생각하기에 따라서는 그렇게 안 될지도 모른다. 문학은 내 생활에서 아무런 구실도 못했다는 뜻으로서는 후자가 옳을 테고, 전자가 옳은 경우는 다음과 같은 뜻에서이다—내 생활이나 그 기쁨과 슬픔이 엇갈린 추억은, 식물의 씨눈에 저장된 배젖과도 같은 비축을 하고 있었던 것이니, 이 씨눈은 배젖 속에서 씨앗으로 변하기 위하여 양분을 빨아들이고 있다. 아직 배아가 자라는지 아닌지도 모르지만, 배젖은 이미 은밀하게나마 매우 활발한 화학적 호흡 현상을 보이는 장소인 것이다. 이렇듯 내 생활은 그것을 성숙으로 이끌어가는 것과 연결되어 있었다. 그리고 어차피 그 성숙을 양분으로 삼는 사람들은, 씨앗을 먹는 사람들과 마찬가지로 아무것도 눈치채지 못하겠지만, 이제는 그들의 양분이 된 이 씨앗이 머금고 있는 풍부한 물질은, 그 전에 먼저 씨앗에 영양을 주어 그 성숙을 가능하게 했던 것이다.

그러므로 이처럼 똑같은 비유라도 그것을 출발점으로 삼으면 거짓이 되고, 도착점으로 삼으면 진실이 되기도 한다. 문학가는 화가를 부러워하여 스케치하거나 기록하고 싶어하는데, 만일 그랬다간 문학가로서는 끝장이다. 그러나 그가 일단 글을 쓰기 시작하면, 작중인물의 어떠한 거동도, 버릇도, 말씨도, 모두 기억에 의하여 그의 창작욕에 제공되지 않은 게 하나도 없다. 작중인물의 이름 하나만 해도, 그 이름의 모델로서 실제로 본 인물 육십 명의 이름을 대지 못할 리 없다. 실제로 만난 그러한 인물들 가운데 어떤 사람은 그 찌푸린 얼굴 때문에, 어떤 사람은 외알안경 때문에, 어떤 사람은 성내는 태도 때문에, 어떤 사람은 멋스럽게 들었다 내렸다 하는 팔놀림 때문에 모델이 된 것이다. 그러므로 작가는 화가가 되려는 그 꿈이 의식적·의지적으로는 이루어지지 않았을지라도, 결국 이뤄졌다는 사실과 자기 자신도 모르게 스케치북을 만들고 있었다는 사실을 알아차린다.

왜냐하면 몸 안의 본능에 따라 움직이는 작가는 앞으로 작가가 되겠다는 깨달음을 갖기 훨씬 전부터, 다른 사람들은 주의 깊게 살피는 숱한 사물을 전혀 보지 못하기 때문에 남들에게서 멍청하다는 욕을 먹고, 스스로도 잘 듣고 잘 볼 줄 모른다고 자책한다. 그러나 그러는 동안에도 작가는 자기 눈과 귀에게, 남에게는 대수롭지 않은 사소한 일을 언제까지나 기억해두라고 명령하고 있었다. 이를테면 어떤 말을 할 때의 억양이나 누군가가 지은 표정이나 어깨를 움츠리는 모습 등을. 무척이나 오래된 일이지만 그 사람에 대해서 그것만은 기억하는 까닭은, 이미 그러한 억양은 그가 전에도 듣거나 앞으로 다시 들을 수 있으며, 계속 되풀이되고 지속될 거라고 생각했기 때문이다. 앞으로 작가가 될 사람에게는 보편적인 것에 대한 감각이 있어서, 그 감각 자체가 뒷날 예술작품 속에 넣을 수 있는 보편적인 것을 스스로 골라넣는 법이다. 왜냐하면 작가가 남의 말에 귀를 기울이는 까닭은 남이 아무리 어리석고 광적인 사람일지라도 성격이 비슷비슷한 사람들이 하는 말을 그저 앵무새처럼 반복함으로써 예언하는 새가 되고, 심리학 법칙의 대변자가 되기도 하기 때문이다. 작가는 오직 보편적인 것밖에 기억하지 않는다. 아득히 먼 어린 시절에 본 것일지라도 이러저러한 억양이라든가, 어떠어떠한 표정의 움직임이라든가, 이러이러한 어깻짓에 의해서 남의 생활이 작가 속에 표출되는 것이니, 뒷날 그가 마침내 붓을 잡을 때 그것은 그의 현실 재현에 도움을 준다. 마치 해부학자의 노트에 적혀 있는 내용처럼 정확하지만, 이 경우는 심리학적 진실을 표현하기 위해서 이용되며, 그 어깻짓 위에는 다른 사람의 목의 움직임을 갖다 붙인다. 그 여러 움직임은 순간순간 그 사람의 자세를 나타낸다, 현실을 재창조하기 위해서.

문학작품을 창조할 때, 상상력과 감수성은 바꿀 수 없는 능력이 아니다. 위가 약하면 장에게 소화를 맡기듯이, 감수성이 상상력을 대신해도 별 지장은 없다. 감수성은 풍부하게 타고났으면서도 상상력이 모자란 사람도 분명 훌륭한 소설을 쓸 수 있다. 남에게서 받는 그 사람의 고뇌와 그에 대비하는 노력, 그러한 고뇌와 잔인한 상대 사이에 생기는 갈등, 이러한 모든 것이 지성에 의하여 해석되어 상당한 책의 재료가 된다. 그 책은 상상력에서 생겨난 책처럼 아름다울 뿐더러, 작자가 자신에게만 파고들어서 행복을 느껴온 듯한 작자의 몽상과는 동떨어진, 작가 자신에게도 뜻밖인 책, 상상력의 우연한 충동에도 뒤지지 않을 정도로 의표를 찌르는 책이다.

　몸짓과 말투, 무의식적으로 나타내는 감정 등으로 보아, 바보로밖에는 보이지 않는 사람이라도, 바보 자신은 전혀 모르지만 예술가라면 그에게서 당장 어떤 법칙을 포착한다. 작가의 이와 같은 관찰을 보고 속물들은 작가를 고약한 자로 여기지만, 그건 잘못된 생각이다. 예술가는 어리석은 인물 속에서도 훌륭한 보편성을 보기 때문이다. 그가 그 관찰의 대상이 된 인물을 비난하지 않는 것은, 환자가 걸핏하면 혈액 순환에 장애를 일으킨다고 해서 외과 의사가 그를 업신여기지 않는 바와 마찬가지이다. 그래서 누구보다도 예술가는 어리석은 사람을 비웃지 않는 법이다. 딱하게도 예술가는 자기 정열에 대해서만큼은 엄격하다기보다는 차라리 참혹하다 할 정도이니, 정열의 보편성은 잘 알아도 그 정열이 불러일으키는 개인적인 고뇌에서 탈출하기란 그리 쉽지 않기 때문이다. 물론 무례한 이에게 모욕을 당하기보다는 칭찬받는 쪽이 낫고, 특히 우리가 열렬히 사랑하는 여성에게 배신당할 때에는 사태를 바로잡기 위해 무엇이고 다 버려도 아깝지 않으리라! 그런데 이와 같은 모욕에 대한 분노와 버림받은 고통은 그런 봉변을 당하지 않았더라면 결코 알지 못했을 영역이니, 이런 새로운 땅의 발견은 인간적으로 아무리 괴로울지언정 예술가에게는 귀중한 재산이다. 그래서 고약한 자들도 배은망덕한 자들도 예술가나 모델이 된 그들 본마음이야 어떻든 작품 속에 모습을 보인다. 풍자 작가는 나쁜 놈을 때려누이면서도 본의 아니게 그를 자기 명성에 연관시킨다. 어떤 예술작품에서든, 예술가가 가장 미워한 남성뿐 아니라, 그가 가장 사랑한 여성까지도 알아볼 수 있다. 뿐만 아니라 그 여성들은, 작자의 뜻과는 반대로 오로지 작자를 가장 심하게 괴롭히던 때의 모습을 그 모델로 한다. 알베르틴을 사랑하던 시절 나는 그녀가 나를 사랑하지 않는다는 사실을 잘 알고 있었다. 그리고 고뇌를 겪으며 사랑에 시달리는 게 어떠한 것인가를, 그리고 이것은 초기의 일이지만, 행복을 느낀다는 게 어떠한 것인가를 오로지 그녀에게서 경험하는 걸로 만족해야만 했었다.

　우리는 번뇌에서 보편성을 추려내어 그것에 대하여 쓰려고 할 때, 어쩌면 여기에 늘어놓은 모든 이유와는 다른 어떤 이유로 얼마쯤 위로받는다. 다른 이유인즉, 보편적으로 생각하고 쓰는 일은 작가에게는 건전하고도 반드시 필요한 작업이어서, 이 일을 해내면 마치 건강한 사람이 운동이나 땀내기나 목욕을 하고 난 뒤 그런 것처럼 작가는 행복해진다. 사실, 나는 이에 대해서는 조금 불만스럽다. 나는 인생 최고의 진리는 예술에 있다고 믿는 한편으로, 여전히 알베르틴을 계속 사랑하거나, 다시 할머니의 죽음을 애도하기 위해 필요한 추억을 기를 힘이 없다는 생각을 하고는 있지만, 그렇다 해도 그녀들이 알 리 없는 예술작품이 그녀들에게, 이처럼 비통한 고인의 운명에 유종의 미를 가져다주는 게 아닐까 하는 생각도 했던 것이다. 내 바로 곁에서 할머니가 단말마의 고통에 몸을 뒤틀며 죽어가는 모습을 나는 그토록 먼산바라기 하지 않았던가! 오, 나 따위는 작품이 완성되는 날, 그 속죄로 어떤 약도 듣지 않는 상처를 입고 오랫동안 신음하다가 아무도 돌보지 않는 가운데 죽어도 싸다! 그리고 나는 별로 친하지 않은 사람들이나 흥미가 없었던 사람들에 대해서, 또 숱한 인간의 운명—내 마음이 이해하려고 노력했음에도 결국 그러한 운명에 따르는 고뇌와 익살스러운 점만을 이용했던 숱한 운명—에 대해서도 끝없는 연민을 느꼈다. 내게 진리를 밝혀주었건만 지금은 고인이 된 그러한 사람들은 모두가 오직 나 한 사람을 위해 평생을 살다가 나를 위해서 죽은 것이 아닌가 하는 생각도 들었다.

책 속에서는 한 인간이 너무나도 사실과 꼭 같게 보여서 독자들이 내 사랑에 자기 여자에게 품었던 사랑을 그대로 갖다 맞추는 게 아닌가 하는 생각에 나는 슬펐다. 하지만 이처럼 죽은 뒤의 불성실에, 그리고 내가 품은 감정의 대상에 사람들이 모르는 여자를 대신 넣는다는 사실에 분개할 필요가 있을까? 이런 불성실이나 사랑을 숱한 여자에게 나누어주는 일은 이미 내가 살아 있는 동안에, 내가 펜을 들기 이전부터 시작된 일이 아닌가. 나는 질베르트 때문에, 다음에는 게르망트 부인 때문에, 나중에는 알베르틴 때문에 무척이나 괴로워해왔다. 그리고 차례차례로 그녀들을 잊었지만 오직 나의 연정, 저마다 다른 여성들에게 바쳐진 내 연정만이 계속해 남아왔다. 미지의 독자에 의하여 내 추억 하나가 더럽혀진대도, 그것은 이미 내가 독자보다 먼저 했던 일이다. 그렇게 생각하니 자신에게 몸서리치지 않을 수 없었다. 마치 어떤 민족주의 정당의 이름 아래 헤아릴 수 없이 많은 전투가 벌어지고, 고귀한 희생자가 전과도 모른 채 수없이 다치고 쓰러져 죽어가는데도(결과를 모르고 죽는다 함은 적어도 나의 할머니에게는 어지간히 좋은 인과응보였을 것이다) 전쟁이 그저 그 정당에게만 이익이 될 뿐이라면 그 정당은 자신에게 몸서리나지 않을 수 없듯이.

내가 마침내 창작에 손을 댔건만 할머니가 이 사실을 알 길이 없다는(이것이 바로 죽은 이의 운명이지만) 서운함에 대한 내 유일한 위안은, 할머니가 내 발전을 보고 기뻐할 수는 없을지라도, 할머니에게 그처럼 걱정거리였던 나의 무위나 실패한 삶을 의식하지 않은 지 이미 오래였다는 점이다. 그리고 할머니나 알베르틴뿐 아니라 참으로 숱한 사람들에게서 그 말투나 눈매 등을 추려내어 내 것으로 삼았지만, 그러한 사람들도 이제 개인적으로는 기억나지 않는다. 한 권의 책이란 이를테면 묘비 위의 이름이 지워져서 읽어낼 수 없는 무덤이 대부분을 차지하고 있는 커다란 묘지이다. 때로는 반대로 똑똑히 기억하는 수도 있지만, 그 경우에는 그 당사자의 무엇이 책 속에 살아남아 있는지 모르겠다. 목소리를 길게 끄는 버릇이 있던 그 옴팡눈 아가씨는 여기에 있을까? 정말 여기에 잠들어 있다면 대체 어디쯤일까? 이젠 알 길이 없다. 이 활짝 핀 꽃그늘에서 어떻게 찾는단 말인가?

하지만 우리는 하나하나의 인간과는 멀리 떨어져서 살고 있으며, 할머니나 알베르틴에 대한 내 사랑처럼 더할 나위 없이 강렬한 감정도 몇 년 뒤에는 까맣게 잊혀, 알쏭달쏭한 낱말에 지나지 않게 된다. 사랑하는 사람들이 모두 죽은 때에도, 우리는 여전히 사교계 사람들과 함께 고인들의 이야기를 한다. 그러니 만약 까맣게 잊어버린 그런 낱말을 해명해주는 수단이 있다면 그 방법을 써야 하지 않을까? 그러려면 먼저 그러한 낱말을 보편적인, 그러나 고인들의 가장 참된 정수로부터 모든 사람을 위해 사라지지 않는 획득물을 만들어내는 영속성 있는 낱말로 옮겨 쓰는 일이 필요할 테지만. 이러한 낱말을 우리로 하여금 이해하기 어렵게 만든 그 변화의 법칙조차도, 만약 그것을 해명할 수 있다면 우리의 보잘것없는 힘도 하나의 새로운 힘이 되지 않겠는가?

게다가 슬픔이 협력해서 이룬 작품도 앞으로 닥쳐올 고뇌의 상서롭지 못한 표징인 동시에, 앞으로 닥쳐올 위안의 다행스러운 표징으로도 해석될 수 있다. 일반적으로 연애나 슬픔은 오히려 시인에게 도움이 되어 그 창작을 도와주었고, 미지의 여자들은 그런 줄은 꿈에도 모르고 자기들 눈에는 영원히 보이지 않을 금자탑을 세우기 위해서, 그중 누구는 악의를 가지고, 누구는 조롱하기 위해서 저마다 한 개의 돌을 기부했다는 말들을 하지만, 그것은 다음과 같은 사정을 잘 생각하지 않고 하는 말이다. 곧, 작가의 생명은 그 작품과 함께 끝나는 게 아니라는 사실이다. 그 작품에 파고든 어떤 고뇌를 그 작가에게 경험하게 만든 것과 똑같은 자질은 작품이 완성된 뒤에도 살아남아서, 여러 가지 조건만 같다면—작가를 둘러싼 환경이나, 작가의 주체 그 자체나 애욕이나 고뇌에 대한 저항 등에 대하여 시간의 흐름이 조금의 굴절조차 주지 않는다면—작가로 하여금 다른 여성을 사랑하게 만든다. 그런데 이 첫 번째 견해, 곧 슬픔과의 합작에 의한 작품은 앞으로 닥쳐올 번민의 상서롭지 못한 표징이라는 관점에 의하면, 작품은 불행한 연애로 여겨야 하며, 그것은 숙명적으로 다음 연애도 불행한 것임을 예고하는 동시에, 시인의 앞날을 이제까지의 작품과 비슷하게 만든다. 따라서 시인은 앞으로 어떤 것도 더 쓸 필요가 없어질 만큼, 그가 이미 쓴 작품에서 앞으로 닥쳐올 일의 조짐을 찾아낼 수 있다. 이처럼 알베르틴에 대한 나의 연정은 조금 차이는 있더라도 이미 질베르트에 대한 내 연정 속에 적혀 있었다. 질베르트와의 행복한 나날 가운데 나는 처음으로 알베르틴의 작은어머니가 그녀의 이름을 입 밖에 내어 그 모습을 그리는 말을 들었는데, 그때는 이 하잘것없는 싹이 자라서 나중에 내 온 삶에 퍼질 줄은 꿈에도 생각지 못했다.

그런데 또 하나의 관점에서 본다면 작품은 요행의 표징이다. 그도 그럴 것이 작품은 온갖 연애 속에 보편성과 특수성이 나란히 있다는 사실을 가르쳐주고, 고뇌의 본질을 추구하기 위해 그 원인을 무시하게 만들어, 고뇌를 견뎌내는 힘을 기르는 어떤 줄타기로 특수에서 보편으로 가는 길을 가르쳐주기 때문이다. 사실 그 뒤 내가 경험했듯이, 사랑해서 고민하는 순간에도 창작 삼매경에 이르면 사랑하는 여자가 훨씬 광대한 실재 속으로 녹아들어가는 걸 분명하게 느껴 간혹 그녀를 잊게 되며, 창작에만 파고들다 보면 사랑의 괴로움도 사랑하는 여자와는 이미 아무런 관계도 없는 순전히 육체의 병, 어떤 심장병 정도로밖에는 느끼지 않게 된다. 확실히 이는 시간의 문제여서, 만약 창작을 조금 늦게 시작하면 결과는 반대로 될 듯싶다. 왜냐하면 그 악의나 무능으로 인해 본의 아니게 우리 환상을 깨뜨려버린 사람들이 그들 자신도 무(無)로 돌아가서 우리 스스로 만들어낸 사랑의 망상에서 떨어져나간 뒤 비로소 우리가 일하기 시작한다면, 우리 마음은 다시 그들의 가치를 끌어올리고, 자기분석의 필요에서 우리를 사랑해준 사람과 그들을 동일시하기 때문이다. 이 경우 문학은 한 번 해체된 연정의 환상에 대한 일을 다시 시작하여, 이제는 존재하지 않는 감정을 다시 살아나게 하는 셈이 된다.

분명히 우리는 자기 몸에 헤아릴 수 없이 위험한 접종을 하는 의사와 같은 용기를 가지고 자신의 고뇌를 다시 치러야 한다. 그러나 동시에 그 괴로움을 보편적인 형태로 사색해야 한다. 그러면 목을 졸라매는 듯한 그 압박에서 어느 정도 벗어나고, 고통을 이 사람 저 사람에게 나누어줄 수 있을 뿐만 아니라 얼마쯤 기쁨도 느낀다. 인생이 벽으로 둘러싸일 경우 지성이 그 벽에 탈출구를 뚫는다. 왜냐하면 짝사랑에는 구해낼 수단이 없지만, 괴로움은 검증을 통해 벗어날 수 있기 때문이다—설사 그것이 괴로움이 허락한 결과를 끌어낼 뿐이라 하더라도, 지성은 인생의 밀폐 상태를 인정하지 않는다.

　그러므로 어떠한 것이든 보편적이 되지 않고서는 오래도록 계속될 수 없으며, 정신은 스스로 쇠약해지니까, 나는 작가가 가장 아끼던 사람조차도 결국은 화가의 모델처럼 작가 앞에서 그저 자세를 잡고 있었을 뿐이라는 생각을 달갑게 받아들일 수밖에 없었다.

　사랑에서 우리의 행복한 경쟁자, 곧 연적은 우리의 은인이다. 육욕밖에 북돋우지 않던 시시한 여자에게 연적은 순식간에 한없는 가치를 덧붙인다. 그것은 그 여자와는 상관없는 가치이건만, 우리는 그것을 여자와 혼동한다. 연적이 없다면, 또는 있다고 생각하지 않는다면, 육체적 쾌락이 사랑으로 변하지는 않을 것이다. 언제나 꼭 연적이 있어야 한다는 법은 없기 때문이다. 우리의 행복을 위해서는, 의혹이나 질투가 있지도 않은 연적 주위에 꾸며내는 가공적 생활만으로 충분하다.

　이따금 고뇌로 가득 찬 토막글이 초고 상태로 있을 때, 새로운 애정이나 새로운 번민이 닥쳐와서 그것을 끝마치게 하고 내용을 풍부하게 하는 일이 있다. 그처럼 유용한 위대한 슬픔에 대해 우리는 이러쿵저러쿵 불평하지 못한다. 그런 슬픔은 반드시 오는 데다, 오래 기다리게 하지도 않기 때문이다. 하지만 그것이 찾아오면 우리는 서둘러 이용해야 하니, 그 슬픔은 그리 오래가지 않기 때문이다. 아픈 마음은 곧 위안을 찾는다. 그렇지 않으면 슬픔이 너무도 심해서, 마음이 그것을 견뎌낼 수 있을 만큼 튼튼하지 않으면 생명을 위협하기 때문이다. 행복만이 몸에 좋은 것이며, 정신력을 크게 기르는 것은 마음의 상처이다. 그리고 슬픔은 찾아올 적마다 우리에게 법칙을 드러내지 않는다 해도, 습관이나 회의나 경박이나 냉담 등과 같은 잡초를 뽑아, 우리를 진실 속으로 불러들이고, 사물을 진지하게 생각하도록 만들기 때문에 꼭 있어야 하는 것이다. 사실 행복이나 건강과 함께는 성립될 수 없는 이 진실은 때로는 인생과도 모순된다. 격심한 슬픔은 마침내 목숨을 앗아간다. 너무나도 심한 상처를 새로 입을 때마다, 혈관이 관자놀이께나 눈 밑에서 당장 터지는가 싶으리만큼 불끈 솟아 꿈틀꿈틀 뻗어나가는 걸 느낄 수 있다. 이리하여, 세상의 비웃음을 산 렘브란트 영감이나 베토벤 영감 같은 이들의 그 처참하고 무서운 얼굴이 천천히 만들어졌다. 마음에 괴로움만 없다면 눈 밑이 불룩해지고 이마에 주름살이 생긴들 뭐가 대수로운가. 하지만 힘은 스스로 다른 힘으로 변할 수 있으니, 지속되는 작열은 빛이 되고, 번개는 사진 촬영을 가능케 하며, 새로운 슬픔이 찾아올 때마다 마음의 묵직한 통증은 마치 깃발처럼 끊임없이 떠오르는 심상의 표상을 머리 위에 높이 휘날리고 있다. 그러니 슬픔이 주는 육체의 아픔을 참고, 슬픔의 선물인 영혼의 지혜를 얻자꾸나. 육신이 갈기갈기 찢기는 대로 내버려두자꾸나. 육체를 떠난 새로운 토막들이 이번엔 반짝반짝 빛나고 읽을 수 있는 것이 되어 우리 작품에 참여하니, 훨씬 재능이 풍부한 사람이라면 쓸모없는 그 고민의 대가로 작품을 완벽하게 만들고, 감동이 생명을 저미면 저밀수록 더욱더 작품을 흔들림 없는 것으로 만들기 때문이다. 관념은 슬픔의 대용약이다. 슬픔이 관념으로 변하는 순간, 마음을 좀먹는 해로운 작용의 일부를 잃을 뿐 아니라, 그 변화 자체에서 예기치 않았던 기쁨이 생겨난다. 그렇기는 해도, 관념은 오직 시간의 범주 안에서만 슬픔의 대용제 구실을 할 뿐이다. 왜냐하면 첫째 요소는 관념으로, 슬픔은 오로지 어떤 관념이 먼저 우리 속으로 들어올 때 거치는 형식에 지나지 않는다고 생각되기 때문이다. 그러나 관념에도 여러 종류가 있어서 어떤 관념은 순식간에 기쁨이 된다.

이렇게 깊이 잘 생각하니 나는, 내가 이제까지 자주 예감했고, 특히 알베르틴 같은 여자 때문에 엘스티르 같은 훌륭한 인물을 대수롭지 않게 여길 수 있느냐며 캉브르메르 부인이 이상해했을 때 예감한 진실 속에, 더욱 힘차고 정확한 의미가 담겨 있다는 사실을 깨달았다. 지적 관점에서 보아도 부인의 사고방식이 틀렸다고 느꼈으나 무엇이 틀렸는지는 몰랐다. 그것은 문학자로서 배워야 할 교훈이었다. 그 점에서 예술의 객관적 가치 따위는 시시한 것이다. 우리가 끄집어내야 할 것, 밝은 곳으로 끌어내야 할 것은 우리의 정이요, 정열이다. 다시 말해 모든 사람의 고난이며 감정이다. 우리가 바라 마지않는 여자는 우리를 괴롭혀, 흥미를 끄는 뛰어난 남자보다도 훨씬 깊고 중요한 감정을 우리에게서 줄이어 끌어낸다. 나머지는 살아가면서, 우리를 괴롭힌 여자의 배신 덕분에 발견한 진실, 우리를 괴롭히면서 의기양양한 그 여자로서는 전혀 이해하지 못하는 이 진실에 비하면, 배신 따위야 대수롭지 않은 것으로 보느냐 않느냐, 그것을 아는 문제만이 남아 있다. 어찌 되었든 이러한 배신은 흔히 있는 일이다. 그러므로 작가는 아무런 걱정 없이 오랜 작업을 시작할 수 있다. 먼저 지성이 작업에 손을 대면 그 사이 갑자기 슬픔이 우르르 몰려와서 작품을 완성해 준다. 다음은 행복인데, 이 행복에는 거의 단 하나의 효용밖에 없다. 그것은 불행을 불러온다는 효용이다. 따라서 행복할 때 신뢰와 애착으로 꼰 매우 포근하고 질긴 유대를 만들어야 한다. 그러면 뒷날 그 유대가 끊어질 때쯤 불행이라고 불리는 더할 나위 없이 귀중한, 가슴을 갈기갈기 찢는 비통을 맞이할 수 있다. 만약 우리가 행복하지 못했거나 행복에 대한 기대조차 없었다면 찾아오는 불행에는 잔인성이 없을 것이며, 따라서 열매도 맺지 못할 것이다.

화가가 단 한 동의 성당을 그리기 위해서 많은 성당을 보아야 하듯이, 양감, 밀도, 보편성, 문학적 실체를 파악하기 위해서 작가는 단 하나의 감정을 위해 많은 사람에 대한 연구가 필요하다. 왜냐하면 '예술은 길고 인생은 짧다'고 하지만, 반대로 '영감은 짧고, 그것이 묘사하는 감정 또한 그리 길지 않다'고도 할 수 있으니까. 책을 쓰기 위해 마음속으로 계획을 세우는 것은 우리 정열이지만, 실제로 책을 쓰는 것은 짬짬이 갖는 휴식 때이다. 영감이 다시 나타나 작업을 시작하면, 어떤 감정의 모델로서 우리 앞에 서 있는 여자는 이미 그 감정을 우리에게 느끼게 하지 못한다. 다른 여자를 모델로 삼아 그전 여자를 그려나가야 하는데, 이는 그전 여자에 대한 배신이 된다 할지라도 감정은 서로 닮아 있으므로, 하나의 작품은 지나간 사랑의 기념이 되게 하는 동시에 새로운 사랑의 예언도 되므로, 문학상 이러한 대치는 별로 큰 지장이 없다. 작자가 대체 누구에 대한 이야기를 하고 있는지 알아맞히려는 노력이 헛되고 부질없는 까닭이 이것이다. 왜냐하면 하나의 작품은, 그것이 직접적인 고백일 경우에도, 적어도 작자의 생애에 있었던 몇몇 일화와 연관이 있기 때문이다. 오래된 일화가 영감의 씨앗일지라도, 나중의 일화 또한 작품과 비슷하다. 나중에 오는 사랑의 특징은 지나간 사랑의 특징을 그대로 베끼기 때문이다. 왜냐하면 우리는 가장 사랑한 여자에 대해서도, 자기 자신에 대해서만큼 충실하지는 못해서 조만간 그 여자를 잊고(이것은 인간의 한 특징이거니와) 또다시 새로운 사랑을 시작하기 때문이다. 우리가 애지중지하던 여자는 이러한 연정에 기껏해야 독특한 꼴을 더할 뿐인데, 이 독특한 꼴 때문에 우리는 불성실해진 경우에도 그 여자에 충실할 수 있는 것이다. 그러므로 우리는 나중 여자와도 아침마다 산책을 한다든가, 밤마다 데려다준다든가, 몇 번이고 너무 많은 돈을 주거나 할 필요가 생긴다(기묘한 것은 우리가 여자에게 주는 이 돈의 유통이다. 여자는 그 때문에 우리를 불행하게 만든다. 곧 책을 쓸 수 있게 만드는 것이다.—괴로움이 마음을 깊이 파면 팔수록 작품은 펌프 물처럼 더 치솟는다고나 할까). 다른 여자로의 이와 같은 대치에 의하여 작품에는 사심 없고 보다 보편적인 어떤 것이 더해지는데, 그것은 또한 준엄한 교훈을 준다. 우리가 집착해야 할 것은 인간이 아니며, 현실에 존재하고, 따라서 표현이 가능한 것은 인간이 아니라 관념이라는 가르침이다. 그러한 모델을 마음대로 쓸 수 있는 동안, 작가는 시간을 헛되이 보내지 말고 서둘러야 한다. 행복의 모델이 되는 이들은 보통 그렇게 자주 자세를 잡아주지 않거니와, 괴로움도 너무 빨리 지나가므로 괴로움의 모델 또한 마찬가지다.

　게다가 괴로움은 작품 소재를 분명히 제공하지 않는 경우에도, 우리에게 그것을 마음에 두고 생각게 한다는 점에서 도움이 된다. 상상이나 사고는 그 자체가 훌륭한 기계일지 모르지만 움직이지 않을 가능성도 있다. 그런 때에 괴로움이 이를 움직여 일하게 한다. 우리를 위해 괴로움의 모델이 되는 사람은 곧잘 자세를 취해주지만, 우리가 그때에만 들어갈 수 있는 아틀리에는 실은 마음속에 있다. 그러한 시기는, 말하자면 갖가지 고뇌가 따르는 우리 생활의 상징이다. 왜냐하면 그러한 때에도 가지각색의 고뇌가 포함되어 있어서, 하나가 가라앉았다 싶은 순간에 또 하나의 새로운 고뇌가 찾아오기 때문이다. 그것은 모든 의미에서 새로운 고뇌이다. 아마도 이것은 그런 뜻밖의 상황이 우리로 하여금 우리 자신과 더욱 깊은 접촉을 하도록 강요하기 때문이겠지만, 연정이 끊임없이 우리를 몰아넣는 이와 같이 괴로운 궁지는 우리를 이루고 있는 실질(實質)을 우리에게 낱낱이 가르쳐주고 드러내 보인다. 그러므로 알베르틴이 강아지처럼 열려 있기만 하면 아무 문이고 가리지 않고 내 집으로 들어와 여기저기 마구 어질러놓고, 되는 대로 내 돈을 쓰며, 바늘 끝으로 막 쑤시는 아픔을 주는 걸 보고 프랑수아즈가 나에게(그 무렵 나는 이미 얼마쯤 글을 쓰고, 두어 가지 번역도 하고 있었으므로), "아이고! 도련님의 시간을 죄다 헛되이 쓰게 하는 그런 색시 대신 얌전한 비서라도 두시면 도련님의 '휘지'*¹를 말끔히 정리해주련만!' 말했을 때, 똑똑한 소리를 한다고 생각한 것은 아마도 내 잘못이었다. 내 시간을 빼앗고 내 속을 썩인 알베르틴은 내 '휘지'를 정리해주었을 비서보다도, 문학적으로 보아 아마 훨씬 도움이 되었던 것이다. 하지만 이렇게 아픔 없이는 사랑을 할 수 없고 괴로움을 겪지 않고서는 진리를 배울 수도 없을 만큼 덜 떨어진 생물(아마도 자연계에서 오직 인간뿐일 것이다)이라면, 그 일생은 결국 삭막하게 끝나리라. 그러나 행복한 세월이란 잃어버린 시간이며, 어려움을 당하고 나서야 비로소 우리는 일을 시작한다. 먼저 고난을 치러야 한다는 관념은 언제나 일에 대한 생각과 연관되어, 새로운 작품을 구상할 때마다 먼저 고통을 참아야 한다는 생각에 우리는 두려움을 느낀다. 그리고 괴로움이야말로 인생에서 만나는 최선의 것임을 깨달으면, 우리는 해탈을 기대하며 두려움 없이 죽음을 생각한다.

어쨌든 이런 생각은 내 마음에 조금 거슬렸지만, 그래도 나는 우리가 실제로는 이와 반대로 인생 대부분을 쾌락에 빠져 살지도, 책 때문에 여러 인간을 이용하지도 않는다는 사실에 유의해야만 했다. 그처럼 훌륭한 베르테르의 경우는 유감이지만 내 경우와는 달랐다. 알베르틴의 사랑을 잠시도 믿지 않으면서 나는 여러 번 그녀 때문에 자살하려 했었고, 재산을 다 써버렸으며, 건강을 해쳤다. 이것을 직접 글로 쓰게 되면, 우리는 누구나 세심해져서 사물을 가까이서 바라보고 진실 아닌 것은 모두 내던진다. 그러나 실생활만의 문제라면 우리는 신세를 망치거나, 병들거나, 거짓말 때문에 자살하거나 한다. 그리고 사실, 우리는(시인이 되기에는 나이가 너무 들었을 경우) 그런 거짓말의 광석에서 얼마쯤 진실을 캐낼 수도 있다. 슬픔이란 속을 알 수 없는 괘씸한 하인배이다. 아무리 맞서 싸워봐야 더욱더 기어오르는 이 사나우며 갈아치울 수도 없는 하인배는, 지하 통로를 통해 우리를 진실과 죽음으로 안내한다. 죽음에 앞서 진실과 우연히 만난 자는 행복하나니, 진실이나 죽음이나 틀림없이 눈앞에 있지만, 진리 발견의 시각이 죽음의 시각보다 먼저 울려퍼졌으니까!

그리고 나는 지나간 생활의 세세한 일화들이 협력하여 지금 내가 활용하려

─────────

*1 '휘지' 곧 paperasse를 paperoles라고 틀리게 한 말. 여기서 휴지라고 하는 대상은 쓸데없는 글을 쓰는 원고지를 말함.

는 관념론을 가르쳐주었다는 사실을 깨달았다. 이를테면 샤를뤼스 씨와의 해후는(나중에 그의 독일 옹호에서도 같은 것을 배웠는데) 게르망트 부인이나 알베르틴에 대한 나의 사랑, 라셀에 대한 생루의 사랑보다도 더, 작품의 소재 따위는 아무래도 상관없으며, 생각하기에 따라서 모든 것을 작품에 담을 수 있다는 점을 나에게 확신시켰다. 성도착과 같은 충분한 이해 없이 부당하게 비난받고 있는 현상은 이미 무척 교훈이 풍부한 일반적인 사랑의 현상보다도 이 진실을 크게 보여준다. 여느 사랑도, 우리가 이미 오래전에 사랑하지 않게 된 여자 얼굴에서 달아나버린 아름다움이 누구의 눈에나 몹시 추하게 보이는 다른 여자 얼굴, 전에는 우리 자신의 눈에도 밉상으로 보였으며 언젠가는 싫어질 여자 얼굴에 깃들 수 있음을 보여준다. 하지만 그보다 더 놀라운 현상은, 아름다움이 승합마차 마부의 모자 밑 얼굴로 옮아가는 것을 보게 되는 경우로, 어떤 대귀족은 아름다운 대공부인을 훌쩍 버리고, 이 마부의 아름다움에 온갖 찬사를 보낸다. 샹젤리제나 길거리나 바닷가에서 질베르트나 게르망트 부인이나 알베르틴의 얼굴을 다시 볼 때마다 내가 느낀 놀라움은, 처음에는 인상과 일치하던 추억이 점점 인상과 일치되지 않는 쪽으로만 확장되어, 인상으로부터 더욱더 멀어져가고 있음을 증명하는 게 아닐까?

작가는 성도착자가 자기 여주인공에게 남자 얼굴을 붙였다고 해서 화를 내면 안 된다. 도착자는 그저 조금 비정상적인 그 특징에 의해서 그가 읽는 것에 대한 모든 보편성을 준다. 라신은 그 작품에 보편적 가치를 주기 위해 고대의 〈페드르〉를 한순간 장세니스트*1로 만들어야 했다. 만약 샤를뤼스 씨가 〈10월의 밤〉이나 〈추억〉에서 뮈세가 탄식하는 그 '부정한 여자'에게 모렐 얼굴을 붙이지 않았다면 그는 울 수도 이해할 수도 없었을 것이다. 그는 그 꼬불꼬불한 한 줄기 오솔길을 통해서만 사랑의 진실에 다가갔으니까. 작가는 서문이니 헌사니 하는 돼먹지 않은 글에 익숙해진 탓에 '독자여' 하는 말을 쓴다. 그런데 사실, 어떠한 독자도 책을 읽을 때는 자기 자신의 독자인 것이다. 작품이란, 그 책이 없다면 아마도 독자가 자기 속에서 가려내지 못할 것을, 독자에게 분간시키기 위해서 작가가 제공하는 어떤 광학기계에 지나지 않는다. 책이 말하는 바를 독자가 자기 자신 속에서 인식하는 것이야말로 그 책이 진실하다는

---

*1 '엄격한 도덕가'라는 뜻도 됨.

증거이지만, 적어도 어느 정도까지는 이것이 거꾸로일 때도 있다. 작가의 본문과 독자의 본문 사이에 생기는 차이의 책임은 흔히 작가 쪽이 아니라 독자 쪽에 있기 때문이다. 게다가 단순한 독자에겐 너무 현학적이자 어려운 경우도 있는데, 이 경우 책은 독자에게 뿌연 안경알을 내놓을 뿐이니 그래 가지고는 책을 읽을 수 없다. 그러나 다른(이를테면 성도착 같은) 특성이 있을 경우에는 독자가 올바로 이해하려면 어떤 특수한 방법으로 읽어야만 한다. 하지만 저자는 그 일을 불쾌하게 생각지 말아야 할뿐더러 오히려, '이 안경알이든 저 안경알이든, 아니면 그 안경알이든, 당신에게 잘 보이는 것으로 보시구려' 하고 최대의 자유를 독자에게 남겨두어야 한다.

내가 늘 그토록 잠잘 때 꾸는 꿈에 흥미를 가졌던 건, 짧은 시간에 강한 느낌을 남기면서, 연정의 주관적 측면을 우리에게 더욱 잘 이해시켜주는 데 도움이 되어서가 아닐까? 꿈속에서는 참으로 놀라운 속도로, 속된 말로 '홀딱 반하는' 일도 있고, 잠깐 눈을 붙인 사이에 못생긴 여자를 열렬히 사랑할 수조차 있는데, 실생활에서 이렇게 되려면 몇 년 동안 서로 사귄 정이나 동거생활, 뛰어난 의사가 만들어낸 사랑의 정맥주사나, 어쩌면 고뇌의 주사 등이 필요할 것이다.

그런데 꿈이 우리에게 넣어준 연정의 암시는 똑같은 속도로 사라진다. 그리고 때로는, 꿈에 본 밤의 애인이 잘 아는 못생긴 여인으로 돌아가고 말아, 이제까지처럼 애인으로 안 보일뿐더러, 보다 더 귀중한 것, 이를테면 애정이나 쾌락이나, 흐리터분하게 얼버무린 아쉬움의 정이 뒤섞인 황홀한 그림, 정열적인 〈키테라 섬의 순례〉*2의 전경(全景)마저도 그와 똑같이 가뭇없어진다. 이루 말할 수 없는 그 진실의 명암을 지난 밤에 본 대로 적어두고 싶어하지만, 그것은 이미 되찾을 수 없는 화폭처럼 사라지고 만다. 뿐만 아니라 '꿈'이 나를 현혹하는 까닭은 아마도 꿈이 '시간'과 더불어 벌이는 놀라운 작용 때문일 것이다. 지난날에 겪은 느낌을 무엇 하나 분간하지 못할 만큼 아득한 저편으로 쫓겨간 나의 멀고 먼 시대가, 하룻밤 사이에, 그것도 한순간에 그 눈부신 빛으로 우리 눈을 현혹하면서 희미한 별인 줄 알았던 것이 커다란 비행기였듯이 전속력으로 우리에게 달려들어, 일찍이 우리를 위해서 거두어두었던 바를 다시 눈앞

---

*2 프랑스 화가인 장 앙투안 와토(1684~1721)의 명화로서, 키테라는 아프로디테 숭배로 유명한 에게 해의 섬.

에 펼쳐 보이고, 그 먼 시대가 바로 옆에 있다는 감동과 충격과 빛을 주는 걸 보지 않았던가? 하지만 한 번 눈을 뜨면, 그러한 아득한 때는, 꿈이야말로 '잃어버린 시간'을 되찾는 수단의 하나라고 착각할 만큼 기적적으로 뛰어넘어온 그 거리를 단숨에 되돌아가고 만다.

모든 것은 정신에 달려 있건만, 오직 조잡하고 그릇된 지각만이 모든 것을 대상 속에 놓는다는 사실을 나는 깨달았다. 내가 정말로 할머니를 여읜 것은 실제로 돌아가시고 나서 몇 달이 지난 뒤였다. 나는 사람들의 모습이, 그 사람들에 대하여 나나 다른 사람들이 갖는 생각에 따라서 다양하게 변하는 걸 보아왔다. 한 인간이 보는 사람의 수에 따라서 여러 사람이 되기도 하고(이를테면 이 작품의 발단에서 본 참으로 다양한 스완, 공소원장의 눈에 비친 뢱상부르 대공부인), 그리고 똑같은 인물이라도 오랜 세월이 흐르면 달라진다(내가 본 게르망트라는 집안의 변화, 갖가지 스완). 나는 사랑을 하는 당사자가 자기 속에만 있는 것이 그 상대 여자에게도 있다고 착각하는 걸 보았다. 객관적 현실과 연정 사이의 거리를 여러 가지로 변화시켜 그것을 최대한으로 확대해서 본 만큼 더 잘 확인했었다(생루가 본 라셀과 내가 본 라셀, 나의 알베르틴과 생루의 알베르틴, 샤를뤼스 씨나 다른 사람들이 본 모렐이나 승합마차 마부, 그럼에도 변함없는 샤를뤼스 씨의 상냥함, 뮈세의 시구 등등).

마지막으로, 하기야 이것은 정도 문제이긴 하지만, 독일에 심취한 샤를뤼스 씨의 모습은 알베르틴의 사진을 보는 생루의 눈길과 마찬가지로, 나로 하여금 비록 완전하다고까지는 할 수 없어도 내가 가진 반독(反獨) 감정이 순수하게 객관적인 것이라는 믿음에서 조금이나마 벗어나도록 도와줌으로써, 사랑의 객관성과 마찬가지로 증오의 객관성도 아마 존재하리라는 생각을 갖게 했다. 또한 이 무렵 프랑스는 독일에 대하여 비인도적이라는 판단을 내렸는데, 거기에는 특히 어떤 감정—마치 생루에게 라셀, 나에게 알베르틴을 저마다 끔찍이 소중한 존재로 여기게 한 것과 같은 감정—을 객관적이라고 보는 태도가 나타나 있다고 생각하게 했다. 이와 같은 도리에 어긋남이 오로지 독일의 고유 특성이 아니라는 생각을 품게 한 까닭은, 내가 개인으로서 잇따라 사랑을 해왔지만 마지막에 가서는 사랑의 대상이 무가치하게 보였듯이, 조국 프랑스에 잇따라 일어난 그 증오는, 이를테면 레나크 같은 드레퓌스파 사람을 독일인보다 천 배나 나쁜, 독일에 프랑스를 팔아먹은 매국노라고 국민 앞에 탄핵하더니, 오늘날에 와서는 애국자들이 그 레나크와 손을 잡고 한 나라를 적대시하며 그 국민은 당연히 거짓말쟁이에다 맹수이고 등신이라 단정하는 것을(루마니아 왕이나 벨기에 왕이나 러시아 황후처럼 프랑스를 지지하는 독일인은 제외하고) 이미 보아서였다. 그야 반드레퓌스파 사람이라면 '그것과 이것은 사정이 다르다'고 대답할 것이다. 과연 이것은 경우도, 사람도 다르다. 만약 그렇지 않다면 같은 현상과 직면할 때, 한번 그 현상에 속은 사람은 오직 자신의 주관적 상태를 비난할 수 있을 뿐 장점이나 단점이 대상 그 자체 속에 있다는 생각은 할 수 없을 것이다. 이런 경우 지성은 이 차이 위에 수월하게 한 가지 이론을 세운다(이를테면 수도원식 교육은 자연에 위반된다는 급진론자의 주장, 유대민족은 다른 나라 풍속에 동화할 수 없다는 의견, 황색인종은 한때 명예를 회복했으나 독일민족은 라틴민족에게 끊임없이 증오를 불태우고 있다는 신념 등). 게다가 이 주관적 측면은 중립 국민의 대화에 두드러지게 나타나며, 친독적인 사람들은 벨기에에서의 독일군 잔학 행위에 대한 이야기가 나오면, 잠깐 이해할 수도 들을 수도 없게 되는 능력을 가지고 있었다(하지만 독일군의 잔학 행위는 사실이었다. 나는 보는 일 그 자체 속에도 증오 속에도 주관적인 것이 있음을 주목했는데, 그렇다고 해서 객체가 현실의 장점이나 단점을 갖지 못하도록 방해하지도 못하거니와, 현실을 순수한 '상대주의' 속에 없애버리지도 못한다).

숱한 세월이 흘러 때를 잃어버린 뒤에 이 중요한 작용을 국제 관계 안에서까지 느꼈는데, 생각해보면*[1] 어렸을 적에 콩브레의 뜰에서 베르고트의 소설을 읽었을 때도 나는 그것을 짐작하고 있었던 게 아닐까? 지금에 와서도 잊고 있던 베르고트의 소설을 펼치고 몇 페이지를 대강 읽다가 거기에서 악인의 속임수를 보면, 100여 페이지 뒤의 이야기 끝 무렵에 그 악인이 호되게 욕을 당하고, 자기 음모가 실패했다는 사실을 뼈저리게 느낄 때까지 살아 있다는 것을 확인하기 전에는, 나는 책을 놓지 않으리라. 이런 객설을 늘어놓는 까닭인즉, 이미 나는 이와 같은 작중인물에게 일어난 일을 잘 기억하지 못하기 때문인데, 그 덕에 그 인물들은 이날 오후 게르망트 부인 댁에 모인 사람들과 크게 차이가 없었다. 적어도 손님 가운데 몇몇 사람의 지난날은 마치 한 번 읽었지만 지금은 거의 잊은 소설 속의 인물처럼 그저 아련했다. 아그리장트 대공은

---

*1 셀레스트 알바레가 받아쓰기는, "마음속의 호수가 지니는 중요한 작용"임—플레이아드판 주.

마침내 X양과 결혼했을까? 아니면 X양의 오빠가 아그리장트 대공의 여동생과 결혼한 것은 아닌지? 그렇잖으면 내가 옛날에 읽은 책과 최근에 꾼 꿈을 혼동하고 있는 걸까?

그렇기는 해도 꿈은 내 생애의 여러 사실 중에서, 언제나 가장 크게 내 심금을 울린 것이며, 현실은 순전히 정신적 성질을 가진 거라는 사실을 나에게 확인시키는 데에 크게 이바지한 것 가운데 하나였다. 그러므로 나는 작품을 구성함에 있어서 꿈의 도움을 소홀히 하지 않을 작정이다. 내가 사랑 때문에 얼마간 타산적으로 살아갔을 적에, 꿈은 잃어버린 때의 그 긴 거리를 끝까지 달리게 하여 이상하게도 할머니나 알베르틴을 나에게 가까이 오게 했고, 나는 또 할머니나 알베르틴을 다시 사랑하기 시작했다. 알베르틴은 내가 자는 동안에, 상당히 누그러진 형태였지만, 나에게 세탁소 아가씨와의 연애 사건을 각색해서 보여줬던 것이다—이와 같이 꿈은, 내 노력만으로는, 그리고 자연적인 해후로도 나에게 보여줄 수 없었던 갖가지 진리와 인상을 가끔 가까이 보여줄 테고, 또 존재하지 않는 어떤 것에 대한 욕구와 아쉬움을 내 마음속에 불러일으킬 거라고 나는 생각했다. 이 욕구와 아쉬움은 창작을 하거나, 습관에서 벗어나며, 구체성에서 떨어지기 위한 필요조건이다. 나는 이 두 번째 뮤즈, 가끔 첫 번째 뮤즈 구실을 하는 이 밤의 뮤즈를 결코 깔보지 않을 것이다.

나는, 귀족일지라도 게르망트 공작처럼 마음씨가 천하면 상놈이 되는 걸 보아왔다(코타르라면 "당신은 뻔뻔스러워" 말했으리라). 나는 드레퓌스 사건 때나 세계대전 중에, 또한 의학에 대해서 사람들이 어떤 특정한 사실이야말로 진실이라고 여기는 것도 보았다. 장관이나 의사는 여러 말할 필요도 없는 옳음 아니면 그름인 분명한 사실을 쥐고 있어서, 엑스레이 사진은 따로 설명하지 않아도 환자의 상태를 그대로 보여준다고 믿었다. 고위층 사람들은 드레퓌스가 유죄인지 무죄인지 알고 있었고(조사를 위해서 굳이 로크(Roques)*1를 보낼 필요도 없이), 사라유(Sarrail)*2장군에게 러시아군과 동시에 행동을 개시할 방책이 있는지 없는지도 알고 있었다. 내 일생은 한 시간의 예외도 없이 내게 가르쳐주었다. 오직 조잡하고 그릇된 지각만이 모든 것을 대상으로 보며, 실은 반대로 모든 것은 정신 속에 있다는 사실을.

*1 프랑스의 장군. 1916년에 육군 장관을 지냄.
*2 프랑스의 군인(1856~1929). 1914년에 마른 전선 사령관을 지냄.

곰곰이 생각해보면, 내 책의 소재가 될 나의 경험 내용은 스완에게서 비롯했다. 그것은 스완 자신과 질베르트에 대한 것만은 아니다. 콩브레 시절부터 발베크에 가고 싶은 소망을 나에게 품게 한 이도 그였다. 그렇지 않았다면 부모님은 나를 발베크에 보낼 생각조차 못했을 거고, 나는 알베르틴을 알지 못했을 뿐만 아니라, 게르망트네 사람들도 몰랐을 것이다. 왜냐하면 내 할머니가 빌파리지 부인과 재회하지 않았을 테고, 나는 생루나 샤를뤼스 씨와 아는 사이가 되지 않았을 테니까. 이들을 알게 됨으로써 나는 게르망트 공작부인과 아는 사이가 되고, 공작부인을 통해서 그 사촌동서인 대공부인을 알았다. 그러니 지금 내가 이렇게 게르망트 대공 댁에 와 있다는 사실마저도 따지고 보면 스완에게서 비롯했고, 여기서 돌연 작품(내가 소재뿐만 아니라 쓰고자 하는 결심까지도 스완의 덕을 입고 있다는 것이다)의 착상이 머리에 떠오른 것 또한 스완으로부터다. 이렇듯 내 전 생애의 넓이를 감당하기에 이 꽃자루는 너무 가느다란지도 모른다(이런 의미에서, '게르망트네 쪽'도 '스완네 집'에서 생겨난 것이다). 그러나 대체로 우리 삶의 여러 양상을 작품화하는 사람은, 스완보다도 훨씬 못한 매우 평범한 인간이다. 내가 발베크에 가기엔, 어떤 친구가 내 차지가 될 사랑스러운 아가씨에 대해서 나에게 귀뜸만 해주면 그만이 아니었을까?

(그런 아가씨는 만나지 못했을 테지만) 우리는 흔히 먼 훗날에 가서 못마땅한 친구를 만나면 그 사나이와 마지못해 악수하게 되지만, 잘 생각해보면 우리 생애와 작품은 그런 인간이 우리에게 지나가는 말로 한 "꼭 발베크에 오게"에서 생겨나는 것이다. 우리는 그 사람에게 조금도 고마워하지 않지만 그렇다고 해서 이것이 배은망덕하다는 증거가 되는 건 아니다. 왜냐하면 이런 말을 한 사람은 그 말이 우리에게 끼치게 될 엄청난 영향은 전혀 생각지도 않았으니까. 상황을 활용한 것은 우리의 감수성과 지성이며, 상황은 첫 자극만 주어지면, 알베르틴과의 동거생활이나 게르망트네 집의 가장무도회를 내다볼 수 없었더라도, 그 다음은 차례차례 잇따라 서로 작용하면서 스스로 생겨난다. 물론 스완에 의한 계기는 필요했고, 따라서 우리 삶의 겉모양이나 작품의 소재 자체도 그에게 의존한다. 스완이 없었다면 부모님은 나를 발베크에 보낼 생각을 결코 품지 않았을 것이다. 그렇기는 해도, 스완이 간접적으로 일으킨 나의 고뇌에 대한 책임은 그에게 없었다. 그러한 고뇌는 내가 약했으므로 생긴 것이었다. 스완도 성격이 약한 탓에 오데트의 속을 지긋지긋하게 썩였다. 그러

나 우리가 보낸 삶을 이와 같이 한정함으로써 그는, 우리가 이러한 삶 대신에 지냈을지도 모르는 모든 삶을 모조리 배제했다. 스완이 나에게 발베크 이야기를 하지 않았다면 나는 알베르틴도, 호텔의 식당도, 게르망트네 사람들도 몰랐으리라. 대신 나는 다른 곳으로 가서 전혀 다른 사람들과 사귀었을 테고, 내 기억과 책도 전혀 다른 그림으로 채워졌을 것이다. 상상조차 할 수 없으므로 내가 알지 못하는 새로움에 매혹되어, 차라리 그쪽으로 가는 게 좋았다며 서운해하고, 알베르틴이나, 발베크와 리브벨의 바닷가, 게르망트네 사람들이 영원한 미지로 남지 않을 것을 유감스러워하며.

사실 나는, 바다 앞에서 처음으로 보았던 알베르틴 얼굴에 앞으로 쓰게 될 몇 가지 일을 연관시키고 있었다. 어떤 의미에서 그것을 연관시킨 건 옳았다. 만약 그날 내가 방파제에 가지 않았더라면, 또 만약 그녀와 아는 사이가 되지 않았더라면 그런 착상은 조금도 펼쳐지지 않았을 테니까 말이다(다른 여성에 의해서 펼쳐지지 않는다면). 또 어떤 의미에서는 잘못이었다. 우리가 과거를 돌아보며 여자의 아름다운 얼굴을 떠올릴 때의 기쁨, 영감의 모체인 그 기쁨은 우리 감각에서 생겨나는 것이기에. 사실상 내가 앞으로 쓰려는 것을 알베르틴은, 특히 그때의 알베르틴은 이해하지 못했을 게 분명했다. 그러나 바로 그래서(이것은 너무나 지적인 분위기 속에서 살지 말라는 시사이다), 나와는 너무나도 달랐기 때문에, 그녀는 비탄을 통해 나의 영감을 풍부하게 했고, 처음 무렵에는 자기와 다른 것을 상상하려는 조심스런 노력을 통해서도 내 영감을 기름지게 했다. 만약 그녀가 내 글을 이해할 수 있었다면, 오직 그 사실만으로 그녀는 나의 창작욕을 북돋을 수는 없었을 것이다.

질투는 능란한 모집자여서 우리 그림에 빈 곳이 나면 거기에 필요한 예쁜 아가씨를 거리에서 찾아온다. 더 이상 예쁘지 않은 아가씨도, 우리가 질투를 느끼면 다시 예뻐져서 빈 곳을 메워준다.

우리가 죽은 뒤에는, 그 그림이 그처럼 완성되어도 더는 기쁨을 느끼지 못할 것이다. 하지만 그런 생각을 해도 전혀 서운하지 않다. 왜냐하면 인생이란 세상 사람들의 말보다는 조금 복잡하며, 온갖 상황 또한 그렇다는 것을 느끼기 때문이다. 뿐더러 그 복잡성을 꼭 보여주어야만 한다. 질투는 더할 수 없이 유효한 것이지만, 반드시 눈길이라든가 남의 이야기라든가, 어깨너머로 넌지시 보내는 은근한 추파에서만 생기는 것은 아니다. 파리에서는 《파리총람(總覽)》,

시골에서는 《성관연감(城館年鑑)》으로 알려져 있는 어떤 연감의 책장 사이에 숨어서, 우리를 바늘로 찌르려고 기다리고 있는 질투를 찾아낼 수도 있다. 이미 우리의 관심을 못 끌게 된 어떤 아름다운 아가씨가 대엿새쯤 파 드 칼레의 뎅케르크 근처에 있는 여동생을 만나러 가게 되었다는 말을 귓결에 들었다고 치자. 또, 아무래도 그 아름다운 아가씨는 E씨의 구애를 받았던 모양인데, 그녀가 전에 그와 자주 만나던 술집에 도무지 가지 않는 것으로 보아 이미 완전히 관계가 끊어진 모양이군 하고 멍하니 생각했다고 치자. 그런데 그 여동생은 뭘 하는 아가씨일까? 몸종일까? 우리는 조심스러워서 묻지 않았다. 그런데 우연히 《성관연감》을 뒤적이다가, E씨의 별장이 파 드 칼레의 뎅케르크 가까이에 있다는 사실을 알게 된다. 더는 의심할 여지가 없다. 그 아름다운 아가씨의 환심을 사기 위해 그는 그녀의 여동생을 하녀로 고용했고, 아름다운 아가씨가 더 이상 술집에서 그와 만나지 않는다면, 그것은 그가 한 해의 대부분을 지내는 파리의 자택으로 그녀를 끌어들였기 때문이며, 파 드 칼레에서 지내는 짧은 동안도 그녀 없이는 배길 수 없기 때문이다. 분노와 연정에 취한 붓은 그리고 또 그린다. 그렇지만 만약 그렇지 않다면? E씨가 정말로 이미 그 아름다운 아가씨와 만나지 않고, 1년 내내 파 드 칼레에서 지내는 자기 형에게 그녀의 여동생을 소개했다면? 그렇다면 그녀는 E씨가 별장에 없을 때 우연히 여동생을 만나러 가는지도 모른다. 왜냐하면 두 사람은 이미 서로에 대해서 신경을 쓰지 않으니까. 또, 여동생이 어느 별장에서도 몸종 노릇 따위를 하고 있는 게 아니라, 다만 파 드 칼레에 친척이 있을 뿐인지도 모른다. 우리가 처음에 느꼈던 고뇌는 이 마지막 가정에 굴복하고, 질투는 완전히 가라앉는다. 하지만 아무려면 어떤가? 《성관연감》의 책갈피에 숨어 있던 질투는 절호의 기회에 나타났으니까. 곧, 내 화폭의 빈 곳이 이제는 메워졌으니까. 질투에 의해 끄집어내어진 아름다운 아가씨 덕분에 그림 전체는 훌륭하게 구성되었고 또한 우리는 이미 더 이상 그녀에 대해서 질투도 느끼지 않고 그녀를 사랑하지도 않는 것이다.

*

그때 집사가 와서 나에게 말했다. "첫 곡이 끝났으니 서재에서 나와 손님방에 들어가서도 좋습니다." 그 말에 나는, 내가 어디에 와 있는지 새삼 깨달았다. 그러나 고독 중에는 찾아낼 수 없었던 새로운 삶을 향한 이 출발점이 사교 모임이나 사교계로의 복귀에 의하여 생겨났다고 해서, 이제 막 시작한 내 사고의 흐름은 조금도 흔들리지 않았다. 그 사실에는 조금도 이상할 게 없었고, 내 속에 영원한 인간을 다시 살려낼 수 있는 인상이(지난날에는 그렇게 생각했듯이, 어쩌면 이전의 나에게는 그러했고 이제 겨우 끝났는가 싶은 이 오랜 정지가 아니라, 아마도 내가 순조롭게 성장을 했더라면 지금도 분명 그렇게 생각했을지도 모르듯이) 필연적으로 사교계보다도 고독 쪽에 연관되어 있어야 할 이유도 없으니까. 그도 그럴 것이, 내가 이와 같은 미적인 인상을 느끼는 건 다음과 같은 경우 곧 아무리 하찮은 것이라도 현재 느끼는 어떤 감각과 비슷한 감각이 저절로 내 속에 되살아나서 그것이 현실의 감각을 동시에 여러 시기에 고루 미치게 하여, 평소에는 하나하나의 감각이 헤아릴 수 없는 공백을 남기고 있는 내 영혼을 보편적인 본질로 가득 채우고, 그와 같은 감각을 자연 속에 있을 때와 같이 사교계에 있을 때도 받지 않을 리가 없기 때문이다. 왜냐하면 그러한 감각은 우연에서 생기는 것으로서, 일상생활의 궤도에서 벗어난 날이면, 오랜 습관이 우리 신경조직으로 하여금 감지하지 못하도록 막고 있는 지각을 몹시 단순한 사물에 닿아도 느끼게 만드는 개인적인 흥분도 틀림없이 그러한 우연을 도와주고 있을 테니까. 나는 예술작품에 이르는 길을 가르쳐주는 것은 오직 이러한 감각뿐이라는 그 객관적인 이유를 찾아내려고 서재에서 더듬던 사고의 흐름을 계속해 좇아갔다. 서재에 혼자 있을 때와 마찬가지로 여러 손님으로 둘러싸여 손님방에 있을 때에도 사념을 계속할 수 있으리만큼 이제는 정신생활의 시작이 내 몸 구석구석까지 강하게 퍼져 있다는 느낌이 들었기 때문이다. 그러자 이처럼 숱한 손님들 속에 있어도 나는 자신의 고독을 지켜낼 수 있다는 생각이 들었다. 왜냐하면 중대한 사건도 바깥쪽에서부터 우리 정신력에 영향을 미치지 못하며, 아무리 격동의 시대에 살아도 변변치 못한 작가는 어디까지나 그 변변치 못함을 벗어나지 못하기 때문이다. 그와 같은 이유로 사교계에서 위험한 것은 우리가 끌어들이는 천박하고 경솔한 기분이다. 하지만 웅장한 전쟁도 무능한 시인을 숭고한 시인으로 만들 수 없듯이, 사교계 자체가 사람을 시시하게 만드는 것은 아니다.

이와 같은 방법으로 예술작품이 구성되는 일이 이론적으로 바람직한지 아닌지는 앞으로 검토하기로 하고, 아무튼 나에게 있어서 만큼은 진실로 미적인 인상은 언제나 이와 같은 감각 직후에 찾아왔음을 부인할 수 없다. 그러한 미적 인상은 매우 드물게 나타났지만, 내 생애를 굽어보며 우뚝 서 있었다. 나는 실수로 잊어버렸던(앞으로 다시는 그러지 않을 작정이지만) 몇몇 절정을 과거에서 되찾았다. 뿐만 아니라 지금은 이렇게도 말할 수 있다. 그것은 특히 중요하므로 나에게 고유한 특징이 되었지만, 그렇다 해도 다른 몇몇 작가에게서 볼 수 있는 그것과 상당히 비슷한 특징, 그다지 뚜렷하지는 않지만 분명히 알아볼 수 있는 특징과 서로 통한다는 사실을 발견하고 나도 안심했다고. 마들렌의 맛과 같은 감각은 《무덤 저편의 회상》 가운데 가장 아름다운 부분과 이어져 있지 않을까? "어제저녁, 나는 홀로 산책하고 있었다⋯⋯. 한 그루의 자작나무 꼭대기에 앉은 한 마리의 개똥지빠귀가 지저귀는 소리에 나는 퍼뜩 명상에서 깨났다. 그 순간 그 마법의 소리가 내 눈앞에 아버지의 영지를 떠오르게 했다. 나는 최근에 보아온 처참한 사변도 잊고, 갑자기 과거로 옮겨가서 개똥지빠귀 우는 소리를 자주 듣던 그 전원 풍경을 다시 보았다." 이 《회상》의 가장 아름다운 두세 문장 중의 하나로, 다음과 같은 게 꼽히지 않을까? "헬리오트로프(heliotrope)[1]의 섬세하고 그윽한 향기가 꽃이 활짝 핀 조그마한 누에콩 화단에서 피어오르고 있었다. 그것은 조국의 미풍에 실려온 게 아니라, 이 유배된 식물과는 아무런 상관도 없으며, 어렴풋한 회상이나 쾌락과도 교감하는 바 없는 뉴펀들랜드의 거센 바람에 실려온 것이다. 미인 주위에 감도는 일도 없고, 그 가슴속에서 정화되는 일도 없으며, 그녀가 밟는 길을 따라서 퍼지는 일도 없는 이 향기, 여명과 문화와 인간 사회로 변한 그 향기 속에는 아쉬움과 결핍과 청춘의 온갖 우수가 서려 있었다."

프랑스 문학의 걸작 가운데 하나인 제라르 드 네르발(Gerard de Nerval)[2]의 《실비》는, 《무덤 저편의 회상》의 콩부르(Combourg) 편과 마찬가지로, 마들렌의 맛이나 '개똥지빠귀의 지저귐'과 같은 감각을 품고 있다. 또한 보들레르의 경우, 이런 어렴풋한 추억은 더욱 수두룩하며 분명히 우연도 아니므로, 내 생각으로는 견고하여 흔들리지 않는 것이다. 시인이 충분한 시간을 두고 고르고

---

[1] 지치과에 딸린 다년생 풀.

[2] 프랑스의 시인(1808~55). 독일 문학의 번역가. '마음의 간헐(間歇)'이라는 수법으로 프루스트에게 많은 영향을 끼침.

골라서, 이를테면 한 여자의 냄새, 그녀의 머리털 냄새나 유방 냄새에서 '끝없이 둥근 푸른 하늘(l'azur du ciel immense et rond)'*¹이나 '돛과 돛대로 가득한 항구(un port rempli de voiles et de mâts)'*² 등을 그에게 불러일으키는 영묘한 유사함을 의식적으로 추구한다. 나는 이와 같이 감각의 옮김을 기반으로 하는 보들레르의 시편을 떠올리려고 애썼다. 이토록 고귀한 문학적 계열 속에 자신을 위치시킴으로써 조금의 망설임도 없이 시작하려는 작품에 노력을 기울일 만한 가치가 있다는 확신을 품으려고 할 즈음, 서재에서 아래층으로 통하는 계단을 다 내려온 순간, 나는 내가 넓은 손님방 안의 향연 한가운데에 서 있다는 사실을 문득 깨달았다. 그것은 지난날에 참석했던 어느 향연과도 전혀 다른 것으로 보였고, 나에게는 특별한 광경을 나타내는 동시에 새로운 의미를 띠기 시작했다. 사실 계단을 내려올 때는 방금 세운 계획을 그대로 가슴에 단단히 품고 있었지만, 순식간에 극적인 변화가 일어나 내 계획에 중대한 항의를 내세우려 했다. 물론 그것은 틀림없이 내가 물리칠 수 있는 항의일 테지만, 예술작품의 조건에 대해서 마음속으로 곰곰이 생각하고 있는데, 나를 망설이게 만들기에 충분한 이유를 몇백 번이나 되뇌면서 끊임없이 내 추리를 가로막으려 들었다.

처음에 나는, 어째서 이 댁의 주인이나 초대 손님들을 곧바로 알아보지 못하는지, 어째서 저마다 얼굴을 완전히 딴판으로 보일 만큼 하나같이 머리에 분가루를 뿌리고, '변장'하고 있는지 영문을 몰랐다. 손님을 접대하는 대공에게는 처음 만났던 무렵에 보았던 동화 속 임금님 같은 호인의 모습이 아직 남아 있었지만, 지난날 그가 손님에게 강요했던 예의범절을 이번엔 몸소 지키는지, 흰 턱수염을 이상하게 기르고, 발에는 척 봐도 무거울 듯한 납으로 댄 신바닥 같은 것을 질질 끌면서 마치 〈인생의 일곱 고개〉의 노인 역으로 분장하고 있는가 싶었다. 그의 콧수염도 마치 그 주위에 《엄지동자(Petit Poucet)》*³의 숲에 내린 서리가 남아 있듯이 희었다. 콧수염이 거추장스러운 듯 입은 딱딱하게 굳어 있었는데, 한 번 효과를 보았다면 당장에라도 그 콧수염을 없애버려야 할 것이다. 사실 나는 이리저리 궁리한 끝에 몇몇 특징이 닮아 있는 점으

---

*1 〈머리털〉 중의 한 구절.
*2 〈이국의 향기〉 중의 한 구절.
*3 프랑스의 작가·비평가 페로(1628~1703)의 동화.

로 보아 그가 대공과 똑같은 인물이라 판단하고 알아보았을 뿐이다. 르장사크의 아들은 그 얼굴에 무엇을 발랐는지는 모르지만, 다른 사람들이 턱수염 반쪽, 또는 콧수염만 회게 물들인 반면, 그는 그러한 염색에 아랑곳없이, 잔뜩 공을 들여서 얼굴을 온통 주름투성이로 만들고, 눈썹을 죄다 곤두서게 하는 방법을 찾아냈다. 그 모양은 그에게는 맞지 않는 분장이어서, 얼굴이 굳고 청동색이 되는 한편 몹시 늙어 보이는 효과를 내어, 도저히 젊은이라고는 생각할 수 없을 정도였다. 바로 그때, 코밑에 은백색 대사형(大使型) 수염을 기른 왜소한 노인을 사벨로 공자이라고 부르는 소리를 듣고 깜짝 놀랐는데, 이전과 다름없는 눈빛을 언뜻 보고 언젠가 빌파리지 부인을 방문했을 때 만난 젊은이인 줄 알아보았다. 이런 가장을 벗기고 본바탕대로 남은 얼굴을 기억의 수고로 완전히 되살리고자 애쓴 끝에 가까스로 누구인지 알아보았을 때, 처음으로 내가 생각한 것은 누구라고 알아보기에 앞서 누구일까 하고 머뭇거릴 만큼 교묘하게 변모시킨 그 솜씨에 대한 칭찬이 틀림없었으리라. 그러한 망설임은 그 자신과는 아주 다른 인물로 분장한 명배우가 무대에 나타날 때 관객이 느끼는 것으로, 관객은 예고에 의하여 미리 알고 있으면서도 잠깐 박수도 잊고 어리벙벙해한다.

　이런 점에서 가장 비범한 이는 내 개인적인 적수인 아르장쿠르 씨로서, 그는 말 그대로 마티네의 인기를 독차지하는 존재였다. 이제 겨우 희끗희끗해진 자기 턱수염 대신 믿어지지 않을 만큼 회고 알궂은 수염을 이상야릇하게 기르고 있을 뿐 아니라, 또한(여러 가지의 보잘것없는 육체적 변화도 많이 모이면 사람을 작아 보이게도 커 보이게도 할 뿐 아니라, 바깥쪽에 나타난 그의 성격이나 인품마저도 모조리 변화시키는 만큼) 그의 위엄, 딱딱한 점잔 따위는 아직도 내 기억에 남아 있건만 이제 존경심 따위는 털끝만큼도 자아낼 수 없는 늙은 거지가 되어버렸을 뿐더러, 자기가 분장한 망령 든 영감 역을 박진감 넘치게 연기하다 보니, 손발은 후들후들 떨리고 언제나 거만하던 표정은 축 처진 채 얼빠진 사람처럼 헤죽헤죽 웃고 있었다. 이쯤 되면 변장의 단계를 넘어서 변신이다. 사실 이 형용키 어려운 그림 같은 연기를 보여주는 사람이 다름 아닌 아르장쿠르 씨라는 사실이 몇몇 사소한 점으로 증명되었지만, 만약 내가 일찍이 알던 아르장쿠르 씨의 얼굴을 다시 찾아내고 싶으면 얼마나 많은 얼굴 모습을 차례차례 건너가야 했을까. 그만큼 그는 오직 자기 자신의 육체만을 써서 자기와 전혀 다른 존재로 변신해 있었다! 분명 그것이야말로, 그가 감쪽같이 해낼 수 있는 변장의 극치였다. 한때의 그 오만불손한 얼굴은, 활 모양으로 잔뜩 뒤로 젖힌 상반신도 이제는 이미 흐느적거리는 넝마에 지나지 않았다. 전에는 가끔 그 거만을 잠깐 누그러뜨리기도 하던 그를 겨우 떠올려본들, 흐슬부슬한 헌옷 장수 같은 그 미소가 지난날의 단정한 신사 몸속에 있었다고 어찌 이해할 수 있겠는가.

하지만 아르장쿠르가 여전히 같은 의도로 미소 짓고 있다고 가정하더라도 그 모습의 변화가 너무도 심해서, 미소 짓는 눈 자체가 모두 달라지고 표정도 확 바뀌어서 딴사람 같았다. 날벼락을 맞긴 했으나 예의 바른 샤를뤼스 씨가 비극적인 형태로 그러했듯이, 완전히 얼이 빠져 자기 자신을 익살맞은 그림 속으로 아낌없이 내던진 이 노망 든 사람 앞에서 나는 웃음을 그치지 못했다. 라비슈(Labiche)에 의해서 과장된 르냐르(Regnard)풍으로, 다 죽어가는 광대가 몸에 밴 아르장쿠르 씨는, 시시한 사람의 인사에도 성의껏 모자를 벗는 리어 왕 역을 맡은 샤를뤼스 씨처럼 부드럽고 붙임성도 있어 보였다. 그러나 나는 그가 보여주는 괴이한 모습에 대하여 찬사를 보낼 마음은 나지 않았다. 그에 대한 나의 옛 반감 때문은 아니었다. 왜냐하면 그는 분명히 옛날과는 아주 달라져서, 나는 평소의 아르장쿠르 씨가 거만한 데다 툭하면 대들고 위험스럽기 그지없었던 만큼이나 지금은 싹싹하고 온화하며 독기 없는 다른 사람 앞에 있는 듯한 착각에 빠졌기 때문이다. 너무도 딴사람이 되어 있었으므로, 이루 말할 수 없으리만큼 낯을 찌푸린 이 익살맞은 백발의 인물, 어린애로 돌아간 두라킨 장군을 닮은 이 눈사람 같은 영감을 보노라면, 인간도 어떤 곤충처럼 완전한 변태가 가능할 듯싶었다. 나는 과학 박물관의 박물학 교육 전시실에서, 가장 빠르고 확실한 변태를 살피고 있는 듯한 느낌이 들었다. 꿈틀거린다기보다 오히려 바르작거리는 이 말랑말랑한 번데기 앞에서는 이제까지 아르장쿠르 씨가 내게 일으켰던 느낌을 받을 수 없었다. 하지만 나는 여전히 침묵을 지키며, 인체의 변형이 일으킬 수 있는 한계를 넓힌 것처럼 기이한 모습을 보여준 데 대하여, 아르장쿠르 씨에게 별다른 칭찬을 하지는 않았다.

아닌 게 아니라, 극장의 무대 뒤라든가 가장무도회의 회장 같은 데서는 예의상, 가장한 사람이 누구인지 좀처럼 알아보기 힘들다고 떠벌리거나, 거의 알아볼 수 없다고 딱 잘라 말하기 일쑤이다. 그러나 여기서는 반대로, 변장한 사람들을 되도록 모른 체하라고 본능이 일러주었다. 하고 싶어서 한 변장이 아니니까 칭찬할 것이 못되는 걸 알아챘기 때문이다. 그리고 나는, 이 손님방에 들어설 때는 생각지도 못했지만, 한동안 드나들지 않다가 오랜만에 사교 자리에 나오면, 낯익은 사람이라고는 두셋밖에 없는 간단한 모임일지라도 가장 성공한 가장무도회 같은 인상을 준다는 사실을 깨달았다. 남들을 알아볼 수 없어서 사뭇 '당황'하는 연회이다. 그러한 얼굴은 오래전부터 본의 아니게 만들어진 것인 만큼, 모임이 끝났다고 해서 깨끗이 씻어낼 수 있는 게 아니다. 남들을 보고 당황한다. 유감이지만 우리 자신도 남들을 당황케 한다. 왜냐하면 남들 얼굴에 마땅한 이름을 붙일 때 내가 느낀 바와 같은 어려움을, 내 얼굴을 언뜻 본 남들도 모두 느끼기 때문이며, 그들은 내 얼굴을 보고도 난생처음 본다는 듯이 거들떠보지도 않거나, 지금의 내 모습에서 다른 추억을 찾아내려고 애쓰기 때문이다.

내 마음에 남을 아르장쿠르 씨의 익살극 가운데에서 가장 근사한 구경거리임에 틀림없는 이 괴상한 '연극'을 하고 있는 그는, 마치 한창 폭소가 터지는 가운데 막이 완전히 내려지기 직전 마지막으로 다시 한 번 무대에 나타난 배우 같았다. 내가 이미 그를 원망하지 않는 까닭은, 다시 동심으로 돌아간 그에게는 내게 품고 있었을 모멸적 관념에 대한 기억도, 샤를뤼스 씨가 얼른 내 손을 놓은 장면을 보았다는 기억도 전혀 없었기 때문으로, 곧 그에게는 이미 그러한 감정이 한 조각도 남아 있지 않거나, 우리에게 다다르는 동안 극심한 변형을 주는 육체라는 굴절기(屈折器)를 거쳐야 하는 탓으로, 그러한 감정이 중간에 완전히 의미가 바뀌어 자신이 심술궂다는 걸 여전히 얼굴에 나타내거나, 남의 이목을 끄는 끊임없는 폭소를 억누르거나 할 만한 육체적 수단이 없어서, 아르장쿠르 씨가 좋은 사람으로 보였기 때문이다. 다만 그를 배우에 비교한 것은 마땅하지 않았다. 사물을 의식하는 마음을 모두 잃은 그가 손님방에서 우글쭈글 구겨져서 이리저리 끌려다니는 모습은 마치 흰 양털로 만든 수염을 단 인형이 간닥거리는 것 같았고, 추도 연설이나 소르본 대학의 강의 같은 데서 볼 수 있듯이 모든 것이 헛되다는 인식과 함께 박물학의 표본 역할을 맡은 과학적이고도 철학적인 꼭두각시놀음을 보는 듯했다.

이런 인형들이 한때는 벗이었음을 확인하려면, 무대 앞뒤에서 동시에 그 인형들 얼굴을 읽어내야 한다. 또 이런 늙은 꼭두각시를 눈앞에 두면 정신을 작용시킬 수밖에 없었으니, 맨눈으로 바라보면서 더불어 기억의 눈으로 보아야 했기 때문이다. 지나간 세월의 형태 없는 빛깔에 잠겨 있는 인형들, '시간'을 겉으로 드러내고 있는 인형들, '시간'이란 보통 눈에 띄지 않는데, 눈에 띄려면 육체를 찾고, 어디서든지 육체를 만나기만 하면 그것을 붙잡아 거기에 '시간'의 환등을 비춘다. 지난날 콩브레의 내 방문 손잡이에 비치던 골로(Golo)처럼 비물질화되어 알아보지 못할 만큼 새로운 아르장쿠르 씨는, 마치 '시간'의 계시처럼 '시간'의 조각을 드러내 보이면서 떠돌고 있었다. 아르장쿠르 씨 얼굴이나 사람됨을 이루고 있는 새로운 요소 속에서 세월을 나타내는 어떤 숫자를 읽을 수 있었고, 눈에 비치는, 곧 영원히 변하지 않는 인생이 아니라 실제의 인생을 상징하는 모습, 도도한 귀공자도 저녁에는 헌옷 장수로의 저 자신의 풍자화를 그릴 정도로 덧없는 분위기가 느껴졌다.

그뿐더러 다른 사람들에게는 이와 같은 변화나 분명한 자기 상실이, 박물관의 영역을 넘어선 듯했으며, 누군가의 이름을 부르는 소리를 듣고, 같은 인물인데도 아르장쿠르 씨처럼 새로운 다른 특징을 보일 뿐 아니라, 딴 사람의 외적 특색을 나타내고 있다는 사실에 놀랐다. 그것은 확실히 아르장쿠르 씨의 경우처럼, 이를테면 시간이 젊은 아가씨에게서 짐작도 못 할 가능성을 끌어냈다고도 할 수 있을 것이다. 그러나 이러한 가능성은 주로 용모나 육체에 대한 것인데도, 정신과도 어느 정도 연관이 있는 듯했다. 얼굴 생김새는 만약 그것이 변하고 배합이 달라져서 자연스레 천천히 균형이 잡힌다면 딴 용모가 되는 동시에 다른 뜻을 갖는다. 그래서 소견 좁고 야멸치다고 알려진 여자가, 몰라보리만큼 볼이 통통해지고 코가 뜻밖에 매부리 형태가 되고 나면, 그 여자에게 한 번도 기대한 적이 없었던 인간미와 은근한 맛이 있는 말을 듣고, 예기치 못한 용감하고 훌륭한 행동을 접한 것 마냥 놀라며, 그것도 흔히 즐거운 놀라움을 자아낸다. 그 코, 그 새로운 코의 주위에, 전혀 기대도 하지 않았던 전망이 트이는 게 보인다. 지난날 있을 수 없었던 친절이나 애정이 그 두 볼과 함께 가능해진다. 그 전의 그 턱을 보고서는 말하고 싶은 생각도 들지 않았을 말까지도 이 턱 앞에서는 들려줄 수 있다. 이 새로운 이목구비에는 모두 성격상의 새로운 특색이 깃들게 된다. 그리하여 매정하고 깡마른 젊은 아가씨는 너그럽고 뚱뚱한 홀몸의 여인이 되었다. 아르장쿠르 씨의 경우처럼 동물학적인 의미로서가 아니라 사회적이고 정신적인 의미로 전혀 딴사람이 되었다고 할 수 있다.

이렇듯 여러 가지 점에서, 지금 내가 참석한 마티네는 지난날의 한 심상보다는 훨씬 귀중한 것이었다. 그것은 내가 일찍이 본 적 없는 심상, 과거를 현재와 분리하는 심상을 차례차례 제공했다. 다시 말하면 과거와 현재 사이에 있는 관계를 보여준다. 이러한 마티네는 옛적에 요지경이라 불리던 것이었으나, 오랜 세월의 모습을 보여주는 요지경이다. 곧, 한순간의 조망이 아니라 시간이라는 변화무쌍한 원근 관점 속에 자리잡은 인간의 조망이었다.

아르장쿠르 씨를 정부로 삼고 있던 부인으로 말하면, '지나간 시간을 헤아린다면' 별로 달라진 데가 없었다. 그녀의 얼굴은 던져진 심연을 떠다니는 동안에 변해버리는 사람의 얼굴처럼 완전히 못쓰게 되지는 않았다. 그런데 그 심연의 방향 또한 공허한 비유를 빌리지 않고서는 나타낼 길이 없다. 그러한 비유를 하려면 우리는 공간 세계에 힘입을 수밖에 없기 때문이다. 높이, 길이, 깊이의 어느 방향으로 뻗어가더라도, 비유에는 그저 떠올릴 수 없는 이 감각적 차원의 존재를 겨우 우리에게 깨닫게 하는 정도의 쓸모가 있을 뿐이다. 이러한 얼굴에 어울리는 이름을 붙이기 위해서는 세월의 흐름을 거슬러 올라가야 하므로, 오히려 그 반동으로 나는 하는 수 없이 일찍이 생각지도 않았던 세월을 각각 제자리에 놓고 그 뒤에 다시 한 번 확립할 수밖에 없었다. 이러한 관점에서서, 공간의 표면적인 동일성에 속지만 않는다면 아르장쿠르 씨의 경우처럼 어떤 인간의 아주 새로운 모습은 어떤 왜소한 나무나 거대한 바오바브(baobab) 나무[1]가 나타나서 우리에게 위도의 변화를 알려주듯이, 이를테면 화폐의 주조 연호처럼 평소에는 추상에서 한 걸음도 벗어나지 못하는 세월의 실체를 깜짝 놀랄 만큼 강렬하게 폭로한다.

그럴 때 인생은 무대가 바뀜에 따라서 갓난아이에서 청년이 되고 장년이 되며, 나중에는 허리가 굽어 무덤 쪽으로 다가서는 몽환극을 방불케 한다. 상당히 오랜 간격을 두고 끌어올려진 인간이 몹시 다르게 보이는 까닭은 끊임없이 변화했기 때문이므로, 생물은 똑같은 생물이기를 그만두지 않고, 아니 똑같은 생물이기를 그만두지 않기 때문에 일찍이 우리가 본 모습을 찾아볼 수 없으리만큼 탈바꿈하는데, 우리 인간 또한 그러한 생물이 좇는 똑같은 법칙을 좇

---

*1 열대 아프리카에 나는 판자(panja)과의 낙엽 큰키나무.

아왔다는 사실을 알게 된다.

옛날에 알던 한 젊은 부인이 지금은 머리도 희고 보기 흉한 노파로 쪼그라들고 말았지만, 연극의 끝판에서는 누가 누군지 알아볼 수 없을 정도로 변장해야 한다는 걸 가르쳐주는가 싶었다. 그러나 그 오빠 쪽은 허리도 꼿꼿한 것이 옛날 그대로여서, 그 젊어 뵈는 얼굴에 위로 뻗친 콧수염만이 희게 물들어 있어서 놀랐다. 이제까지 새까맣던 턱수염에 지금은 반백으로 섞인 흰털이, 마치 아직 긴 여름만 믿고 변변한 일도 않으며 어정버정 지내다 보니 벌써 가을이 다가와 군데군데 노랗게 물들기 시작한 나뭇잎처럼 이 마티네의 인간 풍경을 처량하게 하고 있었다. 나는 어린 시절부터 자신이나 남에게서 결정적인 인상을 받아왔으면서도 무위한 나날을 보냈는데, 이러한 사람들에게 일어난 변신에 의하여, 그들 위로 지나간 시간을 이제야 비로소 깨닫고, 또한 그 시간이 내 위로 지나갔다는 사실에 소스라치게 놀랐다. 그들의 늙어 빠진 모습은, 그뿐이라면 아무래도 상관없지만 나에게도 노쇠가 가까워졌음을 알려주어 내 마음을 어둡게 만들었다. 그뿐만 아니라 나의 노쇠는 마치 '최후의 심판'을 알리는 나팔 소리처럼 내 귓가를 때리는 남들의 말을 통해 몇 분의 사이를 두고 거듭하여 나에게 선고되었다.

첫 선고는 게르망트 공작부인의 입을 통해 내려졌다. 나는 마침 공작부인이 양쪽으로 늘어선 호기심 많은 사람들 사이로 지나가는 모습을 보았다. 호기심 많은 이들은 그들에게 작용하는 화장이며 심미안의 기막힌 기교는 깨닫지 못하고, 그녀의 다갈색 머리털, 검은 레이스 소매 사이로 살짝 엿보이는 보석으로 꽉 쥔 연어빛 피부에 정신이 팔려서, 마치 게르망트 가문 '수호신'이 변신한 보석투성이의 신성한 늙은 물고기인 양, 집안의 내림인 나긋나긋한 선을 그리는 부인의 몸뚱이를 황홀하게 바라보고 있었다. "어머나, 정말 기뻐요, 나의 가장 오랜 친구를 뵙게 되다니." 부인이 나에게 말했다. 게르망트네 집에서 지내는 신비한 생활에 정말로 참여하여, 부인의 친구들인 브레오테 씨, 포레스텔 씨, 스완, 그 밖에 고인이 된 모든 사람과 동등한 자격을 얻게 되리라고는 꿈에도 생각지 못한 콩브레 시절의 젊은이 같았으면 이 말에 마음이 흐뭇했을지 모르지만 지금의 나에게는 오히려 처량했다. '자기의 가장 오랜 친구라고!' 나는 속으로 말했다. '과장하고 있는 거야. 아마 가장 오랜 친구 중 한 사람이라는 뜻일 테지, 하지만 그렇다면 나는……' 이때 대공의 조카가 내게로 와서 말을 건넸다. "당신은 예부터의 파리지앵이시니까요."

잠시 뒤 하인이 내게 쪽지를 전했다. 이 집에 닿았을 때 나는 젊은 레투르빌을 만났었는데, 그가 공작부인과 어떤 혈연관계가 있는지 기억이 가물거렸으나, 상대는 나에 대해서 조금 기억하고 있었다. 그는 생시르(Saint-Cyr, 육군사관학교)를 갓 나왔었는데, 그도 생루처럼 좋은 친구가 되어줄 테고, 군대의 일이나 여러 가지 변화에 대해 가르쳐줄 거라고 생각한 나는, 나중에 다시 만나서 같이 식사할 날을 정하자고 그에게 말했더니 몹시 기뻐했었다. 그런데 내가 서재에서 너무 오랫동안 몽상에 잠기는 바람에 그는 더 이상 기다릴 수 없으니 자기 주소를 알려주겠다는 쪽지를 남긴 것이다. 내가 친구가 되어줄 것으로 기대한 그의 쪽지 끄트머리에는 '귀하의 나이 어린 친구, 레투르빌의 온 경의와 더불어'라는 말이 씌어 있었다. '나이 어린 친구!' 나도 옛날에는 서른이나 더 먹은 연장자들, 이를테면 르그랑댕에게 이런 투의 편지를 썼었지. 이럴 수가! 나는 이 육군 소위를 생루와 같은 나의 친구로 생각하고 있는데 그는 나이 어린 친구라고 자처하는구나. 그럼 그때 이후 변한 것은 전쟁 방식만이 아니구나. 레투르빌 쪽에서 보면 나는 친구가 아니라 늙다리 신사이구나. 혼자 떠올렸듯이, 나는 레투르빌과 좋은 친구가 될 줄 알았건만 꿈에도 생각지 않았던 보이지 않는 컴퍼스가 넓게 벌어져 나를 그에게서 떨어뜨렸단 말인가? 나를 젊은 육군 소위에게서 아득히 먼 곳으로 데려다 놓아, '나이 어린 친구'라 자칭하는 젊은이에게는 한 노신사에 불과하단 말인가?

거의 그 직후에 누군가가 블로크 이야기를 꺼내자 나는 아들 쪽이냐, 아니면 아버지 쪽이냐고 물었다(대전 중에 아버지 블로크는 프랑스가 침략당하는 꼴을 보고 분에 못 이겨 죽었다는데 나는 아직 그것을 몰랐다). "그에게 자녀가 있는 줄은 몰랐소. 결혼했는지조차 몰랐거든." 게르망트 대공이 나에게 말했다. "하지만 지금 이야기하고 있는 것은 분명히 아비 쪽이오. 아무리 봐도 젊은 티는 하나도 없었거든. 다 큰 아들이 있다 해도 이상할 게 없어." 대공은 웃으면서 덧붙였다. 그 말을 듣고, 그것이 내 친구 이야기임을 알았다. 그리고 잠시 뒤에 본인이 들어왔다. 과연 블로크 얼굴에는, 금세 멈춰버리는 그 힘없는 고갯짓과 연설투로 지껄이는 그 허약한 겉모양이 겹쳐 보였다. 만약 내가 옛 친구의 모습을 마지막까지 눈앞에 떠올리지 못하고, 내 기억이 지금의 그에게는 없어진 듯한 옛날의 그 젊고 줄기찬 활기를 그에게 불어넣지 않았다면 그의 얼굴에서 학문 연구에 지친 자상한 노인의 모습만을 보았을 것이다. 인생의 들목에서 그를 자주 만나 온 나에게는 그 또한 동료이고 여전히 한 젊은이였다. 이 뒤로 나이 들었다는 생각이 들지 않아서 무의식적으로 자신이 젊은 줄로 생각한 나는 그것으로 그의 젊음을 헤아렸다. 그런데 그가 그 나이만큼 들어 보인다는 말을 들은 나는 오히려 노인들에게 있는 몇몇 특징을 그의 얼굴에서 확인하곤 소스라쳤다. 그것은 그가 실제로 늙었기 때문이었으니, 인생은 패나 오래 계속되는 젊음을 가지고서 단번에 노인을 만들어낸다는 사실을 나는 이해했다.

내가 병고에 시달린다는 말을 들은 아무개가 요즈음 돌고 있는 유행성 감기에 걸릴까 봐 걱정되느냐고 나에게 묻자 다른 친절한 노인이 나를 안심시켰다. "아니죠, 그건 오히려 젊은 사람들에게 걸리기 쉽다구요. 당신 나이쯤 되는 분들은 잘 걸리지 않아요." 그뿐 아니라 어떤 사람이 나에게 이 댁 하인들은 금세 당신을 알아보더라고 잘라 말했다. 하인들이 내 이름을 쑥덕거리더라는 것이다. 더더구나 한 부인의 말로는, 그들이 "저것 봐……. 영감이 왔어" 하는 걸 들었다고 하는데(이 '영감'이라는 말 다음에 내 이름이 이어졌다), 나에게는 자식이 없으므로 이 표현은 오직 나이와만 관계가 있었다.

게르망트 공작부인이 말했다. "어머, 내가 원수(元帥)와 아는 사이였냐구요? 웬걸요, 하지만 더 대표적인 분들, 갈리에라 공작부인에다 폴린 드 페리고르, 그리고 뒤팡루 예하 같은 분들은 잘 알고 있어요." 그 말을 들으면서 나는 단순하게도, 부인이 구제도의 유물이라고 부르는 그 사람들과 사귀지 않았던 사실을 유감스러워했다. 하지만 이른바 구제도란 그 종말밖에 알 수 없는 것이라는 점을 생각해봐야 옳았으리라. 이처럼 우리가 지평선에서 언뜻 보는 것은 신비한 위대함을 띠고 있으며, 다시 보지 못할 세계에 잠기는 듯이 느껴진다. 그래도 우리는 앞으로 나아간다. 그리고 우리 뒤를 잇는 세대의 눈으로 보면 이윽고 지평선에 있는 것은 우리 자신이다. 그러는 동안 지평선은 뒤로 물러나서 끝났다 싶던 세계가 다시 시작된다. 공작부인은 덧붙였다. "내가 젊은 아가씨였을 때는, 디노 공작부인도 뵈었어요. 그야 이제 난 스물다섯이 아니니까요." 이 마지막 말이 나를 불쾌하게 만들었다. 부인이 그런 말을 하다니, 할머니나 하는 말인데. 그러나 곧장 나는 그녀가 정말로 할머니로구나 생각했다. "당신은 여전하시네요, 아무렴요, 여전히 젊으셔요." 부인은 나에게 말했다. 서글픈 표현이다. 겉모양이야 어떻든 우리가 실제로 늙었다는 뜻밖에 되지 않는다. 또한 부인은 다음과 같은 말을 덧붙임으로써 나에게 치명상을 입혔다. "당신이 결혼 안 하신 걸 난 늘 유감으로 생각해왔어요. 누가 아나요, 어쩌면 안 하신 게 다행인지. 전쟁에 빼앗길 아드님이 슬하에 있을 나이이시니, 불쌍한 로베르(난 지금도 자주 생각난답니다)처럼 만약 그 아드님이 전사라도 하는 날엔 당신처럼 감정이 섬세한 분은 도저히 살 수 없을 테니까요."

그리고 나는 나 자신을 젊거니 여기고 있었듯이, 자기들이 언제까지나 젊은 줄 알고 있는 노인들 눈에서, 처음으로 진실을 비추는 거울을 보듯 사실 그대로의 자신을 볼 수 있었다. 그리고 이러한 노인들은, 내가 그들이 부인해주기를 바라면서 나 자신을 노인의 보기로 들어도, 스스로를 젊다고 보는 것과는 반대의 눈으로, 곧 내가 그들을 보는 눈으로 나 자신을 보면서 전혀 항의할 기색을 드러내지 않았다. 까닭인즉, 우리는 자기 자신의 모습이나 나이는 볼 수 없지만, 남의 모습이나 나이는 그 앞에 걸려 있는 거울처럼 똑똑히 비치기 때문이다. 게다가 사람들 대부분은 자신의 늙음이 드러나도 아마 나처럼 슬퍼하지는 않을 것이다. 그러나 첫째로 늙음에는 죽음과 똑같은 것이 있다. 늙음이나 죽음을 천연덕스럽게 대하는 사람이 있는데, 이는 남들보다 용기가 있기 때문이 아니라 공상력이 빈약하기 때문이다. 또한, 이를테면 어떤 사나이가 소년 시절부터 한 가지 생각을 줄곧 품고 있으면서도 게으름과 건강 상태 때문에 그 생각의 실행을 자꾸만 미루면서 밤마다 무익하게 흘러간 하루를 없는 셈치고, 그 결과 육체의 늙음을 재촉하는 병이 정신의 늙음을 늦추고 있을 경우, 그가 '시간' 속에서 계속 살아왔다는 사실을 깨닫고 느끼는 놀라움이나 혼란은, 반대로 내면 생활이 거의 없이 달력대로 살면서 날마다 하루 또 하루를 거듭하며 결코 세월 모두를 한꺼번에 발견하지 못하는 사람이 느끼는 그것보다 훨씬 크다. 하지만 더 중대한 이유가 내 괴로움을 설명해준다. 시간을 뛰어넘은 갖가지 실재를 뚜렷하게 밝혀 예술작품 속에서 지성의 빛으로 비추려는 기획에 손을 대려는 바로 이 순간에, 내가 '시간'이 지닌 이 파괴작용을 발견했다는 점이다.

어떤 사람은 내가 오랫동안 참석하지 않는 사이에 그들의 세포가 하나하나 다른 세포로 바뀌어 전혀 몰라볼 정도로 변화하고, 완전히 변신하여, 나는 그 사람들과 식당에서 여러 번 식탁을 함께하면서도, 마치 몰래 살피러 슬그머니다니는 왕의 신분이나 낯선 사나이의 악덕을 알아차리지 못하듯이 그들이 구면인 줄 깨닫지 못했을 것이다. 그러나 그들의 이름을 듣고 나면 이 비교로는 충분하지 않다. 왜냐하면 마주앉은 낯선 사나이가 죄인인지 왕인지는 이름을 들으면 알지만, 이러한 사교계 사람들일 경우, 나는 그들과 아는 사이지만, 아니 똑같은 이름을 가진 사람들과 아는 사이지만, 너무나 딴판이어서 똑같은 인물이라고 생각할 수 없었기 때문이다. 그렇지만 군주권(君主權)이라든가 악덕 같은 관념은 낯선 사람에게 금세 새로운 얼굴을 부여하므로(물론 눈이 가려져 있는 동안은 무심코 무례를 범하거나 호의를 베푸는 실수를 저지를 수 있지만) 똑같은 그 얼굴에서 이제는 고귀한 사람의 기품이나 또는 수상한 낌새를 느끼게 된다. 그러한 관념과 마찬가지로, 나는 미지의 여자, 한 번도 만난 적이 없는 여자 얼굴에 그녀가 사즈라 부인이라는 관념을 끌어들이는 일에 몰두한 끝에, 마침내 그 얼굴이 지닌 구면의 의미를 되찾게 되었다. 나는 이름을 듣고 본인이라고 단정함으로써 문제가 곤란함에도 해결 쪽으로 향하게 되었지만, 만약 그렇지 않다면 이 얼굴은 나에게는 완전히 낯선 것이었을 테고, 인간이 원숭이가 된 것처럼 내가 알던 모든 인간의 속성을 잃어버린 다른 얼굴인 채로 있었으리라. 그러나 어쩌다, 옛 모습이 뚜렷하게 되살아나서 대조를 해볼 수 있는 경우도 있다. 그런 때 나는 용의자와의 대질 심문을 위해 소환된 증인처럼, 너무나 큰 차이에, "아뇨…… 이 사람은 처음 보는데요" 말할 수밖에 없었다.

질베르트 드 생루가 나에게 말했다. "우리 둘이서만 식당으로 식사하러 가시겠어요?" 내가 "젊은 남자와 단둘이서 식사하러 가도 염려 없다고 생각하신다면" 대답하자, 주위 사람들이 모두 웃는 바람에 얼른 이렇게 덧붙였다. "아니 늙은이와 함께." 모두를 웃긴 그 말은 언제까지나 나를 어린아이로 여기던 어머니가 함직한 말임을 깨달았다. 그래서 나는 내 나이를 판단하는 데 어머니와 똑같은 관점에 서 있음을 퍼뜩 알아차렸다. 나도 어머니처럼 아주 어릴 적부터 나에게 갖가지 변화가 있었다고 의식했지만, 이제 와서 보면 그것도 낡아 빠진 변화일 뿐이었다. 이전에는 실제보다도 사뭇 몇 년씩 앞질러서 한때는 "이미 어엿한 청년이네요" 하는 말을 듣곤 했는데, 나는 여전히 그 변화의 시기에 머물러 있었던 것이다. 나는 아직도 그렇게 생각했는데, 이번에는 끝없이 뒤늦어 있었다.*¹ 나는 자신이 얼마나 달라졌는지 알아차리지 못했다. 하지만 방금 폭소를 터뜨린 사람들은 대관절 나의 어디에서 변화를 보았을까? 내 머리는 아직 새치 하나 없고 콧수염도 검은데. 나는 그들에게 그런 끔찍한 사실에 대한 증거가 어디에 나타나 있는지 물어보고 싶었다.

그리고 이제야말로 나는 늙음이 뭔지 이해했다. 온갖 현실 중에서 아마 평생 우리가 가장 오래도록 순수하게 그 추상적인 개념밖에 지니지 못한 늙음. 달력을 보고, 편지에 날짜를 적으며, 벗이나 그들의 자녀가 결혼하는 걸 보면서도, 우리는 공포나 게으름 때문에 그런 사실들이 지니는 의미를 이해하지 못한다. 이제 우리가 전혀 딴 세상에 살고 있다는 것을 가르쳐주는 아르장쿠르 씨처럼 낯선 그림자를 보는 날까지, 그리고 여자친구의 손자를 무심코 동료로 대하려고 하자 그 청년이 할아버지처럼 보이는 우리에게 마치 놀림이라도 받은 듯이 미소 짓는 날까지. 나는 죽음, 사랑, 정신의 환희, 고뇌의 효험, 천직 등의 바른 뜻을 이해했다. 왜냐하면 비록 이름이 나에게서 그 개성을 잃었다 할지라도, 낱말이 그 온갖 뜻을 나에게 보여주었으니까. 심상의 아름다움은 사물 뒤에 깃들고, 관념의 아름다움은 사물 앞에 깃들어 있다. 따라서 전자는 우리가 사물에 다다르자 매력을 잃지만, 후자는 우리가 사물을 넘고 나서야 비로소 이해된다.

방금 한 끔찍한 발견은 내 책의 소재로나 도움이 될 것이다. 나는 그 소재를 진실로 완벽한 인상, '시간'의 바깥에 있는 인상만으론 구성할 수 없다고 판단했기 때문이다. 나는 그러한 인상을 갖가지 진리 사이에 끼워넣을 작정인데, 특히 인간이나 사회나 국민이 그 속에 잠겨서 변화하는 '시간'과 관계가 있는 진리는 큰 위치를 차지하게 될 것이다. 나는 인간 겉모양의 변화만을 중시할 생각은 없었다. 그 변화의 새로운 예는 시시각각 눈에 들어오지만, 한때의 심심풀이로 멈추지 않을 만큼 단호하게 걷기 시작한 내 작품을 온 마음과 온 힘을 다해 구상하면서도, 벗들과 계속 인사를 하고 담소도 나누었기 때문이다. 물론 늙음은 누구에게나 비슷한 투로 나타나는 것은 아니었다.

누군가가 내 이름을 묻는 모습이 눈에 띠었다. 그가 캉브르메르 씨라고 옆 사람이 나에게 일러주었다. 그러자 그는 나를 알아보았다는 걸 보여주려고 물

었다. "여전히 그 숨이 막히는 발작으로 고생하시나요?" 그렇다고 대답하자, 그는 내가 마치 100살 노인이나 되는 듯 말했다. "그것 봐요, 그건 오래 사는 데에는 별로 지장이 없다니까요." 나는 그와 이야기하면서, 그의 얼굴에서 두세 가지 특징을 잡아냈다. 다른 부분은 나의 옛 기억과는 전혀 달랐지만, 이 두세 가지 특징만은 내가 그라고 부르는 사람의 전체 속에 머릿속으로 엮어넣을 수 있었다. 그러나 그는 슬쩍 얼굴을 돌렸다. 그러자 그 볼에, 눈이며 입을 완전히 열기도 거북할 정도로 보이는 커다란 붉은 고름집이 달려 있어 전혀 딴 사람으로 보였다. 그래서 나는 그 종기 같은 것을 차마 빤히 볼 수 없어서 그저 멍하니 서 있었다. 그가 먼저 그 종기에 대해 이야기해주면 좋을 텐데. 그렇지만 그는 대범한 병자처럼, 그것에 대해서는 한 마디도 비추지 않고 웃고만 있었다. 나는 그 종기에 대해서 묻지 않는다면 인정이 없어 보이고, 묻는다면 눈치가 없어 보이지 않을까 싶어 안절부절못했다. "나이를 먹을수록 천식 발작은 좀 뜸하지 않습니까?" 그는 내게 계속 천식에 대해 물었다. 그렇지 않다고 나는 대답했다. "허어! 하지만 내 누이동생은 옛날에 비해 눈에 띄게 적어졌는데요." 그는 시비조로 말했다. 마치 내 경우와 자기 누이동생의 경우가 다를 리가 없다는 듯이, 또 나이는 어떤 좋은 약인지라, 고쿠르 부인에 잘 들던 것이 나한테 안 들을 리가 없다는 투였다. 캉브르메르 르그랑댕 부인이 다가왔으므로, 나는 그녀의 남편 얼굴에서 주목한 것에 대해 한마디 동정하는 말을 하지 않으면 매정해 보일 것만 같아 더욱더 조마조마했지만, 막상 그 말을 먼저 꺼낼 용기가 없었다.

"저이를 만나니 기쁘세요?" 부인이 나에게 말했다. "부군께서는 건강하시군요?" 나는 모호한 투로 대꾸했다. "그럼요, 썩 나쁘지 않죠, 보시는 바와 같아요." 내 눈을 돌리게 했던 그 종기가 그녀의 눈에는 띄지 않았던 것이다. 그것은 바로 '시간'이 후작의 얼굴에 씌운 가면 중의 하나로, 천천히 조금씩 부어올랐으므로 후작부인의 눈에는 아무것도 보이지 않았던 것이다. 캉브르메르 씨가 내 천식에 대해 질문한 뒤였으므로, 이번에는 내가 후작의 어머니께서 아직 살아 있는지를 누군가에게 넌지시 물었다. 아직 살아 있었다. 흘러간 시간을 재는 데 힘겨운 첫걸음일 뿐이다. 처음에는 숱한 세월이 지나갔다는 점을 쉽게 그릴 수 없지만, 나중에는 생각만큼 시간이 지나지 않았다는 사실을 쉽게 떠올리지 못한다. 13세기가 그처럼 아득한 옛날일 줄은 생각해본 적도 없건만, 나중에 가서는 아직 13세기의 성당이 꽤 많이 남아 있으리라는 생각을 좀처럼 하기 어렵다. 그렇지만 프랑스에 13세기의 성당은 헤아릴 수 없이 많다. 젊은 시절부터 알던 어떤 사람이 60살이 되었다는 말을 들어도 좀처럼 이해되지 않지만 그로부터 15년 뒤에, 그 사람이 아직 살아 있을 뿐 아니라 75살밖에 안 됐다는 말을 들으면 더욱더 이해하지 못한다. 그러한 사람들의 마음에 생기는 그 완만한 작용이 잠깐 내 마음속에도 생겼다. 나는 캉브르메르 씨에게 그 어머니의 안부를 물었다. "여전히 기가 막히지요" 하는 대답에서 그가 쓴 형용사는 늙은 가족을 혹독하게 다루는 종족과는 달리, 이를테면 노인의 귀가 밝다든가, 노인이 걸어서 미사에 간다든가, 남의 죽음을 침착하게 견딘다든가 하는 순전한 육체적 능력의 행사가 자녀들 눈에는 놀라운 정신적 아름다움으로 비치는 그런 가정에서 노인에 대해 쓰이는 말이었다.

그 밖에는, 얼굴은 그대로였지만 걸을 때 비로소 거북스러운 듯이 보이는 이가 있었다. 처음에는 다리가 아파서 그런 줄 알지만, 조금 뒤에야 가까스로, 늙음이 그들의 구두 바닥에 납덩이를 붙였구나 하고 이해가 갔다. 또 아그리장트 대공처럼 늙고 나서 풍채가 좋아진 사람도 있다. 큰 키에 날씬하고 흐릿한 눈에, 머리칼은 평생 불그스름한 대로 있을 성싶던 이 사람은 곤충의 변태와 비슷한 변신에 의하여, 너무나 오랫동안 남의 눈에 띄어온 그 붉은 머리칼이 밝은 식탁보처럼 백발이 된 노인으로 탈바꿈해 있었다. 그의 가슴팍은 몰라보게 튼튼하고 거의 군인처럼 허우대가 좋아져서, 내가 익히 아는 연약한 번데기를 몽땅 터뜨릴 수밖에 없었을 것이다. 짐짓 점잔 빼는 티가 눈가에도 어려서, 그것이 주위의 모두를 향한 새로운 호의의 기색과 뒤섞여 있었다. 어쨌든 튼튼하기가 바위 같은 지금의 대공과 내 기억 속에 있는 대공의 초상 사이에는 어떤 비슷함이 남아 있어서, 나는 '시간'의 독창적인 정신력에 다시 한 번 놀랐다. '시간'은 인간의 단일성(unité)과 생명의 법칙을 존중하면서도 이와 같이 겉면을 바꾸어, 똑같은 인물의 연속적인 두 모습 속에 대담한 대조를 들이미는 기술을 갖고 있다. 왜냐하면 여기 있는 사람들 대부분은 그가 누구인지 대번에 알지만, 그것은 마치 꼼꼼하지 않은 데다 심술궂은 화가가 어떤 사람의 얼굴 모습을 일부러 생략하거나, 또 그의 눈을 일부러 어둡게 하여 그린 초상화가 전람회에 모여 있는 것이나 다름없으니까. 이런 화상(image)을 내 기억의 눈 안에 있는 모습(image)과 비교한다면 맨 나중에 보이는 것을 좋아할 마음은 들지 않았다. 친구가 골라달라고 부탁하는 여러 장의 사진 가운데 유독 한 장이 마음에 안 들어서 빼는 경우가 흔히 있다. 나는 사람들이 보여주는 각자의 영상(image)을 보면서, "아냐, 이게 아냐. 실물이 훨씬 나아. 이건 당신이 아냐" 하는 말을 해주고 싶었다. 하지만 아무리 나라도 "쭉 곧은 당신의 아름다운 코 대신, 본 적도 없는 당신 아버지의 매부리코를 달고 있군요" 하는 말을 덧붙이지는 못한다. 사실 이것은 집안 내림의 새로운 코였다. 요컨대 '시간'이라는 화가는, 모든 모델을 누구인지 알아볼 수 있도록 '그려'내지만 그것이 꼭 닮지 않은 까닭은 '시간'이 모델들에게 아첨하여 실물보다 낫게 그리기 때문이 아니라 모델들을 늙게 하기 때문이다. 게다가 이 예술가는 아주 느리게 일을 한다. 이리하여 베르고트를 처음 만난 날, 나는 오데트 얼굴의 밑그림이 어렴풋이 질베르트의 얼굴에 나타나 있는 것을 보았는데, 마치 오랫동안 하나의 작품을 끼고 앉아 매년 조금씩 완성해가는 화가처럼, '시간'은 이 오데트 얼굴을 마침내 쏙 빼닮을 정도로까지 복제해냈다.

여자들 가운데에는 화장 탓에 오히려 늙음을 드러내는 이가 있는데, 남자들 중에는 도리어 이제까지 늙음을 감춰오던 얼굴에 화장을 하지 않음으로써 늙음이 나타나는 경우가 있다. 남에게 잘 보이고 싶은 기력도 잃어 화장을 하지 않으면서부터 완전히 딴사람으로 보인다. 르그랑댕이 그중 한 사람이었다. 화장을 했으리라고는 꿈에도 생각지 않았던 입술이나 뺨의 장밋빛이 없어진 탓으로 그의 얼굴에는 잿빛이 돌았고, 석조상처럼 또렷한 굴곡이 드러나 있었다. 그에게서는 화장을 하고 싶은 의욕뿐 아니라 미소를 짓거나 눈을 반짝이거나 재치 있는 이야기를 하고 싶은 의욕마저도 사라져 있었다. 몰라보게 창백하고 파리하여, 마치 저승에서 불려온 망령처럼 무의미한 말을 띄엄띄엄 중얼거리는 그를 보고 놀라지 않는 사람이 없었다. 그가 어쩌다가 활기와 유창한 말솜씨와 매력을 잃었는지 누구나 의아해했다. 마치 살아 있는 동안에는 재기 발랄하던 사람의 보잘것없는 '넋' 앞에서 그렇게 생각하듯이(물론 강령술사의 질문에 따라서는 재미있게 전개되는 수도 있지만). 그러다가 사람들은 연지를 바른 날렵한 르그랑댕을 창백하고 처량한 유령이 되게 한 원인은 바로 늙음이라고 생각했다.

나는 여러 손님들에 대해 그가 누구인지 알아보았을 뿐 아니라, 마지막에는 옛날과 다름없는 모습을 알아볼 수도 있었다. 이를테면 스키는 말라빠진 꽃이

나 과일처럼 변해 있었다. 그는 내 예술 이론을 확증하는 볼품없는 시작이었다(그는 내 팔을 잡고 말했다. "난 그 곡을 여덟 번이나 들었다네……"). 다른 몇몇 사람들은 비전문가가 아닌 사교계 인사들이었다. 그러나 그들 또한 늙음에 의해서 성숙하는 일 없이, 처음으로 생긴 주름살과 둥근 선을 그리는 백발에 둘러싸여 있어도 그 혈색 좋은 얼굴에는 18살의 활기가 남아 있었다. 그들은 노인이 아니라 말라비틀어진 18살 젊은이였다. 그와 같은 삶의 시듦을 지우기는 그다지 수고스럽지 않다. 그리고 죽음이 그 얼굴에 젊음을 되살리는 데에는 조그만 얼룩 때문에 옛날의 빛을 잃은 초상화를 씻는 정도의 품도 들지 않는다. 그러므로 나는 어떤 유명한 노인의 소식을 듣기가 무섭게, 그가 친절하고 공평하며 온정 넘치는 사람이라고 기대를 걸 경우 우리는 환상에 속는 거라고 생각했다. 그도 그럴 것이, 40년 전에 형편없던 망나니 청년이 지금도 그 허영심이나 두 마음, 오만, 속임수 따위를 그대로 지니고 있지 않다고 가정할 근거는 전혀 없다고 깨달았기 때문이다.

하지만 그런 사람들과 전혀 딴판인 몇몇의 남녀와 이야기해보고 그들이 거의 모든 결점에서 벗어난 것을 보고 놀랐다. 그것은 인생에 환멸을 느끼고 자만심을 잃어선지, 아니면 소망이 이루어짐으로써 냉혹성이 누그러져서인지 모른다. 이제는 싸움도 허세도 필요치 않은 행복한 결혼이라든가, 아내의 영향이라든가, 경망스러운 청춘이 외곬으로 믿던 가치와는 다른 가치에 대해 천천히 터득한 식견으로 말미암아 성격이 누그러지고 그들의 장점이 발휘된 것이다. 그들은 늙어갈수록 인품이 달라지는 듯 보인다. 마치 깊어가는 가을과 더불어 색깔이 달라져도 그 본질은 변하지 않는 나무들처럼. 그들에게는 늙음의 본질이 참으로 뚜렷이 나타나 있었는데, 그러나 정신적인 그 무엇으로서였다. 또 다른 사람들에게는 오히려 그것이 전혀 새로운 육체적인 것으로(이를테면 아르파종 부인) 나타나, 나에게는 낯선 사람인 동시에 낯익은 사람처럼 보였다. 낯선 사람같이 보이는 건 내가 그분이 누구라는 걸 추측할 수 없었기 때문이다. 나는 그의 인사에 응하면서 내가 누구와 인사하고 있는지 짐작되는 서너 사람(하기야 그중에 아르파종 부인은 빠져 있었지만)의 얼굴을 떠올리며 확신하지 못하고 망설이다가 그런 내 정신의 작용을 본의 아니게도 상대에게 보이는 결과가 되고 말았다. 게다가 나의 그 열띤 인사에는 틀림없이 상대도 놀랐을 것이다. 누군지 몰라서 그처럼 주저하고 있는 참이어서, 만약 상대가 특히 절친한 사람이라면 너무 서먹서먹하다고 생각할까 꺼리는 마음에서 나는 나의 자신 없는 눈길을 채우기 위하여 악수와 미소에 열의를 기울였기 때문이다.

그러나 그녀의 새로운 모습은 전혀 낯선 게 아니었다. 이제까지 살아오면서 꼬장꼬장한 노파들에게서 자주 보아온 것으로, 그때는 그런 노파들도 몇십 년 전에는 아르파종 부인의 얼굴과 똑같았으리라고는 미처 생각지 못했다. 지난날 내가 익히 알던 부인의 용모와 어찌나 달랐는지, 그녀는 몽환극 속의 인물처럼 처음에는 젊은 아가씨로, 다음에는 풍채 좋은 마님으로 나타났다가, 오래지 않아 허리가 꼬부라진 지척거리는 노파로 다시 등장할 운명을 타고난 여자인 듯했다. 마치 그녀는 헤엄에 지친 사람이 이제는 아득히 멀어진 해안을 바라보기만 하면서, 집어삼킬 듯이 밀어닥치는 세월의 파도를 가까스로 밀어내는 사람처럼 보였다. 그래도 나는 예전의 형태를 더 이상 간직하지 못하는 부실한 기억처럼 어렴풋한 그녀의 얼굴을 주의 깊게 바라보면서, 늙은 나이가 그 뺨에 그려넣은 몇 개의 네모꼴이나 여섯모꼴을 지우는 작업에 골몰하다가, 드디어 거기서 뭔가 옛 모습을 찾아내는 데에 성공했다. 물론 나이가 여자의 뺨에 그려넣는 것이 언제나 기하학적 도형으로 정해져 있는 것은 아니다. 게르망트 공작부인의 뺨은 거의 옛날과 다름없었지만, 지금은 누가(nougat)[1]처럼 여러 혼합물이 달라붙어서, 나는 거기에서 동록 자국, 잘게 부순 조가비의 장밋빛 조각, 겨우살이 열매보다도 작고 유리구슬보다도 불투명한 뭐라 형용키 어려운 뾰루지 같은 것을 똑똑히 보았다.

다리를 저는 남자들도 있었는데, 그것은 교통사고 탓이 아니라 풍을 맞은 탓으로, 속된 말로 이미 한 다리는 무덤에 들여놓고 있기 때문임을 알았다. 입을 벌리고 있는 무덤 속에서 반신불수가 된 어떤 여자들은 묘석에 걸린 드레스 자락을 완전히 벗기지 못하는 듯했다. 죽음의 심연에 떨어지기 직전, 삶과 죽음 사이에서 바로 지금 그녀들 자신이 머리 숙여 그리고 있는 곡선 그대로 그 굽은 몸을 다시 똑바로 펴지도 못했다. 그녀들의 생명을 앗아가는 이 포물선의 움직임에 맞설 수 있는 것은 하나도 없다. 그녀들은 몸을 일으키려고 하자마자 휘청거리며 부들부들 떨고, 손가락은 허공을 더듬을 뿐이었다.

그런데 누구는 아직 머리도 세지 않았다. 나는 상전에게로 가서 귀엣말을

---

[1] 사탕의 일종.

하는 걸 보고 그가 게르망트 대공의 늙은 하인임을 알아보았다. 머리고 뺨이고 가릴 것 없이 어디에나 곤두서 있는 그의 뻣뻣한 털은 여전히 장밋빛 도는 다갈색이어서 게르망트 대공처럼 물을 들인 게 아닌가 하는 의심을 품을 여지도 없었다. 그렇다고 해서 덜 늙어 보이는 건 아니었다. 다만 겨울이 다가와도 변하지 않는 이끼나 바위옷이나 그 밖의 여러 가지가 식물계에 있듯이, 인간의 세계에도 그런 부류가 있다고 느끼게 할 뿐이었다.

　실제로 이러한 변화는 보통은 유전적인 것이었다. 그리고 집안이, 때로는—특히 유대인의 경우—인종이, 흘러가는 시간에 의해 남겨진 변화를 방해한다. 게다가 이런 특성이 죽고 마는가 하고 내가 생각해야 옳았는가? 나는 늘 우리 개인이란 어떤 특정한 순간에는 폴립(polyp)*² 과도 같다고 생각했다. 그 눈은 다른 기관과 관련이 있기는 하지만 독립된 조직으로서 티끌이 지나가면 이성의 명령 없이도 감길뿐더러, 그 장(腸)은 마치 숨어 있는 기생충처럼 이성이 알리지 않아도 악취를 풍긴다. 또한 삶의 지속도, 차례차례 죽어가는, 또는 마치 콩브레에서 해가 지면 누군가가 나 대신 내 자리를 차지하듯 서로 번갈아 드는 경우마저 있는 자아의 연속, 나란히 놓여 있기는 하지만 분명히 별개인 자아의 연속 같은 것이라고 여겨왔다. 하지만 한 인간을 이루고 있는 그러한 정신적 세포가 그 개인 자신보다도 더 오래 간다는 사실도 나는 알고 있었다. 나는 게르망트네 사람들의 악덕이나 용기가 생루의 몸속에 그의 기이하고도 퉁명스러운 성격의 결점과 함께 나타나는 것을 여러 번 보았다. 스완의 유대인 기질도 이와 마찬가지였는데, 나는 그 유대인 기질을 블로크에게서도 보았다. 몇 년 전 아버지를 여읜 뒤로는, 유대인 가정에서 흔히 보이는 강한 혈족 의식 말고 자기 아버지를 누구보다도 뛰어난 사람으로 보는 관념이, 아버지에 대한 블로크의 애정에 종교적인 숭배의 형태를 주었다. 그는 아버지를 잃었다는 생각에 견딜 수 없어서 1년 가까이 요양소에 틀어박혀야 했다. 내가 애도의 뜻을 표하자 그는 크게 감격한 듯한 동시에 사뭇 거만해 보이는 투로 대답했는데, 그만큼 그는 내가 그처럼 뛰어난 사람과 살아 있는 동안에 만난 적이 있었다는 사실을 대단한 요행으로 보았던 것이다. 아버지의 쌍두마차를 어느 역사 박물관에 기꺼이 기증할 성싶을 정도였다.

─────────

*2 히드라 충류(蟲類)로서 입과 촉수가 있는 개체.

그리고 이번에는 자기 집 식탁에서 니생 베르나르 씨에게, 자기 아버지가 태우던 것과 똑같은 분노를 자기 장인에게 태우곤 했다. 그는 똑같이 장인을 마구 야단치곤 했다. 코타르와 브리쇼와 그 밖의 여러 사람이 하는 이야기를 듣는 가운데, 나는 문화와 유행을 통하여 오직 한 가닥의 파동이 같은 말투와 같은 생각을 모든 공간에 전파시킨다는 사실을 깨달았다. 그와 마찬가지로, 시간의 전 지속에 걸쳐서 밑바닥을 흐르는 커다란 물결이 세월의 깊은 바다 밑에서 층층이 쌓인 숱한 세대를 꿰뚫고 똑같은 갖가지 분노와 비애와 용맹과 괴벽을 들어올린다. 게다가 같은 계통 여러 층의 각 단면은, 블로크와 그 장인, 아버지 블로크 씨와 니생 베르나르 씨, 그 밖에 내가 모르는 사람들이 똑같이 말다툼을 벌이고 있는 가정 풍경처럼 똑같은 그림(보통은 이처럼 시시하지는 않은)의 반복을 연속적으로 영사막에 비치는 그림자처럼 비추고 있다.

백발을 두건처럼 쓴 어떤 사람의 얼굴에는 이미 죽어가는 사람의 경직이 나타나서 눈꺼풀은 굳게 닫히고, 쉴 새 없이 실룩거리는 입술은 단말마의 기도를 중얼거리는가 싶었다. 얼굴 선이 그대로라도, 검은 머리칼이나 금발 대신 백발이 덮이면 그것으로 충분히 딴사람처럼 보였다. 연극 의상 담당자는 분을 뿌린 가발 하나로 배우의 분장을 완전히 바꾸어 누군지 알아볼 수 없게 하는 재주가 있다. 게르망트 부인이 사촌동서의 1층 칸막이 좌석에 앉아 있던 그날, 나는 그때 육군 중위였던 젊은 보세르장*1 후작이 캉브르메르 부인의 2층 특별석에 앉아 있는 것을 보았는데, 지금도 그는 여전히, 아니 예전보다 그 용모가 더욱 단정했다. 동맥경화로 말미암은 생리적 경직이 이 세련된 멋쟁이의 차가우리만큼 단정한 용모를 더욱 강조하여, 만테냐나 미켈란젤로의 습작에서 볼 수 있는, 움직임이 없는 탓에 사뭇 찌푸린 것처럼 보이는 그 얼굴에 뚜렷한 선을 새겨넣었기 때문이다. 옛날의 그 생기 넘치는 붉은 얼굴이 이제는 장중한 창백함으로 바뀌어 있었다. 은백색 틸, 가벼운 비만, 베네치아 총독풍의 고상함, 졸음이 쏟아지는 피로 따위가 하나가 되어 숙명적인 중후감이라는 새로운 인상을 그에게 주었다. 네모꼴의 금빛 턱수염 대신 네모꼴이기는 하지만 새하얀 턱수염을 달면서 그의 얼굴이 바뀌었으므로, 구면인 그 중위가 이제는 소매에 금줄 다섯을 달고 있는 것을 보고, 제일 먼저 내 머리에 떠오른 생각은

---

*1 여백으로 있음—역주(譯註). 앞뒤로 봐서 보세르장 후작인 듯함—플레이아드판 주.

대령 승진을 축하해주어야겠다는 게 아니라, 아주 그럴듯하게 대령으로 변장한 것을 칭찬해주어야겠다는 생각이었다. 그는 그 변장을 위해서 대령이었던 아버지로부터 군복과, 위엄 속에 수심을 품은 모습을 빌려온 듯싶었다. 이 후작 말고도 금빛 턱수염이 흰 수염으로 바뀐 사람이 있었는데, 그는 얼굴에 여전히 웃음이 어리고 젊음이 있었으므로, 흰 턱수염은 얼굴의 붉은 기를 한층 강조하여 더욱 공격적으로 보이게 할 뿐이었고, 그 눈에 빛을 더하여 여전히 젊어 보이는 이 사교인에게 신의 계시를 받은 예언자 같은 풍모를 부여하고 있었다.

백발이나 그 밖의 요소가 특히 부인들에게 미친 변화는, 만약 그것이 남의 눈을 즐겁게 해주는 수도 있는 색채의 변화로만 그치고, 정신을 혼란시키는 인격의 변화가 따르지 않았다면, 내 관심을 그다지 강하게 끌지 않았을 게 분명하다. 사실 아무개를 '알아본다'는 것은, 아니 처음에는 알아볼 수 없던 사람을 아무개라고 인정하는 일은 모순되는 두 가지 물건을 하나의 명칭 아래 생각하는 일이며, 한때 여기에 있던 사람, 즉 우리가 떠올리는 이는 이미 존재하지 않고, 현재 저기 있는 이는 우리가 알지 못하는 이라는 사실을 인정하는 일이다. 그것은 죽음의 신비 못지않게 우리를 불안하게 만드는 신비를 생각해봐야 마땅하다는 뜻이기도 하다. 하기야 그 신비란 말하자면 죽음의 전조, 죽음의 예고자이지만. 왜냐하면 그와 같은 변화가 무엇을 뜻하고, 뭘 예고하는지 나는 알고 있었기 때문이다. 따라서 부인들에게서 볼 수 있는 머리털의 흰빛은 다른 여러 가지 변화와 연관되어 매우 인상적이었다. 아무개가 나에게 어떤 이름을 일러주면, 나는 그 이름이 나의 옛 벗, 왈츠를 잘 추던 금발의 여자에게나, 지금 내 앞을 무거운 걸음으로 지나간 백발의 땅딸막한 부인에게나 똑같이 적용된다는 생각에 잠깐 망연해졌다. 연극에 나오는 숫처녀와 지체 높은 미망인보다도 더 차이가 나는 이 두 여자(내 기억 속의 여자와 오늘 게르망트네의 마티네에 참석한 여자)의 공통점은, 혈색이 조금 좋다는 점을 빼면 오로지 그 이름뿐이었다. 삶은 그 왈츠의 명수에게 그와 같은 큰 몸집을 주고, 그처럼 굼뜬 동작을 메트로놈처럼 더욱 느리게 했다. 또한 아마도 변치 않을 유일한 부분으로 뺨을, 물론 그것도 전보다는 불룩했지만 젊을 적부터 이미 부스럼 때문에 붉게 부어 있던 뺨만을 남겨두고, 날렵한 금발 아가씨를 이처럼 북통배가 된 늙은 원수(元帥)로 바꾸어버렸다. 그러기 위해서 삶은, 분명 첨탑을 둥근 지붕으로 개축하기보다도 더 어려운 파괴와 재건 공사를 완성해야 했으리라. 이러한 작업이 움직이지 않는 물체가 아니라 보이지 않을 정도로 천천히 변화하는 육체에 가해졌음을 생각하면, 지금 눈앞에 있는 유령과 내가 떠올리는 사람 사이의 혼비백산할 대조는 추억 속의 사람을 아득한 과거로, 거의 있을 수 없는 지난날로 보내는 것이었다. 이 두 모습을 하나로 합하거나, 두 사람을 똑같은 이름으로 생각하기란 쉬운 일이 아니다. 왜냐하면 죽은 사람이 한때는 살아 있다고 생각하거나, 현재 살아 있는 사람을 죽었다고 생각하기가 어렵듯이, 일찍이 젊었던 여자가 이제는 늙은이가 되었다고 생각하는 것 또한 거의 비슷하게 어려우며, 또 같은 종류의 어려움을 뒤따르게 하기 때문이다(젊음의 소멸, 기력과 경쾌감이 넘치는 인간의 파괴는 이미 허무를 향한 첫발이므로). 이때 젊은 여자의 모습과 나란히 놓인 노파의 모습은 어찌나 서로 동떨어지는지, 처음에 노파가, 다음에 젊은 여자가, 또 그 다음에 노파, 이런 식으로 두 사람이 번갈아서 꿈처럼 보이고, 만약 같은 이름이라는 표적이나 친구의 증명이 없다면—물론 이 증언을 사실처럼 보여주는 겉모양의 특징이라고는 지난날 금빛으로 굽이치는 머리털 사이로 보일락말락 했었는데, 지금은 새하얀 머리털 밑에 퍼져 있는 붉은 점뿐이지만—노파에게 일찍이 그 처녀 시절이 있었으리라고는 믿어지지 않고, 그 처녀의 실질이 다른 곳으로 달아나지도 않고 세월의 교묘한 농간으로 이 노파가 되었으며, 똑같은 육체에서 떨어져 나온 적 없는 똑같은 실질이라는 사실을 믿을 수 없을 것이다.

게다가 흰 눈이 그렇듯 머리칼이 얼마나 희냐 하는 정도가 보통 그 사람이 살아온 시간의 깊이를 겉으로 드러내주는 특징인 듯 보인다. 마치 산꼭대기가 다른 산들과 같은 높이로 보이면서도, 빼어난 그 고도를 눈밭의 흰 빛으로 나타내듯이. 그렇지만 이것이 모두에게 언제나 정확하지만은 않으니 특히 여성에 대한 경우가 그렇다. 게르망트 대공부인의 머리 타래는 윤나는 잿빛을 띠고 명주실처럼 반짝이던 즈음엔 동그란 이마를 둘러싸고 은빛으로 빛났었는데, 희어진 탓으로 양털이나 삼거웃처럼 윤기를 잃고, 그래서 옛날과는 반대로 빛을 잃은 더러운 눈처럼 부연 회색으로 보였다.

그리고 금발의 무희들은 그 금발이 백발의 가발로 바뀐 덕에 처음 보는 공작부인들의 우정을 얻게 되었을 뿐더러, 이제까지 춤밖에 몰랐던 여자들인지라 성총을 입은 만큼이나 예술에서 감동을 받았다. 그리고 17세기에 이름난 귀부인들이 수녀원에 들어갔듯이, 그녀들은 입체파의 그림으로 가득 찬 방에서 오직 그녀들만을 위해서 제작하는 입체파 화가들을 위해 살았던 것이다. 얼굴 생김새가 달라져버린 노인들로 말하면, 결점을 가리고 장점을 돋보이게 하기 위해 자세를 취할 적에 띠는 그 순간적인 표정 하나를 영원히 얼굴에 붙잡아두려고 애를 썼다. 마치 자기 자신의 완전하고 오래도록 변하지 않는 순간 사진이 되어버린 것만 같았다.

이런 사람들은 모두 변장에 엄청난 '시간'을 들였으므로 그 변장은 보통 같이 지내는 사람들 눈에는 띄지 않았다. 그 변장이 늦춰지는 경우도 흔히 있는데, 그런 경우 그들은 꽤 늦게까지 본디 모습대로 남아 있었다. 그러나 이런 경우, 오래 미루어졌던 변장은 그만큼 더 재빨리 이뤄진다. 어차피 변장은 피할수 없었다. 나는 지금껏 X부인과 그 어머니 사이에서 비슷한 점을 하나도 발견하지 못했었다. 그 어머니는 내가 처음 봤을 때부터 노인이었고, 몸이 완전히 쪼그라든 땅딸막한 터키 사람 같은 모습이었다. 한편 딸인 X부인은 사실 언제 보아도 황홀하리만큼 아름답고 날씬했다. 그 모습은 상당히 오래갔다. 아닌 게 아니라 과연 그것은 너무나 길었다. 왜냐하면 해가 지기 전에 잊지 않고 터키 부인으로 변장해야 하는 여자처럼, 부인은 늑장을 부렸다는 사실을 깨닫자 허둥거리며 거의 단번에 땅딸막하게 쪼그라들어서, 옛날에 어머니가 지니고 있던 늙은 터키 부인의 모습을 충실하게 재현했기 때문이다.

몇 사람의 남자는 다른 사람의 친척인지는 알고 있지만, 그들의 얼굴에 공통된 점이 있다고도 생각해본 적도 없었다. 그런데 르그랑댕이 백발의 늙은 은둔자로 변한 모습을 어이없이 바라보다가, 나는 문득 그 넓적한 뺨이 그와는 전혀 딴판인 그의 젊은 조카 레오노르 드 캉브르메르의 뺨과 똑같이 생긴 것을 똑똑히 보았다. 아니, 동물학자 같은 만족을 맛보면서 발견했다. 이 첫 발견에 이어, 나는 오늘날까지 레오노르 드 캉브르메르의 얼굴에서 주목하지 못했던 또 다른 특징을 발견하고, 거기에 또 몇 가지 공통점을 보탰다. 평소 그의 젊음의 종합이 보여주는 모습과는 전혀 다른 것이었으므로, 이윽고 나는, 말 그대로 똑같은 초상화보다도 더욱 진실하고 깊이가 있는 그의 캐리커처를 만들어냈다. 그의 큰아버지는 지금 내 눈에, 장차 실제로 그렇게 될 노인의 모습을 재미삼아 꾸미고 있는 젊은 캉브르메르로밖에 보이지 않았다. 그래서 나는 일찍이 젊었던 사람들의 오늘날 모습에서뿐만 아니라 현재 젊은이들이 앞으로 되어갈 모습에서도 강렬하게 '시간'의 느낌을 받았다.

　대부분의 여자에게서, 젊음이라고까지는 할 수 없으나마 적어도 아름다움이 새겨져 있었던 얼굴이 사라져버렸으므로, 그녀들은 남아 있는 얼굴을 가지고 다른 아름다움을 만들어낼 수 없을까 애쓰고 있었다. 얼굴의 중심(重心)이야 옮길 수 없을지라도, 시점의 중심(中心)을 이동시키고, 그 둘레에 다른 유형에 맞추어 얼굴 생김새를 구성하면서 그녀들은 50살이나 먹었건만 새로운 아름다움을 지어내기 시작했다. 마치 늘그막에 새로운 직업을 갖거나 이제 포도를 기를 수 없게 된 땅에 사탕무를 심듯이. 이와 같은 새로운 이목구비 주위에 그녀들은 새로운 젊음을 꽃피웠다. 매우 아름다운 여자와 너무 못생긴 여자만이 그와 같은 변형에 순응할 수 없었다. 몹시 아름다운 여자는 무엇 하나 고칠 수 없을 만큼 완벽하게 조각된 대리석 같아서 바꾸면 조각상처럼 잘게 바스러져버린다. 너무 밉상인 여자들은 그 얼굴에 어쩐지 꼴불견인 구석이 있지만, 그래도 잘생긴 여자들보다는 얼마간 유리한 점이 있다. 첫째, 대번에 알아볼 수 있는 것은 이런 여자들뿐이다. 파리에서 이렇게 생긴 입이 달리 없다는 사실은 누구나 아는 터이므로, 나는 그 입 덕분에 아무도 알아볼 수 없는 이 마티네에서 그녀들이 누구인지를 알아볼 수 있었다. 게다가 그녀들은 나이든 티조차 없었다. 늙음이란 뭔가 인간다운 것이다. 그런데 이런 여자들은 괴물이라서 고래만큼이나 '변하지' 않을 성싶었다.

　몇몇 남성과 여성들은 보기에 나이 들지 않은 듯했다. 몸매도 여전히 날씬하고 얼굴도 젊어 보였다. 그러나 이야기를 건네려고 매끈한 살갗에 윤곽이 섬세한 그 얼굴 가까이 바짝 가보니, 현미경 밑에 놓인 식물의 표면, 한 방울의 물, 한 방울의 피처럼 얼굴은 전혀 딴판으로 보였다. 그때까지 매끈하다고 여기던 살갗에 헤아릴 수 없는 기미가 눈에 띄어서 나는 비위가 상했다. 얼굴선도 이와 같은 확대에는 배겨내지 못했다. 가까이 가보니 콧날도 얼굴의 다른 부분과 마찬가지로 지방의 침해를 받아 형태가 일그러지고 뭉뚝해져 있었다. 그리고 눈은 늘어진 눈꺼풀 속에 파묻혀, 옛날 그대로인 줄로 알았건만 지금의 얼굴은 그때와 조금도 닮은 데가 없었다. 이리하여 여기에 초대된 손님들은 멀리서 보면 젊지만 그 얼굴을 확대하여 다른 면을 관찰함에 따라서 자꾸만 나이가 불어났다. 곧, 그들의 늙은 나이는 보는 사람에 따라 다르다. 보는 사람이 그러한 얼굴에서 변함없는 젊음을 보고 싶으면, 적당한 위치에서, 노안을 위해

안경사가 골라주는 유리알 따위를 쓸 게 아니라, 그저 상대 얼굴을 물건이 작게 비치는 먼 눈으로 바라보기만 하면 그만이다. 이와 같은 얼굴의 늙음은, 예컨대 한 방울의 물 속에 있는 섬모충류의 존재만큼이나 검출이 쉬우니, 그것은 세월의 걸음에 의해서 초래되는 게 아니라 관찰자의 시력 확대도에 따라서 결정된다.

10년 동안 거의 매일같이 만나던 옛 친구 하나와 나는 여기서 다시 만났다. 어떤 사람이 우리 두 사람을 소개하겠다고 했다. 그래서 그 친구 쪽으로 가보니, 그는 귀에 익은 목소리로 나에게 말했다. "몇 년 만인가, 참 반가우이." 그러나 나는 얼마나 놀랐는지! 그 소리는 정교한 축음기에서 나오는 것 같았다. 분명 친구의 목소리임에 틀림이 없었으나, 그것이 내가 한 번도 본 적이 없는 반백의 뚱뚱한 영감에게서 나왔기 때문인데, 그러자 무슨 기계장치에 의하여 인공적으로 내 친구의 목소리를 이 변변치 못한 뚱뚱보 영감 속에 넣은 것으로밖에는 생각할 수 없었다. 그렇긴 하지만 그가 친구임을 나도 알고 있었고, 오랫동안 만나지 못했던 우리를 서로 소개해준 사람도 결코 남을 속일 인물이 아니었다. 친구는 나에게 "자네는 변하지 않았군" 하고 잘라 말했는데, 그 말로써 나는, 그 친구도 자신이 변하지 않은 줄로 여기고 있음을 알았다. 그래서 나는 그를 자세히 뜯어보았다. 결국 몹시 뚱뚱해진 사실 말고는 그는 옛 모습을 거의 모두 간직하고 있었다. 그런데도 도저히 나는 앞에 서 있는 이 사람을 그 친구라고 받아들일 수 없었다. 그래서 옛날 그 시절을 생각해내려고 애썼다. 젊은 시절에 그는 언제나 싱글벙글하며, 분명히 무엇인가를 찾아서 끊임없이 움직이는 푸른 눈을 했었지. 그것은 내가 생각해본 적도 없는 자기 욕심을 떠난 것으로서, 그 가정의 벗 전부를 전적으로 존경하지 못하는 심정과 어떤 장난기에서, 끊임없는 불안에 휩싸여 그 진리를 추구했다. 그런데 유력하고 재능 있는 독재적 정치가가 된 오늘날, 결국 찾던 것을 얻지 못한 그의 푸른 눈은 더 이상 움직일 줄 몰랐으며, 그 때문에 눈살을 찌푸린 것처럼 날카로운 시선을 반짝이고 있었다. 그래서 쾌활하고도 꾸밈없이 천진하던 표정은 자연히 교활하고 능청맞은 표정으로 변해버렸다. 아무리 봐도 딴사람이었다. 그렇게 생각한 순간 갑자기 내가 한 무슨 말에 그가 전처럼 웃음을 터뜨렸는데, 유쾌한 듯이 늘 움직이는 눈에 걸맞은 옛날의 그 너털웃음이었다. 음악에 미친 사람은 Z가 작곡한 악곡이 X에 의해서 관현악으로 편곡되면 완전히 딴 것이 되었다고 생각한다. 거기에는 보통 사람은 느낄 수 없는 미묘한 차이가 있기 때문이다. 그러나 조금 사팔뜨기이기는 하지만, 뾰쪽하게 깎은 파랑 연필처럼 날카로운 눈매가 어린시절의 너털웃음을 억누르고 있는 모습은 단순한 편곡의 차이 정도가 아니다. 웃음이 그치자 나는 옛 친구가 분명한지 다시 확인하고 싶었다. 하지만 《오디세이아》에서 세상 떠난 어머니의 환영에 매달리는 오디세우스처럼, 또 혼령에게서 신원을 확인하는 대답을 얻으려고 헛되이 애를 쓰는 강신술사처럼, 또는 축음기로 똑같이 복원된 그 음성을 사람의 자연스러운 목소리로 믿으려 들지 않는 전기 박람회의 입장객처럼, 나는 더 이상 그가 내 친구라고 생각할 수 없었다.

그런데 시간 그 자체의 걸음걸이 또한 사람에 따라서 빨라지기도 하고 더뎌지기도 한다는 사실을 마음속에 두어야만 한다. 4~5년 전에, 나는 거리에서 우연히 생피아크르 자작부인(게르망트네와 친한 한 여성의 며느리)을 만난 일이 있다. 그녀의 조각 같은 용모는 영원한 젊음을 더 탄탄하게 하는가 싶었다. 게다가 아직 젊은 나이였다. 그런데 이제는 그녀에게서 몇 번이나 생글거리는 인사를 받으면서도 얼굴선을 되찾을 수 없을 정도로 난도질당한 부인을, 나는 도무지 그녀들을 알아볼 수 없었다. 3년 전부터 그녀가 코카인이나 그 밖의 약물을 사용해온 탓이었다. 언저리가 시커메진 그 눈은 사나울 정도였다. 입은 보기 흉하게 비쭉거리며 이를 드러내고 있었다. 듣자 하니 몇 달을 침대나 소파에 누워 지내다가 오직 이 마티네를 위해서 일어나 왔다고 한다. 이와 같이 '시간'은 '조로(早老)'행 특급열차를 운행한다. 그러나 그와 평행하는 노선 위를 돌아오는 열차가 거의 같은 속도로 달린다. 나는 쿠르지보 씨를 그의 아들인 줄 알았다. 그만큼 나이보다 훨씬 젊어 보였기 때문이다(쉰이 넘었을 텐데도 서른 남짓으로 보였다). 그는 총명한 의사를 만나 알코올과 소금을 끊었던 것이다. 그리하여 서른 안팎으로 다시 젊어졌는데, 그날은 특히 서른도 안 되어 보였으니 바로 그날 아침에 이발을 한 덕분이다. 그렇지만 이름을 들어도 누군지 알 수 없는 사람이 한 명 있었다. 나는 동명이인이라고 생각했는데, 왜냐하면 그는 일찍이 내가 알고 지냈을 뿐 아니라 몇 년 전에도 재회했던 같은 이름의 사내와는 전혀 다른 사람이었기 때문이다. 하지만 분명 그 사람이었다. 단순히 머리가 하애지고 살이 쪘으며, 다만 콧수염을 밀었을 뿐이었다. 그것만으로도 그의 인격을 잃어버리는 데에는 충분했던 것이다.

얄궂은 일이지만, 노쇠 현상은 그 방식에 몇 가지 사회적 습관을 헤아리는 가 보다. 지체 높은 신분이면서도, 언제나 몹시 검소한 알파카 털로 짠 옷을 입고, 서민도 마다할 밝은 밀짚모자를 쓰고 지내는 이들이 있는데, 그런 사람들은 그들 주위에서 지내는 정원사나 농부들처럼 늙어갔다. 갈색 기미가 뺨을 덮고, 얼굴은 누레졌으며, 낡은 책처럼 우중충했다.

또 나는 올 수가 없어서 이곳에 자리를 같이하지 않은 이들도 생각했다. 비서들은 그 불참자들이 아직 살아 있다는 환상을 주기 위해 사과 전보를 보내왔고, 그 전보가 가끔 대공부인에게 전달되었다. 그러나 여러 해 전부터 죽어가고 있는 이 병자들은 이미 몸을 일으키지도 못 하며, 유람객의 호기심이나 순례자 같은 기대에 못 이겨 찾아오는 변덕스러운 사람들의 문병을 받아도, 눈을 감고 묵주를 쥔 채, 이미 수의나 다름없는 이불을 반쯤 걷어차고, 대리석 같이 뻣뻣하고도 허연 살에 병마로 인해 앙상한 골격까지 새긴 몰골로, 마치 무덤에라도 든 듯이 누워 있었다.

부인들은 자기들의 매력 가운데에서 가장 개성적인 것을 그대로 유지하려고 애썼지만, 그 얼굴에 새로 보태진 것이 흔히 이를 돕지 않았다. 인간의 얼굴을 지질학적으로 보아 이와 같은 변천이 완성될 때까지 몇 기(紀)를 거쳐야만 했던가를 생각하면서, 또 코 옆을 따라서 얼마만한 침식이 있었는지, 뺨 언저리에는 얼마나 거대한 충적토가, 그 불투명·불용해성 덩어리가 얼굴 전체를 뒤덮고 있는지 보고 소름이 오싹 끼쳤다.

틀림없이 몇몇 부인은 첫눈에 누군지 알아볼 만했으니, 그 얼굴은 거의 옛날 그대로였고, 계절과 어울리게 하기 위해서인지 그녀들은 주로 가을 차림인 잿빛 머리칼을 얹고 있었다. 그러나 그 밖의 여자들, 또한 남자들일지라도 그 변모—예컨대 기억 속에 있는 머리가 검은 난봉꾼과 지금 눈앞에 있는 늙은 수도사처럼—가 몹시도 완벽해서 도저히 같은 인물이라고는 볼 수 없으므로, 사뭇 가공적인 것으로 보이기까지 하는 그 변신은 배우의 기예라기보다는 차라리, 프레골리(Fregoli)*¹의 전형적인 그 희한한 무언극을 떠올리게 했다. 노부인들은 옛날에 자기 매력이었던 이해할 수 없고도 우수 섞인 미소가 이제는 늘그막이 씌워준 석고가면 위로 떠오르지 않음을 깨닫고 울고 싶어졌다. 그

---

*1 로마 태생의 배우로서 변장의 명수(1867~1936).

래서 갑자기 남의 마음에 들려는 용기조차 꺾여 체념하는 길밖에 없다는 생각으로, 그 석고가면을 연극의 탈처럼 남의 웃음거리로 내놓고 있었다. 하지만 대부분의 부인들은 쉴 새 없이 나이에 맞서 온 힘을 기울여 씨름하며 서산에 넘어가는 태양처럼 멀어져가는 아름다움을 향해 자기들의 얼굴을 거울처럼 내밀고 그 마지막 빛살을 잡아두려 안간힘을 썼다. 어떻게든 성공하기 위해서 어떤 여자는, 없어질까 안타까운 보조개의 뇌쇄적인 매력도 단념하고, 굳어지기 시작하여 이미 힘을 잃은 미소도 체념하고, 오직 편편한 흰 얼굴의 바깥쪽만을 강조하기 위해서 온 마음과 힘을 다하고 있었다. 한편 또 다른 여자들은 아름다움이 영원히 사라졌다는 걸 스스로 깨닫고 이제는 표정에 의지할 수밖에 없다는 사실을 알고는, 삐죽이거나 눈꼬리에 주름살을 만들고, 몽롱한 눈매를 하거나 때로는 미소에 매달렸는데, 그 미소로 말하면, 근육이 이미 고분고분 따르지 않아서 도리어 울상으로 보였다.

게다가 콧수염만 센 정도의 경미한 변화밖에 받지 않은 남자들의 경우조차 그러한 변화가 오로지 육체적인 것만이 아닌 느낌이 들었다. 그것은 마치 색깔 띤 안개나 색칠한 유리 너머로 그들을 바라보는 것과 같고, 색유리 너머로 보면 아무래도 그들의 얼굴이 희미해지게 마련인지라 생김새가 달라지며, 실물 크기로 보이는 것이 알고 보면 우리에게서 매우 멀리 있음을 나타낸다. 그러한 간격은 물론 공간의 간격과는 다르지만, 마치 강을 끼고 바라보기라도 하듯이 그 간격 끝에서 그들이 우리를 알아보기는, 우리가 그들을 알아보는 일만큼이나 어렵다는 걸 깨닫게 된다. 아마도 포르슈빌 부인 혼자만은 형태가 바뀌지 않도록 피부를 부풀리는 액체나 무슨 파라핀이라도 맞은 듯, 지난날의 고급 창부 모습으로 영원히 '박제되어' 있는 듯 보였다.

"당신은 나를 우리 어머닌 줄로 아셨죠." 질베르트가 나에게 말했다. 사실 그랬다. 하기야 그것은 그녀에게 정말 기쁜 일이었는지도 모른다. 다들 옛날 그대로구나, 하는 생각에서 시작하면 다들 늙어 보인다. 그러나 먼저 다들 늙었다는 생각에서 시작하면 전과 다름없는 모습을 찾아내고, 아주 추하지는 않다고 생각한다. 오데트의 경우는 그뿐만이 아니었다. 그녀의 나이로 보아 노파려니 예상하고 있는 사람에게, 그녀의 용모는 마치 자연법칙에 도전하는 라듐의 불멸성 이상으로 연대학의 법칙에 대하여 기적적인 도전인가 싶다. 처음에 내가 그녀를 몰라보았던 까닭은 그녀가 변한 탓이 아니라 변하지 않은 탓이었다. 시간이 인간에게 새로운 것을 얼마나 많이 덧붙이며, 일찍이 익숙했던 예전의 모습을 찾아내려면 그것을 없애버려야 한다고, 나는 약 한 시간 전부터 깨달았던 터이라, 이번에는 얼른 계산을 시작했으나 옛날의 오데트에게 지나간 햇수를 보태 얻은 결과로 말할 것 같으면, 지금 눈앞에 있는 사람일 수 없을 성싶은 생각이 들었다. 지금 눈앞에 있는 사람은 바로 지난날의 그녀와 똑같았기 때문이다. 분연지와 머리 염색은 대체 어떤 역할을 하고 있는 걸까? 그녀는 금색으로 염색한 머리털을 착 달라붙게 빗어 붙이고―뒤통수에는 커다란 기계 인형처럼 조금 헝클어진 쪽을 붙였는데, 그 머리털 밑의 놀란 듯한 얼굴 또한 인형처럼 움직이지 않았다―머리털 위에는 납작한 밀짚모자를 얹어서, 마치 1878년 파리 만국박람회(그 무렵이라면 그녀는 세상의 인기를 독점했을 테고, 그 때에 만약 지금의 나이였다면 더더욱 그랬을 것이다)가 앳된 부인으로 분장하고 '연말 뉴스극'에 인사말을 하러 나온 듯한 모습이었다.

불랑제(Boulanger) 장군*¹ 시대 이전의 각료였고, 지금 다시 각료가 된 사나이가, 여자들에게 희미하게 부들부들 떠는 듯한 먼 미소를 보내면서 우리 옆으로 지나갔다. 그 꼴이 마치 과거의 헤아릴 수 없는 인연으로 묶여서 보이지 않는 손에 끌려다니는 작은 유령 같은 그는, 키도 작아지고, 본바탕도 달라져서, 속돌로 만든 자기 자신의 축소물 같았다. 이 전직 수상은 지금은 포부르 생제르맹에서 융숭한 대접을 받고 있지만, 전에는 형사 사건으로 도망다니던 처지여서 사교계나 일반 사회에서도 기피 인물이었다. 그러나 그 두 층을 이루는 면면들이 아주 새로워진 덕에 지금은 아무도 그런 사실을 몰라서 존경을 한 몸에 모으고 있었다. 그러므로 몇 년만 지나면 우리의 과오는 잊혀 한낱 티끌에 지나지 않게 되고 그 티끌 위에는 언젠가 자연의 평화가 활짝 미소 지으리라 안다면 아무리 큰 굴욕도 운명이라 체념하고 쉽사리 감수할 수 있다. 잠깐 오명을 쓴 개인도 '시간'이 균형을 잡으면 마침내 새로운 두 사회계층에 맞아들여져서 존경과 감탄만을 받을 뿐 아니라 그들의 지지에 힘입어 편안히 눌러앉게 될 것이다. 이러한 일은 오직 '시간'에게만 맡겨져 있다. 그러므로 깊은 실의에 빠져 있는 사람의 마음은, 자기가 '야채 바구니(죄수 호송차)'에 갇혀 있는 동안 주먹을 을러멘 군중이 퍼붓는 '뇌물 먹은 놈'이라는 욕이, 맞은편에

*1 프랑스의 군인(1837~91).

서 우유 파는 아가씨 귀에 들어갔다는 사실 때문에 도무지 편치가 않은 법이다. 그 우유팔이 아가씨는 시간의 흐름을 가지고 모든 일을 보지 않으므로, 오늘 아침 신문에서 칭송받는 작자들이 과거에는 인망이 땅에 떨어졌던 작자들이라는 사실도 모르거니와, 지금 감옥에 갇힐 신세가 된 이 사나이, 아마도 그 우유팔이 아가씨 생각에만 골몰하여 세상의 동정을 살 겸손한 말은 입에 담으려고도 않는 그 사나이가 앞으로 신문을 통해 유명해지고, 공작부인들의 총애를 받게 되리라는 것을 알 리도 없다.

시간은 또한 친척간의 말썽을 멀리 치워버린다. 게르망트 대공부인 댁에서 자주 보던 한 부부의 경우, 그 남편 쪽에도 아내 쪽에도 이제는 죽고 없지만, 각각 큰아버지가 있었다. 그 두 사나이는 주먹다짐만으로는 성이 차지 않아서, 그 가운데 한 사람이 상대에게 망신을 주기 위해 사교계 인사를 결투 참관인으로 세우기는 아깝다고 판단하여 심부름꾼과 집사를 보냈다. 그러나 이러한 이야기도 30년 전 신문 속에 잠들어 있을 뿐, 이제는 아무도 모른다. 그래서 게르망트 대공부인의 살롱은 휘황찬란한 가운데 괴괴한 무덤처럼 모든 것을 잊은 채 꽃피고 있었다. 거기서는 시간이 구면의 사람들을 흩어지게 했을 뿐 아니라, 새로운 결합을 가능케 하며 창조하고 있었던 것이다.

다시 정치가 이야기로 돌아가면, 그의 육체의 실질적 변화는 그가 지금 일반 대중 사이에 불러일으키고 있는 도덕관의 변화만큼이나 심각하며, 한마디로 그가 재상을 지낸 때부터 수많은 세월이 흘렀음에도 그는 다시 내각의 일원이 되어 새 수상으로부터 각료 자리를 받았다. 이를테면 마치 극장 지배인이 오래전에 은퇴한 옛 동료 여배우에게 배역을 맡기는 것과 조금 비슷한데, 이것은 지배인이 이 여배우라면 아직 젊은 여배우보다 훌륭하게 그 역을 해낼 수 있다고 판단했거니와, 게다가 그녀의 호주머니 사정이 여의치 못함을 알기 때문이다. 이리하여 그 늙은 여배우는 80살이 가까운 나이에도, 옛날과 다름없이 능숙한 연기와 발랄한 생명의 지속을 무대에서 다시 보여주고, 관객은 죽기 며칠 전에도 사그라질 줄 모르는 그녀의 강인한 생명력에 경탄한다.

포르슈빌 부인은 그와 반대로 너무도 이상야릇해서, 젊어졌다기보다 차라리 온갖 분홍색과 갈색 부분을 한껏 보이며 피어났다고 할 수 있다. 1878년 만국박람회의 화신이라는 말만으로는 모자랐으니, 현대식물전람회의 귀한 인기거리라고 할 만했다. 게다가 나로서는, 그녀가 "나는 1878년 박람회예요" 말한다고는 생각하지 않았고, 차라리 "나는 1892년 아카시아 가로수길이에요" 말하는 듯했다. 나는 아직도 그녀가 그 가로수길에 있을 성싶었다. 사실 달라지지 않은 그녀를 보노라면 숨도 쉬고 있는 것 같지가 않았다. 그녀의 모습은 단종된 장미 같았다. 나는 그녀에게 인사를 했다. 잠깐 그녀는 내 얼굴에서 나의 이름을, 마치 학생이 제 머릿속에서 더욱더 쉽게 찾아낼 답을 시험관 얼굴에서 찾듯이 찾아내려고 했다. 내가 이름을 대니까, 이 주문 같은 이름 덕분에, 틀림없이 나이가 입혔던 소귀나무의 분장이나 캥거루 분장이 벗겨지기라도 한 듯 그녀는 금세 나를 알아보더니, 예전에 소극장에서 그녀에게 박수를 보낸 사람들이 초대를 받아 그녀와 함께 '사적으로' 식사를 하면서 담소할 적에 그녀의 말 한 마디 한 마디를 마음껏 황홀하게 듣던 그 독특한 목소리로 말하기 시작했다. 그 음성은 옛날과 똑같이 뜻하지 않은 곳에서 열을 띠어 황홀하게 만드는 데가 있었는데, 어딘지 모르게 영어 악센트가 섞여 있었다. 그러나 아득한 강 건너 언덕에서 나를 바라보는 듯한 그녀의 눈과 마찬가지로 그 음성도 시름겨워서 《오디세이아》에 나오는 혼령들의 목소리처럼 애원하는 듯한 구슬픈 음조를 띠고 있었다. 오데트는 아직도 무대에 설 수 있을 것 같았다. 나는 그녀의 젊음을 칭찬했다. 그러자 그녀는 대답했다. "친절하시네요, 마이디어(my dear), 고마워요." 그리고 그녀는 멋이라고 믿는 것을 늘 걱정하는 나머지 가장 진실된 감정을 나타낼 때도 멋을 부려야만 했으므로 "정말 고마워요, 정말 고마워요"를 몇 번이고 되풀이했다. 하지만 지난날 불로뉴 숲 큰 거리에서 그녀의 모습을 보기 위해 먼길을 마다않고 걸어갔으며, 처음 그녀 집에 갔을 적에 그녀의 입에서 흘러나오는 목소리를 쟁반에 구르는 보석 소리인 양 귀담아듣던 나는 그녀에게 무슨 말을 해야 좋을지 몰라서, 그녀의 둘레를 흘러간 시간이 끝없이 길게 여겨졌다. 나는 질베르트가 "당신은 나를 우리 어머닌 줄로 아셨죠" 하던 말을 생각해보면서 그녀 곁을 떠났는데, 그 말은 옳은 말이었을 뿐더러 딸로서도 기쁘기 그지없는 말이었다.

　물론 씨앗 속에 갇혀 있는 부분이 언젠가 밖으로 뛰쳐나오리라고는 생각지 않듯이, 질베르트만이 지금껏 그 얼굴에서 한 번도 보지 못했던 가족의 특징이 나타난 것은 아니었다. 그 밖의 한두 여자도 쉰 줄로 접어들면 어머니에게서 물려받은 커다란 매부리코가 나타나, 그때까지 쭉 곧던 코의 생김새를 바꾸어버린다. 아무개 은행가 딸의 경우는 여자 정원사처럼 싱싱하던 혈색이 다

갈색으로 되고 구릿빛으로 변하다가 나중에는 아버지가 수없이 주무르는 황금의 광채 같은 것을 띠게 되었다. 또 어떤 작자들의 경우는, 그 얼굴이 마침내 그들이 사는 동네를 닮게 되어, 예컨대 아르카드 거리, 불로뉴 숲 큰 거리, 엘리제 거리 같은 빛을 띠게 되었다. 그러나 뭐니뭐니해도 그들은 먼저 부모의 용모를 그대로 재현하고 있었다.

아아, 포르슈빌 부인은 언제까지나 이대로 있을 수 없었다. 그로부터 3년도 못 된 어느 날 질베르트가 베푼 어느 야회에서 만난 그녀는, 노망이 들진 않았지만 조금 주책이 없어져서 자기가 생각하는 바—생각한다는 말이 지나치다면—느끼는 바를 무표정한 가면 밑에 숨기지 못하게 되어, 어떤 인상을 받으면 주정뱅이나 철부지처럼, 또는 흥이 나면 사교 자리일지라도 거리낌 없이 시를 짓고, 질겁하는 부인의 손을 잡고서는 식탁으로 다가가면서 눈썹을 찌푸리거나 입을 쫑긋거리는 시인처럼 머리를 끄떡거리고 입을 오므리며 어깨를 흠칫 떨었다. 그날 밤 포르슈빌 부인이 받은 인상은 조금도 유쾌하지 못했다—그러나 그녀를 야회에 참석하게 만든 한 가지만은 예외였는데, 그것은 애지중지하는 딸에 대한 애정, 질베르트가 이토록이나 으리으리한 야회를 열었다는 자랑, 이제 어머니인 자기는 셈에도 들지 않게 됐다는 슬픔에도 그 자랑스러운 마음에 벅차 얼굴을 내밀었던 것이다—그 밖에 나머지 인상은 즐거운 것이 못되고 남들이 가해오는 모욕에 맞서 끊임없이 몸을 지키는 일, 어린애처럼 겁먹으면서 막는 일만을 명령했다. 귀에 들리는 말이라곤 이런 것밖에 없었다. "포르슈빌 부인이 나를 알아보았는지 아닌지 모르겠는걸. 아무래도 다시 인사해야 하지 않을까"— "무슨 소리, 그런 생각일랑 말게(상대는 질베르트의 어머니에게 죄다 들린다는 생각은 하지도 않고, 아니, 전혀 걱정이 안 되는지 아랑곳없이 목청을 돋우어 말했다), 그건 소용없는 짓이야. 얼토당토않은 꼴을 당할걸세! 내버려두면 그만이야! 게다가 저인 노망이 들기 시작한 모양이니."

포르슈빌 부인은 여전히 옛날처럼 아름다운 눈으로 입버릇 사나운 작자들을 넌지시 보다가 실례가 될까 봐 갑자기 눈을 내리깔았다. 그래도 모욕에 치가 떨려, 힘없이 분노를 누르면서 머리를 흔들고 가슴을 꿈틀거리고 나서, 또 다른 좀 무례한 다른 손님에게 새삼 눈길을 던졌는데 그럴 때마다 별로 놀라는 기색도 없었다. 왜냐하면 4~5일 전부터 심기가 많이 불편해서 야회를 미루자고 딸에게 넌지시 비추었건만 들어주지 않았기 때문이다. 이러한 사연이 있었지만, 그래도 포르슈빌 부인은 여전히 딸을 사랑했다. 공작부인들이 꾸역꾸역 몰려들고, 누구나 다 입을 모아 이 새 집을 칭찬해주니, 그녀의 마음은 기쁨으로 벅차올랐다. 그리고 그즈음 사교계에서 가장 떵떵거리는 자들도 좀처럼 가까이 갈 수 없었던 귀부인인 사브랑 후작부인까지 모습을 나타내자, 포르슈빌 부인은 자기가 선견지명이 있는 어진 어머니였다는 것, 이것으로 이젠 어머니의 소임도 다했다는 느낌이 들었다. 그때 비웃기 잘하는 손님들이 오자 그녀는 또다시 그쪽을 보며 혼잣말했다, 만약에 그저 몸짓만으로 나타내는 무언의 말도 또한 말로 친다면. 그녀는 아직도 아름답건만—이제까지 전혀 없었던 일이지만—몹시 측은해 보였다. 그도 그럴 것이, 한때는 스완을 비롯하여 닥치는 대로 뭇남자를 속여온 그녀였건만 이제는 온 세상 사람들에게 속고 있었기 때문이다. 그뿐더러 패기마저 없어져서 지금은 역할이 뒤바뀌어 고약한 사내들에게서 몸을 지키려는 생각조차 하지 않게 되었다. 머잖아서 그녀는 죽음에 대해서도 저항하지 않게 될 것이다. 그러나 앞으로 있을 이야기는 내버려두고, 다시 3년 전 이야기, 곧 우리가 지금 있는 게르망트 대공부인 댁의 마티네로 돌아가기로 하자.

나는 나의 옛 친구 블로크를 얼른 알아보기 힘들었다. 게다가 그는 지금 자크 뒤 로지에라는 이름을 필명으로뿐 아니라 본명으로도 쓰고 있었다. 내 친구 블로크가 완전히 끊어버린 듯싶은 '이스라엘의 사슬'이나, '그리운 헤브론의 골짜기' 냄새를 그 이름에서 맡으려면, 내 할아버지 같은 후각이 필요했을 거다. 사실 영국풍의 멋이, 그의 얼굴을 완전히 바꾸고 지울 수 있는 건 죄다 대패로 밀어버렸다. 전에는 곱슬곱슬하던 머리털도 이제 머리 한복판에서 가르마를 내어 납작하게 붙이고 코스메티크*1를 발라 윤을 냈다. 코는 여전히 크고 붉었으나, 오히려 만성 감기 때문에 부은 것처럼 보였다. 이것은 그가 굼뜨게 뇌까리는 말의 코 먹은 어조를 설명할 수 있었다. 왜냐하면 얼굴빛에 맞는 머리 손질과 마찬가지로, 발음하기에 알맞은 목소리를 찾아냈으므로, 옛날 콧소리는 염증을 일으킨 콧방울과 잘 들어맞는 멸시의 음조를 띠었기 때문이다. 그리고 머리 모양, 없어진 콧수염, 멋스러운 몸차림과 몸집, 굳센 의지 덕분에,

---

*1 피부나 머리털을 윤내는 데 쓰는 화장품.

이 유대인의 코는 몸차림만 교묘하게 하면 곱사등이 여자도 거의 등이 곧아 보이듯이 눈에 두드러지지 않았다. 하지만 블로크가 나타난 순간 그의 용모가 확 달라졌다고 느끼게 해준 것은 끔찍한 외알안경이었다. 그 외알안경이 블로크의 얼굴에 끌어들인 기계적인 기능은, 인간의 얼굴이 순종해야 할 모든 의무, 곧 보기 좋아야 하는 의무, 기지나 호의나 노력을 나타내야 하는 힘든 의무를 얼굴에서 면제해주었다. 이 외알안경을 끼고 있다는 사실만으로 먼저 그의 얼굴의 아름다움과 추함을 생각할 필요가 없어졌다. 마치 영국제 물건을 보고 있을 때, "이것은 최신 유행품입니다" 하는 점원의 말을 들으면, 그것이 자기 취향에 맞는지 아닌지도 전혀 생각지 않게 되는 것과 같다. 한편으로 그는 그 외알안경의 렌즈 뒤에서, 마치 호사스러운 사륜마차의 유리창에라도 기대 있듯이 도도하고 의젓하며 편안하게 자리잡고 있었다. 그리고 착 빗어 붙인 머리나 외알안경에 어울리듯이 그의 얼굴엔 표정이 전혀 없었다.

블로크는 나에게 자신을 게르망트 대공에게 소개해달라고 부탁했다. 나는 흔쾌히 승낙했다. 처음으로 게르망트 대공부인의 야회에 참석했던 날에는 쉽게 소개받지 못하는 것이 당연한 것처럼 여겨졌지만, 지금은 손님 한 사람을 주인에게 소개하는 따위야 몹시 간단한 일이어서, 초대받지 않은 누군가를 데리고 가서 다짜고짜로 인사시키는 일조차도 쉬울 듯했다. 그것은 아득한 그때 이후, 한때는 신출내기였던 내가 어느 결엔가 이 사교계의 '단골'이 되었기 때문일까?─하기야 얼마 전부터 '잊힌 자'가 되어 있기는 하지만 또는 그와 반대로 진짜 사교계 인사가 아니므로, 사교계 사람에게는 어려운 일이 더 이상 주눅 들지 않는 나에게는 이미 없는 걸까? 아니면 사람들이 내 눈앞에서 조금씩 조금씩 첫 가면을(간혹 두 번째와 세 번째 가면을) 벗어버리므로, 대공의 거칠게 없는 오만 뒤에도 사람을 사귀고 싶어하는 인간다운 갈망, 그 자신이 업신여기는 체하는 이들마저 사귀고 싶은 인간다운 갈망이 숨어 있다는 것을 내가 느끼고 있었기 때문일까? 아니면 젊었을 때 거만했던 사람들도 모두 나이를 먹음에 따라서 부드러워지듯이, 대공의 인품이 달라졌기 때문일까(사실 이러한 사람들은 신출내기나 낯선 사상에 대해서는 반발하지만 그 신출내기도 지금은 오랫동안 눈에 익어왔고, 또 그러한 것들이 자기들 주위에 받아들여졌다는 사실을 알수록 부드러워진다)? 그리고 늙은 나이가 교제 범위를 넓히는 어떤 미덕이나 악덕의 버팀목이 되고, 또한 대공을 드레퓌스파로 전향시킨 바와 같은 정치적 개종에 의한 사상의 급변이 뒤따르는 경우에는 특히 그러하다.

지난날 사교계에 갓 들어선 내가 그러했고, 또 아직도 가끔 그럴 때가 있듯이, 블로크는 그 무렵 내가 사교계에서 사귄 사람들에 대해 물었다. 그러나 그 사람들은, 내가 여러 번 그 정확한 '위치'에 놓아보고 싶어했던 콩브레 사람들처럼 모든 것으로부터 동떨어지고 벌어져 있었다. 그러나 나에게 콩브레는 다른 것과는 혼동할 수 없는 별도의 형태를 갖추고 있어서 내가 도저히 프랑스 지도 안에 맞춰넣지 못하는 퍼즐이었다. "그럼 게르망트 대공은 스완이나 샤를뤼스 씨에 대해 내게 아무 설명도 할 수 없다는 말인가?" 블로크가 나에게 물었다. 나는 오랫동안 블로크의 말투를 빌려 쓰고 있었으나, 이제는 블로크가 내 말투를 흉내내고 있었다. "전혀 없지."— "그럼, 어디가 다른가?"— "자네에게 그들과 직접 얘기할 수 있는 기회를 만들어줬어야 했는데, 이제는 그럴 수도 없지. 스완은 죽었고 샤를뤼스 씨도 죽은 거나 다름없으니까. 하지만 그 둘은 엄청나." 그런 훌륭한 인물들의 대화는 어떠한 것이었을까 생각하면서 블로크의 눈이 번쩍번쩍하는 동안, 나는 그들과 자리를 같이했을 때 맛보았던 기쁨을 블로크에게 떠벌리고 있다는 걸 생각했다. 나는 혼자 있을 때 말고는 그들과 자리를 같이한 기쁨을 맛본 적이 없었으며, 확실한 구별의 인상은 오직 우리 상상 속에서만 생길 뿐이니까. 블로크는 나의 과장을 알아챘던 걸까? "아마도 자네는 그것을 너무 아름답게 그리는 듯싶군." 그는 말했다. "긴말 할 것 없이, 이 댁 안주인인 게르망트 대공부인만 해도 말일세, 그야 이미 젊지 않다는 거야 나도 알고 있다네. 하지만 자네가 그 비할 데 없는 매력이니, 기막힌 아름다움이니 하며 내게 떠들어대던 것이 그리 옛날 일이 아니거든. 물론 나도 저분의 당당한 풍채, 자네가 늘 이야기하던 저분의 비상한 눈은 인정하네만, 그렇다고 해서 자네가 늘 하던 말처럼 절세가인이라고는 생각하지 않아. 그야 분명히 혈통은 어엿하지, 그러나……."

나는 블로크에게 그가 똑같은 인물을 말하고 있지 않았다는 걸 일러주어야 했다. 사실 게르망트 대공부인은 죽고, 독일의 패전으로 파산한 대공은 전의 베르뒤랭 부인과 결혼했던 것이다. 그러자 블로크가 솔직히 털어놓았다. "그렇지 않아, 여보게, 난 금년판 《고타 연감》을 찾아보았단 말일세. 그래서 알게 되었는데, 지금 우리가 있는 이 저택의 주인인 게르망트 대공은 당당한 명문가 여자와 결혼했네. 그 상대는, 잠깐 기다려주게, 생각해낼 테니……. 옳지, 보

(Baux) 가문 태생인 뒤라 공작부인 시도니와 결혼했어." 분명 베르뒤랭 부인은 남편이 죽은 지 얼마 안 돼서 몰락한 늙은 공작 뒤라와 결혼하여 게르망트 대공과 사촌지간이 되었는데, 늙은 공작은 결혼 뒤 2년 만에 죽고 말았다. 곧 공작은 베르뒤랭 부인을 위해서 매우 유리한 다리를 놓아준 셈이었고, 이제 베르뒤랭 부인은 세 번째 결혼을 통해 게르망트 대공부인이 되어 포부르 생제르 맹에서 대단한 위치를 차지하고 있었다. 이 이야기를 들으면 콩브레 사람들도 깜짝 놀랐을 것이다. 콩브레의 루아조 거리의 귀부인들, 곧 구필 부인의 딸이나 사즈라 부인의 며느리 같은 여자들은 베르뒤랭 부인이 게르망트 대공부인이 되기 두 해 전부터 비웃듯이 '뒤라 공작부인'이라고, 마치 그것이 베르뒤랭 부인이 연극에서 분장한 배역이라도 되는 것처럼 말하곤 했으니까. 세습 계급의 원칙에 따르면 그녀는 베르뒤랭 부인으로서 죽어야 하므로, 이 칭호는 그녀에게 사교상의 새로운 힘을 줄 것 같지도 않았을 뿐더러 오히려 나쁜 결과를 낳았다. '페르 파를레 델(Faire parler d'elle)*1이라는 표현은 어느 사회에서나 애인을 둔 여자에게 적용되는 말이지만, 포부르 생제르맹에서는 책을 내는 여자에게 쓰였으며, 콩브레의 중류계급에서는 위로든 아래로든 '걸맞지 않은' 결혼을 하는 여자에게도 적용되었다. 그녀가 게르망트 대공과 결혼했을 때도, 가짜 게르망트다, 협잡꾼이다 하고 세상 사람들은 입방아를 찧었을 것이다. 나로 말하면, 지난날 그토록 나를 매혹했건만 지금은 이승에 없는 부인, 죽은 사람이라 칭호와 이름을 도둑맞아도 막아낼 길이 없는 그 부인과는 아무런 관계도 없는 여자를 또다시 게르망트 대공부인이랍시고 이승에 있게 하는 같은 칭호와 이름을 생각해보니, 이를테면 에드위지(Hedwige) 공*2 소유의 성관이나 그녀에게 딸린 모든 것이 다른 여자의 차지가 된 것을 볼 때처럼 왠지 비통한 바가 있었다. 이름의 계승은 모든 것의 계승, 모든 재산 횡령만큼이나 슬프다. 그리고 끊임없이 새로운 대공부인이 파도처럼 잇따라 나타나리라. 아니, 차라리 천 년이라는 오랜 세월 동안 이 시대에서 다음 시대로 갖가지 여자에게 그 이름을 물려주어도, 거기에는 단 한 사람의 게르망트 대공부인이 있을 뿐으로, 그녀는 죽지도 않고, 우리 마음을 아프게 하거나 세월에 따라 변하는 모든 것에 아랑곳없이 살아가리라. 이처럼 이름은 차례차례 물결 밑으로 가라앉는 여

---

*1 '남의 입에 오르내린다'는 뜻.
*2 결혼 전의 게르망트 대공부인의 이름.

자들 위를 늘 한결같은 아주 먼 옛날의 고요로 덮으리라.

아닌 게 아니라, 내 옛 친구 얼굴에서 볼 수 있는 그 겉모양의 변화조차도 날마다 있어온 내부 변화의 상징에 지나지 않았다. 아마도 이러한 사람들은 같은 일을 이어왔을 테지만, 그들이 끊임없이 접촉하는 사물이나 인간에 대해서 날마다 품는 관념은 조금씩 어긋나므로, 몇 년쯤 지나면 그들은 같은 이름 밑에 다른 사물, 다른 인간을 사랑하게 된다. 그뿐만 아니라 당사자인 그들도 딴사람이 되므로, 만약 그들의 얼굴이 달라지지 않는다면 그야말로 이상한 노릇이리라.

참석자들 가운데 얼마 전 어떤 유명한 소송에서 증인으로 섰던 저명인사가 있었다. 그 증언의 유일한 가치는 그 사나이의 고귀한 품성에 있었으므로, 재판관도 변호사도 한결같이 그 증언에 존경을 품고 복종해 마지않아, 그로 인해 두 사람에게 유죄 판결이 선고되었다. 따라서 그가 들어서자 참석자들 사이에 호기심과 존경심으로 술렁거렸다. 모렐이었다. 지난날 그가 생루에게, 그리고 동시에 생루의 친구에게도 보살핌을 받았었다는 사실을 아는 사람은 아마도 나밖에 없었을 것이다. 이러한 이미 지나간 일에도 그는 조금 조심스러워 했으나 반갑게 내게 인사했다. 그는 우리가 발베크에서 만났던 때를 돌이켜보고 있었다. 그러한 추억은 그에게는 청춘의 시이자 애수이기도 했던 것이다.

그러나 나와 아는 사이가 아니라서 내가 못 알아본 사람들도 있었다. 왜냐하면 이 살롱에서, 시간은 인간에게처럼 사교 사회에도 그 화학 작용을 미쳤기 때문이다. 이 살롱의 특수한 성격은, 유럽의 쟁쟁한 왕후의 이름을 끌어당긴 친화력과 비귀족적인 요소를 깡그리 물리친 반발력에 의해서 확정되었으며, 한때 나는 이 환경에서 그 마지막 실체가 부여된 게르망트라는 이름에 대한 물질적인 근거를 찾아냈거니와 이 환경 자체도 내가 견고한 줄로 알았던 그 내부 구조에 심각한 변질을 일으키고 있었다. 이전에 전혀 다른 사교계에서 만났던 사람들로, 설마 이곳에는 안 끼겠지 생각했던 사람들이 섞여 있을 뿐만 아니라, 그들이 사뭇 허물없고 친밀한 대접을 받으면서 성이 아니라 이름으로 불리고 있는 데에 나는 더욱 놀랐다. 일찍이 게르망트라는 이름과 조화되지 않는 모든 것을 자동적으로 배척해온 귀족적 편견과 속물근성은 이미 활동을 그치고 있었던 것이다.

내가 사교계에 갓 나아갔을 무렵, 몇몇 사람들은 자주 성대한 만찬회를 베풀어 게르망트 대공부인, 게르망트 공작부인, 파름 대공부인밖에 초대하지 않았다. 그들은 이 귀부인들 저택에서 윗자리에 앉음으로써 그즈음 사교계에서 가장 확고한 위치에 있는 이들로 인정받았으며, 또 실제로 그러했을 것이다. 그런 사람들이 이제는 가뭇없이 사라지고 말았다. 그들은 외교상의 사명을 띠고 왔다가 이미 본국으로 돌아갔단 말인가? 혹시 추문이나 자살이나 유괴 때문에 다시는 사교계에 못 나오게 되었단 말인가? 그도 아니면 독일인이었단 말인가? 아무튼 그들의 찬란한 이름은 오직 그때 그들이 차지하고 있던 지위에서 얻어진 것으로, 이제는 그 이름을 이을 사람도 없고, 내가 누구 이야기를 하고 있는지 아는 사람조차 없었다. 내가 그러한 이름의 철자를 자세히 일러주면서 그들 이야기를 한댔자 그들 눈에는 호사한 생활을 하는 수상쩍은 외국인으로 보일 게 고작이다. 옛 사회 규칙에 비추어볼 때 여기에 와선 안 될 이들이 명문 태생의 부인과 절친하게 지내고, 그 부인들이 오직 그 새로운 친구들을 위해 지긋지긋해하면서도 어쨌든 게르망트 대공부인 댁에 오는 것을 보고, 나는 적잖이 놀랐다. 왜냐하면 이 사교계의 두드러진 특징은 그 뛰어난 계급 이동 능력이기 때문이다.

　풀려선지 아니면 끊어져선지, 압착기의 용수철은 이제 움직이지 않았으며, 한 번도 만난 적 없는 무수한 이분자들이 침입하여 동질적인 모든 것, 온갖 품격, 온갖 색깔을 없애고 말았다. 마치 노망 든 부자 미망인처럼, 포부르 생제르맹의 사교계는 상속받은 재산을 누리는 망령 든 과부처럼 건방진 하인들에게 살롱을 점령당하여, 오렌지 술을 퍼마시고 자기들의 정부를 의기양양하게 소개하는 그들에게 그저 겁먹은 미소로 대답하는 재주밖에 없는 형편이었다. 그래도 시간이 흘러 내 지난날의 일부가 사라지는 느낌은, 살롱에 나오는 일, 뻔질난 방문, 단골끼리의 관계 같은 것으로 긴밀히 연결된(지난날의 게르망트네 살롱 같은) 그 단체의 무너짐으로써도 주어졌지만, 그보다도 그것을 한층 생생히 의식하게 만든 것은, 현재 이 살롱에 있는 아무개가 더할 나위 없이 당연하게 지정된 자기 자리에 앉아 있는데, 그 옆자리에 있는 아무개에게는 어쩐지 수상쩍은 새 얼굴이 있다는 생각이 들게 하는 그 헤아릴 수 없는 이유나 차이에 대한 이해가 완전히 사라졌다는 사실이었다. 이와 같은 무지는 사교계뿐만 아니라, 정치나 그 밖의 모든 것에 걸쳐서 볼 수 있었다. 왜냐하면 개개인의 기억은 평생 이어지는 게 아니기 때문이다. 뿐만 아니라 일찍이 남의 마음속에서 잊힌 기억을 가져본 적도 없는 젊은이들이 지금 사교계의 한 부분을 이루고 있으며, 또 그들을 귀족이라는 의미로 보아도 당연한 자격을 갖추고 있다. 사교계에 갓 진출했을 때의 일은 잊히거나 알려지지 않으므로, 젊은이들은 누구나 다 현재의 위치—오르막길에 섰건 내리막길에 섰건—에서 그들을 받아들이고, 처음부터 그 위치에 있던 것처럼 믿는다. 따라서 스완 부인과 게르망트 대공부인과 블로크는 늘 최고 위치에 있고, 클레망소와 비비아니(Viviani)*¹는 늘 보수파로 여겨지게 마련이다. 그리고 어떤 사실은 기억에 오래 남는지라, 드레퓌스 사건에 대한 언짢은 기억 같은 것은 아버지가 들려준 덕분에 머릿속에 어렴풋이 남아 있어서 클레망소가 드레퓌스파였다고 말하는 이가 있다면 그들은 "설마, 그건 착각이야, 전혀 반대편이야" 대답하는 것이었다.

오점을 남긴 각료나 퇴물 창부가 미덕의 전형으로 여겨졌다. 누군가가 지체 높은 가문의 젊은이에게 질베르트의 어머니에 대해서 무슨 고약한 소문은 못 들었느냐고 물었더니, 그 젊은 귀공자가 말하기를, 사실 그녀는 처음에 스완인가 하는 건달과 결혼했다가, 그 뒤 사교계에서 가장 명망 있는 남자 가운데 한 사람인 포르슈빌 백작과 결혼했다고 말하는 것이었다. 물론 이 살롱에 와 있는 몇몇 사람, 이를테면 게르망트 공작부인 같은 사람이라면 그런 단언에 쓴웃음을 지었으리라(스완의 고아한 멋을 부정하는 이러한 단언은 내게도 터무니없는 것으로 보이지만, 나 또한 콩브레에서는 대고모와 더불어, 스완이 그런 '대공부인들'과 아는 사이일 리가 없다고 믿었던 것이다). 그리고 이 살롱에 나올 수는 있지만 이제는 거의 바깥출입을 하지 않게 된 부인들, 스완과는 특히 친한 사이였으나 포르슈빌의 얼굴은 본 적도 없는 몽모랑시, 무시, 사강 같은 공작부인들도 쓴웃음을 금치 못했을 것이다(그녀들이 드나들던 그 무렵의 사교계에 포르슈빌 따위는 아직 초대도 받지 못했으니까). 그것은 바로, 마치 오늘날에는 사람들의 용모도 달라지고 금발도 백발로 바뀌었듯이, 그때의 사교계가 날로 수가 줄어드는 인간의 기억 속에만 존재하기 때문이다.

전쟁 중 블로크는 외출은 삼가고, 전에는 자주 드나들면서 초라한 몰골로 맨 끝 자리를 지키던 단골 사교장에도 '나가지' 않게 되었다. 그는 그 대신 차례차례 책을 출판했다. 이제 나는 그의 저서 속에 있는 허황된 궤변에 사로잡

---

*1 프랑스의 정치가(1863~1925).

힐세라 그것을 깨뜨려버리기 위해 애쓰고 있지만, 그 독창성 없는 작품은 청년이나 사교계의 숱한 여성들에게 비범한 지적 탁월, 어떤 천재라는 인상을 주고 있었다. 그러므로 그는 옛날 사교 생활과 새로운 사교 생활을 완전히 나눈 뒤, 위대한 인간으로서 명예와 영광에 싸인 새로운 생애를 향하여, 새로 쌓아 올려진 사교계에 나타났다. 물론 젊은이들은 블로크가 그 나이가 되어 비로소 사교계에 등장했다는 사실을 알 리가 없었고, 그뿐 아니라 그가 생루와의 교제에서 얻어들은 몇몇 이름이 지금의 그의 밝게 빛나는 명성을 먼 옛날부터 이어져온 줄로 여기게 한 만큼 더욱 그러했다. 아무튼 그는 어느 시대에나 반드시 상류 사회에 나타나서 활짝 피는 유능한 인사로 보였으며, 그가 다른 사회에 산 적이 있다고는 아무도 생각지 않았다.

옛날부터 있던 사람들은 사교계가 완전히 바뀌어버려서, 옛날이라면 절대 초대받지 못했을 사람까지도 받아들이게 되었다고 잘라 말했다. 이것은 흔히 말하듯이, 사실이면서 사실이 아니었다. 사실이 아닌 이유는, 그들이 시간의 곡선을 셈에 넣지 않았기 때문이다. 그 곡선 때문에 요즘 사람들은 이 신참내기들을 도착점으로 보는 데 반해, 옛날 사람들은 그들의 출발점을 기억하고 있다. 그러나 그들, 즉 구세대 사람들이 처음으로 사교계에 들어왔을 때에도 이미 그곳에 도착해 있던 사람들이 있으며, 그들이 출발할 때의 일을 기억하고 있었다. 콜베르와 같은 부르주아의 이름은 몇 세기를 거치며 귀족 이름이 되었지만, 그러한 변화는 한 세기만으로도 충분하다. 반면, 옛날 사람들이 말한 것은 사실일 수도 있다. 왜냐하면 사람들의 지위가 바뀌면 더없이 강고하게 뿌리를 내린 관념과 풍습도(재산이나, 나라와 나라의 동맹이나 증오와 마찬가지로) 바뀌기 때문이며, 그러한 것 속에 세련된 사람들만 초대받는다는 풍습도 포함되어 있기 때문이다. 단순히 속물근성이 형태를 바꿀 뿐 아니라, 전쟁과 마찬가지로 속물근성이 사라질 수도 있다. 또는 급진파나 유대인이 자키 클럽에 받아들여지는 일도 있을 것이다. 새 세대의 사람들이 게르망트 공작부인을 여배우 나부랭이와 어울리는 것으로 보아 대수로운 여자는 아니라고 판단하는 데 반해, 집안의(이제는 늙은이가 된) 부인들은 여전히 그녀를 굉장한 사람으로 생각하고 있었다. 첫째로, 그녀들이 부인의 태생이나 높은 지체, 포르슈빌 부인이 말하는 이른바 '로열티즈(royalties)*1와의 친교 등을 잘 알고 있기 때문이기도 하지만, 또 부인이 집안 모임을 꺼려하여 오더라도 늘 따분해하며, 대체로 그녀의 참석을 기대할 수 없다는 것을 알고 있었기 때문이다. 연극이나 정계 방면과의 관계는 별로 알려져 있지 않았지만, 이것 또한 부인의 희귀성을 더해 그녀의 주가를 높일 뿐이었다. 그러므로 정계나 예술계에서는, 부인을 정체를 알 수 없는 사람, 포부르 생제르맹에서 벗어나 정무 차관이나 인기 연예인들과 자주 만나는 사람이라고 생각했지만, 정작 포부르 생제르맹 자체에선 누가 호화로운 야회라도 열게 되면 다음같이 말하곤 했다. "역시 오리안을 초대해야 하나? 안 올 게 뻔하지만 그래도 체면상 초대하고 기대는 말기로 해요." 그래서 만약 오리안이 10시 30분쯤에 눈부시게 차려입고 사촌들을 쏘아보면서 자못 깔보는 태도로 나타나 기고만장하게 살롱의 문 어귀에서 발을 멈춘다면, 그리고 만약 한 시간이나 머무른다면, 그 야회의 주최자인 노부인에게 그날은 훨씬 성대한 모임이 되었다. 그것은 마치 옛 극장의 지배인이 사라 베르나르에게서 막연한 찬조 출연 약속을 받기는 했지만 그다지 기대는 않았는데, 실제로 그녀가 나타났을 뿐 아니라, 극진한 호의를 보이면서 매우 소탈하게 약속했던 작품은 물론이요 다른 시도 스무 편이나 낭독해주었을 때와 비교될 만한 일이다. 오리안은 각 부처 비서관의 아니꼬운 말을 들으면서도 끈덕지게 그들과 교제를 넓혀갔는데(이것이 인지상정이다), 이 여자가 그 야회에 참석한 것만으로(재기(才氣)는 사교계를 이끌기 마련이다) 그 야회(다른 여성들도 특히 멋쟁이들뿐이었음에도)의 격이 높아져서, 같은(포르슈빌 부인의 말마따나) 계절에 열린 다른 미망인들의 야회, 이 오리안을 모실 수 없었던 어느 야회보다도 윗길로 꼽히고, 그런 야회에 비해 특별해졌다.

내가 게르망트 대공과 이야기를 끝내자마자 블로크는 나를 붙들고 젊은 여성에게 소개했는데, 그녀는 게르망트 공작부인에게서 나에 대한 이야기를 많이 들어왔다는, 그 무렵 가장 멋쟁이 여성 가운데 한 명이었다. 그런데 그 이름을 나는 난생처음 들었으려니와, 또 그녀에게도 게르망트 가문의 여러 이름이 귀에 낯선 게 틀림없었다. 그녀가 한 아메리카 여인에게 생루 부인이 어떤 자격으로 여기 있는 쟁쟁한 사교계 인사들과 그토록 친근하게 구느냐고 묻고 있

---

*1 '왕족들'이라는 말.

었기 때문이다. 그런데 그 아메리카 여자는 포르슈빌네와 아주 촌수가 먼 친척인 파르시 백작과 결혼한 부인인데, 그 파르시라는 사나이 눈에는 포르슈빌네가 사교계에서 가장 빛나는 존재로 비쳤던 것이다. 그러므로 그 아메리카 여자는 더할 나위 없이 천연스럽게 대답했다. "그야, 오직 저이가 포르슈빌네 태생이라는 점만으로도 충분하죠. 포르슈빌네는 가장 훌륭한 집안이니까요." 파르시 부인은 순진하게도 포르슈빌이라는 이름이 생루라는 이름보다도 나은 줄로 확신하고는 있었으나, 적어도 생루가 누군인지쯤은 알고 있었다. 그러나 블로크와 게르망트 공작부인의 친구인 이 귀여운 여자는 그런 사실조차 미처 모르거니와 어지간히 덜렁이여서, 어떤 젊은 아가씨가 생루 부인이 어떻게 이 댁 주인인 게르망트 대공과 친척이 되느냐고 묻자 정색을 하고 대답했다. "포르슈빌네를 통해서." 그리고 그 젊은 아가씨는 그 정보를 마치 전부터 알고 있었던 듯이 한 여자친구에게 떠들어댔다. 그 말을 들은 그 아가씨는 성질이 뒤틀린 데다가 신경질적인지라, 어떤 신사에게서, 질베르트가 게르망트네와 연고가 있는 까닭은 포르슈빌네를 통해서가 아니라는 말을 처음으로 듣자 다짜고짜 마치 수탉처럼 시뻘게졌는데, 그러자 그 신사는 자기가 잘못 알고 있었다고 생각하여 그 엉뚱한 정보를 받아들여 당장 떠벌려댔다. 이 아메리카 여자에게 있어 만찬회나 사교 연회는 마치 베를리츠 학원(Ecole Berlitz)[1]이나 다름없었다. 즉 남의 이름을 들으면, 미리 그 이름의 가치나 정확한 영향력을 알아보지도 않고 되풀이하기만 했다. 탕송빌이 아버지인 포르슈빌 씨에게서 질베르트의 손으로 넘어갔느냐고 누가 묻자, 누군가, 절대로 그런 게 아니고 탕송빌은 질베르트의 시댁 소유지로 게르망트와 붙은 땅인데, 마르상트 부인의 것이었으나 몽땅 저당 잡혀 있는 것을 질베르트가 지참금으로 다시 산 거라고 설명했다.

마지막으로 하나 더 말하자면 사교계 고참인 한 노인이, 스완이 사강네나 무시네 사람들과 친교가 있었던 생각이 나서 화제로 삼자, 블로크의 친구인 그 아메리카 여자가 어떻게 내가 스완네와 아는 사이가 되었느냐고 물었다. 그러자 그 노인은, 스완이 나의 시골집 이웃이며 내 할아버지의 손아래 친구인 줄은 짐작도 못 하고, 스완에게서 게르망트 부인에 대한 여러 가지 이야기를

---

[1] 주입식 교육으로 유명한 독일의 외국어 학교.

들은 나인데도 그런 내가 게르망트 부인 집에서 스완을 알게 되었다고 말했다. 이런 오해는 가장 저명한 인사들도 하는 법이어서, 그것은 보수적인 사회라면 어디서나 특히 중대한 일로 여겨진다. 생시몽은 루이 14세의, '때로는 남들 앞에서 엄청나게 어리석은 행동을 저지르기도 했던' 그 무지를 보여주기 위하여 두 가지 보기를 들었다. 곧, 르넬이 클레르몽 갈랑드 가문의 태생이라는 사실도, 생테랑이 몽모랑시 가문의 태생이라는 사실도 모르고서 왕이 이 두 사람을 상놈으로 대접했다는 점이다. 적어도 생테랑에 대해서는, 왕이 모르는 채로 주지 않았다고 하니 우리로서는 다행이다. 왕이 '늦게나마' 라 로슈푸코 씨 덕분에 착오를 깨닫게 되었다니까. 생시몽은 조금 딱하다는 듯이 덧붙인다. "그래도, 왕이 성명을 듣고도 알지 못한다면 마땅히 어떠한 가문인가를 왕께 설명해드렸어야 했소이다."

　아주 가까운 과거까지도 순식간에 덮어버리는 이 재빠른 망각, 곧장 사람의 마음을 침범해버리는 이 무지는, 그 반동으로 시시껄렁한 지식을 만들어내는데, 그것은 널리 알려져 있지 않은 만큼 귀중한 가치를 지닌다. 사람들의 가계, 그들의 진짜 신분, 아무개가 어느 가문과 혼인을 했고, 지체가 다른 혼인을 하게 된 원인이 사랑 때문이라느니 금전 관계 때문이라느니, 또는 그 밖에 무엇무엇 때문이라느니 하고 설명하는 것으로서, 이것은 보수적 정신이 지배하는 모든 사회에서 존중되는 지식이자 내 할아버지가 콩브레와 파리의 중산계급에 대하여 최고도로 지니고 있던 지식이었다. 생시몽도 이것을 높이 평가했으므로, 콩티 대공의 놀라운 지성을 기릴 때, 그의 학식을 말하기에 앞서서, 아니, 오히려 이런 지식을 학식 가운데 첫째로 보기라도 하듯이, 대공이 '명석하고 올바르며, 적확하고도 넓으며 참으로 훌륭한 정신'의 소유자라고 칭송하여 다음같이 썼다. "공은 박학다식하여 여러 족보와 거기에 얽힌 전설과 그 실상에 능통하고, 계급의 위아래와 인물의 가치에 알맞은 예절을 차릴 줄 알아서, 왕족이 지켜야 함에도 힘쓰지 않는 의무를 빠짐없이 다했다. 공은 왕위 찬탈에 대해서도 의표를 찌르는 견해를 가지고 있었으며, 서적과 이야기에서 가문과 직책 등에 대해 가장 적합한 자기 학설로 삼기에 충분한 것을 얻었다." 이처럼 화려한 세계는 아니지만, 내 할아버지도 콩브레와 파리의 중산계급에 대해서라면 그에 못지않을 만큼 정확하게 알고 있었으며, 그에 지지 않을 정도로 흥미를 가지고 맛보았다. 이와 같은 소식통, 이러한 호사가는 눈에 띄게 줄었으나, 그들은 질베르트가 포르슈빌 가문 출신이 아니고, 캉브르메르 부인은 메제글리즈 태생이 아니며, 그 집의 며느리가 발랑티누아 집안 출신이 아니라는 사실을 알고 있었다. 그들은 수가 적을 뿐만 아니라, 아마 최상급 귀족 사회에서는 찾아볼 수조차 없을 것이다(이를테면 《성인전》이나 13세기의 그림 유리에 대해서 가장 조예가 깊은 사람이라 해서 반드시 신앙가나 가톨릭 신자가 아니듯이). 오히려 이류(二流) 귀족 사회에, 자기들이 가까이 갈 수 없는 것에 매력을 느끼고 그다지 자주 방문할 수 없는 만큼 연구할 틈도 있고 뛰어난 날카로운 소식통도 흔히 있는 법이어서, 그들은 기꺼이 모여 서로 사귀고, '애서가 모임'이나 '랭스 대성당 동우회'같이 취미가 풍부한 만찬회를 열고, 거기서 여러 족보를 음미한다. 부인들은 참여할 수 없지만, 남편은 집에 돌아가면 자기 아내에게 이런 말을 해준다. "재미있는 만찬이었어. 라 라스플리에르 씨라는 이가 참석했는데 말이야, 당신도 알지, 그 아름다운 딸을 둔 생루 부인 말이야. 그이는 절대로 포르슈빌 가문 출신이 아니라는 설명을 해서 모두의 넋을 빼놓았어. 소설이라니까."

블로크와 게르망트 공작부인의 여자친구는 맵시 나고 귀여웠을 뿐더러 제법 총명하여 재미있는 말벗이었는데, 내게는 그 말벗의 이름이 낯설었을 뿐 아니라, 그녀의 이야기에 나오는 사람들 중 대부분, 곧 현재 사교계의 중심을 이루는 사람들의 이름도 귀에 설어서 알아듣기 힘들었다. 한편 그녀는 내 이야기를 이것저것 듣고 싶어했지만, 내 이야기에 나오는 사람들의 이름 또한 그녀에겐 쇠귀에 경 읽기와 다름없었을 것이다. 그 이름들은 모두 망각의 밑바닥에 가라앉아 있었다. 적어도 그 사람의 개인적 명성만으로 빛을 내던 이름, 명문 귀족의 포괄적인 변하지 않을 이름이 아닌 이상 그러했다(그 젊은 여자는 그런 명문대가의 정확한 작위조차 잘 모르고, 전날의 만찬 자리에서 주위들은 이름에 제멋대로 추측을 더해 엉뚱한 집안을 끌어다붙이는 지경이었다). 게다가 내 이야기에 나온 이름들 대부분이 그녀의 귀에 낯선 까닭은, 내가 사교계를 떠난 지 수년 뒤에야 그녀는 겨우 사교계에 나오기 시작했기 때문이다(그도 그럴 것이, 그녀는 아직 젊을 뿐만 아니라, 프랑스에 머문 지 얼마 안 되었고, 또 곧바로 사교계에 받아들여지지도 않았으므로). 무슨 까닭인지 모르지만 내 입에서 문득 르루아 부인의 이름이 나왔고, 마침 내 이야기 상대는 자기에게 알랑거리는 게르망트 부인의 오랜 친구에게서 그 이름을 들은 적이 있었다. 하지만 보아하니 그것은 이 시큰둥한 젊은 여자가 나에게, "네, 르루아 부인 말씀이죠, 알아요, 베르고트의 오랜 친구죠" 대답할 때의, 마치 '세상없어도 우리집에는 드나들지 못하게 하고 싶은 사람'이라고 말하는 듯한 잔뜩 얕보는 말씨로 미루어 제대로 한 이야기가 아니었을 것이다. 그 게르망트 부인의 옛 친구는 귀족과의 교제를 우습게 여기는 체 꾸미는 것을 하나의 특징으로 삼는 게르망트 기질이 밴 나무랄 데 없는 사교인이라서 '모든 전하, 모든 공작부인과 가까이 지내는 르루아 부인'이라고 하면 너무도 시시하고 반게르망트적이라는 생각에 차라리 '7인 좀 괴짜여서 말입니다, 어느 날 베르고트에게 이렇게 대답했지요' 말하는 편을 택했다는 사실을, 나는 당장 알아챘다. 다만 사실을 모르는 사람들에게는 대화에서 얻는 그런 정보는 신문이나 잡지가 일반 대중에게 전하는 보도와 같다. 대중은 신문이 보도한 대로, 루베(Loubet) 씨나 레나크 씨를 번갈아가면서 도둑으로 생각했다가 위대한 시민으로도 곧이 믿는다. 내 이야기 상대에게 르루아 부인은, 말하자면 그만큼 빛나지도 않고, 그 작은 동아리에 베르고트밖에 없었던 초기의 베르뒤랭 부인과 비슷한 여자로 보였다. 하지만 그 젊은 여자는 순전히 우연하게 르루아 부인의 이름을 듣게 된 마지막 한 사람이었다. 오늘에 와서는 아무도 부인이 누구인지 알지 못한다. 이 또한 더할 나위 없이 당연한 일이다. 르루아 부인은 그토록 빌파리지 후작부인의 마음을 사로잡고 있었건만, 빌파리지 부인이 죽은 뒤에 간행된 회상록의 찾아보기에서조차 부인의 이름은 안 보인다. 하기야 빌파리지 후작부인이 르루아 부인에 대해서 말하지 않은 것은, 후작부인이 살아 있는 동안에 부인이 상냥하게 굴지 않았던 탓이기보다는, 르루아 부인이 죽은 뒤에 그녀에 대해서 관심을 둘 사람은 아무도 없을 성싶었기 때문이니, 이 묵살은 여자끼리의 사교적 원망이 아니라 작가의 문학적 요령에 의한 것이라 하겠다.

블로크의 맵시 있는 여자친구와의 대화는 재미있었다. 그 젊은 여자는 총명했고, 우리 두 사람의 어휘가 서로 엇갈려서 대화하기 거북스러웠던 대신 그만큼 배운 바가 많았기 때문이다. 세월은 흘러 마지않으며 젊음은 쉬이 밀려나니, 가장 견고한 재산이나 왕위도 와르르 무너지고 명성도 덧없음을 아무리 깨달은들 무슨 소용이랴. '시간'에 이끌려 세상 모든 것이 움직이지만, 그것을 인식하는 우리의 방식, 이른바 그 모든 것을 필름에 담는 방식 자체가 거꾸로 세상에 있는 모든 것을 정지시킨다. 따라서 우리는 젊어서 사귄 이들은 언제까지나 젊게 보고, 늙어서 사귄 이들은 그 과거로 거슬러 올라가서 노인의 미덕으로 장식하며, 대부호의 융자나 제왕의 비호를 무턱대고 믿으면서, 내일이면 그들이 권세를 잃고 쫓기는 신세가 될 수 있다는 것을 이치상으로는 알면서도 실제로는 믿지 않는다. 가장 한정되고 순수하게 세속성을 띤 분야에서도 마치 간단한 문제가 더욱 복잡하지만 같은 종류의 어려운 문제를 푸는 열쇠 구실을 하는 것처럼, 어떤 사교계에 들어왔건만 젊은 여인과의 대화에서 25년이라는 시차가 있다는 사실로 생겨난 이해하기 힘든 어려움이야말로 나에게 인상 깊었고, 내가 지닌 역사에 대한 감각을 강화한 듯싶었다.

또한 사람들의 참된 지위가 알려지지 않은 것에 대해서 말해두어야 한다. 이 무지는 마치 과거라는 것이 존재하지 않는 듯이 10년마다 사람들을 그때그때 현재가 보여주는 대로 떠오르게 만드는데, 신출내기 아메리카 여성은 이 무지로 말미암아 블로크 따위는 쳐주지도 않던 세대에 샤를뤼스 씨가 파리에서 최고 위치를 차지했던 사실이나 봉탕 씨의 들러리 구실을 하느라고 고생하던 스완이 한때는 영국의 웨일스 왕자에게서 우정 어린 최고의 대접을 받았던 사실 등을 알 리가 없다. 이러한 무지는, 오직 사교계의 신출내기들에게서만 볼 수 있는 게 아니라, 이웃한 사교계의 고참들에게서도 볼 수 있거니와, 그것은 모두 '시간'의 작용에 의한 것이다(그러나 이 경우 그것은 개개인에게 작용하지 사회 계층에는 작용하지 않는다). 물론 우리의 환경이나 생활 양식을 바꾼대도, 기억은 우리의 변하지 않는 개성의 실오라기를 손에 꼭 움켜쥐고서, 비록 40년 전 일일지라도 일찍이 우리가 보낸 각 사회에 대한 온갖 추억을 이 개성에 차례차례 연결한다. 지금 게르망트 대공 댁에 와 있는 블로크는 자기가 18살까지 보낸 초라한 유대인 환경을 속속들이 알고 있었으며, 또 스완만 해도 아내에 대한 열기가 식어서 콜롱뱅의 차 시중드는 여자에게 넋을 잃었던 무렵에도(스완 부인은 한때 루아얄에 가는 것처럼 이 콜롱뱅에 가는 것이 멋스럽다고 생각했다) 트위크넘(Twickenham)을 잊지 않았고 자기의 사회적 값어치를 잘 알고 있었다. 또한 자기가 어째서 브로이 공작부인 댁이 아니라 콜롱뱅에 가는지 그 이유에 대해서도 아무 의심이 없었으며, 비록 자기가 천 배나 덜 멋스럽다 해도 돈만 내면 누구나 갈 수 있으므로 분명 콜롱뱅이나 호텔 리츠에 갔으리라는 점도 잘 알았던 것이다. 물론 블로크의 친구라면 그 쓸쓸한 유대인 사회를, 또 스완의 친구라면 뻔질나게 오는 트위크넘으로부터의 초대를 틀림없이 기억하고 있었다. 이러한 친구들은, 스완이나 블로크의 여러 '자아'가 분명히 구별되지 않는 것처럼, 한창 이름을 날리는 지금의 블로크와 꾀죄죄한 옛날의 블로크를, 콜롱뱅에 드나드는 만년의 스완과 버킹엄 궁전의 옛날 스완을, 기억 속에서 따로 구별하지 않았다. 그러나 이런 친구들은 말하자면 인생에서 스완의 이웃인 만큼, 그들 자신의 생애도, 그들의 기억이 스완의 일로 꽉 차리만큼 친근한 관계 밑에 펼쳐져왔다. 그렇지만 스완에게서 멀리 떨어져 있던 다른 사람들, 꼭 시교리 는 점에서가 아니라 친분 관계로 보아 그와는 동떨어져 막연히 아는 사이던 이들의 경우라면, 매우 드물게 만나 추억거리도 거의 없으므로 스완에 대한 관념도 확실치 않게 된다. 그런데 이처럼 별다른 관계가 없는 사람들은, 서른 해가 지나고 보면, 현재 눈앞에 있는 사람을 다시 과거로 끌고 가서 그의 가치를 바꿀 수 있을 만큼 정확한 사실이라고는 하나도 기억하지 못한다. 나는 스완의 만년에 사교계 사람들조차 이야기를 하는 사람들을 향해 그것이 마치 명성의 경력이나 되는 듯이, "콜롱뱅에 드나들던 그 스완 말이지요?" 말하는 소리를 들었었다. 그리고 요즘 나는, 잘 알 만한 사람들까지도 블로크 이야기가 나오면, "그 블로크 게르망트 말인가? 게르망트네와 가깝던?" 말하는 것을 듣는다. 이와 같은 착오는 인생을 구분하고 거기에서 현재만을 끌어냄으로써, 지금 화제가 되고 있는 인물을 딴사람, 다른 인물, 전날 처음으로 만들어진 현재 습관의 응축에 지나지 않는 인간이 되게 한다(이 인간 속에 그를 과거와 잇는 삶의 연속이 있는데도). 이러한 착오도 분명히 '시간'에 기인하지만, 이는 사회적 현상이 아니라 기억의 현상이다. 그 직후에 나는 인간의 모습을 바꿔버리는 이런 망각의 한 보기, 사실은 꽤 색다르지만 그만큼 더 감명 깊은 본보기를 마주했다.

게르망트 부인의 조카뻘 되는 빌망두아 후작은, 지난날 나에게 끈덕지게 거만한 태도를 보여 나도 거기에 대한 보복으로 매우 모욕적인 태도를 보일 수밖에 없었으므로, 둘 사이는 어느 결엔가 원수처럼 되고 말았었다. 그런데 내가 이 게르망트 대공부인 댁의 마티네에서 '시간'에 대해 곰곰이 생각하고 있는 동안, 그는 나에게 사람을 보내서, 내가 자기 친척과 벗이었던 것으로 안다느니, 나의 논문을 읽었다느니, 나와 친교, 아니 오래된 교제를 새로이 하고 싶다느니 하는 말을 전해왔다. 누구에게나 흔히 있는 일이지만 그도 나이를 먹어감에 따라 무례한 태도를 버리고 착실해져서, 이제는 옛날처럼 거만하게 굴지 않는 것도 사실이고, 한편 그가 드나드는 사교계에서 변변치 못한 내 논문 때문에 내가 화제에 오르고 있다는 것도 사실이었다. 그러나 그가 이와 같은 정중한 태도로 나에게 접근한 이유로 말하면, 그것은 모두가 부수적인 이유에 불과했다. 중요한 이유, 적어도 다른 이유의 힘을 빌려야 했던 이유는, 그가 나보다 기억력이 나쁜 탓이거나, 아니면 나와는 달리 내 쪽을 하잘것없는 시시껄렁한 사나이로 본 탓에, 내가 그의 공격을 신경 쓸 정도로는 나의 반격을 담아두지 않았던 때문이거나, 어쨌든 그가 우리 둘이 서로 미워한다는 점을 까맣게 잊었다는 사실이다. 내 이름은, 그에게 기껏해야 그의 큰어머니들 집 중 어딘가에서 나나 나의 친척 가운데 누군가를 만났을 거라는 정도의 일을 돌이켜보았을 뿐이었다. 그래서 그는 새로 소개를 받아야 할지, 예전의 교제를 새로이 해야 할 것인지도 잘 모르는 채, 다짜고짜로 나에게 큰어머니에 대해 말하기 시작했다. 서로의 미움 따위는 죄다 잊고 큰어머니 집에서 내 이야기가 자주 나오던 것을 떠올리며, 분명히 거기서 나를 만났을 거라고 의심치 않았다. 이름이야말로 흔히 한 인간에 대해서 우리에게 남아 있는 전부이다. 그나마 죽은 뒤가 아니라 살아 있는 동안만이다. 그래서 한 인간에 대해 우리가 갖고 있는 관념은 몹시 막연하고 매우 야릇하여, 전에 우리가 그 사람에 대해서 품었던 관념과는 거의 일치하지 않으므로, 자기가 하마터면 그와 결투할 뻔했던 일 따위는 깨끗이 잊어버린다. 대신 우리는 그가 어릴 적에 샹젤리제 공원에 기괴한 노란 행전을 감고 왔던 생각이 나지만 아무리 입이 아프게 말해도 상대는 그런 데서 같이 논 기억을 깡그리 잊고 있기 일쑤다.

블로크가 하이에나처럼 뛰어들어왔다. 나는 생각했다. '저 친구, 20년 전에는 한 발자국도 들여놓을 수 없던 살롱에 오게 되었군.' 하지만 그 또한 20살을 더 먹었다. 그만큼 죽음도 더 가까워진 셈이다. 그렇다면 이런 게 대체 그에게 무슨 도움이 된다는 말인가? 우중충한 빛을 통해 멀리서 바라보면, 그의 얼굴에는(실제로 젊음이 남아 있어선지, 아니면 내 기억이 불러와선지) 오직 명랑한 젊음이 있을 뿐이건만, 가까이서 밝은 빛에 비추어보니, 분장을 마치고 무대 뒤에서 차례를 기다리며 첫머리 대사를 나지막이 외고 있는 늙은 샤일록

*¹ 같은 불안에 떠는 끔찍한 얼굴이 나타났다. 앞으로 10년만 지나면, '대가'가 된 그가 생기를 잃은 이런 살롱이 시키는 대로 따르며 지팡이를 짚고 들어올 테지. 라 트레모유네를 방문해야 하는 일은 힘든 일이라고 중얼거리면서. 대체 이런 일이 그에게 무슨 도움이 된다는 말인가?

사교계에 생긴 갖가지 변화, 이것을 나는 처음에 우리 시대 특유의 것으로 여겨보려고도 했지만 전혀 그렇지 않아서, 그만큼 더욱 그런 변화에서 내 작품의 일부를 견고하게 만들 만한 소중한 진리를 추려낼 수 있었다. 가까스로 사교계에 드나들 수 있게 된 내가 지금의 저 블로크보다도 더 신출내기로 게르망트네 사교장에 들어섰던 무렵, 겨우 얼마 전에야 가입이 허락된 완전한 이질 분자, 고참자들에게는 별나게 애송이로 보이는 사람들까지도, 나는 분명 이 사회에 어울리는 하나로 보고 구별하지 않았을 게 틀림없다. 하기야 나에게는 신참자들과의 구분이 잘 안 되던 그런 고참자들만 해도, 사실 그때의 공작들에게는 포부르의 토박이들로 보였지만, 그들 또한 그들 자신이나 아버지 대, 또는 할아버지 대에 그 위치에 이르렀던 것이다. 따라서 이 사교계를 찬란하게 빛내는 것은 상류 사교인이 갖춘 뛰어난 경력이 아니라 그들이 거의 완전히 이 사회에 동화되어 있다는 사실이며, 50년만 지나면 누구나가 똑같아 보이고 상류 사교인으로 만들어지는 것이다. 내가 게르망트라는 이름의 위대함을 남김없이 발휘시키기 위하여 거슬러 올라간 과거에도(이 방법은 옳았다. 왜냐하면 루이 14세 시대에는 거의 왕가와 어깨를 겨루면서 지금보다도 더 세도를 떨치고 있었으니까) 현재 내가 보는 바와 똑같은 이런 현상이 일어났다. 그때 게르망트네 사람들이 혼인을 통해서, 이를테면 콜베르네와 인척 관계를 맺는 걸 보지 않았던가? 과연 오늘날에는 콜베르네도 자못 고귀한 가문으로 보인다. 그도 그럴 것이 콜베르네의 처녀와 혼인을 맺는 일이 라 로슈푸코 같은 집안으로서도 큰 혼사 자리로 보이니까 말이다. 그러나 게르망트네가 콜베르네와 혼인 관계를 맺은 것은 콜베르네가 명문이기 때문은 아니었으니, 그 무렵 한낱 서민에 지나지 않았던 콜베르네는 게르망트네와의 인연에 의해서 비로소 귀족 반열에 끼게 된 것이다. 또한, 설사 오송빌이라는 이름이 이 집의 현재 가장과 함께 사라진다 할지라도, 틀림없이 스탈 부인의 후손이라는 점에서 그 영

---

*1 셰익스피어의 《베니스의 상인》에 나오는 유대인 고리대금업자.

광이 빛나리라.

그런데 대혁명 이전의 왕국에서 일류로 꼽히는 귀족의 한 사람이었던 오송빌 씨로 말하면, 브로이 씨에게 스탈부인의 아버지 따위는 알지도 못하며, 브로이 씨처럼 그를 남에게 소개할 수 없다는 사실을 자랑으로 삼았다. 얼마 지나지 않아 그들의 아들이, 한 사람은 《코린》*1 작가의 딸과, 다른 한 사람은 그 손녀와 결혼하게 될 줄은 꿈에도 모르고. 게르망트 공작부인이 나에게 자주 하던 말로 미루어, 그럴듯한 이름이 없는 나도 이 사교계에서, 일찍이 스완이 그랬고, 스완 이전에는 르브랭 씨나 앙페르 씨가 그랬듯, 또 신출내기였을 적에는 예의상으로도 일류라고는 할 수 없었던 브로이 공작부인의 친구들이 전부 그랬듯, 처음부터 귀족 사회의 일원이라는 생각이 저절로 들 정도로 풍류 인사의 처지에 설 수도 있었을 거라고 깨달았다. 게르망트 부인의 만찬회에 나가게 되었던 처음 무렵에, 나는 보세르푀유 씨 같은 이들을 얼마나 불쾌하게 만들었는지 모른다. 내가 자리를 같이했기 때문이 아니라, 그의 과거를 구성하고, 그의 사교상 습관에 형태를 부여하는 회상에 대해서 내가 도무지 깜깜하다는 것을 보여주는 말이 내 입에서 곧잘 튀어나왔기 때문이다! 앞으로 블로크도 나이를 먹으면, 지금 여기서 그 눈에 비치는 게르망트네 살롱의 모습을 오랜 옛 기억으로 간직할 텐데, 이와 같은 새치기꾼이나 그들의 무지를 보고 틀림없이 똑같은 불쾌감을 느끼게 될 것이다. 한편으로는 내가 노르푸아 씨 같은 사람들이 타고난 것인 줄로만 믿었던 그 요령이나 조심성 같은 특성, 누구보다도 그것을 배척하는 듯 보이는 이들의 몸속에 다시 생겨나 인간의 탈을 쓰는 요령과 조심성의 특성을 그는 터득하여 그것을 주위에 흩뿌리게 되리라.

어쨌거나, 내가 게르망트네 사교계에 받아들여진 사정은 나에게는 어쩐지 이상한 일이 일어난 것처럼 느껴졌다. 하지만 내가 자신을 떠나서, 직접 나를 둘러싼 환경 밖에 서보니, 이 사회 현상은 내가 처음에 생각했던 것만큼 고립된 게 아니며, 결국 내가 태어난 콩브레에 있는 샘에서 물이 꽤 많은 줄기의 분수로 공급되어 나와 함께 솟아오르고 있음을 알았다. 물론 환경은 늘 어떤 특수한 것을 지니고, 성격은 언제나 개성을 지니게 마련이라, 이번에는 르그랑댕(조카의 야릇한 결혼에 의하여)이 스스로 이 사교계에 들어온 것이나, 오데트

---

*1 스탈 부인의 작품 이름.

의 딸이 배필을 얻은 것이나, 스완이, 그리고 마지막으로 내가 거기에 들어간 것도 모두 방식은 달랐다. 자기 생활에 틀어박혀 생활을 안쪽에서 바라보며 살아온 나에게는 르그랑댕의 삶과 내 삶이 아무런 상관도 없는 정반대의 길을 걸어온 듯이 보인다. 마치 깊은 골짜기 안에서는 각각의 흐름이 보이지 않고, 아무리 동떨어져 있어도 끝내 같은 강으로 흘러 들어가고 마는 냇줄기와 같다. 그러나 전체적으로 보아, 통계학자가 감정적인 이유나 사람을 죽음에 이르게 한 피할 수 있었던 무모함 등을 무시한 채 오직 1년 동안의 사망 건수만을 세는 방식을 답습한다면, 이 이야기의 첫머리에 그려져 있는 똑같은 환경에서 출발한 숱한 인물은 아주 다른 환경에 다다른 셈이 된다. 또 해마다 파리에서 거의 평균적인 수의 결혼식이 치러지듯이, 교양도 재산도 있는 중산계급의 각기 다른 환경에서 스완이나 르그랑댕이나 나나 블로크 같은, 끝에는 '상류 사회'라는 넓은 바다에 몸을 던질 인간이 거의 같은 비율로 나올 것이다. 게다가 상류 사회에서 그들은 서로 금세 알아본다. 예컨대 젊은 캉브르메르 백작은 그 의젓하고 차분한 태도나 은은한 취미 등으로 사람들을 감탄하게 했지만, 나는 그러한 장점들 속에서—또한 그 아름다운 눈매와 출세하고픈 맹렬한 욕망 속에서도—그 외삼촌인 르그랑댕의 특징을 알아보았다. 귀족다운 풍채의 중산층 사나이, 내 아버이의 옛 친구의 모습을 보았던 것이다.

선량함이란 본디 블로크의 성질보다 더 시큼한 성질일지라도 그저 익기만 하면 달게 만들어버리는 것인데, 이것은 자기 처지만 떳떳하다면 편파적인 재판관이라도 친절한 재판관과 마찬가지로 두려워할 필요가 없다고 생각하는 정의감 못지않게 수두룩하게 널리 퍼져 있다. 따라서 블로크의 손자들이라면 거의 모두가 태어나면서부터 착하고 얌전할 것이다. 한데 블로크 자신은 아마도 아직 거기까지는 이르지 못했나 보다. 그러나 지난날, 오라는 말도 없건만 두 시간씩이나 기차에 시달리면서도 찾아가야만 성이 풀리던 그가, 오찬이나 만찬의 초대뿐만 아니라, 여기서 2주일 저기서 2주일 묵어가라는 초대까지 숱하게 받는 지금은 그 대부분을 물리치고, 그렇다고 떠들어대지도 않거니와 초대를 마다한 사실을 자랑하지도 않는 데 나는 주목했다. 행동에 나타나고 말씨에 엿보이는 분별심이 사회적 지위나 나이와 함께, 말하자면 어떤 사회적 연령과 함께 그에게 생겨난 것이다. 아닌 게 아니라 옛날의 블로크는 남에게 친절을 베풀거나 충고를 할 수 있는 성품이 아니었던 만큼 경망스러웠다. 그런데 어떤 단점이나 장점은 개인보다도 오히려 사회적 관점에서 바라본 일생의 어느 시기에 연관되고 있다. 그와 같은 단점이나 장점은 말하자면 개인의 바깥쪽에 있는 것으로, 동지점이나 하지점 같은 전부터 있어온 보편적이고도 불가피한 갖가지 지점을 통과하듯이 각 개인은 그와 같은 장점이나 단점의 빛 속을 뚫고 지나간다. 어떤 약이 위의 산성을 줄이는지 늘리는지, 그 분비작용을 활발하게 하는지 완만하게 하는지를 확인하고자 애쓰는 의사가 여러 다른 결과를 얻는 것은 그 분비물에서 소량의 위액을 추출한 위의 차이에 달려 있는 게 아니라 약을 먹은 어느 순간에 위액을 채취하느냐에 달려 있다.

게르망트라는 이름은 그것이 그 속에 받아들이고 그 주위에 모이게 하는 온갖 이름의 총체로 여겨져 그 이름이 지속되는 각 시기에 끊임없이 수많은 쇠퇴를 겪거나 새로운 요소를 더해왔다. 그것은 마치 이미 시들어버린 꽃 대신 언제라도 들어서려고 하는, 겨우 꽃망울이 부풀기 시작한 꽃이 비슷비슷한 꽃무리들 틈에 끼여 알아보기 어려운 화원과 같아서, 새로 피는 꽃을 거들떠보지도 않고 이미 져버린 꽃의 모습을 똑똑히 기억에 간직한 사람이 아니고서는 화원은 언제나 같아 보인다.

이 오후의 모임(마티네)에 모였거나 이 연회 덕분에 내가 떠올린 사람들 가운데 몇몇은 지난날 상반된 갖가지 상황에서 내 앞에 차례차례 나타나 번갈아 다양한 모습을 보이는 동시에, 내 삶의 여러 양상이나 서로 다른 시점을 끌어내주었다. 마치 땅의 기복, 언덕이나 성이 어떤 때는 오른쪽에, 어떤 때는 왼쪽에 나타나, 처음에는 숲이 내려다보이는가 싶다가도 다음에는 골짜기에서 우뚝 솟은 듯해서, 나그네에게 그가 걸어가는 길의 방향 변화나 고도의 차이를 알려주듯. 더욱더 멀고 아득한 과거로 거슬러 올라갈수록, 나는 똑같은 인물이라도 오랜 시간의 차이 때문에 서로 떨어지고 나누어진 나의 여러 '자아' 속에 보존되어 있어서 그 자체로 매우 다른 의미를 지닌 갖가지 심상을 발견했다. 그러한 심상은 하도 달라서, 과거에 그 사람과 가졌던 관계의 모든 과정을 모두 포함했다고 여겼을 때도 나는 대체로 그와 같은 심상을 빠뜨리고 있었고, 그것이 옛 벗에 대한 심상과 똑같은 것이라는 생각도 하지 않게 되었으며, 그러한 심상을 마치 어원과 연결시키듯이, 그것들이 지난날에 나에 대해서 가졌던 본디 의미와 연결되기 위해서는 섬광같이 퍼뜩 떠오르는 우연한 주의가 필요했다. 스완 아가씨가 장밋빛 산사나무 산울타리 너머로 나에게 눈길을 던졌는데, 나는 과거로 거슬러 올라가서 그 눈길의 뜻을 욕정이라고 정정해야만 했다. 콩브레에서 스완 부인의 정부라고 소문이 파다했던 사나이가 그 울타리 너머로 근엄한 태도를 취하며 나를 바라보았는데, 이제 생각해보니 그 태도에는 당시 내가 생각했던 뜻이 전혀 없었거니와 그 뒤 그 사나이의 모습도 어찌나 변해버렸는지, 발베크의 카지노 근처에서 광고를 들여다보던 신사가 그 사나이인 줄 처음에는 전혀 알아보지 못할 정도였고, 또 10년에 한 번쯤 어쩌다 그의 모습이 생각나면 나는 늘 마음속으로 중얼거렸다. '아니, 그것이 샤를뤼스 씨였단 말인가, 이것 참 신기한 노릇이군.' 페르스피에 의사의 결혼식에 참석했던 게르망트 부인, 나의 종조할아버지 집에 와 있던 스완 부인, 우리가 소개해달라고 부탁할까 봐 르그랑댕이 전전긍긍하던 만큼 멋쟁이였던 그 누이동생 캉브르메르 부인, 이러한 사람들의 모습(image), 스완이나 생루 등등에 관계되는 그 밖의 갖가지 모습과 마찬가지로 가끔 마음속에 떠오르면, 나는 그런 여러 사람들과 나와의 교제가 시작 될 때를 건물 현관처럼 세워두고 떠올리며 즐겼었는데, 그러나 그러한 것들은 사실상 나에게는 형상(image)으로밖에는 보이지 않았으며, 그 사람이 몸소 내 마음속에 내려온 것도 아니므로, 그 사람과의 사이에 아무런 유대도 없는 그림자(image)로밖에는 생각되지 않았다. 다만 어떤 사람은 기억력이 좋고, 어떤 사람은(늘 까먹기만 하는 터키 대사처럼 심한 건망증은 아니라 해도) 기억력이 나쁜 경우만이 아니라(먼저 퍼진 소문은 일주일만 지나면 사라지지만, 아니면 나중 소문에 먼저 소문을 쫓아버리는 힘이 있으므로 언제나 정반대의 소문이 받아들여질 여지가 있다) 기억력에 우열이 없을 경우에도 두 사람이 똑같은 것들을 기억하는 법은 없다. 한쪽이 전혀 개의치 않는 일에 다른 한쪽은 큰 한을 품기도 하고, 그런가 하면 상대가 무심히 한 말을 그 사람이 아니고서는 못할 말이라고 얼른 이해하며 공감하기도 한다. 틀린 예언을 한 사람은 그것을 실언으로 인정하고 싶지 않은 이기심에서, 사람은 그 예언의 회상 기간을 줄여서 그런 말은 안 했노라고 우기게 된다. 그리고 더욱 심원하고 사심 없는 관심은 기억을 다양하게 변화시키는 법이어서, 시인은 남이 말한 사실은 거의 다 잊어버리면서도 덧없는 인상만을 가슴에 간직하고 있다. 이와 같은 모든 사정에서 스무 해 만에 다시 만난 사람에게서 이쪽이 지레짐작한 앙심 대신 상대의 본의 아닌 무의식적인 용서를 받거나, 그와 반대로 까닭 모를(그도 그럴 것이, 이쪽에서는 자기가 준 나쁜 인상 따위는 잊고 있기 때문이다) 격렬한 증오를 받거나 한다. 가장 잘 아는 사람에게 일어난 일이라도 그 날짜 같은 것은 잊기가 쉽다. 게르망트 부인이 처음 블로크를 만난 것은 적어도 스무 해 전이므로, 부인은 블로크가 자기와 같은 귀족 사회 출신이고, 그가 두 살 때는 샤르트르 공작부인의 무릎 위에 안겨 색색 잠들었다고 장담하는지도 모를 일이다.

　이러한 사람들은 그 일생 동안 내 앞에 헤아릴 수 없이 나타났지만 그때마다 다른 환경에 둘러싸여 있어서, 같은 사람인 듯싶어도 나타나는 형태나 목적은 매우 다양했다. 그 사람들이 저마다 보내오는 삶의 실자락은 내 삶의 갖가지 시점(point)*¹을 지나가고, 그러한 시점은 한없이 멀게만 보이던 그 실들을 마침내 하나로 합쳐서 꼬았다. 마치 인생이 가진 실의 수는 한정되어 있어서 그것으로 온갖 다양한 무늬를 짜는 것처럼. 이를테면 나의 갖가지 과거 중에는, 아돌프 종조할아버지를 찾아갔던 일이 있고, 원수(元帥)의 사촌누이 뻘인 빌파리지 부인의 조카, 르그랑댕 씨와 그의 누이동생, 프랑수아즈의 이웃 친구인 전직 조끼 재단사의 모습이 떠오르는데, 이들만큼 서로 동떨어진 존재가 따로 있겠는가? 그런데 오늘날에는 이들 갖가지 실들이 모두 한데 꼬여서, 여기서는 생루 부부, 저기서는 젊은 캉브르메르 부부라는 씨실을 만들고 있다. 모렐이나 그 밖의 수많은 이는 말하지 않겠지만, 이와 같은 많은 사람의 결합이 하나의 환경을 이루는 데 공헌했으므로, 내가 보기에 이런 환경이야말로 완전한 단일성(unité)이며, 인간 개인은 한낱 구성 분자에 지나지 않는다. 또 나의 생애만 해도 이미 꽤 길기 때문에, 그 인생에서 만난 사람들 중에는 그 모습을 완성하기 위해, 내 추억의 반대쪽 영역에서 다른 사람을 찾아내야 하는 사람도 몇몇 있다. 이를테면 지금 여기에 있는 엘스티르의 작품은 영예의 상징이라고도 할 수 있는 자리를 차지하고 있지만, 나는 거기에도 베르뒤랭네 사람들이나 코타르 부부 등에 얽힌 가장 오랜 추억이나, 리브벨의 식당에서 나눈 대화, 알베르틴과 처음 만난 오후의 다과회, 그 밖의 갖가지 추억을 덧붙일 수 있다. 이와 같은 방식으로 미술 애호가는 제단 뒤 장식 벽의 문짝 하나를 보면, 그 나머지가 어느 성당, 어느 박물관, 어느 개인의 수집품 속에 흩어져 있는지를 떠올린다(마치 경매 목록을 뒤적이거나 골동품 상점을 자주 드나

---

*1 점, 바늘 자리.

들면서 끝내 자기 소장품의 짝을 찾아내어 한 쌍을 짓고 말듯). 그는 머릿속으로 제단 장식화나 제단 전체를 재구성할 수 있다. 원치(winch)로 들어올리는 물통이 자꾸만 밧줄 여기저기에 닿듯이 내 생애에서 자리를 차지했던 모든 인간은 물론이요, 거의 모든 사물에 이르기까지 번갈아 다른 역할을 하지 않았던 거라고는 하나도 없다. 단순한 사교상의 교제에 머문 사람이나 단순한 물질조차도 몇 년 뒤에 다시 내 추억에 떠오르면, 나는 삶이 그 둘레에 부단히 갖가지 실을 짜나가다가 마침내는 그러한 실이, 마치 오래되어 예스러운 풍취 그윽한 공원의 보잘것없는 수도관이 에메랄드 같은 이끼 덮개로 싸이듯이 세월이라는 그 비할 바 없는 고운 벨벳으로 그것을 감싸는 걸 알았다.

이러한 사람들이 꿈속의 사람처럼 느껴지는 것은 다만 그 사람들의 겉모습 탓만은 아니었다. 그들 자신에게도 삶은 이미 젊음과 애정의 추억 속에 졸면서 자꾸만 깊은 꿈속으로 빠져들고 있었다. 그들은 이미 원한이나 증오조차 잊은 지 오래였다. 그리고 현재 자리를 같이하는 사람에게 이미 10년 전부터 말 한 마디 건네지 않았다는 사실을 확인하려면 장부를 꺼내 뒤져봐야 했지만, 그 장부부터가 대체 누구에게 창피당했는지 어리숭한 그 꿈처럼 아련한 것이었다. 이런 어리숭한 꿈이란 자고로, 살인자니 배신자니 하면서 서로 비난을 퍼붓는 사람들이 같은 내각에서 얼굴을 맞대고 있는 정치판처럼 모순된 모양을 하고 있다. 그리고 노인이 되면, 이러한 꿈은 그들이 애욕에 빠진 순간부터 여러 날 동안 죽음의 그림자처럼 짙어진다. 그러한 나날은 만약 그가 대통령이라도 아무것도 물어보지 못한다, 모든 일을 깨끗이 잊어버렸으니까. 그러다가 며칠을 쉬게 하면 정무(政務)에 대한 기억이 어떤 꿈의 기억처럼 퍼뜩 되살아난다.

때로는 전에 알던 사람이 완전히 달라져서 단 하나의 모습으로는 떠오르지 않는 수도 있다. 여러 해 동안 나에게 베르고트는 자상하고 점잖은 노인으로 비쳤으며, 스완의 회색 모자나 스완 부인의 보랏빛 망토를 보거나, 살롱에서 게르망트라는 가문의 이름이 공작부인을 감싸고 있던 그 신비에 맞닿거나 하면 나는 마치 귀신이라도 만난 듯이 몸이 마비되는 걸 느꼈다. 거의 전설에 가까운 그 근원을 지니고 황홀한 신화를 만들어내던 이러한 인간관계도 나중에는 평범하기 이를 데 없이 되고 말았지만, 그래도 그것은 하늘 가운데를 가로지르는 반짝이는 살별 꼬리 같은 빛살을 내쏘면서 아득한 과거 쪽으로 뻗어 있었다. 그리고 수브레 부인과의 관계처럼 딱히 신비에서 시작하지 않은 만큼 이제는 아무 멋도 없는 싱거운 교제도, 처음에는 좀더 고요하고도 달콤한 첫 미소, 시끄럽게 오가는 수레와 말이 먼지를 일으키고, 석양이 물같이 움직이는 파리의 봄날 땅거미나 바닷가 오후의 충만한 분위기 속에서 감동 어리게 짓던 미소가 담겨 있었다. 이와 같은 액자에서 떼어낸다면 수브레 부인도 대단치 않은 존재였으리라. 마치 그 자체만으론 별로 아름답지도 않건만, 그것이 서 있는 자리가 자리인 만큼 아주 훌륭해 보이는 역사적 건축물, 예를 들면 산타 마리아 델라 살루테 성당처럼. 그녀는 내가 '도거리'로 값을 매겨두는 기억의 일부이긴 하지만, 그중에서 수브레 부인이라는 인물에게 정확히 얼마만한 가치가 있는지 나는 생각해본 적이 없다.

　내게 이 사람들이 입은 육체적·사회적 변화보다 더 강한 인상을 준 것은 그들이 서로를 보는 시선의 변화였다. 르그랑댕은 전에 블로크를 깔봐 말도 붙인 적이 없었다. 그러던 위인이 지금은 블로크에게 더할 나위 없이 상냥했다. 이는 결코 블로크가 차지한 대단한 지위 덕분은 아니었다. 그런 일이라면 여기에 일부러 적을 필요도 없다. 왜냐하면 사회적인 지위의 변화는 반드시 그러한 변화를 받은 사람들 사이의 위치에 변화를 일으키니까. 그런 게 아니라, 까닭인즉 사람들이—즉 우리 눈에 비치는 사람들이—우리의 기억 속에서는 한 장의 그림처럼 한결같지 않기 때문이다. 우리가 잊어버리는 대로 그들은 변화한다. 때로 우리는 그들을 다른 사람과 혼동하기도 한다. "블로크? 콩브레에 자주 오던 그 사람 말이군." 이렇게 말하는 사람은 블로크라는 이름으로 나를 가리키고 있다. 거꾸로, 사즈라 부인은 필립 2세에 대한 역사론을 내가 쓴 줄로 확신하고 있었다(사실인즉 블로크가 쓴 것이다). 이러한 뒤바뀜까지는 아니더라도, 우리는 자기가 받은 무례한 대접이나 상대의 잘못, 최근에 악수도 하지 않고 헤어진 일을 곧잘 까먹고, 반대로 다정했던 아득한 옛날 일 등을 생각해낸다. 르그랑댕이 어떤 과거의 기억을 잃어버린 탓인지 아니면 이미 시효가 지났다고 생각하는 탓인지, 그가 블로크에게 보이는 상냥한 태도, 곧 '시간'의 작용인 관용과 망각과 무관심이 섞인 그 태도는, 이러한 아득한 옛 추억에 응답한 것이다. 본디 우리가 서로 가진 추억은 사랑의 추억마저도 같지 않다. 알베르틴은 우리 둘이 만난 지 얼마 안 되는 무렵 내가 한 말을 똑똑히 기억하고 있었지만, 나는 그것을 까맣게 잊고 있었다. 그런데 그녀는 내 머릿속에 마치 조약돌처럼 틀어박혀 떨어질 줄 모르는 다른 일들에 대하여 하나도 기억하지 못했다. 평행선을 긋는 우리의 생활은, 양쪽에 일정한 간격을 두고 화분이 어긋맞게 놓인 오솔길과도 같다. 하물며 잘 모르는 사람이라면 그들이 누군지 거의 생각이 안 나거나, 전에 생각했던 바와는 다른 더 오래된 일이 생각나거나 해도 전혀 이상하지 않다. 게다가 그 사람이 전에는 못 갖던 칭호나 지위로 성장하고(물론 잘 잊는 우리인지라 그것도 전부터 가지고 온 걸로 단번에 이해하지만), 요즈음 갓 알게 된 작자들에게 둘러싸여 있는 꼴을 다시 보고는, 그러한 작자들이 넌지시 들려주던 사실을 떠올리거나 하는 것은 차라리 당연한 일이다.

인생은 이러한 사람들을 몇 번씩이나 내가 가는 길에 놓고 각각 특수한 환경 속에서 나에게 보여주었는데, 그러한 환경은 그들을 사방팔방에서 둘러싸, 그들을 보는 나의 시야를 좁혀서 그들의 본질을 알아내지 못하도록 방해했다. 나에게는 커다란 꿈의 대상이었던 게르망트네 사람들조차도, 내가 맨 처음 다가갔을 때, 한 부인은 내 할머니의 옛 친구[*1]라는 모습으로, 다른 한 남자는 한낮에 카지노의 뜰에서 매우 못마땅한 눈으로 나를 흘끔흘끔 바라보던 신사[*2]의 모습으로 내 앞에 나타났다(왜냐하면 콩브레에서 책을 탐독하다가, 실재와 정신 사이에는 지각이 끼여 있어 양자의 완전한 접촉을 방해하는 걸 깨달았는데, 그와 마찬가지로 우리와 남 사이에는 우연이라는 가두리가 둘러져 있으니까). 따라서 나중에 그들을 하나의 이름으로 묶고 나서야 비로소 그 사람들과 사귀는 것이 게르망트네 사람들과 사귀는 것임을 알게 되었다. 그러나 어쩌면 그런 사실 때문에, 날카로운 눈에 새의 부리를 가진 신비스러운 종족, 장밋빛과 금빛을 띤 다가가기 어려운 한 종족이 눈먼 갖가지 환경의 작용에 의하여 내 앞에 나타나 매우 자연스럽게 교제가 이루어졌고, 마침내 내가 스테르마리아 아가씨와 사귀고 싶다든가, 알베르틴에게 옷을 맞추어주고 싶었을 때 가장 남의 일을 돌봐주기 좋아하는 벗을 찾아 게르망트네 사람들과 의논할 정도로 친한 사이가 되었다는 생각을 하면, 그것만으로 인생은 더욱 시적으로 여겨졌다. 물론 게르망트네 사람들을 찾아가는 일은 그 뒤에 알게 된 사교계의 다른 사람들을 찾아가는 일만큼이나 내게는 지루했다. 게르망트 공작부인의 경우도 베

---

*1 빌파리지 부인을 가리키는 말.
*2 샤를뤼스를 가리키는 말.

르고트의 어떤 작품처럼, 그 매력은 멀리 떨어져야 비로소 보이는 것인 만큼 가까이 가면 사라져버렸으니, 그 매력이 내 기억과 공상 속에 살고 있기 때문이었다. 그렇기는 해도 결국 게르망트네 사람들은 질베르트와 마찬가지로, 남을 끔찍이 믿고 꿈 많던 나의 아득한 과거 생활에 뿌리박고 있다는 점에서, 분명 사교계의 다른 사람들과는 달랐다. 지금 내가 게르망트 공작부인이나 질베르트와 말을 나누면서 권태와 더불어 마음에 품고 있는 것은, 적어도 가장 아름답고 가장 가까이 가기 어려웠던 내 어린 시절 공상 속의 그녀들이었다. 그래서 나는 어느 장부에 적었는지 몰라 뒤죽박죽 찾는 상인처럼, 현재 그녀들이 친구로서 갖는 가치와 옛날 나의 욕망이 그녀들에게 매긴 값을 혼동하면서 마음을 달래곤 했다.

그러나 다른 사람들의 경우도, 그들과 내 과거의 친분은 희망도 없이 이루어진 뜨거운 꿈으로 부풀어 있었다. 그 무렵 온통 그들에게 바쳐진 내 생활은 그 꿈속에서 우거져 꽃피었건만, 어째서 그 꿈의 실현이, 이토록이나 가늘며 얇고 빛바랜 리본 같은 친교, 그들의 신비성과 열과 다정스러움을 이루고 있던 것이라고는 찾아볼 수도 없는 시시하고 시들한 친교가 되고 말았는지, 나는 도무지 영문을 알 수 없었다. 모두가[1] 사람들을 '초대한' 것이 아니고, 모두가 훈장을 받은 것도 아니다. 그들 가운데 몇 명을 형용하는 일은 중요도는 비슷비슷하지만, 다른 말이다. 즉 그들은 얼마 전에 죽었다.

"아르파종 후작부인은 어찌되셨어요?" 캉브르메르 부인이 물었다. "그분은 돌아가셨어요." 블로크가 대답했다. "어머, 작년에 돌아가신 아르파종 백작부인과 헷갈리고 계시군요." 캉브르메르 부인이 대꾸했다. 이 입씨름에 아그리장트 대공부인이 끼어들었다. 부인은 부자이며 이름 높은 늙은 남편을 잃은 젊은 미망인으로서 수두룩하게 청혼이 들어오는 판이라 결혼에는 자신만만했다. "아르파종 후작부인도 돌아가신 지 1년은 넘었는걸요." — "어머나! 1년 전이라고요. 아니에요." 캉브르메르 부인이 말을 받았다. "그분 댁에서 베푼 저녁 음악회에 간 지 아직 1년도 안 되는걸요." 블로크는 사교계의 '제비'처럼 이 논쟁에는 잘 어울릴 수 없었다. 왜냐하면 제비는 이런 노인들과는 나이 차이가

---

[1] '모두가~얼마 전에 죽었다' 부분은 앞 문장과 이어지지 않는다. 판본에 따라 이 부분을 다양하게 다루고 있으나, 여기서는 신플레이아드판에 따름.

많이 나는 데다가 최근 다른 사교계에(이를테면 블로크처럼) 갓 들어간 탓에, 이들의 죽음은 그와는 너무나 거리가 멀었기 때문이다. 블로크는 이 사교계가 황혼 속, 그에게 낯선 과거의 추억이 그가 걸어가는 길을 밝혀주지 못하는 땅거미 속에 기울어가는 즈음에, 먼 길을 돌아서 겨우 이곳에 다다랐던 것이다. 그리고 비슷한 나이, 비슷한 환경의 사람들에게도 죽음이란 별다른 뜻이 없었다. 게다가 죽어가는 수많은 벗들의 근황을 날마다 접하며, 아무개는 추스르고 아무개는 '골로' 갔다는 말을 듣다 보면, 나중엔 오랫동안 못 만난 아무개가 폐렴에서 벗어났는지, 아니면 저승길을 떠났는지조차도 명확히 기억나지 않기가 일쑤다. 이 노인층에서는 죽음이 늘어갈수록 더욱더 정확치 않게 된다. 여러 이유에서 죽음을 확실히 분간하기 어려운, 이를테면 죽음을 삶과 혼동하는 두 세대와 두 사회층 사이에 있는 그 교차점에서는, 죽음도 한갓 허례허식이 되고 크든 작든 한 인간의 특징을 나타내는 사건으로 되고 말아, 그것을 이야기하는 말투에도 이 사건으로써 한 인간의 모든 일이 끝났다는 기색이 없다. "허어, 잊으셨군. 아무개는 죽었어요" 말한다. 마치 '그이는 훈장을 탔어요' 또는 '그이는 아카데미 회원이에요' 또는—연회에 못 나간다는 점에서는 마찬가지지만—'그분은 겨울을 지내러 남프랑스에 갔소이다' 또는 '그이는 후미진 산골로 전지 명령을 받았소' 말하듯. 그래도 저명인사라면 죽은 뒤에 남겨둔 것이 그의 일생이 끝났음을 떠올리게 하는 거리가 된다. 하지만 아주 나이 많은 평범한 사교인은 살아 있는지 죽었는지도 잘 모른다. 그들의 과거가 알려져 있지 않다든가 잊혔다든가 하는 탓만이 아니라, 그들이 미래와 아무런 상관도 없기 때문이다. 이러한 사교계의 늙은이가 병을 앓는지, 파리에 없는지, 은퇴해서 시골에 있는지, 죽었는지, 그중 어느 하나로 결정하기는 어려운 노릇이라서, 흐리마리한 작자들은 관심을 잃고, 죽은 자는 하찮은 존재로 전락한다.

"하지만 말이에요, 만약 그분이 돌아가시지 않았다면, 어째서 그분뿐 아니라 바깥양반까지도 도무지 뵈지 않죠?" 늘 똑똑한 체하는 노처녀가 물었다. 50살이나 먹고도 잔치라면 빠진 적이 없는 그의 어머니께서 받아 말씀하시기를, "그건 말이다, 늙은 탓이지. 그 나이가 되고 보면 좀처럼 집 밖으로 나서지 않거든." 마치 묘지 앞쪽에는 노인들만이 거처하는 안개 속에 언제나 등불이 켜져 있는 외딴 도시라도 있다는 듯한 말투였다. 그때 생퇴베르트 부인이, 아르파종 백작부인은 오래 앓다가 1년 전에 세상을 떠났으며, 아르파종 후작부인도 그 뒤 눈 깜짝할 새에 '어이없이' 죽었다면서 이 입씨름을 결말지었다. 후작부인의 죽음은 특별히 내세울 게 없다는 점에서 이 사람들의 삶과 매우 비슷했고, 또한 그녀가 모르는 사이에 저승으로 가버린 소식을 설명하는 동시에, 남의 죽음과 혼동했던 사람들을 위해 변명거리도 제공해준 셈이었다. 아르파종 후작부인이 정말 죽었다는 말을 듣자 노처녀는 어머니에게 근심 어린 눈을 던졌다. 어머니가 '같은 또래'의 죽음을 알고 '충격을 받을까 봐' 걱정되었던 것이다. "그분께서는 아르파종 부인의 죽음으로 몹시 낙심하셔서 그만⋯⋯." 이런 설명과 함께 친어머니의 죽음을 운운하는 수다가 지레 그녀의 귀에 들리는 듯싶었다. 그러나 당사자인 어머니는 낙심은커녕, 동갑내기 한 사람이 '사라지는' 족족 뛰어난 경쟁자와 선두를 겨루어 이긴 기분에 젖었다. 경쟁 상대의 죽음은 이를테면 그녀에게 자기가 살아 있다는 사실을 흡족하게 의식시키는 유일한 방법이었다. 노처녀는 어머니가, 지쳐 빠진 노인들이 한번 틀어박히면 좀처럼 집 밖으로 나오지 않는다는 말에 가엾다는 표정도 짓지 않았을 뿐더러, 후작부인은 두 번 다시 나오지 못하는 저승의 '도시'에 들어가버렸다고 들어도 주름살 하나 찌푸리지 않는 것을 알아챘다. 어머니의 무관심을 확인하자 노처녀의 신랄한 정신은 재미있어했다. 그녀는 그 뒤 친구들을 웃기려고 허리가 아플 정도로 우스운 이야기를 꾸며내어, 어머니가 두 손을 비비면서 자못 신이 나는 듯 "어쩌나, 아르파종 부인도 돌아가셨군요, 딱해라" 말했다고 우겼다. 살아 있음을 기뻐하기 위해서 남의 죽음이 필요치 않은 이들 또한 누가 죽었다는 소식을 들으면 기쁘기 그지없다. 왜냐하면 뭇 죽음은 남의 생활을 간소화하고, 감사의 뜻을 표해야 할 걱정도 방문을 해야 한다는 의무감도 홀가분하게 벗으니까. 그러나 엘스티르에게 베르뒤랭 씨의 죽음은 그렇게 받아들여지지 않았다.

한 부인이 자리를 떴다. 다른 오후의 모임도 있었고, 두 왕비와의 다과회에도 나가야 했기 때문이다. 그녀는 사교계에서 소문난 화냥년, 지난날 나와도 아는 사이던 나소 대공부인이었다. 키가 작아져서(머리 위치가 전보다도 훨씬 낮아져서, 이른바 '무덤에 한쪽 발을 들여놓은' 사람처럼 보였지만) 그 줄어든 키만 아니면 거의 늙어 보이지 않았다. 변함없는 오스트리아 사람 같은 코와 고혹적인 눈매를 지닌 부인은 그 얼굴에 라일락 빛이 감돌게 하는 능숙하게 배합된 갖가지 화장품 덕으로, 옛 자색을 그대로 간직하고 있는 마리 앙투아네트 같은 모습이었다. 그녀의 얼굴에는 부득이 먼저 일어나지만 다시 방문할 것을 다정하게 약속하고 살그머니 자리를 뜨는, 미안스러워하면서도 세심하게 마음을 쓰는 빛이 어려 있었지만, 그것은 손꼽히는 훌륭한 사람들의 여러 모임이 그녀를 기다리고 있다는 데서 오는 것이었다. 왕위도 물려받을 만한 지체 높은 몸으로 태어나서 세 번 결혼했고, 자기가 좋아서 한 숱한 변덕스러운 사랑은 제쳐두고서라도, 몇몇 대은행가들에게 차례차례 둘러싸여 오랫동안 갖은 호강을 다한 그녀는 그 아리따운 동그란 눈과 분 바른 얼굴같이, 연보랏빛 드레스 자락 밑으로 조금 헝클어진 헤아릴 수 없는 지난날의 추억을 담아 사뿐사뿐 옮기고 있었다. '영국식'으로 살짝 빠져나가려고 내 앞을 지나칠 때, 나는 부인에게 인사했다. 나를 알아본 그녀는 내 손을 잡고 그 동그란 연보랏빛 눈동자로 나를 바라보았는데, 그 눈은 '정말 오래 못 뵈었어요, 다시 만나서 쌓인 이야기를 나눠요' 말하는 것만 같았다. 그녀는 내 손을 힘껏 쥐었지만, 어느 날 밤 게르망트 공작부인 댁에서 나오면서 그녀가 나를 데려다주었을 때 마차 안에서 잠시 색심(色心)이 일었었는지 아니었는지조차 분명히 기억할 수 없었다. 아무려면 대수냐는 생각에서 그녀는 있지도 않았던 일이 있었던 듯이 넌지시 비추었는데, 이쯤이야 그녀에겐 어려운 일도 아니었다. 딸기 파이가 나와도 상냥한 표정을 짓고, 음악이 끝나기 전에 자리를 뜨거나 해야 하면 다시는 못 만나게 되는 것도 아니건만 생이별하듯 절망하는 모양을 짓기 일쑤였으니까. 잠시 일었던 나와의 색심에 대해서는 확실치 않았으므로, 은밀한 악수는 그 정도로 끝낸 채 그녀는 아무 말도 하지 않고, 앞에서도 말했듯이 그저 '정말 오랜만이에요!' 하는 뜻으로 나를 바라보았을 뿐이다. 그 눈에는 세 남편, 그녀의 생활비를 대준 남자들, 두 차례의 전쟁이 떠올랐다가는 사라졌다. 오팔에 새긴 천문학용 시계와도 비슷한 그녀의 눈에는, 아득히 먼 나날 속의 그 엄숙한 모든 시간이 차례차례 표시되어 있어서, 그녀가 누군가에게 핑계일 게 뻔한 인사말을 하려고 할 적마다 그 과거의 시간이 다시 떠오르곤 했다. 그리고 그녀는 나에게서 떠나자 누구에게도 방해가 되지 않도록 문 쪽을 향하여 종종걸음을 치기 시작했다. 나와 이야기를 나누지 않았던 것은, 자기와 단둘이서 차를 마시기로 되어 있는 에스파냐 왕비 댁에 정각에 닿도록, 나와의 악수 때문에 늦어진 분초를 되찾기 위해서 서두르기 때문이라는 걸 나에게 보이기 위함이었다. 문가에 이르자 내가 보기에 그녀는 줄달음하는 것 같았다. 과연 그녀는 자기 무덤 쪽으로 달려가고 있었다.

한 뚱뚱한 부인이 나에게 인사해오자 그 짧은 인사 동안에 오만 가지 생각이 내 머릿속을 스쳐갔다. 나보다도 더욱 옛 벗을 알아보지 못하는 이 부인이 나를 다른 누구로 잘못 보지 않았을까 해서, 나는 순간 인사에 답하기를 망설였다. 그러다가 그녀의 확신 있는 태도에 이번에는 거꾸로, 일찍이 나와 절친한 사이가 아니었을까 걱정되어 과장하여 상냥한 미소를 지었지만, 그러는 동안에도 내 눈은 도무지 생각나지 않는 이름을 그 얼굴에서 계속 찾고 있었다. 대학입학 자격시험의 지원자가 대답이 막히자, 자기 기억에서 찾는 편이 나으련만, 시험관 얼굴을 빤히 바라보면서 부질없이 해답을 읽어내려 들듯이, 나는 뚱뚱한 부인에게 미소를 보내면서 그 이목구비를 뚫어지게 바라보았다. 아무래도 스완 부인의 얼굴 같아, 내 미소에는 존경의 빛이 어리고 동시에 나의 망설임도 그치기 시작했다. 그러나 잠시 뒤에 그 뚱뚱한 부인이 나에게 다음같이 말했다. "당신은 나를 우리 어머니인 줄 아는가 보군요. 사실 난 어머니를 똑같이 닮아가니까요." 그래서 나는 질베르트를 알아보았다.

우리 둘은 로베르에 대해서 많은 이야기를 했다. 질베르트는 로베르에 대해 마치 그가 매우 뛰어난 인물이고, 자기가 그를 존경하며 이해하고 있었다는 것을 나에게 무척 보이고 싶기라도 한 듯 공손한 말투로 얘기했다. 우리 둘은, 전술에 대해서 전에 그가 말한 견해가 이번 전쟁에서 얼마나 자주, 많은 점에서 증명되는가를 서로 떠올렸다(그는 동시에르에서, 또 그 뒤에도 나에게 이야기해준 바와 같은 생각을 탕송빌에서 그녀에게 곧잘 이야기했었기 때문이다).

"로베르가 동시에르에서, 그리고 또 전쟁 중에 이야기해준 더할 나위 없이 사소한 것까지가 지금 얼마나 나에게 감동을 주는지 도저히 말로 다 표현할 수 없을 지경이에요. 우리가 다시는 못 만날 이별을 했을 때 그에게서 들은 마지막 말은, 힌덴부르크는 나폴레옹 같은 장군이므로 분명 나폴레옹식 전술 가운데 하나를 펼치리라는 것이었습니다. 곧 두 적군의 분리를 목적으로 삼는 전술로, 두 적군이란 아마도 영국군과 우리 프랑스군이겠지 하고 그는 덧붙였어요. 그런데 보세요, 로베르가 죽은 지 1년도 되기 전에, 그가 몹시 숭배했고 그의 군사상 사념에 분명 지대한 영향을 주었던 비평가 앙리 비두 씨가 말하기를, 1918년 3월에 있었던 힌덴부르크의 공격은 '전열한 두 적군을 밀집 군단으로 분리하는 전투인데, 나폴레옹 황제가 1796년에 아펜니노 산맥에서 성공했고, 1815년에 벨기에에서 실패했던 전략'이라고 했어요. 작별하기 얼마 전에 로베르는 나에게, 작자 자신이 중간에 계획을 바꿨기 때문에 작자의 의도를 알기 힘든 연극에다 전쟁을 비교했어요. 그런데 1918년의 독일군 공격을 이렇게 해석했다면, 아마 로베르는 비두 씨와는 의견이 들어맞지 않았을 거예요. 그러나 다른 비평가에 따르면, 힌덴부르크는 아미앵 방면에서 공격에 성공한 뒤 진격을 저지당했고, 플랑드르 전선에서도 공격에 성공했다가 마지못해 멈출 수밖에 없었으므로, 결국 예정에도 없던 아미앵과 이어서 불로뉴를 우연히 목표로 삼았다는 거예요. 게다가 누구나 저마다 자기 마음대로 각본을 고칠 수 있으니까, 그 공격을 파리에 대한 전격적 진공의 예고라고 보는 비평가도 있고, 영국군을 격파하기 위한 임기응변적 돌진이라고 생각하는 비평가도 있어요. 또 사령관이 내린 명령이 이러저러한 이론과 어긋나는 점이 있더라도, 비평가들에겐 언제나 이러쿵저러쿵할 여지는 있지요. 코클랭이 〈인간 혐오〉는 비극적인 연극이 아니라고 잘라 말하자(그도 그럴 것이, 같은 시대 사람들의 증언에 의하면 몰리에르는 이 연극을 희극적으로 연기하여 관객을 웃겼으니까요), 무네 쉴리는 코클랭에게 "그건 몰리에르가 착각했던 거요' 말했다는 거예요. 그리고 비행기에 대해서 그이가 한 말(그이는 늘 재치 있는 말을 썼답니다), '각 부대는 눈이 백 개 달린 아르고스가 되어야 한다'는 말을 기억하세요? 가엾기도 하지! 그는 자기 말이 증명되는 걸 보지 못했어요."— "천만에요." 나는 대답했다. "라 솜 전투에서 우리가 적의 눈을 도려낸 일, 곧 적의 비행기와 계류기구를 파괴하여 적의 눈을 멀게 한 사실을 그는 잘 알았답니다."— "어머, 참, 그랬었지요." 그런데 지식만을 목적으로 삼고 생활하면서부터 그녀에게는 좀 유식한 체하는 구석이 생겼다. "또 그이는 전쟁이 옛 방식으로 되돌아간다고 주장했어요. 이번 전쟁에서 메소포타미아 원정을 보면 영락없는 크세노폰의 퇴각이 아니겠어요(그 무렵 그녀는 브리쇼의 논문에서 이 이야기를 읽은 게 틀림없다)? 티그리스 강에서 유프라테스 강으로 나아가기 위하여 영국군 사령부는 벨론(bellone)이라는 그 고장의 곤돌라를 사용했는데, 그것은 벌써 옛날에 칼데아인(Chaldéen)이 사용했던 배예요." 이러한 말에서 나는, 말하자면 특유한 무게 같은 것 때문에 언제까지나 꼼짝하지 않고 있는, 따라서 옛날대로 남아 있는 과거의 웅덩이 같은 걸 생생하게 느꼈다.

"확실히 전쟁에는 로베르가 깨닫기 시작했던 한 측면이 있어요." 나는 질베르트에게 말했다. "즉 전쟁이란 인간다운 것이라, 사랑같이도 미움같이도 보이고, 소설처럼 이야기되기도 해요. 따라서 아무리 전술은 과학이라고 되뇌어보았자 전쟁을 이해하는 데에 도움이 안 돼요. 전쟁은 전략과는 다르니까요. 적군이 아군의 계획을 모르는 건, 사랑하는 여자가 어떤 과녁을 쫓아가고 있는지 모르는 거나 마찬가지여서 어쩌면 아군 자신도 그 계획을 모르고 있는지도 몰라요. 1918년 3월의 공격에서 독일군은 아미앵을 빼앗을 목적이었을까요? 우리로서는 전혀 알 수 없어요. 아마 독일군 자신도 몰랐을 겁니다. 우연히 서쪽을 향해 아미앵으로 진격했기에 그런 계획이 결정된 거예요. 설령 전쟁이 과학이라 한대도, 엘스티르가 바다를 그렸듯이 전쟁을 다른 감각으로 그려볼 필요가 있어요. 착각이나 신념에서 출발하여, 도스토예프스키가 어떤 생애를 이야기하듯이, 그것을 조금씩 고쳐나가야 하죠. 게다가 전쟁은 전략상의 문제라기보다는 차라리 의학적인 것임이 확실한 게, 전쟁에는 러시아 혁명 같은, 의사라면 피하고 싶어할 우발 사건이 일어나는 수가 있으니까요."

하지만 사실을 말하면, 로베르가 있던 곳과*¹ 그리 멀지 않은 발베크에서 읽었던 책 때문에 나는 세비네 부인이 말한 도랑을 프랑스의 시골에서 다시 보았을 때처럼 감동한 적이 있다. 근동의 쿠트 엘 아마라(Kout-el-Amara)의 포위전과 관련하여(만약 콩브레의 주임 사제가 어원에 대한 끝없는 정열을 근동어에까지 넓혔더라면, 우리가 보 르 비콩트(Vaux-le-Vicomte)*² 라든가 바요 레베크(Bailleau-l'Évêque)*³ 라고 부르듯이, 쿠트 레미르(Kout-l'émir)*⁴ 라고 불러야 한다고 말했으리라), 바그다드 근방의 바스라(Basra)라는 이름이 자주 나오는데, 그 지명은 《아라비안나이트》에 자주 등장하는 이름으로, 타운센드(Townsend) 장군이나 고링거(Gorringer) 장군*⁵ 보다도 훨씬 옛날인 칼리프 시대에 뱃사람 신드바드가 바그다드를 떠나서는 배를 타거나, 또는 바그다드로 돌아오는 배에서 내릴 때 반드시 지나가는 곳이었다.

이 대화를 하는 내내 질베르트는 로베르에 대해서, 죽은 남편에 대해서라기

---

*1 로베르가 군복무를 하던 동시에르를 가리키는 말.
*2 '자작의 골짜기'라는 뜻.
*3 '하품쟁이 주교'라는 뜻.
*4 '쿠트 태수(太守)'라는 뜻.
*5 두 사람 모두 제1차 세계대전 때 메소포타미아에 파견되었던 영국 군단의 사령관임.

보다는 차라리 나의 옛 친구에게 보내는 듯한 존경을 담아서 이야기했다. 그녀는 나에게 '나는 당신이 얼마나 그이를 존경했는지 알아요. 나도 그이가 뛰어난 사람이라는 점은 이해할 수 있거든요' 말하는 것만 같았다. 그녀는 확실히 그에 관한 추억에 대해 더 이상 애정을 품지 않는 듯싶었지만, 그래도 그 애정은 분명 그녀의 특수한 현재 생활을 만드는 간접 원인이었을 것이다. 질베르트와 앙드레는, 이제는 끊으려야 끊을 수 없는 친구 사이가 된 것이다. 앙드레는, 특히 남편의 재능과 자신의 타고난 총기 덕분에 게르망트네 사교계는 아니지만 이제껏 드나들던 곳과는 비교도 안 되는 화려한 사교계에 들어가기 시작했다고는 하나, 생루 후작부인이 자진해서 그녀의 친한 벗이 되었다는 사실에는 누구나가 깜짝 놀랐다. 이 사실은 질베르트가 예술적 생활로 여기는 것을 즐기고, 실제로 사회적인 실추를 바라는 표징인 듯싶었다. 어쩌면 정곡을 찌른 설명일지 모른다. 그렇지만 내 머릿속에는 또 하나의 풀이가 떠올랐다. 그것인즉, 우리 눈에 비치는 심상의 무리는 딴 심상의 무리와 잘 어울리면서도 상당히 달라서, 보통은 두 번째 무리와 동떨어진 첫 무리의 반영이거나 어떻게 보면 그 결과이기도 하다는 것이다. 나는 거의 매일 밤마다 앙드레와 그녀의 남편이 질베르트와 함께 있는 것을 보았는데, 어쩌면 그것은 몇 년 전엔가, 뒷날 앙드레의 남편이 될 남자가 처음에는 라셀과 동거하다가 나중에는 앙드레와 결혼하려고 그녀를 버린 것을 볼 수 있었기 때문이려니 생각했다. 그즈음 질베르트는 훨씬 동떨어진, 훨씬 높은 사교계에서 살았으므로 이러한 사정에 대해서는 아무것도 몰랐을 것이다. 그러나 그녀는 뒷날, 앙드레의 지위가 높아지고 질베르트가 높은 데에서 내려와 둘이 서로를 알아보게 되었을 때, 이 속내를 알아챘으리라. 그때 앙드레는 질베르트의 마음을 크게 끌어당겼을 게 틀림없다. 아무튼 앙드레 때문에 라셀은 남자에게 버림받았고, 더욱이 그 남자는 라셀이 로베르보다도 더 좋아했던 상대인 만큼, 분명 매력적인 인물로 비쳤을 것이다(게르망트 대공부인이 의치를 덜걱거리며 열띤 모양으로 되풀이하는 소리가 들려왔다. "그래요, 그렇다마다요, 동아리를 만듭시다! 동아리를 만듭시다! 난 무슨 일에나 협력하는 저런 총명한 젊은이가 정말 좋아요, 정말 멋진 '음악가'이셔!" 그녀는 반은 재미있어하는 듯한, 반은 언제까지나 신나게 떠들 수 없다는 점을 변명이라도 하는 듯한 동그랗게 뜬 눈 위에 큼직한 외알안경을 건 채 지껄이고 있었는데, 끝까지 '협력하기'로, '동아리를 만들기'로 결심을 굳히고 있었다).

　그래서 앙드레를 보면, 아마도 질베르트는 로베르를 사랑하던 무렵의 청춘 소설이 생각나고, 자기보다도 라셀이 생루의 사랑을 훨씬 더 받고 있었다고 느끼는 만큼, 그 라셀의 사랑을 받던 사나이가 지금도 여전히 반해 있는 앙드레에 대해서 적지 않은 존경심이 솟았을 것이다. 아니면 그와 같은 추억은 이 예술가 부부에 대한 질베르트의 편애에 아무 관여도 하지 않았을지도 모른다. 여기서는 그저 수많은 사교계 여성이 그렇듯 평소 알 수 없는 두 가지, 곧 견문을 넓히고 지체 낮은 사람과 사귀고 싶어하는 취미만을 보아야 하는지도 모른다. 어쩌면 질베르트는 내가 알베르틴을 잊었듯이 로베르에 대해서 잊어버렸는지도 모르며, 게다가 이 예술가가 앙드레 때문에 라셀을 버렸다는 걸 알고 있다손 처도, 그들 부부와 같이 있을 때의 질베르트는 그 일을 생각지도 않으며, 그 사실은 그들에 대한 그녀의 편애에 아무런 영향도 미치지 않았을지도 모른다. 내 첫 번째 해석의 가능성뿐 아니라 그 참과 거짓을 가리자면 당사자들의 증언이 있어야 하고, 당사자들이 사물을 똑똑히 살피고 성실하게 실토한다면, 그들의 증언은 이러한 경우에 남는 유일한 증거이다. 그런데 사물을 똑똑히 살피는 일은 드물고 성실은 전혀 볼 수 없다. 어쨌든 오늘날에는 유명 배우가 된 라셀을 보는 것이 질베르트에게 유쾌한 일일 수야 없었다. 그래서 나는 이 마티네에서 뮈세의 〈추억〉과 라 퐁텐의 〈우화〉를 낭송하는 이가 라셀이라는 걸 알고는 매우 당황했다.

　"그런데 어쩌자고 이렇게 붐비는 오후의 모임에 오셨죠?" 질베르트는 나에게 물었다. "이런 북새판에서 뵙게 될 줄은 생각해본 적도 없어요. 물론 다른 곳이라면 몰라도 이 난장판 같은 아주머니 댁에서만은 못 뵐 줄 알았죠. 어쨌거나 저분은 제 아주머니뻘 되시니까요." 그녀는 교활하게 덧붙였다. 그도 그럴 것이, 베르뒤랭 부인이 게르망트 가문에 들어오기 얼마 전에 생루 부인이 된 그녀는 자기가 처음부터 게르망트네의 겨레붙이였던 양 생각했으며, 시삼촌이 베르뒤랭 부인 같은 지체 낮은 여자와 결혼한 탓으로 체면이 깎였다고 생각하고 있었기 때문이다. 전에 생루가 그녀와 지체가 다른 결혼을 했을 적에는 물론 그녀가 없는 데서만 수군거렸지만, 이번에는 베르뒤랭 부인이 있건 없건, 집안 식구들이 모이기만 하면 으레 부인을 헐뜯는 소리를 질베르트도 자기 귀로 들어왔다. 게다가 그녀가 이 얼굴빛 고약한 아주머니에 대해서 더욱더 업신여기는 태도를 취하는 데는 이유가 있었다. 게르망트 대공부인은 영리한 사람들을 부추겨 습관적인 멋에서 벗어나게 하는 심술궂은 성격과 더불어, 늙은 이 특유의 옛이야기를 꺼내는 버릇이 있고, 또 자기의 새로운 고상함에 한 과거를 붙이기 위해, 질베르트 이야기가 나오면 얼씨구나 하고 다음과 같은 말을 꺼냈기 때문이다. "맞아요, 나는 그녀가 전혀 낯설지 않아요. 그 애 어머니와 무척 오래전부터 아는 사이니까요. 제 사촌 시누이인 마르상트와 절친한 사이였지요. 그분은 우리집에서 질베르트의 아버지를 알게 됐답니다. 저 불쌍한 생루로 말하자면, 난 진작부터 그 애의 가족이라면 죄다 알아왔어요. 그 애 아저씨는 일찍이 라 라스플리에르에서 사귄 나의 절친한 벗이었답니다." 게르망트 대공부인에게서 이런 이야기를 들은 사람들은 나에게 다음같이 말했다. "그럼 베르뒤랭네 사람들은 결코 떠돌이(보헤미안)가 아니었군요. 본디부터 생루 부인네 가족과는 친구였군요." 나는 할아버지에게서 들은 얘기지만, 베르뒤랭네 사람들이 보헤미안이 아니라는 사실을 아는 사람은 아마 나밖에 없었을 것이다. 그것은 결코 그들이 오데트를 알고 있었기 때문은 아니다. 그러나 사람들은 이제 아무도 모르는 지나간 일 따위는, 아무도 가본 적 없는 고장의 여행담을 사실인 양 손쉽게 꾸며낸다. "결국 말이에요." 질베르트가 말을 맺었다. "당신도 가끔씩 상아탑에서 나오신다면, 뜻 맞는 분들만 초대하는 내 집의 조촐한 모임 쪽이 당신에게는 좋지 않을까요? 이 집처럼 거창한 연회는 당신에게 맞지 않아요. 아까 오리안 아주머니와 이야기하시더군요. 그 아주머니야 상당히 많은 장점을 두루 갖추고 계시지만, 어쩐지 지각 있는 뛰어난 분이라곤 할 수 없다고 잘라 말해도 그분에게는 별로 실례가 되지 않을 거예요, 안 그래요?"

내가 한 시간 전부터 생각한 바를 질베르트에게 알려줄 수는 없지만, 단순한 심심풀이라는 점에서는 그녀도 나에게 어떤 즐거움이 되리라고 생각했다. 사실 내 진짜 즐거움이 게르망트 공작부인이나 생루 부인과 문학 이야기를 나누는 데에 있을 성싶지는 않았다. 물론 나는 내일부터, 이번에는 목적이 있어서 하는 일이지만, 고독한 생활을 다시 시작할 작정이었다. 일을 하는 동안에는 내 집에서도 방문을 받지 않을 셈이었다. 작품을 쓰는 의무가 사람들에게 예의를 지키며 친절하게 대하는 의무보다도 먼저니까. 아마도 오랫동안 나를 못 만난 이들, 또 가까스로 만나서 내 병도 나은 줄로 아는 이들은, 하루 일이나 평생 일이 끝나든가 중단되면 찾아와서, 지난날 내가 생루를 필요로 했던 때와 마찬가지로 나를 필요로 해서, 기어이 만나겠다고 버틸 테지. 지난 콩브레 시절에, 내가 부모님 모르게 무척이나 기특한 결심을 한 바로 그 직후에 도리어 부모님에게서 꾸중을 들었을 때에 이미 깨달았듯이, 인간 각자에게 주어진 마음의 시계는 모두 같은 시간에 똑같이 맞추어져 있는 게 아니기 때문이다. 어떤 시계에서는 휴식 시간인 바로 그때가 다른 시계에서는 일하는 시간일 수도 있고, 어떤 시계가 재판관에 의한 처형 시간을 가리키고 있는데도, 죄인 쪽에서는 그보다 오래전부터 회개의 시간이 울리고 있었을 수도 있으니까 말이다. 그럼에도 나는 나를 만나러 몸소 오거나 나를 데리러 사람을 보내거나 하는 사람들에게 용기를 내어, 지금 나에게는 당장 알아야 할 중대한 문제가 있으므로, 다름 아닌 나 자신과 목숨에 관계되는 긴급 회견을 하고 있노라고 대답하련다. 그렇지만 우리의 진정한 자아와 또 하나의 자아는 거의 관계가 없는데도 둘 다 같은 자아라는 이름으로 불리며 육체를 공유하기 때문에, 하기 쉬운 의무뿐 아니라 쾌락마저도 희생시키는 이 극기가 남에게는 이기심으로만 보이는 것이다.

뿐더러, 나를 못 만난다며 불평하는 사람들에게서 떨어져 지내려는 것은 그들과 같이 있을 때보다도 더 철저하게 그들에 대해 몰두하고, 그들의 본디 모습을 본인들에게 보여주며, 그들의 본질을 밝히기 위해서가 아닌가? 앞으로 몇 년 동안, 모든 통찰력을 배척하는 사교의 하찮은 즐거움 때문에, 상대 말에 똑같이 싱거운 소리로 맞장구치느라 밤들을 허망하게 보낸들 무슨 소용이 있겠는가? 그보다는 그들이 하는 몸짓, 그들이 지껄이는 말, 그들의 생활이나 성질을 연구하여 그 곡선을 그리고, 거기에서 법칙을 찾아보려고 하는 편이 훨씬 더 값어치 있는 일이 아니겠는가? 불행하게도 나는 남의 처지에 서서 보는, 문학작품의 착상에는 유리할지 몰라도 그 완성을 더디게 만드는 습관에 맞서 싸워야 할 것이다. 왜냐하면 이 습관은 예절을 우선시하므로 자신의 즐거움뿐만 아니라 자기 의무마저 남을 위해 희생시키기가 일쑤이고, 이런 경우에 남의 처지에 서 있는 고로, 그게 어떠한 의무이건—정면에 나서면 하나도 도움이 안 되는 아무개가 자기를 필요로 하는 후면에 머무르는 의무라도—사실 기쁨이 아닌데도 기쁨으로 보이기 때문이다.

친구 없이, 한가하게 서로 주고받는 이야기도 없이 지내는 삶은 위인들까지도 불행이라 여겼지만 나는 이를 불행으로 생각하기는커녕 다음같이 이해했다. 우정에서 흥분하여 힘을 소비하는 것은 아무짝에도 못 쓰는 사사로운 우의를 겨눈 어떤 빗나간 겨냥이니, 본디 마음의 고양은 우리를 진리로 이끌 수 있는 것이건만, 도리어 진리에서 벗나가게 한다고 말이다. 결국, 일하는 사이에는 휴식이나 사교 같은 숨 돌릴 사이가 필요하지만, 그때에도 나는 사교계 사람들이 작가에게 유익하다고 생각하는 그 지적인 대화보다도 오히려 꽃피는 아가씨들과의 짧은 사랑 쪽이 내 상상력에는 더없는 양식이고, 장미꽃만 먹고 산다는 그 유명한 말처럼 적어도 이 정도는 내 상상력에 허용해도 좋다고 느꼈다. 갑자기 내가 다시 바라게 된 것은, 서로 알게 되기 전의 알베르틴이나 앙드레나 그 친구들이 발베크의 바닷가를 걸어가는 모습을 보고 꿈꾸던 그것이다. 하지만 어쩌랴! 지금 이 순간에 내가 강하게 바라는 그 아가씨들을 다시 찾으려 한들 이제는 불가능한 노릇이다. 오늘 내가 본 모든 사람뿐 아니라 질베르트까지도 바꿔버린 세월은, 살아남은 모든 아가씨를, 만약 죽지 않았다면 알베르틴마저도 내가 회상하는 모습과는 딴판인 여인으로 만들어버렸을 게 확실하다. 나는 나 자신의 힘만 갖고 그녀들에게 이르러야 하므로 괴로웠다. 왜냐하면 인간의 모양을 바꾸는 시간도 우리 기억에 남아 있는 모습은 고치지 못하니까. 변화무쌍한 인간과 요지부동한 추억과의 대립만큼 고통스러운 것은 없다. 그때 우리 기억 속에 성성하게 남아 있는 것이 실생활에서는 이미 그 성성함을 잃었음을 깨닫고, 우리 마음속에서 매우 곱게 보이는 것, 더할 나위 없이 사사로운 욕망이기는 하지만 다시 한 번 보고픈 욕망을 북돋우는 것, 우리의 마음 바깥에서 이것으로 접근하려면 옛날에 사귄 아가씨와 같은 또래의 딴 아가씨에게서 그 아름다움을 찾아내는 길밖에 없음을 이해한다. 유독 우리가 탐내는 이에게만 있는 것처럼 보이는 점도, 알고 보면 그 사람에게만 있는 게 아닐 거라는 의심을 품은 적이 여러 번 있다. 그런데 흘러간 시간이 내게 그 확고한 증거를 보여주었으니, 스무 해가 지난 지금 나는 매우 자연스럽게, 전에 사귀던 아가씨들 대신 지난날 그 아가씨들이 가졌던 젊음을 지금 가지고 있는 딴 아가씨들을 찾으려고 했으니까 말이다(하기야 잃어버린 시간을 셈속에 넣지 않아서 현실과 이가 안 맞는 것은 비단 육욕의 깨어남만이 아니다. 죽은 줄 알았던 나의 할머니나 알베르틴이 아직 살아 있어서 기적처럼 내 곁에 와주기를 바란 적이 몇 번인가. 그 두 사람이 눈에 선해서 내 마음은 그들 쪽으로 달려간다. 다만 나는 한 가지, 정말로 알베르틴이 살아 있다면 지금쯤 지난날 발베크에서 코타르 부인이 나에게 보이던 모습과 거의 같을 거라는 사실, 또 할머니는 95살이 넘었을 테니 내가 상상하는 곱고도 잔잔한 웃는 얼굴을 보여주지는 않으리란 사실을 알고 있었다. 내가 그런 할머니를 상상하는 것은, 아버지 하느님께 수염을 달거나, 또는 17세기 사람들이 호메로스의 영웅들에게 그들이 살던 옛 시대를 무시하고 그 무렵 귀족들의 옷을 입혀 상상하던 바와 같은 것이었다).

나는 질베르트를 물끄러미 보고 있었지만, '다시 만나고 싶다'는 생각은 하지 않았으며 오히려 그녀에게 이렇게 말했다. 혹시 젊은 아가씨들과 함께 초대해준다면 언제든지 응하리다. 가능하면 사소한 선물로도 기쁘게 해줄 수 있는 가난한 아가씨들이 좋소. 그녀들에게 뭔가를 원하는 게 아니라, 다만 젊은날의 꿈과 슬픔을 내 마음속에 되살려주기를 바라고, 또 그런 날은 오지 않겠지만 혹시 순결한 입맞춤이라도 얻을 수 있다면 좋지요…… 하고. 질베르트는 미소를 짓고 나서, 머릿속에서 무엇인가를 열심히 찾는 듯해 보였다.

엘스티르는 그가 자주 작품에 그리는 베네치아풍의 아름다움이 눈앞에 있는 자기 아내에게 있는 걸 보기 좋아했는데, 그와 마찬가지로 나는 어떤 심미적인 이기심 때문에, 나에게 고통을 줄지도 모르는 아름다운 여자들 쪽으로 끌리는 것도 당연한 일이라고 스스로 변명했다. 언젠가 다시 만날지도 모를 몇몇 미래의 질베르트, 미래의 게르망트 공작부인, 미래의 알베르틴에 대하여 우상숭배와도 같은 정을 품는 동시에, 마치 아름다운 고대 대리석상 사이를 헤매는 조각가처럼 그런 여자들에게서 영감을 받을지도 모른다고 생각했다. 그렇지만 나는 다음과 같은 생각도 해보았어야 했다. 그녀들을 담그는 나의 신비감이 그들에 앞서 가고 있다는 사실, 그러므로 젊은 아가씨들에 대한 소개를 질베르트에게 부탁하기보다 차라리 그녀들과 이어주는 것이라고는 아무것도 없는 장소, 그녀들과 나 사이에 넘을 수 없는 어떤 것이 느껴지는 장소, 같이 해수욕을 가면서 바닷가에서 두 걸음밖에 안 떨어져 있건만, 불가능이라는 보이지 않는 손에 의하여 그녀들과 한없이 격리되어 있는 것처럼 느껴지는 장소로 가는 편이 훨씬 낫다는 사실이다. 이와 같이 나의 신비감은 질베르트에게, 게르망트 공작부인에게, 알베르틴에게, 그 밖의 숱한 여자에게 차례차례 적용되었던 것이다. 아닌 게 아니라, 모르는 이나 거의 알 리 없는 이도 언젠가 잘 아는 이가 되고, 절친한 이, 아무래도 무관한 이 또는 고통을 주는 이가 되었지만, 그래도 지난날의 존재에게는 어떤 매력이 남아 있었다.

　사실을 말하면, 우체부가 새해 선물을 받고 싶어서 가져오는 달력과 같아서, 그 겉장이나 속의 낱장에, 내 가슴을 태운 여자의 그림(image)이 그려져 있지 않은 해라고는 단 한 해도 없었다. 그렇기는 하지만, 그 심상(image)은 엉터리이기 일쑤여서 내가 본 적도 없는 여자의 심상일 경우도 가끔 있었다. 이를테면 퓌트뷔스 부인의 몸종, 오르주빌 부인이라든가 아니면 어느 신문의 사교란에서 이름만 본 '왈츠를 추는 사랑스러운 여인들' 속에 있는 젊은 아가씨라든가 하는 따위이다. 나는 ㄱ 아가씨를 미인이거니 점치고 홀딱 반하여,《성관연감》에서 알게 된 그 아가씨 가족의 소유지가 있다는 고장의 풍경을 높은 곳에서 굽어보는 이상적 육체를 그 아가씨에게 구성해준다. 나와 아는 사이의 여자일 경우에는 이러한 풍경이 적어도 이중으로 되어 있다. 어느 여자나 저마다 내 생애의 다른 위치에서 마치 땅의 수호신처럼 우뚝 서 있는데, 맨 먼저, 빽빽이 늘어서 나의 생활을 바둑판 무늬처럼 줄 긋고 있는 그 갖가지 몽상의 풍경 중 하나, 내가 그 여인을 거기에 놓고서 열심히 상상한 풍경 한복판에 서 있다가 다음에는 추억 쪽에 모습을 나타내어 내가 그녀를 사귀던 곳의 풍경에 둘러싸여, 거기에 언제까지나 연관된 채 나에게 그 풍경을 떠올리게 했다. 왜냐하면 우리 삶이 아무리 방랑의 연속이라한들 기억은 한곳을 떠나지 않는지라, 우리가 쉴 새 없이 떠돌아다녀봤자 추억은 우리가 떠난 자리에 못 박힌 채 거기서 여전히 바깥출입을 꺼리는 생활을 꾸려나가기 때문이다. 이는 마치 나그네가 어떤 도시에 들러 몇몇 친구를 사귀다가, 그 도시를 떠날 때는 그러한 짧은 동안의 친구와는 작별해야 하고, 남아 있는 그 친구들은 교회 근처나 문 앞이나 산책길의 나무 그늘에서 아직도 나그네가 머물러 있기라도 한 듯이 나날을 살다가 생애를 마치는 것과도 흡사하다. 그래서 질베르트의 그림자는, 내가 한때 그녀를 공상했던 일 드 프랑스의 성당 앞뿐 아니라 메제글리즈 쪽의 동산 오솔길에도 뻗어 있었으며, 게르망트 부인의 그림자는 보랏빛이나 불그스름한 꽃송아리가 방추형으로 기어오르고 있는 축축한 길과 파리의 보도 위 금빛 아침에도 뻗어 있었다. 그리고 이 두 번째 인간, 욕정이 아니라 추억에서 생겨난 여성은, 그 어느 한 사람도 각각 혼자만은 아니었다. 왜냐하면 나는 그 한 사람 한 사람과 몇 차례나 각각 다른 시기에 사귀었으므로, 그때그때마다 그 여인이 나에게는 딴 여인이었고, 나 또한 다른 사람이 되어 이처럼 다른 색깔을 띤 꿈속에 잠겨 있었기 때문이다. 그런데 해마다 꿈을 주관하던 법칙은 그때 내가 알게 된 여자의 추억을 그 꿈 주위에 모으고 있었다. 이를테면 내 어린 시절의 게르망트 공작부인에 대한 모든 것은 어떤 인력에 의하여 콩브레 주위에 모여 있으며, 이윽고 나를 오찬에 초대하게 된 게르망트 공작부인에 대한 전부는 전혀 다른 감성의 것 주위에 모여 있었다. 장밋빛 드레스 차림의 부인 뒤로 여러 스완 부인이 있듯이, 세월이라는 무색 에테르로 격리된 여러 게르망트 부인이 있었던 것이다. 그중 한 사람에게서 다른 한 사람에게로 껑충 건너뛰기란 하나의 행성을 떠나 에테르로 격리된 다른 행성으로 가는 것처럼 불가능했다. 그저 떨어져 있을 뿐 아니라, 갖가지 시기에 품었던 내 꿈으로 장식되어 있는 서로 다른 존재인 것이다. 마치 다른 행성에서는 볼 수 없는 특수한 식물로 장식된 것처럼. 따라서 나는 포르슈빌 부인의 오찬에도, 게르망트 부인의 오찬에도 가지 않으리라 생각했는데,—가면 엄청난 별천지에 끌려간 느낌이었으므로—그 뒤에 하나는 주느비에브 드 브라방의 후예인 게르망트 공작부인과 딴사람이 아니며, 또 하나는 장밋빛 드레스 차림의 부인과 다른 사람이 아니라고 생각할 수 있었던 것은, 내 몸속에 있는 유식한 사나이가 나에게, 성운으로 이루어져 있는 은하수도 오직 하나의 별이 나뉨으로써 생겨난 것이라고 단언하는 학자와 같이 권위를 가지고 두 사람 다 각각 딴사람이 아니라고 딱 잘라 말해주었기 때문이다. 나는 별다른 생각 없이 질베르트에게 옛날의 그녀와 같은 여자친구를 소개해달라고 부탁했지만, 질베르트 본인은 이런 까닭으로 이제 내게는 단순한 생루 부인일 뿐이었다. 이전에는 그녀에 대한 사랑에서 베르고트에 대한 나의 숭배가 큰 역할을 했지만, 지금은 이렇게 그녀의 얼굴을 보고 있어도 더 이상 그런 생각조차 하지 않았고, 그녀 또한 그 역할을 완전히 잊고 있었다. 베르고트는 한낱 그 책의 저자에 지나지 않아서, 흰 모피가 깔려 있고 여기저기에 제비꽃을 꽂아놓고 일찌감치 숱한 램프를 가져다가 각기 다른 작은 테이블에 놓은 살롱에서 그에게 소개되었을 때의 감동이나, 그와 나눈 대화의 환멸이나 놀라움은(아주 가끔 떠오르는 띄엄띄엄한 회상을 제외하면) 기억도 나지 않았다. 초기의 스완 아가씨를 이루는 모든 추억은 현재의 질베르트에게서는 없어져버려, 다른 우주의 인력에 의해서 아득히 멀리 있는 베르고트의 한 구절 주위로 끌려가 그것과 하나가 되어 산사꽃 향기에 잠겨 있었다.

질베르트의 단편에 불과한 오늘의 그녀는 내 부탁을 듣고 미소 지었다. 그러더니 곰곰이 생각하며 머릿속에서 무엇인가를 찾듯이 정색을 했다. 그런데 나에게는 그것이 기뻤으니, 그녀가 보면 틀림없이 못마땅할 작자들을 눈치채지 못했기 때문이다. 그 작자들 가운데 게르망트 공작부인이 어느 도깨비 같은 노파와 신나게 이야기를 하고 있었다. 나는 그 여자를 자세히 바라보았지만 누구인지 전혀 짐작이 가지 않았다. 사실 질베르트의 아주머니인 게르망트 공작부인과 이야기를 나누던 사람은 유명한 여배우가 되어 이 오찬에서도 빅토르 위고와 라 퐁텐의 시를 낭독하기로 되어 있는 라셀이었다. 공작부인은 오래전부터 자기가 파리에서 가장 높은 지위를 차지하고 있다는 점을 의식하고 있었으므로(이와 같은 지위는 그것을 믿는 사람의 마음속에만 있으며, 대부분의 신출내기들은 어디엘 가도 부인을 볼 수 없고 화려한 사교연회를 다룬 어느 기사에서도 부인의 이름을 찾아볼 수 없으면, 부인에게는 아무런 지위도 없는 줄로 여긴다는 사실은 깨닫지 못하고서), 부인의 말마따나 '진저리나는' 포부르 생제르맹에는 되도록 간격을 두고 드물게 나갔으며, 그 대신 마음에 쏙 드는 여배우라면 누구하고나 오찬을 같이하는 변덕을 부렸다. 뻔질나게 새로운 사교계에 드나들어도, 자신의 생각에 비해 별로 달라진 데가 없고 쉬이 진저리가 나는 것은 자기 머리가 뛰어난 탓이라고 여겼지만, 그 기분을 나타내는 말투에는 어떤 거친 활기가 깃들어 있어서 쉰 목소리가 나곤 했다. 내가 브리쇼[1] 이야기를 그녀에게 해주자, "그이는 20년 동안 어지간히 내 속을 썩였지요"라 했고, 캉브르메르 부인이 "쇼펜하우어의 음악론을 다시 읽어보세요" 하자, "다시 읽어보라니, 거참 걸작이네요! 말도 안 돼, 난 싫어요" 하고 날카롭게 내뱉어 우리의 주의를 끄는 것이었다. 알봉[2] 노인은 그것이 게르망트네 기질의 하나라고 보고 빙그레 웃었다. 그런데 훨씬 현대적인 질베르트는 가만히 태연했다. 스완의 딸이지만 암탉이 깐 오리처럼 호반시인[3]다운 그녀는 이렇게 말했다. "난 그 음악론을 감동적이라고 생각해요, 매력적인 감수성이 있거든요."

나는 게르망트 부인에게, 아까 샤를뤼스 씨를 만났다고 말했다. 부인은 샤

---

[1] [2] 브리쇼의 이름과 알봉 이름 다음에는 삽입구 사이에 의문부호(?)가 쳐 있음—플레이아드판 주.

[3] 19세기 초엽 영국 북부의 호수 지방에 살면서 자연을 벗 삼아 서정적인 시를 썼던 낭만파 시인을 이르는 말.

를뤼스 씨를 실제보다도 더 '돌았다'고 생각하고 있었다. 왜냐하면 이지에 대해서, 사교계 사람들은 별다를 바 없는 머리를 가진 여러 사교계 인사에 차별을 둘 뿐 아니라, 같은 사람일지라도 그 생애의 여러 시기로 구별하기 때문이다. 그리고 그녀는 이렇게 덧붙였다. "그는 언제 보나 우리 시어머니를 똑 닮았었지요. 그런데 요즈음은 그것이 더욱 분명해졌어요." 그들이 닮았대도 전혀 이상할 게 없다. 누구나 다 아는 사실이지만, 어떤 여성은 더없이 정확하게 자신을 다른 남자에게 투사하는 법이다. 그런데 이 경우 다만 성별에 착오를 일으킨다. 이 착오는 '다행한 실수(felix culpa)'라고는 할 수 없다. 왜냐하면 성은 그 사람의 개성에 영향을 주므로, 남성의 여성화는 꼴사납고, 겸손은 신경과민이 되기 때문이다. 비록 얼굴에 수염이 나 있건 볼수염 밑이 충혈되어 있건, 어딘지 어머니 모습을 닮은 윤곽이 있다. 늙은 샤를뤼스 씨의 파리한 얼굴에는, 짙은 화장 밑에 영원한 젊음을 잃지 않는 아름다운 여자의 단편이(보는 자를 놀라게 하는) 언제나 반드시 나타나 있었다. 이때 모렐이 들어왔다. 공작부인은 그에게 매우 친절하게 대하여 나를 조금 어리둥절하게 만들었다. "그럼요, 난 집안싸움에 역성을 들지 않아요." 그녀는 말했다. "지겨운 노릇이라고 생각지 않으세요, 집안싸움이라니."

20년이라는 시간이 흐르는 동안에 도당이라는 집단도 멀어졌다가 다시 나타나는 새로운 별의 인력에 따라 무너졌다가 다시 형성되곤 해서, 그 구성원인 인간의 영혼 속에도, 결정 다음에 붕괴, 붕괴 다음에 새 결정이 반복되곤 했다. 내게 있어 게르망트 공작부인은 여럿이었지만, 게르망트 공작부인이나 스완 부인이나 그 밖의 사람들도, 어떤 인물은 드레퓌스 사건이 있기 전에는 총아였지만 사건 뒤에는 광신자나 멍텅구리로 보였다. 이와 같이 드레퓌스 사건은 사람들의 가치를 바꾸어놓고 여러 당파를 재조직했지만, 그러한 당파들도 그 뒤 다시 해체와 재편성을 거듭했다. 이러한 변화에 강력한 작용을 하고, 순수한 지적 친화력에 영향을 미친 것은 흘러간 시간이다. 시간은 우리로 하여금 반감이나 멸시를 잊게 하며, 반감이나 멸시를 설명하는 이유마저도 잊게 한다. 만일 전에 레오노르 드 캉브르메르 부인의 멋의 원인을 규명한 사람이 있었다면, 그녀는 우리가 사는 건물 안에 바느질 가게를 내고 있던 쥐피앙의 딸이었으며, 또한 그녀를 화려하게 만든 것은, 아버지 쥐피앙이 샤를뤼스 씨에게 사내들을 주선해준 사실 때문임을 발견했으리라. 그러나 이러한 일들은 모두가 하나로 맺어져서 반짝거리는 결과를 낳았건만, 그 원인은 이미 아득한 옛일이 되어 신출내기 대부분은 그 사실을 모를 뿐만 아니라 과거에 그것을 알고 있던 사람들까지도 지나간 옛날의 허물보다는 화려한 현재에 더 고개를 돌리므로 이미 죄다 잊고 있었다. 그도 그럴 것이 사람들은 언제나 이름을, 현재 두루 쓰이고 있는 뜻으로 받아들이기 때문이다. 그리고 이러한 살롱의 변모가 불러일으키는 흥미도, 잃어버린 시간의 결과이며 기억의 현상이라는 점에 있었다.

공자부인은 발티(Balthy)*¹나 미스탱게트(Mistinguett)*²를 높이 평가하면서도 게르망트 씨가 뭐라고 할 것이 두려워서 교제를 삼가고 있었지만 라셸과는 버젓이 친구로 지내고 있었다. 그런 모습을 본 사교계의 신인들은, 게르망트 공작부인은 그 이름은 당당하지만, 일류 계층에는 전혀 있어본 적도 없는 수상쩍은 여자일 거라는 결론을 내렸다. 과연 게르망트 부인은 몇몇 군수들과 벗이 되기 위해 두 귀부인과 경쟁을 벌이며 여전히 그들을 오찬에 초대하려고 애썼다. 한편 그 주권자들은 좀처럼 참석하지 않았을 뿐만 아니라 시시한 사람들과 교제했으며, 공작부인은 게르망트 특유의 낡은 공식 의례에 대한 맹목적 집착 때문에(교양 있는 사람들에게는 진저리를 내면서도, 부인은 훌륭한 교양을 존중했기 때문에)—'황송하게도 폐하께서 게르망트 부인에게 분부하시기를' 운운하는 따위의 격식을 고수하고 있었다. 따라서 이와 같은 의례 용어를 모르는 새로운 사회층 사람들은 도리어 공작부인의 지위를 낮춰 보게 되었다. 우리는 게르망트 부인이 고상한 사교계를 비난하는 것은 위선이자 거짓말이라 생각하고, 그녀가 생퇴베르트 후작부인 댁에 가기를 마다했을 때는, 상대를 무시하고 이처럼 행동한 것이 그저 후작부인이 사교적 야심을 이루지 못한 속물 티를 드러내고 있기 때문이라서 게르망트 부인의 행동은 지성이 아니라 속물근성에서 나온 거라고 생각했었는데, 게르망트 부인 쪽에서 본다면 라셸과 친하게 지내는 것은 그런 우리의 생각이 틀렸음을 나타내는 걸지도 모른다. 하지만 라셸과의 이러한 친교는 또한 다음과 같은 것을 의미할지도 모른다. 곧, 공작부인의 지성 따위야 알고 보면 평범하지만 한 번도 채워진 적이 없고 진정한 이지의 세계를 전혀 모르므로, 사교계에 싫증을 느끼게 된 만년에

*1 프랑스의 뮤직홀 여가수(1869~1925).
*2 프랑스의 뮤직홀 가수·무용가(1873~1956).

와서 인생의 진실을 알고 싶어하는 것이다. 사교계 귀부인들은 이런 변덕에서, '정말 재미있을 거야' 생각하며, 이를테면 잠들어 있는 누군가를 깨우러 가는 희극을 연기하지만, 야회 망토를 걸친 채 잠깐 머리맡에 서 있다가 결국 아무 것도 할 말이 없자 문득 밤도 이슥하다는 사실을 깨닫고는 그만 집으로 돌아가서 자고 만다는 시시한 방식으로 하룻밤을 마감한다.

덧붙여야 할 것은, 변덕스러운 공작부인은 얼마 전부터 질베르트에게 맹렬한 반감을 품고 있었으므로, 라셀을 초대하는 데에 기쁨을 맛보고 있었으며, 이로 말미암아 그녀는 게르망트네의 여러 가훈 중 한 가지, 무릇 게르망트네 일가붙이는 머릿수가 지나치게 많으므로 일일이 싸움의 역성을 들지 않는다 (일일이 상복을 입는 것은 거의 불가능하다)는 원칙을 선언할 수 있었다. '나는 관계없다'는 무관심은 지난번 샤를뤼스 씨에 대해서 쓸 수밖에 없었던 방침으로 더욱 견고해졌다(그렇지 않고 샤를뤼스 씨를 따르다 보면 온 세상과 싸우게 될 게 뻔했으므로).

라셀은 어떤가 하면, 게르망트 공작부인과 교제하느라고 실제로 꽤 애를 썼지만(게르망트 공작부인은 라셀의 거짓 멸시나 고의적인 경망한 행동에 속아 그 노력을 알아채지 못해서, 이 교제에 더욱 열중하여 라셀을 속되지 않은 여배우로 실제보다 좋게 보았다), 확실히 이것은 일반적으로 보헤미안이 사교계 사람들에게 미치는 매혹과 아울러, 어떤 시기에 사교계 사람들이 가장 완고한 보헤미안에게까지 미치는 그 매혹에서 오는 것이니, 이 작용과 반작용은, 이것을 정치적 관계로 보면 교전국 쌍방의 국민 사이에 호기심이 솟아서 동맹을 맺고 싶어하는 마음이 생기는 바와 같다. 그런데 라셀의 소망엔 더 유별난 이유가 있었는지도 모른다. 지난날에 그녀가 가장 심한 모욕을 당한 것은 다름 아닌 게르망트 부인 댁, 바로 게르망트 부인에게서다. 라셀은 그것을 잊지는 못해도 조금씩 용서하게 되었다. 그녀의 눈에 비친 공작부인의 특별한 위엄은 절대로 사라지지 않았던 것이다. 나는 아까 질베르트의 주의를 두 사람의 대화에서 다른 데로 돌리고 싶었으나, 그들이 하던 대화는 중단되었다. 라셀이 낭독할 시간이 되어 이 댁 안주인이 그녀를 데리러 왔기 때문이다. 라셀은 공작부인의 곁을 떠나더니 얼마 안 가서 연단 위에 나타났다.

그런데 바로 이 무렵 파리의 다른 변두리에서는 아주 다른 광경이 벌어지고 있었다. 이미 말한 바와 같이, 라 베르마가 딸과 사위*¹를 위한 다과회에 손님 몇몇을 초대했던 것이다. 그런데 초대받은 손님은 좀처럼 오지 않았다. 라셀이 게르망트 대공 댁에서 시를 낭독한다는 말을 듣고(이 말에 라 베르마는 꽤나 분개했다. 라 베르마에게 라셀은 여전히 명여배우인 라 베르마가 주연하는 연극에서—그나마 무대에 서는 비용을 생루가 대준 덕분에—겨우 단역을 맡아 우두커니 서 있는 한낱 창부에 불과했기 때문이다. 게다가 초대는 게르망트 대공부인 이름으로 되어 있으나, 실제로 대공부인 댁에서 손님을 접대하는 사람은 라셀이라는 소문이 온 파리에 떠들썩하던 만큼 라 베르마의 분개는 더욱 격심했다), 라 베르마는 몇몇 단골들에게 거듭 편지를 띄워 반드시 참석해주기 바란다고 간청해놓았다. 자기 단골들이 게르망트 대공부인의 친구일 뿐 아니라, 그녀가 베르뒤랭 부인 시절부터 교제가 있다는 사실을 알고 있었기 때문이다. 그런데 시간은 자꾸 흐르건만 라 베르마네 손님방엔 아무도 오지 않았다. 가지 않느냐고 누가 물으니까, 블로크는 "아냐, 차라리 게르망트 대공부인 쪽에 가고 싶은걸" 하고 솔직하게 대답했다. 아아! 이것이 바로 누구나 이미 마음속으로 결정했던 일이다. 죽을병이 들어서 사교계에는 거의 못 나가던 라 베르마는, 병이 잦고 게으른 사위*² 힘으로는 자기 딸*³의 사치스러운 욕구를 감당하기 어려우므로, 그 비용을 대기 위해서 병이 악화된 걸 알면서도 다시 무대에 섰다. 남은 목숨을 스스로 줄이고 있는 줄 알지만, 막대한 출연료를 가지고 들어가서 딸과 사위를 기쁘게 해주고 싶었던 것이다. 그 사위는 눈엣가시처럼 미웠지만 애지중지 위해주는 까닭은 딸이 진심으로 사랑한다는 걸 아는 데다, 만약 사위의 비위를 건드리면 심통을 부려 딸을 못 만나게 할까 봐 두려웠던 것이다.

라 베르마의 딸은 남편의 병을 돌보는 의사에게서 남몰래 사랑받고 있었는데, 어머니가 〈페드르〉에 출연해도 별 위험이 없다고 자기에게 말한 의사의 말을 곧이들었다. 아무래도 그녀는 의사가 말리는 말은 무시하고 의사의 대답 중에서 자기에게 유리한 말만 들어, 의사 입에서 걱정 없을 거라는 말이 나오도록 강제했던 듯싶다. 실제로 의사는 라 베르마가 무대에 서도 별 지장은 없

---

*1 원문에는 '아들과 며느리'로 되어 있음.
*2 원문대로임.
*3 원문대로임.

을 거라고 말했다. 그 까닭은, 이렇게 말하면 자기가 반한 젊은 여자가 좋아할 줄로 생각했기 때문일 뿐만 아니라, 틀림없이 무식한 탓이기도 했으리라. 또는 어차피 불치병인 줄 알아서, 병자의 수명을 줄일 게 뻔할지라도 저 자신에게 득이 된다면 그렇게 함으로써 차라리 병자의 고통을 덜어주어야겠다는 생각도 들었을 것이다. 그리고 어쩌면 그것이 라 베르마를 기쁘게 하므로 그녀에게 도움이 될지도 모른다는 바보 같은 생각에서인지도 모른다. 이 어리석은 생각도, 그가 환자를 모두 내팽개치고 라 베르마의 딸 부부의 관람석에 초대되어, 무대 밖에선 다 죽어가는 사람으로 보이던 라 베르마가 무대에서는 이상하리만큼 생명력이 넘쳐흐르고 있음을 보았을 때 명분이 서는 듯싶었다. 사실 습관은 처음엔 도저히 불가능한 것처럼 보인 생활에도 상당한 정도까지 우리를 순응시키며, 신체기관도 그것에 익숙해진다. 심장병에 걸린 승마술의 노교사가 그 심장을 가지고는 단 1분도 견뎌낼 수 없을 성싶은 아슬아슬한 곡마를 차례차례 해내는 것을 누구나 보지 않았던가? 라 베르마도 그에 못지않게 뛰어난 여배우이므로, 그녀의 신체기관은 무대의 까다로운 요구에 완전히 적응해서, 관중 모르게 신중히 몸을 움직이며 순전히 신경 때문에 생긴 화병일 뿐 사실은 멀쩡하다는 착각을 주는 데에 성공했다. 이폴리트에게 사랑을 고백하는 장면을 마치자, 라 베르마는 그때부터 닥쳐올 끔찍한 밤을 몸서리치게 느꼈으나 그녀의 놀라운 재주에 넋을 잃은 관객은 잇따라 박수를 보내면서 전보다 더 훌륭한 연기였다고 힘주어 말했다.

그녀는 끔찍한 고통 속에서 집에 돌아왔지만, 그래도 딸에게 거액의 현찰을 가져다주는 게 기뻤다. 어려서부터 무대에서 수련한 배우에게 흔히 있는 장난기에서 그녀는 언제나 양말에 지폐를 끼우는 버릇이 있었는데, 미소와 키스를 기대하면서 양말에서 호기롭게 지폐 뭉치를 꺼냈다. 불행하게도 그 지폐 뭉치는 어머니의 거처와 붙어 있는 딸네 집을 새로 단장하는 데에 쓰였을 뿐이었다. 딸네 집에서는 쉴 새 없이 망치 소리가 들려와서, 이 명여배우의 아주 소중한 잠을 방해하는 꼴이 되었다. 딸 부부는 세월의 흐름에 따라 변하는 유행에 맞추기 위해, 그리고 방문해주기를 바라는 X씨나 Y씨의 취미에 맞추기 위해서 모든 방을 새롭게 꾸몄다. 그래서 수면만이 자기 고통을 덜어주건만 그 수면마저도 달아나버렸다고 생각한 라 베르마는 잠들기를 아예 단념했는데, 그 체념 밑바닥에는 자기 죽음을 앞당기고 늘그막을 못살게 닦달하는 그 고상한 취미에 대한 경멸감이 있었다. 그 경멸은, 얼마간은 우리에게 해를 미치는 것, 우리 힘으로는 막을 길이 없는 것에 대한 자연스런 복수일 것이다. 그러나 그것은 또한 자기의 타고난 직분을 의식하고, 어려서부터 그러한 유행이 명령하는 것의 하찮음을 배워왔으므로, 그녀만큼은 늘 존중해온 전통, 그녀로 하여금 온갖 사물이나 인간을 30년 전의 옛날과 다름없이 판단케 하는, 예를 들면 지금 한창 날리는 라셀 따위는 인기 여배우이긴커녕 옛날과 다름없이 쩨쩨한 매춘부로 판단케 하는 전통에 그대로 충실했기 때문이기도 하다.

그런데 라 베르마도 딸보다 나은 편은 아니었다. 딸은 유전으로 말미암아, 또 어머니의 본보기가 자연스레 전염되어(어머니에 대한 존경이 그 전염을 더욱 재촉했다), 이기심과 무자비한 조롱과 의식 못하는 잔인성을 어머니에게서 물려받았던 것이다. 다만 라 베르마는 이런 모든 것을 딸에게 내줘버려서 자신은 홀가분해졌을 따름이다. 하기야, 라 베르마의 딸은 쉴 새 없이 일꾼들을 집에 들이지 않았다 치더라도 분명 어머니를 지치게 했을 것이다. 마치 젊은이들의 잔인하고도 경솔한 인력이 무리해서 그것과 보조를 맞추려고 억지를 쓰는 노인이나 병자를 피로하게 만들듯이 날마다 새로운 오찬회가 베풀어졌다. 그리고 라 베르마가 딸에게 그 일을 말리거나, 새로 사귄 사람들을 억지로 꾀어내기 위하여 유명한 어머니의 참석이라는 매력에 매달릴 수밖에 없을 때 어머니가 참석하지 않기라도 한다면, 딸과 사위의 눈에 라 베르마는 이기주의자로 보였으리라. 딸과 사위는 이 새로 사귄 사람들에게 예절을 차리고자 다른 집 잔치에도 어머니를 데리고 가마 '약속하곤' 했다. 그래서 몸속에 자리잡은 죽음과 대화하기에도 벅찬 가엾은 어머니는 아침 일찍부터 일어나 집을 나서야 했다. 더구나 때마침 레잔이 놀라운 재능을 발휘하여 외국 공연에서 엄청난 성공을 거두었으므로, 사위는 라 베르마도 이대로 사라질 수는 없다며, 자기들 집에도 그에 못지않은 폭발적인 인기를 모아야겠다는 생각에서 라 베르마를 억지로 지방 순회공연에 끌어냈는데, 그 도중에 그녀는 모르핀 주사를 맞아야 했고, 그 결과 신장이 망가져서 언제 죽을지 모를 지경에 이르렀다. 유행의 멋과 사교의 매력과 화려한 생활에 있는 인력은, 게르망트 대공부인 댁에서 잔치가 벌어지는 날에는, 마치 양수 펌프 같은 작용을 하여 가장 충실한 라 베르마의 단골들까지도 게르망트 대공부인네로 빨아들이고 말아, 라 베르마네는 텅텅 비어 죽음 같은 고요만이 남게 되었다. 라 베르마네 다과회가 게르망트 대공부인네 모임처럼 화려하지 않다는 것을 잘 모르는 젊은이 하나가 혼자서 찾아와 있었다. 라 베르마는 시각이 지나서 모두가 다 자기를 팽개친 걸 깨닫자, 음식을 차리게 하고 식구들끼리 식탁에 둘러앉았는데, 초상집의 식탁 앞에 앉아 있는 것 같았다. 라 베르마의 얼굴에는 일찍이 사순절 제3주째의 목요일 저녁에 그토록 나를 흥분시켰던 사진의 얼굴을 떠올리게 하는 것이라곤 하나도 없었다. 라 베르마의 얼굴은 속된 말로 죽을상이었다. 이번에야말로 그녀의 얼굴은 에레크테우스 신전의 대리석상과 비슷했다. 굳어진 동맥은 이미 반쯤 화석이 되어, 조각된 긴 띠가 빰을 광물같이 뻣뻣하게 돌아다니는 게 보였다. 죽어가는 눈은 뼈만 남은 그 끔찍한 가면에 비하면 비교적 생기가 있어서, 돌 틈에서 자는 뱀처럼 희미하게 반짝이고 있었다. 그러는 동안에도, 마지못해 테이블에 앉은 젊은이는 게르망트네의 성대한 연회에만 마음이 달려가 있는지라 계속 시계만 바라보았다.

라 베르마는 자기를 바람맞히고서도 오직 게르망트네에 간 사실만이 드러나지 않기를 바라는 앙큼한 친구들에 대해서는 한 마디도 비난하지 않았다. 다만 "라셀 같은 여자가 게르망트 대공부인 댁에서 잔치를 벌이다니, 이건 파리에 오지 않고서는 구경 못할 꼴이야!" 중얼댔다. 그러고 나서 그녀는 말없이 엄숙하게, 마치 장례식이라도 치르듯이 금지된 과자를 천천히 입으로 가져갔다. '다과회'는 사위가, 자기네 부부와 잘 아는 사이인데도 라셀이 초대하지 않았다며 격분하고 있는 만큼 더더욱 을씨년스러웠다. 불난 집에 부채질하는 격으로 그 젊은 손님이, 자기는 라셀과 잘 아는 사이니 지금 당장 게르망트 댁에 간다면, 이처럼 늦은 시간이지만 두 분(경박한 젊은 부부)을 초대하도록 부탁할 수 있다고 하여, 사위의 울화통이 더 터졌다. 그러나 라 베르마의 딸은 어머니가 라셀을 얼마나 미천하게 보고 있는지, 그리고 그 갈보 퇴물 따위에게 초대해주기를 부탁했다가는 어머니를 절망시켜 죽게 만들 것임을 잘 알고 있었다. 그래서 그녀는 젊은이와 남편에게 그것은 말도 안 되는 소리라고 말했다. 그렇게 말하면서도 그녀는 이 다과회 내내, 쾌락을 추구하는 마음과 어머니라는 훼방꾼 때문에 그것을 빼앗긴 시름을 가끔 얼굴에 드러냄으로써 화풀이를 했다. 라 베르마는 그와 같은 딸의 불퉁한 얼굴을 못 본 체하고, 찾아와준 단 한 사람의 손님인 젊은이에게 꺼져가는 목소리로 정다운 말을 건네고 있었다. 하지만 이윽고, 모든 사람을 게르망트네 쪽으로 쓸어가버린 바람이—나마저도 그리로 실어간—돌풍으로 바뀌자 젊은 손님마저 벌떡 일어나 떠나버렸다. 뒤에 남아 딸과 사위와 함께 그 장례식 과자를 먹어 치우는 게 페드르인지, 아니면 죽음인지, 그것은 아무도 알 수 없었다.

우리의 대화는 때마침 높아진 라셀의 목소리에 중단되었다. 그녀의 낭송 솜씨는 영리했다. 왜냐하면 낭독에 앞서 현재 읊고 있는 시의 전체를 완전히 예상시키는 바가 있었기 때문이니, 그것은 마치 길을 가는 여배우의 목소리가 우연히 한동안 귀에 들리는 것처럼, 우리가 그 시의 짧은 일부를 듣고 있을 뿐이라는 인상의 낭독이었다.

거의 누구나 다 아는 시의 낭독회라서 인기가 있었다. 막상 시작하려고 할 때 라셀이 얼빠진 모양으로 사방을 두리번거리는가 하면, 한 마디 한 마디 신음 소리 같은 것을 내거나 애원이라도 하듯이 두 손을 쳐드는 꼴을 보자 모두들 거북해졌고, 그와 같은 노골적인 감정 노출에 거의 불쾌감마저 들었다. 시 낭송이 이런 것이라는 생각은 아무도 해본 적이 없었기 때문이다. 그러나 사람은 차차 익숙해지게 마련인지라, 곧 처음의 불쾌감을 잊어버리고 좋은 점을 찾아내서 여러 가지 낭송법을 마음속으로 비교해보며 여기는 좋다, 저기는 신통치 않다고 생각한다. 그렇지만 처음에는, 간단한 소송 사건에서 변호사가 앞으로 나와 법의가 흘러내리는 데도 아랑곳없이 팔을 허공에 쳐들며 위협조로 첫머리를 꺼내는 모습을 보는 것처럼 누구나 차마 옆사람 얼굴을 보지 못한다. 이는 이상한 것을, 하지만 이것이 굉장한 연기겠지 하는 생각에서 평가가 내려지기를 기다리기 때문이다.

그나저나 청중은 그녀가 목소리 한 번 내는 데에도 먼저 무릎을 굽히거나, 마치 눈에 보이지 않는 어떤 이를 안고 어르듯이 팔을 내밀거나, 다리를 안짱다리처럼 구부리거나, 널리 알려진 시구를 읊으면서도 갑자기 애원조를 담거나 하는 것을 보고 어안이 벙벙해졌다. 모두들 어떤 표정을 지어야 할지 몰라서 서로 얼굴을 바라보았다. 버르장머리없는 서너 젊은이는 터지는 웃음을 지그시 참았다. 저마다 몰래 힐끔거리며 옆사람 눈치를 살폈다. 마치 신기한 요리가 나오는 자리에서 자기 앞에 대하 요리용 포크나 설탕 뿌리개 등 어디에 쓰는 것인지 어떻게 쓰는 것인지도 모를 새로운 도구가 놓여 있을 때, 정통한 식도락가가 먼저 사용하여 본보기를 보여줬으면 하는 생각에서 그 사람을 넌지시 훔쳐보듯이. 또, 어떤 사람이 인용한 시구를 우리가 모르면서도 아는 체할 때, 마치 문에서 남에게 앞을 양보하듯이 그 방면에 밝은 사람에게 사뭇 은혜라도 입히듯이 그 시의 작자를 대는 기쁨을 주는 경우에도 이와 같은 태도를 보인다. 이리하여 모두 그 여배우에게 귀를 기울이면서 다른 누군가가 먼저 웃거나, 비난하거나, 울거나, 박수갈채를 하기를 눈을 내리깐 채 살피면서 기다리고 있었다.

게르망트 공작부인은 게르망트네에서 쫓겨난 것이나 다름없었는데, 이 낭독회를 위해 일부러 되돌아온 포르슈빌 부인은, 자기가 문학에 정통해 있고 시대 흐름을 좇는 속인이 아니라는 사실을 보여주기 위해서인지, 또는 자기 만큼 문학을 몰라서 쓸데없는 이야기를 꺼낼지도 모를 작자들에 대한 반감 때문인지, 아니면 자기 '마음'에 들었는지 안 들었는지를 분명히 하기 위해 집중하고 있는 탓인지, 그도 아니면 그것을 '재미있다'고 생각하면서도 어쨌든 몇몇 시구를 읊는 투가 '마음에 안 들기' 때문인지, 주의 깊고 긴장한 얼굴에 노골적이리만큼 불쾌한 표정을 짓고 있었다. 그런데 이러한 태도는 오히려 게르망트 대공부인이 취해야 옳았다. 그러나 여기는 자기 집이고, 부자가 되면서부터 인색해진 그녀는, 라셸에게는 장미꽃 다섯 송이만 주기로 작정하고 있었으므로 대신 먼저 박수를 치기 시작했다. 그 박수 때문에 열광의 물결이 일어나고 환호가 그칠 줄을 몰랐으며, 청중은 들끓었다. 이때만은 옛날 베르뒤랭 부인으로 되돌아간 것이다. 왜냐하면 오직 자기만의 기쁨을 위해서 시를 듣고 있는 것 같았고, 오로지 자기만을 위해서 라셸을 불러 시를 읽게 할 생각이었으며, 우연히 자리를 같이한 오백여 명 사람들에게는 자기만의 기쁨에 몰래 끼어들도록 허락했을 뿐인 태도였기 때문이다.

어쩌다 보니 나는, 낭송자가 나에게 조심스럽게(그녀가 늙고 밉상이어서 내 자존심을 조금도 만족시키진 않았지만) 추파를 던지고 있다는 것을 알았다. 낭송을 하는 동안 그녀는 줄곧 나에게 동의를 바라 마지않으며, 은근하면서도 마음에 스며드는 한 미소를 눈에 파닥거렸다. 그 와중에도 시 낭송에 그다지 익숙하지 못한 노부인 두세 사람이, "보셨어요?" 하고 옆사람에게 속삭였는데, 뭐라고 표현해야 할지 감도 안 잡히는 여배우의 야단스러운 비극적 표정이나 몸짓을 가리키는 말이었다. 게르망트 공작부인은 잠깐 망설였지만, 아마도 시가 끝난 것으로 알았던지 아직도 시의 중간이건만 "기가 막혀요!" 부르짖어 승리를 결정지었다. 그러자 몇몇 손님은, 낭송자에 대한 이해라기보다는 공작부인과의 친분을 보이기 위해서, 고개를 끄떡이면서 눈에 찬성의 뜻을 담아 그 부르짖음을 한껏 뒷받침하려 들었다. 시가 끝났을 때 우리는 마침 라셀 곁에 있었으므로 게르망트 부인에게 감사의 뜻을 표하는 그녀의 목소리를 들었고, 동시에 그녀는 내가 공작부인 옆에 있는 것을 좋은 기회로 여기며 내 쪽을 향하여 애교 있게 인사했다. 그때 나는, 보구베르 씨 아들의 뜨거운 눈길(그것을 나는 나를 잘못 알아보고 하는 인사로 해석했었다)과는 반대로, 내가 라셀의 추파인 줄로 생각했던 것이 사실은 내가 자기를 알아보고 인사해주기를 바라는 조심스러운 유도에 지나지 않음을 깨달았다. 나는 미소와 함께 인사를 보냈다. "아마 이분은 나를 못 알아보셨을 거예요." 낭송자는 공작부인에게 말했다. "원, 천만에요." 나는 단호하게 말했다. "나는 당신을 분명히 알아보았습니다."—"그래요, 그럼 내가 누구죠?" 나는 거기에 대해서 전혀 아는 바가 없었으므로 상황이 미묘하게 되었다. 다행히, 라 퐁텐의 아름다운 시를 자신 있게 낭송하는 동안 그녀는, 호의에서 그랬는지 미련해서 그랬는지 아니면 주눅이 들어서 그랬는지, 그저 나에게 인사할 계기를 만들기가 어렵다는 생각만을 하고 있었는데, 블로크는, 잘못 생각한 의무감 때문이었는지 아니면 허세를 부리고 싶어서였는지, 시가 끝나자마자 포위망을 뚫으려는 사람처럼 튀어 나가서, 주위 사람들의 몸까지는 아닐지라도 발을 지근지근 밟으면서 낭송자에게 축하 인사를 하러 갈 수 있도록 그 준비에만 골몰하고 있었다.

"이상한걸, 여기서 라셀을 보게 되다니." 블로크는 내게 귀엣말을 했다. 그러자 그 마술 같은 이름은 당장에 생루의 정부를 낯설고 추악한 노파의 모습으로 만들었던 요술을 깨뜨렸다.[*1] 나는 그녀가 누구인지 안 순간 완전히 그녀의 옛모습을 알아보았다. "아주 훌륭했습니다." 블로크는 라셀에게 말했다. 그리고 이 간단한 말을 하자 그는 소망이 채워졌으므로 제자리로 돌아갔는데, 그것이 어찌나 힘들고 수선스러운지 라셀이 두 번째 시를 낭송하기까지 5분도 더 기다려야 했다. 라셀이 〈두 마리 비둘기〉 낭송을 마치자 모리앙발 부인이 생루 부인에게로 다가왔다. 그녀는 생루 부인이 문학통인 줄 알았지만, 아버지의 내림인 야릇하고 비꼬기 잘하는 정신의 소유자라는 걸 깜빡 잊고는,

---

*1 라셀이라는 이름은 이미 여러 번 나왔으므로 이 구절은 앞에 나와야겠지만, 프루스트가 교정을 못 보고 죽은 탓으로 이런 오류가 생겼음—플레이아드판 주.

확실한 듯싶기는 했지만 자신이 없어서 이렇게 물어보았다. "저건 라 퐁텐 우화로군요, 안 그래요?" 왜냐하면 라 퐁텐 우화는 잘 모르는 데다가, 그것은 아이들 읽을거리이지 사교계에서 낭독할 것은 못 된다고 생각했기 때문이다. 저토록 갈채를 받다니 아마도 저 여배우는 라 퐁텐의 우화를 모작했을 거라고, 그 어수룩한 부인은 생각했던 것이다. 그런데 질베르트는 그럴 의도는 없었건만 모리앙발 부인을 더욱더 그런 생각으로 밀어넣고 말았다. 그도 그럴 것이 그녀는 라셀을 좋아하지 않는 데다가, 그런 식으로 읊으면 우화다운 맛이 완전히 없어진다는 말을 할 생각으로, 단순한 사람은 알아듣기 힘든 아버지 내림인 너무나도 야릇한 함축성 있는 투로 말했기 때문이다. "4분의 1은 연기자의 창작, 4분의 1은 미친 지랄, 4분의 1은 무의미, 그 나머지가 라 퐁텐의 것이에요." 그래서 모리앙발 부인은 방금 들은 것이 라 퐁텐의 〈두 마리 비둘기〉가 아니라 편곡한 것으로 라 퐁텐은 기껏해야 그 4분의 1이라고 주장했지만, 이 때문에 놀란 사람은 아무도 없었으니 청중 모두가 형편없이 무식했기 때문이다.

블로크는 친구 한 사람이 늦게 오자, 그에게 라셀의 낭송을 들어본 적이 있느냐고 묻고는 그녀의 낭송 솜씨를 흥감스럽게 떠벌리다 보니, 실제로 들을 때는 조금도 즐겁지 않았건만 갑자기 그 근대적인 낭송법을 남에게 떠들어대며 가르쳐주는 데에 이상한 기쁨을 맛보았다. 그러고는 감동을 누를 수 없다는 듯이 새된 목소리로 라셀에게 치하하고 친구를 소개했는데, 그 친구 또한 당신만큼 훌륭한 여배우는 없다고 딱 잘라 말했다. 그러자 지금은 상류 사교계의 부인들을 사귀며 모르는 사이에 그들 흉내가 몸에 밴 라셀이 말했다. "어머나, 정말 기뻐요, 영광이에요, 알아주시니." 블로크의 친구는 라 베르마를 어떻게 생각하느냐고 그녀에게 물었다. "불쌍한 분이죠, 지금은 비참한 밑바닥 신세가 된 모양이에요. 그분에게 재능이 없었다는 말은 아니지만, 솔직히 그 재능은 진짜 재능이 아니었거든요. 소름끼치는 것만 좋아했죠. 하지만 그런 분도 분명 필요했어요. 남들보다 생기 있는 연기를 보여주었고, 또 친절하고 너그러운 탓에 신세를 망쳤잖아요. 그분은 한 푼도 벌지 못한 지 오래죠. 그분이 하는 연기 따위는 손님 마음에 전혀 들지 않거든요." 그녀는 웃으면서 덧붙였다. "게다가 실은 내 나이가 나이다 보니 물론 그분의 만년 공연밖에는 보지 못했고, 그때도 너무 젊어서 잘 이해가 되지 않았어요."—"그분의 시 낭송은 그다지 신통치 않았습니까?" 이렇게 블로크의 친구가 라셀을 치켜세우기 위해 과감하게 말하자, 라셀은 "그럼요! 단 한 줄도 제대로 못 읊었어요. 산문, 중국어, 볼라퓌크(Volapük)*¹ 같은 것은 다 낭송할 줄 알았지만, 시만은 형편없었어요."

그러나 나는 흘러가는 시간이 반드시 예술계에 진보를 가지고 오는 것은 아님을 알고 있었다. 프랑스 대혁명도 과학상의 여러 발견도 세계대전도 모르는 17세기 작가가 현대 작가보다 나을 수도 있듯이, 그리고 어쩌면(재능의 탁월성이 여기서는 지식의 낮음을 대신 채워) 파공(Fagon)*²이 불르봉과 엇비슷한 명의였을지도 모르듯이, 라 베르마는 라셀 따위가 속된 말로 발밑에도 못 간 만큼 훌륭한 여배우였지만, 시대 흐름이 엘스티르와 동시에 라셀을 인기의 정상으로 밀어올려 그 재능을 인정했던 것이다.

생루의 옛 정부가 라 베르마를 흉봤다고 해서 별로 놀랄 일은 못 된다. 라셀은 젊었을 때도 그랬을 터이며, 혹여 옛날에 흉보지 않았대도 지금은 그럴 것이다. 다시없이 총명하고 진심으로 친절한 사교계의 한 부인이 여배우가 되어 그 새로운 직업에서 놀라운 재능을 발휘하고 성공의 큰길만을 걸었을 경우, 오랜 뒤에 그 부인을 만났을 때, 그녀가 늘 쓰던 말이 아니라 여배우 특유의, '무대생활 30년' 동안에 몸에 덧붙은 말, 동료들끼리 하는 외설스런 말을 듣는다면 누구나 놀랄 것이다. 라셀은 사교계 출신은 아니지만, 그러한 세월이 주는 바를 지니고 있었다.

"굉장하다, 개성적이다, 기품 있다, 이지적이다 등 어떻게 말하든 다 맞는 말이에요, 시를 그렇게 낭송한 사람은 이제껏 아무도 없었어요." 게르망트 공작부인은 질베르트에게 타박이나 맞지 않을까 겁을 먹으면서 말했다. 질베르트는 아주머니와의 입씨름을 피해서 멀찌감치 다른 무리 쪽으로 가버렸다. 게르망트 부인은 만년에 이르러 자기 속에서 눈뜨는 새로운 호기심을 느꼈다. 사교계에서는 이제 아무것도 배울 게 없었다. 자기가 사교계에서 가장 높은 자리를 차지하고 있다는 생각은 그녀로서는 땅 위에 펼쳐진 푸른 하늘의 높이만큼이나 뚜렷했다. 그러므로 확고한 그 지위를 새삼 높여야겠다는 생각도 하지 않았다. 그 대신 독서와 연극 관람을 더 넓히고 싶어했다. 옛날에는 다같이 오렌지에이드를 마시던 자그마한 정원에 상류 사교계의 쟁쟁한 인사들이 앞다

* 1 1879년 독일인 J.M. 슐라이어(Schleyer, 1831~1912)가 고안한 국제 보조어.
* 2 프랑스의 의사(1638~1718). 식물학자이며 루이 14세의 주치의.

투어 찾아와, 향기로운 저녁 산들바람과 꽃가루의 구름 속에 둘러싸여 그녀의 상류 사교계에 대한 취미를 계속 길러왔듯이, 지금 또 다른 욕망에 사로잡힌 그녀는 이러저러한 문학 논쟁의 원인을 알고 싶다고 생각하자 작가나 여배우와도 친해지고 싶었던 것이다. 그녀의 지친 정신은 새로운 영양을 원하고 있었다. 작가나 여배우와 사귀기 위해 그녀는 전날 같으면 명함 교환도 꺼렸을 여자들에게 다가갔고, 또 그러한 여자들은 공작부인과 사귀려고 자기는 이런 저런 잡지의 편집장과 절친하다고 과시했다. 맨 처음 초대받은 여배우는 자기 혼자만이 범상치 않은 세상에 초대받은 줄 알았는데, 두 번째 여배우는 먼저 초대받은 여배우를 보고, 여기도 그리 대단치 않은 환경으로 보았다. 공작부인은 가끔 군주들을 야회에 맞아들이므로, 자기 지위에 아무런 변화도 없는 줄 알고 있었다. 진실로 순수한 혈통을 타고난 유일한 여성인 그녀, 게르망트 가문 태생인지라 만일 '게르망트 공작부인'이라고 서명하지 않을 때는 '게르망트네의 게르망트'라고 서명할 수도 있는 그녀, 시누이나 사촌동서들까지도 '나일 강에서 구원받은 모세'나 '이집트로 피신한 그리스도', '탕플(Temple)*¹을 탈출한 루이 17세' 같은 존귀한 존재로 보는 그녀가 지금은 빌파리지 부인을 사교계에서 전락시킨 원인이었던 그 정신적 양식을 추구하는 유전적 욕구에 사로잡혀서, 그녀 스스로 영락없는 빌파리지 부인의 자취를 좇고 있었다. 그녀의 집에 오는 속물 여자들은 아무개 남자나 아무개 여자를 만날까 봐 걱정했고, 젊은 사람들은 지나간 일들은 모르고서 이미 정해진 일만을 인정하여, 부인을 흉년에 담가 잘 발효되지 않은 게르망트, 뒤떨어진 게르망트네의 한 사람으로 여기고 있었다.

그런데 아무리 뛰어난 작가라도, 노년기로 접어들거나 또는 지나치게 작품을 내거나 하면 재능이 마르는 수가 흔하니만큼, 사교계 여자들이 어느 때부터 재치를 잃는 것도 어쩔 수 없는 노릇이다. 스완은 게르망트 공작부인의 완고한 정신 속에서 젊은 롬 대공부인 시절의 '융화된 정신'을 다시 찾아내지 못한 지가 이미 오래다. 만년에 이르러 피로 탓인지 긴장이 풀려선지, 게르망트 부인은 주책없는 소리를 함부로 지껄였다. 물론 지금 이 낭독회가 진행되는 사이에도 줄곧 그녀는 뻔질나게 내가 알던 무렵의 부인으로 돌아가서 사교계 일

---

*1 성당 기사단 본부.

들을 이것저것 재치 있게 이야기했다. 한편으로는, 지난날 오랫동안 파리의 가장 뛰어난 남자들을 정신적으로 내두르던 그 재기발랄한 말, 고운 눈매 밑에 날카롭게 번득이던 그 말이 지금도 자주 튀어나와 번득이기는 했지만, 그것은 대부분 텅 빈 것이었다. 어떤 한 마디를 끼워넣어야 할 순간이 오면, 그녀는 옛날처럼 몇 초 동안 이야기를 멈추고 망설이며 말을 만들어내는 듯한 태도를 보였지만 그러다가 입 밖에 낸 말에는 도무지 아무런 가치도 없었다. 하기야 그런 사실을 알아채는 사람은 별로 없었다. 말투가 옛날과 같았으므로, 사람들은 기지도 어전한 줄로 여겼다. 과자점의 상표를 덮어놓고 신용하는 사람이, 맛이 형편없어진 사실도 모르고 여전히 같은 가게에서 프티 푸르(petit four)를 배달시키는 것과 다를 바 없다. 이미 세계대전 때부터 공작부인은 이와 같은 쇠약의 징후를 보였다. 어떤 사람이 '퀼튀르(culture)'*² 라는 낱말을 입 밖에 내면, 부인은 그 말꼬리를 잡아 고운 눈을 반짝이면서 거침없이 '라 크크크쿨투르(la KKKKultur)'*³ 라고 내뱉어 친구들을 웃겼는데, 그들은 이것이 바로 게르망트네 재치라고 생각했다. 물론 이것은 지난날 베르고트를 황홀하게 만들던 바와 같은 틀, 같은 억양, 같은 미소를 지니고 있었다. 그리고 만약 베르고트가 살아 있었다면, 분명 그에게 특유한 구절 짓기나, 감탄사나, 생략점이나, 부가 형용사 등을 썼을 테지만 거기에는 이미 아무런 뜻도 없었을 것이다. 그런데 신참자들은 어이없어했고, 그들이 참석한 날 그녀가 '그 방식을 자유자재로 구사하여' 익살을 떨지 않으면 가끔 다음같이 말하곤 했다. "원 저런 어리석은 여자가 어딨담!"

그래도 공작부인은 지체 낮은 이들과의 교제가 귀족이라는 자기 영예의 근원인 게르망트 가문의 일가붙이에게까지 넓혀지지 않도록 조심하고 있었다. 예술의 후원자라는 소임을 다하기 위하여 장관이나 화가들을 극장에 초대했을 때, 그들이 그녀에게 시누이들이나 남편은 같이 안 오셨느냐고 물으면, 공작부인은 소심하면서도 겉모양만은 자못 당당하고 거드름스럽게 대꾸하기를, "전혀 모르겠네요. 집 밖으로 한 발자국만 나오면 집안사람들이 무슨 일을 하고 있는지 전혀 몰라요. 정치가들에게나 예술 종사자들에게나 난 과부 신세예요." 이리하여 그녀는 성급한 어정뱅이가 마르상트 부인이나 바쟁에게서 냉대

---

*2 '교양' '지식' 또는 '문화'라는 말.
*3 쿨투르(Kultur). 곧 '문화'라는 뜻의 독일어를 장난스럽게 한 말.

를 받지 않도록, 또 그녀 자신도 시누이와 남편에게서 꾸중을 듣지 않도록 빈틈없이 선수를 쓰는 것이었다.

"뵙게 되어 얼마나 기쁜지 이루 말씀드릴 수 없을 지경이에요." 공작부인은 말을 이었다. "마지막으로 뵌 게 언제였더라……."— "아그리장트 부인을 방문하신 무렵이죠, 거기서 자주 뵈었어요."— "그랬을 테죠, 그 댁에 자주 갔으니까요. 그 무렵 바쟁이 그분을 좋아했으니까. 여러분과 가장 자주 만나던 곳은 언제나 바로 그때 바쟁의 애인 집이었어요. 왜냐하면 바쟁은 늘, 그분 댁은 잊지 말고 꼭 방문하라고 말했으니까요. 사실, 바쟁이 식사가 끝나기 무섭게 나를 내쫓듯이 몰아낸 그런 '소화를 겸한 방문'은 나에겐 조금 무례하게 여겨졌어요. 그러다가 그 일에도 금세 익숙해지고 말았지만, 그래도 가장 참을 수 없던 일은, 바쟁이 그녀와의 관계를 끊은 뒤에도 나는 그 관계를 계속 이어가야 한다는 것이었어요. 그럴 적마다 나는 늘 빅토르 위고의 시구를 떠올렸지요.

Emporte le bonheur et laisse—moi l'ennui.
행복을 가져가고, 내게 시름을 남기라.

이 시에 있듯이, 그래도 나는 미소를 지으면서 드나들었는데 정말이지 공평하지 못하더군요. 그이의 애인들에 대해 내가 마음대로 구는 권리쯤은 남겨졌어야 옳았어요. 그도 그럴 것이 그이가 외면하게 된 여자들을 차례차례 방문하다 보니, 나중에는 나 자신의 오후라는 게 없어지고 말았거든요. 하기야, 그 시절도 지금에 비하면 훨씬 즐거웠다는 생각이 들지만요, 아무렴요. 그이가 나를 또 속이기 시작한다면 그보다 기쁜 일이 없으련만, 그만큼 내가 다시 젊어지는 셈이니. 정말 그이의 옛 버릇 쪽이 나에게는 훨씬 나아요. 그이가 나를 속이지 않은 지가 벌써 무척 오래되었어요. 이젠 그 버릇이 생각조차 나지 않나 봐요! 참말이지, 하지만 그렇다고 우리는 금슬이 나쁜 건 아니에요, 같이 이야기도 하고 서로 사랑도 하거든요." 공작부인은 자기 부부가 완전히 갈라선 줄로 내가 생각할까 봐 이렇게 말했다. 그러고는 중환자 이야기라도 하듯이 "그렇지만 그는 아직 똑똑히 이야기도 할 수 있고, 오늘 아침만 해도 나는 한 시간이나 책을 읽어주었지요" 말하고 나서 다음처럼 덧붙였다. "당신이 여기 와 있다는 말을 그이에게 하고 와야겠어요, 분명 당신을 보고 싶어할 거예요." 그리고 부인은 공작에게로 갔는데, 공작은 소파에 앉아서 옆에 있는 부인과 담소하고 있었다. 나는 공작이 예전 그대로의 모습, 그저 머리칼만 더 희어졌을 뿐 여전히 위엄 있고 잘생긴 모습을 하고 있는 데 감탄했다. 그런데 마누라가 지껄이러 오는 것을 보더니, 금세 아주 험상궂어지는 바람에 공작부인도 물러설 수밖에 없었다. "바쁜가 봐요, 무슨 일인지 모르지만, 나중에 물어보세요." 나 스스로 그 자리를 헤쳐나가도록 게르망트 부인은 말했다.

블로크가 다가와서 친구인 아메리카 부인을 대신해, 저기 와 있는 젊은 공작부인은 누구냐고 묻기에 나는 브레오테 씨의 조카딸이라고 대답했다. 블로크는 이름만 가지고는 아무것도 알 수 없어서 설명해달라고 말했다. "어머나, 브레오테!" 나를 향하여 게르망트 부인이 외쳤다. "생각 안 나세요, 정말 옛일이군요, 까마득히 먼! 맞아요, 저 사람은 속물이었죠. 우리 시어머님 댁 근처에 사시던 분이에요. 이런 이야기야 블로크 씨에게는 시시할 테지만 이분에겐 재미나는 일이라구요, 지난날에는 나와 같은 때에 이런 일을 다 알았으니까요." 게르망트 부인은 나를 가리키면서 덧붙였는데, 이러한 말 끝에서 긴 세월이 흘렀음을 내게 보였다. 게르망트 부인의 우정이나 의견은 그 뒤 상당히 달라져서, 한때는 그녀에게 매혹적이었던 바발이 지금은 돌이켜보니 속물로 보인 것이다.

한편 브레오테는 오직 시간 속에서만 멀어진 게 아니었다. 내가 사교계에 갓 나와, 마치 콜베르가 루이 14세의 화평한 세상에 발을 디뎌 두고두고 역사에 남았듯 브레오테를 파리 사교계 역사와 떼어놓을 수 없는 중요한 명사 가운데 한 사람으로 여기던 무렵에는 미처 몰랐던 일인데, 그에게는 시골티가 뚜렷이 배어 있었고, 노공작부인의 시골 이웃이었으며, 롬 대공부인과도 이웃으로 맺어져 있었다. 그렇지만 그 재치를 빼앗기고, 케케묵은 아득한 세월과 게르망트 부근에 추방당한 이 브레오테야말로(이는 브레오테가 그 뒤 공작부인의 기억에서 완전히 잊혔다는 증거이지만), 오페라 코미크 극장의 개막일 저녁 그가 바닷가 동굴에 사는 해신인 듯싶었을 때는 내가 도저히 믿을 수 없던 일이지만, 실은 공작부인과 나 사이의 유대였다. 왜냐하면 내가 브레오테와 아는 사이였다는 것, 따라서 내가 부인 친구의 친구라는 것, 부인과 같은 사회 출신은 아니지만 여기에 자리를 같이한 숱한 사람들보다도 훨씬 전부터 부인과 같은 사회에서 살아왔다는 것을 부인이 떠올리도록 했기 때문이다. 그런데 부인이 떠올린 내용은 매우 불완전하여, 그때의 나에게는 더할 나위 없이 중요하게 여겨졌던 대수롭지 않은 일, 이를테면 내가 한 번도 게르망트 영지에 가지 않은 일, 부인이 페르스피에 아가씨의 결혼 미사에 왔던 무렵 나는 콩브레의 프티부르주아에 지나지 않았던 일, 생루가 아무리 부탁해도 오페라 코미크 극장에 모습을 나타낸 그해에는 나를 초대해주지 않았던 일 등을 그녀는 잊고 있었다. 하지만 나에게는 이런 일들이 더없이 중요했다. 그 무렵 게르망트 공작부인의 생활은 내가 들어가지 못한 낙원같이 보였기 때문이다. 그러나 그녀에게는 그러한 생활이 언제나 다름없는 평범한 생활인 듯싶었다. 그리고 내가 어느 때부터인가 그녀의 집 만찬에 드나들게 되었고, 또 그렇게 되기 전부터 나는 그녀의 큰어머니*¹나 조카*²의 벗이어서, 정확히 언제부터 우리 둘의 친교가 시작되었는지 그녀는 확실히 몰라, 이 우정이 실제보다 몇 년 빨리 시작한 줄로 여겨서 심한 연대 착오를 하고 있다는 것조차 깨닫지 못했다.

부인의 기억대로라면 그 무렵의 나는, 도저히 다가갈 수 없는 게르망트라는 이름을 가진 게르망트 부인과 아는 사이가 되고, 금빛으로 빛나는 음절로 이루어진 이름, 그 포부르 생제르맹에 드나들었다는 말이 된다. 하지만 사실 그때 이미 나에게는 다른 여자와 조금도 다를 바 없었던 한 부인, 네레이데스가 사는 바닷속 왕국으로 내 손을 잡고 내려가는 게 아니라, 오직 그 사촌의 관람석으로 가끔 초대를 받아 저녁을 보내도록 해준 한 부인의 집에 저녁을 먹으러 갔을 뿐이다. 부인은 블로크를 향해 덧붙였다. "자세히 알 만한 가치라곤 도무지 없는 사람이지만, 만약 브레오테에 대해서 알고 싶으시면, 이분에게 여쭤보세요(이분이 백배는 더 훌륭하세요). 이분은 우리집에서 그분하고 쉰 번이나 식사를 드셨거든요, 안 그래요, 우리집에서 그분과 알게 되셨죠? 아무튼 스완과 아는 사이가 되신 건 우리집에서였죠." 내가 자기 집에서 스완과 알게 된 줄로 확신하는 데에도 놀랐지만, 브레오테 씨와는 아마 다른 데서 만났을지 모른다고 여기는 데도 놀랐다. 만약 그랬다면 나는 부인과 사귀기 전에 이미 이 사교계에 드나든 셈이 된다. 지난날 탕송빌에서 브레오테는 질베르트네 가족과 교제하지 않았건만, 그를 두고 질베르트가 다음처럼 말했다. "시골의 옛 이웃이에요. 저분과 탕송빌 이야기를 하는 게 여간 즐겁지 않아요." 그런 거짓

---

*1 빌파리지 부인을 가리키는 말.
*2 생루를 가리키는 말.

말과는 달리 나는 스완에 대해서, "그는 저녁때 곧잘 우리집에 놀러 오던 시골 이웃이지요" 말할 수 있으려니와, 사실 스완은 나에게 게르망트와는 전혀 다른 일을 떠올리게 했다.

부인은 말을 이었다. "당신에게 어떻게 설명하면 좋을지 모르겠어요! 아무튼 전하에 대한 이야기라면 죄다 쏟아놓는 분이었어요. 게르망트네 사람들에 대한 것, 우리 시어머님에 대한 것, 파름 대공부인을 모시기 전의 바랑봉 부인에 대한 것에 대해 무척 우스운 이야기를 많이 알고 계셨어요. 하지만 오늘날 바랑봉 부인이 누군지 어느 누가 안다죠? 아무렴, 이분은 다 아셨어요. 그렇지만 그게 다 무슨 소용이겠어요, 이제는 그 이름조차 잊히고. 물론 이름이 남을 만한 분들도 아니었으니까요." 그래서 나는 사교계가 실제로는 사회관계가 아주 응축되어 모두가 상관관계를 갖는 단일체로 보이건만, 실은 거기에는 많은 시골이 남아 있으며, 적어도 '시간'이 그런 것을 만들고 있다고 깨달았다. 그런 시골은 이름이 달라져 있으므로, 형태가 바뀐 뒤에야 겨우 도착한 사람은 이해할 수 없었다. "마음씨 착하고 엄청나게 바보스러운 일을 곧잘 얘기하던 부인이었어요." 공작부인은 시간의 효과인 이해할 수 없는 것이 지니는 시적인 감흥을 느낄 수 없었으므로, 온갖 것에서 메이야크풍 문학이나 게르망트의 재치와 비슷한 익살스러운 요소만을 끌어내면서 이야기를 계속했다. "한때 그분은 줄곧 알약을 먹는 버릇이 있었어요. 그 무렵, 기침약으로 많이 쓰이던 약인데, 그 이름인즉(그녀는 옛날에는 잘 알려져 있었지만 지금 이야기를 나누고 있는 이들에겐 낯선 유별난 이름에 자기가 먼저 웃음을 터뜨리면서 덧붙였다) '제로델 정'이라고 해요. 우리 시어머님께서 그녀에게 '바랑봉 부인, 그렇게 자꾸 제로델만 복용하다간 위장에 해로울 텐데요' 말하니까, '어째서 위에 해롭다고 말씀하시죠? 이건 기관지로 가는데요?' 대답했답니다. 또 '공작부인께서 먹이시는 암소는 하도 탐스러워서, 보는 이마다 늘 씨암소인 줄 안답니다' 말한 이도 그녀였고요."

게르망트 부인은 우리가 수백 가지도 더 아는 바랑봉 부인의 일화를 기꺼이 계속하고 싶었을 터였다. 하지만 바랑봉 부인이나 브레오테 씨나 아그리장트 대공 같은 이들의 이야기만 나오면 금세 우리 머리에 떠오르는 심상이, 이름을 들어도 아무것도 모르는 블로크의 기억에는 아무것도 환기되지 않는다는 사실을 똑똑히 깨달았다. 아무것도 불러일으키지 않으므로 도리어 그 이름에 그는 경의를 품게 되었는지도 모른다. 나는 그 존경심이 지나치다는 사실을 알았지만 그래도 이해할 만도 했던 것은, 나 자신이 그런 경험을 겪었기 때문이 아니다. 우리는 자신의 잘못과 어리석은 짓을 환히 내다보고 있을 경우에도, 남의 과실이나 어리석음에는 관대한 일이 드물기 때문이다.

이 머나먼 시절의 일은 사실 대단한 의미도 없지만, 다음 같은 본보기처럼 그 현실성을 잃고 말았다. 내게서 멀지 않은 곳에서 누군가 탕송빌의 땅이 아버지 포르슈빌 씨에게서 질베르트의 손으로 들어온 게 아니냐고 묻자, 다른 누군가가 말했다. "천만에! 그 땅은 시집 쪽에서 물려받은 겁니다. 그 주변은 게르망트 땅이니까요. 탕송빌은 게르망트 바로 이웃입니다. 생루 후작의 어머니인 마르상트 부인의 소유였지요. 다만 모두 저당 잡혔던 것을 포르슈빌 아가씨가 자기 지참금 대신 찾아왔지요." 한번은 옛날에 스완이 얼마나 재치 있는 사람이었는가를 이해시키기 위해서 내가 누군가에게 스완에 대한 이야기를 해주자 그는 대답했다. "그렇고말고, 게르망트 공작부인한테서 들었소, 당신이 게르망트 공작부인 댁에서 알게 되었다는 그 노신사 말이죠?"

과거는 게르망트 공작부인의 정신 속에서 그 모습이 완전히 변해버렸다(아니, 오히려 내 마음속에 있는 경계선이 부인의 정신 속에는 있었던 적이 없어서, 나에게 중대했던 사건도 그녀에게는 눈에 띄지 않은 채 지나가버렸다). 그래서 그녀는 자기 집에서 내가 스완과 사귀었고, 다른 데서 브레오테를 사귀었다고 상상할 수 있는 것이며, 이처럼 나에게 사교계 사람으로서의 과거를 안겨주었을 뿐만 아니라, 그 과거를 훨씬 먼 옛날로까지 길게 늘려버렸다. 왜냐하면 내가 방금 터득한 그 흘러가는 시간에 대한 관념을 공작부인도 품고 있으나, 과거의 시간을 실제보다 짧게 생각한 내 착각과는 반대로, 그녀는 지난날의 시간을 늘여 실제보다 너무 멀리 거슬러 올려보냈기 때문이다. 특히, 그녀가 나에게 처음에는 이름뿐이었다가 이윽고 사랑의 대상이 된 시기와, 평범한 사교계 부인에 지나지 않았던 시기 사이에 있는 그 무한한 경계선을 그녀는 헤아려보지 않았다. 그런데 내가 그녀 집에 간 것은 이미 그녀가 나에게는 딴사람이 된 바로 두 번째 시기였다. 그러나 그녀 자신의 눈에는 그 차이가 보이지 않았으므로, 내가 실제보다도 2년이나 일찍 그녀 집에 드나들었다고 한들 그녀는 조금도 이상하게 생각지 않았으리라. 그도 그럴 것이 내 눈에 비친 그녀 인간성의 단절이 그녀 자신에겐 나타나지 않아서, 그녀가 그때 다른 여인이었으며, 구두닦이도 다른 구두닦이라는 사실을 그녀는 모르니까.

나는 게르망트 공작부인에게, "내가 처음으로 게르망트 대공부인 댁을 방문했던 야회가 생각납니다. 나는 초대를 못 받은 줄로 알아서 쫓겨나지 않을까 겁났었죠. 그날 밤 부인께선 새빨간 드레스에 빨간 구두를 신고 계셨지요."—"어머나, 정말 옛날 얘기네요." 공작부인은 흘러간 시간에 대한 내 감개에 박차를 가했다. 그녀는 서글픈 듯이 먼 데를 바라보고 있었는데, 특히 새빨간 드레스에 애착을 보였다. 내가 그 드레스 이야기를 자세히 해달라고 부탁하자 그녀는 기꺼이 응해주었다. "요즘은 아무도 그런 드레스는 안 입어요. 그 시절에 유행하던 드레스였거든요."—"하지만 예쁘지 않았습니까?" 나는 말했다. 그녀는 무심코 자기에게 득이 되지 않는 말을 하거나 자기 가치를 떨어뜨리는 말을 할까 봐 늘 두려워했다. "그럼요, 난 무척 예쁘다고 생각했어요. 요즘엔 그런 걸 안 만들기 때문에 아무도 안 입는 거예요. 하지만 언젠가 다시 입게 될 거예요. 옷이나 음악이나 그림이나 유행은 되풀이되는 법이니까요." 그녀는 단호하게 덧붙였다. 이 철학에 얼마간 독창성이 있다고 생각했던 것이다. 그러다가 늙는다는 슬픔이 그녀를 심란하게 했지만 웃음으로 그 기색을 쫓아냈다. "틀림없이 빨간 신이었다고 확신하세요? 난 금빛 신이었다고 생각했는데." 틀림없다, 지금도 눈에 선하다고 나는 말했지만, 그렇게 단언할 수 있는 까닭은 말하지 않았다. "그처럼 똑똑히 기억하고 계시다니 친절도 하셔라." 그녀는 다정스럽게 말했다. 예술가가 자기 작품을 칭찬해주는 사람에게 친절하다고 말하듯이, 여자는 자기 아름다움을 기억해주는 사람을 친절하다고 한다. 게다가 아무리 아득한 옛일이라도, 공작부인만큼 총기 있는 여자라면 잊을 리가 없다. 자기의 빨간 드레스와 빨간 신을 잊지 않은 나에 대한 답례로, 그녀는 "생각나세요, 바쟁과 내가 당신을 댁까지 바래다드린 일을? 그날 밤 자정이 지나 어떤 젊은 아가씨가 당신 집에 오기로 되어 있었어요. 바쟁은 그 시간에 손님이 오냐며 크게 웃었답니다." 사실 그날 밤은 게르망트 대공부인의 야회가 끝난 뒤에 알베르틴이 찾아왔었다. 그날 밤 게르망트 부부 댁에 들르지 못할 원인이 된 그 아가씨가 알베르틴이었다는 사실을 만약 게르망트 부인이 알아도 그녀로서는 아무 관심 없듯이, 지금은 알베르틴이 나와는 아무 상관없는 존재가 되었지만, 그래도 나는 공작부인 못지않게 그날 밤 일을 똑똑히 기억하고 있었다. 그 까닭은, 가엾은 고인이 우리 마음을 떠난 지 오랜 뒤에도, 싸늘한 그들의 유해가 여전히 지난날의 갖가지 상황에 섞여 언제까지나 연결고리 구실을 하기 때문이다. 그리고 이제 그 고인을 사랑하지도 않건만, 한때 그들이 지내던 방이나 공원의 산책길이나 오솔길이 문득 떠오를 적이 있는데, 그러면 우리는 그들을 아쉬워하는 일도 없는 데다 이름도 모르고 따로 구분할 수조차 없으면서, 그들이 차지하던 자리를 메우기 위해 그들에 대해 넌지시 말할 수밖에 없다(게르망트 부인은 그날 밤 오기로 되어 있었던 젊은 아가씨가 누구인지도 몰랐으며 알 기회도 없었지만, 다만 시간과 상황이 기묘했으므로 그 이야기를 꺼낸 것뿐이다). 이러한 것이 바로 죽은 뒤에 남는, 별로 고맙지도 않은 생존의 마지막 모습이다.

　공작부인이 라셀에 대해 가진 의견은 그것 자체로는 평범한 것이었지만, 시계 글자판에 새로운 시간을 표시했다는 점에서 나에게는 재미있었다. 왜냐하면 공작부인은 라셀이 자기 집에서 보낸 야회의 기억을 라셀에게 지지 않을 정도로 기억하고 있었지만, 그 기억에 적지 않은 변화를 입은 흔적이 있었기 때문이다. 그녀는 내게 말했다. "말이 나왔으니 하는 말이지만, 아무도 저 여자를 몰랐고 누구나 저 여자를 우습게 알던 시절에 내가 찾아내서 재능을 인정해주고 칭찬해주고 뒤를 밀어주었으니까, 저 여자의 낭송을 듣거나 박수갈채를 받는 소리를 들으면 나로선 그만큼 즐겁답니다. 그럼요, 당신도 놀라실 테지만, 저 여자가 맨 처음 손님들 앞에서 낭송한 곳이 바로 우리집이에요! 그렇다니까요! 그 무렵 아방가르드(avantgarde)*1를 자칭하는 사람들, 이를테면 새로 들어온 내 사촌동서 같은 사람도." 그녀는 잔뜩 비꼬아서 게르망트 대공부인을(오리안으로서는 여전히 베르뒤랭 부인인) 가리키며 말했다. "아무도 저 여자의 낭송을 들으려 하지 않고, 굶어 죽어도 모른 체 내버려두던 시절에, 나는 저 여자를 흥미 있다고 여겨, 사례금을 줘가며 집에 불러서 쟁쟁한 명사들 앞에서 낭송을 시켰답니다. 좀 주제넘은 말 같지만(왜냐하면 정말 재능이 있다면 남의 도움은 필요 없으니까요), 내가 저 여자를 출세시켜준 셈이에요. 물론 저 여자는 나 같은 사람은 필요치 않았겠지만." 나는 이 말에 가벼운 몸짓으로 반대를 표시했는데, 그와 동시에 게르망트 부인이 언제든지 반대 의견을 받아들이기 위해 기다리고 있음을 알았다. "안 그래요? 재능 있는 사람에게도 뒷받

─────────────

*1 제1차 세계대전 뒤 프랑스에서 일어난 전위(前衛) 예술 운동.

침이 필요하다고 생각하세요? 눈에 띄게 해주는 사람이 필요하다고 생각하세요? 사실, 당신 말이 옳은지도 몰라요. 신기하네요, 일찍이 뒤마가 나에게 말한 것을 당신도 똑같이 말씀하시다니. 그게 사실이라면, 난 여간 기쁘지 않아요. 물론 재능을 길러내는 건 아니지만, 적어도 저런 여배우가 명성을 얻는 데에 조금이나마 내가 도움이 되었다면 말이에요." 게르망트 부인은 재능이란 종기처럼 저절로 터진다(percer)*2는 생각을 기꺼이 내던져버렸다. 그 편이 그녀 마음에 들었거니와, 게다가 신참자들을 많이 맞으라 고단하기도 했고, 얼마 전부터 조금 겸손해져서 남에게 물어보거나 의견을 들은 뒤에 자기 의견을 정리하게 되었기 때문이다. 그녀는 말을 이었다. "말할 필요도 없지만, 사교계의 그 총명한 분들이 재능을 전혀 이해 못한다니까요. 타박을 주거나 비웃거나 했답니다. 내가 아무리 '신기하다, 재미나다, 지금껏 없던 것이다' 말해도 소용없었어요. 무슨 일이고 이제까지 믿어준 적은 한 번도 없었지만, 이번에도 안 믿는 거예요. 저 여자가 연기한 작품과 같은 꼴을 당했어요. 마테를링크의 작품이었는데, 지금은 잘 알려져 있지만 그 무렵에는 모두 우습게 알았지요. 하지만 난 굉장한 작가라고 생각했었어요. 내가 생각해도 놀라워요, 시골 아가씨의 교육밖에 안 받은 나 같은 촌 여자가 단번에 그런 멋을 좋아하게 되었다는 생각을 하면 말이에요. 물론 좋아하는 이유는 잘 몰랐지만 뭔가 마음에 썩 들었고, 몹시 감동했답니다. 감수성이라곤 티끌만큼도 없는 바쟁까지도, 내가 그런 작품에서 얻은 효과에 놀라서, '다시는 저런 실없는 것을 듣지 말았으면 좋겠어, 당신이 병나겠소' 말했으니까요. 정말이에요, 남들은 나를 무미건조한 여자로 알지만, 알고 보면 신경 꾸러미랍니다."

이 순간 뜻밖의 사건이 일어났다. 한 하인이 라셸에게 와서, 라 베르마의 딸과 사위가 뵙고 싶다는데요 하고 전했다. 독자도 아시다시피 라 베르마의 딸은 남에게 부탁을 해서라도 라셸의 초대를 받고 싶어하는 남편에게 반대했었다. 그런데 손님으로 왔던 그 젊은이가 떠나자, 어머니 곁에 남은 젊은 부부는 갑갑증만 더해갈 뿐, 남들이 재미있게 지낸다는 생각에 안절부절못했다. 결국 라 베르마가 피를 좀 토하고 자기 방으로 물러간 틈을 타서, 부부는 부리

---

*2 '알려지다', '두각을 나타내다'라는 뜻도 되는 동사.

나케 맵시 있는 옷으로 갈아입고는 차를 불러 타고, 초대도 받지 않은 게르망
트 대공부인 댁으로 온 것이다. 라셀은 어렴풋이 사정을 짐작하자 속으로 회
심의 미소를 띠고는 갑자기 거만해지더니, 나는 지금 짬을 낼 수 없으니 그들
의 예사롭지 않은 행동의 목적을 한 마디 적어달래서 가져오라고 하인에게 일
렀다. 하인은 명함을 받아 가지고 돌아왔는데 거기에는 라 베르마 딸의 글씨
로, 자기들 두 사람은 당신의 낭송이 듣고 싶어 안달이 나서 왔으니 들여보내
달라는 청이 휘갈겨져 있었다. 라셀은 두 사람의 어리석은 평계와 자신의 승리
에 미소 지었다. 그러고는, 참으로 안됐지만 이미 내 낭송은 끝났노라고 대답
하게 했다. 응접실에서는, 목을 빼고 앉아 지루하게 기다린 끝에 결국 퇴짜 맞
은 젊은 부부를 보고 이미 하인들이 그들을 비웃기 시작하고 있었다. 모욕당
한 수치, 어머니에 비하면 아무것도 아니던 라셀에 대한 추억 따위가 라 베르
마의 딸로 하여금 처음엔 단순한 재미를 바라고 감행한 이 행동을 끝까지 밀
고 나가게 했다. 그래서 그녀는 비록 낭송은 못 듣더라도 성의를 보아서 악수
나마 허락해달라고 라셀에게 청하게 했다. 라셀은 이탈리아의 왕자와 이야기
를 나누던 중이었다. 소문으로 이 왕자는 라셀의 막대한 재산, 그녀의 다양한
사교 관계의 그늘에 숨어 그 출처가 좀 아리송한 재산의 매력에 끌려 있다는
것이다. 라셀은 유명한 라 베르마의 자녀들을 발밑에 엎드리게 한 지위의 역전
을 맛보았다. 그녀는 자리를 같이한 모든 사람에게 이 사건을 신나게 이야기하
고 나서, 젊은 부부에게 들어오라고 이르게 했다. 젊은 부부는 지체 없이 곧장
들어왔는데, 둘이서 어머니의 건강을 망쳐놓았듯이, 이번에는 라 베르마의 사
회적 지위를 단번에 결딴내고 말았다. 라셀은 그 점을 잘 알고 있었다. 또 자
기가 거절하기보다 겸손하고 상냥하게 굴면 오히려 자기 평판이 올라가고, 젊
은 부부는 더욱더 치사스러워진다는 사실도 알고 있었다. 그래서 그녀는 짐짓
젊은 부부를 반가이 맞으면서, 자신의 위대함을 잊은 보호자다운 태도로 말
했다. "과연 두 분이로군요! 아아 반가워라. 대공부인께서도 기뻐하실 거예요."
연극 관계자들은 라셀이 초대자라고 생각했으나, 그걸 모르는 그녀는, 만약에
자신이 라 베르마의 딸 부부를 거절하고 안에 들이지 않아서 자기 선의가 의
심받은들 조금도 개의치 않았지만, 자기 세력을 그들이 의심쩍어하지 않을까
하는 점은 걱정되었으리라. 게르망트 공작부인은 본능적으로 그 자리를 피했
다. 누군가가 사교계에 다가오고 싶어하는 태도를 보이면 보일수록 그 인간을

얕잡아보았으므로, 공작부인은 이 순간에 라셀의 착함에 경의를 품었을 뿐라 베르마의 아이들에게 소개되었더라도 등을 빙그르르 돌렸을 것이다. 이러는 동안에도 라셀은, 내일 분장실에서 라 베르마를 놀려줄 우아한 대사를 이미 머릿속에서 지어내고 있었다. '따님을 응접실에서 오래 기다리게 하다니 어찌나 미안한지 드릴 말씀이 없네요. 처음부터 알았다면 그랬겠어요! 따님께서 계속 나에게 명함을 들여보냈다니까요' 등. 이렇게 라 베르마에게 타격을 줄 생각을 하면 가슴이 다 후련했다. 그러나 그것이 라 베르마의 생명을 위협하는 일인 줄 알았더라면 이미 그녀도 뒷걸음질을 쳤으리라. 인간은 남을 괴롭히기는 좋아하지만, 남들 앞에서 비난받을 짓을 하거나 상대 목숨을 앗는 것을 싫어하는 법이다. 하기야 그녀가 잘못한 일이 뭐란 말인가? 며칠 뒤 그녀는 웃으면서 이런 비난에 다음처럼 반론할 것이다. "좀 심했나 봐요. 라 베르마가 나에게 해준 이상으로 그 아이들에게 친절하게 대하려고 했을 뿐인데, 하마터면 내가 라 베르마를 죽였다고 책망 들을 뻔했군요. 난 공작부인께 증인이 돼달라고 부탁하겠어요." 뛰어난 여배우일 경우, 무대생활로 만들어지는 야비한 감정이나 기교는 모두 그 자녀에게 유전되는 성싶지만, 어머니와 달리 그들에게는 예술에 대한 정진이라는 배출구가 없었다. 그래서 일류 여배우는 흔히, 그녀들이 출연한 연극의 대단원에서 여러 번 겪었듯이, 자기 주위를 둘러싼 가족의 음모에 의해 희생되어 죽는다.

뭐니뭐니해도 공작부인의 생활은 여전히 매우 불행했는데, 그 이유 중 하나는, 게르망트 씨가 드나드는 사교계 등급이 부인의 불행과 함께 격하된 결과였다. 게르망트 씨는 이미 오래전부터 나이가 들어감에 따라 얌전해져서, 아직 정정한데도 더는 부인을 속이지 않게 되었는데, 그런데도 포르슈빌 부인에게 흠뻑 반해서 언제부턴가 관계를 시작하고 있었다(포르슈빌 부인의 나이가 지금 얼마인지 생각해보면, 이는 엄청난 일인 듯싶다. 하지만 아마도 오데트는 아주 어려서부터 고급 창부 생활을 시작했을 것이다. 게다가 10년마다 새롭게 다시 태어나는 듯한 여자들도 있어 때로는 잇따라 새로운 애인을 갖고, 때로는 이미 죽은 줄로 알고 있었는데 새로운 사랑을 하거나, 그녀들 때문에 남편에게 버림받은 젊은 아내의 절망의 원인이 되거나 하는 것이다).

그러나 이 관계가 크게 진전하여 늙은 공작은 앞선 여러 관계에서의 수법을 이 마지막 사랑에서도 답습하여, 정부인 오데트를 세상과 떼어놓았다. 그 결과, 알베르틴에 대한 내 사랑이, 큰 차이는 있지만 오데트에 대한 스완의 사랑을 되풀이한 것이라면, 게르망트 씨의 사랑은 알베르틴에 대해서 내가 품었던 사랑을 떠올리게 했다. 오데트는 점심도 저녁도 게르망트 씨와 같이 먹어야 했으며, 늙은이는 오데트네 집에서 살다시피 했다. 그녀는 이것을 친구들에게 내보였고, 친구들도 그녀가 아니면 게르망트 공작과 사귈 수조차 없는 처지라, 친구들이 공작과 사귀려고 오데트네에 오는 것은 어떤 고급 창부 집에 그 기둥서방인 귀족을 만나러 오는 거나 다름없었다. 물론 포르슈빌 부인은 벌써 오래전부터 흔들림 없는 상류 사교계 부인이었다. 그러나 만년에 이르러, 더구나 그녀의 교제 범위에서는 중요 인물인 이런 오만하기 짝이 없는 노인의 소실 노릇을 하게 되자, 그녀는 한갓 시시한 여자가 되어 공작의 마음에 드는 실내복을 입거나, 공작이 즐기는 요리를 내거나, 옛날에 엽궐련을 보내준 대공에게 당신 일을 잘 말해두었노라고 내 종조할아버지에게 말했듯이 노공작에게 잘 말해두었다는 말로 친구들을 기쁘게 해주는 일에만 신경을 썼다. 한마디로, 사교계 지위를 통해 온갖 것을 얻었건만, 새로운 환경의 힘에 밀려서 그녀는 어린 나의 눈에 비치던 그 장밋빛 옷차림의 부인으로 되돌아가는 경향이 있었다. 사실, 아돌프 종조할아버지가 돌아가신 지 수십 년이 되었다. 하지만 우리 주위에 옛 사람 대신 다른 사람이 있다고 해서 똑같은 생활을 다시 시작하지 못할 이유가 될까? 오데트가 이 새로운 환경에 순응한 것은 아마도 탐욕 때문이었을 테지만, 그뿐 아니라 혼기가 찬 딸을 데리고 있었을 적에는 사교계에서 극진한 대접을 받다가 질베르트가 생루에게 시집을 가버리자마자 박대를 당한 그녀는, 자기 일이라면 가려운 데를 긁어주는 듯한 공작이 재미 삼아 오리안을 놀려주고 싶어하는 숱한 공작부인을 자기 집에 데려오려니 하는 짐작이 들었기 때문이다. 요컨대 여자의 경쟁심에서 공작부인을 누르는 게 고소해 죽을 지경인 그녀는, 아마도 상대의 화를 돋우기 위해 더욱 열을 내는 것이리라.

포르슈빌 부인과의 관계는 공작의 해묵은 오입의 답습에 지나지 않았으나, 그는 이 관계 때문에 또다시 자키 클럽 회장 자리와 예술 아카데미의 자유 회원 자격을 잃게 되었다. 마치 샤를뤼스 씨의 생활이 쥐피앙의 생활과 공공연히 연관되었다고 해서, 그가 위니옹 클럽과 '옛 파리 동호회' 회장 자리를 잃었듯이 말이다. 이리하여 두 형제는 비록 기호는 달랐지만 똑같은 게으름, 똑같은 의지의 결여 때문에 마침내 사회의 손가락질을 받고 말았다. 그들의 할아버지인 프랑스 아카데미 회원이었던 게르망트 공작에게도(이것은 유쾌한 면에서 이기는 했지만) 두드러지던 이 의지의 결여가, 두 손자의 경우에는 한쪽은 자연스러운 기호 탓, 또 한쪽은 자연스럽다고 볼 수 없는 기호 탓으로 사회적 지위를 잃게 했던 것이다.

생루는 죽을 때까지 지극한 정성으로 아내를 장모 집에 데리고 갔었다. 그들은 둘 다 게르망트 씨와 오데트의 상속인이었으며, 오데트는 틀림없이 공작의 중요한 상속인이 될 터였다. 그리고 게르망트 공작의 조카뻘 되는, 하나같이 꽤 까다로운 쿠르부아지에네 사람들, 마르상트 부인, 트라니아 대공부인조차, 게르망트 부인의 고통은 아랑곳없이 유산을 탐내 뻔질나게 오데트의 집에 드나들었다. 게르망트 부인의 멸시에 화가 나서 입에서 나오는 대로 마구 부인의 욕을 해대는 오데트의 집에.

늙은 게르망트 공작은 밤낮으로 오데트와 붙어 지내느라고 이제는 사교계에도 드나들지 않았다. 그런데 오늘은 아내와 얼굴을 부딪치는 게 싫었지만 그래도 오데트와 떨어지고 싶지 않아서 잠깐 왔다. 나는 그를 알아차리지 못했다. 만일 누가 나에게 그이라고 똑똑히 일러주지 않았다면 나는 틀림없이 그를 알아보지 못했을 거다. 그는 이미 폐인일 뿐이었다. 그러나 위풍당당한 폐인, 아니 폐인이라기보다는 오히려 폭풍우 속의 바위 같은 낭만적인 아름다움이 깃든 무엇이었다. 고통의 물결, 괴로움에 대한 노기의 물결, 밀어닥치는 죽음의 물결 따위가 사방팔방에서 매질하는 그의 얼굴은 바윗덩이처럼 풍화되면서도, 내가 늘 감탄하던 품격과 당당한 풍채를 지금도 지니고 있었다. 심히 손상되고 부서져 있기는 해도 기꺼이 서재에 꾸며지는 아름다운 고대의 머리 조각상 같았다. 그 얼굴이 오랜 시대의 것처럼 보이는 까닭은, 그저 과거에 반들반들하게 빛나던 소재가 부서져서 거칠어진 탓만이 아니라, 예민하고 쾌활한 표정 대신 무의식중에 병으로 인한 죽음에 맞서 싸우는 표정, 살기 위한 저항이나 고생이 본의 아니게 나타난 탓이기도 했다. 모든 혈관은 유연성을 잃고 말아서, 전에는 꽃이 피듯 환하던 얼굴도 조각처럼 굳어져 있었다. 또 공작 자신은 몰랐지만, 목덜미나 볼이나 이마 언저리는 눈에 띄게 벗겨져서 마치 그 언저리에 마냥 악착스럽게 매달려 있어야만 하는 인간이 비참한 돌풍 속에 떠밀리는 듯했고, 한편 숱이 줄어도 여전히 훌륭한 머리털에서 흘러내린 흰 오라기는 얼굴의 파도치는 곳을 철썩 때려 거품이 이는 것만 같았다. 모든 것을 집어삼키며 다가오는 폭풍우만이 그때까지 다른 빛깔을 띠고 있던 바위들에 기이하고도 기발한 광택을 입히듯이, 뻣뻣하고 메마른 뺨의 푸르스름한 회색, 말려 올라간 머리털 오라기의 물결치는 부연 회색, 겨우 보일까 말까 하게 조금 남아 있는 희미한 눈빛은, 많은 나이와 곧 다가올 죽음을 예언하는 무서운 먹빛 속에서도 환히 빛나는 더없이 밝은 불빛, 갤판에서 빌려온 환상적인 빛깔, 비현실적인 빛깔이 아니라 반대로 몹시도 생생한 빛깔이라는 것을 나는 깨달았다.

공작이 거기에 머문 것은 잠깐 동안이었지만, 그동안에도 나는, 오데트가 구애하는 젊은 사나이들에게 정신이 팔려서 공작을 아랑곳하지 않음을 충분히 알았다. 그런데 신기하게도, 지난날에는 연극에 나오는 왕 같은 거의 우스꽝스런 태도를 취하던 공작이, 늙은 나이가 그에게서 그런 군더더기를 죄다 없애버린 탓인지 이제는 참으로 당당한 모습, 어딘지 모르게 동생과 닮은 모습을 하고 있었다. 아우와는 다른 식으로 거만했던 그가 이제는, 투는 다를망정 거의 똑같이 공손한 모습을 보였다. 그도 그럴 것이, 공작은 샤를뤼스 씨와 마찬가지로 건망증에 걸린 환자처럼 옛날 같으면 업신여겼을 사람에게 정중하게 인사를 할 정도로 노쇠하지는 않았기 때문이다. 그러나 그도 워낙 늙은 탓에 밖으로 나가기 위해 문을 거쳐 계단에 이르자, 인간의 가장 비참한 상태일 게 틀림없는 노쇠가, 그리스 비극에 나오는 왕처럼 영광의 절정에서 그들을 단숨에 밀어 떨어뜨리는 노쇠가, 더 이상 몸이 말을 안 듣는 사람이 죽음의 위협을 받으면서 으레 다다르기 마련인 십자가 길에서 어김없이 그의 발을 멈추게 했다. 그는 땀투성이 이마를 닦고 눈을 부릅뜨며 죽을힘을 다해 멀어져가는 층계를 한 단 한 단 더듬거려야 했다. 후들거리는 걸음걸이와 구름 낀 눈 때문에 지팡이가 되어줄 사람이 필요했으므로, 알지 못하는 사이에 소심하게 남의 도움을 구하는 모양이 그를 위엄스럽게 보이기보다는 한갓 측은한 노인으로 만든 것이다.

오데트 없이 못 사는 공작은 언제나 그녀 집의 안락의자에 묻힌 채, 노쇠와 신경통 때문에 쉽사리 일어나지도 못하는 형편이라, 손님을 초대하는 일도 그녀가 하는 대로 내버려두었다. 그녀의 벗들은 크게 기뻐하며 공작에게 소개되고, 그의 말에 귀를 기울이며 옛날 사교계나 빌파리지 후작부인, 샤르트르 공작 같은 이들의 이야기를 듣고 마냥 좋아했다.

이렇듯 포부르 생제르맹에서는, 게르망트 공작 부부나 샤를뤼스 남작 등의 좀처럼 무너지지 않을 것 같았던 그 지위도 아무도 생각지 않았던 내적 원인에 의하여, 이 세상 모든 것이 변하듯이 허물어지고 말았다. 샤를뤼스 씨의 경우는 그로 하여금 베르뒤랭네 사람들의 노예가 되게 한 그 샤를리[1]에 대한 사랑과 그 뒤에 온 노망 때문이고, 또 게르망트 부인은 신기함과 예술을 좋아했기 때문이다. 게르망트 씨의 경우는, 이제까지 여러 번 되풀이된 일이지만 노쇠와 더불어 더욱 광포해진 독점적인 사랑 탓에(이미 공작의 모습도 볼 수 없으며, 게다가 거의 활동도 없다시피 된 공작부인 살롱의 엄격함으로도 이 사랑의 약점을 부정할 수도, 사회적으로 그 보상을 할 수도 없게 되었으므로) 각각 허물어졌다. 이처럼 이 세상 사물의 모습은 변하고, 여러 나라의 중심도, 재산의 가치도, 지위의 헌장 등 하나같이 결정적인 것으로 여겼던 모든 것이 끊임없이 수정된다. 그리고 경험을 쌓은 사람의 눈은, 이제까지 완전히 불변한 것인 줄로 알았던 바로 거기에서 정반대의 변화를 보게 된다.

자못 '왕정복고기' 사람다운 공작과, 공작의 입맛에 맞는 실내복을 걸친, 또한 자못 '제2제정기' 여자다운 고급 창부가 있는 광경은, 과연 '수집가'다운 스완이 신중하게 모은 옛날 그림이 굽어보는 가운데 완전히 예스럽고 유행과 동떨어진 품을 자아내고 있었다. 그 속에서 가끔 장밋빛 옷차림의 부인은 수다로 공작의 이야기를 가로막곤 했다. 그러면 공작은 뚝 그치고 무서운 눈초리로 그녀를 노려보았다. 아마 그는 그녀도 공작부인처럼 가끔 주책없는 말을 꺼내는 걸 알아챘는지 모르고, 어쩌면 노인의 착각으로, 쇠사슬에 묶인 야수가 아직 아프리카 사막에 자유스런 몸으로 있는 줄 잠깐 공상하듯, 게르망트네 집에 있는 줄 알아 이야기의 허리를 자르는 게 게르망트 부인의 시도 때도 없는 기지인 줄 여겼는지도 모른다. 공작은 거칠게 얼굴을 쳐들어 야수의 눈처럼 번뜩이는 동그랗고 노란 작은 눈으로 그녀를 노려보았는데, 그것은 가끔 게르망트 부인 집에서 부인의 수다가 지나칠 때 나를 떨게 하던 그 눈길이었다. 이와 같이 공작은 대담무쌍한 장밋빛 옷차림의 부인을 잠깐씩 노려보곤 했다. 그런데 그녀 쪽에서도 머리를 떡 버티고 상대를 마주 쏘아보니, 옆에서 보는 사람에게는 아주 길게 느껴지는 몇 초가 지난 뒤에 늙은 야수는 길들여져서, 층계참에 깔린 신발닦개로 보아 현관임을 알 수 있는 공작부인의 저택, 곧 그

---

[1] 모렐을 가리키는 말.

사하라 사막에서 뛰노는 것이 아니라 포르슈빌 부인의 집이라는 동물원 우리 속에 있다는 사실을 떠올리고는, 금발인지 백발인지 가릴 수 없는 더부룩한 갈기가 늘어진 머리를 어깨 속으로 움츠리고 다시 이야기를 계속하는 것이었다. 포르슈빌 부인이 무슨 말을 하려고 했는지 그는 모르는 눈치였으나, 사실 그리 대수로운 건 아니었다. 그는 자기와 식사할 친구를 그녀가 초대하도록 허락하고 있었다. 그가 이제까지 해온 오입에서 만든 그 괴벽은 스완 때 같은 일을 겪어서 익숙해진 오데트로서는 별로 놀랄 일도 아니었지만, 알베르틴과의 생활이 생각난 나로서는 애처로운 일로, 그는 자기가 맨 마지막으로 오데트에게 밤인사를 할 수 있도록 친구들이 빨리 물러가게 강요했다. 말할 나위도 없는 일이지만, 그가 돌아가기 무섭게 오데트는 누군가 다른 이를 만나러 가곤 했다. 하지만 공작은 알아채지 못했다, 어쩌면 알아챈 내색을 않고 싶었는지도 모른다. 노인은 귀가 멀어지듯 시력도 약해진다. 통찰력은 흐려지고, 피로가 감시의 손을 늦추게 한다. 그리고 어느 나이에 이르면, 유피테르도 몰리에르의 극중 인물이—알크메네(Alcmene)[1]를 사랑한 올림포스의 신은커녕, 우스꽝스러운 제롱트(Géronte)[2]가—될 수밖에 없다. 게다가 오데트는 게르망트 씨를 속이면서도 그의 시중을 들어주었다. 그러나 거기에는 매력도 없거니와 위대함도 없었다. 그녀는 다른 모든 소임에서처럼 이 일에서도 보잘것없었다. 그것은 삶이 그녀에게 좋은 소임을 맡기지 않아서가 아니라, 그녀가 주어진 일을 제대로 할 줄 몰랐기 때문이다.

사실 그 뒤 내가 그녀를 만나려 했을 때마다 못 보곤 한 이유는, 게르망트 씨가 요양을 위한 필요와 질투의 까다로운 요구를 함께 충족하고자 그녀에게 낮에만 모임을 허락할 뿐더러 무도회도 못 연다는 조건을 붙였기 때문이다. 그녀가 이 은둔 생활을 나에게 선뜻 고백한 데에는 여러 이유가 있었다. 주요한 까닭은, 아직 두세 편의 논문밖에 못 썼고 습작밖에 발표하지 못한 나를 유명한 작가로 여겼던 점이다. 그래서 그녀는 내가 그녀를 보려고 아카시아 가로수길에 갔던 무렵과 그 뒤 그녀의 집에 갔던 무렵을 돌이켜보면서 순진하게 말했다. "아, 그때의 도령이 장차 훌륭한 작가가 되리라는 것을 내가 내다볼 수만 있었던들!" 그런데 작가란 참고 자료를 수집하고, 사랑 이야기를 듣기 위해

---

[1] 암피트리온(Amphitryon)의 아내. 유피테르와 관계하여 헤라클레스를 낳음.
[2] 시키는 대로 하는 마음 약한 노인으로, 프랑스 고전극의 한 전형적 인물.

기꺼이 여성에게 다가간다는 말을 듣고 나서 그녀는, 나와 있을 때는 흥미를 끌려고 다시 한갓 고급 창부로 되돌아갔던 것이다. 그녀는 나에게 이야기했다. "아 참, 한번은 나에게 아주 홀딱 반한 남자가 있었지요. 나도 정신없이 사랑했고요. 우리는 기막힌 생활을 누렸어요. 그러다가 그 사람이 미국으로 여행을 떠나게 되었고, 나도 함께 가기로 했었어요. 하지만 떠나기 전날 밤에 나는 생각했죠. 사랑은 언제까지나 이대로 이어지지 않으니 식지 않게 두는 편이 더 아름답다고 말이에요. 마침내 마지막 밤이 되었어요. 그 사람은 내가 같이 갈 줄로만 아는 만큼, 미칠 것만 같은 밤이었어요. 그 사람 곁에서 나는 끝없는 희열과 두 번 다시 만날 수 없다는 절망을 뼈저리게 느꼈지요. 이튿날 아침 나는 외출해서 생판 모르는 여행자에게 내 차표를 주고 말았어요. 그 여행자는 값을 치르겠다고 우기더군요. 나는 '아니에요, 받아주시는 것만으로도 크게 도움이 되니 돈은 안 받겠어요' 하고 대답했지요."

그러고 나서 다른 이야기도 했다. "어느 날 내가 샹젤리제를 걷노라니, 딱 한 번밖에 만난 적이 없는 브레오테 씨가 나를 흘끔거리기 시작하기에, 나는 걸음을 멈추고 '왜 그렇게 흘끔흘끔 보시죠' 물어봤어요. 그는 '당신 모자가 익살맞아서 보는 거요' 대답하는 거예요. 그 말이 맞았어요. 삼색제비꽃이 달린 조그만 모자였거든요. 그 무렵의 유행은 정말 끔찍했었으니까. 하지만 나는 약이 올라 쏘아붙였죠, '나한테 그런 말을 하다니 용서 못해요.' 마침 그때 비가 오기 시작하더군요. 내가 '마차가 있으시다면 용서해드리겠어요' 말하니까 이렇게 대답하더군요. '좋습니다, 마침 가지고 있으니 태워다 드리리다.'—'아니에요, 마차만 있으면 돼요, 당신은 필요 없어요.' 나는 마차를 타고, 그는 비를 맞으며 걸어갔어요. 하지만 그는 그날 저녁 우리집에 왔고, 우리는 이태 동안 서로 미친 듯이 사랑했답니다. 한번 오세요, 같이 차를 드시게. 어떻게 포르슈빌 씨를 사귀게 되었는지 얘기해드릴게요." 그녀는 쓸쓸한 모양으로 이어 말했다. "생각해보면 내가 아주 많이 사랑했던 분들은 하나같이 무시무시하게 질투가 심해서 나는 수도원에 갇힌 듯이 생활할 수밖에 없었답니다. 그렇지만 이건 포르슈빌 씨를 두고 하는 말은 아니에요. 그는 결국 평범했고, 나는 총명한 분들밖에 진심으로 사랑할 수 없었거든요. 스완 씨도 말이에요, 저 가엾은 공작과 마찬가지로 질투가 심했어요. 공작을 위해 내가 모든 걸 체념하는 까닭은, 그분이 자기 집에서는 불행하다는 걸 알기 때문이에요. 스완 씨의 경우는 내가 미친 듯이 그를 사랑했기 때문이었고요. 사랑하는 사람이 좋아할 일이라면, 또 그 사람에게 걱정을 끼치지 않을 수만 있대도, 춤이고 사교계고, 그 밖의 무엇이고 다 희생할 수 있다고 생각해요. 가엾은 샤를, 정말 총명하고 매력 있고, 내 취미에 꼭 맞는 사람이었거늘." 이 말은 사실이었으리라. 스완이 그녀의 눈에 들었던 시절, 곧 그녀가 '그의 취향에' 맞지 않던 시절이 있었다. 사실대로 말하면, 오랜 뒷날에 가서도 그녀는 '그의 취향에' 맞지 않았다. 그렇지만 그 시절에도 그는 그녀를 괴로우리만큼 몹시 사랑했다. 나중에 스완은 이 모순에 놀랐다. 하지만 남자의 생애에서 '자기 취향에 안 맞는' 여자 때문에 괴로워하는 비율이 얼마나 큰가를 생각하면, 이는 모순이랄 수도 없을 것이다. 아마도 그러한 괴로움은 수많은 원인에서 생기나 보다. 첫째로, 상대 여인이 '이쪽 취향에' 안 맞아서 처음에는 그 여인을 좋아하지 않으면서도 이쪽을 짝사랑하게 내버려두다가, 그로 말미암아 '이쪽 취향에' 맞았을 여자하고라면 생기지 않았을 습관이 어느새 그의 생활에 생기게 되기 때문이다. 이쪽 취향에 맞는 여인은 자기가 욕망의 대상이 되었다고 느끼므로 말끝마다 덤벼들며, 밀회도 어쩌다가밖에 허락해주지 않을 테고, 이쪽 생활의 모든 시간 속에 자리잡지 않을 테니까. 그러나 그처럼 습관으로 자리잡은 여인을 마침내 사랑하게 되었을 때 사소한 말다툼이나 여행 때문에 못 만나고 편지도 없이 방치당하면, 이쪽은 한 가닥의 유대는커녕 천 가닥의 유대가 끊긴 듯한 생각이 드는 법이다. 둘째로, 이와 같은 습관은 감정상의 것이니 그 바닥에는 강한 육욕이 없으므로, 만약 연정이 생겨나도 머리 쪽이 더 잘 돌아간다. 곧 이 경우, 욕망 대신 소설이 있는 셈이다. 이쪽은 '이쪽 취향에' 안 맞는 여자들을 경계하지 않고 그네들이 사랑하는 대로 내버려두지만, 이윽고 이쪽에서 그녀들을 사랑하게 되면 그때는 다른 여자의 경우보다도 백배나 더 사랑할 뿐 아니라, 그녀들 곁에서는 욕망이 채워지는 일조차 없다. 이와 같은 이유나 그 밖의 많은 이유에서 우리가 취향에 안 맞는 여인들 때문에 극심한 고통을 겪는다는 사실은, 가장 재미없는 형태로만 행복을 실현하는 운명의 농간 탓만은 아니다. 취향에 맞는 여자는 거의 위험하지 않다. 그 까닭은, 여자가 우리에게 아무것도 요구하지 않든가, 우리를 만족시키고 나면 선뜻 떠나가거나 하여 우리 생활 속에 눌러앉는 법이 없기 때문이다. 그리고 연애에서 위험하며 고뇌의 모태가 되는 것은 여자 자체가 아니라 여자가 날마다 우리 생활에 존재한다는 사실, 여자의 동작이나 움직임 하나하나에 대한 호기심이다. 그것은 여인이 아니라 습관이다.

나는 비겁하게도, 오데트가 친절하게 귀중한 정보를 나누어준다고 말이 헛나왔는데, 사실은 그것이 순 거짓이며 그 솔직함에도 거짓말이 섞여 있음을 알고 있었다. 그녀의 사랑 이야기가 계속됨에 따라서, 나는 이런 온갖 것에 대해 스완은 몰랐으며, 만약 알았더라면 얼마나 고통을 받았을까 생각하고 몸서리가 났다. 스완은 그 날카로운 감각을 이 여자에게 집중하고 있었고, 마음에 드는 낯선 남녀를 바라보는 그녀의 눈빛만 보고도 자기 의혹이 틀림없다는 것을 알아차렸기 때문이다. 그녀는 결국 그 이야기를 그저 소설의 재료가 된다는 생각에서 나에게 했던 것이다. 하지만 그녀는 잘못 생각하고 있었다. 물론 그녀는 옛날부터 내 상상에 풍부한 재료를 주었지만, 그것은 고의로 그런 게 아니라, 그녀의 생활 법칙을 모르는 사이에 이끌어내고자 한 내 행동이 이룬 업적이었다.

게르망트 씨는 그 벼락 같은 격노를 공작부인에게 냅다 내리꽂기 위해 아껴 두었는데, 포르슈빌 부인은 공작부인의 방종한 교제에 게르망트 씨의 쌍심지 켠 주의를 꼬박꼬박 돌리게 하곤 했다. 그래서 공작부인은 더욱 불행했다. 한 번은 내가 그 얘기를 샤를뤼스 씨에게 했는데, 그의 말로는 최초의 잘못은 형쪽에 있었던 게 아니며, 형수가 정숙하다는 이야기도 알고 보면 숱한 서방질을 감쪽같이 숨기기 위해서 꾸며진 것이라고 한다. 나는 그런 서방질에 대한 이야기는 들어본 적도 없었다. 게르망트 부인은 거의 누구에게나 별난 여인으로 보였다. 부인에게는 흠잡을 데가 없다는 견해가 모두의 정신을 지배하고 있었다. 이 두 가지 견해 가운데 어느 편이 사실에 들어맞는지 나는 결정을 내릴 수가 없다. 게다가 이와 같은 사실은 거의 언제나 4분의 3쯤의 사람들은 모르는 법이다. 나는 콩브레의 성당 신자석에서 본 게르망트 공작부인의 그 푸른, 어딘지 방황하는 듯한 눈매를 잘 기억하고 있다. 사실상 이 두 가지 견해는 그 눈매로 판단할 수 있는 일이 전혀 아니며, 두 가지 다 이 눈매에 각각 다른 뜻을 주되, 그 어느 쪽도 다 이해할 수 있는 것이었다. 아직 어렸을 뿐 아니라 제정신이 아니었던 나는 문득 그 눈길을 나에게로 돌려진 사랑의 눈길로 알았었다. 그러나 나중에 나는 그 눈길이, 성당의 그림 유리창에 그려진 부인과 똑같은 성(城)의 여주인이 아랫사람들을 보는 인자한 눈길에 지나지 않음을 깨달았다. 하지만 지금 보니, 나의 맨 처음 생각이 옳은 게 아닐까? 그 뒤 공작부인이 나에게 단 한 번도 사랑을 속삭이지 않은 이유는, 콩브레의 생틸레르 성당에서 우연히 만난 낯선 어린아이라서가 아니라 오히려 자기 큰어머니와 조카의 친구인 나와 나쁜 소문이 돌까 봐 두려웠기 때문은 아니었을까?

　공작부인은 자기 과거가 나의 과거이기도 하므로 그것이 더욱 견고해진 듯 싶어서 한순간 기뻤던 모양이지만, 그 무렵 사강 씨와 게르망트를 거의 구별하지 못했던 브레오테 씨의 시골 기질에 대해서 내가 두세 가지 질문을 하자, 사교계 여자로서의 자기 처지, 곧 사교 생활을 업신여기는 상황으로 되돌아갔다. 나와 이야기를 계속하면서 공작부인은 저택 안을 두루 안내해주었다. 몇몇 작은 손님방에는 음악을 듣기 위해 스스로 무리에서 떨어져나온 친밀한 사람들이 있었다. 연미복을 입은 두세 명이 긴 의자에 앉아서 음악에 귀를 기울이고 있는 제정기풍의 작은 살롱에는, 미네르바가 떠받치고 있는 몸거울 옆에 요람처럼 우묵한 긴 의자가 바르게 놓여 있었는데, 그 의자에 다리를 길게 뻗고 누워 있는 젊은 여자가 눈에 띄었다. 공작부인이 들어서도 일어나려는 기색이 없는 그 여자의 허황하고 착실하지 못한 자세는, 새빨간 푸크시아 꽃도 무색케 할 연분홍 비단으로 된 제정기풍 드레스의 현란한 빛과 대조를 이루고, 진주포(布)빛으로 번쩍이는 그 옷감에는 무늬와 꽃이 아주 오래전부터 박혀 있던 것처럼 그 흔적이 움푹 남아 있었다. 공작부인에게 인사하려고 그녀는 아름다운 갈색 머리를 조금 갸웃했다. 한낮이었으나, 그녀는 음악에 심취하고자 두꺼운 커튼을 치게 했으므로, 발을 헛딛지 않도록 단지처럼 생긴 조그만 램프가 삼각대 위에 놓여 무지갯빛 불빛을 희미하게 아물거리고 있었다. 내 물음에 대해서 게르망트 공작부인은 생퇴베르트 부인이라고 말했다. 그래서 나는 저 여자가 나의 옛 벗인 생퇴베르트 부인과 어떤 사이인지 궁금해졌다. 게르망트 부인은 나에게, 내가 말하는 이의 손자며느리라고 했는데, 보아하니 라 로슈푸코 집안 태생으로 아는 모양이었지만, 생퇴베르트네 사람들과 자기는 모르는 사이라고 말했다. 나는 그녀에게 그녀가 아직 롬 대공부인이던 시절 스완과 다시 만났던 야회(사실 나는 풍문으로만 들었지만) 얘기를 꺼냈다. 공작부인은 그 야회에 간 일이 없다고 딱 잘라 말했다. 공작부인에게는 언제나 조금씩 거짓말을 하는 버릇이 있었는데, 요즘은 그 버릇이 심해졌다. 생퇴베르트 부인의 살롱을 잊고 싶었던 것이다.—하기야 세월과 함께 시들고 말았으나—나도 굳이 우기지는 않았다. "아뇨, 재치 있는 분이라, 우리집에서 가끔 당신 눈에 띄었을지도 모르는 분은 지금 얘기하시는 분의 바깥분이에요. 하지만 난 그의 아내와는 교제가 없었어요."—"하지만 그 부인에겐 바깥분이 안 계셨는데요." —"헤어졌기 때문에 그렇게 생각하셨던 거예요. 어쨌든 바깥분이 부인보다 훨씬 유쾌한 분이었어요."

나는 마침내, 여기저기서 자주 만났으나 끝내 이름을 몰랐던, 키가 엄청나게 크고 머리털이 새하얀 몸집 좋은 사내가 생퇴베르트 부인의 남편이었다는 사실을 알았다. 그러나 그는 지난해에 죽고, 지금 여기 있는 여자는 그 손자며느리*¹로, 그녀는 누가 오든 꼼짝도 하지 않고 누운 채 음악을 듣고 있는데 위장병 탓인지, 신경통 탓인지, 정맥염 탓인지, 만삭인 탓인지, 최근에 해산, 아니 유산한 탓인지 도무지 종잡을 수 없었다. 아무래도 아름다운 빨간 비단옷을 자랑하고 싶어서 자기 딴에는 긴 의자 위에서 〈레카미에(Récamier) 부인〉*² 효과를 노리는 것 같았다. 하지만 그녀는 오랜 시간적 간격을 두고 '시간'의 거리와 지속을 표시하고 있는 생퇴베르트라는 이름을 다시 내 눈앞에 선명하게 꽃피웠음을 알아차리지 못했다. 생퇴베르트라는 이름과 빨간 푸크시아 꽃빛 비단의 제정기 양식이 활짝 핀 그 요람 속에서 그녀가 자장자장 재우고 있는 아기는 '시간'이었다. 게르망트 부인은 그 제정기 양식을 지금까지 멸시해왔다고 확언했다. 이 말은 지금도 깔보고 있다는 뜻이니, 그녀가 좀 뒤늦게 유행을 좇는 사실로 보아 그것은 사실이었다. 그녀가 거의 모르는 다비드는 이야기를 시작하면 복잡해지니까 그만두기로 하거니와, 그녀는 젊은 아가씨 적에 앵그르 씨를 따분하기 그지없는 평범한 화가로 생각하다가, 나중에야 갑자기 새로운 예술의 거장 중에서도 가장 풍미 있는 화가로 생각하게 되어, 들라크루아를 경멸하게까지 되었다. 어떠한 단계를 거쳐서 그녀의 그 같은 숭배가 이토록 극단적인 비난으로 바뀌었느냐는 그리 대단한 문제는 아니다. 그러한 취미의 미묘한 변화는, 상류 여인들의 입길에 오르내리기 10년도 더 이전에 미술 비평가의 견해로 나타나 있기 때문이다. 제정기 양식을 비난하고 난 그녀는, 생퇴

---

*1 원문에는 nièce, 곧 조카딸로 되어 있음.
*2 프랑스의 화가 다비드(1748~1825)의 작품명으로, 긴 의자에 비스듬히 누워 있는 부인의 그림.

베르트네 같은 하찮은 사람들이나, 브레오테 씨의 시골 근성 같은 시시한 이야기를 나에게 한 데 대해 사과했다. 그런 보잘것없는 일에 왜 내가 흥미를 갖는지 부인은 전혀 생각해보지도 않았기 때문이었다. 그와 마찬가지로, 생퇴베르트 드 라 로슈푸코 부인은, 위에 좋다고 생각해서인지, 앵그르풍 효과를 노리는지는 모르지만, 보다 명예로운 라 로슈푸코라는 부모님의 이름이 아니라, 생퇴베르트라는 그녀 남편의 이름이 나를 사로잡아, 온갖 상징으로 가득한 이방에서 그 이름이 '시간'이라는 아기를 도닥도닥 어르는 작용을 한다고 보고 있는 줄 또한 꿈에도 추측하지 못했다.

"내가 왜 이런 실없는 이야기를 하고 있는지 모르겠네요? 그리고 왜 이런 이야기가 당신에게 흥미가 있죠?" 공작부인이 목소리를 높였다. 그녀는 이 말을 자기 딴엔 작은 소리로 해서 아무도 못 들었을지도 모른다. 그런데 한 젊은이(그는 일찍이 생퇴베르트라는 이름보다 나에게는 훨씬 친근한 이름이었으므로 그 뒤 내 흥미를 끌었다)가 골이 난 듯이 벌떡 일어나더니, 더 마음을 가다듬어 음악을 들으려고 저만큼 가버렸다. 마침 베토벤의 〈크로이처 소나타〉를 연주하고 있었지만, 그 젊은이는 프로그램을 잘못 읽어, 팔레스트리나(Palestrina)의 곡처럼 아름답지만 여간해서는 이해하기 힘들다는 모리스 라벨의 곡인 줄 알고 있었기 때문이다. 자리를 사나운 기세로 바꾸려 한 바람에 그는 어둠침침한 속에서 책상에 부딪쳤고, 이 소리에 다들 머리를 돌릴 수밖에 없었다. 이 뒤돌아본다는 매우 간단한 동작 덕분에 '경건히'〈크로이처 소나타〉에 귀를 기울여야 하는 고역이 잠깐 중단되었다. 그 소란의 장본인인 게르망트 부인과 나는 얼른 다른 방으로 갔다. "정말이지, 그런 시시한 일이 어떻게 당신같이 훌륭한 분의 흥미를 끌까요? 조금 전 질베르트 드 생루와 이야기하시는 걸 보았을 때에도 그런 생각을 했어요. 그 여자는 당신에게 어울리지 않아요. 내가 보기에는 전혀 보잘것없는 사람이에요. 저 여자 따위는 여자도 아니죠. 내가 알기로는, 이 세상에서 가장 촌스럽고 가장 부르주아 냄새가 나는 사람이에요(공작부인은 지성을 지키는 데에도 귀족적인 편견을 갖고 있었다). 그리고 당신 같은 분이 어쩌자고 이런 집에 오셨나요? 그야 오늘 오신 건 이해할 만해요, 라셀의 낭송이 있었으니까. 당신의 흥미를 끌었겠지요. 썩 잘했지만, 저런 청중 앞에서 실력을 다 나타내지는 않는답니다. 며칠 안에 저 여자와 당신만 점심에 초대하겠어요. 그때엔 저이가 어떤 사람인지 아시게 될 거예요. 여기 있는 누구보다도 백배는 훌륭해요. 점심 식사 뒤에 베를렌의 시를 읊어달라고 합시다. 꼭 마음에 들 거예요. 하지만 이처럼 시끌벅적한 자리에 당신이 오시다니 난 도무지 이해를 못 하겠어요. 무슨 연구를 위해서 오신 게 아니라면……." 그녀는 의심쩍은 듯한, 수상쩍은 듯한 표정을 짓고 이렇게 덧붙였지만 그 이상 파고들지는 않았다. 그녀가 어림짐작으로 말한 그 엉뚱한 볼일이 무엇인지 그녀는 정확히 몰랐기 때문이다.

특히 그녀는 날마다 X씨도 오고 Y씨도 온다는 점심 뒤의 모임을 자랑했다. 그도 그럴 것이, 지금은 잡아떼지만 일찍이 그녀는 '살롱'을 여는 여자를 아주 깔보았었는데, 어느새 그런 여자들의 개념에 물들어서, '사내라는 사내는 모두' 자기 집에 모으는 것이 잘난 여자, 뛰어난 여자의 표시인 줄로 알았기 때문이다. '살롱'을 열던 아무개 귀부인은 살아 있는 동안에 오브랑 부인을 좋게 말하지 않았었다고 내가 이야기하니까, 공작부인은 나의 고지식함에 웃음을 터뜨리며 말했다. "그야 당연하죠, 그 귀부인 댁엔 사내란 사내가 모두 모였었는데, 오브랑 부인이 빼앗아가려고 들었기 때문이에요."

"생루 부인이 지난날 남편의 정부였던 여인의 낭송을 듣는다는 것은 분명 괴로운 노릇이라고 생각지 않으십니까?" 나는 공작부인에게 말했다. 그러자 게르망트 부인의 얼굴에, 지금 들은 말을 곰곰이 따져보고 불쾌한 생각이 들었는지 시옷(ㅅ)자 주름살이 생겼다. 그녀는 따짐 자체는 표현하지 않았으며, 우리가 입 밖에 낸 온갖 큰 사건에 일일이 구두나 문서로 답이 돌아오는 일은 결코 없다. 어리석은 자만이 열 번이나 되풀이해서, 오지도 않는 답장을 간청하는 법이다. 애당초 그런 편지를 쓴 것이 잘못이고 실수다. 그런 편지에 대해서는 행위에 의한 답장이 올 뿐이어서, 상대를 답장도 제대로 못하는 위인이라고 여기고 있는 중, 다음에 우연히 만났을 때 그녀는 친밀하게 이쪽 이름을 부르기는커녕, '여보시오'라고 부른다. 내가 생루와 라셀의 관계에 대해 넌지시 비춘 말은 그다지 중대하지 않지만, 다만 내가 바로 로베르의 친구였다는 점과 공작부인 댁의 야회에서 라셀이 당했던 망신에 대해서 로베르가 다 털어놓았는지도 모른다는 점 등을 생각해낸 공작부인은 잠깐 노했을 뿐이었다. 그러나 부인은 그런 생각을 고집하지 않았으며 당장 벼락이 떨어질 것 같던 주름살도 가시자, 생루 부인에 대한 내 질문에 이렇게 대답했다. "질베르트는 남편을 사랑한 적이 한 번도 없으니까, 그런 것쯤 아무래도 상관없지 않을까 생각해요. 정말 못된 여자예요. 작위와 이름이 탐나서 내 조카며느리가 되어 천한 신분에서 벗어나고 싶었던 거죠. 그리고 그 소망이 이루어지자 다시 본디의 진창으로 돌아갈 궁리밖에 안 하는 여자예요. 나는 그런 생각을 하면 로베르가 가엾어서 가슴 아파 못 살겠어요. 독수리만큼 눈이 밝지는 못했지만, 로베르는 잘 보고 있었어요. 여러 가지를 다 꿰뚫어보고 있었죠. 어쨌든 저 앤 내 조카며느리이고, 저 애가 로베르를 속였다는 확실한 증거를 잡고 있는 것도 아니니까 이런 말을 하면 안 되겠지만 여러 소문이 나돌았어요. 정말이에요. 글쎄 지금이니까 말하지만, 로베르가 메제글리즈 출신의 장교와 결투하려고 했던 일을 난 알거든요. 로베르가 군에 지원한 것도 모두 그런 일들 때문이에요. 그 애에겐 전쟁이 가정의 시름에서 벗어날 수 있는 구원으로 보였던 거죠. 내 생각을 말한다면, 그 앤 전사한 게 아니라 스스로 죽은 거예요. 한데 저 앤 슬픈 티라곤 눈곱만치도 안 보였다니까요. 짐짓 냉정한 체 꾸민, 세상에 다시없는 저 애의 뻔뻔스러움에 나도 어지간히 입을 다물 수 없었죠. 무척 슬픈 일이에요. 가엾은 로베르를 난 정말 좋아했거든요. 나에 대해서 잘 모르실 테니까, 이런 말을 하면 깜짝 놀라시겠지만, 난 지금도 로베르가 머리에 떠오른답니다. 난 아무도 잊는 법이 없어요. 로베르는 아무 말도 안 했지만, 내가 모두 꿰뚫어보고 있다는 걸 알고 있었어요. 하지만 보세요, 저 애가 손톱만큼이라도 남편을 사랑했었다면, 몇 년 동안—아니, 마지막까지라고도 할 수 있어요. 한 번도 끊어진 적이 없었고, 확실히 전쟁 동안에도 이어진 걸로 짐작되니까요—남편이 홀딱 반했던 여자와 저처럼 한방에서 태연히 견디어낼 수 있을까요? 멱살을 잡고 덤벼들어야 옳아요!" 공작부인은 부르짖었다. 그녀 자신이 라셀을 초대하고, 만약 질베르트가 로베르를 사랑했었다면 피할 길 없다고 여겼을 소동의 불씨를 몸소 뿌린 것을, 그녀 자신이야말로 못할 짓을 하고 있다는 것을 까맣게 잊고서. "그래요." 부인은 결론지었다. "저 애는 잡년이에요." 이런 말을 할 수 있게 된 것은, 게르망트 공작부인이 게르망트네의 우아한 교제 환경에서 여배우 사회 쪽으로 비탈길을 굴러내려간 탓이기도 했고, 그녀의 눈에 자유분방하게 보이는 18세기 말투에 그것을 접붙였기 때문이기도 했으며, 마지막으로 자기는 무슨 짓이건 할 수 있다는 믿음 때문이기도 했다. 그러나 이 표현은 질베르트에게 품고 있는 미움과, 매질을 하고 싶지만 차마 손으로 못해 말로나마 두들겨 패주고 싶은 욕구에서 나온 것이기도 했다. 그와 더불어 공작부인은, 로베르의 이익 또는 손해나 유산을 놓고 보아도, 자기가 사교계나 문중에서 질베르트를 대해온 태도, 아니 오히려 질베르트를 눈엣가시 취급해온 행위의 정당성이 이런 표현으로 증명된다고 생각했다.

우리가 갖는 의견이, 가끔 모르는 사실이나 짐작도 하지 못했던 일에 의하여 뚜렷하게 정당화되는 수가 있듯이, 틀림없이 어머니 쪽 조상의 피를 이어받았을 질베르트(그녀에게 아주 젊은 아가씨들을 소개해달라고 부탁하면서 나도 모르는 사이에 기대 걸었던 부분이 바로 이 너그러움이지만)는 잠깐 생각한 끝에, 틀림없이 자기 집 말고 다른 사람에게 이익을 넘겨주지 않으려고 그랬던지, 내 예상을 훨씬 뛰어넘는 대담한 결정을 내렸다. 그녀가 말했다. "괜찮으시다면, 곧바로 내 딸을 데려와 소개해드리고 싶어요. 딸은 저기서 모르트마르 씨의 아드님이나 재미도 없는 조무래기들과 이야기하고 있어요. 틀림없이 당신에게 좋은 친구가 될 거예요."

내가 로베르는 딸아이를 예뻐하더냐고 묻자, 질베르트는 순진하게 "그럼요, 여간 자랑이 아니었어요! 하지만 물론 아들이었더라면 그는 더 좋아했을 거예요" 말했다. 이 딸은, 그 이름과 재산으로 보아 앞으로 왕자에게 시집가서 상승세를 탄 스완 부부의 사업을 완성하리라는 희망을 어머니에게 품게 했을지도 모르건만, 그 뒤 무명작가[1]를 남편으로 택하고 말았으니, 그도 그럴 것이, 이 딸에게는 티끌만큼도 속물근성이 없었던 것이다. 그리하여 그 집안을 그녀가 태어난 사회적 지위보다 더 낮은 수준으로 떨어뜨리고 말았다. 그래서 그 무렵, 내세울 만한 게 없는 이 부부의 부모가 떵떵거리는 지위에 있었다는 사실을 새로운 세대들에게 믿게 하기란 매우 어려웠다. 스완과 오데트 드 크레시라는 이름은 기적적으로 되살아났는데, 그것은 사람들이 틀린 생각을 하고 있으며, 그 집안처럼 놀라운 가문도 따로 없음을 일러주는 결과가 되었다. 그리고 사람들은, 생루 부인이야말로 마침내 그녀가 할 수 있는 최고의 결혼을 했으며, 그에 비해 아버지 스완과 오데트 드 크레시의 결혼은 (하찮은 것으로) 부질없는 비약의 시도였다고 생각했다. 그러나 적어도 연애 관점에서 보자면 스완의 결혼은 어떠한 이론에 의한 것으로, 루소의 제자인 18세기 대귀족이나 혁명 전날 밤의 사람들을 촉구하여 자연생활을 누리게 하거나 자신들의 특권

---

[1] 앙드레 모루아를 가리키는 말.

을 포기하게 한 이론과 비슷한 것이었다.

　질베르트의 말을 듣고 나는 놀랍고도 기뻤지만, 그것도 잠깐뿐, 생루 부인이 다른 손님방으로 물러가기가 무섭게, 대신 그 지나간 '시간'에 대한 관념이 내 마음을 차지했다. 게다가 그 관념이 다시 돌아오는 데에 내가 아직 보지도 못한 생루 아가씨가 그녀 나름으로 기여하고 있었다. 다른 대부분의 사람들과 마찬가지로 생루 아가씨 또한 헤아릴 수 없이 다양한 지점에서 뻗어나온 여러 갈래의 길이(우리 삶에서도 마찬가지이지만) 숲 속에서 한 점으로 모이는 '별 모양'의 갈림길과도 같은 게 아닐까? 생루 아가씨에 돌아가 닿고, 그녀를 중심 삼아 방사형으로 뻗어나가는 길은 나에게는 수없이 많았다. 첫째로, 내가 자주 산책하고 몽상에 빠졌던 그 중요한 두 '쪽'—게르망트 쪽은 생루 아가씨의 아버지인 로베르 드 생루를 거쳐, '스완네 집 쪽' 곧 메제글리즈 쪽은 그 어머니 질베르트를 거쳐—모두가 생루 아가씨에게로 이르러 있다. 하나는, 이 젊은 아가씨의 어머니와 샹젤리제 거리를 지나 나를 스완에게, 콩브레의 초저녁들에 메제글리즈 쪽으로 데려가고, 또 하나는 그녀의 아버지를 거쳐, 양지바른 바닷가에서 이 아버지와 만난 발베크의 오후로 다시 데려간다. 이미 두 길 사이에는 여러 개의 가로지르는 선이 그어져 있었다. 내가 생루를 알게 된 그 실제상의 발베크도, 내가 그토록 거기에 가고 싶었던 원인의 대부분은 스완이 나에게 성당에 대해서, 특히 페르시아 양식의 성당에 대해서 이야기해주었기 때문이고, 한편 게르망트 공작부인의 조카 로베르 드 생루를 통해, 나는 또 콩브레의 게르망트 쪽에 이어져 있었기 때문이다. 게다가 생루 아가씨, 내 생애의 다른 여러 지점으로도, 이를테면 내가 종조할아버지 댁에서 보았던 그녀의 할머니인 장밋빛 드레스 차림의 부인에게로 나를 데려다준다. 여기에도 새 횡단선이 있었다. 그도 그럴 것이, 그날 나를 안내해주던 종조할아버지의 시중꾼, 나중에 한 장의 사진으로 나에게 이 '장밋빛 드레스 차림의 부인'이 누구인지를 확인시켜준 이 시중꾼의 아들은, 샤를뤼스 씨뿐 아니라 생루 아가씨의 아버지에게서도 사랑받았던 젊은이였으므로, 이 젊은이 때문에 생루 아가씨의 아버지는 그 어머니를 불행하게 만들었던 것이다. 또한 맨 처음에 뱅퇴유의 음악에 대해서—마치 질베르트가 맨 처음 알베르틴에 대해서 이야기해주었듯이—나에게 이야기해준 이는 생루 아가씨의 할아버지인 스완이 아니었던가?

　그런데 누가 알베르틴과 가까운 여자친구인지 알아채고, 그녀와의 동거를 시작하여 그녀를 죽음에 이르게 하고 나를 그 많은 비탄으로 내몬 것은, 내가 알베르틴에게 뱅퇴유의 음악에 대해서 이야기하던 바로 그 무렵이다. 그리고 알베르틴을 데려오기 위해서 떠났던 이도 생루 아가씨의 아버지였다. 파리의 스완네 살롱이나 게르망트네 살롱에서, 또 그와 정반대 쪽인 베르뒤랭네에서 펼쳐진 나의 모든 사교 생활을 눈앞에 보면서, 나는 콩브레의 양옆에 샹젤리제 공원이며 아름다운 라 라스플리에르의 테라스를 겹쳐본다. 그뿐 아니라, 우리가 누구와 사귀든 그들과 친교를 이야기하려고 하면, 우리는 생애에서 본 가장 독특한 갖가지 배경 앞에 그들을 연이어 세워보아야 할 것이다. 내가 만약 생루의 생활을 묘사한다면, 그것은 온갖 무대장치 속에서 펼쳐질 테고, 우리의 모든 생활과 연관될 뿐 아니라, 내 할머니나 알베르틴처럼 그는 전혀 모르는 내 생활의 부분까지도 연관을 갖게 되리라. 아무리 대립해 있어도 베르뒤랭네 사람들은 오데트의 과거를 통해 그녀와 이어지며, 샤를리를 통해 로베르 드 생루와 연결되어 있다. 게다가 베르뒤랭네 집에서 뱅퇴유의 음악은 얼마나 큰 소임을 맡았던가!

마지막으로, 스완은 르그랑댕의 여동생*¹을 사랑했었고, 르그랑댕은 샤를뤼스 씨와 아는 사이였으며, 샤를뤼스 씨의 피후견인*²과 결혼한 이는 캉브르메르의 아들이었다. 아닌 게 아니라, 오직 우리 마음만을 문제 삼는다면, 삶이 끊어버리는 '신비로운 실'에 대해서 시인이 한 말은 옳다. 그러나 그보다도 훨씬 더 사실인 것은, 삶이 수많은 인간과 사건들 사이에서 끊임없이 실을 잣고, 그 실을 꼬며, 여러 가닥을 겹쳐서 굵은 씨실을 만들므로, 우리 과거의 더할 나위 없이 미세한 한 점도 그 밖의 점들과의 사이에 코가 촘촘한 기억의 그물을 갖고 있으며, 다만 그 가운데 무엇을 골라서 소통할 것인가라는 문제만이 남아 있을 뿐이다.

만일 내가 그 사물의 옛 모습을 떠올리고자 애쓰고, 그것을 무분별하게 쓰기를 삼갈 경우, 그때그때 나에게 유용한 사물치고 옛날에 살아 있지 않았던 것, 우리에 대해 고유한 생명으로서 살지 않았던 것이라고는 하나도 없으며, 그것은 뒷날에 가서야 생명 없는 공업품으로 쓰이게 된다. 그런데 내가 지금 생루 아가씨에게 소개되려는 곳은 옛날 베르뒤랭 부인이었던 부인 댁이다.

---

*1 캉브르메르 후작부인을 가리킴.
*2 쥐피앙의 조카딸인 올로롱 아가씨를 가리킴.

생루 아가씨에게 알베르틴의 대신이 되어주기를 부탁하자고 생각하면서 나는 알베르틴과 둘이서 베르뒤랭 부인 집에 가려고 도빌행 작은 열차를 몇 번이나 탔던지를 그립게 돌이켜보았다. 하물며 그 베르뒤랭 부인이야말로 내가 알베르틴을 사랑하기 전에, 생루 아가씨의 할아버지와 할머니의 사랑을 맺어주었다가 나중에 그 사이를 갈라놓은 장본인이다! 우리 주위에는, 나를 알베르틴에게 소개해준 그 엘스티르의 그림이 여러 장 걸려 있었다. 그리고 내 모든 과거를 적절하게 섞기 위하여 베르뒤랭 부인도 질베르트처럼 게르망트네 사람과 결혼했으니 말이다.

그다지 잘 모르는 사람과의 관계를 이야기할 때도 우리는 자기 생애 가운데 본 온갖 배경을 차례차례 끌어내야 할 것이다. 이리하여 각 개인은—나도 그중 한 사람이지만—자신의 주위뿐 아니라 남의 주위에 일어난 변혁을 통해, 특히 그 개인이 나에 대해서 차례로 차지한 위치를 통해 얼마만큼의 시간이 흘렀는지를 나한테 재어 보였다. 이 마티네에서 방금 내가 파악하고부터는 '시간'이, 온갖 장면에 따라 내 생애를 배열하면서 한 권의 책으로 하나의 삶을 이야기하고자 할 때는, 흔히 쓰이는 평면 심리학과 반대로 입체 심리학이라는 것을 쓸 수밖에 없다는 생각을 갖게 했는데, 내 삶의 그러한 온갖 장면은, 내가 서재에서 혼자 사색에 골몰하는 동안 기억의 작용으로 되살아나게 된 지난날에 하나의 새로운 아름다움을 더했다. 왜냐하면 기억은 과거에 조그만 수식도 가하지 않은 채, 과거가 현재였던 순간의 모습을 고스란히 현재로 데리고 와서, 인생이 그것에 따라 펼쳐내는 저 '시간'이라는 망망한 차원을 바로 없애기 때문이다.

나는 질베르트가 다가오는 것을 보았다. 생루의 결혼이 바로 어제 일 같고, 오늘 아침에도 그때의 여러 생각을 그대로 가지고 있던 나는 그녀 옆에 열여섯 살쯤의 소녀, 그 훤칠하게 자란 키가 보고프지 않던 그 '시간'의 거리를 재어 보여주는 아가씨가 있는 걸 보고 소스라치게 놀랐다. 빛깔이 없고 잡을 길 없는 '시간'을 이 눈으로 보고 이 손으로 만지게끔, 그 아가씨의 모습으로 구현시켜 하나의 걸작으로 만들어냈다. 한편 그것과 나란히 내 몸엔 슬프게도 '시간'이 그 작업을 다 마쳤을 뿐이었다. 이럭저럭하는 사이에 생루 아가씨는 벌써 내 앞에 와 있었다. 그 오목한 눈은 맑고도 날카로워 찌르는 듯했고, 새의 부리처럼 조금 굽은 콧날의 곡선은 스완의 코가 아니라 생루와 똑 닮아 예쁘장했다. 게르망트의 일원이었던 생루의 정신은 찾아볼 길 없었으나, 그 예쁘장한 얼굴과 날아가는 새와도 같은 날카로운 눈은 생루 아가씨의 어깨에 내려앉아, 그 아버지와 가까웠던 사람들의 마음을 끝없이 감동케 했다. 어머니와 할머니의 코를 모형 삼아서 만들었는가 싶은 그 코는, 코밑에서 앞쪽으로 완전히 수평을 이룬 선, 조금 긴 듯하지만 수려한 그 선에서 정확하게 멈추어 있어서 나는 경탄했다. 만일 조각상에 이처럼 개성적인 특징이 있다면, 오직 그 선만 보고서도 몇천 조각상 가운데에서 그 하나를 정확하게 골라낼 수 있을 것이다. 나는 자연이 그 어머니나 할머니 때처럼 이 소녀의 경우에도 때맞추어 나타나서 독창적인 대조각가처럼 힘차고 생동감 넘치게 정을 내리친 사실에 감탄했다. 나는 그녀가 매우 아름답다고 생각했다. 아직 희망에 부풀어 있고, 눈부신 미소를 지으며, 내가 잃어버리고 만 세월 자체로 빚어진 이 아가씨는 내 젊음과도 비슷했다.

요컨대 이 '시간'의 관념은 나에게 가장 귀중한 것이자, 자극물이었다. 이제까지의 생애에서 이를테면 게르망트 쪽을 산책하거나 빌파리지 부인과 함께 마차를 타고 산책하던 도중에 언뜻 느낀 것, 인생을 살 만한 값어치가 있다고 여기도록 한 것에 다다르고 싶다면, 지금이야말로 시작할 때라고 나에게 일러준 것 또한 '시간'이었다. 더더구나 우리가 어둠 속에서 지내는 삶도 빛으로 밝히고, 끊임없이 왜곡되는 삶도 그 참된 본디 모습으로 되돌릴 수 있다. 요컨대 책 속에서 그것을 이룰 수 있다. 이제 삶은 얼마나 살 만한 것으로 여겨지는가! 그러한 책을 쓸 수 있는 사람은 얼마나 행복할까 하고 나는 생각했다. 그 사람 앞에는 어떤 고난이 기다리고 있을까! 그것이 어떤 작업인지 짐작해보기 위해서는 가장 고상한 여러 예술에서 보기를 빌려와야 할 것이다. 왜냐하면 이러한 책의 작가는, 각 인물의 입체감을 나타내기 위해 그 인물의 서로 반대된 면을 끌어낼 수밖에 없는데, 마치 공격에 대처하듯이 끊임없이 힘을 재집결하고, 세심하게 그 책을 준비해야 한다. 그는 고생을 견디듯이 이 책을 견뎌내고, 법칙처럼 받아들이며, 성당처럼 건축하고, 섭생을 지키듯이 책에 따르며, 장애물을 극복하듯이 이를 이겨내고, 우정을 정복하듯이 이를 정복하며, 어린애에게 영양을 주듯이 이것에 영양을 주어, 한 우주를 창조하듯이 이를 창작하는 동시에, 아마도 다른 세계에서나 설명을 찾을 수 있을 수많은 신비도 무시해서는 안 된다. 그 신비의 예감이야말로 예술과 인생에서 우리가 가장 감동하는 것이기 때문이다. 그리고 이처럼 위대한 책에는, 그 건축가의 계획이 웅대하기에, 밑그림을 그릴 여유밖에 없는 부분도 있으며, 어쩌면 영원히 완성되지 않는 부분도 있으리라. 사실, 미완성인 채로 있는 장대한 성당이 얼마나 많은가! 작가는 그런 책에 양분을 주고, 약한 부분을 보강하여 그것을 지키지만, 그것은 마침내 스스로 성장하여 우리 무덤을 정하고, 세간의 풍문으로부터 그 무덤을 지키면서 얼마쯤 망각을 막아준다.

그런데 나 자신의 이야기로 돌아오면, 나는 자신의 책에 대해서 가장 겸허하게 생각했다. 그 책을 읽은 사람들을 내 독자로 생각한다고 말하는 건 잘못이다. 왜냐하면 앞에서도 말했듯이, 그들은 나의 독자가 아니라 그들 자신의 독자이기 때문이다. 내 책은 콩브레의 안경점 주인이 손님 앞에 내놓는 어떤 확대경에 지나지 않는다. 내 책을 통해 나는 그들에게 자기 자신을 읽는 방편을 제공해주는 구실을 한다. 그러므로 나는 그들에게 나에 대한 칭찬도 비방도 요구하지 않을 테고, 다만 내가 쓴 그대로인지 아닌지, 그들이 자신 속에서 읽는 낱말이 내가 쓴 낱말대로인지 아닌지를 나에게 말해보라고 청하리라(이 점에서 의견이 갈라질 수도 있을 테지만, 그것은 반드시 내가 쓴 것이 틀린 게 아니라, 간혹 독자의 눈이 내 책에 부적당하며, 자기 자신을 제대로 읽지 못하기 때문인 경우도 있으리라). 그리고 앞으로 내가 몰두하게 될 일을 보다 정확하게 머릿속에 그려감에 따라 끊임없이 비유를 바꾸면서, 나는 프랑수아즈가 지켜보는 가운데 칠하지 않은 커다란 책상 앞에 앉은 모습을 생각해보았다. 우리와 가까운 곳에 사는 얌전한 사람들이 다 그렇듯, 우리가 할 일을 어느 정도 직감하고 있는(알베르틴은 이미 까맣게 잊고 있었으므로 프랑수아즈가 그녀에게 했던 부당한 소행도 용서했으므로) 프랑수아즈 곁에서, 나는 사뭇 그녀처럼(적어도 프랑수아즈가 일찍이 그랬듯, 왜냐하면 지금은 늙어서 눈이 거의 안 보이니까) 일하고 있을 것이다. 곧, 나중에 쓴 보충 원고를 여기저기에 핀으로 찔러놓으면서 나는 내 책을 지어가리라. 감히 대망을 품고 대성당을 짓듯이, 라고는 말하지 못하지만 그저 한 벌의 옷을 짓듯이 지어간다. 프랑수아즈의 말마따나 〈종이조각〉에 불과한 내 원고가 여지없이 모여 있지 않거나, 마침 필요한 부분이 없거나 하면, 나의 짜증스러운 심정을 프랑수아즈는 잘 알아주겠지. 필요한 굵기의 실과 단추가 없으면 바느질은 할 수 없다고 입버릇처럼 말하던 프랑수아즈니까. 또 나와 생활을 같이해왔기 때문에 문학에 대해서는 총명한 대부분의 사람들보다도 정확하며, 더구나 바보스런 사람과는 비교도 안 되는 어떤 본능적인 이해심을 가지고 있으니까. 그래서 내가 지난날 〈피가로〉 지에 논문을 썼을 때, 늙은 집사는, 해본 적도 없거니와 생각해본 적도 없는 남의 고생과 자기에게 없는 버릇에 대해 어떤 동정을 느끼며 그 괴로움을 조금 과장스럽게 봐서, '그처럼 재채기가 나오니, 얼마나 괴로우시겠어요' 하는 사람처럼 작가를 진심으로 딱하게 여겨 '얼마나 골치 아픈 일이랍니까' 말했지만, 그와는 반대로 프랑수아즈는 내 행복감을 꿰뚫어보고 내가 하는 일을 존경하고 있었다. 그리고 프랑수아즈는 내가 늘 글을 쓰기 전에 블로크에게 내용을 말해버리는 데에 화가 나서, 내가 앞지르기를 당할까 걱정이 되어 말하곤 했다. "그런 놈들은 좀더 경계하셔야죠, 하나같이 베껴먹기들이니까요." 블로크는 실제로, 나에게서 들은 내용이 재미있을 성싶으면, "거 참 이상한걸, 나도 거의 그와 똑같은 걸 썼거든, 다음에 자네한테 읽어줘야겠어" 하면서 과거로 거슬러 올라가서 알리바이를 세웠다(그 순간에는 아직 나에게 읽어줄 수 없었을 테지만, 그날 밤에라도 서둘러 쓸 작정이어서).

프랑수아즈의 이른바 〈종이조각〉 이라는 그 원고는 풀칠하여 한 장에 또 한 장을 이어붙여 오는 바람에 군데군데 너덜해지고 말았다. 하지만 필요하면 프랑수아즈는 나를 도와 그것을 더 탄탄하게 해줄지도 모르지 않는가? 마치 그녀가 옷의 해진 부분에 헝겊을 대거나, 내가 인쇄공을 기다리듯이 유리장이를 기다리면서, 그동안 부엌의 깨진 유리 대신에 신문지 조각을 바르듯이. 벌레먹은 나무처럼 구멍투성이가 된 내 노트를 가리키면서 프랑수아즈는 말하곤 했다. "죄다 좀이 쏠았군요. 보세요, 이건 끔찍하네요, 이 종이 귀퉁이는 영락없는 레이스 같네요." 그러고는 재봉사처럼 이리저리 살펴보며 이어 말했다. "이건 수선 못한다고 봐요. 이미 글렀어요. 원통해라, 도련님의 제일 고운 생각이 적혀 있는 녀석인지도 모르는데. 콩브레에서 말하듯이 좀같이 눈이 밝은 모피 상인은 없어요. 고놈은 언제나 가장 좋은 피륙을 쏠거든요."

게다가 이 책 속 하나하나의 존재는(인간이건 사물이건) 헤아릴 수 없는 인상에 의해서 만들어지는데, 숱한 젊은 아가씨, 숱한 성당, 숱한 소나타에서 얻은 인상이 단 하나의 소나타, 단 하나의 성당, 단 한 사람의 아가씨를 지어내는 데에 이바지하므로 나는 내 책을, 프랑수아즈가 고르고 고른 고기 토막을 듬뿍 넣고 고아서 젤리에 깊은 풍미를 더한 그 쇠고기 젤리, 노르푸아 씨가 칭찬해 마지않던 쇠고기 젤리의 조리법과 같은 식으로 지어내는 게 아닐까? 그리고 나는 게르망트 쪽을 산책하면서 그처럼 간절히 바라던 일을 드디어 실현하련다. 그때 나는 그것을 도저히 가망이 없는 일로 생각했었다. 어릴 적에 산책에서 집으로 돌아가면서, 어머니에게 입맞추지 않고서 잠드는 데 익숙해지기란 영원히 불가능하다고 여겼듯이, 또한 그 뒤 알베르틴이 동성을 사랑한다는 생각에 익숙해지기는 영영 불가능하다고 여겼듯이. 하지만 이윽고 그런 생각을 가지고 지내게 되면서, 그 존재에 신경도 안 쓰게 되었다. 왜냐하면 우리 최대의 불안은 최대의 희망과 마찬가지로 우리의 힘 이상의 것은 아니며, 우리는 마침내 불안을 이겨내고 희망을 이룰 수 있기 때문이다.

그렇다. 아까 내가 만들어낸 '시간'의 관념은 지금이야말로 그 작품을 착수할 때라고 나에게 일러주었다. 때가 무르익은 것이다. 손님방으로 들어서서, 노인으로 분장한 얼굴로부터 잃어버린 시간의 관념을 얻자마자 내가 불안에 사로잡힌 것은 당연한 노릇, 그런데 아직 시간적 여유가 내게 남아 있을까? 정신엔 그 고유한 풍경이 있지만, 정신은 아주 잠깐밖에 그것을 고요히 바라보지 못한다. 나는 바위나 나무들로 시야가 가려진 호수가 내려다보이는 오솔길을 오르는 화가처럼 살아왔다. 바위 사이나 나무 사이를 통해서 호수를 흘끗거리다가, 이제는 호수 전경을 보고 화필을 잡는다. 그러나 이미 아주 가까운 거리도 분간할 수 없는 밤이 내리기 시작한다. 그 위로 두 번 다시 해가 떠오르지 않는 밤이! 다만 내가 아까 서재에서 생각했던 작품이 제대로 이루어지려면 인상을 깊이 파내려가야 하므로, 먼저 기억을 통해 그 인상을 재창조하는 작업이 필요했다. 그런데 그 기억작용이 이미 닳아 없어졌다.

내 나이로 보아 앞으로 몇 년 더 살겠지만, 아무것도 시작하지 않은 지금으로서는 어쩐지 불안했다. 몇 분 안으로 나의 마지막 때가 울려퍼질지도 모르니까. 실제로 나는 한 육신을 가진 인간이라는 점, 곧 안팎으로 이중의 위험에 끊임없이 위협받고 있다는 점에서부터 출발해야 했던 것이다. 하기야 이런 표현도 다만 편의를 위해 그렇게 말할 뿐이다. 왜냐하면 뇌출혈 같은 내부의 위험도, 육체와 관계되는 이상 외부적인 위험이기 때문이다. 그리고 육신을 지닌다 함은 정신에게는 크나큰 위협이다. 생각하는 인간의 생활이란, 아마도 물질적인 동물 생활의 놀라운 완성이라기보다, 차라리 산호처럼 한데 모여 사는 원생동물이나 고래의 몸처럼 아직 초보단계에 불과한 정신생활의 유치한 미완성이라고 해야 옳을 것이다. 육체는 정신을 요새 속에 가둔 거나 다름없다. 마침내 요새는 사방팔방으로 에워싸여, 정신도 결국 항복해야만 한다.

　아무튼 정신을 위협하는 두 가지 위험을 구별만 해두고, 먼저 외부의 위험부터 보기 시작하면, 나는 이미 내 생애에서 다음과 같은 일이 자주 있었음을 기억한다. 즉 어떤 사정으로 나의 육체적 활동력이 모두 멎은 듯한 순간에 오로지 지적인 흥분이 나를 사로잡았을 때,—이를테면 리브벨의 식당에서 근처 카지노에 가려고 거나하게 취해 마차를 타고 떠났을 때,—나는 그때 생각한 대상을 매우 명확하게 의식하는 한편, 아주 조그만 우연으로 그 대상이 생각 속으로 들어오지 못한 가능성이 있을 뿐 아니라, 그것이 내 육신과 함께 사라지는 수도 있음을 알게 되었다. 그때 나는 그런 일을 별로 개의치 않았다. 얼근한 기쁨에 마음은 들뜨고 속은 편했다. 그 기쁨이 순식간에 사라져서 허무해지건 말건 내 알 바 아니었던 것이다. 그러나 지금은 그렇지가 않았다. 내가 느끼는 행복은 우리를 과거로부터 잘라내는 순 주관적인 신경의 긴장에서 비롯하지 않으며, 그와는 반대로 정신의 영역이 넓어져서 거기에 과거가 다시 형성되고 현실화되어, 슬프게도 순간이기는 하나 그 과거가 내게 영원한 가치를 주는 데에서 비롯하기 때문이다. 나는 내 보배로 부유하게 만들어줄 수 있을 만한 이들에게 이 영원한 가치를 물려주고 싶었다. 물론, 내가 서재에서 느낀 것, 소중하게 간직하려 했던 것 또한 기쁨임에는 틀림없었으나, 그것은 이미 이기적인 기쁨이 아니라, 적어도 남에게 유익한 이기주의에 속하는 기쁨이었다(왜냐하면 결실이 풍부한 자연계의 이타주의는 모두 이기적인 형태로 발전하며, 이기적이 아닌 인간의 이타주의는, 이를테면 가장 중요한 창작을 멈추고서 불행한 친구를 맞거나 공직을 맡거나 선전문을 쓰거나 하는 작가의 이타주의처럼 도무지 열매를 맺지 못하기 때문이다). 나는 더 이상 리브벨에서 돌아오는 길에 곧잘 빠지곤 하던 그 자포자기한 심정이 들지는 않았다. 내가 자신 속에(마치 한동안 맡아 가지고는 있지만, 수취인인 남의 손에 고이 내주고 싶은 깨지기 쉬운 귀중품처럼) 지니고 다니는 그 작품으로 뿌듯한 느낌이 들었던 것이다. 지금은 한 작품을 지니고 다닌다는 의식이, 나로 하여금 치명적일 수도 있는 사고(事故)를 더욱 두려워하게 만들고(그 작품이 필요하고도 오래 이어질 것으로 여겨지는 만큼), 그러한 사고가 나의 바람이나 사고(思考)의 비약과는 모순되고 부조리한 일이라는 생각마저 갖게 했지만, 그렇다고 그것이 일어나지 말라는 법도 없다. 사고는 물질적인 원인 때문에 일어나는 것이므로, 그것과는 정반대의 의지(그것과는 관계없는 사고 때문에 결딴이 나는 의지)가 피하고 싶어하는 바로 그때에도 일어날 수 있기 때문이다. 내 두뇌야말로 매우 종류가 많고 귀중한 광맥이 넓은 지역에 묻혀 있는 풍부한 채석장임을 나는 잘 알고 있었다. 그러나 그것을 캐낼 시간이 과연 나에게 있을까? 캐낼 수 있는 인간은 오직 나 혼자다. 거기에는 두 가지 이유가 있는데, 내가 죽으면 광석을 파낼 수 있는 단 한 사람의 광부가 없어질 뿐만 아니라, 광맥 자체도 사라지기 때문이다. 그런데 이따가 집으로 돌아가는 도중 내가 탄 자동차가 다른 자동차와 충돌하면, 내 육신은 그만 부서질 테고, 생명이 물러간 나의 정신은, 바르르 떠는 부서지기 쉬운 뇌수로 감싸 불안스럽게 가둬두고 있는 새로운 관념을 지금껏 책 속에 안전하게 옮겨놓을 틈이 없어서, 영원히 포기하지 않을 수 없으리라. 그런데 위험에 대한 이 당연한 공포는 이상하게도 방금 내가 죽음의 관념에 흔들리지 않게 된 그 순간에 내 마음속에 생겨났다. 내가 더 이상 내가 아니라는 두려움은 일찍이 질베르트나 알베르틴에게 새로운 연정을 느낄 적마다 나를 겁나게 했던 것이다. 두 여인을 사랑하는 이 인간이 언젠가는 존재하지 않게 된다는 관념, 이것 또한 어떤 죽음 같은 것인데, 그러한 관념을 나는 견딜 수 없었기 때문이다. 그러나 그러한 두려움도 몇 번 되풀이되는 사이에 저절로 자신이 넘치는 조용한 마음으로 변하곤 했다.

뇌에 고장이 생길 필요도 없었다. 그러한 고장의 징후는 마치 허섭스레기를 치우다가 이미 까맣게 잊어버린 채 찾을 생각도 하지 않던 물건을 찾아내듯, 머릿속이 텅 비거나 심한 건망증 때문에 모든 것을 우연에 기대어 발견할 수밖에 없는 형편이었다. 그런 여러 가지 징후로 말미암아, 나는 밑빠진 금고에서 자꾸만 재물을 흘리는 수전노처럼 되어 있었다. 얼마 동안은 재물의 상실을 슬퍼하는 자아가 있어서 망각에 저항해보지만, 얼마 안 가서 기억이 스스로 물러가며 그 자아마저 데리고 가는 걸 느꼈다.

이미 독자가 본 것처럼 그 무렵 죽음의 관념은 이렇듯 나의 연애를 우울하게 만들었는데, 이미 꽤 오래전부터 사랑의 회상에 힘입어 나는 죽음을 두려워하지 않게 되었다. 왜냐하면 죽음이란 새로운 것도 아닐뿐더러, 이미 어린 시절부터 여러 번 죽었었다는 사실을 잘 알고 있었기 때문이다. 가장 가까운 과거를 예로 들어보아도, 나는 자신의 목숨보다도 알베르틴을 더 아끼지 않았던가? 그 무렵의 나는 그녀에 대한 사랑을 지속하지 않는 '나'라는 인간을 생각할 수 있었을까? 그런데 이제 나는 그녀를 사랑하지 않는다. 나는 더 이상 그녀를 사랑했던 인간이 아니라, 그녀를 사랑하지 않는 다른 사람이었다. 이렇게 딴사람이 되고 말았을 때 나는 그녀를 사랑하지 않게 되었다. 그런데 이처럼 딴사람이 되어 알베르틴을 사랑하지 않아도 나는 고통스럽지 않았다. 그리고 앞으로 내 육신이 가뭇없어진다는 것도, 옛날의 나에게 언젠가는 알베르틴을 사랑하지 않게 되리라는 생각이 지독히 슬프게 여겨지던 데에 비하면, 도무지 똑같은 슬픔으로 보이지 않았다. 아무튼 지금의 나에게는 이미 그녀를 사랑하지 않는다는 사실 따위는 전혀 문제가 되지 않았다! 이런 잇따르는 죽음에 의하여 사라지고 말 내가 그처럼 두려워했던 죽음, 그러나 먼저 그것이 끝나고, 죽음을 두려워하던 이가 더 이상 존재하지 않고 죽음을 느끼지 않게 되자마자 더할 나위 없이 냉정하고 온화해지는 죽음, 그 죽음은 얼마 전부터 나에게 죽음을 두려워하는 게 얼마나 어리석은가를 깨닫게 해주었다. 그런데 조금 전부터 죽음이 나에게 아무래도 좋게 된 바로 그때에, 다른 형태로 나는 다시금 죽음을 두려워하기 시작했다. 나 자신 때문이 아니라 사실 내 책 때문이니, 그 책을 꽃피우게 하려면 이토록 숱한 위험에 위협당하고 있는 그 생명이 적어도 앞으로 얼마 동안은 꼭 필요했으니까. 빅토르 위고는 말했다.

Il faut que l'herbe pousse et que les enfants meurent.
풀은 돋아나야 하고 아이들은 죽어야 한다.

나는 이렇게 말하고 싶다. 인간이 죽어야, 그것도 우리가 온갖 고뇌를 다 겪고 나서 죽어야 풀이 돋는다, 그것은 망각의 풀이 아닌 영원의 풀, 풍요한 작품의 우거진 풀이. 그 풀밭 위로 후세 사람들이 찾아와, 밑에 잠든 사람들은 아랑곳없이 즐겁게 자기들의 〈풀밭 위의 점심(déjeuner sur l'herbe)〉*1을 즐기리니, 이야말로 예술의 잔인한 법칙이라고.

외부의 위험에 대해서 나는 이미 말했다. 또한 내부의 위험도 이야기했다.

---

*1 프랑스 화가 마네(1832~83)의 작품명.

외부로부터의 사고를 용케 모면했다 할지라도, 이 책을 쓰는 데에 필요한 세월이 흘러가기 전에 내 안에서 돌발한 사고, 내부에 생긴 어떤 이변 때문에 이 모처럼의 은혜를 이용 못하고 말지 누가 알겠는가.

조금 뒤에 샹젤리제를 거쳐 집으로 돌아가다가—지난 어느 날 오후 할머니는 그것이 마지막 산책이 될 줄은 꿈에도 모르고, 또 마지막 시각을 울리고자 시계태엽이 돌기 시작하는 점에 바늘이 와 있는 줄 지금의 우리처럼 상상도 하지 못한 채, 나와 함께 샹젤리제에 산책을 나왔다가 죽을병이 들었었는데—할머니와 똑같은 병으로 내가 쓰러지지 않을 거라고 누가 감히 장담하겠는가? 마지막 시각을 알리는 첫 번째 종을 치기 전의 1분은 거의 다 지나가고, 당장에라도 그 첫 번째 종이 울릴 듯한 공포, 내 뇌수 속에서 요동하는 이 졸도에 대한 공포는, 어쩌면 바야흐로 일어나려 하는 일에 대한 막연한 의식이라고도, 뇌동맥이 파멸하기 직전의 불안정한 상태가 의식 속에 반영된 것이라고도 할 수 있다. 그것은 부상자가 갑자기 죽음을 받아들이는 경우와 마찬가지로, 있을 수 없는 일이 아니다. 비록 아직 정신이 또렷해서, 의사나 본인의 삶에 대한 의욕이 아무리 진실을 숨기려 들어도, 그는 죽음이 다가오는 걸 알아채고는, "나는 죽어요, 준비됐어요" 말하고, 아내에게 영원한 이별의 편지를 쓴다.

그리고 과연, 앞으로 틀림없이 일어날 일에 대한 이 야릇한 지각은, 내가 책을 쓰기 전에 엉뚱하고 기이한 형으로 나타났다. 어느 날 저녁 내가 외출한 곳에서 만난 친구들은, 내 얼굴빛이 전보다 좋아지고 머리칼이 여전히 검다면서 놀랐다. 그런데 그날 나는 계단을 내려오면서 세 번이나 굴러떨어질 뻔했다. 겨우 두 시간 정도의 외출이었으나, 집에 돌아오자 기억도 사고력도 없어지고 몸에 힘도 빠져서 아무것도 하기가 싫어졌다. 누가 와서, 만나련다, 나를 왕에 임명시키련다, 포박하련다, 구류하련다 해도 나는 말 한 마디 없이 눈도 뜨지 않은 채 멋대로 하게 내버려두었으리라. 마치 뱃멀미에 녹초가 된 사람이 카스피 해를 건널 때, 바다에 던져버리겠다고 엄포한다 해도 변변히 저항하는 시늉조차 못 내듯이. 사실 나에게는 이렇다 할 병은 없었지만, 마치 이제까지 꼬장꼬장하던 노인이 넓적다리가 부러지거나 소화불량에 걸리거나 해서 얼마간 자리에 눕게 되면, 그날부터 이미 피할 길 없는 죽음을 향한, 길건 짧건 한낱 준비기간에 지나지 않는 남은 생애를 보낼 수밖에 없게 되듯, 이제 아무것도 할 기운이 없음을 느꼈다. 여러 명의

'나' 가운데, 만찬회라고 불리는 그 야만인의 잔치―거기서는 새하얀 셔츠를 입은 남자들이나 깃털 장식을 단 반쯤 알몸을 드러낸 여자들도 가치관이 워낙 거꾸로 바뀌었으므로, 승낙해놓고도 만찬에 오지 않거나 로티(rôti)*¹가 나올 때나 겨우 얼굴을 내미는 것은, 얼마 전에 죽은 사람들만큼이나 만찬에서 함부로 입에 담는 불륜한 행실보다도 더 고약한 죄를 지은 셈이 되므로, 불참한 변명으로는 오직 죽든가 중병을 앓는 수밖에 없는데, 그나마 자기 대신 열네 번째 손님을 초대할 수 있도록 여유를 두고 자기가 죽어가고 있다는 사실을 일찌감치 알려야 한다는 규칙이 있었다―에 자주 참석하던 나는, 그러한 자질구레한 문제에만 신경을 쓰느라고 기억 쪽은 비어 있는 상태였다. 그 대신에 또 하나의 나, 작품 생각을 하고 있던 내 기억은 정확했다. 몰레 부인의 초대를 받았다는 사실도, 사즈라 부인의 아들이 죽었다는 사실도 알고 있었다. 그래서 나는 내 마지막 시간, 이런 일에 시간을 쓰고 난 뒤에는 단말마의 고통을 겪던 내 할머니처럼 혀가 굳어 말도 못 하고 우유도 마실 수 없게 되지만, 그래도 그 시간의 일부를 쪼개어 몰레 부인에게는 못 간다는 답장을 띄우고, 사즈라 부인에게는 조위 편지를 부치기로 작심했었다.

그러나 잠시 뒤에는 벌써 할 일을 잊어버리고 말았다. 고마운 망각이었다. 작품을 둘러싼 기억이 눈을 뜨고 있다가, 나에게 주어진 나머지 시간을 작품의 기초 공사에 쓰려고 했기 때문이다. 공교롭게도 글을 쓰려고 공책을 꺼내는 결에 몰레 부인의 초대장이 내 앞으로 빠져나왔다. 그러자 대번에, 잊어버리기 잘하는 '나'가 우위를 차지하며, 만찬회에 참석한 경험이 있는 꼼꼼한 야만인이면 누구나 그렇듯이, 공책을 밀어놓고 몰레 부인에게 보낼 편지를 쓰기 시작했다(몰레 부인은, 내가 건축가로서의 일보다도 먼저 초대장에 대한 답장을 썼다는 사실을 알면 아마 나를 높이 평가할 것이다). 답장 속 한마디에서 문득 사즈라 부인이 아들을 잃었다는 사실이 떠올라서, 나는 부인에게도 편지를 썼다. 이와 같이 예절 바르고 다정다감하게 보이려는 위선적인 의리 때문에 참된 의무를 희생시키고 나자, 기운 없이 나가떨어져 눈 감고 일주일을 헛되이 보냈다. 나는 이런 쓸데없는 의무를 위해 언제든지 참된 의무를 희생할 준비가 되어 있었지만, 그 부질없는 의무가 잠시 뒤 내 머릿속에서 모조리 빠져나간 뒤에도 작품 구축이라는 생각은 한

---

*1 구운 고기 요리.

순간도 내 머릿속을 떠나지 않았다. 나로서는 이 작품이 하나의 성당이 되어, 거기서 신자가 천천히 진리를 배우고 조화, 곧 전체의 장대한 계획을 발견하게 될지, 아니면 외딴섬의 꼭대기에 있는 드루이드교(Druidism)*¹ 유적처럼 영원히 찾는 사람도 없게 될지, 그것은 알 길이 없었다. 그럼에도 나는 이 일에 온 힘을 기울이기로 결심했으며, 그 힘은 건물의 바깥쪽이 완성되자, 나에게 '관 뚜껑'을 닫을 여유 정도는 남겨주려는 듯이 아쉬움을 남긴 채 쇠잔해갔다. 얼마 안 가서 나는 초고를 조금 보여줄 수 있었다. 하지만 아무도 전혀 이해해주지 않았다. 머지않아 내가 성당 안쪽에 새기기로 작정하고 있는 여러 진리를 내 나름의 방식으로 깨달은 데에 호의를 보여준 사람들도 내가 잘도 그런 참을 '현미경'을 통해서 발견했다며 축하했는데, 사실 나는 그와 반대로 '망원경'을 써서, 아득히 멀리 있으므로 아주 작게 보이는 것, 그러나 그 자체가 하나의 세계를 이루고 있는 것을 알아차렸다. 내가 위대한 법칙을 탐구하고 있을 때도, 남들은 나를 미주알고주알 캐는 놈이라고들 했다. 무릇 내가 미주알고주알 캐보았자 무슨 소용이 있겠는가? 나는 젊어서부터 문장에 능란해서, 베르고트는 내 학생 시절의 문장을 '나무랄 데 없다'고 말했었다. 하지만 나는 공부도 하지 않고 게으름과 방탕과 병과 남 걱정, 괴벽 속에 살다가, 죽기 전날 밤에야 작가 생활이 어떤 것인지도 모른 채 작품에 손대고 있었다.

나는 이제 사람에 대한 신의와도, 자신의 생각이나 작품에 대한 의무와도 마주 대할 기력이 있다고는 생각지 않았다. 하물며 그 양쪽에 대해서는 더더구나. 전자에 대해서는, 써야 할 편지를 잊는 일이 내 부담을 얼마쯤 덜어주었다. 그러나 한 달쯤 지나면 갑자기 연상이 회한의 추억을 되살려서 나는 자신의 무력을 느끼고 낙심했다. 나는 나에게 가해진 비평에 무관심함에 스스로 놀랐는데, 그것은 계단을 내려오다가 다리가 후들후들 떨리던 그날 뒤로 모든 일에 무관심해져서, 앞으로 마지막 큰 휴식이 찾아오기까지 내가 오직 휴식밖에 바라지 않았기 때문이다. 내가 현역 엘리트의 찬의에 무관심한 까닭은, 분명 죽은 뒤에 사람들이 내 작품을 칭찬해주리라고 생각했기 때문은 아니다. 내가 죽은 뒤에 나타날 엘리트는 그들 좋을 대로 생각하면 그만이며, 그런 일은 내 알 바 아니다. 사실 내가 작품에 대해서만 생각하고, 답장을 써야 할 편

---

*1 로마 시대에 켈트 민족의 성직자 계급인 드루이드들이 창시한 것으로, 영혼의 불멸과 윤회 전생을 믿었음.

지에 대해서는 조금도 개의치 않은 것은, 내 게을렀던 시절처럼, 또 계단의 난간을 붙잡아야만 했던 그날까지의 작업 기간처럼, 이 두 가지 일 사이에 가볍고 무거움의 차를 두었기 때문은 아니다. 내 기억과 관심의 구조는 작품과 밀접하게 연관되어 있어서 받은 편지를 곧잘 잊어버리는 것과는 반대로 작품에 대한 사념은 부단히 발전하면서, 변함없이 머릿속에 있었기 때문이다. 그러나 그것마저도 나는 귀찮아지고 말았다. 그것은 나에게는 마치 죽어가는 어머니가 주사를 맞고 부항을 붙이는 틈틈이, 기진해가면서도 끊임없이 돌봐주어야 하는 이들과 똑같았다. 그 어머니는 아마 여전히 아들을 사랑할 테지만, 이제는 아들을 돌본다는 자신의 힘에 부치는 의무를 통해서만 그 점을 알 따름이다.

작가로서의 내 역량은, 작품의 이기적인 까다로운 요구를 더는 감당하지 못했다. 계단에서 그런 일이 있고부터는 세상의 어떠한 일도, 어떠한 행복도, 비록 그것이 남들의 친절이나 내 작품의 진전이나 명예에 대한 기대에서 온 것이라 할지라도, 나에게 닿을 때는 이미 나를 따뜻하게 해줄 수도, 기운을 북돋우어줄 수도, 어떤 희망을 품게 할 힘도 없는 희미한 햇빛만큼밖에 오지 않았다. 그렇게 희미한데도 내게는 몹시 눈부셔서 눈을 감다 못해 결국 늘 벽 쪽으로 몸을 돌리곤 했다. 그럼에도 내 입술이 조금 움직인 듯한 느낌이 드는 것으로 보아, 어떤 부인이 "저의 편지에 대한 답장을 받지 못해 좀 놀라웠어요" 하는 편지를 보내왔을 때 아마도 내 입가에는 가느다란 미소가 떠올랐던 모양이다. 하지만 나는 그 말에 편지 생각이 나서 답장을 써 보냈다. 남들이 나를 배은망덕하다고 여기지 않도록, 전에 남들이 내게 보여준 친절에 못지않은 친절을 다하려고 안간힘을 썼다. 이리하여 나는 죽어가는 내 생명에 초인적인 인생의 피로를 강요하여 그 무게에 허덕였다. 기억 상실은 내 의무를 끊어버리는 데에 조금 도움이 되었고, 그 대신 내 작품에 대한 의무가 들어섰던 것이다.

이 죽음의 관념은, 사랑이 그러했듯이, 내 몸 속에 자리잡았다. 물론 죽음을 사랑해서가 아니다. 나는 죽음을 죽일 듯이 싫어했으니까. 하지만 아직 사랑하지 않는 여인의 이모저모를 생각해보듯이, 아마도 수없이 죽음의 이모저모를 생각해본 결과, 지금은 죽음에 대한 사념이 뇌리의 가장 깊은 층에 찰싹 들러붙어서 무엇에 관심을 기울여도 반드시 이 죽음의 관념을 거치지 않을 수 없게 되며, 내가 아무것에도 몰두하지 않은 채 그저 휴식을 취하고 있을 때에도 죽음의 관념은 자아의 관념과 마찬가지로 줄곧 내게 달라붙어 있었다. 내가 거의 죽은 상태가 되었던 그날, 다시 말해 계단을 내려가지 못하거나, 이름이 생각나지 않거나, 침대에서 일어날 수 없거나 하는 죽음의 징후가 있던 날, 벌써 내가 거의 죽었다는 죽음의 관념이, 무의식적인 추리를 통해 일으켜졌다고는 생각지 않는다. 오히려 그런 징후가 한꺼번에 닥쳐와서 어쩔 수 없이 정신이라는 큰 거울이 새로운 현실을 비추어냈다고 생각한다. 그렇지만 나는 나를 괴롭히는 병에서 어떻게 아무런 예고도 없이 완전한 죽음으로 건너갈 수 있는지 몰랐다. 그러나 그때, 나는 남들을, 그 병과 죽음을 가르는 틈새가 터무니없어 보이지 않는, 날마다 죽어가는 모든 이를 떠올려보았다. 이런 생각까지도 해보았다. 죽을 때가 가까이 닥쳐왔다고 굳게 믿는 이들도, 말이 안 나오는 것은 발작이나 실어증과는 아무런 관계없이, 혀의 피로, 말더듬이와 비슷한 신경 상태, 소화불량에 따르는 쇠약에서 온 거라고 쉬이 믿어버리듯이, 내가 자신의 죽음은 믿으면서도, 어떤 병을 하나하나 떼어놓고 볼 때, 그것을 죽을병으로 생각하지 않는 까닭은 다만(희망에 속고 있다기보다는) 그런 병을 안쪽에서 보고 있기 때문이 아닐까?

내가*¹ 써야 할 것은, 죽어가는 병사가 아내에게 쓰는 영원한 이별의 글과는 달리, 많은 사람에게 보내는 더욱 긴 것이었다. 그것을 쓰는 것은 오랜 시간이 걸리는 일이다. 그래도 낮에는 잠을 자도록 한껏 노력해야지. 일은 밤에만 하게 될 테지. 그래도 숱한 밤이, 아마도 백날 밤, 천날 밤이 필요할 것이다. 내 운명을 주관하는 '주인'은 샤리야르 왕*²만큼 너그럽지 않아서, 날이 밝아 내가 이야기를 멈추면 나의 사형 집행을 미뤄 그날 밤에 다시 그 이야기를 이어가도록 허락할지 안 할지 전혀 알 길이 없으니 나는 불안 속에서 살겠구나. 《아라비안나이트》나, 마찬가지로 밤에 쓰인 생시몽의 《회상록》, 천진난만한 동심에서, 사랑에 집착하듯이 지나치게 소중히 여겨 그것 아닌 다른 책은 무서워서 상상도 할 수 없으리만큼 좋아하던 책, 어쨌거나 그러한 책을 새로 쓰려는 건 아니다. 하지만 엘스티르나 샤르댕처럼, 우리는 좋아하는 것을 먼저 버리지 않고서는 좋아하는 것을 다시 만들어낼 수 없다. 물론 내 책 또한 나의

---

*1 초판에 따름. 플레이아드판의 주(註)에도 나와 있음. 플레이아드판대로 번역하면 "내가 써야 할 것은 다른 것, 더 길고, 훨씬 많은 사람을 위한 것이었다."
*2 《아라비안나이트》에 나오는 왕.

육신과 마찬가지로 언젠가는 소멸될 게 틀림없다. 하지만 죽는 것은 어쩔 수 없으니 깨끗이 단념해야 한다. 사람은, 10년 뒤에 자기가 이 세상에 없고, 100년 뒤에는 자기 책도 사라진다는 생각을 받아들인다. 영원한 지속은 인간에게도 책에게도 약속되어 있지 않다.

내 책은 아마도 《아라비안나이트》만큼 길어질 테지만 내용은 전혀 다르다. 하나의 작품을 좋아하면 우리는 그것과 똑같은 것을 만들고 싶겠지만, 일시적인 애착은 희생시켜야 하고, 자기 취향 따위는 생각지 말아야 하며, 오직 우리에게 편애 같은 것을 따지지 않는 진리, 그런 생각마저 금지하는 진리를 생각해야 한다. 그러한 진리를 추구해야만 버렸던 것과 가끔 만날 수 있고, 《아라비안나이트》나 생시몽의 《회상록》을 잊어야 다른 시대의 그러한 책을 쓸 수 있다. 그런데 아직 나에게 시간이 있을까? 너무 늦지 않았을까?

나는 스스로 '아직 시간이 있는가' 물었을 뿐 아니라, 또한 '그럴 만한 건강 상태에 있는가' 물었다. 병은 양심의 엄격한 지배자처럼 나에게 세상을 영원히 포기하게 하여 크게 도움이 되었다. 그도 그럴 것이 '한 알의 밀이 땅에 떨어져 죽지 아니하면 한 알 그대로 있고 죽으면 많은 열매를 맺으리라' 했으니까. 또한 게으름은 쉽게 붓이 흘러가는 것을 막아주었으나, 그 뒤를 이은 병은 그 게으름에서 나를 지켜줄 것이다. 그러나 병은 내 기력을 소모시켜버렸고 오래 전부터, 특히 내가 알베르틴을 사랑하지 않게 되었을 때부터 깨달았듯이 기억력마저 메마르게 했다. 그런데 기억에 의한 인상의 재창조는—그 뒤에 인상을 깊이 파고들어가고, 밝혀내며, 지적 등가물로 그 모양을 바꿔야 하지만—아까 서재 안에서 구상한 바와 같은 예술작품의 조건 가운데 하나, 그 작품의 정수가 아닐까? 아! 아까 《프랑수아 르 샹피》를 발견했을 때 떠오른 옛날 그 밤의 기운이 지금도 그대로 있다면! 손님이 오셨는데도 어머니가 키스해주러 내 방에 들어온 그 밤부터, 내 의지와 건강의 쇠퇴가 할머니의 고질병과 함께 시작되었던 것이다. 어머니 얼굴에 입술을 대기 위해 이튿날 아침까지 기다리는 일을 견딜 수 없어서, 과감한 결심을 하고 침대에서 뛰어내려 잠옷 바람으로 달빛 새어드는 창가까지 가서 스완 씨가 돌아가는 기척이 날 때까지 꼼짝하지 않고 있었을 때 모든 것이 결정되었던 것이다. 식구들이 스완 씨를 배웅하느라 문이 열리고, 방울이 울리고, 또 닫히는 소리가 내 귀에 들려왔었지……

그때 나는 문득 생각했다. 내게 아직도 작품을 완성할 힘이 있다면, 오늘 내 작품의 관념과 그 현실화의 가능성에 대한 걱정을 동시에 안겨준 이 오후의 모임이야말로—지난날 콩브레에서 나에게 영향을 주었던 나날처럼—반드시 맨 먼저 작품 속에, 지난날 콩브레의 성당에서 내가 예감했던 모습(forme), 평소에 우리 눈에 안 보이는 '시간'의 모습을 똑똑히 남길 것이다.

물론, 이 세계의 실제 모습을 우리에게 왜곡되게 보여주는 감각이 저지르는 오류는 이 밖에도 많다(이 점에 대해서는 이 이야기의 여러 일화가 이미 증명했음을 독자는 보아왔다). 하지만 결국, 어쩔 수 없는 경우에는 한결 정확을 가하려 노력하고, 갖가지 소리가 나는 곳을 바꾸지 않도록 그 소리를 원인에서 갈라놓지 않을 수도(나중에 가서는 지성이 그 소리를 원인 옆에 놓아둔다) 있으리라. 비록 방 한가운데 빗소리를 주룩주룩 내거나, 펄펄 끓는 허브차의 홍수를 안마당에 쏟아지게 하는 것도, 결국 화가들이 흔히 구사하는 수법, 이를테면 원근법이나 색채의 강약이나, 첫눈에 일으킨 착각 등이 우리에게 어떤 효과를 주는가에 따라서, 범선이나 뾰족한 봉우리를 매우 가까이, 또는 매우 멀리 보이게 하는(그것을 이윽고 이성과 지혜가 때로는 엄청나게 먼 곳으로 이동시키지만) 수법에 비해 별로 기발하지는 않다. 나는 남들이 흔히 그렇게 하듯—오류는 더 심하겠지만—실제의 코나 뺨이나 턱은 무시하고, 고작 우리 욕망의 그림자가 희롱할 뿐인 지나가는 여자의 텅 빈 얼굴에다 갖가지 이목구비를 쉬지 않고 붙여줄지도 모른다. 그보다 더 큰 문제는, 똑같은 얼굴이라도 그것을 보는 눈에 따라서, 그 표정에서 읽어내는 의미에 따라서, 또 같은 눈이라도 희망이나 공포에 따라서, 또는 거꾸로, 서른 해에 걸쳐서 나이로 말미암은 변화를 숨기는 애정이나 습관에 따라서도, 그 얼굴에 맞출 가면은 헤아릴 수 없이 많지만, 그것을 마련할 틈이 나에게는 없을지도 모른다는 점이다. 그리고 나와 알베르틴의 관계에서도 충분히 볼 수 있었지만, 어떤 사람들을 밖에서 보이는 대로가 아니라, 그들의 몹시 사소한 행위가 치명적인 고뇌를 불러일으킬 수도 있는 우리 내부에서 그리지 않으면 모든 것이 부자연한 거짓이 되고 말지만, 나는 그것을 시도하지 않을지도 모른다. 또한 정신의 하늘을 비추는 빛은 우리 감수성이 지닌 압력의 변동에 따라서 바뀌는데, 환하게 개어 있다는 확신 아래서는 아주 작게 보이던 사물이, 한 조각의 위험한 구름이 걸린 순간 눈 깜짝할 사이에 몇 배나 거대해지건만, 그때도 나는 정신의 하늘 빛을 바꿀 궁리를 하지 않을지도 모른다. 그러나 만일 내가, 모든 것을 죄다 새로 그려야 하는 인생 화집 속에 그러한 변화나 그 밖의 숱한 변화(현실을 그리기로 하면 그러한 것이 필요하다는 사실은 이 이야기 속에서 밝혀졌다)를 가져올 수 없다 할지라도, 적어도 나는 그 화집 속에서 인간을, 몸의 길이가 아니라 세월의 길이를 가진 것으로서, 자꾸만 커지다가 마침내 자기 자신을 짓누르고 마는 세월의 짐을 어디를 가나 같이 끌고 가야 하는 존재로 묘사하리라.

게다가, 우리가 '시간' 속에 끊임없이 넓어져가는 한 자리를 차지하고 있음은 누구나 느끼고 있으며, 그 보편성은, 내가 애써 해명해야 할 것이 누구나 어렴풋이 짐작하고 있는 진리라는 점에서 나를 기쁘게 했다. 다만 우리가 '시간' 속에 한 자리를 차지함을 모두가 느끼고 있을 뿐만 아니라, 그 자리는, 우리가 공간 속에 차지하는 장소를 재듯이, 더할 수 없이 단순한 사람도 어림잡아 잴 수 있다. 특수한 통찰력이 없어도, 모르는 두 사나이를 만났을 때, 둘 다 검은 수염을 기르고 있거나 면도를 깨끗이 하고 있어도, 한 사나이는 20살쯤이고 또 한 사나이는 40살쯤이라고 말할 수 있다. 물론 이렇게 나이를 헤아릴 때에는 가끔 틀리기도 하지만, 우리가 그렇게 어림잡아 계산할 수 있다고 믿는 그 자체가 나이를 가능한 것으로 생각하고 있음을 뜻한다. 검은 콧수염을 기른 두 사나이 가운데 두 번째 사나이는 실제보다 20살을 더 더한 셈이 된다.

이 육체로 변한 '시간'의 개념, 우리에게서 분리되지 않은 지나간 세월의 개념을 내가 지금 이토록 두드러지게 강조하는 것은, 지금 이 순간 대공부인 댁에 있으면서, 스완 씨를 배웅하는 식구들의 발소리, 드디어 스완 씨가 떠나가자 어머니가 2층으로 올라오는 기척을 알리는 작은 방울의 짤랑짤랑 하는 금속성의, 끊임없이 요란하게 울리는 그 산뜻한 소리를 다시 들었기 때문이다. 아득히 먼 과거에 있었던 소리건만 나는 옛 소리 그대로 들었다. 실제로 방울 소리를 들은 과거의 순간과 게르망트네의 오후 모임 사이에 마땅히 끼여 있어야 할 모든 사건을 생각하면서, 지금도 내 마음에 울리는 것은 틀림없는 그 방울이며 나에게는 그 방울의 요란스러운 소리를 바꿀 재주도 없다고 깨닫자 등골이 오싹했다. 왜냐하면 어째서 그것이 사라졌는지 잘 생각나지 않아서, 그 방울 소리를 다시 확인하고 똑똑히 듣기 위해서는, 내 주위에서 가면이라도 쓴 듯 모습이 변해버린 사람들이 나누는 이야기를 듣지 않으려고 기를 써야 했기 때문이다. 그 방울 소리를 좀더 가까이 들으려면, 나는 나 자신의 내면으로 다시 들어가야만 했다. 그 방울 소리는 언제나 내 가운데 있었고, 또한 그 방울 소리와 현재의 순간 사이에는 내가 짊어지고 다니는 줄도 몰랐던 끝없이 펼쳐진 온 과거가 있었던 것이다. 그 방울이 울렸을 때 나는 이미 존재했다. 그리고 그 방울 소리가 지금 또다시 들리는 것으로 보아 그때부터 멈춘 적이 없으며, 나는 그동안 살아 있고, 생각하며, 자아를 의식하기를 잠시도 멈추지 않았던 게 틀림없다. 그 아득한 순간은 여전히 나와 단단히 이어져 내 내면으로 깊이 들어가면 다시 그리로 되돌아갈 수 있었기 때문이다. 인간의 육신이 그 육신을 사랑하는 사람들에게 그토록 상처를 입힐 수 있는 까닭은 인간의 육체가 이와 같이 과거의 시간을 지니고 있기 때문이며, 또한 숱한 기쁨과 욕망의 추억을 지니고 있기 때문이다. 그들에게는 이미 흔적도 없지만 사랑하는 육신을 시간의 영역에 매어놓고 지긋이 바라보는 이에게는 참으로 잔인한 추억으로, 그는 이 육신을 질투한 나머지 육체의 파괴마저도 바라게 된다. 왜냐하면 죽으면 '시간'은 육신을 떠나며, 추억도 빛바래고 시시하게 변해서, 이제 이승에 없는 여인에게서 사라지며 이윽고 여전히 그 추억에 시달리는 사나이들에게서도 사라지고, 살아 있는 육체의 욕망이 더 이상 추억을 기르지 않게 될 때 그러한 추억도 마침내 사라지고 말 테니까. 내가 잠들어 있는 모습을 바라보던 그 오묘한 알베르틴, 그녀는 이미 죽고 말았다.

이토록 길고 긴 시간의 흐름이 나를 통해 단 한 번의 멈춤도 없이 이어지고 생각되며 분비되었음을, 그 시간의 흐름은 내 삶이자 나 자신이었음을, 뿐만 아니라 그 온 시간을 줄곧 내게 메어두어야 했으며, 그것이 나를 받쳐주었고, 머리가 뱅뱅 도는 이 시간의 꼭대기에 올라앉은 나는, 시간을 옮겨놓지 않고선 몸을 움직일 수 없음을 깨닫자, 놀라움과 피로를 느꼈다. 멀리 떨어져 있으면서도 내 안에 있는 콩브레의 정원에서 내가 조그만 방울 소리를 듣던 날, 그것은 내가 가지고 있는 줄 모르던 그 망망한 차원의 시작점이었다. 내 발밑—사실은 내 안이지만—에서 몇천 길의 골짜기와 무수한 세월을 바라보자 어지러웠다.

의자에 앉은 게르망트 공작을 바라보고, 나보다 훨씬 많은 세월을 발아래 두고 있으면서도 별로 늙지 않은 사실에 나는 탄복했었는데 그 공작이 몸을 일으켜 허리를 똑바로 펴려고 하자, 그는 다리가 후들거리는 바람에 휘청했다. 마치 튼튼한 것이라곤 가슴에 달린 금속 십자가뿐인 늙은 대주교가 젊은 신학생들에게 둘러싸여 앞으로 떠밀릴 때처럼. 그가 왜 후들거렸는지 나는 이해했다. 또한 그가 어떻게 83살이라는, 다니는 사람도 드문 상상봉 꼭대기에 나뭇잎처럼 그저 떨면서 올라가야 했는지 그 이유도 알았다. 예부터 인간이란 쉴 새 없이 자라는 살아 있는 장대 다리, 때로는 종탑보다 더 높아져서 위태로워 걷지도 못하게 되는 찰나 쿠당탕 떨어지고 마는 장대 다리 위에 올라앉아 있는 셈이다(그 때문일까, 어느 나이대의 얼굴은, 아무리 무지한 이의 눈에도 결코 젊은이의 얼굴과 헷갈리지 않으며, 어떤 구름처럼 거기에 걸린 심각한 것을 통해서만 나타난다). 나는 나의 장대 다리 또한 발아래 드높이 자라 있다는 생각을 하자 몸서리가 쳐졌다. 이미 까맣게 멀리까지 내려가 있는 그 과거를 자신에게 오래 붙들어 매어둘 힘이 아직 있을 성싶지가 않았다. 얼마간이라도 나에게 작품을 완성시킬 만한 긴 시간(longtemps)이 남아 있다면, 먼저 거기에(인간을 괴물 같은 존재로 만들지도 모르지만), 공간 속에 인간에게 한정된 자리는 극히 좁은 것이지만, 아주 넓은 자리, 끝없이 길게 늘어난 자리—세월 속에 묻힌 거인들처럼, 동시에 여러 시기를 거치고 그들이 살아온 그 시기는 서로 격리되어 있지만, 아무리 멀고 넓은들 그 사이에 수많은 나날이 자리잡고 있으면서 여러 시기에 동시에 들어박혀있기 때문에 인간이 차지하는 장소는 끝없이 뻗쳐있는 것이다—시간 속에.

프루스트의 생애와 사상

1. 마르셀 프루스트의 문학과 생애

나는 기묘한 인간이다
죽음이 해방시켜 줄 때까지 덧문을 닫고 생활하며 세상의 일은 아무것도 모른 채
올빼미처럼 꼼짝 않고 어둠 속에서만 사물을 똑똑히 볼 수 있다

눈매가 상냥한, 얼핏 보아 아무것도 하는 일이 없는 사람, 상류사회 살롱의 단골손님, 귀부인들의 온순한 심부름꾼, 그 남자가 쓰는 글이라곤, 그때까지 친구와 평자들을 실망시키고, 지금은 사교계의 흥밋거리 기사나 시시콜콜 주가 달린 번역, 화려한 패러디밖에 기대할 수 없게 되어버린 한 남자가, 그 케케묵은 허물을 벗어던지고, 천식을 달래는 탕약으로 김이 자욱하게 서린 작업실에 외톨이처럼 틀어박힌다. 많은 약들과 독특한 버릇에 젖어, 때때로 성적 환상에 사로잡히는 신경증 환자이면서, 자신의 약점을 잘 알고, 그것을 끝까지 지키기 위해 겸손한 척한다. 정중하게 예의를 다하고 남을 칭찬하면서 그들과의 사이를 유지하려 온갖 애를 썼던 사람이었으나, 주어진 우정과 요구받은 애정을 끊고, 어느새 희미스런 무관심으로 옮겨가고 있었다. 그 감정은 때로는 원한과 비슷했다. 이 사람은 어린시절의 낙원이 그리워, '시간'에 싸움을 걸어 그 흐름을 거슬러서 참을성 있게 넘실거리는 강물을 더듬어가다가, 아끼는 풍경 앞에서 걸음을 늦추거나, 다시 내려갔다가 올라오고, 또 되돌아와서는 마침내 현재와 과거의 강물이 혼연하게 어울리는 하구에 이르렀다. 목숨을 걸고 시계와의 경쟁을 시작한 뒤, 그 경쟁에 이기고 나서는 승리자가 되어 쓰러져버렸다. 누구나 이 남자에게 접근하여 비밀을 캐내려 하지만, 비밀이 폭로된 것처럼 보여도 아직은 어둠의 지대가 남아 있다. 밤의 늪이라 할 수 있는 그곳에는, 천재의 불꽃에 비춰진 하늘 아래 용암이 꿈틀거리고 있었다. 그곳에서 독자들은 빨려들고, 긴장하며, 매료되어 새롭게 탐구의 길을 떠난다.

그를 말한다

모리스 바레스(1862~1923, 국가주의 작가) 그는 사교성이 매우 좋은 젊은이였다. 빈말과 야유의 샘이었다. 그런 말들은 넘쳐흐르듯이 풍부하고, 눈부실 정도는 아니지만 놀랄 만큼 색조가 섬세하다.

페르낭 그레그(동급생) 그는 아름다움을 의식하고 있었다. 자신의 생기 있는 우아함을 즐기고 있었다. 때로는 그 우아함이 과장되어 가식적인 웃음으로 보이기도 했으나, 그래도 정신적인 것에는 변함이 없었다. 이를테면 애교가 지나쳐 교태에 이르러도 여전히 지적으로 보였다. 그래서 우리끼리는 지나치게 친절을 의식하는 태도를 '프루스트식'이라고 불렀을 정도였다. 그것은 바보같이 보일 만큼 공손하지만 한없이 감미로운 것이었다.

자크 에밀 블랑슈(1861~1942, 화가·비평가) 프루스트의 기억력은 기적 같았다. 그 희귀한 고성능 기록장치 덕분에, 우리 범인들의 마음속에서는 나타났다가도 이내 사라져버리는 덧없는 감동과 지각을 그는 정착시킬 수 있었다.

알퐁스 도데(1840~97, 작가) 마르셀 프루스트? 그는 악마요.

폴 모랑(1888~1976, 작가) 그와 함께 있을 때는 뭘 숨기고 싶어도 도무지 그게 안 돼. 어떤 생각이 의식의 표면에 떠오르면 그 순간 프루스트는 마음으로 알아채버리거든. 그리고 더할 나위 없이 작은 움직임으로 알았다는 것을 표시한다니까.

레옹 폴 파르그(1876~1947, 시인) 그는 이제 공기도 햇빛도 없이 살고 있는 인간의 모습을 하고 있었다. 마치 오랫동안 떡갈나무의 구멍 속에서 한 번도 나온 적이 없는 은둔자 같았다. 얼굴에서는 어떤 연민 같은 것이 느껴졌다. 그것은 고통의 표정이기는 했지만 조금씩 누그러지기 시작한 것 같았다. 그러한 인상은 고뇌에 찬 선량함에서 나온 것이었다.

'벨 에포크'의 명암

1897년 2월, 어느 비 오는 날 추운 오후, 뫼동 숲의 빌본 탑이 있는 곳에서 두 남자가 권총을 들고 마주섰다. 한 사람은 장 로랭, 또 한 사람은 마르셀 프루스트였다. 로랭이 프루스트의 작품 《즐거움과 그 나날》에 대한 발칙한 글을 발표했기 때문이다. 이날을 위해 선택된 입회인이 이름을 밝히고, 형식적인 인사를 주고받은 뒤, 총알 두 발이 오갔으나 다친 사람은 없었으며, 다시 인사를 나누고 두 사람은 헤어졌다. 그리하여 명예는 지켜졌다. 이것은 사람들의 웃음을 사는 시대착오적인 장면이었을까? 어쩌면 17세기쯤의 옛날로 느껴질지도 모른다. 별다른 위험 없이 결투를 하고, 불명예에서 벗어날 수 있다. 거리에는 말이 제 세상인 양 활보하고 있으며, 돈깨나 있는 사람들조차 촛불에 의지하고 있었다. 17세기 한 귀족이 되살아난다면, 정치 형태와 산업 발전, 철도 출현 등에는 한순간 깜짝 놀랄지 몰라도, 말을 타

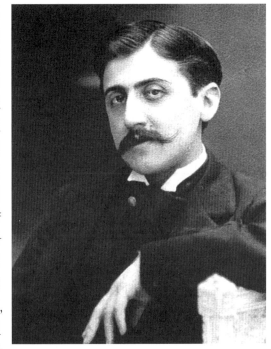

마르셀 프루스트(1871~1922)

고 불로뉴 숲을 산책하고, 마차를 타고 나들이를 다니며, 밤에는 머리맡에 촛불을 켜고, 치욕을 씻기 위해서 칼을 뽑는 등, 이내 옛날 그대로의 생활로 돌아갈 수 있다.

19세기 끝무렵은 강렬한 대비에 의해 우리 눈에 '좋은 시대'로 비친다. 이 시기는 두 가지 파국, 1870년 프로이센·프랑스 전쟁의 패전과 1914년 8월 2일에 시작된 세계대전 사이에 해당한다. 물론 현실적으로 모든 사람에게 좋은 시대라 하기에는 거리가 있었고, 노동자의 조건도 개선되었다고는 해도 여전히 열악했다. 파업과 폭동이 있었다. 1891년 근로자의 날에는 푸르미에서 새로운 발명품인 레벨연발총에 의해 4명의 여성을 포함한 9명의 사망자, 100명이 넘는 부상자가 길 위에 쓰러졌다. 무정부주의자들의 운동방침이 원리적 이상주의에서 '권리회복'과 '실력행사에 의한 선전'으로 바뀐 것이다. 다이너마이트가 사용되기 시작했다. 그러나 결국 상황은 호전되었고 산업은 번창했다. 사람을 쓰는 데는 부족함이 없는 시대였다.

마르셀 프루스트의 작품에도 가정부, 하녀, 요리사, 집사에 마부까지 득시글거리고 있다. 오직 귀족사회와 부자들만 사람을 쓰는 게 아니라, 프루스트 집안 같은 중산계급에서도 사람을 들여 집안일을 맡겼다. 중산층은 옛날과 다름없이 근면하고 보수적이었다. 전통을 존중하고, 예의바르며, 신앙심이 깊고, 가족을 소중히 여기며, 사회신분의 위아래를 분간할 줄 알았다. 이 계층은 대체로 정직하고 검소한 습관을 지니고 있었다. 상징어는 미덕. 그러나 미덕이라 해도 조금도 흠이 없는 것은 아니었다. 미덕이 땅에 떨어질 때도 있다. 사람들은 험담을 속삭이며 속으로 비웃고, 보수적인 사상에 강요되어 위선을 향하게 된다.

마르셀 프루스트 또한 좋든 나쁘든 시대의 아들이었다. 특권이 있는 이상 시대가 베풀어주는 특전을 이용한다. 실제로 그는 이 시대를 있는 그대로 받아들였을까? 신앙이 없음을 선언하거나(그가 드나들었던 몇몇 살롱에서 이것은 비상한 악취미였겠지만), 드레퓌스 사건 때 취한 행동 때문에, 바로 얼마 전까지 자기를 환영해주었던 문이 닫혀버리는 위험을 감히 무릅쓰는 등, 또 죽은 뒤에 발견된 소설 《장 상퇴유》 속에서 증언한 것처럼, 청년시절에 품었던 혁명가 장 조레스(1859~1914, 사회주의자로 암살당한다)에 대한 찬양은, 때로는 그도 시대 흐름에 저항하고 맞설 수 있는 인간이었음을 얘기해주고 있다. 우리를 위해 숨 가쁘게 그려준 《상류사회》의 요지경은 어쨌든 이 의문에 답해주고 있다.

유년시절

마르셀 프루스트의 탄생

마르셀 프루스트는 1871년 7월 10일, 파리에서 태어났다. 아버지 아드리앙 프루스트와 어머니 잔 베이유가 결혼한 지 1년 뒤의 일이다.

아버지 아드리앙은 파리 남서쪽으로 100킬로미터쯤 떨어진 시골 마을, 일리에 출신이다. 가난했지만 소년시절부터 뛰어난 학식을 드러냈고, 성직자가 되기 위해 인근 마을 샤르트르의 중학교에서 장학금을 받으며 공부했다. 그러나 뜻한 바가 있어 이곳을 떠나 파리 대학에서 의학 공부를 한다. 의사 자격

마르셀 프루스트의 부모　아버지 아드리앙 프루스트는 소르본 대학 교수로 콜레라 방역에 힘쓴 것으로 유명하다. 프루스트 부인은 언제나 변함 없는 상냥함과 배려로 마르셀을 감싸주었던 세상에 둘도 없는 어머니였다.

을 딴 뒤에 공중위생 전문가로서 멀리 터키, 페르시아까지 발을 넓혀 방역에 대한 연구를 했으며, 유럽 대륙으로 페스트가 침입했을 때에는 베네치아에서 이것을 격퇴하는 전술을 세워 멋지게 성공하는 등 화려한 성과를 올린 입지전적 인물이다. 공중위생에 대한 저서가 여러 권 있으며, 의학 아카데미 회원과 소르본 대학의 교수가 된다. 일리에 출신으로서는 가장 성공한 사람이 되어 그의 이름을 붙인 공적이 지금도 전해지고 있다.

한편, 그의 어머니 프루스트 부인(결혼 전 이름은 잔 베이유)은 유복한 유대계 주식중개인 가정에서 태어났다. 베이유 집안은 18세기까지 독일의 슈투트가르트 근처 마을에서 살았지만(베이유는 그들이 살았던 마을의 이름), 그 뒤 알자스로 옮겼다가 파리로 가게 된다. 세력 있는 유대계 일족으로, 프랑스 제3공화정의 대정치가 아돌프 크레뮤 등을 배출했다. 잔 베이유는 사랑과 관심 속에서 높은 교양과 풍부한 정서를 가진 여성으로 성장했다. 따라서 그들의 결혼은, 출세는 했지만 재력이 없는 한쪽과, 프랑스 사회로 동화하고 싶은 다른 한쪽의 희망이 일치했기 때문에 이루어진 만남이었는지도 모른다. 결국 이

SIÉGE DE PARIS.

파리 포위 공격　프로이센(독일)과 프랑스와의 전쟁(1870~71). 이 전쟁에서 프랑스가 패배했다.

것은 대단히 이질적인 결합이었다고 할 수 있다. 마르셀 프루스트의 불행 가운데 한 가지 원인이 거기에 있었는지도 모른다.

　제2제정의 붕괴 전날인 1870년 9월 3일, 두 사람은 결혼했다. 이때, 남편은 36세, 아내는 21세였다. 남편은 그 무렵 성공한 의사나 작가가 흔히 그러하듯이 사교계에 드나들었으므로 늘 아내에게 충실했다고는 생각지 않는다. 아들은 뒷날 '어머니는 아버지가 밖에서 무엇을 하는지 아무것도 모른다'라는 편지를 쓴 일이 있다. 그러나 아내는 '아무것도 모르는' 상태에서 남편에게 헌신했고, 남편 또한 가정 안에서 그러한 아내의 헌신적 태도에 충분히 보답해주었다는 의미에서 부부 사이는 꽤 좋았다.

파리 생활과 외갓집

　프루스트 부부는 두 아들 마르셀과 로베르(두 살 터울인 동생)를 데리고 몇 번인가 이사를 하면서도 파리 중심부에서 서쪽으로 조금 치우친 8구에 계속 살았다. 마르셀은 부모가 세상을 떠난 뒤에도 그 추억을 소중하게 여겼으므로, 만년의 몇 해 말고는 줄곧 파리 8구에서 살았다. 8구는 19세기에 생긴 (결국 그 무렵에는 아직 새로운) 으리으리한 제정식 아파트가 즐비한 지구로, 고급 관료들이 많이 살았다.

1871년 5월 24일 파리 튈르리 궁전 화재　전날 밤 베르사유 군대가 바티뇰과 몽마르트르를 빼앗았다. 코뮌 병사들은 필사적으로 저항했다. 파리는 불타올랐다. 5월 28일 코뮌은 패배했다. 베르사유에서는 국민의회가 감사미사를 올리고 탄압이 이어졌다.

　역사의 향기가 모자라서 사실, 마르셀은 별로 좋아하지 않았던 곳이다. 여기가 사회에서 순조롭게 단계를 밟아 올라간 아버지에게 어울리는 장소라고 한다면, 마르셀은 이곳과 이질적인 어머니 쪽의 파리도 갖고 있었다. 바로 파리 중심에서 북동 방향으로 조금 가면, 어머니의 부모가 사는 포부르 푸아소니에르(Faubourg-Poissonnière)가(家)이다. 프루스트 부인은 두 아들이 아직 어릴 적에는 자주 친정에 갔던 것 같다. 특히 마르셀은 뛰어난 지성과 교양을 가진 외할머니가 가장 아끼는 아이였다. 포부르 푸아소니에르는 유대계 사람이 많이 사는 낡은 지구로, 본디 생선 중개인의 가게가 빽빽이 늘어선 곳이었다. 이 지구는 현재 쇠퇴했으나 그때에는 시끌벅적하면서 멋진 곳이었던 듯하다.

　어머니 쪽과 얽힌 장소가 파리에 하나 더 있다. 어머니의 큰아버지인 루이 베이유가 파리의 서쪽, 오퇴유(Auteuil)의 라 퐁텐(La Fontaine) 거리 96번지에 가지고 있던 별장이다. 그 무렵 이곳은 파리에 사는 사람들의 별장이 몇 채 있는 전원지대였다. 마르셀과 로베르는 여기에서 태어났으며, 프루스트 부인은 이곳을 자신의 별장처럼 마음 편한 장소로 여겼기 때문에 프루스트 가족은

▲아버지의 고향 일
리에
잃어버린 낙원. 마
르셀이 아직 어릴
적부터 이 지방은
그의 지병인 천식
때문에 금단의 장
소가 되었다.

◀일리에(콩브레) 아
미요의 집 뒤뜰
스완이 이곳을 통
해 레오니 고모를
병문안했다.

해마다 봄과 초여름이면 내내 여기에 머물렀다.

이렇듯 마르셀의 유년시절은 외가 식구들의 영향력에 지나치게 둘러싸여 있었다. 《잃어버린 시간을 찾아서》의 화자이자 주인공이기도 한 '나'는 순수한 프랑스인으로 설정되어 있고, 프루스트 가족의 유대계 피는 작품에서 주의 깊게 배제되어 있기 때문에 이 점은 주의해야 한다. 마르셀은 유능한 의사이자 후생 관료였던 인물의 아들로서 프랑스 사회의 중심부에서 생활해오긴 했지만, 이처럼 절반은 유대인 출신이라는, 이교적이고 동양적인 면도 아울러 가지고 있었다. 게다가 그는 동성애자이므로, 그러한 것을 종합하여 생각해보면, 한편으로는 더할 나위 없이 주변적 존재이기도 했던 것이다. 그것이 그의 불안정한 정체성에 크게 영향을 끼쳤으리라.

아버지의 고향 일리에(콩브레)

프루스트의 유년시절은 외가 친척들 중심이었지만, 그렇다고 아버지 쪽의 영향력이 전혀 없었던 것은 아니다. 그것은, 온 가족이 함께 간 아버지의 고향 '일리에'에서의 일로 짐작할 수 있다.

《잃어버린 시간을 찾아서》에 등장하는 시골마을 콩브레(Combray)의 모델이 된 일리에는 샤르트르에서 서쪽으로 20킬로미터쯤 떨어진 곳에 있는 아주 평범한 마을로, 중심부에는 프랑스의 여느 마을이 그러하듯이, 성당과 광장이 있고, 근처에 루아르 강이 흐르고 있다. 소설 속에서 비본이라고 불리는 이 시내는 3, 4미터 정도로 폭이 좁지만 루아르 강으로 흘러드는 유량이 풍부한 아름다운 물줄기이다.

루아르 강을 따라 상류로 이어지는 보스 평야 북쪽 방향으로 산책을 가면, 상태망의 소박한 성당이 나온다. 이 성당 옆에는, 물줄기가 솟아나는 제법 큰 샘이 있어서 자갈을 깔아 세탁장으로 사용하고 있는데, 이곳이 바로 루아르 강이 시작되는 곳 중 하나이다. 이곳은 《잃어버린 시간을 찾아서》의 어린 주인공이 '마치 지옥문과 같이, 지상에는 없는' 아득히 먼 땅이라고 상상하는 곳이었지만, 성인이 된 뒤에 방문했을 때는, '수면에 거품이 떠 있는 세탁장'에 지나지 않는다는 것을 알고 깊은 실망감을 맛보게 된다. 북쪽으로 더 올라가면, 일리에에서 8킬로미터쯤 떨어진 곳에 이탈리아식 탑을 세운 빌본의 으리으리한 성을 볼 수 있다. 이것이 바로 《잃어버린 시간을 찾아서》 속에서는 게르망트 성이 되는 것이다.

프루스트 집안사람들에게는 산책길이 하나 더 있다. 일리에로부터 루아르 강을 건너 고모부 쥘 아미요가 지은 정자 '프레 카틀랑(Pre Catelan)'의 옆길로 빠져나간다. 그리고 서쪽 어귀로 나오면 2, 3킬로미터 떨어진 곳에, 작품 속 등장인물 스완이 사는 별장의 모델이었던 탕송빌 관(館)이 있다. 지금도 이곳에서는 하얗게 칠한 큰 문의 아득한 저 너머로 아름답고 커다란 시골풍 저택을 볼 수 있다.

《잃어버린 시간을 찾아서》에서 스완이 소유하게 된 '프레 카틀랑'에는 5월이 되면 하얀 서양 산사나무꽃이 아름답게 피어난다. 주인공이 처음으로 질베르트와 만난 곳이다. 그 밖에도 소설 속에서 사디즘의 참극이 연기되는 몽주뱅의 저택 등, 일리에의 모습은 《잃어버린 시간을 찾아서》의 콩브레로 묘사되어 있다. 파리의 가장 세련된 세계를 몸으로 구현하는, 아주 괴짜인 (excentrique) 이 작가도, 실은 이렇듯 몹시 소박하고 아름다운 프랑스, 가장 깊숙한 부분의 프랑스에도 통하고 있었다.

그러나 1880년에 마르셀이 천식에 걸린 뒤로는, 꽃가루와 바깥공기가 천식에 나쁘다는 아버지의 판단에 따라, 그에게 일리에는 금지된 땅이 되었다.

천식의 발작

프루스트는 9세 무렵 불로뉴 숲을 산책하던 중에 천식 발작을 일으킨 뒤로 평생 낫지 않았다. 그래서 어쩔 수 없이 집에 틀어박혀 끊임없이 병치레를 하게 된다. 일생 그는 많은 의사의 도움으로 수많은 치료법을 시도했지만, 병세는 조금도 호전되지 않았다. 그러나 거기에서 그는 많은 것을 얻게 된다. 이를테면 의사라는 직업에 대한 불신이다(그 덕분에 작품 속에 코타르 의사라는 코믹한 인물이 탄생하게 된다). 또 그는 꽃을 사랑하여 여성에게 선물로 꽃을 많이 보냈는데, 천식에 좋지 않았으므로 정작 그 자신은 생화를 가까이 할 수 없었다. 게다가 그는 병 때문에 많은 즐거움, 특히 사교와 여행의 즐거움을 단념할 수밖에 없었다.

그의 편지를 읽으면, 친구들이 모두 함께 놀러 나가는데, 자신만이 침대에 붙들려 있는 외로움을 끊임없이 호소하고 있다. 하지만 뒤집어 생각해보면, 그는 병 때문에 문학에 전념하고, 걸작을 완성할 수 있었다.

〈불로뉴 숲의 자전거 별장〉 장 베로. 19세기
자전거를 타는 아름다운 숙녀들의 데이트 장면. 프루스트는 불로뉴 숲을 산책하던 중 발생한 천식으로 평생 병치레를 했다. 베로는 프루스트와 장 로랭의 결투를 지켜본 사람이기도 하다.

이 천식은 대체 왜 일어난 것일까? 병의 원인에는 다양한 설이 있어 단정할 수는 없지만, 아마도 이 병은 신경성으로, 어머니와의 애정을 둘러싼 갈등이 원인이었던 것 같다. 허약하게 자란 그는 2년 뒤에 태어난 동생과의 사이에서, 어머니의 사랑을 뺏고 빼앗기는 전쟁을 견디지 못해, 질병 속으로 도망침으로써 어머니의 애정을 독차지한 듯하다. 이후, 어머니는 마르셀에 대하여 동생과는 다른 각별한 배려를 아끼지 않게 된다. 따라서 천식은 마르셀의 존재 중심부에 뿌리내려 그 존재의 한 부분을 이루고 있었다고 할 수 있다.

프루스트의 유년시절은 일리에의 자연과 외할머니로부터 받은 선물들이 상징하다시피 분명 '황금의 유년기'로 지나간 한편, 너무 일찍 그의 평생에 어두운 그림자를 던지는 천식이라는 요소도 등장한다.

학창시절

콩도르세 중고등학교

병약한 소년도 취학 연령이 되자, 학교 교육을 받아야 했다. 먼저 파프 카르팡티에 초등학교를 2년 다닌 뒤, 그는 11세인 1882년 10월 콩도르세 중고등학교(그때는 퐁탄 중고등학교로 불렸다)에 입학했다. 이곳은 센 강 하류를 향하여 오른쪽 강변에 위치한 부르주아적인, 그리고 자유주의적인 교풍의 명문학교이다. 졸업생 명부를 보면 세 명의 공화국 대통령뿐만 아니라, 작가 공쿠르 형제,*1 문예평론가로 이름을 떨친 생트뵈브,*2 철학자 텐,*3 베르그송*4 등을 배출했다. 프루스트의 학우 중에는 로스차일드 집안의 아들과 나중에 사교계의 인기 화가가 되는 자크 에밀 블랑슈*5 또는 불바르(Boulevard) 연극의 작가 뤼도비크 알레비의 아들이 있었다. 콩도르세 중고등학교는 생라자르 역의 맞은편, 르 아브르 도로에 있어서, 그 무렵 프루스트 가족이 살고 있던 말제르브 거리에서는 10분도 걸리지 않았고, 교풍도 프루스트 집안의 취향에 맞았던 듯하다. 성적은 대체로 나쁘지 않았지만, 꽤 들쭉날쭉했다. 병약해서 결석이 잦았으며, 한 번이었지만 낙제한 적도 있다. 또 자신이 좋아하는 과목만 공부했다고 한다.

콩도르세의 교사들

콩도르세 중고등학교는 교사도 우수했다. 라틴어의 빅토르 큐슈발, 국어의 막심 고세와 같이 세상에 어느 정도 알려진 교사도 있었고, 이미 퇴폐적

---

*1 Goncourt Frères, 19세기 프랑스 소설가. 형 에드몽과 동생 쥘의 합작으로 작품을 발표했고, 죽은 뒤에 공쿠르상이 제정됨. 주요저서 《샤를 두마이》, 《피로멘 자매》, 《르네 모프랭》.

*2 Charles Augustin Sainte-Beuve(1804~69), 19세기 프랑스의 문예비평가·시인·소설가. 낭만주의를 대표하는 작가로 근대비평의 아버지로 불림. 주요저서 《포르루아얄》, 《문학적 초상화》, 《월요한담(月曜閑談)》 등.

*3 Hippolyte-Adolphe Taine(1828~93), 프랑스의 철학자·역사가·비평가. 주요저서 《영국 문학사》, 《예술철학》, 《현대 프랑스의 기원》 등.

*4 Henri-Louis Bergson(1859~1941), 프랑스의 철학자. 1927년 노벨문학상 수상. 주요저서 《물질과 기억》, 《창조적 진화》, 《도덕과 종교의 두 원천》 등.

*5 Jacques Émile Blanche(1861~1942), 프랑스의 화가. 대표작 〈모차르트 '피가로의 결혼'의 케루비노〉 등.

콩도르세 학교 하교시간 프루스트가 다닌 이 학교는 센 강 오른쪽 기슭에 있으며, 분위기가 매우 자유로웠다고 한다.

인 경향을 띠기 시작한 프루스트의 문장을 따뜻한 시선으로 봐주는 도량을 가진 교사도 있었다. 그러나 어린 프루스트에게 가장 큰 영향을 끼친 사람은 철학학급(6년차이자 최종학년)에서 가르친 철학교사 알퐁스 다를뢰일 것이다. 그는 〈도덕철학평론〉지의 창간에도 참여했던 뛰어난 철학자이고, 교사로서도 훌륭했다. 그리고 학생들의 답안을 그들의 눈앞에 대고 '병든 두뇌에서 태어난 관념'이라던가, '스가나레르의 철학'이라며 박살내버리곤 했다(스가나레르란 몰리에르의 연극 〈스가나레르 또는 마누라를 빼앗겼다고 생각하는 남자〉의 주인공).

프루스트는 다를뢰에게 끌리는 데가 있었는지 첫 수업 뒤, 조금 도를 넘

는 칭찬의 편지를 썼을 뿐
만 아니라, 나중에는 그의
개인교습까지 받게 된다
(그는 지병 때문에 몇 명의
가정교사가 있었다). 프루
스트는 개인교습 시간이
끝나도 선생의 집까지 이
야기를 나누면서 따라가
고, 현관에서도 그를 붙잡
고 늘어졌다고 한다. 그는
다를뤼를 《장 상퇴유》에
서 보리에 선생이라는 이
름으로 비중 있게 다루고
있다. 다를뤼는 철학적인
문제를 시적으로 다룰 수
있는 교사로, 이것이 프루
스트에게 커다란 영향을
끼쳤다. 또 모든 것은 대
상 속이 아니라 정신 속에
있다는 프루스트의 주관

마르셀(오른쪽)과 동생 로베르   나다르. 1885.

주의적인 관념론도 다를뤼에게서 받은 것이다.

샹젤리제의 친구들

이와 같이 그는 콩도르세 중고등학교 재학 중에 자신의 지적 세계를 크게
넓히는 한편, 가족으로부터 조금 떨어져서 또래의 친구들과 새로운 교류의 세
계를 만들기 시작했다. 여기에는 평생 우정을 나누게 되는 이들도 있다. 국립
중고등학교는 3시에 끝나므로, 소년들은 가까운 샹젤리제로 가서 나무들 사
이를 뛰어다니며 놀았다. 이 소년들은 보통 유복한 유대인 가정 출신이어서
마르셀의 외가와 친분이 있는 아이들도 많았다. 그중에는 마르셀의 동생 로베
르의 가정교사였다가, 나중에 파스칼의 《팡세》 교정판을 내게 되는 레옹 브룅

슈비크,[6] 마침내 작가가 되는 루이 드 라 사르의 모습도 보였다.

물론 거기에는 소녀들도 있었다. 마르셀은 뒷날 대통령이 되는 페릭스 폴의 두 딸 앙투아네트와 뤼시와 친했다. 또 작품 속 주인공의 첫사랑인 질베르트의 공인 모델이었던 마리 드 베나르다키와 여동생 네리도 이때 만났다. 그녀들은 차(茶) 장사로 재산을 모았다는 폴란드 귀족의 딸이었는데, 어머니는 샴페인과 사랑 말고는 관심이 없기로 유명한 여성으로, 무척 아름답고 육감

15세 때의 **프루스트** 나다르.

적이었다. 딸도 어머니를 닮은 듯하다. 그즈음 프루스트는 앙투아네트 폴에게 보낸 편지에서 다음같이 쓰고 있다.

"마리 베나르다키는 대단히 미인이고, 점점 풍만해집니다."

이와 같이 사춘기를 벗어나 한창 피어나던 아가씨는, 젊은 마르셀의 마음을 매혹했는지도 모른다. 또 이 아가씨의 가정은 도덕심 견고한 프루스트 집안과는 달리 돈도 충분히 있고, 인생의 향락을 제일로 여기는 듯했으므로, 그러한 가정의 존재 방식에 프루스트가 강한 호기심을 가지고 있었던 것으로 생각할 수도 있다.

---

*6 Léon Brunschvicg(1869~1944), 유대계 프랑스의 합리주의적 수리철학자. 주요저서 《광세》, 《스피노자》, 《인간적 경험과 물리적 인과성》.

동성애에 대한 깨달음

이 시절의 프루스트에게는 어떤 독특한 성적 성향이 나타나, 그것이 점차 그의 존재를 깊이 구성해 나가게 된다. 그는 중고등학교 친구 중에서도 특히 문예에 취미가 있는 학생에게 집착했다. 그리고 그들과 강한 우정의 연결고리를 만들려고 귀찮게 붙어 있거나, 자신을 어떻게 생각하고 있는지 집요하게 캐물었기 때문에, 친구들로부터 기분 나쁘다거나, 조롱당하는 처지에 놓이게 된다. 자크 에밀 블랑슈는 다음과 같이 쓰고 있다. "그의 유아적인 애정은 많은 오해를 부른다. 어린시절 그와 놀았던 한 사람이 우리에게 이야기해준 바에 의하면, 마르셀이 다가와서 그의 손을 잡고, 애정을 몽땅, 누구에게도 나눠주지 않고 자신한테만 주기를 바란다고 했을 때 두려움을 느꼈다고 했다." 이러한 지나친 '우정'으로의 몰입과 그것이 현실 속에서 환멸로 끝나는 상황을, 《장 상퇴유》에 작가 자신이 강한 분노를 담아서 써 나가고 있지만, 프루스트가 그 무렵 친구(극작가 뤼도비크 알레비의 아들인 다니엘)에게 보낸 편지에도 그러한 마음이 나타나 있다.

"'너는 정말 훌륭해. 그 밝고 아름다운 눈은 네 정신의 섬세한 우아함과 아름다움을 비추어내고 있구나. 그렇다고 너의 정신이 모두 좋다는 것은 아니지만. 네 눈에 키스한 적은 없지만, 너의 몸과 눈은 마치 너의 생각처럼 우아하게 아름답고 가냘프구나. (……) 무릎 위에 앉게 해준다면, 네 생각을 좀더 잘 이해할 수 있을 것 같은데. 너의 생생한 정신과 가냘픈 몸은 나눌 수 없기에, 그 둘이 어우러져 있는 너라는 하나의 자아가 지닌 매력은 '사랑의 부드러운 기쁨'을 좀더 섬세하게, 좀더 풍요롭게 해줄 거야.'"

문학에 대한 깨달음

어릴 적부터 어머니와 할머니에게서 교육을 받은 그는 조르주 상드,[7] 디킨스,[8] 테오필 고티에,[9] 조지 엘리엇,[10] 거기에 《아라비안나이트》에 이르기까지

---

[7] George Sand(1804~76), 프랑스의 낭만주의 소설가. 주요저서 《앵디아나》, 《콩쉬엘로》, 《마의 늪》, 《사랑의 요정》 등.

[8] Charles John Huffam Dickens(1812~70), 영국의 소설가. 주요저서 《올리버 트위스트》, 《위대한 유산》, 《크리스마스 캐럴》 등.

이미 많은 책을 읽었고, 또 책을 읽는 것이 병약한 그의 최대 즐거움이었다.

게다가 그는 뛰어난 기억력을 가지고 있었으므로, 샹젤리제의 나무 그늘에서 친구들을 앞에 두고 라신,*[11] 위고,*[12] 뮈세,*[13] 라마르틴,*[14] 보들레르*[15]의 시구를 암송해 보임으로써 그들을 놀라게 했다. 그의 문학적 교양은, 어릴 때 어머니와 외할머니로부터, 그리고 중고등학교에서 교사로부터 주입된 프랑스 고전주의가 기본이지만, 10세 이후 《안나 카레니나》를 읽고, 1886년 15세

20세 때의 **프루스트** 자크 에밀 블랑슈

때에는 역사가인 오귀스탱 티에리*[16]를 집중적으로 읽는 등, 프랑스 소설에

---

*9 Théophile Gautier(1811~72), 프랑스의 소설가·시인·비평가. 주요저서 《알베르튀스》, 《모팽 양》, 《낭만주의의 역사》 등.

*10 George Eliot(1819~80), 영국의 여류 작가. 주요저서 《플로스 강의 물레방아》, 《미들마치》, 《아모스 바튼》 등.

*11 Jean-Baptiste Racine(1639~99), 프랑스의 극작가. 주요저서 《베레니스》, 《페드르》, 《에스테르》 등.

*12 Victor-Marie Hugo(1802~85), 프랑스의 낭만주의 시인·극작가·소설가. 주요저서 《노트르담 드 파리》, 《레 미제라블》 등.

*13 Louis-Charles-Alfred de Musset(1810~57), 프랑스의 낭만주의 시인·극작가·소설가. 주요저서 《세기아의 고백》, 《에스파냐와 이탈리아 이야기》, 《비애》 등.

*14 Alphonse de Lamartine(1790~1869), 프랑스의 낭만주의 시인·정치가. 주요저서 《그라지엘라》, 《왕정복고사》, 《라파엘로》 등.

*15 Charles-Pierre Baudelaire(1821~67), 프랑스의 시인. 주요저서 《악의 꽃》, 《파리의 우울》 등.

*16 Jacques Nicolas Augustin Thierry(1795~1856), 프랑스의 역사가. 주요저서 《프랑스 역사에 대한 공개장》, 《메로빙거 왕조시대의 이야기》 등.

한정되지 않은 폭넓은 교양을 가지고 있었다. 또 같은 시대의 고답파, 상징파 등의 문학 유파에도 관심이 있었다.

그러한 분위기 속에서 동인잡지가 속속 등장한 것은 당연한 일이다. 프루스트와 관계 있는 잡지만 보더라도, 〈월요평론〉, 〈제2학년 평론〉, 〈리라 평론〉, 〈녹색평론〉

프루스트의 창작 수첩
프루스트는 세로로 긴 멋진 수첩에다 자신의 착상과 메모를 적었다. 이 수첩들은 문학 살롱을 주최하던 스트로스 부인이 그에게 선물한 것이다.

이 있고, 이러한 풋내 나는 문학적 영위가 대학 시절의 잡지 〈향연〉으로 발전하게 된다.

〈향연〉은 페르낭 그레그, 마르셀 프루스트, 자크 비제, 다니엘 알레비, 로베르 드레퓌스 등이 회원으로, 거기에 레옹 블룸, 가스통 아르망 드 카이야베, 앙리 바르뷔스 등도 기고하여 만들어졌다. 잡지의 중심이 되어 실제 운영을 담당한 것은 페르낭 그레그이다. 잡지는 8호에 그쳤지만, 프루스트는 마테를링크와 몽테스키외*17를 생각나게 하는 세기말풍의 기괴한 문체로, 사교계 귀부인들과 드미 몽드(demi-monde, 고급 창녀) 등의 인물을 묘사해서 친구들을 크게 놀라게 했다.

동인은 거의 프루스트의 친구들이었으며, 성인이 되고 나서 경연극(輕演劇) 작가나 언론인이 된 사람도 많았다.

─────────────
*17 Robert de Montesquieu(1855~1921), 프랑스의 시인·비평가. 달타냥의 후예, 오랜 가문의 긍지를 가진 백작은 독자적인 심미안으로 많은 예술가를 후원했으며, 그의 독특한 존재는 문학자들에게 영향을 끼쳤음.

자아의 형성

프루스트는 1889년 10월 26일(18세)에 바칼로레아(프랑스의 대학입학 자격시험) 합격증을 받음으로써 중고등학교 생활에 마침표를 찍게 된다. 중고등학교 시절을 통해서 지성을 비약적으로 발전시켰지만, 그것은 학자가 되기 위한 교양이 아니라, 인생을 깊이 알고, 인생의 기쁨을 맛보기 위한 교양이었

다. 또한 그것은 반드시 좁은 의미에서의 문학적인 소양에 한하는 게 아니라, 여러 방면에 걸친 것이었다. 그와 더불어 그는 자신의 독특한 성적 성향을 깨달을 수밖에 없었다. 이러한 자기 '발견'은 당연히 그에게 커다란 혼란을 일으키는 원인이었으리라. 그러나 그는 그러한 혼란을 헤치고 나아가 자아를 형성하게 된다.

청년 시절

오를레앙에서의 병역생활

콩도르세 중고등학교를 졸업한 프루스트는, 그 뒤에도 정치학 관련 학교에 등록하고, 소르본에도 다녔지만, 그의 생활은 더 이상 학생다운 것이 아니었다. 그는 이제 그 나름의 세상 중심으로 들어섰기 때문이다. 거기에 있었던 삶은 직업생활이 아니라 딜레탕트(호사가)의 사교생활이었다.

고등학교를 마친 그는 징병에 응해 1년 동안 병역생활을 하게 된다. 프루스트의 건강상태와 아버지의 영향력을 생각하면 병역면제도 가능했지만, 그러한 방법 대신 그즈음 자원하면 병역 기간이 3년에서 1년으로 단축되는 제도를 이용하여 본인이 적극적으로 나선 것이다. 그리하여 그는 1889년 11월 11일에 소집을 받아(18세), 같은 달 15일에 오를레앙 제76연대로 입대했다. 입대 기록에 의하면 머리는 밤색, 키는 168센티미터라고 되어 있다. 병사들은 병영 안에 머물러야 한다는 규칙이 있었지만, 그는 다른 몇몇 동료와 바니에 거리 92번지의 랑부아제 부인 집에 방을 얻었다. 또 천식 때문인지 아니면 아버지가 손을 쓴 덕분인지, 상관의 조치로 엄격한 훈련은 면제받은 듯하다.

프랑스의 군인, 특히 장교는 적어도 제1차 세계대전까지는 꽤 우아한 존재로, 지방 연대에서 일하면 그 지방의 사교계에 초대받는 것이 보통이었다. 젊

은 프루스트처럼 한낱 병사에 지나지 않는 사람도, 부모의 소개 덕분인지, 지원병 동료인 메이라르그 등과 함께 루아르 지사 부그네르 씨에게 초대받곤 했다. 이러한 세계대전 전의 우아한 분위기 속에서 그는 군생활을 했다.

병약한 청년은 이렇게 주위의 따뜻한 배려와 우리로서는 상상하기 힘든 그때의 군대 습관 덕분에, 수많은 프랑스 작가 가운데 군대에 대하여 가장 호의적인 문학자가 된 것이다. 그는 《즐거움과 그 나날》에서 이렇게 쓰고 있다.

농민 출신의 또래들 중 몇몇은 너무나 순박하다. 내가 전부터 사귀어오던 젊은이들과 비교하면, 신체는 더 아름답고 경쾌한 데다 정신은 더 독창적이며, 마음은 더 자유롭게 드러나고, 성격은 자연 그 자체였다. (……) 지금 와서 생각하면, 모든 것이 한데 어우러져서, 이 시절의 내 생활을 일련의 행복하고 매력이 넘치는 그림이 되게 해준다.

직업 선택

병역을 마친 뒤 프루스트는 1890년 11월부터 파리 대학 법학부에 다니게 된다. 아울러 정치학 자유학원에도 등록하여 1893년까지 다녔다. 또 소르본 문학부에서도 공부해 1895년에 철학 학사학위를 취득한다.

이때는 장래의 직업에 대하여 몇 가지 시행착오를 겪는다. 사실 그가 제대로 된 직업을 찾는 이유는 부모의 강한 바람 때문이었다. 그래서 법학부에도 다니고 한때 공증인이 되려고 노력도 했지만, 금방 포기해버린다. 그 다음에는 아버지의 연줄로 파리 마자린 도서관의 무급 사서로 채용되었다. 그러나 그는 무급이라는 것을 멋대로 해석해, 휴가를 얻어 어머니와 크로이츠나흐(Kreuznach)로 휴양을 가거나 계속 출근하지 않고 휴가원을 마구 쓰다가, 결국은 단 하루도 근무하지 않고 퇴직해버린다.

이와 같이 그는 무서우리만큼 게으름뱅이였지만, 문학에 대해서는 결코 그렇지 않았다. 1896년에 《즐거움과 그 나날》을 출판했고, 이미 1895년부터 《장 상퇴유》 집필을 시작하여 하루에 네 시간 꼴로 일하고 있었다.

그러나 그 밖의 일은 전혀 하지 않았다. 부모의 탄식에 아랑곳없이 어떤 직업도 선택하지 않았다.

사랑에 굶주린 젊은이

그렇다고 해서 그가 윤리적인 의미에서의 의무 관념이 없는 인간이었는가 하면, 꼭 그렇지는 않았다. 그는 자기를 좀더 높일 수 있는 일과 훌륭하고 가치 있는 인간이 되는 일에 결코 무관심하지 않았다. 그리고 흔히 말하는 도덕심도 있었다. 프루스트가 현실세계에 들어갈 수 없었던 것은, 그의 병약한 체질과 현실적이지 못한 성격으로 말미암은 바가 크다. 이 무렵 그가 어떤 설문에 답한 것을 보면, 그가 어떠한 인물이고 무엇을 원했는지 잘 알 수 있다.

병사 프루스트 자원 입대하여 1년간 복무를 마쳤다.

(당신 성격의 주된 특징은?) 사랑받고 싶은 욕구, 좀더 자세히 말하자면 다른 사람에게서 칭찬받기보다 사랑받고, 응석 부리고 싶은 욕구

(남성에게 바라는 성질은?) 여성적인 매력

(여성에게 바라는 성질은?) 남성과 같은 아름다운 점을 가지고, 친구와의 교제에서 솔직하기

(친구들이 지니고 있는 것 중에 가장 높이 사는 점은?) 나에 대하여 상냥한 점. 그 상냥함의 가치를 인정하는 데 충분할 만큼 그의 인격이 훌륭하다는 전제하의 이야기이지만

(주된 결점은?) 의욕을 가질 만한 능력이 없는 점, 의욕이 없다는 점

(좋아하는 일은?) 사랑하는 것

그레펠 백작부인
《잃어버린 시간》에서 게르망트 공작부인 모델

그가 가장 좋아하는 일은, '사랑하는 것'이었다. 그리고 그가 가장 좋아하는 것은 응석 부리고, 애무받고, 사랑받는 것이다. 여기에서 나타난 겉모습은 남자이지만, 마음은 더할 수 없이 여성스러운 한 인물이다. 일반적인 의미에서 일에 대한 전념이 절대로 불가능하고, 오히려 애정을 갈구하면서 살아가고 있는 한 젊은이의 모습이다. 이러한 성격은 평생 변하지 않는다.

친구의 어머니들

그는 중고등학교 시절 우정에 대한 지나친 집착 말고도 또 다른 이유로 친구들의 빈축을 샀다. 그것은 프루스트가 학우뿐만이 아니라, 그들의 어머니들에게도 집착했기 때문이다. 물론 이렇게 어머니들에게 아직 소년인 남자가 아무 때나 드나드는 것은 꽤 이상한 일이다. 프루스트는 보호받고 싶은 욕구가 강했기 때문에, 그러한 명사의 부인들 중에서 이상적인 어머니를 찾고 있었는지도 모른다. 그의 스노비즘(속물주의) 밑바탕에 오랜 전통과 힘을 가진 귀족에게 보호받고 싶은 욕구가 있었던 것 같다.

프루스트의 친구 자크 비제는 오페라 〈카르멘〉의 작곡가 비제의 아들이다. 그는 곧 이 친구의 어머니 살롱에도 드나들게 된다. 비제 부인은 남편과 사별한 지 얼마 되지 않아, 부자 변호사 스트로스 씨와 재혼하여 스트로스 부인이 되었다. 프루스트는 어머니뻘인 이 여성과 오래도록 교제를 하게 된다. 더욱이 그는 가스통 드 카이야베의 어머니 카이야베 부인의 집에도 드나들었는데, 그녀는 대작가 아나톨 프랑스의 정부였다.

프루스트 같은 평민 젊은이가 불완전하게나마 사교계에 자리를 잡으려면 다른 사람보다 몇 배로 노력해야 했다. 그가 자기 특기로 내세웠던 점은 물론 뛰어난 지성과 감수성이지만, 흉내내는 재능도 이용했었다. 그는 사교계 최고 미인으로 유명했던 그레펠 부인의 아름다운 목소리를 흉내내거나, 프루스트를 비호하게 된 마들렌 르메르 부인의 말투를 과장해서 흉내내곤 했다.

마들렌 르메르 부인
《스완의 사랑》에서 베르뒤랭 부인 모델

마들렌 르메르

프루스트가 사교계에 깊숙이 들어갈수록 그의 생활에 더 큰 영향력을 가졌던 여인이 있다. 바로 르메르 부인이다. 그녀는 매주 화요일에 예술적인 작은 살롱을 열었다. 또한 수채화를 잘 그렸고, 특히 장미 그림에 뛰어났다. 신(神) 다음으로 많은 장미를 그렸다고 말하는 사람이었다. 프루스트는 이 살롱에서 알게 된 레이날도 앙(가곡 작곡가로 이름을 높이고, 만년에는 오페라 극장의 지배인이 된다)과 함께 파리에서 동쪽으로 수십 킬로미터 떨어진 레베이옹에 있는 르메르 부인의 별장으로 초대되거나 또는 부인의 그룹과 함께 노르망디 지방의 디에프로 놀러가곤 했다. 여기서 그는 나폴레옹의 조카딸인 마틸드 대공비와 가까워져서 게르망트 공작부인의 주요한 모델이 되는 그레펠 백작부인과 슈비네 부인을 처음으로 만나게 된다.

르메르 부인은 프루스트의 처녀작품집 《즐거움과 그 나날》의 삽화를 그려준다. 부인은 그가 세상 밖으로 이름을 내놓을 즈음에 지지해주었던 사람으로, 프루스트는 이 점을 대단히 고마워했다. 실제로 처음에 그의 처녀작품집

레이날도 앙(1874~1947) 작곡가
《장 상퇴유》에서 레베이옹 모델

제목을 부인의 별장과 연관지어 《레베이옹의 성》이라 붙였을 정도였다. 또한 《장 상퇴유》에서 마들렌 르메르는 권세에 굴하지 않는 대귀족 레베이옹 공작부인으로 등장하여 주인공에게서 따뜻한 비호를 받으며, 레이날도 앙은 공작부인의 아들 앙리 드 레베이옹이 되어, 두 사람은 매우 이상적인 모습으로 작품 속에 나온다.

한편 부인은 꽤 독점욕이 강한 성격으로, 프루스트는 무언가에 대해 명령받거나 레이날도 앙과의 관계까지도 여러 가지 말참견을 당한 듯하다. 그는 나중에 〈스완의 사랑〉에서 마들렌 르메르를 독재적이며 질투심 강한 베르뒤랭 부인으로 만들었다. 그리고 사랑하고 있을 때에는 그를 실컷 괴롭혔던(그보다는 사람을 사랑할 때 프루스트는 언제나 지독하게 괴로워했다) 레이날도를 경박한 오데트라는 고급 창부로 만든 것이다.

레이날도 앙

레이날도는 베네수엘라 출신의 유대인으로, 1894년 마들렌 르메르의 집에서 프루스트와 알게 되었을 때는 19세였다. 이때 프루스트는 23세였다. 이 만남을 시작으로, 프루스트가 나이 어린 청년에게 집착하는 경향이 나타난다.

레이날도는 파리의 고등음악원(콩세르바투아르)에서 학구적인 음악 교육을 받았고, 생상 등의 제자였지만, 사교계를 좋아했으므로 르메르 부인의 살롱에서 베를렌의 시에 곡을 붙인 〈샹송 그리즈〉를 직접 피아노 치면서 불렀다. 프루스트는 뤼시앙 도데에게 관심을 옮기기까지 2년 동안 그를 열렬히 사랑했고, 그 뒤에도 생을 마칠 때까지 친구로서 계속 교류하게 된다.

1895년에는 둘이서 브르타뉴를 여행했고, 이 여행의 경험은 《장 상퇴유》 속에 강하게 각인된다. 레이날도는 자크 드 레베이옹으로 등장할 뿐만 아니라 몇몇 인물, 그리고 아마 장에게 사랑받는 여성 프랑수아즈에게도 자신을 빌려주고 있다.

프루스트는 만년이 되어, 밤중에 찾아온 레이날도에게 생상의 소나타를

몽테스키외 백작
탐미주의 시인, 평론가. 사교계의 신사로서 시단에 군림했고, 프루스트와 친하게 지냈다. 프루스트의 작품에 샤를뤼스 남작의 모델로 등장한다.

몇 번이나 연주해달라고 청했다. 그것은 《잃어버린 시간을 찾아서》에서 연주되는 스완과 오데트의 〈사랑의 국가〉의 심상을 불러일으키기 위해서였다고 추측되지만, 예전 두 사람의 일을 추억하기 위해서이기도 했다.

로베르 드 몽테스키외 백작

프루스트가 마들렌 르메르 저택에서 알게 된 제일 대단한 인물은 몽테스키외 백작이다. 로베르 드 몽테스키외는 프랑스에서도 가장 오랜 가문의 대귀족으로, 사교계에서 굉장한 권세를 자랑하고 있었다. 한편 몽테스키외는 시인으로서 《박쥐》, 《파란 수국》 등의 시집을 내고, 에밀 갈레*18를 편들어 감싸주는

---

*18 Emile Galle(1846~1904), 프랑스의 유리공예가.

등 아주 우아한 취미를 가진 인물로 명성을 높이기도 했다. 위스망스*[19]가 쓴 소설 《거꾸로》에서 도착(倒錯)적이고 인공적인 삶을 사는 주인공인 데 제생트는 몽테스키외를 모델로 했다고 한다. 그는 베르사유의 저택에서 곧잘 향연을 열었다. 또 동성애자로도 유명하고, 미남 비서 가브리엘 이틀리를 거느리는 등, 젊은 남자에게 애정을 쏟아 감싸 보호하는 것을 좋아했다. 이를테면 프루스트가 소개했다고 알려진 피아니스트 레옹 드라포스는 오랫동안 몽테스키외와 관계가 있었으며 그의 비호를 받았다. 그 뒤, 그가 떠났기 때문에 두 사람은 무서운 적이 되었다. 드라포스는 소설 속의 연주가 모렐의 모델이 되었다.

프루스트에게 이 인물은 사교계의 대립자로서 아버지처럼 그를 감싸주고 보호해주었을지도 모르는 중요한 인물이었다. 한편 흉내내는 데 재능이 있었던 프루스트는 몽테스키외가 없는 곳에서 귀에 거슬리게 높은 톤의 목소리와 웃음소리, 말하는 스타일까지 똑같이 흉내냈다. 상반신을 뒤로 젖히고

또각또각 발끝으로 바닥을 두드리며, 눈에 미소를 띤 채 손가락 끝을 신경질적으로 움직이는 것까지 그대로였다. 이것이 여러 살롱에서 호평을 얻어 그의 특기가 되었다. 물론 그러한 행위는 몽테스키외에게도 알려져 대귀족의 격렬한 노여움을 사기도 했다.

한편으로 프루스트에게는 같은 취향을 가지고 있으면서 문예계와 사교계라는, 프루스트가 가장 동경하고 있던 두 세계에서 화려한 성공을 거둔 몽테스키외는 심리적으로 하나가 될 수 있는 이상적인 인물이었다. 그러한 점에서 그는, 강한 관심을 가지고 몽테스키외를 관찰했던 것이리라.

몽테스키외는 화를 잘 내서 그와 사귀는 것은 굉장히 힘든 일이었지만, 두 사람의 교제는 몽테스키외가 죽을 때까지 이어졌다. 《잃어버린 시간을 찾아서》의 대귀족 샤를뤼스 남작은 로베르 드 몽테스키외를 주요 모델로 삼고 있다. 하지만 샤를뤼스는 실제의 몽테스키외를 꽤 희화화하고 있어서, 이 등장인물을 중심으로 실제 인물을 상상하기는 조금 어렵다. 마들렌 르메르를 희화화해서 작품 속의 베르뒤랭 부인을 만들어낸 것처럼, 그는 한때 도움을 주었지만 굴욕적인 체험도 함께 맛보게 해준 사람들을 작품에서 많이 왜곡해서 그려내고 있다.

*19 Joris-Karl Huysmans(1848~1907), 프랑스의 소설가. 주요저서 《피안》, 《수도자》, 《거꾸로》, 《대성당》 등.

〈바리에테 극장 앞〉 장 베로

그러나 프루스트는 몽테스키외에게 심리적으로 일체화하고 있었으므로 그가 창조한 샤를뤼스 남작에게는 상당 부분 프루스트 자신이 들어 있다는 점을 잊어서는 안 된다.

프루스트와 드미 몽드

이처럼 프루스트는 사교계(르 몽드)에 드나들게 되었지만, 그것에 따라서 드미 몽드와의 사교도 조금씩 늘어났다. '드미 몽드', 일명 '코코트(cocotte)'라는 것은 직역하면 '반쪽 사교계'라는 기묘한 의미가 되지만, 사교계 주위에 있으면서 귀족과 대부르주아의 주변인인 듯한 여성을 말한다.《잃어버린 시간을 찾아서》에서는 드미 몽드로서 확실히 나오는 한 여성이 있다. 어느 날 아직 어린 주인공은 종조할아버지 집에 놀러갔다가 장밋빛 드레스를 입은 아름다운 부인에게 강한 인상을 받게 된다(이 부인은 사실 오데트이다). 주인공의 가족은 이 이야기를 듣고, 그 뒤 종조할아버지와 교제를 끊어버린다.

이 일화를 통해 작가는 주인공 가족의 도덕적 결벽을 보여주고 싶었을 것이다. 사실 프루스트 집안은 도덕적으로 흐트러지지 않은 가정임에 틀림없지만, 반드시 그 무렵 풍속과 전혀 무관했던 것은 아니었다. 먼저 이 장밋빛 부인의 모델이 된 사람은, 프루스트의 진짜 작은아버지인 조르주 베이유가 감춰두었던 로르 에망이라는 여성이지만, 이 여성은 조르주 베이유가 죽은 뒤에도 프루스트와 계속 교제를 해서, 아드리앙 프루스트 박사가 세상을 떠났을 때에는 아름다운 화환을 보냈다고 했다. 프루스트 집안과 그녀의 관계는 서로 어려워하기는 했어도 나쁘지는 않았던 것이다. 프루스트는 아름다운 것을 아주 좋아했으므로, 당연히 미인도 굉장히 좋아했다. 그는 때때로 친구들을 집으로 초대하여 저녁 식사를 함께하곤 했는데, 여기에는 코코트들도 불러서 프루스트 부인은 이 모임을 '코코트들의 만찬회'라고 이름 붙였다. 그리고 1897년 여름에는 레이날도 앙의 소개로 유명한 '드미 몽드'인 메리 로랑(Mery Laurent)도 만나게 된다. 그녀는 지난날 화가 마네[20]와 시인 말라르메[21]의 정부였던 적이 있었고, 이 무렵에는 레이날도와도 친했다. 그러나 그가 가장 친하게 사귄 드미 몽드는 프루스트가 30대에 자주 오가게 되는 루이자 드 모르낭일 것이다. 불바르 연극의 단역배우인 그녀는 젊고 사랑스러운 미인으로, 프루스트의 친구 루이 달뷔프라의 연인이었다. 프루스트는 친구의 정부나 약혼자에게 강한 애착을 느끼는 버릇이 있어서, 가스통 드 카이야베와 약혼한 잔 푸케에게 집착해서 미움을 받기도 했다. 루이자의 경우도 그 일례이지만, 프루스트는 두 연인 사이에 섞여 함께 노는 것뿐만 아니라, 루이 달뷔프라가 그녀를 버리고, 어느 귀족 딸과 결혼하기로 마음먹었을 때에 일으킨 큰 싸움의 중재까지 맡았었다. 루이자가 극작가협회 회장이던 로베르 가냐의 정부가 된 뒤에도 프루스트와의 교제는 계속되었다.

프루스트와 루이자의 관계는 꽤 미묘했는데, 그녀는 프루스트가 죽고 나서 어느 질문에 답하기를, 프루스트와의 사이는 '애정 같은 우정'이었다고 했다.

---

* 20 Edouard Manet(1832~83), 프랑스의 인상주의 화가. 대표작 〈풀밭 위의 점심〉, 〈올랭피아〉, 〈아르장퇴유〉 등.

* 21 Stéphane Mallarmé(1842~98), 프랑스의 상징주의 시인. 주요저서 《목신의 오후》, 《말라르메 시집》, 《던져진 주사위》 등.

프루스트가 진정으로 사랑했던 대상은 몇몇 동성 친구와 어머니뿐이었지만, 그 밖의 여성과의 관계가 순수하게 정신적인 것으로 멈추었는지 아닌지는 알 수 없다.

프루스트와 사진

프루스트는 지인의 초상 사진을 모으는 취미가 있었다. 주로 로르 에망과 루이자 드 모르낭과 같은 드미 몽드의 사진과 사교계 귀부인 사진을 모았다. 친구 기슈 공작이 그레퓔 백작부인의 딸 엘렌 그레퓔과 결혼했을 때, 프루스트는 백작부인에게 이런 말을 해서 크게 웃게 만들었다. "기슈가 결혼한 이유 중 하나는, 당신의 사진을 손에 넣기 위해서지요." 또 그는 질베르트의 모델 가운데 한 사람인 잔 푸케의 사진을 얻기 위해 여러 방면으로 손을 썼고, 그 딸 시몬 드 카이야베에게도 편지를 써서 사진을 부탁했다.

그는 손에 넣은 사진을 주의 깊게 바라보고, 그 초상에 숨겨져 있는 것을 알아내려 했다. 사진은 실제로 마주하는 사람과는 다르게 편할 때 볼 수 있다는 점 때문인지, 아니면 그를 시끄럽게 만드는 게 없어서였는지, 표현되는 인

'드미 몽드' 로르 에망
《잃어버린 시간을 찾아서》에서 오데트의 모델

'드미 몽드' 루이자 드 모르낭
프루스트와는 미묘한 관계

물의 존재를 마음 가는 대로 맛볼 수 있었다. 병약하고 신경질적인 프루스트에게 현실은 너무나도 가혹하게 느껴졌다. 그래서 그는 실재 사람들과의 교류를 강하게 원하면서도, 그것을 굉장히 고통스럽게 여기기도 했다. 다른 한편으로 그는 부재의 것을 떠오르게 하는 대단한 능력을 가지고 있어, 눈앞에 있으면서 부재인 사진을 좋아했다. 이러한 경향은 그에게 본질적인 것이었고, 생각해보면 그의 주된 저서에도 한결같이 '동경'과 '회상'이라는 2대 원리가 나온다. 이러한 것들은 모두 부재이면서 눈앞에 있다는 성격을 지닌다. 프티트 마들렌 등은 그것을 위한 장치인 것이다.

드레퓌스 사건

이와 같이 그가 사교에 미쳐 있는 사이, 프랑스를 둘로 나누는 커다란 정치적 사건이 일어나서, 젊고 혈기 왕성한 프루스트도 그 투쟁의 소용돌이 속으로 뛰어들게 된다. 이것이 드레퓌스 사건이다.

알프레드 드레퓌스는 유대인으로, 프랑스군의 대위로 복무하고 있었지만, 원죄(冤罪 : 억울하게 뒤집어쓴 죄) 사건에 휘말려 억울하게 감옥에 갇힌다. 그러나 재판의 부당성이 분명해지고, 재심을 요구하는 목소리가 높아지자, 오히려 강한 반유대 감정을 불러일으켜, 사건은 나라를 둘로 갈라놓는 대소동으로 번진다.

사건 전말은 다음과 같다. 1894년에 프랑스 군사기밀이 독일 측으로 새나가고 있는 것이 발각되고, 필적 때문에 알프레드 드레퓌스가 체포되어, 종신형에 처해졌다. 1895년 이 범죄의 동기에 대한 조사 명령을 받은 조르주 피카르 소령은, 재조사 과정에서 진범 에스테라지를 적발한다. 그러나 드레퓌스를 유죄로 믿고 있던 앙리 소령은 드레퓌스와 피카르를 동시에 몰아넣기 위해 적극적으로 거짓 증거를 꾸미기 시작했다. 1897년 11월에 드레퓌스의 동생이 진짜 범인의 필적을 발표함으로써 사건은 널리 일반에게 알려지게 된다. 사건 확대를 두려워한 권력 측은, 오히려 1898년 1월에 피카르를 체포했다. 에밀 졸라의 유명한 '나는 고발한다!'가 〈로로르(L'Aurore, 여명)〉지에 실린 것이 이때이다.

어머니가 유대인이었던 프루스트는, 일찍부터 이 사건에 관계하고 있었다. 그는 친구와 함께 아나톨 프랑스에게 재심 청구를 위한 서명을 받으러 가거나, 또는 에스테라지가 자기 '무죄'를 증명하기 위해 재판을 요구하고 실제로 무죄판결을 받은 1월에는, 콩도르세 중고등학교 동창생으로 유대인인 페르낭

드레퓌스 사건 소설가 에밀 졸라가 〈로로르〉지에 기고한 드레퓌스 사건에 대한 '나는 고발한다' 기사(1898년 1월 13일자).

그레그, 로베르 드레퓌스, 다니엘 알레비 등과 매일 밤 데 바리에테 카페에 모여서 계몽 운동 작전을 연습하곤 했다. 그들이 시작했던 서명 운동에는 소르본 교수들이 반 정도 뜻을 함께했다. 에밀 갈레, 화가 모네도 가담했다. 그리고 프루스트는 졸라의 재판이 계속되는 사이에, 매일같이 파리 고등법원을 드나들게 된다.

　이 드레퓌스 사건의 추억은 《장 상퇴유》 속에서 크게 문제삼고 있지만, 《잃어버린 시간을 찾아서》에 이르면 사교계의 화제로 다뤄져, 직접 얼굴을 드러내는 일은 없게 된다. 몇십 년에 다다르는 세월이 프루스트의 생각하는 법을 바꾸었다. 하나는, 문학처럼 내면적인 활동을 꾸려나가는 데 정치적인 활동을 직접 문제삼을 필요는 없다고 생각하게 된 것이고, 또 하나는, 그가 정치적으로 보수화하고, 우익단체 악시옹 프랑세즈의 기관지를 정기구독할 정도가 되었으므로 드레퓌스 사건에 대한 생각도 자연히 변하게 된 점도 있다.

러스킨 순례
　1898년 전반, 아직 드레퓌스 사건에 열중하고 있을 무렵, 그의 지적 관심의 영역에 새로운 요소가 더해진다. 바로 영국의 미술비평가이자 사회사상가 존 러스킨이다. 그는 위대한 저술《근대 화가론》에서 당시의 신진 화가 윌리엄 터너에 대한 평가를 확립했을 뿐만 아니라, 《라파엘 전파론》에서 이 파의 화가들을 일반에게 인정받게 하는 데 공헌했다. 또한《참깨와 백합》 같은 독서론, 《베네치아의 돌》, 《아미앵의 성서》와 같은 도시론, 건축론을 썼다. 더욱이《건축의 칠등(七燈)》에서는 미의 양식과 사회 사이의 상관관계를 설명하는 등 사회에 대한 관심도 강해서, 버나드 쇼가 그를 마르크스와 비교할 정도였다.

그때까지의 영국 미술비평이 추상적으로 설정된 미의 기준을 바탕으로 작품을 평가했던 것에 비하여, 러스킨은 작품이 얼마만큼 자연을 충실하게 재현하고 있는가, 얼마나 생명의 힘을 표현하고 있는가를 비평 기준으로 삼았다. 그의 비평 근본에는 종교적인 정열이 있어, 그것을 바탕으로 사회에 대한 관심도 가지는 것이다.

프루스트는 이 무렵부터 급속도로 러스킨에게 관심을 가지게 되어, 몇 개의 저작물과 소개서를 읽게 되었다. 그리고 마침내 번역에 손을 대기에 이른다. 그러나 러스킨에 대한 프루스트의 관심은 이 영국의 비평가가 뽑아내는 자연, 건축물, 도시의 매력이라는 심미적 측면으로 향하고 있었다. 그는 러스킨에 의하여 베네치아, 아미앵이라는 도시에 한층 더 흥미를 가지게 되고, 러스킨의 책을 가이드북 삼아, 이 도시들을 방문했다.

이러한 도시의 발견은 프루스트에게 있어서 커다란 의미를 가지고 있다. 베네치아는 1천 년의 화려한 역사를 가진 도시이기 때문에 특별히 러스킨의 힘을 빌리지 않고도 충분히 사람을 끌어들일 수 있지만, 아미앵은 커다란 카테드랄(대주교가 있는 성당)이 있을 뿐이므로 일반 사람들에게는 그냥 프랑스의 시골 마을에 지나지 않았다. 이 마을에 러스킨이 보내온 편지 한 통의 의미는 컸다. 프루스트는 이렇게 말하고 있다.

"사람이 베네치아에 간다 또는 암스테르담에 렘브란트를 보러 간다고 하면, 이것을 들은 사람은 그대로 이해한다. 그러나 아미앵에 대성당을 보러 간다든가, 브르타뉴의 펜마르크(Pennemarck)에 태풍을 보러 가는 것도, 그것과 마찬가지로 가치가 있다."

결국 프루스트는 영국인 러스킨에 의하여, 프랑스 중세 고딕의 가치를 발견했다. 그는 같은 해인 1898년 5월쯤에 로베르 드 비이에게서 빌린 에밀 말의 명저《프랑스 13세기의 종교예술》을 읽기 시작한다. 이러한 중세 고딕에 대한 연구는《잃어버린 시간을 찾아서》가 가진 시간성에 깊이를 더해준다.

러스킨과 프랑스 고딕에의 관심으로부터, 이른바 러스킨 순례라고 할 수 있는 여행이 시작된다. 먼저 1900년 1월에는 레옹 이트망 부부와 함께 루앙 마을을 방문해, 러스킨이《건축의 칠등》에서 말한 대성당의 기괴한 작은 형상을 발견하거나, 러스킨을 안내한 적이 있는 상투앙 사원의 당지기와 이야기를 나누며 기뻐하기도 했다. 또 같은 해 5월과 10월에는 베네치아로 간다. 그리고 1901년 1월에는, 레옹 이트망과 함께 아미앵에 가기도 했다.

존 러스킨(1819~1900)
프루스트에게는 정신적인 계보를 같이하고 있다 할 만큼 영향력이 큰 인물

마리 노드링거

이 무렵 영국인 마리 노드링거가 프루스트의 생활에 어느 정도 중요성을 갖게 된다. 그녀는 레이날도 앙의 사촌이고, 작은 몸집의 총명한 여성이었다. 맨체스터의 미술학교를 나온 뒤, 파리로 와서 1902년부터 미술품 소개로 유명한 지크프리트 빙의 가게에서 금속조각 일을 하게 된다. 프루스트와는 아마도 1898년 12월, 레이날도 어머니의 살롱에서 알게 되었을 것이다.

러스킨과 같은 나라 사람이고, 이미 러스킨을 연구해서 어느 정도의 지식을 갖추고 있던 마리 노드링거는, 이런 미의 탐구자에 대한 다양한 지식을 프루스트에게 줄 수 있었다.

더욱이 프루스트가 가려던 아미앵, 생 르 드 노 성당 등을 이미 방문한 뒤

이기도 해서, 성당에 대한 지식으로도 프루스트를 기쁘게 할 수 있었다. 그뿐 아니라, 그녀는 프루스트의 러스킨 번역을 도왔다. 특히 1903년에는 자주 프루스트의 집을 방문하여 번역을 돕는 데 열중했다. 《잃어버린 시간을 찾아서》의 첫머리에서 중요한 촉매제 구실을 하는 일본 수중화(물을 묻히면 퍼지는 종이꽃)를 프루스트에게 선물한 사람도 마리 노드링거이다.

비베스코 형제와 페늘롱

프루스트는 1898년쯤에 비베스코 형제와 알게 되어, 그들의 소개로 베르트랑 드 페늘롱을 만나게 되었다. 비베스코 형제는 루마니아 귀족의 자제로, 외교관이 되기 위해 파리에 유학 와 있었다. 그들의 어머니 엘렌은 루마니아 출신의 여류시인 안나 드 노아유*²²의 사촌자매이다. 프루스트는 노아유 부인에게 소개받아서 그들과 알게 되었다. 또 베르트랑 드 페늘롱은 17세기 명저 《텔레마크의 모험》의 저자로 유명한 캉브레의 대주교 페늘롱의 자손이었다. 비베스코 형제와 페늘롱은 자신들만의 배타적인 그룹을 만들었지만, 거기에 프루스트가 섞여드는 건 허락했다. 비베스코 형제 중에 동생인 에마뉘엘은 중세 교회에 대한 지식이 있어서, 그러한 점에서 프루스트에게 자극이 되기도 했다. 한편 프루스트와 가깝게 지낸 쪽은 형인 앙투안이다. 앙투안은 온화한 성격으로, 프루스트가 비밀을 털어놓는 상대, 이를테면 상담사 역을 떠맡게 된다. 그러나 프루스트가 정말 사랑한 이는 금발과 푸른 눈의 전형적인 귀족적 용모의 소유자인 베르트랑 드 페늘롱이다.

네덜란드 여행

페늘롱은 외교관으로 유럽 전역을 여행하는 일이 많았다. 거기에 따라갈 수 없는 프루스트는 전해듣는 말만으로 시적 상상력을 자극받고 있었지만, 단 한 번 바라던 대로 그와 함께 2주일이 넘도록 여행을 떠난 적이 있다.

그들은 프루스트가 31세였던 1902년 10월에 벨기에와 네덜란드로 여행을 가서, 브뤼헤(브뤼주, 벨기에)를 돌아, 로테르담, 헤이그(덴 하그, 네덜란드)를 거쳐 암스테르담을 걸었다. 헤이그에서는 얀 베르메르 전시회에서 〈델프트 풍

＊22 Anna de Noailles(1876~1933), 프랑스의 소설가. 주요저서 《헤아릴 수 없는 마음》, 《광채》, 《고통이라는 명예》 등.

경〉을 보고 감탄한다. 뒤에 다시 보게 되는 이 그림은 〈베르고트의 죽음〉의 소재가 되었으며, 프루스트의 마지막 실제 상황이 되기도 한다.

네덜란드 여행 중에는 무척 건강했고, 천식 발작도 없었다. 그러나 아마도 페늘롱이 도중에 그를 두 번이나 혼자 있게 하고 누군가를 만나러 갔기 때문일까, 프루스트는 정신적 혼란에 휩싸였다. 그리고 두 사람의 관계는, 귀국한 뒤 차갑게 식어버린다.

베르트랑 드 페늘롱은 1912년판 《잃어버린 시간을 찾아서》의 여주인공 마리이의 주요 모델이 된다.

부모의 죽음

1903년 11월 3일 아버지가 근무처인 병원에서 쓰러져 26일에 죽었다. 이 죽음은 한결같이 남편을 존경하던 프루스트 부인에게 엄청난 충격이었다. 부인은 1898년에 암 수술을 받았고, 그것이 뒤에 결국 부인의 생명을 앗아갔다. 1905년 9월에 부인은 요양을 하기 위해 마르셀과 함께 에비앙으로 떠났지만, 도착하자마자 병이 나, 의사인 아들 로베르가 마중 나와야만 했을 정도였다. 그리고 9월 26일 자택에서 숨을 거두었다.

어머니의 죽음은 프루스트에게 엄청난 충격을 주었다. 그는 거의 한 달 동안 모든 것에 손을 놓고 지냈지만, 곧 조금씩 다시 살아갈 의지를 보이기 시작했다. 건강을 회복해야만 어머니와 약속했던 요양원에 들어갈 수 있었다. 그는 12월 6일, 불로뉴 쉬르 센에 있는 솔리에 박사의 요양원에 6주 예정으로 입원한다. 이 입원은 어머니의 희망을 실현하는 일이었지만, 동시에 어머니의 죽음 때문에 실현될 수 있었던 것이다. 프루스트가 여행을 떠나 긴 시간 집을 비울 수 없었던 까닭은, 물론 병약하기 때문이기도 하지만, 어머니와 오랜 시간 떨어져 지내는 것이 힘들어서이기도 했다.

어머니의 죽음과 자기해방

어머니의 죽음으로 프루스트의 청춘도 끝났다. 청춘 시절, 그는 병약하면서도 사교계에 드나들며, 연극과 오페라를 관람하고, 여행하며, 몇 번인가 사랑도 했다. 그러나 그러한 화려한 인생은 끝났다. 그를 떠받치고 있던 근본이 무너졌기 때문이다. 그 뒤 그는 17년을 더 살아가지만, 그 17년은, 그때까지의 인생을 돌아보고, 오직 소설을 쓰기 위해 소진되는 시간일 뿐이었다.

한편으로 어머니의 죽음은 그의 생활에 있어서 해방이기도 했다. 그녀가 세상을 떠남으로써 프루스트에게는 더 이상 두려울 게 없었다. 그 뒤, 그는 실제로 소돔의 지옥에 빠져 들어간다. 그리고 어머니의 죽음은 그의 창작활동에 있어서도 해방이었다. 그는 이제 아무것도 거절하지 않고, 무엇이든 자유롭게 쓸 수 있었다.

창작 시절

코르크판을 댄 방으로 이사

어머니가 죽은 충격에서 벗어나서, 부모의 죽음과 연관되는 주변을 정리하는 것만으로도 1년 이상의 세월이 필요했다. 그는 1907년부터, 소일거리처럼 여러 작가를 묘사하기 시작하는데, 이것이 바탕이 되어 《생트뵈브(Sainte-Beuve) 비판》이라는 작품이 만들어지고, 이 작품이 차츰 대작 소설로 발전하게 된다. 일단 소설을 집필하기 시작하면, 그는 코르크판을 댄 방에 틀어박혀서 오직 걸작의 창조에만 온 힘을 쏟았다. 그것 말고 다른 일은 전부 부수적인 것이었다. 물론 이때에도 다양한 위안이 있었고, 또 누군가를 사랑한 적도 있었다. 그러나 그러한 것들조차 모두 작품을 쓰는 데 이용되었다.

부모의 잇따른 죽음은, 그의 물질적인 생활에도 영향을 주었다. 프루스트 가족이 살고 있었던 쿠르셀 거리 45번지의 아파트는, 혼자 살기에는 너무 컸다. 그래서 프루스트는 오스망 거리 102번지 2층에 있는 아파트로 거처를 옮겼다. 이 아파트는 예전에 어머니의 큰아버지 루이 베이유가 소유하던 것으로, 외가인 베이유 집안의 추억이 잔향처럼 떠다니고 있었기 때문이다. 그는 이곳에서 12년 6개월 동안 살며, 《잃어버린 시간을 찾아서》의 반 이상을 쓰게된다. 잡음에 과민했던 그는 방에 코르크를 붙이고, 밤낮이 바뀐 생활을 하면서 창작에 힘썼다. 이곳에서 프루스트는 가정부 셀레스트 알바레의 시중을 받으면서, 그 나름대로 충실한 생활을 보내게 된다.

그러나 미리 그 뒤의 일을 말하자면, 1919년에 이 아파트의 최대 권리자인 어머니의 큰어머니 조르주 베이유 부인이 프루스트에게 한 마디 의논도 없이 아파트를 팔아버린다. 그래서 더 이상 이곳에 살 수 없게 된 프루스트는 6월에 로랑 피샤(Laurent-Pichat) 거리 8-2번지에 있는 여배우 레잔의 저택 5층을 빌려서 이사했다. 하지만 이곳도 잡음이 심해, 10월에는 아믈랭(Hamelin) 거리 44번지로 이사했다. 그곳에서 그는 죽음을 맞이하게 된다.

카부르에 머물다

프루스트는 1907년 여름부터 다시 바캉스를 다닐 수 있을 정도로 몸과 마음이 회복되었다. 그는 그해부터 1914년까지 매년 노르망디의 피서지 카부

코르크판을 댄 방 오스망 거리 102번지 아파트 2층 이곳에서 12년 반을 살며 《잃어버린 시간》을 반 이상을 썼다.

르로 바캉스를 떠났다. 《잃어버린 시간을 찾아서》에서 피서지 발베크의 주요한 모델이 되는 카부르는 브르타뉴와 비슷하게 높이 20~30미터의 작은 언덕이 바다에 가로질러 있었다. 곳곳에 있는 작은 줄기의 강어귀에는 거친 모래 해변이 펼쳐져 있고, 사람들은 어업으로 소박하게 생활을 꾸렸다. 이 근처의 자연은 너무나 훌륭해서, 날씨 좋은 여름날 저녁 무렵이면 바다 건너로 붉게 물든 석양에 잠겨, 가벼운 대기가 마치 금가루를 바른 듯이 반짝거리곤 했다.

프루스트는 카부르에서도 최신식 설비를 갖춘 그랑 호텔에 머무는 동안, 호텔에 찾아오는 근교의 시골 신사와 2류 귀족과 정체 모를 남녀를 관찰하여 작품 속에 담아냈다. 그뿐만 아니라 카부르 주변의 오래된 마을도 차례차례 방문했다. 프루스트는 번영했던 바이킹의 독립왕국 흔적이 남아 있는 캉(Caen),

바이외, 리주, 파레즈, 퐁 드 메르, 에뷔르, 디브 쉬르 메르(Dives-sur-Mer) 마을을, 차와 운전사를 구해서 다녔다.

디브 쉬르 메르

이러한 도시순례는 기분전환의 의미도 있었겠지만, 러스킨 이래의 성당탐방이라는 의미도 있었다. 프루스트는 《프랑스 13세기의 종교예술》의 저자 에밀 말에게 '지방색 짙은 발자크풍의, 옛날 그대로의 모습을 간직하고 있는 마을'이 있다면 알려주길 바란다고 문의하면서, '노르망디의 쉘부르는 어떨까'라고 쓰고 있다. 그는 여기에서 자기 작품의 무대가 될 만한 마을을 찾고 있는 것이다. 실제로 이미 말한 마을 가운데 캉 마을이 작품 속에 사용되고 있다. 프루스트가 차로 캉 마을 가까이 갔을 때, 구불구불한 길을 따라가다 보니 마을의 몇몇 교회 첨탑이 마치 숨바꼭질을 하듯 몇 개가 보였다가, 다시 그 수가 줄어드는 것처럼 보이기도 해서, 그때의 체험을 수필 《자동차 여행의 인상》에 쓰고 있다.

한편 《잃어버린 시간을 찾아서》 콩브레의 머리말에도, 어린 주인공이 페르스피에 의사의 마차에 태워져서 시골 마을을 달리고 있는 동안 멀리 몇몇 교회 첨탑이 숨바꼭질을 하는 장면이 나오는데, 이것은 전에 썼던 캉에서의 체험을 그대로 옮긴 것이다. 그러나 프루스트의 야심은 몇몇 일화를 작품 속에 집어넣는 게 아니라 하나의 도시를 작품에 고스란히 담는 것이었다. 그러한 그의 야심에 꽤 응했던 곳이 카부르 근처의 디브 쉬르 메르였다고 생각된다.

디브 쉬르 메르는 역사 깊은 항구마을로, 1066년에 기욤 르 콩케랑이 잉글랜드를 공격하기 위해 출범했던 항구로 유명하다. 또 이곳은 파리 방면에서 브르타뉴 바닷가로 향한 도로교통의 중심지이며, 1689년에는 유명한 서간작가 세비녜 부인이 브르타뉴의 영지 로셰로 향할 때 머물렀던 곳이기도 하다. 14세기로 거슬러 올라가는 커다란 교회, 어부가 바다에서 건져 올려 이 성당에 안치했던 기적의 그리스도 상, 낡은 목조건물로 된 시장 등이 있고, 그중에서도 여인숙으로 쓰이던 한 무리의 낡은 목조건물들(세비녜 부인이 묵었을 곳)이 굉장히 아름답게 서 있었다. 디브 쉬르 메르는 쇠락한 마을이면서도 빛나는 역사의 매력으로 넘쳤다. 프루스트는 카부르에서 몇 킬로미터밖에 떨어지지 않은 이 오래된 마을에 가끔 놀러 와서, 여인숙의 전통적 노르망디 건축의 일부를 사용한 식당 '기욤 르 콩케랑'에 들러, 거기에서 '쉘부르 아가씨의 지옥 불길구이(바닷가재를 구운 것)'라는 괴상한 이름의 비싼 요리를 즐기곤 했다. 이 식당은 《잃어버린 시간을 찾아서》에 직접 이름이 인용되어 있다.

작품의 모델을 찾아서

카부르에서 알게 된 소년들이 《꽃피는 아가씨들 그늘에》의 암시를 준 것은 정말 우연이지만, 다른 한편 프루스트는, 1908년 소설을 쓰기 시작하고부터는 자기 생활 전부를 창작활동을 하는 데 보냈으므로, 때로는 창작에 필요한 영감(inspiration)을 얻으려고 일부러 사람들에게 접근하기도 했다. 그는 카부르 귀족의 딸을 미행한 적도 있지만, 이것은 나중에 보는 것처럼, 작품 속 여주인공과 '동침하지 않고 동거하는' 계획을 위한 행위였다고 생각된다.

또 프루스트는 파리에서도 젊은 전기기사 루이 마유를 가까이 불러들이려 했는데, 어느 편지에서 "그는 베르트랑 드 페늘롱을 닮아서, 소설 주인공이 될 수 있을지도 모른다"고 쓴 것으로 보아 분명 자기 작품 속에 그 기사의 인상을 이용하려 했을 것이다. 베르트랑 드 페늘롱은, 작품 속에서 더할 나위 없이 중요한 인물의 주요 모델이기 때문이다. 더욱이 그는 파리에서 브르타뉴의 귀족 아가씨 고와이용 양에게 큰 관심을 가져, 그녀의 사촌 달뷔프라에게 소개를 부탁하거나, 그녀의 집안에 대해 가르쳐달라고 하기도 했는데, 이것은 작품 가운데 스테르마리아 아가씨의 영감을 얻기 위한 것이다. 이 무렵부터 프루스트는 인생을 걸고 작품 제작을 향해 앞으로 나아가고 있었다.

출판 협상

프루스트가 1908년에 쓰기 시작한 소설은 1912년에는 거의 완성되었다. 특히 처음 712페이지는 타이프 원고까지 끝냈으므로, 그는 이것을 바탕으로 책을 내주겠다는 출판사를 찾기 시작했다. 지명도가 낮고, 작품 속에 동성애와 관련된 비도덕적 요소가 있는 점 때문에, 처음부터 출판에 어려움이 따르리라는 것을 각오하고 스스로 자비출판을 청했다. 그런데도 협상은 좀처럼 잘되지 않았다. 파스켈사(社)와 올렌도르프사에서 거절당한 뒤에 협상한 누벨

르뷔 프랑세즈(NRF)는, 당시 지드*²³와 슐룅베르제(Jean Schlumberger) 등의 신예 작가들을 포용하면서 화려하게 등장한 출판사로, 프루스트는 이곳에서 자신의 작품을 내고 싶어했지만, 마찬가지로 거절당하고 말았다.

NRF에게 프루스트는, 사교계의 비전문가 수준밖에 안 되어 보였으며, 자비출판을 자청한 것도 오히려 나쁜 인상을 주었다. 돌려받은 원고의 매듭이 보낼 때와 똑같이 특수한 방법으로 묶여 있는 걸 보고, 프루스트는 원고의 심사를 담당했던 지드가 내용을 읽지도 않고 돌려보냈다고 판단했다. 지드는 프루스트를 사교계나 드나드는 속물 호사가, 한마디로 NRF와는 정반대의 성격을 띤 최악의 작가라고 생각했던 것이다. 네 번째로, 친구 르네 블룸을 끼어들게 하여 협상을 한 그라세사는, 오히려 느긋하여 자비출판을 자청한 것에 흥미를 가진 듯했고, 이번에는 내용도 보지 않고 출판을 맡아주었다. 세기의 대걸작도 출판은 힘들었던 것이다.

《스완네 집 쪽으로》 출판

《잃어버린 시간을 찾아서》 제1권 《스완네 집 쪽으로》는 1913년 11월 14일 그라세사에서 나왔다. 뤼시앙 도데가 〈피가로〉에, 코코트가 〈엑셀시오르〉, 자크 에밀 블랑슈가 〈에코 드 파리〉, 폴 스데가 〈르 탕〉에 각각 호의적인 서평을 실었다. 책의 판매도 순조로워서, 12월에는 이미 재판 인쇄가 검토되었다.

그러나 이 책이 가장 극적인 반응을 불러일으킨 것은 NRF 내부였다. 지드와 그 친구들은 앞서 출판을 거절한 것에 대해 깊이 반성하여 《잃어버린 시간을 찾아서》를 진지하게 읽고, 그 매력에 빠져들게 되었다. 지드는 프루스트에게 편지를 써서, 이 책을 거절했던 것은 NRF가 저지른 최대의 잘못이고, 그의 생애 최대의 회한이 될 거라 했다. 그리고 NRF의 원고심사위원회는 만장일치로 《잃어버린 시간을 찾아서》의 남은 두 권을 NRF에서 출판하는 것과 제1권의 출판권을 그라세사로부터 사들일 것을 결정했다. 프루스트는 이 결정에 자존심과 복수심의 커다란 만족을 느꼈으리라. 그라세와의 의리도 있고 해서, 그는 일단 이 제의를 거부한다. 하지만 2년 뒤에 다시 제의받고, 생각을 바꾼다. 그 뒤, 그라세사와 오랜 인내를 요하는 협상이 시작되었다. 물론 그라세사

---

*23 André-Paul-Guillaume Gide(1869~1951), 프랑스의 소설가. 주요저서 《좁은 문》, 《배덕자》, 《전원교향악》 등.

는 성공한 책에서 손 떼기를 꺼려했다. 그러나 마침내 꺾이고, 《잃어버린 시간을 찾아서》는 NRF에서 출판하게 된다.

알프레드 아고스티넬리와의 재회

프루스트가 카부르 근교를 드라이브할 때 고용된 택시의 운전기사였던 아고스티넬리는 1913년 봄에 프루스트의 집으로 갑자기 찾아와서는, 운전기사로 다시 써달라고 부탁했다. 프루스트는 이미 오딜롱 알바레를 운전기사로 두고 있었으므로, 결국 비서로 받아들인다. 비서로 고용된 아고스티넬리는 동거녀 안나와 함께 프루스트의 집에 들어와 살게 된다. 그 뒤부터 프루스트의 편지 속에는 고통을 호소하는 말들이 흘러넘치게 되었다. 그리고 더욱 극적인 사건이 일어난다.

그해 여느 때처럼 카부르에 피서를 떠났던 프루스트는 8월 4일 아고스티넬리가 운전하는 차를 타고 근처 해변 우르가트로 외출하던 중, 무언가 정신적인 위기가 닥친 것처럼, 짐도 하인도 호텔에 그대로 남겨둔 채 갑자기 파리로 도망치듯 가버린 것이다. 《잃어버린 시간을 찾아서》에서 주인공은 두 번째로 발베크에 머물 때, 갑자기 알베르틴과 손을 잡고 파리로 출발하여 여행을 중단하는데, 이 일화는 이러한 실제 체험에서 가져온 것이리라.

프루스트는 아고스티넬리를 길들이기 위해서 많은 돈을 쓴 듯하지만, 오히려 그는 프루스트에게서 잔뜩 돈을 받아들고, 12월에 안나와 고향 니스로 도망친다. 그가 니스에 돌아간 이유는, 안나가 권한 비행 조종 훈련을 받기 위해서이다. 그 무렵에는 자동차조차 드물어서 자동차 운전기사도 꽤 인기 있는 직업이었지만, 비행기 조종은 이보다 더 화려한 성공을 약속받은 직업이었다. 그러나 아고스티넬리는 1914년 5월 30일, 니스 근처의 앙티브 상공에서 비행 훈련을 하던 중, 지시에 따르지 않고 바다 위로 나갔다가 결국 추락하여 사망하고 만다. 이 사건은 프루스트에게 큰 충격을 주었으며, 그가 이 충격으로부터 헤어나는 데에는 오랜 시간이 걸렸다.

제1차 세계대전

1914년 7월에 제1차 세계대전이 발발했다. 이 커다란 전쟁의 그늘은, 누워 있는 환자나 다름없는 프루스트의 주변에도 닥쳐왔다. 출판업자들이 소집되어, 인쇄소도 조업을 중지했기 때문에 사실상 출판업무가 멈추었다. 거기에 프루스트 자신도 전쟁 중에는 책을 낼 마음이 들지 않았다. 더욱이 그의 주위 사람들이 차례차례로 전쟁 속으로 몸을 던졌다. 동생 로베르는 외과의로서 부상자 수술에 헌신적인 활동을 했다. NRF의 편집장 자크 리비에르(Jacques Rivière)는 포로가 되어 수용소에 들어가게 되었다. 리비에르의 의형제인 《몬대장(Le Grand Meaulnes)》의 작가 알랭 푸르니에(Alain-Fournier)는 두 번이나 전장에서 모습을 감추고 나타나지 않았다. 친구 레이날도 앙은 뫼즈(Meuse)의 위험한 전선에 지원했다.

프루스트는 신문을 일곱 개나 받아보며 날마다 전쟁 상황을 살폈다. 전쟁 상황을 잘 파악하기 위해서라기보다는, 친구들을 걱정했기 때문이었다. 특히 한때 열애했던 페늘롱이 지원해 나간 전선에서 그대로 행방불명이 된 사실에 마음을 졸였다. 친구들의 기대도 헛되게, 나중에 그의 사망이 공식적으로 확인되었다. 프루스트는 이렇게 말했다. "나는 언제까지나 그의 죽음을 생각하면, 눈물을 감출 수 없을 것이다." 아고스티넬리를 잃고, 페늘롱까지 잃은 그는, 이제야 비로소 자신의 청춘이 사라졌음을 확인했다. 그리고 이 두 사람의 죽음은, 소설 속에서 알베르틴과 생루의 죽음으로 진한 그림자를 드리우게 된다.

셀레스트 알바레

이렇게 점차 외로워진 그의 인생에도 하나의 위안이 있었다. 1913년부터 그의 아파트에 셀레스트 알바레가 가정부로 들어오게 된 것이다. 셀레스트는 프루스트의 운전사로 일했던 오딜롱 알바레와 막 결혼했지만, 전에 있던 가정부 셀렌 코탕이 병으로 은퇴했기 때문에 그녀를 대신하여 아파트에 들어오게 되었다.

그녀는 소박하고, 지성이 뛰어나며, 덩치가 큰 데다 건강했으므로, 프루스트의 까다로운 요구에도 견딜 수 있었다. 오후에 프루스트가 일어날 때쯤 뜨겁고 진한 카페오레와 크루아상(프루스트는 이것 말고 다른 것은 거의 입에 대지 않았다)을 준비하고, 또 한밤중에 일어난 주인이 언제든지 초인종을 누르도록 한결같이 대기하고 있었던 것이다. 그리고 프루스트가 기분 좋을 때에는 이야기 상대가 되어 구술필기까지 하고, 의견을 원하면 작품에 대한 감상도 말해주었다. 또한 프루스트의 건강을 먼저 생각하여, 방문객을 제한하기까지 했다. 이러한 헌신적인 봉사는 1913년부터 프루스트가 세상을 떠날 때까지도 계속된다.

그가 죽은 뒤 앙투안 비베스코는, 프루스트가 진정으로 사랑한 사람은 어머니와 셀레스트라고 단언하고 있다. 프루스트는 그녀를 실명으로 소설에 등장시키는데, 그 장면에서 그녀에게 귀여움받는 주인공 '나'는, 마치 다섯 살 아이처럼 응석 부리고 있다.

셀레스트 알바레
오스망 거리 아파트에 살 때부터 프루스트의 시중을 들며 헌신했다.

공쿠르상

1918년에 제1차 세계대전이 끝나고, 유럽에도 평화가 찾아왔다. 사람들은 평화가 찾아온 것을 기뻐했지만, 프루스트는 죽은 친구들 생각으로 마음이 편치 않았다.

1919년, 《잃어버린 시간을 찾아서》의 제2권 《꽃피는 아가씨들 그늘에》가 드디어 NRF에서 출판된다. 이번에는 서평의 숫자로 판단하건대, 세간의 관심은 수수하고, 판매도 NRF가 예상한 정도에는 미치지 못했다. 그러나 《스완네 집 쪽으로》가 확실한 성공을 거두었으므로, 제2권은 그 평가를 조금이라도 더 좋게 쌓아올린 걸로 충분했으리라.

선고위원인 뤼시앙 도데의 형 레옹 도데의 강력한 지지로, 프루스트는 공쿠르상 후보에 오를 수 있었다. 그 결과, 6대 4로 롤랑 도르줄레스*24의 《나무 십

＊24 Roland Dorgelès(1886~1973), 프랑스의 소설가. 주요저서 《나무 십자가》, 《전선으로의 복귀》 등.

자가》를 누르고, 《꽃피는 아가씨들 그늘에》가 수상작으로 결정되었다. 《나무 십자가》는 아직 젊은 작가가 쓴 전쟁소설이기 때문에, '전쟁 직후에 신인 발굴을 목적으로 하는 이 상을 받기에는 도르줄레스가 더 적당하다'는 비판도 마땅히 있었다. 그러나 지금 판단하자면, 프루스트에게 상을 준 것으로 말미암아 오히려 공쿠르상은 명성과 덕망을 한층 굳혔다.

책에 대한 반응

프루스트의 책이 세상에 널리 알려지게 되자, 일반 평론가의 비평 대상이 되었으며, 당연히 그의 마음에 들지 않는 비평도 많이 나오게 된다. 이를테면 비평가 폴 스데이는 프루스트를 '여성적'이라고 평했고, 또 앙드레 제르망은 프루스트를 '사내종의 정부로 전락한 노처녀'라고 평해 결투직전까지 가기도 했다.

그러나 그것보다도 더 중대한 일은, 소설의 모델이 되었던 또는 모델이 되었다고 믿는 사람들의 반응이었다. 예를 들면 드미 몽드 로르 에망은 작품에서 자신이 오데트로 이용되고 있다는 걸 뒤늦게 깨닫고, 프루스트에게 항의 편지를 쓴 뒤에 절교하여 프루스트를 슬프게 만들었다. 게다가 귀족 친구 알뷔프라는 생루의 모델에 자신이 이용되었다 생각하고, 또 슈비네 공작부인도 게르망트 부인을 위해서 자신이 사용되었다고 생각하여 프루스트와의 관계를 끊었다. 콕토*25는 "파브르는 곤충에 대하여 썼지만, 곤충들이 읽어줄 거라고 생각지 않았다"고 하며 프루스트를 위로했다고 한다.

하지만 프루스트가 가장 신경 쓴 점은 로베르 드 몽테스키외의 반응이었다. 그는 미리 몽테스키외를 회유할 작정으로 그에게 원고 집필을 의뢰하도록 출판사에 손을 쓰기도 하고, 또 1921년 9월에 《게르망트 쪽》 II가 간행되는 2주 전에는, 그에게 이 책을 선물하며 작품의 등장인물 모델을 몇 명 가르쳐줄 것을 약속하고 몽테스키외의 관심을 비켜가려 했다. 몽테스키외는 몽테스키외대로, 샤를뤼스의 주요 모델은 발자크의 《인간희극》에 등장하는 보트랭이라고 믿는다고 했다.

---

*25 Jean Cocteau(1889~1963), 프랑스의 소설가·시인·극작가. 주요저서 《희망봉》, 《포에지》 등.

〈델프트 풍경〉얀 베르메르
프루스트는 1902년 네덜란드 여행에서 본 이 작품을, 죽기 전에 다시 한 번 보게 되어 감격해한다.

즐거움

이처럼 전쟁 시절의 어두운 세상에서도, 프루스트에게는 나름의 위안이나 즐거움이 있었으며, 언제나 방에 틀어박혀 있기만 했던 것은 아니다. 또 그는 블루멘탈상의 선고위원으로 선발되어, 이 상을 자크 리비에르에게 주는 것으로, 가난한 NRF 편집장의 헌신적인 노력에 보답할 수 있었다. 그러나 무엇보다도 기뻤던 사실은《스완네 집 쪽으로》의 간행과 공쿠르상 수상 이후, 그의 주변에 젊고 우수한 작가들이 조금씩 모이기 시작한 일이었다. 그들 중에는 장 콕토, 폴 모랑,[26] 월터 베리, 프랑수아 모리아크[27] 등이 있었다.

물론 그들과는 자택에서 주로 만났지만, 그에 못지않게 자주 만난 곳이 식

---

*26 Paul Morand(1888~76), 프랑스의 소설가·시인, 코스모폴리탄 문학의 창시자 중 한사람. 주요 저서《아크등(燈)》,《체온표》등.

*27 François Mauriac(1885~1970), 프랑스의 소설가·시인. 주요저서《파리새 여자》,《어린 양》등.

당이다. 이것은 아마도 그즈음 사교계와 문화예술계의 습관의 변화를 반영하고 있는 것이리라. 처음에는 일류 카페인 라뤼와 베베르에 자주 다녔지만, 그 뒤 프루스트의 편애는 호텔 리츠로 옮겨졌다. 그 밖에 호텔 크리용과 호텔 카르통도 갔지만, 그를 '리츠의 프루스트'라고까지 부를 정도로 리츠의 우위는 흔들림이 없었다. 리츠에서는 젊은 작가 말고도 폴 모랑의 약혼녀 스조 공녀와도 자주 만났으며(그녀는 이 호텔에서 살고 있었다), 거기에 드나드는 남녀를 관찰해 소설에 쓰거나, 지배인 올리비에 다베스카를 비밀경찰처럼 고용하여 다양한 정보를 얻으려고 했다. 이처럼 그의 생활에는 결코 즐거움이 빠지지 않았지만, 그것도 모두 창작을 위한 것들이었다.

죽음

프루스트는 이미 1918년쯤부터 때때로 찾아오는 언어장애와 일시적 안면마비를 눈치채고 있었다. 1919년 의뢰를 받아 폴 모랑의 《좋은 제품(TendresStocks)》에서 문을 썼을 때는 자신에게 찾아올 죽음에 대하여 말하고 있다. 그 무렵부터 그는 죽음을 준비했다고 할 수 있으며, 1921년에는 죽음에 대한 생각과 각오를 명확하게 세운 이야기 〈베르고트의 죽음〉을 썼다. 이 이야기는 죄 드 폼(Jeu de Paume) 미술관에서 열린 얀 베르메르[*28] 전시회에 갔다가, 지난 1902년 네덜란드를 여행하던 도중에 헤이그에서 본 〈델프트 풍경〉과 다시 만난 체험을 바탕으로 하여 집필한 것이다.

이날 그는 약해진 몸을 이끌고, 젊은 비평가 장 루이 보드와이에의 부축을 받아 회장으로 발을 옮기면서, 너무나 좋아하는 이 그리운 그림을 감상했다. 그 뒤 기분 좋게 집으로 돌아와서는 셀레스트에게 〈델프트 풍경〉을 다시 만난 기쁨을 말했던 것이다. 병을 무릅쓰고 베르메르의 그림을 보기 위해 전람회장으로 발을 옮겨 결국 그곳에서 쓰러져 죽는 베르고트의 이야기는, 예술을 위해서는 모든 것을 희생해야 하고, 죽은 뒤에도 예술은 남는다는 프루스트의 생각을 매우 명쾌하면서도 감동적인 필치로 그려내고 있다.

프루스트는 이러한 신념대로 밤낮을 가리지 않고 작품 완성에 몰두했지만, 1922년 9월에 천식 발작을 일으켰고, 그 뒤 에티엔 드 보몽 집안 연회에 나갔

[*28] Jan Vermeer(1632~75), 네덜란드의 화가. 대표작 〈델프트 풍경〉, 〈레이스를 뜨는 여인〉, 〈진주 귀걸이를 한 소녀〉 등.

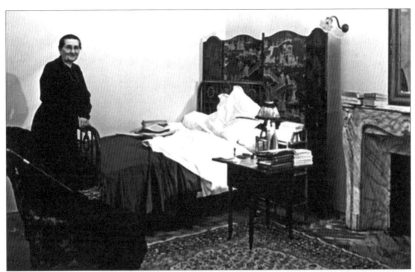

▲셀레스트 알바레와
프루스트의 침대
아물랭 거리의 집

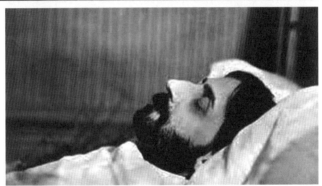

▶임종
죽음을 맞이하는 프
루스트

다가 걸린 감기로 폐렴이 발병했다. 셀레스트와 동생 로베르의 극진한 간병에도 헛되게 1922년 11월 18일에 세상을 떠났다. 죽음 직전에 그는 '뚱뚱한 검은 옷의 무서운 여자'를 보았다고 셀레스트에게 말하고 있다. 또 의사의 진료에 대해 강한 불신감을 안고 있어서, 마지막까지 입원을 거부해 자택에서 죽기를 원했다. 향년 51세. 장례는 11월 22일에 치러지고, 파리의 페르 라쉐즈 묘지에 안장되었다. 지금도 부모와 함께 이 묘지에 잠들어 있다.

사랑으로 살았던 일생
  인간의 생활이 생산과 소비로 나누어져 있다면, 프루스트의 삶은 처음부터 끝까지 철저하게 소비생활에 의하여 이루어졌다고 할 수 있다. 결국 그의 생활은 사교계, 바캉스, 그리고 연애를 향해 있었다. 개인생활은 공적인(직업) 생활과 사적인 생활로 나눌 수 있는데, 그의 생활은 오로지 사적인 사항에만 쏠리고 있다. 그런데 이러한 세기말의 부르주아에게 어울리는, 하는 일 없고 게으른 데다가 사적인 부분밖에 없는 삶의 핵심에는, 애정을 향한 강렬한 갈망이 있었다. 프루스트에게는 가족애와 연애, 그리고 우정(그에게 있어서 연애와 우정은 엄격하게 구분하기 어려웠지만)이라는 다양한 애정이 커다란 위치를 차지하고 있었다.

그러면서도 그의 애정에 대한 의식은 매우 굴절되어 있어서, 여느 방법으로는 이해하기 어려운 점들이 있다. 먼저 그는 어머니와 맺은 애정의 끈이 너무 강해서, 그것 말고는 다른 사람과의 정상적인 관계를 돈독히 쌓을 수가 없었다. 또 그는 중고등학교 시절부터 호의를 품은 친구에게 파고드는 버릇이 있었고, 두 사람 사이의 우정을 지나치게 중요시한 데다 질투심까지 심해서 친구들을 질리게 만들었다. 이러한 점은 만년이 되어서도 변하지 않았다.

그는 애정에 너무 집착한 나머지, 애정에 대해 크게 회의적이었다. 그래서 그는 애정생활을 단념하고, 예술창조의 길로 향했다. 이처럼 언제나 채울 수 없는 고뇌에 끝없이 무너져간 이 인물의 애정 경험은, 보통 사람에 비하면 대단히 독특하고, 폭넓으며, 깊은 것이었다. 그는 어머니가 아이에게 주는 헌신적이고 천사 같은 애정도 알고 있는 반면, 애욕의 지옥 같은 면도 잘 알고 있었다. 그는 애정의 최고 상태부터 최악으로 치달을 때까지를 꿰뚫고 있는, 애정의 전문가였던 것이다. 그리고 이 점이 그의 인간성뿐만 아니라, 그의 작품에서도 깊이와 무게를 전하고 있다.

2. 프루스트의 작품과 사상

프루스트는 꽤 근면하게 일을 계속하며 몇몇 작품을 쓰기 시작했지만 완성에 이르지 못했다. 그러한 저작은 거의 초고 그대로 남아 있다. 그러나 거기에는 그 자체로 충분히 음미하고도 남을 매력이 있을 뿐만 아니라, 《잃어버린 시간을 찾아서》라는 걸작을 이해하는 데 도움이 되는 열쇠가 숨겨져 있다. 따라서 여기서는 그가 죽은 뒤에 그처럼 미완인 채로 출판된 작품도 나란히 다룰 것이다.

생각해보면 《잃어버린 시간을 찾아서》의 초고도 그러한 의미에서 중요하게 다뤄져야 한다. 왜냐하면 《잃어버린 시간을 찾아서》는, 그 구상부터 불완전하나마 완성을 볼 때까지 오랜 시간이 걸렸으므로, 도중에 몇 번인가 큰 내용틀이 바뀌었기 때문이다. 그래서 버려진 단편이 많았는데, 그중에는 대단히 흥미로운 것, '완성원고'의 이해에 도움이 되는 것이 있다. 실제로 《잃어버린 시간을 찾아서》의 초기에 썼던 원고가 《생트뵈브에 반론한다!》라는 작품명으로 출간되기도 했다. 따라서 《잃어버린 시간을 찾아서》의 초고도, 일반 독자가 흥미롭게 느낄 수 있도록 지나치게 전문적이 되지 않는 범위 안에서 소개하고 싶다.

초기 작품

작품의 자리매김
프루스트의 초기 창작집인 《즐거움과 그 나날》은 1896년에 카르망 레비사에서 출판되었다. 헤시오도스*1의 《노동과 그 나날》을 본뜬 표제를 가진 이 작품은 단편소설과 산문시, 소묘 등으로 이루어진 문집으로, 여기에 아나톨

---

*1 Hēsiodos(?~?), 고대 그리스의 서사시인. 주요저서 《신통기(神統記)》, 《노동과 그 나날》. 현존하는 작품은 2편뿐임.

프랑스의 서문과 마들렌 르메르의 삽화가 덧붙여졌다. 출판비용은 저자가 부담했으므로 자비출판이라고 할 수 있다. 그러나 책값이 13프랑*² 50상팀*³이라는, 그 무렵으로서는 너무 비싼 가격이었던 데다 또 사교계의 젊은 호사가의 작품으로 간주되어 전혀 팔리지 않았다. 게다가 비평가들로부터도 무시당했다.

작품의 구성

《즐거움과 그 나날》에 모인 작품은 상당 부분 동인지 〈향연〉 또는 전위적 문학잡지 〈르뷔 블랑슈(Revue blanche)〉에 발표된 것이지만, 〈어린 소녀의 고백〉처럼 처음 발표된 글도 있고, 단편 〈밤이 오기 전에〉처럼 중요한 의미를 지녔지만 실리지 않은 것도 있다. 결국 프루스트는 이 작품집을 엮는 데 마땅히 어떤 구성을 생각했으며, 그 구성에 맞지 않거나 다른 작품과 겹치는 주제를 가진 것은 배제했음을 알 수 있다.

《즐거움과 그 나날》의 구성을 연구했던 베르나르 지켈에 의하면, 이 작품은 젊은 나이에 죽은 친구 윌리 히스에게 헌정된 뒤, 글머리에 단편 〈발다사르 실방드의 죽음〉을 두고, 마지막에는 주인공의 죽음으로 끝나는 〈질투의 끝〉으로 마무리하는 것처럼, 죽음에 둘러싸인 구성을 가지고 있다고 할 수 있다. 내부 구성을 보자면, 단편소설과 그 밖의 작품이 샌드위치처럼 서로 다르게 짜맞추어져 있음을 알 수 있다. 이것을 두 그룹으로 나누어보면, 중심에 놓인 〈화가와 음악가의 초상〉을 경계로 전반이 '단편 2개—에튀드 모음집—단편 2개'인 구성이고, 후반도 '단편 2개—에튀드 모음집—단편'으로 훌륭한 대칭관계를 이루고 있다.

상징파의 영향, 음악과 회화

《즐거움과 그 나날》은 저자가 자기 작풍을 만들어내기 이전에 쓴 작품이므로 작가가 어느 것에서 영향을 받아 글쓰기에 임했는지 쉽게 알 수 있다. 먼저 고전파의영향으로, 특히 〈이탈리아 희극 짧은 문장〉은 등장인물의 행동을 단문으로 간략하게 적는 것에 의해 인간 성격의 한 면을 드러내려고 하는데,

---

*2 Franc. 프랑스와 스위스, 벨기에의 화폐단위.

*3 centime. 화폐단위 1프랑=100상팀.

이러한 시도는 17세기 고전주의의 잠언작가 라 브뤼에르[*4]와 라 로 슈푸코[*5]를 생각나게 한다. 그러나 《즐거움과 그 나날》 전체를 특징짓는 점은 무엇보다도 작품을 짙게 뒤덮는 상징파의 그늘이리라.

이 작품 속에 자주 나오는 말은 우울, 회한, 몽상, 망각, 죽음, 사랑, 관능, 호수, 전원이라는 상징파 취향의 어휘이다. 그리고 이미 서술한 바와 같이 이 젊은이의 처녀작은 죽음의 그림자로 뒤덮여 있다.

또한 《즐거움과 그 나날》은 다른 예술 분야에 대해서도 강한 관심을 나타내고 있다. 문자 그대

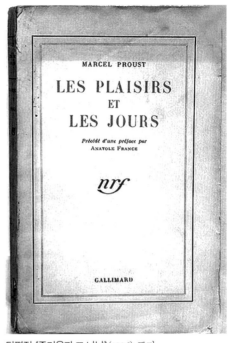

단편집 《즐거움과 그 나날》(1896) 표지

로 〈화가와 음악가의 초상〉이라고 제목 붙인 초상집에서는 알베르트 코이프[*6] 등의 화가와 쇼팽 등의 음악가가 나온다. 더욱이 산문시 〈추억의 풍속화〉는 자기 군대생활의 추억을 17세기 네덜란드 풍속화와 겹쳐 보고 묘사하려는 시도이다. 이처럼 《즐거움과 그 나날》은 단순히 소설이나 시라는 언어예술 작품을 모은 게 아니라, 온갖 예술 분야를 언어표현 속에 아우르려는 시도이다. 그러한 프루스트의 의도는 훨씬 뒤인 《잃어버린 시간을 찾아서》에까지 지속되는 것이리라.

---

*4 Jean de La Bruyère(1645~96), 프랑스의 모럴리스트. 주요저서 《사람은 가지가지》, 《정숙주의에 관한 대화》 등.

*5 François de La Rochefoucauld(1613~80), 프랑스의 고전작가. 주요저서 《잠언집》, 《회고록》.

*6 Albert Jacobsz Cuyp(1620~91), 네덜란드의 풍경화가. 대표작 〈강변의 풍경〉, 〈강변의 다섯 마리의 소〉, 〈소떼와 목동들이 있는 언덕 풍경〉 등.

죽은 뒤에 출판된 소설

《장 상퇴유》는 작가가 죽은 뒤 1952년 베르나르 드 파로와의 편집으로 출간된 단편소설집이다. 이 소설은 프루스트가 1895년에 쓰기 시작했지만, 1899년쯤에 중단한 작품이다. 그 뒤에도 몇몇 단편을 쓰지만, 결국 포기하고 러스킨의 번역작업에 중점을 두었다.

이 작품이 미완으로 끝난 것은 안타깝지만《장 상퇴유》에 쓰인 일화는《잃어버린 시간을 찾아서》와 겹치는 부분이 많아서, 만일 이것이 완성되었다면《잃어버린 시간을 찾아서》는 쓰지 않았을지도 모른다. 만약 썼다고 해도 현재의 작품과는 매우 다른 것이 되었을 터이다.

《장 상퇴유》는 젊은 시절에 쓴 글에 걸맞게 프루스트의 실생활을 비교적 솔직하게 반영하고 있을 뿐만 아니라, 그 무렵 작가의 꿈과 소망도 잘 표현하고 있다. 그러한 의미에서 작가가 자기 경험이나 소망을 어떻게《잃어버린 시간을 찾아서》에 승화해 나갔는지를 이해하는 데 중요한 재료가 된다고 할 수 있다.

작품의 개요

《장 상퇴유》는 무엇보다 먼저 자전적인 소설이고, 주인공의 성장을 시간의 흐름에 따라 기술하고 있다. 먼저 글머리 제1장에서는 전통적인 소설에 흔히 있는 것처럼, 화자가 소설의 초고를 손에 넣는 과정을 서술한다. 그것에 의하면 어린 화자는, 친구와 함께 브르타뉴 지방에서 바캉스를 보내고 있는 도중에 콩카르노 근처 바닷가에서 작가 C를 만난다(C의 모델이 된 사람은 프루스트가 브르타뉴에서 만났던 미국인 화가 알렉산더 해리슨이다). C는 산책하면서 옛일을 떠올리고는 등대지기의 집으로 들어간다. 그리고 거기에서 창작에 골몰한다. C는 작품의 원고를 두 젊은이에게 맡기고 4년 뒤에 세상을 떠난다. 이 원고가 장 상퇴유의 인생을 말하는 이야기인 것이다.

장의 유소년 시절

'유소년 시절' 장에서는 '취침의 드라마'가 등장한다. 다만 무대는 일리에가 아니라, 아마도 이 사건이 실제로 일어났던 오퇴유이다. 또 장은 샹젤리제에서 질베르트가 아니라 마리 코시쉐프라는 이름의 소녀와 놀게 된다. 중고등학교 시절에 그는 친구가 된 앙리 드 레베이옹과 알게 되지만, 세 친구에게 괴롭힘을 당한다. 이것은 콩도르세 중고등학교 재학 중에 다니엘 알레비와 로베르 드레퓌스 등이 프루스트의 거동에 기분 나빠하며 조롱했던 일을 반영했을 것이다.

이어서 '일리에' 장에서는, 이 지역의 바캉스 생활 단편이 스물여섯 개나 더 늘었다. 거기에는 이미 산사나무, 사과나무, 라일락꽃의 묘사가 있으며, 인물 중에는 프랑수아즈의 전신인 에르네스틴도 있다(모델이 된 에르네스틴 가르에서 딴 이름). 고티에의 《대장 프라카스》의 독서, 파란색 머리카락, 주느비에브 드 브라방이 등장

미완의 장편 《장 상퇴유》(1952)
죽은 뒤에 출판되었다.

하는 주마등, 가족끼리의 산책, 마을을 흐르는 루아르도 이미 존재하고 있다.

그 다음 '베그메이유' 장은 《잃어버린 시간을 찾아서》의 바닷가 피서지 발베크 일화의 첫 번째 원고라고도 할 만한 내용으로 이루어져 있다. 그러나 여기에서는 프루스트의 1895년 브르타뉴 생활이 유일한 원천으로 사용되고 있으므로 상당히 다른 점이 있는 것도 사실이다. 바닷가의 풍경, 독서, 펜마르크에까지 가서 본 폭풍의 풍경이 훌륭하게 그려진다.

사교 생활

이어서 장의 사교 생활이 시작되지만, 여기에서도 레베이옹 집안이 사교의 중심이 된다. 그의 다양한 장소에서의 사교 생활은 레베이옹 집안의 비호 아래에서 이루어지고 있다. 레베이옹 집안은 오랜 가문의 대귀족으로 장에게 파격적인 애정을 보이며 후한 대접을 해준다. 젊은 프루스트가 이 부분을 쓰면

서 나르시시즘의 만족을 맛보았으리라는 점은 쉽게 상상할 수 있다. 이를테면 마르메 부부라는 그다지 신분이 높지 않은 자들에게 장이 모욕당했던 때, 레베이옹 부부의 공공연한 지지에 의해 복수할 수 있었던 것이다. 즉 그는 자기를 무조건적으로 사랑하고 지지해주는 것뿐 아니라 큰 권력과 영향력을 가지고, 자기 소망의 실현에 힘을 빌려줄 최고의 존재를 사교계 대립자로 찾았던 것이다.

연애

그 뒤, 장의 연애생활을 둘러싼 단편이 늘어서 있지만, 프루스트는 여주인공의 이름을 통일하지 않고, 똑같은 인물이라고 여겨지는 여성의 이름을 여러 명 등장시키고 있어, 내용을 제대로 이해하기 힘들다. 등장하는 주요 이름은 S부인, 프랑수아즈, 샤를로트이지만, 만약 몇몇 연구자가 생각하듯이 S부인과 프랑수아즈가 같은 인물이라고 한다면, 이야기는 비교적 명쾌한 구조를 갖게 된다. 장은 프랑수아즈를 열렬히 사랑하지만, 그녀에 대하여 동성애의 의심을 품은 데다 그 밖의 여러 이유로 그녀에게서 멀어져 샤를로트에게 마음을 주게 된다. 이러한 변심은 레이날도 앙에서 뤼시앙 도데에게로 변심한 실제 사실에 대응하는 거라고 생각된다. 프랑수아즈를 둘러싼 이야기는 비교적 완성도가 높고, 그녀에 대한 질투를 둘러싼 일화도 충분히 담겨져 있다. 이 일화들은 주로 〈스완의 사랑〉에 그대로 사용된다. 이에 비해 샤를로트를 둘러싼 단편은 숫자도 적고, 내용도 심각하지 않은 게 많다.

작품을 중단한 이유

이렇게 프루스트는 상당한 양의 초고를 써서 모아두었지만, 결국 이 작품을 내버리기에 이른다. 프루스트는 자신의 글에 만족할 수 없었다고 하지만, 그 밖에도 문제삼은 것이 있으리라. 이를테면 단편을 몇 개나 써서 모아둔 뒤 한데 이어붙이는 몽타주적인 방법은 《잃어버린 시간을 찾아서》에서도 쓰이는 수법이지만, 《장 상퇴유》 시절에는 그것을 어떠한 원리에 기초하여 쓰면 좋을지 몰랐다. 프루스트는 19세기 소설가처럼 극적인 발전으로 이야기를 전개시키는 것이 불가능한 유형의 작가였으며, 또 그러한 것에 쉽게 기댈 수 없는 시대가 되었다. 《장 상퇴유》 속에도 무의지적 기억의 몇몇 예를 볼 수 있지만, 프루스트는 작품을 정리하는 구성원리로 이것을 이용하는 것은 아직 생각하고 있지 않았다.

두 권의 번역

프루스트는 러스킨의 작품을 두 권 번역했다. 한 권은 1904년 출판되었던 《아미앵의 성서》이고, 다른 한 권은 1906년 발행된 《참깨와 백합》이다. 단순한 번역이라고 할 수 없을 정도로 번역자가 쓴 긴 서문과 방대한 주석이 붙어 있어서 프루스트 자체가 들어 있다고 할 수 있다.

러스킨이 프랑스에 본격적으로 알려지게 된 것은 1897년 로베르 드 라 시즈란이 《러스킨과 미의 종교》를 출판하고부터이다. 프루스트는 이 책이 발행되자마자 읽었다. 그 뒤 그는 러스킨 연구에 힘을 더해, 1900년에 러스킨이 세상을 떠났을 때에는 〈예술·골동시보〉, 〈피가로〉에 추도기사를 쓰기에 이른다. 또 같은 해 4월 〈가제트 데 보자르〉지에는 '존 러스킨'이라고 제목을 붙인 긴 평론도 발표했다.

러스킨의 영향

알려진 바와 같이 러스킨은 단순한 미술평론가로서뿐만 아니라 사회사상가로서도 큰 영향을 끼친 인물이다. 그는 어떤 의미에서 프루스트와 정신적인 계보를 같이하고 있다. 유한계급으로 태어나 생활에 대한 걱정이 없고, 시간에도 얽매이지 않아서 날카로운 감수성으로 사물을 충분히 생각할 수 있었으며, 드물게 나타나는 섬세한 감정의 움직임도 잡아낼 수 있는 특별한 능력이 몸에 배어 있었다.

프루스트는 이러한 인물을 만나, 자기 안의 자질을 깊이 개발시킨 것이다. 곧 색채나 형태를 주의 깊게 관찰하고 그것을 문장에 자리잡게 하는 능력, 사물이나 감정의 미묘한 차이를 식별하는 능력, 그리고 마음의 감동을 오래도록 지연시켜 서술하는 능력을 러스킨에게서 배웠다. 《참깨와 백합》 서문에서 프루스트는 더할 나위 없이 일상적인 마을이나 정원, 거기에서의 조촐한 생활 모습을 그리는 것만으로도 뛰어난 작품을 써낼 수 있다고 말한다. 왜냐하면 시인은 평범한 자연과 인물 속에서 좀처럼 유례가 없는 매력을 발견할 수 있기 때문이다. 그리고 그러한 보기 힘든 매력의 원천에 의하여 자연과 인물은 독자의 눈에 특별히 아름다운 존재가 된다. 같은 서문에서 프루스트는, 실제로 소년 시절을 보냈던 시골 마을의 정경을 눈앞에 보이는 것처럼 묘사한다. 이 부분이 《잃어버린 시간을 찾아서》의 '콩브레' 장의 이른바 첫 번째 초고가 된다.

모사의 천재 프루스트

프루스트가 가진 모작의 재능은 그가 다른 어떤 형태로든 타인의 자아에 맞출 수 있는, 이른바 카멜레온 같은 자아를 가진 인물임을 상상하게 한다. 그리고 실제로도 그는 말 그대로 예술작품에 탐닉한 나머지, 다른 사람이 만든 작품의 정신에 일체화되는 일이 자주 있었다. 프루스트는 마침 스완이 오데트의 얼굴에서 보티첼리를 발견하고 뛸 듯이 기뻐했던 것처럼 현실 속에서 예술적인 아름다움을 발견하면 지나치게 감동하는 버릇이 있었는데, 이러한 버릇은 그의 탐닉적인 성격 때문이다. 그의 진정한 내면은 끝없이 욕심부리는 것처럼 향락적인 예술작품으로 말미암아 혼란스러워하고 있었다. 따라서 그는 이러한 혼란스러운 자신을 무언가의 수단으로 정돈할 필요성을 느꼈다.

한편 모작이라는 것은 매우 영리한 객관적 관찰의 성과이기도 하고, 날카로운 비평정신으로 만들어진 것이기도 하다. 프루스트는 어느 수필에서 이렇게 쓰고 있다.

"필요한 것은 먼저 의식적으로 모작하고, 그 뒤에 다시 한 번 독창적으로 숙달되는 것이며, 무의식의 뒷면에서 평생 모작을 계속하려는 욕구를 삼가는 것이다."

그는 자신에게 많은 것을 주었던 다양한 작가들의 영향력에, 명확한 역할분배를 하여 진정한 자기를 분석해낼 필요를 느꼈다고 할 수 있다. 그러나 그것보다는 그에게 있어서 다른 사람의 작품을 모방하는 것이 진정한 자기 발견과정으로서 필요한 작업이었다. 그는 다른 곳에서 이렇게 쓰고 있다.

"거장이 느낀 바를 자기 자신 안에서 재창조하려고 시도하는 것은 저마다 스스로에게 느끼고 있던 사실을 의식화하기에는 최선의 방법이다. 그러한 깊은 노력에 의하여 우리는 거장의 사상뿐만 아니라 우리 자신의 사상을 세상 밖으로 이끌어낼 수 있다."

그가 자신에게서 고유한 내적 전망을 쉽사리 발견했던 것도 아니고, 또 그 표현기술을 간단히 만들어냈을 리도 없다. 그는 엄청난 양의 독서와 그 밖의 예술경험을 거치고, 혼란이나 망설임도 겪으면서 자기를 발견해 나갔다. 게다가 그렇게 해서 찾아낸 자신이라는 존재는, 어떤 의미로는 다양한 예술작품을 모으는 것과 성격이 비슷하다. 이러한 모작의 영위는 프루스트의 창작생활에서 커다란 의미를 가지게 된다. 모작을 쓰는 일에 자극받아 그는 생트뵈브 비평을 시작으로 비평 작업에 본격적으로 손을 댄다.

《잃어버린 시간을 찾아서》

모작과 《잃어버린 시간을 찾아서》

모작으로부터 비평을 거쳐온 작가론은 《잃어버린 시간을 찾아서》에 곧바로 그림자를 늘어뜨린다. 〈스완의 사랑〉의 첫머리에 다음과 같은 대목을 볼 수 있다.

베르뒤랭 집안의 '소당파', '소그룹', '작은 핵심'에 들어가기 위해서는 하나의 조건이 필요하고, 그 한 가지만으로 충분했다. 그것은 다름 아닌, 어떤 신앙고백을 승인하는 것이었지만, 그 조항에는 같은 해 베르뒤랭 부인의 비호를 받고 '바그너를 이만큼 잘 연주하다니 믿을 수 없어'라는 말을 들은 피아니스트가 플랑테와 루빈슈타인을 '뛰어넘었다'고 하는 것, 그리고 '코타르 의사가 포탱보다도 진단을 잘 내린다'고 하는 것이다.

여기에 허구의 인물(피아니스트, 코타르)과 실제 이름(플랑테,*7 루빈슈타

---

*7 François Planté(1839~1934), 프랑스의 피아니스트. 레코드 사상 최초로 녹음을 남긴 것으로 유명함.

인,*8 포탱)이 아무런 구별도 없이 공존하고 있는 것을 볼 수 있다. 이것을 쓰고 있을 때 프루스트는, 발자크의 저속한 현실감각과 베르뒤랭 부인의 발돋움을 이중으로 비추고 비웃는 것이리라. 결국 베르뒤랭 부인의 살롱은 무엇보다도 먼저, 발자크풍의 저속한 기쁨을 지배하는 장소로 설정되어 있는 것이다. 이런 식으로 보자면 《잃어버린 시간을 찾아서》라는 작품은 아직 우리가 충분히 안다고 할 수 없을 정도로 작가의 다양한 모작으로 가득할지도 모른다.

《잃어버린 시간을 찾아서》가 완성되기까지

프루스트가 그의 일생을 바친 소설에는 엄청난 시간과 방대한 정력이 들어 있다. 시간으로 따지면, 1908년에 작품을 쓰기 시작하여 1918년쯤 초고를 정식으로 베껴 쓴 원고에 '끝'이라 써넣기까지 10년 남짓 걸렸다. 게다가 그 뒤에도 타이프 원고와 교정쇄를 대대적으로 손보던 사이, 프루스트는 완성을 보지 못한 채 1922년에 세상을 떠난다. 또 초고를 다시 한 번 깨끗하게 베껴낼 때까지 작품 계획에 큰 변화가 있었고, 더욱이 죽기 직전에도 《사라진 알베르틴》 이후를 고치려 했다는 설도 있다.

이처럼 《잃어버린 시간을 찾아서》의 원고는 그 자체로서 매우 흥미로운 발전의 역사를 지닌다. 도중에 사라져간 등장인물, 일화도 많다.

'표층자아'와 '심층자아'

프루스트는 어머니의 죽음으로 받은 충격에서 벗어나, 차츰 창작의 기력을 쌓아 나가는 한편 1908년 초에 쓴 〈패스티시〉가 직접적인 계기가 되어 평론 활동에 의욕을 갖게 된다. 이미 1905년쯤부터 생트뵈브에 대한 비판을 쓰려고 마음먹은 듯하나, 이는 단순히 비판문이 아니라 생트뵈브의 동시대 작가들에 대한 비판이 왜 잘못되었는지를 둘러싸고 이 저명한 비평가의 근본적인 결함을 들추기 위한 공격적인 글이다.

프루스트는, 생트뵈브가 같은 시대의 스탕달, 발자크, 플로베르 등을 겉으로 드러나는 사람 됨됨이로 판단했기 때문에, 그들 작품에 대한 평가가 모두 잘못됐다고 말한다. 이에 대해 프루스트는 사람들이 일상생활에서 사용하는

---

*8 Rubinstein, Anton Grigorievich(1829~1894), 러시아의 작곡가·피아니스트.

'표층자아'와, 작가가 예술작품 속에 표현하는 '심층자아'는 전혀 다른 것이라 주장한다. 그리고 한 작가를 평가하려면 외적인 생활이 아니라, 그의 깊은 자아를 표출한 작품에서만 생각해야 한다고 했다.

이러한 사고방식은 20세기 문학에 매우 커다란 영향을 끼치게 된다. 그러나 그의 생트뵈브 비판은 아슬아슬한 자기변명서이자, 가장 깊은 마음속 욕구를 뒷받침한 저술이기도 하다.

보들레르, 발자크의 평가

처음 프루스트는 생트뵈브를 비판할 의도로 그의 저서들을 읽고 또 읽었지만, 생트뵈브에게만 얽매였다는 뜻은 아니다. 그는 자

《잃어버린 시간을 찾아서》(1913~28)
제1권 《스완네 집 쪽으로》 표지

신이 쓴 발자크, 플로베르의 모작에 자극받아, 그들에 대한 평론을 쓰기 시작했다. 이 두 작업은 서로 관계없는 일이 아니었다. 프루스트가 채택한 작가들은 바로 생트뵈브가 낮춰 본 사람들이기 때문이다. 그 결과, 그의 생트뵈브 비판은 단순히 생트뵈브론(論)일뿐만 아니라, 그 때문에 가볍게 여겨져 온 작가들의 권리를 회복시키려는 시도도 함께 이루어졌다. 실제로 프루스트 감식안의 예리함은 무서울 정도이다. 그가 채택한 발자크, 보들레르, 네르발은 현재 프랑스 문학사에 확고부동한 이름들이지만, 그 무렵에는 현재만큼의 높은 평가를 받지 못했음을 분명히 밝혀둘 필요가 있다. 이로써 그의 《생트뵈브에 대한 반론》은 평론집의 형태를 갖추게 되었다.

창작의 시작

그뿐 아니라, 그는 창작에도 손을 대고 있었다. 그리고 1908년 1월에는 벌써 짧은 단편도 쓰고 있었다. 그 단편은 현재 〈로베르와 새끼산양〉이라는 제목의 글로 《생트뵈브에 대한 반론》에 실려 있는데, 이는 다가올 대작 소설의 첫걸음이 된다. 이처럼 그는 이때부터 창작력이 꽃피어 풍부한 경험을 하게 되지만, 그 자신의 넘쳐흐르는 창조력에 대해 어떤 형태를 부여해야 좋을지는 알지 못했다.

5월에 친구 루이 앞으로 보낸 편지에 그즈음 진행 중인 작업으로서 다음 것들을 들고 있다.

"귀족 연구, 파리 소설, 생트뵈브와 플로베르에 대한 수필, 여성들에 대한 수필, 동성애에 대한 수필(출판은 곤란하다), 유리창 연구, 묘비 연구, 소설 연구……."

이러한 일들은, 그 자체는 아닐지라도 모두 《잃어버린 시간을 찾아서》속으로 흘러들게 된다. 다시 말해 《잃어버린 시간을 찾아서》는 단순한 소설이 아닌, 여러 연구와 수필을 집대성한 복합적인 작품이라고 할 수 있다.

75장의 대형판 가제 노트

1908년 7월이 되자, 프루스트는 소설 초고의 단편을 몇 개 완성한다. 그리고 보통 '카르네 1'로 불리는 창작수첩에 '완성된 페이지'의 목록을 썼는데, 이는 《생트뵈브에 대한 반론》을 편집하여 출판한 연구가 베르나르 드 파로와에 따르면, 실제로 75장의 대형판 가제 노트에 소설을 썼다고 한다. 이것이 《잃어버린 시간을 찾아서》의 초고이다. 거기에는 〈로베르와 새끼산양〉, 〈이름을 에워싼 몽상〉이라는, 현재의 《잃어버린 시간을 찾아서》와는 상당히 다른 단편들 말고도 콩브레에서 보낸 휴가나 화자의 집을 방문한 스완이 다른 이름으로 등장하거나(그 얘기는 취침 사건이 이미 포함되어 있다는 말인데), 바닷가 소녀들도 이미 모습을 드러내어 《잃어버린 시간을 찾아서》의 원형을 확실하게 정해놓은 듯하다. 그러나 75장의 노트는 현재 행방을 알 수 없다.

《생트뵈브에 대한 반론—어느 아침의 추억》

이처럼 프루스트는 한편으로 생트뵈브 비판을 중심으로 하는 평론을 계속 쓰면서, 다른 한편으로 소설도 집필하며 그것을 어떻게 정리해야 할지를 망설이고 있었다. 여기서 프루스트는 매우 독특한 문제 설정을 실행한다. 곧 이 둘을 별개로 마무리할지, 아니면 유기적인 관련을 가진 하나의 작품으로 정리할지에 대해서이다. 그는 1908년 12월에 쓴 편지에서 이렇게 말하고 있다.

〈오르페우스의 목을 안아 든 처녀〉 모로
《생트뵈브에 대한 반론》에서, 프루스트는 모로에 대하여 '자기 꿈을 그린 사람'이라고 말했다.

"나는 생트뵈브에 대해서 뭔가를 쓸 작정입니다. 그래서 이른바 두 가지 기사를 머릿속에서 구상했답니다(잡지 기사입니다). 하나는 고전적인 형태의 기사로, 완성도가 떨어지는 텐풍 수필 같은 분위기입니다. 다른 하나는 어느 아침부터 이야기가 시작됩니다. 어머니가 제 침대 곁으로 다가오면 계획 중인 생트뵈브론에 대한 이야기를 들려드리는 것이지요."

최종적으로 프루스트가 선택한 것은 두 번째 계획이었다. 그뿐 아니라 화자는 어머니가 침대 곁으로 다가오기 전에 아침 햇살을 쬐며 잠에서 덜 깬 몽롱한 상태에서 유년 시절부터 인생의 여러 장면을 떠올리는 형태로, 1인칭 소설을 끌어들인다. 곧 제1부가 소설이고, 제2부가 이론적인 대화라는 형식을 취해 지금까지 써온 모든 원고를 하나로 정리하기로 했다. 《생트뵈브에 대한 반론—어느 아침의 추억》이라는 가제의 작품은, 소설 부분이 250~300쪽, 그 뒤에 연결된 생트뵈브와 미학을 둘러싼 긴 대화가 125~175쪽으로 이루어져 있었다. 그리고 '소설 부분 전체는 최종 부분(이론 부분)에서 전개되는 원리의 실연(實演), 즉 어떤 '서문'의 성격을 띤다고 작자는 확실히 말하고 있다. 이처럼 그는 뚜렷한 작품 계획을 가지고, 1909년 9월에 앞부분의 타이프 원고가 끝날 정도로 작품을 진행하나, 이 계획은 발레트의 거부로 좌절된다.

소설의 새로운 전개

발레트의 거절로 당장 출판이 불가능해지자, 프루스트는 다른 출판사를 찾으면서 원고를 더욱 다듬어 나갔다.

고친 부분의 중심 줄기만 살펴보면, 먼저 작품 마지막에 있던 어머니와의 긴 대화는 삭제된다. 이 이론적인 부분은 사실 그 '실연'이 제1부에 나타나는데, 대략적으로 말해 보들레르를 둘러싼 논고는 동성애 묘사 속에, 발자크에 대한 비판은 사교계 기록에, 네르발에 대해서는 무의지적 기억 속에 나타낸 것처럼 소설 부분에 이미 사용되고 있었다. 따라서 제2부의 '어머니와의 대화'는 같은 것을 이론적으로 이야기하는 데에 지나지 않는다.

또한 무의지적 기억의 작용을 작품의 첫머리와 끝머리에 둠으로써 작품 구조를 규정하는 기본적인 요소가 되었다. 무의지적 기억은 이전부터 작품 속에 들어 있던 요소지만, 초고 단계에서는 고작 홍차에 적신 마들렌이 콩브레의 추억을 불러일으키는 기능밖에 없었다. 하지만 수정된 작품에선 마지막에도 드러나, 어머니와의 대화 대신에 작품을 매듭짓는 요소가 된다. 그 밖에 1909년 이후 마리아라는 여주인공이 확연히 모습을 드러내는 것도 들 수 있다.

《스완네 집 쪽으로》 출판

《잃어버린 시간을 찾아서》의 제1권 《스완네 집 쪽으로》는 이렇듯 많은 고난을 겪으면서도, 1913년 11월에 그라세사에서 간행되었다. 이듬해인 1914년에는 제2권 《게르망트 쪽》, 그리고 마지막으로 《다시 찾은 시간》이 예정되어 있었는데, 내용예고는 이러했다.

제2권 《게르망트 쪽》—스완 부인의 집, 고장의 이름—고장, 샤를뤼스 남작과 로베르 드 생루의 최초 스케치, 인명 : 게르망트 공작부인, 빌파리지 부인의 살롱

제3권 《다시 찾은 시간》—꽃피는 아가씨들 그늘에, 게르망트 공작부인, 샤를뤼스 씨와 베르뒤랭네 사람들, 할머니의 죽음, 마음의 흔들림, 파도바와 콩브레의 '악덕과 미덕', 캉브르메르 부인, 로베르 드 생루의 결혼, 영원한 애모.

1912년에는 그럭저럭 완성한 3권짜리 《잃어버린 시간을 찾아서》 가운데 제1권이 간행되었고, 제2권은 활자 조판 작업이 진행 중이었으며, 제3권은 수첩에 초고가 대략적으로 완성된 상태였는데, 지금의 《잃어버린 시간을 찾아서》와는 상당한 차이가 있다. 이 책에서는 여주인공이 알베르틴이 아닌 마리아라는 네덜란드 여성이며, 알베르틴과의 동거생활, 그녀의 도망과 죽음의 이야기가 빠져 있다.

또한 작품 구성면에서도 큰 차이점이 있다. 현행판에서는 화자의 첫 발베크 방문이 둘로 나뉘어 있고, 전반은 차례로 등장하는 게르망트네 사람들 소개에 맞추고, 후반은 '꽃피는 아가씨들'이 나온다. 하지만 1912년판에서는 이 두 부분이 작품의 서로 다른 장소에 있었다. 전반은 〈고장의 이름—고장〉이라는 제목으로 제2권에 실려 있었다(현행판과 같은 위치이다).

마리아와의 사랑

마리아와의 교류와 바닷가에서의 교제에 대해서는 현행판의 알베르틴과의 교제와 별반 다르지 않지만, 그 뒤의 전개는 매우 다르다.

마리아가 그와의 만남에 그리 적극적이지 않음을 눈치챈 화자가 스스로 단념하고, 차츰 그녀와 만나지 않으려 하며 끝을 맺는다(이러한 사랑의 결말은 마리아의 이야기를 포기해 필요 없어졌으므로 질베르트와의 이야기로 바뀌는 것이리라. 알베르틴을 위해서는 이와 전혀 다른 마지막이 준비된다). 그러나 마리아의 추억은 작품 마지막에 또다시 나온다. 게르망트 대공부인 저택으로 간 화자는 그곳에서 두 점의 렘브란트 그림을 보게 되는데, 이것은 사실 이전 암스테르담의 마리아 양부모 집에 걸려 있던 그림으로, 사정이 있어 파리 게르망

트 집에서 보관하게 되었다. 운하 도시 암스테르담의 작고 아기자기한 집에 걸려 있었던 두 점의 그림은, 화자가 마리아와 함께 암스테르담으로 여행갔을 때, '서로의 어깨를 스치며' 바라보았던 가슴 설레는 추억을 떠올리게 한다. 그러나 더 이상 그녀를 사랑하지 않는 지금, 아무런 감흥도 일지 않는다. 이 일화는 현행판에서 포르투니의 주제에 쓰여 베네치아에서 화자가 카르파초의 그림을 보고 죽은 알베르틴을 떠올리지만, 더는 아무런 감흥도 생기지 않았다는 이야기가 되었다.

퓌트뷔스 부인의 몸종

1912년판 《잃어버린 시간을 찾아서》에서 중요한 소임을 맡은 또 한 사람은 퓌트뷔스 부인의 몸종이다. 오랫동안 화자의 성적 상상력을 자극해온 이 여성은 결국 베네치아 근교 마을인 파토바에서 화자와의 만남을 승낙한다. 그러나 이 만남은 형편없이 끝을 맺는다. 그녀를 만나기 직전에 호텔 방에서 돌아가신 할머니의 추억이 너무도 생생히 되살아나(프루스트는 이제까지 작품의 전체 제목으로 여겼던 〈마음의 흔들림〉을 이 일화로 쓰게 된다) 깊은 상실감에 압도되어 만남을 즐길 마음이 사그라졌고, 또 이 여성을 만나보니 몹시 비속한 인물로, 화자는 지나치게 환멸을 느낀다.

〈마음의 흔들림〉에서 할머니의 추억이 되살아난 이야기는, 현재 두 번째 발베크 방문 첫머리에서 쓰였고, 화자는 비통한 나머지 호텔로 찾아온 알베르틴과 함께할 기분을 한때 잃게 되는데, 이는 지금 말한 몸종의 일화를 그대로 옮겨 적은 것이다. 《장 상퇴유》에 등장한 앤트워프 수녀의 근원이 되는 퓌트뷔스 부인의 몸종은, 현재 《잃어버린 시간을 찾아서》에서 화자가 추구하는 사이에 사라져 중요한 역할을 연기하지는 않지만 1912년판에서는 마리아와 서로 비슷한 중요성을 지니고 있었다.

소설의 대대적인 개정

1913년부터 1914년에 걸쳐 일어난 아고스티넬리와의 사건은 프루스트에게 엄청난 정신적 영향을 미친다. 그는 그 체험을 원천으로 소설의 대대적인 개정을 시작한다. 그리고 1912년판 3권 구성부터 최종적으로는 7권 구성까지 작품이 늘어난다. 여기서 새롭게 덧붙인 것은 알베르틴과의 동거생활, 그녀의 도망과 죽음, 그리고 망각인데, 이런 요소는 모두 아고스티넬리의 체험과 매우 흡사한 병행관계를 가진다. 심한 경우 프루스트는 아고스티넬리와 주고받은 편지 일부를 그대로 인용할 정도였다.

그러나 여기서 아주 흥미로운 점이 발견된다. 프루스트가 여주인공의 이름을 바꾸고, 새로운 여주인공에게 새로운 이야기를 부여하는 일을 시작한 때에 대해서는 정확히 모르지만, 1913년 후반이나 1914년 전반이라고 추측된다. 바꾸어 말하면 1914년 5월에 아고스티넬리가 비행사고로 추락해 죽기 이전의 일이다. 즉 알베르틴의 이야기는 아고스티넬리의 사건이 마무리되기 전에 이미 움트고 있었던 것이다.

동침 없는 동거

사실 프루스트는 《생트뵈브에 대한 반론》 집필 중 이미 한 젊은 여성과 '동침 없는 동거' 계획을 가지고 있었다. 프루스트에 대한 회상록을 쓴 마르셀 플랑테비뉴에 따르면 1908년부터 1909년 무렵 카부르에 머물 때, 프루스트는 바닷가 피서지에서 프랑스의 가난하지만 뼈대 있는 귀족 도르 집안의 아가씨에게 주목하고, 가까운 농원 '마리 앙투아네트'로 차를 마시러 가는 그녀를 플랑테비뉴와 함께 미행한다. 그리고 오로지 그녀에게 재산을 주려는 자선적인 의도에서 도르 집안의 딸과 '새하얀 결혼'을 할 꿈에 부풀어, 감격한 나머지 눈물지었다고 플랑테비뉴는 적고 있다. '새하얀 결혼'이란 육체관계를 맺지 않는 혼인이기에 '동침 없는 동거'와 같은 말이다. 실제로 그는 1909년 11월 조르주 드 로리스 앞으로 보낸 편지에서 어느 젊은 여성과 '생활을 공유'할 계획이 있음을 내비쳤다. 다만 이 여성이 어떤 인물이었는지는 알려지지 않았다. 또한 1914년 이후 알베르틴과의 동거생활 첫 원고에서도, 화자와 알베르틴과의 사이에는 육체적인 관계 없이, 화자의 어머니가 두 사람과 같은 아파트에 사는 것으로 설정되었음을 알 수 있다. 따라서 알베르틴이라는 여성은 무엇보다도 여러 해 동안의 '동침 없는 동거' 계획 실현으로 등장한 인물임을 짐작할 수 있다.

원고의 완성

이러한 우여곡절을 겪으며, 프루스트는 1918년 무렵 《잃어버린 시간을 찾아서》 원고를 20권의 노트에 깨끗이 정리하여 완성했다. 하지만 그 뒤에도 개정 작업이 이어져, 늘 그러하듯 타이핑한 원고를 대폭 고치고, 공간이 부족하면 커다란 종이를 덧대어 고치곤 했다(프루스트는 초고 단계에서나 수정 단계에서 이런 작업을 빈번히 거쳤다). 게다가 교정쇄 단계에서도 몇 번이고 대대적인 수정을 하곤 했는데, 수정된 교정쇄가 나오면 또다시 원고를 고치는 데 온 힘을 기울였다. 그는 시간과 경쟁하듯 일을 바삐 서둘렀다. 그러나 《갇힌 여인》 교정쇄 중인 1922년에 사망한다. 따라서 《갇힌 여인》의 남겨진 일부와 《사라진 알베르틴》, 《다시 찾은 시간》은 명목상으로는 완성되었지만 본질적 의미로는 완성되지 않은 상태였다.

또다시 작품 개정인가?

1987년에 프루스트의 남동생 로베르의 증손녀인 나탈리 모리아크(그녀는 소설가 프랑수아 모리아크의 손녀이기도 하다)가 《잃어버린 시간을 찾아서》의 신판을 공개하고 난 뒤 큰 문제가 일어났다. 이 신판은 새롭게 발표된 《사라진 알베르틴》의 타이프 원고에 기초한 것인데, 이는 프루스트가 사망하기 직전인 1922년 여름부터 가을에 걸쳐 자기 손으로 중대한 개정을 시행하고 있던 것이다. 주요 개정 내용은 세 가지이다. 첫 번째는 프루스트가 이 책에 붙인 이름이다. 처음 그는 《도망간 여인》을 마음속에 두었으나, 그 무렵 타고르의 《도망간 여인》이라는 프랑스어 번역 표제의 소설이 발표되어 《사라진 알베르틴》으로 제목을 붙여야 할지 망설이게 된다. 그런 까닭에 아마 프루스트는 최종적으로 《사라진 알베르틴》이라 제목을 정했을 것이다. 두 번째는 알베르틴이 말에서 떨어져 죽는 곳이, 투렌이 아닌 콩브레 근교의 비본 시내 부근 몽주뱅의 가옥이 있는 곳으로 바뀐 것이다. 이 변화를 통해 작품 속 고모라의 주제가 같은 장소에서 시작해 같은 장소로 돌아온다는, 프루스트다운 둥근 원 구조를 이루게 된다. 가장 중요한 세 번째는 알베르틴의 추억에 대한 부분이 많이 삭제된 것이다. 그녀에 대한 추억이 점차 흐려져가는 세 단계 중 포르슈빌의 딸을 둘러싼 부분과 앙드레와 대화한 부분이 잘려나갔으며, 베네치아 장에서 알베르틴을 떠올리는 일화가 거의 삭제되었다. 포르투니의 주제도 사라졌다. 그래서 이는 원본 타이프 원고가 아닌, 내용 일부를 어느 잡지에 발표하기 위해 필요 이상의 부분을 잘라낸 작품이라는 설도 있다. 그렇지 않다면

《잃어버린 시간을 찾아서》
는 영원히 수정되어야만
할 운명을 타고난 것이란
말인가.

계속 생성되는 작품

《잃어버린 시간을 찾아
서》는 이미 살펴본 바와
같이 영원히 생성되는 작
품, 늘 바뀌고, 작가가 쓰
면 쓸수록 미완성이 되어
가는 소설이라 해도 맞을
것이다. 그러나 이 둥근 물
체는 핵이 되는 부분이 있
고, 그것이 전체 구조를
확실하게 잡아주고 있다.
다시 말해 이 작품은 핵심
구조를 단단히 완성지어,
이를테면 프루스트가 오

〈풍차방앗간〉 렘브란트

래 살아 작품을 고치더라도 핵심 부분이 벗어나거나 바뀌지 않았을 것이다.
그 핵심은 작품 첫머리와 끝머리에 무의지적 기억을 배치하는 구조이다.

첫머리에 나오는 프티트 마들렌이 화자의 과거를 떠올리게 하고, 작품을 전
개하는 원동력이 된다. 그리고 마지막에 불쑥 튀어나온 장식용 돌덩이들은 외
적인 요소로, 화자에게 자기 인생을 소설의 소재로 사용하도록 하는 발견을
안겨준다. 제1의 무의지적 기억이 인생을 활짝 펼쳤다면, 제2의 무의지적 기억
이 작품의 계기가 된다. 이러한 무의지적 기억이 작품구조의 열쇠라는 발상은,
프루스트가 비교적 이른 1909년 무렵 착안하여 대략적으로 완성한다. 이를테
면 논문 집필에서 머리말과 맺음말을 미리 써두는 것과 같다.

장소에 의한 구분

프루스트는 자기 작품을 대성당이나 교향곡에 비유하여, 이를테면 어떤 기하학적인 짜임새를 작품에 부여했다. 기하학적인 구조라 하면 좌우대칭이나 여러 조응(照應)관계를 떠올린다. 실제로 프루스트의 작품은 이러한 구조로 가득 차 있다 해도 지나친 말이 아니다. 그중 몇 가지를 들어보자.

프루스트는 프티트 마들렌에 커다란 역할을 부여하기 전에, 조금 다른 형태로 작품 구조를 만들려는 계획을 가지고 있었다. 그리고 이 계획은 현재 작품에서도 사라지지 않았다. 화자가 첫머리에서 자신이 과거에 지냈던 방을 차츰 돌이켜보는 부분이 있는데, 여기서 떠올린 것은 콩브레의 레오니 고모 집의 방, 파리 집 방(화자는 《게르망트 쪽》 첫머리에서 한 번 이사한 적이 있어, 방이 두 개다), 발베크의 그랑 호텔 방, 동시에르의 방, 베네치아, 탕송빌 등 화자가 한평생 밤을 지새우던 방에서 일어난 눈에 띄는 일들이 모두 나와 있다. 즉 첫머리에 이미 작품 속에 등장하는 장소가 모두 예고되었다.

장소의 일치

작품에서는 늘 등장하는 특정 장소를 배경으로 이야기가 전개되는데, 장소 자체가 이야기 전개에 커다란 의미를 지닌다. 그렇듯 장소의 중심에는 언제나 하나의 방이 나오고 화자는 방에서 그곳 장소로 들락날락하는 일을 되풀이한다.

이처럼 《잃어버린 시간을 찾아서》에서는 언제나 장소를 기본 축으로 이야기가 전개되고, 그 중심에는 늘 방이 존재한다. 거기다 이야기를 펼쳐 나가는 직접적인 원인은 '산책'이나 '호기심'이라는, 지나치게 이야기적이지 않은 요소이다. 17세기 프랑스 고전주의 시대 연극에서는 '3일치 법칙'이라는 것이 있어, 작가는 장소의 일치, 시간의 일치, 행동의 일치를 엄격히 지키는데, 프루스트의 소설에서는 장소의 일치가 소설 구조의 기본을 이루고 있다.

반복되는 이야기

또 하나의 장소, 이를테면 콩브레를 살펴보면, 스완네 쪽이나 게르망트네 쪽이나 산책을 가는 곳에 따라 더욱 세밀히 구별된다. 여기에서는 여러 번 길을 나선 스완네 집 쪽으로 가는 산책이 한데 묶여 기술되어 있고, 게르망트로의 산책 또한 똑같이 일괄적으로 서술되어 있다. 즉 이야기는 시간의 흐름에 따라 전개되는 게 아니라 장소의 이동에 따른다. 화자가 게르망트 귀족 사회에 빠져들 무렵, 화자는 한 번씩 게르망트 공작부인 살롱과 빌파리지 후작부인의 살롱, 그리고 게르망트 대공부인의 연회에 참석하는데 저마다 무대에서는 새로이 등장하는 인물들의 소개와 더불어 내력, 이 살롱에서 과거에 있었던 일 등이 차례로 기술되어 있어, 독자는 같은 살롱에 몇 번, 아니 몇십 번이나 출석한 듯한 기분이 든다. 즉 여기서도 되풀이되는 이야기를 통해 장소의 일치가 이루어지는 것이다.

두 개의 '머리말'

프루스트는 왜 시간을 무시하고 〈스완의 사랑〉을 〈콩브레〉 바로 다음에 넣은 걸까. 그가 이 장을 포함한 소설 제1부를 완성했을 무렵, 제1부는 질베르트에 대한 아이 같은 애정의 일화가 포함되어 있을 뿐, 그 뒤의 마리아를 상대로 한 본격적인 연애나 샤를뤼스의 사도마조히즘을 짐작케 하는 것들은 전혀 드러나 있지 않다. 따라서 제1부만 읽은 독자는 이 소설을 콩브레에서의 산책과 샹젤리제에서의 즐거운 한때를 다룬 소박하고 서정적인 작품으로 잘못 이해할 가능성이 있었다. 그래서 작가의 연애관을 털어놓고 말하거나, 뒤에 나올 연애의 모습을 예고하는 이야기를 집어넣어야만 했다.

실제로 스완의 연애와 화자의 사랑은 무척이나 닮아 있다. 사랑의 원동력은 질투이며, 사랑은 불행하다. 오데트와 알베르틴 모두 동성애 혐의를 받는 것도 공통점이다. 또한 샤를뤼스와 모렐의 소돔 관계조차, 사랑의 기본성격은 스완이 체험한 사랑과 비슷한데, 작가는 이때 이런 사랑을 조금 부풀리고, 한결 익살스러우면서도 기괴하게 그려낸 것에 지나지 않는다. 그렇다면 〈스완의 사랑〉은 뒤에 전개될 몇 가지 연애 방법에 대한 예고편, 머리말에 해당하게 된다.

부채꼴 모양의 전개

프루스트의 문체라 하면, 구불구불 이어지는 긴 문장이리라. 실제로 이런 특징을 가진 문장은 《잃어버린 시간을 찾아서》 전체의 3분의 1 정도이고, 또한 문장의 평균적인 낱말 수도 표준적인 프랑스 어문의 두 배 정도로 그리 극단적이진 않다.

이런 긴 호흡의 문체는 어떤 관념이나 인상이 떠오르는 대로 모든 것을 기술하고자 하는 욕구에 의한 것이다. 따라서 맨 처음에 어떤 말이 제기되고, 그로 인해 떠오른 것들이 어느 정도 전개되면 일단 본디 말을 다시 인용하고, 그것에 새롭게 떠오른 것을 다시 기술하는 방식을 취하는 경우가 가끔 있다. 이를테면 《꽃피는 아가씨들 그늘에》에서 먼저 '질베르트의 부모'라는 표현을 첫머리에 놓고, 그 뒤 10행에 걸친 수식을 덧붙인 다음 가까스로 이 '부모'에 대응하는 술어동사가 나와서 끝맺는 식이다.

부채꼴 모양의 전개 구조는 문장뿐 아니라, 단락에서도 볼 수 있다. 핵심적인 관념이 끊임없이 되돌아오며 이야기가 전개되고 옆으로 비껴간다. 이것은 어떤 방을 나와 산책하고 돌아오고, 또 산책에 나섰다 되돌아오는 콩브레나 발베크의 서술과 유사한 방식을 취한 것이다.

이처럼 프루스트의 문장기법은 반복되고 조금씩 빗겨가며 확대된다는 것이 하나의 원리이다. 이러한 방법은 저자가 초고 단계뿐 아니라 교정쇄 단계에서도 그때그때 손댄 결과라 하겠다. 즉 자기 원고를 되풀이해서 읽음으로써, 새롭게 환기된 내용을 조금도 빠뜨리지 않고 적기 위해 이러한 부채꼴 모양의 구조가 완성된 것이다. 작가는 문장의 효과를 높이기 위해서 핵심이 되는 말이나 표현을 문장 끝에 끌어오기도 한다.

은유

프루스트적인 문장의 특질이라 하면 은유이다. 일반적으로 은유라 하면 '비교되는 것(comparé)'과 '비교하는 것(comparant)'으로 이루어지는데, 이를테면 '알베르틴은 바닷가에 핀 한 송이 장미다'라는 문장이 있다. 간단히 말해 알베르틴은 '비교되는 것'이고 바닷가 장미가 '비교하는 것'이라 생각해보자.

그런데 작가가 소설의 마지막에 전개하고 있는 이론에 따르면, 은유는 이 두 가지 요소를 나란히 두는 게 아니라 융합시킨다. 곧 어떤 물체나 어떤 관념은 사실주의 작품처럼 그냥 말로 거기에 놓이는 게 아니라, 은유를 보태서 '비교되는 것'과 '비교하는 것'(알베르틴과 바닷가의 장미라고 하는 것이 알기 쉽다)에 공통적인 감각을 덧붙이게 된다. 프루스트는 이를 '두 개의 대상을 꼼짝달싹 못하도록 아름다운 문체의 고리로 잇는다' 또는 '두 개의 감각의 공통 성질을 생각해, 이 두 감각을 서로 연결시킴으로써, 두 감각의 본바탕을 끌어내고, 시간이 가진 우연성에서 감각이 해방되도록 하나의 은유 속에 두 개의 대상을 포함시킨다'라는 표현을 하고 있다. 알베르틴은 '바닷가의 장미'라는 예시를 통해 바닷가 피서지의 싱그럽고 눈부신 땅의 정령이라는 인상을 지니게 된다.

이처럼 물체는 독립된 단순한 것으로 제시되는 게 아니라 은유의 참가로 인해 하나의 내적인 인상, 마음 상태의 풍경으로 바뀌는 것이다. 다시 말해서 현실은 은유로 말미암아 변형(Metamorphose)된다. 발베크 호텔 짐꾼은 추위로부터 보호받는 온실의 화초 같고, 파랜시 씨는 생선 가마니, 게르망트 가문 사람들은 새, 종업원은 사냥개가 된다. 이와 반대로 꽃은 여성이 된다. 산사나무는 신앙심 깊은 쾌활한 아가씨들이며, 노르망디의 사과나무는 장밋빛 공단 무도회용 드레스를 몸에 걸친다. 그리고 게르망트 대공부인 저택에 간 화자가 처음 삭막한 기분이 들었을 때 그는 새조차 왠지 늙고 나쁜 정령처럼 느낀다. 프루스트의 문장이 어딘가 현실의 객관적인 묘사보다 비탄과 기쁨이라는 감동, 삶의 여러 색채로 늘 물드는 한 가지 이유가 여기에 있다.

은유와 무의지적 기억

이처럼 자주 사용된 은유는 재미있는 현상을 낳는다. '바닷가의 장미와 같은 알베르틴' 예를 다시 살펴보면, 이 경우 '비교되는 것(알베르틴)'이 '비교하는 것(바닷가의 장미)'을 환기하는 관계가 된다. 생각해보면 사실 이것은 무의지적 기억과 같은 구조를 가진다. 이 말은 화자가 파리에서 홍차에 적셔 먹은 프티트 마들렌을 통해 콩브레에서 있었던 비슷한 체험을 불러일으키기 때문이다. 그렇다면 은유는 무의지적 기억이 가져온 기쁨을 문체에서 실행하는 것이다.

한편 무의지적 기억의 체험에는 마들렌을 통해 떠올려진 것과 그에 얽힌 모든 것(콩브레)에 대한 이야기가 옮겨가는데, 은유의 경우에도 이와 아주 유사한 현상이 일어난다. 《게르망트 쪽》에서 화자는 오페라 극장에 가게 되는데, 그곳에 모인 귀부인들이 입은 파티복 모습이 마치 인어 같으며, 오페라 극장 내부 자체가 해저와 같다고 느낀다. 이 대목에서는 해저에 얽힌 비유가 너무 장황하게 되풀이되어 마지막에는 오페라 극장을 말하는 것인지 해저에 관한 것인지 헷갈릴 정도이다. 이처럼 프루스트의 글쓰기는 늘 현재의 모습 그대로를 묘사하는 것에서 탈선, 일탈하고자 하는 욕구로 넘쳐난다고 할 수 있다.

은유의 예시뿐만 아니라, 문장 안에서 이야기하고 있는 것에서 벗어나 예전 일을 말한다거나, 떠오른 어떤 사실 이야기가 빈번히 사라지곤 한다. 다시 말해 프루스트의 문체는 지금 여기에 존재하는 세계를 그리면서도, 그에 따라다니는 엄청난 부재의 것들이 에워싸고 있다. 현실은 프루스트의 글쓰기 속 한 요소에 지나지 않으며, 오히려 문장 전체를 진실로 묶고 있는 것은 작가의 내적인 풍경인 것이다.

해학과 기괴함

이런 풍자는 죽음이나 병마라는 엄숙한 내용을 둘러싼 사람들의 태도에도 꼭 들어맞는다. 사람들은 엄숙한 사건을 마주해도 일상의 즐거움을 버리지 못하는 법이다. 게르망트 부부는 어느 무도회 참석을 즐거움으로 삼고 있었는데, 어쩌다 친척 가운데 한 사람이 위독하다는 소식을 접한다. 그가 죽으면 부부는 상복을 입어야 하고 무도회에는 갈 수 없다. 부부는 사람을 시켜 형편을 살핀 뒤에 오늘 밤엔 별일 없을 거라는 보고를 듣는다. 그래서 안심하고 나서려는 찰나 마침 친척이 다급히 달려와 사망 소식을 전한다. 그러나 공작은 언짢은 기색을 보이며, 못 들은 걸로 하고 나가버린다.

또한 하녀 프랑수아즈는 병에 걸린 할머니를 헌신적으로 간호하던 어느 날, 할머니가 좀더 건강하게 보이도록 머리 손질을 해드린다. 그러나 손질 방법이 거칠어 머리 모양은 헐거워지고, 머리카락이 많이 빠져버린다. 화자는, 만족한 얼굴로 할머니에게 거울을 보이려던 프랑수아즈한테서 거울을 빼앗아 할머니가 머리를 못 보게 하려 했지만 사실 그럴 필요도 없었다. 왜냐하면 할머니는 요독증으로 이미 시력을 잃었기 때문이다. 여기서는 병을 걱정하는 가족애, 무신경, 해학이 아무렇지 않게 공존하고 있다. 이렇듯 작품 속에 매우 진지한 면과 장난스러운 면이 함께 존재하여 웃음을 자아낸다.

말씨에 배어나는 유머

프루스트는 무척이나 귀가 밝아 사람들 말투의 차이점을 잘 분별해냈다. 그래서 작품 속 등장인물 또한 단 한 명도 같은 말투로 표현하지 않았다. 작가는 이러한 등장인물 한 사람 한 사람 말투의 차이점이 눈에 확 띄게끔 과장을 덧붙인다. 이로써 말투는 당연히 유머러스해진다. 게르망트 부인의 자음을 생략해버리는 말투처럼 번역 불가능한 것도 있지만, 번역해서 전달되는 것도 있다. 이를테면 노르푸아 씨는 노련한 외교관답게 상대에게 결단코 책잡힐 만한 말을 하지 않는다. 따라서 그가 장황하게 이야기를 늘어놓으면 무슨 말을 하는지 전혀 알 길이 없다. 또한 그랑 호텔의 지배인 에메와 하녀 프랑수아즈의 동생은 어깨를 곧게 펴고 거드름 피우며 이야기할 때도, 낱말을 모두 틀리게 말한다.

때로는 등장인물의 지적·사회적 진보가 무엇보다도 먼저 말투의 변화를 통해 표현된다. 알베르틴의 학교 숙제는 온통 유치한 작문뿐이었는데, 얼마 뒤 다시 만났을 때, 그녀가 '내 의견으로는'이나 '차이를 알겠어요'라고 표현할 때마다 화자는 그녀의 지적인 진보를 인정하며 더욱 좋아하게 된다. 한편 《잃어버린 시간을 찾아서》의 등장인물들은 빈번히 말장난이나 어설픈 신소리를 하는데, 프루스트는 이런 장난스런 말투를 대체로 낮게 평가하고 있다.

여기서 프루스트는 몇 가지 유머를 늘어놓는 데 그치지만, 그 유머의 특질 가운데 하나(어디까지나 특질 중 하나)는 증대와 왜소, 심각함과 경박함이라는 대립된 공존, 본디 함께 존재할 수 없는 것들의 공존이다.

현대문학에 끼친 영향

《잃어버린 시간을 찾아서》에서는 이야기에 끊임없이 화자가 간섭하여 감상을 말하거나 사건에 얽힌 여러 회상을 이야기한다. 반면 이에 대한 화자의 인생에는 어떠한 비범함이 없다. 다시 말해 이 소설 안에서 중요한 것은 이야기의 내용이 아닌, 이야기의 말투라고 할 수 있다.

프루스트는 은유, 수사법이라는 기법을 구사해 인생 속에 감춰진 기쁨, 우스꽝스러움, 괴상함 등 밝은 부분을 끌어내려고 노력한다. 뿐만 아니라 소설 작품의 구조까지도 기하학적으로 고안한 구조를 통해서만 표현할 수 있는 매력과 감동을 이끌어내고자 했다. 이런 부분이 이 작품을 진정한 원작으로 만들어서, 현대문학에 커다란 영향을 끼친 것이다.

프랑스에서는 1950년대부터 1970년대에 걸쳐 누보로망이라 불리는 일련의 작품이 유행하게 되는데, 이 작가들이 프루스트에게서 강한 영향을 받아 문학적 영위를 이뤘다는 사실은 잘 알려진 바이다. 이를테면 나탈리 사로트는 의식과 무의식의 중간 영역에서 인간이 늘 마음속으로는 생각하지만 입 밖에 내지 않는 말을 표면화했는데, 작가 자신의 말에 의하면 이 근원이 프루스트에게서 비롯되었다 한다. 또한 미셸 뷔토르도 프루스트의 영향을 받아 책이 가지는 고정된 형식을 깨려고 시도했다. 그리고 1985년 노벨문학상을 수상한 클로드 시몽이 소설 속에서 회상·기억이라는 현상을 극한적으로 추구한 것 또한 《잃어버린 시간을 찾아서》에서 영향을 받은 것이다. 더욱이 누보로망과 비슷한 때에 비판세계에서 추앙받던 누벨크리틱(신비평) 창시자 조르주 풀레는, 자신의 비평 방식 '일체화의 비평' 근원에 프루스트가 있다고 분명히 말한다.

이처럼 현대문학이 강한 자기반성의 경향을 띠기 시작했을 무렵, 즉 소설이라는 갈래가 '소설에 관한 소설'이라는 취지를 지니게 되었을 때, 프루스트가 강력한 영향력을 끼친 것이다.

인상파시대

《잃어버린 시간을 찾아서》에서 화자는 파리에 있을 때를 제외하고는 늘 콩브레, 발베크, 베네치아 등으로 휴가를 떠난다. 작품의 3분의 1이 이런 휴가지에서의 생활로 꾸며져 있다. 그래서 이 작품 속에서는 자연의 매력이 풍성하게 녹아내린다.

어린시절부터 오퇴유나 일리에에서 휴가를 보낸 프루스트가 이러한 자연의 매력에 끌린 것은 당연한 일이다. 게다가 19세기 후반은 인상파 화가들이 주축이 되어, 파리 근교의 의도되지 않은 자연의 매력을 발견한 시대였고, 프루스트 또한 이러한 신경향 예술운동에 관심을 가졌다. 그는 1907년에 안나 드노아유의 시집 《감탄에서 보는 얼굴》의 서평을 쓰고, 그 가운데 하나에 〈6개의 정원〉이라는 제목을 붙여 마테를링크, 모네, 레니에, 잠, 러스킨 등이 그려낸 정원을 꼭 방문하고 싶다고 했다. 이러한 예술가들이 그려낸 정원의 매력은 아카데미 화가들이 그려놓았을 법한 신화 등의 설화 이야기를 한데 섞어놓은 게 아니라, 자연 그대로의 매력이다. 다시 말해 프루스트가 정원에 주목한 것은, 그 또한 무척이나 인상파에 가까운 미학을 추구했기 때문이다.

그러나 프루스트에 의한 자연 묘사는 대부분 은유에 덧붙여진 내적인 풍경으로 바뀐다. 그 점이 단순한 자연 묘사와는 다르다.

......스완 씨의 정원에 핀 라일락 향기가 낯선 손님인 우리를 반겨주었다. 라일락꽃은, 작은 하트 모양의 생생한 초록빛 잎사귀 사이에서, 울타리 위로 이색적인 모양을 한 연보라와 흰 깃털 장식을 쑥 내밀고 있으며, 거기까지 햇빛을 머금고 있어 그늘이 드리워져도 빛났다. 꽃의 어느 부분은 사수의 집이라 불리며, 정원지기가 사는 슬레이트를 얹은 작은 집에 절반가량 몸을 감추면서도, 자신들의 장밋빛 회교식 첨탑을 이 집 고딕풍 합각머리 위로 쑥 내밀었다. 이 프랑스 정원 안에서 페르시아 세밀화로 오인한 생생하고도 선명한 색조를 유지하고 있는 이들 젊은 이슬람 미녀들에 비교하면 봄의 정령인들 속되고 못된 것으로 보였으리라.

여기서는 라일락꽃이 '회교식 첨탑', '페르시아의 세밀화', '이슬람미녀'라는 말을 통해 이슬람풍 인상과 미묘하고도 깊은 차이가 덧붙여졌다.

고장과 고장의 유사관계

고장에 대한 그의 인상 속에서 또 하나의 특징적인 점은 어떤 고장과 다른 고장의 유사관계에 무척이나 예민하다는 사실이다. 이러한 것은 이미 《장 상퇴유》에 씌어 있다. 장은 레만 호수 부근에서 이 호수가 브르타뉴의 베그메이유와 닮았다고 생각한다. 또한 베그메이유의 바닷가 등대를 포함한 풍경이 이전에 간 적 있는 네덜란드 북해를 전망하던 바닷가와 너무도 흡사하다고도 생각한다. 주의해야 할 점은 이러한 경험이 다양할수록 무의지적 기억의 회상이 가져다주는 환희를 따른다는 것이다. 《잃어버린 시간을 찾아서》에서도 유사한 현상이 자주 기술되었으며, 이런 현상을 서술할 때에 무의지적 기억의 기쁨을 따른다고는 씌어 있지 않지만, 그러한 기쁨이 말로 표현되지 않은 채 숨겨져 있다고 생각해야 할 것이다.

고장과 여성

프루스트의 자연과의 교섭에서 또 다른 특징은, 어떤 지역의 매력과 여성의 매력을 밀접하게 연결시킨다는 점이다. 이것을 프랑스어로 데페이즈망

(dépaysement)이라 하는데, 사람은 여행지에 있으면 평상시와는 다르게 감수성이 한층 예민해진다. 그럴 때에 모르는 여성과 마주치면 뜻밖에도 그 여성이 매력적이라고 느끼게 되며, 이는 당연한 일이다.

그러나 프루스트의 작품에서 고장과 여성의 관계는 더욱 복잡하고, 어떤 면에선 어긋남을 포함하는 경우가 많다. 알베르틴이 파리에 있는 화자를 방문했을 때, 그녀의 등 뒤로 멀리 발베크의 추억이 펼쳐진다. 또한 화자가 스테르마리아 아가씨에게 집착한 것은, 그녀의 고향인 브르타뉴의 초록빛 자연, 오래된 성, 세찬 폭풍우에 대한 생각이 넘쳐나기 때문이다.

……그러나 '불로뉴 숲의 작은 호수에 있는' 작은 섬 주변에는 여름인데도 자주 안개가 끼기 때문에 거친 날이 계속되는 계절, 가을 끝자락으로 다가선 지금, 스테르마리아 아가씨와 이곳에 함께라면 얼마나 행복할까. 내 상상력을 방황하게 하는 이 고장이—다른 계절이라면 아름답고, 빛나는 이탈리아식 고장이 될 법하지만—일요일 이후의 날씨만큼은 브르타뉴의 잿빛을 띤 바닷가 풍경이 되기에 충분하지 않았을지도 모른다. 하지만 며칠 지나면 스테르마리아 아가씨를 차지할 수 있으리란 희망 덕분에 나의 한결같은 우수 가득한 상상력 안에는 한 시간에 스무 번도 안개 커튼을 드리울 수 있었다. 어찌되었건 나는 어제부터 파리까지 드리워진 안개 덕분에 초대한 이 젊은 아가씨가 태어난 고향에 대해 끊임없이 생각할 뿐 아니라 이 안개는 파리에서보다 훨씬 짙게, 불로뉴 숲을 그중에서도 호수 주변을 덮을 것이다. 그리고 이 백조 섬은 브르타뉴 섬처럼 안개의 바다 풍경 분위기가 스테르마리아 아가씨의 푸르스름한 실루엣을 감쌀 거라고 나는 생각했다.

화자는 질베르트가 베르고트에게 이끌려 간 대성당을 둘러싼 이야기를 듣고, 마치 반 에이크의 소묘처럼 대성당을 등지고 선 그녀를 상상한다. 이처럼 프루스트에게서 고장의 정령인 여성은 그 고장을 떠나 다른 곳으로 가서 본디 고장을 가리키는 시적 기호가 된다. 반대로 고장 또한 이 여성의 존재를 통해 가슴 떨리는 매력을 높이고 있다.

포르투니의 주제
고장과 여성을 연결짓는 중요 사항으로 포르투니의 라이트모티프(Leitmo-

tiv)라는 더할 나위 없이 아름다운 주제가 있다. 포르투니는 그 무렵 뛰어난 의상 디자이너로, 르네상스 시기 베네치아의 화가가 그림 속에 그려넣은 화려한 의상을 본떠 현대에 부활시켜, 평판을 얻었다. 이에 대해서는 프루스트가 포르투니의 의남매이자 레이날도 앙의 누이인 마리아 드 마드라조 앞으로 보낸 편지에 요약되어 있으니 이를 번역해본다.

〈몽소 공원〉 모네, 1878.
프루스트는 인상파 화가들 중 특히 모네의 그림을 좋아하여 소설 속에도 등장시킨다.

내 작품 안에서 뱅퇴유가 프랭크와 닮은 대음악가로 표현되었듯이, 대화가를 나타낸 허구의 화가가 있는데(엘스티르를 가리킴), 그 화가가 제2권 첫머리에서 알베르틴(그녀가 언젠간 나와 열애하는 약혼자가 될 거라고는 아직 상상도 못했습니다)에게 말합니다―어떤 예술가가 베네치아의 옛 직물의 비밀을 발견했다고 하더군요. 이분이 포르투니랍니다. 나중에 제3권에서 알베르틴과 내가 약혼할 즈음, 그녀는 내게 포르투니(이때부터 나는 매번 포르투니의 이름을 말합니다)의 의상을 화제로 삼지요. 그리고 난 그녀에게 이 의상을 몇 벌 사주어 그녀를 놀라게 합니다. 이렇듯 의상에 대한 짧은 묘사를 통해 우리가 사랑하는 장면이 나타날 겁니다(그러므로 나에게는 실내복이 바람직합니다. 실내복을 방에 벗어둡니다. 호사스런 모습을 하고 있지만, 결국 벗어 던져버리지요). 그녀가 살아 있는 동안 나 자신이 얼마만큼 그녀를 사랑했는지 알지 못했습니다. 이 포르투니의 의상은 가장 먼저 베네치아를 떠올리고, 베네치아로 가고픈 욕망을 불러일으켜, 그녀가 방해물이 된다는 생각을 불러오는 대상인 것이지요. 소설은 계속되며, 그녀는 나와 이별하고 세상을 떠납니다. 오랫동안 크나큰 고뇌가 있은 뒤 망각이 찾아와, 나는 베네치아로 출발합니다. 그러나 카르파초의 그림을 보고, 나는 거기서 알베르틴에게 선물한 의상을 다시 찾아냅니다. 예전 같았으면 이 의상은 베네치아와 함께 알베르틴과 헤어지고 싶은 바람을 떠올렸는데, 지금은 그 의상이 투영되는 카르파초의 그림에서 알베르틴을 떠올리고 베네치아가 슬픔의 대상이 되지요.

방 안에 실내복을 벗어 던진 장면은 기술하지 않았지만, 그 밖의 것들은 여기서 프루스트가 설명한 대로이다. 이처럼 포르투니 의상은 화자의 베네치아에 대한 생각을 자극하는 동시에, 베네치아에서 죽은 알베르틴을 떠올리는 더할 수 없이 심미적인 기호로 나타난다. 이곳에서 그 땅을 기억하게 하고, 그 땅에서는 이곳을 기억나게 하는 구조이다. 이것은 마리아와 암스테르담이 렘브란트의 그림을 사이에 두고 연결된 구조가, 그대로 베네치아와 카르파초로 바뀌었다 함은 두말할 나위 없다. 이처럼 포르투니의 주제는 작품에서 아주 자연스레 쓰인 것처럼 보이지만, 사실 몇천 쪽이라는 간격을 두고 차츰 이루어지는 엄청난 규모를 가지고 계획되었음을 알 수 있다. 또한 작가가 훨씬 전부터 계속 간직해온 주제이고, 그런 의미에서 이것은 단순히 시적인 이야기라기보다는 프루스트에게 있는 근원적인 심미학, 고장과 여성의 거리를 통해 만들어진 안타까움을 비롯한 부재와 동경의 심미학을 잘 드러낸 것이다.

영리한 눈

프루스트는 이제부터 어떤 세계에 빠져들려고 할 때, 즉 그 세계에 강한 관심과 동경을 품고 있을 때, 그리고 그 세계를 벗어나거나 그 세계를 잃어버린 뒤에는 회상을 통해 그 세계의 매력을 음미할 수 있는 미학을 지녔다.

고장의 매력을 음미할 때도 그랬지만, 귀족들의 사교계에서도 똑같다. 특히 처음 게르망트 공작부인에게 호감을 가졌을 때 그녀는 옛날이야기의 주인공인 주느비에브 드 브라방의 후손으로서, 마치 동화(Märchen)처럼 시적인 정취를 지니고 나타났던 것이다. 그러나 화자가 실제로 사교계에 조금씩 빠져들면서 그의 말투는 마치 곤충학자가 곤충을 관찰하듯 무척이나 영리해졌다. 《장상퇴유》처럼 귀족에 대한 강한 동경과 환상을 가지고 있을 때의 묘사와는 사뭇 다르다. 그것은 17세기의 모럴리스트인 라 브뤼에르가 그 무렵 사교계의 중심이 된 인물들을 관찰하며 《성격론》을 쓸 때에 성행한 정신 또는 루이 14세가 군림하는 베르사유 궁전 골방에 들어앉은 생시몽이 궁정 사람들의 권모가 소용돌이치는 세계를 관찰했을 때의 태도에 다가간 것이다. 그리고 사실 프루스트는 이 두 작가로부터 큰 영향을 받았다.

스노비즘의 지옥

《잃어버린 시간을 찾아서》에서의 사교계란 한 마디로 스노비즘 지옥이다. 스노비즘은 이 소설 안에서 큰 주제이며 이를테면 캉브르메르의 젊은 부인의 예술적 모습에서도 스노비즘이 드러나지만, 이 스노비즘의 실태가 가장 장대하게 그려진 곳은 파리 사교계이다. 파리 사교계 최고의 위치에서 군림하고 있는 이들은 게르망트 공작부인의 살롱을 정점으로 하는 게르망트 가문 사람들로, 사교계 인사들은 게르망트 살롱과 일족에게 다가가기 위해 온갖 노력을 기울인다. 베르뒤랭 부인처럼 게르망트 공작부인에게 소개받는 것을 처음부터 포기하고, 게르망트 살롱을 따분한 사람들이라고 단정짓는 사람도 있다. 베르뒤랭 부인과 같은 사람들이 게르망트 집안에서 멀리 떨어지면 떨어질수록, 다른 사람들은 게르망트 집안과 베르뒤랭 집안과의 중간에서 온갖 태도를 취하게 된다.

그렇다면 사교계 중심에 위치해 태양처럼 빛나는 게르망트 공작부인의 가치 원천은 어디서 생성된 걸까. 게르망트 집안은 프랑스에서 가장 오래된 귀족이자 왕족과도 혈연관계로, 귀족들이 사는 생제르맹 거리의 우두머리처럼 행동한다. 그러나 지위가 높은 게르망트 대공부인보다도 게르망트 공작부인의 살롱이 인기 있었던 까닭은 오로지 공작부인의 재능 덕분이었다. 공작부인의 역빠른 말투, 생각지도 못한 대담한 발상과 행동은 사람들을 매혹하고, 남편인 공작도 그녀의 재주를 널리 알리고자 부인이 한 말을 되풀이해 사람들 앞에서 선보였다. 하지만 부인의 재주가 될 만한 것은, 한마디로 사람들과 반대로 행동함에 따라 의표를 찌르는 천박함밖에 없었다. 프루스트가 사교계에서의 가치란 더할 나위 없이 피상적이라고 생각을 굳혔음이 여실히 드러나는 부분이다.

가족애

《잃어버린 시간을 찾아서》에서 화자의 가족은 이상적인 애정으로 묶여 있다. 얼마쯤 허울 좋은 말이라 해도 괜찮을 만큼, 그늘진 구석이 드러나지 않는다. 그럼 이들 가족을 에워싼 속 깊은 감정은 눈곱만치도 없느냐고 묻는다면, 물론 아니다. 화자가 할머니를 여의면서 혈육의 병마와 죽음이라는 주제가 드러나는데, 오로지 손자의 건강을 걱정하는 할머니가 손자의 눈앞에서 마룻바닥에 쓰러져 죽음을 맞이할 때, 인생에서의 모든 불순물을 없앤 광경에 직면한 손자의 눈은 무서우리만치 맑다. 그 눈은 죽음을 냉철하게 바라보면서도 깊은 비탄이 담긴 애달픔을 결코 사그라뜨리지 않는다. 또한 어머니(화자에게는 할머니)를 잃은 뒤에, 영원히 상복을 입었던 화자 어머니의 모습 역시 감동적이다(세비녜 부인의 서간집은 딸에 대한 애정이 담뿍 담긴 편지를 몇천 통씩 써서 보낸 것으로 유명한데, 화자의 어머니가 이 서간집을 애독한 것은 두말할 나위 없이 어머니가 그녀에게 쏟은 깊은 애정을 떠올리기 위함이다).

또한 프루스트는 부정적인 가정애도 담아내고 있다. 몽주뱅의 암흑에 휩싸인 가운데 뱅퇴유 씨의 딸과 친구가 아버지 사진에 침을 뱉는 모습이야말로 가족애의 어두운 그림자를 표현한 게 아니면 무엇이겠는가. 프랑스의 별난 사상가 조르주 바타이유는 그의 유명한 사디즘 대목을 인용해 '뱅퇴유 아가씨' 부분을 '마르셀'로 고쳐 쓰고, '아버지'라는 부분을 '어머니'로 바꿔 이것을 프루스트와 그의 어머니의 드라마로 만들어버렸다. 화자의 가정생활이 밝고 청결하면 할수록, 어둡게 드리워진 세계가 그와 균형을 맞추는 것이다.

동성애와 사디즘

이 작품에는 많은 동성애자가 나온다. 처음에 등장하는 여성 동성애자인 뱅퇴유 아가씨와 그의 여자친구들뿐 아니라 알베르틴, 오데트, 앙드레, 더욱이 질베르트 또한 동성애자일 가능성이 있을 정도로, 너무 많아 일일이 헤아릴 수 없다. 그러나 레즈비언은 화자의 질투를 부채질하는 역할을 맡으며, 그 이상으로 깊이 캐지는 않는다.

남성 동성애자로는 게르망트 대공, 생루, 보구베르 후작 등 귀족에게서 자주 보이며 또한 니생 베르나르처럼 부르주아에서도 찾아볼 수 있다. 그러나 단연 돋보이는 이는 샤를뤼스 남작이다. 샤를뤼스의 못 말리는 접근 방식, 강한 질투, 또 젊은 모렐의 타산, 그리고 바람기, 그를 감시하는 샤를뤼스의 익살스런 행동, 베르뒤랭 부인으로 인한 방해와 파탄, 결별 뒤에도 계속되는 집착, 그리고 모렐에게 버림받는 쥐피앙의 조카딸에 대한 비호 등, 여러 익살스럽고 괴상한 사건, 샤를뤼스의 기상천외한 성격을 통해 떠오르는 것은 그의 깊은 애정이다.

프루스트는 이러한 사디즘, 기괴함, 익살스러움 속에서 비견할 수 없는 유쾌함과 기쁨, 감동과 진지함을 끄집어내었으며 그로 말미암아 문학사에 있어서 아주 뛰어난 인물상을 만들어내는 데 성공했다.

연애

《잃어버린 시간을 찾아서》에서 연애는 중요한 위치를 차지하고 있다. 게다가 연애는 늘 불행한 것으로 다뤄진다. 그도 그럴 것이 프루스트에게 있어 사랑이란 질투와 거의 같은 뜻이기 때문이다. 프루스트적인 연애에서는 질투로 말미암아 참된 사랑이 시작된다. 다르게 말하면 질투하지 않을 때에는 사랑하고 있지 않는다는 의미이다.

사랑은 아주 사소한 계기에서 시작된다. 스완에게 있어 오데트는 이상형이 아니었다. 그러던 중에 늘 만나던 베르뒤랭 집에서 어느 날 잘 살피지 못한 탓에 그녀를 만나지 못하자, 급작스레 집착하게 된다. 여기서 스완의 이성을 잃게 하는 것은 상대의 부재였다. 또한 화자에게 있어 알베르틴은 '꽃피는 아가씨들' 그룹 안에서 눈길을 사로잡는 한 사람에 지나지 않았으며, 그 이상은 아니었다. 그러다 그녀에게 싫증나 이젠 헤어지려고 마음먹었을 때 뱅퇴유 아가씨의 여자친구들과의 관계가 발각된다. 강한 질투에 휩싸인 화자는 여자친구들과 만나지 못하게 하려고 알베르틴을 파리로 데려온다. 동거생활에 지쳐 헤어지려던 참에, 그녀가 집을 나선 뒤 자취를 감추자, 화자는 흥분하여 이성을 잃고 그녀를 되돌리기 위해 온 힘을 기울인다.

프루스트적인 연애의 원동력은 상대를 잃을지 모른다는 두려움, 자신이 알지 못하는 세계에서 상대가 쾌락을 맛볼 수도 있다는 걱정이다. 곧 상대가 존재하고 있는 미지의 영역에 대한 깊은 두려움과 관심이었다.

프루스트다운 연애는 병마와 같은 것으로, 병이 낫고 나면 왜 그토록 괴로워했는지 알지 못한다. 스완은 오데트에 대한 마음이 식은 뒤에, 자신의 이상형도 아닌 여성에게 어찌 이렇듯 목매달았는지 자기 생각을 의심한다. 화자 또한 예전에 매우 좋아하던 알베르틴에게서 얼마 지나지 않아 초대장을 받는데도 전혀 기뻐하지 않는다. 게다가 이전에는 선망해 마지않아 그녀의 세계에 파고들고자 했던 게르망트 공작부인의 초대도 알베르틴에게 푹 빠진 뒤로는 아무렇지 않게 거절해버린다. 그런 알베르틴조차 베네치아에서 그녀에 대해 떠올릴 기회가 몇 번이나 있었는데, 화자는 무관심으로 일관한다. 이처럼 프루스트다운 연애에 있어 망각이라는 작용은 더할 나위 없이 중요한 것이다. 왜냐하면 망각은 사랑이 완전히 주관적인 영위임을 나타내는 큰 근거가 되기 때문이다.

이미 살펴보았듯이 프루스트에게 사랑의 대상이 뛰어난 존재인가 아닌가는 조금도 문제되지 않는데, 사랑이라는 것이 주체의 마음속에 일어나는 내면적인 드라마로, 사랑의 대상은 그것을 밖으로 나타나게 하는 계기에 지나지 않기 때문이다. 다시 말해 다른 사람은 어떠한 내면을 가졌는지 영원히 알 수 없는 존재이다. 이것이 프루스트다운 연애를 곤란하고 비극적으로 만들고 있다.

여성의 젊음을 희구하며

《잃어버린 시간을 찾아서》에는 발베크의 기차여행 도중에 만난 우유 파는 아가씨나 퓌트뷔스 부인의 몸종처럼, 화자의 상상력을 격하게 자극한 뒤 사라져버린 여성들이 헤아릴 수 없이 많다. 이는 본디 보들레르가 지나쳐간 여성에게 끌려 흥미로운 감정으로 시를 쓴 것에 근원을 가진 사고방식으로, 프루스트의 미지에 대한 강한 호기심을 표현하는 예시였다. 그중에서도 프루스트다운 상상력을 가장 강하게 자극하는 사람으로는 창가에 드나들며 경망한 행동을 하는 여성(퓌트뷔스 부인의 몸종, 포르슈빌 아가씨) 또는 어느 고장의 깊은 매력을 칭송받는 여성(스테르마리아 아가씨, 발베크 근교의 마을 아가씨들) 등이 있다.

화자는 이처럼 태생과 자라온 환경이 다른 많은 여성이 저마다 지닌 고유의 매력에 강하게 끌리는 한편, 중요한 것은 사랑하는 쪽의 내면이므로, 어떤 여성과 교제를 해도 결국에는 같다는 생각을 가지고 있었다. 처음에는 여러 여성에게 끌리지만, 점차 주인공이 사랑하는 것은 여성 한 사람 한 사람의 개성이 아닌, 요컨대 여성의 젊음을 사랑하고 있는 것에 지나지 않는다는 고통스런 인식에 이르게 된다.

집필의 목적

《잃어버린 시간을 찾아서》가 생트뵈브 비판에 기원을 두고 있음은 이미 살펴본 그대로이지만, 생트뵈브 비판의 밑바탕에는 이 고명한 비평가가 발자크나 스탕달이라는 뛰어난 예술가를 왜 잘못 평가했는지에 대한 생각이 자리하고 있다. 바꿔 말하면 프루스트의 소설은 무엇보다도 예술가란 이런 것이라는 예술가 옹호와 예술 옹호로서 쓰였다고 이해해야 마땅하다. 실제로 《잃어버린 시간을 찾아서》는 화자가 지적 방황을 되풀이하면서 예술가로서의 깨달음에 이른다는 교양소설(Bildungsroman)로도 볼 수 있다. 그래서 프루스트는 작품 곳곳에 몇몇 예술가를 배치시켜, 마지막 계시에 이르기까지를 주도면밀하게 준비했다. 프루스트는 이들을 예술가란 이렇다, 예술가란 이런 존재다, 라는 더할 나위 없이 전투적인 주장을 펼치기 위해 자기 뜻대로 이용하고 있다.

엘스티르

엘스티르는 발베크 가까운 곳에 사는 화가로, 그의 대표작은 〈카르크튀이 항구〉이다. 이 그림은 그야말로 항구답게, 육지와 바다가 뒤엉킨 모습을 그린 것으로, 바다라고 여겨질 만한 곳에 교회가 있고, 육지라고 생각할 만한 곳에 돛대가 보인다. 즉 여기서 중시되고 있는 점은 사실을 있는 그대로 표현하는 게 아니라, 정반대의 것을 사용해도, 화가의 인상을 정확히 그려내는 일이다. 그의 다른 작품 〈사크리팡 양의 초상〉도 똑같은 원리로 그려졌다. 이것은 남장미인을 그린 작품인데, 모델은 오데트였다고 전해진다. 여기서도 반대되는 성으로 묘사를 시도한 어떤 도착(倒錯) 취미가 보이는데, 그의 참된 목적은 그런 기술을 사용해도, 어떤 것에서 주는 참된 인상, 예술가의 마음속에서 그와 유사한 다른 것과 비교되어 그 성질이 정해지는 인상을 표현하려는 의지이다. 화자는 이처럼 엘스티르의 작품이나 르누아르의 그림에서처럼 예술작품의 사명에 눈을 뜬다. 곧 하나의 작품은 사람들에게 이제껏 없었던 현실의 견해, 새로운 아름다움을 열어서 보여줄 수 있다고 생각한다.

엘스티르는 이전 비슈라는 이름으로 베르뒤랭네 살롱에 드나든 적이 있었는데, 그때는 비위를 맞추는 아첨꾼처럼 시시한 말과 행동을 일삼아 사람들의 웃음을 자아내거나(이런 일은 실생활에서 프루스트 자신이 하고 있었다) 남녀 사이를 주선하기도 했다. 그러나 이는 예술가란 어떤 외적 생활에서 천박함과 경솔함이 어지럽게 날뛰어도, 내적인 삶은 그것과 별개이며, 내적인 생활을 표출하는 예술작품과는 관계없다는 프루스트의 주장이 반영된 것이다. 여기에 《생트뵈브에 대한 반론》의 주장이 그대로 묻어나 있다.

뱅퇴유

뱅퇴유는 시골 마을 콩브레의 피아노 교사로 검소한 생활을 하는 인물이다. 여기에서도 그의 겉모습이 아무리 평범하고 검소하다 한들, 예술가로서의 본디 삶과는 아무런 관계가 없다는 주제가 드러난다. 뱅퇴유는 소나타 말고도 7중주곡을 하나 남겼는데, 이 일화는 예전에 아버지를 모독한 딸이 속죄하게 만들고자 초고 단계에 머물렀던 이야기를 완성한 것이다. 이런 이야기를 생각해낸 것은, 프루스트에게 있어 걸작을 창조하는 일이란 걱정을 끼쳐가며 죽게 한 어머니에 대한 속죄이기 때문이리라. 이 곡은 소나타와 같은 모티프를 가지고 있어서, 그 주제가 7중주곡 속으로 되풀이되는 특징이 있다. 이는 별일 아닌 것처럼 보일지 몰라도 사실 예술작품이란 작가의 '심층자아'를 분명히 드러낸다는 프루스트의 어떤 미학에 근거한 것이다.

베르고트

베르고트에 얽힌 이야기 가운데 가장 중요한 것은 베르메르의 〈델프트 풍경〉을 보러 파리 죄 드 폼 미술관으로 향하는 일화일 것이다. 이날 그는 몸 상태가 좋지 않았는데도, 이 그림을 보기 위해 미술관을 방문하여 인상적인 정경(tableau) 속의 황색 벽면을 보고 "나도 이렇게 그려야 했다. 최근 내가 그린 그림은 무미건조하다"고 중얼거린 뒤, 그 자리에서 쓰러져 죽는다.

사실 이 이야기는 이전 프루스트가 어느 단편에 적은 일화를 약간 손본 것이다. 그 단편에서는 '나'가 네덜란드에서 열린 렘브란트 전람회에 갔을 때, 그곳에서 '죽은 사람 같은' 러스킨과 마주친다. 이는 허구이며, 실제로 러스킨은

이 전람회에는 가지 않았지만, 이 일화에서 말하고자 하는 바는 명확하다. 예술을 위해서는 죽음도 마다하지 않겠다는 것이다. 왜냐하면 뛰어난 예술은 개인의 죽음을 뛰어넘어 오랫동안 살아남기 때문이다.

그는 베르고트의 죽음에 대한 이야기를 다음처럼 매듭짓고 있다.

'그는 영원히 사라져버린 걸까. 정말로 그리 말할 수 있을까. ……그는 땅에 묻혔다. 그리고 장례식날 밤, 촛대의 불

〈물랭 드 라 갈레트〉 르누아르

빛에 비쳐진 진열장 안에는 세 권씩 가지런히 놓여 있는 그의 책들이 날개를 펼친 천사처럼 밤을 지새우고 있다. 진열된 책들은 죽은 자의 부활의 상징처럼 느껴졌다.'

이 일화는 화자가 마지막 계시를 얻기까지의 중대한 발걸음이 될 것이다.

베르메르

프루스트는 그 무렵, 다시 발견된 지 얼마 안 된 화가 베르메르를 무척이나 좋아했는데, 이 17세기 네덜란드 화가에 대한 정보가 없다는 사실에 크게 탄식했다. 따라서 그의 주된 저서에 그리 큰 영향을 끼치지는 못했을 거라는 견해가 일반적이다. 유난히 눈에 띄는 점이라면, 〈델프트 풍경〉에서 표현된 색채가 콩브레의 성당 묘사에 사용되었다는 것인데, 직접적인 영향은 그 정도랄까.

그러나 이 〈델프트 풍경〉이란 작품을 흘낏 보면, 이 한 점의 그림이 프루스트에게 가져다준 영향력을 가늠할 수 있다. 이 그림은 델프트의 마을 어귀에 있는 세관과 그 앞에 위치한 운하를 묘사한 그림에 지나지 않는다. 이 그림에는 푸른 하늘에 폭풍우의 여운이 감도는 먹구름을 그려넣어 왠지 낭만적인 인상을 주지만, 그것 말고는 그저 별다를 게 없는 시골 마을을 담아내고 있을 뿐이다. 하지만 뭔가 말하기 힘든 이상야릇한 매력이 감돈다. 베르고트가 주목한 강한 햇빛을 머금은 황색 벽면뿐만 아니라, 즐비하게 늘어선 벽돌 건물, 운하를 따라 우두커니 선 사람들, 이 모든 것이 매력으로 빛나고 있다. 즉 이 작품 안에서는 프루스트가 러스킨의 가르침을 통해 눈뜬 일상생활의 매력, 그가 〈콩브레〉나, 그 밖의 《잃어버린 시간을 찾아서》 전체에서 이루고자 한 미학이 정확하게 이뤄지고 있다.

프루스트가 이 작품에서 원한 것

《잃어버린 시간을 찾아서》라는 작품은 일반적으로 생각하듯 인생을 돌아보며 과거로 거슬러 올라가는 이야기라기보다는, 화자의 인생이 시간에 따라 미래를 향해 나아가는 이야기이다. 그리고 화자는 인생 속 발자취를 남기면서, 여러 인생의 가치를 체험하며 깊이 있게 자기인식을 한다. 화자는 자연, 사교계, 연애라는 세계에 강한 동경을 품고, 그러한 세계를 몽상한 결과, 그 속으로 조금씩 파고들어간다. 그리고 그런 세계에 환멸하며, 결국에는 예술 세계에 대한 계시를 얻는다. 곧 이 소설은 무엇보다도 예술 옹호를 마지막 목표로 삼고 있다 해도 좋을 것이다. 그것은 여러 가치의 가장 높은 봉우리에 자리한 것으로서의 예술이다.

다만 이 예술이라는 것은 다른 가치와는 다른 성격을 띠고 있다. 예술이란 인생을 표상하는 것이기 때문이다. 그래서 《잃어버린 시간을 찾아서》라는 소설은 '인식의 발전을 이루어가는 주인공의 인생 이야기'인 동시에 '계시를 얻어 소설가가 된 화자가 이야기하는 작품'이라는 이중성을 가지게 된다. 즉 예술의 눈을 통해 이야기되는 인생이다. 그렇기에 화자가 인생에서 하찮게 보고 있는 가치도 작품 속에서는 굉장히 아름답게 그려진다는 어떤 역설적인 면이 드러난다. 그러나 이것은 역설도 그 무엇도 아니다.

화자가 실제 인생 속에서 발버둥칠 때의 삶은 아름답지 않은 걸까? 그 또한 아름답다. 왜냐하면 화자의 인생은 예술작품 속에서 전개되는 것, 예술의 눈을 통해 보이는 인생이기 때문이다. 프루스트에 따르면 인생에서 여러 가치는 동경하고 있을 때와, 회상하고 있을 때, 즉 어떤 거리를 두었을 때가 가장 아름답지만, 예술이란 이른바 그런 거리를 둔 인생을 볼 수 있도록 하는 장치와 같은 것이다. 다시 말해서 현실을 내적인 전망에 의해 본다는 뜻이다.

그리고 그가 궁극적인 곳에서 얻은 이상이란 다음과 같다.

'내가 나 자신만의 직감을 따랐을 때는 발베크의 해파리에게서 혐오감을 느낄 뿐이었다. 그렇지만 미슐레처럼 해파리를 박물학적인 관점이나 심미적인 관점에서 바라보고 난 뒤로는, 해파리 속에 아름답게 빛나는 꽃 장식이 눈에 들어왔다.'

이처럼 프루스트는 예술의 최고 가치를 인정하면서도 예술을 인생에서 억지로 떼어놓으려 하지 않았다. 프루스트에게 있어 예술의 주요한 임무는 인생 속에 감춰진 미지의 매력을 찾아내는 것이었다. 인생 안에서 가장 좋은 것을 겉으로 끄집어내는 도구로 예술을 생각하고 있다. 이것이 인생의 여러 가치에 집착한 결과, 인생에 뿌리 깊은 불신감을 품은 작가의 최종적인 결론, 인생과 예술에 대한 최종적인 태도였던 것처럼 느껴진다.

맺음말

프루스트의 인생은 격심한 고뇌가 늘 따라다녔다. 그는 천식이라는 지병 때문에 언제나 발작으로 힘들어하며 활동적인 인생을 보낼 수 없었다. 또한 우정이나 애정에 대해 극단적이고 까다로웠다. 이런 곤란한 일들이 일어난 건 주로 그와 어머니 사이에 풀기 힘든 문제가 있었기 때문이다. 이는 관계의 병이다. 그의 천식이나 동성애 또한 그것이 원인일 거라 생각된다. 그가 이 세상에서 가장 사랑한 여성은 그와 강한 유대관계로 옭아매져, 그의 자립을 방해하고 그를 망가뜨린 사람이었다.

이처럼 그가 인생을 번민하며 살아온 결과, 문득 정신을 차리고 보니 그는 너무도 기괴한 존재로 세상에 알려졌다. 말하자면 속물적인 유대인이자 변태 성욕자이다. 그는 자신이 그리 보여지고 있음을 깨닫고 있었지만 자신의 참모습은 결코 그렇지 않다는 것도 잘 알고 있었다. 그의 안에서는 감미로운 꿈이 흘러내려, 그가 현실을 바라볼 때의 감동적인 눈은 사람들이 그를 볼 때의 메마르고 편견으로 가득 찬 눈과는 달랐다.

프루스트는 자신이 품고 있는 꿈을 사람들에게 알리려면 예술작품이라는 형식을 빌릴 수밖에 없음을 잘 알고 있었다. 그가 《잃어버린 시간을 찾아서》를 쓴 까닭은 무엇보다 자기변명을 위해서였다. 천박하고 경솔하게 보이는 자기 겉모습에 감춰진 내면에는 이런 것이 자리하고 있음을 사람들에게 알리고 싶었던 것이다. 스스로가 참된 눈으로 현실을 볼 때 현실은 이렇게 보인다는 사실을 적은 것이다. 작품을 위해 그는 자신의 모든 것을 던져넣었다. 그 작품은 이야기이면서 자기주장의 평론이며 또 시이다. 즉 소설이면서 소설이 아닌 작품, 소설의 가능성을 극한까지 넓힌 작품이다. 그는 세기말이라는 유럽 문화의 세련미가 절정에 달한 시대를 살며, 그런 문화 달성에 최대한 몰두한 결과, 지금까지와는 다른 것을 자연스레 만들어내었다.

프루스트는 보들레르나 베르메르 미슐레의 영향을 받아 그 시대의 새로운 움직임과 자취를 하나로 묶은 작품을 썼다. 그가 그린 세계는 아주 일상적인 시골 마을 산책 또는 바닷가 피서지 생활이라는, 극적인 사건이라곤 하나도 생기지 않을 듯한 지루한 장면들이 대부분이다. 그러나 그의 손을 거치면 심심하고 권태로운 일상이 얼마나 미묘한 재미와 슬픔, 감동 또는 사디즘으로 가득한지를 알려준다. 즉 미묘한 차이로 가득하지만 마치 베르메르의 〈델프트 풍경〉 속 그 찬란한 황색 벽면과도 같은 빛으로 빛나는 매력이다. 그것은 섬세하지만 때로는 무척이나 격렬한 힘을 지닌 채 따라온다.

20세기에 들어서 예술 세계에서는 빛나는 색채들이 계속 해방되어왔으며, 실생활 전반에서도 소비를 마음껏 즐기며 인생의 즐거움과 기쁨을 중시하는 사회가 되었다. 프랑스의 세기말에서 벨 에포크에 이르는 시대는 물질적으로 풍요로운 시절로, 향락적인 소비생활을 만끽했다는 뜻에서 현대 소비사회보다 앞선 시대라고 간주할 수 있다. 그러나 사람들이 쉽게 생각하듯 소비적인 사회란 오로지 낙천주의자들의 사회라 할 수는 없다. 소비적, 사적인 생활에만 얽매이기 때문에 발견될 수 있는 아름다움 말고도 노출되기 꺼리는 두려운 세계도 존재한다. 천국 같은 일상과 지옥 같은 현실 사이의 균열을 포함해 '한 꺼풀 벗긴 현실'을 가리키는 사람이 바로 프루스트이다.

프루스트 연보

1871년   7월 10일, 오퇴유의 라 퐁텐 거리 96번지에서 의사인 아드리앙 아
           실 프루스트 Adrien Achille Proust, 당시 37세)와 15세 연하의 유대인
           금융업자의 딸 잔 베이유 사이에서 태어남.

1873년(2세) 남동생 로베르 탄생. 가족은 루아 거리 8번지 아파트에서 말제르
           브 거리 9번지로 이사.

1878년(7세) 일리에로 바캉스 떠남.

1880년(9세) 불로뉴 숲 산책 뒤 첫 천식 발작.

1881년(10세) 파프 카르팡티에 초등학교 친구인 자크 비제와 어울림.

1882년(11세) 콩도르세 중고등학교 입학. 병으로 결석이 잦음.

1886년(15세) 엘리자베트 고모의 죽음. 오귀스탱 티에리의 저서 탐독.

1887년(16세) 샹젤리제에 자주 놀러나감.

1888년(17세) 자크 비제와 다니엘 알레비 앞으로 보낸 편지에서 처음으로 동성
           애 조짐이 나타남. 〈녹색평론〉, 〈리라평론〉에 참가. 친구들의 어머
           니 소개로 사교계에 드나들기 시작함.

1889년(18세) 바칼로레아 합격. 병역 지원해 오를레앙에 배치.

1890년(19세) 할머니의 죽음. 병역을 마치고 파리 대학 법학부에 등록.

1892년(21세) 잡지 〈향연〉에 참가.

1893년(22세) 마들렌 르메르, 로베르 드 몽테스키외를 알게 됨. 잡지 〈르뷔 블
           랑슈〉에 기고. 법학사 시험 합격.

1894년(23세) 레이날도 앙을 알게 됨. 그와 함께 레베이옹 성에 머무름.

1895년(24세) 문학사 시험 합격. 레이날도와 함께 브르타뉴에 체류.《장 상퇴
           유》집필을 시작함. 아버지의 소개로 마자린 도서관에서 무급 사
           서가 되나 사서일은 제대로 하지 않고 그만둠.

1896년(25세) 《즐거움과 그 나날》출판. 레옹 도데와의 우정을 돈독히 함. 마리

노드링거를 알게 됨.

1897년(26세) 〈에코 드 파리〉지에 《즐거움과 그 나날》 출간에 대해 모욕하는 글을 쓴 장 로랭과 결투.

1898년(27세) 아나톨 프랑스에게 드레퓌스와 피가르 옹호 서명을 받음. 졸라 재판을 방청. 프루스트 부인 암 수술. 프루스트, 암스테르담으로 렘브란트 회화전을 보러 여행.

1899년(28세) 로베르 드 비이에게 에밀 말의 《프랑스 13세기의 종교예술》을 빌림. 앙투안 비베스코, 베르트랑 드 페늘롱을 알게 됨. 《아미앵의 성서》 번역 시작.

1900년(29세) 루앙 방문. 러스킨 추도 기사, 러스킨의 연구 발표. 어머니와 베네치아 방문. 여행지에서 레이날도 앙, 마리 노드링거와의 만남. 그해 또다시 베네치아 방문. 쿠르셀 거리 45번지로 이사.

1901년(30세) 사교 모임이 잦아짐. 레옹 이트망과 함께 아미앵 방문하여 러스킨의 발자취를 더듬음. 비베스코, 페늘롱과 빈번히 만남.

1902년(31세) 페늘롱, 비베스코와 함께 〈트리스탄과 이졸데〉 관람. 라뤼, 베베르 식당에서의 밤참 모임을 자주 가짐. 페늘롱과 함께 브뤼헤(브뤼주)로 향함, 플랑드르파 전시회 관람. 앙베르(앤트워프), 로테르담, 암스테르담으로 발길을 돌림. 도중에 하를렘에서 프란스 할스를, 헤이그에서는 베르메르의 〈델프트의 풍경〉을 관람함. 프로망탱의 〈옛 거장들〉을 가이드북 대신함. 에밀 갈레와 만남, 페르낭 그레그의 결혼 축하선물을 주문.

1903년(32세) 남동생 로베르가 아미요와 결혼. 비베스코 형제들과 자동차 여행. 랑, 상리스, 쿠시 르 샤토 등 방문. 이 무렵 친구 루이와 그의 정부인 루이자 드 모르낭과 자주 마주침. 부르고뉴 지방의 교회와 본무료 진료소를 방문. 프루스트 박사 죽음. 유해는 페르 라쉐즈 묘지에 안장됨.

1904년(33세) 마리 노들링거에게 주문해 프루스트 박사 묘지에 장식할 흉상 메달을 받음. 폴 미라보 소유의 요트를 타고 노르망디, 브르타뉴의 바닷가 지역을 항해.

1905년(34세) 휘슬러 전람회를 관람. 프루스트 부인 죽음. 프루스트, 불로뉴 근교 솔리에 박사 병원에 입원하여 요양.

1906년(35세) 《참깨와 백합》 번역 출판. 베르사유의 레저부아 호텔에서 머무름. 오스망 거리 102번지로 이사.

1907년(36세) 〈피가로〉지에 〈부모를 죽인 자의 효심〉을 발표. 8월에는 카부르의 그랑 호텔에 머물며 차로 주위 교회를 둘러봄(카부르에는 1914년까지 머무름).

1908년(37세) 〈피가로〉지에 발자크의 모작을 발표하기 시작함. 창작활동에 본격적으로 손을 댐. 생트뵈브에 대한 평론을 쓰기 시작.

1909년(38세) 러시아 발레단 공연 관람. 소설 《생트뵈브에 대한 반론—어느 아침의 추억》을 완성하지만 출판사를 찾지 못함.

1910년(39세) 장 콕토를 알게 됨.

1911년(40세) 창작에 몰두하고, 한 작품도 발표하지 않음.

1912년(41세) 오딜롱 알바레가 운전하는 차를 타고 뤼에유에 활짝 핀 사과나무 꽃을 보러 감. 메르퀴르 드 프랑스, 누벨 르뷔 프랑세즈(NRF), 올렌도르프(Ollendorff) 등에서 출판을 거절당함.

1913년(42세) 아고스티넬리와 그의 애인인 안나가 프루스트 집에 거주. 실레스트 알바레 또한 프루스트 집에 살기 시작함. 《스완네 집 쪽으로》가 그라세 출판사에서 출판됨. 아고스티넬리가 니스로 도망, 그를 찾기 위해 알베르 나미아스를 보냄.

1914년(43세) 지드, 프루스트에게 사죄의 편지. 아고스티넬리 연습기 추락으로 죽음.

1915년(44세) 베르트랑 드 페늘롱의 전사 확인.

1916년(45세) 알베르 르 퀴자가 경영하는 음식점을 가장한 매춘업소에 드나듦.

1917년(46세) 호텔 리츠에 자주 오가며, 폴 모랑과 약혼녀 스조 공녀와 만남.

1918년(47세) 출판사를 NRF로 옮기기 위해 그라세와 성가신 교섭.

1919년(48세) 로랑 피샤 거리 8-2에서 4개월간 머무른 뒤 아믈랭 거리 44번지로 이사. 《꽃피는 아가씨들 그늘에》와 《모작과 집필》이 NRF에서 출판됨. 공쿠르상 수상.

1920년(49세) 《게르망트 쪽》 I 출판. 블루멘탈상의 선고위원에 뽑힌 프루스트는 이 상을 자크 리비에르에게 수여하는 데 성공.

1921년(50세) 《게르망트 쪽》 II, 《소돔과 고모라》 I 출판. 네덜란드 회화전에 장
　　　　　　루이 보드와이에와 함께 가서 〈델프트 풍경〉을 다시 봄.
1922년(51세) 《소돔과 고모라》 II 출판. 의사의 진료를 거부하며 죽음. 시신은
　　　　　　부모가 잠든 페르 라쉐즈 묘지에 안장됨. 《갇힌 여인》 출판.
1925년　　　《사라진 알베르틴》 출판.
1927년　　　《다시 찾은 시간》 출판. 이렇게 하여 《잃어버린 시간들》 완간.

프루스트 연구를 위한 주요 참고서적

① *Les Cahiers Marcel Proust,* 8 vol., 1927~35.

② Hommage à Marcel Proust, 6 vol., 1923~59.

③ *Bulletin de la Société des Amis de Marcel Proust et des Amis de Combray,* 18 vol., 1950~67.

④ Ernest Robert Curtius, *Marcel Proust,* traduit de l'allemand, La Revue Nouvelle, 1928.

⑤ Albert Feuillerat, *Comment Marcel Proust a composé son roman,* Yale University Press, 1934.

⑥ Robert Vigneron, *Genèse de 《Swann》,* Revue d'Histoire de la Philosophie et d' Histoire Générale de la Civilisation, 1937.

⑦ Robert Vigneron, *Structure de 《Swann》,* Modern Philology, nov, 1946, feb. 1948.

⑧ Jean Pommier, *La Mystique de Marcel Proust,* Dr., 1939.

⑨ Ramon Fernandez, *Proust,* N.R.C., 1943.

⑩ André Maurois, *À la recherche de Marcel Proust,* H., 1949.

⑪ Philip Kolb, *La Correspondance da Marcel Proust, chronologie et commentaire critique,* University of Illinois Press, 1949.

⑫ Germaine Brée, *Du temps perdu au temps retrouvé,* B.L., 1950.

⑬ Bernard de Fallois, *Préface de 《Contre Sainte-Beuve》,* 1954.

⑭ Henri Bonnet, *Marcel Proust de 1907 à 1914,* Nizet, 1959.

⑮ George Painter, *Marcel Proust, a biography, Chatto & Windus,* TⅠ. 1959, TⅡ. 1961.

옮긴이 민희식(閔憙植)
서울대 졸업 프랑스 스트라스부르대 문학박사 성균관대 교수 이화여대 교수 계명대·외국어
대 프랑스과 교수 한양대 불문과 교수 저서 《프랑스문학사》 《법화경과 신약성서》 《불교와 서
구사상》 《토마스복음서와 불교》 《어린왕자 심층분석》 역서 《현대불문학사》 플로베르 《보바
리부인》 지드 《좁은문》 뒤마피스 《춘희》 바실라르 《촛불의 철학》 뒤 가르 《티보네 사람들》
《한국시집(불역)》 박경리 《토지(불역)》 한말숙 《아름다운 연가(불역)》 《김춘수시집(불역)》 허근
욱 《내가 설 땅은 어디냐(불역)》 《불문학사예술론》 프랑스문화공로훈장, 펜번역문학상 수상

세계문학전집083
Marcel Proust
À LA RECHERCHE DU TEMPS PERDU
잃어버린 시간을 찾아서 V
마르셀 프루스트/민희식 옮김
동서문화사창업60주년특별출판
1판 1쇄 발행/2017. 3. 20
발행인 고정일
발행처 동서문화사
창업 1956. 12. 12. 등록 16-3799
서울 중구 다산로 12길 6(신당동 4층)
☎ 546-0331~6 Fax. 545-0331
www.dongsuhbook.com
*

사업자등록번호 211-87-75330
ISBN 978-89-497-1548-3 04800
ISBN 978-89-497-1515-5 (세트)